«Es ist merkwürdig, aber
von jedem, der verschwindet,
heißt es, er sei hinterher in
San Francisco gesehen worden.»
Oscar Wilde

Armistead Maupins «Stadtgeschichten» in sechs Bänden

Stadtgeschichten
(rororo 13441)

Mehr Stadtgeschichten
(rororo 13442)

Noch mehr Stadtgeschichten
(rororo 13443)

Tollivers Reisen
(rororo 13444)

Am Busen der Natur
(rororo 13445)

Schluß mit lustig
(rororo 13446)

Armistead Maupin, geboren 1944 in Washington, studierte Englisch an der University of North Carolina und arbeitete als Reporter und für eine Nachrichtenagentur. Er schrieb für Andy Warhols Zeitschrift *Interview*, die *New York Times* und die *Los Angeles Times*. Seine Geschichten aus San Francisco, die «Tales of the City», schrieb er mehrere Jahre lang für den *San Francisco Chronicle*. Armistead Maupin lebt in San Francisco.
Außerdem als rororo-Taschenbuch lieferbar: «Die Kleine» (13657).

Armistead Maupin

Stadtgeschichten

Band I

Deutsch von Heinz Vrchota

rororo

Rowohlt

Die amerikanische Originalausgabe erschien 1978
unter dem Titel «Tales of the City» bei
The Chronicle Publishing Company, San Francisco

Veröffentlicht im Rowohlt Taschenbuch Verlag GmbH,
Reinbek bei Hamburg, November 1996

Umschlaggestaltung Walter Hellmann
(Illustration Cathrin Günther)
Satz Garamond und Gill Sans (Monotype Lasercomp),
LibroSatz, Kriftel
Druck und Bindung Clausen & Bosse, Leck
Printed in Germany
ISBN 3 499 13990 1

It's an odd thing,
but anyone who disappears
is said to be seen in
San Francisco.

Es ist merkwürdig, aber
von jedem, der verschwindet,
heißt es, er sei hinterher in
San Francisco gesehen worden.

Oscar Wilde

Für meine Mutter
und meinen Vater und
meine Familie im
Duck House

Der Sprung ins kalte Wasser

Mary Ann Singleton war fünfundzwanzig, als sie zum erstenmal nach San Francisco kam.

Sie kam allein und wollte eine Woche Urlaub machen. Am fünften Abend stellte sie nach drei Irish coffee im Buena Vista fest, daß ihr Stimmungsring blau schimmerte, und beschloß, ihre Mutter in Cleveland anzurufen.

«Hallo, Mom. Ich bin's.»

«Ach, Liebling. Dein Daddy und ich haben gerade von dir gesprochen. Bei *McMillan and Wife* haben sie heute über diesen Irren berichtet, der reihenweise Sekretärinnen erwürgt hat, und da mußte ich natürlich ...»

«Mom ...»

«Ich weiß schon. Deine verrückte alte Mom macht sich mal wieder ganz umsonst krank vor Sorgen. Aber es passiert doch wirklich so viel. Denk bloß an die arme Patty Hearst, die in einer Abstellkammer eingesperrt war, mit all diesen schrecklichen ...»

«Mom ... Ferngespräch.»

«Ach so ... ja. Gott, wie mußt du es gerade schön haben.»

«O ja ... du machst dir keine Vorstellung! Die Leute sind hier so freundlich, daß ich mir vorkomme wie ...»

«Bist du ins Top of the Mark gegangen, wie ich's dir gesagt hab?»

«Noch nicht.»

«Daß du mir das bloß nicht ausläßt! Du weißt, dahin hat mich dein Daddy ausgeführt, als er aus dem Südpazifik zurückkam. Ich weiß noch, wie er dem Bandleader fünf Dollar zugesteckt hat, damit wir zu *Moonlight Serenade* tanzen konnten. Und wie ich einen Tom Collins verschüttet habe über seine wunderschöne weiße Marine ...»

«Mom, ich möchte, daß du mir einen Gefallen tust.»

«Aber sicher, Liebling. Nur hör mir jetzt mal zu. Oh ... bevor ich es vergesse: Gestern ist mir in der Ridgemont Mall Mr. Lassiter über den Weg gelaufen, und er hat mir gesagt, daß im Büro alles zusammenbricht ohne dich. Sie haben nicht viele gute Sekretärinnen bei Lassiter Fertilizers.»

«Mom, wo wir schon dabei sind ...»

«Ja, mein Schatz?»

«Ich möchte, daß du Mr. Lassiter anrufst und ihm sagst, daß ich am Montag nicht komme.»

«Aber ... Mary Ann, ich weiß nicht, ob du um eine Urlaubsverlängerung bitten solltest.»

«Es geht nicht um eine Verlängerung, Mom.»

«Ja, aber warum ...?»

«Ich komm nicht wieder zurück, Mom.»

Stille. Dann war von weiter weg eine gedämpfte Fernsehstimme zu hören, die Mary Anns Vater zeitweilige Erleichterung bei Hämorrhoiden versprach. Schließlich war wieder ihre Mutter dran: «Red keinen Unsinn, mein Schatz.»

«Mom ... Ich rede keinen Unsinn. Es *gefällt* mir hier. Ich fühle mich schon wie zu Hause.»

«Mary Ann, falls da ein Junge seine Finger im ...»

«Es gibt keinen Jungen ... Ich hab mir das gut überlegt.»

«Sei doch nicht albern! Du bist grade mal fünf Tage da!»

«Mom, ich weiß, was das für dich heißt, aber ... Weißt du, das hat mit dir und Daddy überhaupt nichts zu tun. Ich möchte bloß mein eigenes Leben führen ... mit einer eigenen Wohnung und so.»

«Ach, *darum* geht's. Aber mein Schatz ... das ist doch kein *Problem.* Ehrlich gesagt haben dein Daddy und ich schon mal darüber geredet, daß diese neuen Apartments draußen in Ridgemont wahrscheinlich genau das richtige für dich wären. Die vermieten dort viel an junge Leute, und es gibt einen Swimmingpool und eine Sauna, und ich könnte dir solche zauberhaften Vorhänge nähen, wie ich sie Sonny und Vicki zur Hochzeit geschenkt habe. Und dort wärst du so ungestört, wie du ...»

«Du hörst mir nicht zu, Mom. Ich versuche, dir beizubringen, daß ich eine erwachsene Frau bin.»

«Na, dann benimm dich auch wie eine! Du kannst nicht einfach … von deiner Familie fortlaufen und von deinen Freunden, um unter lauter Hippies und Massenmördern zu leben!»

«Du sitzt zuviel vor dem Fernseher.»

«Jaja … Und was ist mit dem ‹Horoskop›?»

«Wie?»

«Mit diesem Horoskop-Typen. Diesem Verrückten. Diesem Mörder.»

«Mom … Das ist der Sternzeichen-Mörder.»

«Ist doch alles eins. Und was ist mit … mit den Erdbeben? Ich hab diesen Film gesehen, Mary Ann, und ich bin fast gestorben, als Ava Gardner …»

«Würdest du bitte einfach Mr. Lassiter für mich anrufen?»

Ihre Mutter begann zu weinen. «Du kommst bestimmt nie wieder. Ich weiß es genau.»

«Mom … bitte … ich komm wieder. Das versprech ich dir.»

«Aber du bist dann nicht mehr … dieselbe!»

«Nein. Hoffentlich nicht.»

Nach dem Telefonat verließ Mary Ann die Bar und spazierte durch den Aquatic Park an die Bay. Dort stand sie einige Zeit im kalten Wind und schaute zum Leuchtfeuer auf Alcatraz hinüber. Sie schwor sich, in nächster Zeit nicht an ihre Mutter zu denken.

Als sie wieder im Fisherman's Wharf Holiday Inn war, suchte sie Connie Bradshaws Nummer aus dem Telefonbuch heraus.

Connie war Stewardeß bei United. Mary Ann hatte sie seit der High-School nicht mehr gesehen: seit 1968.

«Phantastisch!» kreischte Connie. «Wie lang bleibst du?»

«So lang, wie's mir gefällt.»

«Super! Hast du schon 'ne Wohnung?»

«Nein … ich … na ja, ich dachte … ob ich mich vielleicht bei dir einquartieren könnte, bis ich …»

«Aber klar. Kein Problem.»

«Connie … bist du denn solo?»

Die Stewardeß lachte. «Ist ein Schimmel weiß?»

Connies Wohnung

Mary Ann zerrte ihren Rucksack in Connies Wohnung und sank seufzend in einen mit falschem Zebrafell bezogenen Pilotensessel.

«Na ... dann seid gegrüßt, Sodom und Gomorrha.»

Connie lachte. «Deine Mom ist ausgeflippt, was?»

«Frag nicht!»

«Armes Kind! Ich kenn das Gefühl. Als ich *meiner* Mom gesagt hab, daß ich nach San Francisco gehe, hat die sich gar nicht mehr eingekriegt mit ihrem Gekeife! Es war unsäglich viel schlimmer als den Sommer, wo ich bei Up With People mitmachen wollte! Schon damals hat meine Mom nur Zustände gekriegt, obwohl ich wild entschlossen war, die ganze Welt zu missionieren!»

«O Gott ... das hatt ich schon fast vergessen.»

Connies Blick verklärte sich in der Erinnerung. «Tja ... He, hast du nicht 'n ordentlichen Durst, Schatz?»

«Doch.»

«Rühr dich nicht vom Fleck. Ich bin gleich zurück.»

Im Handumdrehen kam Connie mit zwei United-Gläsern und einer Flasche Banana Cow aus der Küche zurück. Sie schenkte Mary Ann ein.

Mary Ann nippte vorsichtig. «Hm ... wenn man sich hier so umsieht, dann bist du ja praktisch schon eine Einheimische, wie? Das ... ist doch schon was.»

«Doch schon was» war das Netteste, wozu Mary Ann sich durchringen konnte. Connies Wohnung war eine wilde Mischung aus Plastik-Tiffany-Lampen und knöcheltiefen Zottelteppichen, gestickten Snoopy-Bildern und Kätzchenplakaten mit Kopf-hoch-Parolen, Salatschüsseln aus den Tropen und Pflanzenampeln aus Makramee und – Bitte nicht! dachte Mary Ann – einem Pet Rock. Mary Ann waren diese neckischen bunten Tierfigürchen aus Stein ein Graus.

«Ich hatte Glück», sagte Connie strahlend. «Wenn du fliegst und so ... da kannst du auf deinen Trips 'ne Menge Kunstobjekte aufgabeln.»

«Mhmm.» Mary Ann überlegte, ob Connie ihr Stierkämpferbild auf schwarzem Samt als Kunstobjekt ansah. Die Stewardeß lächelte unbeirrt. «Schmeckt der Bananenmix?»

«Wie? Ach so ... ja. Toll.»

«Ich trink das Zeug für mein Leben gern.» Zur Bekräftigung nahm sie gleich noch ein paar Schlucke. Danach schaute sie Mary Ann an, als wäre ihr gerade erst bewußt geworden, daß die in ihrer Wohnung saß. «Mensch, du! Wir haben uns ja lange nicht gesehen!»

«Ja. Zu lange. Acht Jahre.»

«Acht Jahre ... Acht Jahre! Du siehst aber gut aus. Du siehst so richtig ... He, soll ich dir mal was ganz Schauerliches zeigen?»

Ohne eine Antwort abzuwarten, sprang sie auf und ging zu einem Bücherregal, das aus sechs orangen Foremost-Milchkästen bestand. Mary Ann konnte *Die Möwe Jonathan, Du bist dein bester Freund, Die sinnliche Frau, Der Weg der Wärme* und *More Joy of Sex* erkennen.

Connie griff nach einem großformatigen, in burgunderrotes Plastik gebundenen Buch und streckte es Mary Ann entgegen.

«Tätarä-*tä*!»

«Ach du meine Güte! *Der Freibeuter*?»

Connie nickte triumphierend und zog sich einen Stuhl heran. Sie klappte das Schuljahrbuch auf. «Du fällst garantiert *tot um,* wenn du deine Frisur siehst!»

Mary Ann fand ihr Bild aus der Abschlußklasse. Ihr Haar war sehr blond und mit Akribie gebügelt. Sie trug den obligatorischen Pullover mit Perlenkette. Und obwohl er wegretuschiert war, wußte sie noch genau, wo der Pickel saß, der ihr am Fototag gesprossen war.

Unter dem Foto stand:

MARY ANN SINGLETON
«Stille Wasser sind tief»
Pep Club 2,3,4
Future Homemakers of America 3,4
National Forensic League 4
Plume and Palette 3,4

Mary Ann schüttelte den Kopf. «Ruhe in Frieden», sagte sie und verzog das Gesicht.

Connie verzichtete gnädig darauf, ihre eigene Kurzbiographie zu präsentieren. Mary Ann kannte sie nur zu gut: Vortänzerin bei den Cheerleaders, drei Jahre lang Klassenkassiererin und Vorsitzende der YWCA-Teens. Connies Wasser waren rasch und seicht geflossen. Sie war beliebt gewesen.

Mary Ann kämpfte sich in die Gegenwart zurück. «Und was machst du so . . . zum Vergnügen, meine ich?»

Connie rollte mit den Augen. «Rate mal.»

«Lieber nicht.»

«Na gut . . . Zum Beispiel.» Connie beugte sich über den Kaffeetisch – eine umgearbeitete Flugzeugtür – und kramte eine Ausgabe von *Oui* heraus. «Liest du so was?» erkundigte sich Mary Ann.

«Nein. Die hat irgendein Kerl dagelassen.»

«Oh.»

«Schlag mal Seite siebzig auf.»

Mary Ann blätterte sich zu einem Artikel durch, der die Überschrift trug: «Gemischte Sauna – Willkommen zur saubersten Orgie der Welt». Illustriert war er mit einem fotografierten Wirrwarr aus Beinen, Brüsten und Hinterteilen.

«Reizend.»

«Das ist unten an der Valencia Street. Da zahlt man seinen Eintritt und nimmt, was kommt.»

«Du warst schon dort?»

«Nein. Aber ich hätte nichts dagegen.»

«Ich fürchte, auf mich mußt du verzichten, wenn du vorhast, da . . .»

Connie lachte herzhaft. «Keine Angst, mein Schatz. Das sollte nicht heißen, daß wir beide . . . Du bist neu hier. Laß dir Zeit. Diese Stadt ist genau das richtige zum Lockerwerden.»

«So locker werd ich nie sein . . . oder so verzweifelt.»

Connie zuckte mit den Schultern und wirkte ein wenig gekränkt. Sie trank noch einen Schluck Banana Cow.

«Connie, ich wollte nicht ...»

«Schon gut, mein Schatz. Ich weiß, wie's gemeint war. Mensch du, ich hab einen Riesenhunger. Wie wär's mit einem kleinen Hamburger Helper?»

Nach dem Abendessen legte sich Mary Ann für eine Stunde hin.

Im Traum sah sie sich in einem großen gekachelten Raum voll Dampf. Sie war nackt. Ihre Mutter und ihr Vater waren da und schauten sich durch die Dampfschwaden hindurch im Fernsehen *Geh aufs Ganze* an. Connie kam mit Mr. Lassiter herein, der Mary Ann wütend beschimpfte. Mary Anns Eltern schrien auf Monty Halls ersten Kandidaten ein.

«Nimm die Kiste», kreischten sie. «Nimm doch die Kiste ...»

Mary Ann wurde wach. Sie stolperte ins Bad und spritzte sich Wasser ins Gesicht.

Als sie das Schränkchen über dem Waschbecken öffnete, stieß sie auf eine ganze Rasierwasserkollektion: Brut, Old Spice, Jade East.

Connie war offensichtlich immer noch beliebt.

In der Disco in San Francisco

Die Discothek hieß Dance Your Ass Off. Mary Ann fand das unanständig, sagte aber nichts. Connie war zu sehr damit beschäftigt, sich auf ihre Marisa-Berenson-Masche einzustimmen.

«Der Trick ist, daß du *total* gelangweilt aussehen mußt.»

«Das sollte einem hier nicht schwerfallen.»

«Wenn du einen fürs Bett willst, Mary Ann, dann sieh zu, daß du ...»

«Ich hab nie gesagt, daß ich das will.»

«*Sagen* tut's natürlich nie jemand! Aber merk dir eins, mein Schatz: Wenn du nicht weißt, was du sexuell willst, dann erlebst du in dieser Stadt nichts als böse Überraschungen.»

«Sehr schön gesagt. Du solltest bei Gelegenheit einen Country & Western-Song daraus machen.»

Connie stöhnte genervt auf. «Komm jetzt. Und *versuch* wenigstens, ein anderes Gesicht zu machen als Tricia Nixon bei der Truppeninspektion.» Sie ging voran und besetzte ein abgetakeltes Sofa an der Wand.

Der Raum sollte locker-lässig wirken: ziegelrote Wände, rotierende Brauereischilder und Flohmarktkitsch. Hennagefärbte Frauen und Männer in Rugby-Shirts standen in dekorativen Grüppchen an der Bar, als posierten sie für eine Seagram-Reklame.

Während Connie was zu trinken besorgte, setzte sich Mary Ann verlegen auf das Sofa und zwang sich, Vergleiche mit Cleveland sein zu lassen.

Aus einigen Metern Entfernung taxierte ein Mädchen in Cowboystiefeln, Trainingshose und einer mit rotem Eichhörnchenfell besetzten Bomberjacke Mary Anns Hosenanzug aus Polyester mit abschätzigem Blick. Mary Ann schaute weg, doch die Folge war bloß ein anderes Gegenüber – rückenfreies Flechtkleid mit Stegkragen, schwarze Fingernägel, Bürstenhaarschnitt und blasierter Blick.

«Da steht ein Kerl an der Bar, der ist Robert Redford wie aus dem Gesicht geschnitten.» Connie brachte die Drinks. Einen Tequila Sunrise für sich, Weißwein für Mary Ann.

«Was ist mit den Warzen?» fragte Mary Ann und griff nach dem Wein.

«Wie?»

«Der Typ. Hat er Warzen? Robert Redford hat Warzen.»

«Das ist ja abgedreht ... Du, ich hab Lust auf ein bißchen wildes Bäng-Bäng. Stürmen wir die Tanzfläche?»

«Ich glaube, ich lasse ... das ganze erst mal auf mich wirken. Geh du ruhig schon vor.»

«Bist du sicher?»

«Ja. Danke. Mach dir um mich keine Sorgen.»

«Wie du willst, Schätzchen.»

Kaum war Connie in der Disco verschwunden, setzte sich ein

langhaariger Typ in einem griechischen Bauernhemd neben Mary Ann auf das Sofa. «Stör ich, oder kann ich mich setzen?»

«Sicher ... Ich meine, nein.»

«Tanzen ist wohl nicht dein Ding, was?»

«Na ja, nicht gerade im Moment.»

«Stehst du dann mehr auf Geistiges?»

«Ich weiß nicht, was ...»

«Was bist du für ein Zeichen?»

Am liebsten hätte Mary Ann gesagt: «Ein Stoppschild.» Sie sagte: «Rate mal.»

«Mhhmm ... Du stehst auf Spielchen. Okay ... Ich würde sagen, du bist Stier.»

Das saß. «Stimmt ... Wie hast du das gemacht?»

«Ganz einfach. Stiere sind grauenhaft stur. Es gibt *keinen,* der dir freiwillig verrät, was er für ein Sternzeichen ist.» Er beugte sich so weit vor, daß Mary Ann sein Patschuli riechen konnte, und sah ihr direkt in die Augen. «Doch unter der rauhen Schale des Stiers schlägt das Herz eines hoffnungslosen Romantikers.»

Mary Ann rückte sachte ein Stück zur Seite.

«Und?» sagte der Mann.

«Was, und?»

«Du bist doch eine Romantikerin, oder? Du magst Erdfarben und neblige Abende und Lina-Wertmüller-Filme, und bei der Liebe läßt du Kerzen mit Zitronenduft brennen.» Er griff nach ihrer Hand. Sie zuckte zurück. «Keine Angst», sagte er sanft. «Ich mach dir noch keinen Antrag. Ich will mir bloß deine Herzlinie ansehen.»

Er ließ seinen Zeigefinger über Mary Anns Handfläche gleiten. «Sieh dir mal deinen Ansatz an», forderte er sie auf. «Er liegt genau zwischen Jupiter und Saturn.»

«Was bedeutet das?» Mary Ann blickte auf seinen Finger. Er lag zwischen ihrem Mittel- und ihrem Zeigefinger. «Das bedeutet, daß du ein sehr sinnliches Wesen bist», erklärte der Typ. Er ließ seinen Finger vor und zurück gleiten. «Das stimmt doch, oder? Du bist doch ein sehr sinnliches Wesen?»

«Na ja, ich ...»

«Weißt du, daß du genau wie Jennifer O'Neill aussiehst?»

Mary Ann stand ruckartig auf. «Nein, aber wenn du noch ein bißchen mehr schleimst . . .»

«Aber, aber, Mädchen. Schon gut, schon gut. Ich dräng mich nicht auf . . .»

«Gut. Dann geh ich nach nebenan. Weidmannsheil.» Sie ging in die Disco, um ihre Freundin zu suchen. Connie befand sich im Auge des Hurrikans und tanzte mit einem Schwarzen, der knielange Lurexhosen und Glitzerschuhe mit Keilabsätzen trug.

«Was ist los?» fragte die Stewardeß, als sie an den Rand der Tanzfläche gewackelt kam.

«Ich bin geschafft. Kann ich die Wohnungsschlüssel haben?»

«Stimmt was nicht, Schatz?»

«Nein, nein. Ich bin bloß müde.»

«Ein heißer Typ?»

«Nein, bloß . . . Könnte ich bitte die Schlüssel haben, Connie?»

«Hier hast du die Zweitschlüssel. Und träum was Schönes.»

Als Mary Ann in den 41er Bus stieg, wurde ihr schlagartig klar, warum Connie immer ein zweites Paar Schlüssel dabeihatte.

Mary Ann sah sich *Mary Hartman, Mary Hartman* an, drehte dann den Fernseher ab und schlief ein.

Es war nach zwei, als Connie nach Hause kam.

Sie war nicht allein.

Mary Ann drückte sich gegen die Rückenlehne des Sofas, steckte den Kopf unter die Decken und stellte sich schlafend. Connie und ihr Gast stolperten auf Zehenspitzen ins Schlafzimmer.

Die Stimme des Mannes klang etwas whiskeyverwaschen, doch Mary Ann wußte sofort, wer er war.

Er fragte nach Kerzen mit Zitronenduft.

Ein neues Zuhause

Mary Ann schlich sich kurz vor Morgengrauen aus der Wohnung. Ihr grauste vor der Aussicht auf ein Trix-Frühstück zu dritt.

Sie wanderte durch die Straßen des Marina-Viertels, hielt Ausschau nach «Zu vermieten»-Schildern und aß später im International House of Pancakes ein enormes Frühstück.

Um Punkt neun war sie die erste Kundin eines Maklerbüros an der Lombard Street.

Sie wollte eine schöne Aussicht, ein Sonnendeck und einen Kamin für unter hundertfünfundsiebzig Dollar.

«Ogottogott», sagte die Maklerin. «Für ein Mädchen ohne Job sind Sie ja ganz schön wählerisch.» Sie bot Mary Ann ein «hübsches Studio in Lower Pacific Heights mit voll elektrifizierter Küche, Spannteppich und Teilausblick auf das Fillmore Auditorium» an. Mary Ann sagte nein.

Am Schluß blieben ihr drei Möglichkeiten.

Zur ersten gehörte eine sittenstrenge Vermieterin, die wissen wollte, ob Mary Ann «Marihuana nahm».

Die zweite war eine rosa Stuckfestung an der Upper Market mit Goldflitter im Deckenputz.

Die letzte lag auf dem Russian Hill. Mary Ann kam um halb fünf dort an.

Das Haus stand an der Barbary Lane, einem aus Holzplanken gezimmerten schmalen Verbindungssteg, der zwischen der Union und der Filbert von der Leavenworth abging. Es war ein ziemlich verwittertes, mit braunen Schindeln verkleidetes zweistöckiges Gebäude. Mary Ann fühlte sich an einen alten Bären erinnert, in dessen Fell sich trockenes Laub verfangen hatte. Das Haus gefiel ihr auf Anhieb.

Die Vermieterin war eine Frau von Mitte fünfzig und trug einen pflaumenfarbenen Kimono.

«Ich bin Mrs. Madrigal», sagte sie fröhlich. «Ganz Mittelalter.»

Mary Ann lächelte. «So alt wie ich heute können Sie sich gar nicht fühlen. Den ganzen Tag bin ich schon wegen einer Wohnung unterwegs.»

«Dann lassen Sie sich Zeit. Sie haben hier so was Ähnliches wie eine Aussicht, wenn man den kleinen Flecken Bucht gelten läßt, der zwischen den Bäumen durchschimmert. Nebenkosten sind natürlich inklusive. Ein kleines Haus. Nette Leute. Sind Sie diese Woche angekommen?»

«Sieht man das so deutlich?»

Die Hausbesitzerin nickte. «Der Blick sagt alles. Sie können es nicht erwarten, in den Lotos zu beißen.»

«Wie? Ich versteh nicht ...»

«Tennyson. Sie wissen doch: ‹Dann äß ich Lotos Tag für Tag, / Schaute der Welle, die am Strand sich kräuselt, / Des weißen Schaumes zarter Krümmung nach, / Und weihte völlig Geist und Herz / Der› ... Was war das bloß, was war das bloß? ... Na, Sie verstehen schon.»

«Ist die Wohnung denn ... möbliert?»

«Wechseln Sie nicht das Thema, wenn ich Tennyson zitiere.»

Mary Ann war irritiert, doch dann merkte sie, daß die Vermieterin lächelte. «Sie werden sich an mein Geplapper schon gewöhnen», sagte Mrs. Madrigal. «Bei den anderen war das auch so.» Sie ging ans Fenster, wo der Wind ihren Kimono flattern ließ wie ein glänzendes Gefieder. «Die Wohnung ist möbliert, ja. Was sagen Sie, meine Liebe?»

Mary Ann sagte ja.

«Gut. Dann gehören Sie jetzt zu uns. Willkommen in der Barbary Lane 28.»

«Ich danke Ihnen.»

«Ja, das sollten Sie auch.» Mrs. Madrigal lächelte. Ihr Gesicht hatte etwas leicht Verhärmtes, doch Mary Ann kam zu dem Schluß, daß sie wirklich sehr nett war. «Haben Sie irgendwelche Vorbehalte gegen Haustiere?» fragte die neue Mieterin.

«Meine Liebe ... Ich habe gegen gar nichts Vorbehalte.»

In Hochstimmung marschierte Mary Ann bis zur Ecke Hyde und Union und rief vom Searchlight Market aus Connie an. «Hallo. Was glaubst du, was passiert ist?»

«Bist du entführt worden?»

«Oh … Connie, es tut mir leid. Ich habe mich nach einer Wohnung …»

«Ich hab Todesängste ausgestanden.»

«Das tut mir schrecklich leid. Ich … Connie, ich hab eine entzückende Wohnung auf dem Russian Hill gefunden, zweiter Stock in einem echt tollen Haus … Und ich kann morgen einziehen.»

«Oh … das ging ja schnell.»

«Es ist so *niedlich!* Am liebsten würd ich es dir jetzt sofort zeigen.»

«Klingt ganz nett. Hör zu, Mary Ann … Also, wenn du irgendwie Geldprobleme hast oder so, kannst du bei mir wohnen bleiben, bis …»

«Ich hab doch was gespart. Trotzdem schönen Dank. Du warst ganz toll.»

«Für dich doch immer. Aber … was machst du denn heute abend, Schatz?»

«Mal überlegen. Ach, ja. Robert Redford holt mich um sieben ab. Wir gehen bei Ernie's essen.»

«Versetz ihn. Er hat Warzen.»

«Und was krieg ich an seiner Stelle?»

«Das Schärfste, was die Stadt zu bieten hat. Social Safeway.»

«Social *was?*»

«Safeway, Dummerchen. Wie Supermarkt.»

«Ja, so hab ich das auch verstanden. Aber du weißt ja besser als ich, wo kleine Mädchen ihren Spaß haben können.»

«Zu deiner Information, Kleines, Social Safeway ist nun mal … na ja, es ist halt das … Tollste überhaupt. Nicht mehr und nicht weniger.»

«Für die, die auf Lebensmittel abfahren.»

«Für die, die auf *Männer* abfahren, Dummchen. Das ist hier Tradition. Jeden Mittwochabend. Und du brauchst nicht mal so auszusehen, als wärst du auf Anmache aus.»

«Das glaub ich nicht.»

«Es gibt nur eine Möglichkeit, es dir zu beweisen.»

Mary Ann kicherte. «Und was soll ich machen? Hinter den

Artischocken in Deckung gehen, bis ein nichtsahnender Börsenmakler des Wegs kommt?»

«Sei um acht bei mir in der Wohnung, Mädchen. Du wirst schon sehen.»

Liebe heute im Angebot

Ein Dutzend Reklametafeln baumelten von der Decke des Marina Safeway und umschmeichelten die Kundschaft mit einer doppeldeutigen Botschaft: «Nachbarn sind wir schon. Freunde wollen wir noch werden.»

Und Freunde fand man hier tatsächlich.

Als Mary Ann sich umsah, schlenderte gerade ein blonder Mann in einem Stanford-Sweatshirt auf eine Brünette in einem rückenfreien Jeanskleid zu. «Ähm ... Entschuldige, aber kannst du mir vielleicht sagen, ob man besser Saffola-Öl oder Wesson-Öl nimmt?»

Das Mädchen sagte kichernd: «Wofür?»

«Das ist ja nicht zu fassen», sagte Mary Ann und griff nach einem Einkaufswagen. «Jeden Mittwochabend?»

Connie nickte. «Das Wochenende ist auch nicht grade von Pappe.» Sie packte einen Wagen und stürzte sich in einen besonders belebten Gang. «Bis später. Es läuft besser, wenn man allein ist.»

Mary Ann schlenderte zur Obst- und Gemüseabteilung. Connies heidnisches Paarungsritual würde sie nicht daran hindern, hier *einzukaufen.*

Dann zupfte sie jemand am Ärmel.

Es war ein mondgesichtiger Kerl um die Fünfunddreißig. Er trug einen legeren Anzug mit einem weißen Kunstledergürtel und passenden Schuhen. «Sind das die Dinger, die man zum chinesisch Kochen braucht?» fragte er und deutete auf die Zuckerschoten.

«Ja», sagte sie so wenig einladend wie möglich.

«Toll. Ich such schon die ganze Woche danach. In letzter Zeit fahr ich nämlich total auf chinesisches Essen ab. Ich hab mir schon einen Wok und so zugelegt.»

«Aha. Jedenfalls sind das die richtigen. Also dann ... gutes Gelingen.» Sie kratzte im wahrsten Sinn des Wortes die Kurve und steuerte auf die Kasse zu. Ihr Angreifer ließ nicht locker.

«He ... hallo, könntest du mir nicht ein bißchen was über chinesisches Essen erzählen?»

«Wie käme ich dazu.»

«Zier dich nicht so. Die meisten Mädels hier in der Stadt stehen total auf chinesisches Essen.»

«Dann bin ich die Ausnahme.»

«Okay. Schon verstanden. Jeder nach seiner Fasson, was? Worauf stehst du denn?»

«Aufs Alleinsein.»

«Okay. Schon gut, schon gut.» Er zögerte einen Augenblick und spuckte dann seinen Abgangssatz hin: «Du hast wohl grade deine Tage, du Zicke!»

Er ließ sie zwischen den Gefriertruhen stehen. Ihre Fingerknöchel traten weiß hervor, so fest hielt sie den Rand einer der Truhen umklammert, und ihr Atem klang wie ein gepreßtes Notsignal. «Mein Gott», flüsterte sie mit trockener Stimme, als eine einzelne Träne auf eine Packung Sara-Lee-Brownies fiel.

«Reizend», sagte ein Mann neben ihr.

Mary Ann wurde stocksteif. «Was?»

«Ihr Freund dort ... der mit der spritzigen Antwort. Ein wirklich vornehmer Mensch.»

«Sie haben alles mit angehört?»

«Nur die zärtlichen Abschiedsworte. War der Rest besser?»

«Nein. Es sei denn, man findet es toll, sich mit Charlie Manson über Zuckerschoten zu unterhalten.»

Der Mann zeigte beim Lachen schöne weiße Zähne. Mary Ann schätzte ihn auf ungefähr dreißig. Er hatte lockige braune Haare und blaue Augen und trug ein weiches Flanellhemd. «Manchmal trau ich hier meinen Augen nicht», sagte er.

«Das kann ich mir vorstellen.» Hatte er sie weinen sehen?

«Das fürchterliche ist, daß die ganze Stadt übers Sichauseinandersetzen und Miteinanderkommunizieren und all den Scheiß aus dem Wassermannzeitalter redet, und dabei brechen sich die meisten *noch immer* einen ab, damit sie so wirken, wie sie nicht sind ... Entschuldigung, ich hör mich wohl wie ein Briefkastenonkel an, was?»

«Nein. Ganz und gar nicht. Ich ... bin ganz Ihrer Meinung.»

Er streckte ihr die Hand entgegen. «Ich heiße Robert.» Nicht Bob oder Robbie, sondern Robert. Kraftvoll und direkt. Sie ergriff seine Hand. «Ich bin Mary Ann Singleton.» Sie wünschte sich, daß er ihren Namen behalten würde.

«Tja ... auch auf die Gefahr hin, mich wie Charlie Manson anzuhören ... wie wär's mit einem kleinen kulinarischen Ratschlag für einen glücklosen Mann?»

«Gern. Aber doch wohl nicht zu Zuckerschoten?»

Er lachte. «Nicht zu Zuckerschoten. Zu Spargel.»

Mary Ann hatte dieses Thema noch nie so aufregend gefunden. Sie las gerade Roberts Reaktion auf ihr Sauce-hollandaise-Rezept aus seinen Augen, als ein schnauzbärtiger junger Mann mit seinem Einkaufswagen heranrollte. «Dich kann man auch keine Minute allein lassen.» Er sprach mit Robert.

Robert gluckste. «Michael ... das ist Mary Ann ... äh ...»

«Singleton», ergänzte Mary Ann.

«Das ist Michael. Wir wohnen zusammen. Mary Ann hat mir ihr Hollandaise-Rezept verraten, Michael.»

«Sehr schön», sagte Michael lächelnd zu Mary Ann. «Er macht eine *scheußliche* Hollandaise.»

Robert zuckte mit den Schultern. «Michael ist bei uns zu Hause der Küchenchef. Und daraus leitet er das Recht ab, mir das Leben zur Qual zu machen.» Er grinste seinen Mitbewohner an.

Mary Anns Hände waren feucht.

«Ich bin auch keine besonders gute Köchin», sagte Mary Ann. Wie kam sie bloß dazu, Robert beizuspringen? Robert brauchte ihre Unterstützung nicht. Robert wußte nicht einmal, daß sie neben ihm stand.

«Sie war mir eine große Hilfe», behauptete Robert. «Das ist mehr, als ich von anderen Leuten sagen kann.»

«Jetzt krieg dich aber wieder ein», meinte Michael grinsend.

«Na ja», sagte Mary Ann matt. «Ich glaube, ich muß jetzt ... weiter.»

«Schönen Dank für Ihre Hilfe», sagte Robert. «Ehrlich.»

«War nett, Sie kennenzulernen», sagte Michael.

«Gleichfalls», erwiderte Mary Ann und schob ihren Wagen in den Gang mit den Hygieneartikeln. Als Connie gleich darauf um die Ecke kam, stand ihre Freundin niedergeschlagen da und quetschte eine Rolle Charmin.

«Total scharf!» sagte die Stewardeß. «Hier geht heute echt die Post ab!»

Mary Ann warf das Toilettenpapier in ihren Wagen. «Ich hab Kopfschmerzen, Connie. Ich glaub, ich geh nach Hause. Okay?»

«Na ja . . . Wart noch kurz. Ich komm mit.»

«Connie, ich . . . ich wär gern allein. Okay?»

«Klar. Okay.»

Sie sah beleidigt aus. Wie immer.

Connies Pleitenacht

Connie kam eine Stunde nach Mary Ann aus dem Marina Safeway zurück.

Geräuschvoll ließ sie ihre Einkäufe auf den Küchentresen plumpsen. «Also», sagte sie auf dem Weg ins Wohnzimmer, «ich hab jetzt Bock auf die Union Street. Du hast wohl eher Bock aufs Schlafengehen, was?»

Mary Ann nickte. «Ich muß mich morgen um einen Job kümmern und den Umzug machen. Da muß ich fit sein.»

«Vom Abstinentsein kriegt man Pickel.»

«Ich werd mir's merken», sagte Mary Ann, während Connie schon zur Tür hinausstakste.

Mary Ann setzte sich zum Abendessen vor den Fernseher. Sie aß Steak mit Salat und Happy Potatoes – Connie schwor auf diese Kombination, wenn es darum ging, Männer bei Laune zu halten. Sie stöberte in Connies Plattensammlung (The Carpenters, Percy

Faith, 101 Strings) und schaute sich dann die Bilder aus *More Joy of Sex* an. Kurz vor Mitternacht schlief sie auf dem Sofa ein.

Als sie aufwachte, war das Zimmer lichtdurchflutet. Die Müllabfuhr rumpelte die Greenwich Street entlang. Eine Schlüsselkette schlug klimpernd gegen die Wohnungstür.

Connie schleppte sich herein. «Es ist kaum zu glauben, wie viele *Arschlöcher* es in dieser Stadt gibt!»

Mary Ann setzte sich auf und rieb sich die Augen. «Schlimme Nacht, hm?»

«Schlimme Nacht, schlimmer Morgen, schlimme Woche, schlimmes Jahr. Diese Spinner! Die Scheiße ist, daß ich dauernd bei denen lande. Wenn irgendwo im Umkreis von hundert Kilometern ein Spinner rumrennt, ist die gute alte Connie Bradshaw gleich zur Stelle und geht mit ihm aus. Scheiße!»

«Wie wär's mit einem Kaffee?»

«Was ist los mit mir, Mary Ann? Kannst du mir das mal sagen? Ich hab zwei Titten und einen netten Arsch. Ich wasche mich. Ich bin eine gute Zuhörerin ...»

«Nun komm schon. Wir brauchen beide einen Kaffee.»

Die Küche taugte in ihrer perversen Niedlichkeit überhaupt nicht als Ort für eine frühmorgendliche Seelenmassage. Mary Ann schaute aus zusammengekniffenen Augen auf die Doris-Day-gelben Wände und die kleinen Behälter, hinter deren Sichtfenstern getrocknete Bohnen lagerten.

Connie verschlang eine Schale Trix. «Ich glaub, ich werd Nonne», sagte sie.

«In dem Outfit wirst du dann im Dance Your Ass Off sicher zum Star.»

«Ach wie lustig.»

«Okay. Was war los?»

«Du willst es doch gar nicht wissen.»

«Will ich schon. Du bist also in die Union Street gegangen?»

«Zu Perry's. Dann ins Slater Hawkins. Aber die *richtige* Pleite kam erst im Thomas Lord's.»

Mary Ann goß ihr eine Tasse Kaffe ein. «Was ist denn passiert?»

«Wenn ich das mal selber wüßte! Ich sitz ganz unschuldig an der

Bar und trink so vor mich hin, als ich drüben am Kamin diesen Kerl entdecke. Ich hab ihn sofort erkannt, weil ich mit ihm letzten Monat auf seinem Hausboot in Sausalito eine kleine Nummer geschoben habe.»

«Eine kleine Nummer geschoben?»

«Gevögelt.»

«Schönen Dank.»

«Na ... ich also rüber zu dem Kerl. Jerry Sonstwas. Ein deutscher Name. Wildlederhose, ein Halskettchen aus türkisen Kürbisblüten und eine Brille à la John Denver. *Einfach umwerfend.* Auf ... na ja ... so auf die Art wie drüben im Marin eben. Ich sag also zu ihm: ‹Hallo, Jerry, wer hält denn das Hausboot warm?›, und da gafft mich das Arschloch bloß an, als wär ich irgend 'ne Nutte von der Market Street oder was. Weißt du, als würd er mich nicht mal *erkennen.* Ich bin mir vorgekommen wie der letzte *Dreck.*»

«Kann ich mir vorstellen.»

«Deshalb hab ich dann gesagt: ‹Connie Bradshaw von den Friendly Skies of United.› Bloß hab ich es ... in einem richtig zickigen Ton gesagt, damit er's auch schnallt.»

«Hat er aber nicht?»

«Nein, verdammt noch mal! Er sitzt bloß da in seiner Hochnäsigkeit und glotzt stoned durch die Gegend. Schließlich bietet er mir einen Platz an, und dann macht er mich mit diesem Danny bekannt, einem Freund von ihm. Danach steht das Arschloch einfach auf und geht raus, und mich läßt er mit diesem Danny allein. Der hatte grade so ein Therapiewochenende hinter sich, und da hat er mich dann vollgelabert mit lauter Scheiß von Abstand zum Selbst gewinnen und so.»

«O Gott. Und was hast du gemacht?»

«Was *konnte* ich schon machen? Ich bin mit Danny nach Hause gegangen. Sollte ich etwa zulassen, daß er mich auch sitzenläßt und ich dann allein meine Salzstangen mampfe? Nein! Es gibt schließlich so was wie Stolz!»

«Richtig.»

«Jedenfalls hat Danny eine wirklich süße Wohnung in Mill Valley, mit Redwoodtäfelung und ganz viel farbigem Glas und so, aber er ist total *besessen* von der Ökologie. Kaum hatten wir einen Joint geraucht, brabbelte er mir auch schon einen vor über die Rettung der Wale in Mendocino und über die Zerstörung der Ozonschicht durch Intimspray für Frauen.»

«*Was?*»

«Du weißt schon. Spraydosen. Und diese dämliche Ozonschicht. Auf jeden Fall war ich da schon ziemlich stoned, und dann hab ich gesagt, daß meiner Meinung nach jede Frau das unveräußerbare ... das unveräußerliche Recht ... Wie heißt es denn nun?»

«Unveräußerlich.»

«Das unveräußerliche Recht hat, Intimspray zu benutzen, wenn sie das möchte, Ozonschicht hin oder her!»

«Und ...?»

«Und er hat gesagt, nur weil ich die etwas *bizarre* Vorstellung habe, daß meine ... na, du weißt schon ... schlecht riecht, ist das noch lange kein Grund, den Rest der Welt der ultravioletten Strahlung und dem Hautkrebs auszusetzen. Oder so was in der Art.»

«Na ... das war ja ein erquicklicher Abend.»

«Dieser Kerl ist doch einfach *unglaublich.* Nicht nur, daß er mich mit diesem ganzen Ökoscheiß überzieht, nein ... es passiert noch nicht mal was.»

«Es ist nichts passiert?»

«Nichts. Null. Er kutschiert mich den ganzen Weg über die Brücke, und bloß zum Quatschen. Er sagt, er will zu mir als Person einen *Bezug herstellen.* Pah!»

«Und ... Was hast du gesagt?»

«Ich hab ihm gesagt, er soll mich nach Hause fahren. Und weißt du, was er da gesagt hat?»

Mary Ann schüttelte den Kopf.

«Er hat gesagt: ‹Tut mir leid, daß du umsonst gesprayt hast.›»

Ein paar Stunden später zog Mary Ann von Connies Wohnung in die Barbary Lane 28 um. Ihr Umzugsgut bestand aus einem Rucksack. Connie war erkennbar deprimiert.

«Du kommst mich doch mal besuchen, oder?»

«Klar. Und du mußt zu mir auf Besuch kommen.»

«Hand aufs Herz?»
«Hand aufs Herz.»
Beide glaubten nicht daran.

Bewerbungstaktik

An ihrem ersten Vormittag in der Barbary Lane suchte Mary Ann im Branchenbuch nach dem Schlüssel zu ihrer Zukunft. Laut einer großformatigen, mit Gänseblümchen verzierten Anzeige war die Metropolitan Employment Agency eine «individuelle Arbeitsvermittlung, der Ihre Zukunft am Herzen liegt».

Das hörte sich gut an. Zuverlässig und doch mitfühlend.

Mary Ann schlang ein Instant Breakfast runter, zog ihr dezentes marineblaues Kostüm an und stieg in den 41er Union Richtung Montgomery Street. Ihr Horoskop versprach an diesem Tag «unvergleichliche Möglichkeiten für Sie, wenn Sie den Stier bei den Hörnern packen».

Die Agentur befand sich im vierten Stock eines gelb verklinkerten Gebäudes, in dem es nach Zigarren und Salmiakgeist roch. Jemand mit einem Auge für zeitgenössische Kaliforniensia hatte die Wände des Wartezimmers mit Jugendstilplakaten und einem aus Treibholz und Kupfer gefertigten Relief einer fliegenden Möwe geschmückt.

Mary Ann setzte sich. Da niemand zu sehen war, griff sie nach einem Heft der Zeitschrift *Office Management.* Sie las gerade einen Artikel über Avocadozucht im Büro, als aus einem Nebenraum eine Frau auftauchte.

«Haben Sie schon ein Formular ausgefüllt?»

«Nein. Ich wußte nicht ...»

«Auf dem Pult dort. Ich kann Sie nicht vorlassen, solange Sie kein Formular ausgefüllt haben.»

Mary Ann füllte ein Formular aus. Mit den Fragen quälte sie sich ab. Verfügen Sie über ein Auto? Würden Sie eine Stelle außerhalb von San Francisco annehmen? Beherrschen Sie eine oder mehrere Fremdsprachen?

Sie trug das Formular zu der Frau ins Nebenzimmer. «Ich bin fertig», sagte sie so freundlich und verbindlich wie möglich.

Die Frau grunzte. Sie nahm Mary Ann das Formular ab und rückte die an einer Kette baumelnde Brille auf ihrer kleinen Schweinchennase zurecht.

Sie hatte eine Entenschwanzfrisur mit eingefärbten Strähnchen. Während sie das Formular prüfte, fingerte sie an einem Schreibtischspielzeug herum: vier Stahlkugeln, die an Schnüren von einem Gestell aus Walnußholz baumelten.

«Kein Abschluß», sagte die Frau schließlich.

«Meinen Sie ... vom College?»

Die Frau brauste auf. «Ja. Vom College, meine ich.»

«Ich war zwei Jahre auf einem Junior College in Ohio, wenn das ...»

«Zwischenprüfung?»

«Ja.»

«Ja und?»

«Was?»

«*Worin* hatten Sie Ihre Zwischenprüfung?»

«Oh. In Kunstgeschichte.»

Die Frau lächelte affektiert. «Von *der Sorte* haben wir aber garantiert mehr als genug.»

«Macht ein Abschluß denn wirklich so viel aus? Ich meine ... für einen Sekretärinnenjob?»

«Na hören Sie mal! Ich hatte schon Doktorandinnen als Tippsen.» Sie redete in der ersten Person, als wären die jobbenden Studentinnen ihre Leibeigenen. Sie schrieb etwas auf eine Karteikarte und überreichte sie Mary Ann. «Das ist eine kleine Büroartikelfirma an der Market Street. Der Verkaufsleiter braucht ein Girl Friday. Fragen Sie nach Mr. Creech.»

Der entpuppte sich als rotgesichtiger Mann um die Fünfzig. Er trug ein burgunderrotes Polyestersakko mit übergroßem Fischgrätmuster. Seine Hose und die Krawatte hatten die gleiche Farbe.

«Haben Sie schon mal im Verkauf gearbeitet?» Er lächelte und lehnte sich in seinem quietschenden Drehstuhl zurück.

«Nein ... na ja, nicht so richtig. Die letzten vier Jahre habe ich bei Lassiter Fertilizers in Cleveland als Sekretärin gearbeitet. Ich war nicht direkt *im* Verkauf, aber ... wissen Sie ... ich hatte eigentlich mit allem zu tun.»

«Klingt gut. Firmentreue. Das ist immer ein gutes Zeichen.»

«Die letzten anderthalb Jahre war ich auch noch Assistentin in der Geschäftsleitung, und in meiner Zuständigkeit lagen mehrere ...»

«Schön, schön ... Ich nehme an, Sie wissen, was ein Girl Friday ist?»

«So eine Art Mädchen für alles ... oder?» Sie lachte nervös auf.

«Die Bezahlung ist gut. Sechshundertfünfzig im Monat. Und es geht sehr locker zu bei uns ... Schließlich sind wir in San Francisco.» Er fixierte Mary Ann und fing an, am Knöchel seines Zeigefingers herumzukauen.

«Mir gefällt es ... wenn es im Büro etwas ungezwungener zugeht», sagte Mary Ann.

«Mögen Sie Vegas?»

«Sir?»

«Earl.»

«Wie?»

«Ich heiße Earl. Ungezwungen ... so sagten wir doch, nicht?» Grinsend wischte er sich über die Stirn. Er schwitzte ziemlich stark. «Ich habe gefragt, ob Ihnen Vegas gefällt. Wir sind ziemlich oft in Vegas. Vegas, Sacramento, L.A., Hawaii. Das bringt 'ne Menge Spesen zusätzlich.»

«Klingt ja ... richtig gut.»

Er zwinkerte ihr zu. «Wenn Sie nicht ... Sie verstehen ... zugeknöpft sind.»

«Ach.»

«Ach was?»

«Ich bin zugeknöpft, Mr. Creech.»

Er schnappte sich eine Büroklammer vom Schreibtisch und bog

sie, ohne hochzuschauen, langsam auseinander. «Die nächste», sagte er ruhig.

«Sir?»

«Raus mit Ihnen.»

Sie ging nach Hause in ihre neue Wohnung und heulte. Als die Nachmittagssonne sich durch das Fenster ergoß, schlief sie ein. Um fünf wachte sie auf und scheuerte aus therapeutischen Gründen die Küchenspüle blitzblank. Sie aß etwas Blaubeerjoghurt und machte eine Liste von Dingen, die sie für ihre Wohnung brauchte.

Sie schrieb einen Brief an ihre Eltern. Optimistisch, aber vage.

Draußen vor der Tür war ein Geräusch. Nach kurzem Lauschen öffnete sie. Sie sah gerade noch flatternde pflaumenfarbene Seide, die nach unten entschwand.

Mary Ann fand einen Zettel an ihrer Tür:

> Eine Kleinigkeit aus meinem Garten,
> um dich in deinem neuen Heim
> willkommen zu heißen.
> *Anna Madrigal*
> P.S.: Ich bring dich um, wenn du
> deiner Mutter etwas davon sagst.

Auf dem Zettel klebte ein feinsäuberlich gerollter Joint.

Auftritt Mona

Die Frau unten an den Mülltonnen hatte krause rote Haare und trug ein aufgepepptes Farmerinnenkleid aus Baumwolle.

Naserümpfend ließ sie ihre Hefty-Tüte in eine der Tonnen fallen und lächelte Mary Ann an. «Müll ist *sehr* aussagekräftig, kann ich dir nur sagen. Tarotkarten sind ein Dreck dagegen!»

«Was würdest du sagen zu ... Moment mal ... vier Joghurtbechern, einer Cost-Plus-Tüte, ein paar Avocadoschalen und diversen Plastikfolien?»

Die Frau drückte ihre Finger gegen die Stirn wie ein Medium. «Ah, ja . . . die Person sorgt gut für sich . . . wenigstens, was die Ernährung angeht. Wahrscheinlich ist sie auf Diät, und sie . . . richtet eine neue Wohnung ein!»

«Unheimlich!» sagte Mary Ann lächelnd.

«Außerdem . . . züchtet sie gern Pflanzen. Sie hat den Avocadokern nicht weggeworfen, und das heißt, daß sie ihn wahrscheinlich in der Küche eingepflanzt hat.»

«Bravo!» Mary Ann streckte ihr die Hand entgegen. «Ich bin Mary Ann Singleton.»

«Ich weiß.»

«Aus meinem Müll?»

«Von unserer Vermieterin. Unserer Urmutter.» Sie schüttelte Mary Anns Hand mit festem Griff. «Ich bin Mona Ramsey . . . von direkt unter dir.»

«Hallo. Du hättest sehen sollen, was unsere Mutter mir gestern abend an die Zimmertür geklebt hat.»

«Einen Joint?»

«Sie hat es dir erzählt?»

«Nein. Das gehört hier zum Standardprogramm. Wir kriegen alle einen.»

«Hat sie das Zeug im Garten?»

«Gleich da drüben hinter den Azaleen. Sie hat den Pflanzen sogar Namen gegeben . . . Dante zum Beispiel, oder Beatrice, oder . . . Da fällt mir ein, willst du vielleicht etwas Ginseng?»

«Was?»

«Ginseng. Ich hab grade welchen gekocht. Komm doch mit hoch.»

Monas Wohnung im ersten Stock war mit indischen Wandbehängen, einer Sammlung von Straßenschildern und Kugellampen aus dem Art déco verschönert. Ihr Eßtisch war eine riesige Kabeltrommel. Ihr Sessel eine umgearbeitete viktorianische Toilette.

«Früher hatte ich mal Vorhänge», sagte sie lächelnd und reichte Mary Ann einen Becher Tee, «aber nach einiger Zeit sah's mir hier mit den Paisleystoffen viel zu altmodisch und ... höheretöchtermäßig aus.» Sie zuckte mit den Schultern. «Außerdem ... was soll's ... vor wem verberge ich denn schon meinen Körper?»

Mary Ann schaute aus dem Fenster. «Was ist mit dem Haus da drüben ...»

«Nein ... ich meine ... mehr so ... Vor dem Kosmos kann *niemand* etwas wirklich verbergen. Unter den Strahlen des Großen Heilenden Lichts sind wir alle ... na ja ... *wahrhaft* nackt. Wen schert es da, wenn man seine *Haut* zeigt?»

«Der Tee schmeckt wirklich ...»

«Warum willst du als Sekretärin arbeiten?»

«Woher weißt du, was ...?»

«Die Übermutter. Mrs. Madrigal.»

Mary Ann konnte ihren Ärger nicht verbergen. «Sie bringt die Neuigkeiten ganz schön schnell unter die Leute, was?»

«Sie mag dich.»

«Hat sie dir das gesagt?»

Mona nickte. «Magst du sie nicht?»

«Na ... ja ... ich meine, ich kenn sie noch nicht lang genug, um ...»

«Sie glaubt, daß du sie abgedreht findest.»

«Na großartig. Die Psychokiste wird gleich mitgeliefert.»

«*Findest* du sie denn abgedreht?»

«Mona, ich ... Ja, ich glaube schon», sagte sie lächelnd. «Vielleicht liegt es ja an mir. Bei uns in Cleveland gibt es keine solchen Leute.»

«Wie schade für Cleveland.»

«Ja, vielleicht.»

«Sie will dich in die Familie aufnehmen, Mary Ann. Versuch's doch mal. Okay?»

Monas gönnerhafte Art ärgerte Mary Ann. «Ich hab damit keine Probleme.»

«Nein. Noch nicht.»

Mary Ann nippte schweigend weiter an dem höchst merkwürdig schmeckenden Tee.

Die beste Nachricht kam ein paar Minuten später. Mona arbeitete als Werbetexterin für Halcyon Communications, eine angesehene Werbeagentur am Jackson Square.

Edgar Halcyon, der Chef, brauchte Ersatz für seine Privatsekretärin, die «ihm schwanger geworden» war.

Mona arrangierte ein Vorstellungsgespräch für Mary Ann.

«Sie haben doch nicht vor, wieder nach Cleveland abzuhauen, oder?»

«Sir?»

«Bleiben Sie auf Dauer hier?»

«Ja, Sir. Ich liebe San Francisco.»

«Das sagen alle.»

«In meinem Fall ist es zufällig die Wahrheit.»

Halcyons buschige weiße Augenbrauen zuckten nach oben. «Sind Sie zu Ihren Eltern auch so frech, junge Frau?»

Mary Ann blieb ungerührt. «Was glauben Sie, warum ich nicht nach Cleveland zurückkann?»

Es war gewagt, aber es funktionierte. Halcyon warf den Kopf zurück und lachte schallend. «Okay», sagte er, um Fassung ringend. «Das war's.»

«Sir?»

«Das ist das letzte Mal, daß Sie mich so lachen sehen. Ruhen Sie sich ein bißchen aus. Ab morgen arbeiten Sie für den schrecklichsten Kerl, den diese Stadt zu bieten hat.»

Mrs. Madrigal jätete im Garten Unkraut, als Mary Ann in die Barbary Lane zurückkam.

«Du hast den Job, nicht?»

Mary Ann nickte. «Hat Mona angerufen?»

«Nein. Ich wußte einfach, daß es klappt. Du kriegst immer, was du willst.» Mary Ann zuckte lächelnd mit den Schultern. «Ja, ich glaube schon.»

«Wir beide haben viel gemeinsam, Liebes ... Ob dir das bewußt ist oder nicht.»

Mary Ann ging auf die Haustür zu, blieb dann stehen und drehte sich um. «Mrs. Madrigal?»

«Ja?»

«Ich ... Vielen Dank für den Joint.»

«Gern geschehen, Liebes. Ich denke, du wirst Beatrice mögen.»

«Es war nett von Ihnen, daß Sie ...»

Die Hausherrin schickte sie mit einem Wink fort. «Geh und sag deine Gebete auf oder so. Du stehst jetzt im Berufsleben.»

Werbespielchen

Halcyon Communications war in einer früheren Inkarnation eine Lebensmittelgroßhandlung gewesen. Jetzt strahlten einem von den dezenten Ziegelwänden Supergraphics und Mietkunst entgegen. Würdige Damen, die am Jackson Square nach Louis-quinze-Schnäppchen suchten, verwechselten die Sekretärinnen des Hauses häufig mit exquisiten Mannequins.

Mary Ann gefiel das.

Was ihr nicht besonders gefiel, war ihr Job.

«Ist die Fahne draußen, Mary Ann?»

Das war am Morgen Halcyons erste Frage. An jedem Morgen.

«Ja, Sir.» Mit jeder Sekunde fühlte sie sich weniger wie Lauren Hutton. Wer würde von Lauren Hutton verlangen, schon vor neun Uhr morgens die amerikanische Flagge aufzuziehen?

«Haben wir keinen Kaffee mehr?»

«Ich habe ihn im Konferenzraum bereitgestellt.»

«Was ist das denn wieder für eine komische ... O Gott! ... Adorable ist da?»

Mary Ann nickte. «Konferenz um neun.»

«Verdammt! Sagen sie Beauchamp, er soll seinen Hintern hierher bewegen. Aber dalli.»

«Ich hab's schon bei ihm versucht, Sir. Er ist noch nicht im Haus.»

«O Gott!»

«Ich könnte es bei Mildred versuchen, wenn Sie möchten. Manchmal trinkt er unten in der Produktion Kaffee.»

«Ja, los.»

Mary Ann rief an und kam sich dabei vor wie eine Fünftkläßlerin, die einen Mitschüler verpetzt hatte. Sie *mochte* Beauchamp Day; trotz seiner Verantwortungslosigkeit. Vielleicht mochte sie ihn sogar *wegen* seiner Verantwortungslosigkeit.

Beauchamp war Edgar Halcyons Schwiegersohn, der Ehemann von DeDe Halcyon, deren Debütantinnenball auch schon eine ziemliche Weile zurücklag. Nach seinem Studium in Groton und Stanford war der hübsche junge Bostoner 1971 als Trainee zur Bank of America nach San Francisco gekommen und natürlich wie geschaffen gewesen für den eleganten Junggesellenclub The Bachelors.

Den Klatschspalten zufolge hatte er seine spätere Frau 1973 beim Spinsters Ball kennengelernt. Binnen Monatsfrist genoß er die Freuden von Poolparties in Atherton, Brunches auf Belvedere Island und Skiausflügen nach Tahoe.

Die Balz zwischen DeDe und Beauchamp verlief rasant. Die beiden heirateten im Juni 1973 auf den sonnenbeschienenen Hängen von Halcyon Hill, dem Sitz der Brautfamilie in Hillsborough. Die Braut hatte darauf bestanden, barfuß zu heiraten. Sie trug ein Folklorekleid von Adolfo, geordert bei Saks Fifth Avenue. Ihre Mitbewohnerin in Bennington und Brautjungfer, Muffy van Wyck, trug ausgewählte Verse von Kahlil Gibran vor, zu denen ein Streichquartett das Thema aus *Elvira Madigan* spielte.

Nach der Hochzeit erklärte die Brautmutter, Frannie Halcyon, gegenüber Reportern: «Wir sind so stolz auf DeDe. Sie war immer eine *ganz besondere* Individualistin.»

Beauchamp und DeDe zogen in ein elegantes Art-déco-Penthouse auf dem Telegraph Hill. Sie waren generöse Gastgeber, und man traf sie häufig bei wohltätigen Ausschweifungen ... anscheinend gingen alle Leute zu so was, bloß nicht Mary Ann Singleton.

Mary Ann hatte während eines Softballmatchs mit einer befreundeten Agentur (Halcyon gegen Hoefer, Dieterich & Brown) einmal kurz mit DeDe geplaudert. Mrs. Day wirkte auf die Sekretärin ganz und gar nicht versnobt, doch Mona fand, daß eine

Dina-Merrill-Frisur bei einer Sechsundzwanzigjährigen *lächerlich* aussah.

Beauchamp jedoch hatte an jenem Nachmittag wunderbar ausgesehen und die Wurfzone des Pitchers in einen Miniolymp verwandelt.

Blaue Augen, schwarze Haare und glänzende braune Arme, die sich von einem leicht verwaschenen grünen Lacoste-Hemd abhoben ...

Mary Ann hatte richtig getippt. Beauchamp trank in der Produktion Kaffee.

«Seine Majestät verlangen nach Eurer Anwesenheit in den königlichen Gemächern.» Sie hatte keine Bedenken, Beauchamp gegenüber solche Respektlosigkeiten zu gebrauchen. Sie war überzeugt, daß sie es mit einem Gleichgesinnten zu tun hatte.

«Bestellen Sie ihm, der prinzliche Kretin sei auf dem Weg.»

Sekunden später stand Beauchamp neben ihrem Schreibtisch und zeigte sein selbstbewußtes Jünglingslächeln. «Lassen Sie mich raten. Ich habe Mist gebaut bei der Abrechnung für Adorable, stimmt's?»

«Noch nicht. Um neun ist eine Konferenz angesetzt. Er war nervös, das ist alles.»

«Er ist immer nervös. Außerdem habe ich den Termin nicht vergessen.»

«Das war mir klar.»

«Sie halten mich doch für einen fähigen Kerl, nicht?»

«Als Etatdirektor?»

«Als Ganzes?»

«Das ist unfair. Wollen Sie ein Dynamint?»

Beauchamp schüttelte den Kopf und lümmelte sich in einen der Barcelona-Sessel. «Ist er nicht ein richtiger Arsch?»

«Beauchamp ...»

«Wie steht's morgen mit dem Mittagessen?»

«Ich glaube, da ist er schon belegt.»

«Nicht er. Sie. Wird er Sie für eine Stunde aus Ihrem Käfig lassen?»

«Oh ... Ja, sicher. Machen wir's auf die deutsche Art?»

«Nein, ich lade sie ein.»

Mary Ann kicherte, zuckte dann allerdings zusammen, als Halcyon sich über die Gegensprechanlage meldete. «Ich will ihn jetzt sehen», sagte ihr Chef.

Beauchamp stand auf und zwinkerte Mary Ann zu. «Na ja, von Wollen kann bei mir keine Rede sein.»

Edgar geht in die Luft

Edgar musterte seinen Schwiegersohn. Er fragte sich, wie ein so adretter, beredter und im großen und ganzen *vorzeigbarer* Mensch eine so furchtbare Nervensäge sein konnte.

«Ich denke, du weißt, worum es geht.»

Beauchamp beugte sich vor und schnippte ein Stäubchen von seinen Gucci-Schuhen. «Ja, um den Spruch für die Strumpfhosen. Ich finde, daß die Zweihundertjahrfeier da drin nichts zu suchen hat.»

«Ich spreche von DeDe, und das weißt du auch!»

«Wenn du meinst.»

Edgars Augen wurden zu schmalen Schlitzen. Seine Faust schloß sich um den Hals einer Lockente aus Mahagoni, die Frannie ihm bei Abercrombie's gekauft hatte. «Wo warst du letzte Nacht, Beauchamp?»

Schweigen.

«Mir macht das wahrlich keinen Spaß, mein Lieber. Und es gefällt mir ganz und gar nicht, daß meine eigene Tochter mich letzte Nacht angerufen und sich fast die Augen ausgeweint hat vor ...»

«Ehrlich gesagt verstehe ich nicht, was dich das ...»

«Verdammt noch mal! Frannie hat geschlagene zwei Stunden mit DeDe telefoniert und versucht, sie zu beruhigen. Wann bist du gestern nacht überhaupt nach Hause gekommen?»

«Warum fragst du nicht DeDe? Ich bin sicher, sie hat's ins Logbuch eingetragen!»

Edgar drehte sich in seinem Sessel nach hinten zur Wand. Er studierte eine Jagdszene und versuchte, sich zu beruhigen. Er sprach leise und bedächtig, weil er wußte, daß in einem solchen Ton die größte Drohung lag.

«Noch einmal, Beauchamp. Wo warst du?»

Die Antwort galt seinem Hinterkopf. «Ich hatte eine Ausschußsitzung im Club.»

«In welchem Club?»

«Im University Club. Nicht so was *ganz* Exquisites wie der PU-Club, aber Nob Hill ist es alle ...»

«Warst du dort bis Mitternacht?»

«Wir haben anschließend noch was getrunken.»

«Wir? Du und irgendein Flittchen aus dem Ruffles?»

«Du meinst das Ripples. Und ich habe auch kein ... wie heißt dieses drollige Wort? ... aufgegabelt. Ich war im Club. Frag Peter Cipriani. Er war auch dort.»

«Ich bin doch kein Detektiv.»

«Das wäre mir nicht aufgefallen. Ist das jetzt alles?»

Edgar massierte sich mit den Fingerspitzen die Stirn. Er drehte sich nicht um. «Wir haben eine Konferenz.»

«Ganz recht», sagte Beauchamp im Hinausgehen.

Punkt zwölf machte sich Mary Ann mit Mona auf den Weg ins Royal Exchange.

«Scheiße», stöhnte die Werbetexterin über einem Pimm's Cup. «Ich *bin* vielleicht überdreht heute.»

Das ist keine Überraschung, dachte Mary Ann. Mona wurde fürs Überdrehtsein *bezahlt.* Sie war der hauseigene Paradiesvogel von Halcyon Communications. Kunden, die ihre Kreativität nicht vom Fleck weg beeindruckend fanden, änderten ihre Einschätzung, sobald sie ihr Büro sahen: eine Kollektion von Wasserpfeifen, eine Kühlbox aus Eiche, die als Bar diente, ein antiker Rollstuhl, eine Collage mit Muskelprotzen aus dem *Playgirl* und ein neonfarbenes Martiniglas aus einer Bar im Tenderloin.

«Was ist los?» fragte Mary Ann.

«Ich hab gestern Abend Meskalin genommen.»

«Ach ja?»

«Wir waren unten an der Mission Street und sind dort durch diese schrecklich geschmacklosen Möbelgeschäfte gezogen, wo sie Lampenschirme mit Troddeln verkaufen und runde Betten und ... puh! ... diese Dinger mit den falschen Wasserfällen um Glasröhren herum. Es war alles so *künstlich,* aber ... weißt du ... das war so eine *kosmische* Künstlichkeit ... und auf eine abgedrehte Art war es irgendwie, tja, spirituell. Du weißt schon.»

Mary Ann wußte *nicht.* Sie ging dem Thema aus dem Weg, indem sie ein Truthahnsandwich und einen Bohnensalat bestellte. Mona bestellte noch einen Pimm's Cup.

«Weißt du was?» sagte Mary Ann.

«Hm?»

«Ich bin heute abend bei Mrs. Madrigal zum Essen.»

«Gratuliere. Sie mag dich.»

«Das hast du mir schon mal gesagt.»

«Na ja ... dann vertraut sie dir eben.»

«Warum? Ich weiß doch gar nichts von ihr.»

«Ach, nur so ... ich meinte damit nichts ...»

«Wie soll ich mich verhalten, Mona?»

«Wie, verhalten?»

«Ihr gegenüber. Ich weiß nicht recht ... Ich habe das Gefühl, sie *erwartet* etwas von mir.»

«Bürgerliche Paranoia.»

«Ich weiß ... Aber du kennst sie ziemlich gut, und da dachte ich, du könntest mich vielleicht aufklären über ... na ja ... über ihre Eigenarten.»

«Sie ist anständig. Das ist ihre Eigenart. Außerdem macht sie einen phantastischen Lammbraten.»

Mona hörte um vier auf zu arbeiten und machte bewußt einen Bogen um Mary Anns Büro, das in der Nähe des Aufzugs lag. Als sie nach Hause kam, stand Mrs. Madrigal im Garten.

Die Hausbesitzerin trug eine buntkarierte Stretchhose, einen farbverschmierten Arbeitskittel und einen Strohhut. Ihr Gesicht war vor Anstrengung gerötet. «Na ... hast du dich schon früher aus dem Staub gemacht, meine Liebe?»

«Ja.»

«Ist dir zu deinen Strumpfhosen nichts mehr eingefallen?»

Mona lächelte. «Ich wollte Ihnen was sagen. Obwohl es eigentlich nichts richtig Ernstes ist.»

«Schön.»

«Mary Ann wollte etwas über Sie wissen.»

«Hast du ihr was gesagt?»

«Ich finde, das ist *Ihre* Angelegenheit.»

«Du hältst sie noch für zu grün, nicht?»

Mona nickte. «Im Moment schon, ja.»

«Wir essen später zusammen.»

«Das hat sie mir erzählt. Deshalb hab ich auch ... Na ja, ich wollte nicht, daß Sie in Verlegenheit kommen, das ist alles.»

«Danke, Liebes.»

«Ich sollte mich besser um meinen eigenen Kram kümmern, was?»

«Nein. Ich weiß das zu schätzen. Möchtest du heute abend auch zum Essen kommen?»

«Nein, ich ... Nein danke.»

«Ich hab dich ganz besonders gern, Liebes.»

«Danke, Mrs. Madrigal.»

Die Seelenqualen der Boheme

Nach dem Büro schüttete Edgar im Bohemian Club einen doppelten Scotch in sich hinein.

Die Regularien eines wohlgeordneten Lebens nützten nichts, wenn andere sie nicht akzeptierten. Beauchamp war nur einer von vielen.

Im Cartoon Room herrschte Hochbetrieb. Edgar saß allein im Domino Room, denn er wollte es ruhig haben. Die große Angst hatte sich wieder eingestellt.

Er stand auf und ging zum Telefon. Der Hörer wurde in seiner Hand fast glitschig.

Das Hausmädchen meldete sich.

«Halcyon Hill.»

«Emma ... ist Mrs. Halcyon zu sprechen?»

«Einen Augenblick, Mr. Halcyon.»

Frannie hatte den Mund voll. «Mmmpf ... mein Schatz ... die Käseschwäne, die ich von Cyrils Party mitgenommen habe, sind ein *Gedicht!* Und Emma hat ein göttliches *Blanquette de veau* gezaubert! Wann kommst du nach Hause?»

«Ich muß heute abend passen, Frannie.»

«Edgar! Doch nicht schon wieder diese elenden Strumpfhosen?»

«Nein. Ich bin im Club. Wir haben ... eine Ausschußsitzung.»

Schweigen.

«Frannie?»

«Was?» Sie war frostig.

«Ich muß das tun. Und das weißt du.»

«Man tut, was man tun *will*, Edgar.»

Ihm schoß das Blut ins Gesicht. «Also gut, dann eben so! Ich *will* bei dieser Sitzung dabeisein! Bist du jetzt glücklich?»

Frannie legte auf.

Er stand mit dem Hörer in der Hand da, legte dann auf und wischte sich mit einem Taschentuch über das Gesicht. Nachdem er mehrmals tief durchgeatmet hatte, griff er nach dem Telefonbuch und suchte Ruby Millers Nummer heraus.

Er wählte.

«Abend. Hier ist Ruby.» Sie klang noch großmütterlicher als sonst.

«Edgar Halcyon, Mrs. Miller.»

«Oh ... Wie schön, Ihre Stimme zu hören. Meine Güte, es ist ja schon wieder so lange her.»

«Ja ... wissen Sie ... die Geschäfte.»

«Ja, ja. Immer beschäftigt, immer beschäftigt.»

In seinen Augenbrauen stand erneut der Schweiß. «Kann ich heute abend zu Ihnen kommen, Mrs. Miller? Ich weiß, es ist etwas kurzfristig.»

«Ach ... Warten Sie mal eben, Mr. Halcyon. Ich seh in meinem Kalender nach.» Sie legte den Hörer beiseite. Edgar konnte hören, wie sie herumkramte. «Geht in Ordnung», sagte sie schließlich. «Paßt es Ihnen um acht?»

«Vielen herzlichen Dank.»

«Aber ich bitte Sie, Mr. Halcyon.»

Er fühlte sich jetzt entschieden besser. Ruby Miller bedeutete für ihn Hoffnung, wie vage auch immer. Er beschloß, an der Bar im Cartoon Room etwas zu trinken.

«Edgar, du alter Schwerenöter, warum bist du nicht zu Hause am Rosenstutzen?»

Es war Roger Manigault, einer der Bosse von Pacific Excelsior. Die Tennisplätze der Manigaults grenzten an den Obstgarten der Halcyons in Hillsborough.

Edgar lächelte. «*Du* solltest auch schon längst im Bett sein, Booter.» Der Spitzname war ein Überbleibsel aus Stanford-Zeiten, als Manigault die höheren Weihen des Footballspiels empfangen hatte. Seitdem hatte er an nichts mehr Gefallen gefunden.

Im Augenblick erregte er sich darüber, daß die Indianerfigur auf dem Campus von Stanford an die Indianer zurückgegeben werden sollte.

«Heutzutage sind alle so schrecklich *sensibel*! Indianer sind keine Indianer mehr ... o nein! Sie sind amerikanische Ureinwohner. Ich habe zehn Jahre gebraucht, bis ich ‹Neger› richtig sagen konnte, und jetzt haben sie sich in Schwarze verwandelt. Herrgott noch mal, ich weiß nicht mal mehr, wie ich unser *Mädchen* nennen soll!»

Edgar trank einen Schluck und nickte. Er hatte das alles schon mal gehört.

«Nimm doch bloß mal das Wort ‹gay›, Edgar. Das war immer ein ganz normales Wort, das man für etwas Natürliches und *Vergnügliches* benutzt hat, Herrgott noch mal! Und jetzt! Was ist es jetzt?!» Er putzte seinen Scotch weg und knallte das Glas auf den Tresen.

«Ein anständiges junges Paar muß sich ja schon fast schämen, wenn es erzählt, daß es bei den ‹Gaieties› mitgemacht hat! Früher war das mal ein schönes Sommervergnügen, aber heutzutage denkt doch jeder gleich, daß sie bei dieser Schwuchteln- und Lesbierinnenparade mitmarschiert sind!»

«Genau getroffen», sagte Edgar.

«Aber wirklich! Übrigens, wo wir gerade davon reden . . . Roger und Suzie haben erzählt, daß ihnen Beauchamp und DeDe über den Weg gelaufen sind, als sie letztens ausgegangen sind. Beauchamp ist ein verdammt guter Tänzer, sagt Suzie . . . Ich glaube, Hustle heißt das, wo man so aneinanderbumst.»

Bumsen trifft den Nagel wahrscheinlich auf den Kopf, dachte Edgar. Er hatte sich schon öfter über Beauchamp und Suzie Gedanken gemacht. «Entschuldige mich jetzt, Booter. Ich habe Frannie versprochen, heute abend früh nach Hause zu kommen.»

Gemessen an den Lügen, die sie ihm abverlangte, hätte Ruby Miller genausogut Edgars Geliebte sein können.

Ein Stück weiter den Hügel hinauf suchte Beauchamp im University Club Trost bei Peter Cipriani, dem Erben eines sagenhaften, auf Blumen gründenden Vermögens.

«Ich glaube, ich entwickle langsam eine Paranoia.»

«Wieder der Alte?»

«Ja. Er hat mir wegen DeDe die Daumenschrauben angelegt.»

«Hat er dich in Verdacht?»

«Aber wie.»

«Und wie denkt DeDe darüber?»

«Meinst du, sie weiß, was denken heißt?»

«Sie ist ein bißchen begriffsstutzig, *aber* sie finanziert deine Leidenschaft für Wilkes-Bashford-Klamotten . . . Und sie hat eine tolle Kiste.»

Beauchamp runzelte die Stirn.

«Ich meinte ihr *Auto*, Beauchamp.»

«Sehr lustig.»

«Das dachte ich auch.»

«Ich bin nicht hier, um über meine Frau zu reden, Peter.»

«Hmm ... das ist komisch. Alle anderen sind bloß deswegen da.»
Schweigen.

«Tut mir leid. Das war billig. Willst du was hören über den Bachelors Ball?»

«Sehe ich so aus?»

«Jedenfalls haben wir dich vermißt. Das heißt, wir haben deine weiße Navy-Uniform vermißt. Die hat immer genau den richtigen Akzent geliefert. Wie in der Operette.»

«Danke.»

«Unser Pflaumenprinz hatte dieses Jahr den Frack seines Großonkels an.»

«John Stonecypher?»

«Exakt. Und jetzt halt dich fest. Ihm ist doch tatsächlich eine Flasche Poppers in der Brusttasche aufgegangen.»

«O nein!»

«*Während* er mit Madge getanzt hat!»

«Wie hat sie reagiert?»

«Oh ... sie ist weiter über das Tanzparkett gewirbelt wie eine Debütantin beim Kotillon und hat so getan, als würden alle ihre Tanzpartner nach schmutzigen alten Socken riechen ... Du gehst doch heute zu ihrem großen Fest, oder?»

«Scheiße!»

«Vergessen, was?»

«DeDe macht sich vor Aufregung bestimmt schon in die Hosen!» Er kippte seinen Drink hinunter. «Ich bin schon weg.»

«Ja, vom Fenster», sagte Peter.

DeDes Tag des Zorns

DeDe saß an ihrem Louis-quinze-*escritoire* und kritzelte in ihrem Louis-Vuitton-Scheckbuch.

«Du hast Madges Party vergessen, nicht?»

«Ich bin gefahren wie eine gesengte Sau.»

«In einer halben Stunde geht's los.»

«Dann kommen wir eben zu spät. Zieh deine Krallen wieder ein. Dein Alter hat mich heute schon den ganzen Tag angemacht.»

«Hast du die Präsentation für Adorable übernommen?»

«Nein. Dein Vater.»

«Warum?»

«Warum erklärst *du* das nicht *mir*?»

«Ich weiß gar nicht, wovon du redest.»

«Er war sauer, DeDe. Stinksauer.»

Schweigen.

«Du weißt natürlich, warum.»

DeDe blickte in ihr Scheckbuch.

Beauchamp ließ nicht locker. «Er war sauer, weil seine über alles geliebte Tochter ihn gestern nacht angerufen und ihm gesagt hat, daß ich ein Scheißkerl bin.»

«Ich habe überhaupt nichts ...»

«Blödsinn!»

«Ich hab mir Sorgen gemacht, Beauchamp. Es war schon nach Mitternacht. Ich hab im Club angerufen, im Sam's und im Jack's. Ich ... bin fast verrückt geworden vor Angst. Und da habe ich gedacht, daß Daddy vielleicht weiß, wo du bist.»

«Natürlich. Der kleine Beauchamp macht auch nicht *einen* Schritt, ohne daß er sich mit dem Vater aller Väter bespricht!»

«Rede nicht so über Daddy.»

«Ach ... scheiß auf deinen Dad! Ich brauche von ihm keine Erlaubnis zum Luftholen. Ich brauche ihn überhaupt nicht!»

«Ach ja? Das würde Daddy sicher auch gerne hören.»

Schweigen.

«Warum rufen wir ihn nicht an und sagen es ihm?»

«DeDe ...»

«Du oder ich?»

«DeDe ... es tut mir leid. Ich bin müde. Heute war wirklich den ganzen Tag der Wurm drin.»

«Kommt drauf an, in wem.» Sie stellte sich vor den Spiegel in der Diele und kontrollierte ein letztes Mal ihr Make-up. «Wie geht's dem kleinen Fräulein Wieheißtsienoch?»

«Wem?»

«Daddys Sekretärin. Deinem kleinen ... Feierabendamüsement.»

«Das meinst du doch nicht ernst!»

«Und ob ich das ernst meine.»

«Mary Ann Singleton?»

«Was, so heißt sie? Wie drollig.»

«Herrgott noch mal! Ich kenne sie kaum.»

«Offensichtlich hat dich das nicht abgehalten.»

«Sie ist die Sekretärin deines Vaters!»

«Und sie ist nicht gerade eine Beleidigung fürs Auge.»

«Dafür kann ich doch nichts, oder?»

DeDe schürzte die Lippen, um den überschüssigen Lippenstift abzutupfen. Sie sah ihren Ehemann an. «Jetzt hör mir mal zu ... Mir reicht's! Gestern warst du absolut unauffindbar.»

«Ich hab es dir doch erklärt. Ich war im Club.»

«Ach, *quelle coincidence!* Du warst im Club, als du mich letzten Mittwoch zu dem Empfang im de Young versetzt hast, *und* du warst letzten Freitag im Club, als wir die Party der Telfairs bei *Beach Blanket Babylon* versäumt haben.»

«Wir haben es schon fünfmal gesehen.»

«Darum geht es doch nicht.»

Beauchamp lachte zynisch. «Du schlägst wirklich alle Rekorde. Du bist einfach ... Wo, in Gottes Namen, hast du *das* denn wieder her?»

«Ich habe Augen im Kopf, Beauchamp.»

«Wo? Wann?»

«Letzte Woche. Als ich mit Binky in der Remise du Soleil einkaufen war.»

«Du machst vielleicht schicke Sachen.»

«Du bist mit ihr über die Straße gegangen.»

«Mit Mary Ann?»

«Ja.»

«Das *ist* in der Tat belastend.»

«Es war um die Mittagszeit, und ihr habt *sehr* vertraut getan.»

«Das Beste hast du allerdings versäumt. Du hättest sehen sollen, wie ich vorher in dem kleinen Redwoodhain hinter der Transamerica Pyramid über sie hergefallen bin.»

«Diesmal kannst du dich nicht mit lockeren Sprüchen rausreden, Beauchamp.»

«Ich werd's gar nicht erst versuchen.» Er schnappte sich die Schlüssel für den Porsche vom Dielentisch. «Das hab ich bei dir schon längst aufgegeben.»

«Was du nicht sagst», antwortete DeDe, während sie ihm zur Tür hinaus folgte.

Das Abendessen bei der Vermieterin

Mary Ann schaute auf dem Weg zum Abendessen mit Mrs. Madrigal bei Mona rein.

«Willst du ein bißchen relaxen?» fragte Mona.

«Kommt drauf an.»

«Coca?»

«Ich bin auf Diät. Hast du auch Mineralwasser?»

«Ich *faß* es nicht.» Mona legte einen Handspiegel auf den Kabeltrommeltisch. «Selbst *du* müßtest doch schon mal *Porgy und Bess* gesehen haben.»

«Ja, und?» Mary Ann versagte die Stimme. Mona schaufelte mit einem kleinen Silberlöffel weißes Pulver aus einem Glasfläschchen. In den Löffelgriff war ein Ökologiesymbol eingraviert.

«Sporting Life», sagte Mona. «Happy Dust. Das Zeug gehört in Amerika einfach dazu.» Sie schob das Pulver zu einer Linie quer über den Spiegel zusammen. «Alle Stummfilmstars haben geschnupft. Was meinst du, warum sie so dahergekommen sind?» Sie wackelte mit Kopf und Armen und äffte Charlie Chaplin nach.

«Und jetzt», fuhr sie fort, «fehlt uns bloß noch ein hundsordinärer, universal einsetzbarer Essensgutschein.» Wie aus dem Nichts hatte sie plötzlich einen Zehn-Dollar-Essensgutschein in der Hand, den sie Mary Ann wie ein Zauberer zur Prüfung von beiden Seiten präsentierte.

«Bekommst du Essensgutscheine?» fragte Mary Ann. Sie verdient bestimmt viermal soviel wie ich, dachte die Sekretärin.

Mona war zu beschäftigt, um darauf eine Antwort zu geben. Sie rollte den Essensgutschein zu einem kleinen Röhrchen und steckte dieses in ihr linkes Nasenloch. «Erstaunlich, was? Und uuuunheimlich sexy!»

Sie fuhr dem Pulver hinterher wie ein wildgewordener Ameisenbär. Mary Ann war entsetzt. «Mona, ist das ...?»

«Jetzt du.»

«Nein danke.»

«Ach ... komm schon. Wenn man unter Leute will, wirkt es wahre Wunder.»

«Ich bin schon nervös genug.»

«Es macht einen doch nicht *nervös*, Herzchen. Es ...» Mary Ann stand auf. «Ich muß gehen, Mona. Ich bin spät dran.»

«O Gott!»

«Was?»

«Bei dir komm ich mir ja vor, als wär ich ... ein Junkie.»

Mrs. Madrigal wirkte in dem schwarzen Hausanzug aus Satin und der darauf abgestimmten Kopfbedeckung beinahe elegant.

«Ah, Mary Ann. Ich hab gerade das Gazpacho im Mixer. Bedien dich doch schon mal bei den hors d'œuvres. Ich leiste dir dann gleich Gesellschaft.»

Die «hors d'œuvres» waren auf zwei Tellern symmetrisch arrangiert. Auf dem einen lagen mehrere Dutzend gefüllter Pilze. Auf dem anderen ein halbes Dutzend Joints.

Mary Ann entschied sich für einen Pilz und sah sich in der Wohnung um.

Zwei ziemlich plump gemachte Marmorstatuen flankierten den Kamin: ein Junge mit einem Dorn im Fuß und eine Frau mit einem Krug. Überall baumelten Seidenfransen – von Lampenschirmen, Überwürfen, Vorhängen und Volants, und sogar von dem Türbogen, durch den es auf den Flur hinausging. Das einzige Foto zeigte die Panama-Pacific-Ausstellung von 1915.

«Na, wie findest du mein kleines Bordell?» Mrs. Madrigal stand in dramatischer Pose unter dem Türbogen.

«Es ist ... recht hübsch.»

«Mach dich nicht lächerlich! Es ist die reinste Entartung!»

Mary Ann lachte. «Sie *wollten* es so haben?»

«Natürlich. Nimm dir doch einen Joint, Liebes, und komm *ja nicht* auf die Idee, ihn rumzureichen. Ich *ekle* mich vor diesen durchgeweichten Gemeinschaftsjoints! Ich meine ... wenn man sich schon der Entartung hingibt, dann kann man das auch mit Stil machen, findest du nicht?»

Es gab noch zwei weitere Gäste. Der eine war ein etwa fünfzigjähriger rotbärtiger Dichter aus North Beach, der Joaquin Schwartz hieß. («Ein netter Kerl», vertraute Mrs. Madrigal Mary Ann an, «aber ich wäre *dankbar,* wenn er sich an die Groß- und Kleinschreibung halten würde.») Der andere Gast war eine Frau namens Laurel, die in der Haight-Ashbury Free Clinic arbeitete. Ihre Achselhöhlen waren nicht rasiert.

Joaquin und Laurel unterhielten sich während des ganzen Essens über ihre Lieblingsjahre. Joaquin schwor auf 1957. Laurel fand, daß 1967 das einzig Wahre war ... oder *gewesen* war.

«Wir hätten so weitermachen können», sagte sie. «Ich meine, es lief doch ganz prima, oder? Wir hatten damals alle *alles* gemeinsam ... das Acid, die Musik, den Sex, die Konzerte im Avalon, den Hund, das menschliche Sein an sich. Wir waren vierzehn Freaks in dieser Wohnung an der Oak Street; vierzehn Freaks und sechs Schlafsäcke. Es war verdammt schön, weil es ... weil es Geschichte war. *Wir* waren Geschichte. Mensch, wir haben es bis aufs Titelbild vom *Time Magazine* geschafft!»

Mrs. Madrigal zeigte sich höflich. «Und was ist deiner Meinung nach passiert, Liebes?»

«Sie haben es abgemurkst. Nicht die Bullen. Die Medien.»

«Was haben sie abgemurkst?»

«Neunzehnhundertsiebenundsechzig.»

«Ich verstehe.»

«Nixon, Watergate, die verfluchte Patty Hearst, die Zweihundertjahrfeier. Den Medien wurde 1967 über, und deswegen haben sie's einfach fertiggemacht. Dabei hätte es noch einige Zeit weitergehen können. Ein bißchen was davon hat sich nach Mendocino gerettet... aber das haben die Medien rausgefunden, und dann haben sie's endgültig abgemurkst. Mein Gott... Ich meine, was ist denn heute noch übrig? Das Feeling von 1967 findest du nirgends mehr!»

Mrs. Madrigal zwinkerte Mary Ann zu. «Du bist ja so still.»

«Ich weiß nicht recht, ob ich...»

«Was ist *dein* Lieblingsjahr?»

«Ich glaube, ich habe gar keines.»

«Meines ist 1987», sagte Mrs. Madrigal. «Dann bin ich fünfundsechzig oder so um den Dreh... Dann kann ich mir meine Rente abholen und genug Geld zur Seite legen, um mir eine kleine griechische Insel zu kaufen.» Sie ringelte sich eine Locke ihres Haars um den Zeigefinger und lächelte sanft. «Das heißt, ich würde mich auch mit einem kleinen Griechen zufriedengeben.»

Als Mary Ann nach dem Essen zur Toilette ging, sah sie sich unterwegs im Schlafzimmer ihrer Vermieterin um. Auf der Frisierkommode entdeckte sie eine Fotografie in einem Silberrahmen.

Ein junger Mann, ein Soldat, stand neben einem Auto aus den vierziger Jahren. Er war ziemlich hübsch, doch er schien sich in seiner Uniform nicht so recht wohl zu fühlen.

«Daran siehst du, daß die alte Dame eine Vergangenheit hat.» Mrs. Madrigal stand in der Tür.

«Oh... ich bin zu neugierig, nicht?»

Mrs. Madrigal lächelte. «Ich hoffe, das bedeutet, daß wir Freundinnen sind.»

«Ich...» Mary Ann wandte sich aus Verlegenheit wieder der Fotografie zu. «Ein gutaussehender Mann. Ist das Mr. Madrigal?»

Die Vermieterin schüttelte den Kopf. «Es gab nie einen Mr. Madrigal.»

«Ich verstehe.»

«Das stimmt nicht. Wie solltest du auch? Madrigal ist ein ... Deckname heißt es in Gangsterfilmen doch immer. Vor mehr als zehn Jahren habe ich reinen Tisch gemacht, und der alte Name mußte als erstes dran glauben.»

«Wie hießen Sie früher?»

«Sei nicht ungezogen. Wenn ich gewollt hätte, daß du das erfährst, hätte ich den Namen ja nicht abgelegt.»

«Aber ...?»

«Was es mit dem Mrs. auf sich hat?»

«Ja.»

«Witwen und Geschiedene werden nicht ... wie sagt Mona immer? ... angemacht. Wir werden nicht so oft angemacht wie alleinstehende Mädchen. Das muß dir doch inzwischen auch schon klargeworden sein.»

«Wer wird hier angemacht? Ich habe noch nicht mal einen obszönen Anruf gekriegt, seit ich nach San Francisco gezogen bin. Ehrlich gesagt, täte mir ein bißchen Anmache sogar ganz gut.»

«Die Stadt ist doch voller reizender junger Männer.»

«Ja, aber die sind bloß zueinander reizend.»

Mrs. Madrigal kicherte. «Stimmt, da läuft hier so einiges.»

«Bei Ihnen hört sich das an, als ginge es um die Grippe. Ich finde es schrecklich deprimierend.»

«Unsinn. Nimm es als Herausforderung. Wenn eine Frau in dieser Stadt triumphiert, dann ist ihr Triumph *total.* Du wirst es schon schaffen, meine Liebe. Das dauert eben seine Zeit.»

«Ja, meinen Sie?»

«Ich *weiß* es.» Die Vermieterin zwinkerte und legte Mary Ann den Arm um die Schulter. «Komm, gehen wir jetzt wieder zu diesen *Langweilern* rüber.»

Das Rendezvous mit Ruby

Ruby Millers Haus lag an der Ortega Street im Sunset District. Es war ein Bungalow mit grün gestrichener Putzfassade auf manikürtem Rasen und einer Schale mit Plastikrosen im Panoramafenster. Ein in der Einfahrt abgestellter Rambler trug einen Aufkleber mit der Aufforderung: WENN DU JESUS LIEBST, DANN HUPE.

Edgar parkte den Mercedes auf der anderen Straßenseite. Als er die Tür abschloß, sah er, daß Mrs. Miller ihm vom Fenster aus zuwinkte.

Er winkte ebenfalls. O Gott! Er fühlte sich wie ein Schuhvertreter, der zu Frauchen nach Hause kam.

Mrs. Miller schaltete das Licht auf der Veranda ein, nahm ihre Schürze ab und strich sich eine Strähne ihrer grauen Haare aus der Stirn. «Sie sind wirklich eine Augenweide! Was man von mir allerdings nicht behaupten kann ... Ich hatte ja nicht vor ...»

«Entschuldigen Sie. Ich hoffe, ich mache Ihnen nicht zu viele Umstände.»

«Reden Sie keinen Unsinn. Ich fühle mich geschmeichelt.» Sie tätschelte seine Hand und führte ihn ins Haus. «Ernie ... sieh mal, wer da ist!»

Ihr Ehemann saß in einem skandinavischen Sessel und sah fern. Seine Arme waren von der gleichen Konsistenz und Farbe wie Provolone-Käse.

«Hallo, Mr. Halcyon.» Er stand nicht auf. Die Glotze beanspruchte ihn völlig.

«Wie steht's denn so, Ernie?»

«Bob Parker hat gerade einen Marine mit seiner Liebsten zusammengebracht.»

«Tut mir leid, ich ...»

«*Truth or Consequences.* Sie haben diesen Marine aus Okinawa geholt und ihn mit seiner Verlobten zusammengebracht. Sie hatte ein Froschkostüm an, und er hat sie küssen müssen ... mit verbundenen Augen.»

Mrs. Miller hängte sich bei Edgar ein. «Ist das nicht reizend? Aber Sie sehen wohl nicht viel fern, was?»

«Nein. Ich fürchte nicht.»

«So, genug geplaudert jetzt. Machen wir uns an die Arbeit. Möchten Sie vorher noch irgendwas? Ein Glas Hi-C vielleicht? Oder ein paar Mais-Chips?»

«Danke, ich brauche nichts.» Aus lauter Nervosität hatte er im Club in letzter Minute noch Hühnerleber in sich hineingeschlungen. «Von mir aus können wir jederzeit anfangen.»

«Na, dann wollen wir zwei beide mal rüber in die Garage. Und daß du mir den Fernseher nicht zu laut aufdrehst, Ernie, hast du gehört?» Ihr Mann antwortete mit einem Brummen.

Mrs. Miller führte Edgar durch die Küche. «Dieser Ernie und sein Fernsehen! Wahrscheinlich entspannt ihn das ... Außerdem ist es sehr viel gottgefälliger als die Filme, die heutzutage im Kino laufen und wo man so ... na, Sie wissen schon ... lauter so unappetitliche Sachen sieht.»

«Mmm», antwortete Edgar unbestimmt. Er wollte höflich, aber desinteressiert klingen. Mrs. Miller entfesselte ihre Monologe mit der gleichen Zuverlässigkeit wie New Yorker Taxifahrer oder italienische Friseure. Edgar wollte seine Zeit bei Mrs. Miller nicht mit einem Vortrag über Schweinigeleien im Kino verschwenden.

Im Halbdunkel der Garage machte sich Ruby Miller ans Werk. Sie räumte erdverkrustete Gartengeräte von der Tischtennisplatte und nahm ein paar Kerzenstummel aus einer alten MJB-Kaffeedose. Leise vor sich hin summend, streifte sie das vertraute purpurrote Gewand aus Kordsamt über.

«Haben Sie irgendwelche Veränderungen bemerkt?»

«In der Garage?»

Mrs. Miller kicherte. «In *Ihnen.* Das ist heute Ihr fünfter Besuch. Sie sollten eigentlich ... Veränderungen spüren.»

«Ich bin nicht sicher. Vielleicht habe ich ...»

«Forcieren Sie nichts. Es kommt ganz von selbst.»

«Wenn ich Ihre Zuversicht bloß teilen könnte.»

«Meinen *Glauben,* Mr. Halcyon.»

«Ja.»

«Glaube ist etwas anderes als Zuversicht.»

Sie ärgerte ihn allmählich. «Mrs. Miller ... meine Frau erwartet mich in Kürze zu Hause. Könnten wir ...?»

«Natürlich.» Sie wurde ganz geschäftsmäßig. Sie streifte einige nicht vorhandene Flusen vom Vorderteil ihres Gewands und knetete kurz ihre Finger durch. «Nehmen Sie bitte die Stellung ein.»

Edgar lockerte seine Krawatte und kletterte auf die Tischtennisplatte. Er legte sich auf den Rücken. Mrs. Miller zündete eine Kerze an und stellte sie neben Edgars Kopf auf die Platte.

«Mr. Halcyon?»

«Ja?»

«Verzeihen Sie bitte, aber ... na ja, ich habe mich gefragt, ob ... Sie erwähnten vorhin Mrs. Halcyon. Und ich habe mich gefragt, ob Sie es ihr gesagt haben.»

«Nein.»

«Ich weiß, wie ungern Sie darüber sprechen, aber ... manchmal hilft es, wenn jemand mitmacht, der einem sehr nahe steht und ...»

«Meine Familie ist katholisch, Mrs. Miller.»

Sie war sichtlich erschüttert. «Oh ... Das tut mir leid.»

«Ist schon in Ordnung.» Er wischte es mit einer Handbewegung beiseite.

«Ich wollte nicht sagen, daß es mir leid tut, daß Sie katholisch sind. Ich wollte sagen, daß ...»

«Ich weiß, Mrs. Miller.»

«Der Herr liebt auch Katholiken.»

«Ja.»

Sie drückte ihre Fingerspitzen gegen Edgars Schläfen und machte kleine kreisende Bewegungen. «Jesus wird bei Ihrer Heilung helfen, Mr. Halcyon, aber Sie müssen an ihn glauben. Sie müssen wieder zu einem kleinen Kind werden und Zuflucht suchen in seinen Armen.»

Ein Motorrad brauste die Ortega Street entlang und knatterte blasphemisch, als Ruby Miller die Beschwörungsformel anstimmte, die Edgar inzwischen auswendig kannte:

«Heile ihn, Jesus! Heile deinen Diener Edgar. Heile seine aussetzenden Nieren und lasse ihn wieder ganz werden. Heile ihn, Jesus! Heile deinen Diener . . .»

Der Junge von nebenan

Mary Ann verabschiedete sich bei Mrs. Madrigal kurz nach zehn. In ihrer Wohnung legte sie die Beine hoch, nippte an einem Mineralwasser und ging ihre Post durch.

Die bestand aus einer kurzen, düsteren Mitteilung ihrer Mutter, einer bunten Hallmark-Karte von Connie, auf der sie ihr Desertion unterstellte, und einem Schächtelchen, in dem ihre mit aufgedruckten Stadtansichten von San Francisco verschönerten Schecks von der Hibernia Bank lagen.

Als kleine Aufmerksamkeit für die Empfänger waren die Schecks mit dem Aufdruck «Genieß den Tag!» versehen.

Trotz ihres erbärmlichen Einkommens hatte Mary Ann die Wahl einer Bank irgendwie als Voraussetzung empfunden, um sich in dieser Stadt zu etablieren.

Anfangs hatte sie zwischen der Chartered Bank of London und der Wells Fargo Bank geschwankt. Erstere bot einen wunderbaren Namen voller Klasse und einen Kamin in der Eingangshalle, doch in der gesamten Stadt bloß eine einzige Niederlassung. Letztere hörte sich so hübsch nach Wildem Westen an und hatte unzählige Zweigstellen.

Doch sie mochte die Werbung nicht. Diesen Bilderbuchcowboy Dale Robertson hatte sie *noch nie* besonders attraktiv gefunden.

Schließlich hatte sie sich für die Hibernia entschieden.

Deren Werbung versprach, daß man alle Kunden mit Namen kannte.

Jemand klopfte an Mary Anns Tür.

Es war Brian Hawkins. Er hatte die Wohnung gegenüber. Er

arbeitete als Kellner bei Perry's, und sie hatten bisher nur ein- oder zweimal kurz miteinander geplaudert. Brian hatte extrem unregelmäßige Arbeitszeiten.

«Hallo», sagte er. «Mrs. Madrigal hat mich gerade angerufen.»

«Ja, und?»

«Worum geht's denn? Um die Möbel?»

«Tut mir leid, Brian, aber ich komme nicht so ganz ...»

«Sie hat gesagt, daß du bei irgendwas Hilfe brauchst.»

«Ich kann mir nicht vorstellen, was ...» Es dämmerte. Mary Ann lachte. Sie schüttelte den Kopf und musterte wieder einmal Brians kastanienbraune Locken und seine grünen Augen. Mrs. Madrigal war zwar aufdringlich, aber ihr Geschmack war nicht übel.

Brian sah leicht verärgert aus. «Vielleicht hilfst du mir auch auf die Sprünge.»

«Ich glaube, Mrs. Madrigal betätigt sich als Kupplerin.»

«Du *brauchst* gar niemand, der dir beim Möbelrücken hilft?»

«Es ist etwas peinlich. Ich ... na ja, ich habe ihr gerade vorhin gesagt, daß es in San Francisco nicht genügend Heteromänner gibt.»

Brian strahlte plötzlich übers ganze Gesicht. «Ja. Ist das nicht großartig?»

«Oh, Brian ... Entschuldige. Ich dachte, du wärst ...»

«Keine Bange. Ich bin hetero durch und durch. Ich steh nur *überhaupt nicht* auf Konkurrenz.»

Er lud sie zu einem Schlummertrunk bei sich ein. Seine winzige Küche war mit leeren Chiantiflaschen und Sierra-Club-Plakaten dekoriert. Die aus einem Topf auf dem Fensterbrett hängenden Überreste einer vernachlässigten Grünlilie boten einen grausigen Anblick.

«Dein Herd ist vielleicht toll», sagte Mary Ann.

«Ja, der ist wirklich eine Wucht, was? Überall sonst würde man ihn für Schrott erklären. Aber für unsereins verbreitet er was vom Charme der Alten Welt.»

«Gehört der zur Wohnung?»

«Willst du mich auf den Arm nehmen? Die Stereoanlage und die Trimmbank gehören mir. Der Rest stammt von der Drachenlady.»

«Von Mrs. Madrigal?»

Er nickte und musterte sie von Kopf bis Fuß. «Sie will uns also verbandeln, was?» Sein Lächeln kam einem anzüglichen Grinsen immer näher.

Mary Ann beschloß, sich nicht darum zu kümmern. «Sie ist ein bißchen merkwürdig, aber ich glaube, sie meint es gut.»

«Sicher.»

«Hatte sie dieses Haus schon immer?»

Brian schüttelte den Kopf. «Ich glaube, sie hatte früher einen Buchladen in North Beach.»

«Ist sie denn von hier?»

«*Niemand* ist von hier.» Er goß noch etwas Almadén Pinot Noir in ihr Glas. «Du bist aus Cleveland, nicht?»

«Ja. Woher weißt du das?»

«Mona hat es mir erzählt.» Die grünen Augen bohrten sich in sie.

Mary Ann schaute in ihr Glas. «Hier gibt es wohl *überhaupt* keine Geheimnisse.»

«Darauf würde ich mich nicht verlassen.»

«Warum nicht?»

«In dieser Stadt haben *alle* Geheimnisse. Man muß nur ein bißchen tiefer graben, um sie zu finden.»

Er tut geheimnisvoll, dachte sie, weil er meint, daß das sexy ist. Sie kam zu dem Schluß, daß es Zeit war zu gehen.

«Tja», sagte sie und stand auf. «Ich muß morgen arbeiten. Danke für den Wein ... und für die Besichtigung.»

«Ich stehe jederzeit gern zu Diensten.»

Davon war sie überzeugt.

Die Matriarchin

Als Edgar um Viertel nach elf nach Hause kam, war unübersehbar, daß Frannie getrunken hatte.

«Na, wie war's im Club, Liebling? Hast du mal wieder auf braves Mitglied gemacht?»

Sie thronte auf dem Sofa im Wintergarten. Die Beine hatte sie unter ihr thailändisches Seidengewand gezogen. Ihre Perücke war verrutscht. Sie roch nach Rum und Trader Vic's Mai Tai Mix.

«Hallo, Frannie.»

«Das war ja 'ne arg lange Ausschußsitzung.»

«Wir haben die Pläne für das Grove Play besprochen.» Er versuchte, ungezwungen zu klingen, doch Frannie war schon zu sehr hinüber, um seine Bemühung noch würdigen zu können.

«'ne Menge Arbeit, was?»

«Wir haben nachher noch was getrunken. Du weißt ja, wie das so geht.»

Frannie nickte und unterdrückte einen Hickser. Sie wußte zweifelsohne, wie das so ging.

Edgar wechselte das Thema. «Und du? Hattest du einen schönen Tag?» Er redete mit ihr wie ein bemühter Vater mit einem kleinen Kind. Was war bloß aus dem zauberhaften jungen Mädchen geworden, das mal wie Veronica Lake ausgesehen hatte?

«Ich war mit Helen und Gladys zu Mittag in diesem *entzückenden* Restaurant an der Polk Street ... im Pavilion. Danach habe ich eine Keramikente gekauft. *Ganz was Feines.* Vielleicht ist es auch eine Gans. Eigentlich ist sie wohl als Suppenterrine gedacht, aber ich habe mir überlegt, daß sie in deinem Arbeitszimmer mit ein bißchen Efeu drin ganz hinreißend aussehen würde.»

«Sehr schön.»

«Auuußerdem ... war ich am Nachmittag beim Treffen meiner Opera Guild, und dort habe ich eine ganz wunderbare Neuigkeit erfahren. Was glaubst du, was es ist?»

«Ich habe keine Ahnung.» O Gott, wie er dieses Spiel haßte!

«Mach doch. Nur ein klitzekurzes Ratespielchen.»

«Frannie, ich bin seit heute früh auf den Beinen ...»

«Llliebst du mich denn kein bißchen?»

«Himmelherrgott noch mal!»

«Ach so, schon *kapiert*! Wenn du bloß den Miesepeter spielen willst ... Rate mal, wer in der Stadt ist!»

«Wer?»

Frannie hielt die Spannung so lange wie möglich aufrecht, drapierte erst mal ihren Körper auf dem Sofa um und rückte ihre Perücke zurecht. Sie braucht Zuwendung, dachte Edgar. Von dir hat sie schon lange keine mehr bekommen.

«Die Huxtables», sagte Frannie schließlich.

«Die wer?»

«Also wirklich, Edgar. Nigel Huxtable. Der Dirigent. Seine Frau ist Nora Cunningham.»

«Ich erinnere mich dunkel.»

«Du hast die ganze *Aïda* mit den beiden verschlafen.»

«Ja. Ein wunderbarer Abend.»

«Sie sind wegen einer Benefizveranstaltung für Kurt Adler hier. Es weiß praktisch *niemand*, daß die beiden im Mark wohnen... Und wir werden ihnen zu Ehren eine Party geben!»

«Ach ja?»

«Freust du dich denn gar nicht?»

«Wir hatten gerade letzten Monat eine Party, Frannie.»

«Aber das ist ein richtiger *Coup*, Edgar! Die Farnsworths werden *platzen* vor Neid. Viola hat sich jetzt zwei Monate lang diebisch gefreut, weil sie meint, daß sie mit diesem lächerlichen kleinen Barbecue, das sie für Baryschnikow gegeben hat, allen anderen eins ausgewischt hat.»

«An die Party kann ich mich gar nicht mehr erinnern.»

«Und ob du dich erinnern kannst. Sie hat diese schäbigen russischen Kellner aus einem Lokal an der Clement Street angeheuert, die dann Russisches Dressing und Russischen Tee serviert haben, und bei Baryschnikows Ankunft hat der Organist das Lara-Thema aus *Doktor Schiwago* gespielt. Es war so schauerlich, daß ich gar keine Worte dafür finde!»

«Das waren doch gerade eine ganze Menge.»

«Edgar... neben den Huxtables verkommt Baryschnikow zu einer Witzfigur wie... Barney Google. Und ich *weiß*, daß ich sie kriegen kann, Liebling.»

«Frannie, ich glaube aber nicht, daß ich...»

«Bitte... Ich habe mich auch nicht beklagt, als du mir verboten hast, Truman Capote oder Giancarlo Giannini einzuladen.»

Edgar drehte sich zur Seite. Er konnte es nicht mitansehen, wenn

Frannie das gleiche bemitleidenswerte Clownsgesicht zog wie Emmett Kelly. «In Ordnung, dann versuch's halt. Und laß es nicht zu teuer werden, ja?»

Emma machte ihm ein Stück übriggebliebene Quiche warm. Er aß in seinem Arbeitszimmer und blätterte dabei das neue Buch durch, das er bestellt hatte: *Death as a Fact of Life.*

«Was liest du denn da, Liebling?» Frannie lehnte am Türrahmen.

Er schlug das Buch zu. «Konsumentenforschung. Langweiliges Zeug.»

«Kommst du ins Bett?»

«Ja gleich, Frannie.»

Als er ins Schlafzimmer kam, lag sie wie tot im Bett und schnarchte.

Begegnung im Park

Edgar meldete sich über die Gegensprechanlage bei Mary Ann. «Ich brauche so schnell wie möglich das Drehbuch für Adorable. Ich glaube, ein Exemplar ist bei Beauchamp.»

«Der ist gerade außer Haus, Mr. Halcyon.»

«Dann fragen Sie mal bei Mona nach.»

«Ich glaube nicht, daß sie . . .»

«Fragen Sie bei ihr nach, verdammt noch mal! Irgendwer muß doch eines haben!»

Sobald Mary Ann sich auf den Weg gemacht hatte, wählte Edgar die Nummer von Jack Kincaid.

«Praxis Dr. Kincaid.»

«Ist er da?»

«Darf ich ihm sagen, wer am Apparat ist?»

«Nein, dürfen Sie nicht!»

«Einen Moment bitte, Mr. Halcyon.»

Kincaids Ton war entschieden zu fröhlich. «Hallo, Edgar. Wie läuft's mit den Strumpfhosen?»

«Wann kann ich kommen?»

«Weswegen?»

«Wegen der Tests. Ich will neue machen lassen.»

«Edgar, das würde an der Diagnose aber nicht das geringste ...»

«Ich bezahle doch dafür, verdammt noch mal!»

«Edgar ...»

«Bei Addison Branch hast du dich auch getäuscht. Das hast du mir selbst erzählt.»

«Das war doch ganz was anderes. Bei ihm waren die Symptome nicht so ausgeprägt.»

«Symptome können sich ändern. Es ist schon drei Monate her.»

«Edgar ... hör mir jetzt mal zu ... ich sage dir das als Freund: Hör auf, dagegen anzukämpfen! Du rennst bloß mit dem Kopf gegen die Wand. Damit bist du weder fair zu dir noch zu den Menschen, die dich lieben.»

«Kannst du mir mal sagen, was Fairneß damit zu tun haben soll?»

«Stell dich den Tatsachen, Edgar. Du kommst sowieso nicht darum herum. Sprich mit deiner Familie darüber. Kauf dir eine Jacht und mach mit Frannie eine Weltumseglung. Mein Gott ... miet dir ein Schloß in Spanien oder brenn mit einer Nutte durch oder mach am Jackson Square weiter allen die Hölle heiß ... aber stell dich den Tatsachen! Mach um Gottes willen ... nein, um *deinet*willen ... aus dem nächsten halben Jahr das Beste, was du kannst.»

Als Mary Ann zurückkam, stand er wartend neben ihrem Schreibtisch. «Ich gehe weg. Wenn jemand nach mir verlangt ... ich bin mit einem Kunden beim Essen.»

«Bei Doro's?»

«Es spielt keine Rolle, wo ich bin. Sagen Sie bloß, ich sei nicht im Hause.»

Mit langen Schritten eilte er auf die Straße. Es empörte ihn, daß ein Vertrag erfüllt wurde, den er nie unterzeichnet hatte.

Es Frannie sagen? O Gott! Welchen Gewinn würde sie daraus ziehen können, wenn so *etwas* erst mal in den Klatschspalten stand?

«Frances Halcyon, die vorbildhafte Dame der Gesellschaft aus Hillsborough, errang am Freitag abend mit einem intimen kleinen Abendessen für die Opernkünstler Nora Cunningham und Nigel Huxtable einen neuerlichen Triumph. Frannie, die in New York gerade A *Chorus Line* gesehen hatte («Ganz wunderbar!»), erfreute die verwöhnten Gaumen ihrer erlesenen Gäste mit Rindsrouladen und Herzoginkartoffeln. Gatte Edgar (er ist der Werberiese) überraschte die anwesenden Gäste mit der Ankündigung seines kurz bevorstehenden Todes ...»

Edgar verließ den Jackson Square und schlenderte über die Columbus hinauf in das heftig pochende Herz von North Beach. Carol Dodas blinkende Brustwarzen zwinkerten ihm unbarmherzig zu. Sie waren die aufdringlichen Zeugen einer Revolution, zu deren Aufständischen er nie gehört hatte.

Vor dem Garden of Eden brüllte ein schielender Penner: «Das Ende ist da. Schließt Frieden mit dem Herrn. Söhnt euch aus mit Jesus!»

Edgar brauchte einen Ort, an dem er wieder einen klaren Kopf bekommen konnte.

Und die Zeit dafür. Kostbare Zeit.

Er setzte sich auf eine Bank am Washington Square. Gleich neben ihm saß eine Frau ungefähr in seinem Alter. Sie trug eine legere Wollhose und einen Kittel mit Paisleymuster und las im Bhagavad Gita.

Sie lächelte.

«Ist das die Antwort?» fragte Edgar und deutete auf das Buch.

«Was ist die Frage?» antwortete die Frau.

Edgar grinste. «Gertrude Stein.»

«Ich glaube nicht, daß sie das gesagt hat. Sie etwa? Kein Mensch ist so schlagfertig, wenn er im Sterben liegt.»

Da war es schon wieder.

Eine gewisse Verwegenheit überkam ihn. «Was würden *Sie* sagen?»

«Wann?»

«Am Ende. Was wären Ihre letzten Worte? Wenn Sie sich welche aussuchen könnten.»

Die Frau musterte ihn. Dann sagte sie: «Wie wär's mit ... ‹Ach du Scheiße!›?»

Sein Lachen hatte etwas Animalisches. Und es war so befreiend, daß ihm die Tränen herunterliefen. Die Frau betrachtete ihn gütig, mit einer gewissen Distanz zwar, aber doch irgendwie liebenswürdig.

Fast kam es Edgar so vor, als wüßte sie alles.

«Möchten Sie ein Sandwich?» fragte sie, als er zu lachen aufhörte. «Eines mit *focaccia*-Brot.»

Edgar saugte ihre Güte in sich auf und sagte ja. Es war schön, daß es jemand gab, der sich einmal um *ihn* kümmerte. «Ich heiße Edgar Halcyon», sagte er.

«Wie nett», sagte sie. «Ich heiße Anna Madrigal.»

Kleine Häppchen, große Wirkung

Mary Ann saß an ihrem Schreibtisch und zog sich gerade die Lippen nach, als Beauchamp auf leisen Sohlen heranschlich.

«Ist das Krawattenmonster schon Mittag essen?»

«Oh ... Beauchamp ...» Sie ließ den Lippenstift in der geflochtenen Handtasche verschwinden, die sie mit Fröschen und Pilzen aus einem Ausschneidebogen verziert hatte. «Er wollte ... Er ist schon mehr als eine Stunde weg. Ich glaube, er hat sich über irgendwas aufgeregt.»

«Über die Nachrichten.»

«Nein, es muß was anderes gewesen sein.»

«Vielleicht hat man ihn gebeten, beim Grove Play eine Waldnymphe zu spielen.»

«Was?»

«Ach, nichts. Wir sind zum Essen verabredet, erinnern Sie sich?»

«Oh ... Ja, das stimmt.»

Sie hatte den ganzen Vormittag an nichts anderes gedacht.

Im MacArthur Park bestellten sie beide Salat. Mary Ann knabberte an dem ihren halbherzig herum. Sie war leicht irritiert durch die vielen Käfige voller Vögel und die großstädtisch-alternative Blasiertheit, die im Restaurant herrschte. Beauchamp spürte ihr Unbehagen.

«Sie fürchten sich ein bißchen, was?»

«Ich ... Wie meinen Sie das?»

«Na ja. Wegen dem hier. Wegen uns.»

«Warum sagen Sie das?»

«Mmm-mm. Sie müssen zuerst antworten.»

Um Zeit zu schinden, stocherte sie nach einem Avocadostückchen. «Wahrscheinlich, weil es ... etwas Neues ist.»

«Mit einem verheirateten Mann essen zu gehen?»

Sie nickte und wich dem Blick seiner intensiven blauen Augen aus.

«Könnte ich etwas Eiswasser haben, Beauchamp?»

Ohne seinen Blick von ihr zu nehmen, winkte er einen Kellner heran. «Sie haben wirklich keinen Grund, nervös zu sein. Sie sind es doch, die frei ist. Das hat allerhand für sich.»

«Was heißt frei?»

«Alleinstehend.»

«Ach so ... ja.»

«Alleinstehende brauchen auf nichts Rücksicht zu nehmen.»

Der Kellner kam. «Die Dame möchte etwas Eiswasser haben», sagte Beauchamp. Er lächelte Mary Ann an. «Es macht Ihnen doch nichts aus, wenn ich Sie als Dame bezeichne, oder?»

Sie schüttelte den Kopf. Der Kellner grinste affektiert und verschwand.

«Wissen Sie was?» sagte Mary Ann.

«Was?» Sein Blick durchbohrte sie fast.

«Ich habe Ihren Namen immer wie ‹Bo-shom› ausgesprochen statt wie ‹Bietschem›.»

«Das machen alle.»

«Und ich bin mir so dämlich vorgekommen, als Mildred mich korrigiert hat. Man spricht es englisch aus, nicht?»

Er nickte. «Meine Eltern waren schamlos affektiert.»

«Mir gefällt der Name so. Sie hätten es mir sagen sollen, als ich ihn falsch ausgesprochen habe.»

Er zuckte mit den Schultern. «Das ist doch egal.»

«Am Anfang habe ich sogar Greenwich Street falsch ausgesprochen.»

«Ich habe zur Kearny auch ‹Kierny› gesagt.»

«Echt?»

«Und zu Ghirardelli ‹Dschierardelli›, und ... der Gipfelpunkt aller Blasphemie! ... die Cable Cars habe ich Straßenbahn genannt!»

Mary Ann kicherte. *«Das* tu ich noch immer.»

«Was ist schon dabei! Die sollen sich doch alle ins Knie ficken, wenn Sie keinen Spaß verstehen!»

In der Hoffnung, damit ihre Verlegenheit kaschieren zu können, lachte sie.

«Wir sind alle wie kleine Kinder, die man im Wald ausgesetzt hat», sagte Beauchamp. «Zumindest immer wieder mal. Machen Sie einfach das Beste daraus. Unschuld ist etwas sehr Erotisches.» Er pickte einen Croûton aus seinem Salat und warf ihn sich in den Mund. «Für mich jedenfalls.»

Der Kellner kam mit Mary Anns Wasser. Sie dankte ihm, nippte daran und überlegte, welche neue Wendung sie der Unterhaltung geben könnte. Beauchamp kam ihr zuvor.

«Haben Sie eigentlich meine Frau schon kennengelernt?»

«Äh ... Doch, ja. Bei dem Softballmatch.»

«Ach ja. Und was hatten sie für einen Eindruck von ihr?»

«Sie ist sehr nett.»

Er lächelte matt. «Ja ... sehr nett.»

«Ich seh ziemlich oft was in der Zeitung über sie.»

«Ja. Dem entgeht man leider kaum.»

Ihr wurde unbehaglich. «Beauchamp ... Ich glaube, Mr. Halcyon wird gleich zurück ...»

«Wollen Sie eine Sensationsmeldung hören, die Sie in den Klatschspalten garantiert nicht finden werden?»

«Ich möchte nicht über Ihre Frau sprechen.»

«Das kann ich Ihnen nicht verdenken.»

Sie tupfte sich mit einer Serviette den Mund ab. «Das Mittagessen mit Ihnen war wirklich ...»

«Wir haben seit dem Fol de Rol nicht mehr miteinander geschlafen.»

Sie entschied sich, nicht zu fragen, was der oder das Fol de Rol war. «Ich denke, wir sollten gehen, Beauchamp.»

«DeDe und ich sind nicht einmal *Freunde,* Mary Ann. Mit ihr unterhalte ich mich nie so wie mit Ihnen. Wir gehen nicht aufeinander *ein* . . .»

«Beauchamp . . .»

«Verdammt noch mal, ich versuche, Ihnen etwas zu sagen! Können Sie nicht mal für zehn Sekunden aufhören mit Ihrem . . . moralischen Getue?» Er senkte den Kopf und rieb sich mit den Fingerspitzen die Stirn. «Entschuldigen Sie . . . O Gott! . . . Bitte helfen Sie mir, ja?»

Sie griff über den Tisch und drückte seine Hand. Er weinte.

«Was kann ich denn tun, Beauchamp?»

«Ich weiß nicht. Lassen Sie mich nicht allein . . . bitte. Reden Sie mit mir.»

«Beauchamp, hier ist nicht der richtige Ort für . . .»

«Ich weiß. Wir brauchen mehr Zeit.»

«Wir könnten uns nach der Arbeit auf einen Drink treffen.»

«Wie wäre es mit dem Wochenende?»

«Ich glaube nicht, daß das . . .»

«Ich kenne was Nettes in Mendocino.»

Ein Stück von Annas Vergangenheit

Die Sonne im Park schien auf einmal wärmer, und die Vögel sangen viel freudiger.

Jedenfalls kam es Edgar so vor.

«Madrigal. Das ist ein hübscher Name. Gibt es nicht in Philadelphia irgendwelche Madrigals?»

Anna zuckte mit den Schultern. «Also, ich stamme aus Winnemucca.»

«Oh ... In Nevada kenne ich mich nicht besonders aus.»

«Aber Sie waren doch sicher schon einmal in Winnemucca. Wahrscheinlich mit achtzehn.»

Edgar lachte. «Mit zwanzig. Wir sind eine Familie von Spätentwicklern.»

«In welchem waren Sie denn?»

«Mein Gott! Sie sprechen von der Steinzeit. Ich könnte mich beim besten Willen nicht mehr daran erinnern!»

«Es war Ihr erstes Mal, nicht?»

«Ja.»

«Na, dann können Sie sich auch daran erinnern. Jeder erinnert sich an das erste Mal.» Sie zwinkerte aufmunternd wie eine Lehrerin, die einem schüchternen Schüler das Große Einmaleins aus der Nase zu ziehen versuchte. «Wann war das? So um 1935 rum?»

«Ich glaube ... es war 1937. In meinem ersten Jahr in Stanford.»

«Wie sind Sie hingekommen?»

«Mein Gott ... mit einem klapperigen Oldsmobile. Wir sind die ganze Nacht gefahren, bis wir mitten in der Wüste auf dieses enttäuschende Haus aus Schlackensteinen gestoßen sind!» Er kicherte in sich hinein. «Wahrscheinlich hatten wir uns einen Märchenpalast aus Tausendundeiner Nacht vorgestellt. Oder wenigstens etwas mit Gaslaternen und viel rotem Samt.»

«Die Leute aus San Francisco sind elend verwöhnt!»

Er lachte. «Na ja, ich fand, daß wir mehr verdient hatten. Es war fast grotesk, wie brav das alles eingerichtet war. Sie hatten im Gesellschaftszimmer sogar ein Foto von Franklin und Eleanor hängen.»

«Man muß doch den Schein wahren, oder? Erinnern Sie sich denn jetzt an den Namen?»

Edgars Augenbrauen zuckten nach oben. «Mein Gott, ja ... die Blue Moon Lodge! Ich habe schon jahrelang nicht mehr daran gedacht!»

«Und der Name des Mädchens?»

«Für ein Mädchen ging sie kaum noch durch. Mehr für fünfundvierzig.»

«Damit ist sie immer noch ein Mädchen. Glauben Sie mir.»

«War nicht so gemeint.»

«Und wie hieß sie?»

«O Gott ... Nein, daran kann ich mich unmöglich erinnern.»

«Margaret?»

«Ja! Wie konnten Sie ...?»

«Sie hat mir alle Bücher mit *Puh dem Bären* vorgelesen.»

«Was?»

«Sind Sie sicher, daß Sie die Geschichte hören möchten?»

«Wissen Sie, wenn ich Ihnen ...»

«Meine Mutter war die Besitzerin der Blue Moon Lodge. Das war mein Zuhause. Ich bin dort aufgewachsen.»

«Sie haben sich das doch nicht etwa ausgedacht, oder?»

«Nein.»

«Mein Gott!»

«Wagen Sie es *ja* nicht, sich zu entschuldigen. Wenn Sie es doch tun, nehme ich Ihnen das Sandwich wieder weg und laufe schnurstracks nach Hause. Ehrenwort!»

«Warum haben Sie mich einfach so dahinreden lassen?»

«Weil Sie sich daran erinnern sollten, was für ein Mensch Sie damals waren. Denn mit dem, der Sie jetzt sind, scheinen Sie nicht allzu glücklich zu sein.»

Edgar sah sie direkt an. «Nein, nicht?»

«Nein.»

Er biß in sein Sandwich. Seine Gegenwart bereitete ihm viel größeres Unbehagen als die fragwürdige Vergangenheit dieser Frau. Er wechselte das Thema. «Haben Sie denn jemals ... ich meine ...?»

Sie lächelte. «Was schätzen Sie?»

«Das ist nicht fair.»

«Okay. Ich bin mit sechzehn von zu Hause weggelaufen. Das war ein paar Jahre, bevor Sie im Blue Moon Kunde wurden. Und für meine Mutter gearbeitet habe ich nie.»

«Ich verstehe.»

«Ich führe inzwischen mein eigenes Haus.»

«Hier?»

«In der Barbary Lane 28, San Francisco, 94109.»

«Auf dem Russian Hill?»

Sie gab das kleine Spiel auf. «Ich bin eine ganz normale Wohnungsvermieterin, Mr. Halcyon.»

«Aha.»

«Sind Sie enttäuscht?»

«Kein bißchen.»

«Gut. Also bis morgen ... da sind *Sie* dann mit dem Essenkaufen dran.»

Monas neuer Mitbewohner

Das ganz und gar nicht kosmische Schrillen des Telefons setzte Monas Mantra ein abruptes Ende.

«Ja?»

«Hallo, ich bin's. Michael.»

«Mouse! Mein Gott! Ich hab schon gedacht, die CIA hätte dich gekidnappt!»

«Ja, es ist lange her, was?»

«Drei Monate.»

«Ja. Das ist ungefähr mein Durchschnitt.»

«Oh ... Hat er dich an die Luft gesetzt?»

«Na ja, wir haben uns auf halbwegs gesittete Art getrennt. Er war die Höflichkeit in Person, und ich habe den ganzen Vormittag im Lafayette Park gesessen und geheult. Ja ... er hat mich an die Luft gesetzt.»

«Das tut mir aber leid, Mouse. Ich hab gedacht, daß es diesmal richtig gut läuft. Irgendwie hab ich ihn ganz nett gefunden, diesen ... Hat er nicht Robert geheißen?»

«Ja. Ich hab ihn auch irgendwie ganz nett gefunden.» Er lachte. «Hab ich dir je erzählt, was er macht? Er wirbt Leute an für die Marines. Einmal hat er mir einen kleinen Schlüsselring geschenkt. Mit einem Medaillon dran. Und auf dem steht: ‹Nur die tüchtigsten Männer passen zu den Marines.›»

«Niedlich.»

«Wir sind jeden Morgen durch den Golden Gate Park gejoggt ... bis hinunter zum Meer. Robert hat meistens so ein rotes Kapuzen-T-Shirt von den Marines angehabt. Deswegen haben uns die alten Knacker immer angehalten und uns erklärt, wie schön sie es doch finden, daß es auf dieser Welt noch ein paar anständige und aufrechte junge Männer gibt. Mensch, was haben wir darüber gelacht ... meistens hinterher im Bett.»

«Und warum läuft's nicht mehr?»

«Keine Ahnung. Wahrscheinlich hat er die Panik gekriegt. Wir haben schon *gemeinsam* Möbel gekauft und so. Das heißt ... eigentlich nicht *richtig* gemeinsam. Er hat ein Sofa gekauft und ich zwei passende Sessel. Man sollte ja bei allem auch gleich an die Scheidung denken ... Aber trotzdem war es so was wie ein Meilenstein. Bis zur Möbelkaufphase hab ich es vorher noch mit keinem geschafft.»

«Na, das ist doch *auch* schon was.»

«Eben ... Und ich hatte noch nie einen, der mir im Bett deutsche Gedichte vorgelesen hat. Auf deutsch.»

«Das ist ja scharf!»

«Und er hat eine Mundharmonika, Mona. Manchmal hat er gespielt, wenn wir in der Stadt rumgelaufen sind. Ach, was war ich stolz, daß ich ihn hatte!»

«Und das Reden?» – «Was?»

«Konnte er reden? Oder war er zu sehr mit seiner Mundharmonika beschäftigt?»

«Er war ein netter Kerl, Mona.»

«Deswegen hat er dich ja auch rausgeschmissen.»

«Er hat mich nicht rausgeschmissen.»

«Das hast du doch eben gesagt.»

«Es hat halt einfach nicht ... sollen sein, das ist alles.»

«Red keinen Scheiß. Du bist ein hoffnungsloser Romantiker.»

«Danke für deine tröstlichen Worte.»

«Ich weiß nur, daß ich dich drei Monate nicht zu Gesicht bekommen habe. Außer deinem Traumprinzen gibt's auch noch andere Leute auf der Welt ... Und wir lieben dich auch.»

«Ich weiß. Es tut mir leid, Mona.»

«Mouse . . .?»

«Wirklich. Ich wollte dich nicht . . .»

«Michael Mouse, wenn du mir jetzt einen vorheulst, gehe ich nie wieder mit dir tanzen!»

«Ich heule nicht. Ich bin bloß nachdenklich.»

«Du hast zehn Sekunden, um mit dem Blödsinn aufzuhören. Mein Gott, Mouse, die Wälder sind voll von joggenden Marine-Anwerbern. Ogottogott! Das kommt davon, weil du auf diesen Typ normale Unschuld vom Lande so abfährst! Ich wette, dieses Arschloch hat zu Hause einen ganzen Schrank voll Holzfällerhemden. Oder etwa nicht?»

«Es reicht.»

«Jetzt stapft er in seiner blauen Bomberjacke sicher grade unten im Toad Hall rum. Den einen Daumen hat er in seine Levi's gehakt, und in der anderen Hand hat er eine Flasche Acme-Bier.»

«Du bist vielleicht ein Biest.»

«Das ist doch genau dein Typ. Aber, sag mal . . . wenn ich ein paar deutsche Gedichte lerne, würdest du dann bei mir wohnen, bis du was gefunden hast? Platz gibt's genug in dem Schuppen hier. Und Mrs. Madrigal hätte sicher nichts dagegen.»

«Ich weiß nicht recht.»

«Aber du stehst doch auf der Straße, oder? Hast du überhaupt noch Geld?»

«Ein paar Tausender auf dem Sparkonto.»

«Also, die poetische Tour à la Edna St. Vincent Millay hab ich jetzt satt. Es paßt doch alles. Du kannst hier unterschlüpfen, bis du eine neue Wohnung gefunden hast . . . oder einen neuen Mundharmonikaspieler. Je nachdem, was zuerst kommt.»

«Das funktioniert *nie*.»

«Warum denn nicht?»

«Du schwörst auf Transzendentale Meditation, und ich auf Außersinnliche Transzendenz. Das funktioniert *nie*.»

Noch am selben Abend brachte er all sein irdisches Hab und Gut in Monas Wohnung:

Die literarischen Werke von Mary Renault und der kürzlich verstorbenen Adelle Davis. Ein Sortiment von Arbeitsstiefeln, Overalls und Hosen aus Kaplan's Army Surplus an der Market Street.

Eine Jugendstillampe in Form einer Nymphe, die auf einem Bein balancierte. Ein Sammelsurium an Meeresmuscheln. Ein T-Shirt mit dem Aufdruck: TANZEN 1, AUSSEHEN 4. Eine Gefäßklemme zum Halten der Joints. Ein Heimfahrrad. Ein Foto von Patti LaBelle mit Widmung.

«Die Möbel sind noch bei Robert», erklärte er.

«Vergiß den Pisser», sagte Mona. «Du hast jetzt eine neue Mitbewohnerin.»

Michael drückte sie an sich. «Du hast mir wieder mal das Leben gerettet.»

«Nicht der Rede wert, Babycakes. Unterhalten wir uns lieber über die Grundregeln, okay?»

«Also, ich drücke die Zahnpastatube von unten aus.»

«Du weißt, worum's mir geht, Mouse.»

«Ja. Na ... wir haben doch jeder ein eigenes Zimmer.»

«Genau. Und das Wohnzimmer ist Sperrgebiet für alle Schnullis.»

«Natürlich.»

«Und wenn ich mal einen Doppelstecker mit nach Hause bringe, dann läßt du gefälligst deine Finger von ihm, verstanden?»

«Seh ich etwa so aus, als ob ich so was Garstiges tun könnte?»

«Und was ist mit dem baskischen Gärtner vom letzten Sommer?»

«Ach ja.» Michael lächelte. «Der war doch ganz in Ordnung, oder?»

Mona streckte ihm die Zunge raus.

Ihr erstes Rendezvous

Anna schlug vor, zum Mittagessen in den Washington Square Bar & Grill zu gehen. «Es ist zum Schreien dort», sagte sie lachend am Telefon. «Jeder spielt auf Teufel komm raus den Literaten. Für den Preis eines Hamburgers kann man so tun, als hätte man gerade einen kleinen Gedichtband abgeschlossen.»

Edgar war argwöhnisch. «Ich glaube, mir wäre etwas weniger Lärmiges lieber.»

«Etwas weniger Öffentliches, meinen Sie?»

«Na ja ... Ja.»

«Um Himmels willen! Ich bin doch nicht Ihre Geliebte! Wenn einer Ihrer Kumpel uns sieht, können Sie sagen, daß ich eine Kundin bin oder so was.»

«Meine Kundinnen sehen nicht so gut aus wie Sie.»

«Sie Schwerenöter!»

Sie saßen schließlich zwei Tische von Richard Brautigan entfernt. Oder von einem Typen, der sich Mühe gab, wie Richard Brautigan *auszusehen*.

«Drüben an der Bar sitzt Mimi Fariña.»

Edgar mußte passen.

«Die Schwester von Joan Baez, Sie Banause. Wo haben Sie denn Ihr ganzes Leben lang gesteckt? Hier auf der Halbinsel?»

Er grinste etwas müde. «Für den Gebieter über ein Elendsquartier sind Sie ganz schön frech.»

«Die Gebieterin.»

«Entschuldigung. Mit Berühmtheiten kenne ich mich nicht besonders aus.»

Anna lächelte ihn an und sagte ohne jeden Vorwurf: «Hat Ihre Frau nicht permanent welche zu Gast?»

«Sie lesen Zeitung?»

«Manchmal.»

«Meine Frau *sammelt* Dinge, Anna. Sie sammelt Porzellanenten, alte Korbmöbel, Vogelkäfige des neunzehnten Jahrhunderts aus der französischen Provinz, die aussehen wie das Schloß in Blois ... Und sie sammelt Menschen. Letztes Jahr hat sie sich Rudolf Nurejew, Luciano Pavarotti, mehrere Auchinclosses und einen wahrhaftigen, originalen spanischen Prinzen namens Umberto de Soundso in die Vitrine gestellt.»

«Dabei sind die heutzutage so schwer zu finden.»

«Außerdem sammelt sie Flaschen. Rumflaschen.»

«Oh.»

«Sollen wir aufhören, über sie zu reden?»

«Wenn Sie möchten. Übrigens, was *hätten* Sie denn gerne?»

«Ich hätte gern, daß eine gutaussehende ... Wie alt sind Sie?»

«Sechsundfünfzig.»

«Ich hätte gern, daß eine gutaussehende sechsundfünfzigjährige Frau mit mir am Strand spazierengeht und mir Witze erzählt.»

«Wann?»

«Jetzt gleich.»

«Werfen Sie den Mercedes an.»

Der Strand von Point Bonita lag beinahe verlassen da. An seinem nördlichen Ende ließ eine Gruppe Teenager einen riesigen Drachen mit schimmerndem Schwanz steigen.

«Du meine Güte», sagte Edgar. «Erinnern Sie sich noch, wieviel Spaß das immer gemacht hat?»

Anna stapfte neben ihm durch den grobkörnigen schwarzen Sand. «Gemacht *hat*? Ich lasse dauernd Drachen steigen. Wenn man stoned ist, ist es das Tollste *überhaupt*.»

«Marihuana?»

Anna warf ihm einen verruchten Blick zu. Sie wühlte in ihrer gewebten Umhängetasche und förderte einen sauber gedrehten Joint zutage. «Man beachte das Zigarettenpapier. Ich dachte, es könnte vielleicht an Ihr stures Kaufmannsherz rühren.»

Als Zigarettenpapier hatte sie eine nachgemachte Ein-Dollar-Note genommen.

«Anna ... ich möchte kein Spielverderber sein ...»

Sie ließ den Joint wieder in der Tasche verschwinden. «Natürlich nicht. Na dann! Machen wir doch einen netten kleinen Spaziergang, ja?»

Ihre aufgesetzte Freundlichkeit verletzte ihn. Er fühlte sich älter denn je. Er wollte Kontakt zu Anna gewinnen. Etwas Verbindendes. Etwas Dauerhaftes.

«Anna?»

«Ja?»

«Für eine Sechsundfünfzigjährige sind Sie meiner Meinung nach ganz unglaublich.»

«So ein Blödsinn.»

«Nein, wirklich.»

«Ich bin *genau* so, wie eine Sechsundfünfzigjährige sein sollte.»

Er lachte matt. «Ich wünschte, Sie würden mich akzeptieren.»

«Edgar ...» Sie hakte sich zum erstenmal bei ihm ein. «Ich akzeptiere *Ihr Wesen.* Ich möchte nur, daß Sie sich von der alten, harten Schale befreien, in der Sie stecken. Ich möchte, daß Sie erleben, wie wundervoll Sie ...»

Sie ließ seinen Arm los und lief über den Strand auf die Teenager zu. Nach kaum einer Minute kam sie zurück und zog den großen silbernen Drachen hinter sich her.

Sie hielt Edgar die Schnur hin. «Er gehört für zehn Minuten Ihnen», sagte sie keuchend. «Machen Sie was draus.»

«Sie sind verrückt», sagte er lachend.

«Vielleicht.»

«Womit haben Sie die Jungs überredet?»

«Fragen Sie mich nicht.»

Am Ende des Strands hockten die Teenager eng aneinandergedrängt im Kreis und sahen zu, wie Annas Bestechungsgeschenk in Rauch aufging.

Auf nach Mendocino

Beauchamps silberfarbener Porsche schoß bei der Abfahrt von einem der Marin-Hügel durch die Kurven wie eine Flipperkugel auf Erfolgskurs.

Mary Ann spielte nervös an ihrem Stimmungsring herum. «Beauchamp?»

«Ja?»

«Was haben Sie Ihrer Frau gesagt?»

Er lächelte wie ein Jungpfadfinder auf Abwegen. «Sie glaubt, daß ich ein Kind aufs Land bringe.»

«Was?»

«Ich hab ihr erzählt, daß die Guardsmen auf dem Mount Tam ein Wochenende für Kinder aus sozial schwachen Familien veranstalten. Aber das spielt keine Rolle. Sie hat nicht einmal hingehört. Sie und ihre Mutter waren gerade mit der Planung einer Party für Nora Cunningham beschäftigt.»

«Für die Opernsängerin?»

«Ja.»

«Ihre Familie kennt eine Menge berühmte Leute, was?»

«Wahrscheinlich.»

«Sie haben doch Mr. Halcyon nichts davon erzählt, oder?»

«Wovon?»

«Davon, daß wir . . . wegfahren.»

«O Gott! Sind Sie verrückt?»

Sie drehte sich zur Seite und sah ihn an. «Ich weiß nicht. Bin ich es?»

Das Motel lag auf einer bewaldeten Klippe mit Aussicht auf die Küste bei Mendocino.

Es bestand aus einem halben Dutzend kleiner Häuschen in unterschiedlichem Verfallsstadium. Es hieß Fools Rush Inn.

Die Betreiberin des Motels zwinkerte Mary Ann immer wieder zu.

Als sie gegangen war, sagte Mary Ann: «Es gibt nur ein Bett.»

«Ja. Ich sorge dafür, daß sie noch ein Klappbett bringt.»

«Sie wird uns für reichlich komisch halten.»

«Ja, nicht?»

«Beauchamp, Sie haben gesagt, wir würden nicht ...»

«Ich weiß. Und das war mein Ernst. Machen Sie sich keine Sorgen. Ich sage ihr, daß Sie meine Schwester sind, oder so was.»

Mary Ann packte ihre Tasche aus, während Beauchamp im Kamin Feuer machte. Aus Gewohnheit hatte sie ihr ramponiertes Exemplar von *Nicholas and Alexandra* eingepackt, an dem sie während der letzten drei Sommer gelesen hatte.

«Einen Scotch?» fragte er.

«Ich glaube nicht.»

«Er hilft mir, mich zu entspannen.»

«Dann trinken Sie doch einen.»

«Ich bin Ihnen wirklich sehr dankbar, Mary Ann. Ich hatte etwas Abstand bitter nötig.»

«Ich weiß. Hoffentlich hilft es auch.»

Er saß auf der Stufe vor dem Kamin und nippte an seinem Scotch.

Sie setzte sich neben ihn. «Sie haben nicht viele Freunde, oder?»

Er schüttelte den Kopf. «Es sind alles DeDes Freunde. Ich habe kein Vertrauen zu ihnen.»

«Ich fände es so schön, wenn Sie mir vertrauen könnten.»

«Ich auch.»

«Sie *können* mir vertrauen, Beauchamp.»

«Ich hoffe.»

Sie legte ihre Hand auf sein Knie. «Tun Sie es.»

Als es dunkel wurde, fuhren sie ins Dorf und aßen im Mendocino Hotel zu Abend.

«Früher war es hier mal ganz wunderbar», sagte Beauchamp mit einem Blick in die Runde. «Es war urwüchsig und billig, und die Böden waren schief ... so richtig toll.»

Mary Ann sah sich um. «Ich finde, es sieht recht hübsch aus.»

«Es ist zu fein geworden. Zu selbstbewußt. Der Charme ist verlorengegangen.»

«Aber es gibt eine Sprinkleranlage.»

Er lächelte. «Perfekt. Die Antwort paßt hundertprozentig zu Ihnen.»

«Was hab ich denn gesagt?»

«Mit Ihnen ist es genauso, Mary Ann. Genau wie mit diesem Haus. Sie sollten nie selbstbewußt werden ... oder Ihr Zauber verschwindet.»

«Sie halten mich für naiv, nicht?»

«Ein bißchen.»

«Für unverbildet?»

«O ja!»

«Beauchamp ... für mein Empfinden ist das kein ...»

«Ich vergöttere das, Mary Ann. Ich vergöttere Ihre Unschuld.»

Als sie in ihr Häuschen zurückkamen, war noch etwas Glut da. Beauchamp kniete sich vor den Kamin und warf ein Kiefernscheit auf den Rost.

Er blieb auf den Knien und verharrte bewegungslos und wirkte wie ein in Gold getauchter Faun auf einem Gemälde von Maxwell Parrish. «Sie haben das Klappbett noch nicht gebracht. Ich frage mal im Büro nach.»

Mary Ann setzte sich neben ihm auf den Boden. Sanft streichelte sie über die dunklen Haare auf seinem Unterarm.

«Vergiß das Klappbett, Beauchamp.»

Brian geht die Wände hoch

Brian drückte dreimal auf Mary Anns Klingel, murmelte «Scheiße» und schlich über den Flur zurück in seine eigene Wohnung.

Er hätte es sich denken können.

Ein Mädchen wie sie wußte am Samstagabend was Besseres zu tun, als sich bei Kentucky Fried Chicken was zu essen zu holen und sich dann vor den Fernseher zu knallen. Ein Mädchen wie sie ging aus und machte einen drauf ... es tanzte und trank und knabberte am Brut-behauchten Ohr eines Jungmanagers mit einem Sportwagen, einem Trimaran in Tiburon und einer Eigentumswohnung in Sea Ranch.

Er schälte sich aus seinem blauen Perry's-Jeanshemd und machte auf dem Schlafzimmerboden zwei Dutzend hektischer Liegestütze. Welchen Sinn sollte es haben, wegen Mary Ann im Geiste einen Steifen zu kriegen?

Außerdem war sie wahrscheinlich eine dumme Fotze. Wahrscheinlich las sie *Reader's Digest Condensed Books* und schickte Kettenbriefe weiter und malte über ihre *i* kleine Kreise.

Wahrscheinlich war sie im Bett *Dynamit.*

Er stieg unter die Dusche und sublimierte seine Geilheit bei einem Donna-Summer-Song.

Was sollte es also heute abend sein? Das Henry Africa's. Es war von Perry's und der Union Street weit genug weg, um wenigstens einen *scheinbaren* Ausweg zu bieten. Von ein paar der Mädchen dort war bekannt, daß sie neben «Echt!» und «Super!» noch andere witzige Kommentare im Repertoire hatten. Von zweien zumindest.

Aber er konnte sich nicht damit anfreunden.

Er starb allmählich an Farnkrautvergiftung, und er stand knapp vor einer Überdosis Schummerlicht aus Tiffanylampen. Diese ganze Plastik-Phantastik-Szene ging ihm auf die Nerven. Aber wohin sonst ...?

Mensch! Das Come Clean Center.

Letzten Monat hatte er dort ein paar *scharfe* Frauen aufgegabelt. Ins Come Clean Center zogen scharfe Frauen wie Lemminge, die sich in den Hafen der Ehe stürzen wollten. Aber man brauchte sie nicht zu heiraten, um sie zu nageln!

Einfach perfekt! Er trocknete sich hastig ab, stieg in Cord-Levi's und zog ein Rugbyhemd in Grau und Kastanienbraun an. Warum war ihm das nicht schon früher eingefallen, verdammt noch mal?

Vor dem Schrankspiegel schlug er sich mit der flachen Hand auf den Bauch. Es ergab ein kompaktes Geräusch, wie wenn ein Baseball im Fanghandschuh landet. Nicht schlecht für zweiunddreißig!

Er ging zur Tür, machte aber wieder kehrt, als ihm noch etwas einfiel.

Er griff sich einen Kissenbezug vom Bett, ging noch einmal an den Schrank und stopfte den Bezug mit schmutzigen Boxershorts, Hemden und Bettlaken voll.

Er sprintete fast die Barbary Lane entlang.

Das Come Clean Center machte sich in aller Zwanglosigkeit an der Kreuzung Lombard und Fillmore breit, direkt gegenüber vom Marina Health Spa. Es war blau und im funktionalen Sixties-Stil und es hatte so wenig Charakter, daß es genausogut in Boise oder Augusta oder Kansas City hätte aus dem Boden wachsen können. Auf einem Schild neben der Tür stand: BITTE NACH 20.00 UHR NICHT MEHR WASCHEN.

Brian schmunzelte. Er konnte den Kummer der Betreiber nachfühlen. Es gab Leute, die blieben tatsächlich bis zum bitteren Ende. Er schaute auf die Uhr: 19.27 Uhr. Er mußte rasch arbeiten.

Vor den rumorenden Speed Queens an der Wand saß ein Dutzend junger Frauen, die alle taten, als interessierten sie sich bloß für ihre Wäsche. Ihre Blicke glitten kurz in Brians Richtung, dann wieder zurück zu den Maschinen. Brians Herz arbeitete wie ein Maytag-Rührwerk.

Er taxierte die Männer, die er sehen konnte. Keine rechte Konkurrenz. Ein paar Kerle im Freizeitanzug, einer mit einem schlechten Toupet, ein Schwächling mit einem Glitzerstein im Ohr.

Er schob die Ärmel hoch, zog den Bauch ein und bewegte sich mit panthergleicher Eleganz zu den Waschmittelautomaten hinüber. Jedes Detail war jetzt von Belang, jedes Hervortreten einer Sehne, jedes Zucken eines Augenlids ...

«Psst, Hawkins!»

Als Brian herumwirbelte, sah er sich Chip Hardesty gegenüber, der sein schlimmstes Spielshowlächeln aufgesetzt hatte. Chip war Junggeselle, lebte in Larkspur und hatte in einem umgewandelten Lagerhaus an der Northpoint eine Zahnarztpraxis. In die Trennwände seiner Praxis war eine Unmenge gefärbtes Glas eingearbeitet, und sie hing voller Seidenbanner im Stil der Renaissance. Die Leute fühlten sich häufig wie in einer von den Farnkrautkneipen.

Brian seufzte gereizt. «Okay . . . Dann ist dieser Claim also schon abgesteckt.»

«Ich gehe gerade. Mach dir bloß nicht ins Hemd.»

Das war Chip Hardesty in Reinkultur. *Mach dir bloß nicht ins Hemd.* Er sieht vielleicht aus wie ein Sportreporter aus dem Fernsehen, dachte Brian, aber seine Witze kommen direkt aus dem Studentenwohnheim, zirka 1963.

«Und du konntest nirgends landen?» fragte Brian, um Chip ein bißchen zu triezen.

«Ich war gar nicht darauf aus.»

«Ach nein?»

Chip hielt seinen Wäschekorb hoch. «Siehst du das?»

«In Larkspur gibt's wohl keine Waschsalons.»

«Jetzt hör mir mal zu. Wenn ich heute abend nicht verabredet wäre, würde ich ein überreifes Früchtchen vernaschen.»

«Hier aus dem Laden?»

«Aber sicher, Alter.»

«Wo?»

«Das könnte dir so passen. Mach deine Beinarbeit gefälligst selber.»

«Ach, verpiß dich doch, du alter Wichser.»

Chip gluckste und wies mit einem Seitenblick in eine Ecke des Waschsalons. «Sie gehört dir ganz allein, Alter. Es ist die in Orange.» Er schlug Brian auf die Schulter und ging zur Tür. «Sag ja nicht, ich hätte dir noch nie einen Gefallen getan.»

«Auf geht's», murmelte Brian und ging zum Angriff über.

Manöverkritik

Beauchamp?»

«Ja?»

«Liegst du auf der Seite gut?»

«Ja. Kein Problem.»

«Bist du sicher? Ich leg mich auch gern auf die andere.»

«Ich bin sicher.»

Mary Ann setzte sich im Bett auf und biß unschlüssig auf ihrem Zeigefinger herum. «Weißt du, was ich mir schön vorstelle?»

Schweigen.

«Auf dem Highway habe ich ein Schild gesehen von einem Bootsverleih. Wir könnten uns ein Lunchpaket machen, ein Kanu mieten und einen ganzen schönen Sonntagvormittag lang gemütlich den ... Dings ... hinaufpaddeln. Wie heißt der Fluß überhaupt?»

«Big.»

«Big River?»

«Ja.»

«Na, an dem Namen könnte man noch einiges verbessern, aber im Paddeln bin ich spitze, und ich könnte die ganzen Gedichte rezitieren, die ich in meinem Abschlußjahr geschrie ...»

«Ich muß früh zurück.»

«Hast du nicht gesagt, daß du ...»

«Mary Ann, könnten wir vielleicht ein bißchen schlafen, hm?» Er rollte sich von ihr weg, rückte weiter zur Bettkante hinaus. Mary Ann blieb aufrecht sitzen und sagte erst mal nichts.

Schließlich:

«Beauchamp?»

«Was?»

«Bist du ...?»

«Was?»

«Nicht so wichtig. Ich dachte nur, ob ...»

«Was denn, verdammt!»

«Bist du ... verärgert wegen vorhin?»

«Was glaubst *du* denn?»

«Es macht nichts, Beauchamp. Ich meine, es macht dir vielleicht etwas aus, aber mir überhaupt nicht. Wahrscheinlich warst du bloß verspannt. Es war Zufall.»

«Wie toll. Vielen Dank, Frau Dr. Sexualberatung.»

«Ich versuche doch nur ...»

«Laß es gut sein, ja?»

«Vielleicht hast du zuviel getrunken, weißt du.»

«Ich hatte ganze drei Scotchs!»

«Na ja, das reicht doch, um ...»

«Laß es gut sein, verflucht noch mal!»

«Weißt du, Beauchamp, mich stört der Gedanke, daß ... das hier ... der Grund für unseren Ausflug gewesen sein soll. Ich bin mit dir hier rausgefahren, weil ich dich *mag.* Du hattest mich um meine Hilfe gebeten.»

«Die hat ja auch grandios gewirkt!»

«Du denkst nur zuviel daran. Ich glaube, deine Probleme mit DeDe ...»

«Herrgott, mußt du *sie* denn ins Spiel bringen?»

«Ich dachte bloß, daß ...»

«Ich will nicht über DeDe reden!»

«Und was ist, wenn *ich* über sie reden will, hm? Ich bin doch diejenige, die sich bei dieser Sache die Finger verbrennen kann, Beauchamp. Ich bin diejenige, die den Kopf hinhält. Du kannst dich jederzeit nach Hause verziehen in dein Penthouse und zu deiner Frau und deinen Parties mit der feinen Gesellschaft. Aber mir bleibt bloß ... der Computer der Partnervermittlung ... und der Ball der Einsamen Herzen in diesem blöden Jack Tar Hotel!»

Sie sprang aus dem Bett und ging ins Badezimmer.

«Was machst du?» wollte Beauchamp wissen.

«Ich putz mir die Zähne, wenn du nichts dagegen hast!»

«Mary Ann, sieh mal ... ich ...»

«Ich kann dich nicht verstehen. Das Wasser läuft.»

Er rief: *«Es tut mir leid, Mary Ann!»*

«Mrrpletlrp.»

Er ging zu ihr ins Badezimmer, stellte sich hinter sie und

streichelte besänftigend ihren Bauch. «Ich sagte, es tut mir leid.»

«Würde es dir etwas ausmachen, mich hier alleine zu lassen?»

«Ich liebe dich.»

Schweigen.

«Hast du gehört?»

«Beauchamp, ich verschütte gleich noch das Mundwasser!»

«Ich liebe dich, verflucht noch mal!»

«Aber doch nicht *hier*, um Himmels willen!»

«Doch, hier!»

«Beauchamp, um Himmels willen! Beauchamp!»

Sie stützte das Kinn auf und studierte sein klassisch schönes Gesicht im Schlaf. Er schnarchte so leise, daß es sich anhörte wie Schnurren. Sein braungebrannter und dunkel behaarter rechter Arm lag um ihre Taille.

Er redete im Schlaf.

Zuerst war es unverständliches Zeug. Dann glaubte sie, einen Namen zu hören, konnte ihn aber nicht verstehen. Es war nicht DeDe ... und es war nicht Mary Ann.

Sie beugte sich zu ihm hinunter. Die Geräusche wurden noch unverständlicher. Er wälzte sich auf den Bauch und zog dabei seinen Arm von ihrer Hüfte. Dann begann er wieder zu schnarchen.

Mary Ann schlüpfte aus dem Bett und ging auf Zehenspitzen ans Fenster. Der Mond überzog das Meer mit einer silbrigen Spur. «Das ist ein Moon River», hatte ihr Bruder Sonny ihr erklärt, als sie zehn gewesen war. Sie hatte ihm geglaubt. Sie hatte auch geglaubt, daß sie irgendwann Audrey Hepburn sein und einem Mann begegnen würde, der ihr George Peppard sein konnte.

Die nächsten zwei Stunden saß sie vor dem Kamin und las *Nicholas and Alexandra.*

Saubere Anmache im Marina

Brians Beute saß auf einem Plastikstuhl in der mit einem Zotteltеppich ausgelegten Wartezone des Come Clean Center. Sie trug eine orangefarbene Hose, die nachts den Schutz einer ganzen Straßenarbeiterkolonne garantiert hätte.

Ihr Mao-Tse-tung-T-Shirt spannte derart über ihrem Busen, daß der Große Vorsitzende breit grinste.

Und sie las in einem *People*-Heft.

Brian zögerte vor dem Waschmittelspender und heuchelte Unentschlossenheit. Dann drehte er sich um.

«Ähm ... entschuldige? Könntest du mich über den Unterschied zwischen Downy und Cheer aufklären?»

Sie blickte von einem Artikel über Cher hoch und beäugte ihn durch kobaltblaue Haftschalen. Während sie weiter auf ihrem Klumpen Care-free Sugarless herumkaute, beschnupperte sie den neuen Bullen, der hufescharrend auf ihrer Weide aufgetaucht war.

«Downy ist ein Weichspüler», sagte sie lächelnd. «Der macht deine Sachen richtig weich und duftig. Hier ... willst du meinen probieren?»

Brian lächelte ebenfalls. «Bist du sicher, es reicht für zwei?»

«Aber ja.»

Sie zog eine Flasche Downy aus ihrem roten Plastikwäschekorb. «Siehst du? Hier steht, daß ...»

Brian stellte sich neben sie. «Wo?»

«Hier ... auf dem Etikett, unter ...»

«Ach ja.» Ihre Wange war *Zentimeter* entfernt. Er konnte ihr Charlie riechen. «Ich seh's ... aprilfrisch.»

Sie las kichernd weiter. «Und es hilft gegen elektrostatische Aufladung.»

«Ich halte es immer kaum aus, wenn ich geladen bin. Geht es dir auch so?»

Sie legte den Kopf schief und sah ihn spöttisch an, dann las sie weiter vor. «Macht Weißes weißer und Buntes bunter.»

«Natürlich.»

«Sorgt für kuschelige Weichheit und Fülle.»

«Mhhm. Kuschelige Weichheit ... und Fülle.»

Sie zuckte zurück, sah ihn dann an und grinste geziert. «Du gehst ja vielleicht ran.»

«Tja das macht wahrscheinlich die Aprilfrische.»

«Du bist echt zuviel!»

«Das sagen mir alle.»

«Na, dann kannst du ja jetzt ...»

«Du bist wohl nicht von hier, was?»

«Warum?»

«Ich weiß nicht. Du hast so was ... Nein, vergiß es.»

«Was habe ich?»

«Ach, es klingt wie eine Masche.»

«Kannst du die Entscheidung darüber vielleicht mir überlassen?»

«Na ja, du hast irgendwie so was ... Kosmopolitisches an dir.»

Sie sah ihn für einen Moment verständnislos an und warf dann einen Blick auf ihr T-Shirt, bevor sie wieder ihn ansah.

«Warum hast du das gemacht?» fragte er.

«Ich hab nachgedacht, ob ich mein *Paris-Match*-T-Shirt anhabe.»

Er gluckste leise. «Ich meine nicht deine Sachen. Du hast ... irgendwie ... ein gewisses Flair. Ach, vergiß es.»

«Bist du denn von hier?»

«Klar. Dritter Trockner von rechts.»

«Ach, Mensch!»

«Ich weiß, daß er nicht nach viel *aussieht,* aber innen drin ist es recht hübsch. Kristallüster, Velourstapeten, Armstrong-Linoleum ... Wo ist deine Wohnung?»

«Im Marina.»

«Ganz hier in der Nähe, was?»

«Ja.»

«Wie schnell können wir dort sein?»

«Ich glaub nicht, daß ... In fünf Minuten.»

«Was glaubst du nicht?»

«Vergiß es.»

«Schön. Sollen wir?»

«Halt, ich weiß noch nicht mal, wie du heißt.»

«Natürlich. Wie dumm. Ich heiße Brian Hawkins.»

Sie ergriff seine Hand und schüttelte sie einigermaßen förmlich. «Ich bin Connie Bradshaw. Von den Friendly Skies of United.»

Darf man schon gratulieren?

Auf dem Boden rund um Connies Bett lagen die Gestalten verstreut, die es sonst tagsüber bevölkerten: ein eineinhalb Meter großer Plüschsnoopy, ein hellgrüner Sitzsackfrosch, eine Frotteepython mit beweglichen Augen (vergib ihr, Sigmund Freud, dachte Brian) und dazu ein kastanienbraunes Kissen mit der Aufschrift: SCHOOL SPIRIT DAY, CENTRAL HIGH, 1967.

Brian saß gegen das Kopfbrett gelehnt im Bett. «Stört es dich, wenn ich rauche?»

«Nein, nein.»

Er gluckste. «Das ist doch purer New Wave, findest du nicht auch?»

«Was?»

«Na ja ... daß die beiden hinterher noch im Bett liegen und ... Ach, es hat nichts zu sagen.»

«Ganz richtig.»

«Willst du, daß ich gehe?»

«Hab ich das gesagt, Byron?»

«Brian.»

«Wenn du willst, kannst du gehen.»

«Bist du sauer oder so?»

Schweigen.

«Ach, mir scheint, Gnädigste sind sauer.»

«Oh ... du bist ja so klug, was?»

«Störst du dich an meinem *Verstand*?»

Schweigen.

«Sieh mal, Bonnie ...»

«Connie.»

«Dann sind wir jetzt quitt. Sieh mal ... wenn du willst, nehm ich die Schuld auf mich. Ich bin die Liberalität in Person. Du brauchst nur eine Glocke zu läuten, und schon fängt bei mir der Speichel zu laufen an. Ich züchtige mich dann selbst und trage *wochenlang* an meiner Schuld. Aber sag mir erst mal, was ich *angestellt* habe, ja?»

Sie drehte sich auf die andere Seite und ging in Embryonalstellung. «Wenn du's nicht von selber weißt, hat es keinen Sinn, darüber zu reden.»

«Bonnie! Connie!»

«Springst du mit allen deinen Bettgefährtinnen so um?»

«*Wie* denn?»

«Ficken, spritzen, danke sagen!»

«Na, du gehst ja hart zur Sache.»

«Du hast mich gefragt.»

«Ja, das hab ich.»

«Ich glaub nicht, daß es *abnormal* ist, wenn man ein bißchen Zärtlichkeit möchte.»

««She may be weary, women do get weary ...»»

«Hör auf damit und ...!»

««Wearin' the same shabby dress ...»»

«Du bist ein echtes Arschloch, ist dir das klar? Man kann dich wirklich nur ... *bedauern!* Du hast ungefähr so viel Gefühl wie ... Ach, ist ja auch egal!»

«Gut gesprochen.»

«Verpiß dich, du Sack!»

Connie saß inzwischen an ihrer Frisierkommode im französischen Rustikalstil und bürstete sich wie besessen die Haare.

«Entschuldige», sagte Brian. «Sind wir wieder gut?»

«Weshalb solltest du dich entschuldigen? Wir kennen uns doch nicht einmal.»

«Du hast mir immerhin was von deinem Weichspüler gegeben. Bedeutet das gar nichts für dich?»

«Doch. Das Ende eines schrecklichen Tages.»

«Mein Gott. Was ist dir denn *sonst noch* passiert?»

«Nichts. Rein gar nichts.»

«Und was hast du dann?»
«Geburtstag, du Affe!»

Er hielt sie in den Armen, bis sie zu weinen aufhörte, und wischte ihr danach mit einem Zipfel ihres geblümten hawaiianischen Wikkelrocks die Tränen aus dem Gesicht.

«Ich habe Hunger», sagte er. «Wie sieht's bei dir aus?»

Sie gab keine Antwort und blieb wie eine kaputte Barbiepuppe auf der Bettkante sitzen. Brian ging in die Küche.

Ein paar Minuten später trug er mit aufgesetzter Feierlichkeit eine blecherne Quicheform herein. «Findest du nicht auch, daß die Bäckereien in North Beach ihr Geschäft verstehen?» sagte er.

Auf der Spitze eines dreistöckigen Sandwichs mit Erdnußbutter und Marmelade erstrahlten vier überlange Streichhölzer in festlichem Glanz.

«Du darfst dir was wünschen», sagte er. «Aber mach keine dummen Sprüche!»

Mrs. Day in ihrem Heim

DeDe war auf hundertachtzig. Es war schon später Sonntagnachmittag, und Beauchamp war von seinem Wochenende mit den Guardsmen auf dem Mount Tam immer noch nicht zurück.

Wie aufgezogen lief sie auf der Suche nach etwas, mit dem sie sich beschäftigen konnte, im Penthouse herum. Sie hatte bereits *Town and Country* gelesen, die Birkenfeigen gegossen, den Corgi ausgeführt und mit Michael Vincent über die Korbmöbel für das Wohnzimmer geplaudert.

Es blieben nur noch die Rechnungen.

Sie nahm an ihrem *escritoire* Platz und machte sich daran, die Fensterkuverts aufzuschlitzen. Die letzte Rechnung von Wilkes Bashford belief sich auf eintausendsiebenhundertachtundvierzig

Dollar. Daddy würde zerspringen vor Wut. Sie hatte diesen Monat bereits drei Vorschüsse auf ihre Apanage erhalten.

Weg damit. Wenigstens diesmal sollte Beauchamp für seine Rechnungen bluten. Sie hatte es gründlich satt.

Ärgerlich stand sie auf und ging ans Fenster, wo sie sich einem Panorama von fast schon grotesker Exotik gegenübersah: der bewaldete Abhang des Telegraph Hill, die schlichte Erhabenheit eines norwegischen Frachters, der kühne blaue Schwung der Bay ...

Und dann ... das plötzliche Aufblitzen von grellem Grün, als ein Schwarm – nein, *der* Schwarm – Papageien nach Norden zu den Eukalyptusbäumen oberhalb von Julius Castle flog.

Die Vögel standen auf dem Russian Hill in einem legendären Ruf. Früher einmal hatten sie verschiedenen Menschen gehört. Dann waren sie ihren jeweiligen Käfigen irgendwie entflohen und hatten sich zu dieser lärmenden Einheit von Freiheitskämpfern zusammengeschlossen. Den meisten Berichten zufolge verbrachten sie die eine Hälfte des Tages auf dem Telegraph Hill, die andere auf dem Potrero Hill. Ihr Krächzen während des Fluges betrachteten viele Leute aus dem Viertel als eine Hymne an die befreite Seele.

Nicht so DeDe.

Sie fand die Papageien in aufsässiger Weise arrogant. Man konnte sich in der Stadt den wunderbarsten Papagei kaufen, doch Liebe, hatte sie beobachtet, konnte man von ihm nicht erwarten. Man konnte ihn füttern, sich um ihn kümmern und vor Freude über seinen Liebreiz spitze Schreie ausstoßen, doch es gab keine Garantie, daß er einen nicht verlassen würde.

Bestimmt gab es daraus etwas zu lernen.

DeDe schloß sich im Bad ein und goß eine halbe Flasche Vitabath in die Wanne. Sie suhlte sich eine Stunde lang im Wasser und versuchte, ihre Nerven zu beruhigen. Es half immer, an alte Zeiten zu denken, an sorglose Tage in Hillsborough, wo sie und Binky und Muffy öfters die Schlüssel für Daddys Mercedes stibitzten, im Fillmore herumkutschierten und die an den Straßenecken herumlungernden schwarzen Sexbolzen hänselten.

Eine schöne Zeit. Vor dem Kotillon. Vor dem Spinsters Ball. Vor Beauchamp.

Und was war jetzt? Muffy hatte einen kastilischen Prinzen geheiratet. Binky spielte immer noch das verwöhnte Prinzeßchen aus jüdischem Hause.

Und DeDe war mit dem Sprößling einer verarmten, aber vornehmen Bostoner Familie geschlagen, der sich einbildete, ein Papagei zu sein.

Als DeDe so im warmen, angenehm duftenden Wasser lag, wurde ihr mit einemmal klar, daß sich der Großteil ihrer Vorstellungen von Liebe und Ehe und Sex gefestigt hatte, als sie vierzehn gewesen war.

Mutter Immaculata, ihre Sozialkundelehrerin, hatte ihr erklärt, wie alles lief:

«Die Jungen werden es darauf anlegen, dich zu küssen, DeDe. Mit dem mußt du rechnen, und dem mußt du begegnen können.»

«Aber *wie*?»

«Die Antwort liegt ganz nah an deinem Herzen, DeDe. Es ist das Skapulier, das du um den Hals trägst.»

«Ich verstehe nicht so ganz, wie . . .»

«Wenn ein Junge dich zu küssen versucht, mußt du dein Skapulier herausziehen und sagen: ‹Hier, küß das, wenn du etwas küssen mußt.›»

Auf DeDes Skapulier befand sich eine Abbildung von Jesus oder vom heiligen Antonius oder sonst einem von denen. Keiner hatte je versucht, es zu küssen.

Mutter Immaculata kannte sich wirklich aus.

DeDe stieg aus der Wanne und stand danach lange vor dem Spiegel, wo sie sich Oil of Olaz ins Gesicht schmierte. Das Gewebe unter ihrem Kinn war weich und schwammig. Nichts Dramatisches. Es konnte immer noch für Babyspeck durchgehen.

Der Rest ihres Körpers hatte eine gewisse . . . sinnliche Qualität, wie sie fand, obwohl es sicherlich schön gewesen wäre, das mal wieder von einem Außenstehenden zu hören. Wenn Beauchamp sie nicht mehr begehrte, so gab es doch andere, die das taten. Verflucht noch mal, sie hatte wahrlich keinen Grund, sich zu verhalten wie die Miss Peninsula Virgin von 1969.

Sie kramte ihr Adreßbuch heraus und suchte nach Splinter Rileys Nummer.

Splinter mit den breiten Schultern und dem Schmelz im Blick. Splinter, der sie in einer lauen Nacht auf Belvedere Island (1970? 1971?) angefleht hatte, mit ihm zum Bootshaus der Mallards zu gehen, wo er sich dann an ihrem Oscar-de-la-Renta-Kleid verging und sich mit befriedigender Gründlichkeit sein männliches Vergnügen holte.

Mein Gott! Sie hatte kein Fitzelchen davon vergessen. Die Duftmischung aus Schweiß und Chanel for Men. Die feuchten Planken, über die ihr Hintern damals schrappte. Die entfernten Klänge von Walt Tollesons Combo, die oben auf dem Hügel «Close to You» spielte.

Ihre Hand zitterte, als sie wählte.

Bitte mach, sandte sie ein Stoßgebet gen Himmel, daß Oona nicht zu Hause ist.

Die Wan-Tan-Connection

Gott sei Dank hob Splinter ab.

«Hallo?»

«Hallo, Splint.»

«Wer ist dran, bitte?»

«Hier hast du einen Hinweis: ‹Sittin' on the dock of the bay, wastin' tiiiiime . . .›»

«DeDe?»

«Ich war mir sicher, daß ich damit bei dir was auslösen würde.» Ihr Ton war verlockend, aber damenhaft, wie sie meinte.

«Wie schön, mal wieder von dir zu hören. Was treibt ihr beide denn so, Beauchamp und du?»

«Nicht viel. Beauchamp ist mit den Guardsmen weg.»

«Mist! Habe ich ein Treffen verpaßt?»

«Was?»

«Beauchamp und ich sind im selben Ausschuß. Die ziehen mir die Haut ab, wenn ich ...»

«Vielleicht hat es auch gar nichts mit den Guardsmen zu tun, Splint ... wenn ich es mir recht überlege.» Nun, das war die Antwort *darauf.*

«Hoffentlich hast du recht. Aber, was kann ich für dich tun?»

«Ich erinnere mich an Zeiten, da konnte ich etwas für dich tun.»

Schweigen.

«Beauchamp kommt erst heute abend zurück, Splint.»

«DeDe ...»

«Keine Bedingungen.»

«Ich glaube nicht, daß ...»

«Ist Oona da? Bist du deshalb so zögerlich?»

«Nein. DeDe, hör mal ... ich fühle mich ungeheuer geschmeichelt, das schwöre ich dir ...»

«Keine emotionalen Verwicklungen. Ich habe mich sehr verändert, Splint.»

«Ich mich auch.»

«Was hätte sich bei dir großartig verändern können?»

«Ich liebe Oona.»

Sie legte einfach auf.

Fast im gleichen Augenblick hob DeDe auch schon wieder ab und rief in Jiffy's Market an. Sie bestellte zwei Liter Milch, eine Packung Familia und ein paar Bananen. Cornflakes hatten etwas sehr Tröstliches. Sie konnte dann immer an ihre Kindheit auf Halcyon Hill denken.

Der Botenjunge kam eine Viertelstunde später.

DeDe kannte ihn. Es war Lionel Wong, ein muskulöser Achtzehnjähriger, der schwer auf dem Bruce-Lee-Trip war.

«Soll ich's in die Küche stellen, Mrs. Day?»

«Ja bitte, Lionel. Ich hol gleich mein Portemonnaie aus dem Schlafzimmer.»

«Nicht nötig, Mrs. Day. Wir können es auf Ihre Rechnung setzen.»

«Nein ... ich möchte dich für deine Mühe belohnen.»

Sie ging ins Schlafzimmer und kam mit einem Dollarschein zurück.

«Vielen Dank.»

DeDe lächelte. «Hast du dir die Ausstellung im de Young angesehen?»

«Was?»

«Die Ausstellung über die Volksrepublik. Sie ist *phantastisch*, Lionel. Du solltest wirklich stolz sein auf dein Volk.»

«Ja, Ma'am.»

«Wirklich *phantastisch*. Dieser Kulturkreis ist einfach toll.»

«Ja.»

«Möchtest du was trinken, Lionel? Aber ich habe weder Cola noch Pepsi im Haus. Wie wär's mit einem Bitter Lemon?»

«Ich muß noch zu ein paar anderen Kunden, Mrs. Day.»

«Nur für einen Augenblick?»

«Vielen Dank, aber ...»

«Lionel ... bitte ...»

Eine halbe Stunde später kam Beauchamp nach Hause. Er traf Lionel am Lift.

«Du arbeitest sonntags, Lionel? Das ist aber happig.»

«Mir macht das nichts aus.»

«War irgendwas für die Days dabei?»

«Ja ... Mrs. Day brauchte dringend ein paar Sachen.»

«Wie geht's mit dem Kung Fu?»

«Gut.»

«Mach weiter so. Du hast schon ganz gut Muskeln bekommen.»

«Danke. Bis bald mal.»

«Streng dich nicht zu sehr an. Und tu nichts, was ich nicht auch tun würde.»

Oben räkelte DeDe sich in ihrem zweiten Vitabath an diesem Tag.

Nackte Tatsachen

Der Parkplatz am Devil's Slide war gerammelt voll: blumenbemalte Hippie-Bullis, Schrottmühlen aus der Stadt, Bio-Pickups mit schindelverkleideten Zigeunerhäuschen drauf und eine Reihe staubiger Harley-Davidsons.

Mona mußte ihren 64er Volvo fast einen halben Kilometer vom Strand entfernt abstellen. «Scheiße», stöhnte sie. «Vor lauter Fleisch sieht man da unten wahrscheinlich keinen Sand mehr.»

«Hoffentlich», sagte Michael mit einem anzüglichen Grinsen.

«Das ist sexistisch. Selbst wenn du über *Männer* redest.»

«Dann bin ich eben ein Sexist.»

Mit Dutzenden anderen pilgerten sie über die unbefestigte Straße in Richtung Strand. «Hier geht's ja zu wie beim Pioniertreck über den Donnerpaß», sagte Mona.

Michael grinste. «Ja. Ein falscher Schritt, und du wirst gefressen.»

Als sie an den Highway kamen, zahlte Mona dem Kartenverkäufer einen Dollar für sie beide.

«Das geht auf meine Rechnung», sagte sie. «Du bist in Trauer.»

Michael hüpfte zu der Treppe hinunter, die über die Klippe führte. «Dann sieh mal zu, wie ich gleich aufblühe, Babycakes!»

Zwei Minuten später standen sie auf einem breiten weißen Sandstrand. Michael warf einen Kieselstein in die Luft. «Wo sollen wir hingehen? Ans schwule oder ans normale Ende?»

«Laß mich mal raten.»

Michael grinste. «Am schwulen Ende ist es weniger windig.»

«Ich bin aber nicht gerade scharf drauf, über die Felsen dort zu klettern.»

«Ich werde dich tragen, o Blüte meines Herzens.»

«Du bist der geborene Gentleman!»

Arm in Arm marschierten sie auf die kleine Bucht zu, die sich zwischen die Felsen am Nordende des Strands schmiegte. Unterwegs kamen sie an fünf oder sechs herumtollenden Badenden vorbei, die alle nackt waren und so braun wie Fruchtriegel aus dem Bioladen.

«Sieh dir die an!» seufzte Mona. «Da komm ich mir ja vor wie ein frisch gerupftes Huhn.»

Michael schüttelte den Kopf. «Das bringt doch nichts. Sie haben keinen Badehosenstreifen.»

«Keinen was?»

«Badehosenstreifen. Das ist das Stück weiße Haut, das man sieht, sobald man die Unterwäsche auszieht.»

«Wer braucht denn so was? Ich hab meine Unterwäsche schon seit Ewigkeiten nicht mehr vor Publikum ausgezogen. Und ich bin lieber durchgehend braun.»

«Das kannst du halten, wie du lustig bist. Ich will jedenfalls einen Badehosenstreifen.»

«Du bist bloß prüde, das ist alles.»

«Vor fünf Minuten war ich noch sexistisch.»

Mona bückte sich nach einem Stück Seetang und hängte es Michael übers Ohr. «Du bist eine sexistische prüde Schwuchtel, Michael Mouse.»

Auf dem winzigen Fleckchen Strand lagen dreißig oder vierzig nackte Männer. Mona und Michael breiteten ein Badetuch aus. Es trug die Aufschrift *Chez Moi ou Chez Toi?* und das lebensgroße Abbild eines nackten Mannes.

Mona schaute sich um und warf dann noch einmal einen Blick auf das Badetuch. «Wie überflüssig. Hast du keine Angst, daß die Leute Vergleiche anstellen?»

Michael war bereits damit beschäftigt, sein Sweatshirt, sein Bodyshirt und seine Levi's auszuziehen. Lachend streckte er sich dann in seinem kurzen grüngelben Turnhöschen aus Satin auf dem Badetuch aus.

Mona zog ihre Levi's und ihr Top ebenfalls aus. «Na und, wie gefall ich dir als frisch gerupftes Riesenhuhn?»

«So ein Quatsch. Du siehst fabelhaft aus. Du siehst aus wie ... eine Nymphe.»

«Na, das bringt mir hier aber gar nichts.»

«Sei dir da mal nicht so sicher. Es grassiert nämlich gerade eine gemeine Heterosexualitätswelle, eine richtige Epidemie. Ich kenne eine ganze Menge Schwule, die sich in die Sutro Baths schleichen und dort mit Frauen anbändeln.»

«Wie bizarr.»

«Tja . . . mit der Zeit verliert eben alles seinen Reiz. Mir hängt es eigentlich längst zum Hals raus, daß ich mir im Lion die Leber ruinieren darf, damit ich dann das Privileg genieße, mit einem Kerl rumzumachen, dessen Mann übers Wochenende in L.A. ist.»

«Heißt das, du wirst hetero?»

«*Das* hab ich nicht gesagt.»

Mona drehte sich auf den Bauch und drückte Michael eine Flasche Bain de Soleil in die Hand. «Reib mir doch den Rücken ein, ja?»

Michael gehorchte und trug die Lotion in kräftigen Kreisbewegungen auf. «Du hast wirklich einen guten Body, weißt du.»

«Danke, Babycakes.»

«Gern geschehen.»

«Mouse?»

«Ja?»

«Findest du, daß ich ein Schwulenmuttchen bin?»

«Was?»

«Ich finde schon. Das heißt, ich bin mir sogar sicher.»

«Du hast wohl mal wieder närrische Pilze gegessen, was?»

«Eigentlich ist es mir egal, ob ich ein Schwulenmuttchen bin. Es gibt Schlimmeres.»

«Aber du *bist* kein Schwulenmuttchen, Mona.»

«Schau dir doch die Symptome an. Ich hänge mit dir rum, oder etwa nicht? Tanzen gehen wir ins Buzzby's und ins Endup, und im Palms gehöre ich praktisch zur *Einrichtung*.» Sie lachte. «Scheiße! Ich hab so viele Blue Moons getrunken, daß ich mir schon fast vorkomme wie Dorothy Lamour.»

«Mona . . .»

«Verflucht noch mal, Mouse! Ich kenne kaum noch Heteromänner.»

«Du lebst in San Francisco.»

«Darum geht's nicht. Die meisten Heteromänner *mag* ich nicht mal mehr. Brian Hawkins widert mich an. Heteromänner sind ungehobelt und langweilig und ...»

«Vielleicht hattest du bloß mit den falschen zu tun.»

«Und wo sind dann die *richtigen*, hm?»

«Woher soll ich das wissen. Es muß doch irgendwo ...»

«*Untersteh* dich und schlag mir einen von diesen Softies aus dem Marin vor. Unter den vielen Haaren und dem ganzen Patschuli schlägt bei denen das Herz eines richtigen Schweins. *Den* Trip hab ich schon hinter mir.»

«Was kann ich da noch sagen?»

«Nichts. Rein gar nichts.»

«Ich habe dich sehr, sehr gern, Mona.»

«Ich weiß, ich weiß.»

«Soweit dir das was gibt ... Manchmal wünsche ich mir, es wäre genug.»

Zwei Stunden später zogen sie Hand in Hand durch ein Rotes Meer aus nackten Männerkörpern zum Auto zurück.

Sie aßen auf dem Pier 54 zu Abend, gingen kurz ins Buzzby's tanzen und kamen gegen halb elf in die Barbary Lane zurück.

Sie trafen Mary Ann auf der Treppe.

«Hattest du ein schönes Wochenende?» fragte Mona.

«Ja, danke.»

«Warst du weg?»

«Ja, im Norden. Mit einer Schulfreundin.»

«Hast du Michael Tolliver schon kennengelernt? Er ist mein neuer Mitbewohner.»

«Nein, ich ...»

«Ja», sagte Michael lächelnd, «ich glaube schon.»

«Tut mir leid, aber ich ...»

«Im Marina Safeway.»

«Oh ... ja. Und, wie geht's dir?»

«Ach, man schlägt sich so durch.»

In der Wohnung fragte Mona: «Du hast Mary Ann in einem Supermarkt kennengelernt?»

Michael lächelte wehmütig. «Sie hat versucht, Robert aufzureißen.»

«Sieh an», sagte Mona. «Sieh an.»

Miss Singleton speist allein

Nachdem Mary Ann ihren Koffer ausgepackt hatte, lief sie in dem gesteppten rosa Bademantel aus der Ridgemont Mall, den ihre Mutter ihr geschickt hatte, ruhelos in der Wohnung herum. Sie *haßte* Sonntagabende.

Als sie noch ein kleines Mädchen gewesen war, hatten Sonntagabende bloß eines bedeutet: noch nicht gemachte Hausaufgaben.

Genau so fühlte sie sich jetzt. Unruhig, schuldbewußt und in ängstlicher Erwartung der Vorwürfe, die mit Sicherheit auf sie zukommen würden. Beauchamp Day war eine Hausaufgabe, die sie hätte zu Ende bringen sollen. Sie würde dafür zahlen. Früher oder später.

Sie beschloß, sich zu verwöhnen.

Unter dem Wasserhahn taute sie auf die Schnelle ein Schweinekotelett auf, obwohl sie sich fragte, ob es nicht ein Sakrileg war, mit Shake-'n-Bake-Fleisch von Marcel & Henry so zu verfahren.

Sie stellte eine Duftkerze auf den alten Pfarrhaustisch im Wohnzimmer und zündete sie an, kramte ihre Stoffservietten von Design Research hervor, ihr rostfreies Besteck mit den Holzgriffen, ihr pseudodänisches Porzellan und ihr Sahnekännchen aus Keramik, das aussah wie eine Kuh.

Einsamkeit war keine Entschuldigung für Nachlässigkeit.

Sie suchte die Küche nach Gemüse ab. Doch sie fand nur eine Tüte mit welkem Salat und eine halb aufgegessene Packung Stouffer's Spinach Soufflé. Sie entschied sich für Hüttenkäse mit Schnittlauch.

Sie dinierte bei Kerzenschein und las einen Artikel in der *Ms.*, der den Titel «Auf der Suche nach dem multiplen Orgasmus» trug. Die Musik kam von KCBS-FM, dem Softsender:

> Out of work, I'm out of my head.
> Out of self-respect,
> I'm out of bread,
> Underloved and underfed,
> I wanna go home ...
> It never rains in California,
> But, girl, don't they warn ya,
> It pours, man, it pours.

Nach dem Essen beschloß Mary Ann, das Rezept für die «Monstermaske» aus ihrem Pflanzenkosmetikbuch zu probieren. Unter Einsatz von Haferschleim, getrockneten Pflaumen und einer überreifen Feige kochte sie einen ganzen Topf von dem Zeug und schmierte es sich unbarmherzig ins Gesicht.

Danach lag sie zwanzig Minuten unbeweglich in einem Schaumbad.

Sie konnte spüren, wie die Maske trocknete, in großen leprösen Fetzen abblätterte und oberhalb ihres Busens im Wasser versank. Damit würde sie noch einmal zehn Minuten rumkriegen. Was dann?

Sie konnte ihren Eltern schreiben.

Sie konnte ihre Bewerbung für den Sierra Club ausfüllen.

Sie konnte zu Cost Plus hinunterspazieren und noch einen Kaffeebecher kaufen.

Sie konnte Beauchamp anrufen.

Nachdem sie aus der Badewanne gewankt war wie ein ausrangiertes Monster aus einem japanischen Horrorfilm, prüfte sie ihr Gesicht im Spiegel.

Sie sah aus wie ein riesiges Shake-'n-Bake-Schweinekotelett.

Und wofür?

Fürs Dance Your Ass Off? Für Mr. Halcyon? Für Michael Wiehießernoch von unten? Für einen verheirateten Mann, der im Schlaf fremde Namen flüsterte?

Sie würde ihn *nicht* anrufen. Die Liebe, die er zu bieten hatte, war falsch, zerstörerisch und aussichtslos.

Er würde *sie* anrufen müssen.

Kurz vor Mitternacht schlief sie mit *Nicholas and Alexandra* auf dem Schoß ein.

Drüben auf dem Telegraph Hill verfolgte DeDe mit mißlaunigem Blick, wie Beauchamp die Schiffsuhr in der Bibliothek stellte.

«Ich habe heute mit Splinter gesprochen.»

Er sah nicht auf. «Mhmmm.»

«Anscheinend hatte er euren kleinen Guardsmen-Job auf dem Mount Tam vergessen.»

«Na ja, weißt du ... Hat er hier angerufen?»

«Nein.»

«Dann versteh ich nicht.»

«Ich ... Ich habe Oona angerufen. Und er ist an den Apparat gegangen.»

«Du *verabscheust* Oona.»

«Wir arbeiten gemeinsam an einem Projekt unserer Liga. Es geht um das Model Ghetto Program in Hunters Point. Beauchamp, was meinst du, warum Splinter ein so wichtiges Treffen vergessen hat? Er hat mir gesagt, ihr beide wärt im gleichen Ausschuß.»

«Versteh ich auch nicht.»

Sie grunzte hörbar. Beauchamp drehte sich um und pfiff nach dem Corgi, der im Halbschlaf auf der Couch lag. Der Hund jaulte begeistert auf, als sein Herrchen eine Schublade des Schreibtischs aufzog und seine Leine herausholte.

«Ich mache mit Caesar seinen gewohnten Rundgang.»

DeDe legte die Stirn in Falten. «Ich war heute schon zweimal mit ihm unten.»

«Okay. Dann brauche ich die frische Luft eben selbst.»

«Was ist los? Bist du auf dem Mount Tam nicht genug an die frische Luft gekommen?»

Er ging ohne Erwiderung und machte auf dem Weg nach unten Zwischenstation im Schlafzimmer. Leise schloß er die Tür und kramte etwas, das er aus Mendocino mitgebracht hatte, aus der Lade mit seiner Unterwäsche.

Nachdem er den Gegenstand in die Brusttasche seines Sportsakkos hatte gleiten lassen, fuhr er in das Dunkel der Garage hinunter und legte ihn dort ins Handschuhfach des Porsche.

Greift sich gut an, sagte er vor sich hin, während Caesar ihn über die Filbert Steps zum Coit Tower zerrte.

Greift sich sehr gut an.

Mona gegen das Schwein

An einem Montagvormittag, wie er schlimmer nicht hätte sein können, machte Mona auf dem Weg zu einer Besprechung mit Mr. Siegel, dem Chef von Adorable Pantyhose, an Mary Anns Schreibtisch halt.

«Was ist denn mit *dir* los, Babycakes?»

«Nichts ... alles!»

«Ja. Der Mond steht ganz beschissen. Wo wir schon beim Thema sind, ich muß diesem Arschgesicht Siegel heute vormittag wieder mal eine kleine Dressurnummer vorführen. Hast du Beauchamp gesehen?»

«Nein.»

«Wenn du ihn siehst, dann sag ihm, daß er in zehn Minuten unten sein muß. Heh ... fühlst du dich nicht wohl, Mary Ann?»

«Doch, doch.»

«Ich hab eine Valium dabei, wenn du eine willst.»

«Nein. Danke. Mir geht's gut.»

«Wahrscheinlich hätte ich sie selber nehmen sollen.»

Mona stand neben Beauchamp. Mit einer Hand hielt sie sich krampfhaft am Storyboard fest.

«Wir sollten es ganz locker angehen», erklärte sie. «Wir machen keinen Rückzieher ... wir bringen bloß eine *Verbesserung*. Der alte

Nylonzwickel war nicht unsicher. Der neue ist einfach nur ... besser.»

Der Gesichtsausdruck des Kunden blieb unverändert.

«Das jugendliche Image ist entscheidend. Der Baumwollzwickel ist jung, aufregend, flott. Der Baumwollzwickel ist für die trendbewußte Frau von heute.»

Buddha würde ihr vergeben müssen.

Mona enthüllte die erste Karte auf dem Storyboard. Man sah eine junge Frau mit Dorothy-Hamill-Frisur auf dem Trittbrett einer Cable Car. Als Text war zu lesen: «An meine Haut lasse ich nur Adorable.»

Mona gestikulierte mit einem Zeigestock. «Beachten Sie, daß wir den Zwickel in der Kopfzeile nicht erwähnen»

«Mmm», sagte der Kunde.

«Der *Anklang* ist natürlich schon da. Hygienisch. Sicher. Praktisch. Aber wir kommen nicht frontal damit heraus und sagen es. Es geht um den hintergründigen, unaufdringlichen, unterschwelligen Effekt.»

«Es ist zu wenig deutlich», sagte der Kunde.

«Der Zwickel kommt später zum Tragen ... hier in der vierten Zeile. Wir wollen den Leuten ja nicht mit dem Zwickel ins Gesicht springen.»

Den Leuten nicht mit dem Zwickel ins Gesicht springen? Hatte das *die* Frau gesagt, die eine zweite Lillian Hellman werden wollte?

Der Kunde grunzte. «Wir verkaufen keine Hintergründigkeit, Schätzchen.»

«Nein? Was verkaufen wir *dann* ... Schätzchen?»

Beauchamp packte Mona am Arm. «Mona ... Vielleicht könnten wir den Zwickel ja in die erste Zeile hochziehen, Mr. Siegel?»

«Der jungen Dame scheint das nicht zu gefallen.»

«*Frau,* Mr. Siegel. Der jungen *Frau.* Bitte sagen Sie nicht Dame zu mir. Mir würde es nicht im *Traum* einfallen, Sie als Herrn zu bezeichnen.»

Beauchamp war knallrot. «Verdammt noch mal, Mona ... Mr. Siegel, ich denke, ich komme mit der Revision der Vorschläge alleine zurecht. Und mit Ihnen unterhalte ich mich später, Mona.»

«Behandeln Sie mich nicht so herablassend, Sie Lackaffe! *Ich* bin mit *meinem* Job nicht verheiratet.»

«Was ist das denn für ein *Niveau,* Mona?»

«Genau das richtige! Denn das von diesem fetten, sexistischen, kapitalistischen Drecksack ist auf keinen Fall . . .»

«Mona!»

«Sie wollen, daß der Zwickel mehr ins Auge springt, Mr. Siegel? Das können Sie haben. Sehen Sie her. Zwickel, Zwickel, Zwickel, Zwickel, Zwickel, Zwickel, Zwickel . . .»

Sie stürzte zur Tür, blieb stehen, wirbelte herum und fixierte Beauchamp. «Ihr Karma ist *echt* beschissen!»

Am Abend eröffnete sie Michael die Neuigkeit.

«Und was machst du jetzt, Mona?»

Sie zuckte mit den Schultern. «Keine Ahnung. Stempeln gehen. Mich einem Frauenkollektiv anschließen. In Billigstläden einkaufen. Das Koksen aufgeben. Ich komm schon irgendwie zurecht.»

«Vielleicht überlegt es sich Halcyon noch mal, wenn du . . .»

«Vergiß es. Das war eine Sternstunde. Ich würde es um nichts auf der Welt zurücknehmen!»

«Vielleicht könnte ich ja meinen alten Job bei P.S. wieder kriegen.»

«Wir schaffen das schon, Mouse. Ich kann als Freiberuflerin arbeiten. Und Mrs. Madrigal hat dafür sicher Verständnis.»

Michael setzte sich auf den Fußboden, zog Mona ihre Earth Shoes aus und fing an, ihre Füße zu massieren. «Sie ist ganz verrückt nach dir, was?»

«Wer? Mrs. Madrigal?»

«Ja.»

«Ja . . . ich glaub schon.»

«Man merkt es ihr an. Hast du ihr schon erzählt, daß du rausgeflogen bist?»

«Nein . . . aber ich werde es wohl müssen.»

Wer will mich?

Obwohl Mona es abstritt, machte der Verlust ihres Jobs sie depressiv. Michael versuchte es mit der Nummer, die er immer abzog, wenn er sie aufheitern wollte: Er las ihr die Kleinanzeigen aus der «Trader Dick»-Abteilung des *Advocate* vor.

«O Gott! Hör dir die an! ‹Anständiger, normal wirkender Gerichtsreporter, 32, der genug hat von Kneipen, Saunen und Tuntengift, sucht Dauerfreundschaft mit *richtigem Mann,* der Wildwasserfahrten, klassische Musik und Gartenarbeit mag. Bitte keine Dicken, Tunten oder Hascher. Ich meine es *ehrlich.* Ron.›»

Mona lachte. «Meinst *du* es denn ehrlich?»

«Tun das nicht alle?»

«Aber du würdest mich doch auf Knall und Fall verlassen, oder?»

Michael überlegte einen Augenblick. «Nur wenn er ein Häuschen auf dem Potrero Hill hätte, mit einer rustikalen Küche, einem funktionierenden Kamin und ... einem Golden Retriever, der in dem kleinen, aber geschmackvoll gestalteten Garten herumtollt.»

«Phantasier nur weiter.»

«Weißt du ... als ich vor drei Jahren hierher gezogen bin, hatte ich in meinem ganzen Leben noch nie so viele Schwuchteln gesehen! Ich wußte nicht mal, daß es *auf der Welt* so viele Schwuchteln gab! Mein Gott! Ich dachte, ich bräuchte bloß auf eine Party zu gehen und mir jemand auszusuchen. Es wollen doch alle einen Liebhaber, oder?»

«Nein.»

«Okay ... Dann eben *fast* alle. Jedenfalls hab ich geglaubt, daß ich spätestens nach einem halben Jahr unter die Haube komme. Allerspätestens!»

«Aber, das hast du doch geschafft. Weit über hundertmal.»

«Sehr witzig.»

«Was ist mit Robert?»

«Liaisönchen zählen nicht.»

«Und wenn ich mir einen Schnäuzer wachsen lasse?»

Michael grinste und warf mit einem geblümten Kissen nach

ihr. «Komm schon. Gehen wir ins Kino oder stellen wir sonstwas an.»

«Ich weiß nicht recht ...»

«Im Surf läuft ein Fellini-double-feature.»

«Depri.»

«Ach was. Tonnenweise große Titten, hübsche Jungs und Zwerge. Voll antidepri.»

«Geh du mal alleine. Du kannst auch das Auto haben, wenn du willst.»

«Und was machst *du*?»

Mona zuckte mit den Schultern. «Ich mach mir's mit Anaïs Nin gemütlich oder nehm eine Quaalude. Keine Ahnung.»

«Ist mein Angel Dust noch in deinem Geheimversteck?»

«Ja. Aber das brauchst du doch nicht fürs Kino, Mensch!»

«Vielleicht *geh* ich gar nicht ins Kino, Mutter!»

«Aha.»

«Allein ins Kino gehen ist schrecklich.»

«Michael, ich bin wirklich nicht in der richtigen Stimmung für ...»

«Schon verstanden.»

«Wo gehst du hin?»

«Ach, ich werd so ein bißchen rumziehen.»

«Du gehst schweinigeln, was?»

«Vielleicht.»

«Sei vorsichtig, hörst du.»

«Hmm?»

«Laß dich auf nichts Riskantes ein.»

«Du liest zuviel Zeitung.»

«Sei einfach vorsichtig ... und laß den Kopf nicht hängen. Irgendwann kommt dein Traumprinz noch.»

Michael warf ihr von der Tür aus einen Kuß zu. «Deiner auch, mein Schatz.»

Mona kramte eine halbe Stunde in der Wohnung herum, sprach mit ihrem Kaktus und warf ihre I-Ging-Münzen.

Und sie entschied sich gegen eine Quaalude. Von Quaaludes

wurde ihr immer so ausschweifend zumute. Und welchen Sinn hatte es, sich ausschweifend zu fühlen, wenn man niemanden zum Ausschweifen hatte?

Ließ sich das denn konjugieren? Ausschweifen. Ich schweife aus. Du schweifst aus. Wir alle haben ausgeschweift.

Wörter plagten Mona permanent auf diese Art und erinnerten sie so an die Kluft zwischen der Kunst und dem Geldverdienen. «Mona kann gut mit Wörtern umgehen», pflegte ihre Mutter früher immer kühl festzustellen. «Wenn sie mal bloß lernt, damit Geld zu verdienen.»

Ihre Mutter verdiente ihr Geld als Maklerin.

Mona hatte seit acht Monaten nicht mit ihr gesprochen. Nicht, seitdem die Mutter in Minneapolis als Wahlhelferin für Reagan angefangen und die Tochter in einem Brief munter über ihren Workshop «Sexuelle Bewußtwerdung» bei der Cosmic Light Fellowship berichtet hatte.

Es war egal.

Mona fand ohnehin zusehends, daß ihre *wirkliche* Mutter eine Frau war, die in solchem Einklang mit allem Schöpferischen stand, daß sogar ihre Marihuanapflanzen Namen trugen.

Also stapfte Mona nach unten, um Mrs. Madrigal die Neuigkeit zu eröffnen.

Wenn der Schuh nur paßt

Michael entschied sich gegen das Angel Dust. Es ging das Gerücht um, daß in der Woche davor im Barracks einer auf Angel Dust tot umgefallen war. Wahrscheinlich stimmte das gar nicht, aber warum sollte man sein Schicksal herausfordern?

Unter den Schwulen von San Francisco kursierten solche finsteren Geschichten gleich *dutzendweise.* Gott allein wußte, wo sie herkamen!

Da gab's den Kritzler, einen unheimlichen Schwarzen, der am

Tresen saß und einen porträtierte ... bevor er einen mit nach Hause nahm und umbrachte.

Ganz zu schweigen von dem Mann im weißen Bulli, einem gesichtslosen Teufel, dessen nichtsahnende Mitfahrer niemals mehr den Weg nach Hause fanden.

Und erst der Dempster-Dumpster-Killer, dessen SM-Phantasien keine Grenze kannten.

Das reichte fast, um sich zu Hause lieber die Mary-Tyler-Moore-Show anzusehen.

Er landete wieder einmal auf Castro. Klar, er meckerte *mindestens* zweimal täglich über das Schwulenghetto, aber wenn man Anschluß suchte, sprach rein zahlenmäßig doch einiges dafür.

Im Toad Hall und im Midnight Sun standen die Etepetetes wie gewohnt dicht an dicht. Da ging er lieber ins Twin Peaks, wo er sich mit seinem braven Pullover und seinen Cordhosen von der Umgebung weniger abhob.

Das Cruising hatte – zu diesem Schluß war Michael schon vor langer Zeit gekommen – eine Menge mit dem Trampen gemein.

Es war am besten, wenn man sich so anzog wie die Leute, von denen man mitgenommen werden wollte.

«Ganz schön voll, was?» Der Typ am Tresen trug Levi's, ein Rugby-Shirt und rot-weiß-blaue Tigers. Er hatte ein freundliches, kantiges Gesicht, das Michael an Leute denken ließ, die er früher einmal bei der Campus Crusade for Christ gekannt hatte.

«Was ist los?» fragte Michael. «Haben wir Vollmond oder so?»

«Da muß ich passen. Ich kenn mich bei dem Quatsch überhaupt nicht aus.»

Ein erster Pluspunkt für ihn. Trotz Monas missionarischen Eifers stand Michael nicht auf Astrologiefreaks. Er grinste. «Behalt's für dich, aber der Mond steht gerade im ‹Uranus›.»

Der Mann schaute ihn verständnislos an, dann fiel der Groschen. «Der Mond steht in deinem Anus. Das ist zum Schreien!»

Los, mach weiter, sagte sich Michael. Erzähl ihm einen billigen Witz nach dem anderen. Nur keine Scham.

Der Typ mochte ihn offensichtlich. «Was trinkst du?»

«Mineralwasser.»
«Das hab ich mir gedacht.»
«Warum?»
«Ich weiß nicht. Du siehst so ... gesund aus.»
«Danke.»
Der Typ streckte ihm die Hand entgegen. «Ich heiße Chuck.»
«Und ich Michael.»
«Hallo, Mike.»
«Michael.»
«Oh ... Mensch, weißt du was? Ich muß dir die Wahrheit sagen. Ich hab dich genau angeguckt, als du reingekommen bist ... und ich hab mir gesagt: ‹Das ist er, Chuck.› Das schwör ich bei Gott!»
Was sollte diese *Mackernummer*? «Immer weiter so», sagte Michael grinsend. «Ich kann die Streicheleinheiten brauchen.»
«Weißt du, was es so richtig gebracht hat, Mann?»
«Nein.»
Der Mann deutete mit einem selbstsicheren Lächeln auf Michaels Schuhe. «Die da.»
«Meine Schuhe?»
Er nickte. «Ja, deine Weejuns.»
«Echt?»
«Und die weißen Socken.»
«Verstehe.»
«Sind die neu?»
«Die Weejuns?»
«Genau.»
«Nein. Ich hab sie grade neu besohlen lassen.»
Der Mann fixierte weiter Michaels Slipper und wackelte ehrfurchtsvoll mit dem Kopf. «Neu besohlt. Supertoll!»
«Entschuldige, aber bist du ...?»
«Wie viele Paar hast du?»
«Nur die.»
«Ich hab sechs Paar. Schwarze, braune, welche aus Wildleder ...»
«Die gefallen dir wohl, was?»
«Hast du meine Anzeige im *Advocate* gesehen?»
«Nein.»

«Da steht ...» Er hob die Hand, um es Michael bildhaft vorzuführen. «‹Bass Weejuns.› In fetten Großbuchstaben.»

«Die Formulierung allein springt einem ja schon ins Auge.»

«Ich krieg eine Unmenge Anrufe. Lauter Studitypen. Viele haben einfach die Nase voll von den ganzen aufgetakelten Tunten hier in der Stadt.»

«Das kann ich mir vorstellen.»

Der Mann rückte ein Stück näher und senkte die Stimme. «Hast du sie schon mal ... angelassen beim Sex?»

«Nicht, daß ich mich erinnern könnte. Aber ... wenn du sechs Paar davon hast, warum hast du dann heute abend keine an?»

Der Mann war entsetzt über Michaels *faux pas.* «Zu Rugbyshirts zieh ich grundsätzlich meine Tigers an!»

«Ach ja, klar.»

Der Mann hielt einen Fuß zur Begutachtung hoch. «Billy Sive hat in *Front Runner* genau die gleichen an.»

Ein bißchen Sherry und ein bißchen Zuwendung

Mrs. Madrigal wirkte merkwürdig zurückhaltend, als sie die Tür aufmachte.

«Mona, meine Liebe ...»

«Hallo. Ich dachte, Sie hätten vielleicht gerne Gesellschaft.»

«Aber sicher.»

«Eigentlich habe ich gerade gelogen. Ich dachte, *ich* hätte vielleicht gerne Gesellschaft.»

«Na, dann werden wir ja beide glücklich, nicht? Komm rein.»

Die Vermieterin schenkte ihrer Mieterin ein Glas Sherry ein. «Ist Michael weg?»

Mona nickte. «Er ist in der Sauna, glaube ich.»

«Aha.»

«Und da weiß man nie, wann er wiederkommt.»

«Er ist ein reizender Junge, Mona. Ich habe wirklich nichts einzuwenden gegen ihn.»

Mona rümpfte die Nase. «Sie sagen das, als wären er und ich *verheiratet* oder so.»

«Verheiratet kann man auf sehr viele Arten sein, meine Liebe.»

«Ich glaube nicht, daß Sie verstehen, wie das mit Michael und mir läuft.»

«Mona ... es gibt viele Dinge, die einen stärker aneinander binden als der Sex. Und die halten auch länger vor. Als ich noch ... klein war, hat mir meine Mutter mal eine Geschichte erzählt: Legen ein Mann und eine Frau jedesmal einen Penny in eine Dose, wenn sie im ersten Jahr nach ihrer Hochzeit miteinander schlafen, und nehmen sie danach jedesmal einen Penny heraus, dann bekommen sie nie wieder alle Pennies aus der Dose zurück ... Wahnsinn! Ich habe schon jahrelang nicht mehr daran gedacht.»

«Das ist ja 'ne tolle Geschichte.»

Mrs. Madrigal lächelte. «Es ist auch ein Trost für die, die noch nie sehr viele Pennies reingesteckt haben.»

Mona nippte verlegen an ihrem Sherry.

«Habt ihr schon mal miteinander gesprochen, du und Michael?»

«Über Sie?»

Die Vermieterin nickte.

«Ich ... Nein. Ich denke, das ist Ihre Sache.»

«Ihr beide steht euch sehr nahe. Da wird er doch schon mal nachgefragt haben.»

«Nein. Kein einziges Mal.»

«Weißt du, es macht mir nichts aus ... wenn er es weiß.»

«Das ist mir schon klar ... aber ich denke wirklich, daß *Sie* es ihm sagen sollten.»

«Danke, meine Liebe.»

«Ich habe meinen Job verloren», sagte Mona endlich.

«Was?»

«Der alte Scheißkerl hat mich gefeuert.»

«Wer?»

«Edgar Halcyon. Sein Schwiegersohn hat sich bei ihm über

mich beschwert, und der Alte hat mich sofort an die Luft gesetzt.»

«Aber Mona ... warum sollte er ...»

Mona schnaubte verächtlich. «Sie kennen Edgar Halcyon nicht. Er ist das größte Arschloch an der Barbary Coast.»

«Mona!»

«Wenn es doch stimmt! Aber eigentlich war es eine Erleichterung für mich. Wie ich diesen Job gehaßt habe! Den ganzen Demographiescheiß ... und diese dämlichen Verbraucheranalysen und ...»

«Hast du ... etwas angestellt, Mona?»

«Ich war ehrlich zu einem Kunden. Und so was ist absolut tabu.»

«Was hast du gesagt.»

«Ach, das ist doch egal.»

«Mona! Mir ist es nicht egal!»

«Mein Gott! Was haben Sie denn?»

«Ich ... Es tut mir leid. Ich wollte dich nicht ... Wird es denn gehen, Mona? Finanziell, meine ich?»

«Ja, sicher. Die Miete kann ich zahlen.»

«Das habe ich nicht gemeint.»

«Ich weiß. Tut mir leid. Ich wollte nicht so giftig sein. Es geht mir gut, Mrs. Madrigal. Wirklich.»

Es ging ihr nicht gut. Sie verabschiedete sich zehn Minuten später, ging hinauf in ihre Wohnung, nahm die Quaalude und döste nach einer Weile ein.

Michael kam um halb zwei zurück. Er fand sie schlafend auf der Couch und weckte sie. «Brauchst du irgendwas, Babycakes? Willst du nicht lieber ins Bett gehen?»

«Nein. Ich liege ganz gut hier.»

«Das ist Chuck, Mona.»

«Hallo, Chuck.»

«Hallo, Mona.»

«Schlaf gut, Babycakes.»

«Ihr auch.»

Die beiden Männer gingen in Michaels Schlafzimmer und machten die Tür hinter sich zu.

Vergewaltigung? Ach nee!

DeDe fand ihre Mutter auf der Terrasse von Halcyon Hill; sie empörte sich gerade über den Gesellschaftskalender von San Francisco für 1976.

«Es ist nicht zu glauben! Es ist *einfach* nicht zu glauben!»

«Mutter, würdest du mal für einen Moment . . .»

«Sie *sind* drin. Sie sind *tatsächlich* drin.»

«Wer?»

«Diese schrecklichen Leute, die das ehemalige Anwesen der Feeneys am Broadway gekauft haben. Viola hat mir erzählt, daß sie drin sind, aber ich konnte es einfach nicht . . .»

«Er beherrscht sieben Sprachen, Mutter.»

«Und wenn er *steppen* kann. Sie haben vorher im *Castro* gewohnt, DeDe . . . und jetzt leben sie da mit seinem Liebhaber . . . oder ist es *ihrer?*»

«Binky sagt, er gehört beiden.»

«Nein! Meinst du wirklich? Natürlich nehmen sie *ihn* nie irgendwohin mit . . . Und er hat sogar einen eigenen Eingang, damit er unter einer anderen Adresse wohnt.»

«Mutter, ich muß dringend mit dir sprechen.»

«Viola sagt, daß sie sogar verschiedene *Postleitzahlen* haben!»

«Mutter!»

«Was ist, mein Schatz?»

«Ich glaube, Beauchamp hat eine Geliebte.»

Schweigen.

«Das heißt, ich bin sogar sicher.»

«Mein Schatz, bist du . . .? Du armes Kind! Wie hast du . . .? Bist du . . .? Gib mir doch mal den Cocktailpitcher, Schatz, ja?»

DeDe griff in ihre Umhängetasche von Obiko und zog den verräterischen Schal heraus. Frannie drehte ihn mit ausgestrecktem Arm hin und her und nippte währenddessen weiter an ihrem Mai Tai.

«Hast du ihn in seinem Wagen gefunden?»

DeDe nickte. «Er ist am Montag zu Fuß zur Arbeit gegangen.

Binky und ich sind gegen Mittag mit dem Porsche zu Mr. Lee in den Salon gefahren, und da hab ich ihn gefunden. Ich hab versucht, so zu tun, als wäre nichts ...» Ihre Stimme brach. Sie begann zu weinen. «Mutter ... Diesmal gibt es keinen Zweifel mehr.»

«Du bist sicher, daß der Schal ihr gehört?»

«Ich hab sie damit gesehen.»

«Er könnte sie ja auch nach Hause gefahren haben, DeDe. Außerdem ... glaubst du nicht, daß dein Vater es gemerkt hätte, wenn sie ... ein Verhältnis angefangen hätte mit ...»

«Mutter! Ich weiß es!»

Frannie begann zu greinen. «Dabei sollte die Party so *reizend* werden.»

DeDe fuhr zum Mittagessen in Prue Giroux' Stadthaus auf dem Nob Hill.

Angesichts der Umstände hätte sie ja vielleicht abgesagt, aber es handelte sich um kein *x-beliebiges* Essen.

Es traf sich das Forum, ein erlesener Zirkel sozial engagierter Damen der Gesellschaft, die jeden Monat zusammenkamen, um Themen von grundlegender gesellschaftlicher Bedeutung zu diskutieren.

In den Monaten davor waren der Alkoholismus, die Homosexualität der Frau und die Misere der Weintraubenpflückerinnen Thema gewesen. Diesmal würden die Damen über das Thema Vergewaltigung sprechen.

Prues Koch hatte *göttliche* Krabbenquiche gezaubert.

DeDe war nervös. Es war ihr erstes Essen mit dem Forum, und sie war sich über den Ablauf nicht im klaren. Um sich an jemandem orientieren zu können, hatte sie sich neben Binky Gruen gesetzt.

«Du brauchst bloß Prue im Auge zu behalten», flüsterte Binky. «Wenn sie mit dem silbernen Glöckchen klingelt, heißt das, daß sie genug gehört hat und du aufhören sollst zu reden.»

«Aber, was soll ich *überhaupt* sagen?»

Binky tätschelte DeDes Hand. «Das wird Prue dir schon mitteilen.»

KLINGELINGELING!

Die Damen ließen ihre Gabeln fallen und beugten sich vor – ein Dutzend erwartungsvoller Gesichter über den Spargeltellern.

«Herzlich willkommen», sagte Prue strahlend und blickte in die Runde. «Ich bin überglücklich, daß Sie heute anwesend sein können, um sich über Ihre persönlichen Einblicke in ein Thema von allergrößter Bedeutung auszutauschen.» An dieser Stelle fiel ihr Gesichtsausdruck schlagartig in sich zusammen wie ein durchgeschütteltes Soufflé. «Unser ganz spezieller Gast ist heute Velma Runningwater, eine Ureinwohnerin unseres Landes, die sich in Petaluma erfolgreich gegen eine Massenvergewaltigung durch sechzehn Mitglieder der Hell's Angels zur Wehr gesetzt hat.»

Binky pfiff leise. «Das ist ja besser als das Treffen, zu dem sie die Macholesbe angeschleppt hat!»

«Gib mir mal die Brötchen», flüsterte DeDe.

«Doch bevor wir Miss Runningwaters wirklich bemerkenswerte Geschichte hören, möchte ich mit Ihnen allen, die sich hier zum Forum zusammengefunden haben, ein außergewöhnliches Experiment versuchen ...»

«Jetzt kommt's», sagte Binky und stieß DeDe unter dem Tischtuch an. «Sie denkt sich immer einen Hammer aus.»

«Heute», sagte Prue und legte eine dramatische Pause ein, «werden wir ein persönliches Plauderstündchen zum Thema Vergewaltigung wagen ...»

Binky kniff DeDe. «Ist es nicht ganz unglaublich?»

DeDe kaute nervös auf ihrem Brötchen herum. Unter den Ärmeln ihres Hemdblusenkleids von Geoffrey Beane hatten sich bereits dunkle Ringe gebildet. Sie fand das Sprechen vor Publikum ganz *unausstehlich.* Sogar im Sacred Heart hatte sie davor schon Angst gehabt.

«Es wird Ihnen mit Sicherheit schwerfallen», fuhr Prue fort, «aber ich möchte, daß Sie alle von einem Erlebnis berichten, das Sie wahrscheinlich zu verdrängen versucht haben ... von einem Erlebnis, bei dem Ihrer ... Persönlichkeit ... gegen Ihren Willen Gewalt angetan wurde. Hier und heute haben Sie nun die Möglichkeit, sich mitzuteilen, sich Ihren Schwestern gegenüber zu öffnen.»

«Shugie Sussman ist nicht meine Schwester», flüsterte Binky. «Sie hat nach dem Kotillon in meinen Alfa gekotzt.»

«Ssssch», zischelte DeDe. Sie zählte die Sekunden bis zum Augenblick der Wahrheit. Was konnte sie schon sagen? Sie war noch nie vergewaltigt worden, Herrgott noch mal! Noch nicht einmal *ausgeraubt.*

«Wahrscheinlich wäre es hilfreich», säuselte Prue, als sie die Zurückhaltung ihrer Gäste spürte, «wenn ich den Anfang machen und Ihnen meine eigene Geschichte offenbaren würde.»

Binky kicherte.

DeDe trat mit dem Fuß nach ihr.

«Das ist das erste Mal», fuhr Prue fort, «daß ich es jemandem erzähle. Reg natürlich ausgenommen. Es ist weder im Tenderloin noch im Fillmore, noch im Mission passiert, wie Sie vielleicht annehmen, sondern in ... Atherton!»

Die Damen japsten unisono.

«Außerdem», sagte die Gastgeberin nach einer Kunstpause, «war es jemand, der Ihnen allen *sehr gut* bekannt ist ...»

Prue senkte den Kopf. «Es würde nicht weiterhelfen, wenn ich auf die schauerlichen Einzelheiten näher einginge ... Vielleicht hat jetzt jemand anderes Lust, sich uns mitzuteilen. Wie wäre es mit Ihnen, DeDe?»

Scheiße. Es blieb nie aus.

DeDe stand zögernd auf und legte ihre Serviette zusammen. «Ich ... ich weiß nicht ... so recht.»

Binky kicherte.

Prue klingelte leise mit dem Silberglöckchen. «Also bitte ... DeDe möchte sich uns mitteilen. Wir sind Ihre Schwestern, DeDe. Vor uns können Sie alles ganz offen aussprechen.»

«Es war ... schrecklich», sagte DeDe endlich.

«Natürlich war es schrecklich», sagte Prue verständnisvoll. «Können Sie uns sagen, wo es passiert ist, DeDe?»

DeDe schluckte. «Zu Hause», sagte sie schwach.

Prues Hand verkrampfte sich im Vorderteil ihres Saris. «Es war doch kein ... Eindringling?»

«Nein», sagte DeDe. «Ein Botenjunge.»

Als DeDe nach Hause kam, ging sie sofort zum Telefon und rief bei Jiffy's an; sie bestellte eine Schachtel Doughnuts und eine Flasche Drano Abflußfrei.

Zehn Minuten später war Lionel da.

Liebesduett auf der Rollschuhbahn

Mona feierte ihren ersten Tag in Freiheit gemütlich mit einem Vormittagscappuccino bei Malvina's. Als sie in die Barbary Lane zurückkam, stand Michael gerade unter der Dusche.

«O Gott! Hast du gestern abend in der Sauna nicht genug Dampf gekriegt?»

Michael steckte den Kopf hinter dem Vorhang hervor. «Oh . . . tut mir leid. Machst du ein Fenster auf? Nein, warte . . . ich mach es schon.» Er stieg tropfnaß aus der Dusche und schob das Fenster hoch.

«Äh . . . Michael? Herzblatt?»

«Hm?»

«Warum machst du das?»

«Was?»

«In Jeans unter die Dusche gehen.»

«Oh . . .» Lachend hüpfte er wieder in die Kabine. «Ich bearbeite mein bestes Stück mit der Drahtbürste. Soll ich's dir mal zeigen?» Er griff nach einer Drahtbürste, die auf dem Boden der Duschkabine lag. «Mit der kriegt man es wunderbar hin, daß die Formen genau dort durch helle Stellen betont werden, wo es drauf ankommt.» Michael scheuerte vorsichtig über den Schritt seiner Jeans und verzog in gespieltem Schmerz das Gesicht. «Auaaa!»

Mona reagierte kühl. «Do-it-yourself-SM, oder was?»

Michael bespritzte sie mit Wasser. «Wenn die trocken sind, sehen die *saustark* aus.»

«Wo hast du das denn her? War das einer von den *Tips für die patente Hausfrau*?»

«Das ist keine Lappalie, du Frau. Mein bestes Stück muß heute abend hundert Prozent perfekt aussehen.»

«Triffst du dich mit Chuck?»

«Mit wem? . . . Ach so. Nein. Ich will in die Grand Arena.»

«Ist das eine neue Kneipe?»

«Nein. Eine Rollschuhbahn.»

«*Du* gehst Rollschuh laufen?»

«Ja, ich gehe Rollschuh laufen. Dienstags ist immer Gay Night.»

Mona verdrehte die Augen. «Jetzt *weiß* ich, daß ich mich umbringen werde.»

«Es ist sagenhaft. Du wärst *begeistert*.»

«Ich hab noch nicht mal davon *gehört*.»

Michael stieg aus der Dusche, schälte sich aus seinen Jeans und trocknete sich ab. «Na, *du* bist mir vielleicht ein Schwulenmuttchen.»

«Das hab ich nicht gehört», sagte Mona und ging hinaus.

Michael erreichte die Grand Arena erst gegen acht und machte sich auf das Schlimmste gefaßt.

Natürlich trat es auch ein.

Es gab bereits keine Männerrollschuhe mehr.

Kein Wunder. Die riesige Bahn in South San Francisco war voller flanellbehemdeter Männer, die in aufgeregter Balz ihre Runden drehten.

Michael atmete tief durch.

Er zog seinen dunkelblauen Parka aus, mutete sich die Erniedrigung von Frauenrollschuhen zu (weiß, mit zimperliesenhaften Troddeln) und stakste unbeholfen an den Rand der Rundbahn.

Er grinste, als er die Orgelmusik vom Band erkannte: «I Enjoy Being a Girl.»

Auf der Bahn waren etwa ein halbes Dutzend Mädchen unterwegs. Vier davon waren unter zwölf. Die anderen waren turmfrisurbewehrte Loretta-Lynn-Doubletten in softeisfarbenen Kunstlaufkostümen. Sie klebten an softeisfarbenen Partnern des anderen Geschlechts, die sie über die Rollbahn wirbelten, als wären sie Brisbanes Antwort auf Baryschnikow.

Die anderen hundert Männer legten nicht ganz so viel Grazie an den Tag.

Mit fuchtelnden Armen und aufgerissenem Mund rollten sie wie eine an- und abschwellende Flut aus Jeansstoff über die Bahn. Einige waren allein; andere kurvten vergnügt in Vierer- oder Fünferschlangen durch das Rund. Für Michael war es ein bezaubernder Anblick.

Er wartete noch einen Moment, um sich zu wappnen.

Wann war er zum letztenmal gelaufen? In Murphey's Skating Rink ... Orlando 1963.

Er murmelte ein kurzes baptistisches Allerweltsgebet vor sich hin. Mit der Außersinnlichen Transzendenz war man in solchen Situationen aufgeschmissen.

Entgegen seinen Befürchtungen klappte es ziemlich gut.

In den Kurven wackelte er ein wenig, aber es gab nichts zu kichern.

Nach fünf Minuten fuhr er sicher genug, um sich ernsthaft dem Cruising zu widmen.

Er hatte auch schon einen Favoriten. Einen blonden Kerl in Baumwollhose und blauem Gant-Hemd. Er sah aus wie der stellvertretende Klassensprecher jeder beliebigen High-School-Klasse in Nordflorida. Wahrscheinlich fuhr er *immer noch* einen Mustang.

Und er war allein.

Michael pirschte sich an seine Beute heran, indem er zwei kleine schwarze Kinder in Dyn-O-Mite-T-Shirts überholte. Das einzige Hindernis war jetzt noch ein softeisfarbenes Heteropaar, das nur ein paar Meter weiter eine Show abzog, als wäre es bei Arthur Murray in die Tanzschule gegangen.

Das Paar flitzte dahin wie eine Jacht im Wind, schwenkte nach links und machte Michael den Weg frei ...

Er kam sich vor wie der Star eines Roller Derby bei einer Attacke.

Den Blick fest auf sein Opfer gerichtet, beschleunigte er kurz vor der Kurve ... und erkannte, allerdings zu spät, was gleich passieren würde. Der Blonde legte sich nicht in die Kurve.

Er bremste ab.

Und Michael hatte vergessen, wie man bremste.

Er ruderte hektisch mit den Armen, bis seine Hände am qualitativ hochwertigen Hemdzipfel seiner Jagdbeute Halt fanden. Als er mit seinem Galahad im Schlepptau reichlich unelegant gegen das Eisengeländer krachte, knickte ihm das rechte Bein weg.

Die beiden schwarzen Kinder stoppten einen Augenblick, betrachteten das Gemetzel mit unverhohlener Freude und rollten dann weiter.

Michaels Gesicht war voller Blut. Der Blonde half ihm auf die Beine.

«O Gott. Ist dir was passiert?»

Michael tastete vorsichtig sein Gesicht ab. «Es ist die Nase. Aber das macht nichts. Sie blutet immer, wenn man nicht nett zu ihr ist.»

«Bist du sicher? Soll ich dir ein Kleenex holen?»

«Nein danke. Ich glaube, ich humple mal zum Klo.»

Als Michael zurückkam, wartete der Blonde auf ihn. «Man hat gerade eine Pärchenrunde ausgerufen», sagte er grinsend. «Meinst du, du schaffst das?»

Michael grinste zurück. «Aber klar. Solange du mir sagst, wann du bremsen willst.»

Und so rollten sie nun einträchtig Hand in Hand unter der rotierenden Spiegelkugel dahin.

«Ich heiße Jon», sagte der Blonde.

«Ich bin Michael», sagte Michael, und prompt fing seine Nase wieder zu bluten an.

Gemischte Sauna

Die Valencia Street war mit ihren Gewerkschaftslokalen, mexikanischen Restaurants und Motorradwerkstätten eine reichlich verkommene Adresse für das Tor zum Himmelreich.

Für Brian lag gerade darin ein besonderer Kick.

Er suhlte sich in der Verkommenheit, genoß das Gefühl der Verruchtheit, das er jedesmal spürte, wenn er endlich das schäbige Leuchtschild sah: «IHRER GESUNDHEIT ZULIEBE – SAUNA».

In dem kleinen Vorraum hinter dem Eingang zeigte er kurz seinen verschweißten Personalausweis vor und blechte bei dem Kerl hinter dem Tresen fünf Dollar. Vier Dollar für den Eintritt. Einen Dollar für Die Party.

Die Party machte die Montage im Sutro Bath House zu etwas Außergewöhnlichem.

Frauen durften gratis rein, und an diesem Abend sah man mindestens ein Dutzend.

Es waren doppelt so viele Männer da, und die trafen sich mit den Frauen in einem Raum, der merkwürdig an einen Partykeller in Walnut Creek erinnerte: Lampen mit rosa Schirmchen, zusammengewürfelte Möbel und eine elektrische Miniatureisenbahn, die auf einem Regal geräuschvoll einmal rund um den Raum schnaufte.

Ein an der Wand montierter Fernseher offerierte den Partybesuchern eine Folge von *Phyllis*.

An der gegenüberliegenden Wand flimmerten altmodische Pornos über eine Leinwand.

Die Partybesucher waren nackt, doch manche versteckten sich unter einem Badetuch.

Und die meisten sahen sich *Phyllis* an.

Brian zog sich im Umkleideraum aus. Über ihm saß in einem Plastikbaum ein mechanischer Kanarienvogel und zwitscherte unaufhörlich vor sich hin. Brian lächelte darüber, wickelte sich dann ein Handtuch um die Hüften und machte sich auf den Rückweg zum Fernsehraum.

Auf dem Flur traf er eine der Organisatorinnen.

«Hallo, Frieda.»

«Na, wie steht's, Brian?»

«Ich bin grad erst gekommen. Hat's denn schon Stunk gegeben heut abend?»

Frieda hatte dafür zu sorgen, daß die Frauen in der Sauna von den Männern nicht bedrängt wurden ... es sei denn, sie wollten es so.

Sie schüttelte den Kopf. «Es geht so sanft zu wie immer.»

«Wie schade.»

Frieda grinste und kniff ihn in den Arsch. «Mach's dir doch selbst, du Ferkel.»

Damit verabschiedete sie sich zu ihrem Rundgang. Sie trug ein T-Shirt mit der Aufschrift: KOMM DOCH MAL!

Brian kam zu dem Schluß, daß es für den Orgienraum noch zu früh war. Die Party lief noch auf Hochtouren. Die meisten wollten erst mal ordentlich Käse und Aufschnitt futtern, bevor sie nach oben gingen. Außerdem war *Phyllis* noch nicht zu Ende.

Brian rückte sein Handtuch zurecht und schlenderte auf eine nahtlos braune Blondine zu.

«Hast du Lust auf ein Stück Salami?»

«Na, *das* ist ja mal was Neues.»

Er grinste. «Ich schwöre, daß es nicht so gemeint war.»

«Ich bin ganz auf vegetarisch eingestellt», erwiderte sie lächelnd.

«Ich auch.» Er streckte ihr die Hand hin. «Schlag ein.» Sie musterte ihn kurz. Dann fragte sie pointiert: «Welche Richtung?»

«Ach ... na ja, streng halt.»

«Mit gelegentlichen Rückfällen in Richtung Lacto und Ovo, was?»

«Genau. Außer am Wochenende und an den Abenden, wo ich stoned bin. Da bin ich Steako-lacto-ovo ... oder vielleicht auch Koteletto-lacto-ovo ...»

Sie grinste über seinen Schwindel.

«Ein Rindvieh bist du ... daß du's genau weißt!»

«Ich wußte doch, daß wir noch zur Sache kommen.»

«Eigentlich mache ich es fast *nie* mit Vegetariern.»

«Man sieht, die Dame hat Geschmack.»

«Kennen wir uns nicht von früher?»

«Da war mein Spruch aber besser.»

«Nein ... im Ernst. Haben wir dieses Jahr bei den New Games nicht gemeinsam Earth Ball gespielt?»

«Nein, aber ich ...»
«Hast du's mit Walen?»
«Was?»
«Mit Walen. Ob du Walschützer bist.»
Brian schüttelte schuldbewußt den Kopf und wünschte sich sehnlich, daß er schon mal einen Wal gerettet hätte; oder auch zwei.
«Und wie ist es mit Robbenbabies?»
«Null. Ich hab mich schon für alles mögliche engagiert. Aber im Moment engagier ich mich hier.»
«Du bist immerhin ehrlich.»
«Gott sei Dank, wenigstens ein kleines Kompliment.»
«Heh ... machst du dich über mich lustig?»
«Gott, nein. Ich komm mir nur vor, als würde ich ... mich um eine Stellung bewerben, das ist alles.»
Sie lächelte wieder. «Das tust du doch auch.»
Sie lachten beide. Brian entschied, daß es an der Zeit war, die Initiative zu ergreifen. «Weißt du ... ich hab zwar keine Kabine, aber vielleicht könnten wir ... na ja ... nach oben gehen ...»
«Ich kann den Exhibitionismus da oben nicht ab.»
«Vielleicht könnten wir dann ...»
«Schon gut», sagte sie lächelnd. «Ich hab eine Kabine.»

Hillarys Kabine

Brian war platt. Sie war eine *Göttin.* Eine jüngere Schwester von Liv Ullmann vielleicht ... und, Allmächtiger, sie hatte eine Kabine!
Das Mädchen meinte es ernst!
«Ich heiße Hillary», sagte sie und schloß die Tür. Die Kabine war nicht größer als ein begehbarer Schrank.
«Wie sollte es auch anders sein.»
«Was?»
«Der Name paßt zu dir. Oder du zu ihm.»

«Du brauchst mir keine Komplimente zu machen. Über so was bin ich hinaus.»

«Ich hab es aber ernst gemeint.»

«Wie heißt du?»

«Brian.»

Sie tätschelte die Stelle neben sich auf dem Bett. «Setz dich, Brian.» Obwohl sie nackt war, hörte sie sich sonderbar nüchtern an. «Hast du das schon oft gemacht?»

«In die Sauna gehen?» Sie *konnte* nicht das Vögeln meinen.

«Nein. Ich meine, mit Mädchen was angefangen ... mit Frauen.»

Er zeigte sein strahlendstes Steve-McQueen-Lächeln. «Ich kann nicht klagen.»

«Und wie lang bist du schon schwul?»

«Was?»

«Kein Problem, wenn du nicht drüber reden willst.»

«Äh ... Ich glaube, da hast du dich vertan.»

«Auch gut ... egal.» Sie sah ihn mit routiniertem Mitleid an. Brian war völlig durch den Wind.

«Nein, Hillary ... es ist nicht egal. Ich bin nicht schwul, verstehst du?»

«Du bist nicht schwul?»

«Nein.»

«Was machst du dann hier?»

«Ich glaub, ich dreh durch! Was ich hier mache? Ja verflucht, was *glaubst* du denn, was ich hier mache?»

«Eine Menge Typen, die hier aufkreuzen, sind schwul ... oder mindestens bi.»

«Ich aber nicht, kapiert? Mein Repertoire ist zwar begrenzt, aber ich beherrsche es.» Sachte legte er seine Hand auf ihr Bein.

Sachte nahm sie seine Hand wieder weg.

«Wir sind alle ein bißchen homosexuell, Brian. Vielleicht hast du den Bezug zu deinem Körper verloren.»

«Aber ich bin doch nicht auf *meinen* Körper scharf!»

«Du kannst hier auch mal keinen auf Macho machen, weißt du.»

«Wer macht denn hier auf Macho? Ich versuche, zu einem Fick zu kommen.»

«Genau. Zur herzlosen und mechanischen Ausbeutung einer ...»

«Schau ...» Er schaltete in eine sanftere Tonlage. «Ich finde es nicht ganz fair von dir, wenn du mir unterstellst, daß ich ein Chauvi oder so was bin. Ich meine, wir sind doch gleichberechtigt, oder? Sieh dir uns beide an. Du hast mich in deine Kabine eingeladen ... und ich habe die Einladung angenommen. Stimmt doch, oder?»

Sie blickte zur Wand. «Ich dachte, du brauchst Hilfe.»

«Die *brauch* ich auch! Und wie!»

«Wir meinen nicht dasselbe.»

«Kann ich denn was dafür, wenn ich so abgedreht bin? Schon solange ich denken kann, spüre ich diese perverse Sehnsucht nach Frauen.»

«Sei nicht so schrecklich schnodderig! Du bist keinen Deut besser als ein Schwuler, weißt du.»

«Hab ich das behauptet, Hillary? Na, sag schon. Ich mag Schwule. Ich *akzeptiere* Schwule. Mensch, zwing mich nicht auch noch zu sagen, daß einige meiner besten Freunde schwul sind!»

«Ich würde es dir sowieso nicht glauben.»

«Hillary, jetzt hör doch ...»

«Ich glaube, du gehst besser, Brian.»

«Hör mir doch bitte mal ...»

«Zwing mich nicht, Frieda zu rufen.»

Er rutschte von der Liege, hob sein Handtuch vom Fußboden auf und wickelte es sich um die Hüften. Hillary stand schon an der Tür und hielt sie für ihn auf.

«Einmal», stieß er hervor, «als ich zwölf war, haben dieser Junge aus meiner Pfadfindergruppe und ich unsere Hosen ausgezogen und ...»

«Das zählt nicht», sagte sie.

Brian blieb im Flur stehen und sah wehmütig zu, wie Hillary die Tür schloß.

Die Venus kehrte in ihre Muschel zurück.

Frühstück im Bett

Michael hatte beim Aufwachen einen pelzigen Mund.

Er schlüpfte so leise wie möglich aus dem Bett, ging ins Badezimmer und drückte mit seinem silbernen Zahnpastaroller von Tiffany etwas Aim auf seine Zahnbürste. Zum Putzen machte er die Tür zu.

Als er auf Zehenspitzen ins Schlafzimmer zurückschlich, sagte das Wesen unter den Laken etwas zu ihm: «Du hast gemogelt.»

Michael kroch wieder ins Bett. «Ich dachte, du schläfst noch.»

«Jetzt muß *ich* mir auch die Zähne putzen.»

«Mußt du nicht. Ich hab wegen *meinem* Atem eine Paranoia, nicht wegen deinem.»

Jon schlug die Bettdecke zurück und ging ins Badezimmer. «Dann haben wir *noch* etwas gemeinsam.»

Mona klopfte im falschen Augenblick.

«Äh ... ja ... Moment noch, Mona.»

Mona rief durch die Tür: «Zimmerservice, die Herren. Ziehen Sie einfach die Decken hoch.»

Michael grinste Jon an. «Meine Mitbewohnerin. Mach dich auf was gefaßt.»

In dem Moment platzte Mona auch schon herein und brachte ein Tablett mit Kaffee und Croissants.

«Hallo! Ich bin Nancy Drew! Und ihr müßt die Hardy Boys sein!»

«Sie gefällt mir», sagte Jon, nachdem Mona wieder abgezogen war. «Macht sie das jeden Morgen?»

«Nein. Ich denke, sie ist neugierig.»

«Worauf?»

«Auf dich.»

«Oh ... Seid ihr zwei ...?»

«Nein. Wir sind nur befreundet.»

«Hast du noch nie mit ...?»

Michael schüttelte den Kopf. «Noch nie.»
«Warum nicht?»
«Warum nicht? Na ja... laß mich mal überlegen. Wie wär's damit... Ich bin so warm, daß ich mit der flachen Hand bügeln kann.»
«Und was heißt das?»
«Das heißt, daß ich in bezug auf Frauen völlig unbeleckt bin. Nach Kinsey hundertprozentig Kategorie sechs.»
«Oh.»
«Erschreckt dich das?»
«Nein, ich dachte nur... Wie alt bist du?»
«Hoffentlich bist du kein Päderast. Ich bin sechsundzwanzig.»
«Ich bin achtundzwanzig... und kein Päderast.»
«Da bin ich aber froh.»
«Und wie war's in der High-School.»
«Im Durchschnitt zwei minus.»
Jon lächelte. «Ich wollte wissen, wie es in der High-School mit den *Mädchen* war. Hast du denn mit keiner was laufen gehabt?»
«Auf der High-School hab ich mich immer nur mit den anderen Jungs rumgetrieben. Wir haben uns Budweiser reingezischt und uns Heteros ausgeguckt, die wir hinterher verkloppt haben.»
«Tatsächlich?»
Michael nickte. «Man kann sich gar nicht vertun bei den Heteros. Sie haben einen komischen Gang und stützen ihre Schulbücher immer auf der Hüfte ab. Das war doch bei dir bestimmt auch so, was? ... Als du noch hetero warst.»
Jon schaute ihm in die Augen. «Schalt doch nicht gleich auf Abwehr. Ich hab dich nicht kritisiert.»
«Ich kann dich beruhigen, wenn dir das was hilft. Mein Coming-out hatte ich erst vor drei Jahren. In der High-School war ich der reinste Eunuch.»
«Damals hätte ich dich gern gekannt.»
«Lieber als heute?»
«Nein, *zusätzlich* zu heute.» Jon wuschelte durch seine Haare. «Ich *mag* dich, du Schwachkopf!»

Nachdem Jon gegangen war, sprudelte es aus Michael nur so heraus. «Er ist *unglaublich,* Mona. Er hat eine praktische Einstellung, er ist selbstbewußt ... und er ist ein richtiger *Doktor*! Kannst du dir vorstellen, daß ich jetzt einen Doktor habe, der das Bett mit mir teilt?»

«Hat er dir einen Antrag gemacht?»

«Komm mir nicht mit technischen Details.»

«Was für ein Doktor ist er denn?»

«Gynäkologe.»

«Das könnte ja noch mal nützlich sein.»

Michael gab ihr einen Klaps auf den Po. «Laß mich gefälligst ein bißchen herumspintisieren.»

«Dann wirst du wohl ausziehen wollen, was?»

«Mona!»

«Nun?»

«Du bist meine *Freundin,* Mona. Irgendwie werden wir immer zusammensein.»

«Ach ja? Und wie willst du das anstellen? Willst du mich adoptieren?» Sie ging zur Tür, machte sie auf und sagte zu einer unsichtbaren Besucherin: «Ach, hallo, Mrs. Plushbottom! Darf ich Ihnen meinen Vater Michael Tolliver vorstellen, den berühmten Geschichtenerzähler und Bonvivant, und meine Mutter, den Gynäkologen!»

Michael schüttelte lachend den Kopf. «Ich würde dich vom Fleck weg heiraten, Mona Ramsey.»

«Ja, wenn du der einzige Mann auf der Welt wärst und ich die einzige Frau. Gibt's sonst noch was Neues?»

Er küßte sie auf die Stirn. «Keine Sorge. Ich werd die Sache schon vermasseln.»

«Das hört sich an, als wolltest du es nicht anders.»

«Verschon mich mit Jungianischen Analysen.»

«Dann bring jetzt den Müll runter. Was geschehen soll, geschieht auch.»

Der Maestro verschwindet

Die PR-Dame war fast genauso erschüttert wie Frannie. «Mrs. Halcyon ... glauben Sie mir ... wir haben unser Möglichstes getan, um ...»

«Die Party fängt in zwei Stunden *an.* Ich habe *Women's Wear Daily* informiert, den *Chronicle* und den *Examiner,* Carson Callas ... Wie haben Sie es bloß angestellt, daß Sie einen Dirigenten *verloren* haben?»

Die Pressesprecherin schlug einen förmlichen Ton an. «Der Maestro ist nicht ... verlorengegangen, Mrs. Halcyon. Wir konnten nur nicht feststellen, wo er sich aufhält. Wir haben im Mark eine Nachricht für ihn hinterlassen, und die Chancen stehen gut, daß er ...»

«Was ist mit der Cunningham? Sie wird doch auch ohne ihn kommen, oder?»

«Wir bemühen uns, Miss Cunningham einen anderen Begleiter zur Seite zu stellen für den Fall, daß ... Wir tun unser Möglichstes, Mrs. Halcyon. Schließlich kann man Miss Cunningham nicht jeden x-beliebigen Tenor anbieten.»

«Wollen Sie damit andeuten, daß sie gar nicht ...? O Gott ... Also nein, das ist die schäbigste Entschuldigung für ... Was soll ich bloß meinen Gästen sagen?»

Beauchamp und DeDe trafen später als geplant auf Halcyon Hill ein. Der Reißverschluß von DeDes Galanos-Kleid war geplatzt. Um die Nervenprobe zu überstehen, hatte Beauchamp vier J & B-Whiskys in sich hineingeschüttet.

«Mutter steht sicher kurz vor dem Nervenzusammenbruch», sagte DeDe.

«Mach mir keine falschen Hoffnungen.»

«O Gott ... Carson Callas ist schon da. Er *genießt* es, über nicht aufgetauchte Ehrengäste zu schreiben. Die Stonecyphers hat er damals regelrecht gedemütigt mit seinem Artikel über ... Beauchamp, würdest du bitte versuchen, nicht so gelangweilt dreinzuschauen?»

«Da drüben ist Splinter.»

«Ich möchte was trinken, Beauchamp.»

«Bitte. Bedien dich. Ich werde mich mit Splinter unterhalten.»

«Beauchamp, falls du erwartest, daß ich alleine an die Bar gehe . . .»

«Prue Giroux mixt sich ihre Drinks auch selbst.»

«Verdammt noch mal, Beauchamp! Ich habe keine Lust, mich . . . mit Oona zu unterhalten.»

Es war zu spät. Die Rileys standen schon neben ihnen und verströmten eheliches Glück. DeDe rang sich ein Lächeln ab. Ihr Abendkleid spannte wie eine Wurstpelle.

«Wo ist denn nun die Diva?» fragte Splinter gutgelaunt. «Das ist doch das richtige Wort, oder?»

Oona lächelte und kniff ihren Ehemann in den Arm. «Er ist ein solcher Dummkopf! Wie hast du es bloß geschafft, einen Intellektuellen zu heiraten, DeDe?»

Die Botschaft kam laut und deutlich durch. Einen *impotenten* Intellektuellen.

Splinter hatte Oona von dem Telefonat erzählt. Davon war DeDe überzeugt.

Beauchamp brach das Schweigen. «Jedenfalls muß dieser Intellektuelle dringend ein paar graue Zellen vernichten. Kommst du mit an die Bar, Splinter?»

Die beiden Männer machten sich auf den Weg.

Oona blieb und lächelte DeDe an. Doch es lächelte nur ihr Mund.

«Du hast mein ganzes Mitgefühl, DeDe.»

«Wofür?»

«Für das Martyrium, das du hinter dir hast.»

«Welches Martyrium?»

«Ach so . . . ich verstehe. Entschuldige bitte. Wir sollten wohl besser über die Oper oder sonst was reden.»

«Ich habe nicht die leiseste Ahnung, wovon du sprichst.»

«Vergiß es. Du mußt mich für *schrecklich* gefühllos halten.»

«Oona, würdest du mir bitte ...»

«Der Botenjunge, mein Schatz. Der *chinesische* Botenjunge.»

Schweigen.

«Shugie hat mir vom letzten Forum erzählt, und ich muß dir sagen, daß wir *alle* tiefes Mitgefühl für dich empfinden. Es muß schrecklich gewesen sein.» Oona lächelte diabolisch. «Es *war* doch schrecklich, oder?»

«Ich muß jetzt gehen, Oona.»

«Ich werde kein *Sterbenswörtchen* darüber verlieren, meine Liebe. Wir Mädchen vom Sacred Heart müssen doch zusammenhalten, nicht?»

«Und außerdem», fügte sie hinzu, während sie DeDes BH-Träger unter das Kleid zurückschob, «muß ein Mädchen ja *irgendwie* über die Runden kommen.»

Frannie von der Rolle

Frannie war etwas flatterig geworden. «Was soll ich bloß *machen,* Edgar?»

«Ich würde sagen, es war eine Fügung des Schicksals.»

«Hör auf mit dem Unsinn! Wir können nicht einfach dastehen und seelenruhig zusehen, wie alles ... den Bach runtergeht.»

«Findest du nicht, daß sich alle gut amüsieren?»

«Natürlich amüsieren sie sich gut! Sie zerreißen sich das *Maul* über mich, Edgar. Sieh dir bloß Viola an! Sie kichert schon den ganzen Abend mit Carson herum!»

«Frannie ... sieh mal ... wenn du jemanden brauchst, der für ein bißchen Stimmung sorgt, könnte ich den Akkordeonspieler aus dem Club anrufen. Es ist zwar ein bißchen kurzfristig, aber vielleicht würde er ja ...»

Frannie stöhnte. «Ein Akkordeonspieler ist doch kein *Ersatz* für die größte Sopranistin der Welt, Edgar!»

«Ich wußte nicht, daß sie singen wollte.»

«Sie *braucht* nicht zu singen, Edgar! Mein Gott! Machst du das mit Absicht?»

«Was?»

«Daß du dich aufführst wie ein Banause.»

«Ich *bin* ein Banause.»

«Du bist kein . . .»

«Mein Vater war Leiter eines Kaufhauses, Frannie.»

«Aber er hatte eine Dauerloge in der Oper!»

«Er war Leiter eines Kaufhauses.»

Beauchamp plauderte in einer stillen Ecke der Terrasse mit Peter Cipriani.

«Und was hast *du* für eine Theorie über La Grande Nora?»

Peter zuckte mit den Schultern. «Mir ist das völlig egal. Ich bin wegen ganz was anderem hier. Außerdem ist die Troyanos meine neue Leidenschaft.»

«Du hast ganz große Pupillen.»

«Na hoffentlich. Ich hab ja auch Psilocybin genommen.»

«Mein Gott.»

«Schließlich bin ich mit Shugie Sussman da.»

«Und das ist eine Entschuldigung für deinen veränderten Bewußtseinszustand?»

«Weißt du eine bessere?»

«Ich passe.»

«Ich hoffe, das Schätzchen kann fahren. Ich habe mir im Mill schon zwei Drinks gegönnt, bevor ich sie abgeholt habe.»

«Ich langweile mich *fürchterlich*», sagte Margaret van Wyck Montoya-Corona.

DeDe schaute sie mit Glubschaugen an. «Das wird Mutter aber freuen, wenn sie das hört.»

«Ach so, DeDe, nein . . . nicht *hier* . . . Ich meine ganz generell. Jorge ist für drei Wochen in Madrid. Glaub mir, es macht wirklich keinen Spaß, mit einem Präserkönig verheiratet zu sein.»

«Das kann ich mir vorstellen.»

«Was mir am allermeisten fehlt, ist Gesellschaft.»

«Dann leg dir doch einen Hund zu.»

Muffy grinste. «Ich hab mir schon überlegt, daß ich mir vielleicht einen Samoaner zulege.»

«Du meinst einen Samojeden.»

«Nein. Ich meine einen *Samoaner.* Penny und Trinka haben sich *beide* einen Samoaner zugelegt. Ein Samoanergespann sozusagen. Die zwei arbeiten als Mechaniker im Mission ... und sie sind so was von *kräftig gebaut,* meine Liebe.»

DeDe verzog das Gesicht. «Ich mag keine dicken Männer.»

«Nicht dick.» Sie hob beide Hände. «Kräftig.»

«Ah. Ich verstehe.»

«Das ist jedenfalls tausendmal besser, als sich vom Versandhaus so einen Plastikdödel schicken zu lassen.»

Edgar zog seine Tochter zur Seite. «Ich brauche deine Hilfe», flüsterte er.

«Wobei?»

«Deine Mutter hat sich auf dem Lokus eingesperrt.»

«Schon wieder?»

«Bitte sei so lieb, DeDe. Sie ist ganz aufgelöst wegen ... dieser Sängerin.»

Im ersten Stock brüllte DeDe durch die Badezimmertür ihre Mutter an: «Mutter!»

Schweigen.

«Verdammt noch mal, Mutter! Du bist *nicht* Zelda Fitzgerald. *Die* Masche hat langsam einen Bart.»

«Geh weg.»

«Wenn du wegen Nora Cunningham so von der Rolle bist ... Ich hab mit Carson Callas gesprochen. Er sagt, sie macht das immer so.»

«Das ist mir egal.»

«Er will dich mit fünfundzwanzig Zentimetern beglücken, Mutter. Mit fünfundzwanzig Zentimetern.»

«Was?»

«Den Großteil seiner Glosse in der *Western Gentry* will er ...»

Die Toilettentür ging auf. Frannie stand mit verheulten Augen und einem Mai Tai in der Hand da. «Hast du ihn gefragt, ob er zum Frühstück bleiben möchte?» sagte sie.

Die Kiste mit den sechs Taktstöcken

Der Partyservice machte für die restlichen Gäste auf Halcyon Hill Rührei. Während Frannie Carson Callas mit Beschlag belegte, entschlüpfte Edgar in sein Arbeitszimmer und rief in der Barbary Lane an.

«Madrigal.»

«Ich bin's, Anna.»

«Hallo, Edgar.»

«Das mit Mona tut mir leid, Anna.»

«Du mußt dich nicht entschuldigen.»

«Muß ich doch. Ich hätte dich heute vormittag nicht so anfauchen sollen.»

«Ich ... So was gehört zu deinem Job, Edgar.»

«Wenn ich früher gewußt hätte, wieviel Mona dir bedeutet ...»

«Ich hätte nicht anrufen sollen. Ich mische mich zuviel ein.»

«Nächste Woche habe ich einen Tag frei. Wir könnten mal wieder an den Strand.»

«Gern.»

«Gott sei Dank!»

«Aber sei jetzt brav und kümmere dich wieder um deine Gäste.»

Drüben in der Barbary Lane lag Mona bäuchlings auf dem Sofa und las die *New West*, als Michael hereinschlurfte. «Na», sagte sie. «Wie sieht's aus in der wunderbaren Welt der Gynäkologie?»

«Ich war nicht mit Jon zusammen.»

«Hoppla! Wie schnell die lodernde Flamme der Liebe doch erlöschen kann!»

«Er hatte heute abend eine Besprechung.»

«Und deshalb warst du in der Sauna, was?» Das Stirnrunzeln, mit dem sie ihn ansah, war nur halb scherzhaft gemeint.

«Es ist nicht gut, wenn man alle seine Eier in ein Körbchen legt.»

«Mal ganz bildlich gesprochen, hm?»

Er grinste. «Genau.»

«Über meine Lippen dringt kein Laut.»

Er zwängte sich neben sie auf das Sofa. «Rate mal, wer da war!»

«Der Mormon Tabernacle Choir.»

«Okay, wenn du keinen Tratsch hören willst . . .»

«Nein. Sag schon. Ich will's ja hören.»

«Nein. Zuerst muß ich dir erzählen, was ich bei Hamburger Mary's erlebt habe.»

«Ich kann es nicht ausstehen, wenn du mich bestrafst.»

«Ich stimme dich doch nur ein, Mona. Entspann dich. Stell dir vor, ich bin dein Guru. Maharishi Mahesh Mouse. Ich bringe dir den Schlüssel zum Königreich der Folsom Street. Das heilige rote Einstecktuch, das sitzet zur Linken der Levi's. Das . . .»

«Du bist ein Arsch, Michael!»

«Schon gut, schon gut. Ich sitze also gerade bei Hamburger Mary's, esse einen Bohnensprossensalat und überlege, ob meine neuen Sears-Stiefel nicht doch *zu* neu aussehen, als auf einmal dieses Pärchen reingerauscht kommt und sich mitten unter eine Horde Motorradfahrer setzt.»

«Ein Schwulenpärchen?»

«Aber woher denn. Ein Kerl und seine Frau auf Exotiktrip. Der neueste Schick des Jahres 1976. Sie hatte ein David-Bowie-T-Shirt an, damit auch gleich jeder wußte, auf was sie steht, und er hat ausgesehen, als würde er sich in seinem sportiven Ensemble von Grodins *grauenhaft* unwohl fühlen. Ich meine, vor fünf Jahren hätten sich diese Typen unten im Fillmore District rumgetrieben und sich gemeinsam mit den schwarzen Brüdern und Schwestern Gekröse mit Saubohnen reingestopft. Und jetzt haben sie's mit den Tunten. Sie sind ganz *versessen* auf den Kontakt mit Perversen.»

«Das bringt einem nichts als Kummer! Davon kann ich denen ein Lied singen!»

«Die Situation spitzt sich also von Minute zu Minute zu. Und dann setzt sich dieser Kerl neben die beiden. Er hat eine Future-Farmers-of-America-Jacke an und trägt einen Ring durch die Nase, was Mr. Grodins Ensemble so ins Schleudern bringt, daß man nicht weiß, ob er nicht gleich wieder auf die andere Seite der Bay flüchten muß.»

«Und was war mit seiner Frau?»

«O Gott ... sie ist *fürchterlich* sauer, weil Bubi nicht völlig abfährt auf diesen Hort der Dekadenz. Schließlich schaut sie ihn mit großen Augen an und sagt mit einer geballten Ladung Bedeutung in der Stimme: ‹Was sagt dir denn mehr zu, Rich? S oder M?›»

«Und?»

«Er hat gedacht, sie redet von Grillsaucen.»

«Und wen hast du dann in der Sauna getroffen, Mouse?»

«Also ... Ich hab ihn erst nach ein paar Stunden getroffen. Wie ich so den Gang entlangspaziere und in die Kabinen schaue, winkt mich dieser grauhaarige Kerl zu sich hinein. Er kam mir zwar reichlich alt vor, aber er hatte einen guten Körper. Ich geh also in die Kabine und setz mich auf den Rand seiner Liege, und als er sagt: ‹Warst du schon fleißig heute abend?›, weiß ich im selben Moment, wer er ist. Schon wegen seinem Akzent. Außerdem kenn ich ihn von den Plattenhüllen.»

«Wen?»

«Nigel Huxtable.»

«Der Dirigent?»

«Exakt. Kein Geringerer als der Ehemann von Nora Cunningham.»

«Habt ihr zwei denn ...?»

«Soll das ein Witz sein?»

«Ich wollte doch nur ...»

«Ich bin abgehauen, sobald ich gesehen habe, was er in seiner Tasche hatte.»

«Erzähl, erzähl ...»

«Einen Kassettenrecorder ... eine Kassette von seiner Frau, wie sie die ‹Casta Diva› singt ... ein Stück Goldbrokatkordel, das angeblich vom Vorhang in der Scala stammt ... und sechs Taktstöcke aus Gummi!»

«Ach, du meine Güte!»

«Ich hab überhaupt nichts gemacht, Mona. Mit niemand.»

«Erzähl das mal deinem Gynäkologen!»

Zurück nach Cleveland?

Die Tage bei Halcyon Communications schleppten sich dahin wie Wochen.

Beauchamp schenkte Mary Ann ein Lächeln, wenn er an ihrem Schreibtisch vorbeikam, und manchmal zwinkerte er ihr im Aufzug zu, aber es kamen keine weiteren Einladungen mehr, keine schmerzerfüllten Bitten um Zuwendung.

Es war, als hätte es Mendocino nie gegeben.

In Ordnung, dachte Mary Ann, wenn er es so haben will. Sie hatte eine Menge anderer Möglichkeiten, ihre Energien einzusetzen ... und viele Kilometer zu laufen, bevor sie einschlafen konnte.

Sie machte Edgar Halcyons Kaffeemaschine sauber.

Sie kaufte einen Glasschneider und machte aus einer großen Weinflasche ein Terrarium für ihren Schreibtisch.

Sie schuf sich an ihrer Pinnwand eine «persönliche Ecke» mit Peanuts-Cartoons, mit Zettelchen, die sie aus Fortune-cookies geschält hatte, und mit Urlaubspostkarten von Freundinnen.

Jeden Vormittag machte sie einmal kurz Pause, saß völlig regungslos und mit geschlossenen Augen an ihrem Schreibtisch und sagte sich den unerschrockenen Leitsatz der Siebziger vor:

«Heute ist der erste Tag vom Rest meines Lebens.»

Eines Abends tauchte Michael an ihrer Tür auf. Er hielt ein Tongefäß in Form eines Huhns in Händen.

«Das ist die Hälfte von meinem *poulet Tolliver*», sagte er grinsend. Seinen Namen sprach er aus wie *Tollivé.* «Mona ist weg und hebt entweder ihr Bewußtsein oder senkt ihre Erwartungen, und ich dachte ... Da hast du.»

«Das ist aber süß, Michael.»

«Fang mit der Schwärmerei erst an, wenn du es gesehen hast. Es sieht aus wie eine Möwe, die sich mit einer 747 angelegt hat.»

«Es riecht köstlich.»

«Soll ich's auf den Eßtisch stellen?»

«O ja. Danke.»

Er setzte den Tontopf ab und schüttelte dann lächelnd den Kopf.

«Was ist?» fragte Mary Ann.

«Im Süden macht man das, wenn jemand stirbt. Essen bringen, meine ich.»

«Da liegst du gar nicht so verkehrt.»

«Wie meinst du das?»

«Bist du ... Hast du die andere Hälfte von dem Hähnchen schon gegessen?»

Er schüttelte den Kopf.

«Hättest du gern Gesellschaft?»

Michael verdrehte die Augen. «Manchmal würd ich mein Leben dafür geben.»

Mary Ann nutzte die Zeit, bis Michael seine Hähnchenhälfte anschleppte, um einen Salat zu machen.

Sie aßen bei Kerzenschein.

«Das ist mein erstes richtiges Abendessen ... mit einem Gast.»

«Welche Ehre.»

«Ich hoffe, du magst Green-Goddess-Sauce.»

«Mmm. Das nächste Mal essen wir Spargel, und dann kannst du mir deine Sauce hollandaise vorführen.»

«Woher weißt du, daß ich ... Oh ...»

Michael nickte. «Robert. Ich mußte in unserer Scheidungsvereinbarung auf das Rezept verzichten.»

Mary Ann wurde rot. «Es ist ganz einfach.»

«Ich hätte keine alten Geschichten aufwärmen sollen. Tut mir leid.»

«Das ist schon okay. Ich hatte immer ein blödes Gefühl wegen der Sache.»

«Warum? Robert ist doch ein geiler Kerl. Ich hätte es auch so gemacht. Das heißt, ich *habe* es so gemacht. Was glaubst du, wo *ich* ihn kennengelernt habe?»

«Im Safeway?»

«Aber nicht im selben wie du. In dem an der Upper Market Street. Von *meiner* Warte aus ist es dort entschieden prickelnder.» Er gab sich selbst eine Ohrfeige. «Laß das. Du machst das Mädchen ganz verlegen.»

Sie lachte. «Wirke ich dermaßen unbedarft?»

«Nein, ich ... Ja, manchmal schon.»

«Na ja, ich bin es wohl auch.»

«Es hat bei dir aber auch einen gewissen Reiz.»

«*Das* hab ich schon mal irgendwo gehört.»

«Oh ... Von wem?»

«Das spielt keine Rolle.»

Michael lächelte etwas gequält, während er sie anschaute. «Bist du deswegen dem Seelentod so nahe?»

«Michael, ich ...»

«Weißt du was ... wir hauen nächste Woche mal so richtig auf den Putz. Wir können irgendwo hingehen, wo es ganz schrecklich anständig zugeht ... ins Starlight Roof oder so. Dein Leben fängt erst richtig an, wenn du mal mit dem Tolliver Gigolo Service ins Geschäft gekommen bist.»

Mary Ann rang sich ein Lächeln ab. «Ja, das könnte ganz nett sein.»

«Halt deine Begeisterung etwas im Zaum, ja?»

«Vielleicht bin ich nächste Woche nicht mehr hier, Michael.»

«Hmm?»

«Ich glaube, ich gehe nach Cleveland zurück.»

Michael pfiff. «Dort bist du dem Seelentod nicht mehr nur nahe, dort *bist* du tot.»

«Ich glaube, im Moment hat was anderes keinen Sinn.»

«Soll das heißen» – er warf seine Serviette auf den Tisch – «daß ich gerade ein ganzes Hähnchen darauf verschwendet habe, mich mit einer Frau anzufreunden, die nur auf der Durchreise ist?» Er stand vom Tisch auf, ging zum Sofa hinüber, setzte sich und verschränkte die Arme. «Komm hier rüber. Wir müssen uns jetzt mal von Frau zu Frau unterhalten!»

Michaels aufmunternde Worte

Mary Ann stand verunsichert auf. Michaels neue Rolle als Ratgeber war ihr unbehaglich. Sie bereute es, daß sie den Gedanken an eine Rückkehr nach Cleveland überhaupt erwähnt hatte.

«Kann ich dir etwas Crème de menthe anbieten?»

«Warum willst du weg, Mary Ann?»

Sie setzte sich neben ihn. «Das hat viele Gründe ... ich weiß nicht ... San Francisco ganz allgemein.»

«Nur weil dich irgendein Schwachkopf sitzengelassen hat ...»

«Darum geht's nicht ... Michael, man kann sich hier auf nichts verlassen. Es ist alles so einfach zu haben. Niemand beschäftigt sich hier mal ausführlicher mit einem anderen Menschen oder mit einer Sache, weil gleich um die Ecke was anderes läuft, das vielleicht noch ein bißchen interessanter ist.»

«Was hat er eigentlich *getan*?»

«Ich komme hier einfach nicht zurecht, Michael. Ich möchte in einer Umgebung leben, in der ich mich nicht dafür entschuldigen muß, daß ich Nescafé serviere. Weißt du, was mir an Cleveland gefällt? Die Menschen in Cleveland sind nicht immer auf irgendeinem ‹Trip›!»

«Anders ausgedrückt: Sie sind langweilig.»

«Es ist mir egal, was du davon hältst. Mir ist das wichtig. Sehr wichtig sogar.»

«Warum willst du deswegen nach Hause zurück? Langweilige Menschen haben wir hier auch. Warst du noch nie zum Mittagessen bei Paoli's?»

«Es hat überhaupt keinen Sinn ...»

Das Telefon klingelte. Michael sprang auf und hob ab. «Das langweilige Zuhause von Mary Ann Singleton.»

«Michael!» Mary Ann riß ihm den Hörer aus der Hand. «Hallo.»

«Mary Ann?»

«Mom?»

«Wir haben uns solche Sorgen gemacht.»

«Gibt's sonst was Neues?»

«Sprich nicht so mit mir. Wir haben seit *Wochen* nichts mehr von dir gehört.»

«Tut mir leid. Ich hatte viel um die Ohren, Mom.»

«Wer war dieser Mann?»

«Welcher Mann? Ach so ... Michael. Das ist bloß ein Freund.»

«Und wie heißt dieser Michael?»

Mary Ann legte die Hand über die Sprechmuschel. «Wie heißt du mit Nachnamen, Michael?»

«De Sade.»

«Michael!»

«Tolliver.»

«Michael Tolliver, Mom. Er ist ein richtig netter Kerl. Er wohnt einen Stock unter mir.»

«Dein Daddy und ich haben über dich gesprochen, Mary Ann ... Hör also gut zu, was wir dir zu sagen haben. Wir sind uns beide einig, daß du die Gelegenheit haben solltest ... in San Francisco flügge zu werden ... Aber jetzt ist der Zeitpunkt gekommen ... Also, wir können nicht einfach dasitzen und zusehen, wie du dein Leben wegwirfst.»

«Wenn ich etwas wegwerfe, dann ist es immer noch *mein* Leben, Mom.»

«Nicht, wenn dir offensichtlich die Reife fehlt, um ...»

«Woher wollt ihr das denn wissen?»

«Mary Ann ... Ein merkwürdiger Mann ist bei dir ans Telefon gegangen.»

«Der Mann ist nicht merkwürdig, Mom.»

«Wer weiß?» sagte Michael grinsend.

«Du kanntest nicht einmal seinen Nachnamen.»

«Wir sind hier an der Westküste nicht so förmlich.»

«Das ist nicht zu übersehen ... Wenn dein Urteilsvermögen inzwischen so weit nachgelassen hat, daß du bei dir in der Wohnung einen völlig ...»

«Mom, Michael ist homosexuell.»

Schweigen.

«Er steht auf *Jungs*, kapiert? Ich weiß, daß du schon was davon gehört hast. Sie zeigen so was jetzt im Fernsehen.»

«Ich glaube, du hast völlig den Verstand ...»

«Nicht völlig. Aber wenn du mir noch ein oder zwei Wochen Zeit läßt ...»

«Ich kann nicht glauben, daß du mich so ...»

«Mom, ich ruf dich in ein paar Tagen wieder an, ja? Hier läuft alles prima. Na-hacht.»

Sie legte auf.

Michael strahlte sie vom Sofa her an.

Mona war die zweite Angriffswelle.

«Mein Gott, Mary Ann! Kein Wunder, daß es dir schlechtgeht. Du sitzt den ganzen Tag auf deinem Hintern rum und erwartest, daß dir das Leben lauter tolle Einladungen schickt. Aber da hab ich eine brandheiße Neuigkeit für dich. Dort draußen läuft nicht *ein* Mensch rum, der auf die Idee käme, dir ein Grußkärtchen zu schicken.»

«Und welchen Sinn soll es dann haben, mich ...?»

«Wenn du was vom Leben willst, mußt du was *tun*, Mary Ann. Und wenn es dir schlechtgeht, dann kämpf dich da raus und pack das Leben am ... Hol dir einen Bleistift und schreib dir mal eine Adresse ...»

Krieg und Frieden

Eine Abordnung Strandläufer patrouillierte auf dem Strand bei Point Bonita und pickte die Limodosenringe aus dem schimmernden schwarzen Sand. Das Wasser war an manchen Stellen blau, an anderen grau.

Edgar legte den Arm um Annas Taille. «Weißt du, ich werde sie wieder nehmen.»

«Wen?»

«Mona ... Wenn du's mir sagst, nehme ich sie wieder.»

Anna schüttelte den Kopf. «Das würde ich nicht tun. Außerdem käme sie selbst *dann* nicht mehr zurück, wenn du deine Meinung ändern würdest.»

«Heißt das, daß ich ein blöder Affe bin?»

«Du nicht. Dein Schwiegersohn.»

«Hat sie dir das gesagt?»

Anna nickte. «Hat sie recht?»

«Absolut.»

«Das dachte ich mir schon.»

«Hast du ihr etwas gesagt, Anna?»

«Über dich?»

«Ja.»

Anna schüttelte den Kopf. «Das geht nur uns was an, Edgar. Nur uns beide.»

«Ich weiß, aber ...»

«Aber was?»

«Sie ist für dich wie eine Tochter, nicht?»

«Ja.»

«Fällt es dir da nicht schwer, es ihr *nicht* zu sagen?»

«Ja.»

«Ich würde es am liebsten in die ganze Welt hinausposaunen.»

Anna lächelte. «Dazu braucht es bloß eine Aktennotiz an deine Sekretärin.»

«Die wird es noch vor Mona herausfinden.»

«Hoffentlich nicht.»

«Warum? Ich habe mehr zu verlieren als du.»

Anna betrachtete ihn einen Moment. «Komm. Holen wir die Decke aus dem Auto. Hier draußen ist es kälter als zwischen den Titten einer Hexe.»

Edgar kicherte. «Ich wußte nicht, daß brave Mädchen so einen Ausdruck kennen.»

«Tun sie auch nicht.»

«Wir haben das immer in Frankreich gesagt. Während des Kriegs.»

«Damals habe ich das auch gelernt.»

«Was redest du denn da?»

«Ich war in Fort Ord.»

«Du warst im Women's Army Corps?»

«Ich habe für einen Colonel, der die meiste Zeit besoffen war, die Munitionsanforderungen getippt. Aber was ist jetzt, holen wir die Decke oder nicht?»

Sie kuschelten sich im Windschatten einer Düne aneinander. «Wie war das, in einem Puff aufzuwachsen?»

Anna verzog den Mund. «Wie war das, in Hillsborough aufzuwachsen?»

«Ich bin nicht in Hillsborough aufgewachsen. Ich bin in Pacific Heights großgeworden.»

«Ach du meine Güte! Da bist du ja *mächtig* rumgekommen, was?»

«Komm schon. Ich habe dich zuerst gefragt.»

«Na dann ...» Sie schöpfte eine Handvoll Sand und ließ ihn durch die Finger rinnen. «Ein Aspekt war, daß ich vierzehn werden mußte, bis mir klar wurde, daß auf amerikanischen Banknoten nicht steht: ‹Gültig für eine ganze Nacht›.»

Edgar lachte.

«Außerdem habe ich in bezug auf etliche Dinge einen kuriosen Aberglauben entwickelt, mit dem ich mich noch heute herumschlage.»

«Zum Beispiel?»

«Zum Beispiel ... kann ich keine Schnittblumen ertragen. Schick mir also nie einen Strauß langstielige Rosen, wenn du willst, daß unsere sonderbare und wunderbare Beziehung bestehen bleibt.»

«Was stört dich an Schnittblumen?»

«Die Schönen der Nacht sehen in ihnen Vorboten eines baldigen Todes. Es geht da um Schönheit, die in ihrer Blüte zerstört wird, und so Zeug.»

«Oh.»

«Keine schöne Sache.»

«Nein.»

Anna schaute zu Boden und zog mit dem Finger eine Linie durch den Sand.

Und Edgar kam es vor, als würde sie seinen Schmerz nicht nur spüren, sondern auch teilen.

Im nächsten Zwiespalt

Das Bay Area Crisis Switchboard befand sich in einem renovierten viktorianischen Haus in Noe Valley. Die Fassade war dattelgolden, maulwurfsgrau, avocadogrün, fuchsienrot und schokoladenbraun gestrichen. Ein Schild im Fenster informierte die Besucher des Hauses darüber, daß dessen Bewohner keinen Wein der Firma Gallo tranken.

Mary Ann hatte schon da ein komisches Gefühl.

Sie drückte auf die Klingel. Ein Mann in einem Renaissancehemd machte ihr auf. Mary Anns Blick glitt von dem Hemd über einen dünnen roten Bart hoch zu der Stelle, an der normalerweise sein linkes Ohr gewesen wäre.

«Ich ... habe vorhin angerufen.»

«Supertoll. Die neue Freiwillige. Ich bin Vincent.»

Er führte sie in einen spärlich möblierten Raum, der von einem gewaltigen Wandbehang aus Makramee beherrscht wurde, in den Muschelstücke und Federn und Treibholz eingearbeitet waren. Es blieb ihr gar nichts anderes übrig, als etwas dazu zu sagen.

«Der ist ja . . . wirklich wunderbar.»

«Ja», sagte Vincent strahlend. «Den hat meine Alte gemacht.»

Mary Ann nahm an, daß er nicht seine Mutter meinte.

Zu ihrer großen Erleichterung erwies er sich als sehr netter Kerl. Beim Switchboard machte er die Schicht von Dienstag bis Donnerstag. Er war Künstler. Und er machte ihr einen Nescafé, ohne sich zu entschuldigen.

«Wahrscheinlich werden wir . . . sozusagen . . . parallel arbeiten», erklärte er ihr. «Zwischen acht und elf kriegen wir so viele Anrufe rein, daß wir zu zweit gut zu tun haben.»

«Haben die denn alle vor . . . sich umzubringen?»

«Nein. Nach einiger Zeit durchschaust du auch die Dauerkunden.»

«Die Dauerkunden?»

«Verrückte. Einsame. Anrufer, die nur reden wollen. Das geht natürlich auch klar. Schließlich sind wir für so was da. Und bei manchen genügt's, wenn man sie an die richtige soziale Einrichtung weiterschickt.»

«Wer gehört in die Gruppe?»

«Geschlagene Ehefrauen, schwule Teenager, alte Leute mit Fragen zur Sozialversicherung, Kinderschänder, Vergewaltigungsopfer, Minderheiten mit Wohnungsproblemen . . .» Er rasselte die Liste runter wie ein Verkäufer in einer Howard-Johnson-Eisdiele, der die achtundzwanzig verschiedenen Sorten aufzählt.

«Und was ist mit den Selbstmördern?»

«Ach so . . . von denen kriegen wir pro Abend vielleicht zwei oder drei rein.»

«Weißt du, ich hab nie eine spezielle Ausbildung . . .»

«Kein Problem. Um die haarigen Fälle kümmere ich mich. Die meisten wollen bloß deine Zuwendung.»

Mary Ann trank ein paar Schluck Kaffee. Vincents unaufgeregtes Selbstvertrauen gab ihr Kraft. «Die Arbeit hier gibt einem sicher recht viel, was?»

Vincent zuckte mit den Schultern. «Manchmal schon. Und dann ist es wieder der totale Nerv. Kommt immer drauf an.»

«Hat es in letzter Zeit . . . haarige Fälle gegeben?»
«Keine Ahnung. Ich war ein paar Wochen nicht da.»
«Warst du auf Urlaub?»
Er schüttelte den Kopf und hielt die rechte Hand hoch. Mary Ann hatte schon zuvor bemerkt, daß sein kleiner Finger bandagiert war . . . nicht jedoch, daß er in der Mitte aufhörte.
«Du armer Kerl! Wie ist das denn passiert?»
«Ach . . .»
Das Ohr . . . der Finger . . . Plötzlich war ihr alles schrecklich peinlich.
Vincent sah sie rot werden. «Ich geh manchmal auf 'nen Trip.»
«Tabletten?»
Er lächelte. «Nein . . . bloß auf 'nen Trip. Wenn ich depressiv bin. Völlig durch den Wind.»
«Ich fürchte, ich . . .»
«Es ist nichts Schlimmes. Ich komm schon damit klar. Aber jetzt aufgepaßt! Es ist fast acht. Bist du bereit?»
«Ja. Ich glaube schon.» Sie sank auf den Stuhl vor dem Telefon. «Ich denke, ich werde erst mal beide Ohren spitzen.»
Sie hätte sich die Zunge abbeißen können.

Phantasie für zwei

Nachdem Michael und Jon sich im Ghirardelli Cinema *Frankenstein Junior* angesehen hatten, spazierten sie am Aquatic Park auf den Pier hinaus.
Es war dunkel auf dem Pier. Gruppen von chinesischen Fischern durchbrachen die Stille mit Gelächter und dem blechernen Plärren von Transistorradios. Ein Hubschrauber machte am Himmel wupp-wupp.
Die beiden setzten sich am Ende des Piers auf eine überdimensionierte Betonbank.
«Er ist ein Fragezeichen», sagte Michael.

«Wer?»

«Der Pier. Ein riesengroßes Fragezeichen.»

Jon blickte über die schwarze Lagune, die durch die Krümmung des Piers gebildet wurde. «Stimmt nicht. Er ist andersrum geschwungen. Er ist ein spiegelverkehrtes Fragezeichen.»

«Gebildete Leute nehmen immer alles so wörtlich.»

«Entschuldige.»

«Hab ich dir schon die Geschichte von meinem Schimpansen erzählt?»

«Schimpanse wie Affe, oder was?»

«Ja, genau. Möchtest du sie hören?»

«Unbedingt.»

«Also ... Schon als kleiner Junge wollte ich immer einen Schimpansen haben. Ich hab mir ausgemalt, wie ich einen Schimpansen so dressiere, daß er zu uns in die fünfte Klasse stürmt und Miss Watson, meine Lehrerin, mit Wasserballons bombardiert.» Er lachte. «Wenn ich mir's recht überlege, war sie wahrscheinlich eine Lesbe. Ich hätte netter sein sollen zu ihr ... Jedenfalls hab ich die Idee *nie* aufgegeben ... den Wunsch nach einem Schimpansen, meine ich ... und letztes Jahr hab ich es mal meinem Exmann erzählt ... Ich meine, er ist jetzt mein Exmann ... Zu der Zeit war er mein Mann.»

«Bleib bei deinem Schimpansen.»

«Okay ... Der *riesengroße* Zufall war, daß Christopher schon seit der Kindheit genau *die gleiche* Phantasie hatte. Wir haben das also ... eine Weile diskutiert und sind dann zu dem Schluß gekommen, daß wir zwei verantwortungsbewußte Erwachsene waren und es überhaupt keinen Grund gab, warum wir keinen Schimpansen haben sollten. Jedenfalls hat Christopher diesen Freund von sich angerufen, der bei Marine World arbeitet und sich mit dem Papierkrieg und dem ganzen Quark auskennt, und schließlich ... wurden wir zu den stolzen Eltern eines Schimpansenteenagers, der Andrew hieß.»

Jon lächelte. «Andrew, Michael und Christopher. Wie hübsch.»

«Das haben wir auch gedacht. Und es ist auch ganz wunderbar geworden, als wir ihn erst mal stubenrein hatten. Wir haben ihn *überall* mitgenommen ... In den Golden Gate Park, zum Renaissance Faire ... und in den *Zoo.* Meine Güte, wie *gern* er doch in den Zoo gegangen ist! Dann hat uns unser Freund bei Marine World eines Tages gefragt, ob wir Andrew nicht ... mit einer Schimpansendame zusammenbringen wollten, die einem anderen Freund von ihm gehörte. Natürlich waren wir damals ganz schön nervös, denn dadurch sollten wir ja faktisch Großeltern werden.»

«Faktisch.»

«Der große Tag war also da ... Aber Andrew spielte nicht mit.»

«O nein!»

«Stell dir vor, er weigerte sich sogar, mit ihr im selben *Zimmer* zu bleiben.»

«Okay, laß mich raten.»

Michael nickte traurig. «Er war so warm, daß er mit der flachen Hand hätte bügeln können!»

«Jetzt mach mal halblang!»

«Ich konnte damit ganz gut umgehen, weil ich Andrew wirklich *liebte,* aber Christopher nahm es persönlich. Er war *überzeugt,* daß es nicht so weit gekommen wäre, wenn er mit Andrew öfter Ball gespielt ...»

Jon fing zu lachen an. «Du bist vielleicht eine Nummer!»

«Es war *schrecklich,* sag ich dir! Christopher hat mir Vorhaltungen gemacht, daß ich Andrew verhätschelt hätte und ihn übertrieben oft zu Busby-Berkeley-Filmen ins Kino mitgenommen hätte ... und daß ich es ihm nicht verboten hätte, sich im Sears-Katalog die Seiten mit der Männerunterwäsche anzuschauen!»

«Hör auf!»

Michael grinste und gab sein Spiel auf. «Sag bloß, die Geschichte hat dir nicht gefallen!»

«Denkst du dir immer Sachen aus?»

«Immer.»

«Warum?»

Michael zuckte mit den Schultern. «‹Ich will ihn über mein wahres Selbst gerade genug täuschen, daß er mich haben will.›»

«Woraus ist das denn?»

«Das sagt Blanche DuBois. In *Endstation Sehnsucht.*»

Jon schlang seinen Arm um Michaels Hals. «Komm zu mir, Blanche.» Sie küßten sich recht lange, obwohl die Betonbank ziemlich kalt war.

Als sie sich voneinander lösten, sagte Michael: «Würde es sich besser anhören, wenn der Mann Andrew hieße und der Schimpanse Christopher?»

«Dein Mann war auch erfunden?»

«O ja ... *besonders* mein Mann.»

Die rätselhafte Besucherin

Am Strand wurde der Wind stärker, weshalb Anna die Decke zurechtzog, die ihnen Schutz bot. «Hier, Edgar ... halt sie fest. Sonst sieht noch jemand, daß deine Sachen von Brooks Brothers sind.»

«Paß bloß auf.»

«Ich muß schon sagen ... diese Socken sind geradezu adorabel ... wenn du den Ausdruck entschuldigst. Ich nehme an, daß in St. Moritz heutzutage *jeder* anthrazitfarbene Kniestrümpfe trägt!»

«Das kitzelt, Anna. Laß das.»

«Kitzlig? Edgar Halcyon? Ist nichts mehr heilig?»

«Anna, ich warne dich ...»

«Du bist ganz schön ruppig für ein Stadtkind!» Sie sprang plötzlich auf, zerrte an seiner ohnehin schon gelockerten Krawatte und stolzierte dann über den Strand. Edgar jagte sie in die Dünen zurück und warf sich mit dem Kampfruf eines Samurais auf sie.

Lachend und keuchend lagen sie aneinandergeschmiegt da.

«Komm mit», sagte Anna und faßte ihn an den Händen. «Laß uns ein bißchen Treibgut suchen.»

«Nicht so hastig, Anna.»

«Fühlst du dich nicht wohl?»

«Doch. Ich ...»

«Bist du sicher?»

«Ja, alles bestens.»

«Ich vergesse immer, daß du ein alter Bussard bist.»

«Ich bin zwei Jahre älter als du.»

«Eben. Ein alter Bussard.»

Um vier Uhr klarte der Himmel auf. Sie spazierten barfuß den Strand entlang.

«Das erinnert mich an etwas», sagte Edgar.

«An eine Whiskeyreklame?»

Er lächelte und drückte ihre Hand. «Als ich neunzehn war, haben mich meine Eltern den Sommer über nach England geschickt. Ich habe bei ein paar Cousins von mir in einem Dorf gewohnt, das Cley-next-the-Sea hieß. Dort bin ich immer am Strand spazierengegangen und habe Karneole gesucht.»

«Sind das Steine?»

«Wunderschöne rote. Orangerote. Einmal habe ich auf dem Strand eine alte Dame getroffen. Wenigstens habe ich sie damals für alt gehalten. Ihre Tochter war auch dabei. Sie war achtzehn und sehr schön. Die beiden haben mich aufgefordert, mit ihnen zu gehen. Sie waren auch auf der Suche nach Karneolen.»

«Bist du mitgegangen?»

«Was glaubst du?»

«Ich glaube, Edgar war zu beschäftigt . . . oder es war ihm peinlich.»

Edgar blieb stehen und schaute Anna an. Er machte ein Gesicht wie ein Löwe, der einen Dorn in der Pfote stecken hatte. «Es ist zu spät, nicht, Anna?»

Sie ließ ihre Schuhe in den Sand fallen und schlang ihm die Arme um den Hals. «Für das Mädchen ist es zu spät, Edgar. Aber die alte Dame rumzukriegen ist ein Kinderspiel.»

Sie lagen wieder unter der Decke.

«Wir sollten zurückfahren, Anna.»

«Ich weiß.»

«Ich habe Frannie gesagt, ich würde . . .»

«Ist schon gut.»

«Sind wir dabei, einen großen Fehler zu machen?»
«Na hoffentlich!»
«Du weißt nicht sehr viel über mich.»
«Nein.»
«Ich habe nicht mehr lange zu leben, Anna.»
«Oh . . . Das dachte ich mir schon.»
«Du hast es gewußt . . .?»
Anna zuckte mit den Schultern. «Warum sollte Edgar Halcyon sonst so was machen?»
«O Gott.»
Anna spielte mit den weißen Locken an seinem Hinterkopf. «Wieviel Zeit haben wir noch?»

Zu Hause in der Barbary Lane legte Anna sich genüßlich in die Badewanne. Sie sang gerade ein sehr altes Lied, als es bei ihr klingelte.

Sie trocknete sich ab, schlüpfte in ihren Kimono und drückte auf den Türöffner, um ihren Besuch reinzulassen.

«Wer ist da?» rief sie über den Flur.

«Eine Freundin von Mary Ann Singleton», kam die Antwort. Es war die Stimme einer jungen Frau.

«Sie ist weggegangen, meine Liebe. Zum Crisis Switchboard.»

«Wäre es Ihnen recht, wenn ich hier warte? Ich meine, hier in der Diele. Es geht nämlich um was Wichtiges.»

Anna ging auf den Flur hinaus. Die junge Frau war blond und füllig und sah aus wie ein Kind, das sich verlaufen hatte. Und sie trug eine Gucci-Einkaufstasche.

«Setzen Sie sich nur, meine Liebe», sagte die Vermieterin. «Mary Ann müßte bald nach Hause kommen.»

Als Anna wieder in der Badewanne lag, ging ihr die Besucherin nicht aus dem Kopf. Sie kam ihr irgendwie vertraut vor. Da war etwas mit den Augen und der Form des Kinns.

Plötzlich wußte sie es.

Die junge Frau sah aus wie Edgar.

Wo war Beauchamp dann?

Das Gesicht der Frau lag im Dunkeln. Sie hatte so stark zugenommen, daß Mary Ann sie nicht auf Anhieb erkannte.

«Mary Ann?»

«Oh . . .»

«Ich bin Beauchamps Frau. DeDe. Ihre Vermieterin hat mich reingelassen.»

«Ja. Mrs. Madrigal.»

«Sie war sehr freundlich. Hoffentlich macht es Ihnen nichts aus. Ich fürchtete, ich könnte Sie verpassen.»

«Nein . . . Schon gut. Haben Sie Zeit, um auf einen Drink mit nach oben zu kommen?»

«Erwarten Sie keinen . . . Besuch?»

«Nein», sagte Mary Ann so, daß sie damit bereits die Anschuldigung zurückwies.

DeDe setzte sich auf einen Regiestuhl mit gelbem Plastikbezug und faltete die Hände über der Einkaufstasche.

«Möchten Sie ein Glas Crème de menthe?» fragte Mary Ann.

«Danke. Haben Sie auch weiße?»

«Weiße was?»

«Crème de menthe.»

«Ach so . . . nein . . . nur die andere.»

«Ach so . . . Danke, dann nehme ich nichts.»

«Ein Mineralwasser vielleicht?»

«Wirklich, ich fühle mich auch so wohl.»

Mary Ann ließ sich auf den Rand des Sofas sinken. «Aber nicht *allzu* wohl.» Sie lächelte schwach.

DeDe sah auf ihre Hände. «Nein. Wahrscheinlich nicht. Mary Ann . . . Ich bin nicht gekommen, um Ihnen eine Szene zu machen.»

Mary Ann schluckte. Sie spürte, wie ihr Gesicht heiß wurde.

«Ich wollte Ihnen das hier bringen.» DeDe kramte in ihrer Einkaufstasche und zog dann Mary Anns braunweiß getupften Schal heraus. «Ich habe ihn in Beauchamps Auto gefunden.»

Mary Ann starrte entgeistert auf den Schal. «Wann?»

«Am Montag, nachdem Sie mit ihm in Mendocino waren.»

«Oh.»

«Er hat mir davon erzählt.»

«Ich verstehe.»

«Es ist doch Ihrer, oder?»

«Ja.»

«Es ist mir egal. Ich meine ... Es ist mir *nicht* egal, aber ich lasse mich davon nicht mehr ... fertigmachen. Ich habe mich damit abgefunden. Ich glaube, ich habe sogar Verständnis dafür, wie er ... Sie da hineingezogen hat.»

«DeDe, ich ... Warum sind Sie dann hier?»

«Weil ich ... hoffe, daß Sie mir die Wahrheit sagen werden.»

Mary Ann hob in einer Geste der Hilflosigkeit die Hände. «Habe ich das denn nicht gerade getan?»

«Waren Sie letztes Wochenende mit ihm zusammen, Mary Ann?»

«Nein! Ich war ...»

«Und vorletzten Dienstag?»

Mary Ann fiel die Kinnlade runter. «DeDe ... ich schwöre bei Gott ... ich war einmal mit Beauchamp zusammen, und bei diesem einen Mal ist es dann auch geblieben. Er hat mich gebeten, mit ihm nach Mendocino zu fahren, weil ...» Sie brach abrupt ab.

«Weil was?»

«Es hört sich idiotisch an. Er ... hat gesagt, er braucht jemanden zum Reden. Er hat mir leid getan. Aber seither habe ich kaum ein Wort mit ihm gewechselt.»

«Sie sind jeden Tag mit ihm zusammen.»

«Wir halten uns im gleichen Gebäude auf. Das ist aber auch schon alles.»

«Haben Sie in Mendocino miteinander *geschlafen*?»

«Ich ... Ja.»

DeDe stand auf. «Es tut mir leid, daß ich Sie belästigt habe. Ich glaube, wir haben jetzt beide genug von dieser Seifenoper.» Sie drehte sich um und ging zur Tür.

«DeDe?»

«Ja?»

«Hat Beauchamp *gesagt,* daß ich mit ihm zusammen war am letzten Wochenende und ... an diesem anderen Tag?»

«Nicht direkt.»

«Er hat es aber durchblicken lassen?»

«Ja.»

«Ich war bestimmt nicht mit ihm zusammen, DeDe. Bitte glauben Sie mir.»

DeDe lächelte bitter. «Das tue ich ja. Ist *das* nicht das Schreckliche daran?»

Zu Hause in der Montgomery Street schlitzte DeDe mit Inbrunst die Post auf, um die sie sich den ganzen Tag nicht gekümmert hatte.

Es waren neue Rechnungen von Wilkes und Abercrombie's gekommen, das neueste Heft des *Architectural Digest,* eine Spendenaufforderung der Bennington Alumni Association und ein Brief von Binky Gruen.

Den Brief von Binky nahm DeDe mit in die Küche, wo sie sich eine Schüssel Familia-Cornflakes mit Milch machte. Sie öffnete den Umschlag mit einem Brotmesser. Der Brief war auf Golden-Door-Briefpapier geschrieben.

Meine Liebe DeDe,

Deine alte Binky suhlt sich hier auf Amerikas elegantester Abspeckfarm in Luxus und Selbstmitleid. Wir stehen zu einer unaussprechlichen Zeit auf und joggen dann in total unschmeichelhaften Jumpsuits aus rosa Frottee, die hier «Pinkies» heißen, durch die Wildnis. (Bitte keine Witze über Binky in ihrem Pinky, mein Schatz.) Ich habe schon sechs Pfund abgenommen. Tusch! Filmstars, wo man auch hinsieht. Ich komme mir *déclassée* vor, wenn ich nicht auch in der Sauna meine Foster Grants aufsetze. Versuch's mal. Du wirst es hassen.

Fühle Dich geherzt und geküßt von Deiner

Binky

Beauchamp kam in die Küche. «Wo warst du heute abend?»

«Bei der Junior League.»

Er schaute auf die leere Schüssel. «Hat man dir dort nichts zu essen gegeben?»

«Die Schüssel war nur *halb voll,* Beauchamp!»

«Bedien dich nur. Es ist sowieso zu spät, um bis zur Eröffnung der Opernsaison wieder eine halbwegs akzeptable Figur hinzukriegen.» Er lächelte aufreizend und ging hinaus.

DeDe sah ihm mit finsterem Blick nach, bis er außer Sicht war. Dann griff sie nach Binkys Brief und las ihn noch einmal.

Was das einfache Volk so treibt

Die Bestie vor ihrer Tür trieb Mary Ann kalte Schauer über den Rücken.

Das Gesicht des Untiers war kreidebleich, nur auf den Wangenknochen saßen gespenstisch wirkende Rougeflecken. Seine Brust war glatt, seine Beine dicht behaart, und aus seiner Stirn reckten sich drohend zwei knorrige Ziegenhörner nach oben.

Die Bestie sagte etwas zu ihr.

«Weißt du auch mit zwei Hörnern was anzufangen, hm?»

«Michael!»

«*Falsch*, du Langweilerin. Ich bin der große Gott Pan.»

«Du hast mich zu Tode erschreckt!»

«Dabei bin ich doch eine sanfte und verspielte Kreatur ... der Beschützer der Wälder und der Schafhirten ... Ach was! Gibt es denn überhaupt jemand, der seine Rolle bei dir durchhalten kann?»

Mary Ann lächelte. «Gehst du zu einer Kostümparty?»

«Nein. Eigentlich wollte ich meine Tante Agnes von der Greyhoundstation abholen.»

«Du willst *so* zum Busbahn ...? Warum *rede* ich überhaupt mit dir?»

«Willst du mich nicht reinbitten?»

Sie kicherte. «Meiner Mutter würdest du so bestimmt gefallen.»

«Es wird dich vielleicht ganz fürchterlich schocken, aber ich bin *nicht* besonders scharf darauf, deiner Mutter zu gefallen. Also, was ist jetzt? Wenn du mich noch länger auf dem Flur stehenläßt, kriegt der Mann auf dem Dach bestimmt einen Herzinfarkt.»

«Komm schon rein. Was für ein Mann auf dem Dach?»

Michael polterte ins Zimmer, setzte sich und rückte die braune Afroperücke zurecht, die seine Hörner hielt. «Der neue Mieter. Ein gewisser Williams. Ich hab ihn vor einiger Zeit auf der Treppe zum Dach gesehen. Und schon allein das war für ihn fast zuviel.»

«Oben auf dem Dach gibt es eine Wohnung?»

«So was ähnliches. Ich würde eher Dachbaracke dazu sagen. Es will sie nur selten jemand mieten, aber man hat von da oben eine *umwerfende* Aussicht. Der Kerl ist vor ein paar Tagen eingezogen. Sag, kann ich was zu trinken haben?»

«Klar ... Ich hab noch etwas ...»

«Sag Crème de menthe, und ich verschlinge dich!»

Sie ruckelte an einem seiner Hörner.

«Weißwein, Euer Heiligkeit.»

«Gerne ... Nein, ich will doch nichts. Ich muß nämlich gleich gehen. Ich hatte gehofft, du kommst mit.»

«Als was? Als Geiß?»

«Als Schäferin. Ich habe ein reizendes Schäferinnenkleid mit Rüschenmieder und ... Sieh mich nicht so an, du Frau! Es gehört Mona!»

Mary Ann lachte. «Ich würde liebend gern mitkommen, Michael ... bloß habe ich heute Dienst beim Crisis Switchboard.»

«Aber ich stecke doch in der Krise! Einsamer Homophiler mit behaarten Beinen und extravaganter Erscheinung sucht attraktive, aber langweilige Dame für vergnüglichen Abend bei ...»

«Wie wär's mit dem Kerl, mit dem ich dich gesehen habe?»

«Jon?»

«So ein Blonder?»

Michael nickte. «Heute wird doch die Opernsaison eröffnet.»

«Oh ... Und du kannst Opern nicht ausstehen, hmh?»

«Nein ... das heißt, eigentlich schon ... aber darum geht es nicht. Jon hat sich zusammen mit einem Freund ein Abonnement zugelegt. Aber du hast recht ... ich kann mit Opern eigentlich nicht viel anfangen. Ich glaube nicht, daß ich mich dort ... ach, du weißt schon.»

Sie küßte ihn vorsichtig auf seine berougte Wange. «Was hältst du davon, wenn ich dir einmal Ausgehen gutschreibe?»

Er stand auf, seufzte und rückte seine Hörner zurecht. «Das sagen sie *alle.*»

«Wo ist die Party?»

«Ganz in der Nähe. Im Hyde and Green Plant Store. Ich geh zu Fuß hin.»

«In dem Aufzug?»

«Sei nicht so ... Cleveland-like. Der halbe Russian Hill läuft doch so rum.»

«Sei jedenfalls vorsichtig.»

«Weswegen?»

«Weiß ich auch nicht ... Wegen der Leute, die auch so aussehen.»

«Viel Vergnügen mit den Selbstmördern.»

«Danke.» Sie schubste ihn spielerisch zur Tür hinaus. «Such dir einen netten Ziegenbock.»

Intermezzo

Zur gleichen Zeit gingen in den Nebengelassen der Oper die eleganten Herren ein und aus und putzten sich umgeben vom roten Leder, dem dunklen Holz und den glänzenden Armaturen des Herrenwaschraums im Logenbereich das Gefieder. Für die nächsten zwei Stunden würde dies die eleganteste Toilette der Stadt sein.

«Paß auf die Tür auf», befahl Peter Cipriani.

«Wieso?» sagte Beauchamp.

«Na, das fehlte gerade noch, daß einer dieser kleinkarierten alten Saftsäcke besoffen hier reinplatzt!»

Peter zog einen Briefumschlag von Gump's mit dem aufgeprägten Familienwappen der Ciprianis aus der Tasche. Er fuhr mit einem kleinen Goldlöffel hinein und hob den Löffel dann an sein linkes Nasenloch.

«Ah! Unverschnitten! So mag ich mein Koks *und* meine Männer!»

Beauchamp war nervös. «Mach schon! Beeil dich!»

«Ladies first!»

Der Löffel wanderte zum zweitenmal hinunter und wieder hinauf, nur belieferte er diesmal Peters anderes Nasenloch. Beauchamp folgte Peters Beispiel und suchte danach seine Frackschöße vor dem Spiegel nach Fusseln ab.

«Das ist vielleicht wieder eine traurige Veranstaltung hier!»

Peter grinste ihn an. «Gehst du hinterher mit den Halcyons ins L'Orangerie?»

«Da mußt du DeDe fragen. Heute abend entscheiden sie und ihre Mutter, was gemacht wird.»

Peter zog eine Tube Bill-Blass-Bräunungscreme aus der Brusttasche und machte sich daran, seine Wangenknochen aufzufrischen. «Warum seilst du dich nicht in der Pause ab und gehst mit mir in den Club?»

«Gibt's denn heute im Club was Besonderes?»

Peter stöhnte. «Du armes unbedarftes Fräulein aus reichem Hause! Ich meine doch nicht unseren Club. Ich rede von dem an der Ecke Eighth und Howard.»

«Ich schätze, dort bist du heute abend auf dich allein gestellt, Peter.»

«*Chacun à son goût.* Mir hängen diese Pseudopatrizier jedenfalls zum Hals raus. Ich hab mal wieder Lust auf ein paar Pseudoholzfäller.»

Ryan Hammond rauschte in den Waschraum. Ryan war Engländer, oder *redete* jedenfalls wie einer. In den Klatschspalten tauchte er häufig als Begleiter von verwitweten Damen auf und als Star musikalischer Komödien, die auf der Halbinsel liefen.

«Sieh mal einer an», säuselte Peter, «sogar die englischen Schnepfen sind heute aus dem Unterholz gekrochen.»

Beauchamp sah seinen Freund strafend an.

Ryan ignorierte Peter und ging zu den Pissoirs.

«Die Puppe, die Sie heute im Schlepptau haben, ist echt scharf, Ryan. Wie alt ist sie? Hundertundacht?»

«Peter!» fuhr Beauchamp ihn an.

Während Ryan sein Geschäft verrichtete, fixierte er Peter mit seinem bösesten Blick à la George Sanders. «Guten Abend, Mr. Cipriani. Ich wußte gar nicht, daß Massenet nach Ihrem Geschmack ist.»

«Normalerweise ja nicht ... aber die Operneröffnung ist nun mal ein *solches* Schauspiel. Außerdem ist es der einzige Abend im Jahr, wo *Sie* weniger Schmuck tragen als Ihre Freundinnen.»

Der Waschraum hatte sich bereits wieder geleert, als ihn Edgar zusammen mit Booter Manigault betrat.

Booter hatte sich mit seinen Ordensbändern aus dem Zweiten Weltkrieg und dem Ohrhörer eines Transistorradios geschmückt. Er hörte sich das Spiel der Giants gegen Cincinnati an.

Die beiden Männer stellten sich vor die Wand. «Es ist schon fast wieder Entenzeit», stellte Edgar ausdruckslos fest.

«Was? ... Entschuldige, Edgar.» Booter zog den Ohrhörer heraus.

«Ich habe gesagt, es ist schon fast wieder Entenzeit. Es kommt mir so vor, als hätten wir gestern erst das Grove Play gehabt, und jetzt ist schon fast wieder Entenzeit.»

«Ja, ja ... das alte *tempus fugit* wirklich, was?» Booter kicherte in sich hinein. «Wer sagt da, es gibt bei uns in Kalifornien keine Jahreszeiten? Gerade jetzt verlassen die Nutten ihre Nester in Rio Nido und ziehen nach Marysville. Ich würde sagen, das ist ein sicheres Anzeichen für den Herbst, meinst du nicht auch?»

Schweigen.

«Edgar ... fühlst du dich nicht wohl?»

«Nein, nein ... Es geht mir gut.»

«Du siehst ziemlich blaß aus.»

«Das macht die Oper.» Edgar rang sich ein Lächeln ab.

Booter steckte sich den Ohrhörer wieder rein. «Wie recht du doch hast!»

Vincents Alte

Michael schraubte die Kappe von einer Tube Dance-Arts-Clownweiß und besserte in der Diele der Barbary Lane 28 sein Pangesicht aus. Er liebte diese alte Diele mit ihren angelaufenen Art-déco-Damen, ihren vergoldeten Spiegeln und ihrer Decke aus geprägten Metallplatten voller Dreißiger-Jahre-Hieroglyphen.

Irgendwie versetzte ihn dieses Foyer immer in eine heitere, gelöste Stimmung. Er kam sich dann vor wie Fred Astaire in *Ich tanze mich in dein Herz hinein* oder wie Noel Coward auf dem Weg zu seiner Verabredung mit Gertie Lawrence im Savoy Grill.

Dem Himmel sei Dank für Mrs. Madrigal, dachte er, eine Vermieterin von beinahe kosmischem Feingefühl, die nie den Drang verspürt hatte, das Gebäude mit Plastikpalmen oder selbstklebenden florentinischen Spiegelfliesen aus dem Goodman-Lumber-Baumarkt zu verschandeln.

Michael unterzog sich einer letzten unbarmherzigen Inspektion und lächelte anerkennend. Er sah verdammt gut aus.

Seine Hörner wirkten unerhört realistisch. Seine Kunstpelzhinterbacken schwangen von der Hüfte weg und verliehen ihm eine ulkige Erotik. Sein Bauch war flach, und seine Brust ... nun, seine Brust war die eines Mannes, der beim Bankdrücken im Fitneßcenter des YMCA kaum je mogelte.

Du siehst heiß aus, sagte er sich. Merk dir das!

Merk dir das und laß den Kopf nicht hängen, wenn dich deine Eltern später aus Orlando anrufen und wissen wollen, ob du schon ein paar «nette Mädchen» kennengelernt hast ... wenn sich herausstellt, daß der geile Typ aus dem Midnight Sun einen festen Freund hat, der in Berkeley in der Kunstspringermannschaft ist ... wenn in der Sauna jemand sagt: «Ich möchte gerade etwas Ruhe haben.» ... wenn der schöne und zurückhaltende Dr. Jon Fielding seine byroneske Augenbraue hebt und es höflich ablehnt, sich aus seinem Elfenbeinturm der Wohlanständigkeit in die Niederungen eines anderen Schwulendaseins zu begeben.

Na, dann verzehr dich mal vor Gram, Dr. Beautiful! Heute treibt Pan sein Unwesen!

Als Mary Ann ins Bay Area Crisis Switchboard kam, war Vincent allem Anschein nach wieder einmal auf einem Depri-Trip.

Sie sah nach, ob an seinen Extremitäten neue Anzeichen eines Gemetzels zu entdecken waren.

Er trug noch immer einen Verband um den Stumpf seines kleinen Fingers, doch sonst fehlte – außer seinem linken Ohr – nichts. Mary Ann stieß einen unhörbaren Seufzer der Erleichterung aus und setzte sich vor ihr Telefon. «Dir geht's heute gar nicht gut, hm?»

Vincent lächelte wehmütig und hielt eine griechische Fummelkette hoch. «An der halte ich mich schon seit dem Frühstück fest.»

«Was ist los?»

«Ich glaube, das ist nichts für . . .» Er drehte sich von ihr weg und spielte mit seiner guten Hand nervös an einem Rolodex-Adressenkarussell herum. «Ich mag andere Leute nicht mit meinen grauenhaften Durchhängern konfrontieren.» Seine traurigen Augen und die schütteren roten Barthaare ließen Mary Ann an eines der bedauernswerten Tiere aus dem Zoo denken, die kurz vor dem Aussterben standen.

«Erzähl schon», sagte sie lächelnd. «Dann krieg ich gleich noch ein bißchen Übung dafür.» Sie tätschelte das Telefon.

Vincent schaute sie an. «Du bist wirklich . . . eine supertolle Person.»

«Ach, komm.»

«Nein, wirklich. Bei unserer ersten Begegnung hab ich gedacht, du bist auch so 'ne Trulla aus gutem Hause, wie wir sie hier schon ein paarmal gehabt haben. Ich war total sicher, daß du ein bißchen . . . Unterschichttourismus machst und hier deine guten Taten für die Junior League ableistest oder so . . . Aber du bist ganz anders. Du bist wirklich schwer in Ordnung.»

Mary Ann wurde rot. «Danke, Vincent!»

Vincent kratzte an seinem Stummel und lächelte Mary Ann warmherzig an.

Wie sich herausstellte, war Vincents Alte das Problem.

Als er seine Alte kennengelernt hatte, war er gerade Anstreicher gewesen und sie Kellnerin in einer Bio-Pizzeria, die The Karmic Anchovy hieß. Sie hatten gemeinsam für den Frieden gekämpft und ihre Liebe in den Feuern eines fanatischen Eifers geschmiedet. Sie hatten ihr erstes Kind Ho genannt und sich einer Kommune in Olema angeschlossen.

Eine Verbindung, die im Nirwana gestiftet worden war.

«Und was ist dann passiert?» fragte Mary Ann sanft.

Vincent schüttelte den Kopf. «Keine Ahnung. Wahrscheinlich der Krieg.»

«Der Krieg?»

«Vietnam. Sie ist nicht mehr zurechtgekommen, als er vorbei war. Sie ist regelrecht auseinandergefallen.»

Mary Ann nickte verständnisvoll.

«Der Krieg hat ihr ganzes Leben bestimmt, Mary Ann, und nachher konnte sie sich nirgends mehr verwirklichen. Sie hat's eine Zeitlang mit den Indianern probiert, dann mit der Ölverschmutzung der Gewässer und mit der Pacific Gas & Electricity, aber das war nichts im Vergleich mit früher. Einfach nichts.»

Er schaute auf die Fummelkette, die um seine Finger geschlungen war. Mary Ann hoffte, daß er nicht zu heulen anfangen würde.

«Wir haben alles ausprobiert», fuhr Vincent fort. «Ich hab sogar unsere Essenmarken vom Sozialamt verkauft, damit sie in ein Awareness-Center am Russian River fahren konnte.»

«Wohin?»

«Du weißt schon. Wo man zu sich selbst findet. Feministische Therapie, Bioenergetik, Kräuterlehre, transzendentales Volleyball ... Es hat nicht geholfen. Nichts hat geholfen.»

«Das tut mir wirklich leid, Vincent.»

«Ist das vielleicht fair?» sagte Vincent und zwinkerte seine Tränen weg. «Für Pazifisten müßte es auch so was geben wie die American Legion.»

Mary Ann war jetzt sicher, daß *sie* gleich weinen würde.

«Vincent ... das renkt sich alles wieder ein.»

Vincent schüttelte nur traurig den Kopf.

«*Garantiert,* Vincent. Du liebst sie, und sie liebt dich. Und darauf kommt es doch an.»

«Sie hat mich verlassen.»

«Oh ... Na ja, dann mußt du eben zu ihr. Sag ihr, wieviel sie dir bedeutet. Sag ihr, wie sehr ...»

«Ich kann mir keine Reise nach Israel leisten.»

«Sie ist in Israel?»

Vincent nickte. «Sie ist in die israelische Armee eingetreten.» Plötzlich stieß er seinen Stuhl zurück, lief aus dem Zimmer und schloß sich im Bad ein.

Mary Ann horchte an der Tür. Sie war bleich vor Angst.

«Vincent?»

Schweigen.

«*Vincent!* Das wird schon wieder. Hörst du mich, Vincent?»

Sie hörte ihn im Badezimmerschränkchen wühlen. «Um Gottes willen, Vincent! Schneid dir nichts ab!» Dann klingelte ihr Telefon.

Einen Tango zum Jubiläum

Und wo ist unser Streuner heute abend?» fragte Mrs. Madrigal, während sie Mona ein Glas Sherry einschenkte.

«Michael?»

«Kennst du noch andere Streuner?»

«Schön wär's.»

«Mona! Habt ihr beide euch gezankt oder was?»

«Nein. So hab ich das nicht gemeint.» Sie strich über den abgewetzten roten Samt der Armlehne. «Michael ist zu einem Kostümfest gegangen.»

Die Vermieterin zog ihren Sessel näher an den von Mona heran. Sie lächelte. «Ich glaube, Brian ist heute abend da.»

«O Gott! Sie hören sich ja an wie meine Mutter!»

«Drück dich nicht um das Thema herum. *Magst* du Brian nicht?»

«Er ist ein Weiberheld.»

«Und das heißt?»

«Das heißt, daß ich auf so was im Moment mit Handkuß verzichte.»

«Na, das klingt vielleicht überzeugend.»

Mona trank ihren Sherry und wich Mrs. Madrigals Blick aus. «Ist das Ihre Antwort auf alles?»

Die Vermieterin lachte glucksend. «Es ist nicht *meine* Antwort auf alles. Es ist *die* Antwort auf alles ... Komm jetzt, du Unglückskind, hol deinen Mantel. Ich habe zwei Karten für *Beach Blanket Babylon*.»

Bei einem wärmenden Krug Sangria entspannten sich die beiden Frauen inmitten der überladenen Schrillheit des Club Fugazi. Als die Revue vorüber war, blieb Mrs. Madrigal sitzen und plauderte angeregt mit den ebenfalls angeheiterten Leuten in ihrer Nähe.

«Ach, Mona ... ich fühle mich ... als wäre ich unsterblich. Ich finde es toll, daß wir beide hier sind.»

Spontane Gefühlsregungen machten Mona verlegen. «Es ist eine fabelhafte Show», sagte sie und versteckte das Gesicht hinter ihrem Weinglas.

Mrs. Madrigal ließ auf ihrem kantigen Gesicht langsam ein Lächeln erblühen. «Du wärst so viel glücklicher, wenn du dich mit meinen Augen sehen könntest.»

«Niemand ist glücklich. Was ist schon Glück? Mit dem Glücklichsein ist es vorbei, sobald das Licht wieder angeht.»

Die ältere Frau schenkte sich etwas Sangria ein. «Scheiß drauf», sagte sie sanft.

«Was?»

«Scheiß drauf. Und sag so was nie wieder. Wer hat dir dieses dämliche Existentialistengewäsch beigebracht?»

«Ich wüßte nicht, was Sie das angeht.»

«Nein. Das weißt du wohl tatsächlich nicht.»

Mona war irritiert von der Verletztheit, die sich im Blick ihrer Begleiterin spiegelte. «Entschuldigen Sie. Ich bin heute ganz biestig drauf. Wissen Sie was ... wir gehen noch irgendwohin auf einen Kaffee, ja?»

Beim Anblick des Caffè Sport lief Mona ein Nostalgieschauer über den Rücken.

Mrs. Madrigal hatte es nicht anders geplant.

«O mein Gott», sagte Mona und grinste angesichts des Neapolitanerkitschs im Restaurant. «Ich hatte schon fast vergessen, was für ein Heuler diese Kneipe ist!»

Sie entschieden sich für einen kleinen Tisch weiter hinten, gleich neben dem verstaubten Flachrelief einer «Römischen Ruine», das ein bemühter, aber praktischer Künstler mit Maschendraht geschützt hatte. Die Musikbox spielte einen Tango.

Mrs. Madrigal bestellte eine Flasche Verdicchio.

Als der Wein gebracht wurde, prostete sie Mona zu. «Auf noch mal drei», sagte sie fröhlich.

«Noch mal drei was?»

«Jahre. Wir haben heute Jubiläum.»

«Wie?»

«Du bist jetzt seit drei Jahren bei mir Mieterin. Und zwar genau heute.»

«Um Gottes willen, wie können Sie sich bloß an so was noch erinnern?»

«Ich bin eine Elefantin, Mona. Alt und gebrechlich ... aber glücklich.»

Mona sah sie mit einem zärtlichen Lächeln an und hob ihr Glas. «Na, dann auf die Elefanten. Ich bin froh, daß ich mir die Barbary Lane ausgesucht habe.»

Anna schüttelte den Kopf. «Irrtum, meine Liebe.»

«Wie bitte?»

«Du hast dir die Barbary Lane nicht ausgesucht. Sie hat dich ausgesucht.»

«Was soll das heißen?»

Mrs. Madrigal sagte augenzwinkernd: «Trink erst mal aus.»

Bei wem klingelt's zuerst?

Mary Ann ließ das Krisentelefon klingeln und trommelte gegen die Badezimmertür.

«Vincent, hör mir zu. Es ist nichts so schlimm, wie es einem vorkommt! Hörst du mich, Vincent?»

Im Geist machte sie gehetzt eine Inventur der Gegenstände im Badezimmerschränkchen. Befanden sich Scheren darin? Oder Messer? Oder Rasierklingen?

KLLLIINNNGGEL!

«Vincent! Ich muß ans Telefon, Vincent! Sag doch bitte was! Um Himmels willen, Vincent!»

KLLLIINNNGGEL!

«Vincent, du bist ein Kind des Universums! Genauso wie die Bäume und die Sterne! Du hast ein Recht, auf dieser Welt zu sein, Vincent! Ob du willst ... ob du willst oder nicht ... Heute ist der erste Tag vom Rest deines Lebens ...»

Stoßweise wallte die Übelkeit in ihr hoch. Mit großen Schritten stürzte sie von der Badezimmertür ans Telefon. «Bay Area Crisis Switchboard», keuchte sie.

Die Stimme am anderen Ende klang so überspannt und asthmatisch wie die eines Walt-Disney-Waldgeists kurz vor der Senilität.

«Wer spricht da?»

«Äh ... Mary Ann Singleton.»

«Du bist neu.»

«Sir, könnten Sie mal kurz dran ...?»

«Wo ist Rebecca? Ich rede immer mit Rebecca.»

Mary Ann hielt die Hand über die Sprechmuschel. «VINCENT!»

Schweigen.

«VINCENT!»

Seine Antwort hörte sich merkwürdig gedämpft an. «Was?»

«Geht es dir gut, Vincent?»

«Ja.»

«Der Typ hier verlangt nach einer Rebecca.»

«Sag ihm, daß du Rebeccas Nachfolgerin bist.»

Mary Ann redete wieder ins Telefon. «Sir ... Ich bin Rebeccas Nachfolgerin.»

«Lügnerin.»

«Sir?»

«Nenn mich nicht immer Sir! Wie alt bist du überhaupt?»

«Fünfundzwanzig.»

«Was hast du mit Rebecca angestellt?»

«Aber ich *kenne* diese Rebecca doch nicht einmal!»

«Du *kennst* sie nicht, häh?»

«Nein.»

«Willst du mir einen blasen?»

Vincent stand wie ein verängstigtes Eichhörnchen mitten im Zimmer. Inmitten des Gestrüpps aus Bart und Haaren blinzelten seine traurigen Augen vor sich hin.

«Mary Ann?»

Sie schaute nicht hoch. Sie hing noch immer über dem Abfalleimer.

«Kann ich dir was bringen, Mary Ann? Ein Erfrischungstuch vielleicht? Ich glaub, in der Schreibtischschublade liegt noch eins.»

Sie nickte. Vincent reichte ihr das feuchte Tüchlein und legte ihr unbeholfen die Hand auf die Schulter.

«Es tut mir leid ... wirklich. Ich wollte dir keine Angst einjagen. Mein Gott, es tut mir wirklich ...»

Sie schüttelte den Kopf und zeigte auf den baumelnden Telefonhörer. Aufgeregtes Fiepen war zu hören. Vincent legte den Hörer auf die Gabel zurück.

«Wer war das?»

Sie richtete sich vorsichtig auf und taxierte Vincent. Es schien noch alles dran zu sein. «Er ... ein Spinner, glaub ich.»

«Ach ... Randy Andy.»

«Randy Andy?»

Vincent nickte. «Rebecca hat ihn so getauft. Ich hätte dich auf ihn vorbereiten sollen.»

«Ruft er oft an?»

«Ja. Rebecca hat immer gesagt, wenn es ihm egal ist, *wen* er anruft, dann kann er auch gleich uns anrufen.»

«Oh . . .»

«Das hat was mit . . . na ja . . . Wir sind halt für alle da, und . . .»

«Was ist mit Rebecca passiert?»

«Oh . . . Sie hat sich den goldenen Schuß gesetzt.»

Sie saßen wieder vor den Telefonen.

Vincent lächelte Mary Ann etwas unsicher an. «Bist du 'n Junkie oder so?»

«Was?»

Er hob ihre Dynamints-Schachtel hoch. «Du hast in fünf Minuten die halbe Packung verdrückt.»

«Ich bin wohl etwas nervös.»

«Nimm welche von meinen.» Er hielt ihr eine Tüte Studentenfutter hin. «Ich hab es aus dem Tassajara.»

«Ist das am Ghirardelli Square?»

Er lächelte nachsichtig. «Nein, in der Nähe von Big Sur. Ein Zen-Center.»

«Ach so.»

«Gewöhn dir den Zucker ab, hörst du? Sonst bringt er dich noch um.»

Die Vermieterin öffnet ihr Herz

Okay», sagte Mona und schüttete den Verdicchio hinunter. «Was sollte diese kryptische Äußerung bedeuten?»

Mrs. Madrigal lächelte. «Was habe ich gesagt?»

«Sie haben gesagt, die Barbary Lane hätte mich *ausgesucht.* Und Sie haben es wörtlich gemeint, nicht?»

Die Vermieterin nickte. «Erinnerst du dich nicht mehr, wie wir uns kennengelernt haben?»

«Das war im Savoy-Tivoli.»
«Diese Woche vor drei Jahren.»
Mona zuckte mit den Schultern. «Ich kapier's immer noch nicht.»
«Es war kein Zufall, Mona.»
«Was?»
«Ich habe das bewerkstelligt. Und für mein Empfinden habe ich es ganz geschickt angestellt.» Sie lächelte und ließ den Wein in ihrem Glas kreisen.

Mona rief sich diesen weit zurückliegenden Sommerabend in Erinnerung. Mrs. Madrigal war mit einem Körbchen voll Alice-B.-Toklas-Brownies an ihren Tisch gekommen. «Ich habe zu viele gemacht», hatte sie gesagt. «Nehmen Sie zwei, aber heben Sie sich einen für später auf. Denn die Wirkung ist gewaltig.»

Dem war eine angeregte Unterhaltung gefolgt, ein langer, weinseliger Plausch über Proust und Tennyson und die Astralebene. Am Ende des Abends waren aus den beiden Frauen dicke Freundinnen geworden.

Am nächsten Tag hatte Mrs. Madrigal wegen der Wohnung angerufen.

«Hier ist die Verrückte, die du im Tivoli kennengelernt hast. Es gibt da auf dem Russian Hill ein Haus, das behauptet, es sei dein Zuhause.»

Mona war zwei Tage später eingezogen.

«Aber warum?» fragte Mona.
«Du hast mir gefallen ... und außerdem warst du berühmt.»
Mona verdrehte die Augen. «Genau.»
«Du warst wirklich berühmt. Der Werbefeldzug für Bademoden, den du damals bei J. Walter Thompson konzipiert hast, war in *aller* Munde.»
«Das war in New York.»
Mrs. Madrigal nickte. «Ab und zu lese ich auch die Wirtschaftsseiten.»
«Manchmal hauen Sie mich um.»
«Wie schön.»
«Und wenn ich damals nein gesagt hätte?»

«Wegen der Wohnung, meinst du?»

«Ja.»

«Keine Ahnung. Dann hätte ich's wahrscheinlich mit was anderem probiert.»

«Ich schätze, ich sollte mich geschmeichelt fühlen.»

«Ja. Schätze ich auch.»

Mona spürte, wie sie rot wurde. «Jedenfalls bin ich froh.»

«Na ... dann trinken wir doch darauf!»

«Moment», sagte Mona mit einem Blick auf das erhobene Glas der Vermieterin. «Wir stoßen erst an, wenn ich weiß, worauf wir trinken.»

Mrs. Madrigal zuckte mit den Schultern. «Worauf denn wohl, meine Liebe? Auf unser Zuhause.»

Mary Ann war dort schon wieder zurück und erholte sich von ihrem Abend beim Switchboard.

Sie hatte bereits den Küchenschrank mit dem neuen Papier ausgelegt, das nach Nußholz aussah, den klebrigen Dreck von der hinteren Konsole des Herds geschrubbt und das blaue Dingsbums in der Klospülung ausgewechselt.

Als Mona auf einen Sprung vorbeischaute, saß Mary Ann tief über den Küchentisch gebeugt.

«Mensch, was machst du denn da?»

«Ich beschrifte mein Gewürzregal.»

«O Gott.»

«Das ist meine Therapie.»

«Eigentlich sollte das Switchboard deine Therapie sein.»

«Nimm dieses Wort nicht in den Mund.»

«Warum? Was ist passiert?»

«Ich will nicht darüber reden.»

«So ist es recht. Unterdrück alles. Behalt deine vielen Höhere-Tochter-Neurosen für dich, bis du ...»

«Ich war *nie* eine höhere Tochter, Mona.»

«Das spielt doch keine Rolle. Du warst aber der Typ dafür.»

«Woher willst *du* das wissen? Verdammt noch mal, woher willst du wissen, *welcher* Typ ...?»

«Aber meine Damen ...» Es war Michael, der in der Tür stand. Seine bepelzten Panbeine waren verfilzt und voller Weinflecken.

«Mouse ... Daß du schon zurück bist.»

«Meinst du, es ist *einfach,* in dem Aufzug bei jemand zu landen?»

Mona unterdrückte ein Schmunzeln. Sie ging zu ihm hinüber und griff in den Kunstpelz. «Igitt!»

«Schon gut, schon gut. Nair-Enthaarungscreme hilft halt nicht bei jedem.»

Auf der Abspeckfarm

Beifuß- und Avocadosträucher schimmerten in der Nachmittagshitze, als die riesige goldfarbene Limousine durch die Hügel rund um Escondido nach Norden glitt.

DeDe lehnte sich in den Sitz zurück und schloß die Augen.

Sie war unterwegs zum Golden Door!

Das Golden Door! Amerikas aufwendigste und edelste Abspeckfarm! Eine funkelnde Oase der Saunagänge und Gesichtsbehandlungen, der Pediküren und Maniküren, der Tanzübungen, der Kräuterpackungen und der Feinschmeckerküche!

Und sie hatte sich keinen Augenblick zu früh auf den Weg gemacht.

DeDe hatte *genug* von San Francisco, genug von Beauchamp und seinen Betrügereien, genug von den Schuldgefühlen, die sie wegen Lionel geplagt hatten. Außerdem konnte sie dieses mopsgesichtige und verdrießliche Scheusal, das ihr aus Spiegeln und Schaufenstern entgegenblickte, nicht mehr ertragen.

Sie wollte die alte DeDe wiederhaben, die DeDe von Aspen und Tahoe, die goldmähnige Verführerin, die mit den Studenten aus der Phi-Delts-Verbindung und den Mitgliedern des Bachelor-Clubs geflirtet und Splinter Riley vor gar nicht *so* langer Zeit zur Raserei getrieben hatte.

Sie hatte es schon einmal geschafft.

Sie würde es auch ein zweites Mal hinkriegen.

Der Fahrer schaute über die Schulter nach hinten. «Sind Sie zum erstenmal hier, Madam?»

DeDe lachte unsicher. «Sehe ich schon so schlimm aus?»

«O nein, Madam. Ich frage bloß, weil Sie ein neues Gesicht sind.»

«Ich nehme an, Sie bekommen hier allerhand berühmte Gesichter zu sehen.»

Er nickte. Offensichtlich gefiel es ihm, daß sie das Thema anschnitt. «Gerade letzte Woche war Miss Esther Williams hier.»

«Was Sie nicht sagen.»

«Und letzten Monat waren die Gabors da. Das heißt, drei davon. Außerdem saßen in diesem Auto schon Rhonda Fleming, Jeanne Crain, Dyan Cannon, Barbara Howar ...» Er brach seine Aufzählung ab, doch wahrscheinlich handelte es sich bloß um eine Kunstpause; DeDe war überzeugt, daß er die Liste auswendig konnte. «Dann noch Mrs. Mellon und Mrs. Gimbel, Roberta Flack, Liz Carpenter ... Ich könnte sie gar nicht alle aufzählen, Mrs. Day.»

Beim Klang ihres eigenen Namens durchlief sie ein Ruck, aber sie versuchte, sich nichts anmerken zu lassen. Die Gabors hätten sich *garantiert* nichts anmerken lassen.

Vor dem elektronisch gesicherten Tor stand zu beiden Seiten der Straße eine Reihe imposanter Monterey-Kiefern. Der Fahrer murmelte etwas in eine Gegensprechanlage, und das Tor schwang auf.

Der Fahrweg dahinter schlängelte sich in einem weiten Bogen den Hügel hinunter. Er wurde auf der einen Seite vom institutseigenen Orangenhain flankiert, auf der anderen von dichtstehenden Kiefern und Eichen.

Dann tauchte das Große Tor auf, das im Sonnenschein glänzte wie die Tore von Xanadu.

DeDe kam sich vor wie Sally Kellerman am Eingang zu Shangri-la!

Ihr Calvin-Klein-T-Shirt war unter den Achseln bereits zwei Schattierungen dunkler.

Der Fahrer hielt den Wagen vor einem Pförtnerhäuschen neben dem Großen Tor an, nahm ihr Gepäck und führte sie durch die sagenumwobene Pforte. Dahinter überquerte DeDe auf einer grazilen japanischen Brücke ein von Weiden gesäumtes Bächlein, schritt anschließend durch geöffnete Shoji-Wände und zuletzt durch eine massive Holztür.

Der Empfangsraum strahlte mit seinen Rattanmöbeln und japanischen Seidenmalereien elegante Schlichtheit aus. Nach dem kurzen, aber erfreulichen Austausch von Nettigkeiten mit einer etwa vierzigjährigen Empfangsdame setzte DeDe Halcyon Day ihren Namen in eines der erlesensten Gästebücher der Welt. Ihre Zweitausendfünfhundert-Dollar-Verwandlung hatte begonnen!

DeDes Zimmer lag wie vereinbart zum Camellia Court. («Laß dich bloß in kein Zimmer zum Bell Court oder zum Azalea Court stecken», hatte Binky sie gewarnt. «Die Zimmer sind nicht schlecht, aber sehr Piedmont-mäßig, wenn du verstehst, was ich meine.»)

DeDe schlenderte inmitten der orientalischen Pracht ihrer persönlichen Behausung umher und unterzog ihre Tokonama (eine Nische, in der ein Bronzebuddha residierte) und ihre «Mondscheinterrasse» mit Blick auf den Garten einer Inspektion. Auf ihrem Nachttisch lag ein Exemplar von Erich Fromms *Die Kunst des Liebens,* in dem sie, weit entfernt von den Quälereien in San Francisco, unbeschwert zu lesen begann.

Dann klingelte das Telefon.

Ob sie sich freundlicherweise gelegentlich zum Einwiegen begeben würde?

Zum Einwiegen!

Sie faßte sich an den Wabbelhintern, schickte ein Stoßgebet zum Himmel und wappnete sich für die Begegnung mit der kalten, stählernen Realität der Waage.

Michaels Schocker

Monas und Michaels Mittagessen bestand aus zwei Cheesedogs und einer Portion Pommes im Noble Frankfurter an der Polk Street.

«Ich hätte mir die Fingernägel anders lackieren sollen», sagte Mona.

«Wie meinen, Ma'am?»

«Grüner Nagellack am Würstchenstand ist keine Dekadenz à la Divine. Er ist schlicht und einfach geschmacklos.»

Michael lachte. «Es hat was von *Grey Gardens.* Es gibt dir einen Hauch heruntergewirtschaftete Eleganz.»

«Das trifft die Sache beinahe. Wir bewegen uns auf die Zahlungsunfähigkeit zu, Mouse. Mit meinem Arbeitslosengeld können wir den Lebensstil, den wir uns angewöhnt haben, nicht mehr finanzieren.»

Es war nur halb im Spaß gesagt, und Michael wußte das.

«Mona ... Ich hab mich diese Woche bei einer Agentur eintragen lassen. Vielleicht kriegen sie ja schon bald einen Kellnerjob für mich rein. Du sollst nicht denken, daß ich auf dem Arsch kleben bleibe und mich bei dir durchschnorre ...»

«Ich weiß, Michael. Keine Sorge. Ich hab bloß laut gedacht. Es ist nur so, daß wir mit der Miete schon einen Monat hinten sind, und da habe ich Mrs. Madrigal gegenüber ein komisches Gefühl. Sie wird kein Wort sagen ... aber sie muß ihre Steuern zahlen und so, und ich ...»

«Haha!» sagte Michael und hielt als Ausrufezeichen eine Fritte hoch. «Ich habe dir noch gar nicht von meinem Geld-sofort-Plan erzählt!»

«O Gott. Ob ich das aushalte?»

«Hundert Mäuse, Babycakes! In einer Nacht!» Er warf sich die Fritte in den Mund. «Meinst du, du kommst damit klar?»

«Wird's einem nicht ein bißchen kalt beim Rumstehen unten an der Ecke Powell und Geary?»

«Sehr witzig, Wonder Woman. Willst du meinen Plan hören oder nicht?»

«Schieß los.»

«Ich, Michael Mouse Tolliver, werde mich am Jockey-Shorts-Tanzwettbewerb im Endup beteiligen.»

«Hör doch auf!»

«Ich meine es ernst, Mona.»

Das stimmte.

Unten in der Stadt, im Haus von Halcyon Communications, rief Edgar Halcyon Beauchamp Day in sein Büro.

«Setz dich.»

Beauchamp grinste affektiert. «Danke.» Er saß bereits.

«Ich denke, wir sollten uns mal unterhalten.»

«Gut.»

«Ich weiß, daß du mich für einen blöden Affen hältst, aber wir sind nun mal aufeinander angewiesen, nicht?»

Beauchamp lächelte verlegen. «Ich wäre mit meiner Formulierung vielleicht ein bißchen . . .»

«Ist es dir mit diesem Geschäft ernst, Beauchamp?»

«Sir?»

«Scherst du dich überhaupt einen Dreck um die Werbung? Willst du dich dein Leben lang damit herumschlagen?»

«Na, ich glaube, ich habe deutlich gezeigt . . .»

«Es hat doch nichts zu bedeuten, was du *gezeigt* hast, verdammt noch mal! Was hast du für ein *Gefühl* dabei? Kannst du dir ernsthaft vorstellen, ein ganzes Leben lang Strumpfhosen in den Markt zu drücken?»

Bei diesem Gedanken verkrampfte sich in Beauchamp alles, aber er wußte, wie die Antwort zu lauten hatte. «Es ist mein Beruf», sagte er mit Nachdruck.

Edgar sah erschöpft aus. «Ja, nicht?»

«Ja, Sir.»

«Du willst meinen Job, nicht?»

«Ich . . .»

«Leute, die nicht auf meinen Job scharf sind, stelle ich gar nicht erst *ein,* Beauchamp.»

Beauchamp fühlte sich inzwischen so unbehaglich, daß er seine lässige Sitzhaltung aufgab. «Ja, Sir, das kann ich nachvollziehen.»

«Ich möchte mit dir reden, solange DeDe nicht in der Stadt ist. Hast du heute abend Zeit für ein paar Drinks im Club?»

«Gut. Ja, Sir.»

«Was ich dir sagen werde, ist streng vertraulich. Ist das klar?»

«Ja, Sir.»

Der Familienmythos

Anna wartete im Seal Rock Inn auf ihn.

«Hat dich die Empfangsdame schief angesehen?»

«Verdammt, nein. Ich habe an der schlimmsten Kränkung meines Lebens zu kauen.»

Sie grinste ihn an. «Mein Ego ist auch ein bißchen angekratzt. Ich dachte schon, du hast es dir vielleicht anders überlegt und bist mit einer barbusigen Animierdame aus dem Big Al's auf und davon.»

«Entschuldige», sagte er und küßte sie auf die Stirn. «Beauchamp und ich waren im Bohemian Club und haben was getrunken. Es hat dann länger gedauert, als ich geplant hatte.»

«Was?»

«Ach, nichts. Jedenfalls nichts Wichtiges. Etwas Geschäftliches ... Mein Gott, du siehst fabelhaft aus!»

«Das macht bloß das Licht.» Sie nahm ihn am Arm und zog ihn ans Fenster. «Das da draußen ist das beste Beispiel, das ich kenne.»

Hinter den dunklen Bäumen setzte sich der Seal Rock mit einem unheimlichen Schimmern vom Ozean ab, lag weiß wie ein Eisberg unter dem Mond.

«Zauberhaft», sagte sie und drückte seinen Arm.

Edgar nickte.

«Siehst du, genau das meine ich», sagte sie augenzwinkernd. «Bei richtiger Beleuchtung sieht selbst Seehundkacke gut aus.»

«Anna?»

«Hmmm?»

«Danke.»

«Gern geschehen.»
«Ich fühle mich . . .»
«Ich weiß.»
«Laß mich doch ausreden.»
«Ich dachte, das hättest du schon.»
«Darf ich vielleicht mal ernst sein?»
«Untersteh dich!»
«Ich liebe dich, Anna.»
«Dann sind wir quitt, okay?»
«Okay.»

Anna stützte den Kopf auf und musterte sein Gesicht. «Ich wette, du weißt nicht mal, woher dein Name stammt.»

«Hat er nicht was mit Vögeln zu tun?»

«Du kennst die Sage?»

«Ich habe sie früher mal gehört, aber wieder vergessen. Warum erzählst du sie mir nicht noch mal?»

«Also gut. Es war einmal ein gerechter und friedliebender Herrscher namens Ceyx, der das Königreich Thessalien regierte. Ceyx war verheiratet mit Halcyone, der Tochter des Äolus, des Herrn der Winde . . .»

«Mein Gott, woher weißt du das alles?»

«Margaret hat mir immer aus *Bulfinch's Mythology* vorgelesen.»

«Margaret?»

«Aus der Blue Moon Lodge. Die Dame, die es als erste mit dir probieren durfte. Aber nun unterbrich mich doch nicht dauernd.»

«Entschuldige.»

«Jedenfalls begab sich Ceyx auf eine Seereise, um ein Orakel zu befragen. Sein Bruder war gestorben, und er war überzeugt, daß die Götter es auf ihn abgesehen hatten. Halcyone hatte allerdings eine schreckliche Vorahnung, daß Ceyx auf dieser Reise zu Tode kommen würde, und flehte ihn an zu bleiben.»

«Aber er brach natürlich trotzdem auf.»

«Natürlich. Er war ein vielbeschäftigter Mann in gehobener Stellung, und sie war eine hysterische Frau. Wie nicht anders zu erwarten, brach ein schrecklicher Sturm los, und Ceyx verlor sein Leben. Einige Tage später fand Halcyone seinen Leichnam, der genau an der Stelle, wo Ceyx die Segel gesetzt hatte, im Meer trieb.»

«Reizend.»

Anna legte ihm die Hand auf den Mund. «Jetzt wird's erst so richtig schön. Halcyone wurde in einen wunderbaren Vogel verwandelt. Sie flog zum Leichnam ihres Liebsten, und als sie sich auf seiner Brust niederließ, verwandelte sich auch Ceyx in einen Vogel. Daraufhin bestimmte Äolus, daß die Meere jeden Winter für eine Woche völlig still bleiben sollten, damit es den Halcyon-Vögeln möglich würde, auf einem Floß aus Zweigen ihr Nest zu bauen und ihre Jungen auszubrüten. Und wenn sie nicht gestorben sind, dann leben sie noch heute.»

«Das ist doch hübsch», sagte Edgar und schaute zu ihr auf. «Mein Vater hatte mehr Phantasie, als ich ihm zugetraut hätte.»

«Ich kann dir nicht ganz folgen.»

«Er hat sich diesen Namen ausgesucht. Ursprünglich hieß er Halstein.»

«Aber, warum denn?»

Edgar lächelte und küßte sie. «Wahrscheinlich wollte er ein Bohemien sein.»

DeDe triumphiert

Halb untergetaucht in warmem Wasser, hielt DeDe Halcyon Day reichlich unsicher einen Volleyball zwischen den Knien fest.

«Bleib bloß da», murmelte sie mit zusammengebissenen Zähnen. In den vergangenen zehn Minuten hatte sie der Filmdiva, die ihre Übungen gleich neben DeDe machte, schon zweimal einen Torpedo hinübergejagt.

Die Filmdiva lächelte und zeigte Sportsgeist. «Das ist vielleicht kniffig, was? Ich komme mir vor, als hätte ich die *Hindenburg* zwischen den Beinen.»

Irgendwie hielt DeDe den Volleyball weiterhin fest, während sie die nächste Runde Kreiselbewegungen machte und ihre Arme wie wild über dem Kopf schwang. Jeder Muskel in ihrem Körper schrie vor Schmerz.

«Und strecken!» rief die Trainerin vom Beckenrand aus. «Streeeeccckken Sie Ihren wundervollen Körper.»

«Wundervoll?» stöhnte die Filmdiva. «Mein Arsch ist von dem vielen Wasser schon so aufgequollen, daß er aussieht wie eine Sunsweet-Pflaume.»

DeDe grinste ihre Leidensgefährtin an. Sie freute sich über die Derbheit einer Frau, die auf der Leinwand immer ausgesehen hatte, als wäre sie der normalen Welt entrückt. Betrachtete man sie jedoch aus solcher Nähe, stellte allein schon die Narbe eines Luftröhrenschnitts am Halsansatz ihre Sterblichkeit unter Beweis.

Aber ihre Augen *waren* lavendelblau.

DeDe war bereits die zweite Woche im Golden Door. Sechs selbstquälerische Tage lang hatte sie ihren Körper an seine Grenzen getrieben, war um Viertel vor sieben aufgestanden und in einem zartrosa Jogginganzug durch die Gegend gehechelt – ungeschminkt und mit Haaren, die wegen einer dicken Schicht Vaseline kraftlos und ekelig vom Kopf hingen. Es war mörderisch, aber sie machte Fortschritte.

Oder etwa nicht?

Na ja, wenigstens *fühlte* sie sich besser. Das Frühstück im Bett erhielt einen zusätzlichen Reiz, weil sie sich da bereits auf ihre Leonardo-da-Vinci-Übungen um neun freute. Danach kamen die «Hüpf dich frei!»-Session und die morgendliche Gesichtsbehandlung und das Yoga und eine Kräuterpackung nach Kneipp und ... verdammt, es *mußte* sich etwas getan haben!

In der Abenddämmerung würde sie sich in dem fächerförmigen Whirl-pool suhlen und mit der Filmdiva und ein paar anderen Mitgliedern dieser elitären Schwesternschaft herumalbern. Sie fühlte sich wieder wie ein junges Mädchen, gelassen und unverfälscht und eins mit sich. Ihr Stolz war zurückgekehrt, und mit diesem auf wundersame Weise auch ihre Selbstbeherrschung. Nicht einmal, nein, schon zweimal hatte sie der Filmdiva einen Beutezug durch den Orangenhain erfolgreich ausgeredet.

Sie war jetzt über den Berg.

Die alte DeDe – die Vor-Beauchamp-DeDe – hatte ihr Leben wieder in die Hand genommen, und das war ein verdammt gutes Gefühl!

«O Gott, das ist ja nicht zu fassen!»

«Wenn es was Gutes ist», zischte die Filmdiva mit einem finsteren Blick, «will ich es *gar nicht erst* hören.»

DeDe stieg von der Waage, trat dann wieder hinauf und machte an den Gewichten rum. «Sehen Sie sich das mal an. Sehen Sie sich das doch bitte mal an. Achtzehn Pfund! Ich habe achtzehn Pfund abgenommen in zwei Wochen!»

«Das ist doch nicht normal. Sie sollten zum Arzt gehen»

«Ein Wunder ist geschehen!»

«Mein Gott, was hatten Sie denn erwartet bei drei Riesen?» Die Filmdiva gab ihre gespielte Verärgerung auf und schloß DeDe mit einem strahlenden Lächeln in ihre immer noch wabbeligen Arme. «Ich wünsche Ihnen so sehr, daß es Sie glücklich macht, DeDe!»

Einen Moment lang dachte DeDe, sie müßte heulen. Da stand dieses Idol, diese Göttin – und *sie* war neidisch auf DeDe! Das würde ihr zu Hause niemand abnehmen!

Sie würden einfach ihren Augen trauen müssen.

Auf dem Flug von San Diego nach San Francisco kam DeDe sich wie ausgewechselt vor.

Ihre Haut schimmerte und hatte Farbe, und aus ihren Augen sprühte das Selbstvertrauen. Das pfirsichfarbene T-Shirt schmiegte sich an ihre Taille – ihre *Taille!* –, als gäbe es dort nichts zu kaschieren.

Vom Nebensitz aus quasselte sie ein aggressiver Matrose mit geistlosem Gerede über «Frisco» zu und langweilte sie mit endlosen Einzelheiten über seine Versetzung nach Treasure Island.

Es war egal. Sie genoß die Wärme seines Beins an dem ihren. Sie fühlte sich herrlich unabhängig, unbelastet von Beauchamps kleinen heimlichen Liebesgeschichten und befreit aus dem trüben Sumpf ihrer Ehe.

Warum auch nicht? Beauchamp hatte sie nicht vermißt. Garantiert nicht. Und sie hatte *ihn* nicht vermißt. Genau, in Zukunft sollte das die Regel sein.

Die Regel?

O Gott. Ihre Regel war ausgeblieben.

Boris tritt ins Spiel

An einem warmen Herbstsamstag rekelte sich Mary Ann behaglich in ihrem Bett in der Barbary Lane und sog den intensiven Duft des Eukalyptusbaums vor ihrem Fenster ein.

Eine fette getigerte Katze schob sich behäbig über das Fensterbrett und scheuerte ihren Rücken am Rahmen des hochgeschobenen Fensters. Als ihr das langweilig wurde, verpaßte sie dem von der Vorhangschiene baumelnden bunten Glasschmetterling mehrere halbherzige Hiebe.

Mary Ann grinste und warf ein Kissen nach der Katze. «Boris ... nicht!»

Boris faßte diese Geste als Einladung zum Spielen auf. Mit einem dumpfen Plopp landete er auf Mary Anns Pseudoflokati und marschierte in aller Ruhe in Richtung Bett.

«Glücklicher alter Boris», sagte Mary Ann und kraulte den Kater hinter den Ohren. Boris, dachte sie unwillkürlich, war schön und unabhängig und wurde geliebt. Er gehörte zu niemand Bestimmtem (zumindest nicht in der Barbary Lane 28), sondern bewegte sich entspannt zwischen seinen vielen Wohltätern und Freunden hin und her.

Warum konnte *sie* es nicht auch so halten?

Es hing ihr zum Hals raus, daß sich immer alle an ihr die Füße abtraten – liebesmäßig, und gefühlsmäßig, und überhaupt. War es nicht an der Zeit, daß sie ihr Leben wieder selbst in die Hand nahm?

Daß sie sich ihren Problemen stellte und jeden Augenblick intensiv erlebte?

Ja! Sie hüpfte aus dem Bett, womit sie Boris erschreckte, und wirbelte auf Zehenspitzen durch das Zimmer. Gott, was für ein Tag! In dieser wunderbaren Stadt, in diesem märchenhaften Haus! Wo kleine Cable Cars den halben Weg bis zu den Sternen hinaufklettern und Katzen durch das Fenster kommen und der Fleischer Französisch spricht und ...

Boris flitzte an ihr vorbei. Offenbar war er entschlossen, dieser Wahnsinnigen zu entfliehen.

Er rannte durch das Wohnzimmer, doch dann hielt ihn die geschlossene Wohnungstür auf.

«Willst du raus, Boris? Hmh, mein Schatz, möchtest du gerne raus?» Mary Ann machte ihm die Tür auf, merkte aber sofort, daß sie damit genau das Falsche tat. Boris hetzte über den Flur und suchte Zuflucht in der Höhe – er sprang die Treppe zum Dach hoch.

Zum Haus auf dem Dach.

Unten im ersten Stock servierte Michael Mona das Frühstück ans Bett: verlorene Eier, Neunkorntoast, italienischen Kaffee und französische Würstchen von Marcel & Henri. Er pfiff «What I Did for Love», als er das Tablett aufs Bett stellte.

«Ja, ja», sagte Mona grinsend, «mit einem kleinen Betthäschen sieht die Welt gleich viel rosiger aus.»

«Du sagst es, Babycakes!»

«Wo ist Jon? Bitt ihn doch rüber. Wir können zu dritt frühstükken.»

«Jon ist zu Hause. Ich war letzte Nacht bei ihm.»

«Du kleiner Dummkopf! Du hast also den ganzen weiten Weg auf dich genommen, um für mich Frühstück zu machen?»

«Ich mußte auch mal meine schmutzige Wäsche vorbeibringen.»

«Deine schmutzige Wäsche vorbeibringen! Von wegen!»

«Es tut mir leid, aber Mr. Lee nimmt nur Hemden und Bettwäsche an.» Er beugte sich vor und küßte sie auf die Stirn. «Okay ... Ich hab dich auch ein bißchen vermißt.»

Michael hatte den letzten Abend mit einer Cocktailparty eröffnet, zu der die Zeitschrift *After Dark* ins Stanford Court gebeten hatte. «Was soll ich dir sagen, Mona? So richtig pißelegant!»

Gleich nach «nette kleine Affäre» war «pißelegant» Michaels Lieblingsausdruck.

«Eigentlich hatte ja Jon die Einladung gekriegt. Ich hab dort kein Schwein gekannt ... Tab Hunter natürlich mal ausgenommen.»

«Natürlich.»

«Für fünfundvierzig sieht er verdammt gut aus, und irgendwie hätte ich gern mit ihm geredet, aber er war *umschwärmt* von lauter schnieken Typen, und was sagt man außerdem zu so einem wie Tab Hunter? Vielleicht: ‹Hallo, ich bin Michael Tolliver, und Sie haben mir immer besser gefallen als Sandra Dee›?»

«Du hast recht. Das bringt's nicht.»

«Alsooo ... habe ich mir ein Pizzakanapee nach dem anderen reingeschoben und mich sonst redlich bemüht, dem Kerl von Brebner's aus dem Weg zu gehen, der mir damals gesagt hat, daß ich viel zu durchschnittlich aussehe, um es als Model zu was zu bringen.»

«Armer Mouse!»

«Aber er hatte doch recht! Meine Güte, Mona, du hättest diese Schönlinge dort *sehen* sollen! Die hatten so viel Haarspray drauf, daß man ihnen wahrscheinlich eine Umweltverträglichkeitsprüfung abverlangt hat, bevor sie die Erlaubnis für die Party gekriegt haben!»

«Willst du denn noch immer mitmachen?» fragte Mona nach dem Frühstück.

«Wo mitmachen?»

«Beim Jockey-Shorts-Tanzwettbewerb.»

«Was denkst du denn? Ich hab die *ganze Woche* geübt. Du kommst doch, oder? Morgen um halb sechs.»

«Warum sollte ich da hingehen?»

«Was weiß ich ... zur moralischen Unterstützung, würde ich sagen.»

«Jon wird schon mitkommen.»

«Nein. Mir wär's lieber, wenn Jon nichts davon erfährt, Mona.»

«Okay», sagte sie einlenkend. «Ich bin dabei.»

Alte Versprechen gelten wieder

Beauchamp erwartete DeDe inmitten eines Pulks von Stewardessen in rosa-orangen Miniröcken am PSA-Terminal. Als er sie entdeckte, lächelte er fluoreszierend und drängte sich durch die Menge bis zu ihr durch.

Er war tiefbraun, und seine Augen wußten gar nicht wohin vor Überraschung.

«Du siehst großartig aus!» begrüßte er sie strahlend. «Mein Gott, aus dir ist ja ein neuer Mensch geworden!»

Vielleicht sind aus mir auch *zwei* neue Menschen geworden, dachte DeDe. Doch selbst diese Aussicht konnte den Triumph, den sie angesichts von Beauchamps Reaktion verspürte, nicht schmälern.

Sie hatte vorgehabt, ihm ganz kühl zu begegnen, doch ein Blick in sein Gesicht, und ihre Catherine-Deneuve-Eisigkeit schmolz dahin.

«Es war nicht gerade einfach», sagte sie schließlich.

Daraufhin schlang er seine Arme um sie und küßte sie leidenschaftlich auf den Mund. «Ich schwöre bei Gott, daß du mir gefehlt hast!» sagte er und vergrub sein Gesicht in ihren Haaren.

Es war ihr fast schon zuviel. Hatte ihm die ganze Zeit nicht mehr gefehlt als *das?* Zwei Wochen allein in der Stadt. Genug Zeit, um die Dinge im rechten Licht zu sehen und festzustellen, was sie ihm mal bedeutet hatte.

Oder war er bloß hingerissen von ihrer neuen Figur?

Auf dem Weg zum Telegraph Hill hörte DeDe eine Kurzfassung der zwei Wochen, die sie nicht dagewesen war.

Der Familie ging es gut. Mutter hatte einige Tage in dem Haus in St. Helena verbracht und sich um ihre Korrespondenz gekümmert, während der Tierarzt der Familie Faust seine Behandlung hatte angedeihen lassen. Daddy war allem Anschein nach bester Laune. Er und Beauchamp hatten sich bei einigen Drinks freundschaftlich unterhalten. Mehrmals.

DeDe lächelte, als sie das hörte. «Er hat dich wirklich gern, Beauchamp.»

«Ich weiß.»

«Es freut mich, daß ihr eine Möglichkeit gefunden habt, miteinander zu reden ... von Mann zu Mann, meine ich.»

«Ja, ich bin auch froh darüber. DeDe?»

«Hmm?»

«Wie kann ich dir bloß beweisen, daß ich dich immer noch liebe?»

DeDe musterte ihn von der Seite, als müßte sie sich vergewissern, daß die Worte wirklich aus seinem Mund gekommen waren. Seine Haare hatten sich im Fahrtwind eng an seinen Kopf gelegt; seine Augen behielten die Autobahn im Blick. Nur sein jungenhafter und verletzlicher Mund verriet seinen inneren Aufruhr.

DeDe legte ihm sanft ihre Hand auf den Oberschenkel.

Beauchamp redete weiter: «Weißt du, wann du mir am meisten gefehlt hast?»

«Beauchamp, du brauchst mir nicht ... Wann?»

«Morgens. In dieser Schrecksekunde zwischen Schlafen und Wachsein, wenn man nicht genau weiß, wo man ist oder *warum* man überhaupt existiert. Da hast du mir gefehlt. Da hätte ich dich wirklich *gebraucht,* DeDe.»

Sie drückte seinen Oberschenkel. «Das ist schön.»

«Ich möchte, daß es in Zukunft wieder besser läuft zwischen uns.»

«Wir werden sehen.»

«Mir ist es *ernst* damit, DeDe. Ich werde mir Mühe geben. Das verspreche ich dir.»

«Ich weiß.»

«Du glaubst mir nicht, stimmt's?»

«Ich *würde* dir gerne glauben, Beauchamp.»

«Ich kann's dir nicht verübeln. Ich bin ein Arschloch.»

«Beauchamp ...»

«Ist doch so. Ich bin ein Arschloch. Aber ich werde alles wiedergutmachen, das verspreche ich dir.»

«Immer eins nach dem anderen, okay?»

«Ja. Immer eins nach dem anderen.»

Auf Halcyon Hill glitt die untergehende Sonne hinter die Bäume, während Frannie mit ihrem einzigen Vertrauten durch den Garten spazierte.

«Ich weiß nicht, warum Edgar so anders geworden ist», sagte sie und nippte deprimiert an ihrem Mai Tai. «Er hat sich sonst immer um alles gekümmert ... um uns ... Weißt du, es ist komisch, aber als Eddie während des Kriegs in Frankreich war, hat er mir schrecklich gefehlt. Er war nicht *bei* mir, aber irgendwie war er doch da ... Jetzt ist er bei mir, aber er ist nicht da ... Verflixt noch mal, da war mir die Art, wie er mir damals gefehlt hat, entschieden lieber!»

Tränen quollen ihr aus den Augen, doch sie wischte sie nicht weg. Sie befand sich in einer anderen Zeit, in der Einsamkeit keine Last, sondern etwas Schönes gewesen war, in der Fotos und Liebesbriefe und die honigsüße Stimme von Bing Crosby sie sanft durch den schwersten Winter ihres Lebens geleitet hatten.

Doch jetzt war es Sommer, und Bing wohnte gleich um die Ecke. Was war schiefgelaufen?

«‹I'm ... dreammminnngg ... of a ... whiiite ... Chrissssmusss ... juss like the ones I usssse to knooow ...›»

Vor lauter Tränen konnte sie das Lied nicht zu Ende singen. «Es tut mir leid», entschuldigte sie sich schniefend bei ihrem Begleiter. «Ich sollte dich nicht damit belasten, mein Engel. Du bist *so* geduldig ... und du bist so gut zu mir ... Wenn es dich nicht gäbe, würde ich es machen wie Helen ... aber garantiert ... Sie geht mit ihrem *Innenausstatter* essen, stell dir das bloß mal vor! Aber komm jetzt. Da ist noch ein winzig kleines Schlückchen Mai Tai im Pitcher.»

Sie goß etwas Mai Tai in eine große Plastikschüssel, die auf der Terrasse stand.

Faust, ihre Dänische Dogge, leckte ihn mit Begeisterung auf.

Der Mann vom Dach

Boris' Schwanz schlug wie ein Metronom den Takt, als er zuerst den Flur entlangschoß und dann die Stufen zum Dach hinaufstob.

Mary Ann zog den Bademantel über und machte sich an die Verfolgung dieses inoffiziellen Mieters. Sie hatte Angst, er könnte irgendwo im Haus eingeschlossen werden. Die Stufen zum Dach waren nicht mit Teppich belegt, sondern mit grünem Bootslack gestrichen. Ganz oben versperrte der Katze direkt neben einem efeuüberwucherten Fenster auch eine grellorange Tür den Fluchtweg. Boris war empört.

«Hierher, Schnurzilein ... komm doch, Boris ... braver Boris ...»

Boris wollte nichts davon wissen. Er blieb wie festgenagelt stehen und zuckte immer wieder drohend mit dem Schwanz.

Mary Ann stieg weiter hinauf, bis sie nur noch einen Meter von der Tür weg war. «Du bist vielleicht ein *Quälgeist,* Boris! Aber das weißt du selber auch, was?»

Die Tür flog auf und traf Boris von der Seite, worauf der entgeisterte Kater jaulend die Treppe hinunterjagte. Mary Ann war starr vor Schreck.

Vor ihr stand ein großer Mann mittleren Alters.

«Tut mir leid», sagte er peinlich berührt. «Ich habe Sie nicht gehört. Hoffentlich habe ich Ihrem Kater nicht weh getan.»

Mary Ann bemühte sich, ihre Fassung wiederzufinden. «Nein ... ich glaube nicht ...»

«Sie haben einen hübschen Kater.»

«Oh ... es ist nicht mein Kater. Er ist so eine Art Gemeinschaftskater. Ich glaube, er ist ganz unten am Ende der Straße zu Hause. Entschuldigen Sie ... ich wollte nicht stören.»

Der Mann machte ein besorgtes Gesicht. «Ich hab sie ganz schön erschreckt, was?»

«Halb so schlimm.»

Lächelnd streckte er ihr seine Hand entgegen. «Ich bin Norman Neal Williams.»

«Hallo.» Als sie ihm die Hand schüttelte, fiel ihr auf, wie groß seine Hand war. Allerdings wirkte der Mann gerade durch seine Größe besonders verletzlich.

Er trug eine ausgebeulte graue Anzughose und ein bügelfreies Hemd mit kurzen Ärmeln. Ein kleines Büschel dunkelbrauner Haare drängte sich über die Oberkante seiner Klemmkrawatte.

«Sie wohnen doch gleich hier unten, nicht?»

«Ja ... Ach so, entschuldigen Sie ... Ich bin Mary Ann Singleton.»

«Auch drei Namen.»

«Wie bitte?»

«Mary Ann Singleton. Das sind drei Namen. Genau wie Norman Neal Williams.»

«Ach so ... Wollen Sie denn Norman Neal genannt werden?»

«Nein. Nur Norman.» – «Aha.»

«Wissen Sie, ich stelle mich gern mit vollem Namen vor, weil Norman Neal Williams so schön fließt.»

«Da haben Sie recht.»

«Darf ich Sie zum Kaffee einladen?»

«Oh, danke, aber ich habe noch so viel zu ...»

«Die Aussicht ist wirklich hübsch.»

Das wirkte. Sie wollte gern sehen, welchen Blick man von da oben hatte, und außerdem war sie neugierig, wie es in dem Lilliputhäuschen auf dem Dach aussah.

«Okay», sagte sie lächelnd. «Gern.»

Die Aussicht war umwerfend. Weiße Segel auf einer Bucht in Delfter Blau. Angel Island in der Ferne eingehüllt in Nebel und geheimnisvoll wie Bali Ha'i. Kreisende Möwen über roten Ziegeldächern.

«Die Miete zahlt man *dafür*», sagte er, als wollte er sich für die drangvolle Enge entschuldigen. Sitzen konnte man nur auf dem Bett und auf einem Küchenstuhl neben dem Fenster, das auf die Bay hinausging.

Mary Ann seufzte beim Anblick des Panoramas. «Das Aufstehen muß für Sie jeden Morgen ein *Genuß* sein.»

«Das stimmt. Aber ich bin nicht viel hier.»

«Oh.»

«Ich bin Vertreter.»

«Ach so.»

«Für Vitaminpräparate.» Er deutete auf einen Musterkoffer in der Zimmerecke. Mary Ann erkannte das Firmenzeichen.

«Oh . . . Nutri-Vim. Davon hab ich schon gehört.»

«Die reine Natur.»

Mary Ann war überzeugt, daß seine Begeisterung bloß geschäftsmäßig war. Denn Natürliches konnte sie an Norman Neal Williams rein gar nichts entdecken.

Erweckung wie in alten Zeiten

Am Sonntagmorgen ging Mona in die Kirche.

In alten Zeiten – nach Woodstock und vor Watergate – war sie häufig in die Kirche gegangen. Nicht in *irgendeine* Kirche, wie sie dann immer rasch dazusagte, sondern in eine *Basis*gemeinde, in eine Kirche mit *Relevanz.*

Das war alles lange vorbei. Mona war fertig mit der *Basis,* und die Relevanz war inzwischen genauso außer Mode wie Pukamuscheln. Trotzdem empfand sie bei der Rückkehr in die Glibb Memorial Church ein *wonniges* Nostalgiegefühl.

Vielleicht war es die Lightshow, oder die Rockgruppe . . . oder es waren die Afro-Aphrodisiaka des Reverend Willy Sessums, der zappelnd wie ein Mr. Bojangles von Gottes Gnaden den Dritte-Welt-Sozialismus anging.

Vielleicht war's aber auch die Quaalude, die sie beim Frühstück genommen hatte.

Egal.

Heute fühlte sie sich abgeklärt. Ausgeglichen. Sie war ein karmisches Rädchen in dem großen, taumeligen Getriebe von Glibb Memorial. Sie sang mit der Inbrunst einer Südstaaten-Baptistin und wurde dabei unterstützt von ihren Nachbarn, einem Holzfäller aus dem Noe Valley und einer Fummeltrine aus dem Tenderloin, die in einem korallenroten Debütantinnenkleid steckte.

He's got the Yoo-nited Farm Workers
In His hands!
He's got the Yoo-nited Farm Workers
In His hands!

«Jawohl!» rief Reverend Sessums, der mit einem Lederbeutel voll schwarzem Juju-Zauberstaub zwischen seinen Schäfchen hin und her flitzte. «Unser Herr Jesus liebt dich, Bruder! Und er liebt auch dich, Schwester!»

Das galt Mona. Mona *persönlich.* Reverend Willy Sessums lächelte sie strahlend an, umarmte sie und bestreute sie mit Juju-Staub.

Trotz der Quaalude verkrampfte Mona sich, und das ärgerte sie genauso wie der Zynismus, der ihre Verlegenheit verdeckte, sobald es um etwas Persönliches ging. Der Reverend sollte sie in Ruhe lassen.

Was er natürlich nicht tat.

«Hörst du mich, Schwester?»

Sie nickte, lächelte zaghaft.

«Unser Herr Jesus liebt dich! Er liebt uns alle! Die Schwarzen und die Braunen und die Gelben und die Weißen ... und die Rosaroten.» Das letzte galt dem Mann im Ballkleid.

Mona schaute zu der Fummeltrine hinüber. Sie hoffte, daß Sessums in ihr ein neues Opfer gefunden hatte.

Hatte er nicht.

«Wenn du Willy glaubst ... wenn du glaubst, daß Unser Herr Jesus dich mehr liebt als die Ölgesellschaften, als das Big Business, als die chauvinistischen Männerschweine und als das Armed Services Committee des Repräsentantenhauses ... wenn du das glaubst, Schwester, dann laß den alten Willy ein ‹Ja, ich glaub's!› hören.»

Mona schluckte und sagte: «Ja, ich glaub's.»
«Wie war das, Schwester?»
«Ja, ich glaub's.»
«Sag es laut, Schwester, damit Unser Herr Jesus dich hören kann!»
«Ja, ich glaub's.»
«Wuuunnnnnderbaaaar! Du bist *ganz toll,* Schwester!» Sessums tänzelte und klatschte wieder im Rhythmus der Musik und zwinkerte Mona so vertraulich zu, als wäre er der Komiker eines Nachtclubs, der über sie gerade einen harmlosen Witz gerissen hatte.
Die Band stimmte «Love Will Keep Us Together» an, und Sessums ging weiter.
«Ich könnte jedesmal sterben, wenn das kommt», gestand die Fummeltrine Mona, als sie den Song erkannte. «Findest du Captain and Tennille nicht auch *supertoll*?»
Mona nickte. Sie faßte sich langsam wieder.
Ihr Nachbar wühlte in seiner Handtasche, beförderte einen vibratorförmigen Inhalierstift zutage und hielt ihn Mona hin.
«Popper dir einen, Schätzchen.»

Nach der Kirche fuhr Mona zurück in die Barbary Lane, wo sie in eine düstere, kontemplative Stimmung verfiel.
Sie war einunddreißig. Sie hatte keinen Job. Sie lebte mit einem Mann zusammen, der sie jeden Augenblick wegen eines anderen Mannes verlassen konnte. Und ihre Mutter in Minneapolis hatte irgendwie nicht mehr die Energie, sich mit ihr zu beschäftigen.
Ihr einziger *echter* Schutzengel war Anna Madrigal, doch das Interesse der Vermieterin war in der letzten Zeit so groß geworden, daß es Mona nervös machte.
Weiter absacken ging nicht mehr, sie war jetzt ganz unten.

Das Telefon klingelte.
«Hallo?»
«Mona?»
«Ja.»

«Ich bin's, D'orothea.»

«Mensch. Wo bist du?»

«Hier. In San Francisco. Freust du dich?»

«Natürlich ... Bist du auf Urlaub hier?»

«Aber nein. Es ist jetzt soweit. Ich hab's getan. Ich bleibe hier. Können wir uns treffen?»

«Ich ... Ja klar.»

«Überschlag dich mal nicht vor Begeisterung.»

«Ich bin bloß ein bißchen überrascht, D'or. Gehen wir morgen mittag essen?»

«Ich hatte auf heute abend gehofft.»

«Da kann ich nicht. Ich gehe zu ... zu einem Tanzwettbewerb.»

«Das hat natürlich Vorrang.»

«Ich erzähl dir morgen mehr darüber.»

«Wann?»

«Um zwölf? Bei mir?»

«Barbary Lane 28?»

«Ja ... Einverstanden?»

«Du hast mir schrecklich gefehlt, Mona.»

«Du mir auch, D'or.»

Wir spielen mit Kindern

Mary Ann schaute kurz vor Mittag bei Mona rein. Sie kam in einem Aufzug, den Michael immer ihren «Lauren-Hutton-Fummel» nannte.

Levi's und ein rosa Button-down-Hemd aus der Knabenabteilung von Brooks Brothers ... und dazu ein hellblauer Pullover mit rundem Ausschnitt, den sie lässig um die Schultern geschlungen trug.

«Hallo», zwitscherte sie. «Habt ihr beiden Lust auf einen Brunch bei Mama's?»

Mona schüttelte den Kopf. «Michael hungert. Heute ist der große Wettbewerb, und er bildet sich ein, daß er dick ist.»

«Wo ist er?»

«Hinterm Haus. Er röstet seine Speckschwarten in der Sonne.»

Mary Ann lachte. «Und wie steht's mit dir?»

«Danke. Aber ich glaube, ich passe.»

«Fühlst du dich auch ... wohl, Mona?»

«Seh ich nicht so aus?»

«Doch ... klar ... ich wollte damit nicht sagen ... Du wirkst so ... abwesend, das ist alles.»

Mona zuckte mit den Schultern und schaute zum Fenster hinaus. «Ich hoffe, ich bin noch nicht im Endstadium.»

Die Warteschlange bei Mama's reichte bis vor das Haus und dann noch ein Stück die Stockton Street hinauf. Mary Ann ging im Geist gerade andere Brunchlokale durch, als ihr aus der Schlange eine vertraute Gestalt verhalten zuwinkte.

«Ach ... Hallo, Norman.»

«Hallo. Ich hab Ihren Platz freigehalten.» Norman zwinkerte ihr reichlich auffällig zu und täuschte damit rundherum garantiert niemand. Mary Ann drängelte sich hinter ihm in die Schlange.

Ein kleines Mädchen zupfte an Normans Hosenbein. «Wer ist die denn?» wollte es wissen.

Norman lächelte. «Sie ist eine Freundin, Lexy.»

«Na», sagte Mary Ann mit einem Blick zu dem Kind hinunter. «Und wo kommst *du* her?»

«Aus meiner Mommy.»

Mary Ann kicherte. «Sie ist *köstlich,* Norman. Ist das Ihr Kind?»

Bevor er noch antworten konnte, streckte das Kind seinen Arm aus und zupfte an Mary Anns Pullover. «Hast du dich jetzt vorgedrängelt?»

«Na ja, ich ...»

Norman lachte. «Alexandra ... das ist Mary Ann Singleton. Wir wohnen im gleichen Haus ... gleich dort drüben auf dem großen Hügel.» Er zwinkerte Mary Ann zu. «Sie ist das Kind von Freunden aus San Leandro. Ich verhelfe ihnen am Sonntag manchmal zu einer Verschnaufpause.»

«Wie süß.»

Norman zuckte mit den Schultern. «Mir macht es nichts aus. Und so kriege ich das Beste aus beiden Welten.» Er zog spielerisch an einem der Zöpfe des Mädchens. «Hab ich nicht recht, Lexy?»

«Mit was?»

«Ach, egal. Ich erzähl's dir später.»

«Kann ich jetzt die Tauben füttern, Norman?»

«Nach dem Frühstück, einverstanden?»

Mary Ann ging vor dem Kind in die Knie. «Du hast ja ein *wunderhübsches* Kleid an, Alexandra!»

Das Kind schaute sie an und kicherte dann.

«Weißt du, wie man dazu sagt, Alexandra?»

«Zu was?»

«Zu deinem Kleid. Es ist ein Heidi-Kleidi. Kannst du das auch schon sagen?»

Alexandra schaute leicht gekränkt drein. «Das ist ein *Dirndl*», sagte sie kategorisch.

«Ach so. Na dann ...» Mary Ann stand auf und grinste Norman an. «Es mußte ja wohl so kommen, nicht?»

Das Trio genehmigte sich bei Mama's Omeletts. Alexandra aß schweigend und musterte Mary Ann.

Hinterher auf dem Washington Square unterhielten sich die Erwachsenen, während Alexandra im Sonnenschein Tauben jagte.

«Sie ist ganz schön aufgeweckt, was?»

Norman nickte. «Manchmal kriege ich bei ihr richtig Komplexe.»

«Kennen Sie ihre Eltern schon lange?»

«Ach ... fünf Jahre vielleicht. Ihr Vater und ich waren zusammen in Vietnam.»

«Oh ... Tut mir leid.»

«Wieso?»

«Na ja ... Vietnam ... Es muß schrecklich gewesen sein.»

Er lächelte und hob die Arme. «Sehen Sie, keine Verwundungen. Ich war Verwaltungsoffizier in Saigon. Ein reiner Bürojob. Beim Nachrichtendienst der Marine.»

«Und wie sind Sie auf Vitamine gekommen?»

Er zuckte mit den Schultern. «Ich hab angefangen, mich für meinen Lebensunterhalt zu interessieren.»

«Ich verstehe.»

«Ich fürchte, über mich gibt es nichts besonders Interessantes zu erzählen, Mary Ann.»

«Aber nein ... Ich finde, Sie sind sehr ...»

«Heute abend läuft im Kino ein Film, zu dem ich Sie sehr gerne einladen möchte, wenn Sie nicht schon ...»

«Was für ein Film?»

«Ein Oldie. *Polizeirevier 21.* Mit Kirk Douglas und Eleanor Parker.»

«Oh, da komm ich liebend gern mit», sagte sie.

Wozu hat man Freundinnen?

Beauchamp und DeDe verbrachten einen geruhsamen Sonntagvormittag in Sausalito, inklusive Brunch im Altamira.

Sie waren wieder ein Paar, eine perfekte Kombination – braungebrannt, rassig und schön. Auf der im strahlenden Sonnenschein liegenden Terrasse verfolgte man sie mit hungrigen Blicken, steckte über Gläsern voll Ramos Fizz die Köpfe zusammen und stellte allerhand Spekulationen an.

Und DeDe kostete jede Minute davon aus.

«Beauchamp?»

«Hmmh?» Seine Augen hatten *genau* die gleiche Farbe wie die Bay.

«Letzte Nacht war es ... toller als in unserer Hochzeitsnacht.»

«Ich weiß.»

«War das ...? Habe ich mich so verändert, oder du?»

«Spielt das eine Rolle?»

«Für mich schon. Ein bißchen.»

Beauchamp zuckte mit den Schultern. «Ich schätze, ich weiß inzwischen ... was ich will.»

«Mich verwirrt das alles ein bißchen, Beauchamp.»

«Warum?»

«Ich weiß nicht recht. Es ... läuft jetzt gut zwischen uns, und ... Na ja, ich möchte halt wissen, was ich richtig mache, damit ich so weitermachen kann.»

Er rieb sein Knie an dem ihren. «Bleib einfach, wie du bist, okay?»

«Okay», sagte DeDe lächelnd.

Als sie wieder zu Hause in der Montgomery Street waren, legte Beauchamp dem Corgi eine seiner Leinen an. «Ich denke, ich gehe mit Caesar zum Tower hoch. Hast du Lust auf einen Spaziergang?»

«Danke, aber ich sollte mich um meine Post kümmern.»

Sobald Beauchamp aus der Tür war, rief sie Binky Gruen an.

«Bink?»

«DeDe?»

«Ich bin zurück.»

«Und?»

«Was, und?»

«Wieviel, du Dummchen? Wieviel hast du abgenommen?»

«Ach so ... achtzehn Pfund.»

Binky pfiff durch die Zähne. «Wenn du mich fragst, hört sich das ganz nach Anorexie an.»

«Binky, ich brauche ...»

«Ich bin übrigens *ganz sicher,* daß Shugie Sussman Anorexie hat. Ich meine, es gibt nicht den geringsten Zweifel. Sie verfällt zu einem *Nichts,* und niemand kann sie davon überzeugen, daß sie *kein* Pummel ist. Es ist eine Tragödie, DeDe. Wenn das so weitergeht, müssen wir das arme Ding noch in einem Briefumschlag in die Menninger-Klinik schicken!»

«Binky, ich würde zwar liebend gern hören, was mit Shugie Sussman los ist, aber ...»

«Entschuldige, mein Schatz. Hast du den Aufenthalt genossen? Ich meine, abgesehen von diesen grauenhaften Leonardo-da-Vinci-Ü ...?»

«Ich brauche deine Hilfe.»

«Jederzeit.»

«Ich ... brauche einen Arzt.»

«O nein! Du bist wirklich krank! Mein Gott, ich bin so eine ...»

«Nein, ich bin nicht krank. Ich muß bloß mal zum Arzt.»

«Oh.»

«Ich dachte dabei an den, bei dem du letztes Frühjahr gewesen bist.»

«Oje.»

«Noch steht es ja nicht fest. Ich bin mir nicht sicher. Aber ich würde mich entschieden wohler fühlen, wenn ich ...»

«Es kann auch vom Training kommen, DeDe. Manchmal kann so eine körperliche Veränderung deinen Zyklus völlig durcheinanderbringen.»

«Daran hab ich auch schon gedacht.»

«Es könnte sogar von einer Anorexie kommen.»

«Würdest du *bitte* aufhören? Es könnte von sonstwas kommen. Ich möchte bloß ...»

«Nur nicht von Beauchamp, was?»

Schweigen.

«Du möchtest zu einem Gynäkologen, der euch nicht kennt, hab ich recht?»

«Ja.»

«Okay. Der Kerl ist schlicht gesagt perfekt. Er ist sanft, diskret und dabei noch eine wahre *Augenweide.* Hast du was zu schreiben?»

«Ja.»

«Jon Fielding. Das Jon ohne *h*. Die Adresse ist Sutter 450. Du kannst ihm sagen, daß ich dich geschickt habe.»

Die Beach Boys

Mrs. Madrigals Mieter und Mieterinnen hatten diese Ecke des Gartens «Barbary Beach» getauft.

Na ja, dachte Michael, als er sein Badetuch auf die Ziegelsteine legte, ein Sonntag am Lake Temescal ist was anderes, aber das hier muß es auch tun.

In weniger als sieben Stunden würde er im Endup auf der Tanzfläche stehen.

Er brauchte jeden Sonnenstrahl, den er kriegen konnte.

«Hallo», sagte eine Stimme irgendwo zwischen ihm und der Sonne.

Michael schirmte seine Augen ab und schaute hoch. Es war der Kerl aus dem zweiten Stock. Brian Soundso. Er hatte ein Badetuch mit einem Coors-Aufdruck dabei.

«Hallo. Nur keine Scheu. Das Wasser ist sehr angenehm.»

Brian nickte und breitete sein Badetuch aus. Eineinhalb Meter weg, wie Michael feststellte. Nahe, aber doch nicht *zu* nahe. Ein GAV wie aus dem Bilderbuch – geil, aber verklemmt.

«Meinst du, es zahlt sich überhaupt aus?» fragte Brian.

«Wahrscheinlich nicht, aber was soll's? Wir können es uns nicht leisten, die *anderen* schweinchenrosa Menschen zu enttäuschen, die in den Bars so rumstehen.»

Brian lachte. Offensichtlich hatte er die Ironie hinter der Bemerkung verstanden. Okay, dachte Michael, es ist ihm klar, daß wir nicht auf dieselben Bars abfahren. Und noch weniger auf dieselben Körper. Aber trotzdem ... Er weiß es, und er weiß, daß ich weiß, daß er es weiß. Damit läßt sich leben.

«Ich bin Michael. Und du bist Brian ... richtig?»

«Richtig.»

Sie schüttelten sich die Hand, und da sie immer noch bäuchlings dalagen, mußten sie sich dafür weit über die Sicherheitszone zwischen ihnen strecken.

Michael lachte. «Wir sehen aus wie die zwei Kerle auf dem Deckengemälde in der Sixtinischen Kapelle!»

Eine Viertelstunde später hatte Michael wieder Lust zu reden.

«Du bist doch solo, oder?»

«Ja.»

«In dieser Stadt muß das doch was ganz Wunderbares sein. Ich meine ... für einen Hetero.»

«Hmh?»

«Na ja, ich meine ... hier gibt es so viele Schwule, daß ein Hetero bei den Frauen doch heiß begehrt sein muß. Wenigstens ... na, du weißt schon, was ich meine.»

Brian schnaubte verächtlich. Er hatte sich inzwischen auf den Rücken gedreht und die Hände hinter dem Kopf verschränkt. «Gestern abend hab ich mich volle vier Stunden im Slater Hawkins herumgetrieben und versucht, eine Trulla aufzureißen, mit der ich auf dem College nicht ein Wort geredet hätte.»

«Ja, ja», sagte Michael, der doch etwas bestürzt war über diese Bemerkung. «Es wird immer mehr zu einem Spiel, findest du nicht auch? Das Auspacken macht mehr Spaß als das, was hinterher kommt. Zumindest manchmal ...» Er schaute zu Brian hinüber und fragte sich, ob sie sich überhaupt etwas zu sagen hatten.

«Kennst du Mary Ann Singleton?»

«Ja.»

«Weißt du, Mary Ann und ich hatten vor kurzem eine richtige Aussprache, bei der sie mir gesteckt hat, daß sie am liebsten nach Cleveland zurückgehen würde, und ich hab ihr dann alles erzählt, was die Außersinnliche Transzendenz zum eigenverantwortlichen Leben und so zu sagen hat ... Das Unheimliche ist aber, daß ich manchmal denke, sie hat recht. Vielleicht sollten wir alle nach Cleveland zurück.»

«Genau. Oder auf eine Farm in Utah oder so. Zurück zum einfachen Leben.»

«Mhmm. Damit hab ich's auch ab und zu. Vielleicht in ein Dorf in den Bergen von Colorado, wo man nur das Nötigste hat: ein nettes französisches Restaurant und eine Filiale von Design Research.»

Beide lachten. Michael fühlte sich mit Brian sofort viel wohler.

«Eins geht mir wirklich auf die Eier», sagte Brian. «Du weißt nie, wie Frauen eigentlich sind ... jedenfalls nicht für länger. Sie zeigen dir immer nur das, was du sehen *sollst*.»

Michael nickte. «Und deswegen kreisen deine Phantasien auch immer um das Falsche.»

«Genau.» Brian fing an, die Grashalme zwischen den Ziegelsteinen auszurupfen.

«Mein Gott! So geht's mir doch die ganze Zeit», fuhr Michael fort. «Ich lerne in einer Bar oder in der Sauna jemanden kennen ... ich meine natürlich einen Mann ... und er sieht genau so aus ... wie ich mir das immer wünsche. Ein netter Schnäuzer, Levi's, ein gestärktes Khakihemd von der Army ... stark ... So einer, den man nach Orlando mitnehmen könnte, wie er ist, und bei dem sie's nicht mal merken würden. Und dann gehst du mit zu ihm nach Hause, Upper Market klarerweise, und du verkneifst dir so lang wie möglich, aufs Klo zu gehen, weil dich das unweigerlich auf die Erde zurückholen und deine Phantasien killen würde ...»

Brian sah reichlich verwirrt drein.

«Es geht um das Badezimmerschränkchen», klärte Michael ihn auf. «Gesichtscremes und Shampoos gleich im *Dutzend.* Und auf dem Spülkasten haben sie alle so eine kleine goldene Schale stehen mit lauter bunten Seifenkugeln drin!»

Göttin in Ebenholz

Es war Sonntag abend. Die Schwarze aß alleine im hinteren Raum von Perry's.

Sie war ein Musterbeispiel für Anmut und Kultiviertheit, dunkel und glänzend wie ein Ballerinaschuh aus Lackleder. Brian fiel auf, daß sie ihren Pommes frites keine Beachtung schenkte und nur selten den Blick vom Teller hob.

«Noch etwas Kaffee?»

Sie schaute hoch und lächelte ihn an. Versonnen, wie Brian fand. Sie schüttelte den Kopf und sagte: «Danke.» Sie war überwältigend.

«Wie wär's mit Nachtisch?»

Noch ein Nein.

Okay, dachte er, Schluß mit der Standardnummer. Jetzt werden schwerere Geschütze aufgefahren.

«Die Pommes frites haben Ihnen wohl nicht geschmeckt, hmh?»

Sie tätschelte ihre schmale Taille. «Ich bin dagegen allergisch. Aber sie sehen wunderbar aus.»

«Ein, zwei Stück würden Ihnen doch nicht weh tun.»

«Ich habe noch nie solche runden Pommes frites gesehen. Sie kommen mir vor wie Kartoffelchips mit Schilddrüsenentzündung.»

Brian lachte betont männlich. *Jetzt* wird's langsam interessant, Junge. Aber schön locker bleiben. Lässig und leicht. Und nichts überstürzen, um Himmels willen, ja nichts überstürzen ...

Sie legte die Serviette auf den Teller. Scheiße! Gleich würde sie die Rechnung verlangen!

Sie lächelte schon wieder. «Könnte ich ...?»

«Wissen Sie eigentlich, daß Sie Lola Falana unheimlich ähnlich sehen?»

Subtiler ging es kaum noch. Wenn sie sich davon nicht abschrekken ließ, dann von gar nichts.

Ihr Gesichtsausdruck veränderte sich aber nicht. Sie lächelte noch immer. «Du möchtest mich zu einem Drink einladen, stimmt's?»

«Äh ... Ja, eigentlich schon.»

«Wann bist du mit deiner Arbeit fertig?»

«Um zehn.»

«Heißt das, daß wir jetzt verabredet sind?»

«Da kannst du Gift drauf nehmen. Ich heiße Brian.»

«Ich heiße D'orothea», antwortete sie.

Am anderen Ende der Stadt arbeitete sich Michael Tolliver mühsam durch einen Wald aus Lacoste-Hemden. Mona war dicht hinter ihm.

«Damit ist die Sache entschieden, Mouse.»

«Welche Sache?»

«Ich bin *tatsächlich* ein Schwulenmuttchen.»

«Ach, hör doch auf!»

«Sieh dich bloß mal um! Ich bin die einzige Frau hier!»

Michael packte sie an den Schultern und drehte sie um ihre eigene Achse, bis sie zur Bar schaute. Hinter dem Tresen arbeitete eine recht kernig aussehende Frau in Levi's und Männerhemd. «Fühlst du dich jetzt wohler?»

«Na klar. Sag mal ... ziehst du dich jetzt um, oder was?»

«Ich denke, ich muß mich erst mal eintragen lassen. Ist es vertretbar, wenn ich dich jetzt verlasse?»

«Wahrscheinlich. Hau schon ab.» Sie zwinkerte ihm zu und gab ihm einen Klaps auf den Po. «Grüß Bert Parks schön von mir.»

Die Barfrau schickte Michael zu einem Mann, der für die Teilnehmerliste zuständig war. Der Mann schrieb Michaels Namen und die nötigsten Informationen auf und überreichte ihm dann ein numeriertes Pappschild, das an einem Stück Schnur baumelte.

Er war Nummer sieben.

«Wo ... äh ... zieh ich mich um?»

«Auf der Damentoilette.»

«Wie passend.»

In der Damentoilette waren bereits drei andere Typen. Zwei hatten sich bis auf ihre Jockey-Shorts ausgezogen und verstauten gerade ihre Kleider in Plastiktüten, die vom Veranstalter gestellt wurden. Der dritte, der sich mit Second-hand-Klamotten aus dem Vietnamkrieg herausgeputzt hatte, rauchte einen Joint.

«Hallo», sagte Michael und nickte seinen Gladiatorenkollegen zu.

Die Kerle lächelten mehr oder weniger berechnend zurück. Michael mußte bei ihrem Anblick an seine Teilnahme beim Orlando High School Science Fair von 1966 denken. Sie waren aufgesetzt schnodderig. Und total scharf auf den Sieg.

Na ja, dachte Michael, hundert Mäuse sind hundert Mäuse.

«Können wir ... sollen wir hier drin warten, bis wir dran sind?»

Ein Blonder in einem Mark-Spitz-Slip lächelte über Michaels Naivität. «Ich weiß ja nicht, was du vorhast, mein Schatz, aber ich mische mich unter die Leute. Vielleicht wählt man auch noch eine Miss Sympathie.»

Also mischte sich Michael unter die Leute. Er trug bloß sein Pappschild und die Jockey-Shorts, die er am Vortag bei Macy's gekauft hatte.

Mona verdrehte die Augen, als sie ihn sah.

«Es bringt wenigstens die Miete», sagte Michael.

«Bild dir bloß nicht zuviel ein. Ich glaub, ich hab eben Arnold Schwarzenegger aus der Damentoilette kommen sehen.»

«Wie du einen immer aufbaust, Mona.»

Sie zog am Elastikbund von Michaels Unterhose und ließ ihn gegen seinen Bauch schnalzen. «Es wird schon gutgehen, Kleiner.»

D'orotheas Klagelied

Wie vereinbart traf sich Brian mit ihr im Washington Square Bar & Grill.

Sie lehnte dekorativ an der Bar, und ihre braunen Augen sprühten vor Interesse, während sie mit Charles McCabe plauderte. Der Kolumnist schien ähnlich fasziniert zu sein.

«Du kennst ihn?» fragte Brian, nachdem sie sich von Charles McCabe verabschiedet hatte.

«Ich habe ihn eben erst kennengelernt.»

«Du gehst ganz schön ran, was?»

Sie stieß ihn neckisch in die Seite. «Merkst du das jetzt erst?»

Wie sich herausstellte, war D'orothea Model. Sie hatte fünf Jahre in New York gearbeitet und ihr elegantes Gesicht an die *Vogue* und an den *Harper's Bazaar* verkauft, an Clovis Ruffin und Stephen Burrows und «alle anderen, die auf der Afro-Welle mitschwimmen wollten».

Sie hatte eine Menge Geld verdient, erzählte sie. «Nicht schlecht für ein Mädchen, das vor dem Apostroph in Oakland gelebt hat.»

«Was heißt das, vor dem Apostroph?» wollte Brian wissen.

Sie lächelte. «Ganz einfach. Früher hab ich mal Dorothy Wilson geheißen, aber dann kam Eileen Ford, machte Dorothea daraus und steckte auch noch ein Apostroph zwischen das *D* und das *o*.» Sie zog dramatisch die eine Augenbraue hoch. «Seeeehr schick, findest du nicht auch?»

«Ich finde Dorothy ganz gut.»

«Es ging mir ja nicht anders, mein Schatz! Aber mir blieb nur die Wahl zwischen dem Apostroph oder so einem grauenhaften afrikanischen Namen wie Simbu oder Tamara oder Bonzo. Und eher laß ich mich steinigen, als daß ich genauso heiße wie der Schimpanse von Ronald Reagan!»

Brian lachte. Ihm fiel auf, daß ihr Gesicht sogar noch schöner war, wenn sie lebhaft wurde. Er schwieg eine Weile, dann stellte er ihr die nüchterne Frage: «War es hart, in Oakland groß zu werden?»

Sie drehte wie in Zeitlupe den Kopf und blickte ihn aus dichtbewimperten Augen an. «Ah . . . ich verstehe! Ein Soz-ja-liiist!»

Brian wurde rot. «Nein, nicht direkt . . .»

«Dann hilf mir mal auf die Sprünge. Bist du vielleicht ein Vista Volunteer? Oder ein Bürgerrechtsanwalt?»

Ihre Treffsicherheit ärgerte ihn maßlos. «Ich habe in Chicago mal für die Urban League gearbeitet, aber ich versteh nicht, was das . . .»

«Und das ganze Unrecht hat dich so viel Kraft gekostet, daß du deinen Beruf hingeschmissen und dir einen Kellnerjob an Land gezogen hast. Die Leier kenn ich, Baby. Die Leier kenn ich.»

Er schüttete seinen Drink hinunter. «Ich glaub nicht, daß du außer der einen noch eine andere Leier kennst.»

Sie stellte ihren Dubonnet auf den Tresen und sah ihn starr an. «Tut mir leid», sagte sie leise. «Wahrscheinlich bin ich nervös, weil ich wieder in dieser Stadt bin.»

«Schon vergessen.»

«Du scheinst ein netter Kerl zu sein, Brian. Ich brauche jemanden zum Reden.»

«Einen Therapeuten.»

«Wenn dir danach ist. Hättest du was dagegen?»

«Ich hatte auf etwas Ursprünglicheres gehofft.»

Sie ging auf seine Andeutung nicht ein. «Manchmal hilft es, wenn man sich bei einem Fremden ausspricht.»

Brian bestellte beim Barmann noch einen Drink. «Dann leg los. Der Doktor ist ganz Ohr.»

Sie sah ihn nur selten an, während sie ganz ungeschminkt ihre Geschichte erzählte.

«Vor vier Jahren, als ich in New York gerade meine ersten Erfolge hatte, habe ich bei einer Bademodenkampagne von J. Walter Thompson jemand kennengelernt. Wir waren fast die ganze Zeit zusammen und haben auf Locations überall an der Ostküste Fotos geschossen. Es hat ungefähr drei Wochen gedauert, bis wir uns verliebt hatten.»

Brian nickte und ließ gleichzeitig alle seine Hoffnungen fahren.

«Jedenfalls haben wir uns dieses wunderbare Loft in SoHo eingerichtet und sind zusammengezogen, und ich habe das glücklichste halbe Jahr meines Lebens genossen. Dann ist irgendwas passiert ... ich weiß nicht, was ... und meine große Liebe hat einen Job in San Francisco angenommen. Wir haben uns danach weiter geschrieben, haben nie ganz den Kontakt verloren, und ich habe immer weiter ... Geld verdient.»

Sie trank einen Schluck Dubonnet und schaute ihn zum erstenmal direkt an. «Jetzt bin ich wieder zu Hause, Brian, und wünsche mir nur, daß mein Schwarm wieder ein Teil meines Lebens wird. Aber das hängt allein ...»

«Von ihr ab.»

Sie schenkte ihm ein warmes Lächeln. «Du bist ganz schön fix», sagte sie.

«Danke.»

«Der Drink geht auf meine Rechnung, okay?»

Wie gewonnen, so zerronnen

Die Zeremonienmeisterin für den Jockey-Shorts-Tanzwettbewerb war ein Wesen namens Luscious Lorelei. Die platinblonde Perücke des Kerls schwebte über seiner rundlichen Figur wie ein Atompilz über einem Atoll.

Michael stöhnte und zupfte seine Shorts zurecht. «Scheiße, was tu ich bloß hier, Mona? Wo ich doch früher mal bei den Future Farmers of America war!»

«Du kümmerst dich um die Miete, falls du das vergessen haben solltest.»

«Ja, richtig. Ich kümmere mich um die Miete, ich kümmere mich um die Miete. Dies ist eine Tonbandansage . . .»

«Nimm's nicht so tragisch.»

«Und wenn ich verliere? Oder wenn sie lachen? Nicht auszudenken! Oder wenn sie mich gar nicht *beachten*?»

«Du kannst nicht verlieren, Mouse. Die Arschlöcher dort können gar nicht tanzen, und du siehst besser aus als alle zusammen. Du mußt nur an dich glauben!»

«Danke für die moralische Aufrüstung.»

«Entspann dich, Mouse.»

«Ich glaub, ich muß kotzen.»

«Heb dir das fürs Finale auf.»

Fünf Bewerber um den Einhundert-Dollar-Preis hatten sich bereits ins Zeug gelegt. Der sechste zappelte in einem knappen Leopardenstretchhöschen über die Tanzfläche.

Das Publikum brüllte vor Begeisterung.

«Hör dir das an, Mona. Die Sache ist wohl gelaufen.» Michael machte sich insgeheim Vorwürfe, daß er sich für die weißen Standardshorts entschieden hatte. Dieser Pöbel stand ganz offensichtlich auf was Schärferes.

«Komm schon», sagte Mona und zog ihn durch die Menge an den Rand der Tanzfläche. «Du bist als nächster dran, Mouse.» Sie blieb auch dann noch neben ihm, als er im Schein einer elektrisch erleuchteten amerikanischen Flagge wartete.

Sobald der Applaus für Teilnehmer Nummer sechs abgeklungen war, begab sich Luscious Lorelei ans Mikrofon. «Na Jungs, was sagt ihr dazu? Sind denn die Brustmuskeln von diesem Schnittchen nicht einfach SUPERRRRB? Du HEILIGE Jungfrau Maria!» Er wog seinen ausgestopften Busen in Händen. «Beutelreis hat noch nie so gut ausgesehen.»

Michael spürte, wie der letzte Rest Farbe aus seinem Gesicht schwand.

«Ruf Mary Ann an», flüsterte er Mona zu. «Ich geh mit ihr

zurück nach Cleveland.» Mona munterte ihn mit einem Klaps auf den Po auf.

«Okay», brüllte Lorelei, «unser nächster Teilnehmer ist ... Teilnehmer Nummer sieben! Er stammt aus Orlando, Florida, wo die Sonne immer scheint und wo all die WUUUUNDEERBAAREN Früchtchen herkommen, und er heißt Michael ... Michael Soundso ... *Schääätzchen,* ich kann deine Schrift nicht lesen. Wenn du da irgendwo rumstehst, könntest du Lorelei vielleicht deinen Namen verraten?»

Michael hob zaghaft die Hand und sagte: «Tolliver.»

«Wie war das, mein Schatz?»

«Michael Tolliver.»

«*OKAAAY!* Beifall für Michael Oliver!»

Michael, der inzwischen einen hochroten Kopf hatte, stieg auf die Tanzfläche hoch, während Lorelei wieder in der Dunkelheit verschwand. Die Nachtschwärmer an der Bar drehten sich zur Begutachtung des Neulings wie auf Kommando um. Die Musik setzte ein. Dr. Buzzard's Original Savannah Band spielte «Cherchez la Femme».

Michael legte bei seinem Körper den Gang ein und bei seinem Hirn den Leerlauf. Er bewegte sich im Takt der Musik und folgte ihrem Rhythmus wie ein Irrwisch. Es war fast so wie in seinem Traum, diesem Alptraum aus der High-School-Zeit, in dem er bei einer Schultheateraufführung die Bühne betreten hatte ... in seinen Jockey-Shorts!

Der Nebel vor seinen Augen lichtete sich lange genug, damit er die Leute erkennen konnte. Ihre glänzenden, braungebrannten Gesichter. Ihre muskulösen Nacken. Und hundert klitzekleine Krokodile, die ihm von hundert Brustkörben höhnisch entgegengrinsten ...

Dann gefror ihm das Blut.

Denn dort unten in der Menge sah er aus einem Seidenhemd und einem Brioni-Blazer verschwommen das eine Gesicht herausragen, das er hier ganz und gar nicht sehen wollte. Ihre Blicke trafen sich, doch nur einen Moment lang, denn der andere verzog voller Abscheu das Gesicht und wandte sich ab.

Jon.

Die Musik hörte auf. Michael sprang von der Bühne hinunter in die Menge, hatte aber keinen Sinn für die Hände, die sich ihm gratulierend entgegenstreckten und seinen Körper streiften. Durch einen Nebel aus Poppersschwaden bahnte er sich einen Weg zur Schwingtür in der Ecke der Disco.

Jon war gegangen.

Michael stand in der Tür und sah der schlanken Gestalt nach, die auf der Sixth Street immer kleiner wurde. Jon war in Begleitung von drei anderen Männern, die ebenfalls Anzüge trugen. Die vier brachen kurz in schallendes Gelächter aus, bevor sie in einen beigen BMW stiegen und davonfuhren.

Eine Stunde später erfuhr er es.

Er hatte gewonnen. Hundert Dollar und einen goldenen Jockey-Shorts-Anhänger. Sieg.

Mona küßte ihn auf die Wange, als er von der Tanzfläche stieg. «Wen *kümmert's* denn, ob wir einen Doktor im Haus haben oder nicht?» Michael lächelte schwach, hielt sich an ihr fest und ließ sich von der Musik einlullen.

Dann fing er zu heulen an.

Fiasko in Chinatown

Als sie aus dem Gateway Cinema kamen, schlugen Mary Ann und Norman auf der Jackson den Weg nach Westen in Richtung Chinatown ein.

Bis sie zu der Chevron-Tankstelle im Pagodenstil kamen, die an der Columbus lag, hatte eine geballte Ladung Nebel die Ränder der Neonreklame schon etwas verschwimmen lassen.

«An solchen Abenden», sagte Norman, «komme ich mir immer vor wie eine Figur aus einer Hammett-Geschichte.»

«Hammond?»

«Hammett. Dashiell Hammett. Kennst du ... *Der Malteser Falke*?»

Sie hatte den Titel schon mal gehört, sonst aber keine Ahnung. Aber das war auch egal.

Der einzige Falke, den es in Normans Leben gab, stand im Blechkleid eines Falcon an der Ecke Jackson und Kearny.

«Mußt du gleich nach Hause?» fragte er zögernd. Wie ein Kind, das darum bat, länger aufbleiben zu dürfen.

«Na ja, ich sollte ... Nein. Nicht gleich.»

«Gehst du gern chinesisch essen?»

«Sehr gern», antwortete Mary Ann lächelnd. Ihr war mit einemmal klargeworden, wie sehr sie diesen tolpatschigen, freundlichen Mann mit der Klemmkrawatte mochte, bei dem sie unwillkürlich an Smokey den Bären denken mußte. Sie war nicht *Feuer und Flamme* für ihn, aber sie mochte ihn doch sehr.

Norman führte sie ins Sam Woh's an der Washington Street. Sie schlängelten sich zuerst durch die winzige Küche, dann die Treppe hinauf und schließlich an einen Tisch im ersten Stock.

«Mach dich auf was gefaßt», sagte Norman.

«Worauf?»

«Laß dich überraschen.»

Kurz danach verabschiedete sie sich diskret zur Toilette. Es gab in dem engen Kabuff kein Waschbecken, und erst, als sie schon fast wieder an ihrem Tisch war, fiel ihr auf, wo es sich befand.

«Hallo, Sie! Sie waschen Hände!»

Wie vom Donner gerührt drehte sie sich um. Sie wollte sehen, woher die Stimme kam. Ein empörter chinesischer Kellner nahm gerade Teller voll Nudeln aus dem Speiseaufzug. Mary Ann blieb wie angewurzelt stehen, starrte ihren Ankläger an und schaute dann nach hinten zu den Toiletten.

Das Waschbecken war vor der Tür. *Im Restaurant.*

Etliche Gäste beobachteten sie und freuten sich über ihre unbehagliche Situation. Der Kellner ließ nicht locker. «Sie waschen Hände. Sie nicht waschen Hände, Sie nicht essen!»

Sie wusch sich die Hände und kehrte mit rotem Kopf an ihren Tisch zurück. Norman grinste verlegen. «Ich hätte dich warnen sollen.»

«Du *wußtest,* was er tun würde?»

«Er ist Spezialist für Grobheiten. Es ist ein Witz. Ein Feldwebel, der zum Kellner mutiert ist. Die Leute kommen extra dafür her.»

«*Ich* aber nicht.»

«Es tut mir wirklich leid.»

«Können wir gehen, Norman?»

«Das Essen ist aber ...»

«Bitte?»

Also gingen sie.

Zu Hause in der finsteren Schlucht der Barbary Lane griff Norman fürsorglich nach Mary Anns Arm.

«Die Geschichte mit Edsel tut mir leid.»

«Die Geschichte mit wem?»

«Er heißt so. Der Kellner. Edsel Ford Fong.»

Sie mußte unwillkürlich lachen. «Echt?»

«Es sollte ein kleiner Gag sein, Mary Ann.»

«Ich weiß.»

«Aber er ist gründlich danebengegangen. Tut mir leid.»

Sie blieb im Vorgarten stehen und stellte sich direkt vor ihn hin. «Du bist sehr altmodisch. Das gefällt mir.»

Er schaute auf seine schwarzen Wingtip-Schuhe hinunter. «Ich bin sehr alt.»

«Nein, bist du nicht. Du solltest so was nicht sagen. Wie alt bist du?»

«Vierundvierzig.»

«Das ist doch nicht alt. Paul Newman ist älter.»

Er kicherte. «Ich bin aber nicht gerade Paul Newman.»

«Du bist ... genau richtig, Norman.»

Er stand verlegen da, als sie ihre Hand sanft über die Konturen seines Unterkiefers gleiten ließ. Sie drückte ihre Wange an seine. «Genau richtig», wiederholte sie.

Sie küßten sich.

Ihre Finger glitten über seine Brust und umschlossen auf der Suche nach einem Halt seine Krawatte.

Prompt hatte sie das ganze Ding in der Hand.

«Starry, Starry Night»

Es gab Vormittage, da fühlte Vincent sich wie der letzte überlebende Hippie.

Der Letzte Hippie. Der Ausdruck bekam plötzlich tragische Größe, als Vincent in seinem Badezimmer in der Oak Street stand und seine bernsteinfarbene Mähne auseinanderzupfte, damit sein fehlendes Ohr nicht allzusehr auffiel.

Wenn man schon nicht der erste sein konnte, dann blieb einem wenigstens das bittersüße und edle Gefühl, der letzte zu sein. Der Letzte Mohikaner. Das Letzte Abendmahl. Der Letzte Hippie!

Diese Überlegungen hatte Vincent einmal seiner Alten vorgetragen, und zwar nur wenige Stunden, bevor sie sich nach Israel aufgemacht hatte, um dort in die Armee einzutreten, doch Laurel hatte ihn bloß verspottet. «Dafür ist es zu spät», hatte sie gesagt und auf der einen Seite seine Haare hochgehoben. «Du bist nur noch sieben Achtel des Letzten Hippies.»

Sie war nicht immer so gewesen.

Während des Kriegs hatte sie einen völlig anderen Drive gehabt. Sie war vom Sternzeichen Jungfrau und damit ein analer Charakter, hatte aber beides in eine positive Richtung gelenkt.

Astralreisen. Kerzengießen. Makramee.

Doch post bellum hatte sich die Situation verschärft. Laurel besuchte damals einen Selbstverteidigungskurs für Frauen und probierte ihre Griffe an ihm aus, wenn er sein Mantra aufsagte. Obwohl sich ihre Ausbilder bei einem vierzigtägigen Intensivkurs in Arica sehr ins Zeug legten, war sie auf einmal besessen vom Rolfing.

Aber nicht als Patientin. Als Therapeutin.

Diese verheißungsvolle Karriere fand ein abruptes Ende, als ein Zahnarzt aus dem Marin County drohte, sie wegen tätlicher Beleidigung einsperren zu lassen.

«Der hatte doch 'ne Paranoia», meinte sie hinterher.

«Er hat gesagt, daß du voll drauf eingestiegen bist», entgegnete Vincent gelassen.

«Natürlich bin ich voll drauf eingestiegen! Es gehört zu meinem Job, daß ich das tue!»

«Er hat behauptet, daß du so einiges gesagt hast, während du ihn gerolft hast.»

«Was soll ich denn gesagt haben, hm?»

«Lassen wir das lieber, Laurel.»

«Was soll ich gesagt haben?»

«‹Du Bürgerschwein!› zum Beispiel oder ‹Du gehörst an die Wand gestellt!›»

«Das ist gelogen!»

«Na ja, er hat behauptet, daß . . .»

«Jetzt hör mir mal zu, Vincent! Wem glaubst du denn eigentlich? Mir oder so einem beschissenen paranoiden Bürgerschwein?»

Jetzt war sie aber nicht mehr da. Sie hatte Amerika für immer verlassen.

Dieses Amerika, das sie immer mit einem *k* geschrieben hatte, nie mit einem *c*.

Schon der Gedanke an diese Eigenart trieb ihm die Tränen in die Augen, und er klammerte sich in seiner Verzweiflung an die letzten Überbleibsel aus ihrem gemeinsamen Leben.

Er schlurfte in die Küche und starrte deprimiert auf sein quietschbuntes, fluoreszierendes «Keep on Truckin'»-Poster.

Laurel hatte es dort aufgehängt. Vor ewigen Zeiten. Es war inzwischen vergilbt und rissig, und der Spruch klang grausam anachronistisch.

Vincent hatte schon vor langer Zeit aufgehört, frohgemut nach vorn zu schauen.

Mit der Hand, an der noch alle Finger dran waren, riß er das Poster ab, zerknüllte es und schleuderte es mit einem qualvollen Urschrei quer durch den Raum. Dann stürmte er ins Schlafzimmer und tat Che Guevara und Tania Hearst das gleiche an.

Der Abschied war längst überfällig.

Vincent kam zu dem Schluß, daß das Switchboard der beste Ort dafür war. Es war so eine Art neutraler Zone. Ein öffentlicher Bereich, der mit ihm und Laurel nichts zu tun hatte.

Er war um halb acht dort und machte sich mit Wasser aus dem Hahn im Badezimmer eine Tasse Nescafé. Er räumte seinen Schreibtisch auf, leerte die Papierkörbe aus und putzte sein Skalpell mit einem Erfrischungstuch. Mary Ann würde um acht kommen. Er hatte genügend Zeit, um die Sache geordnet anzugehen.

Als er seine letzte Eintragung ins Dienstbuch machte, verspürte er einen Anflug von schlechtem Gewissen gegenüber den gequälten Seelen, die an diesem Abend anrufen und seinen Trost suchen würden.

Was würde Mary Ann ihnen sagen?

Und was würde sie tun, wenn sie ihn fand?

Er gelangte zu der Einsicht, daß das Skalpell unfair war, und zählte die Perlen seiner Fummelkette ein letztes Mal ab. Es mußte einen Weg geben, eine Methode, die sauberer war und den Schrekken für Mary Ann milderte.

Dann hatte er die richtige Idee.

Neuigkeiten von zu Hause

Mary Ann schaute noch bei Mona und Michael rein, bevor sie sich zum Crisis Switchboard aufmachte.

Michael machte ihr mit rotgeweinten Augen auf.

«Hallo», sagte er leise. «Willkommen im Heartbreak Hotel.»

«Hast du Besuch?» Im Schlafzimmer spielte Musik.

«Schön wär's.»

«Michael . . . ist was passiert?»

Er schüttelte den Kopf und zwang sich zu einem Lächeln. «Komm rein. Ich möchte dir was vorspielen.»

Er führte sie in sein Schlafzimmer und deutete auf einen Sessel. «Setz dich und heul dich aus. Diese Frau ist das Geschenk Gottes an alle Romantiker.» Er hielt ein Plattencover hoch. Jane Olivers *First Night.*

Mary Ann stützte den Kopf auf und hörte zu. Die Chanteuse sang «Some Enchanted Evening» und quetschte damit noch mehr Tränen aus Michael heraus.

«Jede Schwuchtel hier vergöttert sie», erklärte Michael. «Es ist richtige Aufwaschmusik.»

«Aufwaschmusik?»

«Ach du weißt schon. Nach dem Sex. Man spielt die Platte hinterher, wenn er sich eine Zigarette anzündet und ... der große Aufwasch losgeht.»

Mary Ann wurde rot. «Warum spielt man sie nicht schon vorher?»

«Äh ... Gute Frage. Vorher ist es wahrscheinlich ... bedrohlich. Nachher ist es nicht mehr gefährlich.»

«Aha.» Mary Ann lachte nervös.

Michael warf sich auf das Bett und starrte zur Decke hoch. «Hoffentlich werd ich nicht noch zum Zyniker.»

«Aber nein.»

«Glaubst du an die Ehe, Mary Ann?»

Sie nickte. «Meistens.»

«Ich auch. Ich denke immer daran, wenn ich einen neuen Typen sehe. Allein im 41er Union hab ich heute viermal geheiratet.»

In Mary Anns Lachen klang Verlegenheit mit.

«Ich weiß schon», sagte Michael ohne jeden Vorwurf. «Ein Haufen Trutschen im Kaftan, die mit Fummeltrinen als Brautjungfern durch den Golden Gate Park tänzeln und dabei Zitate aus *Rote Männer auf grünen Matten* hersagen ... Aber so was meine ich nicht.»

«Ich weiß.»

«Er wäre so was wie ... ein guter Freund. Einer, mit dem man sich einen Weihnachtsbaum kaufen kann.»

«Genau.» Sie versuchte vergeblich, sich vorzustellen, wie sie zusammen mit Norman eine Blautanne kaufte.

Mona war schon den ganzen Tag außer Haus. Ihre Abwesenheit setzte Michael wieder zu, sobald Mary Ann gegangen war. Mona machte es einem in letzter Zeit schwer, sich mit ihr zu amüsieren, aber sie bot wenigstens ein bißchen Ablenkung.

Sie bewahrte ihn vor Lands End.

Na toll, dachte er, als er die Stereoanlage ausschaltete und sich in die Küche verdrückte. Dein ganzes mickriges Leben steht auf der Kippe. Du gehörst zu niemand, und niemand gehört zu dir. Deine geheiligte Keuschheit ist einen *Scheißdreck* wert.

Er kramte im Kühlschrank nach etwas Eßbarem und förderte eine halbe Grapefruit und eine Flasche abgestandenes Mineralwasser zutage. Gleich neben den Eiswürfeln stand in stoischer Isolation ein Fläschchen Locker-Room-Poppers und wartete auf den nächsten Einsatz.

Michael warf einen mörderischen Blick auf die gedrungene braune Flasche und knallte die Tür des Tiefkühlfachs zu. «Frier dir doch den Arsch ab, du blödes Ding!»

In dem Moment klingelte das Telefon.

«Mikey?»

«Mama?»

«Wie geht's dir, Mikey?»

«Gut, Mama. Es ist doch nichts ...? Es ist doch alles in Ordnung, oder?»

«Ach ... es geht so. Aber Papa und ich haben eine Überraschung für dich, Mikey.»

Michael zog mit den Fingerspitzen die Falten auf seiner Stirn nach. Lieber Gott, tu mir das nicht an. «Was denn, Mama?»

«Na ja, du weißt doch, daß Papa schon *seit Jahren* versucht, eine Reise herauszuschinden bei der Florida Citrus Mutual ...»

O Gott, *bloß* nicht! Ich trete auch sofort in eine Kirche meiner Wahl ein! Und ich werde jeden Anflug von fleischlichen Begierden aus meinem Herzen verbannen!

«Und was glaubst du, was heute nachmittag passiert ist?»

«Ihr habt die Reise gekriegt.»

«Mhhmm. Und was glaubst du, wo es hingeht?»

«Nach Fire Island.»

«Was?»

«Ach, nichts, Mama. Bloß ein dummer Scherz. Ihr kommt nach San Francisco, nicht?»

«Ist das nicht toll? Wir haben vier ganze Tage, Mikey! Wir haben auch schon die Hotelreservierung und alles!»

Wie sich herausstellte, war ihr Zimmer im Holiday Inn an der Van Ness reserviert. Vom 29. Oktober bis zum 1. November.

Der Schrecken, den dieser Termin bedeutete, wurde Michael erst klar, als er im Kalender nachsah.

Mr. und Mrs. Herbert L. Tolliver ließen ihre Orangenhaine, ihre geliebten Schnellrestaurants Sizzlers und Shakey's und ihre *Saturday Evening Posts* im Stich, damit sie vier vergnügliche Tage in Everybody's Favorite City erleben konnten.

Am Halloween-Wochenende.

Heiliger Strohsack.

Ein Zufluchtsort für Streuner

Anna hatte ihr Schlafzimmer für Edgars Besuch penibel aufgeräumt.

Das Bett war frisch bezogen, die Farne waren mit Wasser besprüht, und die Fotografie, die sonst immer auf der Frisierkommode stand, steckte zuunterst im Wäscheschrank.

«Kein Wasserbett?» sagte Edgar, der das Zimmer zum erstenmal sah, mit einem schelmischen Grinsen.

«Ich muß dich leider enttäuschen», sagte Anna mit einem Schulterzucken. «Ich mußte es in Reparatur geben. Letzte Nacht hatte ich einen Freier, mit dem ich beinahe die Katze ersäuft hätte.»

«Welche Katze?»

Sie warf mit einem Kissen nach ihm. «Verdammt, du mußt doch sagen: ‹Welcher Freier?›»

«Okay. Welcher Freier?»

«Weiß ich nicht mehr. Es waren so viele!»

Er nahm sie in die Arme und hielt sie eine Weile fest. Dann küßte er sie sanft auf die Augenlider. Als er fertig war, schaute Anna zu ihm hoch und sagte: «Fitzgerald.»

«Wie bitte?»

«Das ist aus *Der Große Gatsby* ... ‹Sie war eine von den Frauen, deren Augen nach einem Kuß verlangen.› Oder so ähnlich jedenfalls ... Willst du was zu trinken, oder hast du schon Schlagseite?»

«Anna!»

Sie boxte ihn in die Seite. «Du riechst nach teurem Scotch.»

«Ich war bei einer Cocktailparty im Summit.»

«Mit Frannie?»

Edgar nickte.

«Und wie konntest du dann ...?»

«DeDe hat sie nach Hause gebracht.»

«Edgar ... sie wird sicher merken, daß du ...»

«Sie war kaum noch bei Bewußtsein, Anna.»

Anna legte ihre Hand auf seine Brust und deutete mit ihrem langen, feingliedrigen Zeigefinger zum Fenster.

«Sieh mal», sagte sie und rückte das Kissen unter seinem Kopf zurecht. «Willst du den Beweis sehen?»

Er drehte sich herum und schaute zum Fenster. Dort sah er einen dicken getigerten Kater, der das Fensterbrett entlangstrich. Das Tier blieb kurz stehen, begrüßte Anna mit einem Miau und ging dann weiter.

«Er heißt Boris», sagte Anna.

«Läßt du ihn nicht herein?»

«Er gehört nicht mir.»

«Ach so ... Dann zählt es auch nicht.»

«Ich liebe ihn», sagte Anna kategorisch. «Und das zählt doch, oder?»

«Es gibt eine Theorie», sagte Anna, als sie Edgar eine Tasse Tee reichte und wieder ins Bett stieg, «nach der wir alle Bewohner von Atlantis sind.»

«Wer?»

«Wir. Die Menschen in San Francisco.»

Edgar grinste nachsichtig und machte sich auf eine neue abenteuerliche Geschichte gefaßt.

Anna bemerkte es. «Soll ich dir die Geschichte erzählen ... oder hast du mich schon über?»

«Nein, nein, erzähl mir eine Geschichte.»

«Also ... in einer von unseren letzten Inkarnationen waren wir Bewohner von Atlantis. Und zwar alle. Du, ich, Frannie, DeDe, Mary Ann ...»

«Bist du *sicher,* daß sie nicht im Haus ist?»

«Sie ist zu ihrem Switchboard gegangen. Entspannst du dich jetzt vielleicht?»

«Okay. Ich bin entspannt.»

«Gut. Wir haben also alle in diesem wunderbaren, aufgeklärten Königreich gelebt, das vor langer, langer Zeit im Meer versank. Und nun sind wir zurückgekehrt auf diese Halbinsel am Rande des Kontinents ... weil irgendwo in uns das geheime *Wissen* verborgen liegt, daß wir gemeinsam ins Meer zurückkehren müssen.»

«Beim Erdbeben.»

Anna nickte. «Ist dir nichts aufgefallen? Du hast *beim* Erdbeben gesagt, und nicht *bei einem* Erdbeben. Du wartest darauf. Wir alle warten darauf.»

«Und wo ist da die Gemeinsamkeit mit Atlantis?»

«In der Transamerica Pyramid zum Beispiel.»

«Hmm?»

«Weißt du denn nicht, was die Silhouette von Atlantis bekrönt hat, Edgar ... Der Bau, der alles überragte?»

Er schüttelte den Kopf.

«Eine Pyramide! Eine riesengroße Pyramide, auf deren Spitze ein Leuchtfeuer brannte!»

Als Edgar sich eine Stunde später auf die Barbary Lane hinausschlich, sah Anna ihm vom Fenster aus nach. Sie klopfte einmal an die Scheibe, aber er hörte sie nicht.

Es sah noch jemand zu. Von einem Versteck aus, das sich in den Büschen am Rande des Vorgartens befand.

Norman Neal Williams.

Haltlos

Mary Ann war spät dran, doch der Mercedes, der unten an der Treppe zur Barbary Lane stand, fiel ihr trotzdem auf. Das Nummernschild war ein Namensschild: FRANNI. Es war ihr sofort klar, daß der Wagen Edgar Halcyon gehörte.

Wie klein diese Stadt doch ist, dachte sie. In mancher Hinsicht kleiner als Cleveland. Sie fragte sich, welche hochgeschätzte Gastgeberin den Halcyons heute abend auf dem Russian Hill Cocktails servieren durfte.

«Na, du Schöne der Nacht.»

Es war Brian Hawkins, der mit einem *eindeutigen* Grinsen im Gesicht die Leavenworth herunterschlenderte.

«Keine Zeit. Ich muß zum Switchboard», sagte sie knapp.

«Ach so ... die Selbstmörderoase.»

Mary Ann runzelte die Stirn. «Das ist nur *ein* Teil davon.»

«Wann hast du dort Schluß?»

«Ziemlich spät.»

«Ich verstehe. Okay ... Wenn du Lust hast, dann komm doch nachher noch auf einen Joint zu mir.»

«Ich bin hinterher meistens sehr müde, Brian.»

Er drückte sich an ihr vorbei und stieg die Treppe hinauf. «Na prima. Direkter geht's ja wohl kaum noch, was?»

Die Straßenbahn der Linie J Church war mal wieder pickepackevoll.

Mary Ann zahlte bei der mürrischen Fahrerin und arbeitete sich dann durch eine Wolke aus Woolworth-Parfüm zentimeterweise nach hinten zu einem freien Platz. Sie setzte sich neben eine alte Frau in einem pinkfarbenen Tuchmantel und mit einer arg mitgenommenen braunen Perücke auf dem Kopf.

«Es wird wärmer.»

«Wie bitte?»

«Anscheinend wird's wieder wärmer.» Eine Quasseltante, dachte Mary Ann. Jedesmal dasselbe.

«Ja, da haben sie recht.»

«Wo sind Sie her?»

«Aus Cleveland.»

«Meine Schwester ist mal in Akron gewesen.»

«Aha ... Ja, Akron ist wirklich eine hübsche Stadt.»

«Ich bin hier geboren und aufgewachsen. An der Castro Street. Bevor die ganzen ... na, Sie wissen schon ... da hingezogen sind.»

«Ich weiß, was Sie meinen.»

«Haben Sie schon zu Jesus gefunden?»

«Wie bitte?»

«Haben Sie Jesus schon als Ihren persönlichen Erlöser angenommen?»

«Na ja ... ich bin ... Meine Eltern sind Presbyterianer.»

«In der Bibel steht: ‹Wenn jemand nicht von neuem geboren wird, kann er das Reich Gottes nicht sehen.›»

Wenn es einen Gott gibt, dachte Mary Ann, dann macht er sich bestimmt einen Spaß daraus, mir immer solche Leute zu schicken: fundamentalistische Weibsbilder. Hare Krishnas, die mit ihren Blumen hausieren gehen. Scientologen, die einem an der Ecke Powell und Geary «Persönlichkeitstests» anbieten.

Als die Straßenbahn an der Twenty-fourth Street hielt, drängelte Mary Ann in Richtung Tür.

Die alte Frau streckte ihren Arm auf den Gang hinaus, sagte «Lobet den Herrn!» und drückte ihrer Konvertitin ein eselsohriges Flugblatt in die Hand. Mary Ann wurde rot und nahm es mit einem Kopfnicken an.

Als die Straßenbahn weiterfuhr, blieb sie an der Ecke stehen und las die fett gedruckte Überschrift des Flugblatts: JIMMY CARTER FOR PRESIDENT.

Mary Ann kam zu dem Schluß, daß die Welt im Wandel war. Selbst für eine Provinzlerin wie sie hatte die Twenty-fourth Street etwas fast schon kurios Altmodisches. Die Männer trugen ihre Haare immer noch zu Pferdeschwänzen gebunden, und die Frauen wallten in ländlichen Großmutterkleidern durch die Gegend.

«Echt toll!» klang hier so platt wie: «Ach, Dummerchen!»

Und was kommt als nächstes? fragte sie sich. Was wird an die Stelle der Gratisarztpraxen, der Switchboards, der Alternativzeitungen und des makrobiotischen Dies und Das treten?

Die Diele des Switchboard lag im Dunkeln. Ein schmaler Lichtstreif aus dem hinteren Raum wies ihr den Weg zu einem klingelnden Telefon.

«Ich bin da, Vincent. Tut mir schrecklich leid! Aber mir ist einfach die Zeit davongelaufen. Du mußt ganz schön ... *Nein! ... O Gott, Vincent, nein! ... Du hast dich doch nicht etwa ...?*»

Seine Zunge war das Allerschlimmste. Sie quoll aus seinem Mund wie eine dicke schwarze Wurst.

Sachte hin und her schaukelnd baumelte Vincent von der Decke. Um seinen Hals lag ein abscheuliches Gewirr aus Schnur und Muscheln und Federn. Laurels Wandbehang hatte zu guter Letzt eine Verwendung gefunden.

Vincent war so organisch wie möglich gestorben.

Das Betthupferl

Der Polizist, der Mary Ann an der Barbary Lane absetzte, war so jung, daß er noch Pickel hatte. Aber er war freundlich und schien aufrichtig um sie besorgt zu sein.

«Sind Sie sicher, daß Sie alleine zurechtkommen?»

«Danke, ja.» Sie war nahe dran, ihn auf eine Crème de menthe zu sich nach oben einzuladen ... Alles wäre ihr recht gewesen, um an diesem Abend nicht allein sein zu müssen.

Als sie die Treppe zur dunklen Barbary Lane hinaufhastete, hoffte sie inständig, daß Mona oder Michael zu Hause sein würden. Es reagierte aber niemand auf ihr Klingeln.

Als sie oben im zweiten Stock ihren Schlüssel aus der Handtasche holen wollte, bemerkte sie den Lichtschein unter Brians Tür. Kurz entschlossen änderte sie ihren Kurs.

Er trug Boxershorts und ein Sweatshirt, als er ihr die Tür aufmachte. Sein Gesicht glänzte vor Schweiß.

«Das kommt von den Sit-ups», erklärte er und deutete mit dem Kopf auf seine Trimmbank.

«Entschuldige, wenn ich dich ...»

«Das macht doch nichts.»

«Ich ... Gilt deine Einladung zu einem Joint noch?»

Während Brian sich Mary Anns Schreckensbericht anhörte, war auf seinem Gesicht fast keine Reaktion abzulesen. Als sie fertig war, stieß er einen leisen Pfiff aus. «War er ein guter Freund von dir?»

Mary Ann schüttelte den Kopf. «Überhaupt nicht.»

«Und deswegen tut es jetzt ganz besonders weh, was?»

«Mein Gott, Brian, wenn ich nur ein *bißchen* mehr mit ihm geredet hätte ...»

«Ach nein, das hätte auch nichts geändert.» Er schüttelte den Kopf und lächelte mitleidig. «Dann haben wir also *beide* einen wunderbaren Tag hinter uns.»

«Was hast *du* erlebt?»

«Nicht viel. Ich war bei einer Party in Stinson Beach.»

«Und es hat dir nicht gefallen?»

Er zog an dem Joint. «Stell dir mal folgendes vor. Fünf Ehepaare und ich. Lauter junge Leute. Das heißt ... halbwegs junge Leute. So dreißig bis fünfunddreißig. Sie laufen immer noch in Turnschuhen rum, wohlgemerkt, aber sie fahren inzwischen einen Audi, schicken ein paar kleine Würmer auf die Französisch-Amerikanische Schule und unterhalten sich über ihre Cuisinarts ...»

«Ihre was?»

«Über ihre edlen Küchengeräte.» Er gab den Joint an sie weiter. «Nächste Einstellung: ein Strand voller schweinchenrosa Leute, die Frauen auf der einen Seite, in angeregtem Geplauder über Whirlpools und Zellulitis und den besten Laden für vollreifen Brie ... und die Typen am Volleyballnetz, wo sie in ihren uralten Madras-Bermudas, die ihre Frauen ihnen schon mindestens zweimal weiter machen mußten, husten und pusten ... und dazu diese Horden von butterblonden Kindern, die sich darum streiten, wer mit Big Bird und G. I. Joe spielen darf ...»

Mary Ann lächelte zum erstenmal. «Ich seh's vor mir.»

«Und mitten in dem ganzen Durcheinander unser Held ... der sich fragt, ob er vom Sozialamt Essenmarken kriegen kann, falls er bei Perry's aufhört ... der inbrünstig hofft, daß ihn die Tripperklinik in dieser Woche mal nicht anruft ...»

Er hörte auf zu reden, als er ihren Gesichtsausdruck sah. «Das war ein Witz, Mary Ann ... Und dann kommt dieser Typ aus dem Haus gelaufen, mit einer Gitarre um den Hals, als wär er bei einer *Hootenanny-Session* gewesen, nur daß er in Wirklichkeit *Rechtsanwalt* ist ... und er schmeißt sich in den Sand und legt los mit: ‹I don't give a damn about a greenback dollar ...› ... und alles klatscht und singt und schunkelt mit den Kindern auf dem Schoß ...»

Mary Ann nickte, obwohl sein zynischer Ton sie irritierte. Für sie hörte sich das alles ausgesprochen *niedlich* an.

«Schauerlich! Sobald die Singerei losging, bin ich ins Haus zurück, hab mich in einem Zimmer aufs Bett gesetzt, einen Joint geraucht und mich bei meinen Glückssternen bedankt, daß ich nicht ebenfalls in diesem *erbärmlichen* Mittelklassegefängnis stecke!»

«Ich verstehe.»

«Und dann kommt ... dieses Kind ins Zimmer marschiert ... so ungefähr sechs ... und sie fragt mich, warum ich nicht singe, und ich erkläre ihr, daß ich ein lausiger Sänger bin, und sie sagt, daß sie das verstehen kann, weil sie auch ganz schlecht singt.»

«Wie süß.»

«Ja, die war in Ordnung.»

«Ist sie bei dir geblieben?»

«Sie wollte, daß ich ihr was vorlese.»

«Und, hast du's gemacht?»

«Nicht besonders lang. Du meine Güte, war ich vielleicht stoned.»

«Für mich hört sich das alles überhaupt nicht schlimm an.»

«Ihr Alter und ich waren gemeinsam auf der George Washington.»

«Wo?»

«Wir haben beide an der gleichen Fakultät Jura studiert. Er ist der Kerl, der sich aus dem *greenback dollar* nichts gemacht hat.»

«Du warst mal Rechtsanwalt?»

Der Joint war inzwischen so kurz, daß Brian sich die Finger verbrannte. Er warf den Stummel auf den Boden und trat ihn aus. «O ja ... nur habe ich mir aus dem *greenback dollar* auch in der *richtigen* Welt nichts gemacht. Als einer, der nichts gekostet hat, war ich weit und breit begehrt.»

«Du hast nichts verlangt?»

«Nicht, wenn du in Chicago schwarz warst ... oder in Toronto Wehrdienstverweigerer oder in Arizona Indianer ... oder in L.A. Chicano.»

«Aber du hättest doch ...»

«Jura habe ich *gehaßt.* Die *Fälle* waren mir wichtig ... und ... na ja, irgendwann hatte ich dann keine mehr.»

Er schaute auf seine Hände, die zwischen seinen Knien baumelten. «Der gute alte Vincent und ich hätten ein prima Gespann abgegeben.»

«Brian ...»

«Na sag schon.»

«Danke fürs Zuhören.»

«Raus mit dir. Ich muß mit meinen Sit-ups weitermachen.»

Tröstliche Worte

Mr. Halcyon war freundlicher als erwartet, als sie ihn um einen freien Tag bat.

«Es tut mir leid um Ihren Freund, Mary Ann.»

«Er war nicht direkt ein *Freund* ...»

«Trotzdem.»

«Jedenfalls danke ich Ihnen sehr.»

«Das Leben in Atlantis ist nicht leicht, was?»

«Sir?»

«Ach, nichts. Gehen Sie ruhig. Ich kann jemand von Kelly Girl kommen lassen.»

Ihre Ratlosigkeit war größer denn je. Sie saß auf ihrem Korbsofa, stopfte eine Pop-Tart in sich hinein und schaute auf die Bay hinaus. Das Wasser war *so* blau ... aber war der Preis nicht zu hoch?

Wie oft hatte sie jetzt schon gedroht, nach Cleveland zurückzugehen?

Wie oft hatte die Aussicht auf ein Familienservice und ein gesichertes Leben im eigenen Haus sie schon von den Hängen dieses wunderbaren Vulkans weglocken wollen?

Würde es je dazu kommen, daß sie sich hier einmal nicht wie eine Kolonistin auf dem Mond vorkam?

Oder würde sie eines Tages aufwachen und sich als alte Dame im Tuchmantel wiederfinden, die mit leicht angeschmutzten Handschuhen auf dem Russian Hill herumtappte, bei Marcel & Henri die Entscheidung für ein einzelnes Lammkotelett möglichst lange hinauszögerte und dem Fleischer oder dem Türsteher oder dem netten jungen Bremser, der ihr in die Cable Car half, erklärte, sie würde in den nächsten Tagen, sobald ihre Rente da war oder anderes Wetter kam oder sie ein neues Zuhause für ihre Katze gefunden hatte ... nach Cleveland zurückkehren?

Es klingelte.

Als sie aufmachte, war das Gesicht ihres Besuchers von einem riesigen Blumentopf mit gelben Chrysanthemen verdeckt.

«Hallo, Mary Ann.»

«Norman?»

«Ich hab dich doch nicht aufgeweckt, oder?»

«Nein. Komm rein.»

Er stellte den Blumentopf auf eines der Tischchen aus Teak, die sie bei Cost Plus gekauft hatte. «Sind die für mich?» fragte sie.

Er nickte. «Ich hab gehört, was gestern abend passiert ist.»

«Wie lieb von dir ... Wer hat es dir erzählt?»

«Der Kerl von gegenüber. Ich bin ihm heute vormittag draußen vor dem Haus begegnet.»

«Brian.»

«Ja. Aber, störe ich dich auch ...»

«Aber nein. Es freut mich, daß du gekommen bist, Norman. Ehrlich.» Sie küßte ihn flüchtig auf die Wange. «Ehrlich.»

Norman wurde rot. «Ich dachte, die gelben gefallen dir vielleicht besser als die weißen.»

«O ja.» Sie tätschelte die Pflanze anerkennend. «Gelb ist meine Lieblingsfarbe. Kann ich dir einen Kaffee anbieten?»

«Wenn es nicht zuviel Umstände macht.»

«Natürlich nicht. Ich bin gleich wieder da.» Sie lief in die Küche und machte sich an ihrer französischen Kaffeekanne aus rostfreiem Stahl und Glas zu schaffen, die den stolzen Namen Melior trug und von der Firma Thomas Cara stammte. Vor einem Monat hatte Mary Ann dafür fünfunddreißig Dollar ausgegeben ... und sie ganze zwei Mal benutzt.

Sie war sich fast sicher, daß Norman ein Nescafé-Typ war, aber warum sollte sie ein Risiko eingehen?

Der Kaffee schien Norman zu schmecken. «Mensch!» sagte er grinsend, als er seine Tasse abstellte. «Brian hat mir gezeigt, was unsere Vermieterin im Garten anbaut.»

«Ach so ... du meinst das Gras?» Sie war verblüfft über die

Lässigkeit, mit der sie das sagte. Ihre zunehmende Weltoffenheit erstaunte sie manchmal selbst.

«Ja. Das ist hier wohl ziemlich normal, hm?»

Mary Ann zuckte mit den Schultern. «Sie baut es nur für uns an ... und für sich selbst. Aber das weißt du ja ... Du hast beim Einzug doch auch einen bekommen, oder?»

«Was soll ich bekommen haben?»

«Einen Joint ... Hat an deiner Tür kein Joint geklebt?»

Norman sah überrascht aus. «Nein.»

«Ach so ... na ja ...»

«Sie hat dir einen Joint an die Tür geklebt, als du eingezogen bist?»

Mary Ann nickte. «Das ist hier so eine Art Hausbrauch. Bei dir muß sie es ... vergessen haben oder so.»

Norman lächelte. «Ich komme mir nicht vernachlässigt vor.»

«Du rauchst nicht, hm?»

«Nein.»

«Vielleicht hat sie das geahnt. Sie hat eine ungeheure Intuition.»

«Ja ... vielleicht. Brian sagt, daß sie früher in einem Buchladen in North Beach gearbeitet hat.»

Mary Ann konnte keinen rechten Zusammenhang erkennen. «Ja, das hat er mir auch erzählt. Ich hab sie nie danach gefragt.»

«Sie ist nicht von hier, oder?»

«Soll das ein Witz sein?» sagte Mary Ann. Dankbar packte sie die Gelegenheit beim Schopf, den Spruch einmal selbst anbringen zu können: «*Niemand* ist von hier.»

«Für mich hört sie sich an, als würde sie aus dem Mittelwesten stammen.»

«Kann gut sein ... Ich glaube, sie und Mona reden ziemlich ähnlich.»

«Mona?»

«Der Rotschopf aus dem zweiten Stock.»

«Ach so.»

Er wirkte ein wenig verloren. Der arme Kerl. Sie hoffte, daß er eines Tages lernen würde, sich als Teil der Familie zu begreifen.

Der Hinweis aus der Buchhandlung

Norman verließ Mary Anns Wohnung kurz vor Mittag.

Die nächsten drei Stunden brachte er damit zu, in Buchläden herumzustöbern, hatte aber keinen Erfolg. Schließlich stieß er an der Upper Grant auf einen kleinen, verstaubten Laden, der sich zwischen ein Ledergeschäft und einen alternativen Eissalon zwängte.

Er schnüffelte einige Zeit herum, bevor er sich an den alten Mann wandte, der weiter hinten arbeitete.

«Haben Sie irgendwas über Sky-diving?»

«Worüber?»

«Über Sky-diving. Fallschirmspringen.»

«Ist das ein Sport?»

«Ja. Das ist ein Sport.»

Der alte Mann lüpfte seine Strickjacke, um sich an der Seite zu kratzen, dann zeigte er auf ein Regal in Kopfhöhe. «Das ist alles, was wir über Sport haben.» Er wirkte leicht angewidert, als hätte Norman ihn nach der Pornoabteilung gefragt.

«Na ja, nicht so wichtig. Ich wollte mir bloß den alten Laden wieder einmal ansehen. Früher bin ich hier oft reingekommen. Sie haben ihn schön hergerichtet, den Laden.»

«Finden Sie?»

«Ja. Sehr geschmackvoll. Solche Läden findet man heutzutage kaum noch. Es ist schön, wenn man Leute trifft, die das Alte noch schätzen.»

Der alte Mann kicherte. «In meinem Alter ... sollte ich's auch schätzen können.»

«Ja ... Aber im Herzen sind Sie doch jung geblieben, nicht? Und darauf kommt's schließlich an. Jedenfalls sind Sie viel aufgeschlossener als die Frau, die den Laden früher hatte.»

Der alte Mann fixierte ihn. «Sie kannten sie?»

«Nicht besonders gut. Sie ist mir nur als richtig unangenehme Person aufgefallen.»

«*Das* hat noch niemand über sie gesagt. Ein bißchen seltsam war sie vielleicht.»

«Ein bißchen arg seltsam! Haben Sie den Laden von ihr gekauft?»

Der Alte nickte. «So vor zehn Jahren. Und seither bin ich ohne Unterbrechung hier.»

«Ach, so was ist doch schön. So ein Laden braucht eine gewisse ... Kontinuität. Mrs. Wiehießsienoch ist wohl wieder zurück an die Ostküste ... Oder woher kam sie gleich noch?»

«Aber nein. Sie lebt immer noch hier. Ich sehe sie ab und zu.»

«Das überrascht mich aber. Meinem Eindruck nach hat sie sich hier nicht wohl gefühlt. Sie hat immer was gesagt von ... ach, von irgendwo im Osten. Wissen Sie noch, wo sie herstammt?»

«Osten kann man wohl sagen. Sie war aus Norwegen.»

«Aus Norwegen?»

«Vielleicht war's auch Dänemark. Ja, genau ... Dänemark.»

«Dann muß ich sie mit jemand verwechseln.»

«Hieß sie Madrigal?»

«Ja, genau. So hieß sie.»

«Sie kam damals aus Dänemark, da bin ich mir ganz sicher. Sie ist hier geboren ... in den Staaten, meine ich ... aber sie hat in Dänemark gelebt, bevor sie den Laden gekauft hat. Von dort hat sie wahrscheinlich auch ihre merkwürdigen Angewohnheiten mitgebracht.»

«Tja, davon hatte sie wirklich ein paar.»

Der Alte lächelte. «Sehen Sie die Registrierkasse da?»

«Ja.»

«Wissen Sie, als ich den Laden übernommen habe ... an meinem ersten Tag hier ... da habe ich auf der Kasse einen Zettel gefunden, den sie drangeklebt hatte und auf dem ‹Viel Glück und Gottes Segen› stand ... Und was glauben Sie, was noch dranklebte?»

Norman zuckte mit den Schultern.

«Eine Zigarette. Eine selbstgedrehte Zigarette. Mit einem Stück Klebeband drangepappt.»

«Seltsam.»

«Mehr als seltsam», antwortete der alte Mann.

Gerade als Mona und D'orothea ins Malvina's gehen wollten, kam Norman die Union Street in Richtung Washington Square herunter.

Mona nickte ihm zu, doch er reagierte nicht.

«Er wohnt in unserem Haus», klärte sie D'orothea auf. «Aber er ist so ängstlich, daß er sich vermutlich sogar vor seinem eigenen Schatten fürchtet.»

«So sieht er auch aus.»

«Trotzdem beobachtet er mich. Er redet nicht viel, aber er beobachtet mich.»

Im oberen Raum von Malvina's tranken sie Cappuccino und puzzelten die fehlenden Jahre zusammen.

«Ich hab ganz den Faden verloren», sagte Mona. «Was ist mit Curt geworden?»

«Allerhand ... So ein Jahr ungefähr war er bei *Sleuth.* Dann kamen ein paar neue Seifenopern, und dann kriegte er eine größere Rolle in *Absurd Person Singular.* Er hat sich gut gemacht.»

«Du doch auch, oder?»

«Ich auch, ja.»

«Ich bin meinen Job los.»

«Ich weiß.»

«Wie hast du ...?»

«Ich arbeite gerade für Halcyon. Beauchamp Day hat es mir gesagt.»

«Wie klein die Welt doch ist.»

«Mit New York bin ich fertig, Mona. Ich möchte, daß San Francisco wieder meine Heimat wird.»

«Zurück nach Hause und nie mehr auf die Walz?»

«Das hört sich so zynisch an.»

«Entschuldige.»

«Ich brauche dich, Mona.»

«D'or ...»

«Ich will dich wiederhaben.»

Mona verbessert sich

Es war ein strahlender, stürmischer Vormittag. Michael warf einen Stein in die Bay und legte seinen Arm um Monas Schultern. «Marina Green ist wirklich ein toller Park», sagte er.

Mona verzog das Gesicht, blieb stehen und streifte ihren uralten Earth Shoe am Randstein ab.

«Ganz zu schweigen von Marina Brown.»

«Ach, was bist du doch romantisch!»

«Scheiß auf Romantik. Sieh dir nur an, was sie dir einbringt.»

«Danke, den Dämpfer hatte ich nötig.»

«Entschuldige. Ich hab's nicht so gemeint.»

«Aber du hast doch recht.»

«Nein, hab ich nicht. Ich bin feige. Ich hab nichts als Schiß. Du wirst sicher bald was ganz Wunderbares erleben, Mouse. Und du hast es auch verdient, weil du nie aufgibst. Aber ich hab schon lange aufgegeben.»

Michael setzte sich auf eine Bank und wedelte den Platz neben sich sauber. «Was triezt dich denn so, Mona?»

«Ach, nichts besonderes.»

«Quatsch.»

«Du brauchst nicht noch einen Abtörner, Mouse.»

«Wer sagt das? Abtörner sind mein Lebenselixier.»

Sie setzte sich neben ihn und schaute mit glasigen Augen auf die Bay hinaus. «Ich glaube, ich ziehe aus, Mouse.»

In seinem Gesicht spiegelte sich keine Reaktion. «Hmh?»

«Eine Freundin möchte, daß ich zu ihr ziehe.»

«Aha.»

«Es hat nichts mit dir zu tun, Mouse. Ehrlich nicht. Ich hab nur das Gefühl, daß sich *irgendwas* ändern muß, weil ich sonst ausflippe ... Ich hoffe, du ...»

«Was ist das für eine Freundin?»

«Du kennst sie nicht. Sie ist Model, und ich kenne sie aus New York.»

«Und das ist alles, hm?»

«Sie ist wirklich sehr lieb, Mouse. Außerdem hat sie in Pacific Heights gerade ein wunderschön umgebautes Victorian House gekauft.»

«Reich ist sie wohl auch, was?»

«Ja, reich ist sie wohl auch.»

Er sah sie schweigend an.

«Ich brauche ... ein bißchen Sicherheit, Mouse. Ich bin jetzt einunddreißig, verdammt noch mal!»

«Und was heißt das?»

«Das heißt, daß ich es leid bin, meine Kleider auf dem Flohmarkt zu kaufen und mir vorzugaukeln, daß sie Pep haben. Ich möchte ein Bad, das sich leicht sauber halten läßt, und eine Mikrowelle und ein Plätzchen, wo ich Rosen pflanzen kann, und so einen blöden Hund, der sich freut, wenn ich nach Hause komme!»

Michael biß auf die Spitze seines Zeigefingers und blinzelte ihr zu. Dann sagte er leise: «Wuff.»

Sie spazierten ein Stück die Kaimauer entlang.

«Warst du mit ihr zusammen, Mona?»

«Mhmm.»

«Warum hast du mir nie was davon erzählt?»

«Es war mir eigentlich nie so wichtig. Diese Szene war nicht gerade ... meine Welt. Ich war eine lausige Lesbe.»

«Und jetzt bist du das nicht mehr, hmh?»

«Darauf kommt's doch nicht an.»

«Und ob's darauf ankommt.»

«Sie ist ein wunderbarer Mensch, und ...»

«Sie wird gut für dich sorgen, und du kannst zu Hause bleiben und nach Herzenslust Bonbons essen und Filmzeitschriften lesen ...»

«Es reicht, Mouse!»

«Ach, komm! Vielleicht stimmt es, daß du schon lange aufgegeben hast, aber ich werde nicht einfach so zusehen, wie du dein Leben wegwirfst. Außerdem bist du *ihr* gegenüber mehr als unfair, Mona! Was soll sie denn mit einer lauwarmen Geliebten, die plötzlich ihre Leidenschaft für geflieste Badezimmer entdeckt hat?»

«Du hast nicht das Recht ...»

«Man kriegt nichts geschenkt, Mona! Absolut nichts!»

«Ach ja? Wo bleibt dann deine Miete?»

Die Worte trafen ihn härter, als sie erwartet hatte. Michael wurde augenblicklich still.

«Ich hab's nicht so gemeint, Mouse.»

«Warum nicht? Es stimmt doch.»

«Mouse ... das mit der Miete macht mir wirklich nichts aus.» Er weinte. Mona blieb stehen und griff nach seiner Hand. «Sieh mal, Mouse, du hast dann die ganze Wohnung für dich allein, und Mrs. Madrigal wird dir garantiert Zeit lassen, bis du einen Job hast und die Miete zahlen kannst.»

Er rieb sich mit den Handrücken die Augen. «Warum klingt das alles wie das Ende einer Liebesaffäre in einem B-Movie?»

Sie küßte ihn auf die Wange. «Ja, es hört sich wirklich so an, was?»

«Eine komische Affäre. Du bist nicht mal so lange geblieben, daß ich dir meine Eltern vorstellen konnte.»

Beim Gynäkologen

Das Wartezimmer war in dem gleichen Grünton gehalten, der DeDe schon damals im Convent of the Sacred Heart deprimiert hatte. An den Wänden hingen Clowns – weinende Clowns –, und es gab nichts zu lesen außer dem *Ladies' Home Journal* vom Juli 1974.

Es war nicht anders als beim Zahnarzt.

Die Sprechstundenhilfe schenkte DeDe keine Beachtung. Sie las den *Chronicle* und plünderte eine Tüte Paprikachips.

«Wird es noch lange dauern?» fragte DeDe und ärgerte sich im selben Moment über ihren unterwürfigen Ton.

«Was haben Sie gesagt?» Das halslose Ungeheuer zeigte sich deutlich verärgert, weil es bei seiner Lektüre gestört worden war. «Ach so ... Der Doktor wird sich gleich um Sie kümmern.» Sie machte ein etwas freundlicheres Gesicht, hielt die Zeitung hoch und deutete auf eine Kolumne auf der Rückseite. «Haben Sie das heute schon gelesen?»

DeDe reagierte abweisend. «Ich lese die Kolumne nie.»

«Ach ... das gibt's doch nicht!»

«Wenn ich es doch sage. Es ist der reinste Quatsch. Eine Freundin von mir war schon mal kurz davor, ihn zu verklagen.»

«Das ist ja toll. Haben Sie schon mal ...» Sie unterbrach sich mitten im Satz und schob rasch einen Katalog für Ärztebedarf über die Zeitung, als gleich neben ihrem Schreibtisch eine Tür aufschwang.

DeDes Blick traf auf einen schlanken blonden Mann in blauem Baumwollhemd, legeren Hosen und weißer Baumwolljacke. Sie mußte sofort an Ashley Wilkes denken.

«Ms. Day?»

Der Punkt ging an ihn. Sie hatte am Telefon kein Wort über ihren Familienstand verloren, sondern sich bloß als «eine Freundin von Binky» vorgestellt und sich dabei wohl genauso heimlichtuerisch angehört wie jemand, der während der Prohibition in eine Flüsterkneipe eingelassen werden wollte.

«Ja», sagte sie tonlos und streckte ihm die Hand hin.

Weil er ihr Unbehagen bemerkte, führte er sie aus dem Wartezimmer in den Raum mit den Klettergeräten.

«Ist Ihnen öfter übel in letzter Zeit?» fragte er sanft, als er sich an die Arbeit machte.

«Öfter nicht, aber manchmal. Zum Beispiel, wenn ich Zigarettenrauch rieche.»

«Gibt es Essen, das Sie nicht vertragen?»

«Ja, schon.»

«Und zwar?»

«Schweinefleisch süß-sauer.»

Er gluckste. «Aber eine halbe Stunde später geht es Ihnen wieder gut.»

Es gab hier nichts zu lachen. DeDe verschloß sich ihm gegenüber ... soweit das in ihrer Lage überhaupt ging.

«Waren Sie in letzter Zeit öfter müde?»

Sie schüttelte den Kopf.

«Wie geht es Binky?»

«Wie bitte?»

«Wie es Binky geht. Ich habe sie seit dem Filmfestival nicht mehr gesehen.»

«Sie ... Ich glaube, es geht ihr gut.» Es empörte sie, daß jemand in so einem Augenblick von Binky Gruen reden konnte.

Als er fertig war, kam er mit einem Lächeln auf seinem glatten Gesicht vom Waschbecken zurück. «Sie können es behalten, wenn Sie wollen?»

«Was?»

«Das Baby. Es ist nicht nötig, auch noch das Ergebnis der Urinuntersuchung abzuwarten. Sie werden Mutter, Mrs. Day.»

DeDe fragte sich hinterher, ob ein automatischer Abwehrmechanismus ihre Reaktion auf diese Eröffnung gedämpft hatte. Sicherlich hätten sich die wenigsten Frauen ausgerechnet diesen Moment ausgesucht, um sich in Gedanken an die strahlend blauen Augen ihres Arztes zu verlieren.

Nach der Untersuchung wurde er DeDe immer sympathischer. Seine schlaksige Lockerheit und sein jungenhaftes Lächeln wirkten befreiend. Sie hatte das Gefühl, daß sie ihm vertrauen konnte. Ja zum Baby oder nein zum Baby? Sie war überzeugt, daß er das Delikate an ihrer Situation spürte.

«Rufen Sie mich an», sagte er, «sobald Sie sich entschieden haben. Und in der Zwischenzeit nehmen Sie die hier.» Er zwinkerte ihr zu. «Sie sind rosa und hellblau. Eine subtile Propagandamaßnahme.»

Er verabschiedete sich im Wartezimmer von ihr und wandte sich an die Sprechstundenhilfe, als DeDe zur Tür ging.

«Sind Sie mit der Zeitung durch?»

Sie nickte und gab ihm den *Chronicle*.

Er schlug dieselbe Seite auf, von der die Sprechstundenhilfe so gefesselt gewesen war. Als erstes schlich sich ein Lächeln in sein Gesicht, dann schüttelte er den Kopf.

«Abartig», sagte der Arzt. «Richtig abartig.»

Die Diagnose

Bestürzt starrte Frannie ihre Tochter an.

«O Gott, DeDe! Bist du sicher?»

Dede nickte, während sie mit den Tränen kämpfte. «Ich habe heute morgen mit ihm gesprochen.»

«Und ... er ist sich ganz sicher?»

«Ja.»

«O mein Gott.» Frannie hielt sich an dem schmiedeeisernen Gitter im Frühstückszimmer fest, als könnte sie daran auch inneren Halt finden. «Warum erfahren wir das ... erst jetzt? Warum hat er uns nicht schon *früher* aufgeklärt?»

«Weil er es noch nicht genau wußte, Mutter.»

Frannie wurde schrill. «*Nicht genau wußte?* Woher nimmt er das Recht, den lieben Gott zu spielen? Haben *wir* nicht ein Recht, Bescheid zu wissen?»

«Mutter ...»

Frannie wandte sich ab und verbarg ihr Gesicht vor ihrer Tochter. Sie nestelte an einem Topf gelber Spinnenchrysanthemen herum. «Hat der Arzt ... hat er gesagt, wieviel Zeit ihm noch bleibt?»

«Ein halbes Jahr», sagte DeDe leise.

«Wird er ... leiden?»

«Nein. Jedenfalls nicht vor dem Ende.» DeDes Stimme versagte. Ihre Mutter hatte zu weinen angefangen. «Bitte nicht, Mutter. Er ist doch schon so alt. Es ist einfach Zeit für ihn, hat der Tierarzt gemeint.»

«Wo ist er jetzt?»

«Auf der Terrasse.»

Frannie wischte sich im Hinausgehen die Tränen aus den Augen.

Auf der Terrasse kniete sie sich neben die Chaiselongue, auf der Faust schlief.

«Armes Herzchen», sagte sie und streichelte die ergraute Schnauze des Hundes. «Mein armes, liebes Herzchen.»

Um die Mittagszeit stocherte Frannie verdrießlich in ihrem Käsesoufflé herum und redete gegen das Stimmengewirr im Cow Hollow Inn an.

«Ich habe gesagt ... ich hoffe, daß ich mich darauf einstellen kann.»

«Du schaffst das schon.» Helen Stonecypher feuchtete ihre Serviette an und befreite einen ihrer Schneidezähne von einer Geminesse-Lippenstift-Spur.

«Findest du, daß ich gefühlsduselig bin?»

«Aber nein.»

«Ich dachte, ich lasse vielleicht seinen Freßnapf bronzieren ... Als eine Art ... Andenken.»

«O wie süß.»

«Du weißt, wie wenig ich Frauen ausstehen kann, die wegen ihrer Hunde hysterisch werden ... aber Faust war ... ist ...» Ihre Stimme verließ sie.

Helen tätschelte Frannies Hand, so daß die Armreifen der beiden Frauen im Gleichklang klimperten. «Tu das, was für *dich* am besten ist mein Schatz. Erinnerst du dich noch an Choy? An den Koch meiner Großmutter in dem großen Haus an der Pacific Avenue?»

Frannie nickte und kämpfte weiter gegen ihre Tränen.

«Also, der alte Choy war für Omilein das liebste Wesen auf der Welt ... und als er gestorben ist ...»

«Daran kann ich mich noch erinnern. Hat er sie da nicht gerade im Rollstuhl über den Jahrmarkt auf Treasure Island geschoben?»

Helen nickte. «Als er tot war, hat Omilein seinen Zopf abschneiden und sich daraus einen Choker machen lassen.»

«Einen was?»

«Ein enganliegendes Halsband, mein Schatz ... mit drei oder vier *sehr* distinguierten kleinen Elfenbeinperlen, die in die Stränge eingearbeitet wurden. Es hat richtig hübsch ausgesehen, und Omilein hat das Halsband *abgöttisch* geliebt. Deswegen hatte sie es auch um, als sie 1947 in unserer Loge starb.»

«Ach ja, ich erinnere mich», sagte Frannie mit einem tapferen Lächeln. *«Götterdämmerung.»*

Helen steckte ihre Puderdose zurück in die Handtasche. «Komm jetzt, Schatz. Gehen wir auf einen ordentlichen Drink ins Jean's.»

«Helen … nicht gerade jetzt.»

«Schatz, du bist *wirklich* down!»

«Es geht mir sicher gleich wieder …»

«Er war nun mal ein sehr betagter Köter.»

«Ist.»

«Ist … Frannie, sieh es doch mal so: Er hatte ein langes und erfülltes Leben. *Kein* Hund hatte es jemals so gut wie er.»

«Das stimmt», sagte Frannie, und ihre Miene hellte sich etwas auf. «Das stimmt absolut.»

Die Tollivers fallen ein

Alles in allem war das Halloween-Wochenende ganz gut verlaufen.

Bisher.

Michaels Eltern hatten gleich nach ihrer Ankunft in San Francisco einen Dodge Aspen gemietet, so daß es ein leichtes gewesen war, ihnen mit Muir Woods, Sausalito, der Lombard Street – der «krummsten Straße der Welt» – und Fisherman's Wharf die Zeit zu vertreiben.

Aber inzwischen war es Sonntag. Der Hexensabbat stand ihnen erst noch bevor.

Wenn Michael es geschickt, das heißt sehr geschickt anstellte, konnte er sie vielleicht hindurchmanövrieren und ihr *Reader's-Digest*-Feingefühl vor den Schrecknissen der *Liebe, die ihren Namen nicht zu sagen wagt,* bewahren.

Unter Umständen.

In *dieser* Stadt, dachte Michael, hielt *Die Liebe, die ihren Namen nicht zu sagen wagt,* ihre Klappe nie.

Sein Vater lachte in sich hinein, als er die Wohnung sah. «Du hast fürs Saubermachen wohl das ganze Wochenende gebraucht, was?»

«Ich bin jetzt ordentlicher als früher», antwortete Michael grinsend.

«Für mich sieht's eher so aus, als hätte hier eine Frau die Hand im Spiel.» Er zwinkerte seinem Sohn zu.

Michaels Mutter runzelte mißbilligend die Stirn. «Herb, ich hab dir doch gesagt, du sollst nicht . . .»

«Ach, das ist schon okay, Alice. Wir beide sind doch keine Tattergreise. Ich kann mich noch gut erinnern, wie *ich* in Michaels Alter war. Mensch, Junge . . . Ich hoffe, du hast sie nicht unseretwegen ausquartiert.»

«Herb!»

«Deine Mutter geht nicht mit der Zeit, Mike. Schnüffel lieber ein bißchen in der Küche rum, Alice. Ich wundere mich, daß du dich so lange beherrscht hast.»

Michaels Mutter zog eine Schnute und stapfte aus dem Zimmer.

«Raus jetzt mit der Sprache», drängte ihn sein Vater. «Was wird hier eigentlich gespielt? Deine Mutter und ich haben eigentlich gedacht, daß du sie uns vorstellst, diese . . . na, wie heißt sie wieder?»

«Mona . . . Papa, sie ist bloß . . .»

«Es ist mir doch piepegal, *was* sie ist, Mike. Ehrlich gesagt bin ich ein bißchen enttäuscht, daß du denkst, du mußt das arme kleine Ding vor uns verstecken. Ich hab auch schon mal einen Blick in den *Hustler* geworfen, mein Junge. Ich weiß durchaus, was heutzutage so läuft.»

«Papa . . . sie ist ausgezogen. Sie wollte es so.»

«Wegen uns?»

«Nein. Sie wollte sowieso weg, weil sie mit jemand anderem zusammenwohnen will. Aber ich bin ihr nicht böse.»

«Dann mußt du aber ein Volltrottel sein! Sie ist einfach auf und davon, und du bist ihr nicht mal böse? Mein Gott Mike . . .»

Er unterbrach sich, als er seine Frau kommen hörte. Sie blieb an der Küchentür stehen und hielt eine kleine braune Flasche hoch. «Was ist das für Zeug, Mikey?»

Michael wurde kreidebleich. «Äh . . . Mama, das ist . . . das hat meine Mitbewohnerin dagelassen.»

«Im Gefrierfach?»

«Sie hat ihre Tuschepinsel damit saubergemacht.»

«Ach so.» Sie schaute die Flasche noch mal an und stellte sie in den Kühlschrank zurück. «Dein Gemüsefach gehört mal wieder geputzt, Mikey.»

«Ich weiß, Mama.»

«Wo hast du das Ajax stehen?»

«Mama, können wir nicht mal ...?»

«Es ist ekelig, Mikey. Außerdem geht das doch ganz fix.»

«Herrgott, Alice! Laß den Jungen doch in Ruhe! Wir sind nicht fast fünftausend Kilometer geflogen, damit wir ihm sein Gemüsefach putzen! Hör zu, mein Sohn, deine Mutter und ich wollten dich heute abend zum Essen ausführen. Wie wär's, wenn du uns eins von deinen Lieblingslokalen zeigst?»

Na prima, dachte Michael. Wir tänzeln ins Palms hinunter, setzen uns dort ans Fenster, trinken ein paar Blue Moons und schauen zu, wie die Motorradtrinen von den Cycle Sluts den Verkehrspolizisten mit Lederdildos zuwinken.

Den Aspen hatten sie oben auf der Leavenworth in der Nähe der Green Street abgestellt. Michaels Mutter war ganz außer Atem, als sie an die Union kamen. «So eine Straße hab ich in meinem ganzen Leben noch nicht gesehen Mikey!»

Michael, der ihre Naivität plötzlich ganz erfrischend fand, drückte ihren Arm. «Ja, diese Stadt überrascht einen immer wieder.»

Wie auf ein Stichwort kreuzten die Nonnen auf.

«Herb, sieh doch da!»

«Zum Teufel noch mal, Alice! Zeig nicht mit dem Finger!»

«Herb ... die fahren Rollschuh!»

«Das seh ich auch! Mike, was soll das denn ...?»

Ehe ihr Sohn antworten konnte, waren die sechs Gestalten mit den weißen Hauben auf dem Kopf geschlossen um die Ecke gebogen und brausten inzwischen dem Trubel auf der Polk Street entgegen.

Eine von den Nonnen brüllte zu Michael herüber.

«Hallo, Tolliver!»

Michael winkte etwas zaghaft.

Die Nonne hielt den Daumen hoch, warf ihm eine Kußhand zu und rief: «Du warst zum *Verlieben* in deinen Jockey-Shorts!»

«Scherz oder Keks» in der Vorstadt

Mary Ann zupfte ihren Fahrer am Ärmel. «Sieh mal da, Norman ... kannst du bitte hupen?»

«Wer ist das?»

«Michael und seine Eltern. Michael wohnt mit Mona zusammen.»

Norman drückte auf die Hupe. Michael schaute herüber, und Mary Ann warf ihm aus dem Fenster des Falcon einen Kuß zu. Er lächelte betrübt und tat so, als würde er sich eine Handvoll Haare ausreißen. Seine Eltern marschierten ungerührt weiter.

«Der arme Junge!» sagte Mary Ann.

«Was ist denn los?»

«Ach ... das ist ein bißchen kompliziert.»

«Er ist eine Schwuchtel, nicht?»

«Ein Schwuler, Norman.»

Lexy steckte den Kopf nach vorne. «Was ist eine Schwuchtel?»

«Setz dich hin», befahl Norman.

Mary Ann drehte sich um und nestelte an Lexys Wonder-Woman-Cape herum. «Du siehst *so* hübsch aus, Lexy.»

Das Kind hüpfte auf dem Rücksitz herum. «Warum hast *du* kein Kostüm an?»

«Na ja ... weil ich erwachsen bin, Lexy.»

Das Kind schüttelte heftig den Kopf und zeigte aus dem Fenster auf drei Männer, die als Cheerleader verkleidet waren. «*Die* Erwachsenen haben auch Kostüme an.»

Norman gluckste vor Lachen und schüttelte den Kopf.

Mary Ann seufzte. «*Wie* alt ist sie, hast du gesagt?»

Es war fast dunkel, als sie in San Leandro ankamen. Norman hielt in einer Gegend, wo die Häuser alle in pseudosüdamerikanischem Stil gebaut waren. Er ließ Lexy aussteigen.

Die Kleine hüpfte mit einem riesigen «Scherz oder Keks»-Beutel aus Plastik den Bürgersteig entlang.

«Bist du auch sicher, daß ihr nichts passiert?» wollte Mary Ann wissen.

Norman nickte. «Ihre Eltern wohnen im nächsten Block. Ich hab ihnen gesagt, daß ich . . . na ja . . . Sie soll sich halt mal so richtig austoben dürfen.»

«Hoffentlich wissen sie das auch zu würdigen.»

«Ich würde es nicht machen, wenn ich nicht selber Spaß dran hätte.» Er grinste etwas verlegen. «Weißt du, das läuft alles nach dem Motto: ‹Rent a kid›.»

«Mhm. Ist doch ganz hübsch, so was.»

«Langweilst du dich auch nicht?»

«Kein bißchen.»

Norman hatte einen feierlichen Ausdruck im Gesicht, als er Mary Ann ansah. Dann drückte er ihre Hand.

«Norman?»

«Ja?»

«Warst du schon mal verheiratet?»

Schweigen.

«Entschuldige. Es ist bloß, weil du mit Kindern so gut umgehen kannst, und da . . .»

«Roxanne und ich wollten Kinder haben. Jedenfalls hatten wir welche geplant.»

«Oh . . . Ist sie gestorben?»

Norman schüttelte den Kopf. «Sie ist mit einem Fliesenvertreter aus Daly City durchgebrannt. Als ich in Vietnam war.»

«Das tut mir leid.»

Er zuckte mit den Schultern. «Es ist lange her. Es war ungefähr zu der Zeit, als Lexy auf die Welt gekommen ist. Ich hab's verschmerzt.»

Mary Ann war diese neue Erkenntnis über seine Person peinlich, deshalb schaute sie aus dem Fenster. War Lexy sein einziges Bindeglied zu einem geplatzten Traum? Hatte er alle Hoffnungen, jemals wieder eine Familie zu gründen, aufgegeben?»

«Norman ... ich versteh nicht, wie *dich* jemand verlassen kann.»

«Ist doch egal.»

«Es ist überhaupt nicht egal, Norman! Du bist ein liebenswürdiger, freundlicher und liebevoller Mann, und niemand sollte ... Norman, bei dir ist *so* viel Liebe zu spüren, die du jemand anderem schenken kannst.»

Er bewegte unruhig die Hände in seinem Schoß und schaute auf sie hinunter. «Jemand anderem», wiederholte er ausdruckslos.

Er wartete auf ein Zeichen von ihr. Er *bettelte* um ein Zeichen von ihr.

Sie hob die Hand, um sein trauriges Bärengesicht zu streicheln, stieß allerdings einen Schrei aus, als sich eine fremde Hand auf ihre Schulter legte.

Lexy war wieder da.

«Ach, du bist's, Lexy ...» Mary Ann lachte erleichtert. «Wie ist es gelaufen?»

«Ein verschrumpelter Apfel.»

«Aber Äpfel sind doch was Feines. Wenn du ihn nicht willst, eß ich ihn.»

Das Kind schaute sie an, holte dann den Apfel hervor und biß trotzig hinein.

Norman schrie entsetzt auf. «Lexy ... nein!»

Lexy grinste ihn an. Der Saft lief ihr übers Kinn. «Keine Bange», beruhigte sie ihn. «Ich hab schon nachgesehen, ob Rasierklingen drin sind.»

Ganz der Vater

Am Ende fuhr Michael mit seinen Eltern ins Cliff House. Es war das heterosexuellste Lokal, das ihm einfiel.

Außerdem war es sehr weit weg von der Halloween-Tollerei auf der Polk Street, und das machte es unwahrscheinlich, daß Rollschuh laufende Nonnen das familiäre Beisammensein noch einmal stören würden.

Die Nonnen, erklärte er seinen Eltern so unbekümmert wie möglich, waren «ein paar verrückte Freunde von Mona». Und, ja, die Schwestern waren Männer.

«So schwule Früchtchen etwa?»

«Herb!» Michaels Mutter ließ die Gabel fallen und starrte ihren Gatten an.

«Stell dich nicht so an! Wie soll ich sie denn sonst nennen?»

«Es ist einfach kein netter Ausdruck, Herb.»

«Mein Gott. Ich bin Zitrusfarmer. Ich hab mein Leben lang nichts anderes gemacht, als *Früchtchen* großzuziehen!» Er lachte röhrend.

«Du sollst nicht so über Leute reden, die nicht anders können.»

«Die nicht anders können! Warum können die nicht anders, als mitten auf der Straße Rollschuh zu fahren und sich dafür anzuziehen wie doofe Nonnen?»

«Herb ... sprich bitte leiser. Vielleicht sind Katholiken im Lokal.»

Michael schaute von seinem Teller hoch und griff so leger wie möglich in den Disput ein: «Es ist so eine Art Mardi Gras, Papa. Und da machen viele Leute eben allerhand verrückte Sachen.»

«Ja, viele schwule Leute.»

«Nicht nur ... solche, Papa. Alle.»

Sein Vater schnaubte verächtlich und machte sich wieder über sein Steak her. «Und warum kasperst *du* dann nicht auch da draußen rum?»

«Weil er mit *uns* zusammen ist, Herb. Vielleicht wäre er ja *auch* gerne da draußen ... und würde zu einer Party gehen oder so. Ich kann mir schon vorstellen, daß es da lustig zugeht.»

«Dann haut doch ab. Ich bleibe jedenfalls hier sitzen und esse mein Steak unter normalen Leuten zu Ende.»

Ein Kellner, der Herbert Tollivers Wasserglas auffüllte, bekam die Bemerkung mit. Er machte ein leidendes Gesicht und verdrehte die Augen.

Dann zwinkerte er Michael zu.

Als sie wieder in der Barbary Lane 28 waren, wärmte Alice die gesellschaftlichen Ereignisse von Orlando aus dem letzten halben Jahr auf.

Man hatte ein neues Einkaufszentrum gebaut. Die Tochter der Henleys, Iris, war haschsüchtig und lebte in Atlanta mit einem Professor zusammen. Eine Farbigenfamilie hatte das Einfamilienhaus der McKinneys ein Stück weiter unten an der Straße gekauft. Tante Miriam ging es gut, obwohl sie sich nur sehr, sehr langsam von ihrer Frauenoperation erholte. Und in ganz Mittelflorida waren sich die Leute einig, daß Earl Butz niemals geschaßt worden wäre, wenn er dieselbe Bemerkung über einen Iren gemacht hätte.

Mit einem frühen Frost rechneten sie nicht.

Herbert Tolliver saß während dieses epischen Vortrags ruhig da und kommentierte ihn nur durch gelegentliches Kichern oder Nikken. Angenehm besäuselt von dem Wein, den es zum Essen gegeben hatte, strahlte er seinen Sohn in herzlicher Zuneigung an.

«Na ... läuft denn auch alles gut bei dir, Mike?»

«Es läuft nicht schlecht, Papa.»

«Und mach dir wegen deiner kleinen Freundin keine Sorgen, hörst du?»

«Nein, nein, Papa.»

«Du wirst uns fehlen zu Weihnachten, deiner Mama und mir.»

«Er ist jetzt erwachsen, Herb, und da hat er eigene Freunde ...»

«Das weiß ich selber, verdammt noch mal! Ich hab doch nur gesagt, daß er uns fehlen wird! Oder hast du was anderes gehört?»

Seine Frau schüttelte den Kopf. «Dein Papa hat recht, Mikey.»

«Ihr werdet mir auch fehlen. Aber es ist einfach zu teuer, wegen der paar Tage mit dem Flugzeug ...»

«Ich weiß, Mikey. Mach dir deswegen keine Gedanken»

«Mike ... wenn wir dir ein bißchen über die Runden helfen können, bis du einen Job ...»

«Danke, Papa. Ich denke, ich schaffe es so. Ich hab auch schon ein paar kleinere Jobs aufgegabelt.»

«Wenn was ist, dann sagst du uns Bescheid, okay?»

«Okay, Papa.»

«Wir sind mächtig stolz auf dich, Junge.»

Michael zuckte mit den Schultern. «So viel ist da ja nicht, auf das man stolz sein könnte.»

«Red doch keinen Stuß! Du kannst es mit jedem aufnehmen, Junge. Du hast dich wieder berappelt, bevor du es überhaupt merkst. Weißt du, mein Sohn, eigentlich beneide ich dich. Du bist jung, du bist unabhängig, und du lebst in einer wunderschönen Stadt voller aufregender Frauen. Du brauchst dir wirklich keine Sorgen zu machen, mein Sohn!»

«Wahrscheinlich hast du recht.»

«Und ob ich recht habe. Das wird nur so flutschen.» Er gluckste und gab seinem Sohn einen gespielten Nasenstüber. «Du mußt dir bloß diese Schwuchteln vom Hals halten.»

Michael setzte ein mannhaftes Lächeln auf. «Ich bin sowieso nicht ihr Typ.»

«Prima!» sagte Herbert Tolliver und fuhr seinem ganzen Stolz durch die Haare.

DeDes wachsendes Dilemma

Als DeDe Beauchamp im Büro anrief, war er gerade dabei, Halcyons schärfstes neues Model in die Weihnachtskampagne für Adorable einzuweihen.

«Du, ich bin mitten in einer . . .»

«Tut mir leid, Liebling. Ich wollte bloß . . . Ich hatte Bedenken, daß du die Vernissage von Pinkie und Herbert heute abend vergessen könntest.»

«Mist.»

«Du hast sie vergessen.»

«Wann müssen wir dort sein?»

«Ich kann dich von der Arbeit abholen. Wir brauchen uns nur kurz sehen zu lassen.»

«Um sechs?»

«Ist gut . . . Ich liebe dich, Beauchamp.»

«Ich dich auch. Bis sechs dann, ja?»

«Ja. Und bleib brav.»

«Aber immer.»

Er legte auf und zwinkerte D'orothea zu. «Meine Frau. Manchmal glaube ich, der Herrgott hat die Frauen nur erschaffen, damit sie die Männer an Cocktailparties erinnern.»

D'orothea stöhnte bloß.

«Aha», sagte Beauchamp grinsend. «Ich hör mich wohl wie ein Chauvinistenschwein an, was?»

«Nein», antwortete sie kühl. «Möchten Sie's denn gern?»

In der Hoover Gallery herrschte ein Gewoge von Erbsengrün und Pink. Die Frauen hatten sich mit dem Understatement ihrer Lilly-Pulitzer-Modelle in Schale geworfen, während die Männer in ihren blauen Blazern Individualität mittels buntscheckiger Madrashosen zum Ausdruck brachten.

Beauchamp und DeDe nahmen gleich Kurs auf die Bar, lächelten um die Wette und stellten ihr wiedergefundenes Glück zur Schau wie andere ihre Tahiti-Bräune.

DeDe hing immer noch an Beauchamps Arm, als Binky Gruen die beiden abfing.

«Ach, Gott sei Dank, daß ihr zwei aufgetaucht seid! Schnell, Beauchamp, gib mir einen Kuß! Ich muß beschäftigt aussehen!»

Beauchamp schmatzte ihr einen auf die Wange. «Ich habe schon bessere Ausreden gehört, Miss Gruen.»

«Verdammt, red doch weiter! Er schaut rüber!»

«Wer?»

«Carson Callas. Er hat mir die letzte Viertelstunde seinen Pfeifenatem ins Gesicht geblasen und mir erzählt, wie sexy er doch ist! Igittigitt!»

Beauchamp wich in gespielter Überraschung zurück. «Findest du Carson Callas denn nicht sexy?»

«Doch. Wenn man auf Zwerge mit Muschelkettchen um den Hals steht.»

«Nein, wie biestig! Seine Spalte ist ab jetzt sicher dicht für dich, Binky.»

«Das ist meine für ihn schon seit jeher. Komm, sei ein Schatz und mach mir hier noch mal Scotch rein. Ich spüre einen Anfall von existentieller Langeweile. Und deine magere Angetraute sieht auch aus, als könnte sie einen Drink vertragen.»

Beauchamp nahm Binkys Glas und wandte sich an DeDe. «Champagner, meine magere Angetraute?»

«Ja, bitte.» Ihr Ton war absichtlich kühl. Es ging ihr auf die Nerven, wenn Binky und Beauchamp ihre Lombard-und-Gable-Nummer abzogen.

Als Beauchamp in der Menge verschwunden war, konnte Binky endlich zur Sache kommen.

«Und?»

«Was, und?»

«Warst du bei Dr. Fielding?»

«Binky ... hier ist wohl kaum der Ort dafür.»

«Ja oder nein?»

«Ja.»

Binky pfiff durch die Zähne. «Ich weiß einen prima Abtreiber, wenn du einen brauchst ...»

«Binky ... hör bitte auf damit, ja?»

«Na, *pardonnez-moi!* Ich dachte, du könntest gerade jetzt eine gute Freundin brauchen. Aber anscheinend liege ich damit falsch.»

«Binky, ich ... Sieh mal, es tut mir leid ... Aber du hast eine Art, dich auszudrücken ... ‹einen prima Abtreiber›. Um Himmels willen! Ist er vielleicht auch noch ein guter Koch?»

Binky kicherte. «Nein, aber als *Innenausstatter* ist er Spitze!»

«Das ist überhaupt nicht witzig.»

«Weißt du, ich glaube, du solltest das aus dem Bauch heraus entscheiden.» Sie tätschelte DeDes Bauch. «Das sollte keine Anspielung sein, mein Schatz. Sieh mal ... wenn dir diese verstockten katholischen Schuldgefühle zuviel werden, warum ziehst du die Sache dann nicht durch und trägst den kleinen Bankert aus?»

«Ich dachte, das wäre dir sowieso schon klar.»

«Was spricht denn dagegen? Beauchamp kann ein Auge zudrükken. Er braucht sowieso einen Erben, oder nicht? Und wer sollte den Unterschied schon merken?»

«Binky ... du weißt ja nicht, was du da redest ...»

«Sag bloß, man könnte ihn *sehen*?»

DeDe starrte Binky einige Sekunden an, bevor sie schließlich nickte.

«Die Haare?» fragte Binky und bekam Kulleraugen. «Eine andere Haarfarbe?»

«Nein.»

«Doch nicht die *Haut*?»

Wieder ein Nicken.

«Du Ärmste! Ach, DeDe, ich wollte dir wirklich nicht ... Welche Farbe?»

DeDe zeigte auf ihre Diane-von-Fürstenberg-Narzisse und brach in Tränen aus.

Nachdem DeDe auf der Toilette ihre Wimperntusche in Ordnung gebracht hatte, mischte sie sich wieder unter das gemeine Volk. Beauchamp wartete mit lauwarmem Champagner auf sie.

«Ich bin drüben bei Peter und Shugie», klärte er sie auf. «Willst du nicht mit rüberkommen?»

DeDe schüttelte den Kopf und rang sich ein verwässertes Lächeln ab. «Im Moment noch nicht, Beauchamp. Binky und ich sind gerade mitten im Erzählen.»

Als sie wieder allein war, klebte sie sich ein frisches Lächeln ins Gesicht und steuerte die Ecke an, in der Binky Hof hielt. Eine Hand, die sich um ihren Unterarm schloß, hielt sie zurück.

«Sieht Mrs. Day nicht zum Anbeißen aus?»

Wenn DeDes Arm frei gewesen wäre, hätte sie sich vielleicht bekreuzigt. Es war der Klatschkolumnist der *Western Gentry.*

Carson Callas.

Mrs. Madrigal und Mouse

Michael räumte gerade die Hälfte seiner Kleider in Monas Schrank ein, als Mrs. Madrigal anrief.

«Michael, mein Lieber. Könntest du einen Augenblick runterkommen?»

«Klar. In drei Minuten, okay?»

«Laß dir Zeit, mein Lieber.»

Na, dachte er, als er den Hörer auflegte, jetzt ist es wohl soweit. Die Zwangsräumung steht bevor. Bis jetzt ist sie wegen der Miete mehr als nachsichtig gewesen, aber was zuviel ist, ist zuviel.

Michael zog eine Cordhose und ein weißes Hemd an, putzte sich die Zähne, brachte seine Haare mit Pro Max in Form und fuhr mit einem feuchten Handtuch über seine Collegeschuhe.

Warum sollte er auch noch *aussehen* wie ein Schmarotzer?

Das eckige Gesicht der Vermieterin, sonst immer so lebhaft, war zu einem Empfangsdamenlächeln erstarrt.

Mrs. Madrigal war von einer Aura angestrengter Zurückhaltung umgeben und bewegte sich so übertrieben würdevoll, daß ihr Kimono wie ein schlampiger Morgenmantel wirkte.

«Mona ist weg, nicht?»

Michael nickte. «Ja, seit gestern.»

«Für immer?»

«Angeblich ja. Aber Sie kennen ja Mona.»

«Ja.» Ihr Lächeln geriet völlig schief.

«Aber ich bleibe da, Mrs. Madrigal. Das heißt ... ich *würde* gerne dableiben. Mona wird noch die restliche Miete für diesen Monat zahlen, und ich habe mich jetzt bei einer Stellenvermittlung eintragen lassen. Wenn Sie Bedenken haben wegen ...»

«Wo ist sie hingezogen, Michael?»

«Oh ... äh ... zu jemand anderem. Nach Pacific Heights.»

Mrs. Madrigal ging zum Fenster, wo sie mit dem Rücken zu Michael regungslos stehenblieb. «Nach Pacific Heights», wiederholte sie.

«Hat sie . . . Ihnen nichts gesagt, Mrs. Madrigal?»

«Nein.»

«Ich bin sicher, daß sie es vorhatte. In letzter Zeit ist bei ihr alles ein bißchen drunter und drüber gegangen. Aber egal, *ich* bin ja noch da. Es ist jedenfalls nicht so, daß sie ihren Mietvertrag aufgelöst hat, oder so.»

«Kennst du diesen Jemand, Michael?»

«Wen? . . . Ach so . . . Nein, ich habe sie nie kennengelernt.»

«Eine Frau?»

Michael nickte. «Die beiden kennen sich aus New York.»

«Oh.»

«Mona sagt, daß sie sehr nett ist.»

«Davon bin ich überzeugt . . . Michael, du brauchst mir diese Frage nicht zu beantworten, wenn du nicht willst . . .»

«Mhmm?»

«Ist diese Frau . . . Sind Mona und sie ganz besonders gute Freundinnen?»

«Äh . . .»

«Du weißt, was ich meine, mein Lieber?»

«Klar. Aber ich kann es nicht sagen, Mrs. Madrigal. Sie *waren* es mal . . . in New York. Ich glaube, jetzt sind sie bloß . . . normale Freundinnen.»

«Aber . . . warum, um alles in der Welt, ist sie dann . . .? Michael, hat Mona jemals mit dir über mich gesprochen? Hat sie irgendwas gesagt . . . aus dem du schließen konntest, daß sie sich hier nicht wohl gefühlt hat?»

«Nein, Ma'am», antwortete Michael in aller Ernsthaftigkeit und fiel damit in die Konventionen Mittelfloridas zurück. «Es hat ihr hier in der Barbary Lane *unheimlich gut* gefallen . . . und sie hat Sie sehr gemocht.»

Mrs. Madrigal sah ihn an. «Sie *hat* mich sehr gemocht?» fragte sie.

«Nein. Sie mag Sie *immer noch* sehr gern, und ich bin sicher, daß sie sich melden wird. Ehrlich.»

Die Vermieterin wurde wieder kühl und geschäftsmäßig. «Aber *du* bleibst wenigstens. Das ist doch schon was.»

«Ich werde mich auch bemühen, daß es mit der Miete besser wird.»

«Ich weiß. Aber jetzt mal was anderes, mein Lieber. Ich habe gerade frisches Gras da, und der Abend ist noch jung. Hast du nicht Lust, mir Gesellschaft zu leisten?»

Ihre Finger zitterten merklich, als sie mit der Zigarettenkurbel arbeitete. Sie stellte sie nieder, atmete tief durch und massierte sich mit beiden Händen die Stirn. «Tut mir leid, Mouse. Ich benehme mich schrecklich dumm.»

«Bitte, Sie brauchen sich nicht ... Wo haben Sie den Namen aufgeschnappt?»

Sie kaute auf ihrer Unterlippe und beobachtete ihn. «Ich bin nicht der einzige Mensch, den Mona sehr gern hatte.»

«Ach so ... ja klar.»

«Meine blöden Finger wollen nicht so wie ich! Würdest du bitte ...?»

Michael griff nach der Zigarettenkurbel und wich Mrs. Madrigals Blick aus, als sich ihre Augen mit Tränen füllten. «Mrs. Madrigal, wenn ich Ihnen doch bloß sagen könnte ...»

Sie rutschte nicht näher an ihn ran, aber sie legte ihm ihre lange schlanke Hand aufs Knie, während sie sich ein Taschentuch vors Gesicht preßte. «Ich kann weinerliche Frauen nicht *ausstehen*», sagte sie.

«Der Schatten weiß Bescheid!»

Der rattengesichtige Mann im Safarianzug drückte sich so nahe an DeDe heran, daß sie die Cherry-Blend-Tabakmischung in seinem Atem riechen konnte. «Sie haben abgenommen», sagte er mit einem affektierten Grinsen und entblößte eine unregelmäßige Reihe vuittonfarbener Zähne.

DeDe nickte. «Und wie ist es Ihnen ergangen, Carson?»

«Man tut, was man kann. Sie waren auf einer Abspeckfarm, was?»

«Im Golden Door.» Sie lächelte bei ihrer Antwort, führte sie allerdings nicht weiter aus. Es war klar, daß Carson sie aushorchte, und sie hatte keine Lust, in der *Western Gentry* über ihre Figurprobleme zu lesen.

«Kompliment, es steht Ihnen ausgesprochen gut.»

«Danke, Carson.»

«Und wie finden Sie den Künstler?»

Das brachte sie einen Augenblick aus der Fassung. Bilder waren das *Letzte,* was ihr bei einer Vernissage auffiel. «Oh ... ein sehr individueller Stil. Und ziemlich gefühlvoll, würde ich sagen ...»

«Wollen Sie und Beauchamp auch kaufen?»

«Oh ... nein, ich glaube nicht, Carson. Beauchamp und ich halten es mehr mit der Westkunst.»

Carson nuckelte an seiner Pfeife und schaute sie mit seinen kleinen Äuglein durchdringend an. «Der Mann kommt aus dem Westen», sagte er schließlich.

«Ich meine ... Sie wissen schon ... alte Sachen.»

«Ja, alte Sachen. Bei manchem sind die alten Meister eben doch besser.» Er zwinkerte ihr zu und kaute sehr betont auf dem Stiel seiner Pfeife herum, bis DeDe seine Anzüglichkeit mit einem dünnen Lächeln quittierte.

«Würden Sie mich jetzt bitte entschuldigen, Carson? Ich glaube, Beauchamp ...»

«Ich hatte gehofft, Sie würden mir etwas über den Fol de Rol erzählen.»

«Oh ... aber sicher.» DeDe war augenblicklich besserer Laune. Wenn dieser Coup gelang, würde Shugie Sussman die Wände hochgehen!

Carson Callas zog einen Block und einen Stift aus der Tasche seines Safarianzugs. «Sie gehören doch zum Komitee, nicht?»

«Ja. Ich und ein paar andere.»

«Wer wird dieses Jahr auftreten?»

«Oh, es ist ganz *wunderbar,* Carson! Das Motto ist ‹Wein, Weib und Gesang›, und wir haben Domingo, Troyanos und Wixell gewinnen können ...»

«Mit Vornamen, bitte.»

«Placido Domingo ...»

«Ach so, klar ...»

«Tatjana Troyanos und Ingvar Wixell.» Sie verkniff es sich, die Namen zu buchstabieren, da ihr einfiel, wie eitel Callas war. Er konnte ja nachschlagen, wenn er wieder in sein Büro kam.

Der Klatschreporter steckte Block und Stift wieder ein. «Ein vergnüglicher Abend, nicht?»

«Kann man so sagen, ja.»

«Aber wohl nicht so vergnüglich wie Ihre sonstigen Abende.»

«Hmh ... Wie bitte, Carson?»

Das anzügliche Grinsen war wieder da. «Ich denke, Sie verstehen mich ganz gut, Herzchen.»

Durch neue Gäste war es in der Galerie zusehends lauter geworden, aber plötzlich drang der Lärm nicht mehr so richtig zu DeDe durch. Sie schluckte und zwang sich zu einer blasierten Haltung.

«Also, Carson! Manchmal treiben Sie es *zu weit*!»

«Ich denke, da haben wir beide viel gemeinsam.»

«Carson, ich verstehe überhaupt nicht ...»

«Sehen Sie ... wir sind doch beide erwachsen. Mir kann keiner vorwerfen, daß ich mich je vor einer Ausschweifung gedrückt hätte ... und ich bilde mir ein, daß ich eine verwandte Seele erkenne, wenn mir eine begegnet.»

Mein Gott, dachte DeDe, wie oft hatte er *den* Spruch schon vom Stapel gelassen?

In der Stadt wurde ständig darüber gewitzelt, daß Callas einmal ohne Erfolg das gesamte Ensemble einer Musicalbühne angemacht hatte. Nach den Frauen hatte er sich bis zu den unattraktivsten Männern hinuntergearbeitet.

«Carson ... ich plaudere ganz gern mit Ihnen, aber ich glaube, ich brauche jetzt noch was zu trinken.»

«Noch eine einzige Frage zum Fol de Rol?»

«Gern.»

«Werden Sie Ihre Abtreibung davor oder danach machen lassen?»

Fast im selben Augenblick rutschte DeDe das Glas aus der Hand und zersprang wie zur Unterstreichung dieser grauenhaften Frage in tausend Stücke. Callas fiel auf die Knie und half DeDe, die Scherben in einer Cocktailserviette aufzusammeln.

«Ach, kommen Sie! Es ist doch halb so wild, DeDe. Ich bin sicher, daß wir das hinkriegen ... falls Sie an einem Abend mal Lust haben, mit mir darüber zu sprechen.» Er steckte seine Visitenkarte hinter den Gürtel ihres Kleids und stand wieder auf.

«Ihre Freunde sind um Sie *besorgt*», setzte er nach. «Und daran ist doch wohl nichts Schlimmes.»

DeDe schaute nicht hoch, sondern klaubte weiter schweigend die Scherben auf.

Diskretion konnte man von Binky Gruen partout nicht erwarten.

Wie man seinen Heißhunger stillt

Nach einer mörderischen Schicht bei Perry's fiel Brian um Mitternacht sofort ins Bett, doch fünf Stunden später wachte er mit einem Mordshunger wieder auf.

Er stapfte in Boxershorts in die Küche und stellte auf der Suche nach etwas Eßbarem den Kühlschrank auf den Kopf.

Ketchup. Mayonnaise. Zwei vergammelte Frankfurter Würstchen. Und ein Glas Silberzwiebeln.

Wäre er stoned gewesen, hätte er sich vielleicht an das Zeug herangewagt. (Als er mal einen halben Maui-Wowie-Joint geraucht hatte, war als Dip für die Ritz Cracker bloß Crisco dagewesen.)

Aber nicht heute nacht.

Heute nacht – Scheiße, es war fünf Uhr morgens! – sehnte er sich nach einem Zimburger. Und nach einer großen Portion fetter Pommes und nach einem Schoko-Malz-Shake vielleicht oder einem ...

Er durchwühlte seinen Wäschesack, bis er ein Rugby-Shirt ausgrub, das den Schnüffeltest bestand, zwängte sich in Levi's und Adidas und sprintete fast auf die Barbary Lane hinaus.

Die Hyde Street lag gespenstisch ruhig da. Das uralte Laufkabel, das in seinem eisernen Kokon ruhte, wirkte störender als sonst immer. Vom Kamm des Russian Hill aus gesehen, präsentierten sich die Kaianlagen wie eine farblose Landschaft, wie eine Schwarzweißpostkarte aus den vierziger Jahren.

Selbst die Porsches, die auf der Francisco Street abgestellt waren, sahen aus, als hätte man sie ausgesetzt.

Brian kam sich vor wie in der letzten Einstellung von *Das letzte Ufer.*

Bei Zim's herrschte dagegen aufgekratzte Munterkeit. Tüchtige Kellnerinnen, Ausgebrannte, die keinen Schlaf fanden, und Partyüberhänger, die nicht genug kriegen konnten, brachten Leben in die Bude, in der es rund um die Uhr was zu essen gab.

Brians Kellnerin steckte in einer Arbeitskluft mit Country-Touch. Orange Bluse mit Trägerrock. Orange kariertes Halstuch. Auf ihrem Namensschild stand: «Candi Colma».

«‹The City of the Dead›», sagte Brian grinsend, als sie eine Serviette und eine Gabel auf den Tisch knallte.

«Was?»

«Du kommst aus Colma. Aus der Stadt der Friedhöfe.»

«Eigentlich aus South San Francisco. Ich wohne gleich hinter der Stadtgrenze. Aber South San Francisco hat nicht aufs Namensschild gepaßt.»

«Candi Colma hört sich sowieso hübscher an.»

«Das stimmt.» Sie schenkte ihm ein nettes Lächeln, das auf eine Vertrautheit anspielte, die es zwischen ihnen gar nicht gab. Brian schätzte sie auf Ende dreißig, aber man sah es ihr nur um die Augen an. Sie hatte eine schmale, feste Taille und aufregend lange Beine.

Die toupierten blonden Haare übersiehst du einfach, sagte er sich. Um fünf Uhr morgens kannst du nicht mehr wählerisch sein.

Nachdem sie seine Bestellung aufgenommen hatte, verfolgte er sie mit seinen Blicken durch das Lokal. Sie ging wie eine Frau, die wußte, daß sie Publikum hatte.

«War der Zimburger gut?»

«Ja, sehr gut.»

«Sonst noch einen Wunsch? Nachtisch vielleicht?»

«Was hast du denn zu bieten?»

«Steht alles auf der Karte, Süßer.»

Er klappte die Karte zu und schenkte ihr sein gekonntestes Huckleberry-Finn-Lächeln. «Wetten, nicht ... Süße?»

Sie kam ein bißchen näher, fuhr sich mit dem Bleistift über die Unterlippe, schaute sich nach allen Seiten um und flüsterte dann: «Ich kann erst um sieben.»

Brian zuckte mit den Schultern. «Mir kommt's nicht darauf an, *wann* du kannst, sondern *wie* du's kannst.»

Candis Camaro stand gleich um die Ecke beim Maritime Museum. Er war pflaumenblau, und ein Aufkleber verkündete: ICH BREMSE FÜR TIERE.

Als die Gurtwarnung nicht mehr fiepte, sah sie Brian entschuldigend an. «Ich würde mich wohler fühlen, wenn wir zu mir nach Hause fahren.»

«Nach Colma?»

Sie nickte. «Wenn es dir nichts ausmacht.»

«Gott, das ist ja 'ne halbe Stunde Fahrt!»

«In der Richtung ist der Verkehr gar nicht schlimm.»

«Und wie soll ich wieder nach Hause kommen?»

«Ich fahr dich. Weißt du ... ich wohne nicht allein.»

Brian schlug sich mit der Hand an die Stirn. «Ach du Scheiße.»

«Nicht doch. Es ist ein Mädchen. Mit ihr geht schon alles klar. Aber sie macht sich garantiert Sorgen, wenn ich nicht nach Hause komme.»

«Ruf sie doch an.»

Sie schüttelte den Kopf. «Tut mir leid, Brian. Wenn du's lieber vergessen willst, kann ich das verstehen.»

«Nein. Fahren wir.»

«Du mußt nicht, wenn du ...»

«Hab ich nicht gerade gesagt, daß wir fahren sollen?»

Sie steckte den Schlüssel ins Zündschloß. «Ich wohne in einem Wohnwagen. Ich hoffe, das macht dir nichts aus.»

Brian schüttelte den Kopf und starrte auf die zinngraue Oberfläche der frühmorgendlichen Bay hinaus.

Er war sich jetzt sicher.

Das hatte er alles schon einmal erlebt.

Der darbende Schnüffler

Norman schlang zum Frühstück gerade ein paar kalte Frühlingsrollen hinunter, als das Telefon klingelte.

Das Geräusch erschreckte ihn. Er war es nicht gewöhnt, in dem kleinen Haus auf dem Dach angerufen zu werden.

«Hallo.»

«Mr. Williams?»

Er erkannte das penetrante Mittelwesten-Genäsel sofort. «Ich hoffe, es ist was Wichtiges.»

«Na ja, ich ... ich habe mich gerade gefragt, wie es so läuft.»

«Habe ich Ihnen nicht die Nummer meines Antwortdienstes gegeben?»

«Mr. Williams ... Ich habe dort drei Nachrichten hinterlassen in den letzten zwei ...»

«Denken Sie, Sie sind meine einzige Klientin?»

«Natürlich nicht ... aber ich sehe keinen Grund, warum Sie mir nicht ...»

«Es steht Ihnen absolut frei, jemand anderen zu engagieren, wenn Ihnen das lieber ist.» Er wußte, daß er sich das leisten konnte. Er war inzwischen viel zu wertvoll für sie.

«Ich habe höchstes Vertrauen in Ihre ...»

«Und ich habe gerade *drei* vermißte Ehemänner zu suchen ... und ein davongelaufenes Kind aus Denver und einen solchen Haufen Kerle, die ihre Frauen betrügen, daß ich gar nicht mehr weiß, wo ich ... Außerdem zahlen Sie mich nach Erfolg, falls Sie das vergessen haben sollten. Und nicht nach Stunden.»

«Ich weiß.» Ihr Ton klang beschwichtigend.

«Sie hätten die ganze Geschichte platzen lassen können mit Ihrem Anruf. Ich bin nie wirklich ungestört in dieser Keksdose hier. Es hätte sein können, daß einen halben Meter neben mir jemand sitzt und sich dann seinen Reim macht auf die ganze ...»

«Ich weiß, Mr. Williams. Es tut mir leid, daß ich ... Aber könnten Sie mir nicht wenigstens sagen, ob Sie etwas herausgefunden haben?»

Er wartete einen Augenblick, bevor er sagte: «Es läuft ganz gut.»

«Glauben Sie denn, daß ...?»

«Ich glaube, wir haben sie.»

Das haute sie um. «O Gott», stieß sie ungläubig hervor.

«Ich muß es aber langsam angehen. Die Sache ist recht kitzlig.»

«Ja, ja, klar.»

«Hier im Westen sind die Leute mit ihrem Privatleben nämlich ganz schön pingelig.»

«Ja, natürlich.»

«Es wird wohl noch ein paar Wochen dauern. Soviel kann ich Ihnen sagen.»

«Ich hoffe, Sie können verstehen, warum ich so ...»

«Passen Sie auf ... Sehen Sie's doch mal so: Sie haben jetzt dreißig Jahre gewartet, da wird Sie doch ein Monat mehr nicht umbringen.»

«Haben Sie nicht zwei Wochen gesagt?»

«Mrs. Ramsey!»

«Schon gut. Okay. Haben Sie feststellen können, ob der Name ...»

«Ja. Fauler Zauber. Es ist ein Anagramm.»

«Anna Madrigal? Sie meinen, man muß ...?»

«Hören Sie, Gnädigste! Warum warten Sie nicht ganz einfach auf meinen Bericht, hm?»

«Ich werde Sie nicht wieder belästigen, Mr. Williams.»

Sie legte auf.

Der Anruf ließ ihm den ganzen Vormittag keine Ruhe mehr. Für wen spielte er das Theater eigentlich?

Das Kind aus Denver war schon vor *Wochen* wieder aufgetaucht und hatte dem eventuell einträglichsten Auftrag seiner Karriere ein Ende bereitet. Der Großteil seiner Vermißtenkundschaft war zu raffinierteren Büros übergewechselt, und den Fall eines Ehemanns auf Abwegen hatte er zum letztenmal 1972 gehabt.

Er zog den Ramsey-Fall künstlich in die Länge, weil es sein *einziger* Fall war ... und weil er das Faktum seines Versagens nicht akzeptieren konnte.

Wenn das noch lange so ging, würde er vielleicht tatsächlich bald Nutri-Vim-Produkte verkaufen.

«Paul?»

«Ja?»

«Ich bin's, Norman.»

«Hallo, alter Junge ... die Abzüge sind noch nicht fertig. Ich ruf dich an, wenn ich sie habe, okay?»

«Ich ruf nicht deshalb an. Ich dachte ... na ja, ich dachte, du würdest vielleicht schon einen nächsten Termin festmachen wollen.»

«O nee. Dafür ist es noch zu früh. Außerdem ... Ich glaube, wir drehen diese Woche.»

«Wie ist die Bezahlung?»

«Nicht schlecht. Willst du ...?»

«Ja. Ich kann es einrichten.»

«Wie lang vorher brauchst du Bescheid?»

«Ein paar Tage.»

«Kein Problem.»

«Ich möchte das Geld im voraus, Paul.»

«Geritzt.»

Trauma im Wohnwagen

Der Treasure Island Trailer Court entpuppte sich als ein trauriges kleines Feldlager gleich neben dem Camino Real an der Grenze zwischen Colma und South San Francisco.

Der nächstgelegene Nachbar war der Cypress Lawn Cemetery, ein Friedhof.

Als Candis Camaro vom Highway auf den Campingplatz bog, zuckte Brian beim Anblick der häßlichen kleinen Monopolyhäuschen, die sich in langen Reihen über einen Hügel in der Ferne schlängelten, zusammen.

Ganze Reihen.

Die Leute auf der Halbinsel verurteilten sich oft zu Reihen, dachte Brian. Reihenhäuser, Reihensiedlungen, Reihengräber ...

Ah, aber nicht die Leute vom Treasure Island Trailer Court. Auf dem Treasure Island Trailer Court gab es *rues.* Französisch. Viel mehr Klasse.

Rue 1, Rue 2, Rue 3 ... Candis Zuhause war ein blaßrosa Travel-Eze-Wohnwagen, der an der Rue 8 in einem Bett aus immergrünen Sukkulenten steckte. Auf einem geschnitzten Holzschild stand: CANDI UND CHERYL.

Mehr brauchte Brian nicht zu wissen.

«Äh ... Candi. Ich muß dir mal was sagen.»

«Mhhmm?»

«Du wirst es nicht glauben, aber ... ich denke, ich kenne deine Freundin.»

«Cheryl?»

«Arbeitet Sie auch im Zim's?»

Candi grinste. «In der Frühschicht. Aber das macht gar nichts, Brian. Cheryl und ich sehen uns ja kaum.»

«Ich war schon mal hier, Candi.»

Sie tätschelte seinen Oberschenkel. «Ich hab doch gesagt, daß es nichts macht, oder?»

Offensichtlich fand auch Cheryl, daß es nichts machte.

Sie schlang gerade ihre Froot Loops hinunter und sah nur mäßig überrascht drein, als Brian mit Candi hereinplatzte. «Sieh mal einer an. Was hat die Katze denn da wieder angeschleppt?»

Sie war jünger als Candi. Um einiges. Ihr Bernadette-Peters-Schmollmund löste bei Brian ein heftiges Déjà-vu-Erlebnis aus. Hätte man ihm die Wahl zwischen den beiden gelassen, hätte er sofort getauscht. «Wie klein die Welt doch ist, was?»

Sie grinste unanständig. «Eigentlich nicht. Ich würde eher sagen, daß dir der Nachschub ausgegangen ist.»

Während Candi sich zum Schlafzimmer durchkämpfte, rief sie ihrer Mitbewohnerin über die Schulter zu: «Du bist schon wieder zu spät dran, Cheryl. Ich kann mir nicht jedesmal 'ne Entschuldigung für dich ausdenken. Langsam wird es peinlich.»

«Ich hab bloß auf meine dämliche *Perücke* gewartet, wenn es dir recht ist!»

Schweigen.

«Hast du verstanden?»

Die Stimme, die aus dem Schlafzimmer kam, war leise und drohend. «Cheryl, komm mal kurz her.»

«Ich bin mit meinen Froot Loops noch nicht . . .»

«Komm sofort her, Cheryl!»

Cheryl stieß ihren Stuhl geräuschvoll nach hinten, sah Brian an, verdrehte die Augen und ging aus dem Zimmer. Gleich darauf war gedämpftes Gezeter zu hören. Als Cheryl wieder auftauchte, trug sie eine Zim's-Uniform und Candis Haaraufbau.

«Macht das Bett nicht kaputt», schnurrte sie, griff Brian zwischen die Beine und ging zur Tür hinaus.

«Brian?»

«Hmh?»

«Möchtest du was trinken? Eine Pepsi oder so?»

«He, du bist nicht mehr im Dienst.»

«Ich dachte bloß . . . na ja, du weißt schon. Manche Leute kriegen hinterher Durst.»

«Ich brauche aber nichts.»

«War ich ...? Findest du, daß ich genauso hübsch bin wie Cheryl? Ich meine ... ich weiß, daß ich älter bin und so, aber ... würdest du sagen, daß ich für mein Alter akzeptabel aussehe?»

Er spielte mit ihrem Ohrläppchen und küßte sie auf die Nasenspitze. «Besser als akzeptabel. Sogar ohne diese furchtbare Perücke.»

Sie strahlte. «Weißt du was? Ich hab den ganzen Tag frei, der Camaro ist vollgetankt ...»

«Ich muß aber nach Hause, Candi. Ich erwarte einen Anruf.»

«Es würde gar nicht lange dauern. Ich könnte dir eine Stelle zeigen, wo Kürbisse wachsen. Die sind gerade ganz wunderschön.»

Brian schüttelte lächelnd den Kopf.

«Möchtest du, daß ich dich nach Hause fahre?»

«Es gibt doch einen Bus, nicht?»

«Ja. Wenn du damit lieber fährst. Aber es macht mir gar keine Umstände, Brian.»

Er kletterte aus dem Bett. «Ich fahr ganz gern Bus.»

«Ich würd mich freuen, wenn du mich anrufen würdest.»

«Bestimmt. Stehst du im Telefonbuch?»

Candi nickte.

«Ich ruf dich an.»

«Unter Moretti.»

«Okay.»

«Mit zwei *t*.»

«Gut. Ich klingel nächste Woche mal durch.»

Als er ging, hatte er ihr zwar seinen Nachnamen nicht gesagt, aber er hatte eine gerahmte Fotografie an der Badezimmerwand gesehen.

Cheryl beim High-School-Abschluß, in Robe und Hut.

Candi in Straßenkleidung und gerade dabei, Cheryl zu umarmen.

Darunter stand handschriftlich: «Für die beste Mom auf der ganzen großen Welt.»

Sind es mit dem Baby wirklich drei?

Wagnerianischer Nebel senkte sich über die Avenues, als DeDe im silberfarbenen Porsche ihres Ehemanns vor Carson Callas' Haus losfuhr.

Erledigt.

Beim Gedanken daran fröstelte es sie ein wenig. Dieser eklige kleine Körper. Die gelb verfärbten Fingernägel, die sich in ihr Fleisch gegraben hatten. Dieses ... Ding ... das er im Nachttisch aufbewahrte.

Ihr Geheimnis war aber immer noch eines, und DeDe bezweifelte sehr, daß der Klatschreporter eine Wiederholung verlangen würde. Als sie die Upper Montgomery Street erreichte, lag die krasse Würdelosigkeit des gesamten Geschehens bereits so weit hinter ihr wie ihre Debütantinnenzeit.

Während der Liftfahrt zum Penthouse hinauf hatte DeDe beinahe das Gefühl, nobel gehandelt zu haben. Sie hatte ein Opfer gebracht und in den sauren Apfel gebissen ... um ihre Ehe zu retten und den guten Namen der Familie Halcyon sauberzuhalten.

«Wie steht's mit den Walen?» wollte Beauchamp wissen.

«Es hat sich noch nichts bewegt», log DeDe. «Wir streiten uns immer noch um einen Termin für die Benefizveranstaltung.»

«Ich finde ja, daß du mit Leukämie besser dran wärst.»

«Muffy macht schon in Leukämie. Das wäre nicht besonders originell.»

«Wie wär's dann mit behinderten Kindern?»

«Um Gottes willen, nein. Wir waren letzten Monat bei *mindestens* drei Tanztees zugunsten behinderter Kinder. Außerdem muß man sich mit Walen nicht fotografieren lassen.» DeDe saß auf Beauchamps Schoß und drückte ihm einen Kuß auf den Mund. «Du siehst nicht so aus, als hättest du mich sehr vermißt.»

«Ich habe gelesen.»

«Was?»

«Du sitzt darauf.»

«Oh.» Sie stützte sich auf die Armlehne des Ohrensessels, als Beauchamp *Some Kind of Hero* hochhielt.

«James Kirkwood», sagte er.

DeDe musterte den Schutzumschlag. «Geht es um Vietnam?»

«Ja. Irgendwie schon.»

«Beauchamp?»

«Hmh?»

«Bringst du mich ins Bett?»

«Ich hab einen anstrengenden Tag hinter mir, DeDe.»

«Bloß zum Kuscheln, okay?»

Er ließ das Buch auf den Boden plumpsen und lächelte sie an. «Okay.»

«Beauchamp?»

«Hmm?»

«Wir kommen jetzt viel besser zurecht, findest du nicht auch?»

«Womit?»

«Na ja, ich meine ... mit unserem Zusammenleben.»

«Was soll das? Spekulierst du auf die Große Verdienstmedaille für Hausfrauen?»

«Nein wirklich, ich finde ...»

«Die Ehe ist ein Schlauch, DeDe ... für *alle.* Andere Leute kommen damit auch nicht besser zurecht als wir. Das habe ich dir schon immer gesagt.»

«Trotzdem ... Ich glaube, wir lernen immer noch dazu und ... wachsen.»

«Einverstanden. Wenn du dich damit wohler fühlst.»

«Fühlst *du* dich damit denn nicht wohler?»

«Wahrscheinlich schon.»

«Früher ... hatte ich nie das Gefühl, daß wir *reif* genug wären, um Kinder großzuziehen.»

«Ach du meine Güte!»

«Aber du mußt doch zugeben, daß wir schon einiges überstanden haben ...»

«Wie oft muß ich dir das denn noch sagen, DeDe? Ich habe nicht die Absicht ...»

«Du! *Du!* Es ist *mein* Körper! Was ist, wenn *ich* ein Kind haben will? Wie steht's denn *damit,* hm?»

Er setzte sich im Bett auf und grinste sie affektiert an. «Kein Problem. Du brauchst dir bloß einen Kerl zu suchen, der dir eines macht.»

«Du bist widerlich!»

«Erwarte aber nicht, daß ich dafür zahle. *Oder* damit lebe.»

«Mit was? Ein Kind ist doch kein Ding, Beauchamp. Es ist ein *Mensch*!»

Seine Augen bohrten sich in sie. «O Gott! Bist du schwanger?»

«Nein.»

«Na, dann halt jetzt die Klappe ... und schlaf endlich. Ich hab morgen einen langen Tag vor mir.»

Wer ist der Glückliche?

Mary Ann verbrachte ihre Mittagspause bei Hastings, wo sie eine Krawatte aussuchte, die perfekt zu Norman paßte. Es war vielleicht kein besonders dezenter Hinweis, sagte sie sich, aber *irgendwer* mußte gegen diese geschmacklose, vollgekleckerte Klemmkrawatte etwas unternehmen.

Auf dem Rückweg zum Jackson Square fiel ihr ein großer gelber Hertz-Laster auf, der in einer Ladezone auf der Montgomery einparkte.

Der untersetzte Fahrer ging gemächlich zur Rückseite des Lasters und machte die Doppeltür auf.

Drinnen waren mindestens zwei Dutzend junger Frauen zusammengepfercht wie Rinder auf dem Transport zum Viehmarkt. Die meisten waren wie Sekretärinnen angezogen und kicherten nervös.

«Okay», sagte der Fahrer. «Stellt euch auf die Hebebühne. Immer sechs auf einen Schlag.» Während er nach vorne zum Führerhaus ging, warteten die jungen Frauen folgsam darauf, daß er sie auf die Straße hinunterließ. Als die letzte von der hydraulischen Hebebühne gestiegen war, kam der Fahrer wieder nach hinten und verpaßte jeder einen Bauchladen aus Pappe.

Gefüllt waren die Bauchläden mit kleinen Gratispäckchen Newport Lights.

Mary Ann schauderte es. *Da* kamen sie also her! Diese bemitleidenswerten Geschöpfe, die an jeder Straßenecke standen und einem Gratiszigaretten oder Glücksmünzen aus Holz oder knallige Reklamezettel für immer neue Billigrestaurants aufdrängten.

Es gab schlimmere Jobs als ihren. Und nicht zu knapp.

Sie ging schneller. Sie hatte schon eine Viertelstunde Verspätung.

Als Mary Ann in die Agentur kam, seufzte sie erleichtert auf. Mr. Halcyon war immer noch in der Besprechung mit den Leuten von Adorable.

Sie öffnete die Krawattenschachtel und besah sich ihren Kauf noch einmal. Die Krawatte war aus Seide mit kastanienbraunen und marineblauen Streifen. Konservativ, aber ... mit Biß. Genau das, was Norman fehlte.

Danach kritzelte sie lange mit einem Flair-Stift auf ihrem Notizblock herum, bis sie sich für folgendes entschied:

hör nicht hin, wenn sie höhnen
du seist alt und ich sei jung
denn ich bin alt genug zur einsicht
und jung genug zur nachsicht bist du

Nicht schlecht, wie sie fand. Außerdem waren Gedichte eine wunderbare Therapie, mit deren Hilfe sie in die besseren Zeiten an der Central High entfliehen konnte, als sie für die *Plume and Palette* allerhand angsterfüllte Verse im Stil von E. E. Cummings produziert hatte.

Doch mit *diesem* Gedicht fühlte sie sich nicht so recht wohl, denn es rührte ein bißchen zu direkt an das defensive Gefühl, das sie in ihrer Beziehung zu Norman empfand.

Beziehung? Bisher hatten sie sich bloß geküßt. Und noch dazu war es ein völlig zahmer Gutenachtkuß gewesen. Norman war wie ... ein großer Bruder? Nein ... aber auch nicht wie ein Onkel.

Mary Ann empfand für Norman das, was sie als Zwölfjährige für Gregory Peck empfunden hatte, als sie wegen *Wer die Nachtigall stört* fünfmal ins Kino gegangen war ... nur um sich diesem gänsehäutigen, trockenkehligen, rückenrieselnden Gefühl hinzugeben, das sie jedesmal überkam, wenn Atticus Finch auf der Leinwand erschien.

Aber Norman Neal Williams war kein Gregory Peck.

Mary Ann zerriß das Gedicht.

Mr. Halcyon war noch in seiner Besprechung, als plötzlich Beauchamp um Mary Ann herumscharwenzelte.

«Na, ist es anstrengend heute?»

«Es geht so», antwortete sie mit betonter Gleichgültigkeit.

«Du siehst ein bißchen ... geschafft aus.»

«Das ist wahrscheinlich mein Biorhythmus.» Mary Ann wußte nicht genau, was das heißen sollte, aber so blieb alles auf einer unpersönlichen Ebene.

«Darf ich dich heute abend zu einem Drink ausführen?»

Sie fixierte ihn mit kaltem Blick. «Ich kann dich nicht mehr ernst nehmen. Echt nicht.»

«Ich wollte nur ein bißchen nett sein.»

«Vielen herzlichen Dank. Aber heute abend bin ich schon verabredet.»

«Aha! Und wohin entführt dich der Glückliche?»

Sie spannte einen Bogen Papier in die Schreibmaschine. «Ich wüßte nicht, was dich das ...»

«Ach, komm! Ich möchte es wirklich gerne wissen.»

Sie begann zu tippen. «Das Lokal heißt Beach Chalet.»

«Ah.»

«Kennst du es?»

«Klar. Du wirst begeistert sein. Die Veterans of Foreign Wars treffen sich dort.»

Als sie zu ihm hochschaute, sah sie, wie ein höhnisches Grinsen über sein Gesicht huschte. Mit einem zackigen militärischen Gruß ging er auf den Flur hinaus. «Überfriß dich nicht an den Erdnüssen, Kleines!»

New York, New York

Den Hörer ihres Rokokotelefons ans Ohr gepreßt, schwang D'orothea ihre Zigarette – eine Sherman mit goldenem Filter – wie einen Dirigentenstab.

Sie telefonierte mal wieder mit New York.

Zum viertenmal in zwei Tagen.

Mona rekelte sich auf der neuen Büffelleder-Chaiselongue von Billy Gaylord und verfolgte das Geschehen mit stillem Zynismus. Sie hatte es satt, mit New York zu konkurrieren.

«Ach, Bobby», kreischte D'orothea, «das ist diesen Monat schon das dritte Mal, daß du Lina ins Toilet mitgenommen hast ... Das weiß ich ja alles, mein Schatz, aber ... Laß dir das gesagt sein, Bobby. *Einmal,* das ist noch Underground-Sightseeing, aber dreimal, das ist nur noch *krank* ... Aber es ist doch gar nicht *vergleichbar* mit dem Anvil. Das Anvil war früher was richtig Tolles. Ich meine, Rudi ist da immer hingegangen, und das sagt ja eigentlich alles! ... So was hab ich dort nie gesehen ... Ach, ganz bestimmt nicht, Bobby. Ich hab nie gesehen, daß da einer mit der Faust ... Aber das ist sowieso egal. Das Toilet ist schlicht und einfach ein *Dreckloch.* Ich hab mir dort ein wunderbares Paar Bergdorf-Goodman-Schuhe kaputtgemacht ...»

In diesem Stil ging es noch zehn Minuten weiter. Als D'orothea auflegte, lächelte sie Mona entschuldigend an. «Scheiße, da bin ich gerade noch rechtzeitig abgesprungen. Der Big Apple ist so wurmstichig, daß es sich mit Worten gar nicht mehr beschreiben läßt.»

«Und deswegen brauchst du jeden Abend den aktuellen Bericht von dort, oder wie?»

«Ach, doch nicht *jeden* Abend.»

«An Verderbtheit haben wir hier auch einiges zu bieten ... Und was ist eigentlich das Toilet?»

«Eine Bar.»

«Das ist klar.»

«In der *Vogue* ist ein Artikel darüber drin.»

«Und ich Dummerchen hab sie gar nicht ...»

«Heh! . . . Was hast du denn, Mona?»

«Es hängt mir einfach zum Hals raus, daß ich mich dauernd mit New York beschäftigen muß. Ich meine, du bist wieder hierher gezogen, und ich finde, du . . .»

«Darum geht's doch nicht, Mona. Du trauerst irgendwas nach.»

«Das stimmt nicht. Ich bin immer so.»

«Ich glaube, daß dir Michael fehlt.»

«Übertreib's nicht mit dem Analysieren.»

«Wenn wir nicht darüber reden, mein Engel, dann . . .»

«Es ist nichts dahinter. Ich hab nur miese Laune. Vergiß es einfach.»

«Mir fällt auch schon bald die Decke auf den Kopf. Komm . . . gehen wir spazieren.»

In der Barbary Lane kochte Brian Hawkins gerade einen Beutel tiefgefrorenen Chinamix. Als das Essen fertig war, schlang er es noch am Küchentisch hinunter und sah dabei seine Post durch.

Es war nicht viel. Ein Werbezettel für eine neue Pizzeria. Ein Rundschreiben der Chicago Urban League. Ein Umschlag in knalligem Pink mit dem Treasure Island Trailer Court als Absender.

In dem Umschlag steckte eine Briefkarte mit dem aufgedruckten Gesicht eines niedlichen kleinen Kindes, eines nymphenhaften Wesens, das mit schmachtendem Blick aus dem Fenster eines Wohnhauses sah.

Lieber Brian,
bei Perry's hat man mir deine Adresse gegeben. Hoffentlich ist dir das auch recht. Ich wollte dir nur sagen, wie fabelhaft es mit dir war. Du bist ein richtig lieber Kerl, und ich hoffe, du rufst mich mal an. Ich kann dich nicht anrufen, weil ich kein forscher Typ bin. Ha, ha. Aber im Ernst, du bist ein richtig toller Mensch. Fühl dich nicht verpflichtet, mir auch zu schreiben.

Ich liebe dich
Candi

Das *i* in «Candi» hatte sie mit einem Smiley bekrönt.

Brian warf die Post in den Mülleimer, stellte das Geschirr in die Spüle und ging ins Schlafzimmer, um sich einen Joint zu drehen. Er hatte noch etwas Maui Wowie da. Jedenfalls genug für eine hübsche Dröhnung.

Als er auf dem gebraucht gekauften Sofa lag, ging er im Geist die unbefriedigenden kleinen Eskapaden des letzten halben Jahres durch. Mary Ann Singleton, die ihm *noch immer* keine Ruhe ließ ... Connie Bradshaw, ein richtiges Kitschmuseum ... die Tussi aus den Sutro Baths ... und jetzt ein Mutter-Tochter-Gespann!

Er lachte schallend.

Entweder war er ein Masochist oder Gott ein Sadist.

Nach einer Weile stand er auf und zog sich Levi's und ein khakifarbenes Armeehemd an. Er ging zur Tür, blieb kurz stehen und machte dann noch mal kehrt, um einen zweiten Joint zu drehen.

Dann sprang er die Treppe hinunter in den ersten Stock und klingelte bei Michael.

Vollmond in Seacliff

Jon Fielding konnte einen Anflug von Neid nicht unterdrücken, als der Diener der Hampton-Giddes ihm einen gefüllten Pilz anbot.

Harold war eine absolute *Entdeckung.*

Tüchtig, zuvorkommend und intelligent. Mit der richtigen Mischung aus milchkaffeebrauner Haut und grauen Schläfen, um als altes Familienfaktotum durchgehen zu können ... ein überzähliger Diener, den Mutter aus dem vornehmen Neuengland rübergeschickt hatte.

«Er ist eine Perle», sagte Jon zu Collier Lane, sobald Harold sich wieder entfernt hatte.

Collier nickte. «Schlichtweg perfekt. So eine Art schwuler Uncle Ben.»

«Ist er denn schwul?»

«Es wäre ihm zu wünschen. Er ist nämlich der Filmvorführer.»

«Schauen wir hier Filme an?»

«Ja, dort drüben. Vor dem Claes Oldenburg, der wie eine Ansammlung von Einkaufstüten aussieht. Die Leinwand kommt von der Decke herunter. Nach den Zigarren und dem Brandy lassen sie *Boys in the Sand* laufen.»

Die Hampton-Giddes hatten nirgendwo geknausert, stellte Jon fest. Braunes Wildleder an den Wänden. Das Kaminholz in einem verchromten Ständer. *Tonnenweise* Marmor und ein Beleuchtungssystem, das für eine kleinere *Aida*-Inszenierung gereicht hätte.

Der Arzt grinste seinen Rechtsanwaltsfreund an. «Jemand hat mir erzählt, daß man sogar ihren Fernseher runterdimmen kann.»

Collier grinste ebenfalls: «Die können ihr ganzes Leben runterdimmen.»

An der Dinnerparty nahmen acht Personen teil. Rick Hampton und Arch Gidde (die Hampton-Giddes), Ed Stoker und Chuck Lord (die Stoker-Lords), Bill Hill und Tony Hughes (die Hill-Hugheses) und Jon Fielding und Collier Lane.

Jon und Collier suchten Zuflucht im schwarzen Onyxbadezimmer der Hampton-Giddes.

«Mensch, Jon, geht dir dieses Gerede über neugestaltete Küchen nicht auf die Nerven?»

«Zieh dir eine Bahn rein», sagte der Arzt. «Mit Koks geht alles besser.»

Die Hampton-Giddes hatten für ihre Gäste Kokain bereitgestellt. Aber nur im Badezimmer. Außer Sichtweite der Dienstboten. Collier schniefte eine Bahn.

«Gehen wir doch in die Sauna», sagte er, als er sich wieder aufrichtete.

«Wir können nicht einfach abhauen, Collier.»

«Warum nicht? Ich langweile mich hier zu Tode.»

«Dann zieh dir noch eine rein.»

«Wo bleiben eigentlich die Schnittchen? Normalerweise zeigen unsere Gastgeber Anstand und laden ein oder zwei dekorative

Schnittchen ein ... Mein Gott, wer ist schon scharf darauf, sich den ganzen Abend diese abgeschlafften alten Gucci-Tunten anzuschauen.»

«Ich kann jetzt nicht gehen. Vielleicht nach dem Film ...»

«Scheiß auf den Film! Wo bleibt denn da das richtige Leben? Noch dazu haben wir heute Vollmond! Kannst du dir vorstellen, was da in der Sauna ...?»

Jon kniff Collier in die Backe. «Es gibt so etwas wie gesellschaftliche Verpflichtungen, mein Junge.»

«Du bist ein Waschlappen, Fielding.»

Jon lächelte. «Dusch dich kalt ab. Das hält 'ne Weile an.»

«Also», sagte William Devereux Hill III., als er Edward Paxton Stoker Jr. die gedämpfte Winterendivie reichte, «haben Tony und ich im Gesellschaftskalender für St. Louis nachgeschlagen, und sie stehen *nicht* drin. Keiner von beiden.»

«Schrecklich.»

«Und machen wir uns doch nichts vor, mein Schatz. In St. Louis ist da nicht *allzu* schwer reinzukommen!»

«Wie wäre es mit dem Achten?» fragte Archibald Anson Gidde.

Charles Hillary Lord blätterte seinen in schwarzes Leder gebundenen Hermès-Terminkalender um. «Tut mir leid. An dem Abend führt Edward Mrs. Langhurst ins Konzert aus, weil Edo de Waart dirigiert. Die Musik macht aus mir wieder mal eine grüne Witwe.»

«Was ist mit dem Mittwoch darauf?»

«Da haben wir Karten fürs Theater.»

«Ich passe.»

«Es ist schon verrückt, nicht?» seufzte Charles Hillary Lord.

«Was macht dein Schnittchen?» fragte Richard Evan Hampton und grinste Jon Philip Fielding über den Marmortisch hinweg affektiert an.

«Wer?»

«Dieses Schnittchen in Jockey-Shorts. Aus dem Endup.»

«Ach so ... Ich hab ihn schon länger nicht mehr gesehen.»

«Na, er war wohl auch kaum dein Typ, nicht?»

«Hmh?»

«Ich meine, wie viele Leute kennst du denn schon, die an einem Tanzwettbewerb in Unterhosen teilnehmen?»

«*Ihn* kannte ich jedenfalls. Und ich mochte ihn, Rick.»

«Dann werde ich mich wohl entschuldigen müssen, meine Liebe.»

«Nein, ich werde mich entschuldigen.»

«Wieso?»

«Wir haben Vollmond, Mr. Hampton, und ich kann dieses ‹Daughters of the American Revolution›-Kränzchen nicht länger ertragen. Wenn Sie mich jetzt entschuldigen würden, meine Herren.» Er schob seinen Stuhl zurück, stand auf und nickte seinem Freund zu. «Ich nehme mir ein Taxi», sagte er.

«Den Teufel wirst du tun», sagte Collier Lane.

In ihren Brioni-Blazern rauschten sie ab in die Sauna.

Normans Geständnis

Nach dem dritten Glas Weißwein im Beach Chalet machte Mary Ann das spießig-rustikale Archie-Bunker-Ambiente des Lokals kaum noch etwas aus.

«Es gefällt mir hier», gab sie Norman gegenüber freimütig zu. «Die Kneipe ist sehr ... urwüchsig.» Zum Teufel mit Beauchamp und seiner schnoddrigen Bemerkung über die Veterans of Foreign Wars.

«Ich dachte, daß dir die Freski hier vielleicht gefallen», sagte Norman.

«Die was ...?»

«Die Malereien an den Wänden.»

«Ach so ... ja, sie sind toll. Jugendstil, nicht?»

Norman nickte. «Der gute alte Mr. Roosevelt und seine Beschäftigungsprogramme aus dem New Deal. Wie wär's jetzt mit einem kleinen Strandspaziergang?»

Mary Ann hatte keine besondere Lust dazu. Es war kalt draußen, und sie fand die Neon-Bierreklamen und die Stammkunden in Bowlingjacken, die den Tresen umlagerten, ganz gemütlich.

Sie lächelte Norman an. «*Du* würdest gerne raus, nicht?»

«Ja.»

«Stimmt irgendwas nicht, Norman?»

«Nein. Ich möchte bloß ein bißchen spazierengehen. Okay?»

«Klar.»

Er lächelte und tippte mit dem Finger an ihre Nasenspitze.

Auf dem Strand hängte sie sich bei Norman ein, um sich an ihm zu wärmen. Bei Vollmond schimmerte das Cliff House wie ein Herrensitz aus einem der Romane von Daphne du Maurier.

Sie brach das Schweigen zuerst.

«Möchtest du reden?»

«Ich wollte, ich ... Ach, laß mal.»

«Was denn, Norman?»

«Ich wollte, ich würde besser aussehen.»

«Norman!»

«Das mit dem *Alter* wäre nicht so schlimm, wenn ... Ach, vergiß es.»

Sie blieb stehen und drehte ihn herum, so daß er ihr ins Gesicht sehen mußte. «Also ... erstens bist du *nicht* alt, Norman. Du hast es gar nicht nötig, dich dauernd dafür zu entschuldigen. Und zweitens bist du ein *sehr* starker, maskuliner und ... attraktiver Mann.»

Er reagierte, als hätte er überhaupt nicht zugehört. «Warum gehst du mit mir aus, Mary Ann?»

Sie warf die Arme in die Luft und stöhnte. «Du hörst mir nicht mal *zu*.»

«Es sind doch so viele Männer hinter dir her. Ich hab gesehen, wie Brian Hawkins dich ansieht.»

«Hör mir bloß mit dem auf!»

«Findest du Brian denn nicht hübsch?»

«Brian Hawkins hält jede Frau, die mit ihm ins Bett steigt, für eine ...» Mary Ann unterbrach sich.

«Für eine was?»

«Norman ...»

«Für eine *was?*»

«Für eine Hure.»

«Oh.»

«Norman ... ich wollte, ich könnte dir begreiflich machen, wieviel für dich spricht.»

«Überanstreng dich nicht.»

«Norman, du bist *sanft* ... und taktvoll ... und du glaubst an viele ... traditionelle Werte ... und du gibst mir nie das Gefühl, daß ich altmodisch bin.»

Er lachte traurig. «Weil ich noch altmodischer bin als du.»

«Das hab ich nicht gesagt. Und danke für das Kompliment!»

«Glaubst du, daß ich dich glücklich machen könnte, Mary Ann?»

Davor hatte sie sich die ganze Zeit gefürchtet. «Norman ... ich fühle mich immer sehr wohl, wenn ich mit dir zusammen bin.»

«Danach habe ich nicht gefragt.»

«Wir haben uns doch gerade erst kennengelernt.»

Der Spruch war so lahm, daß es ihr sofort leid tat. Sie suchte in Normans Gesicht nach Anzeichen dafür, daß sie Schaden angerichtet hatte. Er sah aus, als würde er mit irgendwas ringen. Seine Gesichtszüge waren eigenartig verzerrt.

«Ich bin kein Pillendrücker, Mary Ann.»

«Was?»

«Ich bin nicht Vertreter für Nutri-Vim. Das hab ich nur so gesagt, damit ... Ich hab es nur so gesagt.»

«Aber was ist mit dem ...?»

«Ich komm schon bald an eine schöne Stange Geld. Dann kann ich dir alles kaufen, was du dir wünschst. Ich weiß schon, daß ich dir im Moment vorkommen muß wie eine Lusche, aber ich bin ...»

«Norman», sagte sie so schonend wie möglich, «ich möchte nicht, daß du mir etwas *kaufst.*»

Sein Gesicht hatte jeden Ausdruck verloren. Sein ganzes Elend lag in seinem Blick.

«Norman ...» Sie rückte seine neue Krawatte zurecht. «Sie steht dir ganz ausgezeichnet.»

«Ich fahr dich nach Hause.»

«Ich möchte nicht, daß du das Gefühl hast ...»

«Schon gut. Manchmal ... will ich halt einfach zuviel.»

Auf der Rückfahrt zur Barbary Lane sagte er kaum ein Wort.

Worüber D'or sich ausschweigt

Vor dem dunklen Hang des Alta Plaza Park leuchtete die neonhelle Telefonzelle wie Protoplasma. Mona und D'orothea spazierten die Jackson Street entlang nach Westen.

Mona schüttelte sich. «Was für ein gruseliger Ort für ein Telefongespräch!»

«Hast du vor der Dunkelheit Angst?»

«Schrecklich.»

«Das hätt ich nicht gedacht.»

«Haben nicht alle Angst vor der Dunkelheit? Es ist das einzige, was uns von den Tieren unterscheidet.»

D'or grinste. «Ich nicht. Ich halte mich auch da an die Devise: ‹Black is beautiful›.»

«Bei *dir* stimmt das ja auch.»

D'or blieb stehen und griff nach Monas Händen. «Schatz ... würdest du ...?»

«Würde ich was?»

«Ach, nichts.» Sie verscheuchte den Gedanken mit einer Handbewegung und ging weiter. «Nichts Wichtiges.»

Mona runzelte die Stirn. «Ich kann das nicht ausstehen.»

«Was, mein Schatz?»

«Wenn du mit etwas nicht rausrückst, weil du dir einbildest, daß ich es nicht verkrafte.»

«Ich wollte dir damit nicht ...»

«Ich bin nicht so schrecklich empfindlich, D'or. Meinst du nicht, daß du ein bißchen *mitteilsamer* sein könntest?»

«Von mir aus.» D'or wirkte verstimmt.

«Außerdem brauche ich nicht dauernd zu hören, daß du mich

liebst. Ich *weiß*, daß du mich liebst, D'or. Es ist nur so ... daß du deine ... deine Gedanken kaum mit mir teilst. Manchmal habe ich das Gefühl, als würde ich mit einer Fremden zusammenleben.»

Schweigen.

«Tut mir leid. Aber du hast gefragt, was ich auf dem Herzen habe.»

«Willst du etwa ausziehen?»

«Nein! Ich habe mir keine Wunder erwartet, D'or ... nie. Ich hatte bloß ...»

«Ist es der Sex? Du weißt doch, daß es für mich keine Rolle spielt, ob ...»

«D'or ... ich *mag* dich wirklich.»

«Aua.»

«Verflucht noch mal ... das ist schon eine ganze Menge, oder etwa nicht? Ich meine, mir ist noch nicht mal klar, ob ich überhaupt jemand fürs Bett haben möchte. Ob nun Mann *oder* Frau. Manchmal denke ich, daß es fünf wirklich gute Freunde oder Freundinnen auch tun würden.»

Sie gingen einige Zeit schweigend nebeneinander her, bis D'orothea sagte: «Und was machen wir nun?»

«Ich möchte bei dir bleiben, D'or.»

«Aber ich muß mich ändern, oder wie?»

«Davon habe ich nichts gesagt.»

«Aber, Mona ... *irgendwas* paßt dir doch nicht.»

Mona funkelte sie wütend an. «Glaubst du denn allen Ernstes, daß ich meinen Lebenszweck darin sehe, mir den Arsch breitzusitzen, während du dir bei demselben Dreckskerl, der mich rausgeschmissen hat, mal so eben hunderttausend Dollar abholst?»

«Mona ... ich könnte mit Edgar Halcyon reden ...»

«Wenn du das tust, packe ich noch am selben Tag meine Sachen.»

«Was soll ich dann tun? Was verlangst du denn von mir?»

«Ich weiß es einfach nicht ... Irgendwie komme ich mir ausgegrenzt vor. Ich kann diese alten Weiber mit ihren lila gefärbten Haaren nicht ausstehen, die in der Handtasche chemische Keulen spazieren tragen und in einem fort mit ihren Pudeln ...»

«Daran kann ich ja wohl nichts ändern . . .»

«Aber du könntest mich an deinem Leben teilnehmen lassen, D'or. Stell mich deinen Bekannten vor . . . und deiner Familie. Herrgott noch mal, deine Eltern wohnen in Oakland, und ich hab sie noch *nie* zu Gesicht bekommen!»

D'orotheas Stimme war eisig, als sie sagte: «Laß bloß meine Eltern aus dem Spiel.»

«Da haben wir's!»

«Was soll *das* nun wieder heißen?»

«Das soll heißen, daß du dir vor Angst fast in die Hosen machst, weil Mommy und Daddy rausfinden könnten, daß du eine Lesbe bist!»

«Das stimmt nicht.»

«Was ist es dann?»

«Ich . . . habe keinen Kontakt mehr zu meinen Eltern. Ich habe noch kein einziges Mal mit ihnen gesprochen, seit ich aus New York zurück bin. Kein einziges Mal.»

«Ach, erzähl mir doch nichts!»

«Hast du je erlebt, daß ich mit ihnen telefoniert hätte? Wann soll ich denn mit ihnen geredet haben?»

«Aber, weshalb sprichst du denn nicht mit ihnen?»

«Wann hast *du* das letzte Mal mit deiner Mutter gesprochen?»

«Das ist ganz was anderes. Meine Mutter wohnt in Minneapolis. Aber für dich wäre es überhaupt kein Umstand, mit deinen . . .»

«Du hast doch keine *Ahnung*, was für ein Umstand es für mich wäre, Mona.»

Mona blieb stehen und stellte sich vor D'orothea hin. «Jetzt hör mir mal zu. Mir ist schon klar, daß du um einiges . . .» Sie unterbrach sich.

«Daß ich um einiges was?»

«Was weiß ich. Daß du . . . mehr Lebenserfahrung hast?»

D'orothea lachte wehmütig. «Das trifft's noch nicht mal ansatzweise, mein Schatz!»

«Na, wenn schon? Hältst du mich etwa für snobistisch? Ich hab mich schon oft für Leute aus der Dritten Welt eingesetzt, das kann ich dir sagen!»

«Mein Vater arbeitet als Bäcker in der Twinkie-Keksfabrik, Mona!»

Mona unterdrückte ein Grinsen. «Das hast du dir ausgedacht.»

«Laß mich jetzt in Ruhe damit, ja?»

«Nein. Du meinst, daß ich mit älteren Schwarzen nicht umgehen kann, stimmt's? Daß ich trotz allem gar nicht anders kann, als rassistisch *und* altenfeindlich zu sein!»

Schweigen.

«Das ist doch der springende Punkt, oder?»

«Ich glaube, daß du sehr gut mit Menschen umgehen kannst. Aber hören wir jetzt auf damit. Einverstanden?»

Also hielt Mona den Mund.

Ihr liberales Bewußtsein würde ihr allerdings nicht erlauben, das Thema fallenzulassen.

Sie würde der Angelegenheit auf eigene Faust nachgehen.

Es konnte nicht *so* viele Wilsons geben in der Twinkie-Fabrik.

Michaels Besucher

Michael machte gerade das Bett, als es an der Tür klingelte. Er mußte über sich selbst lachen, als er sich beeilte. Er machte das Bett nie *seinetwegen*. Er tat es wegen anderer Leute ... oder in der Hoffnung auf andere Leute.

Das war auch der wahre Grund dafür, daß er die Toilette immer sauber hielt und im Badezimmerschränkchen stets eine frische Gästezahnbürste aufbewahrte. Man konnte nie wissen, wann man sich in der Rolle der zukünftigen Ehegattin bewähren mußte.

Beim zweiten Klingeln öffnete er die Tür. Innerlich hatte er sich bereits darauf eingestellt, Mary Ann wieder mal sein mitfühlendes Ohr zu leihen.

«Brian!»

«Ich ... störe doch nicht etwa?»

«Ehrlich gesagt räkelt sich gerade Casey Donovan in meinem Boudoir.»

«Oh, entsch ...»

«Das war ein Witz, Brian. Reine Extravaganz. Was kann ich für dich tun?»

«Nichts ... Ich ... ich hab noch 'ne Portion Maui Wowie über. Und da hab ich gedacht, daß du vielleicht auch Lust hättest, was zu rauchen ... und 'ne Weile zu quatschen.»

Was für ein drolliges Wort, dachte Michael. Quatschen. Die Heteros trauerten der Hippieära immer noch nach.

Das Gras wirkte sehr rasch.

«Meine Fresse», platzte Michael heraus. «Wie teuer ist das Zeug denn?»

«Zweihundert die Unze.»

«Ich bitte dich!»

«Ich schwör's bei Gott.»

«Meine Zähne sind ganz taub.»

«Wer braucht die schon?»

Michael lachte. «Wo du recht hast, hast du recht! Ist das Zeug von *hier,* Brian?»

«Mhmm. Aus L.A.»

«Das gute alte Lah!»

«Hmh?»

«Lah. L.A. ... kapiert?»

«Ach so ... ja.»

«L.A. ist Lah. Und S.F. ist Sif.»

«Wie wahr!»

Sie lachten. «Meine Fresse, Brian. Noch ein Zug, und ich seh den lieben Gott.»

«Zu spät. Er ist nach Lah umgezogen.»

«Der liebe Gott ist in Lah?»

«Was glaubst du, wer mir das Zeug verkauft hat?»

«Manchmal», sagte Brian, «hab ich das Gefühl, daß es aus und vorbei ist mit der sexuellen Revolution. Weißt du, was ich meine?»

«Denk schon.»

«Ich mein ... was ist noch übrig? Verstehst du?»

«Klar.»

«Typen und Tussis, Tussis und Tussis, Typen und Typen.»

«Genau.»

«Aber jetzt ... weißt du ... das Pendel.»

«Genau ... das verfluchte Pendel.»

«Ich meine, Michael ... ich glaube ... ich glaube, die Sache ist gelaufen, Mann.»

«Welche Sache?»

«Alles.»

«Sodom und Gomorrha, hm?»

«Vielleicht nicht ganz so ... dramatisch, aber so in der Preislage. Wir werden die ... mit *wir* mein ich solche Leute wie dich und mich ... wir werden die fünfzigjährigen Libertins sein in einer Welt voller zwanzigjähriger Calvinisten.»

Michael schüttelte es. «Bei denen die Geilheit im Herzen sitzt wie bei Jimmy ... aber sonst nirgends.»

«Stimmt ... Bist du jetzt geil?»

Michaels Herz setzte aus. «Äh ...»

«Von Gras werd ich immer geil.»

«Ja ... ich weiß, was du meinst.»

«Warum ... tun wir dann nichts dagegen?»

Es war so still im Zimmer, daß Michael die Haare auf Brians Brust wachsen hören konnte.

«Findest du nicht ... daß das ... etwas kompliziert ist, Brian?»

«Warum?»

«Warum?» wiederholte Michael. «Na ja, ich ... äh ... wir beide sind nicht unbedingt vom selben Ufer, oder?»

«Na und? Es muß in dieser verdammten Stadt doch wenigstens *eine* Kneipe geben, wo es Heterotussis *und* Schwule gibt.»

«Du möchtest, daß wir ... gemeinsam auf Aufriß gehen?»

«Könnte ein Riesenspaß werden, hm?»

Michael sah ihn etwas länger an und lächelte dann träge. «Du meinst es richtig ernst, was?»

«Aber natürlich!»

«Das ist ja vielleicht abgedreht.»

«Ich wußte, daß du darauf anspringst.»
«Vielleicht», sagte Michael, der gleich wieder zu Pan wurde, «können wir ja ein Pärchen auseinanderspannen.»

Die drei von der Sauna

Als er das Haus der Hampton-Giddes verließ, inhalierte Jon den reinigenden Nebel, der sich von der Bay aus nach Seacliff ergossen hatte.

Collier grinste ihn an. «Ich hab ja gewußt, daß es dir früher oder später bei den Ohren rauskommt.»

«Halt die Klappe.»

«Du bist noch immer vernarrt in dieses Tolliver-Jüngelchen, was?»

«Ich bin *in gar niemand* vernarrt, Collier. Aber ich habe dieses giftige Gerede über irgendwelche Schnittchen gründlich satt. Das ist bloß die Trutschenvariante für den Chauvinismus der Mackerschweine!»

«Kann ich das an Bartlett's *Worte der Woche* schicken?»

«Warum beschränkst du dich nicht aufs Fahren, hm?»

«Fahren wir in die Sauna?»

«Da willst du doch hin oder?»

«Ich könnte dich auch bei deinem Schnittchen absetzen.»

«Wenn du noch einmal damit anfängst, Collier . . .»

«Zur Sauna also, Milord.»

Jon hüllte sich während der langen Fahrt in die Gegend um die Eighth und die Howard in Schweigen. Er litt unter seiner verfahrenen Situation. Die Spießigkeit der Hampton-Giddes erschien ihm ebensowenig erstrebenswert wie die Ziellosigkeit der Michael Tollivers.

In so einer Lage bot die Sauna den einfachsten Ausweg.

Diskret, leidenschaftslos und unverbindlich. Er konnte sich für ein, zwei Stunden austoben und danach wieder unbefleckt eintauchen in seine Existenz als Arzt.

Es blieb ihm gar keine andere Wahl.

Von Dekorateuren, Friseuren und bestimmten Polizeidienstgraden wurde in San Francisco geradezu *erwartet,* daß sie schwul waren.

Aber wer wollte schon einen schwulen Gynäkologen?

Seiner Erfahrung nach erwarteten die meisten Frauen von ihrem Gynäkologen Zurückhaltung, wenn er in ihre intimsten Regionen Einblick nahm. Sie erwarteten allerdings *nicht,* daß ihm diese Zurückhaltung leicht fiel. Im hintersten Winkel ihres Herzens glimmte eine schwache Hoffnung, daß sie dem armen Kerl gehörig den Kopf verdrehen würden.

Ja, so ein schwuler Gynäkologe hatte es schon schwer.

Im Fernsehraum der Club Baths hatte sich eine Horde Handtuchtarzans versammelt.

Ausnahmsweise verfolgten sie gebannt das Fernsehprogramm.

«Den Orgienraum kannst du während der Mary-Hartman-Show vergessen», sagte Collier.

Jon grinste. Er fühlte sich zusehends wohler. «Ich habe sowieso Hunger. Wir sind ja über die gedämpfte Winterendivie nicht hinausgekommen, wie du weißt.»

Sie steckten ein paar Hot dogs in die Mikrowelle und lachten über den obligatorischen Aufkleber, der Leute mit Herzschrittmachern warnte. Ein Herzschrittmacher tauchte in den Club Baths ungefähr so häufig auf wie eine Accu-Jac-Wichsmaschine im Bohemian Club.

Hinterher trennten sie sich, und jeder suchte sein persönliches Abenteuer im Wunderland.

Jon strich eine Viertelstunde durch die Gänge und entschied sich schließlich für einen Dunkelhaarigen in einer Kabine neben den Duschen. Der Kerl lag auf seiner Liege und stützte sich auf die Ellbogen.

Er hatte sein Handtuch noch um, und seine Lampe hatte er auf hell gestellt.

Ein gutes Zeichen, dachte Jon. Wenn einer es furchtbar nötig hatte, schaltete er unweigerlich auf Schummerlicht und legte sein Handtuch ab.

Als sie fertig waren, sagte Jon: «Wenn ich gehen soll, kannst du's ruhig sagen.»

«Kein Problem», antwortete der Dunkelhaarige.

«Es ist schön, ein bißchen dazuliegen.»

«Ja. Da draußen ist die Hölle los.»

«Wir haben Vollmond.»

«Mir sind die ruhigeren Abende lieber. Ich meine . . . manchmal komme ich bloß her, um . . . mich zu entspannen.»

«Ich auch.»

Der Dunkelhaarige verschränkte die Hände hinter dem Kopf und schaute zur Decke hoch. «Ich war heute abend nicht mal besonders geil.»

«Ich auch nicht. Ich rede mir immer ein, daß ich bloß wegen der Dampfsauna herkomme, aber irgendwie funktioniert es dann doch anders.»

Der Mann lachte. *«Quelle coincidence!»*

Jon setzte sich auf. «Es ist wohl besser, ich gehe . . .»

«Kann ich dich zu einem Kaffee einladen?»

«Danke, aber ich bin mit einem Freund da.»

«Dein Liebhaber?»

Jon lachte. «O Gott, nein!»

«Bist du . . . noch zu haben?»

«Aber ja.»

«Darf ich dir meine Telefonnummer geben?»

Jon nickte und streckte dem Dunkelhaarigen seine Hand hin. «Ich heiße Jon», stellte er sich vor.

«Und ich heiße Beauchamp.»

Cruising im Stud

Für seine nächtliche Tour mit Brian setzte Michael auf das Stud. Die Bar an der Folsom Street war entsprechend megasexuell, und ihre pseudoalternative Einrichtung würde Brian wohl am wenigsten verschrecken.

Vielleicht würde sie ihn sogar an Sausalito erinnern.

«Das erinnert mich an das Trident», sagte Brian, als sie durch die Tür kamen.

Michael grinste. «Das ist wohl die goldene Regel der Siebziger, was? Es spielt keine Rolle, was du anstellst, solang du es irgendwo machst, wo es wie in einer Scheune aussieht.»

«Mensch! Sieh mal da drüben an der Bar! Was für Titten!»

«Ja. Der rennt mindestens schon seit der High-School ins Fitneßstudio!»

«Ich rede von der Tussi, Michael!»

«Weißt du was?» sagte Michael. «Du guckst dir deine Sorte Titten an und ich mir meine!»

Die Gäste standen zwanglos um den Tresen in der Mitte, manche in Dreier- oder Vierergruppen. Sie lachten in kurzen, gekünstelten Ausbrüchen, und eine abgetakelt wirkende Band tat so, als würde Kenny Loggins «Back to Georgia» singen.

«Unser Plan sieht also so aus», sagte Michael laut. «Wenn mir was über den Weg läuft, was für dich interessant sein könnte, treib ich es in deine Richtung.»

«Nicht *es*, Michael. *Sie*.»

«Genau. Und du machst umgekehrt das gleiche.»

«Keine Sorge.»

«Siehst du irgendwas, was dich anmacht?»

«Ja. Der Atombusen da drüben.»

«Die Frau mußt du aber erst noch von dem Kerl loseisen, mit dem sie da ist.»

«Vielleicht ist er ja schwul.»

«Das kannst du vergessen. Er ist hetero.»

«Wie willst du das denn wissen?»
«Sieh dir doch mal seinen Arsch an, Brian!»
«Haben Schwule nie einen fetten Arsch?»
«Wenn sie einen haben, dann gehen sie nicht in Bars. Das ist die *andere* goldene Regel der Siebziger.»

Die Frau, die sich neben Brian setzte, hatte ein beigefarbenes T-Shirt an, das in unaufdringlichen Kleinbuchstaben den Aufdruck «Miststück» trug.
«Seid ihr zwei Hübschen zusammen da?»
«Ja. Das heißt . . . nicht direkt. Er ist schwul, und ich bin hetero.»
«Wie schön für dich.»
«So war das nicht gemeint. Michael ist ein Freund von mir»
«Und was machst du so?»
«Du meinst mit Michael?»
«Nein. Du allein. Wie verdienst du zum Beispiel dein Geld?»
«Ich arbeite als Kellner. Im Perry's.»
«Oh. Das ist ja abgedreht.»
Ihre Bemerkung ärgerte ihn. «Wieso?»
«Na ja, ich meine . . . dort geht's doch richtig . . . künstlich zu, oder?»
«Mir gefällt's», log er. Von einer möchtegernradikalen Fotze im Miststück-T-Shirt ließ er *seinen* Arbeitsplatz doch nicht runtermachen.
«Ich arbeite für Francis.»
«Für Francis, das sprechende Maultier?»
Sie verdrehte genervt die Augen. «Für Francis Ford Coppola.»

Michael stand alleine an der Bar, als Brian zu ihm zurückkam.
«Und, hattest du Erfolg?»
Brian trank einen großen Schluck Bier. «Ich bin nicht lang genug am Ball geblieben, um es rauszufinden. Die war vielleicht daneben.»
«Was heißt das denn?»
«Ach, Schwamm drüber.»
«Stell dich nicht so an. Ich will die Schweinereien hören. Steht sie

auf Fesselspiele? Läßt sie sich gern erniedrigen? Mag sie Natursekt? Oder kann sie etwa nur auf Satinbettlaken?»

«Sie wollte wissen, ob ich auf... Cockrings stehe.» Michael kreischte beinahe los. «Du nimmst mich auf den Arm!»

«Wozu ist so ein Ding denn überhaupt gut?»

«Ein Cockring? Mensch ... wie soll ich das erklären? Es ist ein Stahlring mit... ungefähr so 'nem Durchmesser... obwohl, manchmal ist er auch aus Messing oder aus Leder ... und den ziehst du über deine ... Ausstattung.»

«Und wozu soll der Scheiß gut sein?»

«Damit steht er dir länger.»

«Oh.»

«Ist das Leben nicht voller Überraschungen?»

«Hast du einen?»

Michael lachte. «O Gott, nee.»

«Warum nicht?»

«Na ja ... das ist bloß noch was, an das man denken muß. Von meinen Sonnenbrillen hatte ich noch keine länger als eine Woche.» Plötzlich lachte er. Ihm war etwas eingefallen. «Ich kannte mal einen Kerl ... einen wie aus dem Ei gepellten Börsenmakler ... und der hatte *permanent* einen um. Aber *davon* war er schnell wieder geheilt.»

«Was ist passiert?»

«Er mußte zu einer Konferenz nach Denver fliegen, und sie haben ihn drangekriegt, als er auf dem Flughafen durch den Metalldetektor marschiert ist.»

«O Gott! Was haben sie gemacht?»

«Sie haben seinen Koffer aufgemacht und seine schwarzen Lederchaps gefunden!»

Brian pfiff durch die Zähne und schüttelte den Kopf.

«Es ist noch nicht zu spät für einen Kaffee im Pam-Pam's.»

«Die Verabredung gilt, Mann!»

«I am woman, hear me roar . . .»

Kurz nach sieben stolperte Beauchamp aus dem Bett und ins Badezimmer.

DeDe drehte sich auf die andere Seite, atmete gleichmäßig weiter und gab vor zu schlafen.

Diesmal wollte sie seine Entschuldigung gar nicht erst hören. Seine vielen Entschuldigungen hatten sie taub gemacht, und die Anstrengung, ihm immer wieder zu glauben, kostete sie viel zuviel Kraft.

Er war um vier Uhr früh nach Hause gekommen. Basta.

Es gab vielleicht keine andere *Frau,* aber es gab mit Sicherheit andere *Frauen.*

Ihre Reaktion darauf mußte durchschlagend, wohlüberlegt und frauentypisch sein. Sie versuchte, sich vorzustellen, wie Helen Reddy sich in so einer Situation verhalten hätte.

Das Telefon riß sie dann um Viertel nach neun aus dem Schlaf.

«Hallo.»

«Schläfst du noch, mein Engel?»

«Nicht ganz.»

«Du klingst deprimiert.»

«Wirklich?»

«Sieh mal . . . Wenn es wegen dieser bewußten Sache da ist . . . Ein einfacher kleiner Eingriff, und schon bist du wieder . . .»

«Binky, ich . . .»

«Das ist heute nicht mehr so wie früher, wo man es noch mit rostigen Kleiderbügeln gemacht hat.»

«Es *reicht,* Binky!»

Schweigen.

«Binky . . . es tut mir leid. Okay?»

«Aber ja.»

«Ich . . . habe schlecht geschlafen.»

«Klar doch. Paß auf . . . Ich hab was Tolles auf Lager. Willst du's hören?»

«Ich bin ganz Ohr.»

«Jimmy Carter ist ein Kennedy!»

«Äh . . . kannst du das noch mal sagen?»

«Ist das nicht das *Schärfste,* was dir seit *Monaten* zu Ohren gekommen ist?»

«Wohl eher das Unappetitlichste.»

«Aber, aber . . . Ich erzähle dir doch nur, was gestern abend bei den Stonecyphers *das* Thema war. Anscheinend hat man Schweigegeld gezahlt, damit auch sichergestellt war, daß . . .»

«Was soll *das* denn wieder heißen?»

«Miss Lillian war mal Joe Kennedys Sekretärin.»

«Wann?»

«Ach, sei keine Spielverderberin, mein Engel. Ich finde die Geschichte einfach himmlisch.»

«Himmlisch, ja.»

«Na, sie erklärt immerhin das Gebiß, oder nicht?»

Als DeDe endlich vom Telefon loskam, ging sie schaudernd ins Bad.

Nach einem halbstündigen Gespräch mit Binky fühlte man sich, als hätte man einen ganzen Auswahlband mit Walt Whitman in einem Rutsch in sich hineingefressen.

DeDe ging gar nicht erst in die Küche, sondern schlüpfte hastig in einen Kaschmirrollkragenpullover und Levi's und warf sich nachträglich noch ihre Anne-Klein-Wildlederjacke über die Schultern.

Sie wollte spazierengehen. Und nachdenken.

Wie gewohnt ging sie zu den Filbert Steps, deren Pfefferkuchenhäuser und steil auf und ab führende Sackgassen eine Kulisse für ihren Kummer abgaben, wie Walt Disney sie nicht besser hätte liefern können.

An der Napier Lane setzte sie sich auf den Plankenweg und beobachtete die Katzen aus dem Viertel, die in der Sonne herumspazierten.

Es war einmal eine Katze, die in der Sonne einschlief und träumte, sie wäre eine Frau, die in der Sonne schlief. Als sie aufwachte, konnte sie sich nicht mehr erinnern, ob sie eine Katze war oder eine Frau.

Wo hatte sie das bloß gehört?

Egal. Sie fühlte sich weder wie eine Katze *noch* wie eine Frau.

Ihr ganzes Leben lang hatte sie getan, was man ihr aufgetragen hatte. Aus der wohlwollenden Alleinherrschaft von Edgar Halcyon hatte sie sich ohne die geringste Verzögerung in die prinzipienlose Tyrannei von Beauchamp Day begeben.

Ihr Ehemann bestimmte mit der gleichen Entschiedenheit über sie, wie ihr Vater es getan hatte. Er manipulierte sie mit Schuldgefühlen, Liebesversprechen und ihrer Angst vor Zurückweisung. Noch *nie* hatte sie etwas für sich selbst getan.

«Dr. Fielding?»

«Ja?»

«Entschuldigen Sie, daß ich Sie zu Hause störe.»

«Das macht doch nichts. Äh ... mit wem spreche ich, bitte?»

«Mit DeDe Day.»

«Oh. Wie geht es Ihnen?»

«Ich ... ich habe mich entschieden.»

«Schön.»

«Ich will das Kind bekommen, Dr. Fielding.»

Der Doktor steht hoch im Kurs

Beauchamp beschloß, sein Mittagessen bei Wilkes Bashford zu heben.

In einem Ambiente aus Korbmöbeln, Acrylglas und gekalkten Wänden schüttete er drei Negronis in sich hinein und probierte gleichzeitig ein Paar Walter-Newberger-Schuhe für zweihundertfünfundzwanzig Dollar an.

Walter Newberger bediente ihn höchstpersönlich.

«Und, was haben Sie für ein Gefühl?» wollte der Designer wissen.

«Einfach himmlisch», antwortete Beauchamp. «*Exakt* die richtige Menge Campari.»

«Ich meinte die *Schuhe,* Beauchamp. Sie *können* doch wohl aufstehen, oder?»

Beauchamp grinste spitzbübisch. «Nur, wenn es unbedingt sein muß ... Wo haben Sie Ihr Telefon stehen?»

«Ein Apparat steht im Spiegelkabinett.»

Beauchamp wankte ins Spiegelkabinett und wählte die Nummer von Jons Praxis in der Sutter Street 450.

«Hallo, Blondie.»

«Guten Tag.»

«Ich bin gerade bei dir um die Ecke, du geiles Luder. Warum nehmen wir uns nicht ein Zimmer im Mark Twain und schieben einen Quickie?»

«Ich bin im Moment leider beschäftigt. Aber wenn Sie etwas später noch einmal anrufen könnten, wird Ihnen meine Sprechstundenhilfe sicher ...»

«Ach, ich verstehe!»

«Sehr schön.»

«Hast du eine Patientin da?»

«Das trifft zu.»

«Ist sie hübsch?»

«Es tut mir leid ... ich kann darüber keine ...»

«Aaach ... stell dich nicht so an! Sag mir doch schon, ob sie hübsch ist.»

«Ich muß jetzt leider aufhören.»

«Hübscher als ich *kann* sie doch gar nicht sein, oder?» Der Doktor legte auf.

Beauchamp lehnte sich laut lachend gegen den Stoffkaktus im Spiegelkabinett. Dann bummelte er zurück an die Bar, wo der Schuhdesigner ihn erwartete.

«Setzen Sie sie auf die Rechnung», sagte Beauchamp.

Der Alte war offenbar immer noch beim Mittagessen in der Villa Taverna.

Beauchamp schlenderte in die Vorstandssuite und stellte ein paar Überlegungen an.

Der Raum war gar nicht schlecht. Klare Linien und eine ganz passable Beleuchtung. Wenn erst mal diese *grauenhaften* Jagdszenen und die abgenutzten Barcelona-Sessel draußen waren, konnte Tony Hail wahrscheinlich im Handumdrehen etwas ganz Tolles hinzaubern ... mit Körben und ein paar Birkenfeigen und vielleicht mit Straußeneiern auf dem Regal hinter dem ...

«Suchst du etwas?»

Es war Mary Ann, die das Revier des Alten entschlossen verteidigte.

«Nein», war seine schlichte Antwort.

«Mr. Halcyon wird erst um zwei zurück sein.»

Beauchamp zuckte mit den Schultern. «Kein Problem.»

Sie blieb eisern an der Tür stehen, bis er an ihr vorbeigegangen war und sich auf den Weg in sein Büro am anderen Ende des Flurs machte.

An diesem Abend gab Mary Ann einem Drang nach, der sie schon die ganze Woche plagte.

Sie erzählte Michael von Norman ... und von dem verkorksten Abend im Beach Chalet.

Michael tat alles mit einem Schulterzucken ab. «Was soll da schon groß dran sein? Du bist sexy. Und du bist eine Herzensbrecherin. Aber das ist nicht *deine* Schuld.»

«Es geht mir doch gar nicht *darum,* Mouse. Ich werde einfach das Gefühl nicht los, daß er ... irgendwas vorhat»

«Wo viel Rauch ist, ist nicht automatisch viel Feuer.»

«Was?»

«Er versucht, dir zu imponieren. Hast du denn seither noch mal mit ihm geredet?»

«Ein, zwei Mal. Aber nur belangloses Zeug. Er hat mir bei Swensen's ein Eis spendiert. Weißt du, er hat so was ... wie soll ich sagen ... Verzweifeltes an sich. Es kommt mir vor, als würde er bloß noch den richtigen Moment abpassen ... um mir dann irgendwas zu beweisen.»

«Sieh mal ... Wenn du vierundvierzig wärst und mit deinem Vitaminkoffer von Tür zu Tür laufen ...»

«Aber das *tut* er doch gar nicht. Da bin ich mir völlig sicher. Er hat mir *selbst* erzählt, daß das gar nicht stimmt ... und ich glaube ihm das.»

«Aber er schleppt seinen dämlichen Nutri-Vim-Koffer doch wirklich oft genug in der Gegend rum.»

«Er hält die Leute zum *Narren,* Michael. Ich weiß nicht, warum, aber er tut's.»

Michael setzte ein teuflisches Grinsen auf. «Es gibt einen Weg, das herausfinden.»

«Und wie?»

«Ich weiß, wo Mrs. Madrigal die Zweitschlüssel aufbewahrt.»

«Ach, Mouse ... nein, schlag dir das aus dem Kopf. So was könnte ich nicht.»

«Er ist heute abend nicht da. Ich hab ihn vorhin weggehen sehen.»

«Nein, Mouse!»

«Okay, okay. Wie wär's dann mit Kino?»

«Mouse ...?»

«Hmh?»

«Findest du wirklich, daß ich sexy bin?»

«O du fröhliche ...»

Nicht das Wetter, sondern die Stadt selbst machte Mary Ann klar, daß es nun doch Winter geworden war.

Auf dem Dach des Emporium-Kaufhauses drehten sich fröhlich die Riesenräder. In den Schaufenstern der chinesischen Wäschereien wuchsen Aluminiumbäumchen. Und Mitte Dezember klebte an einem strahlend sonnigen Morgen ein Zettel an ihrer Tür.

Mary Ann,
wenn du noch keine anderen Pläne hast, dann komm doch bitte am Heiligen Abend nach unten und trink mit mir und

dem Rest deiner Barbary-Lane-Familie ein Schlückchen Eierflip.

Herzlich
A. M.

P.S.: Ich könnte bei den Vorbereitungen etwas Unterstützung gebrauchen.

Diese Nachricht – und der Joint auf dem Zettel – gab ihr enormen Auftrieb. Es war schön, sich wieder als Teil einer Gemeinschaft zu fühlen, obwohl sie die übrigen Hausbewohner eigentlich kaum als Mitglieder einer «Familie» sah.

Aber warum sollte man Mrs. Madrigal diese Wunschvorstellung nicht lassen?

Die Weihnachtsparty ließ Mary Ann nicht mehr los.

«... und wenn wir die Lichter auf dem Baum eingeschaltet haben, könnten wir vielleicht ein paar Weihnachtslieder singen ... Oder wir machen einen kleinen *Sketch*! Ein Sketch wäre *supertoll,* Mouse!»

Michael blieb ungerührt. «Großartig. Du darfst Judy Garland sein, und ich mache einen auf Mickey Rooney.»

«Mouse!»

«Also gut. *Du* bist Mickey Rooney, und *ich* bin Judy Garland.»

«Du kannst dich wohl gar nicht dafür begeistern, was?»

«*Du* dafür um so mehr. Du läufst jetzt schon seit drei Tagen rum wie ein aufgescheuchtes Huhn und wirbelst alles durcheinander.»

«*Magst* du Weihnachten denn nicht?»

Er zuckte mit den Schultern. «Darum geht es nicht. Weihnachten mag *mich* nicht.»

«Na ja ... mir ist schon klar, daß es zu einer Kommerzgeschichte geworden ist, aber das ist noch lange ...»

«Ach, *das* stört mich doch gar nicht. Auf die geschmacklosen Lichter und das Gewusel und die Plastikrentiere fahre ich sogar ab. Was mich nervt ... ist das Sentimentale daran.»

«Das Sentimentale?»

«Es ist eine Verschwörung. Es ist eine Verschwörung gegen die Singles, damit die sich einsam fühlen.»

«Mouse ... ich bin *auch* ein Single, und ich ...»

«Na und? Sieh dich doch mal an ... Du legst dich mächtig ins Zeug, damit du auch ja irgendwo unterkommst.» Er fuchtelte mit den Armen in der Luft herum. «Wenn du schon so abfährst auf Weihnachten, wo ist dann eigentlich dein Baum? Oder dein Kranz ... oder dein Mistelzweig?»

«Vielleicht hole ich mir ja noch einen Baum», verteidigte sie sich schwach.

«Das laß mal lieber bleiben. Es ist völlig sinnlos, daß du eine Expedition zur Polk Street machst und dir so ein jämmerliches Winzbäumchen kaufst, damit du dir zu Hause was auf den Tisch stellen kannst. Hinterher gibst du noch mal zwei Tageslöhne für Glitzerkram aus, wie er dir in Cleveland immer so gut gefallen hat, und am Ende sitzt du einsam und alleine im Dunkeln und läßt dich von deinem Bäumchen anblinkern.»

«Ich habe Freunde, Mouse. Und *du* hast auch Freunde.»

«Freunde gehen wieder nach Hause. Aber es gibt nichts Schrecklicheres, als ausgerechnet am Weihnachtsabend allein ins Bett zu gehen ... denn wenn du aufwachst, ist es eben nicht so wie in der Kodak-Werbung, wo die kleinen Kinder in Häschenpantoffeln herumlaufen und ... Es ist schlicht und einfach so wie an jedem anderen langweiligen Tag des Jahres!»

Sie rückte auf dem Sofa näher an ihn heran. «Könntest du nicht Jon zu unserem Fest einladen?»

«Was soll das? ... Hör bloß auf damit!»

«Ich glaube, daß er dich sehr gern hatte, Mouse.»

«Nur daß ich ihn seither nicht mehr gesehen habe ...»

«Und wenn *ich* ihn anrufe?»

«Hör endlich auf!»

«Okay, ich werde *nie wieder* was sagen!»

Er griff nach ihrer Hand. «Entschuldige. Es ist nur ... Mir gehen diese Wir-Leute so auf die Nerven.»

«Welche Leute?»

«Die Wir-Leute. Sie sagen nie ‹ich›. Sie sagen: ‹Nach Weihnachten sind wir auf Hawaii.› Oder: ‹Wir müssen den Hund mal wieder impfen lassen.› Sie suhlen sich in der ersten Person Plural, weil sie noch genau wissen, wie schrecklich es in der ersten Person Singular war.»

Mary Ann stand auf und zerrte an seiner Hand. «Komm mit, Ebenezer Scrooge.»

«Wohin?»

«Wir gehen auf den Christbaummarkt. Und wir kaufen *zwei* Bäume.»

«Mary Ann . . .»

«Komm schon. Beweg jetzt deinen hübschen Po, sonst werd ich nicht mehr froh.» Sie kicherte, weil ihr solche Anzüglichkeiten sonst nie einfielen. «Da siehst du mal, wofür Weihnachten alles gut ist.»

Michael konnte sich ein Lächeln nicht verbeißen. «We are *not* amused!»

Licht ins Dunkel

Nachdem Mona wochenlang mit sich gerungen hatte, machte sie sich an die Ausführung ihres geheimen Plans, D'orothea wieder mit ihren Eltern zusammenzubringen.

Ihre Ausgangsbasis war sehr schmal.

Sie brachte in Erfahrung, daß die Twinkies von der Continental Baking Company hergestellt wurden und daß diese in der Bay Area zwei Niederlassungen hatte. Die eine war die Wonder Bread Bakery in Oakland. Die andere hatte die Adresse Bryant Street.

«Wir freuen uns über Ihren Anruf bei Hostess Cakes.»

«Ich . . . Stellen Sie auch Twinkies her?»

«Ja. Außerdem Ho Hos, Ding Dongs, Crumb Cakes . . .»

«Danke, danke. Arbeitet bei Ihnen ein Mr. Wilson?»

«Welchen brauchen Sie denn?»

«Äh . . . ich weiß nicht recht.» Sie hätte beinahe «den schwarzen» gesagt, aber das kam ihr irgendwie rassistisch vor.

«Donald K. Wilson arbeitet als Packer bei uns ... und dann haben wir noch einen Leroy N. Wilson. Der ist Bäcker.»

«Ich glaube, das ist der richtige.»

«Leroy?»

«Ja ... Könnten Sie mich bitte mit ihm verbinden?»

«Tut mir leid. Die Bäcker arbeiten in der Nachtschicht. Von elf bis sieben.»

«Können Sie mir dann seine Privatnummer geben?»

«Tut mir leid. Es ist uns untersagt, solche Informationen weiterzugeben.»

Herrgott noch mal, dachte sie. Was ist das denn hier? Ein Atomkraftwerk oder eine ordinäre Keksfabrik? «Wenn ich vorbeikommen würde ... heute nacht, meine ich ... könnte ich dann kurz mit ihm sprechen?»

«Warum nicht? Vielleicht, wenn er Pause hat?»

«Ginge es auch gegen Mitternacht?»

«Ich denke schon.»

«Sind Sie immer noch an der Bryant Street?»

«Mhmm. Es ist ein großer brauner Ziegelbau Ecke Fifteenth.»

«Vielen Dank.»

«Soll ich ihm vielleicht etwas bestellen?»

«Nein ... Trotzdem danke schön.»

D'orothea kam um acht nach Hause. Nach zehn Stunden im Blitzlichtgewitter war sie völlig geschafft.

«Wenn ich bis in alle Ewigkeit keinen Rice-a-Roni mehr sehe, dann isses mir immer noch zu früh!»

Mona lachte und reichte ihr ein Glas Dubonnet. «Rat mal, was es zu essen gibt?»

«Ich bring dich um!»

«Immer mit der Ruhe ... Es gibt Schweinekoteletts mit Okra!»

«Das ist nicht wahr!»

Mona nickte lächelnd. «Das hat deine Mutter doch wahrscheinlich auch immer gekocht.»

«Das ist eine Beleidigung für jede Mutter, wenn man so was über sie sagt!»

«Na gut ... dann eben deine Vorfahrinnen.»

«Hast du mal wieder Roots gelesen?»

«Ich *steh* auf schwarze Küche, D'or!»

D'or schaute sie finster an. «Würdest du auf *mich* auch noch stehen, wenn ich nicht schwarz wäre?»

«D'or! Was redest du denn da!»

D'or sah Mona einige Zeit an. Dann beendete sie die Diskussion mit einem Lächeln und sagte augenzwinkernd: «Ich bin so was von alle. Schmeiß endlich die Koteletts auf den Tisch, Alte.»

Nach dem Essen legten sie sich vor den Kamin und schauten Farbdias von D'orothea in Adorable-Strumpfhosen an.

Das war wohl der Augenblick, um es ihr zu sagen.

«D'or ... Michael hat mich gefragt, ob ich heute mit ihm in die Spätvorstellung im Lumière gehe.»

«Das ist doch schön.»

«Es macht dir nichts aus, wenn ich ...?»

«Du brauchst doch mich nicht um Erlaubnis zu fragen, wenn du ins Kino gehen willst.»

«Na ja, normalerweise hätt ich dich gern dabei ...»

D'orothea tätschelte ihre Hand. «In zehn Minuten bin ich sowieso in der Falle, Schatz. Geh du mal und amüsier dich, okay?»

Kurz nach Mitternacht raste Monas Herz dermaßen, daß die Twinkie-Fabrik genausogut das Haus Usher hätte sein können.

Der Warteraum erinnerte sie an die Lobby eines alten Hotels im Tenderloin District.

Sie drückte auf eine Klingel am Empfangstresen. Ein paar Minuten später fragte sie ein Mann, der augenscheinlich Bäcker war, ob er ihr behilflich sein könnte.

«Kennen Sie Leroy Wilson?» wollte Mona wissen.

«Klar ... Wollen Sie mit ihm reden?»

«Das wäre nett.»

Der Mann verschwand wieder nach hinten, und es dauerte noch einmal zehn Minuten, bis Leroy Wilson einer völlig verblüfften Mona Ramsey gegenübertrat.

Der Bäcker war mit einer feinen Schicht Puderzucker überzogen.

Und seine Haut war genauso weiß wie der Zucker.

Anna zeigt Nerven

Das Pärchen stapfte auf einem schmalen, unbefestigten Weg, den andere Ausflügler bereits matschig getrampelt hatten, mühsam den dunklen Hang hoch.

«Wie spät ist es?» fragte er.

Sie schaute auf ihre Uhr. Eine Timex für Männer. «Kurz vor Mitternacht.»

Es war nicht der Nebel, der dem Mann kalte Schauer über den Rücken jagte, als sie sich durch den Eukalyptuswald arbeiteten. Seine Begleiterin machte einen ganz gelassenen Eindruck.

«Für eine Frau bist du ganz schön draufgängerisch, Anna.»

«Was ist los? Kannst du nicht mehr? Hast du vergessen, daß diese kleine Spritztour deine Idee war?»

«Ich weiß gar nicht, was da in mich gefahren ist.»

Sie stand schweigend da. Er blickte zu ihr hinunter und streifte ihr eine Haarsträhne aus dem Gesicht.

«Doch, ich weiß es, Anna. Ich weiß es.»

Auf dem Gipfel des Mount Davidson verschnauften sie unter dem riesigen Betonkreuz.

Edgar zeigte mit ausgestrecktem Arm über die Stadt, die sich zu ihren Füßen ausbreitete.

«Mein ganzes Leben lang ... mein ganzes beschissenes Leben lang existiert das hier schon, und ich war noch nie hier oben.»

«Tu doch so, als hättest du dir's aufgespart.»

Er griff nach ihrer Hand und zog sie näher an sich ran. «Und es hat sich gelohnt, das kann ich dir sagen.»

Schweigen.

«Anna?»

«Edgar, wir sind doch wohl nicht zum Turteln hier heraufgeklettert, oder?»

Edgar setzte sich auf den Sockel des Kreuzes. «Ich ... nein.»

Sie setzte sich neben ihn. «Was ist denn?»

«Ich weiß nicht recht. Ich bin heute angerufen worden.»

«Von wem?»

«Von einem Mann, der sich mit mir über Madrigale unterhalten möchte.»

«Was?»

«Ja, das hat er gesagt. Und das war eigentlich auch schon alles. ‹Ich bin ein Freund, und ich möchte mich mit Ihnen über Madrigale unterhalten.› Er war aufreizend wortkarg bei der ganzen Sache.»

«Glaubst du, daß er ...»

«Was sonst? Wahrscheinlich will er Geld.»

«Erpressung?»

Edgar gluckste. «Komisch, nicht? Vor einem halben Jahr hätte mich so etwas noch völlig arg aus der Fassung gebracht.»

«Aber woher sollte er davon wissen?»

«Wer weiß? Und wen *kümmert* das schon?»

«*Dich* doch anscheinend. Du hast mich gerade den Kalvarienberg hochgetrieben, um es mir zu erzählen.»

«Nein, das war nicht der Grund.»

«Wirst du dich mit ihm treffen?»

«Ja, aber nur kurz. Sobald ich mir sein Gesicht eingeprägt habe, kriegt er einen Tritt in den Arsch und fliegt die Treppe runter.»

«Hältst du das für klug?»

«Was soll er schon tun? Ich sterbe sowieso bald. Meine Güte, ich hätte nie gedacht, daß das eines Tages nützlich werden könnte!»

Anna hob einen Zweig auf und ritzte einen Kreis in die feuchte Erde. «Wir dürfen nicht nur an uns denken, Edgar.»

«Du meinst Frannie?»

Anna nickte.

«Frannie läßt er sicher aus dem Spiel. Wenn er erst mal mitbekommen hat, wie wenig ich mir aus der Sache mache.»

«Man kann nie wissen.»

«Das stimmt ... Aber es bringt mich auch nicht um den Schlaf.»

«Bist du denn sicher, daß es ... um eine Erpressung geht?»

«Absolut.»

Anna stand auf. Sie ging auf die Lichter der Stadt zu. «Hat er seinen Namen gesagt?»

«Er sagte nur Williams. Mr. Williams.»

«Wann sollst du dich mit ihm treffen?»

«Am Nachmittag vor Heiligabend.» Grinsend fügte er hinzu: «Ganz schön bizarr, nicht?»

Anna erwiderte sein Lächeln nicht. «Ich möchte deiner Familie nicht weh tun, Edgar. Und dir auch nicht.»

«Mir? Anna, du hast mir noch keine *Sekunde* lang ...»

«Trotzdem *könnte* es passieren, Edgar. Ich könnte dir großen Kummer machen.»

«Quatsch!»

«Deine Familie braucht dich jetzt, Edgar. Es ist nicht gerecht und auch nicht fair, wenn ich ...»

«Was ist denn bloß in dich gefahren? Eigentlich hätte *ich* allen Grund, nervös zu sein! Ich habe dich hier raufgebracht, weil ich dich bitten wollte, mit mir wegzugehen!»

Anna wirbelte herum und sah ihn an. «Was?»

«Ich möchte, daß du mit mir weggehst.»

«Aber, wir ... Wohin?»

«Wohin du willst. Wir könnten eine Kreuzfahrt nach Mexiko machen. Es wäre kein Problem, sie als Geschäftsreise zu tarnen. Ich bitte dich, Anna! Man kann mir bereits ansehen, wieviel Zeit mir noch bleibt!»

Sie hatte Tränen in den Augen. «Ich kann dir nur ansehen ... daß du ein wunderbarer Mann bist.»

«Heißt das ja?»

«Du kannst Frannie das nicht antun.»

«Würdest du das meine Sorge sein lassen!»

«Ich möchte nicht ...» Es schnürte ihr die Stimme ab. «Ich möchte nicht, daß du in diese Geschichte hineingezogen wirst, Edgar.»

«Mensch, ich stecke doch schon *mitten*drin!»

«Es ist noch nicht zu spät. Du kannst Mr. Williams sagen ... du kannst ihm sagen ... Ach, ich weiß nicht ... Streite es einfach ab. Er kann unmöglich Beweise haben. Und wenn wir uns nie wiedersehen ...»

Er packte sie an den Schultern und schaute ihr in die Augen. «Das geht jetzt aber zu weit, Gnädigste.»

«Wem sagst du das!» Sie fing an zu schluchzen.

«Anna, bitte nicht ...»

«Ich hab dich belogen, Edgar. Ich liebe dich mit jeder Faser meines Herzens, aber ich hab dich belogen!»

«Was redest du denn da?»

Anna hatte sich wieder etwas gefangen und wandte sich von ihm ab. «Es ist schlimmer, als du glaubst», sagte sie.

Die Frau des Bäckers

Mona war einen Augenblick sprachlos, als sie um Mitternacht diesem Fremden in der Twinkie-Fabrik gegenüberstand.

Diesem *weißen* Fremden.

«Ja, Ma'am?» sagte er freundlich. «Was kann ich für Sie tun?»

«Ich ... Entschuldigen Sie bitte, aber ... ich glaube, ich muß doch den anderen Mr. Wilson sprechen.»

«Don? Den Packer? Ich kann ihn holen, wenn Sie solange ...»

«Nein. Warten Sie bitte ... Haben Sie eine Tochter, die Dorothy heißt?»

Leroy Wilsons Gesicht wurde noch weißer, als es ohnehin schon war. «O mein Gott!»

«Mr. Wilson, ich ...»

«Sind Sie vom Roten Kreuz oder so? Ist ihr was passiert?»

«Aber nein! Es geht ihr gut. Glauben Sie mir! Ich habe sie heute abend erst gesehen.»

«Sie ist in San Francisco?»

«Ja.»

Die Erleichterung auf seinem Gesicht wurde von Bitterkeit verdrängt. «Ich hätte auch nicht erwartet, daß wir was von ihr hören.»

«Sie wohnt jetzt hier, Mr. Wilson.»

«Und wer sind Sie?»

«Entschuldigung ... Mona Ramsey. Ich wohne mit Ihrer Tochter zusammen.»

«Was wollen Sie von mir?»

«Ich wollte Sie ... Möchten Sie Dorothy nicht wiedersehen, Mr. Wilson?»

Er schnaubte verächtlich. «Was *wir* möchten, spielt ja wohl keine große Rolle, oder?»

«Ich glaube ... Ich glaube, Dorothy würde sich freuen, wenn ...»

«Dorothy *verleugnet* mich und ihre Mutter.»

Das war es also, dachte Mona. Die weltläufige Miss D'orothea Wilson war das Produkt einer in der Unterschicht angesiedelten Mischehe. Und das ging ihr ganz furchtbar gegen den Strich.

Unter anderem erklärte dieser Umstand auch D'orotheas halb europide Züge und ihre heftige Abneigung gegen jede Beschäftigung mit ihrem afrikanischen Erbe.

Kurz gesagt war sie wie die Oreo-Cookies – außen schwarz und innen weiß.

Leroy Wilson lud Mona auf eine Tasse Kaffee in die Cafeteria im zweiten Stock der Fabrik ein. Man merkte ihm an, daß ihn das Verhalten seiner Tochter verletzt hatte, und das war wohl auch der Grund, warum er fast die ganze Zeit seinen Besuch reden ließ.

«Mr. Wilson, ich weiß nicht, warum Dorothy sich entschieden hat ... den Kontakt zu Ihnen und Mrs. Wilson abzubrechen ... aber ich glaube schon, daß sie inzwischen anders denkt. Sie möchte in San Francisco leben, und ich bin überzeugt, daß das auch heißt ...»

«Ich kann mich noch nicht mal daran erinnern, wann Dorothy uns das letzte Mal geschrieben hat.»

«Das geht total schnell, daß man in New York seine alten Kontakte verliert, und es geht noch schneller, wenn man als Model arbeitet und ...»

«Kommen Sie zur Sache.»

Mona stellte ihren Pappbecher ab und schaute ihm in die Augen. «Ich möchte, daß Sie und Ihre Frau diese Woche zum Abendessen zu uns kommen.»

Er blinzelte und sah sie mit offenem Mund an.

«Wir wären nur zu viert.»

«Weiß Dorothy davon?»

«Na ja, äh ... Nein.»

«Dann ist es wohl besser, wenn Sie jetzt wieder nach Hause gehen.»

«Mr. Wilson, ich bitte Sie ...»

«Was haben *Sie* eigentlich davon?»

«Dorothy ist meine *Freundin*.»

«Da steckt doch noch mehr dahinter.»

«Mein Gott, ich finde es einfach so *schade*!»

Er sah sie mit ernstem Blick an, doch Mona spürte, daß so etwas wie Intuition am Werk war. «Reden Sie denn noch mit Ihrem Daddy?»

«Mr. Wilson ...»

«Reden Sie noch mit ihm?»

«Ich ... habe ihn nie gekannt.»

«Ist er gestorben?»

«Das weiß ich nicht. Er hat meine Mutter verlassen, als ich noch ganz klein war.»

«Oh.»

«Nur zu. Machen Sie sich über meine Motive her, wenn Ihnen danach ist. Ich wollte nur ...»

«Okay. Wann?»

«Was wann?»

«Wann sollen wir kommen?»

«Oh, ich bin ja so ...» Sie schlang ihm die Arme um den Hals und drückte ihn an sich, doch dann wurde es ihr peinlich, und sie ließ ihn los. «Wäre Ihnen Heiligabend recht?»

«Ja», antwortete Leroy Wilson. «Ich denke schon.»

Alte Flammen

Weihnachten. Manchmal passiert es, manchmal nicht.

Dieses Jahr, dachte Brian, während er eine Flasche Gatorade leertrank, wird es nicht passieren.

Nicht mal, wenn es in der Barbary Lane schneit. Nicht mal, wenn du zuviel Eierflip trinkst. Nicht mal, wenn Donny und Marie und Sonny und Cher und der ganze Mormonenchor mit einem Haufen Geschenken bei dir vor der Tür stehen und dir ein Weihnachtsständchen bringen ... Nicht mal dann wird es passieren.

Soweit es ihn betraf, würde Mrs. Madrigals Party nicht anders sein als jede andere Party auch.

«Cheryl?»

«Ja.»

«Hier ist Brian.»

«Äh ... Welcher Brian?»

«Brian Hawkins. Der von Perry's.» Der Brian, der deine Mutter genagelt hat, du Trampel!

«Oh ... Hallo!»

«Wie geht's denn so?»

«Ach ... ganz gut.»

«Wohnst du immer noch da draußen?»

«Ja ... *Ich* schon.»

«Prima.»

«Candi ist ausgezogen. Sie arbeitet jetzt in Redwood City. Im Waterbed Wonderland.»

«Toll.»

«Sie hat jetzt einen Macker. Was ganz Berühmtes. Larry Larson.»

«Kenn ich nicht.»

«Kennst du doch ... Kanal 36.»

«Keine Ahnung.»

«Der Zauberkönig des Wasserbetts.»

«Aha.»

«‹Mit uns fängt der Spaß im Bett erst richtig an!›?»

«Jetzt ist der Groschen gefallen.»

«Larry läßt sie vielleicht bald in einem Werbespot auftreten.»

«Na ... dann ist jetzt wohl die große Karriere angesagt. Aber ich wollte dich eigentlich was fragen, Cheryl ... Hast du Lust auf eine Weihnachtsparty?»

«Wann?»

«An Heiligabend.»

«Oh ... ich würde *liebend gern* mitkommen, aber Larry hat uns zum Truthahnessen mit allem Drum und Dran in Rickey's Hyatt House eingeladen.»

«Oh.»

«Ich könnte aber mit Larry reden. Vielleicht macht es ihm nichts aus, wenn du mitkommst.»

«Ist schon okay.»

«Es tut mir schrecklich leid, daß du ausgerechnet am Heiligen Abend allein ...»

«Allein sein werde ich sicher nicht, Cheryl.»

«Ich würde ja sonst versuchen, mich freizumachen, aber Larry hat für hinterher auch schon Mateus reservieren lassen.»

«Der gute Larry denkt wirklich an alles.»

«Ja. Er ist total nett.»

«Na, dann wünsch ich dir, daß du auch so einen findest ... so ein spießiges reiches Arschloch, das alles für dich bezahlt ... den Mateus und ... die protzigen Möbel und ... die Speichenfelgen und ...»

«Du bist immer noch der gleiche Drecksack wie früher, weißt du das?»

«Und du bist immer noch so emanzipiert wie ein Hamster.»

«Ich habe *nie* behauptet, daß ich emanzipiert bin!»

«Es würde sowieso keiner glauben!»

«Weißt du, daß du mir furchtbar leid tust?»

«Mir geht's mit dir nicht anders.»

«Du kannst Frauen nicht ausstehen, was?»

«Hältst du dich etwa für eine Frau?»

Sie knallte den Hörer auf.

«Connie?»

«Bleib mal dran. Ich muß die Musik leiser stellen.» Die Ray Conniff Singers schlachteten im Hintergrund gerade den «Little Drummer Boy».

«Hallo» sagte sie, als sie zurück war. «Wer ist dran?»

«Dein Geburtstagsgeschenk.»

«Byron?»

«Brian.»

«Oh . . . Entschuldige. Wir haben uns ja lange nicht gesehen?»

«Ja. Weißt du . . . vielleicht wird es ja eine stinklangweilige Sache, aber ich bin zu der Weihnachtsparty eingeladen, die meine Vermieterin gibt, und . . . na ja, deshalb ruf ich an.»

Schweigen.

«Was sagst du dazu?»

«War das eine Einladung, Brian?» – «Ja.»

«Aha. Für wann?»

«Äh . . . für den Vierundzwanzigsten.»

«Bleibst du mal eben dran?» Sie legte kurz den Hörer zur Seite. «Geht klar», sagte sie schließlich. «Der Vierundzwanzigste paßt.»

Am Scheideweg

Bei Perry's war es an diesem Tag mittags noch voller als sonst. Beauchamp drängelte sich bis ans hintere Ende der Bar durch und nickte dem Empfangschef im blauen Blazer zu.

«Ich bin mit einem Freund verabredet», erklärte er.

Jon erwartete ihn an einem Tisch in dem kleinen rückwärtigen Hof.

«Entschuldige», sagte Beauchamp. «Ich hatte mal wieder mit den Strumpfhosen zu tun.»

Der Gynäkologe lächelte. «Du versuchst also immer noch, mir mein Geschäft zu verderben, hm?»

«Das ist ja lustig. Von der Seite habe ich das noch gar nie betrachtet.»

«Ich habe dir einen Bullshot bestellt.»

«Wunderbar.»

«Ich kann aber nicht lange bleiben, Beauchamp.»

«Kein Problem. Ich muß auch bald weg.»

«Ich finde das hier sowieso keine gute Idee.»

Beauchamp runzelte die Stirn. «Aber es spricht doch wirklich nichts dagegen, wenn sich zwei Männer ...»

«Spricht eine Ehefrau für dich *nicht* dagegen?»

«Fang nicht schon wieder damit an!»

«Das hatte ich auch nicht vor.»

«Und überhaupt ... Warum solltest *du* dir Gedanken machen, wenn ich es nicht mal tue? DeDe hat doch keine Ahnung, wer du bist. Du könntest *sonstwer* sein. Du könntest ein Freund aus dem Club sein.»

«Darum geht es auch nicht.»

«Und worum geht es *dann* ...?»

«Kann ich jetzt Ihre Bestellung aufnehmen?» Die Bullshots waren da, und mit ihnen ein Kellner, dessen grüne Augen und braune Locken beide Männer vorübergehend von der aktuellen Krise ablenkten.

Beauchamp wurde rot und nahm das Erstbeste, das er auf der Karte sah. «Ja. Einmal Schäferpastete.»

«Für mich auch», ergänzte Jon.

Der Kellner ging ohne ein weiteres Wort.

«So ein Affe», beschwerte sich Beauchamp.

Jon zuckte mit den Schultern. «Aber hübsch.»

«*Darauf* achtest du wohl immer, was?»

«Du etwa nicht?»

«Nicht, wenn ich mit jemand zusammen bin, der mir etwas bedeutet!»

Jon schaute in sein Glas. «Ich glaube, du erwartest zuviel von mir, Beauchamp.»

Schweigen.

«Ich denke, wir sollten es ... dabei belassen.»

«Und das war's dann? Einfach so?»

«Das war's nicht ‹einfach so›, und das weißt du auch. Das hat sich schon seit längerer Zeit angebahnt.»

«Es ist wegen DeDe, nicht?»

«Nein. Jedenfalls nicht nur.»

«Weswegen *dann*?»

«Ich bin mir nicht ganz sicher.»

«Das glaube ich dir nicht.»

«Beauchamp ... Ich glaube, ich *vertraue* dir nicht.»

«Ach du meine Güte!»

«Ich weiß, daß DeDe dir *nicht* vertrauen kann. Warum sollte *ich* es dann tun?»

«Das ist doch nicht das gleiche.»

«Und *ob* es das gleiche ist. Sie leidet genauso wie du und ich.»

«Kannst du mir mal sagen, was der ganze Zirkus wegen DeDe soll? Was hat DeDe mit unserer ...»

«Sie ist schwanger, Beauchamp.»

Schweigen.

«Sie ist meine Patientin.»

«Hurerei, verdammte.»

«Ich dachte, die wäre dein Privileg?»

«O Gott.»

«Stimmt, warum sollte man ihn nicht auch in Betracht ziehen?»

«Wie kannst du *darüber* bloß Späße machen, Jon?»

«Es sind nicht *meine* Späße, Beauchamp. Es sind deine. Und ich werde dabei nicht mitmachen.»

Das Essen kam. Sie sagten beide kein Wort, bis der Kellner wieder weg war.

«Ich möchte mich aber weiter mit dir treffen, Jon.»

«Das ist typisch.»

«Im Club gibt's Heiligabend eine Party.»

«Heiligabend habe ich schon etwas vor.» Jon schob seinen Stuhl zurück, stand auf und legte einen Zehn-Dollar-Schein auf den Tisch. «Ich habe keinen Hunger. Betrachte dich als eingeladen.»

Beauchamp hielt ihn am Handgelenk fest. «Verdammt, warte doch mal! Hast du DeDe was von uns erzählt?»

«Laß mich los.»

«Ich will es wissen!»

Jon riß sich los und rückte seine Krawatte zurecht. «Sie ist sehr lieb», sagte er. «Sie hätte einen Besseren verdient als ausgerechnet dich.»

Mit einem Fuß über dem Abgrund

Die Krämpfe hatten wieder eingesetzt.

Edgar stand vom Schreibtisch auf und streckte langsam seine Arme nach vorne. Er bog sie vom Körper weg wie ein erschöpfter Fahnenschwinger.

Er wiederholte die Übung vier- oder fünfmal, bis ihm klar wurde, daß sie nicht funktionierte. Dann stellte er sich vor den Spiegel im Waschraum seines Büros. Sein Gesicht war wachsweiß.

Chronische Pyelonephritis. Eine gleichzeitige Entzündung von Nieren und Nierenbecken. Die Giftstoffe in seinem Körper wurden nicht abgebaut, bis dann eines Tages ... eine akute Perikarditis sein Herz zum Stillstand bringen würde.

Hochtrabende Fachausdrücke für kaputte Nieren.

Mary Ann meldete sich über die Gegensprechanlage. «Mildred hat aus der Produktion angerufen. Sie möchte mit Ihnen über den Botenjungen sprechen.»

«Um Gottes willen! Können Sie mir die alte Krähe nicht so lange vom Hals halten, bis ...»

«Tut mir leid, Mr. Halcyon. Sie war ganz außer sich, und ich wußte nicht, was ich ...»

«Hat er ihr wieder den Vogel gezeigt?»

Mary Ann kicherte. «Sie werden es nicht glauben, wenn ich es Ihnen erzähle.»

«Spannen Sie mich nicht auf die Folter.»

«Sie hat ihn am Kopierer erwischt. Er hat seine ... Männlichkeit kopiert.»

«Was!»

«Mildred ist heute früher dagewesen als normal, und da hat sie ihn erwischt, wie er gerade auf dem Kopierer gesessen hat ... mit runtergelassenen Hosen.»

Edgar mußte lachen. Er lachte so heftig, daß er einen Hustenanfall bekam.

«Fehlt Ihnen was, Mr. Halcyon?»

«Das ist die lustigste ... aberwitzigste Geschichte, die ich ... Was wollte er denn mit den Kopien?»

Jetzt prustete Mary Ann los. «Er hat ... er hat das schon seit *Wochen* gemacht, Mr. Halcyon.» Sie machte eine Pause, um sich wieder zu fassen. «In der Produktion hat man ihn nur noch den Kopierblitzer genannt, aber niemand hat gewußt, wer es war. Mildred hat ...» Sie kicherte los und verlor erneut die Fassung.

«Was war mit Mildred?» Du meine Güte, dachte er. Träume ich, oder tratsche ich tatsächlich mit meiner Sekretärin?

«Mildred hat die ganze Zeit gedacht, daß es jemand aus dem Entwurf ...»

«Mhmm. Lauter Perverse.»

«Jedenfalls ... hat er immer eine Unmenge Kopien gemacht und sie dann jeden Morgen in die Schreibtische der Sekretärinnen gelegt ... Bis Mildred dahintergekommen ist.»

«Na, damit ist er im ganzen Haus sicher der einzige, der sich bei seiner Werbung an die Realität hält!»

«Na ja, nicht ganz.»

Edgar begann erneut zu lachen. «O Gott! Sagen Sie bloß, er ...»

«Ja, Sir. Er hat mit dem Vergrößerer gearbeitet.»

Frannie rief nach der Mittagspause an. Sie klang gereizt.

«Edgar, ich möchte, daß du gegen diese Leute bei Macy's etwas unternimmst.»

«Was ist es denn diesmal?»

«Noch *nie*, Edgar ... noch *nie* in meinem ganzen Leben ... bin ich so *gedemütigt* worden ...»

«Frannie ...»

«Ich bin heute vormittag zu Loehmann's gefahren, draußen in Westlake ...»

«Hast du nicht gerade von Macy's gesprochen?»

«Laß mich zu Ende erzählen. Ich bin zu Loehmann's gefahren, weil ich für Helen zu Weihnachten etwas Hübsches kaufen wollte, und Loehmann's führt ganz *entzückende* Designerstücke von Anne Klein, Beene Bag, Blassport ...»

«Frannie.»

«Die Erklärung ist *notwendig*, Edgar! Bei Loehmann's gibt es also diese reizenden Kleider. Nur muß man wissen, daß vor dem Verkauf immer alle Markenschilder rausgetrennt werden, weil es die Überschußproduktion ist, die man *dort praktisch umsonst* kaufen kann ... Und weil ich Helen zwar toll, aber auch nicht *zu* toll finde, kam mir die Idee, ihr diesen exquisiten Calvin-Klein-Kapuzenpullover aus Kaschmir zu schenken. Er hatte zwar kein Markenschild mehr, aber ich konnte *trotzdem* sehen, daß er von Calvin Klein ist, weil er das GJG drin hat.»

Edgar kapitulierte und ließ es über sich ergehen. «Was ist das GJG?» fragte er höflich.

«Das ist der *Code*. Aber es ist natürlich ziemlich schäbig, seiner besten Freundin einen Pullover ohne Markenschild zu schenken, und deshalb habe ich bei Loehmann's gefragt, ob sie überzählige Schilder dahaben. Man hat mir gesagt, daß sie alle schon beim Hersteller rausgetrennt werden, so daß ...»

«Macy's, Frannie!»

«Dazu komme ich ja gerade. Ich bin also zu Macy's gegangen ... das heißt, nicht eigentlich zu Macy's, sondern in diesen neuen Laden am Union Square, der einfach Shop heißt, und dort habe ich mir ein paar Calvin-Klein-Pullover rausgesucht ... Im Umkleideraum habe ich dann bemerkt, daß eines der Markenschilder so lose war, daß es fast schon *runterfiel*, und deshalb habe ich dann meine Nagelschere rausgeholt und ...»

«Ach du lieber Gott!»

«Tu nicht so frömmlerisch, Edgar! Die haben Hunderte davon, und ich wollte doch nur ... Als dann diese Verkäuferin reingeplatzt kam, so eine schreckliche kleine Südamerikanerin, hätte man denken können, ich wäre eine *Diebin* oder so was!»

Gleich nachdem Frannie aufgelegt hatte, hing Edgar schon wieder am Telefon.

«Anna?»

«Hallo.»

«Ich muß dich sehen, Anna.»

«Edgar ... ich glaube nicht, daß ...»

«Keine Widerrede. Ich möchte dir etwas zeigen.»

«Was?»

«Das wirst du schon sehen. Ich hole dich morgen nach dem Frühstück ab.»

«Was ist mit Mr. Williams?»

«Der kommt erst gegen sechs. Und bis dahin sind wir längst zurück.»

Hausfriedensbruch

Einen Tag vor Heiligabend rief Michael Mona in Pacific Heights an.

«Na, Babycakes!»

«Mouse!»

«Hör auf, mich Mouse zu nennen! Ich dachte, du wolltest eine Lesbe werden und keine Einsiedlerin! Kannst du mir mal sagen, wo du die ganze Zeit gesteckt hast?»

«Mouse ... es tut mir leid ... Aber ich mußte mich an so viel Neues gewöhnen ...»

«*Das* kann ich mir vorstellen. Es ist ja auch schrecklich anstrengend, einen auf elegant zu machen. Ich hab das ja mal selbst für drei Tage in Laguna Beach ausprobiert ... und ich wäre fast an einer Überdosis Kaftane eingegangen.»

Mona mußte lachen. «Du hast mir gefehlt, Mouse. Du hast mir wirklich gefehlt.»

«Dann beweis es doch und komm zu Mrs. Madrigals Fete.»
«Wann?»
«Morgen abend.»
«Da kann ich nicht. O Gott ... an morgen abend will ich noch nicht mal *denken*.»
«Warum?»
«D'ors Eltern kommen zum Essen.»
«Meine Fresse ... so richtig mit Schwiegereltern und so! D'or muß der totale *Knüller* sein!
«Sie weiß noch nicht mal was davon.»
«Sie ...? Was hast du denn da wieder ausgeheckt, Babycakes?»
«Ach, das ist eine lange Geschichte. Es genügt ja wohl, wenn ich sage, daß ich fast durchdrehe.»
«Mrs. Madrigal wird enttäuscht sein.»
«Ich weiß. Und es tut mir auch leid.»
«Vielleicht rufst du sie ja noch an oder so. Ich glaube, sie bildet sich ein, daß du ... sauer bist auf sie.»
«Wie kommt sie denn auf ...?»
«Du hast dich schon seit Wochen nicht bei ihr gemeldet, Mona.»
«Danke für die Schuldgefühle.»
«Es geht doch nicht um Schuldgefühle. Sie hat mich gebeten, dich anzurufen. Du fehlst ihr nämlich.»
Schweigen.
«Ich werde ihr das mit eurer Esseneinladung erklären. Dafür hat sie sicher Verständnis. Aber du rufst sie an, okay?»
«Okay.» Ihre Stimme klang ungewöhnlich kraftlos.
«Fühlst du dich denn auch wohl, Babycakes?»
«Mouse ... ich glaube, D'or hat Drogenprobleme.»
Michael mußte schallend lachen.
«Ich mache keine Späße, Mouse!»
«Was ist denn los? Klaut sie dir etwa deine Quaaludes?»
«Nur zu deiner Information, du Klugscheißer, gestern abend habe ich in ihrer Kommode völlig *unidentifizierbare* Tabletten gefunden, und sie hat ganz merkwürdig reagiert, als ich sie darauf angesprochen habe.»
«Hat sie sich denn sonst schon mal merkwürdig aufgeführt?»

«Nein. Eigentlich nicht.»

«Na, dann entspann dich doch.»

«Das geht nicht. Meine letzte Quaalude brauche ich für morgen.»

Zur gleichen Zeit versuchte Mary Ann zu entscheiden, was sie mit Norman anfangen sollte.

Schon seit Tagen hatte sie ihn nicht mehr zu fassen bekommen. Tagsüber ließ er sich in der Barbary Lane nicht blicken, und er kehrte oft erst um drei oder vier Uhr morgens in sein Häuschen auf dem Dach zurück; Mary Ann konnte dann seine schweren Schritte auf der Treppe hören.

Sie nahm an, daß er ziemlich heftig trank, und der Gedanke, daß *sie* vielleicht der Grund dafür war, setzte ihr einigermaßen zu.

Mrs. Madrigal hatte ihm wegen der Party schon zweimal eine Nachricht an die Tür geklebt, doch er hatte nicht darauf reagiert. Offenbar war er von etwas besessen, das ihn zu einem unzugänglichen und leicht manischen Menschen machte, angetrieben von der unstillbaren Sehnsucht nach einem heiligen Gral, den außer ihm niemand sehen konnte.

Es *mußte* etwas geschehen.

In der Eingangsdiele des Hauses war es dunkel, als Mary Ann die Tür unter der Treppe öffnete, durch die man in den Keller gelangte. Während sie auf der Suche nach dem Lichtschalter in der Dunkelheit herumtastete, horchte sie angestrengt auf eventuelle Geräusche von der Treppe über ihr. Sie würde *sterben,* wenn sie bei dem, was sie tat, von jemand ertappt würde.

Das mit Spinnweben überzogene Schlüsselbrett hing direkt unter dem Sicherungskasten. Sie mußte ein bißchen suchen, bis sie den Schlüssel mit dem Anhänger «Dachhaus» fand. So leise wie irgend möglich schloß sie dann die Kellertür hinter sich und schlich die drei Treppen zu der orange gestrichenen Tür hinauf.

Obwohl sie *genau* wußte, daß Norman nicht da war, klopfte sie zweimal an die Tür. Das Geräusch hallte durch das Treppenhaus. Sie erstarrte. Ob es jemand gehört hatte?

Es war völlig ruhig im Haus.

Mary Ann ließ den Schlüssel ins Schloß gleiten. Das Schloß ging ziemlich hart. Sie werkelte mit dem Schlüssel herum, bis die Tür aufsprang und die Dunkelheit des kleinen Häuschens sie umhüllte.

Binnen kürzester Zeit hatte sie den Nutri-Vim-Koffer gefunden.

Im heiligen Hain

Der Förster, der ihnen Einlaß gewährte, würdigte Anna, die es sich auf dem Vordersitz von Edgars Mercedes bequem gemacht hatte, keines Blickes.

Sie zwinkerte dem wie versteinert dastehenden Wächter zu, als sie an ihm vorbeifuhren.

«Ich hoffe, er hält mich für eine Hure.»

«Das wäre sicher keine Premiere.»

Anna zwickte ihn ins Knie. «Für ihn oder für dich, mein Herr?»

In dieser Frage verstand er keinen Spaß. «Du bist die erste und einzige Frau, die ich jemals hierhin mitgenommen habe, Anna.»

Sie stellten den Wagen auf einem Parkplatz gleich neben der Einfahrt ab und machten sich zu Fuß auf ihre Odyssee.

«Es ist vollbracht», sagte Anna, als sie zwischen den hoch aufragenden Redwoodbäumen dahinspazierten. «Anna Madrigal im Bohemian Grove.»

«Für mich gehörst du hier unbedingt hin.»

«Trotzdem ... danke.»

«Ich wollte, ich wäre schon vor zwanzig Jahren auf die Idee gekommen.»

«Vor zwölf.»

Edgar grinste. «Vor zwölf», wiederholte er.

Anna hakte sich lächelnd bei ihm unter und schüttelte voller Verwunderung den Kopf.

Edgar schlüpfte ganz unvermittelt in die Rolle von White Rabbit. Seine Alice blinzelte ihn mit ihren großen blauen Augen an, als er ihr die Bühne im Wald zeigte.

«Du bist hier *aufgetreten*?»

«Bei meinem Auftritt als Walküre mußte die Aufführung sogar unterbrochen werden.»

«Du im *Fummel,* Edgar?»

«Ach, was ... die Griechen haben es ja auch gemacht.»

«Die Griechen haben vieles gemacht.»

Er lächelte. «Rutsch mir den Buckel runter.»

«Das war bei den Griechen auch ein beliebter Zeitvertreib.»

Edgar gab ihr einen Klaps auf den Po und jagte sie die River Road hinauf, ohne sich um den Druck zu kümmern, der ihm die Brust einschnürte.

Die einzelnen Lager, an denen sie vorüberkamen, hießen ähnlich wie die Hochzeitssuiten im Madonna: Pink Onion, Toyland, Isle of Aves, Monastery, Last Chance ...

Edgars Lager hieß Hillbillies.

Ein zweistöckiges Landhaus, das sich zu einem Hof mit einer Grillstelle öffnete, beherrschte diese Enklave. Edgar schloß die Tür auf und führte Anna in den ersten Stock, wo ein Sofa und ein Natursteinkamin auf sie warteten.

Anna lächelte verschmitzt. «Jetzt wird mir alles klar!»

Edgar grinste wie ein Satyr.

«Schau nicht so selbstgefällig drein, Edgar Halcyon. Mit deiner Dekadenz kann ich es noch jeden Tag aufnehmen!»

Sie faßte in die Tasche ihrer dicken blauen Matrosenjacke und zauberte ein zierliches Zigarettenetui aus Schildpatt hervor, dem sie einen Joint entnahm.

«Anna ...»

«Hier. Das Zeug befreit dich von allen Beschwerden.»

Er zog eine Augenbraue hoch. «Bist du da so sicher?»

«Entschuldige. Ich ... Verdammt, sonst kann ich mit Worten immer *so gut* umgehen.»

Er verzieh ihr mit einem Lächeln. Sie hielt ihm den Joint weiter hin.

«Anna ... kannst du dich nicht einfach mit dem letzten Vertreter seiner Art begnügen?»

Sie tippte sich mit dem Joint gegen die Unterlippe, bevor sie ihn in das Etui zurückschob. «Das ist eine wunderbare Idee», antwortete sie sanft.

In eine Indianerdecke gehüllt, saßen sie vor dem Kaminfeuer.

«Wenn wir noch in der guten alten Zeit leben würden, könnten wir jetzt zusammen in die Wildnis fliehen.»

Sie strich mit den Fingern seine weiße Mähne zurecht. «Sind wir nicht schon in einer Wildnis?»

«Dann ... in eine noch wildere Wildnis.»

«Das wäre schön.»

«Wir müssen nicht zurück, Anna.»

«Müssen wir doch.»

Er drehte sich von ihr weg und schaute in die Flammen. «Hättest du es mir gesagt, wenn Mr. Williams nicht aufgetaucht wäre?»

«Nein.»

«Warum nicht?»

«Es war ... nicht nötig.»

«Ich finde dich immer noch schön, Anna.»

«Danke.»

«Was soll ich ihm heute abend sagen?»

Anna zuckte mit den Schultern. «Sag ihm ... daß seine Miete fällig ist.»

Edgar umarmte sie lachend. «Ich möchte noch was wissen.»

«Und zwar?»

«Warum hast du mich nicht zu deiner Party eingeladen?»

«Aber, woher ...?»

«Ich habe Mary Ann davon reden hören.»

Sie lächelte ihn staunend an. «Du bist so lieb.»

«Das war keine Antwort auf meine Frage.»

«Wäre dir acht recht?»

Er nickte. «Dann komme ich gleich, wenn ich mit Mr. Williams fertig bin.»

L'art pour l'art

Die Erinnerungsbilder, die Mary Ann an diesem Vormittag durch den Kopf gingen, verschmolzen zu einem höllischen Wirrwarr. Getrieben von der Schreckensvorstellung, sie könnte Norman im Treppenhaus begegnen, stahl sie sich aus dem Haus und rannte die Barbary Lane hinunter zur Leavenworth Street. Dort hielt sie das erste Taxi an, das sie kriegen konnte.

«Wohin?»

«Äh . . . Was wär denn ein gutes Museum?»

«Das Legion of Honor?»

«Ist das da draußen hinter der Brücke?»

«Genau. 'ne Menge hübsche Sachen von Rodin.»

«Okay.» Das paßte wunderbar. Sie *lechzte* jetzt nach Kunst . . . und nach Schönheit . . . und nach allem Hehren, das ihr über den schlimmsten Heiligen Abend ihres Lebens hinweghelfen könnte.

Mary Ann spazierte fast eine Stunde lang durch das Museum und trat dann wieder hinaus ins wohltuende Sonnenlicht des kolonnadenumsäumten Hofes. Sie setzte sich auf den Sockel zu Füßen des *Denkers,* bis sie die sonderbare Ironie dieser Szene bemerkte und sich ins Café Chanticleer im Inneren des Museums zurückzog.

Nach drei Tassen Kaffee kam sie zu einem Entschluß.

Nahe dem Eingang fand sie im Erdgeschoß eine Telefonzelle. Sie zerrte Normans Nutri-Vim-Visitenkarte aus ihrer Handtasche und wählte die Nummer, die mit Bleistift auf die Rückseite gekritzelt war.

«Ja?»

«Norman?»

«Ja?»

«Ich bin's, Mary Ann.»

«Hallo.» Er hörte sich betrunken an, *sehr* betrunken.

«Ich habe . . . ein Problem. Und ich hatte gehofft, daß wir beide uns gleich treffen könnten.»

Nach einer Pause sagte er: «Klar.» Trotz der Fakten, die sie inzwischen kannte, fand sie es abscheulich, wie sie seine Gefühle ausnützte.

«Ich bin hier draußen im Palace of the Legion of Honor»

«Kein Problem. In einer halben Stunde bin ich da, okay?»

«Okay. Norman?»

«Hmh?»

«Fahr vorsichtig, hörst du?»

Sie stellte sich auf dem Parkplatz neben eine Statue mit dem Titel *Das Schattenreich* und wartete auf ihn. Norman hievte sich mit übertriebener Würde aus dem Falcon. Er hatte schwer einen sitzen.

«Na, wie gehs so?»

«Ganz gut, ganz gut.» Warum *sagte* sie so was? Warum war sie freundlich zu ihm?

«Willss du ins Museum?»

«Nein danke. Ich war schon den ganzen Vormittag drin.»

«Oh.»

«Könnten wir nicht ein bißchen rumlaufen?»

Norman zuckte mit den Schultern. «Wo?»

«Dort drüben?» Mary Ann deutete über die Straße auf so was wie einen Golfplatz, der von einem Netz aus Fußwegen durchzogen war. Sie wollte keine Leute um sich haben.

Norman bot ihr mit der Galanterie eines Besoffenen seinen Arm an. Überhaupt war alles, was er tat, wie ein scheußlicher Abklatsch dessen, was sie früher an ihm bewundert hatte. Als sie sich bei ihm einhakte, unterdrückte sie ein Schaudern. Wenn es schon sonst zu nichts gut war, dann würde es wenigstens verhindern, daß er lang hinschlug.

Sie überquerten die Straße und gingen einen abschüssigen Weg am Rand des Golfplatzes entlang. Der Nebel wälzte sich auf die Stadt zu und verwischte die Umrisse der Monterey-Zypressen auf einer Anhöhe weiter vorne. Hinter diesen Bäumen lag irgendwo der Ozean.

Mary Ann ließ Normans Arm los. «Ich wollte unter vier Augen mit dir sprechen, Norman.»

«Ja?» Er lächelte sie an. Offenbar schöpfte er neue Hoffnung. «Ich weiß über die Bilder Bescheid.»

Er blieb wie angewurzelt stehen und schaute sie konsterniert an. «Hmhh?»

«Ich habe die Bilder gesehen, Norman.»

«Welche Bilder?» *Natürlich* würde er es ihr nicht leichtmachen.

«Du weißt, wovon ich rede.»

Er schob die Unterlippe vor wie ein schmollendes Kind und ging weiter. Schneller als vorher. «Ich habe *keine Ahnung*, wovon du redest!»

«‹Wonnige Wickelkinder›? ‹Pralle Püppis›?»

«Du mußt verrückt . . .»

«Ich weiß über dich und Lexy Bescheid, Norman!»

Rat mal, wer zum Essen kommt?

Mona stand neben dem für vier Personen gedeckten Tisch und summte zur Beruhigung im Eilverfahren ihr Mantra.

D'orotheas Eltern würden in zehn Minuten kommen. Und D'orothea war noch immer ahnungslos.

«Ganz im Ernst, Mona. Ich hasse Überraschungen. Wenn du diese langweiligen Macholesben aus Petaluma eingeladen hast, kannst du meinen Teller gleich wieder wegräumen. Wie man Eichhörnchen das Fell abzieht, weiß ich selber!»

Mona sah D'orothea nicht an. «Unsere Gäste werden dir gefallen. Das versprech ich dir, D'or.»

Scheiße, dachte sie. Und wenn sie ihr *nicht* gefallen? Und wenn sie die Entfremdung noch stärker spürt als je zuvor? Und wenn die merkwürdige gemischtrassige Kleinbürgerehe der Wilsons bei ihrer Tochter unsägliche psychische Narben hinterlassen hatte?

«Und noch was, Mona . . . *Sobald* einer deiner Secondhand-Gurus anfängt, über das Dritte Auge oder über irgendwelchen astrologischen Firlefanz zu schwadronieren . . .»

«Ich geb dir eine halbe Quaalude ab, okay?»

«Nicht mal mit *Drogen* kannst du mich gefügig machen, Mona.»

Mona drehte sich weg und rückte eine Gabel zurecht. «Dann vergiß es halt.»

«Entschuldige. Das war unfair.»

«Wirst du wenigstens *versuchen,* dich wie ein zivilisiertes Wesen zu benehmen, D'or?»

«Aber sicher. Was soll's.»

«Ich wünsch mir, daß es ... na ja, ich wünsch mir, daß es nett wird.»

«Ich weiß. Und ich werde mir Mühe geben.»

Die nächste Viertelstunde war das Schlimmste, was Mona je durchgemacht hatte.

Sie huschte im ganzen Haus herum und tat so, als wäre sie mit den Vorbereitungen beschäftigt, weil sie *wußte,* daß ihr die Angst anzusehen sein würde, sobald sie auch nur einen Augenblick stillhielt.

Die Wilsons waren unpünktlich.

D'orothea war oben im Schlafzimmer und schminkte sich.

Mona ließ ihr Mantra fahren und sagte ein Kindergebet auf. Sie war gerade mit der Hälfte durch, als es klingelte. Es gab jetzt keinen Ausweg mehr. Keine Ausreden. Keinen Aufschub.

Als sie die Haustür aufmachte, erschien D'or gerade auf dem Treppenabsatz.

«Es tut mir leid, daß wir zu spät kommen», sagte Leroy Wilson ruhig. «Darf ich vorstellen, das ist Mrs. ...»

Sein Blick glitt die Treppe hoch, und auf einmal bekam er ganz große und glasige Augen. «Dorothy? Um Himmels willen! Dorothy, was ist bloß mit dir ...?»

D'orothea war auf dem Treppenabsatz zur Salzsäule erstarrt. «Mona ... Mein Gott, Mona, was hast du da bloß ...?» Sie brach in Tränen aus, fuhr herum und stürmte wie eine Irre die Treppe hoch.

Mona war am Boden zerstört und stand sprachlos vor Leroy Wilson und der kleinen, rundlichen Frau, die so spät ins Haus gekommen war, daß sie das bizarre Geschehen gar nicht mitbekommen hatte.

Vor Leroy Wilson und der kleinen, rundlichen und *weißen* Frau.

Während die Wilsons unten ratlos herumstanden, lag D'or oben in Monas Armen und heulte Rotz und Wasser.

«Ich schwör's dir, Mona ... Ich schwöre bei Gott ... Ich wollte dich nie anlügen. Ich wollte arbeiten ... Ich wollte bloß arbeiten. Als ich vor fünf Jahren nach New York kam, wollte mich niemand buchen. Rein gar niemand! Dann hatte ich ein paar Aufträge, wo wir dunkel geschminkt wurden ... so was mit arabischen Haremsdamen ... und wie aus heiterem Himmel haben die Leute plötzlich nach dem dunkelhäutigen Girl gefragt, das solchen Sex-Appeal hatte ... Ich hab es nie drauf *angelegt*. Es hat sich einfach so ...»

«Aber D'or, ich verstehe nicht, warum ...»

«Ich bin eine Betrügerin, Mona!» Ihr Schluchzen wurde lauter. «Ich bin bloß ... ein weißes Mädchen aus Oakland!»

«Aber D'or ... deine Haut ...?»

«Das machen die Tabletten. Die, die du in meiner Kommode gefunden hast. Sie sind gegen Vitiligo.»

«Und was ...?»

«Das ist eine Krankheit, durch die man am ganzen Körper weiße Flecken bekommt. Wenn man diese Scheckhaut hat, nimmt man Tabletten, damit die Pigmente nachdunkeln. Wenn du weiß bist und zwei Monate lang die Tabletten nimmst, dann ... Hast du nie *Black Like Me* gelesen?»

«Doch, aber das ist schon lange her.»

«Na ja, ich hab's genauso gemacht, wie es in dem Buch steht. In New Orleans habe ich einen Hautarzt gefunden, der mir die Tabletten zusammen mit UV-Bestrahlungen verschrieben hat, dann hab ich mich für drei Monate rar gemacht und bin hinterher in New York als schwarzes Model wieder aufgetaucht. Ich habe *Geld* verdient, Mona ... mehr Geld, als ich in meinem ganzen Leben zu Gesicht bekommen hatte. Natürlich habe ich den Kontakt zu meinen Eltern abgebrochen, aber ich wollte nie ...»

«Aber nutzt sich das denn nicht ab?»

«Natürlich. Es ist eine permanente Belastung. Nach ein paar Monaten mußte ich immer wieder mal verschwinden und neue UV-Bestrahlungen bekommen ... und natürlich habe ich dauernd diese Tabletten geschluckt … bis ich die ganze Heuchelei nicht mehr länger ertragen konnte und mich entschieden habe …»

«… nach San Francisco umzuziehen und weiß zu werden»

D'or nickte und wischte sich die Tränen aus dem Gesicht. «Natürlich hab ich gedacht, daß ich mich bei dir verkriechen könnte, bis ich mich wieder … zurückverwandelt habe … und ich hatte immer vor, meine Eltern wiederzusehen, aber nicht schon vor …»

«Warum hast du mir nichts davon *gesagt,* D'or?»

«Ich hab es doch *versucht.* Mein Gott, wie oft hab ich es versucht. Aber jedesmal, wenn ich kurz davor war, hast du mir im Handumdrehen was aus deinem Kochbuch für Schwarze aufgetischt oder angefangen, mir Vorträge über mein kostbares afrikanisches Erbe zu halten … und da bin ich mir dann immer so schrecklich verlogen vorgekommen. Ich wollte nicht, daß du dich … meinetwegen schämst.»

Mona lächelte. «Sehe ich so aus, als würde ich mich schämen?»

«Aber meine Haare sind echt, Mona. Ich habe eine Naturkrause»

«Kannst du dir vorstellen, an was ich gedacht habe, D'or?»

D'or schüttelte den Kopf.

«Ich habe gedacht, daß du sterben mußt. Und ich bin halb verrückt geworden deswegen. Ich habe gedacht, du nimmst die Tabletten, weil du sterben mußt.»

«Woran denn?»

«Woran wohl? An Sichelzellenanämie.»

Die Konfrontation

Norman lief jetzt beinahe und wankte auf die Zypressen am Rande der Anhöhe zu, ohne auf seine Umgebung zu achten.

«Halt blos die Kllappe, hörs du? Halt blos die Kllappe!»

«Ich werde *nicht* die Klappe halten, Norman! Ich werde nicht untätig zusehen, wie du dieses Kind auf so entsetzliche und *widerwärtige* Weise …»

«Das geht dich überhaupt nix an!»

«Ich habe die Magazine in deinem Koffer gesehen, Norman!»

«Was hatts du in meim Koffer zu suchen?»

«Du bist krank, Norman. Du bist ...» Ihr Atem ging fast genauso schwer wie seiner. Sie zerrte ihn am Arm. «Bleib endlich *stehen*!»

Er gehorchte und blieb an der höchsten Stelle der Anhöhe ruckartig stehen. Weil er ziemlich schwankte und sein Gleichgewicht wiedergewinnen wollte, streckte er die Arme nach seiner Begleiterin aus. Mary Ann hielt den Atem an; allerdings nicht wegen Norman, sondern wegen des gähnenden Abgrunds, den sie durch die Nebelschwaden sah.

«Norman ... *komm zurück*!»

«Wa ...?»

«Wir sind auf einer Klippe! Komm zurück! Bitte!»

Er sah sie verständnislos an und torkelte dann ein paar Schritte auf sie zu. Sie packte ihn am Arm und hakte ihren anderen Arm um einen Baum.

Norman war ungehalten. «Aber ich hab doch kaum wass damit su tun.»

«Norman, wenn du nicht ...»

«Diese dämlichen Bilder sind noch gahr nichs! Da hab ich viel *größere* Dinger laufen wie das!»

«Norman ...» Sie redete etwas sanfter mit ihm und führte ihn vom Abgrund weg. «Mit dem, was du tust ... verstößt du zum Beispiel auch gegen das Gesetz.»

«Ha! Ja glaubs du denn, das weis ich nich?»

«Wie *konntest* du bloß, Norman? Du warst immer so lieb zu Lexy.»

«Na und?»

«Ich laß das nicht zu, Norman. Ich werde die Eltern von dem armen Kind anrufen.»

«Denkst du, die wissen nicht *Bescheid*?»

Mary Ann sagte mit zusammengebissenen Zähnen: «Großer Gott!»

«Was glaubs du denn, von was sie ihre Miete zahlen, hm? Lexy ist ein *Star*, verflucht noch mal! Sie ist ein kleiner Super ... Herrgott, ich bin doch bloß ... ihr Agent!»

«Aber du hast bei den Bildern mitgemacht!»

Er nickte mit einem Anflug von Stolz.

«Und bei ein paar Filmen.»

«Auch das noch!»

«Was soll ich machen? Sie läßt ja keinen andern an sich ran.»

«Norman!»

«Du hältst mich für ein Arschloch, was? Du hältst mich für eins von diesen Arschlöchern, die mit Kinderpornos Geschäfte machen!»

«Norman, bleib stehen ...»

«Na, dann paß mal auf, Miss Etepetete! Ich bin Privatdetektiv, un ich steh grad vor der Auflösung vom größten Fall in meiner Karriere!»

«Norman, geh endlich von dort ...»

Sie konnte nicht hinsehen.

Als Mary Ann sich wieder umdrehte, schlurfte Norman über den Weg, der am Rand der Klippe entlanglief. Zu ihrer Erleichterung war er an der steilsten Stelle vorbei und bewegte sich jetzt auf einem Terrain, das etwas weniger gefährlich aussah.

«Norman, komm zurück!»

«Sieh doch zu, wie du ohne mich nach Hause kommst!» blaffte er über die Schulter nach hinten.

Dann verlor er plötzlich den Halt unter den Füßen, rutschte vom Weg ab und fiel mitten in das lockere Geröll und den Sand, die den Hang zum Meer hinunter bedeckten.

Zu Tode erschrocken lief Mary Ann zu ihm hin. Er lag platt auf dem Rücken und ruderte mit Armen und Beinen wie ein umgedrehter Kakerlak. Ein paar Meter weiter unten erwartete ihn die nächste Klippe. Er winselte kläglich.

«Bitte ... hillf mir doch, bitte ...»

Mary Ann warf sich auf die Erde und streckte ihren Arm so weit den Hang hinunter, wie es nur ging. «Nicht bewegen, Norman. Bleib ganz ruhig liegen, okay?»

Er hörte nicht auf sie. Mit allen vieren schlug er wild um sich, bis der Boden unter ihm wie flüssige Lava zu rutschen anfing. Mary

Ann versuchte verzweifelt, ihn am Arm zu packen, aber sie griff ins Leere.

Seine Rutschpartie zur Klippe ging langsam, aber stetig vor sich. Ein grausiger Anblick.

Das einzige, was von ihm übrigblieb, war seine Klemmkrawatte, die schlaff in Mary Anns Hand hing.

Während sie durch den wallenden Nebel zum Museum zurücklief, hallten Normans Schreie in ihrem Kopf nach.

In der Telefonzelle zählte sie ihr Geld nach. Siebenunddreißig Cents. Sie hatte sich darauf verlassen, daß sie mit Norman nach Hause fahren würde.

Sie wählte 673-MUNI.

«Muni», sagte ein Mann am anderen Ende der Leitung.

«Bitte ... wie komme ich vom Legion of Honor in die Barbary Lane?»

«In die Barbary Lane? Moment. Okay ... Sie gehen runter an die Ecke Clement und Thirtyfourth, nehmen dort den 2er Bus in Richtung Clement bis zur Ecke Post und Powell, und dort steigen Sie um in die 60er Cable Car in Richtung Hyde.»

«Den 2er in Richtung Clement?»

«Ja.»

«Danke schön.»

«Gern geschehen. Fröhliche Weihnachten auch!»

«Ja, fröhliche Weihnachten», sagte sie.

Die Party

Wo ist Mary Ann?» fragte Connie Bradshaw, die unter Mrs. Madrigals Türbogen mit den roten Troddeln stand. «Hast du nicht gesagt, daß sie auch kommt?»

Brian nahm sich einen Joint von einem Wedgwood-Teller. «Sie ist da. Jedenfalls hab ich sie oben gesehen.»

«Ogottogott, ich hab sie ewig nicht mehr gesehen!»

«Ihr seid gute Freundinnen, hm?»

«Ach, die allerbesten! Ich meine ... in letzter Zeit hatten wir nicht so viel Kontakt, aber ... Na ja, du weißt ja, wie's in dieser Stadt geht.»

«Klar.»

«Äh ... Ich glaube, da möchte sich jemand mit dir unterhalten, Brian.»

«Oh ... Hallo, Michael.»

«Hallo. Hast du zufällig unser aufgescheuchtes Huhn gesehen?»

«Wen?»

«Mary Ann.»

Brian zog an seinem Joint und gab ihn an Connie weiter. «Über die haben wir grade geredet. Was ist mit ihr? Ich dachte, sie hat die Orgie hier organisiert?»

«Hat sie auch. Wahrscheinlich macht sie sich gerade hübsch oder so. Heh, warte mal. Ich hab was für dich.» Michael verschwand in der Küche und kam mit einem kleinen, in Silberfolie eingeschlagenen Päckchen zurück.

Brian wurde rot. «Was soll das denn, Mann ... Wir haben doch gesagt: Keine Geschenke.»

«Ich weiß», sagte Michael. «Es ist auch kein Weihnachtsgeschenk. Ich bin bloß nicht dazu gekommen, es dir früher zu geben.»

«Wie niedlich», warf Connie ein.

Brian warf ihr einen Blick zu und wandte sich wieder an Michael. Der sah noch spitzbübischer drein als sonst. «Sag mal, Michael, das ist doch nicht etwa ...?»

«Mach's doch auf», quietschte Connie. «Ich bin ja so aufgeregt!»

Brian schaute Michael direkt in die Augen. «Soll ich?» fragte er lächelnd.

«Warum nicht? Je früher du das Ding auspackst, desto früher kommt es zum Einsatz.»

«Genau!» meinte Connie.

Brian riß das Päckchen auf. Er war nicht überrascht, als zwischen dem Seidenpapier der schwere Messingring sichtbar wurde. «Der ist aber hübsch, Michael. Ausgesprochen kleidsam.»

«Bist du sicher? Ich kann ihn auch umtauschen, wenn er dir . . .»

«Nein. Ich finde ihn . . . richtig toll.»

Ohne eine Miene zu verziehen, sagte Michael: «Ich hoffe, die Größe stimmt.»

«Was ist es?» drängelte Connie.

Brian hielt den Ring hoch, damit sie ihn sich ansehen konnte. «Ist er nicht hübsch?»

«*Super.* Und wofür ist das Ding gut?»

Brian warf Michael einen raschen Seitenblick zu. «Es ist . . . ein Weihnachtsschmuck», sagte er in anerkennendem Ton. «Man hängt es sich auf den Baum.»

Michael holte in der Küche ein Tablett voll Brownies ab. «Ist da was drin?» fragte er.

Mrs. Madrigal lächelte nur.

«Hab ich's mir doch gedacht», sagte Michael.

«Ist Mary Ann schon runtergekommen?»

«Nein.»

«Ich verstehe nicht, was sie so lange . . .»

«Ich kann mal nachsehen, wenn Sie möchten.»

«Nein danke, mein Lieber . . . ich brauche dich hier unten.»

«Erwarten Sie noch mehr Gäste?»

Sie schaute auf die Uhr. «Einer fehlt noch», sagte sie geistesabwesend, «aber ich bin mir nicht sicher . . . Es war keine feste Zusage, mein Lieber.»

«Ist denn . . . alles in Ordnung, Mrs. Madrigal?»

Sie lächelte und gab ihm einen Kuß auf die Wange. «Ich bin doch mit meiner Familie zusammen, oder nicht?»

Als Michael wieder ins Wohnzimmer kam, fielen ihm fast die Brownies aus der Hand.

«Mona!»

«In Fleisch und Blut.»

«Das ist ja scharf! Wo hast du D'orothea gelassen?»

«Die feiert mit ihren Eltern in Oakland weiße Weihnachten.»

«*Schneit* es in Oakland?»

«Weißt du, das ist eine lange Geschichte, Mouse.»

Michael stellte das Tablett ab und schloß sie in die Arme. «Du hast mir schrecklich gefehlt!»

«Du mir auch.»

«Du hast dich kein bißchen verändert.»

«Ja», sagte sie grinsend. «Ich bin immer noch die gute alte Mona ... die es mit jeder Perversität aufnimmt.»

«Sag beim Abschied ...»

Als Mary Ann endlich kam, entschuldigte sie sich gleich bei Mrs. Madrigal.

«Ich hoffe, ich habe Ihnen keine Umstände gemacht. Ich ... na ja, wahrscheinlich habe ich über dem vielen Geschenkekaufen einfach das Gefühl für die Zeit verloren.»

«Mach dir keine Gedanken, meine Liebe. Es war überhaupt kein Problem, und Michael ist der perfekte ... Du hast nicht zufällig Mr. Williams gesehen, meine Liebe? Wenn er da ist, sollten wir ihn zu uns ...»

«Nein. Nein, ich habe ihn nicht gesehen. Seit gestern oder vorgestern nicht mehr.»

«Wie schade.»

«Er war häufig weg in letzter Zeit. Und er hat einen ganz veränderten Eindruck gemacht ... auf mich jedenfalls.»

«Ja, auf mich auch.»

«Ich finde es schön, daß ich meine Freundin Connie wieder mal sehe.»

«Ich weiß. Wie *klein* die Welt doch ist, nicht? Mona hat es schließlich auch noch geschafft, und ... Meine besten Wünsche für euch alle!» Sie küßte Mary Ann ein bißchen zu heftig auf die Wange und lief dann an ihr vorbei aus dem Zimmer.

Mary Ann kam es so vor, als würde sie weinen.

Mona machte sich eine Viertelstunde später auf die Suche nach der Vermieterin. Sie entdeckte Mrs. Madrigal auf der Treppe, über die man zur Barbary Lane hochstieg.

«Erwarten Sie noch jemand?» fragte Mona, als sie sich neben sie setzte.

«Nein, meine Liebe. Jetzt nicht mehr.»

«Jemand, den ich kenne?»

«Ich wollte, du hättest ihn kennenlernen können.»

«Hättest?»

«Ich wollte sagen ... Es ist so schwer zu erklären, meine Liebe.»

«Es tut mir leid, daß ich mich so lange nicht gemeldet habe.»

Mrs. Madrigal wandte sich zu ihr um. Sie hatte Tränen in den Augen. «Oh, es ist so schön, daß du das gesagt hast!» brach es aus ihr heraus. Sie lehnte sich einen Augenblick an Monas Schulter, doch schon bald setzte sie sich wieder aufrecht hin und hatte ihre Fassung zurückgewonnen.

«Wenn Sie mich ertragen können», sagte Mona, «würde ich gerne wieder hier einziehen.»

«Dich *ertragen*? Du dummes Kind! Du hast mir mehr gefehlt, als du dir vorstellen kannst!»

Mona lächelte. «Danke ... und fröhliche Weihnachten.»

«Fröhliche Weihnachten, meine Liebe.»

«Warum kommen Sie nicht wieder rein? Es ist *kalt* hier draußen!»

«Ja. Ich komme gleich. Geh du nur vor.»

«Kann Ihr Freund denn nicht einfach ins Haus kommen?»

«Er wird nicht mehr kommen, meine Liebe. Er hat sich schon von uns verabschiedet.»

Sein Abschied fand auf Halcyon Hill statt.

Dr. Jack Kincaid verabreichte seiner Frau eine Beruhigungsspritze, während seine Tochter und sein Schwiegersohn ihm adieu sagten.

Er lag ausgestreckt im Bett. Seine Haut war so blaß, daß man sie für durchsichtig halten konnte.

«Daddy?»

«Bist du das, DeDe?»

«Ja, ich und Beauchamp.»

«Oh.»

«Wir haben eine Überraschung für dich, Daddy.»

Beauchamp warf seiner Frau einen besorgten Blick zu. DeDe funkelte ihn an, wandte sich dann ab und kniete neben dem Bett ihres Vaters nieder.

«Daddy ... Wir werden dich zum Großvater machen.»

Schweigen.

«Hast du verstanden, Daddy.»

Edgar lächelte. «Ich hab es gehört.»

«Freust du dich denn nicht?»

Kraftlos hob er die Hand. «Kannst du es mir ... zeigen?»

«Sie ist noch so klein.» DeDe stand auf, nahm seine Hand und drückte sie sanft gegen ihren Bauch. «Ich glaube nicht, daß man schon was ...»

«Doch, doch. Ich kann sie spüren. Du glaubst, daß es ein Mädchen wird, hm?»

«Ja.»

«Ich auch. Hast du schon einen Namen ausgesucht?»

«Nein, noch nicht.»

«Kannst du sie nicht Anna nennen?»

«Anna?»

«Ich habe den Namen ... immer sehr gemocht.»

Er lächelte noch einmal und drückte seine Hand gegen das warme neue Leben. «Hallo, Anna», sagte er. «Wie geht's dir, altes Haus?»

Das Golden Gate

Dick vermummt machten sich Mary Ann und Michael am Neujahrstag auf den Weg über die Brücke.

«Das hab ich noch nie gemacht», gestand sie ihm.

«Das ist ja nicht zu glauben», sagte er grinsend. «Es gibt etwas, was *du* noch nicht gemacht hast?»

«Laß das, Michael!»

Er gab ihr einen Stups. «Du hattest gut zu tun dieses Jahr, was, Lucrezia?»

«Hör zu, Michael! Wenn wir allein sind, kannst du deine Witze machen, aber wir müssen sehr aufpassen, daß . . .»

«Glaubst du, ich weiß nicht, worauf man als Komplize zu achten hat?»

«Ich bin immer noch völlig durch den Wind wegen der ganzen Geschichte!»

Michael lehnte sich an die Brüstung. «Zeig mir, wo es passiert ist.»

Sie sah etwas verstimmt drein und wies dann mit einer Kopfbewegung auf die Klippen. «Dort drüben. Siehst du die Boje dort? Gleich dahinter.»

Er zeigte auf die Boje. «*Die* dort?»

«Zeig doch nicht *hin,* Michael!»

«Warum nicht?»

«Am Ende sieht dich noch jemand.»

«Ach, komm! Man hat noch nicht mal die Leiche gefunden.»

«Um so *schlimmer.* Sie könnte jeden Moment auftauchen.»

«Und dann?»

«Na ja, es könnte doch sein, daß die Polizei dann denkt, daß . . . jemand nachgeholfen hat. Und es ist möglich, daß sich irgendein Zeuge meldet, der mich als die Person identifizieren kann, die mit ihm am Museum war. Und . . . es gibt *so viele* Dinge, die auf mich hindeuten könnten . . .»

«Ich verstehe immer noch nicht, warum du den Unfall nicht einfach gemeldet hast. Es *war* doch ein Unfall, oder etwa nicht?»

«Ja doch!»

Er grinste. «Man wird ja noch fragen dürfen.»

«Michael . . . wenn ich dir jetzt etwas sage, schwörst du dann auf einen Stapel Bibeln, daß du es *nie* jemand erzählen wirst?»

«Denkst du, ich würde dich hintergehen? Ich hab doch *mitgekriegt,* wie du mit deinen Feinden umspringst.»

«Vergiß es.»

«Nein, ich bitte dich! Ich versprech's dir! Komm schon, verrat es mir.»

Sie musterte ihn streng, bevor sie sagte: «Norman war noch *was anderes* als nur so ein Porno-Heini, Michael.»

«Hmh?»

«Er war Privatdetektiv.»

«Donnerwetter! Woher weißt du das?»

«Er hat es mir gesagt. Kurz bevor er abgestürzt ist. Und er hat mir auch gesagt, daß er an einem großen Fall gearbeitet hat, durch den er zu einer Menge Geld kommen wollte. Da hab ich mich natürlich gefragt, warum er überhaupt in die Barbary Lane eingezogen ist und warum er mir ... bestimmte Fragen gestellt hat.»

«Toll! Erzähl weiter!»

«Als ich nach dem ... du weißt schon ... in unser Haus zurückgekommen bin ... habe ich mir wieder den Zweitschlüssel aus dem Keller geholt und sein Zimmer noch mal auf den Kopf gestellt. Und diesmal hab ich nicht bei den Kinderpornos aufgehört!»

Michael pfiff durch die Zähne. «Nancy Drew kann von dir noch eine Menge lernen!»

«Er hatte eine dicke Akte, Michael. Und was glaubst du, über wen er Nachforschungen angestellt hat?»

«Über wen?»

«Über Mrs. Madrigal!»

«Was!»

«Ich konnte es auch kaum glauben.»

«Und was hat in der Akte *dringestanden*?»

«Keine Ahnung.»

«Jetzt halt aber mal die *Luft* an!»

«Ich hab sie verbrannt, Michael. Ich hab sie in mein Zimmer mitgenommen und sie in einem Abfalleimer verbrannt. Was glaubst du, warum ich so spät zur Party gekommen bin?»

Auf dem Cypress Lawn Cemetery im Süden der Halbinsel stieg eine Frau mit einem orientalisch gemusterten Turban aus einem zerbeulten Auto und stapfte bis zu einem frischen Grab den Hang hinauf.

Sie blieb einen Moment davor stehen und summte eine Melodie vor sich hin, bevor sie ein Zigarettenetui aus Schildpatt zückte, einen Joint herausnahm und ihn sachte auf das Grab legte.

«Viel Spaß», sagte sie lächelnd. «Es ist kolumbianisches Gras.»

Ende des ersten Buches

- A Barbary Lane 28
- B The Buena Vista
- C Come Clean Center
- D D'orotheas Haus
- E Bay Area Crisis Switchboard
- F Malvina's
- G Dr. Fieldings Praxis
- H Halcyon Communications
- I Washington Square Bar and Grill
- J The Endup
- K Beauchamps und DeDes Penthouse
- L Perry's
- M Mrs. Madrigals Buchladen
- N The Twin Peaks
- O Sutro Baths
- P Bohemian Club
- Q University Club
- R Club Baths
- S Residenz der Hampton-Giddes
- T Twinkie-Keksfabrik
- U Caffè Sport
- V The Stud
- W Glibb Memorial Church
- X Ruby Millers Bungalow
- Y Sam Woh's
- Z Zim's

PACIFIC OCEAN
THE PRESIDIO
GOLDEN GATE
PALACE OF THE LEGION OF HONOR
PALACE OF FINE ARTS
VAN NESS
AQUATIC PARK
RUSSIAN HILL
COLUMBUS
CHINATOWN
NORTH BEACH
FILBERT STEPS
COIT TOWER
TELEGRAPH HILL
BROADWAY
THE EMBARCADERO
SAN FRANCISCO BAY
N

Armistead Maupin

Armistead Maupin, 1944 geboren und Journalist von Beruf, kam Anfang der siebziger Jahre nach San Francisco. 1976 begann er mit einer Serie für den *San Francisco Chronicle*, die den Grundstock lieferte für sechs Romane, die in den USA zu einem Riesenerfolg wurden – die heute schon legendären «Stadtgeschichten». In deren Mittelpunkt steht die ebenso exzentrische wie liebenswerte Anna Madrigal, 56, die ihre neuen Mieter gern mit einem selbstge-drehten Joint begrüßt. Unter anderem treten auf: Das Ex- Landei Mary Ann, der von Selbstzweifeln geplagte Macho Brian, das New Yorker Model D'orothea und San Franciscos Schwu-lenszene. All den unterschiedlichen Menschen, deren Geschichte erzählt wird, ist aber eines gemeinsam: Sie suchen das ganz große Glück.

Stadtgeschichten *Band 1*
(rororo 13441)
«Es ist merkwürdig, aber von jedem, der verschwindet, heißt es, er sei hinterher in San Francisco gesehen worden.» *Oscar Wilde*

Mehr Stadtgeschichten *Band 2*
(rororo 13442)
«Maupins Geschichten lassen den Leser nicht mehr los, weil sie in appetitlichen Häppchen von jeweils circa vier Seiten gereicht werden und man so lange ‹Na, einen noch› denkt, bis man das Buch ausgelesen hat und glücklich zuklappt.»
Der Rabe

rororo Literatur

Noch mehr Stadtgeschichten
Band 3
(rororo 13443)

Tollivers Reisen *Band 4*
(rororo 13444)
«Nichts ist schlimmer als die steigende Zahl der Seiten, die das unweigerliche Ende des Romans ankündigen.»
Hannoversche Allgemeine Zeitung

Am Busen der Natur *Band 5*
(rororo 13445)

Schluß mit lustig *Band 6*
(rororo 13446)
«Ein Kultroman!» *Die Zeit*

Die Kleine *Roman*
(rororo 13657)
Cadence Roth, die knapp achtzig Zentimeter kleine Heldin dieses Romans, hat es wirklich gegeben – sie hieß Tamara De Treaux und hockte unerkannt in Steven Spielbergs E.T.-Figur.
«Eine umwerfend komische Geschichte.» *Vogue*

3312/3

3201/5

Richard Brautigan

«**Richard Brautigan** hat Humor, Witz von einer zum Sarkasmus neigenden Art, teils eingefärbt mit einem Hauch Melancholie, aber letztlich im Ton einer auffallenden Gutmütigkeit, Sanftheit. Mitgefühl nicht als tolle Geste, sondern als Verbundenheit mit den Verlierern des Alltags.» *Kulturjournal*
Richard Brautigan, 1935 geboren, wurde mit seinen Geschichten über Nacht zum Kultautor der amerikanischen Campus-Jugend. Er starb im September 1984 in Bolinas, Kalifornien.

Ein konföderierter General aus Big Sur
(rororo 12626)
Das grandiose Debüt des Kultautors Richard Brautigan.

Forellenfischen in Amerika
Roman
(rororo 12619)
«Keiner hat die Maschine im Garten, den Ausverkauf der Natur, den Sündenfall der modernen Industriegesellschaft so realistisch und gleichermaßen phantastisch, so vordergründig und gleichermaßen hintersinnig, so sentimental und gleichermaßen humorvoll beklagt wie Brautigan.» *Frankfurter Allgemeine Zeitung*

Der Tokio-Montana-Express
Roman
(rororo 12638)

Die Abtreibung *Eine historische Romanze 1966*
(rororo 12615)

Das Hawkline Monster
(rororo 12631)

rororo Literatur

Träume von Babylon *Ein Detektivroman 1942*
(rororo 12637)

Ende einer Kindheit *Roman*
(rororo 13124)

Japan bis zum 30. Juni *Gedichte*
(rororo 13112)

Die Rache des Rasens
Geschichten
(rororo 13125)

Sombrero vom Himmel *Ein japanischer Roman*
(rororo 13126)

In Wassermelonen Zucker
Roman
(rororo 13110)

Die Pille gegen das Grubenunglück von Springhill & 104 andere Gedichte
(rororo 13111)

Willard und seine Bowlingtrophäen *Ein perverser Kriminalroman*
(rororo 13127)

Jack Kerouac

Als 1957 «Unterwegs» erschien, hatte die Beat-Generation in **Jack Kerouac** ihren Schriftsteller gefunden. Seine Romane waren die Kultbücher der 60er Jahre. Kerouac, 1922 in Lowell, Massachusetts geboren, besuchte nur kurz die Universität, fuhr statt dessen zur See und trampte jahrelang kreuz und quer durch die USA und Mexiko. Er starb 1969 in Florida.

Be-Bop, Bars und weißes Pulver
(rororo 4415)
Die Szene: die Bars, Betten und Bungalows von San Francisco. Die Personen: junge Schriftsteller, Maler und Jazz-Musiker, ihre Freundinnen und Frauen.

Engel, Kif und neue Länder
(rororo 1391)
Die volle Geschichte des Beat-Aufstandes, jenes aufregenden JAZZ-KOKS-MARIHUANA-LYRIK-GEDANKEN-ORGASMUS-GOTT!

Maggie Cassidy
(rororo 4561)
An einem Silvesterabend lernt Jack Duluoz das Mädchen Maggie kennen. Sie ist so anders als alle andern ... Eine bittersüße Liebesgeschichte.

The Town and the City
(rororo 4971)
In seinem Erstlingsroman schildert Kerouac seine eigene Kindheit und Jugend zunächst in einer intakten Gemeinschaft auf dem Land, später in der bedrückenden Enge New Yorks.

rororo Literatur

Gammler, Zen und Hohe Berge
(rororo 1417)
«Eines Tages Ende September 1955 sprang ich zwölf Uhr mittags vor Los Angeles auf einen Güterzug ...»

Lonesome Traveller
(rororo 4809)
Acht Prosaskizzen, die abgehen «wie eine Dampflok, die hundert Waggons zieht».

Unterwegs
(rororo 1035)
Das literarische Manifest einer Jugend, die inmitten der schlechtesten aller Welten ein lautes Bekenntnis zum glückseligen Leben ablegt: Tempo, Jazz, Marihuana, Sex und Freiheit.

3244/2

Film und Fernsehen

John Updike
Die Hexen von Eastwick
(rororo 12366)
Updikes amüsanten Roman über Schwarze Magie, eine amerikanische Kleinstadt und drei geschiedene Frauen hat George Miller mit Cher, Susan Sarandron, Michelle Pfeiffer und Jack Nicholson verfilmt.

Hubert Selby
Letzte Ausfahrt Brooklyn
(rororo 1469)
Produzent: Bernd Eichinger
Regie: Uli Edel
Musik: Mark Knopfler

E. Beleites / E. Theophil
Männerpension *Das Buch zum Film von Detlev Buck*
(rororo 13933)
Die ungemein komische Story über zwei Knastbrüder und die Liebe – verfilmt mit Detlef Buck und Til Schweiger in den Hauptrollen.

Dieter Wedel / Sven Böttcher
Held *Roman nach dem Fernsehfilm «Der Schattenmann» von Dieter Wedel*
320 Seiten und 16 Seiten vierfarbige Tafeln. Klappenbroschur
(Wunderlich Verlag)

Oliver Sacks
Awakenings – Zeit des Erwachens
(rororo 8878)
Ein fesselndes Buch – ein mitreißender Film mit Robert De Niro.

Alice Walker
Die Farbe Lila
(rororo neue frau 5427)

rororo Unterhaltung

Boileau / Narcejac
Tote sollten schweigen *Der Roman zum Film «Diabolisch» mit Sharon Stone und Isabelle Adjani*
(rororo 13894)
Das Autorenduo lieferte mit diesem Buch die Vorlage zu einem atemberaubenden Film von Erfolgsproduzent Marvin Worth.

Quentin Tarantino & Allison Anders / Alexandre Rockwell / Robert Rodriguez
Four Rooms *Das Buch zum Film*
(rororo 13955)
Gemeinsam mit drei anderen Regisseuren inszenierte Oskar-Preisträger Quentin Tarantino («Pulp Fiction») diesen furiosen Kultfilm mit Tim Roth, Bruce Willis, Madonna und Antonio Banderas.

3287/3

Starke Frauen

Starke Frauen, freche Bücher – scharfsinnige Geschichten mit viel Witz aus einer exotischen Welt: dem Frauenalltag.

Amanda Aizpuriete
Laß mir das Meer
Liebesgedichte
64 Seiten. Pappband
«Nichts ist gestelzt, gekünstelt in diesen Gedichten. Man spürt in jeder Zeile eine so sprachsichere Fähigkeit im unverstellten Bekenntnis, daß gerade das Subjektivste als etwas tief Gesellschaftliches verstanden werden kann.» *Süddeutsche Zeitung*

Lisa Alther
Fünf Minuten im Himmel
Roman
416 Seiten. Gebunden
Die Geschichte einer eigenwilligen Frau, die die Hoffnung auf eine erfüllende Beziehung nicht aufgibt.
Eine besondere Frau *Roman*
(rororo neue frau 13410)
Schlechter als morgen, besser als gestern *Roman*
(rororo neue frau 5942)

Pia Frankenberg
Die Kellner & ich *Roman*
(rororo 13778)
Erzählt wird die Geschichte von Thea Goldmann, einem frechen, altklugen, rebellischen Kind, das während des Wirtschaftswunders auf der Wunderseite aufwächst.

Felicitas Hoppe
Picknick der Friseure
Geschichten
96 Seiten. Pappband
Zwanzig Geschichten: komisch, absurd, manchmal bitterböse, von atemberaubender Phantasie.

rororo Unterhaltung

Kathy Lette
Mein Bett gehört mir *Roman*
320 Seiten. Gebunden
Eine australische Lebenskünstlerin, hoffnungslos verliebt, folgt ihrem Auserwählten nach London. Aus Lust und Liebe wird eine gar nicht nette Katastrophe.
Die Sushi-Schwestern *Stories*
(rororo 13598)

Francine Prose
Jäger und Sammler *Roman*
(rororo 13793)
Martha ist unzufrieden mit ihrem Job und trauert einer mißglückten Liebesbeziehung nach. Während eines Wochenendurlaubs trifft sie mit einer Gruppe von New-Age-Frauen zusammen, die eine geheimnisvolle, archaische Zeremonie abhalten... Eine geistreiche, witzige Gesellschaftssatire.

«Es ist merkwürdig, aber
von jedem, der verschwindet,
heißt es, er sei hinterher in
San Francisco gesehen worden.»

Oscar Wilde

Armistead Maupins «Stadtgeschichten» in sechs Bänden

Stadtgeschichten
(rororo 13441)

Mehr Stadtgeschichten
(rororo 13442)

Noch mehr Stadtgeschichten
(rororo 13443)

Tollivers Reisen
(rororo 13444)

Am Busen der Natur
(rororo 13445)

Schluß mit lustig
(rororo 13446)

Armistead Maupin, geboren 1944 in Washington, studierte Englisch an der University of North Carolina und arbeitete als Reporter und für eine Nachrichtenagentur. Er schrieb für Andy Warhols Zeitschrift *Interview*, die *New York Times* und die *Los Angeles Times*. Seine Geschichten aus San Francisco, die «Tales of the City», schrieb er mehrere Jahre lang für den *San Francisco Chronicle*. Armistead Maupin lebt in San Francisco.

Außerdem als rororo-Taschenbuch lieferbar: «Die Kleine» (13657).

Armistead Maupin

Mehr Stadtgeschichten

Band 2

Deutsch von Heinz Vrchota

rororo

Rowohlt

Die amerikanische Originalausgabe erschien 1980
unter dem Titel «More Tales of the City» bei
The Chronicle Publishing Company, San Francisco

Veröffentlicht im Rowohlt Taschenbuch Verlag GmbH,
Reinbek bei Hamburg, November 1996

Umschlaggestaltung Walter Hellmann
(Illustration Cathrin Günther)
Satz Garamond und Gill Sans (Monotype Lasercomp),
LibroSatz, Kriftel
Druck und Bindung Clausen & Bosse, Leck
Printed in Germany
ISBN 3 499 13990 1

As the poets have mournfully sung,
Death takes the innocent young,
The rolling in money,
The screamingly funny,
And those who are very well hung.

Von den Dichtern beklagt und besungen,
Nimmt der Tod sich die unschuldgen Jungen,
Die steinreichen Protzer,
Die komischen Motzer,
Und die, die gar üppig behungen.

W. H. Auden

Für Ken Maley

Herzchen und Blümchen

Die Valentinskarte war ein selbstgemachter Mischmasch aus viktorianischen Engelsköpfen mit Flügeln, gepreßten Blumen und rotem Flitter. Mary Ann Singleton warf einen Blick darauf und quietschte vor Freude.

«Mouse! Die ist ja vielleicht toll. Wo hast du nur diese entzückenden kleinen . . .?»

«Mach sie mal auf.» Michael grinste.

Als sie die illustriertengroße Karte aufklappte, sah sie eine Inschrift in Jugendstil-Lettern: MEINE GUTEN VORSÄTZE ZUM VALENTINSTAG. Darunter folgten zehn numerierte Leerzeilen.

«Siehst du», sagte Michael, «du sollst selber was reinschreiben.»

Mary Ann beugte sich zu ihm hinüber und gab ihm ein Küßchen auf die Wange. «Bin ich denn so verkorkst?»

«Und ob. Ich verschwende meine Zeit doch nicht mit Leuten, die alles auf der Reihe haben. Willst du mal *meine* Liste sehen?»

«Verwechselst du da nicht was mit Neujahr?»

«Ach, das ist doch Kleinkram. Rauchen-Essen-Trinken-Vorsätze. Aber das hier sind . . . verstehst du . . . das sind die Hardcore-Vorsätze, die Vielleicht-diesmal-, Aufgeschoben-ist-nicht-aufgehoben-, Morgen-ist-auch-noch-ein-Tag-Vorsätze.»

Er griff in die Tasche seines karierten Flanellhemds und gab ihr ein Blatt Papier:

MICHAEL TOLLIVERS DRECKIGE DREISSIG FÜR 1977

1. Ich werde von keinem sagen, daß er eine «Nellie» oder «butch» ist, wenn er nicht so heißt.

2. Ich werde Frauen, die mich mögen, nicht gleich zu Schwulenmuttchen erklären.
3. Ich werde die Hoffnung aufgeben, daß ich Jan-Michael Vincent in der Sauna treffe.
4. Ich werde Poppers nur durch den Mund inhalieren.
5. Ich werde im YMCA nicht länger als eine halbe Stunde unter der Dusche bleiben.
6. Ich werde mir nicht mehr den Kopf darüber zerbrechen, welche Farbe mein Signaltuch hätte, wenn ich eines tragen würde.
7. Ich werde irgendwann eine Tucke jenseits der Fünfzig zu einem Drink einladen.
8. Ich werde die stille Hoffnung aufgeben, daß sich alle attraktiven Männer als hirnlos und langweilig herausstellen.
9. Ich werde im Glory Holes mit meinem richtigen Namen unterschreiben.
10. Ich werde mich langsam wieder an die Religion herantasten, indem ich in der Grace Cathedral Konzerte besuche.
11. Ich werde mich dabei allerdings nicht an die Männer in der Grace Cathedral herantasten.
12. Ich werde bei der Wahl zur schwulen Miss San Francisco *niemandem* meine Stimme geben.
13. Ich werde mich mit einem Hetero anfreunden.
14. Ich werde mich nicht darüber lustig machen, wie er geht.
15. Ich werde ihm nichts von Alexander dem Großen, Walt Whitman oder Leonardo da Vinci erzählen.
16. Ich werde keinem Politiker meine Stimme geben, der den Begriff «schwule Gemeinde» benutzt.
17. Ich werde nicht flennen, wenn Mary Tyler Moore ihre letzte Show hat.
18. Ich werde meinen nicht abmessen, ganz egal, wer mich danach fragt.
19. Ich werde das Jacutin nicht mehr verstecken.

20. Ich werde kein Lacostehemd kaufen, kein Marimekkokissen, keine gebrauchte Ehrenjacke für Sportler, kein All-American-Boy-T-Shirt, keine Halskette mit Rasierklinge dran und schon gar nicht irgendwas aus Jeansstoff.
21. Ich werde lernen, alleine zu essen und es zu mögen.
22. Ich werde in meiner Phantasie nicht mehr mit Feuerwehrmännern rumspielen.
23. Ich werde zu Hause keinem erzählen, daß ich bloß noch nicht die Richtige gefunden habe.
24. Ich werde auf der Castro Street im Anzug herumlaufen und damit keine Schwierigkeiten haben.
25. Ich werde weder Bette Davis noch Tallulah Bankhead noch Mae West und auch nicht Paul Lynde nachmachen.
26. Ich werde pro Abend nicht mehr als ein It's-It essen.
27. Ich werde mich ganz passabel finden.
28. Ich werde jemand Netten kennenlernen, und zwar weit weg von einer Bar oder der Sauna oder einer Rollschuhbahn, und ich werde mich hoffnungslos, aber ganz konventionell in ihn verlieben.
29. Ich liebe dich! werde ich aber erst sagen, wenn er es schon gesagt hat.
30. Den Teufel werd ich tun.

Mary Ann legte das Blatt weg und sah Michael an. «*Du* hast dreißig Vorsätze. Warum darf ich nur zehn haben?» Michael grinste.

«Du hast es nicht so schwer im Leben.»

«Was du nicht sagst, du schwules Chauvischwein!»

Sie rückte der Valentinskarte mit einem Flair-Filzstift zu Leibe und kritzelte die ersten vier Leerzeilen voll. «So, jetzt zieh dir *das* mal rein!»

1. Ich werde dieses Jahr den Richtigen kennenlernen.
2. Er wird nicht verheiratet sein.

3. Er wird nicht schwul sein.
4. Er wird nicht in Kinderpornos machen.

«Aha», sagte Michael mit einem verschmitzten Lächeln. «Du gehst also nach Cleveland zurück, hm?»

Auf ein neues

Sie ging *nicht* nach Cleveland zurück. Sie flüchtete nicht nach Hause zu Mommy und Daddy. Soviel stand fest. Trotz aller Heimsuchungen war sie gern in San Francisco, und sie liebte ihre zusammengewürfelte Familie in Mrs. Madrigals gemütlichem alten Haus in der Barbary Lane.

Was störte es da, daß sie immer noch Sekretärin war?

Was störte es da, daß sie den Richtigen noch nicht getroffen hatte . . . oder wenigstens einen Passablen?

Was störte es da, daß sich Norman Neal Williams, die einzige Beinaheliebschaft ihres ersten halben Jahrs in San Francisco, als Privatdetektiv entpuppt hatte, der nebenbei in Kinderpornos gemacht hatte und schließlich an Heiligabend von einer Klippe am Meer in den Tod gestürzt war?

Und was störte es da, daß sie nie den Mut aufgebracht hatte, außer Mouse noch jemand anderem von Normans Tod zu erzählen?

Wie Mouse es ausdrücken würde: «Im Vergleich zu Cleveland sieht selbst Scheiße noch aus wie Gold!» Ihr war klar, daß Mouse ihr bester Freund geworden war. Er und seine spaßige, aber herzallerliebste Mitbewohnerin Mona Ramsey waren im Lauf ihrer teils glorreichen, teils qualvollen Initiation in das wirkliche Leben von San Francisco stets ihre Mentoren gewesen und hatten ihr treu zur Seite gestanden.

Sogar Brian Hawkins, ein sexbesessener Kellner, dessen Annäherungsversuche sie einst so gestört hatten, war in letzter

Zeit dazu übergegangen, noch recht unbeholfene, aber doch gewinnende Freundschaftsangebote zu machen.

Die windschiefe, efeuumrankte Hütte in der Barbary Lane 28 war jetzt Mary Anns *Zuhause,* und die einzige Elternfigur in ihrem Leben war Anna Madrigal, eine Vermieterin, deren schräger Charme und exzentrisches Wesen auf dem Russian Hill legendär waren.

Mrs. Madrigal war ihrer aller wahre Mutter. Sie erteilte ihnen Ratschläge, schimpfte mit ihnen und hörte sich unerschütterlich die Berichte über ihre amourösen Niederlagen an. Wenn alles nicht half (aber auch sonst), belohnte sie ihre «Kinder» damit, daß sie ihnen Joints aus selbstgezogenem Gras an die Wohnungstür klebte.

Mary Ann rauchte inzwischen Gras wie eine altgediente Kifferin. Kürzlich hatte sie allen Ernstes daran gedacht, sich in der Mittagspause bei Halcyon Communications einen anzustecken. So groß war die Pein, die sie unter dem neuen Regime Beauchamp Days zu ertragen hatte, des arroganten jungen Mannes aus bestem Hause, der durch den Tod seines Schwiegervaters Edgar Halcyon auf dem Chefsessel der Werbeagentur gelandet war.

Mary Ann hatte Mr. Halcyon sehr gemocht.

Und zwei Wochen nach seinem unzeitigen Ableben (am Heiligen Abend) hatte sie erfahren, wie sehr er *sie* gemocht hatte.

«Rühr dich nicht von der Stelle», ermahnte sie Michael voller Ausgelassenheit. «Ich habe nämlich *auch* eine Überraschung für dich!»

Mary Ann verschwand im Schlafzimmer und tauchte Sekunden später mit einem Umschlag in der Hand wieder auf. In einer sehr akzentuierten Handschrift war ihr Name darauf zu lesen. Die Karte in dem Umschlag war ebenfalls mit der Hand geschrieben:

Liebe Mary Ann,
inzwischen haben Sie bestimmt eine kleine Aufheiterung nötig. Das beiliegende Geschenk ist für Sie und einen

Freund oder eine Freundin. Fahren Sie irgendwo hin, wo nicht nur die Sonne lacht. Und lassen Sie sich von dem kleinen Mistkerl nicht unterkriegen.

Stets der Ihre
EH

«Ich kapier überhaupt nichts», sagte Michael. «Wer ist EH? Und was war drin in dem Umschlag?»

Mary Ann platzte schon fast. «Fünftausend Dollar, Mouse! Von Mr. Halcyon, meinem alten Chef! Sein Anwalt hat mir den Umschlag letzten Monat gegeben.»

«Und wer ist der ‹kleine Mistkerl›?»

Mary Ann lächelte. «Das ist Beauchamp Day, mein neuer Chef. Mouse, ich hab zwei Tickets besorgt für eine Kreuzfahrt nach Mexiko. Auf der *Pacific Princess*. Hättest du Lust mitzukommen?»

Michael sah sie entgeistert an. «Willst du mich verarschen?»

«Nein.» Mary Ann kicherte.

«Is ja 'n Ding!»

«Kommst du mit?»

«Ob ich *mitkomme*? Wann? Wie lange?»

«In einer Woche. Elf Tage. Aber wir müßten gemeinsam in eine Kabine, Mouse.»

Michael sprang auf und umarmte sie. «Dann verführen wir die Leute eben im *Schichtbetrieb*!»

«Oder wir angeln uns einen netten Bisexuellen.»

«Mary Ann! Ich bin schockiert!»

«Oh, *freut mich*!»

Michael hob sie hoch. «Wir werden braun werden wie die Kaffeebohnen. Und wir suchen dir einen Liebhaber . . .»

«Dir aber auch.»

Er ließ sie wieder runter. «Bitte nicht gleich zwei Wunder auf einen Schlag.»

«Ach, Mouse, sei kein Pessimist.»

«Ich bin bloß realistisch.» Michael litt noch immer unter einer kurzen Affäre mit Dr. Jon Fielding, einem hübschen blonden Gynäkologen, der ihn als Liebhaber eliminiert hatte, als er Zeuge seines Auftritts beim Jockey-Shorts-Tanzwettbewerb im Endup geworden war.

«Sieh mal», sagte Mary Ann gelassen, «wenn *ich* dich attraktiv finde, dann gibt's in *dieser* Stadt bestimmt haufenweise Männer, denen es genauso geht.»

«Ach», meinte Michael gallig, «die wollen doch alle nur was Großes.»

«Na, jetzt hör aber auf!»

Michael reagierte manchmal wegen der dümmsten Sachen empfindlich. Er ist mindestens einssiebzig, dachte Mary Ann. Da kann sich doch keiner beklagen.

Von Trauer umflort

Frannie Halcyon war ein absolutes Wrack. Acht Wochen nach dem Tod ihres Mannes schleppte sie sich immer noch durch ihr höhlenartiges altes Haus in Hillsborough und hing düsteren Gedanken darüber nach, ob es nicht bald an der Zeit war, sich um die Zulassung als Immobilienmaklerin zu bewerben.

O Gott, wie anders das Leben doch jetzt war!

In der vergeblichen Hoffnung, daß ihr ein kürzerer Tag ausgefüllter vorkommen würde, stand sie immer erst spät auf, manchmal sogar erst mittags. Ihre ausgedehnten Vormittagskaffees auf der Terrasse gehörten der Vergangenheit an, waren ein totes Ritual, das genauso unausweichlich und schnell versagt hatte wie Edgars kranke Nieren.

Nun begnügte sie sich mit einem ausgedehnten Nachmittags-Mai-Tai. Manchmal zog sie natürlich einen Funken Trost aus dem Wissen, daß sie bald Großmutter sein würde. Das heißt, eigentlich *zweifache* Großmutter. Ihre Tochter DeDe – die Frau von Beauchamp Day, dem neuen Chef von Halcyon Communications – würde Zwillingen das Leben schenken.

Das war die letzte Auskunft von Dr. Jon Fielding gewesen, DeDes reizendem jungen Gynäkologen.

Allerdings gönnte DeDe ihrer Mutter nicht einmal das simple Vergnügen, über ihre neuen Erben auch nur zu *sprechen*. Für sie war es ein geradezu leidiges Thema, wie Frannie feststellte. Und das kam der Matriarchin doch reichlich merkwürdig vor.

«Warum darf ich nicht wenigstens ein *bißchen* schwärmen, DeDe?»

«Weil du deine Schwärmerei *benutzt,* Mutter.»

«Ach, Larifari!»

«Du benutzt sie als Vorwand, damit du . . . damit du dich vor deinem eigenen Leben drücken kannst.»

«Ich bin nur noch ein halber Mensch, DeDe.»

«Daddy ist tot, Mutter. Du mußt dein Leben schon selber in die Hand nehmen.»

«Dann erlaub mir doch endlich, daß ich Babysachen kaufe. Am Ghirardelli Square gibt es einen *entzückenden* Laden. Er heißt Bébé Pierrot, und ich bin sicher, daß ich dort . . .»

«Wir wissen doch nicht einmal, ob es Jungen oder Mädchen werden.»

«Dann wäre was Gelbes doch ganz wunderbar.»

DeDe machte ein finsteres Gesicht. «Ich kann Gelb nicht *ausstehen*.»

«Du magst Gelb sehr. Du hast Gelb immer sehr gemocht. DeDe, mein Schatz, was *ist* denn mit dir?»

«Nichts!»

«Du kannst mir nichts vormachen, DeDe.»

«Mutter, bitte . . . Können wir nicht einfach . . .?»

«Ich muß das Gefühl haben, daß ich gebraucht werde. Kannst du das nicht verstehen? Niemand braucht mich mehr.» Die Matriarchin begann zu schniefen.

DeDe griff nach der Hand ihrer Mutter. «Das de Young braucht dich. Das Legion of Honor braucht dich.»

Frannie lächelte bitter. «Ja, genau so läuft das. Wenn du jung bist, braucht dich deine Familie. Und wenn du alt bist, brauchen dich die Museen.»

DeDe verdrehte entnervt die Augen. «Hör mal, wenn du unbedingt in Selbstmitleid baden willst, kann ich es auch nicht ändern. Aber es ist echt für die Katz.»

Frannies Augen schwammen inzwischen vor Tränen.

«Was erwartest du denn von mir?»

«Ich erwarte von dir ...» DeDe schlug einen sanfteren Ton an und wurde zur besorgten Tochter. «Ich erwarte von dir, daß du dir wieder etwas Gutes tust. Bring ein bißchen Schwung in dein Leben. Tritt einem Backgammonclub bei. Schreib dich in Janet Sassoons Trainingskurs ein. Oder bring Kevin Matthews dazu, daß er dich ins Konzert ausführt, Herrgott noch mal! Sein Liebhaber ist bis Juni auf Hydra.»

«Ich weiß, daß du recht hast, aber ich ...»

«Sieh dich einmal an, Mutter! Du hast doch das Geld dazu ... Laß dir rundherum ein paar Abnäher machen!»

«DeDe!» Die Unverschämtheit ihrer Tochter machte Frannie sprachlos.

«Ich meine es ernst! Mein Gott, warum auch nicht? Gesicht, Titten, Hintern ... die ganze Katastrophe! Was hast du schon zu verlieren?»

«Ich glaube nicht, daß es besonders schicklich ist, wenn eine Frau in meinem ...»

«Schicklich? Mutter, hast du Mabel Sussman in letzter Zeit mal gesehen? Ihr Gesicht ist glatt wie ein Babypopo! Shugie hat erzählt, daß Mabel in Genf diesen wundervollen Menschen ausfindig gemacht hat, der nur mit Hypnose arbeitet!»

Frannie schaute ungläubig drein. «*Irgendwas* Chirurgisches muß er doch gemacht haben.»

«Aber nein. Alles nur Hypnose ... Jedenfalls *schwört* Shugie das auf einen ganzen Stapel *Town and Country*.» DeDe kicherte boshaft. «Stell dir vor, eines Tages klatscht jemand in die Hände oder sagt das Geheimwort oder stellt sonst was an, und die ganze Schose fällt in sich zusammen wie ein Soufflé! Wärst du da nicht *platt*?» Frannie konnte nicht anders – sie mußte lachen.

Und später am Nachmittag fuhr sie mit einem merkwürdig heimlichtuerischen Gefühl in die Stadt, um sich bei F.A.O. Schwarz nach einem Steiff-Tier für die Zwillinge umzusehen.

Sie fühlte sich inzwischen wohler und spielte mit dem Gedanken, daß DeDe vielleicht doch recht hatte. Vielleicht hatte sie tatsächlich zu lange Trübsal geblasen; länger, als es gesund war; länger, als selbst Edgar es gewollt hätte.

Als Frannie den Laden verließ, sah sie im Schaufenster von Mark Cross ihr Spiegelbild. Sie blieb lange genug stehen, um die Haut unterhalb ihrer Ohren zu packen und sie über die Wangenknochen straff nach hinten zu ziehen. «Also gut», sagte sie laut. *«Also gut!»*

Zwei verwandte Seelen

Mona Ramseys Leben war – in ihren eigenen Worten – restlos beschissen.

Sie war bei Halcyon Communications Werbetexterin mit fünfundzwanzigtausend Dollar im Jahr gewesen, doch nach einer kurzen, aber befriedigenden feministischen Tirade gegen den Chef von Adorable Pantyhose, den größten Kunden der Agentur, hatte man sie dieser Position enthoben.

Die anschließende Zeit der Muße, die sie im gemeinsamen Haushalt mit Michael Tolliver verbracht hatte, war bei oberflächlicher Betrachtung angenehm, auf längere Sicht jedoch gefühlsmäßig unbefriedigend gewesen. Sie sehnte sich nach etwas *Dauerhaftem*. Zumindest hatte sie das so gesehen, als sie aus der Barbary Lane 28 ausgezogen war, um in D'orothea Wilsons elegantem viktorianischen Haus in Pacific Heights Wohnung zu nehmen.

D'orothea war Model bei Halcyon, vielleicht das bestbezahlte schwarze Model der Westküste. Sie und Mona waren in New York einmal liiert gewesen. Das Arrangement, das die beiden für San Francisco getroffen hatten, war allerdings ungetrübt von jeder Leidenschaft, blieb ein blutleerer Pakt zur Linderung der Einsamkeit, die die beiden Frauen immer stärker bedrängte.

Es hatte nicht funktioniert.

Zum einen konnte Mona D'orothea nie ganz verzeihen, daß sie eigentlich doch nicht schwarz war. (Ihre Hautfarbe war, wie Mona schließlich erfuhr, durch pigmentverändernde Tabletten und ultraviolette Bestrahlungen hervorgerufen – ein Trick, der das Model vor einer beruflichen Randexistenz gerettet hatte.) Zum anderen hatte sich Mona, wenn auch mißmutig, mit der Tatsache herumschlagen müssen, daß ihr das Zusammensein mit Männern fehlte.

«Als Heterofrau bin ich nicht mal Durchschnitt», hatte sie Michael bei ihrer Rückkehr in das gemeinsame Nest Barbary Lane erklärt, «aber als Lesbe bin ich unter aller Sau.»

Michael hatte volles Verständnis gezeigt. «*Das* hätte ich dir auch so sagen können, Babycakes!»

Ihre letzte Quaalude begann gerade zu wirken, als Mona die wackelige Holztreppe hochstieg, über die man in die Barbary Lane kam. Sie war den ganzen Abend bei der Cosmic Light Fellowship gewesen, doch ihre Stimmung war schwärzer als je zuvor. Sie hatte einfach ihre Mitte nicht mehr.

Was war mit ihr geschehen? Warum hing sie immer mehr durch? Wann hatte sie zum erstenmal aus dem dunklen Jammertal ihres Lebens nach oben geblickt und festgestellt, daß dessen Hänge unüberwindlich waren?

Und *warum* hatte sie so wenig Quaaludes gekauft?

Mona schleppte sich durch den Blättercanyon der Barbary Lane, ging durch den Vorgarten von Nummer 28 und trat in das mit braunen Schindeln verkleidete Haus. Sie klingelte bei Mrs. Madrigal, weil sie hoffte, daß ein Glas Sherry und ein paar sanfte Worte von der Vermieterin ihren Durchhänger verscheuchen könnten.

Mrs. Madrigal, ging Mona durch den Kopf, war eine Verbündete der besonderen Art. Und Mona war nicht einfach eines von den «Kindern» der Vermieterin. Mona war die einzige Bewohnerin des Hauses, die Mrs. Madrigal regelrecht angeworben hatte.

Und sie war – wie sie glaubte – die einzige, die um Mrs. Madrigals Geheimnis wußte.

Dieses Wissen schuf zwischen den beiden Frauen ein mystisches Band, eine unausgesprochene Seelenverwandtschaft, die Mona auch an den allerdüstersten Tagen wieder aufrichtete. Doch Mrs. Madrigal war nicht zu Hause, weshalb Mona mühsam in ihre Wohnung im ersten Stock hochstieg.

Wie sie schon befürchtet hatte, war auch Michael weg. Zweifellos war er einen Stock höher und plante mit Mary Ann ihre gemeinsame Reise. Mit Mary Ann war er in letzter Zeit sowieso ziemlich viel zusammen.

Das Telefon klingelte genau in dem Moment, als Mona das Licht einschaltete. Es war ihre Mutter, die aus Minneapolis anrief. Mona plumpste in einen Sessel und gab sich große Mühe, gefaßt zu klingen.

«Hallo, Betty», sagte sie gelassen. Sie hatte ihre Mutter immer Betty genannt. Betty hatte darauf bestanden. Betty fand es nämlich *ziemlich* übel, daß sie älter war als ihre Tochter.

«Bist du unter dieser Nummer . . . wieder dauernd zu erreichen?»

«Ja.»

«Ich habe in dem Haus in Pacific Heights angerufen. D'orothea hat mir gesagt, daß du gerade umgezogen bist. Ich kann gar nicht glauben, daß du aus einem so reizenden Haus in einem so hübschen Viertel ausgezogen bist und jetzt wieder in diesem heruntergekommenen . . .»

«Du hast das Haus doch noch nie gesehen!» Das paßt wieder mal zu ihr, dachte Mona. Denn Betty war Immobilienmaklerin, eine abgebrühte Karrierefrau, die noch zu Monas Säuglingszeiten von ihrem Mann verlassen worden war. Von Häusern, in denen es weder Sicherheitspersonal noch eine Sauna gab, hielt sie nicht viel.

«Na, und ob», brauste Betty auf. «Du hast mir letzten Sommer ein Foto geschickt. Wird das Haus immer noch von dieser . . . Frau geführt?»

«Wenn du Mrs. Madrigal meinst, dann ja.»

«Beim Anblick dieser Person habe ich eine richtige Gänsehaut gekriegt.»

«Erinnere mich in Zukunft, daß ich dir keine Fotos mehr schicke, ja?»

«Was hat dich am Haus von D'orothea denn gestört?» Natürlich hatte Betty keine Ahnung von der zerbrochenen Beziehung. An Beziehungen verschwendete sie ohnehin kaum einen Gedanken.

«Die Miete wurde mir zuviel», sagte Mona ausweichend.

«Ach, weißt du, wenn *das* das Problem ist, kann ich schon einspringen, bis du wieder . . .»

«Nein. Ich will dein Geld nicht.»

«Nur, bis du wieder einen Job gefunden hast, Mona.»

«Danke, aber ich will nicht.»

«Sie hat dich da hineingelockt, Mona!»

«Wer?»

«Diese Frau.»

Mona platzte der Kragen. «Mrs. Madrigal hat mir eine Wohnung *angeboten,* und zwar *nachdem* wir schon gute Freundinnen geworden waren! Außerdem ist das schon drei Jahre her! Warum bist du jetzt auf einmal so fürchterlich um mein Wohl besorgt?»

Betty zögerte. «Ich . . . Ich habe nicht gewußt, wie sie aussieht, bis du mir das Foto . . .»

«Ach, hör mir bloß *damit* auf!»

«Es ist doch nur, weil sie so . . . extrem ist.»

Wenn sie wüßte, dachte Mona. Wenn sie bloß wüßte.

Down sein auf dem Dach

Brian Hawkins war dreiunddreißig.

Als er seine aus Jeansstoff und Kordsamt geschneiderte Kellnerkluft von Perry's auszog und sich mit einem Oly aufs Bett warf, lief es ihm kalt über den Rücken: Das hieß, er war genauso alt wie Jesus auf Golgatha.

Oder so alt wie der Idiot aus *Schall und Wahn*.

Er trat auf der Stelle. Nichts weiter. Er arbeitete, um zu überleben, um weiterzuexistieren, um seine Schweinekoteletts und sein Bier und sein blödes Palmolive bezahlen zu können. Und keine noch so große Dosis entspannter, abgeklärter, dämlicher Philosophiererei über Kalifornien reichte als Kompensation für die Leere, die er fühlte.

Er wurde alt. Und zwar allein.

Der Briefträger brachte fast nur Postwurfsendungen. Dabei war er vor langer, langer Zeit natürlich einmal ein hitziger und radikaler junger Anwalt gewesen. Bevor diese Hitzigkeit sich gelegt hatte (und zwischen seinen Beinen zu neuem Leben erwacht war), hatte er den gerechten Kampf zugunsten von Wehrdienstverweigerern in Toronto, von Schwarzen in Chicago, von Indianern in Arizona und von mexikanischen Einwanderern in Los Angeles geführt.

Jetzt war er in San Francisco Kellner und bediente WASPs.

Und er ging jetzt mit der gleichen Inbrunst auf «Mösenfang», mit der er früher gegen Nixon protestiert hatte. Auf der Suche nach diesem glanzlosen Gral trieb es ihn in Farnkrautkneipen und gemischte Saunen, in Waschsalons, Supermärkte und rund um die Uhr geöffnete Junk-food-Restaurants, wo sich der Ertrag zwar in Grenzen hielt, die Befriedigung aber fast an Ort und Stelle zu haben war. Er hatte keine Zeit zu verlieren, sagte er sich. Die Wechseljahre standen vor der Tür.

Falls er auf etwas Dauerhaftes aus war – und manchmal hatte er dieses Gefühl –, blieb er jedenfalls mit keiner Frau lang genug zusammen, um dieses Bedürfnis erkennen zu lassen.

Seine Logik führte ihn im Kreis, war aber unschlagbar: Die Art Frau, die er haben wollte, konnte an der Art Mann, zu der er sich entwickelt hatte, keinesfalls interessiert sein.

Sein gesamtes Dasein stand unter der Fuchtel seiner Libido.

Sie hatte sogar die Entscheidung für seine jetzige Wohnung bestimmt, für dieses zugige und beengte Häuschen auf dem Dach der Barbary Lane 28. Er war zu dem Schluß gekommen, daß Frauen auf die wunderbare Rundumsicht und die Putzigkeit der Wohnung abfahren würden. Das Häuschen würde zu seinem Vorteil als architektonisches Aphrodisiakum wirken.

«Und du willst es *wirklich* haben?» hatte Mrs. Madrigal ihn damals gefragt, als er sie um einen Wohnungstausch ersucht hatte. (Zu der Zeit hatte er im zweiten Stock gewohnt, gleich gegenüber von Mary Ann Singleton, die furchtbar sexy, aber auch furchtbar zugeknöpft war.) Brian hatte damals ohne zu zögern ja gesagt.

Er nahm an, daß die Ungläubigkeit der Vermieterin mit dem Vormieter der Wohnung zu tun hatte, einem etwa vierzigjährigen Vitaminpräparatevertreter namens Norman Neal Williams.

Doch von Williams wußte er nur, daß der im letzten Dezember spurlos verschwunden war.

Ein heftiger Wind schüttelte das Häuschen durch und verhalf Brian zu einem leicht morbiden Déjà-vu-Gefühl.

Fünf auf der Richter-Skala, dachte er.

Er wußte inzwischen, was das hieß, denn er hatte in der Woche davor sein erstes Erdbeben gespürt. Ein tiefes, gespenstisches Grollen hatte ihn um zwei Uhr nachts geweckt, seine Fenster klirren lassen und ihn augenblicklich in ein verängstigtes Urwesen verwandelt.

Aber jetzt war es bloß der Wind, und das Knirschen von «The Big One» würde sich im zweiten Stock genauso schauerlich anhören wie oben auf dem Dach. Jedenfalls sagte er sich das, seit er in dem Häuschen wohnte.

Die Türklingel schreckte ihn auf. Er zog nur ein Sweatshirt

über und ging in Boxershorts an die Tür. Es war Mary Ann Singleton.

«Brian, ich . . . Entschuldige bitte, daß ich dich so spät noch störe.» Seine Unterhose hatte sie offensichtlich durcheinandergebracht.

«Ist schon okay.»

«Du bist nicht angezogen. Ich werd jemand anderen fragen.»

«Kein Problem. Ich kann mir ja schnell 'ne Hose anziehen.»

«Wirklich, Brian, es ist nicht so . . .»

«Stop! Hab ich gesagt, daß ich dir helfe, oder nicht?»

Sein Ton brachte sie auf. Aber sie legte dennoch ein schwaches Lächeln hin. «Michael und ich fahren nach Mexiko, und ich hab da einen Koffer, den ich nicht . . .»

«Warte mal eben.»

Brian zog ein Paar Levi's an und ging vor Mary Ann die Treppe zu ihrer Wohnung hinunter. Er hob den Koffer, den sie brauchte, vom obersten Regalbrett in ihrem Wandschrank. «Danke», sagte sie lächelnd. «Jetzt komm ich wieder allein zurecht.»

Sein Blick durchbohrte sie fast. «Bist du sicher?»

«Ja, Brian.» Ihre Stimme hatte einen festen und leicht gouvernantenhaften Klang. Sie wußte, worauf er angespielt hatte, und sie sagte nein. Wieder einmal.

Oben auf dem Dach stieg Brian aus den Levi's und griff nach dem Fernglas, das er auf dem Regal neben dem Bett stehen hatte. Er stellte sich vor das Südfenster des Häuschens und verfluchte die unzugängliche Miss Singleton, während er seinen Blick suchend über die mitternächtliche Stadt gleiten ließ.

Zuerst das grün-schwarze Mysterium Lafayette Park, dann die als ultramoderne St. Mary's Cathedral daherkommende Maytag-Rührmaschine, dann die amerikanische Flagge auf dem Mark Hopkins in ihrer obszönen Übergröße, die vor dem tintenblauen Himmel wild hin und her schlug, als stammte sie aus dem Acid-Trip eines Anhängers der John Birch Society.

Das war alles nur Vorspiel.

Sein eigentliches Begehr galt einem Gebäude, das er Superman Building nannte.

Vater des Jahres

Zum erstenmal seit Wochen stand DeDe vor Beauchamp auf.

Sie begrüßte ihren Gatten mit einem Kuß und einem Croissant, als er um Viertel vor sieben in die Küche wankte. Für die Tageszeit war sie ziemlich aufgekratzt – übertrieben aufgekratzt sogar –, so daß Beauchamp sofort argwöhnisch wurde.

Er lehnte sich an die stabverleimte Arbeitsplatte und rieb sich die Augen. «Hast du ein Junior-League-Treffen oder so was?»

«Kann ich meinem Ehemann nicht mal das Frühstück machen?»

«Kannst du schon», sagte er trocken, während er zögerlich an dem Croissant knabberte, «aber du tust es nicht.»

DeDe warf zwei Schalotten in die Küchenmaschine. «Wir essen Omeletts. Und ein paar von den köstlichen französischen Würstchen von Marcel & Henry.» Sie lächelte matt. «Ich ... mache mir einfach zu viele Sorgen, Beauchamp, und als ich heute ... na ja, als ich heute diese albernen Papageien draußen im Eukalyptusbaum vor dem Fenster gehört habe, da ist mir durch den Kopf gegangen ... Also, ich finde, wir haben mehr Glück als die meisten anderen.»

Beauchamp, der noch immer mit dem Wachwerden kämpfte, massierte sich die Schläfen. «Ich kann diese verfluchten Papageien nicht *ausstehen*.»

DeDe sah ihn bloß an.

Er drehte sich um und machte sich an der Mr.-Coffee-Maschine zu schaffen. DeDes Gesicht war regelrecht *getränkt* mit dem idiotischen, flehenden Ausdruck, den sie bekam, wenn sie ihm ein schlechtes Gewissen machen wollte. Aber er war nicht bereit, sich damit so früh am Morgen abzugeben.

«Beauchamp?»

Er blieb mit dem Rücken zu ihr stehen. «Dieses verdammte Ding hat auch schon seit ewigen Zeiten keinen Wischlappen mehr . . .»

«Beauchamp! Sieh mich an!»

Er drehte sich mehr als langsam um. Auf seinem Gesicht klebte ein dünnes Lächeln. «Ja, mein Schatz?»

«Willst du mir nicht wenigstens sagen, daß du . . . glücklich bist?»

«Worüber?»

Sie legte die Hände auf ihren dicken Bauch. «*Darüber,* verdammt noch mal!»

Schweigen.

Sie ließ nicht locker. «Und?»

«Ich bin außer mir vor Freude.»

Mit einem melodramatischen Seufzer wandte sie sich ab.

«DeDe . . . Eltern tragen eine große Verantwortung.» Er bemühte sich um einen ruhigen Ton. «Ich habe die Verantwortung akzeptiert, *ein* Kind großzuziehen, wenn auch nur sehr widerstrebend. Sei mir also bitte nicht böse, wenn ich nicht gerade Freudentänze aufführe angesichts der Aussicht auf . . .»

«Ach, halt doch die Klappe!»

«Sieh an. Wie geistreich.»

«Ich brauch keine dämlichen Thesen zur Elternschaft. Ich brauch deine *Unterstützung*. Alleine schaffe ich das nicht, Beauchamp. Ich *schaffe* das nicht!»

Er grinste affektiert und deutete auf ihren Bauch. «*Das da* hast du weiß Gott auch nicht alleine hingekriegt.»

«Nein», gab sie sofort zurück, «aber ich hab es auch garantiert nicht mit *dir* hingekriegt!»

Sie starrten sich über die Küchenmaschine hinweg an und bleckten die Zähne. Beauchamp brach das Schweigen mit einem kurzen boshaften Lachen, schlug mit der flachen Hand auf die Arbeitsfläche und ließ sich auf einen Marcel-Breuer-Stuhl sinken.

«Das war wirklich nicht schlecht. Für dich jedenfalls.»

«Beauchamp . . .»

«Es gibt *bessere* Möglichkeiten, meine Aufmerksamkeit zu erregen, aber im großen und ganzen war das nicht schlecht.»

«Es ist die Wahrheit, Beauchamp! Du bist *nicht* der Vater!»

Schweigen.

«Verdammt noch mal, Beauchamp! Kannst du nicht zwei und zwei zusammenzählen? Hör zu . . .» Ihre Stimme begann zu zittern. Sie zog sich einen Stuhl heran und setzte sich neben ihn. «Ich wollte es dir schon lange sagen. Ehrlich. Ich habe sogar überlegt, ob ich . . .» – *«Wer?»* fragte er frostig.

«Ich glaube nicht, daß wir . . .»

«Splinter Riley vielleicht? Oder wie wär's mit dem charmanten, aber so unendlich schmierigen Jorge Montoya-Corona?»

«Du kennst ihn nicht, Beauchamp.»

«Wie interessant. Du vielleicht?»

DeDe brach in Tränen aus und lief aus der Küche. Beauchamp wußte, daß sie sich im Schlafzimmer einschließen und dort schmollen würde, bis er außer Haus war. Dann würde sie sich ein paar Dutzend bunte Tabletten in die zitternde Hand schütten und alle auf einmal hinunterwürgen.

In einer Krisensituation konnte sie ihren M & M's nie widerstehen.

Als Beauchamp am Jackson Square eintraf, überreichte ihm Mary Ann Singleton die Nachrichten, die man für ihn hinterlassen hatte.

«Außerdem hat vor fünf Minuten D'orothea Wilson angerufen.»

Das war alles. Nicht Mr. Day. Nicht einmal Beauchamp. Er hatte keinen Namen mehr, seit dieses *Betthäschen* seine Sekretärin geworden war.

Beauchamp ächzte. «Sie hat sich wohl nicht zu einer Erklärung herabgelassen, warum sie zu dem Adorable-Fototermin im Icehouse nicht erschienen ist, oder? Alleine diesen Monat hat sie schon drei Termine abgesagt.» – «Sie hat gemeint, daß ihr Aussehen ... nicht mehr ganz stimmt.»

«Was soll *das* denn heißen?»

Die Sekretärin zuckte mit den Schultern. «Vielleicht hat sie über die Feiertage Gewicht zugelegt, oder sie ...»

«Vielleicht ist ihr Halcyon Communications auch ganz einfach schnurz! Vielleicht macht sie lieber eine Reise nach *Mexiko*!» Die Spitze gegen seine Sekretärin wirkte genau so, wie Beauchamp es sich gewünscht hatte.

Sie zerbog eine Büroklammer. «Beauchamp ... Es war Mr. Halcyon, der wollte, daß ich ...»

«Das brauche ich mir nicht schon wieder anzuhören!» Er stürmte in sein Büro und schlug die Tür hinter sich zu. Dann wütete er im stillen gegen die Familie Halcyon.

Post von Mama

Lieber Mikey,

Dein Papa und ich haben uns sehr darüber gefreut, daß Du mit Mary Ann eine Reise nach Mexiko machst. Ihr werdet bestimmt eine Menge Spaß haben. Bitte schreib uns eine Ansichtskarte, wenn sich die Gelegenheit bietet, und gib acht, daß Du nicht zu viel Tequila trinkst. Ha ha.

In Orlando war es diesen Winter so richtig kalt, aber das hast Du wahrscheinlich alles schon von Walter Cronkite in den Nachrichten gehört. Die Pflanzung unten bei dem neuen Bungalow von den Bledsoes' hat es am schlimmsten erwischt. Ein paar von den Orangen waren durch und durch gefroren. Papa sagt aber, das ist halb so schlimm, weil wir sie an die Saftfabrik verkaufen können. Ich tue, was ich kann, um Papa zu helfen, aber Du weißt ja, wie er zur Erntezeit ist. (Das nur mal so zum Spaß.)

Papa läßt Dir ausrichten, daß Du Dir keine Sorgen

machen sollst, denn wir kriegen ungefähr drei Dollar fünfzig die Kiste, und außerdem ist die Ernte im ganzen höher ausgefallen, selbst mit dem Frost und so. Das einzige Problem haben wir jetzt mit den Homosexuellen.

Ich schätze, Du weißt gar nichts davon. Angefangen hat die ganze Sache damit, daß die Dade County Commission ein Gesetz zugunsten von Homosexuellen erlassen hat. Es besagt, daß man sich nicht weigern kann, Homosexuelle einzustellen oder an sie zu vermieten, aber Anita Bryant hat sich als die christgläubige Mutter von vier Kindern und Zweite bei der Miss-America-Wahl, die sie ist, dagegen ausgesprochen, und alle normalen und gottesfürchtigen Menschen in Miami haben sich voll hinter sie gestellt.

Wir haben uns natürlich keine besonderen Gedanken darüber gemacht, weil wir hier oben lang nicht so viele Homosexuelle haben wie die in Miami. Sie mögen nämlich das Meer, sagt Papa. Jedenfalls hat es nicht lange gedauert, bis so eine organisierte Gruppe von Homosexuellen versucht hat, Druck auszuüben auf die Citrus Commission, damit die ihre Fernsehspots mit Anita Bryant aus dem Programm nimmt. Stell Dir das mal vor! Anita hat gesagt, nur weiter so, und sie wird tun, was nötig ist, damit ihre Kinder wieder gefahrlos durch die Straßen von Miami laufen können. Gott schütze sie!

Ich würde selber ja gar nicht so viel darüber wissen, aber am Dienstag ist Etta Norris (die Mutter von Bubba) bei uns vorbeigekommen, weil sie sich auf unserem neuen Farbfernseher die Oral-Roberts-Bibel-Show anschauen wollte, und da hat sie erzählt, daß sie in Orlando Leute zusammentrommelt für ein Komitee, das die Gruppe von Anita Bryant unterstützen soll. Save Our Children, Inc. heißt die. Ich bin sofort Mitglied geworden bei diesem Komitee, aber Papa hat gesagt, daß er nicht Mitglied werden will, weil Du schon ein erwachsener Mann bist, und ein Sohn von ihm hat es nicht nötig, daß man ihn vor

Homosexuellen beschützt. Ich habe gesagt, daß es ums Prinzip geht, und dann habe ich ihn gefragt, was denn passiert, wenn die Homosexuellen aufhören, Orangensaft zu trinken. Er hat gesagt, daß die meisten Homosexuellen sowieso keinen Orangensaft trinken, aber er ist dann doch Mitglied geworden.

Gestern abend hatten wir im Raum der Veterans of Foreign Wars im Fruitland Bowl-a-Rama unser erstes Treffen. Etta hat gesagt, das Wichtigste ist, daß wir Anita Bryant zeigen, daß wir hinter ihr stehen. Sie hat auch gesagt, wir sollten in unsere Erklärung hineinschreiben, daß wir keine Vorurteile haben, daß wir Homosexuelle in der Schule aber nicht als gute Vorbilder für Kinder ansehen. Lolly Newton hat gesagt, daß die Sache mit den Lehrern ihrer Meinung nach auch wichtig ist, denn wenn da vorne ein Lehrer steht, der den ganzen Tag herumtuckt, dann werden die Kinder automatisch auch zu Tucken. Ralph Taggart hat den Antrag unterstützt.

Dein Vater hat mir dauernd gesagt, ich soll bloß still sein und mich nicht lächerlich machen, aber Du kennst mich ja. Ich mußte natürlich auch mein Scherflein dazu beitragen. Ich bin aufgestanden und habe gesagt, daß wir meiner Meinung nach alle niederknien und dem Herrn danken sollten, daß jemand so Berühmtes wie Anita Bryant den Mächten von Sodom und Gomorrha den Kampf angesagt hat. Etta hat gesagt, daß wir das in unsere Resolution aufnehmen sollten, und da war ich dann mächtig stolz.

Reverend Harker hat gemeint, daß wir zu der Mietgeschichte vielleicht lieber nichts schreiben sollten, weil doch Lucy McNeil das Zimmer über ihrer Garage an diesen tuckigen Mann vermietet hat, der in der Dixie Dell Mall Teppiche verkauft. Lolly hat aber gesagt, daß das nichts ausmacht, denn Lucy hat das ja freiwillig gemacht, und außerdem ist es viel einfacher, wenn man es einem von denen ansieht, daß er homosexuell ist. Auf die Weise kann man seine Kinder vor so einem warnen.

Na, wahrscheinlich höre ich mich an, als würde ich bei einem Kreuzzug mitmachen, was? Ich hoffe, Du hältst Deine alte Mama nicht für eine lächerliche Idealistin. Ich glaube bloß fest daran, daß der Herr uns geschaffen hat, damit wir alle sein geheiligtes Wort hinaustragen.

Heute vormittag habe ich bei Etta drüben Bubba getroffen. Er ist so ein netter junger Mann. Meine Güte! Ich kann es kaum glauben, daß es schon mehr als acht Jahre her ist, daß ihr beide zum letztenmal am Cedar Creek zelten wart. Er hat nach Dir gefragt. Er unterrichtet jetzt an der High-School Geschichte und ist immer noch nicht verheiratet, aber wahrscheinlich ist es heutzutage auch reichlich schwer, die Richtige zu finden.

Blackie hat den Frost nicht besonders vertragen und liegt bloß träge im Haus herum. Ich fürchte, wir müssen ihn bald einschläfern lassen. Er ist schon furchtbar alt.

Paß auf Dich auf, Mikey. Wir lieben Dich sehr.

Mama

P.S.: Wenn Du für Deine Reise noch etwas zu lesen brauchst, dann empfehle ich Dir Anita Bryants Autobiographie. Sie heißt «Mine Eyes Have Seen the Glory».

Die Flucht

Am Vorabend ihrer Kreuzfahrt nach Mexiko steckten Mary Ann und Michael über ihren Koffern verschwörerisch die Köpfe zusammen. «Wie wär's», sagte Michael grinsend, «wenn wir es in ein Kleenex einwickeln und dann in deinen BH . . .»

«Das finde ich gar nicht komisch, Mouse.»

«Aber, sieh mal: Wir müssen es doch nicht mit an Land nehmen. Es ist ja nicht so, als wollten wir es in Acapulco auf der Straße rauchen. Herrgott, einen Zöllner kriegen wir sowieso erst zu sehen, wenn wir wieder nach L.A. zurückkommen.»

Mary Ann seufzte und setzte sich auf die Bettkante.

«Ich hab mal zu den Future Homemakers of America gehört, Mouse.»

«Na und?»

«Na, und jetzt schmuggle ich Dope nach Mexiko.»

«Und außerdem verreist du mit einem» – er senkte seine Stimme zu einem bedrohlich klingenden Baß – «bekennenden Homosexuellen.»

Mary Ann lächelte schwach. «Das noch dazu.»

Michael schaute sie einen Moment lang an, um herauszufinden, wie ernst sie ihn genommen hatte. Es gab selbst jetzt noch Situationen, in denen seine Ironie dem, was sie tatsächlich empfand, gefährlich nahe kam. Sie zwinkerte ihm allerdings zu, so daß er mit dem Packen weitermachte.

«Der Ausdruck gefällt mir», sagte er, ohne aufzublicken.

«Welcher?»

«‹Ein bekennender Homosexueller.› Ich meine, hast du *jemals* von einem bekennenden Heilsarmisten gehört? Oder von einem bekennenden Versicherungsvertreter? Und wenn du kein bekennender Homosexueller bist, dann bist du ein *notorischer*. ‹Mr. Farquar, ein notorischer Börsenmakler, wurde heute morgen im Golden Gate Park erstochen aufge. . .›»

«Mouse, davon kriege ich Gänsehaut!»

«Entschuldige.»

Sie drückte seine Hand. «Ich wollte dich nicht anschnauzen. Es ist bloß . . . Na ja, ich bin immer noch ein bißchen schreckhaft, wenn es um Tote geht, das ist alles.»

Er wollte schon sagen: «Über die Klippe kommst du auch noch hinweg», besann sich dann aber eines besseren. Er hielt statt dessen Mary Anns Hand fest und besänftigte sie zum dritten- oder viertenmal in dieser Woche. «Wird schon werden, Babycakes. Es ist ja erst zwei Monate her.»

Sie bekam feuchte Augen. «Und du glaubst nicht, daß wir . . . davonlaufen oder so?»

«Vor was?»

Sie wischte sich eine Träne aus dem Auge, zuckte mit den Schultern und sagte etwas kleinlaut: «Vor der Polizei vielleicht?»

«Du hast doch nichts verbrochen, Mary Ann.»

«Ich habe seinen Tod nicht angezeigt.»

Er zwang sich zur Geduld. Sie hatten es schon so oft durchgekaut, daß das Reden darüber zu einem Ritual geworden war. «Dieser Kerl», sagte Michael sanft, «war ein ausgesprochenes Arschloch. Vergiß nicht, daß er Kinderpornos gemacht hat. Und du hast ihn doch nicht *runtergestoßen* von der Klippe, Mary Ann. Sein Tod war ein Unglück. Und wenn du seinen Tod angezeigt hättest, wärst du außerdem verpflichtet gewesen, der Polizei davon zu erzählen, daß er über Mrs. Madrigal Nachforschungen angestellt hat. Dafür mögen wir Mrs. Madrigal aber *beide* viel zu gern, und zwar unabhängig davon, *was* in der Akte gestanden hat.»

Schon bei der bloßen Erwähnung der Akte schüttelte es Mary Ann. «Ich hätte sie auf keinen Fall verbrennen sollen, Mouse.»

Also kaute Michael ihr auch *das* noch einmal vor. Daß sie die Akte verbrannt hatte, erklärte er ihr, war ihre allerklügste Entscheidung gewesen. Indem sie das Dossier des Privatdetektivs über Mrs. Madrigal vernichtet hatte, hatte sie gleich einen doppelten Treffer gelandet: Erstens hatte sie verhindert, zur Mitwisserin von vertraulichen Informationen zu werden, die sie dann vielleicht an die Polizei hätte weitergeben müssen. Und zweitens hatte sie die Akte dem Zugriff der Polizei entzogen.

Die Polizei war in der Barbary Lane 28 aufgetaucht, sobald Mrs. Madrigal ihren Mieter als vermißt gemeldet hatte. Es stellte sich heraus, daß die Beamten ihre Ermittlungen nach Schema F betrieben und nach kurzer Zeit wieder einstellten. Wie die Polizisten in Erfahrung brachten, handelte es sich bei Norman Neal Williams um einen Durchreisenden, einen Handelsvertreter für Vitaminpräparate, der ohne greifbare Verwandte war. Seine Verwicklung in das Kinderpornogeschäft wurde sofort aufgedeckt, doch Mary Ann tat so, als hätte sie davon nichts gewußt.

Sie erzählte der Polizei, daß sie ein paarmal «mit ihm ausgegangen» war. Sie hatte ihn nicht besonders gut gekannt. Er war ihr manchmal «ein bißchen eigenartig» vorgekommen. Und, ja, sie hielt es für möglich, daß er in eine andere Stadt gezogen war.

Nachdem die Polizei gegangen war, hatte sie Michael in ihre Wohnung gerufen und war mit ihm die tatsächlichen Geheimnisse dieses schrecklichen Kapitels in ihrem Leben durchgegangen.

Wußte die Polizei, daß Norman Neal Williams Privatdetektiv gewesen war?

Wußte Mrs. Madrigal, daß sie Gegenstand von Williams' Nachforschungen gewesen war?

Würde Williams' Leiche an Land gespült werden?

Und warum sollte jemand Nachforschungen anstellen über eine so warmherzige und mitfühlende und . . . harmlose Frau wie Anna Madrigal?

Mexiko *war* natürlich eine Flucht, aber keine von der Art, wie Mary Ann sie gemeint hatte. Eine morbide Beklommenheit hatte sich in ihrem Körper breitgemacht wie Moder. Sie beschloß, sie aus sich heraus*zubraten*. In jungen Jahren war das ihre Lösung für so gut wie alles gewesen.

Sie verstaute eine Flasche Coppertone-Sonnenmilch in einer Seitentasche ihres American-Tourister-Rucksacks. «Weißt du was?» sagte sie mit gekünsteltem Optimismus.

«Was?»

«Diese Reise wird ein Schlager. Ich lerne garantiert jemand kennen, Mouse.»

«Meinst du etwa einen Mann?»

«Mouse, natürlich bist *du* der tollste Begleiter von der Welt, aber . . .»

«Hör mal, *das* brauchst du mir nicht zu erklären. Ich hab eh schon einen sagenhaften Plan: Ich entdecke auf dem Schiff einen Typen, ja? Er räkelt sich am Swimmingpool, oder . . .

Jedenfalls schlender ich ganz lässig auf ihn zu, mit dir am Arm, und du bist braungebrannt und siehst einfach zum Anbeißen aus, so daß er gar nicht anders *kann,* als vor Neid zu vergehen, und dann sage ich mit meiner *markigsten* Lee-Majors-Stimme: ‹Heh, du da, ich bin Michael Tolliver, und das ist Mary Ann Singleton. Bist du auf *sie* scharf oder auf *mich*?›»

Mary Ann kicherte. «Und was ist, wenn er weder auf dich noch auf mich scharf ist?»

«Dann», sagte Michael nüchtern, «stößt du ihn in Acapulco von der erstbesten Klippe.»

Mona reißt aus

Nachdem sie Mary Ann und Michael zum Flughafen gefahren hatte, kehrte Mona in die Barbary Lane zurück. Dort verfiel sie in eine Niedergeschlagenheit von kosmischen Ausmaßen.

Sie war schwer verunsichert. Einerseits wegen des sonderbaren Anrufs ihrer Mutter, andererseits deswegen, weil zwei ihrer Freunde es geschafft hatten, dem inzestuösen Provinzbabylon namens San Francisco zu entkommen.

Das war es, was auch sie nötig hatte. Einen Tapetenwechsel. Blauen Himmel. Zwiesprache mit der Ewigkeit. Eine Gelegenheit, ihr Leben so umzugestalten, daß es ihr zu der inneren Ruhe verhalf, nach der sie sich so heftig sehnte.

In weniger als zehn Minuten entwarf sie einen Schlachtplan und hinterließ an Mrs. Madrigals Tür eine knappe Nachricht:

Mrs. M,
ich bin einige Zeit weg.
Bitte machen Sie sich keine Sorgen.
Ich muß mal Luft holen.

Alles Liebe
Mona

Mona bewerkstelligte ihre Flucht per Cable Car – eine bittere Ironie, die ihr einigen Verdruß bereitete. Würde Tony Bennett sich nicht ins Fäustchen lachen, wenn er wüßte, daß Mona Ramsey, alternder Freak und transzendentale Zynikerin, gezwungen war, sich bei ihrer Flucht aus Everybody's Favorite City eines dieser grauenhaft niedlichen Touristenwägelchen zu bedienen?

An der Ecke Powell und Market stieg sie aus und ließ die geschniegelten Massen schnellstmöglich hinter sich. Sie schlenderte die Market hinauf bis zur Seventh, bog in die Seventh ein und blieb mit einem Seufzer vor der Greyhound-Station stehen. Nach dreiminütiger Bedenkzeit kaufte sie eine Fahrkarte nach Reno, weil sie spontan entschieden hatte, daß Sonne und Himmel und Wüste ihr möglicherweise neue Horizonte eröffnen würden. Sie bekam die Auskunft, daß der Bus kurz nach Mitternacht abfahren würde.

Den Rest des Nachmittags saß sie auf dem Union Square, wo die Betrunkenen, die Penner und die kaputten Hippies sie nur bestärken konnten in ihrem Entschluß wegzugehen. Sobald die Dunkelheit hereinbrach, rauchte sie eine kräftige Mischung aus Gras und Angel Dust und ging langsam zurück zur Busstation.

Sie aß in der Snackbar gerade ein Käsesandwich, als ein grell geschminktes altes Weib von mindestens achtzig versuchte, mit ihr ins Gespräch zu kommen.

«Wo soll's denn hingehen, Püppi?»

«Nach Reno», antwortete Mona leise.

«Das is eine Station nach mir. Nimmste auch den Bus um Mitternacht?»

Mona nickte. Sie fragte sich, ob die Frau durch das Angel Dust grotesker aussah, als sie in Wirklichkeit war. «Was hältste davon, wenn wir zwei beide uns zusammensetzen? Ich werd beim Busfahren immer arg nervös wegen diesen Perversen und so.»

«Tja, ich weiß nicht, ob ich Ihnen da viel . . .»

«Ich stör dich garantiert nich. Ich red nur, wenn's dir grade recht is.»

Mona war eigentümlich berührt. «Ja, klar», sagte sie schließlich. «Abgemacht.»

Die alte Frau grinste. «Wie heißte denn, Püppi?»

«Mo . . . Judy.»

«Ich bin Mother Mucca.»

«Mother . . .?»

«Mucca. So 'ne Art Spitzname. Weil ich aus Winnemucca bin, verstehste?» Sie kicherte vor sich hin. «Aber das is 'ne lange Geschichte, und es hätt eh keinen Sinn, daß . . . Sag mal, Püppi, is was mit dir?»

«Nein.»

«Du schaust irgendwie abgefuckt aus.»

«Was?» Durch Monas Kopf brauste ein schauerliches Meeresrauschen, als hätte ihr jemand eine riesige Schneckenmuschel ans Ohr gebunden.

«Ich hab gesagt, du schaust irgendwie abgefuckt aus. Deine Augen sind ganz . . . Haste etwa 'nen Joint geraucht, Püppi?»

Mona nickte. «So was ähnliches.»

«Was heißt das denn?»

«Ich glaube nicht, daß Sie das . . .»

«War was drin?»

«Schon mal was von Angel Dust gehört?»

Mother Muccas Hand knallte mit solcher Wucht auf den Tresen, daß mehrere verschlafene Gäste von ihrem Kaffee aufschauten. «Ja, leck mich doch! Mit dem Zeug schläfert man Elefanten ein, Kind! Wenn de so blöde bist, daß de dich mit 'nem Betäubungsmittel für Viecher volldröhnst, dann haste nix zu suchen in 'nem Bus . . .»

Mona taumelte hoch. «Ich muß hier nicht sitzen und mir anhören . . .»

Eine Hand wie eine Klaue klammerte sich um Monas Handgelenk und zog sie auf den Sitz zurück.

«Scheiße, und ob de das nötig hast!» kreischte Mother Mucca.

Ein tierischer Zug

Manche Leute trinken, damit sie vergessen», sagte Mrs. Madrigal, die sich im Vorgarten in der Sonne aalte. «Ich dagegen rauche, damit ich mich erinnere.» Sie zog an ihrem Kolumbianer neuester Ernte und reichte den Joint an Brian weiter.

«An was denn, zum Beispiel?», wollte er wissen.

«Ach . . . an alte Lieben, an Zugfahrten, an den Geschmack der Cola aus dem Ausschank, als ich noch klein war. Gras ist so was Hübsches, Sentimentales . . . *Reader's-Digest*-Mäßiges. Ich kann gar nicht verstehen, warum die Bourgeoisie was dagegen hat.»

Brian lächelte und streckte die Beine auf dem Badetuch aus. «Rauchen Sie schon lange?»

«Für meine Begriffe nicht. Ich glaube . . . wahrscheinlich, seit du auf der High-School warst.»

«Das ist noch nicht lange.»

Sie lächelte. «Ich habe fast damit gerechnet, daß du so was sagst.»

«Können Sie sich noch an das erste Mal erinnern?»

«Nein. Aber ich kann mich an das dritte Mal erinnern.»

«Hat es beim ersten Mal nicht geklappt?»

«Doch. Es hat geklappt.» Sie gluckste. «Kannst du Leute ausstehen, die so was sagen?» Sie äffte die Stimme einer ältlichen Matrone nach. «Die Kinder haben darauf *bestanden*, daß ich Pot rauche, und deswegen habe ich es dann auch ausprobiert, Madge, aber das eine kann ich dir sagen: Ausgelöst hat es bei mir *rein gar nichts,* nein, rein gar nichts!»

Brian lachte. «Manchmal stimmt es aber. Bei meinem ersten Mal hat es jedenfalls nicht geklappt.»

«Na und?» Die Vermieterin zuckte mit den Schultern. «Wenn man das erste Mal Sex hat, *klappt* es auch nicht. Und trotzdem ist es das erste Mal. Reicht das nicht?»

«Wahrscheinlich schon.»

«Es gibt nichts Tolleres als das Hochgefühl bei einem ersten Mal. *Absolut* nichts.»

«Das klingt ganz so, als hätten Sie schon eine Menge erste Male hinter sich.»

«Ich tu mein Bestes. Und du wechselst das Thema.»

«Tut mir leid. Ich hab den Faden verloren.»

«Ich wollte dir von meinem dritten Mal erzählen.»

«Ach ja.»

«Das dritte Mal», sagte Mrs. Madrigal und zupfte die Ärmel ihres Kimonos zurecht, «hat im Zoo von San Francisco stattgefunden. Direkt nach der Ermordung von Bobby Kennedy.»

«Depri, hm?»

«Nein ... Ich meine, ich habe mich nicht deswegen vollgedröhnt. Man hatte ihn halt ermordet, das war alles. Jedenfalls kannte ich diesen liebenswürdigen kleinen Kerl aus dem Zoo, der für die Affen zuständig war. Eigentlich trifft die Beschreibung gar nicht. Er war eher *selber* einer von den Affen. Er hatte nämlich ganz schön lange Arme und war ziemlich behaart, und die Affen fanden ihn schlicht *wunderbar*. Ich fand ihn auch ganz wunderbar, weil er so ausgezeichnet Backgammon spielte. Na ja, an dem besagten Tag hielten wir ein nettes langes Pläuschchen ab, und zwar in diesem merkwürdigen Gittergang, der von den Affenställen zu dem Käfig führt, wo die Gorillas immer hingehen und in aller Öffentlichkeit an sich rummachen ...»

Brian lachte glucksend.

Mrs. Madrigal zog eine Augenbraue hoch. «Sind Zoos denn nicht gerade dazu da? Warum schauen sich die Leute sonst Gorillas an?»

«Ich verstehe, was Sie meinen.»

«Wir standen also in diesem Gang und unterhielten uns ganz reizend, als diese ziemlich furchterregende Gorilladame angewackelt kam und sich zu uns gesellte. Sie stellte sich neben meinen Tierpflegerfreund und legte ihm den Arm um die Schulter, als wären sie alte Schulkameraden oder so was. Dann sagte mein Freund: ‹Ach, das hätt ich jetzt beinah vergessen› und zog einen Joint aus der Hemdtasche. Er zündete den Joint an, zog einmal kräftig daran und gab ihn an den Gorilla weiter ...»

«Ach, das gibt's doch nicht!»

«Gott ist mein Zeuge! Und *dann,* wenn's dir recht ist, machte der Gorilla einen langen Zug und gab den Joint an mich weiter!»

«Meine Güte. Was haben Sie gemacht?»

«Ich besitze ja *Anstand,* mein Junge. Ich habe den Joint freundlich und ohne Zögern angenommen und ihn nachher wieder meinem Freund zurückgegeben. Die Gorilladame ist noch auf zwei Züge bei uns geblieben, dann ist sie den Gang entlangmarschiert, um ihr Publikum zu begrüßen. Aber da war sie schon eine sehr angeheiterte Gorilladame.»

«Hat sie das immer gemacht?»

«Jeden Tag. Wahrscheinlich hat es ihr geholfen, mit allem fertig zu werden.»

«Ist sie noch immer im Zoo?»

Mrs. Madrigal tippte mit dem Zeigefinger an ihre geschürzten Lippen. «Weiß ich eigentlich gar nicht. Ich frage mich oft, ob sie noch lebt. Gorillas können sehr alt werden, soviel ich weiß. Ich hätte große Lust, sie mal wiederzusehen.»

«Warum?»

«Ach . . . wahrscheinlich, weil wir eine Menge Gemeinsamkeiten haben. Sie war ein zähes altes Mädchen, und sie hat sich so viel Spaß geholt, wie sie nur kriegen konnte. Und auch . . . weil sie vieles noch recht spät im Leben gelernt hat.»

«Was haben Sie denn gelernt?»

Sie bedachte ihn mit einem mißbilligenden Lächeln. «Ich habe gelernt, daß du viel zu neugierig wirst, wenn du was geraucht hast.»

«Ich habe Sie nicht nach Ihrer ganzen Lebensgeschichte gefragt.»

«Wie schade. Das solltest du unbedingt mal nachholen. Aber nicht, wenn *ich* was geraucht habe.»

«Warum nicht?»

«Weil ich . . . da *vielleicht* die Wahrheit erzählen würde, mein Schatz.»

Ein vorteilhafter Schnitt

Emma wurde langsam alt, bemerkte Frannie voller Wehmut, als das spindeldürre schwarze Hausmädchen mit dem Frühstückstablett ins Schlafzimmer gezockelt kam.

«Soll ich die Vorhänge aufziehen, Miss Frances?»

Miss Frances! Das machte Emma zu einer absoluten Perle, zur letzten Vertreterin ihrer Zunft. Seit sie auf Halcyon Hill arbeitete, hatte es immer nur geheißen: Miss Frances, Miss DeDe, Mr. Edgar . . .

«Nein danke, Emma. Stellen Sie das Tablett bitte auf den Tisch.»

«Ja Ma'am»

«Emma?»

«Ma'am?»

«Finden Sie denn, daß ich . . . Setzen Sie sich bitte, Emma, ja?»

Emma folgte ihrem Wunsch und setzte sich vorsichtig auf die Kante eines rüschengeschmückten Sessels neben dem Bett. «Sie sind doch nicht . . . krank, Miss Frances?»

«Nein . . .»

«Mr. Edgar ist nicht mehr, Miss Frances. Damit müssen Sie jetzt leben. Er ist heimgekehrt in den Schoß Gottes, und es gibt auf dieser gesegneten Erde nicht ein einziges Wesen, das ihn zurückbringen kann, bis der Herr am Tag des Jüngsten Gerichts die Seinen erlöst von . . .»

Frannie klingelte mit dem Glöckchen, das auf ihrem Nachttisch stand. «Emma, meine Liebe . . . von Ihrem Gerede bekomme ich Kopfschmerzen.»

«Ja, Ma'am»

«Also, was ich gerne wissen würde . . . Emma, ich halte große Stücke auf Ihre Meinung. Ich denke, Sie wissen das auch, und . . . Finden Sie, daß ich mich liften lassen müßte, Emma?»

Schweigen.

«Emma, Sie *wissen* doch, was liften bedeutet, oder?» Das Hausmädchen nickte voller Mißmut. «Schnibbeln.»

«Nein . . . Na ja, das gehört auch dazu, aber im Grunde ist es ein kompletter kosmetischer Prozeß, der heutzutage gar nichts Besonderes mehr ist. Ich meine, *sehr viele* Damen . . .»

«Weiße Damen.»

«Werden Sie nicht unverschämt, Emma.»

Ein Vierteljahrhundert treuen Dienstes auf Halcyon Hill berechtigte Emma zu der finsteren Miene, mit der sie ihre Herrin jetzt ansah.

«Miss Frances, der Herr hat Ihnen ein ganz prima Gesicht gegeben, und wenn es dem Herrn gefallen hätte, daß Sie . . .»

«Ach, pah, Emma! Der Herr muß nicht zu den Treffen der Opera Guild gehen!»

«Ma'am?»

«Ich bin so *alt*, Emma. Und alle meine Bekannten sehen aus wie . . . Nancy Kissinger! Bei mir hängt alles runter wie bei einem Truthahn!» Sie zog an dem Gewebe rund um ihre Wangenknochen. «Sehen Sie sich das bloß an, Emma!»

Emmas Blick wurde streng. «Mr. Edgar würde so ein Gerede gar nicht gefallen.»

Frannie wälzte sich im Bett herum und schob die Unterlippe vor. «Mr. Edgar ist tot», sagte sie teilnahmslos. Als Emma sich um die Wäsche kümmerte, verriegelte Frannie die Schlafzimmertür und rief Vita Keating an. Die Verstohlenheit dieses Akts machte ihr klar, daß sie selbst mit neunundfünfzig noch nicht erwachsen war. Es hatte *immer* jemand gegeben, vor dem sie sich rechtfertigen mußte.

Allerdings war Edgar jetzt nicht mehr da. Nur Emma war ihr noch geblieben.

Vita, ging es Frannie durch den Kopf, hatte diese Art emotionaler Knechtschaft nie gekannt. Vita war eine Pionierin, eine tatkräftige Unabhängige, die es über ihren irgendwann in den Fünfzigern errungenen Miss-Oklahoma-Titel zum zweiten Platz auf dem Treppchen in Atlantic City und danach zu einem republikanischen Ehemann in San Francisco gebracht hatte.

Obwohl Vita als Gastgeberin einen untadeligen Ruf genoß, schockierte sie die eher spießigen Angehörigen ihrer Gesellschaftsschicht manchmal damit, daß sie in San Francisco seit ewigen Zeiten geltende Gepflogenheiten über den Haufen warf: Sie war nicht umsonst die *erste* im Gesellschaftskalender verzeichnete Ortsansässige, die Platzdeckchen aus Jeansstoff mit Kristallgläsern von Waterford kombiniert hatte. Außerdem hatte sie ganz reizende Ideen, was man mit Halstüchern alles anstellen konnte.

Wer außer Vita verfügte schon über die Extravaganz, sich auf dem Cerebral Palsy Ball in einem Großmutterkleid à la Pionierzeit zu zeigen und dazu noch ein Lasso zu schwingen? Man hatte immer *solchen* Spaß mit ihr.

Natürlich lachte sie aus vollem Hals, als Frannie sie mit ihrer Frage überfiel.

«Mein Gesichtsheini? Ach Gott, Schatz, soviel ich weiß, füllt er in der Schweiz Schafsamen in Fläschchen ab. Mit seiner letzten Patientin hat er den *totalen* Reinfall erlebt – irgendeine bemitleidenswerte Frau aus Santa Barbara, die am Schluß ausgesehen hat wie das Phantom der Oper.»

Frannie konnte ihre Enttäuschung nicht verbergen. «Ach so», sagte sie betrübt.

«Hast du dir das mit den Spritzen schon mal überlegt?» zwitscherte Vita.

«Mit welchen Spritzen?»

«Der Schafsamen, mein Schatz.»

«Vita!»

«Na ja, *ich* bin da ganz einer Meinung mit dir, aber Kitty Cipriani behauptet, daß die Spritzen eine ganz neue Frau aus ihr gemacht haben. Ich persönlich glaube eher, daß ihr jemand Schafköttel in die Augen gestreut hat!» Vita lachte schallend, und Frannie lachte trotz ihrer immer düsterer werdenden Stimmung mit.

Schließlich sagte Vita aus heiterem Himmel: «Wie alt bist du, Frannie?»

Die Frage schmerzte in diesem Augenblick vielleicht noch

mehr als sonst. Vita war mindestens fünfzehn Jahre jünger als Frannie. «Ich frage aus einem bestimmten Grund», fügte Vita entschuldigend hinzu.

«Vierundfünfzig», antwortete Frannie.

«Was für ein Jammer.»

«Reib's mir nicht auch noch hin, Vita.»

«Aber nein, Schatz. Ich meine, es wäre besser, wenn du schon sechzig wärst.»

«Kannst du mir mal erklären, warum das besser sein sollte?»

Vita ließ ein kehliges Glucksen hören. «Das sag ich dir erst, wenn du mir dein richtiges Alter verrätst.»

Frannie zögerte einen Augenblick, bevor sie nachgab. «Was?!» sagte Vita. «Mensch, *toll*!»

«Vita, was ist denn bloß in dich . . .?»

«Laß dich überraschen, Frannie Halcyon! Laß dich überraschen!»

Zu neuen Ufern!

Die Qualen des Kofferpackens auf den letzten Drücker, einer lästigen Erkältung und eines nervenaufreibenden PSA-Flugs nach Los Angeles fielen von Mary Ann ab, als sie die *Pacific Princess* zu Gesicht bekam.

«Oh, Mouse! Sie ist so *weiß*!»

Michael kniff sich in den Unterarm. «Dann passen wir ja gut dazu, nicht?»

Mary Ann gab keine Antwort. Sie war gefesselt vom majestätischen Aussehen des riesigen Schiffs, das im Mondschein vor ihnen lag. Der Augenblick hatte etwas Beängstigendes und gleichzeitig Erregendes. Mary Ann fühlte sich wie eine Fallschirmspringerin, die verwegen durch die Luft saust und weiß, daß es *diesmal* darauf ankommt, daß es diesmal ernst ist, daß sich ihr Schirm diesmal öffnen muß.

Der Taxifahrer schaute über die Schulter zu den beiden nach hinten.

«Seid ihr zwei verheiratet?»

«Nee, aber wir treiben's miteinander», sagte Michael und erhielt dafür von Mary Ann den erwarteten strafenden Blick.

«Na, dann», sagte der Fahrer glucksend. «*Love Boat* kennt ihr schätzomativ, hm?»

Michael nickte. «Was aus dem Fernsehen, nicht?»

«Genau. Bert Convy. Lyle Waggoner. Celeste Holm.»

«Die ganzen Größen.»

Der Fahrer nickte. «Das is da gedreht worden. Auf der *Pacific Princess.* Ziemlich sexy, das Zeug.»

«Mhmm. Ich erinnere mich», sagte Michael mit einem amüsierten Seitenblick auf Mary Ann. «Celeste Holm spielt eine feiste, aber liebenswerte Matrone, die überzeugt ist, daß sich das Thema Männer für sie erledigt hat, bis sie bei der Kreuzfahrt Craig Stevens begegnet. Viele Jahre davor war Celeste mit Craig zusammen, und jetzt. . . Na ja, jetzt ist das arme Ding *starr vor Entsetzen,* daß Craig bei der Gelegenheit feststellen könnte, was für ein Pummel aus ihr geworden ist.»

«Und, tut er's?» wollte Mary Ann wissen.

«Aber nein. Großes Happy-End. Craig ist nämlich in der Zwischenzeit blind geworden.»

«Das hast du dir ausgedacht, Mouse.»

«Großes Pfadfinderehrenwort! Und am Schluß *heiraten* die beiden sogar.» Er wandte sich an den Taxifahrer: «Stimmt's?»

«Klar.»

«Anscheinend», sagte Michael schulterzuckend, «hatte der gute alte Craig auch gleich seinen Tastsinn verloren.»

Der Schiffsfotograf überraschte die beiden auf der Gangway, wo er ihnen ein joviales: «Lächeln, meine Jungverliebten!» zurief. Michael tat ihm den Gefallen und faßte von der Schulter aus auf Mary Anns rechte Brust.

«O mein Gott!» stöhnte er, als sie an Bord kamen. «Gehen

wir auf eine Kreuzfahrt oder auf einen High-School-Abschlußball?»

«Mouse, könntest du dich ein *klein* bißchen benehmen?»

«Elf ganze Tage lang?»

«Es ist ein *britisches* Schiff, Mouse.»

«Das schon! Aber mit *italienischen* Stewards.» Er hielt seine ausgestreckten Zeigefinger mehr als einen halben Meter auseinander.

Mary Ann lief rot an, prustete dann aber auch schon los. «Mit *normalen* italienischen Stewards», verbesserte sie ihn.

«Das *hättest* du wohl gerne», gab Michael zurück.

Ihre Kabine befand sich auf dem Promenadendeck und war Luxusklasse – zwei Doppelbetten, Einbaumöbel aus echtem Holz, bequeme Sessel und ein Badezimmer mit Wanne. Außerdem stand eine Flasche gekühlter Champagner für sie bereit.

Mary Ann brachte den ersten Toast aus. «Auf Mr. Halcyon. Gott segne Mr. Halcyon.»

«Richtig. Gott segne Mr. Halcyon.»

«Und» – sie füllte die Gläser nach – «auf . . . auf die Abenteuer der Seefahrt!»

«Und auf die Liebe.»

«Und auf die Liebe!»

«Auf Mrs. Madrigal . . . auf das Marihuana . . . auf den Heißhunger nach einem Joint . . . und auf alle Mensehen in Florida außer Anita Bryant!»

«Ja!»

«Aber am allerinnigsten», sagte Michael plötzlich in gespieltem Ernst, «auf diesen wohlerzogenen, charmanten und so unglaublich geilen Kerl, der wenigstens *einem* von uns beiden schöne Augen gemacht hat, als wir heute abend an Bord gekommen sind.»

«Wo? Wer?»

«Woher soll ich wissen, wer er ist? Ich bin doch gerade erst angekommen, Mensch. Du hast ihn doch *auch* gesehen, oder?»

«Ich glaube nicht.»

Michael machte ein verzweifeltes Gesicht und verdrehte die Augen. «Er hat uns permanent angeschaut!»

«Ein Passagier?»

«Ja.»

«Und er hat *uns* angeschaut?»

«Genau, Kleines.»

Mary Ann biß auf die Spitze ihres Zeigefingers. «Denkst du, er war blind?»

Michael jauchzte und hob sein Glas. «Okay ... Auf die Blinden!»

«Auf die Blinden», stimmte Mary Ann ein.

Mother Muccas Vorschlag

Als der Greyhound kurz vor Tagesanbruch in Truckee, Kalifornien, halt machte, erwachte Mona aus einem unruhigen Schlaf. Sie hatte das deutliche Gefühl, daß sich ihre Zunge in ein totes Pelztier verwandelt hatte. Die bizarre alte Frau neben ihr tätschelte ihr die Hand. «Das ist es noch nicht, Püppi. Schlaf weiter.»

Es? Was war «es»? Wo war «es»?

«Mach dir keine Sorgen, Püppi. Mother Mucca is ja bei dir. Ich paß schon auf dich auf.»

«Hören Sie mal, meine Liebe, ich ...»

«Mother Mucca.»

«Okay. Ich bin Ihnen dankbar für Ihre Hilfe, aber ...»

«Dieses idiotische Angel Dust zermatscht dir die Birne. Du hättst dich mal reden hören sollen im Schlaf, Püppi!»

«Das ist mir doch ... Was hab ich gesagt?»

«Keine Ahnung. Lauter verrücktes Zeug. Irgendwas über Mäuse.»

«Über Mäuse?»

«Irgend so was. Angehört hat sich's wie: ‹Wo ist die Maus hin? Ich kann die Maus nicht mehr finden.› Danach haste dann nach deinem Daddy geschrien. Das war vielleicht 'ne gespenstische Vorstellung, Püppi!»

Mona rieb sich die Augen und beobachtete ihre zombiegesichtigen Mitreisenden, die auf einen Kaffee in die Station von Truckee hinüberschlurften. Sie sahen aus wie übermüdete Infanteristen, die sich für einen Angriff im Morgengrauen wappneten.

Was, in Buddhas Namen, machte sie hier eigentlich?

Als Mother Mucca darauf bestand, sie zum Frühstück einzuladen, hatte Mona nicht mehr die Kraft, um nein zu sagen. Außerdem schien die alte Schachtel ganz gut bei Verstand zu sein, auch wenn sie *aussah*, als wäre sie einem Fellini-Film entsprungen. «Ich hab mal 'n Mädchen gehabt, das hat auch Judy geheißen.»

«Was?»

«Haste mir erzählt, daß de Judy heißt, oder nich?»

Mona beschloß, so anonym wie möglich zu bleiben, und nickte. Von Mona Ramsey hatte sie erst mal die Nase voll.

«Judy war total prima», fuhr Mother Mucca fort. «Ich glaub, sie is länger bei mir gewesen wie alle andern.» Sie schüttelte den Kopf, lächelte und verlor sich in schönen Erinnerungen. «Ja, das kann man laut sagen, sie war total prima!»

Mona stellte fest, daß sie langsam Zuneigung zu der Alten entwickelte. «Hatten Sie denn viele Kinder?»

«Kinder?» Sie kotzte das Wort regelrecht aus.

«Sie haben gerade gesagt . . .»

Mother Mucca lachte wieder gackernd. «Du bist noch 'ne ganze Ecke döfer, wie de aussiehst. Ich red vom allerbesten Puff in Winnemucca!»

Mona war erschüttert, zugleich aber auch fasziniert. Natürlich! Eine waschechte Puffmutter aus Nevada! Ein mageres Überbleibsel aus dem Gewerbe, das im amerikanischen Westen als erstes Encounter angeboten hatte!

«Sie ...? Wie lang sind Sie schon ...?»

«Ach Gott, Püppi! Wo soll ich da den Strich ziehen!»

Beide lachten herzhaft. Zum erstenmal seit ihrem Kennenlernen lagen sie auf derselben Wellenlänge. Mona war gefesselt von der ungenierten Offenheit dieser ungewöhnlich häßlichen alten Frau.

«Was hat Sie denn nach San Francisco geführt?» wollte sie wissen.

«Ein Treffen der Nuttengewerkschaft. Coyote. Das steht für ‹Call Off Your Old Tired Ethics›.»

Mona nickte wissend. Eines der wichtigsten Kennzeichen des North-Beach-Schicks war das selbstverständliche Wissen um Margo St. James und ihre Prostituiertengewerkschaft.

«Kennste Margo?» wollte Mother Mucca wissen.

«Oh, ja», log Mona. Wenigstens hatte sie die Frau schon mehrmals *gesehen,* wenn sie sich bei Malvina's zum Frühstück Kaffee und Croissants bestellte.

Mother Mucca zog eine ihrer aufgemalten Augenbrauen hoch. «Sie hat viel mehr Klasse wie ich, was, Püppi?»

«Ich finde, Sie haben eine Menge Klasse.»

Mother Mucca senkte den Kopf und blies in ihren Kaffee.

«Doch, wirklich», beharrte Mona. «Sie sind ein sehr ... klarer Mensch.»

«Und du bist 'ne schlechte Lügnerin.» Mother Mucca streckte plötzlich die Hand aus und kniff Mona oberhalb des Ellbogens in den Arm. Einen Augenblick sah es so aus, als könnte ihre krustige Tünche jeden Moment aufplatzen, doch dann räusperte sie sich plötzlich, und ihr Ton wurde noch ruppiger als zuvor.

«So, Püppi! Du hast mir noch immer nich erzählt, warum de mit der Birne voll Angel Dust nach Reno gondelst!»

«Ach, mit Reno hat es eigentlich nichts Besonderes auf sich.»

Die alte Frau schnaubte verächtlich. «*Das* kannste aber laut sagen!»

Mona lachte. «Ich wollte bloß ... ich weiß nicht ... mal für einige Zeit weg. Ich war noch nie in der Wüste.»

«Wüste haben wir in Winnemucca mehr als genug.» Das klang nach einer halben Einladung. Mona schaute auf ihre Bratkartoffeln und drückte sich um eine Antwort.

«Das Haus is groß, Püppi. Und ich brauch eine, die sich um die Anrufe kümmert. Außerdem isses richtig sauber und hübsch. Ich glaub, du würdst ganz schön überrascht sein.»

«Ich bin sicher, daß es . . .»

«Ach, komm, Püppi! Ich treib doch keinen Mädchenhandel oder so was! Du sollst mir bloß Gesellschaft leisten. Du kannst sofort abhauen, wenn's dir nich mehr paßt.»

«Ich glaube aber nicht, daß ich . . .»

«Was machste denn überhaupt?»

«Wie?»

«Beruflich.»

«Ich bin . . . Ich war bis vor kurzem Werbetexterin.» Mother Mucca brüllte vor Lachen. «Na, dann tu mal bloß nich so schrecklich etepetete!»

Mona grinste und warf ihre Serviette auf den Teller. «Der Bus fährt wieder los, Mother Mucca.»

«Heißt das, du machst es nich?»

«Keine Chance», sagte Mona und nagte nachdenklich an ihrem Zeigefinger. «Außer, wenn ich mein eigenes Wasserbett kriege.»

Schwule Handelsklasse A

Die Technik des Partygebens war für die Hampton-Giddes mindestens genauso knifflig wie die Funktionsweise von Arch Giddes neuem Silver-Shadow-Rolls.

Nach sorgfältiger Prüfung wurden mögliche Gäste einer von vier Listen zugeschlagen:

Der A-Liste.

Der B-Liste.

Der schwulen A-Liste.

Der schwulen B-Liste.

Die Hampton-Giddes kannten keine C-Leute, ob schwul oder sonstwie.

In der Regel setzte sich die A-Liste aus den Schönen und den Alteingesessenen zusammen, aus Leuten, die in der Kolumne von Merla Zellerbach im *Chronicle* die Fragen nach ihrem liebsten Junk-food-Lokal oder ihrem bevorzugten Ziel fürs Underground-Sightseeing beantworten durften.

Natürlich gab es auf der A-Liste ein paar Einsprengsel von der schwulen A-Liste, aber man erwartete von ihnen, daß sie sich benahmen. Ein A-Schwuler, der trutschig wurde, wenn man nach einem Abendessen der A-Liste Scharade spielte, fand sich postwendend im Fegefeuer der schwulen B-Liste wieder.

Den B-Schwulen, diesen armen Wichten, wurde das Scharadespielen gar nicht erst zugestanden.

Die Bandbreite und die Intensität der Unterhaltungen bei den Cocktails der Hampton-Giddes hingen größtenteils davon ab, welche Liste zur Anwendung kam.

Leute von der A-Liste konnten sich über Kunst, Politik und die Wildledertapeten im Hauptschlafzimmer des Hauses unterhalten.

Leute von der B-Liste konnten sich über Kunst, Politik, die Wildledertapeten im Hauptschlafzimmer des Hauses und die Leute von der A-Liste unterhalten.

Die A-Schwulen konnten sich darüber unterhalten, wer wohl im Badezimmer Koks schnupfte.

Von den B-Schwulen, die größtenteils Dekorationszwecken dienten, wurde nicht erwartet, daß sie an einer Unterhaltung teilnahmen.

«Binky *schwört,* daß es stimmt», sagte William Devereaux Hill III. eines Abends, als ein ganzer Schwarm von A-Schwulen über das Anwesen der Hampton-Giddes in Seacliff hergefallen war.

«Was *Chinesisches*?» stieß Charles Hillary Lord hervor.

«Zwillinge!»

«Gleich ein ganzer *Wurf*!» mischte sich Archibald Anson Gidde kreischend ein.

«O nein, das *halte* ich nicht aus!»

«Was heißt, *du* hältst es nicht aus? Mein Schatz, unsere Miss Gidde hier hat sich am Vormittag regelrecht die Fingernägel ruiniert an ihrem Princess-Telefon, damit sie die Neuigkeit unter die Leute bringen konnte.»

«Das *stimmt* überhaupt nicht.» Der Gastgeber war empört.

«*Mir* hast du es jedenfalls erzählt.»

«Aber auch nur dir.»

«Stoker behauptet, daß du es ihm auch erzählt hast.»

«Oh, wie die lügt!»

Charles Hillary Lords Bedarf an Gehässigkeiten war noch nicht gedeckt. «O Gott, Billy, mit einem *Ornamentalen*? DeDe hat es mit einem *Ornamentalen* getrieben?»

«Die haben doch bloß *Kinderpipis*.» Das kam von Archibald Anson Gidde.

«Es ist geradezu abstoßend, was ihr für Vorurteile habt», sagte Anthony Latimer Hughes, der gerade zu der Gruppe stieß.

«Oh, die Gnädigste spricht! Du hast doch nicht *zufällig* wieder mal deine kleine Chinoiserie-Periode, was, mein Schatz?» Das kam erneut von Gidde.

«Es gibt zwei Dinge, die man in San Francisco beachten muß», warf Charles Hillary Lord ein. «Daß man sich *nie* im Top of the Mark verabredet. Und daß man bei Regen nie durch Chinatown geht.»

«Warum nicht?» fragten alle im Chor.

«Weil die Chinesen so *klein* sind, daß sie den Weißen mit ihren Regenschirmen die Augen ausstechen!»

In einer anderen Ecke des Raums tauschte Edward Paxton Stoker Jr. zu Füßen des Claes Oldenburg mit seinem Gastgeber Richard Evan Hampton Nettigkeiten aus.

«Ich gäbe was dafür», sagte der Gast, «wenn Jon Fielding hier wäre.»

«Also biiiitte!» Rick Hampton hatte es noch immer nicht verwunden, daß Jon Fielding bei einer Abendgesellschaft im letzten Herbst plötzlich explodiert war und sich wutschnaubend verabschiedet hatte. «Diese Zicke wirst du *bei mir* garantiert nie wieder auf der Gästeliste finden, Edward.»

«Aber er ist DeDes Gynäkologe und . . .»

«Und *außerdem* steigt Beauchamp ab und zu über ihn drüber.»

«Das stimmt nicht mehr.»

«Sag bloß?»

«Der Herr Doktor ist auf einmal *überaus* frömmlerisch geworden – wie das manchmal so seine Art ist – und hat unserem lieben Beauchamp den Laufpaß gegeben. Beauchamp war *außer sich*.»

«Ich würde zu gerne Fieldings Version hören!»

«Ich fürchte, da wirst du dich noch ein Weilchen gedulden müssen. Er ist nämlich auf dem Weg nach Acapulco.»

«O Gott, was will er da denn?»

«Na, was wohl? Er besucht einen Gynäkologenkongreß.»

Die reichere – und ältere – Hälfte der Hampton-Giddes verdrehte heftig die Augen. «Acapulco ist auch nicht mehr das, was es mal war.»

Heckmeck auf dem Sonnendeck

Irgendwo vor der Küste Mexikos traf eine strahlende Mittagssonne an Deck der *Pacific Princess* auf Dutzende von willigen Anbetern. Mary Ann lag – mit offenem Oberteil – auf dem Bauch, als ihr eine Hand unvermutet etwas Schmieriges auf den Rücken klatschte.

«Mouse?»

Schweigen.

«Mouse!»

«Ich diese Mouse nicht kennen, Signorina. Ich sein bloß einfache italienische Steward aus Speisesaal, was will maachen nacktes Party mit scheene scharffe Mädchen aus Amerika!»

«Du hast was von dem Gras geraucht, stimmt's?»

Michael setzte sich mit einem theatralischen Seufzer neben sie. «Ach, wenn du doch *endlich* lernen würdest, in Phantasien zu schwelgen.»

«Was ist das überhaupt für ein Zeug?»

«Welches Zeug? Ach so . . . Tortugacreme. Der Kabinensteward hat sie mir gegeben. Er sagt, sie wird in Mazatlán hergestellt.»

«Sie riecht lecker.»

«Mhmm. Das kommt, weil sie aus pürierten Schildkröten ist.»

«Mouse!»

«Wenn er mir das doch so *gesagt* hat.»

«Igitt!»

«Glaubst du, Polly Bergen nimmt Rosenblätter?»

Mary Ann setzte sich auf, hielt ihr Bikinioberteil mit dem rechten Arm an Ort und Stelle und blinzelte in die Sonne.

«Verschnür mich wieder, ja?»

«Bondage? *Jetzt schon?* Dabei hast du noch nicht mal Bingo gespielt. Außerdem gibt es heute nachmittag in der Carrousel Lounge einen schicken Mambo-Tanztee für Senioren, wenn du . . .»

«Mouse . . . schau jetzt nicht hin, aber er ist gerade in den Pool gesprungen.»

«Wer?»

«Unser Mister Geheimnisumwoben. Der Kerl, den du gesehen hast, als wir an Bord gegangen sind.»

«Der, der uns schöne Augen gemacht hat?»

Mary Ann korrigierte ihn. «Der einem von uns schöne Augen gemacht hat.»

«Vielleicht ist er ja auf einen flotten Dreier scharf.»

«Glaubst du, daß er schwul ist, Mouse?»

«Na ja . . . Seine Technik beim Rückenschwimmen sieht *schon* ein bißchen tuntig aus.»

«Mouse, ich meine das ernst.»

«Dann *frag* ihn doch, du Dummchen! Lad ihn zu einer Piña Colada ein!»

Mary Ann drehte sich um und musterte den kraftvollen weißen Körper, der durch das grüne Wasser des Pools schnitt. Der Kerl war erdbeerblond, stellte sie fest, und er schüttelte den Kopf wie ein nasser Collie, als er aus dem Becken stieg.

Mary Ann widmete sich wieder Michael. «Du traust mir das wohl nicht zu, was?»

Michael grinste sie bloß aufreizend an.

«Okay. Dann paß jetzt mal auf!»

Der nasse Collie lag am Rand des Pools auf einem Badetuch. Mary Ann näherte sich ihm so absichtslos wie möglich und versuchte, sich auf den Swimmingpool zu konzentrieren. Sie wollte genauso energisch und selbstbewußt wirken wie Candice Bergen, wenn sie sich nach einem anstrengenden Tag, den sie mit dem Fotografieren von afrikanischen Wildtieren zugebracht hatte, zum Schwimmen aufmachte.

Der Collie schaute hoch und sagte lächelnd: «Es klappt am besten, wenn man die Augen zumacht und springt.»

«Ist es denn kalt?» fragte Mary Ann.

Nicht besonders geschickt. Ganz und gar nicht Candy-Bergen-like.

«Keine Bange», redete er ihr gut zu. «Sie halten es schon aus.»

In der Hoffnung, daß es noch nicht zu spät war für einen Marlo-Thomas-Effekt, schnitt Mary Ann schulterzuckend eine Grimasse. Über das Gesicht des Collies legte sich ein nachsichtiges Lächeln, als sie die Luft anhielt und sprang.

Der Pool war nicht viel größer als eine Hutschachtel, und man konnte nicht mal Bahnen schwimmen. Das kalte Meerwasser war anregend, aber man hielt es darin nur kurz aus. Mary Ann griff fröstelnd nach der Leiter.

Der Collie streckte ihr die Hand entgegen. «Die Gänsehaut steht Ihnen ausgezeichnet.»

«Danke», sagte sie lächelnd.

«Darf ich Sie zu einem Drink einladen? Sie und Ihren Mann, meine ich.»

«Meinen . . .? Ach so, das ist nicht mein . . .» Sie drehte sich um und schaute zu Michael hinüber, der ihr affektiert zulächelte. Darüber hinaus gab er noch seine Version von Queen Elizabeths königlichem Winken zum besten. «Michael ist bloß ein Freund.»

«Das ist ja angenehm», sagte der Collie.

Für wen? dachte Mary Ann. Für mich oder für Michael?

Der Collie stellte sich den beiden vor. Er hieß Burke Andrew, und er machte die Kreuzfahrt alleine mit. Er schüttelte Michael mit festem Griff die Hand und entschuldigte sich kurz, um ihre Drinks zu holen.

«Und?» sagte Mary Ann. «Ist er?»

«Woher soll ich das wissen? Geheime Erkennungszeichen beim Händeschütteln gibt es für Tucken schon seit 1956 nicht mehr.»

«Er ist hinreißend, was?»

Michael zuckte mit den Schultern. «Wenn man auf kräftige Oberschenkel steht.»

Mary Ann schaute seufzend über das Meer. «Ich glaube, er mag mich, Mouse. Hilf mir rauszufinden, was mit ihm nicht stimmt.»

Das Superman Building

Absurd, dachte Brian, als er sich um Mitternacht in die Barbary Lane zurückschleppte. Er hätte mit ihr nach Hause gehen können.

Gar keine Frage.

Verdammt noch mal, ihr war praktisch schon der *Sabber* rausgelaufen, als sie im brutalen Atombombenschein der Tiffanylampen im Henry Africa's an ihn gedrückt dagesessen hatte. Er hätte sie einfach so abschleppen können.

Warum hatte er's dann nicht *getan*? Welcher perverse neue Auswuchs seiner Persönlichkeit hatte ihn dazu getrieben, eine sichere Sache sausen zu lassen und seinen Arsch wieder in das Häuschen auf dem Dach zurückzuverfrachten?

Die Szene in der Kneipe hatte sich folgendermaßen abgespielt:

«Ich komm immer noch nicht weg über die Sache mit Freddie Prinze.»

Das paßt, dachte er. Eine Vogelscheuchenperücke à la Farrah Fawcett-Majors. Eine Schnute wie Bernadette Peters. Sie holt sich alles aus der Glotze. Als nächstes kommt sicher *Roots* dran.

«Ich meine, er war noch so *jung,* und . . . Na ja, selbst *wenn* er auf Drogen war und so, warum soll er davon so depressiv geworden sein, daß er sich . . . Mein Gott, das hat vielleicht *reingehauen* . . . Dabei hat er so viel für die Chicanos getan.»

Brian schaute weiter in sein Bier, als er sie korrigierte: «Er war aber aus Puerto Rico.»

«Außerdem heißt es doch immer, daß man an Kokain gar nicht . . . Ja, wirklich?»

«Mhm.»

«Ich hatte mal eine Mitbewohnerin aus Puerto Rico. Die hab ich durch das Ethnic Studies Program am College zugeteilt gekriegt.»

Brian trank mit unbewegter Miene einen Schluck von seinem Oly. «Und, hat's geklappt mit ihr?»

«Ich hab ganz schön was gelernt dabei.»
«Gut.»
«Sie hat Cecilia geheißen.»
«Ein hübscher Name.»
«Cecilia Lopez.»
«Mhmm. Als ich elf oder zwölf war, hab ich mir mal einen Klammeraffen schicken lassen.»
«Entschuldige, aber . . .»
«Mit einer Bestellkarte aus dem Comic-Heft: ‹Ein süßes kleines Äffchen, das sogar in deiner Teetasse Platz hat.›»
«Aber, was hat das . . .?»
«Sie hat auch Cecilia geheißen.»
«Oh.»
«Sie war schon tot, als ich sie gekriegt habe. Sie hat einfach so dagelegen in ihrem kleinen Karton. Das ist mir vielleicht an die Nieren gegangen.»
«Wie grauenvoll! War . . . Wer hatte denn schuld?»
«Eigentlich niemand.»
Sie nickte voller Mitgefühl.
«Es war . . . Selbstmord!»
Sie schaute ihn mit gramerfüllter Miene an.
«Drogen», klärte er sie auf. «Und dabei war sie noch so *jung*.»
Sie wollte ihre Hand auf die seine legen, aber er stand abrupt auf und knallte etwas Geld auf den Tresen.
«Tut mir leid», sagte er. «Zum Ficken bin ich heute abend viel zu deprimiert.»

Das Superman Building war ein turmhohes Art-déco-Wohnhaus an der Ecke Green und Leavenworth. Brian mochte es sehr gern, weil es ihn an das Daily-Planet-Gebäude aus der alten Fernsehserie erinnerte.
Ist es ein Flugzeug, ist es eine Rakete? Nein, es ist Superman . . .
Er mochte es auch deswegen sehr gern, weil es ihm zu einem Machtgefühl verhalf, das manchmal an der Grenze zum Erotischen lag.
Als er an diesem Abend seine Levi's und sein Rugbyshirt

auszog, bemerkte er, daß im Superman Building hinter sechs oder sieben Fenstern noch Licht war.

Er griff nach dem Fernglas und beobachtete einige Zeit den fünften Stock, in dem er sich auf eine große Eckwohnung konzentrierte. Eine plump wirkende Frau mit kurzen Haaren und einem roten Pullover bewegte sich schwerfällig durch die Zimmer und schüttelte die Kissen auf.

Um Mitternacht?

Stand der Besuch eines Liebhabers bevor? Eher unwahrscheinlich. Reiste schon frühmorgens jemand ab? Vielleicht, aber welcher Gast konnte *dermaßen* wichtig sein? Wahrscheinlich handelte es sich bloß um einen Fall von Langeweile. Von Langeweile, von Nervosität . . . oder von Irrsinn.

Da Brian sich inzwischen selbst langweilte, wechselte er in den – in den wievielten? – in den siebten Stock? Dort stand ein dünner Mann mit leichter Glatze vor einem hell erleuchteten Fenster und hob langsam das Bein, um mit dem Fuß die ausgestreckte Hand zu berühren.

Die Bewegung wirkte zu ausdrucksstark für Körpertraining und zu isoliert für Tanz. Vielleicht eine Kampfsportart . . . Aber vielleicht war das ganze Haus auch voller Verrückter.

Wenn er nicht acht gab, würde er noch anfangen, diesen Leuten Namen zu geben. So wie Jimmy Stewart in *Fenster zum Hof*.

Ein Licht ging an.

Brian hob das Fernglas noch einmal hoch und zielte damit auf ein Zimmer im elften Stock, das von gedämpftem, leicht rötlich schimmerndem Licht erfüllt war. Gleich darauf erschien eine Frau.

Sie blieb am Fenster stehen. Sie trug ein langes, nicht genau zu erkennendes Gewand. Einen Moment lang stand sie reglos da, dann glitten ihre Hände bis auf Taillenhöhe nach unten und gleich darauf wieder hoch zu ihrem Gesicht.

Sie hatte ein Fernglas in der Hand. Und sie sah zu Brian herüber.

Das Haus

In der Morgendämmerung wirkte die Wüste rund um Winnemucca so grau und holprig, als bestünde sie aus zerbröckeltem Beton, der von einem präkolumbianischen Freeway übriggeblieben war.

Jedenfalls kam es Mona so vor, als sie aus dem Fenster des ramponierten Ford Ranchero blickte, der sie rasch und ohne viel Aufhebens von der Busstation an einen Ort brachte, der sich Blue Moon Lodge nannte.

«Tja, das isses», brüllte Mother Mucca und deutete mit dem Kopf durch die Windschutzscheibe nach vorne zu dem flachen Gebäude mit Putzfassade, das sich in einiger Entfernung in die Landschaft duckte.

«Hübsch», sagte Mona.

«Ja», erwiderte Mother Mucca.

«Haben Sie es schon lange?»

«Sind dir sechzig Jahre lang genug?»

Mona pfiff.

Die Achtzigjährige stieß ein rauhes Glucksen hervor. «Mother Mucca ist eben ein *altes* Miststück!»

Bevor Mona eine Bemerkung über die im Herzen Junggebliebenen zustande bringen konnte, bog der Ranchero abrupt auf einen staubigen Parkplatz ein, der gleich neben dem Bordell lag. Mother Mucca drückte kräftig auf die Hupe.

«Himmel, Arsch und Wolkenbruch, wo is Bobbi denn?»

Eine Aluminiumtür flog krachend auf und gab den Blick frei auf eine nervös wirkende blonde Frau von Mitte zwanzig. Sie trug abgeschnittene Levi's und eine pinkfarbene Qiana-Bluse, die sie in Taillenhöhe verknotet hatte. Leicht humpelnd lief sie auf das Auto zu.

«Willkommen zu Hause», rief sie strahlend.

«Verflixt noch mal, was haste denn mit deinen Füßen angestellt?»

«Nix.»

Mother Mucca kletterte aus dem Ranchero. Sie schaute so finster drein wie eine der Indianerfiguren, die in Tabakläden herumstehen. «Nix, hmh?»

«Mother Mucca, ich hab ihm gesagt, daß er . . .»

«Jetzt hör mal zu, Püppi! Wenn du noch *einmal* 'ne Nummer schiebst mit diesem verrückten Mistsack aus Elko, dann kriegste 'nen Tritt in den Arsch und fliegst hier so schnell raus, daß du lieber . . . Aber gebrochen is nix, oder?»

Bobbi schüttelte den Kopf.

«Dann hol jetzt die Tüten raus. Das da is Judy.» Sie ruckte mit dem Kopf in Monas Richtung. «Judy bleibt 'n paar Tage und kümmert sich um die Telefone.»

Die beiden jungen Frauen nickten einander zu.

«Gib ihr Tanyas Zimmer», sagte Mother Mucca in etwas sanfterem Ton. «Aber nimm vorher die Schaukel raus.»

Die erste Station war die Küche, wo Mother Mucca mehr als einen Liter Milch in sich hineinschüttete und für sich und Mona Pop-Tarts in den Grill schob.

«Is sie nich 'n süßes kleines Ding?»

«Wer?»

«Bobbi.»

«Ach so . . . Ja. Sie macht einen sehr netten Eindruck.»

«Aber sie is völlig durchn Wind. Verrückt wie nur was. Aufpassen muß man auf sie wie 'ne Glucke. Mein Gott, wie ich die Göre aufgetan hab, hat se bis zum Hals in der Scheiße gesteckt. Schlimmer wär nich mehr gegangen.»

Mona schüttelte mitfühlend den Kopf. «Drogen?»

«Nee. Viel schlimmer. Sie hat Lochkarten getippt.»

Monas Zimmer lag zur Wüste hinaus und war das letzte in einer Reihe von Zimmern, die wie bei einem Motel an einer Art Laubengang lagen.

Die Einrichtung bestand aus einem Bett (weder Wasser noch Messing), einem Cocktailsessel mit grünem Plastikbezug, einem Nachtschränkchen mit Resopalplatte und einer

Frisierkommode aus der Eisenhower-Zeit, auf der unter anderem ein Autograph Hound (von Tanya?), ein Plastikfarn und eine postkutschenförmige Flasche Avon-Eau-de-Cologne ausgestellt waren.

Mona lag bäuchlings auf dem Bett und beschäftigte sich gerade mit der Frage, ob eine Woche in einem Puff ihrem Karma ernstlich schaden konnte, als Bobbi ins Zimmer kam.

«Klopf, klopf», sagte sie freundlich.

Mona wälzte sich auf den Rücken und rieb sich die Augen. «Oh . . . Hallo.»

«Ich hab dir ein paar Handtücher gebracht.»

«Danke.»

«Hast du dich schon eingelebt?»

«Ja. Danke, Bobbi.»

Sie lächelte. «Gern geschehen, Judy.» Mona erwiderte das Lächeln. Sie verspürte ein merkwürdiges Gefühl der Verbundenheit mit diesem unbedarften Wesen.

«Du wirst Mother Mucca mögen», sagte Bobbi leise. «Sie schimpft zwar wie ein Weltmeister, aber sie ist gar nicht so. In Wirklichkeit liebt sie uns wie ihre Töchter.»

«Wahrscheinlich hatte sie selber nie welche, hm?»

«Nein. Töchter hat sie keine gehabt. Aber sie hatte mal 'nen Sohn.»

«Was ist mit ihm passiert?»

«Er soll davongelaufen sein. Als er noch ein halbes Kind war. Aber das ist schon lange her.»

Land in Sicht

Frühstück auf der *Pacific Princess.* Im Speisesaal auf dem Aloha-Deck wimmelte es vor rotgesonnten Passagieren, die ihren ersten Blick auf Puerto Vallerta werfen wollten. Mary Ann hatte ihren Auftritt ohne Michael, der noch unter der Dusche stand.

«Na», polterte Arnold Littlefield los, während er sein Rührei in Ketchup ersäufte, «Ihr Männe hat Sie wohl versetzt, hm?»

Arnold und seine Frau Melba saßen mit Mary Ann und Michael am selben Tisch. Die Littlefields waren beide in den Vierzigern und ausnahmslos im Partnerlook unterwegs. Als Reverenz gegenüber ihrem Ausflugsziel hatten sie sich an diesem Morgen in exakt gleiche mexikanische Mehlsackgewänder gehüllt. Die Littlefields kamen aus Dublin. Dublin, Kalifornien.

«Er braucht immer länger als ich», sagte Mary Ann vergnügt, als sie sich setzte. Es war entschieden einfacher, Michael für ihren Ehemann durchgehen zu lassen, als zu erklären, wie es um ihre Beziehung, die Michael als «bizarr, aber ulkig» charakterisierte, eigentlich bestellt war.

«Richtig», sagte Melba, den Mund voll gebratenem Speck. «Männer sind viel eitler als Mädchen.»

Mary Ann nickte. Sie war dankbar, daß Michael keine Gelegenheit hatte, diese Bemerkung zu kommentieren. Sie bestellte ein Riesenfrühstück, doch als ihr Burke Andrew einfiel, ließ sie die Waffeln wieder streichen. Sie trank gerade ihren Orangensaft, als Michael voller Elan und blitzsauber auf der Bildfläche erschien.

Er trug Adidas, Levi's und ein weißes T-Shirt mit aufgedruckter Crisco-Dose.

«Entschuldigung, Entschuldigung.» Er grinste, als er den Littlefields zunickte und sich setzte.

«Kein Problem», sagte Arnold. «Aber Sie sollten Ihr kleines Frauchen besser im Auge behalten.» Er zwinkerte Mary Ann zu. «Sie ist viel zu hübsch, um sie frei rumlaufen zu lassen.»

«Arnold!» Das war Melba.

«Aber, das weiß Mike doch. Hab ich recht, Mike?»

«Tja, ich muß wirklich dauernd auf sie aufpassen.»

Melba stupste ihren Ehemann mit dem Ellbogen an. «Über *mich* sagst du so was nie, Arnold!»

«Na, die zwei sind ja auch jünger als wir, und du weißt doch, wie es damals bei uns ... Sagen Sie mal, Mike, wie lang sind Sie schon bei Crisco?»

«Wie?» Michael hatte dem Kellner vom Nebentisch schöne Augen gemacht.

«Ihr T-Shirt. Sie haben doch mit Crisco zu tun, oder?»

Mary Ann wäre am liebsten in ihre Cornflakesschüssel getaucht.

«Doch, ja», antwortete Michael ganz sachlich. «Bei Crisco . . . bin ich schon vor . . . ach, ich weiß nicht genau . . . vor vier oder fünf Jahren gelandet.»

«Im Verkauf?»

«Nein. In der Werbung.»

«Mouse . . .»

Michael zwinkerte Arnold zu. «Meinem kleinen Frauchen gefällt es nicht, wenn ich beim Essen übers Geschäft rede.»

«Recht hat sie», schlug Melba sich auf Mary Anns Seite. «Arnold redet über Aluminiumgußteile, bis ihm die Luft ausgeht. Und es ist so *langweilig*!»

«Für dich vielleicht, Melba, aber für *andere* überhaupt nicht. Nicht, wenn sie das Zeug zu ihrem Beruf gemacht haben! Sie finden Crisco ja auch nicht langweilig, oder, Mike?»

«Ganz im Gegenteil», antwortete Michael im Brustton der Überzeugung.

Wenn man auf dem Promenadendeck stand, schienen der weiße Sand und die Palmen von Puerto Vallerta zum Greifen nah. Mary Ann lehnte sich an die Reling und beobachtete die Taxifahrer und Ponchoverkäufer, die am Anleger bereits Aufstellung genommen hatten.

«Wo sollen wir hingehen, Mouse?»

«Keine Ahnung. Am besten einfach den Strand lang.»

«Wir haben überhaupt kein mexikanisches Geld.»

«Der Zahlmeister hat gesagt, daß man hier auch . . . Moment. Da kommt er!»

«Wer?»

«Der geheimnisumwobene, aber geile Mr. Andrews.»

Als Mary Ann sich umdrehte, sah sie den Erdbeerblonden

mit ausladenden Schritten auf sich zukommen. *«Andrew»,* verbesserte sie Michael rasch. «Ohne ‹s›.»

Michael zuckte mit den Schultern. «Aber sonst ist er doch auch nicht ohne.»

Mary Ann registrierte Michaels Bemerkung gar nicht mehr; Burke Andrew strahlte sie an. «Ich hab euch beide schon gesucht», sagte er.

Uns beide? dachte Mary Ann.

Kinderkram

Selbst nach drei Scotchs im University Club mußte Beauchamp immer noch an den Brief denken, der in der Brusttasche seines Brioni-Jacketts steckte.

«Na», sagte Peter Cipriani, der den jungen Geschäftsmann auf der Terrasse ansprach, «für dich ist das Leben im Moment wohl *kein* ‹cabaret, old chum›, was?»

Beauchamp schaute finster drein. «Nicht mal zur *Hälfte.*»

«Es könnte schlimmer sein.»

«Wie?»

«Du könntest an *meiner* Stelle sein, *mon petit.* Du könntest dazu verdammt sein, einer Essenseinladung bei den Langstons folgen zu müssen.»

Beauchamp schaute Peter über den Rand seines Glases hinweg mitleidig an. «Was wird heute serviert? Antiker Fasan?»

«Schlimmer . . . Ach, viel schlimmer!»

«Viktorianisches Wildbret?»

Peter machte ein ernstes Gesicht und schüttelte den Kopf. «Den Gerüchten nach . . . Gott steh uns bei! . . . soll es edwardianischen Elch geben! Wer weiß, wie lang das Vieh schon in der Gefriertruhe gelegen hat. Miss Langston hat schon seit Ende der Sechziger keinen Elch mehr erlegt!»

Was für eine Pißnelke, dachte Beauchamp verbittert, als er mit dem Lift zu seinem Penthouse auf dem Telegraph Hill hochfuhr. Im Vergleich zu seinen Problemen waren die anderer Leute geradezu lächerlich.

DeDe war in der Bibliothek. Sie saß mit angezogenen Beinen auf dem Sofa mit der geschwungenen Rückenlehne und las in *Sog der Leidenschaft* von Rosemary Rogers. Ihre freie Hand steckte zur Hälfte in einer Cloisonné-Schale voller M & M's. Beauchamp funkelte sie wütend an.

«Sieh da! Der Inbegriff des Frauseins!»

«Ich habe einen anstrengenden Tag hinter mir, Beauchamp.»

Er stellte seinen Aktenkoffer ab und ging an die Bar. «Das kann ich mir vorstellen.»

«Was soll das denn heißen?»

Er drehte sich nicht zu ihr um, während er sich J & B in ein Schnapsglas schüttete. «Es muß *unvorstellbar* strapaziös sein, eine Super-Jumbo-Tüte M & M's aufzutreiben. Bist du den ganzen Weg zu Woolworth gefahren?»

«Sehr witzig.»

«Wenn du *Fett* so lustig findest, dann lach doch.»

«Darf ich dich daran erinnern, daß ich *zwei* Babies im Bauch habe!»

«Ich weiß», sagte er und kippte seinen Scotch. «Schoko und Schoko-Nuß.»

Das Abendessen bestand aus kalter Quiche und Salat. Sie aßen in eisigem Schweigen, vermieden jeden Blickkontakt und warteten mißmutig auf den Moment, von dem sie beide wußten, daß er kommen würde.

«Wir müssen miteinander reden», sagte Beauchamp schließlich.

«Worüber?»

«Das weißt du verdammt gut!»

«Beauchamp . . . Ich habe es satt, darüber zu reden. Daß du verärgert bist, nehme ich dir nicht übel, wirklich nicht. Ich werde die Babies auf jeden Fall zur Welt bringen, aber diese . . .

Schikanen halte ich nicht mehr länger aus.» Sie sah ihm direkt in die Augen. «Ich habe lange überlegt. Und ich habe mich entschieden, zu Mutter zu ziehen.»

«Brillant. Einfach brillant.»

«Ob das brillant ist oder nicht, kann ich nicht sagen, aber wenigstens werde ich . . .»

«Jetzt hörst du mir aber mal zu! Du schuldest mir noch eine Erklärung. Und bevor du mir nicht ein paar Fragen beantwortet hast, läufst du nicht nach Hause zu deiner Mommy.» Er kramte den Brief aus der Tasche und klatschte ihn ihr in die Hand. «Dieses reizende anonyme Sendschreiben habe ich heute im Büro bekommen!»

DeDes Hände zitterten, als sie einen Notizzettel aus dem Umschlag zog. Die Botschaft, die mit gelbem Filzstift geschrieben war bestand aus acht Worten:

WARUM NENNT IHR SIE NICHT
YIN UND YANG?

«Und?» sagte Beauchamp mit drohender Stimme. «Würdest du mir vielleicht erklären, was das heißen soll?»

DeDe starrte die grauenhafte Botschaft mehrere Sekunden an, um Zeit zu schinden. Sie zwang sich, ruhig zu bleiben. Ihr war klar, daß sich der Kreis geschlossen hatte. Ausgehend von ihrer besten Freundin Binky hatte sich die schändliche Wahrheit auf dem Weg über den Klatschkolumnisten Carson Callas in der ganzen Stadt ausgebreitet: Sie trug die Kinder eines Botenjungen vom Telegraph Hill unter dem Herzen!

DeDe legte den Zettel mit der beschriebenen Seite nach unten auf den Tisch. «Das ist abstoßend», sagte sie leise.

«Beantworte meine Frage, DeDe.»

«Beauchamp, bitte . . .»

Er wirkte angriffsbereit wie eine Kobra.

«Ach, scheiß drauf, Beauchamp! Der Vater der Kinder ist Chinese!»

Die Lektion der Vermieterin

Als Brian mit seiner Schicht bei Perry's fertig war, ging er schnurstracks nach Hause in die Barbary Lane. Mrs. Madrigal thronte im Flur auf einer Stehleiter und wechselte eine Glühbirne aus. Mit ihrer Sechzig-Watt-Aura wirkte sie da oben wie eine Schundfilm-Madonna, die sich vorgenommen hatte, ein ahnungsloses französisches Dorf aufzumischen.

«Willkommen auf Manderley», sagte sie theatralisch. «Ich bin Mrs. Danvers. Ich bin sicher, daß Sie hier sehr glücklich sein werden.»

Brian lachte. «Ist Ihnen heute abend nach Schauergeschichten zumute?»

«Und wie! Dir etwa nicht? Dieses Haus ist doch die reinste *Gruft,* seit Mary Ann und Michael in Mexiko sind und Mona sich *wer weiß wo* rumtreibt . . . Und du ständig damit beschäftigt bist, der halben weiblichen Bevölkerung nachzustellen.»

«Ich war arbeiten.»

«Mhmm. Es *ist* auch Arbeit, nicht?»

Ihre Sticheleien nervten ihn, doch er ließ sie über sich ergehen. Sie hatte ihm in ihrer Barbary-Lane-Familie die Rolle des alternden Don Juans zugewiesen, und im Moment paßte dieses Etikett ebenso gut wie jedes andere. «Na dann», sagte er seufzend. «Ich kümmere mich jetzt wohl besser um meinen Abwasch. Auf dem kann man wahrscheinlich schon Penicillin gewinnen.»

«Brian?»

«Ja?»

«Hast du Lust auf einen kleinen Joint mit einer alten Dame?» Sie blinzelte ihn mit ihren großen blauen Augen völlig ungeniert an.

«Klar», antwortete er lächelnd. «Ich besorg den Joint, wenn Sie die alte Dame ranschaffen.»

Ihre Wohnung wirkte überladener denn je, als hätten die Deckchen und Troddeln in unbeobachteten Augenblicken noch mehr davon ausgebrütet. Die beiden Marmorstatuen, die Brian bei seinem ersten Besuch im Reich der Vermieterin so fasziniert hatten, flankierten noch immer den Durchgang ins Eßzimmer: ein Junge mit einem Dorn im Fuß und eine Frau mit einem Wasserkrug.

Mrs. Madrigal setzte sich auf das uralte Samtsofa und zog die Beine mit einer Bewegung unter den Kimono, die überraschend mädchenhaft wirkte. Sie machte einen kurzen Zug an dem Joint und reichte ihn an ihren Mieter weiter. «Wer ist sie denn nun, mein Lieber?»

«Wer?»

«Das Wesen, das meinen Prinzen Sorglos zur Raserei treibt.»

Brian hielt den Rauch in der Lunge, so lange er konnte. «Ich glaube, Sie reden mit dem falschen Prinzen Sorglos.»

«Ja, meinst du?»

Ihr Blick sagte ihm, daß er sich ruhig bei ihr ausweinen konnte.

«Mrs. Madrigal, es ist schon spät, und ich bin nicht mehr aufgelegt zu Spielchen.» Seine Schroffheit war ihm peinlich, weshalb er lachend hinzufügte: «Wenn sie natürlich ein paar . . . weibliche Wesen in petto haben – auf meiner Büchse ist noch Platz für die eine oder andere Kerbe!»

«Brian, Brian . . . Das bist nicht *du*, mein Lieber.»

Er verlor die Geduld. «Ach, hören Sie auf mit . . .»

«Mir *liegt* was an dir, mein Lieber. Herrgott, ich weiß, daß ich eine neugierige alte Kuh bin, aber ich hab eben nichts Besseres zu tun. Ich meine, wenn du mal jemand zum *Reden* brauchst . . .» Sie beugte sich ein wenig vor und lächelte wie eine bekiffte Mona Lisa. «Darf ich dir einen unerbetenen Rat geben?»

Er nickte, obwohl er sich mit jeder Sekunde unwohler fühlte.

«Wenn du das nächste Mal ein Mädchen kennenlernst . . . eines, das du wirklich magst . . . dann tu so, als wärst du ein Kriegsheld, dem sie den Wasserhahn weggeschossen haben.»

Brian grinste ungläubig. «Was?»

«Ganz im Ernst, mein Lieber. Erzähl keiner Menschenseele von deiner Verletzung . . . Und schon gar nicht *ihr*! . . . Aber tu vor dir selber so, als wär dir diese schreckliche Sache passiert und als könntest du deine Gefühle nur noch mit den Augen und dem Herzen vermitteln.»

«Und was mache ich, wenn sie mit mir nach Hause kommen will?»

«Das *geht* nicht, mein Lieber. Denk daran, daß du deinen Pillermann verloren hast. Du kannst nur tapfer lächeln und sie für den nächsten Abend zum Essen einladen . . . Oder vielleicht zu einem netten Spaziergang im Park. Sie wird ja sagen. Glaub mir nur.»

Brian machte einen langen Zug an dem Joint. «Und wie lange soll ich . . .?» Er atmete mitten im Satz aus und bemühte sich weiter um einen Ausdruck amüsierter Nachsichtigkeit. «Wie lange soll ich so tun, als ob?»

«So lange wie möglich. Bis sie dich fragt.»

«Bis sie mich was fragt?»

«Ob du im Krieg verwundet worden bist, natürlich!»

«Und was sage ich ihr dann?»

«Die Wahrheit, mein Lieber. Daß alles intakt ist. Das wird für sie eine ganz *wunderbare* Überraschung sein.»

Brian verschränkte die Arme und lächelte Mrs. Madrigal an.

«Und für *dich*», fügte sie mit erhobenem Zeigefinger hinzu, «wird es auch eine hübsche Überraschung sein.»

«Inwiefern?»

«Du wirst die arme Kleine dann *kennen,* Brian. Und es könnte sogar sein, daß du sie dann auch schon *magst.*»

Als Brian ein paar Minuten später am Fenster seines Häuschens auf dem Dach stand, staunte er darüber, daß Mrs. Madrigal in ihm lesen konnte wie in einem offenen Buch, daß sie «das Wesen, das meinen Prinzen Sorglos zur Raserei treibt» so mühelos ausfindig gemacht hatte.

Konnte man es in seinem Gesicht lesen? Weiteten sich seine

Pupillen schon allein wegen der lendenstimulierenden Kraft der Phantasie? Welche Mundstellung oder welches Augenzukken verriet die Leidenschaft, die ihn mit zunehmender Heftigkeit verzehrte?

Zwei Minuten vor Mitternacht hob er das Fernglas vors Gesicht und richtete es auf den elften Stock des Superman Building.

Er hatte darum gebetet, und so passierte es auch – sie zeigte sich pünktlich auf die Minute.

Und Brian hörte sich aufstöhnen, als ihre Fernglasblicke sich auf halber Strecke trafen.

Bobbi

Mona war durch die Drogen und die lange Busfahrt so erschöpft, daß sie sich nach dem Frühstück in der Blue Moon Lodge schlafen legte. Die glühendheiße Mittagssonne hatte sie bereits gezwungen, die Decken wegzustrampeln, als Bobbi an die Tür ihres kleinen Blockhüttenabteils klopfte.

«Klopf, klopf», sagte sie.

Mona stöhnte im stillen. Wie lange würde sie die hündische Zuneigung dieses zuckersüßen Flittchens ertragen können?

«Hallo, Judy. Mother Mucca hat mir gesagt, ich soll dir zeigen, wie die Telefone funktionieren.»

O wie gräßlich! Die Telefone. Sie hatte wohl *tatsächlich* einen Job. Für diesen acidfreien Trip mußte sie bezahlen. Sie zog sich in eine halb sitzende Position hoch, lehnte sich an das Kopfbrett und rieb sich die Augen. «Drei Minuten, okay?»

Sie taumelte in das winzige Badezimmer und spritzte sich Wasser ins Gesicht. Es würde nur für eine Woche sein, sagte sie sich, und Prostitution war in Nevada schließlich erlaubt. Außerdem würde *dieser* Gig in ihrem Lebenslauf ganz schön rausknallen, wenn sie sich je dazu entschließen sollte, wieder als Werbetexterin zu arbeiten.

Als sie aus dem Badezimmer zurückkam, fielen ihr zwei große Metallhaken an der Decke auf.

«Wofür sind die denn?» wollte sie von Bobbi wissen.

«Was?»

«Die Haken da oben.»

«Ach so. Das hier war mal Tanyas Zimmer.»

Schon kapiert, vielen Dank. «Hat Tanya mit Haken gearbeitet?»

Bobbi kicherte, als wäre Mona ein neues Kind in der Nachbarschaft, das noch nicht mal Himmel und Hölle spielen konnte. «Da hat sie die Schaukel dran aufgehängt.»

Soll ich noch weiterfragen? dachte Mona. Ja. Ich bin Empfangsdame in einem Puff. Ich sollte über Schaukeln Bescheid wissen. «Und die Schaukel hat . . . zu ihrem Programm gehört?»

Bobbi nickte. «Wasserspiele. Sie war richtig berühmt dafür.»

«Du meinst . . .? Ich kapier das nicht.»

«Ach, Dummerchen», zwitscherte Bobbi. «Sie hat auf ihre Freier *runtergepinkelt* von dort oben. Während sie geschaukelt hat, verstehst du?»

«Ich glaub, ich hab sie mal in der *Gong-Show* gesehen.»

«Hmh?»

«Ach, nichts. Warum ist sie eigentlich nicht mehr hier?»

«Tanya? Sie ist an ein Haus in Elko gewechselt.»

«Hat das denn was gebracht?»

Bobbi zuckte mit den Schultern. «Für sie schon, denk ich. Mother Mucca war furchtbar pissig. Aber Tanya kommt wahrscheinlich sowieso wieder. Es gibt hier in der Gegend halt nur ein paar gute Häuser. Elko, Winnemucca, Wells . . . Und das war's dann auch schon.»

Mona unterdrückte ein despektierliches Grinsen. Dieses dumme Kind, das pinkeln sagte, wenn es pissen meinte, und pissig, wenn es sauer meinte, konnte sehr wohl zwischen einem achtbaren und einem weniger achtbaren Puff unterscheiden. «Und wo sind die lausigen Häuser?» wollte Mona wissen.

Bobbi verzog nachdenklich den Mund. Offensichtlich war

sie glücklich über ihre Rolle als Duncan Hines der Puffs. «Also, ich glaube ... in Mina, und in Eureka und in Battle Mountain. Battle Mountain ist absolut das Hinterletzte. Wenn ein Mädchen mal in der Mühle drin ist ... Na ja, dann kann sie die Sache auch gleich an den Nagel hängen.»

Bobbis Einkünfte, erfuhr Mona, lagen bei ungefähr dreihundert Dollar in der Woche. Das blieb, *nachdem* Mother Mucca ihren Anteil kassiert und Bobbi für Kost und Logis bezahlt hatte.

Alle Mädchen aus der Blue Moon Lodge mußten drei Wochen durcharbeiten und hatten anschließend eine Woche frei. Der Staat achtete darauf, daß sie eine Arbeitserlaubnis ausgestellt bekamen, daß ihre Fingerabdrücke abgenommen wurden, daß sie fotografiert und ärztlich untersucht wurden, bevor sie ihr Geschäft in Schwung brachten – oder ihre Schaukeln.

Die einträglichsten Zeiten waren nach Bobbis Auskunft der Sommer, wenn der auf der Interstate 80 von Küste zu Küste rollende Verkehr stärker war, und die paar Wochen von Mitte September bis Mitte Oktober, wenn die Rotwildjäger in die Gegend einfielen.

Die Mädchen aus der Blue Moon Lodge hatten das Recht, zum Einkaufen und zu einem Kino- oder Arztbesuch in die Stadt zu fahren, doch sie mußten sich dabei entsprechend den Bestimmungen der Gemeindeordnung von Winnemucca abwechseln.

Außerdem gab es ein Gesetz, demzufolge eine Frau in keinem der Bordelle von Winnemucca arbeiten durfte, wenn ein Mitglied ihrer Familie seinen Wohnsitz im Bezirk Winnemucca hatte.

«Mach schon», drängte Bobbi, sobald Mona sich einigermaßen aufgerappelt hatte. «Ich will dir was ganz Tolles zeigen.»

Mona wappnete sich gegen die zu erwartende Scheußlichkeit. Ein Gummizimmer vielleicht? Eine verspiegelte Zimmerdecke? Ein sexhungriger Esel? Ein mösenfreier Taucheranzug aus Naugahyde von Frederick's of Hollywood?

Bobbi ging voran, in die pralle Sonne hinaus. Die warme Wüstenluft rief Mona schlagartig den ursprünglichen Grund für ihre Flucht aus San Francisco in Erinnerung: Das Einswerden mit der Natur. Die Harmonie mit den Elementen.

Aber nein . . . O nein. Buddha hatte sie zu etwas anderem bestimmt.

Buddha wollte aus einem völlig unverständlichen Grund, daß sie ein Zimmer mit Haken in der Decke hatte.

Ihr Ziel war Bobbis Zimmer, das dem von Mona aufs Haar glich, aber drei Türen näher am Haupthaus lag. Bobbi öffnete schwungvoll die Tür.

«Dort drüben», rief sie. «Auf dem Regal über dem Bett.»

Mona fiel die Kinnlade herunter.

«Dolls of All Nations», sagte Bobbi. «Ich sammel solche Puppen schon, seit ich zwölf bin.»

«Sie sind . . . sehr hübsch», kommentierte Mona.

Die Kindsnutte strahlte voller Stolz. «Sie haben alle das gleiche Gesicht, aber . . . Na ja, wahrscheinlich kann man im Leben nicht alles haben.»

«Nein.»

«Du kannst sie anfassen, wenn du willst.»

Mona ging zu dem Regal und tat so, als würde sie sich eine der Puppen genauer ansehen. «Sehr hübsch», sagte sie leise.

«Du hast dir meine Lieblingspuppe ausgeguckt. Norwegen.»

«Ja?»

«Glaubst du, daß die Mädchen in Norwegen wirklich solche Kleider . . .? Stimmt was nicht, Judy?»

«Nein, ich . . . Ich war bloß einen Moment lang woanders mit meinen Gedanken.»

Kurz darauf entschuldigte Mona sich und ging zurück in ihre Bude, wo sie sich ins Badezimmer einschloß und einige Zeit heulte.

Angel Dust wirkte manchmal so bei ihr.

Der Tag des Leguans

Das ziemlich unmögliche Trio nippte unter einem strohgedeckten Sonnenschirm vor dem Posada Vallarta an Coco Locos und schaute auf den blauesten aller Ozeane hinaus.

«Es ist hübsch hier», sagte Burke und streckte die Arme über den Kopf. «Ich bin froh, daß ihr mich mitgenommen habt. Zu den anderen Leuten auf dem Schiff habe ich nicht so den . . . richtigen Bezug.»

Michael grinste ihn über seine Kokosnuß hinweg an. «Fährst du nicht ab auf Blaugespülte?»

«Auf blau was?»

«Auf alte Damen», übersetzte Mary Ann.

«Ach so.» Burke schaute erst Mary Ann, dann Michael an und lachte herzlich. «Anscheinend bin ich nicht mehr auf der Höhe der Zeit, hmh?»

Mary Ann schüttelte den Kopf. «Mouse redet verschlüsselt, Burke. Die Hälfte der Zeit habe ich selber nicht die leiseste Ahnung, wovon er redet.»

«Wie lange . . . kennt ihr euch schon?»

Michael sah Mary Ann an. «Wie lang ist die Geschichte im Safeway her? Ein dreiviertel Jahr? Ein Jahr?»

«Ja, das kommt hin.»

«Wir haben uns im Supermarkt kennengelernt», klärte Michael Burke auf. «Mary Ann hat versucht, mir meinen Liebhaber auszuspannen.»

Burke schaute erstaunt drein. «Du bist . . .?»

«Schwul wie nur was», sagte Michael. Er stand lächelnd auf und zupfte seine blauen Rocky-Shorts aus Satin zurecht. «Ich gehe jetzt ein bißchen spazieren. Ihr zwei habt genau eine Stunde Zeit, um miteinander warm zu werden.»

Mary Ann drehte sich um und sah Michael nach, der beschwingt auf die Brandung zulief. Dann lächelte sie Burke amüsiert und zugleich entschuldigend an. «Ich kann mir einfach nicht helfen mit ihm», sagte sie.

«Offensichtlich», antwortete Burke lachend.

Sie lachte mit. «So hab ich es nicht gemeint.»

«Er macht aber einen sehr netten Eindruck.»

«Ja. Ich hab ihn furchtbar gern.»

«Aber er ist nicht dein . . .?»

Sie schüttelte den Kopf und prustete dann los: «Er sagt, daß er sich als mein Kuppler versteht.» Ihr Lächeln verschwand schlagartig, als sie Burkes Gesicht sah. «War das gerade unanständig?»

«Überhaupt nicht. Ich bin bloß . . . Na ja, ich hab noch nie jemand wie euch zwei kennengelernt.»

Mary Ann ließ ihren Blick über sein Gesicht wandern, taxierte den kräftigen Unterkiefer, den vollen Mund und die verblüffende Naivität, die aus diesen weit auseinanderliegenden Augen sprach. Konnte jemand noch *dermaßen* unschuldig sein?

«Wo kommst du her, Burke?»

Er warf ihr einen kurzen Blick zu, dann zog er mit dem Zeigefinger den Rand seiner Kokosnuß nach. «Eigentlich von überall her.»

«Ach so. Na ja, wo hast du dann in der letzten Zeit gewohnt?»

«Äh . . . In San Francisco.»

«Großartig! Ich auch! Und wo dort?»

«Eigentlich bin ich aus Nantucket. Das heißt, meine Eltern leben jetzt dort, und ich wohne bei ihnen. Ich hab mal einige Zeit in San Francisco gelebt, aber damit ist es jetzt vorbei.»

«Wo hast du gewohnt, als du . . .»

Er stieß abrupt seinen Stuhl zurück. «Hast du nicht Lust, schwimmen zu gehen oder so? Ich finde, wir sollten diese eine Stunde nutzen.»

Sie lächelte ihn an. «Du hast recht. Gehen wir.»

Sie bummelten den Strand entlang in Richtung Stadt. Ab und zu machten sie halt und tollten in der Brandung herum oder sahen mit angehaltenem Atem den geblähten Flugdrachen zu, die durch den wolkenlosen Himmel glitten. Burke nahm alles mit unverhülltem Staunen in sich auf, mit der fröhlichen Offenheit eines Kindes, das zum erstenmal das Meer sieht.

Er war liebenswürdig, fiel Mary Ann auf, und zwar auf eine urwüchsige, männliche Art. Und er war männlich, ohne ein Macho zu sein. Es war unvorstellbar, daß er im Thomas Lord's Sekretärinnen anbaggerte. Als ein Straßenhändler auftauchte, der sich einen abstoßenden Halsschmuck aus ausgestopften Leguanen umgelegt hatte, griff Burke sofort nach seiner Brieftasche.

«Welchen möchtest du haben?»

«Igitt! Das meinst du doch nicht ernst?»

«Dann so ein Hemd vielleicht? Das mit der Stickerei?»

«Burke . . . Du brauchst mir nichts kaufen.»

Er runzelte die Stirn und machte ein feierliches Gesicht. «Wie willst du mich in Erinnerung behalten, wenn du keinen Leguan hast?»

Lächelnd legte sie ihre Hand auf die Stelle seines Rückens, an der ein Büschel goldener Haare über den Rand seiner Badehose lugte.

«Ich behalte dich schon in Erinnerung», sagte sie. «Mach dir da mal keine Sorgen.»

Hoffnungslos normal

Als DeDe Halcyon Day zehn Jahre alt gewesen war, hatten ihre Eltern sie ins Ferienlager an den Huntington Lake geschickt. Sechs schauderhafte Wochen lang hatte sie gelitten, wie nur ein dickes Kind leiden kann, das gezwungen wird, im Kanu zu paddeln, Brieftaschen zu nähen und verschiedene Lieder immer nach der Melodie von «O Tannenbaum» zu singen.

Das Ende des Ferienlagers war ihr damals als barmherzige

Befreiung erschienen, als Flucht vor der Tyrannei von Kindern in die Annehmlichkeiten und den Schutz von Halcyon Hill.

Etwas ähnliches, etwas von dieser alten Sehnsucht nach Heimat, verspürte sie auch jetzt, als sie ihre Gucci-Koffer packte und sich innerlich auf Hillsborough einstellte.

Sie wollte Beauchamp hinter sich lassen.

Es sollte ihn das gleiche Schicksal ereilen wie das Juckpulver, die Betten mit den zu kurzen Laken und die hübschen vorpubertären Mädchen, die über Damenbinden witzelten.

Er sollte aus ihrem Leben verschwinden.

Aber Beauchamp ließ nicht locker.

«Dir ist doch wohl klar, daß dadurch überhaupt nichts besser wird!»

Sie ignorierte ihn und packte weiter ein.

«Okay. Du läufst also nach Hause zu deiner Mommy. Und was dann? Was glaubst du, was die Leute sagen werden, wenn die Babies erst mal auf der Welt sind?»

«Das ist mir doch egal, was die Leute sagen.»

«Oh, was bist du mal wieder *au courant*!»

DeDes Stimme blieb ruhig. «Ich will die Babies haben, Beauchamp.»

«Glaubst du denn, daß ihr Vater sie haben will? Wie soll er das überhaupt anstellen mit den beiden? Soll er sie sich auf den Gepäckträger schnallen, wenn er seine Liefertour fährt?»

«Laß ihn aus dem Spiel.»

«O Gott, ja! Bloß nicht an seine schützenswerten asiatischen Empfindlichkeiten rühren. *Er* hat ja auch nur einen unschuldigen ethnischen Vorstoß unternommen, und zwar in meine . . .»

«Halt die Klappe, Beauchamp!»

Er fauchte jetzt. «Warum läßt du deine Pearl-S.-Buck-Masche nicht einfach fallen, Miss Moralinsauer! Diese Babies sind dir doch scheißegal, und das weißt du auch!»

«Das ist nicht wahr.»

«Die Hälfte deiner Freundinnen hat schon eine Abtreibung hinter sich, DeDe.»

«Aber nicht im sechsten Monat.»

«Eine einfache Kochsalzinjektion, das ist alles. Es ist nicht komplizierter als . . .»

«Ich will nichts mehr davon hören.»

Er äffte ihren Ton nach. «‹Ich will nichts mehr davon hören.› Scheiße! Schert es dich denn einen Dreck, welchen Demütigungen du mich aussetzt? Gibst du denn überhaupt noch einen Pfifferling auf Halcyon Communications – auf die Firma deines *eigenen* Vaters?» Er senkte dramatisch die Stimme und klang dann beinahe wehleidig. «Mein Gott, DeDe, man hat uns dieses Jahr für den PU Club vorgeschlagen.»

«Dich, Beauchamp. Mich nicht.»

«Das ist doch ein und dasselbe.»

DeDe blickte von ihrem Koffer auf und brachte ein schwaches Lächeln zustande. «Jetzt nicht mehr», sagte sie.

Er warf ihr einen mörderischen Blick zu, bevor er die Schlafzimmertür zuknallte und aus der Wohnung stürmte.

Beauchamp verschanzte sich für den Rest des Samstagnachmittags hinter seinem Schreibtisch bei Halcyon Communications und kniete sich in die neue Werbekampagne für Tidy-Teen Tampettes. Die Arbeit half ihm, seine Gedanken zu ordnen, so daß er sich gegen sechs auf einen anderen Zugang zu seinem Problem verlegte.

Er wählte eine Telefonnummer in West Portal.

«Ja?» knurrte eine Stimme am anderen Ende der Leitung. Beauchamp wußte aus Erfahrung, daß der nasale Klang nicht von einer Erkältung kam.

«Bruno?»

«Ja, ja.»

«Ich bin's, Beauchamp Day.»

«Ach so. Ja. Brauchst du schon wieder frischen Schnee?»

«Nein. Das heißt, vielleicht doch. Eigentlich will ich diesmal was ganz Besonderes.»

«Ich hab grade 'n bißchen Purple Haze da. Und 'n paar sagenhafte Black Beauties.»

«Nein. Es geht um etwas anderes. Erinnern Sie sich an diesen Freund von Ihnen, der ... Sehwierigkeiten bereinigt?»

Schweigen.

«Es ist nicht das, was Sie jetzt denken. Nichts Hartes. Ich brauche bloß ... Na ja, es ist so eine Art Spezial... Ich meine, es ist eine spezielle Situation.»

«Das kost dich aber was.»

«Das ist mir klar. Wann können wir darüber reden?»

«Heut abend? Um acht?»

«Wo?»

«Äh ... Im Doggie Diner. An der Van Ness.»

«Abgemacht. Im Doggie Diner an der Van Ness um acht.»

«Keinen Schnee, hmh?»

«Nein, Bruno. Heute nicht.»

Lady Eleven

Entgegen seinem Instinkt hatte Brian Hawkins der Frau aus dem Superman Building einen Namen gegeben.

Lady Eleven.

Er sagte sich, daß er schließlich keine krankhaften Phantasien auslebte. Sie war *da* wie der Mount Everest, war eine nächtliche Realität, genauso beständig und unausweichlich wie das Rattern der Cable Cars oder das Tuten der Nebelhörner auf der Bay. Da war es doch nur natürlich, ihr einen Namen zu geben.

Sie erschien verläßlich um Schlag Mitternacht (konnte eine Digitaluhr schlagen?) und ging vor dem schwachrosa Schimmer in ihrem Schlafzimmer in Stellung. Danach bewegte sie sich nur noch, um ihr Fernglas zu heben oder zu senken und nach nicht einmal zwanzig Minuten einen wenig dramatischen Abgang hinzulegen.

Sie ließ nie erkennen, daß sie um Brians Anwesenheit wußte, doch ihr Blick haftete immer nur am Fenster seines Häuschens auf dem Dach. Mit bloßem Auge betrachtet, war sie nichts als ein dunkler Fleck in dem weit entfernten Rechteck aus Licht. Aber mit dem Feldstecher waren sogar ihre Gesichtszüge auszumachen.

Ein längliches Gesicht mit einem vollen Mund, das eingerahmt war von ... Ja, waren die Haare dunkelbraun? Die Farbe war nicht zu bestimmen, doch Brian entschied sich für kastanienbraun.

Die Haare fielen ihr weit über die Schultern und waren wohl hinten zusammengebunden. Sie trug einen hellen, unspektakulären Bademantel, vielleicht aus Frottee, der recht wenig vom Rest ihres Körpers enthüllte.

Etwas an ihr ließ vermuten, daß sie eben erst unter der Dusche gewesen war.

Brian fragte sich jedesmal, ob ihre Haare feucht waren und nach Herbal Essence dufteten.

Es war die sechste Nacht.

Als Brian von Perry's nach Hause kam, mußte er unwillkürlich daran denken, wie radikal sich seine Gewohnheiten geändert hatten. Mein Gott, es war elf, und er war zu Hause!

Außerdem fiel ihm auf, daß er jetzt nach der Arbeit immer duschte. An diesem Tag verbrachte er sogar noch mehr Zeit im Bad als normalerweise und hübschte sich auf wie ein Erstsemester vor der Kennenlernfete im Haus einer Studentinnenverbindung.

Nach dem Zähneputzen und Rasieren (Rasieren?) schlüpfte er in seinen Frotteebademantel und setzte sich mit einer eselsohrigen *Oui* in einen Polstersessel vor dem Südfenster.

Nur noch sieben Minuten.

Der Himmel um das Dachhäuschen befand sich in wagnerianischem Aufruhr. Bombastische weiße Wolken, die aussahen wie Theaterrequisiten aus Watte, trieben an dem gespenstisch aussehenden Monolithen Superman Building vorbei. Um elf Uhr sechsundfünfzig ging im elften Stock ein Licht an.

Das Licht.

Brian ließ die Illustrierte fallen und stellte sich ans Fenster. Er griff nach dem Fernglas und konzentrierte sich auf die Höhle von Lady Eleven. Sie war noch nicht zu sehen; in ihrem Schlafzimmer rührte sich nichts.

Auch um Mitternacht war sie nicht zu sehen.

Sie hatte ihn versetzt.

Brian harrte am Fenster aus, wie betäubt von der Enttäuschung und dem Gefühl, verraten worden zu sein; wie ein Kind, das im Sommer unvermittelt aus einem Traum über den Heiligen Abend gerissen worden war. Während er unbeweglich an der kalten Fensterscheibe lehnte (die er erst am Morgen mit Windex geputzt hatte) und die unsichtbare Sirene verfluchte, die ihn dazu gebracht hatte, sich um Mitternacht zu rasieren, stieg ihm nach und nach die Hitze der Wut ins Gesicht.

Es war wohl ein ehernes Gesetz! Die Frauen, nach denen ein Mann sich verzehrte, erkannten es mit gerissener, seit Urzeiten geübter Unfehlbarkeit. Es war allein sein Begehren, das diese Frauen reizte, nicht dessen Erfüllung. Sobald sie es spürten, sobald der erste kräftige Moschusduft in ihre Nüstern drang, verschwanden sie für immer aus seinem Leben.

Doch dann – Dem Herrn sei Dank! – erschien sie.

Der Schwerkraft enthoben und majestätisch wie die Galionsfigur des großen weißen Klippers Superman Building nahm Lady Eleven in ihrem Fenster Gestalt an und hob das Fernglas an die Augen. Brian tat es ihr nach.

Dann verschlug es ihm den Atem.

Denn nun hielt sie das Fernglas mit der rechten Hand . . . und benutzte die linke, um den Gürtel ihres Bademantels zu öffnen.

Gleichzeitig mit dem ihren glitt auch Brians Bademantel zu Boden.

An diesem sechsten verzauberten Abend, hoch über dem Getümmel der Stadt.

Praxisnahe Ausbildung

Monas erster Nachmittag in der Blue Moon Lodge verlief enttäuschend ereignislos. Das Telefon klingelte nur zweimal. Der erste Anruf kam von einem Mann, der wissen wollte, ob Monique noch im Haus arbeitete. Eine kurze geflüsterte Frage an Mother Mucca führte zu der Antwort, daß dem nicht so war.

«Sie hat letzten Monat aufgehört», klärte die Puffmutter sie auf. «Sie is inzwischen in Reno bei der Telefonauskunft.»

«Und was sage ich dem Kerl jetzt?»

«Sag ihm, Doreen hat die Nummer auch drauf.»

«Welche Nummer?»

«Sei nich so schrecklich naseweis!»

Mona runzelte die Stirn und griff wieder nach dem Hörer. «Äh . . . Monique ist nicht mehr bei uns, aber Doreen . . . weiß auch Bescheid.»

Der Kunde zögerte. «Mit allen Einzelheiten?»

«Äh, ja.»

«Mit Hasenpfote und so?»

«Äh . . . Moment, bitte.»

Mother Mucca schaute sie gereizt an. «Hast du nich mal 'nen blassen Schimmer . . .»

«Er fragt nach so einer dämlichen Hasenpfote!»

Der Mund der alten Frau stülpte sich zu einer Schnute. «Red mit ältern Herrschaften gefälligst nich in dem Ton, Püppi! Sonst wasch ich dir den Mund mit Seife aus!»

Mona schlug einen sanfteren Ton an: «Was ist mit der Hasenpfote?»

Mother Mucca zuckte mit den Schultern. «Doreen macht das auch.»

Mona widmete sich wieder dem Kunden. «Ja, sie . . . sie kann das mit der Hasenpfote auch machen.»

«Mit allem Drum und Dran?»

«Ja. Sie werden garantiert zufrieden sein.»

«Die Mädchen in Battle Mountain tun nämlich nur so, wissen Sie.»

«Mag ja sein», fertigte Mona ihn ab, «aber wir sind hier nicht in Battle Mountain. Wir sind hier in der Blue Moon Lodge!»

Mother Mucca strahlte übers ganze Gesicht und drückte Monas Arm. «Bravo, Judy! Bravo, Mädchen!»

Die Hitze, die Mona spürte, rührte von reinem, unverfälschtem Stolz.

Eine nach der anderen dackelten die Mädchen der Blue Moon Lodge ins Gesellschaftszimmer. Es waren insgesamt sieben, Bobbi mitgerechnet. Die älteste war wohl Mitte dreißig. Sie hatte toupierte Haare und schmale Lippen und sah aus wie eine Gospelsängerin aus der Truppe der Billy Graham Crusade.

«Du bist die Judy, was? Ich bin die Charlene.»

Charlene, Bobbi, Doreen, Bonnie, Debby, Marnie und Sherry. Mein Gott, dachte Mona. Was sind sie denn? Nutten oder Walt-Disney-Mäuse?

Charlene fühlte ihr ein bißchen auf den Zahn. «Mother Mucca hat gesagt, du machst Telefondienst diese Woche.»

«Ja, ich . . . na ja . . . Nur so wegen der Erfahrung.»

Falsch, total falsch. Herablassend wie nur was. Und das war Charlene auch klar. «Schreibste vielleicht so 'ne . . . wie heißt das Zeug noch mal . . . so 'ne Uniarbeit?»

«Nein.»

«Gut.» Sie kniete sich auf den Boden, was ihre limonensorbetfarbenen Capri-Hosen bis an die Grenzen dehnte, und schaltete einen monströsen Farbfernseher ein. Mona fiel zum erstenmal auf, daß das Gerät mit einer Plastikbüste von JFK geschmückt war.

Die meisten Mädchen sahen sich die Merv-Griffin-Show an, als der zweite Kundenanruf reinkam.

«Wer spricht da?» wollte eine fein modulierte Stimme wissen.

«Ich heiße Mo . . . äh . . . Ich heiße Judy. Ich arbeite diese Woche hier.»

«Ach so.»

«Mother Mucca hat mich bevollmächtigt, alle ...»

«Ich denke, ich spreche besser mit ihr selbst, bitte.»

Mona war gekränkt. «Sir, wenn Sie einen Termin vereinbaren möchten, stehe ich Ihnen gerne ...»

Mother Mucca merkte, daß etwas nicht stimmte, und stellte sich neben Mona. «Macht er Faxen, Judy?»

«Er besteht darauf, mit Ihnen zu sprechen.»

Die Puffmutter griff nach dem Hörer. «Hallo, hier ... Oh, ja, Sir ... Nein, sie ist neu hier. Ich habe ... Ja, Sir, Sie können sich vollkommen auf sie verlassen ... Ja, Sir ... Natürlich, Sir ... Nein, das ist auf keinen Fall zu kurzfristig ... Ich veranlasse die üblichen Vorsichtsmaßnahmen ... Sehr schön, Sir ... Auf Wiederhören. Und besten Dank.»

Die alte Frau legte den Hörer auf. Sie wirkte merkwürdig zahm. Die vornehme Art, die sie während des Telefongesprächs an den Tag gelegt hatte, hinterließ bei Mona eine gewisse Verblüffung.

«Charlene», sagte Mother Mucca.

«Ja?»

«Wimmel die andern Freier für heute ab.»

«Hmh?»

«Du hast doch gehört. Wimmel sie ab. Ruf an oder leg sie auf 'nen andern Termin oder so, aber wimmel sie alle ab.»

«War das ...?»

Mother Mucca nickte. «Er kommt mit dem Flieger aus Sacramento.»

Charlene pfiff leise. «Welches Mädchen hat er reservieren lassen?»

«Gar keins.»

«Hmh?»

«Er will 'ne Neue.»

Gelüste

Die *Pacific Princess* war wieder auf Fahrt und dampfte, umflossen vom Licht des Vollmonds, südwärts in Richtung Manzanillo. Kurz nach acht entstieg Mary Ann dem Bade und salbte ihren Körper mit Schildkrötenlotion. In weniger als einer Stunde würde sie ihr erstes richtiges Rendezvous mit Burke haben.

«Bin ich denn schon ein bißchen braun, Mouse?»

«Was? Ach so, ja . . . Hübsch.»

«Was liest du denn da?»

«Ach, du grüne Neune!»

«Muß ja was Gutes sein.»

Er pfiff ungläubig durch die Zähne und vertiefte sich weiter in sein Buch. Mary Ann wurde ungeduldig. «Mouse . . . Zeig es mir!»

Michael hielt das Taschenbuch hoch. Es hatte den Titel *Cruise Ships – The Inside Story*. «Ich hab das blöde Ding unten im Geschenkeladen gekauft. Sie haben es mir auch regelrecht aufgedrängt!»

Er las vor: «‹Unter den Passagieren von Kreuzfahrtschiffen gibt es zwei Gruppen von aufdringlichen Frauen. Zum einen solche, die auf Rangabzeichen stehen, und zum anderen solche, die lediglich einen Hang zur Abwechslung haben.›»

«Das ist das Sexistischste, was ich je . . .»

«‹Die Frauen aus der ersten Gruppe suchen sich bevorzugt Offiziere aus. Die aus der zweiten Gruppe sind am glücklichsten, wenn sie in den Mannschaftsquartieren verschwinden und den Rest der Reise in den Armen der verschiedensten Männer zubringen können.›»

«Na ja, gegen ein bißchen Abwechslung . . .»

«Warte. Jetzt kommt das Tollste: ‹Manchmal nehmen wohlhabende, aber einsame homosexuelle Männer . . .›»

«Das hast du erfunden!»

«Hörst du mir jetzt vielleicht zu? ‹Manchmal nehmen wohlhabende, aber einsame homosexuelle Männer an einer Kreuzfahrt teil und versuchen, sich die Gunst von Mannschaftsmitgliedern zu erkaufen. Das ist nur allzu leicht.›»

«Die Stelle will ich sehen!»

Er hielt das Buch so, daß sie hineinschauen konnte, und las weiter vor: «‹Ein großzügiges Trinkgeld macht einem willigen Mannschaftsmitglied das Verlangen deutlich. Kurze Zeit später klingelt das Kabinentelefon, und der Handel wird abgeschlossen.›»

«*Die* Suche überlasse ich ganz allein dir.»

«Werd nicht gleich hochnäsig, nur weil *du* deinen Traumprinzen schon gefunden hast.»

Wie ein altes Ehepaar dachten sie beide dasselbe und sprachen es gemeinsam aus: «Nein, was sind die jungen Leute doch hochnäsig heutzutage!»

Mary Ann probierte drei Blusen an, konnte sich aber nicht entscheiden, welche am besten zu ihrer beigen Hose paßte.

«Bleib lieber bei der blauen», sagte Michael. «Mit der orangen siehst du aus wie Ann-Margret.»

«Vielleicht *will* ich ja aussehen wie Ann-Margret.»

Michael rang sich einen Seufzer ab. «Na gut. Wenn du *allen Ernstes* meinst, daß dieser nette Junge aus Nantucket auf den Typ *Mädchen mit der Peitsche* abfährt, dann zieh . . .»

Mary Ann riß sich die Bluse vom Leib und sah ihn tadelnd an. «Du bist schlimmer als Debbie Nelson!»

«Danke. Aber, wer ist Debbie Nelson?»

«Meine Zimmerkollegin aus dem ersten Jahr im College.»

«Das Blau ist doch sehr kleidsam.»

«Scheiß auf kleidsam.»

Michael gab sich schockiert. «Nimm so ein Wort nie wieder in den Mund, kleines Fräulein!» Er knöpfte ihr die blaue Bluse zu. «Na, was meinst du jetzt? Sieht das nicht besser aus?»

«Du Verräter. Dich hat wohl meine Mutter bestochen, was?»

«Deine Mutter verfügt wohl kaum über die anatomischen Voraussetzungen, um mich bestechen zu *können*.»

«Sag, findest du nicht, daß die cremefarbene Bluse vielleicht doch . . .»

Michael kümmerte sich nicht darum. «Los, blas», forderte er sie auf.

«Wie bitte?»

«Blas mir ins Gesicht. Du hast heute abend zwei Scheiben Knoblauchbrot gegessen.»

«Mouse! Ich weiß sehr wohl, was . . .»

«Es sind schon die stärksten Männer wegen zwei Scheiben Knoblauchbrot schwul geworden!»

Sie blies.

Als sie die Kabine verließ, drehte sie sich noch einmal um und zwinkerte ihm zu. «Du brauchst nicht auf mich zu warten, Babycakes!»

Er streckte ihr die Zunge raus.

«O wie nett, Mouse. Ich liebe dich.»

«Spar dir dein Schmalz für das Schenkelwunder.»

«Was hast *du* vor?»

«Im Moment schwanke ich noch zwischen Shuffleboard und Selbstbefleckung.»

Sie lachte. «In der Carrousel Lounge gibt es eine Cole-Porter-Re . . .»

«Verschwinde jetzt endlich!»

Er las ungefähr eine Stunde und spazierte dann auf das Promenadendeck hinaus, wo er sich an die Reling lehnte und auf das Meer schaute. Hier oben, weit weg von den weißen Kunstlederschuhen und den straßbesetzten Brillen, war es leichter, sich die Kreuzfahrt vorzustellen, die durch seine Träume geisterte: Noël Coward und Gertie Lawrence. Exzentrische Witwen der besten Gesellschaft, verwegene Gigolos und Schrankkoffer voll blinder Passagiere . . .

Alles nur romantische Selbsttäuschung. Wie seine Hoffnung auf einen Liebhaber eigentlich auch. Eine nutzlose, wenn auch harmlose Träumerei, die kaum mehr bewirkte, als ihn von der unerschütterlichen und zentralen Erkenntnis über sein Leben abzulenken: Er war allein auf der Welt. Und er würde immer allein sein.

Manche Leute – wahrscheinlich die glücklicheren – wußten mit diesem Wissen genauso umzugehen wie mit dem Wetter. Sie glitten auf der Oberfläche des Lebens dahin und erfreuten sich daran, daß sie sich selbst genug waren, und gerade deshalb fühlten sie sich *nie* allein. Michael wußte über diese Leute Bescheid, denn er hatte schon versucht, es ihnen nachzumachen.

Der Trick funktionierte allerdings selten. Sein Hunger war ihm immer an den Augen abzulesen.

Als er wieder in der Kabine war, rauchte er einen Joint, nahm all seinen Mut zusammen und drückte am Telefon auf den Klingelknopf für den Steward. Der Steward war fünf Minuten später da.

«Ja, Sir?»

«Hallo, George.»

«Guten Abend, Mr. Tolliver. Was kann ich für Sie tun?»

«Ja. Na ja, ich würde . . . Ich meine, wenn es Ihnen nicht unangenehm ist . . .» Er griff nach seiner Brieftasche. «George, ich möchte Ihnen das hier geben.» Er überreichte dem Steward einen Zehn-Dollar-Schein.

«Sehr freundlich, Sir.»

«George, würden Sie . . .? Ich habe erfahren, daß es Ihnen möglich ist, bestimmte Arrangements zu treffen . . . Denken Sie, Sie könnten mir etwas Eiscreme besorgen?»

«Selbstverständlich, Sir. Welche Sorte?»

«Ich weiß auch . . . Am besten wohl Schokolade.»

Der Steward lächelte und steckte den Geldschein in die Tasche. «Plagt Sie eines dieser späten Gelüste, hm?»

«Ja», sagte Michael. «Das schlimmste überhaupt.»

Vita rettet den Tag

Die Relikte aus DeDes Jungmädchenzeit bevölkerten immer noch ihr altes Zimmer auf Halcyon Hill. Ein ramponiertes Beatles-Poster. Eine Steiff-Giraffe von F.A.O. Schwarz. Ein Rührstäbchen aus dem Tonga Room. Eine Schale mit getrockneten Rosenblättern aus Kotillon-Zeiten.

Nichts war verändert worden, nichts berührt, als wäre die Bewohnerin dieses schlichten, in Rosa und Grün gehaltenen kleinen Zimmers bei einem Flugzeugabsturz ums Leben gekommen und als hätte eine zwanghaft trauernde Überlebende es als einen Schrein für die Nachwelt bewahrt.

In gewisser Weise war sie natürlich auch gestorben.

Wenigstens in den Augen ihrer Mutter.

«Entschuldige, mein Schatz. Aber das ergibt für mich alles keinen Sinn.»

«Es ist eine Sache zwischen mir und Beauchamp, Mutter.»

«Ich könnte dir helfen, wenn du mich nur lassen würdest.»

«Nein, kannst du nicht. Niemand kann das.»

«Aber ich bin doch deine *Mutter,* mein Schatz. Es gibt sicher . . .»

«Vergiß es.»

«Hast du es Binky erzählt?»

DeDe wurde wütend. «Was spielt das denn für eine Rolle?»

«Ich wollte es nur wissen.»

«Du wolltest nur wissen, ob sich diese lederhäutigen alten Schlampen aus dem Francesca Club über deine ach so kostbare und wundervolle Tochter das Maul zerreißen werden!»

«DeDe!»

«Du bildest dir ein, daß Carson Callas schon morgen in der Zeitung über die Trennung schreibt und daß du dann nicht mehr hocherhobenen Hauptes im Cow Hollow Inn sitzen kannst. Tja, Pech gehabt, Mutter! Riesenpech!»

Frannie Halcyon saß auf dem Bett ihrer Tochter und starrte

wie benebelt auf die Wand. «Ich habe dich noch nie so reden hören, DeDe.»

«Kann gut sein.»

«Kommt das von der Schwangerschaft? Manchmal kann ...»

«Nein.»

«Du solltest eigentlich überglücklich sein, mein Schatz. Als du unterwegs warst, habe ich mich gefühlt wie ...»

«Mutter, bitte fang nicht wieder damit an.»

«Aber, warum gerade *jetzt,* mein Schatz? Warum verläßt du Beauchamp nur *Wochen* vor der ...?»

«Es ist eben so. Und es ist eben auch so, daß ich nicht überglücklich bin. Und das mit Beauchamp kann ich nicht ändern, verdammt noch mal. Ich bringe die Kinder zur Welt. Ich will sie haben. Reicht dir das, Mutter?»

Frannie runzelte die Stirn. «Warum solltest du sie auch nicht haben wollen?»

Schweigen.

«DeDe?»

«Ich habe Kopfschmerzen, Mutter.»

Frannie seufzte, küßte DeDe auf die Stirn und stand auf. «Ich liebe dich, aber du kommst mir nicht mehr wie mein Kind vor. Ich glaube, ich weiß jetzt ... wie Catherine Hearst sich fühlt.»

Die Matriarchin von Halcyon Hill mixte sich gerade einen Mai Tai, als das Telefon klingelte.

«Mrs. Halcyon?»

«Ja.»

«Mein Name ist Helena Parrish. Vita Keating hat mich an Sie verwiesen.»

Frannie wappnete sich innerlich gegen neuerliches elegant formuliertes Geplapper, mit dem sie für den Verwaltungsrat eines weiteren Museums gewonnen werden sollte. «Ach ... ja», antwortete sie vorsichtig.

«Ich will gleich zur Sache kommen, Mrs. Halcyon. Ich bin gebeten worden, mich wegen Ihres Interesses an einer Mitgliedschaft bei Pinus mit Ihnen in Verbindung zu setzen.»

Frannie war nicht sicher, ob sie richtig gehört hatte. «Vielleicht sind wir Ihnen kein Begriff.»

«Nein, ich ... Na ja, natürlich habe ich schon davon *gehört* ... Entschuldigen Sie, aber wenn das einer von Vitas Scherzen ist, dann halte ich es ...»

Die Anruferin ließ ein kehliges Kichern hören. «Es ist kein Scherz, Mrs. Halcyon.»

«Ich ... Ich verstehe.»

«Meinen Sie, wir könnten uns in der nächsten Zeit einmal zu einem kleinen Plauderstündchen treffen?»

«Ja. Ja, natürlich.»

«Wie wäre es mit morgen?»

«Ja, das ginge. Äh ... Sollen wir uns irgendwo zum Lunch treffen?»

«Ehrlich gesagt, bevorzugen wir eine etwas diskretere Situation. Darf ich Ihnen auf Halcyon Hill einen kurzen Besuch abstatten?»

«Gewiß doch. Wann?»

«Oh ... So gegen zwei?»

«Wunderbar.»

«Schön. Tschau-tschau.»

«Tschau-tschau», antwortete Frannie. Sie spürte, daß ihr das Herz bis zum Hals klopfte.

Dame gesucht

Brian verbrachte den Vormittag auf dem Washington Square und bräunte seinen Körper für eine Person, die den Unterschied wahrscheinlich nie bemerken würde. Als er auf der Union Street zur Barbary Lane zurücktrottete, kam er plötzlich zu dem Schluß, daß es an der Zeit war, sich seiner Phantasie von Angesicht zu Angesicht zu stellen.

Er bog an der Leavenworth von der Union ab und ging einen

Block den Hügel hinauf zur Green Street, wo das Superman Building im Sonnenschein glänzte wie ein Märchenschloß.

Je näher er kam, desto stärker hatte er das Gefühl, daß die modernen Hieroglyphen an dem Gebäude symbolhafte Bedeutung gewannen, daß in ihnen die wahre Identität von Lady Eleven verborgen lag.

Als Brian vor dem Haus ankam, setzte ein Luxor-Taxi einen Fahrgast am Bürgersteig ab. Eine kleine alte Dame. Sie ging auf den Eingang des Superman Building zu.

«Entschuldigen Sie bitte, gnädige Frau?»

«Ja?»

«Ich bin auf der Suche nach einer Freundin, die hier wohnt. Allerdings ist die Angelegenheit etwas peinlich. Ich habe nämlich ihren Namen vergessen. Sie wohnt im elften Stock. Sie ist ungefähr in meinem Alter, hat mittellange Haare und . . .»

Das Gesicht der alten Frau verwandelte sich in pure Ablehnung. Brian war überzeugt, daß sie eine Chemische Keule in der Handtasche hatte. «Die Namen stehen auf dem Klingelbrett», knurrte sie ärgerlich.

«Ach so. Ja, ich seh schon.»

Auf dem Weg zum Klingelbrett spürte er die ganze Zeit die Blicke der Frau im Rücken. Er blieb kurz stehen und tat so, als würde er die Namen durchgehen. Dann drehte er sich um und bot seiner weiß behandschuhten Anklägerin die Stirn.

«Ich bin kein Vergewaltiger, Gnädigste.»

Die alte Frau funkelte ihn wütend an, bevor ein Ruck der Entrüstung durch sie ging und sie in das Haus stürmte. Sie wechselte ein paar Worte mit dem Sicherheitsbeamten, der sich umdrehte, Brian musterte und dann etwas zu der kleinen alten Dame sagte.

Brian ging weiter die Namen durch und hoffte, daß seine Lässigkeit nicht allzu künstlich wirkte. Er hatte brennende Schuldgefühle und fand das sehr ärgerlich.

Für den elften Stock waren sechs Namen angegeben: Jenkins, Lee, Mosely, Patterson, Fuentes und Matsumoto. Eine großartige Hilfe.

Vielleicht sollte er beim Sicherheitsbeamten eine Nachricht hinterlassen . . . Nein, das Arschloch sah ihn schon ganz schräg an. Und er hatte *keinen* Vorwand, um sich in der Eingangshalle herumzudrücken, bis Lady Eleven auftauchte. Andererseits, wenn er . . .

«Kann ich Ihnen helfen?» Der Sicherheitsmensch war angerückt. Er strengte sich mächtig an, wie Karl Malden auszusehen.

«Wissen Sie, ich suche eine junge Frau.»

Der Gesichtsausdruck des Mannes sagte: *Das* glaub ich dir aufs Wort, Jungchen.

«Vergessen Sie's», sagte Brian.

In zwölf Stunden würde er sie sowieso sehen.

Er änderte erneut den Kurs und ging die Union Street hinunter zum La Contadina. Er brauchte ein Glas Wein, um seine Nerven zu beruhigen. Manchmal konnte einem ein Faschist in Uniform den ganzen Tag kaputtmachen.

Als er vor dem Restaurant ankam, winkte ihm von einem riesigen thronartigen Stuhl hinter dem Fenster ein exotisches Wesen zu. Es war Mrs. Madrigal, die sich mit einem Paisley-Muster-Turban, mit blauem Lidschatten und einer Art Haremsgewand herausgeputzt hatte. Sie winkte ihn hinein.

«Willst du dich zu mir setzen?»

«Gern», sagte er und nahm ihr gegenüber Platz. Mit seinem Sporthöschen und dem Sweatshirt kam er sich einen Tick unpassend gekleidet vor. Mrs. Madrigal selbst wirkte etwas strapaziert.

«Brian . . . Du hast Mona auch nicht gesehen, oder?»

«Nein. Schon eine Woche nicht oder so.»

«Ich mache mir Sorgen. Sie hat mir kurz nach Mary Anns und Michaels Abreise einen Zettel geschrieben, daß sie einige Zeit weg sein wird, aber seither habe ich nicht einen Ton von ihr gehört. Ich habe gedacht, daß du vielleicht . . . Fehlanzeige, hmh?»

Brian schüttelte den Kopf. «Tut mir leid.»

Die Vermieterin nestelte an ihrem Turban herum. «Sie kann manchmal ganz schön . . . töricht sein.»

«So gut kenne ich sie nicht. Wie lange wohnt sie schon im Haus?»

«Ach . . . mehr als drei Jahre. Brian, hat sie jemals . . . mit dir über mich gesprochen?»

Er dachte einen Augenblick nach. «Nein, nie. Warum?»

«Ich fürchte, daß ich selbst ein bißchen töricht war. Und ich hoffe, daß es noch nicht zu spät ist.»

«Ich verstehe nicht . . .»

«Mona ist meine Tochter, Brian.»

Ihre Mieter und Mieterinnen, dachte Brian, sind immer ihre «Kinder». Er lächelte verständnisvoll. «Sie müssen ein sehr enges Verhältnis zu ihr haben.»

«Nein, Brian. Sie ist meine *richtige* Tochter.»

Ihm fiel die Kinnlade herunter. «Ihre . . . Weiß Mona das?»

«Nein.»

«Aber, lebt ihre Mutter denn nicht in . . .?»

«Ich bin nicht ihre Mutter, Brian. Ich bin ihr Vater.»

Bevor er etwas sagen konnte, legte sie einen Finger an die Lippen und gab ihm zu verstehen, daß er still sein sollte. «Wir können zu Hause darüber reden», flüsterte sie ihm zu.

Herrenbesuch

Der Stimmungsumschwung in der Blue Moon Lodge hatte etwas Unheimliches. Mona spürte es sofort und sah die Spannung weiter steigen, als Mother Mucca ihre Mädchen zu den Vorbereitungen für die Ankunft des bedeutenden Kunden aus Sacramento auf Trab brachte.

«Bobbi, du schnappst dir das 409 aus der Küche und putzt das Scheißhaus in Charlene ihrem Zimmer. Da sieht's nämlich aus, als wär 'ne Horde Fernfahrer drauf gewesen! Marnie, du bringst das Gesellschaftszimmer in Schuß. Und schmeiß ja die ganzen Filmillustrierten raus. Bonnie, du gurkst mit Debby im Ranchero in die Stadt und holst beim Chinesen das Kostüm ab. Es is ja wieder mal typisch! Vom ganzen Jahr taucht er akkurat in der Woche auf, wo wir das Kostüm in der Reinigung haben!»

Mona hielt sich vom Zentrum des Sturms fern. Sie hätte gerne geholfen, war aber sicher, daß sie nur im Weg sein würde. Charlene bemerkte ihr Unbehagen und drückte ihr augenzwinkernd ein Staubtuch in die Hand. «Verrückt, was?»

Mona nickte. «Wer ist der Kerl eigentlich?»

«Ich . . . Da fragste besser Mother Mucca.»

«Wo soll ich Staub wischen?» *Tja, Mona, das war zu schwer für unser Rateteam! Arlene, Bennett – ich denke, es wird euch überraschen, wenn ihr hört, daß die reizende Saalkandidatin Miss Ramsey ihr Geld . . . als Putzfrau in einem Puff verdient!*

«Drüben hinter der Bar. Und die Kennedy-Figur auf der Glotze hat's auch nötig.»

«Okay. Charlene?»

«Ja.»

«Mother Mucca hat gesagt, daß er eine Neue will. Leiht sie sich die von einem anderen Haus aus, oder was?»

Charlene wischte weiter Staub. «Ja. Das könnt se wohl machen.»

«Soll das heißen . . . daß sie das noch nie gemacht hat?»

«Er hat noch nie 'ne Neue haben wollen.»

«Ach so. Aber, warum ist sie dann gar nicht . . .»

«Quassel nich so viel. Wir verplempern bloß Zeit.»

Als Mother Mucca kurz darauf ins Gesellschaftszimmer gestürmt kam und Mona bei der Arbeit sah, fauchte sie ihr dienstältestes Mädchen an: «Charlene! Was soll das mit Judy und der Putzerei?»

«Na, Sie ham doch alle verdonnert zum . . .»

«Judy is meine Empfangsdame, Charlene! Mit Staubwischen hat sie nix . . .»

Mona fiel ihr ins Wort. «Aber es macht mir gar nichts aus, Mother Mucca, wenn ich . . .»

«Is schon klar, Judy. Aber es gehört sich nich für meine Empfangsdame, daß se mitm Staubfetzen rumrennt.»

Mona zuckte angesichts solcher protokollarischen Feinheiten bloß mit den Schultern und entschuldigte sich mit einem Lächeln bei Charlene, die sich stirnrunzelnd davonmachte.

«Komm mit», sagte Mother Mucca und hakte sich bei Mona ein. «Wir zwei beide trinken jetz in der Küche 'n schönes großes Glas Milch zusammen.»

Die Bitte der alten Frau traf Mona wie ein Vorschlaghammer.

«Was?» japste sie und verschluckte sich beinahe an ihrer Milch.

«Es is 'n Kinderspiel mit ihm», sagte Mother Mucca.

«Dann sollen doch *die anderen* mit ihm spielen! Ich bin die Empfangsdame, oder haben Sie das schon vergessen?»

«Ich zahl dir auch was extra, Judy.»

«Sie müssen ja . . . O nein . . . Oooo nein. Kapiert? *Nein!*»

Mother Mucca griff über den Tisch und nahm Monas Hand. «Er will eine mit Klasse, Judy. Und in Winnemucca hat keine so 'ne Klasse wie du.»

«Danke für das Kompliment.»

«Vögeln brauchste ja nich mit ihm.»

Das brachte Mona vollends aus dem Konzept. «Ja, aber, was will er denn sonst . . .? Nein, vergessen Sie's. Ersparen Sie mir die grausigen Details.»

«Judy, trauste denn der alten Mother Mucca zu, daß se . . .? Du bist doch wie mein eigen Fleisch und Blut, Judy. Ich würd dich doch nie in was reinreden, wo du nachher schlecht von dir denkst. Ich sag dir, es tut mir richtig weh, daß du . . .»

Die alte Frau ließ Monas Hand los und zupfte ein Taschentuch aus ihrem welken Dekolleté. Dann drehte sie sich weg und betupfte ihre Augen.

Mona war erschüttert. «Mother Mucca, sehen Sie mal, es ist . . .»

«Du hast mir *weh* getan, Kind!»

«Das wollte ich nicht.»

«Ich sag dir mal was, und es is die reine Wahrheit. Den Laden hier hab ich schon sechzig Jahre, und du bist die erste, wo ich je das Gefühl gehabt hab, daß ... Judy, ich würd dich auf der Stelle adoptieren, wenn de mich lassen würdst.»

Diesmal griff Mona nach der Hand der Puffmutter. «Sie sind wirklich sehr gut zu mir, Mother ...»

«Haste schon gewußt, daß ich mal 'nen kleinen Jungen gehabt hab?»

«Nein.»

«Ja, stell dir vor. Er war das süßeste kleine Ding, was einem je untergekommen is. Genau hier is er immer aufm Boden gesessen, hat vor sich hin gelacht und gekichert, und ich und die Mädchen, wir ham immer alles getan für den kleinen Wurm, und ich hätt nie gedacht ...»

«Bitte nicht weinen.»

«Nich in 'ner Million Jahre hätt ich gedacht, daß mein kleiner Schatz mit sechzehn ausbüchst und seine Mama allein läßt. Nie im Leben wär ich auf so 'ne Idee gekommen. Ich hab ihm vertraut, Judy, wie ich jetzt ...»

Sie unterbrach sich, als Bonni und Debby das wichtige Paket aus der Reinigung brachten.

«Weg damit!» befahl Mother Mucca.

Bonni runzelte die Stirn. «Aber, ham Sie denn nicht gesagt ...?»

«Nehmt das dämliche Ding weg!»

«Moment mal», sagte Mona. «Ich muß doch erst sehen, ob es mir auch paßt.»

Mother Mucca starrte Mona an, betupfte dann ihre Augen und grinste. «Du bist ein Engel, Püppi.»

«Und Sie sind eine Hexe», antwortete Mona.

Der Hit des Jahres

Das gefällt mir», sagte Mary Ann, die in der Starlight Lounge der *Pacific Princess* eine Piña Colada schlürfte, während ein Pianist «I Write the Songs» spielte. Burke lächelte sie an und nickte.

«Michael behauptet, daß der Song das diesjährige ‹What I Did for Love› ist.»

«Das verstehe ich nicht.»

«Ach, du weißt schon. Es gibt doch jedes Jahr einen Song, den *alle* aufnehmen. Vor zwei Jahren war es ‹Send in the Clowns› – oder war das schon vor drei? Egal. Letztes Jahr war es jedenfalls ‹What I Did for Love›. Auch wenn es zu Tode gespielt wird, gefällt es mir immer noch. Ich meine ... wenn ein Song gut ist, dann spricht doch nichts dagegen, daß man ihn oft spielt, oder?»

«Nein. Ich denke nicht.»

«‹What I Did for Love› ist wahrscheinlich mein absoluter Lieblingssong. Wenigstens ... na ja, es ist der einzige Song aus dem Album, den man mitsummen kann. Nicht, daß das so wichtig wäre, aber ... Na ja, ich meine, wer kann schon ‹The Music and the Mirror› summen?»

«Keine Ahnung. Ich weiß noch nicht mal, von welchem *Album* du redest.»

«Klar weißt du das. *Chorus Line*.»

Er schüttelte den Kopf. «Tut mir leid.»

«Das Musical, Burke. In San Francisco ist es auch gelaufen.»

«Ich habe dir ja gesagt, daß ich nicht mehr auf der Höhe der Zeit bin.»

Mary Ann zuckte mit den Schultern, doch insgeheim war sie erleichtert. Burke *konnte* nicht schwul sein, wenn er noch nie was von *Chorus Line* gehört hatte. Sie beschloß, das Thema zu wechseln. Burke schien sich bei Popmusik etwas unwohl zu fühlen.

«Wie lang hast du in San Francisco gelebt, Burke?»

«Eigentlich nur kurz. Und zu Hause fühle ich mich auch eher in Nantucket.»

«Arbeitest du dort?» Das kam ihr erwachsener vor als: «Und was machst du so?» Neun Monate in San Francisco hatten diese Frage für immer aus ihrem Gehirn verbannt.

«Kann man so sagen. Mein Vater ist im Verlagswesen. Ich helfe manchmal bei ihm aus.»

«Nein, wie toll!» Mein Gott, *das* hörte sich ja vielleicht teenagermäßig an! Warum holperte ihre Unterhaltung bloß so dahin?

«Komm, Mary Ann, gehen wir ein bißchen an die frische Luft. Okay?»

Draußen auf dem Sonnendeck lehnten sie sich an die Reling und sahen zu, wie der Mond über der ruhigen See aufging. Wie üblich war sie diejenige, die das Schweigen brach.

«Ich rede zuviel, was?»

Er legte ihr den Arm um die Schultern. «Überhaupt nicht.»

«Doch, doch. In der High-School hab ich den Optimist Oratory Contest gewonnen, und seither hab ich mit dem Reden nicht mehr aufgehört.»

Er lachte. «Ich fürchte, im Moment bestreitest du die ganze Unterhaltung allein.»

Sie ging nicht darauf ein und schaute wieder auf das Wasser hinaus. «Weißt du, was mich heute morgen umgehauen hat?»

«Was?»

«Die Rettungsübung . . . Was der Kapitän da gesagt hat. Ich hab gar nicht gewußt, daß man Frauen und Kinder nicht mehr als erste von Bord schickt.»

«Tja. Die Zeiten ändern sich.»

«Ja, leider.»

Er reagierte darauf, indem er ihre Schulter drückte.

«Ich meine, es ist einfach nicht fair. In dem Song heißt es, daß es immer noch so ist wie früher, aber das stimmt gar nicht. Wer kann sich heute noch wie Ingrid Bergman fühlen?»

«*Das* ist wenigstens mal eine, die ich kenne.» Er kicherte.

«Wie alt bist du, Burke?»

«Siebenundzwanzig.»

«Du wirkst . . . ich weiß nicht recht . . . nicht eigentlich *älter,* aber . . . Es ist schwer zu sagen. Du wirkst wie siebenundzwanzig und gleichzeitig so, als wärst du es schon ziemlich lange.»

«Anders gesagt: Ich bin nicht mehr auf der Höhe der Zeit.»

«Warum sagst du das ständig, Burke? Ich *mag* das, Burke. Wirklich.»

Er beugte sich zu ihr hinunter und küßte sie zart auf den Mund. «Und ich mag *dich.*»

«Wirklich?» fragte sie.

«Ja. Sehr sogar, Mary Ann.»

«Ingrid», sagte sie und erwiderte seinen Kuß.

Familienplanung

Im Neonlicht des Doggie Diner nahmen die Furchen und Krater in Bruno Koskis Gesicht mondähnliche Ausmaße an. Beauchamp fiel auf, daß von Brunos mayonnaiseverschmierten Mundwinkeln alles Flüssige abperlte.

«Daß ich das noch mal klarstelle, Mann. Du willst nich, daß sie hopps geht, sondern bloß . . .»

«Reden Sie gefälligst leise, Bruno!»

Bruno zuckte mit den Schultern und schaute mit einem verächtlichen Blick durchs Lokal. «Sin doch alles Drogisten hier, Mann. Da hört keiner hin.»

«So was weiß man nie.»

«Ich kenn das doch sofort, ob einer 'n Drogist is oder nich.»

Das stimmte. Bruno kannte seine Drogisten. Beauchamp schaute auf seinen Hamburger hinunter. «Okay, ich wollte nicht . . . Wissen Sie, ich bin einfach nervös. Ich habe so etwas noch nie gemacht.»

«Dann schieb mal rüber mit dem, was de von mir willst, Mann.»

Beauchamp hielt den Kopf gesenkt und entfernte umständlich die Zwiebeln von seinem Hamburger. «Ich möchte, daß Sie dafür sorgen . . . daß sie das Baby nicht bekommt . . . das heißt *die* Babies.»

Bruno blinzelte ihn ungläubig an. «Ich soll ihr den Bauch eintreten?»

«Sie sollen ihr nicht weh tun, Bruno.»

«Okay. Den Bauch soll ich ihr eintreten, aber weh tun darf's nich.»

«Ihr Ton ist ekelhaft, Bruno.»

«Ach, leck mich!»

«Hören Sie: Sie ist meine Frau, ja? Und ich möchte nicht, daß ihr . . . Ich möchte nicht, daß sie bleibende Schäden davonträgt. Wenn Sie mir das nicht versprechen können, vergessen wir's lieber gleich.»

«Wie soll ich so 'n Scheiß garantieren . . .? Was is . . . wenn . . . Ich mein, es kann ja . . . wie sagt man? . . . Komplikationen geben.»

Beauchamp setzte seine Verärgert-aber-noch-geduldig-Miene auf, mit der er die Art Directors bei Halcyon Communications mühelos auf die Palme brachte. «Hören Sie, Bruno, sie ist im siebten Monat. Da sollte es eigentlich nicht *allzu* schwer sein, einen . . . Unfall zu arrangieren oder so was in der Art.»

Der Koksdealer starrte seinen Kunden an. «Weißte, Mann . . .»

«Aber es könnte ja auch sein», unterbrach Beauchamp ihn trocken, «daß das für Sie eine Nummer zu groß ist.»

«Wer sagt das?»

«Sie kommen mir ein bißchen zögerlich vor. Vielleicht sollte ich mir jemand suchen, der . . . professioneller ist als Sie.»

Bruno war einen Moment eingeschnappt. Dann schaute er hoch. «Wieviel?»

«Was ist es wert?»

Das traf Bruno unvorbereitet. «Äh . . . Fünftausend. Bei dem Aufwand.»

«Ich gebe Ihnen sieben. Aber ich verlange korrekte Ausführung.»

«Dir is klar, daß ich den Auftrag weitergeb.»

«Das ist mir egal.»

«Ich will Cash. Im voraus.»

«Können Sie haben. Wann geht die Sache über die Bühne?»

«Wie ich wen auftu.»

«Es muß bald passieren, Bruno.»

«Fick dich ins Knie!»

«Bruno?»

«Hmh?»

«Wischen Sie sich mal den Mund ab, ja?»

Eine viertel Stunde später rief Beauchamp DeDe auf Halcyon Hill an. Ihre Stimme war ausdruckslos. Sie war eindeutig auf der Hut vor den Unwägbarkeiten ihrer gerade mal einen Tag alten Trennung.

«Ich wollte nur mal hören, wie's dir geht», sagte er.

«Danke, gut.»

«Ist deine Mutter da?»

«Ja.»

«Schön. Wenn du was rausgeschickt haben willst, dann laß es mich wissen, okay.»

Schweigen.

«Okay, DeDe?»

Sie begann zu weinen. «Warum bist du . . . so schrecklich nett?»

«Ich weiß nicht. Wahrscheinlich fehlst du mir.»

«Beauchamp . . . Ich will die Babies unbedingt haben. Aber ich will dir damit nicht weh tun. Ehrenwort.»

«Das weiß ich doch, mein Schatz. Warten wir erst mal ab, okay?»

«Wenn ich mich nicht so hin und her gerissen fühlen würde, wäre ich auch eine bessere Ehefrau. Ich brauche bloß . . . Ich möchte mal einige Zeit für mich alleine sein.»

«Das verstehe ich doch.»

Sie schniefte und putzte sich die Nase. «Im Gefrierschrank steht noch Hühnerpastete, und ein bißchen übriggebliebene Quiche ist im . . .»

«Ich komme schon zurecht.»

«Beauchamp . . . Ich liebe dich.»

«Ich weiß», sagte ihr Ehemann. «Ich weiß.»

Mrs. Madrigals Beichte

Zum erstenmal in seinem Leben lehnte Brian einen Joint ab.

Für diese Geschichte wollte er einen klaren Kopf haben.

«Es war einmal ein kleiner Junge», begann Mrs. Madrigal, «der hieß Andy Ramsey. Andy war kein besonders ungewöhnlicher kleiner Junge, aber er wuchs unter ungewöhnlichen Umständen auf: Seine Mutter war eine Puffmutter. Sie führte in Winnemucca, Nevada, ein Bordell namens Blue Moon Lodge, und Andys beste Freundinnen und Kindermädchen waren die Nutten, die dort ihr Zuhause hatten. Vielleicht war das der Grund dafür – vielleicht auch nicht –, daß Andy, als er in die Pubertät kam, eine verblüffende Entdeckung machte: Er hatte ganz und gar nicht das Gefühl, ein Junge zu sein.

Oh, er *sah aus* wie ein Junge. Das schon. Die entsprechende Ausstattung war vorhanden. Aber er fühlte sich immer wie ein Mädchen. Ein Mädchen, das im Körper eines Jungen gefangen war. Zu seinem Entsetzen verstärkte sich dieses Gefühl noch, als er älter wurde. Mit sechzehn war er so verängstigt, daß er aus dem Bordell weglief und nach Kalifornien trampte.

Einige Zeit hielt er Leib und Seele zusammen, indem er sich als Wanderarbeiter durchschlug. Danach arbeitete er in einem Drugstore in Salinas als Limonadenverkäufer, und dann kam er wieder als Arbeiter unter, diesmal in Modesto. Kurz nach seinem zwanzigsten Geburtstag verließ er Modesto und ging nach Fort Ord, wo er als einfacher Soldat in die Army eintrat.

Er war ein guter Soldat, aber er blieb den ganzen Krieg, das heißt den ganzen Zweiten Weltkrieg, über in Fort Ord und tippte dort meistens die Munitionsberichte für einen betrunkenen Colonel. Auf die Dauer konnte Andy die reine Männergesellschaft in der Army aber genausowenig ertragen wie die reine Frauengesellschaft im Puff. Und das Gefühl, daß er in Wirklichkeit eine Frau war, blieb während der Zeit in der Army völlig unverändert.

Kurz nach Kriegsende lernte Andy eines Abends bei einer Tanzveranstaltung in Monterey ein hübsches junges Mädchen kennen. Das heißt, das Mädchen war zu der Zeit eigentlich noch *sehr* jung, nämlich ungefähr siebzehn. Andy war fünfundzwanzig. Sie war aus Minneapolis zu Besuch und wohnte bei ihrer Cousine in Carmel. Sie hieß Betty Borg, und Andy war auf seine Art ziemlich angetan von ihr. Sie hatte einen lebhaften, unabhängigen Geist, und Andy war erleichtert, als er feststellte, daß er sich zu ihr hingezogen fühlte. Sogar sexuell.

Betty wollte heiraten und dann wieder nach Minneapolis zurückkehren. Es war dann in der Tat sie, die einen Heiratsantrag machte, und Andy kam zu dem Schluß, daß seinem Problem wohl am besten mit einer Heirat beizukommen wäre. Und so . . . geschah es dann. Andy kam seinen Verpflichtungen als Ehemann nach, indem er in einer Buchhandlung in Minneapolis arbeitete. Ein Jahr später bekamen die beiden ein kleines Mädchen. Sie nannten es nach Andys Mutter, die von ihm entfremdet noch immer in Winnemucca lebte, Mona.

Aber es klappte hinten und vorne nicht. Jedenfalls nicht für Andy. Es kam schließlich so weit, daß er Frau und Kind verließ – im Stich ließ –, als das Kind zwei Jahre alt war. Die nächsten fünfzehn Jahre verschwand er praktisch von der Bildfläche, zog als armselige, sich selbst bemitleidende Kreatur, die ihr eigenes Leben und das der Menschen in ihrer nächsten Umgebung verpfuscht hatte, von Stadt zu Stadt. Das fand jedoch alles ein Ende, als Andy vierundvierzig wurde. Denn da raffte er sich zu einer Reise nach Dänemark auf, wo er seine gesamten Ersparnisse für eine Geschlechtsumwandlung ausgab.»

«Und von dort kam er als Anna Madrigal zurück.» Diese Information steuerte Brian bei. Eher fasziniert als schockiert lächelte er die Vermieterin an.

Sie lächelte zurück. «Es ist ein hübscher Name, findest du nicht? Er ist ein Anagramm.»

«Aber, wenn Mona Ihre Tochter ist . . .? Ach so, nein, Sie haben ja schon gesagt, daß sie es nicht weiß.»

«Nein, sie weiß es nicht. Sie ist vor drei oder vier Jahren nach San Francisco gezogen, und kurz darauf habe ich in Herb Caens Kolumne von einer Mona Ramsey gelesen, die bei Halcyon Communications arbeitete. Es war mir klar, daß es auf der Welt nicht *so* viele Mona Ramseys geben konnte. Ich habe also ein paar Nachforschungen angestellt, und eines Abends habe ich sie im Savoy-Tivoli angesprochen.»

«Und?»

«Sie hat mich *sympathisch* gefunden, was denn sonst? Also habe ich ihr angeboten, in der Barbary Lane einzuziehen. Sie umgibt sich ja gerne mit dem Ruch der Bohèmienne, und da hat ihr wohl der Gedanke, eine Transsexuelle als Vermieterin zu haben, ziemlich imponiert.»

«Das wußte sie also schon?»

«O ja. Von Anfang an.»

«Weiß Ihre . . . Ihre Frau denn, wo Sie leben? Oder Ihre Mutter?»

Mrs. Madrigal schüttelte den Kopf. «Die beiden nehmen wohl an, daß ich tot bin.» Sie lächelte schwach. «Andy *ist* ja auch tot.»

«Und jetzt glauben Sie, daß Mona herausgefunden hat, wer Sie in Wirklichkeit sind, und deswegen ausgeflippt ist?»

«Denkst du nicht auch, daß das möglich wäre?»

Er lächelte. «Ich denke im Moment nicht besonders klar.»

«Du Ärmster!»

«Ich bin . . . Ich fühle mich sehr geschmeichelt, daß Sie mir das alles erzählt haben, Mrs. Madrigal.»

«Schön. Können wir den Joint dann *jetzt* rauchen?»

Er lachte. «Je früher, je ... Moment mal. Wie kann Anna Madrigal ein Anagramm für Andy Ramsey sein?»

«Ist es ja gar nicht.»

«Aber Sie haben doch gesagt ...»

«Ich habe gesagt, daß es ein Anagramm ist. Ich habe aber nicht gesagt, wovon.»

«Wofür steht es dann?»

«Mein lieber Junge», antwortete die Vermieterin, die endlich den Joint anzünden konnte, «du sprichst mit einer Frau, die ihr Geheimnis zu wahren weiß!»

Alle Jubeljahre

Bobbi umschwirrte Mona wie eine Brautjungfer, die am Kleid der Braut noch ein allerletztes Mal Hand anlegt. «Ich glaub, du hast das Oberteil falsch rum an, Judy. Probier mal ... Nein, andersrum. Genau. Guck mal, wie hübsch das ist!»

«Um Himmels willen, Bobbi. Es soll doch nicht *hübsch* aussehen!»

«Du weißt schon, wie ich's mein. Außerdem *bist* du hübsch. Du kannst richtig stolz sein auf dich.»

Mona brachte ein winziges Lächeln zustande. «Hör auf, mich aufzumuntern.»

«Du stichst sicher alle aus, die's bis jetzt gemacht haben, Judy. Er wird dich *lieben* in dem Aufzug!»

«*Das* soll er ja gerade nicht tun.»

Bobbi kicherte. «Mach dir keine Sorgen. 'ne Menge Kunden haben solche Wünsche.»

«Solche?» Mona deutete auf ihr Kostüm.

«Nein, aber sie ... Na ja, sie wollen dich nicht ficken. Sie holen sich bei dir bloß ... so was Besonderes, was sie sonst nirgends kriegen. Ich hatte mal 'nen Kerl, aus Stockton war er, der hat gewollt, daß ich 'nen schwarzen Slip mit Spitzen dran anzieh und mich auf seinen Schoß setze, und dann hat er mir sein Testament diktiert.»

«Ja, sicher.»

«Ich schwör's, Judy. Und es hat *ewig* gedauert. Ich hab damals sogar zu Dr. Craig gemußt.»

«Warum?»

Bobbi kicherte. «Er hat gesagt, ich hätt aus 'nem Schreibkrampf mal so eben 'ne Geschlechtskrankheit gemacht.»

Mona schlenderte in voller Montur nach vorne ins Gesellschaftszimmer und holte sich aus dem Kühlschrank hinter der Bar ein Bier. Sie sehnte sich nach einem Joint.

Charlene tauchte auf und grinste angesichts von Monas Aufzug mokant. «Bist ja arg früh dran.»

«Ich hetze mich nicht gern ab.»

«Er is frühestens in 'ner Stunde da.»

«Das macht nichts.»

«Dein Deo hat dann sicher schon den Geist aufgegeben.»

«Zisch ab, Charlene!»

«Biste nervös, hmh?» Ihr Ton war jetzt offen zickig. Sie hat was gegen mich, dachte Mona. Es stinkt ihr, daß Mother Mucca mich mag.

«Keine Spur», sagte Mona ungerührt.

«Wenn de meinst», antwortete Charlene. «Aber dein Bier verschüttste trotzdem.»

Eine viertel Stunde vor ihrem Auftritt saß Mona allein im Gesellschaftszimmer. Mother Mucca kam aus der Küche und setzte sich zu ihr.

«Alles okay?»

Mona nickte.

«Das is was, das kannste mal deinen Enkelkindern erzählen.»

«Klar.»

Die alte Frau achtete darauf, daß das Kostüm nicht in Unordnung kam, als sie Mona den Arm um die Schulter legte. «Aussehen tust de . . . richtig gut.»

«Danke.»

«Die andern Mädchen sin alle auf ihrm Zimmer. Und da bleiben se auch, bis er wieder weg is. Ihr zwei beide nehmt das Zimmer von Charlene, und ich sag dir Bescheid, wenn du kommen sollst. Er is schon vor dir drin. Haste noch im Kopf, was zu tun is?»

«Ich denke schon.»

Mother Mucca tätschelte Monas Hand. «Du machst es sicher gut.»

«Mother Mucca?»

«Was is?»

«Wie kann er . . .? Wie kommt er hierhin?»

«Ach, in 'ner Limousine.»

«In einer *Limousine*?»

«Na klar», sagte Mother Mucca und tippte sich dabei an die Stirn, um zu zeigen, daß der Mann Köpfchen hatte. «Dann glaubt keiner, daß er's is, verstehste?»

Es klopfte an Monas Tür.

«Er ist da», flüsterte Mother Mucca.

Mona schlüpfte in die sternenklare Wüstennacht hinaus. Vom Norden her wehte eine warme Brise, die die Ärmel ihres Habits flattern ließ. Mother Mucca warf einen letzten prüfenden Blick auf ihre Neue, rückte deren Nonnenschleier zurecht und huschte zurück zum Gesellschaftszimmer. Dann öffnete Mona die Tür zu Charlenes Boudoir.

Der Kunde saß mit gekreuzten Beinen neben dem Bett auf dem Fußboden. Er trug das safrangelbe Gewand eines buddhistischen Mönchs.

«Schwester . . . Ich habe gesündigt.»

Mona räusperte sich. «Ich weiß, mein Kind.»

Die Peitsche lag wie besprochen auf dem Bett.

Idyll auf Zeit

Die Taxifahrt aus Manzanillo hinaus bot ihnen kaum mehr als zerfallende Hamburgerbuden, mit Palmblättern gedeckte Hütten und hin und wieder ein paar kleine Packesel, die neben der Straße im Müll scharrten.

Am Ziel ihrer Fahrt erwartete Mary Ann und Burke allerdings etwas ganz Unglaubliches.

Der Ausflugsort Las Hadas lag in luftiger Höhe über einer azurblauen Bucht und schimmerte wie ein Opiumtraum aus den *Geschichten aus Tausendundeiner Nacht*. Bougainvilleen leuchteten und strahlten vor weiß getünchten Wänden, von Minaretten herab blickten groteske Figuren in sonnenüberflutete Innenhöfe, Vögel sangen, Palmen wiegten sich in der sanften Brise.

Und Mary Anns Herz setzte zu einem Höhenflug an.

«Ach, Burke, sieh dir *das* bloß an!»

Natürlich meinte sie das gar nicht so. Eigentlich meinte sie: Sieh dir *uns* bloß an.

Der Strand war ein Halbrund aus silbern glänzendem Sand, und das Wasser war so klar, daß Mary Ann sehen konnte, wie zwischen ihren Beinen winzige Fische hin und her schossen. Burke zog sie mit kindlicher Schadenfreude unter Wasser und hielt sie an der Hüfte umschlungen, wenn sie gemeinsam ins Sonnenlicht emportauchten.

Wie lange war es schon her, daß jemand das mit ihr gemacht hatte?

Wie lange hatte sie auf dieses Lächeln gewartet, auf diesen Blick, auf diese starke und gleichzeitig schlichte Persönlichkeit, die ihr begegnet war in einer Welt voll von Habgier, Existenzangst und computerisierten Partnervermittlungen? Und wie lange, lieber Gott, würde es halten?

Sie legten sich nebeneinander in die Sonne. Ihre Fingerspitzen berührten sich.

«Was macht Michael heute?» wollte Burke wissen.

«Er ist auf dem Schiff.»

«Von mir aus hätte er gerne mitkommen können.»

«Ich glaube, er will heute mal ausspannen.»

«Ach so.»

«Burke?»

«Ja?»

«Warum bist du aus Kalifornien weggegangen?»

Nach einiger Zeit sagte er: «Ich weiß nicht. Wahrscheinlich wegen . . . meines Vaters und so.»

«Wegen deines Vaters?»

«Wegen der Verlagsarbeit. Er brauchte Unterstützung.»

«Hast du denn . . . in San Francisco auch im Verlagswesen gearbeitet?»

«Nein. Ich habe bloß . . . so in den Tag hineingelebt.»

«Drei Jahre lang?»

Er drehte sich auf die Seite, schaute sie an und lächelte leicht. «Möchtest du wissen, wie reich ich bin?»

Die Frage hatte sich *tatsächlich* so angehört, und ihr Fauxpas war ihr schrecklich peinlich. «Nein, Burke! Garantiert nicht. Ich wollte bloß . . . Ach, laß mal. Ich bin wohl nur ein bißchen nervös.»

«Weswegen?»

«Ach, weil es so schrecklich klischeehaft ist!»

«Was?»

«Ach, na ja. Man lernt jemand Nettes kennen und kommt phantastisch mit ihm aus, aber *natürlich* wohnt er dreitausend Meilen weit weg! Das ist schlichtweg Betrug.»

Er rückte näher an sie heran und legte die Hand auf ihre Wange. «Bist du heute nacht auch betrogen worden?»

«Nein. Und das weißt du auch.»

Er küßte sie auf die Nasenspitze. «Wir haben noch eine Woche, Mary Ann. Machen wir das Beste draus, hm?»

In einem Garten mit gepflegtem tropischen Blattwerk aßen die beiden mit Blick auf das Wasser zu Mittag. Ein künstlicher Wasserfall plätscherte in das Schwimmbecken hinter ihnen.

Ein Kind lief als Sandwichman umher. Auf seinen Plakattafeln wurden die bevorstehenden Veranstaltungen angekündigt. «Wie niedlich!» sagte Mary Ann, als sie das blaue Clownskostüm und die Hofnarrenschuhe mit den gezwirbelten Spitzen sah.

Doch als das Kind näher kam, machte Mary Ann die Entdeckung, daß es gar keines war. Es war ein Zwerg.

Peinlich berührt wandte sie sich ab. Sie hoffte, der kleine Mann würde ihren Tisch übergehen und sich einer Gruppe von lauten Touristen zuwenden, die in der Nähe des Schwimmbeckens saßen. Es kam allerdings anders. Er näherte sich dem frischverliebten Paar mit einem breiten, bettelnden Grinsen und streckte den beiden eine rote Rose entgegen.

Jetzt gab es keinen Ausweg mehr. «Burke, hast du vielleicht einen Peso für ihn?»

Ihr Begleiter gab keine Antwort. Er saß kreidebleich und totenstarr da.

«Burke, was ist . . .?»

Seine Stimme war kaum mehr als ein Wimmern, klang wie die mitleiderweckende Klage eines gefangenen Tiers. «Schick ihn weg», stieß er hervor.

«Burke, es ist doch bloß ein . . .»

«Bitte, bitte . . . Schick ihn weg!»

Der Zwerg brauchte keine weitere Aufforderung. Er war bereits drei Tische weiter, als Burke ins Gebüsch torkelte und dort kotzend auf die Knie fiel. Mary Ann kniete neben ihm nieder und strich sanft über die Erdbeerlöckchen in seinem Nacken.

«Ist ja gut», sagte sie. «Ist ja gut.»

Kurz darauf ging ein Ruck durch ihn, und er versuchte, seine Würde zurückzugewinnen. «Verzeih mir, bitte. Es tut mir sehr leid. Ich hätte . . .»

«Das macht doch nichts», sagte sie sanft. «Ich kann verstehen, daß er dich . . .»

Burke schüttelte den Kopf. «Er war nicht schuld daran, Mary Ann.»

«Was?»

«Es war die Rose.»

Douchebag

Nachdem das Mabuhay Gardens lange Zeit ein auf großbusige Sängerinnen spezialisierter Filipino-Nachtclub gewesen war, hatte es sich beinahe über Nacht in San Franciscos einzige Punk-Rock-Attraktion verwandelt. In dem Ambiente aus absterbenden Palmen und ramponierten Rattanmöbeln nahm man Bruno Koski glatt den schweren Jungen aus einem frühen Bogart-Film ab.

Die Punker und Punkerinnen beäugten ihn mit kaum verhohlenem Neid, lechzten im stillen nach seiner pockennarbigen Haut, nach seinen Knopfaugen, nach seiner angeborenen Verkommenheit, die so gar nichts Aufgesetztes hatte.

Bruno Koski war unverdünnte Realität.

Jimmy, der Bühnenmanager, erkannte ihn sofort. «Hallo, Bruno, was . . .?»

«Ich such Douchebag.»

«*Die* kennst du?»

«Sag einfach, wo sie is, Kleiner.»

«Dort drüben. Neben dem Verstärker. Die in dem Müllsack.»

Bruno schaute mit mürrischem Gesicht zur Tonanlage hinüber. Er vermied es, den Blicken der versammelten Punks zu begegnen. Drei von den Punkerinnen trugen Hefty-Plastik-Säcke, die sie mit Sicherheitsnadeln zu Ponchos umgearbeitet hatten.

«Ach so», schob Jimmy nach, als er Brunos Irritation bemerkte. «Es ist die mit den grünen Haaren.»

Bruno ging zu ihr hin.

«Du bist Douchebag?»

«Ja.» Sie malträtierte ihren Kaugummi wie wild. Ihre Haare, die um ein paar Stufen heller waren als der Müllsack, waren knapp über der Haut abgesäbelt. Sie trug einen Button, auf dem PUNK POWER stand.

«Ich heiß Bruno.»

Sie kaute noch heftiger. «Und?»

«Und ich will mit dir reden.»

«Nix da. Jetz is Crime dran.» Sie deutete mit dem Kopf in Richtung Bühne, wo eine Musikergang in schwarzem Leder zu ihrem nächsten Angriff auf das Publikum in Position ging.

Bruno schaute Douchebag finster an, beschloß aber, ihr ihren Willen zu lassen. Schließlich *brauchte* er das kleine Miststück. Da konnte er sich ihre Art auch ein paar Minuten länger gefallen lassen.

Die Crime spielten so laut, daß er sich vorkam, als hätte er eine Hirnblutung. Die Punker und Punkerinnen verwandelten sich unter dem Zauber der Musik zu Spastikern und schüttelten sich, als säßen hundert Sträflinge auf dem elektrischen Stuhl. Der Song hieß «You're So Repulsive».

In der ersten Pause beschäftigte Douchebag sich wieder mit Bruno. «Geil, hm?»

«Ja», log er.

«Du hättst mal erleben solln, wie sie Mary Monday and the Bitches dagehabt ham.»

«Ja?»

«Absolut, Mann. Die ham die Mikros demoliert und die Tische zerlegt, und der Bühnenmanager is ausgeklinkt und ... Mann, das war total ent-aaaartet!»

«Hört sich ganz so an.»

«Aber das is nix ... ich mein, *gar* nix ... wenn du dir mal die Damned oder die Nuns anhörst. Ich mein, die knallen vielleicht rein ... Total abgefahrenes Zeug. Da kriegste das Gefühl, du willst *kotzen*!»

Das Kaugummigekaue wurde ihm zuviel. «He . . . Nimm mal endlich das Zeugs ausm Maul, ja?»

Sie starrte ihn mit weit aufgerissenen Augen an, nahm dann den Kaugummi aus dem Mund, rollte ihn zu einer hübschen kleinen Kugel und stopfte sich die ins Nasenloch.

Douchebag zuckte mit keiner Wimper, als Bruno seinen Vorschlag in groben Zügen darlegte.

«Ich . . . würg ihr nur so 'n paar rein, hmh?»

«Genau. Sie wohnt gar nich weit von hier.»

«Und von dir krieg ich 'n Plan, was sie so macht und so? Ich mein, ich muß kein Bruch machen, oder?»

«Nee. Wir machen 'nen fixen Termin. Aber das is mein Bier, Punky.»

Sie strahlte, als er das sagte. Sie war jetzt eine *richtige* Punkerin. Sie war drauf und dran, sich richtige Punk-Referenzen zu besorgen. «Wie steht's mit Kohle, Bruno? Was springt dabei raus für mich, hm?»

«Wieviel willste?»

Sie dachte kurz nach. «Ich will 'ne eigene Gruppe aufmachen. Wir brauchen dreihundert Mäuse.»

«Is gebongt.»

«Kennste die Scorpions?»

«Klar.»

«So 'ne Gruppe wird das. Bloß daß es alles Mädels sin. Aber wir singen nur, wenn wir die Regel ham, damit wir die Leute voll anekeln können, wenn wir . . .»

«Stop, Punky . . . Okay, okay!»

Douchebag zog einen Flunsch. «Kacke, Mann! Ich halt's kaum mehr *aus,* bis ich dreizehn bin!»

Wie ausgewechselt

Brian wollte gerade zur Tür hinaus, als in seinem Häuschen auf dem Dach das Telefon klingelte.

«Ja?»

«Hallo! Was läuft denn so?»

Das mußte Chip Hardesty sein. Chip Hardesty würde selbst beim Begräbnis seiner Großmutter noch fragen: «Was läuft denn so?» Er wohnte in Larkspur, aber seine Wohnung war von seiner Praxis in Northpoint kaum zu unterscheiden. In beiden gab es Farne, Spiegel mit Watney's-Ale-Werbung und Korbsessel, die an Ketten von der Decke hingen. Das Zahnarztdasein machte ihm nicht unbedingt Spaß.

«Nicht viel», sagte Brian. Zum erstenmal seit Jahren log er unverschämt drauflos.

«Toll! Ich habe einen Plan.»

«Ja», sagte Brian mit aller Zurückhaltung. Zu Chips letztem Plan hatten ein Kasten Cold Duck gehört, eine gemietete Blockhütte am Lake Tahoe und zwei todsichere Zahnarzthelferinnen. Eine von den beiden – die von Chip natürlich – hatte ausgesehen wie eine zweite Olivia Newton-John.

Brians Begleiterin hatte ihn auf unangenehme Art an Amy Carter erinnert und sich außerdem in reichlich schiefer Haltung fortbewegt, weil sie sich permanent um einen Ausgleich für ihre linke Brust bemühte, die ihrem Gefühl nach kleiner war als die rechte.

«Arbeitest du heute abend?» wollte Chip wissen.

«Ich fürchte.»

«Wann hast du Schluß?» – «Um elf.»

«Okay. Hör zu. Erinnerst du dich noch an Jennifer Rabinowitz?»

«Nein.»

«Okay. Riesentitten, ja? Arbeitet im Cannery. Knopf in der Nase . . .»

«Hat beim Tarr-and-Feathers-Sing-along gekotzt.»

«Wer sagt das?»

«Ich sage das. Der Vollgekotzte.»

«Das hast du mir nie erzählt.»

«Entschuldige. Ich hätte es auf meine Weihnachtskarte schreiben sollen.»

Es folgte beleidigtes Schweigen. Dann: «Ich will dir einen Gefallen tun, Mann. Mach mit oder laß es bleiben.»

«Erzähl weiter. Ich hör dir zu.»

«Okay. Jennifer hat da diese Freundin . . .»

«Näht sich ihre Kleider selbst. Beeindruckende Persönlichkeit. Alle Mädchen im Studentinnenwohnheim fliegen total auf . . .»

«Mensch, was ist dir denn über die Leber gelaufen?»

«Ich bin nicht mehr so drauf, Chip. Laß mich bei so was lieber aus dem Spiel.»

«Was soll das heißen, du bist nicht mehr so drauf?»

«Alle. Erschöpft. Elf ist ein bißchen spät für . . .»

«Mensch! Du bist doch seit fünf Jahren nicht mehr vor zwei in der Falle gewesen!»

«Na, vielleicht werd ich ja langsam alt.»

«Ja. Vielleicht wirst du das wirklich.»

«Chip?»

«Ja?»

«Rutsch mir den Buckel runter, ja?»

In Wirklichkeit war er kein bißchen müde, nachdem er sich bei Perry's um seinen letzten Gast gekümmert hatte. Er fühlte sich so vital, angeregt und gut gelaunt wie ein Vierzehnjähriger, der eben beschlossen hat, sich mit *Fanny Hill* auf dem Klo einzuschließen. Lady Eleven war das Tollste, was ihm seit Jahren passiert war.

Als er später aus der Dusche stieg, stellte er fest, daß er gegenüber der Sirene aus dem Superman Building ein starkes Gefühl der Treue verspürte. Sie *gehörte* ihm, und zwar im reinsten, befriedigendsten Sinn des Wortes. Und er gehörte ihr. Wenn auch nur für eine halbe Stunde.

Er hatte endlich eine Gleichgesinnte gefunden.

Liebe auf dem Dach

Die Hampton-Giddes waren die ersten, die nach dem Ballettabend eintrafen. «Wunderbare Tischlerarbeit», schwärmte Archibald Anson Gidde, als er das neue Sonnendeck über der Wohnung seines Gastgebers sah.

Peter Cipriani nickte. «Ich habe im Mission einen *obergeilen* Tischler entdeckt. Spottbillig und Muskeln für zwei. Er heißt Jason oder so.»

«Heißen sie denn nicht *alle* Jason?»

Peter wieherte. «Oder Jonathan.»

«Hatte er einen Knopf im Ohr?»

«Nein. Aber er hatte Shorts an zum *Ohnmächtigwerden.* Und zu den Kniestrümpfen Komm-fick-mich-Stiefel von Lands End. Total scharf.»

«Meinst du, er bekommt eine Küche auch so gut hin?»

«Keine Ahnung. Ich kann nur sagen, welche Qualitäten er im Schlafzimmer entwickelt, meine Liebe.»

«Ohoooo», sagte Archibald Anson Gidde.

Kurz vor Mitternacht tummelten sich auf dem Sonnendeck ganze Horden von A-Schwulen, die sich in kunstvollem Gezirpe über Glissaden und Pirouetten ergingen. Charles Hillary Lord hob einen Spatel mit Kokain an Archibald Anson Giddes linkes Nasenloch.

«Ich habe heute mit Nicky gesprochen.»

Arch inhalierte das Pulver lautstark. «Und?»

«Ich glaube, er macht mit.»

«Schön», sagte Arch gleichgültig. «Das hilft dir sicher weiter.»

«Wir brauchen keine *Hilfe,* Arch. Die Sache läuft von selbst. Ich möchte nur, daß du von Anfang an deinen Profit daraus ziehst.»

«Dann macht es dir ja wohl nichts aus, wenn ich nein sage.»

Chuck Lord seufzte übertrieben und wies mit der Hand in

weitem Bogen über die Dächer des Russian Hill. «Arch ... hast du überhaupt eine Vorstellung davon, wie viele Tunten es dort draußen gibt?»

«Einen Moment. Ich seh mal in meinem Adreßbuch nach.»

«Innerhalb der Stadtgrenzen von San Francisco gibt es – und das ist noch zurückhaltend geschätzt – einhundertzwanzigtausend praktizierende Homosexuelle.»

«Und *Praxis* macht bekanntlich den Meister.»

«Diese einhundertzwanzigtausend Homosexuellen werden zusammen alt werden, Arch. Ein paar von ihnen werden nach Kansas zurückgehen, oder von wo sie sonst weggelaufen sind, aber der Großteil von ihnen wird hier in Shangri-la bleiben und sich gegenseitig anmachen, bis es Zeit ist für den Herzschrittmacher.»

«Ich brauche eine Valium.»

«Wann wird das endlich in deinen verdammten Schädel hineingehen, Arch? *Wir* haben natürlich keine Probleme. Wir besitzen Häuser und Autos und Treuhandvermögen und genügend ... Kleingeld, um uns noch mit hundertundzwei jemand von Dial-a-Model kommen zu lassen, wenn wir wollen. Aber die Arschlöcher, die von der Fürsorge oder von Almosen leben, die auf dem Flohmarkt irgendwelchen Mist verkaufen oder im Haight Häuser anstreichen, die brauchen so was, wenn es mal so weit ist.»

Arch machte ein ernstes Gesicht. «Riecht das für dich nicht nach Ausbeutung, Chuck?»

«Ach, Mensch! Irgendwer *wird* es machen! Das weißt du doch, Arch. Warum sollen wir dann nicht die ersten sein?»

«Ich weiß nicht. Es kommt mir bloß ... ziemlich riskant vor.»

«Riskant? Arch, damit schreiben wir im Sozialwesen Geschichte! Die Sache ist reif für das *Wall Street Journal*! Stell dir das mal vor! Das erste schwule Pflegeheim in der Weltgeschichte!»

Arch Gidde drehte sich um und schaute über die Stadt. «Laß mir noch ein bißchen Zeit, okay?»

Chuck legte ihm den Arm um die Schulter und sagte in einem zärtlicheren Ton: «Nicky hat sich sogar schon einen Namen ausgedacht.»

«Welchen?»

«The Last Roundup.»

«O mein Gott . . .»

«Kapierst du denn nicht? Ein geschmackvolles, herbes Westernmotiv, die Zimmer mit Holzverkleidung wie in einer Scheune, kleine Gulaschkanonen für das Essen . . .»

«Nicht zu vergessen die Beutel für die künstlichen Darmausgänge, die selbstverständlich in Hüllen aus Jeansstoff stekken müssen.»

Chuck funkelte ihn wütend an. «Du reißt zwar Witze, aber ich *weiß*, daß du den Profit siehst, der dabei zu machen ist!»

Schweigen.

«Sieh mal, Arch, es könnte dort doch sehr kultiviert zugehen. Ich meine, wir könnten eine Sauna mit allem Drum und Dran einbauen. Und als Pfleger könnten wir Colt-Modelle einstellen!»

«Das hilft einem sicher gewaltig, wenn sie einen aufs Klo tragen müssen. Weißt du, Chuck, kein Mensch ist wie der andere. Das ist *deine* Phantasie, die du da durchspielst. Was würdest du zum Beispiel mit den Fummeltrinen anfangen?»

«Wir könnten . . . Keine Ahnung . . . Wir könnten einen eigenen Flügel für sie bauen.»

«Und dort vielleicht Helen-Hayes-Look-alike-Wettbewerbe veranstalten?»

«Na, ich sehe keinen Grund, warum . . .»

Er wurde von Peter Cipriani unterbrochen, der seinen Gästen aufgeregt zurief: «Okay, nicht drängeln. Einer nach dem anderen, meine Herren, einer nach dem anderen.» Er drückte Rick Hampton ein Fernglas in die Hand, das dieser nach Norden richtete.

«Welches Haus?» fragte Rick.

«Das mit den Schindeln dran. An der Barbary Lane. Das Häuschen auf dem Dach, hast du's?»

«Ja, aber ich kann nichts . . .»

«Das rechte Fenster.»

«Ach, du meine Güte!»

«Was ist?» fragte Arch, als die anderen sich um Rick drängelten.

«O Gott, seht euch bloß an, was er . . .»

«Was macht er denn?» kreischte Arch.

«Warte, bis du an der Reihe bist, meine Beste. O Gott, das ist ja nicht zu *glauuuuuben* . . . Wie lange geht das schon so, Peter?»

«Mindestens ein paar Wochen. Da drüben in dem weißen Hochhaus gibt es eine Frau, die er beobachtet.»

«Er ist *hetero*?»

«Offensichtlich.»

«*Unmöglich!* Heteros haben keinen solchen Body!»

«Ich will auch mal!» drängelte Arch.

Die Pyjamaparty

Hinterher saß Mona vollkommen regungslos auf dem Bett in ihrem Zimmer und vollzog den einzigen Exorzismus, den sie kannte:

Sie rezitierte ihr Mantra.

Es war nicht eigentlich so, daß sie sich schämte. Oder daß es ihr auch nur peinlich gewesen wäre. Sie hatte sich an die Abmachungen gehalten, und damit konnte sie leben. Sie hatte dem Kunden einen Gefallen getan. Sie hatte Mother Mucca einen Gefallen getan. Sie hatte sich in der ganzen blöden Angelegenheit hundertprozentig siebziger-Jahre-mäßig verhalten.

Es war also keine Scham, die sie verzehrte. Es war . . . nichts. Sie fühlte überhaupt nichts, und das machte ihr riesig angst. Das klaffende Schwarze Loch ihres Daseins hatte erschütternde Ausmaße angenommen, und sie befand sich gefährlich nahe am Abgrund. Wenn sie auch nur einen Augenblick haltmachte, wenn sie sich nicht mehr veränderte, würde die ziellose und monströse Irrationalität des Universums sie bei lebendigem Leib verschlingen.

«Klopf, klopf.»

Schweigen.

«Klopf, klopf.»

«Ja, Bobbi?»

Die Kindsnutte lugte vorsichtig herein. Wie eine Vampirjägerin, die ein Kruzifix schwenkt, winkte sie durch den Türspalt hindurch mit einem Cellophanpäckchen. «Ich hab Oreos dabei. Willst du mir beim Aufessen helfen?»

«Ich glaube nicht, Bobbi.»

Nach einer Pause kam die Frage: «Fühlst du dich auch wohl, Judy?»

«Warum denn nicht? *Er* ist derjenige, dem alles weh tut.»

Bobbi gickelte und schwenkte das Päckchen ein zweitesmal. «Willst du nicht wenigstens *ein paar*?»

«Du leckst doch wohl die Füllung nicht raus, oder?»

«Nein. Das kann ich nicht ausstehen.»

«Ich auch nicht.»

«Meine Mutter hätt mir nie welche gegeben, wenn ich die Füllung rausgeleckt hätt.»

Mona lächelte. Mütter waren also doch zu etwas gut. Was spielt es da für eine Rolle, wenn wir in einem Puff in Winnemucca S/M-Nummern abziehen? Wir haben uns immer verboten, die Füllung aus den Oreos rauszulecken, mit gespreizten Beinen dazusitzen, auf andere Leute zu zeigen oder uns zu kratzen, wenn es juckt.

«Und, wie isses?» Bobbi ließ nicht locker.

«Na gut», antwortete Mona. «Warum nicht?»

Bobbi ließ sich hocherfreut auf das Bett plumpsen und riß die Kekspackung auf. «Und», sagte sie, als sie Mona ein Oreo anbot, «wie hast du's gefunden mit ihm?»

Mona antwortete trocken: «Erschlagend.»

Aber Bobbi sprang nicht darauf an. «Ich finde ihn ja richtig hübsch.»

«Bobbi . . . Ich möchte nicht darüber reden, okay?»

«Klar. Tut mir leid.»

Bobbi zog die Knie unters Kinn und wickelte die Arme darum. Sie kaute meditativ auf einem Oreo herum, als wollte sie den Jahrgang feststellen. Dann blickte sie Mona schmachtend an.

«Weißt du was, Judy?»

«Was?»

«Du bist meine beste Freundin.»

Schweigen.

«Ich schwör's, Judy.»

«Na ja, das ist . . . Danke.»

«Kann ich über Nacht bleiben?»

«Hier?»

Bobbi nickte. «Wie bei 'ner Pyjamaparty oder so.»

«Bobbi, ich glaube nicht, daß . . .»

«Ich bin keine Lesbe, Judy.»

Mona lächelte. «Und wenn *ich* eine bin?»

Bobbi sah zuerst erschrocken drein, dann amüsiert. «Auf gar keinen Fall», sagte sie lachend. «Du doch nich.»

Trotz des damit einhergehenden Betrugs lachte Mona mit. D'orothea gehörte schließlich schon lange nicht mehr zu ihrem Leben. Aus Monas Sicht war das Lesbischsein bloß die logische Weiterentwicklung von Makrobiotik und Urschrei gewesen. Sie hatte sich darauf eingelassen, aber selten etwas davon gehabt, und sie war *nie* hinter seine Geheimnisse gekommen.

Mona nahm das Oreo, das Bobbi ihr hinhielt, und brach es auseinander. «Wie sollen wir eine Pyjamaparty machen ohne Plattenspieler und einen Stapel Singles?»

«Ich kenn ein paar Gruselgeschichten.»

Mona grinste. «Wir könnten uns die Zehennägel lackieren.»

«Ich hab meine gestern erst gemacht.»

«Ach so, na ja, dann könnten wir . . .»

«Die Füllung aus den Oreos rauslecken!» kreischten sie im Chor, als Mona ein Oreo hochhielt, bei dem die Creme bereits offenlag. Bobbi streckte erwartungsvoll die Zunge vor. «Die Milch fehlt noch», platzte Mona heraus. Sie ließ das Oreo in Bobbis Hand fallen und hüpfte vom Bett.

Mona machte einen Bogen um das Gesellschaftszimmer, weil sie hörte, daß Mother Mucca dort vier der Mädchen Aufstellung nehmen ließ für zwei betrunkene Fernfahrer. Sie betrat die Küche durch die Hintertür, tastete nach dem Lichtschalter und ging an den Kühlschrank. Im obersten Fach stand noch mehr als ein Liter Milch.

Ein Krug wäre nicht schlecht, ging es Mona durch den Kopf. Wenn sie einen Krug hatten, konnten sie sich gegenseitig Milch eingießen. Bobbi würde das garantiert gefallen.

Mona entdeckte einen auf dem Regal über dem Herd, ein blaßgrünes Exemplar aus der Zeit der Wirtschaftskrise, für das man in einem Antiquitätengeschäft in San Francisco sicher ein kleines Vermögen bekommen hätte.

Als sie danach griff, streifte sie eine Reihe ramponierter Kochbücher, von denen eines zu Boden fiel. Sie bückte sich danach. Der Name auf dem Vorsatzblatt jagte ihr einen jähen Schrecken ein.

Mona Ramsey.

Geduld, Geduld

Zwei Tage vor der geplanten Ankunft der *Pacific Princess* in Acapulco stellte Michael beim Aufwachen fest, daß er alleine in der Kabine war. Mary Anns Bett war unberührt. Er hatte solche Lust auf einen kleinen Schlagabtausch, daß er in aller Eile duschte und zum Frühstück auf das Aloha-Deck hinunterhetzte.

Mary Ann saß mit Arnold und Melba Littlefield bereits am Tisch. Das Ehepaar steckte in funkelnagelneuen Jeans-Hosenanzügen. Arnolds Anzug war mit aufgestickten Regenbögen verziert, der von Melba mit Schmetterlingen. Ogottogott, dachte Michael. In Dublin ist der Sommer der Liebe nie zu Ende gegangen.

«Mensch», donnerte Arnold los, als Michael sich setzte, «schafft ihr zwei es denn *nie,* daß ihr mal zur gleichen Zeit zum Essenfassen kommt?»

Mary Ann wurde rot und warf ihrem verspäteten Kabinengenossen einen nervösen Blick zu.

Michael reagierte schelmisch. «Das kleine Frauchen hatte wohl schon schrecklichen Hunger.»

Mary Ann gab ihm unter dem Tisch einen Tritt.

Arnold lachte wissend in sich hinein und zwinkerte Michael zu.

Melba schaute wie üblich verwirrt drein. «Sie haben wohl die ganze Nacht Boogie getanzt, was?» Melba hatte eine abnorme Vorliebe für Ausdrücke wie «Boogie», «Schwatz» oder «Nepp». Ein Vokabular, das sie nach Michaels Überzeugung aus der *People* bezog.

«Boogie?» Er konnte sich genausogut seinen Spaß machen mit ihr.

«Sie wissen schon. Dieser Tanz. Wird denn in der Skaal Bar nicht Disco angeboten?»

«Ach so, ja, Sie haben recht. Das hab ich ganz vergessen. Ich war nämlich schon recht früh im Bett. Mit Christopher Isherwood.»

Mary Ann rutschte verlegen hin und her. «Mouse, du hast noch nicht bestellt.»

«Moment mal», sagte Arnold zu Michael. «Sagen Sie das noch mal.»

«Es ist ein Buch», mischte Mary Ann sich ein.

Michael nickte. *«Christopher und die Seinen.»*

«Mouse . . . Ich glaube, der Steward . . .»

«Um was geht's da?» wollte Arnold wissen.

«Er hat *Cabaret* geschrieben», sagte Mary Ann.

«Um Deutsche, hmh?»

«Aber heftig», sagte Michael.

«Es gibt heute Blaubeerpfannkuchen, Mouse.»

Melba seufzte. «Ist Liza Minnelli nicht einfach *hinreißend*?»

«Los jetzt», sagte Michael, sobald sie den Speisesaal verlassen hatten. «Ich will sofort alles wissen.»

Mary Ann schmollte.

«Mach schon. Hat er dir auf dem Achterdeck Gewalt angetan?» – Schweigen.

«Hat er dich unter Deck geschändet? Hat er an deinen Zehen gelutscht? Hat er dich zu einem Kaffee eingeladen?»

«Mouse, du hast mir das ganze Frühstück versaut!»

«Du hättest ja Burke mitbringen können.»

«Genau. Und unterm Tisch mit ihm füßeln, während du Arnold und Melba flotte Geschichten über dein kleines Frauchen erzählst, oder was?»

«Jetzt mach aber mal halblang. Daß wir uns als Jungverheiratete ausgeben sollen, war deine Idee.»

«Nicht so laut.»

«Selber nicht so laut! Verdammt noch mal, wofür hältst du mich eigentlich? Für einen Mietehemann?»

Mary Ann warf ihm einen giftigen Blick zu, stöhnte entnervt und marschierte an ihm vorbei den Korridor hinunter. Michael reagierte sich auf dem Promenadendeck ab, wo er unter den Rettungsbooten auf und ab lief, bis er wieder einen klaren Kopf hatte. Eine viertel Stunde später kehrte er in die Kabine zurück. Mary Ann saß am Tisch und schrieb Postkarten. Sie drehte sich nicht um.

«Weißt du was?»

«Was?»

«Ich bin eifersüchtig.»

«Mouse, versuch nicht . . .»

«Es stimmt. Ich bin eine eifersüchtige kleine Tunte. Ich bin auf Burke eifersüchtig, weil er mir meine Spielkameradin weggenommen hat, und auf dich bin ich eifersüchtig, weil du einen Liebhaber gefunden hast.»

Mary Ann drehte sich um. Sie hatte Tränen in den Augen. «Du wirst auch einen finden, Mouse. Ganz bestimmt. Vielleicht sogar in Acapulco.»

«*‹Maybe this time›*, hm?»

Sie lächelte, umarmte ihn und drückte ihn. «*Dafür* liebe ich dich, Michael Mouse.»

«Wofür?»

«Daß du alles in Songtexte packst.»

«Ja», sagte Michael. «Ist Liza Minnelli nicht einfach *hinreißend*?»

Später war es an Mary Ann, sich zu entschuldigen. «Ich war auch boshaft, Mouse. Ich meine . . . Na ja, ich bin wohl ein bißchen nervös.»

«Weswegen?»

Sie zögerte, bevor sie antwortete. «Wegen Burke.»

«War er nicht . . .?»

«Er ist wunderbar, Mouse. Er ist einfühlsam, stark, rücksichtsvoll. Wir sind . . . na, du weißt schon . . . sexuell und überhaupt. Er beschützt mich, aber er behandelt mich völlig gleichberechtigt. Er knackt nicht mit den Fingerknöcheln. Er ist wunderbar, Mouse.»

«Aber auch *nicht* wunderbar?»

«Er hat Angst vor Rosen, Mouse.»

«Äh . . . Wie bitte?»

«In Las Hadas hat ein Zwerg versucht, uns eine Rose zu geben, aber als Burke sie gesehen hat, ist er schlagartig bleich geworden und hat in die Büsche gekotzt.»

«Vielleicht ist er aus Pasadena.»

«Es macht mir Sorgen, Mouse. So was ist doch nicht normal, oder?»

«Das fragst du *mich*?»

«Als ich versucht habe, mit ihm darüber zu reden, hat er das Thema gewechselt. Vermutlich hat er nicht die geringste Ahnung, warum er so heftig reagiert hat.»

Die Mysterien von Pinus

Alles an Helena Parrish war schick, aber dezent. Sie trug einen marineblauen Filzhut, ein marineblaues Mollie-Parnis-Kostüm und marineblaue halbhohe Kalbslederschuhe von Magnin's mit T-förmigen Ristriemchen. Sie wirkte auf Frannie wie eine jener Frauen, die unter gar keinen Umständen einen der Reisevorträge ausließen, die jeden Mittwochabend im Century Club gehalten wurden.

«Noch etwas Tee?» fragte Frannie, die zu gern gewußt hätte, bei welchem Friseur sich ihr Gast so schöne Strähnchen hatte färben lassen.

«Nein, danke», antwortete Helena Parrish lächelnd und tupfte sich mit einer Leinenserviette die Lippen ab.

«Whiskytrüffel?»

«Danke, nein. Obwohl sie sehr verführerisch aussehen. Aber, dürfte ich Sie vielleicht Frannie nennen?»

«Natürlich.»

«Wieviel wissen Sie über Pinus, Frannie?»

Die Gastgeberin wurde rot, fühlte sie sich doch völlig überrumpelt durch diese abrupte Annäherung an das Thema. «Oh . . . Na ja, das meiste kenne ich wohl nur vom Hörensagen.» Diskretion schien Frannie das Gebot der Stunde zu sein. Sollte Helena doch das Gespräch bestreiten.

Frannies Gast nickte würdevoll. «Wir sind der Ansicht, daß Mundpropaganda unser bester Schutz ist.» Sie zeigte ein dünnes Lächeln. «Die unterschiedliche Behandlung von Personen ist in der heutigen Zeit ja in Verruf geraten, nicht?»

«Ist es nicht schrecklich?»

«Wir ziehen es vor, unser Verfahren als Qualitätskontrolle anzusehen. Außerdem wirkt es sich natürlich positiv aus, wenn kaum Informationen an die Öffentlichkeit dringen. Wir sind dann viel eher in der Lage, die Bedürfnisse unserer Mitglieder zu . . . befriedigen.»

«Ich verstehe.»

«Neben den gesellschaftlichen Voraussetzungen ist für eine Mitgliedschaft nur noch eine Bedingung zu erfüllen – der Abschluß des sechzigsten Lebensjahres.» Die letzten beiden Worte sagte sie fast im Flüsterton, als müßte sie sich für das peinliche, wenn auch notwendige Eindringen in Frannies Privatsphäre entschuldigen.

Frannies Lächeln wirkte etwas verlegen. «Ihr Timing ist beinahe perfekt.»

«Ich weiß», entgegnete Helena.

«Vita?»

Helena nickte und fuhr fort: «Unsere Philosophie ist die, daß Frauen wie wir in ihrem reiferen Stadium einen Anspruch darauf haben, ihren ganz eigenen Lebensstil zu entwickeln, solange sie ihn sich leisten können. Schließlich haben wir vierzig Jahre die Spielregeln befolgt. Wir haben Kinder aufgezogen, unsere Ehemänner ertragen, sind in den richtigen Clubs Mitglied geworden und haben die richtigen Wohlfahrtseinrichtungen unterstützt.» Sie beugte sich vor und schaute Frannie direkt in die Augen. «Wir schulden niemandem etwas, Frannie, und wir werden den Rest unserer Tage nicht damit vertrödeln, daß wir so geduldig vor uns hin leiden wie Mary Worth!»

Frannie war wie hypnotisiert. Helena Parrish bekam allmählich die Aura eines Gurus.

«Natürlich gibt es noch *andere* Möglichkeiten. Pinus ist nicht die einzige Lösung. Aber es ist die einzig *befriedigende*. Und wenn wir das Geld dafür haben, warum sollten wir es dann für Face-liftings, Fettabsaugen und Jugendlichkeitsspritzen verschwenden?»

«Glücklicherweise», fuhr Helena fort, «können Leute wie wir es uns leisten, dieser Art ... Luxus zu frönen. Was sollte daran auch falsch sein? Was ist falsch daran, wenn wir uns von der Torte, die Vergnügen heißt, das uns zustehende Stück abschneiden?»

Helena reichte Frannie eine Broschüre. Sie war in brauner Farbe auf schwerem cremefarbenen Bütten mit handgerissenen Kanten gedruckt. Und sie enthielt natürlich keine Bilder.

Pinus

Für Damen, die sechzig sind – und bereit.

Bei Pinus, das in die sanften Hügel von Sonoma eingebettet liegt, handelt es sich zweifellos um das bemerkenswerteste Refugium seiner Art auf der ganzen Welt. Refugium ist allerdings ein schlecht gewählter Begriff, denn Pinus ist eine Lebensart. Pinus ist ein Flug der Phantasie, ein Idyll für gereifte Frauen, ein Traum von uferloser Hemmungslosigkeit. Sobald Sie Ihre erste Erfahrung mit Pinus gemacht haben, ist nichts mehr annähernd so wie zuvor.

«Ich werde sie Ihnen dalassen», sagte Helena sanft. «Ich bin sicher, daß Sie sich noch alleine damit beschäftigen möchten.»

«Ja. Danke.»

«Wie Sie vielleicht wissen, Frannie, hängt die Aufnahme letztlich von unserem Verwaltungsrat ab. In Ihrem Fall bin ich allerdings überzeugt, daß es keinen Grund gibt für irgendwelche . . .» Sie beendete den Satz mit einer angedeutet wegwerfenden Handbewegung. Frannies gesellschaftliche Eignung hatte nie in Frage gestanden.

«Die Entscheidung liegt jetzt bei Ihnen, Frannie. Wenn Sie das Gefühl haben, daß Sie bereit sind, dann rufen Sie mich bitte bei Pinus an. Die Nummer finden Sie in der Broschüre.»

«Danke. Äh . . . Helena, wann würde ich . . . Wie bald?»

«An Ihrem Geburtstag, wenn Sie möchten.» Die Besucherin schenkte ihr ein herzliches Lächeln. «Wir warten dann sogar mit einem ganz besonders interessanten Kuchen auf.»

«Oh, was für ein Spaß.»

«Ja», sagte Helena. «*Dafür* wird es auch Zeit, nicht?»

Die doppelte Mona

Mona hätte niemals erwartet, daß sie in einem Haus mit zehn Schlafzimmern dem größten Schrecken ausgerechnet in der Küche begegnen würde. Doch da stand sie nun – starr vor Angst – *und las ihren eigenen Namen auf dem Vorsatzblatt eines Kochbuchs.*

Ihren eigenen Namen! Warum? Warum?

Sie ließ das Buch fallen und stürzte sich auf die anderen, obwohl sie schon sicher war, was sie darin finden würde. *Mona Ramsey . . . Mona Ramsey . . . Mona Ramsey!* Jedesmal in derselben primitiven, krakeligen Handschrift eines Kindes – oder vielleicht einer erwachsenen Person, die kaum schreiben konnte.

Ein Flashback. Das war's. Das war der LSD-Flashback, vor dem man sie immer gewarnt hatte. Sie sank leise stöhnend auf einen Stuhl und wartete gottergeben darauf, daß große purpurrote Raupen aus den Abflußrohren der Spüle kriechen würden.

Minuten verstrichen. Keine Raupen. Nur das durchdringende Winseln des Wüstenwinds aus der Ferne und das beharrliche Tropfen des Wasserhahns. Im Gesellschaftszimmer lachte ein Fernfahrer dröhnend mit Marnie, die mit ihrem blechernen Modesto-Akzent in einem fort verlangte: «Sag mir was Dreckiges! Sag mir was Dreckiges!»

Mona stand mit wackeligen Knien auf, ging an die Spüle und spritzte sich Wasser ins Gesicht. Sie trocknete sich mit einem JFK-Bobby-Kennedy-Martin-Luther-King-Geschirrtuch ab und taumelte durch die Hintertür in die Dunkelheit hinaus.

Vom Haupthaus her zählte sie die Türen, bis sie endlich vor ihrer eigenen stand.

Das Licht war noch immer an.

Bobbi schaute lächelnd hoch. «Keine Milch da, hmh?»
«Nein.»
«Ich glaub, in der Bar stehen noch ein paar Flaschen Dr. Peppers, wenn du . . . Judy, was ist denn?»
«Keine Ahnung.» Mona sank auf die Bettkante nieder und starrte mit glasigem Blick auf den Autograph Hound, den die vorherige Bewohnerin des Zimmers auf der Frisierkommode zurückgelassen hatte.
«Bobbi . . . Wie heiße ich?»
«Hmh?»
«Wie heiße ich?»
«Bist du . . .?»
«Bitte, gib mir eine Antwort.»
«Du heißt Judy.»
«Und weiter?»
«Keine Ahnung. Das hast du mir nie gesagt.»
«Wenn ich . . . Wenn ich anders heißen würde, und du wüßtest das, würdest du es mir dann sagen? Oder würdest du mich damit aufziehen, Bobbi? Meinst du, Charlene würde . . .?» Sie konnte nicht weiterreden. Es hörte sich alles so paranoid an. Wenn Charlene sie mit ihrem richtigen Namen quälen wollte, warum sollte sie ihn dann in ein Kochbuch schreiben?
Bobbi lächelte nachsichtig. «Von uns haben doch viele 'nen falschen Namen, Judy. Marnie heißt in Wirklichkeit Esther. Mir is das doch piepegal, ob du anders . . .»
«Wie lang arbeitest du hier schon, Bobbi?»
«Mit Unterbrechungen?»
Gab es eine andere Möglichkeit, in einem Puff zu arbeiten? «Ja.»
«Ach, na ja . . . drei Jahre.»
«Das heißt, du kennst etliche von den Mädchen, die hier durchgelaufen sind, stimmt's?»
«Klar.» Bobbi hatte plötzlich begriffen, daß sie verhört wurde. Sie steckte sich einen Streifen Dentyne in den Mund und kaute in aller Ruhe darauf herum.
«Kannst du dich an eine erinnern, die Mona geheißen hat?»

Das Gekaue ging weiter. Wenn der Name bei Bobbi etwas ausgelöst hatte, war es ihrem Gesicht jedenfalls nicht anzusehen. «Mona, hmh?»

«Ja.»

Bobbi schüttelte träge den Kopf. «Nein. Nicht so auf Anhieb.»

«Denk nach, Bobbi. Bitte.»

«Weißt du ihren Nachnamen?»

«Ramsey. Mona Ramsey.»

Es dämmerte. Bobbi kicherte über ihre eigene Dummheit. «Ach je!» entfuhr es ihr. «Wir nennen sie *nie* so!»

«*Wen,* Bobbi?»

«Mother Mucca.»

«Mother Mucca?»

«Klar. Mona Ramsey ist der richtige Name von Mother Mucca.»

Minuten später, als Bobbi gegangen war, saß Mona alleine da und dachte über ihre zunehmende Paranoia nach. Sie hatte sich nicht mehr so konfus und verängstigt gefühlt – so restlos verlassen –, seit bekannt geworden war, daß Rennie Davis, der Gott ihrer Jugendtage, in Colorado für die John-Hancock-Gruppe Versicherungen verkaufte.

Warum tat Buddha ihr das bloß an?

Zwei Mona Ramseys in demselben Puff! Die eine grauhaarig, uralt und gezeichnet von einem ausschweifenden Leben. Die andere erschöpft, noch einigermaßen jung und am Rand des Wahnsinns.

Vergangenheit und Zukunft? Yin und Yang? Donny und Marie?

Mother Mucca hatte von Anfang an recht gehabt: «Dieses blöde Angel Dust zermatscht dir jedesmal die Birne!»

Das stimmt absolut, dachte Mona. Das stimmt absolut.

Ich bin so zermatscht, zermatschter geht's gar nicht. Hoffnungslos zermatscht. Es gibt nichts mehr, an das ich mich halten kann. Nur ein Wunder könnte mich jetzt noch retten.

Mit glasigem Blick und völlig benommen ging sie nach vorn in das leere Gesellschaftszimmer und rief in der Barbary Lane 28 an.

«Madrigal.»

«Gott sei Dank!»

«Wer spricht da, bitte?»

«Ich bin's, Mrs. Madrigal. Mona.»

«Kind! Wo bist du?»

«Ach Gott! In Winnemucca!»

Schweigen.

«Mrs. Madrigal?»

«Geht es dir gut, Liebes?»

«Na ja, ich . . . Nein, es geht mir total beschissen.»

«Bist du . . . Bist du im Blue Moon?»

Mona begann zu schluchzen. «Woher haben Sie das gewußt?»

«Mona, ich . . .»

«Woher haben Sie das gewußt?»

«Die Frage ist eher, woher *du* es gewußt hast.»

«Woher ich *was* gewußt habe?»

«Das mit . . . Winnemucca?»

«Ich bin völlig fertig, Mrs. Madrigal.»

«Bitte, Mona. Ich hätte es dir schon früher erzählt, wenn . . .»

«*Was* hätten Sie mir schon früher erzählt?»

«Ich hatte solche Angst, daß du mich verachten würdest . . . Ich meine, einfach so davonzulaufen und sich . . .»

«Ich bin nicht *davongelaufen*! Ich habe bloß mal Luft zum Atmen gebraucht. Das habe ich Ihnen doch . . .»

«Nicht *du,* Liebes. *Ich.*»

«Was? Aber Sie sind doch gar nicht davongelaufen. Was reden Sie denn?»

Schweigen.

«Mrs. Madrigal?»

«Es ist wohl besser, wenn wir ganz von vorn anfangen, Liebes. Bist du allein?»

«Ja.»

«Na, dann setz dich mal hin. Ich habe dir nämlich eine kleine Geschichte zu erzählen.»

Acapulco-Blues

Die Abenddämmerung lag über der *Pacific Princess*. Michael saß in einem Liegestuhl an Deck, rauchte einen Joint und schaute auf die sanfte, verführerische Rundung des Strands vor Acapulco hinaus. Die Luft war warm, und der Himmel hatte genau die Farbe, die man von ihm erwartete.

Er hatte sie allerdings auch schon gehabt, bevor Michael stoned gewesen war.

«Mouse?» Es war Mary Ann, die sich für ihr Rendezvous zurechtgemacht hatte.

«Hallo», sagte Michael.

«Ich habe dich überall gesucht.»

«I'se heah, Miz Scahlett.»

Sie zog sich einen Liegestuhl heran und setzte sich vorne auf die Querstange. «Geht es dir denn gut, Mouse?»

Er nickte. «Es geht mir doch immer gut.»

«Du warst nicht beim Abendessen.»

Er tätschelte seinen Bauch. «Die Wampe.»

«Burke und ich haben uns überlegt, daß du vielleicht gerne . . . Wir beide fänden es sehr schön, wenn du heute abend mit uns in die Stadt kommen würdest. Jemand hat uns von einem Lokal erzählt, das Baby O's heißt.»

«Danke. Ich glaube nicht, daß ich das heute abend verkrafte.»

«Es ist eine Disco.»

«Vielleicht morgen, okay?»

Sie strich ihm eine Locke aus der Stirn. «Bist du sicher?»

Er nickte, als ihre Hand über seine Wange glitt. Seine Wange war feucht. Mary Ann saß fast eine Minute bei Michael, hielt seine Hand und schwieg.

«Du solltest besser gehen», sagte er schließlich. «Mach dir keine Sorgen wegen mir.»

«Du bist viel zu hart zu dir selbst, Mouse.»

Er zuckte mit den Schultern. «Wer sollte mich denn sonst hart rannehmen?»

«Mouse, du bist so ein wunderbarer . . .»

«Ich weiß, Mary Ann. Ich weiß, daß ich ein netter Kerl bin. Wirklich. Ich weiß, daß du mich magst. Ich weiß, daß alte Damen mich mögen. Und meine Mutter, und Hunde, und Katzen . . . Und alle Leute, die ich kennenlerne. Nur ist keiner darunter, der sich einlassen würde auf . . . Ach, bring mich bitte nicht auf diesen Trip.»

«Mouse, ich wollte, du könntest . . .»

«Das Schlimme daran ist, daß ich die Antwort schon kenne. Die Antwort lautet, daß man seinen Seelenfrieden *nie* findet, wenn man auf einen anderen Menschen setzt. Tut man's doch, ist man auch schon aufgeschmissen. Vielleicht nicht gleich, aber früher oder später garantiert. Man muß . . . Ich weiß nicht . . . Man muß mit sich selbst leben lernen. Man muß lernen, alleine aus dem Bett zu krabbeln und den Tisch bloß für eine Person zu decken, ohne daß man sich miserabel fühlt. Stark und selbstsicher und mit sich selbst zufrieden muß man sein, und man darf nie auch nur den Hauch eines Anscheins erwecken, daß man es ohne diesen bestimmten Jemand vielleicht nicht packt. Man muß grauenhaft gut Theater spielen.»

«Du spielst aber kein Theater, Mouse. Du *bist* stark.»

«Ich will aber nicht mehr. Es hängt mir zum Hals raus, ewig die Scherben aufzusammeln und voller Heldenmut den Blick nach vorn zu richten. Ich will, daß es wenigstens *einmal* klappt.» Er wischte sich die Tränen aus den Augenwinkeln, lächelte dann plötzlich und zuckte mit den Schultern. «Ich will mit einem Marlboro Man einen Salem-Spot drehen.»

Mary Ann drückte seine Hand. «Wir sind alle so, Mouse.»

«Ich weiß, aber bei manchen Leuten funktioniert's.»

«Bei dir wird's auch bald funktionieren.»

«Wird es nicht.»

«Mouse . . .»

«Ich will es zu sehr, Mary Ann. Selbst ein Blinder kann das sehen. Wenn du so danach hechelst, dann will dich keiner mehr. Keiner fährt ab auf diesen . . . gehetzten Blick.»

Er drehte den Kopf weg und wischte sich mit der Hand über die Augen.

«Mensch!» sagte er leise und griff wieder nach ihrer Hand. «Sieh dir nur diesen Himmel an!»

Als Mary Ann und Burke aufgebrochen waren, verbrachte Michael eine halbe Stunde in der Kabine und las ein weiteres Kapitel des Isherwood-Buchs, bevor er wieder auf das Deck spazierte.

Die Lichter der Stadt zwinkerten ihm verführerisch zu.

Aber warum sollte ich? fragte er sich. Warum sollte ich mein Herz schon wieder in die Mangel stecken? Wen könnte ich bei einem zweitägigen Aufenthalt in einer fremden Stadt schon finden, der mir vielleicht etwas bedeutet?

Und sollte ich das rosa oder das grüne Lacoste-Hemd anziehen?

Der Taxifahrer hatte einen enormen weißen Schnurrbart und ein joviales Großvatergesicht. Michael fragte ihn nur äußerst ungern.

«Äh . . . Kennen Sie irgendwelche schwulen Lokale?»

Der Fahrer schaute verständnislos drein. «Rotlicht?»

«Nein, nicht Rotlicht. Männer.»

«Männer?»

«Sí.»

«Ah, Homosex!»

«Sí.»

Der Fahrer schaute nach hinten und musterte seinen Fahrgast einige Sekunden. «Homosex», wiederholte er, bevor er seinen Blick wieder auf die Straße richtete.

Der Mann in Weiß

Die Straße auf den Berg hinauf war schlecht beleuchtet. Michael bekam nur einen flüchtigen Eindruck von staubigem Gebüsch, schwarzen Palmen und ärmlichen Häusern, die sich im Scheinwerferlicht duckten wie heimliche Liebende, die der Kamerablitz eines Privatdetektivs ertappt hatte.

Das Taxi hielt vor einem kastenförmigen weißen Gebäude mit einem Bogengang in der Mitte. Über dem Eingang stand in schmiedeeisernen Buchstaben: SANS SOUCI.

Sorglos, übersetzte Michael. Sorglos in Acapulco in einer schwulen Bar mit französischem Namen. In einer Nacht, in der rein gar nichts mehr einen Sinn ergibt. Es war ihm peinlich, daß er Mary Ann mit einem solchen Gefühlsausbruch gekommen war. Sie hatte einen Blick in die schwärzesten Winkel seiner Seele getan, wo es keinen Humor mehr gab und alles von Selbstmitleid vergiftet war. Sie hatte hinter die Fassade des tapferen Disney-Kobolds geblickt und dabei garantiert nichts Schönes zu sehen bekommen.

Michael zahlte das Taxi und betrat den Bogengang. Er nickte einer alten Frau zu, die dort den Boden wischte. Ausdruckslos erwiderte sie seinen Gruß. Michael fragte sich, ob sie ein spezielles Wort für Gringoschwuchtel hatte.

Der Bogengang führte auf eine rückwärts gelegene Terrasse, von der aus ein Hügel und ein Eckchen Bucht zu sehen waren. Hinter der mit Stroh überdachten Bar am einen Ende der Terrasse stand ein alter Mann, der wohl Wache und Barmann in einer Person war. Rundherum war es so duster, daß Michael gegen einen Stuhl stieß, als er auf die Terrasse hinaustrat.

Er versuchte, es gelassen zu nehmen, und schaute sich nach Zeugen seiner Ungeschicklichkeit um. Es gab keine. Die Terrasse war leer. Die einzigen Geräusche waren das skelettähnliche Rappeln der Palmen auf dem Hügel und die düstere Wehklage von Donna Summer, die «Winter Melody» sang.

Hier war etwas grundverkehrt.

Aber vielleicht auch nicht. Vielleicht *mußte* eine schwule Bar in Mexiko so aussehen. Oder hatte der Fahrer ihn falsch verstanden? Nein. Was sollte «Homosex» sonst noch heißen? War es etwa ein Scherz? Ein Machostreich, den man einem naiven Perversen aus Amerika gespielt hatte?

Es war halb zehn, als Michael bei dem alten Mann ein Dos Equis bestellte und sich an einen Tisch am Rand der Terrasse setzte. Er verlor sich für einige Zeit im onyxfarbenen Schimmer der Bucht und im Anblick des riesigen beleuchteten Kreuzes auf der Capilla de la Paz. Auf einem anderen Hügel stach eine Neonwerbung für Pepsi geradezu obszön in die Dunkelheit.

Einige Leute kamen auf die Terrasse geschlendert. Frauen. Lesben? Ein Mann tauchte auf. Sein Putz bestand aus einer hautengen weißen Hose, mehreren Dutzend Goldkettchen und einer hochglanzgelackten Latin-Lover-Frisur wie aus der *Gentleman's Quarterly*. In L.A. wäre er hetero gewesen. Aber hier ...?

Der Mann fing an, alleine zu tanzen, und verdrehte dabei die Augen wie jemand, den beim Vögeln der Schlag getroffen hatte. Seine Bewegungen waren für Michael Beweis genug. Der Mann hatte nicht nur gebrochene Handgelenke; er hatte gebrochene *Fußgelenke*.

Gegen elf war die Tanzfläche knallvoll. Das Publikum bestand zum größten Teil aus Tunten, obwohl Michael auch eine Clique von Pseudoholzfällern ausmachte, die das Geschehen mit kaum kaschierter Belustigung verfolgten. Michael achtete darauf, nicht mit ihnen in Kontakt zu kommen. Wenn sie aus San Francisco waren, wollte er es gar nicht erst wissen. Er hatte keine Lust, auf einem Hügel in Mexiko jemand kennenzulernen, dem er im Kontaktraum des Jaguar Book Store vielleicht einen geblasen hätte.

Ein Mann forderte ihn zum Tanzen auf. Michael nahm an, obwohl es ihm ein bißchen peinlich war und er sich unaufrichtig vorkam. Er wollte gar nicht tanzen. Er wollte im Arm gehalten werden.

«Erstes Mal hier?» fragte sein Tanzpartner, der halbherzig Shimmy tanzte. Er war Mexikaner.

«Ja», antwortete Michael. Er bemühte sich, kein gebrochenes Englisch zu sprechen. Das tat er sonst meistens, wenn er es mit Ausländern zu tun bekam.

«Du unglücklich, glaube ich?»

Michael versuchte zu lächeln. «Entschuldige. Ich . . .»

«Ist okay. Manchmal . . . ich auch.»

Verdammt, dachte Michael. Sei nicht nett zu mir. Wenn du nett zu mir bist, heule ich dich noch voll. «Meistens bin ich ja glücklich, aber manchmal . . .» Michael gab alle Erklärungsversuche auf und verfiel statt dessen auf einen Klischeespruch, der ihm in einer kalifornischen Kneipe nie über die Lippen gekommen wäre: «Bist du öfter hier?»

Als die Antwort kam, hörte Michael nur halb hin.

Sein Blick klebte an dem Bogengang, von dem aus ein großer blonder Mann im weißen Leinenanzug die Tanzfläche betrachtete. Aus uralter Gewohnheit machte Michael ihn für den Bruchteil einer Sekunde an, ließ es aber so abrupt wieder sein wie ein Hund, der nach seinem eigenen Schwanz geschnappt hat.

Der Mann war Jon Fielding.

Spielchen

Es gab Zeiten, da war Brian überzeugt, daß sie ihm folgte.

Seine Phantasie beschwor sie an den merkwürdigsten Orten herauf: in Waschcentern, auf überfüllten Cable Cars und leeren Rolltreppen, und wenn er mit Kolumbianer vollgedröhnt war, dann auch in dunklen Kinos.

Am Anfang stand meistens ein Blick. Ein Beäugen hinter schweren Lidern hervor. Ein vertrauliches Zwinkern. Ein langsam sich ausbreitendes Grinsen, das ihn von Kopf bis Fuß entflammte. Natürlich war er mit diesen Zeichen vertraut, aber früher hatten sie für etwas anderes gestanden.

Früher hatten sie für eine Eroberung gestanden, für *seine* Eroberung, für ein einfaches, unkompliziertes Abenteuer, das er von Anfang bis Ende unter Kontrolle gehabt hatte.

Aber jetzt ...

Jetzt konnte es eine Frau sein, die wußte, daß er ihr verfallen war.

Jetzt konnte es Lady Eleven sein.

Und *sie* konnte diejenige sein, die alles unter Kontrolle hatte.

Die Frage, die ihn quälte, blieb immer gleich: Wenn sie wußte, wer er war, wenn sie wußte, wo sie ihn finden konnte ... Warum tat sie dann nichts, um mit ihm zusammenzukommen?

Klar, sie konnte es versucht haben. Vielleicht war sie genauso vor der Barbary Lane 28 gewesen wie er vor dem Superman Building. Er hielt sich vor Augen, daß sein Name noch nie auf dem Briefkasten gestanden hatte.

Trotzdem, sie hätte ja *fragen* können. Mrs. Madrigal hätte ihr Auskunft gegeben, Herrgott noch mal! Vielleicht *hatte* Mrs. Madrigal mit ihr gesprochen und dann vergessen, *ihm* zu sagen, daß ...

Andererseits konnte etwas mit ihr sein. Etwas Schlimmes. Vielleicht hatte sie Angst, daß er sie kennenlernte und dabei feststellte, daß sie ... nun, daß sie was war? Behindert? Geisteskrank? Blind? Genau, Brian. Blinde haben immer ein Fernglas griffbereit.

Vielleicht war sie aber auch *berühmt,* eine Dame der Gesellschaft, die sich das Bekanntwerden einer offenkundig sexuellen Beziehung nicht leisten konnte. Oder eine Zuträgerin für den Hite-Report, die freiberuflich ein bißchen Feldforschung betrieb. Oder eine Lesbe auf Reformkurs, die sich nur schrittweise vorantraute. Oder eine Pornodarstellerin, die für ihren großen Auftritt übte.

Oder eine amerikanische Durchschnittsfotze, die es darauf anlegte, Brian Hawkins um den Verstand zu bringen.

Als sie sich an jenem Abend am Fenster auszogen, beschloß Brian, etwas Neues zu probieren. Er behielt bloß noch seine Boxershorts an, hielt seinen Schwanz aber verborgen. Er stellte das Fernglas auf dem Fensterbrett ab, kreuzte die Arme vor der Brust und wartete.

Lady Eleven beobachtete ihn durch ihr Fernglas. Anschließend machte sie seine Haltung nach.

Brian zählte bis zwanzig und schaute dann wieder durch das Fernglas.

Lady Eleven tat das gleiche.

Was für ein beschissenes *Spielchen,* dachte er. Wir sind wie zwei kindische Gören, die «Mach mir alles nach» spielen. Mir soll's recht sein, du Miststück! Dann wollen wir mal sehen, ob du auch damit fertig wirst!

Er ging vom Fenster weg, rannte in die Küche und kam mit einer großen braunen Papiertüte zurück. Er riß die Tüte auseinander und strich sie glatt. Mit einem Magic Marker schrieb er sieben Ziffern auf das postergroße Plakat:

928-3117

Dann hielt er es gegen das Fenster und beobachtete die Reaktion von Lady Eleven durch das Fernglas. Sie verharrte einen Moment lang bewegungslos, bevor sie das Fernglas hob, um die Aufschrift zu studieren. In dieser Haltung blieb sie dann reichlich lange stehen.

Plötzlich – Allmächtiger! – ging sie vom Fenster weg und kehrte gleich darauf mit einem Telefon in der Hand zurück. Brian stürzte zu seinem Apparat. Er war unsäglich erleichtert, daß er das Modell mit Verlängerungsschnur bestellt hatte.

Sie standen dann beide in Position, waren wieder das Duplikat des anderen.

Brian beobachtete sie durch das Fernglas. Im Schneckenmuschelrosa ihres Zimmers schien ihr bademantelumhüllter Körper vor Wärme zu pulsieren. Er *wußte,* wie sie roch – er wußte um den süßlichen Grasduft ihrer nassen Haare, um den verhaltenen Moschusduft ihrer Brüste . . .

O Gott, sie wählte!

Eins . . . zwei . . . drei . . . vier . . . fünf . . . sechs . . . sieben.

Brians Telefon klingelte.

Er fürchtete, sie zu erschrecken, weshalb er den Hörer ganz sachte abnahm. «Hallo», sagte er mit ruhiger, gut modulierter Stimme.

Schweigen.

«Weißt du, wenn du mir deine Telefonnummer geben würdest, könnten wir . . . Ich könnte dich manchmal anrufen . . . Sonst nichts.» Er konnte sie jetzt atmen hören. Er konnte sehen, wie sie schweigend am Telefon stand.

«Hallo . . . Sag mir doch wenigstens deinen Namen . . . Von mir aus auch nur den Vornamen. Ich bin ein netter Kerl . . . Ich schwör's. Mein Gott! Findest du das nicht auch ein bißchen abgedreht?»

Die Atemzüge wurden lauter. Zuerst dachte er, sie würde mit ihm spielen, würde ihn mit aufreizenden Geräuschen verspotten. Dann wurde ihm klar, daß sie weinte.

«Hallo . . . Es tut mir leid, wirklich. Ich wollte nicht, daß es klingt wie . . .»

Sie legte auf. Er sah zu, wie sie in einen Sessel sank und auf ein kleines Häufchen Elend zusammenschrumpelte. Eine halbe Minute später stand sie auf und machte die Vorhänge zu.

Brian zog sich einen Sessel heran und beobachtete ihr Fenster, bis er einschlief.

Blutsverwandte

Monas Gespräch mit Mrs. Madrigal dauerte eine dreiviertel Stunde. Weil sie die Enge ihres Zimmers hinterher nicht ertrug, wanderte sie in die Wüste hinaus. Etwa hundert Meter vom Haus bot sich ein ausrangiertes Lkw-Führerhaus als Zufluchtsort an.

Sie setzte sich darauf, schaute minutenlang in den Mitternachtshimmel hoch und erwartete fast, daß dort oben eine fliegende Untertasse erschien, um sie aus dieser scheußlichen, surrealen Landschaft zu entführen.

In San Francisco waren die Hügel jetzt grün – ein zartes Blaßgrün – und so weich wie der feine Flaum auf dem Geweih eines Hirschs. Auf dem Washington Square blühten Gelbe Narzissen und in der Barbary Lane üppige purpurrote Sträucher und Dutzende von Callas, die mit stillem Gleichmut Michaels alljährlicher Katharine-Hepburn-Vorstellung entgegensahen.

Außerdem war ihr *Vater* dort! Ihr Vater, ihre Mutter, ihre beste Freundin und ihre Vermieterin, alle vereint in einem einzigen lebensfrohen und liebenden Menschen!

Mona sprang von dem Führerhaus und rannte zurück zum Haus. Ihr Herz klopfte vor Erwartung wie wild, und die Hoffnung löste in ihrem Kopf fast einen Kurzschluß aus. Wer brauchte schon eine fliegende Untertasse? So wie Dorothy aus dem *Zauberer von Oz* brauchte sie nur dreimal die Hacken ihrer Schuhe zusammenzuschlagen, um wieder zu Auntie Em zurückzufinden.

Ohne das geringste Zögern und ohne jede Furcht vor der Griesgrämigkeit der alten Frau stieß Mona die Tür zu Mother Muccas Zimmer auf.

Die Puffmutter bürstete sich gerade die Haare. «Kannst du nicht klopfen?»

«Mother Mucca ... Oh, entschuldigen Sie bitte, aber ich ...» Sie lehnte sich an die Wand und versuchte, wieder zu Atem zu kommen. «Es gibt etwas, das ich ...»

Die alte Frau runzelte besorgt die Stirn. «Is was mit dir, Judy?»

«Nein. Nicht Judy. Mona.»

«Nenn mich nicht so, Püppi!»

«Tu ich ja auch gar nicht, Mother Mucca. Ich habe bloß

gesagt, daß ich nicht Judy heiße. Ich heiße Mona. Mona Ramsey ... Genau wie Sie.»

Mother Mucca funkelte Mona wütend an, bevor sie sich wieder dem Spiegel zuwandte und mit dem Bürsten weitermachte.

«Ich hab's dir ja gesagt wegen diesem Angel Dust, Püppi.»

«Mother Mucca, ich habe kein ...»

«Wenn ich dich erwisch, wie de im Haus rauchst, Judy, dann fliegste auf der Stelle!»

Mona hatte ihre Fassung wieder und versuchte, Mother Mucca gut zuzureden. «Ich *weiß,* daß Sie das nicht glauben können. Ich kann es ja selber kaum glauben. Es ist wie ein ... Na ja, es ist wie ein Wunder, Mother Mucca. Irgendeine unsichtbare kosmische Kraft hat uns zusammengeführt, weil wir beide uns brauchen, weil wir ...»

«Weißte, Püppi, wenn de mich ...»

«Ich hol meine Tasche! Ich zeig Ihnen meinen ... Das heißt, da fällt mir ein, ich hab gar keinen Ausweis dabei. Ich *schwöre* Ihnen, daß ich so heiße. Ich hab Ihnen gesagt, daß ich Judy heiße, weil ich ... Es war mir ein bißchen peinlich, daß ich hier arbeite und so ... Bitte, beantworten Sie mir nur eine Frage.»

«Los jetzt ... Raus hier!»

«Erst müssen Sie meine Frage beantworten.»

«Ich hab doch gesagt ...»

«Wie hat Ihr kleiner Junge geheißen?»

«Was meinste denn, wer de bist, daß de ...»

«Wie hat er geheißen?»

Mother Mucca griff nach dem Haustelefon auf ihrer Frisierkommode. «Ich hol jetz Charlene, Judy.»

«Mona!»

«Du tust mir so was von leid, daß ich nich mal ...»

Mona riß ihr den Hörer aus der Hand. «Hören Sie mir zu! Ich mag Sie unheimlich gern, verflucht noch mal! Andy hat er geheißen, nicht? Ihr Sohn hat Andy geheißen!»

Verblüfftes Schweigen. Dann: «Wer hat dir das gesagt?»

«Was glauben Sie? Charlene? Marnie? Bobbi vielleicht? Sie

haben es *nie* jemandem erzählt, nicht? Es hat viel zu weh getan, und deswegen haben Sie nie über ihn geredet.» Mona holte tief Luft, ehe sie auf die Knie sank und die Hände der alten Frau in die ihren nahm. «Mother Mucca ... *Er* hat es mir gesagt. *Andy* hat es mir gesagt. Ich wohne in San Francisco bei ihm ... Und er ist mein Vater.»

Die Augen der Puffmutter waren voller Tränen. «Ich bin 'n altes Weib, Püppi. 'ne Lüge kann da schrecklich weh tun.»

«Ich würde Ihnen niemals weh tun, Mother Mucca.»

«Und ... wieso biste dann hier?»

Mona lächelte sie an. «War's nicht so, daß Sie mich *hergeschleppt* haben?»

«Ich versteh das alles nich.»

«Ich hab es Ihnen doch gesagt. Es ist ein Wunder! Ich bin Ihre Enkelin, Mother Mucca. Verdammt, ich hab meine Wurzeln gefunden!»

Die Augen der alten Frau verengten sich zu Schlitzen. «Wo haste so reden gelernt, Mona?»

Das ist meine Welt, und sonst gar nichts

Der Mann, mit dem Michael tanzte, spürte, daß etwas nicht stimmte. «Entschuldigung, bitte ... Du kennst den Mann?»

Michael befand sich in einem beinahe tranceartigen Zustand. «Ich ... Ja. Ich hoffe, es macht dir nichts aus. Ich hab ihn mal ... Entschuldige, okay?»

Der Mann nickte anscheinend eher verwirrt als gekränkt und tänzelte zurück zur Bar. Michael stand wie angewurzelt da und legte sich alle möglichen Eröffnungssätze zurecht. Jon hatte ihn noch nicht gesehen.

Ein kratziger Plattenspieler trötete «Cherchez la Femme». Derselbe Song war damals im Endup gelaufen, als Michael den

Tanzwettbewerb in Jockey-Shorts gewonnen hatte ... Und Dr. Jon Fielding sich für immer aus seinem Leben verabschiedet hatte.

Bei Michael dauerte ein «für immer» nie besonders lang.

«Hallo, Griiiiingo! Du willst kaufen Schweeester meiniges? Ist Juungfrau!»

«Michael! Gott!»

«Michael genügt.»

Jon umarmte ihn herzlich. Nach Michaels Gefühl war die Herzlichkeit von der Art, mit der Danny Thomas in der Johnny-Carson-Show George Burns umarmt hätte. «Mensch, was machst du denn hier?»

Michael zuckte mit den Schultern. «Das ist der einzige Tuntenladen in Acapulco.»

Jon lachte. «Was du in Acapulco machst?»

«Ich bin auf einer Kreuzfahrt.»

«Auf der *Pacific Princess*?»

«Exakt. Und was führt *dich* hierher?»

«Oh ... Vaginalinfektionen.»

«Du siehst aber gar nicht krank aus.»

Der Gynäkologe grinste. «Ich bin auf einem Kongreß, du Affe.»

«Es darf gelacht werden, hm?»

«Nein, wirklich. Wir haben eben viel freie Zeit.»

Das ärgerte Michael. Leute, auf die er mal gestanden hatte, sollten sich nicht auch ohne ihn amüsieren können. Aber da der Doktor bester Laune war, hatte es keinen Sinn, sich selber zu quälen. «Schön, daß wir uns wieder mal gesehen haben, Jon.»

«Gehst du schon?»

«Ja. Ich komm mir in dem Laden hier vor wie im Kokpit an einem schlechten Tag. Mir reicht's.»

Jon sah sich auf der Terrasse noch einmal um. «Ich sehe, was du meinst.»

«Ja. Aber du findest sicher trotzdem was.»

«Ich dachte, das hätte ich schon.»

Michael ignorierte die Bemerkung. «Ich kann mir vorstellen, daß es später am Abend besser wird.»

«Ich habe einen Wagen, Michael. Wir könnten spazierenfahren oder so.»

Michael sah ihn einen Moment lang an und schüttelte dann den Kopf. «Ich glaube, eher nicht, Jon. Aber trotzdem danke.»

Der Doktor lächelte matt. «Du bestrafst mich, nicht?»

«Wofür?»

«Für . . . den Abend im Endup.»

Michael gelang ein unbekümmertes Schulterzucken. «Es war ja wirklich eine geschmacklose Geschichte. Ich mach dir keinen Vorwurf, daß du . . .»

«Nein. *Ich* war geschmacklos. Es war mir . . . schrecklich peinlich, Michael. Ich war mit ein paar kotzigen Tunten aus Seacliff unterwegs, und ich bin mit der Situation nicht klargekommen. Es war mein Fehler, Michael, nicht deiner.»

Michael lächelte. «Weißt du, daß ich gewonnen habe?»

«Das konnte ja gar nicht anders sein.»

«Gracias.»

Sie fuhren in Jons Volkswagen-Mietschüssel zur Capilla de la Paz. Ganz die Besucher einer ausländischen Stadt, plauderten sie unbeschwert über Nachtlokale in Acapulco, über den langweiligen Charakter von Kreuzfahrten und über die Gefahren für Potraucher in Mexiko.

Die Kapelle auf dem Berg lag verlassen da. Über ihr ragte das kolossale Kreuz auf, das sich weiß wie gebleichte Knochen vom Sternenhimmel abhob. Schweigend gingen die beiden bis zu seinem Sockel.

«Man hat mir erzählt», sagte Jon, «daß das hier die Gedenkstätte für zwei Brüder ist, die bei einem Flugzeugabsturz ums Leben gekommen sind.»

«Ach, wie hübsch. Ich meine . . . Die Geschichte ist hübsch.»

«Vielleicht täusche ich mich aber auch.»

«Mir gefällt die Geschichte trotzdem.»

«Sieh mal, man kann das Schiff sehen.» Jon zeigte auf das Spielzeugboot, das unten im Hafen glitzerte. Michael spürte den Atem des Doktors auf seiner Wange.

«Und dort drüben», fuhr Jon fort, «hinter den vielen Hotels . . . Michael?»

«Entschuldige. Ich habe nachgedacht.»

«Worüber?»

«Über Gedenkstätten. Genau gesagt über Beerdigungen.»

«Entzückend.»

Michael sah ihn an. «Sag bloß, daß du noch nie deine eigene Beerdigung geplant hast.»

Jon schüttelte lächelnd den Kopf.

«Na, dann schreib das jetzt mal alles auf, bitte. Ich möchte eine große Party im Paramount Theater in Oakland mit tonnenweise Dope und Leckereien, und alle meine Freunde müssen sich in diesem Art-déco-Tempel damit vollknallen. Und wenn die Party vorbei ist, sollen sie mich in der ersten Reihe aufbocken, aus dem Theater gehen und . . . das verdammte Ding dann zuschütten.»

Jon lachte und fuhr ihm über den Hinterkopf. «Kannst du das nicht auch haben, ohne daß du stirbst?»

«Mhmm. Es wär ja nicht das erste Mal.»

Jon lachte, nahm sein Gesicht in die Hände und küßte ihn. «Stirb nicht, bevor ich mit dir fertig bin, okay?»

Immer Ärger mit Burke

Mary Ann saß im Denny's von Acapulco in einer in Pink und Orange gehaltenen Nische und inspizierte ihre Pommes frites. Sie kamen ihr verdächtig grau vor. «Iiih», sagte sie und hielt Burke eines davon zur Begutachtung hin.

Lächelnd und ohne Murren sagte er: «Mit dem Milchshake ist es das gleiche.»

«Tut mir leid, Burke.»

«Warum?»

«Ich hätte dich nicht herschleppen sollen. Aber ich hatte richtig Lust auf einen Hamburger.»

«Schon gut. Ich auch.»

«Wir hätten im Colonel Sanders' essen sollen.»

Er zuckte mit den Schultern. «Wir können heute abend auf dem Schiff essen.»

«Ich bin doch keine . . . Langweilerin, oder?»

«Das kann ich nicht beurteilen», antwortete er grinsend. «Dazu bin ich viel zu sehr in dich verliebt.»

Sie mieteten eine Pferdekutsche und trappelten mitsamt den vielen Luftballons am Wagen durch die Stadt. Es ist eine Romanze wie aus dem Groschenroman, dachte Mary Ann. Zu kitschig und zu perfekt, um wahr zu sein. Wenn ich zu lange darüber nachdenke oder anfange, *Pläne* zu machen, ist es garantiert sofort aus und vorbei. Also schmiegte sie sich an Burkes Schulter und schaltete ihr Hirn auf Leerlauf.

«Wie geht es Michael?» wollte Burke wissen, als sie am Ritz vorbeifuhren.

«Viel besser. Er war letzte Nacht nicht allein. Und heute morgen auch nicht. Das hab ich gleich auf die harte Tour rausgefunden.»

«Was soll das heißen?»

«Ich bin bei den beiden reingeplatzt.»

Burke lächelte. «Ist es der blonde Kerl, mit dem er beim Frühstück war?»

«Mhmm. O Gott, was müssen Melba und Arnold gedacht haben.»

«Wer sind Melba und Arnold?»

«Mr. und Mrs. Partnerlook. Das Ehepaar bei uns am Tisch. Sie glauben, Michael und ich sind verheiratet.»

«Wie kommt das denn?»

«Na ja . . . Ich hab es ihnen so gesagt. Ich meine, ich wollte nicht, daß es aussieht, als würden wir . . . einfach so zusammenleben oder so. Außerdem wären sie ausgeflippt, wenn ich ihnen erzählt hätte, daß Michael schwul ist, und mich hätten sie für ein Schwulenmuttchen gehalten.»

«Für *was*?»

Mary Ann küßte ihn aufs Ohr. «Ich liebe dich. Du hast von rein *gar* nichts eine Ahnung.»

Als sie wieder am Strand waren, schmierten sie sich mit Schildkrötenlotion ein und streckten sich im Sand aus. Die schlichte, ungetrübte Schönheit der Szene machte Mary Ann schmerzhaft bewußt, daß das Ende ihrer Zeit mit Burke nahte.

Aber bloß nichts forcieren, ermahnte sie sich. Du darfst ihn nicht verschrecken.

«Burke?»

«Hmmm?»

«Es ist so schön.»

«Ganz deiner Meinung.»

«Ich meine . . . ich hätte nie gedacht, daß ich auf dieser Reise jemand wie dich kennenlernen würde.»

«Na komm! Bei *deinem* Aussehen?»

«Das ist lieb von dir, aber ich meine es ernst. Die meisten Typen, die ich in San Francisco kennenlerne, wollen bloß über ihre dämlichen Porsches reden, über ihre Stereoanlagen oder über ihre Selbstfindung. Daß ich so viel mit Michael zusammen bin, hat nichts damit zu tun, daß ich . . . verzweifelt wäre oder so was. Es ist bloß so, daß . . . na ja, daß Michael mir das Gefühl gibt, daß ich überhaupt was wert bin. lch konnte mir schon kaum noch vorstellen, daß ich dieses Gefühl auch bei einem Hetero haben kann.»

Schweigen.

Mary Ann wurde augenblicklich rot. «Du findest das peinlich, was?»

«Nein, wirklich nicht . . .» Er griff nach ihrer Hand und drückte sie. «Ich bin nicht gerade gesprächig gewesen, Mary Ann.»

«Es geht nicht darum, was du *sagst,* Burke. Es geht darum . . . ich weiß nicht . . . wie du mich ansiehst, wie du auf Dinge reagierst. Ich weiß, daß du mich als Ganzes siehst. Und dafür wede ich dir immer dankbar sein. Ich möchte, daß du das weißt.»

Er drehte sich auf die Seite und zog sie an seine Brust, womit er das Gekicher von zwei vorbeikommenden Bengeln auslöste. Mary Ann hätte nichts weniger kümmern können. Einen rauschhaften Augenblick lang war sie *überzeugt,* daß sie und Burke aussahen wie Burt Lancaster und Deborah Kerr in *Verdammt in alle Ewigkeit.*

«Burke?»

«Ja?»

«Hast du je daran gedacht, wieder nach San Francisco zu ziehen?»

Schweigen.

Du hast es vermasselt, du doofe Ziege! Jetzt weiß er, wie der Hase läuft. «Tut mir leid, Burke. Ich hätte das nicht fragen sollen.»

«Ist schon okay.»

«Nein, ist es nicht. Lassen wir das Thema. Ich werd dich nicht nerven, das versprech ich dir.»

«Nein. Wir sollten reden. Es gibt da etwas, das ich dir schon längst hätte sagen sollen.»

Mary Ann hatte intuitiv gewußt, daß dieser Augenblick kommen würde. Ihr ganzer Körper verkrampfte sich, während sie darauf wartete, daß die Wahrheit sie treffen würde wie die Axt eines Henkers. «Bitte», sagte sie schwach. «Ich möchte es lieber nicht hören.»

«Mary Ann, ich habe drei Jahre in San Francisco gelebt . . . drei ganze Jahre meines Lebens!»

O Gott! Hatte Michael doch recht gehabt?

«Weißt du, warum ich so gar nicht mehr auf der Höhe der Zeit bin, Mary Ann? Weißt du, warum ich diese dämliche kindliche Naivität habe?»

Bitte nein! Bitte mach, daß er nicht . . .

«Ich kann mich an *gar nichts* erinnern, Mary Ann. Ich weiß nicht das Geringste über diese drei Jahre in San Francisco.»

Sie machte sich von ihm los. «Du hast eine . . . *Amnesie*?»

Er nickte.

Gott sei Dank, dachte sie, als sie ihn umarmte. Gott sei Dank!

Los, erinnere dich!

Entschuldige», sagte Burke. Er setzte sich im Sand auf und rieb sich mit den Fingerspitzen die Stirn. «Ich hätte es dir schon lange sagen sollen.»

Mary Ann rang um die richtigen Worte. «Du . . . du kannst dich an gar nichts erinnern?»

Burke schüttelte den Kopf. «An nichts aus meiner Zeit in San Francisco. Alles andere ist völlig klar. Ich meine, alles bis 1973. Als ich noch in Nantucket war. Es gibt so ein paar . . . Bilder oder wie man das nennen soll, die manchmal hochkommen. Aber sie ergeben keinen richtigen Sinn.»

«Zum Beispiel?»

«Mary Ann, es bringt nichts, wenn wir . . .»

«Ich will dir helfen, Burke.»

Er zog eine Linie durch den Sand. «Alle wollen mir helfen.» Als er sah, was sie für ein Gesicht machte, fügte er hinzu: «So hab ich's nicht gemeint. Du bist nicht alle. Es ist bloß so, daß . . . Na ja, es wurde schon alles getan, was getan werden kann. Meine Eltern haben mich sogar auf diese Kreuzfahrt geschickt, damit ich . . . Du verstehst . . .»

«Für mich spielt das alles keine Rolle.»

«Es ist eine Form von Wahnsinn.»

«Das glaube ich nicht.»

«Ich kann nicht ehrlich sein in einer Beziehung, Mary Ann. Ich weiß nicht, mit was ich ehrlich sein sollte. Ich weiß noch nicht einmal, *warum* ich . . .»

Mary Ann nahm vorweg, was er sagen wollte, als sie hervorstieß: «O Gott, Burke! Der Tick mit den Rosen!»

Er nickte. «Das ist ein Teil davon. Niedlich, hm? Außerdem machen mich noch Stege mit Geländer fertig.»

«Wo?»

«Überall. Jeder Steg mit einem Geländer. Ist dir auf dem Schiff nichts aufgefallen an mir? Deshalb hänge ich doch den ganzen Tag auf dem Sonnendeck herum. Ich hab eine Heidenangst, Mary Ann.»

Mary Ann rückte näher an ihn heran und legte ihm die Hand aufs Knie. «Aber, sieh mal: Wenn du dich nicht erinnern kannst, was in San Francisco mit dir passiert ist ... Ich meine, wie hast du dann nach Nantucket zurückgefunden?»

«Ich hab auch gar nicht zurückgefunden ... Bist du sicher, daß du das alles hören willst?»

«Absolut.»

«Nun, man hat mich gefunden.»

«Man?»

«Ein paar Bullen haben mich im Golden Gate Park gefunden. Berittene Polizei. Ich war im Wald ... ohnmächtig geworden oder so. Man hat drei Tage gebraucht, bis man herausbekommen hat, wer ich bin.»

«Und dann bist du nach Hause gefahren?»

Er nickte. «Ich hatte wohl einfach Glück. Alles, was mit Nantucket zusammenhing, war fast sofort wieder da – genauso wie mein Name und das ganze Zeug. Bloß was ich in San Francisco gemacht habe, weiß ich nicht.»

Mary Ann lächelte leicht mitleidig. «Willkommen im Club», sagte sie.

Sie gingen lange am Strand spazieren und sahen zu, wie der Himmel nach und nach die Farbe einer reifen Nektarine annahm. Mary Ann war überzeugt, daß Burke sich völlig verschließen würde, wenn sie zu reden aufhörte, weshalb sie ihn weiter sanft aushorchte.

«Du hast mir nicht erzählt, warum du überhaupt nach San Francisco gezogen bist.»

«Oh, ich hab als AP-Reporter gearbeitet.»

«Supermärkte halten sich Reporter?»

Er stupste ihre Nasenspitze an. «AP heißt Associated Press.»

Sie wurde rot. «Das hab ich nur gesagt, damit du dich ein bißchen amüsierst.»

«Natürlich.»

«Und was hast du davor gemacht? Vor der AP.»

«Nichts. Ich bin aus dem Verlag meines Vaters weggegangen und habe mich in der AP-Zentrale in New York vorgestellt. Sie haben mich in eins von diesen winzigen Glaskastenbüros gesetzt, haben mir eine Menge unzusammenhängende Fakten über die Hochzeit von Lucille Ball im Jahre . . . ach, was weiß ich . . . in die Hand gedrückt, ich habe dann eine typische AP-Geschichte geschrieben . . . und sie haben mich daraufhin in ihr Büro in San Francisco geschickt.»

«Und von da an erinnerst du dich an nichts mehr.»

Er kicherte. «O doch. Das habe ich alles noch in grausiger Deutlichkeit im Kopf. Die Langeweile, die blöde Arbeit, der ständige Termindruck. Fünf Wochen später habe ich den Job geschmissen. Und da setzt dann mein Blackout ein.»

«Was ist mit deinen Eltern? Du konntest doch nicht einfach für drei Jahre verschwinden. Du mußt ihnen doch geschrieben haben oder so.»

«Nicht genug, als daß sie wirklich gewußt hätten, was los ist. Nur so Mir-geht-es-gut-und-macht-euch-um-mich-keine-Sorgen-Zeug. Ich habe einige Zeit auf dem Nob Hill gewohnt, das weiß ich. Und ab und zu habe ich öde Aushilfsjobs angenommen – so Schreibkram. Ich habe manchmal Gottesdienste in der Grace Cathedral besucht.»

«Na, wenigstens erinnerst du dich an *irgendwas*.»

Er schüttelte den Kopf. «Das habe ich alles in meinen Briefen geschrieben. Erinnern kann ich mich an kein bißchen was.»

«Du meinst, es gibt keinen Nachweis darüber, was du . . . keinen Beleg dafür, wo du warst oder womit du dein Leben . . .»

«Moment!» Er blieb plötzlich stehen und kramte in seinen Taschen. «Halt die Hand auf», forderte er sie auf. Etwas zögerlich kam sie seinem Wunsch nach. Burke drückte ihr etwas Kleines aus Metall in die Hand.

«Ein Schlüssel», sagte sie ausdruckslos. «Was soll das heißen?»

«Sag du's mir. Er ist alles, was von mir übrig ist.»

«Wie?»

«Er war in meiner Tasche, als sie mich im Park gefunden haben. In meiner Hemdtasche.»

Sie schaute sich den Schlüssel genauer an. «Er ist . . . kleiner als ein Wohnungs- oder ein Autoschlüssel. Er könnte . . .» Sie gab schulterzuckend auf.

Er lächelte und zuckte ebenfalls mit den Schultern. Er sah wieder aus wie ein Collie. Sanft, rotgolden und verletzlicher als in ihren wildesten Phantasien. Im selben Augenblick wußte sie, warum sie ihn von Anfang an geliebt hatte. Er war ein unbeschriebenes Blatt, war ganz und gar jungfräulich . . .

Und sie konnte ihm zeigen, wo es langging.

Zurück nach Babel

Da waren sie nun wieder, waren wieder da, wo sie sich kennengelernt hatten, in der schäbigen alten Greyhound-Station an der Seventh Street in San Francisco.

Mona spürte einen unerwarteten Nostalgieschauer, als sie sich in der Snackbar umschaute, während Mother Mucca ihren Kaffee lautstark aus dem Löffel schlürfte. Die alte Frau war immer noch widerborstig, aber wenigstens hatte sie sich auf diesen Besuch eingelassen.

Es war erst drei Tage her, daß Mona ihr alles über Andy/Anna erzählt hatte.

Und bis zur Wiedervereinigung von Mutter und Kind war es nur noch eine Stunde.

Mother Mucca rülpste. «Mir is gar nich wohl», maulte sie.

«Fangen Sie jetzt nicht wieder mit der Tour an.»

«*Mach* ich doch gar nich, Mona. Mein Magen ist nicht ganz . . .»

«Ihrem Magen geht es ganz prima. Sie sind bloß nervös, Mother Mucca. Das macht nichts. Es ist doch nicht schlimm, wenn man ein bißchen . . .»

«*Ich* find das aber schlimm, Mädchen. Es is einfach nich der richtige Moment, daß ich . . .»

«Bitte, Mother Mucca! Ich *weiß,* daß Sie das schaffen. Wir haben das schon einmal durchgekaut und waren beide der Meinung, daß . . . Na ja, es ist einfach das Beste.»

Die alte Frau zog verstimmt den Kopf ein. «Für *dich* vielleicht.»

«Für uns *alle*.»

«Mein Gott, ich hab meinen Sohn geschlagne vierzig Jahre nich gesehen!»

Mona verzog das Gesicht. «Ihre Tochter.»

«Hmhh?»

«Sie ist jetzt Ihre *Tochter*. Ich weiß, das ist schwer zu verkraften, aber es wäre so wichtig für Mrs. Madrigal . . . ich meine, für Anna. Versuchen Sie, das im Kopf zu behalten, ja?»

Mother Mucca weigerte sich, sie anzusehen. «Ich behalt immer alles im Kopf.»

«Sie sollen nicht *alles* im Kopf behalten. Bloß Ihre Tochter. Bloß Anna.»

«Bei mir hat er Andy geheißen. Sechzehn Jahre lang!»

«Ich weiß, aber es hat sich eine Menge geändert. *Sie* müssen sich auch geändert haben.»

«Wer behauptet so was?»

«Ach, seien Sie doch nicht so.»

«Wie sieht er denn aus?»

«Das hab ich Ihnen doch schon erzählt.»

«Mein Gott, dann erzählstes mir halt noch mal!»

Mona suchte nach einer anderen Charakterisierung. «Sie wirkt sehr . . . majestätisch.»

Ihre Großmutter schnaubte verächtlich. «Klingt verdammt nach Rennpferd.»

«Dann gucken Sie eben selber.»

«Sieht er . . . mir ähnlich?»

«Das müssen Sie mal abwarten.»

Wütend starrte Mother Mucca zuerst ihre Enkeltochter an, dann einen pickligen Teenager in Glitzerschuhen, der einen Tisch weiter einen Doughnut aß. «Nix wie Irre in dieser Stadt», knurrte sie.

Sobald Mona die Barbary Lane sah, klopfte ihr das Herz bis zum Hals. In dem begrünten Großstadt-Canyon hatte sich nichts verändert. Die Katzen liefen noch immer herum, und die kleinen Holzhäuser, die Eukalyptusbäume und Mrs. Madrigals Garten lagen im Mondschein verführerisch da.

«Haste ihm gesagt, daß wir kommen?» fragte Mother Mucca, als sie das behagliche alte Haus musterte.

«Nein. Sie weiß natürlich, daß wir kommen, aber ich habe ihr nicht genau gesagt, wann.»

«So was Dämliches!»

Mona schoß zurück. «Ich wollte ihr schlechte Vibrations vor unserer Ankunft ersparen.»

Die alte Frau starrte sie verständnislos an.

Mona lächelte und übersetzte dann. «Ich wollte nicht, daß sie sich unwohl fühlt vor unserer Ankunft.»

«Daß *ich* mich verdammt unwohl fühl, hat dich aber nich die Bohne gestört.»

«Kommen Sie jetzt. Reißen Sie sich zusammen.»

Mona stieg zum Windfang mit den Klingeln hoch. Mother Mucca kam nicht mit, sondern ging nervös im Vorgarten auf und ab. «Kommen Sie schon», sagte Mona aufmunternd. «Es wird alles gutgehen.»

«Ich kann nich, Mona.»

Als Mona sich umdrehte, sah sie den mitleiderregenden Gesichtsausdruck der alten Frau. Mother Mucca machte ein paar Schritte auf sie zu. «Mona, mein Schatz . . . Schau ich auch nich aus wie 'ne alte Hexe?»

«Ach, Mother Mucca . . . Sie sehen toll aus! Keine Sorge. Anna wird Sie in ihr Herz schließen.»

«Wir ham nix mit für sie.»

Mona umarmte sie. «Wir sind alles, was sie braucht.»

«Ja?»

Mona lächelte. «Ja.»

«Na, dann drück mal auf die Klingel, Mädchen!»

Der Schlüssel zu ihrem Herzen

Mary Ann und Burke saßen in der Starlight Lounge, hoben ihre Piña Coladas und brachten Trinksprüche aus. «Auf neue Erinnerungen», sagte Burke.

«Genau, und auf . . .» Mona runzelte plötzlich die Stirn, weil ihr auffiel, daß der Pianist angefangen hatte, «Everything's Coming Up Roses» zu klimpern.

«Burke . . . ich kann ihn auch bitten aufzuhören.»

Er lächelte matt. «Mir ist das gar nicht aufgefallen.»

«Erst, als ich damit angefangen habe, hm?»

«Macht doch nichts.»

«Entschuldige, Burke.»

Er trank sein Glas leer. «Ich kann nicht den Kopf in den Sand stecken, Mary Ann.»

«Wenn ich bloß was tun könnte . . .»

«Ich muß einfach damit klarkommen, das ist alles. Ich meine, Rosen entgeht man doch sowieso nicht, oder?» Sein Mund verzog sich zu einem wehmütigen Lächeln. «Versuch das mal.»

«Ich weiß. Es muß . . . Burke, könnte da nicht ein Psychiater was tun? Es müßte doch . . . Na ja, wenn man deine Amnesie heilen könnte, würde dann nicht automatisch auch deine Angst vor Rosen verschwinden . . . und vor Stegen mit Geländer und so?»

«Ich war schon bei einem Seelenklempner.»

«Oh.»

«Er hat mich hypnotisiert und ausgefragt und sonst alles getan, außer Nadeln in eine Voodoopuppe zu stoßen . . . Und rausgekommen ist überhaupt nichts dabei. Bloß am Monatsende seine Rechnung.»

Mary Ann schaute auf ihr Glas hinunter und überlegte, wie sie ihre nächste Frage formulieren sollte. «Burke, was hältst du davon . . .?»

«Wovon?»

«Ach . . . Unwichtig.»

«Es hat sich nicht unwichtig angehört.»

«Na ja, ich hab mich gefragt, ob . . . Würde es deiner Erinnerung nicht nachhelfen oder so, wenn du . . . nach San Francisco zurückkämst?»

Es folgte endloses Schweigen. Mary Ann hatte diese Frage nicht nur einmal, sondern schon zweimal riskiert. Ihr Gesicht lief augenblicklich rot an. Burke spürte anscheinend, wie verlegen sie war. «Das wäre es mir fast wert», sagte er schließlich, «um mit dir zusammenzusein.»

Mary Ann riß eine Ecke ihrer Cocktailserviette ab. «Es könnte doch sein . . . Na ja, wenn du wieder mit der alten Umgebung konfrontiert wärst und . . . mit alten Erfahrungen und so, dann könnte deine Erinnerung doch zurückkommen, und du könntest so eine Art . . . Exorzismus für deine Phobien veranstalten.» Sie sah ihn flehentlich an. Ihre Augen waren feucht. «Ach, Scheiße, wem mach ich hier denn was vor?»

Er tupfte ihr die Augen mit einer Cocktailserviette ab. «Mir jedenfalls nicht», sagte er lächelnd.

«Ich *hasse* Abschiede. Ich heule jedesmal. *Jedesmal.*»

«Das kenne ich. Mir geht es auch so.»

«Ich habe noch nie so was Schönes erlebt wie mit dir.»

«Das kann ich von mir auch sagen.»

«Ja?»

Er nickte.

«Warum machen wir dann nicht . . .? O Gott, sehe ich so aus, als würde ich betteln?»

Er nahm ihre Hände. «Sehe ich so aus, als würde ich nein sagen, Dummerchen?»

Sie kuschelten sich auf dem Sonnendeck unter eine Decke und betrachteten die Lichter am Strand.

«Du wirst es nicht bereuen», sagte Mary Ann.

«Das brauchst du mir nicht zu versprechen. Du *kannst* es auch gar nicht.»

«Was ist mit deinen Eltern?»

«Ich werde sie anrufen und es ihnen sagen. Sie haben sicher Verständnis dafür.»

«Werden sie nicht ein bißchen . . . besorgt sein? Ich meine, wegen San Francisco?»

«Nicht mehr als ich selbst.»

«Nur keine Angst. Diesmal bin ich ja da.» Nach einer Pause sagte sie so beiläufig wie möglich: «Ich glaube, in dem Haus, in dem ich wohne, ist gerade was frei. Wenn dich das interessiert . . .»

«Toll. Wo ist das?»

«Auf dem Russian Hill. In der Barbary Lane. Das ist ein entzückender kleiner Plankenweg wie aus dem Märchenbuch, und die Vermieterin ist einfach toll. Michael wohnt einen Stock darunter.»

«Und wo ist dann die freie Wohnung?»

«Gleich über den Flur.»

«Wie praktisch.»

Sie kicherte. «Der Kerl, der dort gewohnt hat, ist in das Häuschen auf dem Dach umgezogen.» Denk bloß nicht daran, was mit dem Kerl passiert ist, der dort *vorher* gewohnt hat!

Burke setzte sich auf, griff in die Tasche seiner Windjacke und überreichte Mary Ann ein kleines Päckchen, das in Kleenex eingewickelt war. Sie schlug Lage um Lage zurück, doch ihr Blick löste sich kaum eine Sekunde von Burkes verlegenem Gesicht.

In dem Päckchen lag der merkwürdige kleine Schlüssel, den er ihr am Strand gezeigt hatte. Er hing jetzt an einem Halskettchen aus vierundzwanzigkarätigem Gold.

«Wozu das Ding auch immer gut ist», sagte er beinahe entschuldigend, «jedenfalls liebe ich dich.»

DeDe in der Stadt

DeDe wußte, daß sie einen lächerlichen Anblick bot: eine Frau im achten Monat vor einem Einzelgedeck am Tresen vom Vanessi's, die zerknautschte Gucci-Einkaufstasche an den Barhocker gelehnt.

Ach, scheiß drauf, dachte sie. North Beach hat schon Verrückteres gesehen. *Entschieden* Verrückteres. Zum Beispiel die ausgeflippte Göre drüben vor dem Enrico's. Grüne Haare und einen Müllsack an. Igitt!

Außerdem liebte sie dieses Restaurant. Sie genoß seine ungekünstelte Kultiviertheit und die stämmigen italienischen Köche, die ihre Pfannen mit der Grazie und Präzision von Tennisspielern schwangen.

Sie mußte daran denken, daß Beauchamp wahrscheinlich zu Hause im Penthouse war, und das lag nur vier Blocks den Hügel hinauf. Obwohl ihr vor einer zufälligen Begegnung mit ihrem Ehemann graute, verschaffte es ihr doch eine Art perverses Vergnügen, daß sie sich alleine in ihrem alten Viertel herumtrieb.

Merkwürdig fand sie es allerdings, daß ihre Mutter gegen diese unorthodoxe Expedition in die Stadt nicht protestiert hatte. Sie hatte kaum hochgeschaut von ihrem Koffer, den sie für einen Ausflug nach Napa gepackt hatte. Seltsam. Als würde sie etwas beschäftigen.

Aber was?

«Wäre es in einer der Nischen nicht angenehmer für Sie?»

DeDe sah von ihrem Kalbsbries auf und schaute in ein Paar freundliche braune Augen. Die Frau war sehr hübsch, hatte krause dunkle Haare und Wangenknochen, für die Veruschka einen Mord begangen hätte.

«Danke. Aber ich sehe mir gerne die Show an», erwiderte sie und deutete auf die Köche hinter dem Tresen.

«O Gott, ja, ist es nicht *phantastisch*? Wenn man ihnen zusieht, wie sie die Zucchinis durch die Luft wirbeln – für mich ist das die beste Therapie überhaupt. Man erwartet, daß jeden Moment die Hölle losbricht, aber das passiert nie.»

«Anders als im Leben.»

Die Frau lachte. «Anders als im Leben.»

Ein Kellner stellte der Frau einen riesigen Teller Nudeln hin. «Na dann», seufzte sie grinsend, «oink, oink, oink.»

«Sie sehen doch gut aus», sagte DeDe. «Ich bin diejenige, die aufpassen sollte.»

«Na, Sie essen ja auch für zwei, Schätzchen!»

«Für drei.»

Die Frau pfiff durch die Zähne. «Dann kriegen Sie auch Nachtisch.»

Sie lachten beide. Die Frau war ziemlich hellhäutig, konstatierte DeDe, aber die Herzlichkeit und Natürlichkeit ihres Verhaltens hatte etwas beinahe Negroides. DeDe mochte sie auf Anhieb.

Die Frau legte die Gabel beiseite und lächelte DeDe an. «Sie sind nicht verheiratet, oder?»

Schweigen.

«O Gott», sagte die Frau. «Wenn Sie Touristin sind, dann verzeihen Sie mir. Wir sind in dieser Stadt freier, als es uns guttut.»

«Nein . . . Ich meine, ja, ich bin verheiratet, aber ich lebe getrennt . . . Ich meine, *wir* leben getrennt. Aber ich wohne hier. Ich bin hier geboren.»

«Mhmm. Ich auch. Das heißt, wenn man Oakland gelten läßt.»

«Etliche Freunde von mir wohnen in Piedmont.»

«*Das* hab ich nicht gemeint.» Das Kastensystem der East Bay kannte sie anscheinend aus dem Effeff.

«Was hat Sie auf die Idee gebracht, daß ich nicht verheiratet sein könnte?»

Die Frau drehte sich zu DeDe um und musterte ihr Gesicht, als suchte sie die Bestätigung für etwas. «Ich weiß nicht recht. Sie wirken so . . . unabhängig.»

«Tatsächlich?»

Die Frau lächelte. «Nein. Aber ich dachte, daß Sie es gerne hören.»

DeDe schaute auf ihren Teller. Sie war fasziniert vom Scharfblick dieser Fremden und fürchtete sich gleichzeitig ein bißchen davor. «Glauben Sie, daß es schon zu spät ist, um noch etwas . . . dagegen zu unternehmen?»

Auf dem Gesicht der Frau machte sich ein schelmisches Grinsen breit. «Was würde Ihnen denn *Spaß* machen . . . ich meine, jetzt sofort . . . wenn Sie alles machen könnten, wozu Sie Lust haben, und wenn . . . Sie nicht Freunde in Piedmont hätten, die es vielleicht nicht gut fänden?»

DeDe lächelte etwas unsicher. «Ach . . . meinen Sie hier im Viertel?»

«Wenn Sie möchten.»

«Ich würde mir gerne drüben auf der anderen Straßenseite diese Oben-ohne-Tänzerin ansehen, die sich in einen Gorilla verwandelt.»

«Warum?»

«Bloß, um mal zu sehen, wie die das anstellen. Wahrscheinlich mit Spiegeln.»

Die Frau machte ein ernstes Gesicht und schüttelte den Kopf. «In Wirklichkeit ist es ein Gorilla mit Mädchenmaske, der in einem fleischfarbenen Bodystocking steckt.»

«Sie meinen, die . . .» DeDe lachte, als es bei ihr funkte. «Sehen Sie jetzt, wie leichtgläubig ich bin?»

«Es gibt nur eine Möglichkeit, die Wahrheit herauszufinden.»

«Das meinen Sie nicht ernst!»

«Es gibt *nichts,* das ich lieber täte, als mir zusammen mit einer schwangeren Freundin den Oben-ohne-Auftritt eines Gorillaweibchens anzusehen.»

DeDe überlegte einen Moment, bevor sie die Hand ausstreckte. «Abgemacht. Ich heiße DeDe Day ... oder DeDe Halcyon. Wie es Ihnen lieber ist.»

Der Name schien der Frau etwas zu sagen. «Sind wir uns schon mal begegnet?» fragte DeDe.

«Ich ... lese die Klatschspalten.»

«O Gott!»

«Das macht doch nichts. Ich mag Sie trotzdem. Ich heiße D'orothea.»

«Das ist ein hübscher Name», sagte DeDe.

Mutters Söhnchen

Mrs. Madrigal trug zu ihrem pflaumenfarbenen Kimono einen roten Satinturban, als sie die Tür öffnete. Ihr Make-up war besser, als Mona es je an ihr gesehen hatte.

Die Vermieterin sah ihre Tochter lächelnd an. «Umarmst du mich nun oder nicht?»

Mona wurde rot. «Oh, ja ... O ja, natürlich!» Sie trat reichlich ungraziös in die Wohnung, ließ ihre persische Satteltasche auf den Boden fallen und warf sich in Mrs. Madrigals Arme. Die Vermieterin tätschelte flüchtig Monas Kopf und machte sich sanft aus der Umarmung frei.

«Ist da nicht noch jemand, den ich noch begrüßen soll, Liebes?»

«Oh ... O Gott, tut mir leid.» Sie drehte sich zu Mother Mucca um, die immer noch an der Tür stand. Die alte Frau machte ein finsteres Gesicht, schüttelte über Mona den Kopf und wandte sich an Mrs. Madrigal.

«Sie hat nich mal soviel Manieren, wie Gott 'nem Maultier gegeben hat!»

Mrs. Madrigal lächelte ungerührt und streckte Mother Mucca die Hand entgegen. «Ich bin so froh, daß du gekommen bist.»

Die Puffmutter griff nach ihrer Hand und stieß grummelnd hervor: «Es war *ihre* Idee.»

«Na, dann sollte ich mich wohl bei dir bedanken, Mona. Es ist schön, euch beide wiederzusehen.»

«Ich kann nich lang dableiben», sagte Mother Mucca.

«Ich weiß», antwortete die Vermieterin und hakte sich bei Mona unter. «Wir trinken einen kleinen Sherry und plaudern ein bißchen.» Ihr Blick kreuzte sich nur kurz mit dem von Mother Mucca. Mrs. Madrigal hatte den gleichen freundlichen, aber distanzierten Gesichtsausdruck, mit dem sie sonst den Zeugen Jehovas begegnete.

Die Gastgeberin zog sich in die Küche zurück und ließ Mona mit ihrer Großmutter im Wohnzimmer allein. Mother Mucca war wie ein Granitblock mit Rouge drauf, mürrisch und verschlossen.

«Und», wollte Mona wissen, «ist sie nicht nett?»

«Das is nich normal.»

«Ich dachte, das hätten wir schon abgehakt.»

«Du vielleicht. Das da draußen is mein Sohn.»

«Ja, und sie ist *mein* Vater!»

«Das is ganz was anders.»

«Ach, bitte!»

«Ich hab das Kind aufgezogen, Mädchen! Das is mein eigen Fleisch und Blut!»

«Sie haben Sie in einem Puff aufgezogen, verflucht noch mal! Was haben Sie erwartet? John Wayne?»

«Ich hau dir gleich eine in . . .»

Die alte Frau wurde wieder starr, als Mrs. Madrigal ins Wohnzimmer zurückkam. Sie trug ein Tablett, auf dem drei Gläser Sherry und eine Schüssel mit Weinbrandkirschen standen.

«Ich dachte, ich hätte noch ein paar Butterkekse, aber die hat wahrscheinlich Brian oder eins von den anderen Kindern verdrückt.»

Mother Mucca runzelte die Stirn. «Du hast Kinder?»

«Er ist ein Mieter», sagte Mona ungehalten.

«Ja», antwortete Mrs. Madrigal ruhig. «Ich nenne sie meine Kinder. Das ist wahrscheinlich ein bißchen verrückt, aber es scheint sie nicht zu stören.» Sie lächelte Mona an. «Falls doch, sagen sie es mir jedenfalls nicht.»

Mother Mucca griff nach einer Kirsche und steckte sie sich in den Mund. Ihre Gastgeberin schaute sie dabei nicht an. Mona spürte, daß sich eine Katastrophe anbahnte.

«Na», sagte Mrs. Madrigal, als sie sich auf das Sofa setzte und die Beine unter den Kimono zog, «ich nehme an, du hast eine *Menge* Abenteuer erlebt, was?»

Mona nickte. «Winnemucca ist vielleicht ein Trip!»

«Das kann ich mir vorstellen.» Die Vermieterin wandte sich an Mother Mucca, die gerade damit fertig geworden war, sich die Schokolade von den Zähnen zu lutschen. «Ich hoffe, die junge Dame hat nicht zu viel im Weg rumgestanden.»

Die alte Frau schnaubte verächtlich und verzichtete auf einen Kommentar, indem sie ihren Sherry in einem Zug hinunterkippte. Mrs. Madrigal gab nicht nach und ließ ihren Blick weiter auf Mother Mucca ruhen. «Mona hat viel von uns beiden, nicht?»

Schweigen.

«Das Aussehen hat sie allerdings von dir», fügte Mrs. Madrigal noch hinzu.

Mother Mucca schaute in ihr Glas. «Is ja kein Wunder», sagte sie schließlich.

«Was?»

«Soll das da 'n Hut sein?»

«Ich verstehe nicht, was das . . .»

«Hühnerkacke, Mädchen! Haste keine Haare?»

«Natürlich habe ich . . .»

«Zum Teufel noch mal, was stopfste se dann unter so 'n Häubchen, wie wenn de 'ne Glatze hättst oder so? Weißte, Mädchen . . . Wir zwei beide müssen uns mal unterhalten!»

«Ich hatte auch gedacht, daß das der Zweck unserer kleinen . . .»
«Wo is dein Schlafzimmer?»
«Was hat das mit . . .»
«Sag endlich, wo dein Schlafzimmer is!»

Die beiden Frauen waren schon mindestens zehn Minuten weg. Mona saß starr vor Angst im Wohnzimmer und horchte auf die gedämpften Stimmen der beiden. Dann hörte sie, wie Mrs. Madrigal «Mama, Mama!» sagte und gleich darauf zu weinen anfing.

Mona wartete, bis es wieder ruhig war, ging dann leise zur Schlafzimmertür und machte sie auf. Mrs. Madrigal saß vor ihrer Frisierkommode. Mit dem Rücken zur Tür. Mother Mucca stand neben ihr und bürstete die schulterlangen Haare ihrer Tochter. Als sie aufblickte, sah sie Mona.

«Verschwinde», sagte sie leise.

Ein Tisch für fünf

Als die *Pacific Princess* in Acapulco ablegte, starrte Michael wie gebannt auf die immer kleiner werdende Figur auf der Landungsbrücke. «Sieh ihn dir bloß an», sagte er. «Dieses Arschloch würde selbst auf einer Luftaufnahme noch toll aussehen!»

Mary Ann legte ihm den Arm um die Hüfte. «Hab ich nicht gesagt, daß es klappt?»

«Ja, ich glaub schon.»

«Wann fliegt er nach San Francisco zurück?»

«Am Freitag. Ich hole ihn vom Flughafen ab.»

«Er ist ein richtig netter Kerl, Mouse.»

«Ich weiß. Es ist zum Fürchten.»

«Wieso?»

«Verlang nicht, daß ich das analysiere. Wenn ich anfange, die Dinge zu analysieren, dann ... tut sich gleich gar nichts mehr.» Er drehte sich zu ihr um und schaute ihr in die Augen. «Du weißt doch, was ich meine, nicht?»

Sie machte ein ernstes Gesicht und nickte. «Gott, ja.»

«Anscheinend ist es immer das gleiche, wenn ich mit jemand was anfange ... Ich weiß nicht ... ich sehe immer Anfang und Ende auf einmal. Ich weiß schon vorher, wie die Geschichte zu Ende geht. Die einzelnen Szenen beherrsche ich im Schlaf. Aber diesmal ... Na ja, ich will das Ende gar nicht kennen. Wenigstens mal für einige Zeit nicht.»

«Vielleicht gibt es gar kein Ende.»

Er bedachte sie mit einem nachsichtigen Lächeln. «Alles hat einmal ein Ende, Babycakes.»

«Ach, komm, Mouse, das ist nicht ... Wie ist es denn mit uns? Wir sind doch auch noch zusammen.»

Er lachte. «Ja, wir beide werden noch im Altersheim gemeinsam auf Aufriß gehen.»

«Wo liegt dann der Unterschied?»

«Der Unterschied liegt darin, Herzchen, daß du mich nicht brauchst und ich dich nicht brauche. Es sind die *anderen* Affen, die wir brauchen ... Die Nur-dich-und-sonst-keinen-Typen. Wenigstens bilden wir uns ein, daß wir sie brauchen. Unsere arme kleine Psyche ist durch Rock Hudson und Doris Day auf immer und ewig geschädigt.»

Mary Ann rang noch um eine schlagfertige Erwiderung, als plötzlich Burke hinter ihr stand. «Tja, wieder auf See, hmh?»

Sie drehte sich um und nahm seine Hand. «Wir haben uns gefragt, wo du bist. Wir haben Jon noch adieu gewinkt.»

«Ich habe ein bißchen mit dem Oberkellner geschachert.»

«Weswegen?»

«Ich sitze jetzt an eurem Tisch. Hoffentlich ist euch das auch recht.»

«Natürlich! Das ist wundervoll!»

Michael grinste boshaft. «Arnold und Melba werden begeistert sein von dir.»

«Ach, du Schande», sagte Mary Ann. «Was sagen wir den beiden bloß?»

«Tja . . .» Michael tippte sich mit dem Zeigefinger ans Kinn. «Ich finde, wir sollten ihnen sagen, daß wir erwachsene Menschen mit modernen Ansichten sind. In unserer Ehe klappt es einfach nicht, und deshalb . . . haben wir uns in aller Freundschaft auf eine Scheidung geeinigt, nach der Burke und ich in einer schlichten episkopalischen Zeremonie in der Grace Cathedral den Bund fürs Leben schließen werden.»

«Sehr lustig.»

Burke zwinkerte Michael lachend zu. Dann wandte er sich an Mary Ann: «Er hat den Nagel auf den Kopf getroffen, Mary Ann. Ich *könnte* doch schwul sein. Ich meine, wo ich mich doch an nichts erinnern kann . . .»

«Du bist *nicht* schwul. Das ist ein Befehl.»

«Ich wär da nicht so sicher», widersprach ihr Michael drohend. «Ich habe gesehen, daß er am Donnerstag in gelben Sachen rumgelaufen ist. Und schau dir doch mal seinen Körper an, Mädchen. Heteros haben keinen Waschbrettbauch.»

Mary Ann tätschelte Burkes Taille. «Der hier schon.»

Burke wurde sichtbar rot.

Michael nahm beide an der Hand. «Kommt jetzt, ihr Doofies. Ich hab solchen Appetit, daß ich mich sogar an einem Steward vergreifen könnte.»

Das Trio rauchte in der Kabine von Mary Ann und Michael einen Joint, bevor es sich auf den Weg in den Speisesaal machte. Als die drei an ihren Tisch kamen, fehlte das Partnerlookpärchen aus Dublin.

«Was?» Michael verzog das Gesicht. «Wie soll ich ohne Arnold und Melba essen?»

Mary Ann kicherte. «Vielleicht sind ihnen die Kleider ausgegangen.»

«Vielleicht», schlug Burke als Erklärung vor, «hat der Oberkellner sie umgesetzt, und jetzt verpetzen sie uns beim . . .»

Er unterbrach sich, als das Ehepaar auftauchte. Die beiden waren rosa wie gekochte Shrimps und deutlich stolz auf ihr neuestes Ensemble – identische mexikanische Baumwollhemden, die jeweils mit einer gestickten Rose verziert waren.

Melbas Stimme war süß wie raffinierter Zucker. «Hallo, ihr Jungvermählten! Wer ist euer Freund?»

Mary Ann fing zu stammeln an, als sie die Littlefields sah ... die Rose ... Burke.

«Ach, hallo. Das ist ... Oh, Burke, warum gehst du nicht ...?» Sie warf ihr Wasser um, als sie aufsprang. Burke hatte den Kopf zwischen den Knien und würgte. Mary Ann riß eine Stoffserviette vom Tisch und drückte sie ihm vor den Mund.

«Burke ... Hier. Ich helf dir schon. Entschuldigen Sie, Melba. Gib mir deinen Arm, Burke. Es wird gleich besser ... Hier, es wird gleich besser.» Ohne weitere Erklärung brachte sie ihn vom Tisch fort. Michael und die Littlefields beobachteten ihren Abgang schweigend.

«Mensch!» polterte Arnold los. «Was war das denn?»

«Er ist seekrank», sagte Michael ruhig und sah seinen Freunden nach.

«Dabei sieht der Kerl gar nicht so aus», sagte Arnold grunzend.

«Nein», sagte Michael leise. «Und noch dazu hat er so schöne feste Beine.»

«Hmh?»

«Äh ... Es ist toll, wenn man auf See schön fest auf den Beinen steht.»

«Ganz richtig!» pflichtete Melba ihm bei.

Exzentrische alte Junggesellen

Im Nachthimmel irgendwo über der Monterey-Halbinsel lokkerte Michael seinen Sicherheitsgurt und drehte sich nach hinten, um nach seinen Reisegefährten zu sehen.

Burke schlief, ans Fenster gelehnt, in der Lümmelhaltung einer Raggedy-Andy-Puppe.

Mary Ann war noch wach und gab sich größte Mühe, die PSA-Bordillustrierte interessant zu finden. Als sie merkte, daß Michael sie ansah, rang sie sich ein müdes Lächeln ab.

«Ich lese gerade über Swinging Singles in San Francisco.»

«Ach je.»

«Es ist so deprimierend. Findest du, daß ich ein Swinging Single bin?»

Michael schüttelte den Kopf. «Kein bißchen.»

«Gott sei Dank!» Sie beugte sich vor und flüsterte: «Ich finde auch nicht, daß du eine Schwuchtel bist.»

«Besten Dank.»

«In dem Punkt hab ich mich sehr gebessert, Michael.»

«Ich weiß. Ich hab's beobachtet.»

«Nein. Du ahnst nicht, wie schwer ich es damit mal hatte.»

«Ist doch jetzt egal.» Er legte eine Pause ein und massierte sich mit den Fingerspitzen die Stirn. «Ich hoffe bloß, daß meine Eltern auch damit klarkommen.»

«Du hast es ihnen gesagt?»

«Nein, aber ich glaube, daß ich es tun werde.»

«Mouse . . . meinst du, sie sind schon soweit?»

«Nein. Sie werden nie soweit sein. Sie können sich nicht mehr ändern und treten nur noch auf der Stelle.»

«Was soll es dann?»

«Ich liebe sie, Mary Ann. Und sie wissen nicht einmal, wer ich bin.»

«Und ob sie das wissen. Sie wissen, daß du ein freundlicher, zuvorkommender und ... lustiger Kerl bist. Sie wissen, daß du sie liebst. Warum mußt du dann ...?»

«Sie kennen einen Zwölfjährigen.»

«Mouse ... es gibt viele Männer, die nie heiraten. Deine Eltern wohnen dreitausend Meilen weit weg. Warum sollten sie nicht weiter glauben, daß du ...» Auf der Suche nach einem Wort wirbelte ihre Hand in der Luft einen kleinen Kreis.

«Daß ich ein exzentrischer alter Junggeselle bin», ergänzte Michael lächelnd. «Als ich noch in Orlando war, hat man sie immer so genannt. Mein Onkel Roger war ein exzentrischer alter Junggeselle. Er hat Englisch unterrichtet und diverse Lilienarten gezüchtet, und außer bei Hochzeiten und Beerdigungen haben wir ihn kaum je zu Gesicht bekommen. Meine Cousins und Cousinen und ich mochten ihn, weil er aus geknoteten Taschentüchern kleine Püppchen machen konnte. Sonst hat er sich aber immer sehr zurückgehalten, weil er wußte, wie die Regel lautete: Verlier ja kein Wort darüber, wenn du willst, daß wir dich mögen. Erinner uns nicht daran, daß du was Widerliches bist.

Und er hat getan, was sie von ihm verlangt haben. Ich weiß nicht ... Vielleicht hatte er noch nicht mal was *gehört* von den Schwulen in New Orleans und San Francisco. Vielleicht hat er gar nicht mal gewußt, was Schwulsein überhaupt ist. Vielleicht hat er gedacht, daß er der einzige ist, der ... Aber vielleicht hat er auch bloß gerne in Orlando gelebt. Jedenfalls ist er geblieben, und nachdem er gestorben war – ich war gerade in die High-School gekommen –, hat man ihm ein dezentes Eunuchenbegräbnis verpaßt. Mary Ann ... ich habe nie gesehen, daß er einen anderen Menschen auch nur angefaßt hätte. Nie.»

Michael schüttelte zögernd den Kopf. «Ich wünsche ihm von ganzem Herzen, daß er mal gebumst hat.»

Mary Ann griff nach vorne und legte ihm die Hand auf den Arm. «Heute ist es anders, Mouse. Die Welt ist ein gutes Stück erwachsener geworden.»

«Findest du?» Er drückte ihr den *Chronicle* in die Hand und deutete auf Charles McCabes Kolumne. «Dieser aufgeklärte

Liberale schreibt, daß die Homosexuellen einen heftigen Rückschlag erleiden werden, weil die ordentlichen Leute alles ‹Abnormale› leid sind und nichts mehr damit zu tun haben wollen.»

«Vielleicht will er . . .»

«Ich habe aber auch eine Neuigkeit für ihn. Rate mal, wer es sonst noch leid ist. Rate mal, wer sich sonst noch abgestrampelt hat wie verrückt, um ja nicht abnormal zu sein. Wer sich mit Witzchen und Entschuldigungen und Trutschigkeiten durch einen Haufen Scheiße geackert hat. *Abnormal?* Kein Schwein würde heute wissen, wer Anita Bryant ist, wenn sie nicht in einen Badeanzug gestiegen wäre und damals bei dieser Viehversteigerung in Atlantic City alles zur Schau gestellt hätte, was sie so zu bieten hat. Wenn du mir den Unterschied zu einem Tanzwettbewerb in Jockey-Shorts erklären kannst, dann tu das bitte!»

Er war laut geworden. Mary Ann sah sich nervös nach den anderen Passagieren um, bevor sie in beruhigendem Ton sagte: «Mouse, *mich* mußt du nicht mehr überzeugen.»

Er lächelte und küßte sie auf die Wange. «Entschuldige. Ich höre mich an wie eine von Carry Nations Suffragetten, was?»

Den Rest des Flugs schliefen sie. Als Michael beim Anflug auf San Francisco wach wurde, spürte er sofort wieder die beruhigende Hand der Stadt auf seiner Schulter.

«Na», spöttelte Mary Ann, als das Trio aus dem Flugzeug stieg, «außer den Hare Krishnas in der Halle hätten wir schon alles überstanden.»

Michael zwinkerte Burke zu. «Keine Bange. Wenn sie uns eine Rose verkaufen wollen, setzen wir unsere Geheimwaffe ein.»

Der Pilot kam aus dem Cockpit. Als Michael ausstieg, wechselten die beiden Männer diesen bestimmten, uralten, niemals festgelegten, aber völlig unmißverständlichen Blick.

«Willkommen zu Hause», sagte der Pilot.

«Weiß Gott!» gab Michael zurück.

In der Ankunftshalle puffte Mary Ann ihn in die Rippen. «Ich hab's genau gesehen, daß du's nur weißt.»

«In einer Beziehung hast du recht», antwortete Michael grinsend. «Die exzentrischen alten Junggesellen sind auch nicht mehr das, was sie mal waren.»

Wiedervereinigung in der Barbary Lane

Weil es sich um einen besonderen Anlaß handelte, hatte Mrs. Madrigal ihre Haare an diesem Abend zu einer vom Jugendstil inspirierten Frisur aufgesteckt und mit einer großen seidenen Iris geschmückt.

Gott sei Dank ist es keine Rose, dachte Mary Ann sofort, als sie ihre Vermieterin betrachtete, die sich in Gegenwart ihres neuesten Mieters beinahe kokett präsentierte.

«Weißt du, Burke, ich hatte Mary Ann zwar gebeten, mir aus Mexiko etwas Nettes mitzubringen, aber ich hatte nicht erwartet, daß ihr Mitbringsel gleich *so* nett ist.» Sie musterte den jungen Mann lange genug, um ihn verlegen zu machen, und wandte sich dann an Michael. «Was ist mit dir, mein Kind? Hast du mir denn nichts mitgebracht?»

Mary Ann kicherte. «Sein Mitbringsel kommt erst Freitag.» Als Michael ihr einen strafenden Blick zuwarf, schlug sie in gespielter Zerknirschung die Hand vor den Mund.

«Was soll das heißen?» fragte Mrs. Madrigal.

«Mouse redet nicht gerne darüber.»

Die Vermieterin bekam große Augen. «Ahaaa!»

«Mensch», sagte Michael. «Hört bloß auf.»

Mrs. Madrigal reichte einen Joint an ihn weiter. «Ich verstehe, mein Lieber. Du bist . . . abergläubisch wegen ihm.» Plötzlich legte sie ihm die Hand auf den Arm. «Es *ist* doch ein Er, oder?»

Michael zog an dem Joint und nickte.

«Gott sei Dank», seufzte Mrs. Madrigal. «Es gibt heutzutage so wenig, auf das man sich noch verlassen kann.»

Michael lachte. «Wenn wir schon bei dem Thema sind . . . Wo ist Mona? Ich hab sie seit unserer Rückkehr noch nicht gesehen.»

«Sie ist unten im Searchlight Market und besorgt uns was Gutes zu essen.»

«Nein, ich meine . . . in der Wohnung ist alles so, wie ich es verlassen habe. Es sieht nicht so aus, als wäre Mona überhaupt mal zu Hause gewesen.»

Die Vermieterin faßte sich nervös an die Frisur. «Das stimmt auch. Sie war weg. Und in der letzten Zeit hat sie hier unten gewohnt. In meinem Gästezimmer.»

Michael zögerte. Er war jetzt überzeugt, daß etwas nicht stimmte. «Und . . . wo war sie?»

«In Nevada.»

«Am Lake Tahoe?»

Mrs. Madrigal schüttelte den Kopf. «In Winnemucca.»

«In Winnemucca?» Michael runzelte die Stirn. «Um Himmels willen, was hat sie denn in dem schäbigen Kaff gesucht?»

Die Vermieterin zuckte mit den Schultern. «Sie wollte ein paar Sachen auf die Reihe kriegen, wie sie das formuliert hat.»

«Und, hat sie es geschafft?»

«Sie sagt schon.»

Michael lächelte. «Sie lügt.»

«Möglich», sagte Mrs. Madrigal, die sichtlich Gefallen fand an dem Rätsel, das sie ihren Gästen aufgegeben hatte, «aber sie hat mir ein Geschenk mitgebracht.»

Verblüfftes Schweigen.

«Das Geschenk ist gerade mit Mona einkaufen, und wenn wir wieder eine glückliche große Familie sein wollen, sollte ich euch rasch ein paar Dinge erklären.» Mrs. Madrigal entschuldigte sich und eilte zum Telefon. Mary Ann hörte, daß sie Brian bat, nach unten zu kommen.

Er tauchte ein paar Minuten später auf, barfuß, in Levi's und shrimpfarbenem T-Shirt. Er nickte Mary Ann und Michael zur Begrüßung zu («Hallo, lang nicht gesehen, was!») und schüttelte Burke die Hand. Die Art, wie Mrs. Madrigal sich bei Brian unterhakte, erschien Mary Ann überraschend vertraut.

«Brian hat das alles schon gehört», erklärte die Vermieterin ruhig, «aber ich möchte die ganze Familie beisammen haben, wenn ich reinen Tisch mache.»

Es dauerte ganze fünfzehn Minuten.

Sie erzählte ihre Geschichte in einem Rutsch. Als sie damit zu Ende war, tätschelte sie wieder zerstreut an ihrer Frisur herum und warf Burke einen entschuldigenden Blick zu. «Nun, mein lieber Junge . . . Es ist noch nicht zu spät, um noch auszusteigen.»

Mary Ann, die benommen und gerührt zugleich war, schaute zuerst Mrs. Madrigal an, dann Burke, der mit rotem Gesicht dastand, und dann wieder Mrs. Madrigal. Brian stand mit den Händen in den Taschen etwas verlegen neben ihr. Michaels Blick kreuzte sich kurz mit dem von Mary Ann, als sie ein paar Schritte nach vorn machte.

«Mrs. Madrigal, bitte seien Sie nicht . . .» Sie griff nach der Hand der Vermieterin und drückte sie. «Ich bin so . . . stolz auf Sie. Mona muß der glücklichste Mensch in der Stadt sein.» Sie schlang der Vermieterin die Arme um den Hals und drückte sie fest an sich.

Als sie losließ, stand Michael neben ihr und lächelte Mrs. Madrigal an. «Ich kann es noch gar nicht glauben», sagte er bewundernd.

Mrs. Madrigal erwiderte sein Lächeln und streichelte seine Wange. «Das kommt schon noch», sagte sie sanft.

Als Mona mit Mother Mucca eintraf, gab es noch mehr Vorstellungen und Umarmungen, noch mehr hastige Erklärungen und von Herzen kommende Entschuldigungen und unbeholfene Liebesbekundungen.

Burke fand in Brian einen natürlichen Verbündeten, wie Mary Ann bemerkte.

Allerdings verabschiedete sich Brian kurz vor Mitternacht aus ihrer Runde.

«Ein spätes Rendezvous?» fragte Burke diskret.

Brian nickte.

Mary Ann konnte es sich nicht verkneifen, ihn aufzuziehen. «Was in zwei Wochen nicht alles passieren kann», sagte sie neckisch. «Gibt es etwa eine Frau, der du dich schon mehr als einmal gezeigt hast?»

«Ja», erwiderte Brian. «Könnte man so sagen.»

Die Straße der Verderbnis

Frannie Halcyon war endlich auf dem Weg zu Pinus. Sie machte es sich in Helena Parrishs perlgrauem Mercedes bequem und blickte lächelnd in die goldene Landschaft des Sonoma Valley hinaus.

Helena machte einen langen Zug an ihrer Du Maurier. «Was hast du deiner Tochter gesagt?» fragte sie.

«Die Wahrheit. Wenigstens zum Teil. Ich habe ihr gesagt, daß ich in unser Haus in Napa fahre. Aber sie hat mir gar nicht recht zugehört. Sie ist in letzter Zeit so *weggetreten.*»

«Habe ich nicht irgendwo gelesen, daß sie schwanger ist?»

«Mhmm. Im achten Monat. Eigentlich schon im achteinhalbten.»

«Und du bist gar nicht nervös, wenn du sie jetzt allein läßt?»

Frannie sah Helena an. «Wie lange werde ich denn *weg* sein?»

«Das kommt ganz darauf an.»

«Worauf?»

Helena lächelte. «Darauf, wie gut es dir gefällt.»

Frannie kicherte. «Ein paar Tage können ja nicht schaden. DeDe war in der letzten Zeit . . . na, du weißt schon . . . leicht reizbar, und da nehme ich an, daß sie ganz gerne mal ein bißchen für sich ist. Außerdem ist sie bei einem begnadeten jungen Gynäkologen, und ich bin es ein wenig leid, schon im voraus die vernarrte Großmutter zu spielen.»

Helena lachte in sich hinein. «In Pinus brauchst du dir darüber keine Sorgen zu machen. Die meisten von uns sind Großmütter, aber wer davon spricht, wird im Morgengrauen hingerichtet.»

Sie fuhren einige Zeit schweigend dahin. Es war fast so, als hätte Helena instinktiv erkannt, daß sie die Phantasien, die in Frannies Kopf langsam Gestalt annahmen, besser nicht störte.

«Jedenfalls», sagte Helena schließlich, «ist ab jetzt sechzig das Gebot der Stunde!»

«Ich weiß nicht, ob die Straße ein solches Tempo . . .»

Helena lächelte. «Ich meinte deinen Geburtstag.»

«Ach so, ja.» Frannie schaute auf die Uhr. «Nur noch ein Tag, vier Stunden, dreiundzwanzig Minuten und dreizehn *wunderbar* kurze Sekunden.»

«Du bist schon jetzt eine neue Frau!»

«Ich kann es kaum glauben. Ist dir klar, daß ich vor einem Monat noch ernsthaft an Face-lifting und Verjüngungsspritzen gedacht habe?»

«O Frrrannnie . . . Nein! Du mußt doch *gewußt* haben, daß Pinus nur auf dich wartet.»

Frannie dachte kurz nach. «Ich bin nicht sicher, ob ich wirklich daran geglaubt habe. Ich habe natürlich Geschichten darüber gehört, aber die kannten die anderen auch nur vom Hörensagen. Ach, Helena . . . Ich komme mir so privilegiert vor!»

Die Pinus-Gastgeberin strahlte voller Stolz. «Wir sind *alle* privilegiert, Frannie.» Sie behielt eine Hand am Steuer und deutete mit der anderen auf das Handschuhfach. «Mach mal auf, mein Schatz.»

«Warum?»

«Frag nicht, mach auf.»

Frannie tat, wie ihr gesagt worden war. «Und was . . .?»

«Das silberne Pillendöschen.»

«Das hier?»

«Mhmm. Und jetzt . . . Auf dem Rücksitz liegt eine Thermoskanne. Gieß dir einen schönen Becher Apfelsaft ein und nimm eine Vitamin-Q-Tablette.»

«Vitamin Q?»

«Stell keine Fragen. Es hilft gegen alles, was dir zusetzt. Du bist jetzt in unserer Obhut, Frannie.» Ihr Lächeln war herzlich, aber gebieterisch.

Die Debütantin nahm eine Tablette heraus und besah sich die Prägung. Die lautete: «Rorer 714.»

«Na, dann prost!» sagte Helena.

Und schon war die Tablette unten.

Als sie durch Glen Ellen fuhren, deutete Helena auf das Schild der Nervenklinik. «Wenn dir Pinus zuviel wird», sagte sie lächelnd, «können wir dich problemlos verlegen.»

Frannie kicherte. Sie fühlte sich angenehm groggy. «Glen Ellen ist so eine verschlafene Kleinstadt. Ich dachte immer, hier ist weiter nichts.»

«Ja, man würde es nie erraten, nicht?»

«Ist es hier in der Nähe?»

«Die Abzweigung ist ein Stück weiter vorne. Du wirst schon sehen.» Helena zog an ihrer Zigarette und zwinkerte Frannie zu. «Schon seit den frühen Vierzigern haben wir keiner Debütantin mehr die Augen verbunden.»

Frannie wurde besinnlich. «Das hat alles etwas, das mich an Edgar erinnert.»

«Verwitwet sind wir *alle,* Frannie. Die Vergangenheit haben wir hinter uns gelassen.»

«Ich meinte das nicht . . . sentimental. Edgar hat immer so ein schreckliches Geheimnis gemacht aus seinen zwei Wochen im Bohemian Grove. Der ganze Hokuspokus mit Eulen und Kobolden und Waldgeistern. Er hat das bloß *benutzt,* Helena. Er hat es benutzt, um mich auf Distanz zu halten.»

Helena rümpfte die Nase. «Mein Schatz, im Vergleich zu Pinus ist der Bohemian Grove ein Pfadfinderlager.»

Nachdem sie den Highway verlassen hatten, schaukelten sie ein paar Meilen über eine unbefestigte Straße und fuhren an dem hoch aufragenden Pinienhain vorbei, von dem der Erholungsort wohl seinen Namen hatte. Als der Mercedes um die letzte Kurve bog, hielt Frannie die Luft an und klammerte sich ans Armaturenbrett.

«Mein *Gott*! Helena!»

«Ja», sagte die Gastgeberin strahlend. «Ist er nicht großartig?»

Vor ihnen ragte ein zwanzig Meter hoher, aus Feldsteinen gebauter Turm mit abgerundeter Spitze auf, der den Eingang markierte. Als sie daran vorbeifuhren, spähte Frannie durch das Fenster auf das diskrete Messingschild, das in Augenhöhe angebracht war.

PINUS
Gegründet am 23. August 1912
Zuviel des Guten ist einfach wunderbar

Der Monasche Lehrsatz

Jon hatte keine Probleme, Michael in der Menge vor dem American-Airlines-Terminal auszumachen. Er trug Levi's, ein frisches weißes T-Shirt und eine Jefferson-Starship-Baseballjacke aus Satin in Schwarz und Silber.

Und Rollschuhe.

Der Doktor in seinem blauen Brioni-Blazer stiefelte an Michael vorbei in Richtung Gepäckausgabe. «Ich kenne dich nicht», zischte er.

«Ach, stell dich nicht so an, Großer ... Du erinnerst dich doch noch an unsern Zusammenbumser auf der Rollschuhbahn in South City. Neunzehnachtundvierzig war das, glaub ich.»

«Ist dir klar, daß du ein Arschloch bist?»

«Hattest du einen guten Flug?»

«Michael, der grauhaarige Mann dort drüben ist der berühmteste Gynäkologe der ganzen Westküste.»

Der Rollschuhfahrer drosselte das Tempo und schaute sich um. «Er hat Schuppen», stellte er fest.

«Er kennt mich», erwiderte Jon.

«Ich würde *nie* zu einem Gynäkologen mit Schuppen gehen.»

«Würdest du denn wenigstens langsamer fahren?»

«Warum? Willst du knutschen?»

«Ich hau dir gleich eine rein. Im Ernst.»

«Oooh, ich finde es toll, wenn du einen auf männlich machst.»

«Manche können das eben noch.»

«Du bist ein altmodischer Sack, daß du's nur weißt.»

Jon funkelte ihn an, packte ihn hinten am Gürtel und brachte ihn zum Stehen. Dann drehte er ihn vor den Augen des berühmtesten Gynäkologen der ganzen Westküste herum und küßte ihn auf den Mund.

«Zufrieden?»

«Befriedigt!» antwortete Michael strahlend.

Sie holten Jons Wagen aus dem Flughafenparkhaus und fuhren zu seiner Wohnung in Pacific Heights. Unterwegs sprudelten die Details über die Barbary Lane und die Eröffnung, die Mrs. Madrigal ihrer «Familie» gemacht hatte, aus Michael nur so heraus.

Jon schüttelte ungläubig den Kopf. «Das ist ja . . . ein Hammer.»

«Findest du's nicht toll?»

«Und Mona hatte *keine* Ahnung?»

Michael schüttelte den Kopf. «Sie hat gewußt, daß Mrs. Madrigal eine Transe ist – was sonst niemand gewußt hat –, aber sie hatte keine Ahnung, daß Mrs. Madrigal ihr Vater ist.»

«Was ist mit Monas Mutter?»

«Was soll mit ihr sein?»

«Weiß *sie* denn Bescheid?»

Michael zuckte mit den Schultern. «Sie hat angerufen, kurz bevor Mona nach Winnemucca gefahren ist. Mona hat erzählt, daß sie reichlich abgedrehtes Zeug geredet hat, über Mrs. Madrigal und so, aber Mona kann nicht so recht sagen, wieviel ihre Mutter weiß.»

Jon pfiff durch die Zähne. «Bizarr!»

«Dabei hab ich noch kein Wort über Mary Ann verloren. Sie hat sich vor unseren Augen in eine zweite Nancy Drew verwandelt und entwickelt einen enormen kriminalistischen Eifer.»

«O Gott. Wie kommt Burke damit zurecht?»

«Alles in allem nicht schlecht. Mary Ann und er sind so besessen von diesem komischen Schlüssel, daß sie sonst kaum noch was mitkriegen.»

«Haben sie schon eine Spur?»

«Null. Ich persönlich glaub ja, daß es der Schlüssel von einem Spind ist.»

«Wie auf Busbahnhöfen und so?»

«Oder in der Sauna.»

Jon wurde schulmeisterlich. «Nicht alle Welt ist schwul, Michael.»

«Wem sagst du das?»

«War das denn schon alles?»

«Was soll das heißen?»

«Waren das schon *alle* Neuigkeiten? Hat es kein Erdbeben gegeben? Sind keine mongolischen Reiterhorden eingefallen und haben sich auf der Brücke verbarrikadiert?»

Michael lächelte geheimnisvoll. «Du bist schon nahe dran.»

«Was ist passiert?»

«Ich habe einen Job!»

«Großartig! Wo?»

«Bei Halcyon Communications. Mary Ann hat mir das Vorstellungsgespräch vermittelt. Der Botenjunge hat seinen Schwanz einmal zu oft auf den Kopierer gelegt, und Beauchamp Dingsbums hat ihn rausgeschmissen. Jetzt hab ich seine Stelle, und ich fang am Montag an.»

«Das ist wunderbar, Michael.»

«Ja, wahrscheinlich.»

«Aber klar. Aufsteigen kannst du später immer noch, Michael.»

«Ich weiß. Und ich weiß auch, daß es ein guter Job ist. Aber das ist auch gleich das Problem. Mir ist sofort wieder der Monasche Lehrsatz eingefallen.»

«Hmhh?»

«Der Monasche Lehrsatz. Jedenfalls nennt sie es so. Sie sagt, daß man einen tollen Job, einen tollen Liebhaber und eine tolle Wohnung haben kann, aber nie alles gleichzeitig.»

Jon lachte und zwinkerte Michael zu. «Wie kommst du auf den Gedanken, daß du jetzt einen Liebhaber hast?»

Zwei bemerkenswerte Paare

Die erste Woche nach Burkes Wiedersehen mit San Francisco brachte keine neuen Anhaltspunkte für den Grund seiner Amnesie. Nachdem es im Washington Square Bar & Grill zu einer besonders degoutanten Rote-Rosen-Szene gekommen war, entschied sich Mary Ann noch am selben Abend, einen neuen Schlachtplan ins Spiel zu bringen.

«Weißt du», sagte sie beiläufig, als sie mit Burke ins Bett krabbelte, «vielleicht haben wir die ganze Geschichte bisher falsch angepackt.»

Er grinste sie an. «Meinst du, wir sollten in Zukunft immer Kotzbeutel dabeihaben?»

«Burke! Mehr Ernst, ja?»

«Zu Befehl.»

«Der springende Punkt ist doch, daß wir jeder Rose und jedem Steg immer nur *ausgewichen* sind. Wenigstens haben wir es *versucht*. Und je länger wir das tun, desto länger weichen wir auch dem Grund für deine Amnesie aus.»

«Was mich nicht gerade stört.»

Sie runzelte die Stirn. «Das meinst du nicht ernst. Ich weiß, daß du das nicht ernst meinst.»

Er zuckte mit den Schultern. «Komm endlich zum Schluß.»

«Na ja, ich meine bloß, daß wir uns . . . damit beschäftigen sollten. Nicht mehr und nicht weniger.»

«Was soll ich machen? In einem Rosengarten zelten?»

«Na ja . . . Ja, so was in der Art.»

«Nie im Leben.»

«Sieh mal, Burke: In South of Market gibt es den San Francisco Flower Mart. Das ist der Großmarkt, wo die Blumenhändler ihre Ware holen.»

«Und das sicher schon um fünf Uhr früh.»

«Um drei.»

«Aua.»

«Wir könnten die Nacht durchmachen und uns eine Kneipe suchen, wo es Zwiebelsuppe gibt – wie es die Leute früher immer auf dem Blumenmarkt von Paris gemacht haben. Das könnte ein richtiges Abenteuer . . .»

«Jetzt hast du sie *wirklich* nicht mehr alle.»

«Begreifst du denn nicht, Burke? Wenn wir dich *vielen* Rosen aussetzen, Tausenden, dann haben wir vielleicht Glück und . . . was weiß ich . . . schließen das kurz, was dich so plagt.»

«Toll.»

«Es wär ja nicht aus heiterem Himmel. Du wüßtest es doch schon vorher. Du könntest dich darauf einstellen. Und ich würde die ganze Zeit bei dir sein. Hört sich das nicht vernünftig an?»

Er starrte sie ungläubig an. «Und wann sollen wir diese Show abziehen?»

«Na ja . . .»

«Heute nacht, was?»

Sie nickte.

Er schlug die Decken zurück und sprang aus dem Bett.

«Wo willst du hin?»

«In meine Wohnung.»

«Burke, ich wollte dich nicht . . .»

«Ich muß mich doch umziehen, oder? Tun es Jeans auch? Oder brauche ich für Les Halles einen Smoking?»

«Komm wieder zu mir ins Bett.»

«Warum?»

«Wenn ich *dich* heute nacht defloriere», sagte sie grinsend, «dann kannst du *mir* den Gefallen doch wohl auch tun.»

Es war inzwischen Mitternacht. Eine Treppe tiefer, im ersten Stock der Barbary Lane 28, lagen Michael und Jon im Bett und schauten sich eine Wiederholung von *The Honeymooners* an.

«Fernsehen ist doch was Tolles», seufzte Michael, als er Jon die Schüssel mit Rocky-Road-Eiscreme in die Hand drückte, aus der sie gemeinsam aßen. «Diese Serie hab ich fast genauso innig geliebt wie die *Little-Lulu*-Comics.»

Jon lächelte. «Erinnerst du dich an Little Itch?»

«Klar. Und an Tubby! Mein Vater hat mir ein Spielhaus gebaut, das hat genauso ausgesehen wie das von Tubby. Sogar das ‹Für Mädchen verboten!›-Schild war dran.»

«Vielleicht bist du *deswegen* schwul geworden.»

«Ach was. Ich weiß doch, wer dran schuld ist. Dieser Kerl, der in L.A. auf Eis liegt.»

«Wer?»

«Walt Disney. Der Mickey Mouse Club.»

«Der Mickey Mouse Club hat dich schwul werden lassen?»

«Na ja . . .» Michael machte einen langen Zug an der Haschpfeife und reichte sie an Jon weiter. «Entweder bist du auf die Titten von Annette abgefahren oder nicht. Wenn nicht, dann hat's für dich nur eine Alternative gegeben.»

«Ich warte.»

«*Spin and Marty*. Mein Gott, bei der Sendung hab ich jedesmal Höllenqualen ausgestanden!»

Jon lächelte versonnen. «Die hatte ich schon fast vergessen.»

«Das kommt davon, weil du dich mit Spin identifiziert hast.

Wer sich mit Marty identifiziert hat, wird es nie, nie, nie vergessen.»

«Und warum soll ich mich mit Spin identifiziert haben?»

«Weil für dich mit acht schon alles gelaufen ist wie geschmiert. Du hast *nie* gespürt, wie man sich als Versager fühlt. Du hast im Ferienlager immer alle Preise gewonnen, und die anderen Kinder haben dich jedesmal in noch ein dämliches Amt gewählt, wenn du dich auch nur umgedreht hast. Hab ich recht?»

Der Doktor ging auf die Frage nicht ein. «Du hast alles Eis aufgegessen», sagte er.

«Ich hab's *gewußt,* daß ich recht habe.»

Der Doktor lächelte ihn bloß an.

Zum Markt, zum Markt

Eine Armada von blaugelben Lieferwagen des *Chronicle* war auf der Fifth Street das einzige Zeichen von Leben, als Mary Ann kurz nach drei Uhr morgens auf ihre Armbanduhr schaute.

«Es ist schaurig», sagte sie, während sie sich im Taxi wieder zurücklehnte, «aber auch verlockend. Ich komm mir vor wie Audrey Hepburn in *Scharade.*»

Burke nickte bloß und schwieg.

«Du bist doch nicht nervös, oder?»

«Ich glaube, starr vor Angst wäre der richtige Ausdruck.»

«Wir können wieder umdrehen, Burke, wenn du wirklich glaubst, daß . . .»

«Nein. Ich will ja.» In seinem Blick lag eiserne Entschlossenheit, aber Mary Ann konnte das Grauen spüren, das sich dahinter verbarg. «Burke, du hast doch nichts zu befürchten außer . . .»

Er legte ihr den Finger auf den Mund. «Sag's nicht.»

In diesem Augenblick hielt das Taxi an der Stelle der Brannan Street, wo eine Reihe pastellfarbener Lieferwagen den Eingang zum San Francisco Flower Mart markierten. Mary Ann wartete unruhig auf dem Gehsteig, während Burke das Taxi bezahlte.

Der Markt bestand aus einer Reihe untereinander verbundener Gebäude – wohlriechende, im Neonlicht funkelnde weiße Höhlen. Der durchdringende Geruch von abgeschnittenen Stengeln kitzelte Mary Ann schon in der Nase, als sie die größte Halle noch gar nicht betreten hatten.

«Burke . . . soll ich erst mal allein reingehen?»

«Nein. Ich bin bereit.»

«Denk dran, wir können jederzeit . . .»

«Ich weiß. Gehen wir.»

In dem riesigen Blumenhangar wimmelte es von müde dreinblickenden Blumenhändlern. Sie nickten sich in der vertrauten Sprache von Nachtmenschen gegenseitig zu und fummelten sich durch Blumenberge, bis sie die schönsten Gladiolen, Zyklamen, Margeriten oder Topfpalmen ausfindig gemacht hatten.

Mary Ann hatte das Gefühl, sich so unbeholfen und auffällig zu bewegen wie ein Astronaut auf einem anderen Planeten. Sie hakte sich bei Burke unter. «Glaubst du, daß sie die Blumenleute von den Nichtblumenleuten unterscheiden können?»

«Frag mich was Leichteres.»

«Ich hab noch keine Rosen gesehen.»

«Wer will denn welche sehen?»

Sie gingen von Tisch zu Tisch und plauderten kurz mit den freundlichen Leuten, die dort Blumen in Zeitungspapier wikkelten. Sie sahen alle aus, als hätte Norman Rockwell sie gemalt.

«Haben Sie auch Rosen?» fragte Mary Ann schließlich. «Dort drüben», sagte lächelnd eine knödelförmige Frau in einem grünen Arbeitskittel. «Auf dem Tisch an der Wand. Aber das ist Großhandel hier.»

Burke grinste etwas unbehaglich, als sie weitergingen. «Sie *können* sie unterscheiden, nicht?»

«Burke . . . du mußt es mir sagen, wenn . . .»

«Es geht schon, Schatz. Ich schwör's.»

Die Rosen steckten zu Tausenden in großen grünen Metallbüchsen. Als Mary Ann die Blumen sah, klammerte sie sich unbewußt noch fester an Burkes Arm.

Burke schien immer bleicher zu werden. «Schon gut», versicherte er Mary Ann. «Laß uns näher rangehen.»

Ein halbes Dutzend Blumenhändler stand vor dem Tisch und begutachtete das Rosenangebot. Mary Ann spürte auf einmal, daß ihr aus lauter Mitleid mit Burke fast schlecht wurde. Sie versuchte, sich auf die Leute zu konzentrieren.

Der Kunde, der ihnen am nächsten stand, war ein Mann von Anfang vierzig mit einer Habichtsnase. Er trug einen hellblauen Freizeitanzug, und die Haut oberhalb seiner Stirn war überkrustet mit akkurat gezogenen Reihen von haarbüscheldurchsetztem Wundschorf. Mary Ann zuckte zurück und wandte sich ab.

Im gleichen Moment stellte sie fest, daß Burke kreidebleich war.

«Komm», sagte sie bestimmt. «Das ist unfair dir gegenüber.»

«Nein . . . warte . . .»

«Wir können nicht bleiben, Burke!»

«Aber . . .»

«Komm jetzt!»

Draußen auf dem Parkplatz übergab sich Burke hinter einem korallenroten Lieferwagen, auf dem ROSE-O-RAMA stand. Mary Ann stand etwas abseits und kämpfte mit ihren Schuldgefühlen.

Als Burke zurückkam, rang er sich ein Lächeln ab. «Dabei hat sich die Idee vorher so gut angehört.»

«Es war eine *miserable* Idee. Außerdem hätten wir schon früher rausgehen sollen.»

«Wäre ich ja auch, aber . . . Hast du den Kerl gleich neben uns gesehen?»

«Den mit den Haarimplantaten?»

Burke nickte. «Vielleicht täusche ich mich auch, aber ich hätte schwören können, daß er mich erkannt hat.»

«Burke, bist du *sicher*?»

«Nein, aber ... Es kam mir so vor, als hätte ich ihn erschreckt, als würde er mich von irgendwoher kennen. Ich dachte, wenn ich lang genug in seiner Nähe bleibe, würde er vielleicht ...»

«Warte hier!»

Mary Ann kümmerte sich nicht um die verblüfften Blicke der Blumengroßhändler, als sie mit klopfendem Herzen zurück in die Halle hetzte, zurück an den Tisch mit den Rosen.

Aber der Mann mit den Implantaten war weg.

Es war fünf nach halb vier, als Mary Ann und Burke den Markt verließen. Zu der Zeit wälzte Jon sich in der Barbary Lane im Schlaf herum und wurde gleich darauf von Michaels Stimme geweckt.

«Jon ... hilf mir ... Mit mir stimmt was nicht.»

«Das träumst du nur, Sportsfreund. Es ist alles in Ordnung.»

«Nein ... ist es nicht. Ich kann mich nicht bewegen, Jon.»

Der Doktor stützte den Kopf auf und schaute Michael ins Gesicht. Seine Augen waren offen und blinzelten. «Aber sicher kannst du dich bewegen», sagte Jon. «Du hast doch gerade erst die Hand nach mir ausgestreckt.»

«Nein ... es sind meine Beine. Ich kann meine blöden Beine nicht bewegen!»

Die Notaufnahme

Als Mary Ann und Burke in die Barbary Lane 28 zurückkamen, hörte Jon ihre Schritte auf der Treppe und winkte die beiden in Michaels Wohnung.

«Michael ist krank», erklärte er kurz angebunden, während er sie ins Schlafzimmer führte, in dem eine leuchtende Plastikgans einen gelblichen Schein auf die reglos im Bett liegende Gestalt warf. Dann kniete der Doktor neben seinem Patienten nieder.

«Mary Ann und Burke sind da.»

«Sie sind . . . Hast du sie aufgeweckt?»

Mary Ann machte von der Tür einen Schritt auf ihn zu. «Wir waren auf dem . . . Was ist los mit dir, Mouse?»

Michael drückte sich auf die Ellbogen hoch. «Das klären wir gerade. Meine Beine sind . . . eingeschlafen.»

Jon klopfte Michaels Beine mit einer Gefäßklemme ab – mit der Gefäßklemme, die Michael als Jointhalter benutzte. «Spürst du das?»

«Nein», sagte Michael, als die Gefäßklemme seine Beine hochwanderte. «Nein . . . Nein . . .» Als sie schließlich auf halber Oberschenkelhöhe angekommen war, sagte er: «Jetzt.»

«Gut.»

«Gut nennst du das? Mein Gott, was hab ich denn?»

«Ich glaube, es ist nur was Vorübergehendes, Michael. Ich fahr mit dir ins Krankenhaus.»

«Es sind die Wehen, stimmt's? Komm schon, du kannst es mir ruhig sagen.»

Jon lächelte. «Nicht reden, Schatz. Wir bringen dich bald hier raus.»

«Hör auf, hier einen auf Chad Everett zu machen, und sag mir endlich, was . . .»

«Keine Ahnung, Michael. Ich hab keine Ahnung, was es ist.»

Jon kümmerte sich um einen Krankenwagen, der eine viertel Stunde später da war. Er, Burke und Mary Ann fuhren hinten bei Michael mit und machten während der Fahrt ins St. Sebastian's Hospital fast dauernd Small talk mit ihm. Das war alles andere als normal, und Mary Ann litt darunter, daß sie in dieser Krisensituation nichts tun konnte.

«Mouse», sagte sie sanft, als sie am Lafayette Park vorbeifuhren, «wenn du mir die Telefonnummer deiner Eltern sagst, dann ruf ich sie an, sobald wir im Krankenhaus ankommen.»

Er zögerte mit seiner Antwort. «Nein ... Es ist mir lieber, wenn du sie nicht anrufst.»

«Aber Mouse, meinst du nicht, daß sie es erfahren ...»

«Nein, das glaube ich nicht.»

Jon beugte sich vor und strich ihm über den Kopf. «Michael, ich finde, daß deine Familie ein Recht ...»

«Ihr seid meine Familie», sagte Michael.

Mary Ann und Burke setzten sich schweigend in den Warteraum, während Jon Michael in die Notaufnahme begleitete. Zwanzig Minuten später meldete er sich bei den beiden zurück.

«Sie werden eine Spinalpunktion machen», eröffnete er ihnen.

Mary Ann spielte an der *McCall's* herum, die sie auf dem Schoß hatte. «Jon ... Ich weiß nicht, was das bedeutet.»

«Das ist ein Lendenstich. Sie untersuchen auf eine eventuelle Erhöhung des Eiweißspiegels hin und auf ... eine Verringerung der Anzahl der weißen Blutkörperchen in ...» Der Doktor schaute seine Freunde kaum an. «Sie glauben, daß es Guillain-Barré ist.»

Diesmal griff Burke ein. «Jon ... was heißt das übersetzt?»

«Entschuldigt. Erinnert ihr euch an die Leute, die nach einer Schweinegrippeimpfung gelähmt waren?»

Burke schüttelte den Kopf.

«Ich schon», sagte Mary Ann.

«Na ja, das war das Guillain-Barré-Syndrom. Ich meine, das Syndrom hat die Lähmung hervorgerufen.»

Mary Ann runzelte die Stirn. «Aber ... ich glaube nicht, daß Michael je gegen Schweinegrippe geimpft worden ist.»

«Das ist auch nur einer der Auslöser. Was die Ursache ist, weiß man eigentlich gar nicht.»

«Aber ... was macht das Syndrom denn?»

«Es ist eine zunehmende Lähmung. Sie fängt normalerweise in den Füßen und den Beinen an, und dann ... Na ja, sie steigt dann höher.» Er schaute auf seine Hände und drückte die Fingerspitzen mehrmals sachte gegeneinander. «Aber oft verschwindet sie auch wieder ganz.»

«Jon, er wird doch nicht . . .?»

«Die einzige echte Gefahr besteht für das Atmungssystem. Wenn die Lähmung so weit voranschreitet, daß sie die Atmung behindert, muß ein Luftröhrenschnitt gemacht werden, um . . .» Er hob die Hände vors Gesicht und drückte die Fingerspitzen gegen die Augen. Mary Ann dachte einen Augenblick lang, er würde anfangen zu weinen, doch sein Gesicht behielt den maskenhaften Ausdruck, den es davor schon gehabt hatte. «Der arme kleine Lausbub», sagte er leise.

Mary Ann widerstand dem Drang, ihn zu berühren, ihn zu streicheln. Er wirkte wie ein Mensch kurz vor dem Zerreißen. «Jon, wird er auch nicht . . .? Haben die Ärzte . . .?»

«Scheiß auf die Ärzte!»

«Was . . . haben sie dir gesagt?»

«Nichts! Rein gar nichts!» Seine Wut ließ Mary Ann zusammenzucken. Jon legte ihr beschwichtigend die Hand auf die Schulter. «Ich halte es für möglich, daß er stirbt, Mary Ann. Wir müssen uns darauf gefaßt machen.»

Pinus von innen

Die lange Fahrt hinauf zu Pinus war vor einem beeindrukkenden Stahltor abrupt zu Ende. Helena Parrish hielt den Mercedes an und redete in eine Gegensprechanlage. «Einen Cheeseburger, eine Portion Pommes und einen Schoko-Shake – aber dalli.»

Lachen. Das Lachen eines jungen Mannes. «Mrs. Parrish . . . Sie sind wieder da!»

«Ich war sechs ganze Stunden weg. Hab ich dir gefehlt, Bluegrass?»

«Ist der Papst katholisch?»

«Du bist süß. Mach auf, Blue. Ich bringe euch die neue Frau.»

«Das glaube ich Ihnen aufs Wort!»

Das Tor schwang auf. Helena lächelte Frannie zu, als sie den Wagen über eine weitere von Bäumen gesäumte Straße lenkte. «Bluegrass wird dir gefallen», sagte sie mit einem Zwinkern. «Unter normalen Umständen ist er für mich reserviert, aber . . . Na ja, ich mag dich, Frannie. Und deshalb sollst du ihn bekommen.»

«Helena! Das kann ich nicht an. . .!»

«Doch . . . Bitte. Ich möchte es so. Wirklich.»

«Du bist ein Schatz.»

«Quatsch.»

«Meine Güte, ich fühle mich so . . . Ich fühle mich einfach fabelhaft.»

Die Gastgeberin lächelte. «Wir sind jetzt drin. Du kannst janen, wenn du willst.»

«Was kann ich?»

«Schreien. Wir hier nennen es janen – so wie bei ‹Ich Tarzan, du Jane›. Es ist eine Art Tarzanschrei für Frauen. Es hat was von Urschreitherapie, aber es macht *entschieden* mehr Spaß. Los, leg dich ins Zeug.»

Frannie war gehemmt. «Ach, Helena!»

«Los! Du bist jetzt in Pinus.»

«Jetzt gleich? Im Auto?»

«Jetzt und immer dann, wenn du Lust dazu hast, mein Schatz.»

Frannie grinste verlegen, steckte dann den Kopf zum Fenster hinaus und gab ein Geräusch von sich, das wie: «Eeeeeiiiiii!» klang.

«Ganz hübsch», sagte Helena wenig begeistert, «aber du janest nicht, mein Schatz.»

«Wie soll ich denn sonst . . .?»

«So.»

Die Gastgeberin reckte ihren Schwanenhals und sperrte den

Mund auf, so weit es nur ging. «Aaaahhhhaaaahhhheeee-aaaahhhh!»

Irgendwo aus den Tiefen des Pinienwalds hallte das gleiche Geräusch zurück.»

«Ein Echo!» rief Frannie.

«Nein», sagte Helena lächelnd. «Sybil Manigault. Sie steht auf Natur.»

Die Gastgeberin parkte vor dem Empfangsgebäude, einem weitläufigen Bauwerk im Chaletstil mit bleigefaßten Fensterscheiben. Am dunklen Holz der Dachvorsprünge rankten sich Lady-Banksia-Rosen entlang.

Frannie schnalzte bewundernd mit der Zunge. «Großartig . . . Absolut großartig.»

«Die Wohngebäude sind im gleichen Stil erbaut. Die Pläne stammen von Julia Morgan – vielleicht ihr größter Wurf.»

«Unglaublich! Edgar war von Julia Morgans Architektur fasziniert, aber von diesen Bauten habe ich nie auch nur *ein* Wort gehört.»

«Natürlich nicht. Die Morgan mußte sich Pinus gegenüber vertraglich verpflichten, über ihre Arbeit hier Stillschweigen zu bewahren. Die Gründerinnen hatten ursprünglich Bernard Maybeck als Architekten unter Vertrag genommen, aber er trat davon zurück, als er herausfand . . . Na ja, du weißt schon.»

Helena führte Frannie in das großzügige Innere des Hauses und gestattete dem Neuankömmling, die Atmosphäre in aller Ruhe auf sich wirken zu lassen: die Lampen mit den Pergamentschirmen, die altrosa Samtbezüge, die Kupferkessel voller Wiesenblumen.

«Ich komme mir richtig komisch vor ohne Gepäck», sagte Frannie.

«Warum? Alles, was du brauchst, ist hier. In zwei Tagen wirst du dich nur unter größten Schmerzen von deinem Kaftan trennen können.»

«Wo sind die anderen alle?»

Helena kicherte. «Sie haben sich wahrscheinlich versteckt.»

«Warum?»

«Ach, es ist eigentlich dumm. Im Prinzip wirst du ja erst morgen sechzig . . . Wann? Um halb acht oder so? Die anderen scheuen sich ein bißchen, mit einer Debütantin zu sprechen, bevor sie . . . eine von uns ist.»

«Und . . . was soll ich bis dahin tun?»

Helena legte Frannie ihren geschmeidigen Arm um die Schulter. «Ich denke, als erstes solltest du gleich noch eine Vitamin Q nehmen. Als zweites schlage ich vor, daß du dich ein bißchen mit Birdsong unterhältst.»

«Mit wem?»

Helena zwinkerte ihr zu. «Komm mit.»

Drei Minuten später stieß die Gastgeberin die Tür zu Frannies Wohnhaus auf. Ein junger Mann, der auf der Bettkante gesessen hatte, sprang hoch. Frannie schätzte ihn auf ungefähr vierundzwanzig. Er war schlank, hatte schwarze Locken und erstaunlich blaue Augen. Er trug einen Frotteejumpsuit in Altrosa, dessen Reißverschluß bis zur Taille offen war.

Und er war sichtlich nervös. «Tut mir leid, Mrs. Parrish. Ich wollte nicht . . .»

«Das macht doch nichts, Birdsong. Du wußtest nicht, daß wir unterwegs waren. Das ist Mrs. Halcyon.»

Birdsong nickte zaghaft. «Hallo.»

«Wie geht es Ihnen?»

«Birdsong ist dein Hausboy», erklärte Helena. «Er kann dich über alles informieren. Ich muß mich jetzt um deine kleine Festivität von morgen kümmern, deshalb . . . Tschautschau!» Sie war blitzschnell zur Tür draußen. Frannie stand allein gelassen da und lächelte Birdsong verlegen an.

«Tja», sagte der Hausboy, der auf einmal sehr viel selbstsicherer war. «Ich glaube, es ist Zeit für unser Bad.»

Helena Parrish stand draußen in der Sonoma-Sonne und janete, was ihre Lungen hergaben.

Vom Umgang mit Kranken

Als Michael im St. Sebastian's Hospital aufwachte, saß Jon neben seinem Bett. Er hatte einen Topf Chrysanthemen dabei, drei ältere Ausgaben der *Playgirl* und etwas in einem braunen Papierbeutel.

«Du solltest dich selber sehen», sagte Michael lächelnd. «Die klassische Wichsphantasie einer jeden Tunte.»

Jon zwinkerte ihm zu. «Wie fühlst du dich?»

«Jeden Tag ein Stückchen weniger. Aber das gehört wohl dazu, was?»

«Sicher. Die Lähmung . . . wandert immer nach oben. Michael . . . es wird erst mal schlimmer, bevor es wieder besser wird.»

«Schon verstanden.»

«Bist du . . . Spürst du, wie sie wandert?»

«Ja, ich glaube schon. Es ist so was Kribbeliges, stimmt's?» Er legte die Hand auf den Oberschenkel dicht unterhalb des Schritts. «Es dauert nicht mehr lang, Kleiner. Greif zu, solang es noch geht!»

Jon lachte. «Wo wir gerade davon sprechen: Ich habe mir eben den Pfleger angesehen. *Er* beunruhigt mich viel mehr als . . . das da.»

«Genau. Dann sag mir jetzt, was du in deinem Beutel hast, du Lügner.»

Jon legte den Beutel auf Michaels Schoß. «Rate mal.»

«Eine Accu-Jac-Wichsmaschine ganz für mich allein?»

«Mach schon auf, du Blödel.»

Michael griff nach dem Beutel. Ein *Little-Lulu*-Comic-Heft fiel heraus. «Mein Gott, Jon! Das ist ja . . . eine Antiquität! Mindestens späte Fünfziger! Wo hast du das her?»

«Aus dem Comic-Laden an der Columbus.»

«Wahnsinn!» Michael blätterte aufgeregt im Heft herum. «Sieh mal! Hier ist das Clubhaus mit dem ‹Für Mädchen verboten!›-Schild! Und die Anzeigen müssen . . . O Gott, ich muß mir *sofort* die Anzeigen ansehen!»

«Welche Anzeigen?»

«Du weißt doch . . . Für elektrische Handkribbler, für Pupskissen oder für das blöde kleine Metallding, von dem es geheißen hat, daß du zum Bauchredner wirst, wenn du es dir unter die Zunge steckst. Mein Gott! Hast du dir nie was schikken lassen von dem Zeug?»

Der Doktor schüttelte lächelnd den Kopf.

«Nein», seufzte Michael, «natürlich nicht. Und du hast auch nie die Anzeigen mit Charles Atlas gelesen. Du warst nie ein Neunundvierzig-Kilo-Schwächling. Oder waren es achtundvierzigeinhalb?»

«Keine Ahnung! Aber das eine kann ich dir sagen, du Arsch: Wenn du je ein Schwächling warst, mit egal wieviel Kilo, dann hast du die Phase jedenfalls ziemlich rasch überwunden.» Er streckte die Hand aus, befühlte Michaels Bizeps und ließ die Hand dann sanft auf dem Muskel ruhen.

Michael schaute auf seinen Arm. «Das verschwindet alles.»

«Michael . . .»

«Und die Brustmuskeln *auch*. Die Brustmuskeln verschwinden so schnell, daß dir in der Zeit nicht mal eine Pastorentochter einen blasen kann.»

Jon kicherte. «Mein Gott, wo hast du *den* Spruch denn aufgeschnappt?»

«Na, wo schon? In Florida. Im Land der Freien und der Heimat der Macker. Wie lange wird die ganze Geschichte dauern, Jon?»

Jon nahm die Hand von seinem Arm. «Na ja . . . Manchmal durchläuft das Syndrom die einzelnen Stadien innerhalb von ein paar Wochen.»

«Manchmal.»

«Bei einem hohen Prozentsatz aller Fälle gibt es . . .»

«Hör auf mit dem Scheiß, Jon. Ich werde gelähmt sein, nicht? Und zwar ganz.»

Der Doktor nickte. «Ich glaube schon.»

«Wie werde ich atmen?»

«Vielleicht breitet sich die Lähmung nicht so weit aus.»

«Und wenn doch?»

«Wenn doch, dann könnte ein Luftröhrenschnitt notwendig werden. Das ist nicht so schrecklich, wie es sich anhört, Michael. Bei den meisten Fällen ist der Zustand bloß . . .»

«Du armes Schwein!» Michael lachte hämisch.

«Was?»

«Da hast du gedacht, dein Liebhaber steht in der Blüte seines Lebens, und jetzt verliert er plötzlich alle Blätter!»

«Hör doch auf!»

«Ich hab gedacht, das ist witzig.»

«Na, dann denk mal lieber nicht.»

«Hältst du mir bitte die Hand?»

Jon nahm seine Hand. «Ist es so besser?»

«Es kribbelt.»

«In der Hand?»

«Mhmm. Der zweite Akt, was?»

Schweigen.

«Ich will nicht sterben, Jon.»

«Michael, hör auf!»

«Tut mir leid. Ich hab mich schrecklich Jane-Wyman-mäßig benommen.»

«Du brauchst dir keine Sorgen zu machen. Ich werde die ganze Zeit bei dir bleiben.»

«Du paßt auf, daß ich keine Pickel kriege, ja? Ich bin sechsundzwanzig . . . da kann ich keine Pickel brauchen.»

«Nein, wie eitel.»

«Ich liebe dich, Dr. Fielding.»

Die Antwort war ein Händedruck.

Jetzt reicht's aber!

Mary Anns Sorge um Michael beeinträchtigte ihre Arbeitsleistung bei Halcyon Communications entschieden. Beauchamp Day entdeckte in seinem Brief an den Vorstandsvorsitzenden von Adorable Pantyhose drei Tippfehler.

«Mary Ann, was soll das denn?»

«Was?»

«Sieh dir diesen Scheiß hier mal an! Der Alte hätte sich eine solche Schlamperei bestimmt nicht gefallen lassen! Mein Gott! Da wäre ich ja mit einem Kelly Girl noch besser dran!»

«Entschuldige. Ich . . . Beauchamp, ich kann mich einfach nicht konzentrieren . . .» Sie drehte sich mit dem Stuhl von ihm weg, schlug die Hände vors Gesicht und begann zu schluchzen.

Beauchamp musterte sie ungerührt. «Eine schwache Vorstellung, Mary Ann. Eine schwache Vorstellung.»

Ihr Schluchzen wurde lauter. «Ich mache kein . . . O Gott, ich . . .»

«Okay. Dann führ dein kleines Rührstück halt auf oder was es sonst sein soll. Ich laß den Brief von Mildreds Sekretärin noch mal tippen.»

Durch Mary Ann ging ein Ruck. «Nein, ich mach das.»

«Du bist nicht besonders auf Draht, ist dir das klar?»

«Tut mir leid. Ein Freund von mir ist krank. Es . . . kann sein, daß er stirbt.»

«Dein fester Freund?»

«Nein. Aber ein guter Freund.» Mary Ann hatte sich längst vorgenommen, Beauchamp nichts von Michaels Zustand zu erzählen, weil sie sich der schwachen Hoffnung hingab, daß Michael sich rasch genug erholte, um seinen Job als Botenjunge antreten zu können.

Beauchamp musterte sie kurz, bevor er sagte: «Tut mir leid für dich, Mary Ann, aber du wirst wohl damit fertig werden müssen. Ich kann es mir im Moment nicht leisten, dir auch nur kurz frei zu geben.»

«Ich habe nicht darum gebeten.»

«Du hast geweint. Und die Masche kenne ich von früher.»

«Es ist keine *Masche.*»

Er zuckte gleichgültig mit den Schultern. «Egal. Ich kenne das von dir. Das reicht.»

«Gib mir den Brief.»

«Schau, ich hab doch gesagt, daß mir dein Freund leid tut. Du mußt mir also nicht auf die mürrische Tour kommen.»

«Verdammt, gib mir endlich den Brief!»

Beauchamp bedachte Mary Ann mit einem mörderischen Blick, bevor er ihr den Brief hinstreckte und ihn dann fallen ließ, so daß er auf ihren Schreibtisch segelte. Mary Ann schaute zuerst auf den Brief, dann wieder zu Beauchamp. Sie griff nach dem Brief und zerknüllte ihn. Beauchamp schüttelte lächelnd den Kopf. «Du treibst es auf die Spitze, Mädchen.»

«Nein, du.»

«Ts ts ts. Ach wirklich?»

«Laß mich in Ruhe.»

Beauchamp dachte gar nicht daran. Er verschränkte die Arme. «Du denkst wohl, du gehörst hier zum Inventar, was? Du denkst, ich schmeiß dich nicht raus, weil du mal für den Alten gearbeitet hast. Oder, besser noch: weil ich dich ein paarmal gefickt habe!»

Mary Ann stieß den Stuhl zurück und stand auf. «Denken tu ich schon, aber nicht an dich.»

«Oh, wie smart! Farrah Fawcett-Matschbirne hat einen Witz gemacht! Hah, hah!»

Mary Ann schaute ihm direkt in die Augen. «Geh mir aus dem Weg.»

Beauchamp rührte sich nicht von der Stelle. «Mensch, wie lächerlich du doch bist!»

«Ich gehe.»

«Na, und ob du gehst! Menschenskind, was hast du denn gedacht, wie lange ich dich und deine herzigschmerzigen *Snoopy*-Cartoons auf den Ablageschränken noch ertragen hätte?

Und diesen ekelhaft niedlichen Froschübertopf mit den Glupschaugen, und . . .»

«Dann richt dir die Bude doch selber ein. Vielleicht kann dir einer von deinen schicken heimlichen Freunden dabei helfen.»

Beauchamps Augen funkelten eisig blau. «Du bist ja so was von gewöhnlich.»

«Kann sein.»

«*Kann sein?* Hah! Wie kommst du überhaupt dazu, dich für eine Sekretärin zu halten, Süße? Du bist eine doofe, kleinkarierte Zicke! Mensch, sieh dich doch mal an! Du bist noch genauso beschränkt und langweilig, wie du schon mit fünfzehn warst, und das wirst du auch noch sein, wenn dir jemand zum Dank für zwanzig Jahre treue Dienste ein Tupperware-Set überreicht. Aber ich werd es Gott sei Dank nicht sein!»

Mary Ann starrte ihn an und blinzelte ihre Tränen weg. «So was Gräßliches wie du ist mir noch nie begegnet . . .» Sie stieß ihn beiseite und ging zur Tür.

«Ach, übrigens», schob Beauchamp nach, «wenn du weiter als Tippse arbeiten willst, kannst du die anderen Werbeagenturen vergessen. Dein Zeugnis von Halcyon wird nämlich alles andere als glänzend ausfallen.»

Mary Ann blieb an der Tür stehen, faßte sich, so gut es ging, drehte sich dann um und reckte dem Chef von Halcyon Communications den Mittelfinger entgegen.

«Fick dich selber», sagte sie.

Bruno schaukelt das Ding schon

Fünf Minuten, nachdem Mary Ann aus dem Büro gestürmt war, rief Beauchamp auf seiner Privatleitung Bruno Koski an.

«Ich bin's, Bruno.»

«Ich kenn 'ne Menge Ichs.»

«Klar. Na ja . . . Ich bin der vom Jackson Square. Wissen Sie, ich habe nichts mehr gehört von Ihnen.»

«Wir ham abgemacht, daß du den ersten Schritt machst.»

«Okay, okay. Haben Sie den Mann?»

«Logo. Ich hab . . . jemand.»

«Ist er zuverlässig? Und diskret?»

«I wo. 'n abgefuckter Junkie isses, Mann. Kann seinen Arsch nich von 'nem Loch in der Erde unterscheiden. Was denkste denn eigentlich, Mann? Ich steck in der Sache viel tiefer drin wie du!»

«Weiß er über mich Bescheid? Weiß er, daß ich . . .?»

«Jetz hör mir mal zu, du Wichser! Wenn de mir nich traust, warum suchste dir dann nich 'nen andern Trottel, der . . .?»

«Schon gut. Okay. Wann ist er . . . verfügbar?»

«Hab ich dir doch schon verklickert. Sobald de die Kohle raustust.»

«Wie soll ich wissen, daß Sie damit nicht . . .?»

«Das kannste nich wissen. Schöne Scheiße, was?»

«Okay. Hören Sie zu. Sie geht morgen abend zu einer Modenschau der League im . . .»

«Der League?»

Beauchamp seufzte. «Der Junior League, Bruno. Aber das spielt keine Rolle. Die Schau findet draußen im Palace of the Legion of Honor statt. Beginn ist gegen acht, so daß Sie Ihrem Mann sagen können . . . na ja, Sie können selbst herausfinden, wann die Schau zu Ende ist. Ich bin sicher, daß sie mit dem Mercedes ihrer Mutter fährt. Auf dem Nummernschild steht: FRANNI.»

«Ihre alte Dame kommt auch mit?»

«Nein. Ich glaube, sie ist in Napa. Ich bin sicher, daß meine Frau alleine kommt.»

«Haste nich gesagt, ihr zwei habt euch getrennt?»

«*Haben* wir uns auch, Bruno.» Beauchamp ging die Geduld aus.

«Na, wenn ihr zwei jetz auseinander seid, wie kommt's dann, daß de das alles weißt?»

«Ich habe es gelesen.»

«Gelesen?»

«In den Gesellschaftsnachrichten, Bruno.»

«Ach so.»

«Keine Sorge, sie wird kommen. Wenn sich irgendwo ein Fotograf rumtreibt, kommt sie garantiert.» Er schlug einen etwas geschäftsmäßigeren Ton an. «Wie wollen Sie das Geld haben?»

«Zehner und Zwanziger.»

«Ganz wie im Film, hm?»

«Wir drehn aber kein Film.»

«Sollen wir uns an unserem alten Platz treffen?»

«Ja. Um acht. Morgen abend.»

«Ist das nicht ein bißchen knapp?»

«Du gibst mir das Geld. Ich ruf mein Kontakt an. Läuft alles total locker.»

«Und Sie sind sicher, daß Ihr Mann weiß, wie . . .?»

«Das klappt. Du gibst mir das Geld, und dann klappt das.»

«Ich möchte nicht, daß sie . . .»

«Schon klar.»

«Ich übernehme auf keinen Fall die Verantwortung, wenn sie . . . wenn es etwas Bleibendes ist. Das will ich noch einmal in aller Deutlichkeit gesagt haben.»

«Klar. Is geritzt. Du bist mir vielleicht 'ne Kanone.»

Nach einer einstündigen Besprechung mit der Werbetexterin für Tidy-Teen Tampettes ging Beauchamp zehn Minuten in seinem Büro auf und ab, bevor er in einer Praxis in der Sutter Street 450 anrief.

«Praxis Dr. Fielding.»

«Ist er da?»

«Einen Moment, bitte.»

Nach einer halben Minute Pause: «Ja?»

«Wie läuft's, Blondie?»

Schweigen.

«Na», sagte Beauchamp, «ich hatte ja nicht gerade einen

Tusch erwartet, aber nach der langen Zeit ... Weißt du, du könntest dich wenigstens zu einem fröhlichen Hallo durchringen.»

«Rufst du wegen der Schwangerschaft deiner Frau an?»

«Eigentlich hatte ich vor, mal wieder mit dir ein paar Babies zu machen. In Erinnerung an alte Zeiten, weißt du.»

«Ich lege jetzt auf.»

«Ach, komm mir nicht mit so was!»

«Meines Wissens habe ich dir damals deutlich gesagt, daß du mich nicht mehr in der Praxis anrufen sollst – und auch nicht sonstwo.»

«Was hast du denn? Bist du in festen Händen, oder was?»

«Du bist ein Widerling, Beauchamp.»

«Ich wette, das sagst du zu allen Kerlen.»

Der Doktor legte auf. Beauchamp blieb noch eine Weile am Schreibtisch sitzen und drehte sich auf seinem Stuhl im Kreis. Dann ging er zum Kühlschrank, mixte sich einen Negroni und kippte ihn hinunter.

Das Leben war manchmal ganz schön beschissen.

Das Mädchen mit den grünen Haaren

Manuel, der Gärtner, war schlecht gelaunt, und DeDe hatte nicht den Nerv, ihn zu bitten, daß er die kleinen Ekligkeiten aus dem Swimmingpool von Halcyon Hill fischte. Sie setzte sich statt dessen auf die Terrasse, mampfte M & M's und las in *Angst vorm Fliegen,* das sie sich im letzten Sommer gekauft hatte.

Weil ihre Mutter in Napa war, Beauchamp in der Stadt und ihr Daddy nur noch Erinnerung, kam sie sich in dem großen Haus wie eine verwaiste Prinzessin vor. Wie üblich trieb ihre Einsamkeit sie ans Telefon.

Nur ging es *diesmal* nicht darum, Binky, Muffy, Oona, BoBo oder Shugie anzurufen.

«Hallo», sagte die honigsüße Stimme am anderen Ende der Leitung.

«Hallo. Hier spricht DeDe Day.»

«Die Affenfrau!»

DeDe lachte. «Ich verspreche, daß ich Sie *nie* wieder in so was reinschleppe!»

«Soviel ich weiß, habe ich *Sie* reingeschleppt, meine Liebe.»

«Sie hatten aber recht. Ein Affe im Mädchenkostüm wäre niedlicher gewesen.»

«Egal. Aber . . . was macht der Bauch?»

«Er wird größer und größer.»

«Nur das Gefühl wird nicht besser, was?»

«Ich weiß nicht so recht. Ich mache mir doch Sorgen.»

«Worüber?»

«Über nichts Besonderes. Ich weiß, daß es krankhaft ist, aber manchmal habe ich das grausige Gefühl, daß etwas nicht stimmt. Mein Gynäkologe meint, daß das ganz normal ist bei einer Erstgebärenden. Wahrscheinlich sollte ich nicht so viel grübeln.»

«Sie müssen mehr unter die Leute.»

«Ich glaube nicht, daß ich noch mehr Affenfrauen aushalten würde.»

«Der Lonesome Cowboy ist aber auch nicht die richtige Gefühlslage, meine Liebe!»

«Ich wollte eigentlich fragen, ob Sie sich imstande fühlen, heute abend mit mir zu einer Modenschau der Junior League zu gehen.»

Schweigen.

«Ich weiß, es kommt ein bißchen plötzlich . . .»

D'orothea ließ ein gutturales Glucksen hören. «Sie wissen gar nicht, wie komisch das alles ist.»

«Ich weiß, es geht dort ein bißchen langweilig zu, aber ich dachte, ein, zwei Lacher würden wir . . .»

«Ich war mal Model, DeDe. In der Agentur Ihres Vaters. Bei Halcyon Communications.»

«Was?»

«Ich war eines der Mädchen für Adorable Pantyhose.»

«Warum haben Sie mir das nicht erzählt?»

«Immerhin hat Ihr Mann mich rausgeworfen . . . Und ich wußte nicht, ob Sie ihn auch für so ein Riesenarschloch halten wie ich.»

DeDe lachte. Etwas verhalten zuerst, dann jedoch mit fröhlicher Hingabe. «Mein Gott, D'orothea. Wir haben uns getrennt. Haben Sie das vergessen?»

«Nein, nein, aber heutzutage läuft das ja alles viel laxer als früher. Ich meine, es könnte doch sein, daß Sie beide gemeinsam zum EST-Training gehen. Oder zur Selbsthilfegruppe: ‹Auflösung unüberwindlicher Abneigung zwischen Ehepartnern durch Gespräche›. Oder was weiß ich.»

«Wie gut haben Sie Beauchamp kennengelernt?»

«Gut genug, um mir eine seiner berüchtigten Schimpfkanonaden einzuhandeln.»

«Warum hat er Sie rausgeworfen?»

«Ach . . . ich habe ein paar Fototermine sausen lassen. Meine Haut war . . . Ich hatte ein Hautleiden, und ich habe ganz fürchterlich ausgesehen. Aber das ist eine lange Geschichte.»

«*Genau* meine Worte zu Beauchamp und mir!»

«Wollen Sie immer noch, daß ich zu der Modenschau mitkomme?»

«Natürlich! Jetzt sogar noch mehr als vorher.»

«Und Sie sind sicher, daß man am Eingang keine Ahnentafel von mir verlangt?»

«Ich bin sicher. Dann also abgemacht?»

«Abgemacht, meine Liebe!»

In der Stadt war noch etwas anderes abgemacht worden. Douchebag hatte die letzten Absprachen mit Bruno Koski getroffen.

«Hast jetz alles kapiert?» fragte er am Telefon.

«Klar. Bin ja nich doof.»

«Du rührst dich nich vom Fleck, bis ich durchklingel. Wenn ich dann anruf, rennste mit 'nem Affenzahn zum Legion of Honor rauf. Weißte auch garantiert, wo . . .?»

«Hab ich doch schon *gesagt,* Mann!»

«Ich ruf dann irgendwann nach acht an. Eins sag ich dir, Punkie. Wenn de das Ding vermasselst, kriegste auch keine Knete!»

«Okay, okay.»

Bruno legte auf.

Eine viertel Stunde später bereitete sich die kleine Punkerin darauf vor, außer Haus zu gehen. Ihre Mutter tauchte in der Tür zu ihrem Zimmer auf.

«*Mußt* du denn in diesem Müllsack rumlaufen?»

«Was paßt dir denn nicht dran?»

«Mein Gott, Heidi, er ist widerlich! Er ist voller Löcher und . . . wi-der-lich!»

«Ich hab dir doch *gesagt,* du sollst neue kaufen.»

«Ich werde mich nicht mit dir streiten. Wo gehst du überhaupt hin?»

«Ich . . . Ins Mab.»

«Ins was?»

«Ins Mabuhay!»

«Dann verpaßt du aber *Drei Mädchen und drei Jungen.*»

«Wie furchtbar.»

«Heidi . . . Versprich mir, daß du dir heute keinen Kaugummi mehr in die Nase steckst.»

«Okay.»

Douchebag lächelte ihre Mutter an, zog einen Batzen Dentyne aus dem linken Nasenloch, steckte ihn in den Mund und fing an, intensiv darauf herumzukauen.

«Bis denn», sagte sie und verduftete.

Laut nachgedacht

Nach nicht einmal vierundzwanzig Stunden war Michael vollkommen gelähmt. Er konnte mit den Augen blinzeln und die Lippen bewegen, doch der Rest seines Körpers war erschreckend bewegungslos. Seinen Besucher schaute er mit Hilfe eines Spiegels an, der schräg zu seinem Bett aufgehängt war.

«Hallo, Schatz», sagte er.

«Hallo.»

«Solltest du nicht in der Praxis sein?»

«Das geht schon. Heute ist nicht viel los.»

Michael grinste. «Bei mir auch nicht.»

«Ich habe mit Mary Ann gesprochen. Sie und Burke kommen später noch vorbei.»

«Mein Gott, was bin ich heute wieder begehrt! Miss Congeniality kommt. Und Brian und die drei Grazien sind gerade gegangen.»

«Wer?»

«So nenne ich die drei ab jetzt. Mona, Mrs. Madrigal und Mother Mucca.»

Jon lachte. «Die sind vielleicht ein Trio.»

«Ja. Und es tut Mona gut. Ich freu mich für sie.»

«Michael . . . Geht's denn einigermaßen?»

«Na ja . . . Mir ist heute was Lustiges eingefallen.»

«Und zwar?»

«Als ich noch ein Kind war, mit vierzehn oder so, hab ich mir Sorgen gemacht, was passiert, wenn ich nicht heirate. Mein Vater war mit dreiundzwanzig verheiratet, deshalb hab ich mir gesagt, daß ich noch neun oder zehn Jahre habe, bis die Leute merken, daß ich schwul bin. Danach . . . Tja, danach gab es dann keine besonders guten Entschuldigungen mehr. Was glaubst du, was ich mir deshalb gewünscht habe?»

Jon zuckte mit den Schultern.

«Daß ich gelähmt sein würde.»

«Um Gottes willen, Michael!»

«Nicht so wie jetzt. Bloß von der Hüfte abwärts. Auf die Art hätte ich im Rollstuhl sitzen können, die Leute hätten mich gemocht, und ich hätte mir keine Sorgen machen müssen, was sie sagen, wenn ich nicht heirate. Damals hab ich das für eine wunderbare Lösung gehalten. Ich war vielleicht ein *blödes* Kind.»

«Du bist auch ein gefühlsduseliger Erwachsener. Du darfst dich da nicht reinsteigern, Michael. Es ist nicht gut für dich, wenn du . . . Halt, fast hätt ich es vergessen. *Chorus Line* kommt wieder nach San Francisco. Ich hab heute Karten bestellt für uns.»

«Was für ein netter Schwindel.»

«Verflucht noch mal, Michael! Hör endlich auf mit deiner . . . Melodramatik! Es fällt mir unendlich schwer, dich enttäuschen zu müssen, aber du wirst nicht . . .»

«Das Wort heißt sterben, Babycakes.»

«Du *wirst* aber nicht sterben, Michael. Ich bin Arzt. Ich weiß das.»

«Du bist Gynäkologe, Blödmann.»

«Dir macht das Spaß, wie? Du fährst richtig ab auf dieses dämliche Kameliendamen-Getue.»

«Heh, heh.» Michaels Stimme klang sanft, beruhigend. Alle Schnoddrigkeit war weg. «Nimm mich doch nicht ernst, Jon. Ich muß einfach reden, das ist alles. Hör gar nicht auf das, was ich sage. Okay?»

«Abgemacht.»

«Weißt du was? Sie geben mir jetzt die Pille. Ich meine, sie sagen Steroide oder so was dazu, aber es ist trotzdem die Pille. Ich hab mich den ganzen Vormittag dran hochgezogen. Ich kriege die Pille, und mein Gynäkologe verbringt mehr Zeit mit mir als mein behandelnder Arzt. Ist das nicht zum Schreien?»

Jon lächelte. «Stimmt, das ist gar nicht schlecht.»

«Vielleicht hat das alles auch sein Gutes. Ich meine, so kann mir auch nach Stunden noch keiner den Vorwurf machen, daß ich tuntig daherkomme. Wenn man mich im Bolt in eine dunkle Ecke stellen könnte, wäre ich der absolute *Star*!»

Eine halbe Stunde später kam Mary Ann. Michael zwinkerte ihr über den Spiegel zu. «Hallo, meine Hübsche. Wo hast du bloß diese Acapulcobräune her?»

«Hallo, Mouse. Burke ist auch da.»

«Ach ja. Hallo, Mr. Sex-Appeal.»

«Hallo, Michael.»

«Die Luft ist rein, Kleiner. Weit und breit keine Rose in Sicht.»

Das Pärchen lachte nervös. «Mouse», sagte Mary Ann, «ich hab dir deine Post mitgebracht. Möchtest du . . . daß ich sie dir vorlese?»

«Was ist es denn? Ein blauer Brief von der Tripperklinik?»

Mary Ann kicherte. «Ich glaube, es ist ein Brief von deinen Eltern.»

Michael schwieg. Jon warf Mary Ann einen warnenden Blick zu, worauf sie sofort einen Rückzieher versuchte. «Ich kann den Brief auch dalassen, Mouse . . . Und Jon liest ihn dir dann später . . .»

«Nein. Mach nur.»

Mary Ann schaute Jon an, dann wieder Michael. «Bist du sicher?»

«Klar. Was soll's?»

Also machte sie den Brief auf.

Rettet unsere Kinder!

Mary Ann begann zu lesen:

Lieber Mikey,
Wie geht es Dir? Ich schätze, Du bist inzwischen wieder aus Mexiko zurück. Bitte schreib uns. Dein Papa und ich sind schon richtig gespannt darauf, daß wir alles erfahren über die Reise. Und wie geht es Mary Ann? Wann

bekommen wir mal die Gelegenheit, sie kennenzulernen?

In Orlando ist alles in Ordnung. Es sieht so aus, daß wir dieses Jahr eine gute Ernte kriegen, selbst mit dem Frost und so. Kann sein, daß wegem dem Boykott der Homosexuellen ein bißchen weniger Orangensaft verkauft wird, aber Papa sagt, daß es auf längere Sicht keinen Unterschied machen wird, und außerdem ...

Mary Ann schaute auf. «Mouse ... Ich glaube, wir sollten uns das für eine andere Gelegenheit aufsparen.»

«Nein. Es ist okay. Lies weiter.»

Mary Ann sah Jon an. Der zuckte bloß mit den Schultern.

«Ich habe mich mein halbes Leben damit herumgeschlagen», sagte Michael. «Da kommt es auf einen Tag mehr auch nicht an.»

Also fuhr Mary Ann fort:

... und außerdem sieht der Herr dann deutlich, auf welcher Seite wir stehen.

Erinnerst Du Dich noch, daß ich Dir in meinem letzten Brief erzählt habe, daß wir in unserer Resolution nichts gesagt haben über das Vermieten an Homosexuelle, weil Lucy McNeil das Zimmer über ihrer Garage an diesen tuckigen Mann vermietet hat, der in der Dixie Dell Mall Teppiche verkauft? Ich habe das ganz in Ordnung gefunden, weil Lucy eine von der stillen Sorte ist und mit dem Magen Schwierigkeiten hat, und da habe ich gedacht, daß es nicht christlich sein würde, sie unnötig aufzuregen.

Ich glaube, daß der Mann recht gehabt hat, der mal gesagt hat, daß der Weg in die Hölle mit guten Vorsätzen gepflastert ist, denn Lucy ist aus heiterem Himmel richtig militant geworden wegen der Homosexuellen. Sie hat gesagt, daß sie unsere Resolution für Save Our Children nicht unterschreiben will, und sie hat uns alle Barbaren und Heuchler genannt und gesagt, daß Jesus nicht mal zulassen würde, daß wir seine Füße küssen, wenn er heute auf die Erde zurückkommen würde. Kannst Du Dir so was vorstellen?

Nach dem Treffen war ich richtig wütend wegen der ganzen Sache, bis mir Dein Papa dann alles erklärt hat. Weißt Du, ich habe ja nie viel darüber nachgedacht, aber Lucy hat nun mal *nie* geheiratet, und dabei ist sie wirklich hübsch gewesen, als sie und ich damals auf die Orlando High gegangen sind. Sie hätt einen richtig guten Ehemann kriegen können, wenn sie sich mehr drum gekümmert hätte. Jedenfalls hat mich dein Papa mit der Nase drauf gestoßen, daß Lucy seit neuestem beim YWCA Kurse in moderner Kunst besucht und Indianerhemden und Hippiekleider anhat, so daß ich es für möglich halte, daß die Lesbischen sie vielleicht angeworben haben. Trotzdem ist das furchtbar schwer zu glauben. Sie war immer so hübsch.

Etta Norris hat vergangenen Samstag am Abend bei ihr zu Hause ein zwangloses Treffen von Save Our Children gegeben. Es war richtig nett dort. Lolly Newton hat sogar einen Red-Devil's-Food-Kuchen mitgebracht, den sie nach dem Rezept von Mrs. Oral Roberts gemacht hat. Und die hat das Rezept wieder aus dem Kochbuch von Anita Bryant genommen. Das hat uns auf die Idee gebracht, ganz viele Rezepte aus dem Kochbuch nachzumachen und die Sachen dann beim Wohltätigkeitsbasar der Veterans of Foreign Wars zu verkaufen, damit wir für Save Our Children Geld zusammenbringen.

Wir beten alle dafür, daß das Referendum in Miami durchgeht. Wenn es den Homosexuellen in Miami erlaubt wird, daß sie dort als Lehrer arbeiten, dann könnte das in Orlando auch passieren. Reverend Harker sagt, daß es in Miami so schlimm geworden ist, daß sich die Homosexuellen in aller Öffentlichkeit küssen. Dein Papa sagt, daß er das nicht glaubt, aber ich sage, daß der Teufel viel mächtiger ist, als wir glauben.

Mikey, wir haben Blackie einschläfern müssen. Ich sage Dir das nur furchtbar ungern, aber er war schon sehr, sehr alt. Ich weiß, daß der Herr für ihn sorgen wird, wie er für alle seine Wesen sorgt.

Bubba läßt Dich grüßen.

In Liebe,
Mama

Mary Ann stellte sich neben Michaels Bett und wandte sich ohne den Umweg über den Spiegel direkt an ihn. «Mouse ... Es tut mir wirklich leid.»

«Vergiß es. Ich finde es zum Schreien komisch.»

«Nein. Es ist furchtbar. Sie weiß nicht, was sie sagt, Mouse.»

Michael lächelte. «Und ob sie das weiß. Sie ist eine eingefleischte Christin. Solche Leute wissen *immer,* was sie sagen.»

«Aber sie würde das niemals sagen, Mouse. Nicht, wenn sie es wüßte. Schon gar nicht über ihren eigenen Sohn.»

«Sie würde es über den Sohn von jemand anderem sagen. Kannst du mir erklären, wo da der Unterschied sein soll?»

Als Mary Ann sich zu Jon und Burke umdrehte, liefen ihr Tränen über das Gesicht. Dann streckte sie die Hand aus und berührte die bewegungslos daliegende Gestalt in dem Bett.

«Mouse ... wenn ich etwas tun könnte, um in deinem Leben etwas zu verändern, glaub mir, ich würde ...»

«Du kannst etwas tun, Babycakes.»

«Was? Wie?»

«Hast du deinen Bic griffbereit?»

«Klar.»

«Na dann: Zum Diktat, Miss Singleton!»

Ein Brief an Mama

Liebe Mama,
es tut mir leid, daß es mit meinem Brief so lange gedauert hat. Jedesmal, wenn ich dir und Papa schreiben will, wird mir klar, daß ich nicht die Dinge sage, die ich im Herzen trage. Das wäre nicht weiter schlimm, wenn ich euch weniger lieben würde, als ich es tue, aber ihr seid immer noch meine Eltern, und ich bin immer noch euer Sohn.

Ich habe Freunde, die mich für verrückt halten, weil ich euch diesen Brief schreibe. Ich hoffe, daß sie damit falsch liegen. Ich hoffe, ihre Zweifel kommen daher, daß sie Eltern haben, die sie weniger geliebt und ihnen weniger vertraut haben, als die meinen das tun. Ganz besonders hoffe ich darauf, daß ihr diesen Brief als Ausdruck meiner Liebe zu euch sehen werdet, als Zeichen meiner immerwährenden Sehnsucht, mein Leben mit euch zu teilen.

Ich hätte euch wahrscheinlich nicht geschrieben, wenn ihr mir nicht von eurem Engagement für Save Our Children berichtet hättet. Euer Engagement hat mir mehr als alles andere vor Augen geführt, daß ich die Pflicht habe, euch die Wahrheit zu sagen. Euch zu sagen, daß euer eigenes Kind homosexuell ist und daß ich niemals vor etwas anderem beschützt werden mußte als vor der grausamen und ignoranten Frömmlerei von Leuten wie Anita Bryant.

Es tut mir leid, Mama. Nicht, daß ich so bin, wie ich bin, sondern daß ich dich den Gefühlen aussetzen muß, die du jetzt wohl gerade hast. Ich kenne diese Gefühle, denn ich hatte sie fast mein ganzes Leben lang. Abscheu, Scham, Ungläubigkeit – Ablehnung aus Angst vor etwas, von dem ich sogar als Kind schon wußte, daß es genauso unveränderlich zu meiner Natur gehört wie die Farbe meiner Augen.

Nein, Mama, ich bin nicht «angeworben» worden. Kein gereifter Homosexueller hat sich als mein Mentor betätigt. Aber, weißt du was? Es wäre schön gewesen, hätte es einer getan. Es wäre schön gewesen, hätte mich einer, der älter war als ich und verständiger als die Leute in Orlando, zur Seite genommen und mir gesagt: «Du bist völlig in Ordnung, Junge. Wenn du mal groß bist, kannst du genauso Arzt oder Lehrer werden wie alle anderen. Du bist weder verrückt noch krank und auch nicht verdorben. Du kannst Erfolg haben und glücklich werden und deinen Frieden finden bei Freunden, das heißt, bei allen möglichen Freunden und Freundinnen, die sich einen Dreck darum kümmern, mit *wem* du ins Bett steigst. Was aber das Wichtigste ist: Du kannst lieben und geliebt werden, ohne dich dafür zu hassen.»

Aber niemand hat das je zu mir gesagt, Mama. Das mußte ich selber herausfinden, und mit Hilfe der Stadt, die mein Zuhause geworden ist. Ich weiß, daß es euch schwerfallen wird, das zu glauben, aber in San Francisco gibt es Unmengen von Männern und Frauen – und zwar sowohl Heteros als auch Homos –, die überhaupt nicht an die Sexualität denken, wenn es darum geht, den Wert eines Menschen zu bestimmen.

Das sind alles keine Radikalen oder Verrückten, Mama. Es sind Verkäuferinnen und Bankangestellte und kleine alte Damen und Leute, die einem zunicken und einen anlächeln, wenn man ihnen im Bus begegnet. Sie behandeln dich weder herablassend noch mitleidig. Und ihre Botschaft ist so einfach: Ja, du bist eine Persönlichkeit. Ja, ich mag dich. Ja, es ist völlig in Ordnung, wenn du mich auch magst.

Ich weiß, was euch jetzt durch den Kopf gehen muß. Ihr fragt euch: Was haben wir falsch gemacht? Wie haben wir es dazu kommen lassen? Wer von uns beiden hat ihn so werden lassen?

Darauf kann ich euch keine Antwort geben, Mama.

Und ich glaube, daß mir diese Fragen eigentlich auch nichts bedeuten. Aber eines weiß ich genau: Wenn du und Papa mich so habt werden lassen, wie ich bin, dann danke ich euch von ganzem Herzen, denn mein Wesen ist das Licht und die Freude meines Lebens.

Ich weiß, daß ich euch nicht verständlich machen kann, was es heißt, schwul zu sein. Aber ich kann euch sagen, was es nicht heißt.

Es heißt nicht, sich hinter Wörtern zu verstecken, Mama. Hinter Familie zum Beispiel oder Anständigkeit oder Christentum. Es heißt nicht, seinen eigenen Körper zu fürchten oder die Vergnügungen, die Gott dafür vorgesehen hat. Es heißt nicht, seinen Nachbarn zu verurteilen, es sei denn, er ist grob oder rücksichtslos.

Das Schwulsein hat mich gelehrt, tolerant, mitfühlend und bescheiden zu sein. Es hat mir die unbegrenzten Möglichkeiten des Lebens aufgezeigt. Es hat mir Leute zugeführt, die mir mit ihrer Leidenschaft, Zuneigung und Sensibilität zu einem immerwährenden Quell der Kraft geworden sind.

Es hat mich in die Menschenfamilie eingeführt, Mama, und zu der gehöre ich gern. Ich gehöre *gern* dazu.

Es bleibt mir nicht mehr viel zu sagen, außer daß ich derselbe Michael bin, den ihr schon immer gekannt habt. Ihr kennt mich jetzt nur besser. Ich habe nie etwas in der Absicht getan, euch weh zu tun. Und das wird weiter so bleiben.

Bitte fühlt euch nicht verpflichtet, auf diesen Brief rasch zu reagieren. Es reicht mir das Bewußtsein, daß ich die Menschen nicht mehr länger belügen muß, die mich gelehrt haben, die Wahrheit in Ehren zu halten.

Mary Ann läßt euch herzlich grüßen.

In der Barbary Lane 28 ist alles in Ordnung.

Euer euch liebender Sohn
Michael

Das Ende

Mary Ann war zutiefst erschüttert, als sie und Burke das St. Sebastian's verließen. Sie hatte vorgehabt, den Großteil des Abends dort zu verbringen, doch ihre Tränen hatten sich als unbeherrschbar erwiesen. Jon hatte allerdings versprochen, daß er sie anrufen würde, «wenn sich etwas ändert».

Zu Hause in der Barbary Lane versuchte sie, unter dem Heißwasserhahn ein Filetsteak aufzutauen.

«Ich möchte davon nichts haben», sagte Burke.

«Ich dachte, du magst Steak.»

«Ich hab keinen Hunger. Ehrlich.»

Sie seufzte und warf das Fleisch auf das Rubbermaid-Abtropfgestell. «Ich auch nicht.» Sie drehte sich mit einem gezwungenen Lächeln zu Burke um. «Weißt du, wie ich Michael kennengelernt habe?»

«Im Supermarkt, oder?»

«Hab ich dir das schon erzählt?»

Burke nickte. «In Puerto Vallerta.»

Mary Ann trocknete sich die Hände an einem Geschirrtuch ab und setzte sich Burke gegenüber an den Küchentisch. «Er war so niedlich, Burke . . . Aber ich war wütend auf ihn, weil er mit diesem Kerl zusammen war, der mir wirklich gut gefallen hat, und ich habe mir den ganzen Abend immer wieder vorgesagt: ‹Was für eine Verschwendung . . . Was für eine Verschwendung!› Das war's damals für mich auch. Für mich war sein ganzes Dasein eine Verschwendung, und bei ihm war irgendwas falsch gelaufen. Natürlich habe ich mir *eingeredet*, daß er mir leid tat, aber in Wirklichkeit habe ich mir bloß selbst leid getan. Ich mußte feststellen, daß nicht alle tollen Männer für mich bestimmt waren, und damit bin ich nicht fertig geworden.»

«Das macht doch nichts. Die Menschen ändern sich.»

«Ich hab mich nicht geändert. Jedenfalls lange nicht. Ich bin mir immer vorgekommen wie . . . Ich weiß nicht. Wahrscheinlich hab ich mir eingebildet, daß ich ihn ändern kann. Daß ich seine Freundin werde und er dann ein entspannteres Verhältnis zu Frauen entwickeln kann oder so. Ich hab nicht damit gerechnet, daß mir dabei klar wird, wie nötig ich es selbst hatte, entspannter zu werden.»

«Mach dich doch nicht so runter.»

«Aber es ist die Wahrheit, Burke.»

«Michael liebt dich, Mary Ann. *Irgendwas* mußt du wohl richtig gemacht haben.»

«Hoffentlich.»

«Hoffentlich? Verdammt noch mal, Mary Ann, in Mexiko hat es Augenblicke gegeben, da hat mich meine Eifersucht fast um den Verstand gebracht.»

«Eifersucht? Auf Michael?»

«Auf euch beide. Darauf, wie Michael und du zusammen gelacht und Sachen ausgeheckt habt. Darauf, wie ihr Arnold und Melba Theater vorgespielt habt. Darauf, wie ihr so getan habt – mein Gott, ihr habt gar nicht so getan, ihr *wart* verheiratet. Ihr beide wart so sehr ein *Ehepaar,* wie zwei Leute es nur sein können.»

Sie blinzelte ihn verblüfft an und spielte unbewußt an dem merkwürdigen Schlüssel herum, den sie um den Hals trug. «Burke . . . Ich liebe dich. Und ich wollte dich nie . . .»

«Ich mache dir keine Vorwürfe. Ich will bloß nicht, daß du dich selbst bestrafst. Nicht wegen Michael. Zwischen euch beiden ist etwas Großartiges abgelaufen.»

Sie ließ den Schlüssel los und griff nach seiner Hand.

«Können wir nicht ins Schlafzimmer gehen?» fragte sie.

Dort lag sie dann in seinen Armen auf dem Bett und weinte.

Später schauten sie fern, und beide taten dem anderen zuliebe so, als fänden sie es interessant. Schließlich stand Burke auf und drehte den Fernseher ab.

«Möchtest du im Krankenhaus anrufen?»

«Nein . . . ich . . . Nein.»

«Vielleicht fühlst du dich dann wohler.»

«Jon ist ja dort. Ich glaube, es ist besser, wenn ich nicht auch noch . . .»

«Ich glaube, daß es Michael freuen würde.»

«Aber, was sollte ich denn . . .?»

Das Telefon klingelte. Sie zuckten beide zusammen. «Möchtest du, daß ich rangehe?» fragte Burke.

Sie zögerte. «Nein . . . ich geh schon.»

Sie drehte ihm den Rücken zu, während sie redete. Sie wollte nicht, daß Burke ihr Gesicht sah.

«Hallo, Jon . . . Na, so einigermaßen . . . Ja . . . O Gott! O Gott, nein! . . . Nein, es geht schon wieder. Um welche Zeit ist er . . .? Danke . . . Ja, werde ich . . . Mach ich, Jon. Ist lieb von dir, Jon.»

Sie legte auf.

Burke legte den Arm um sie.

«Gott sei Dank», sagte sie leise. «Es war nicht Michael, Burke. Es war Beauchamp Day. Jon und Michael haben es gerade im Radio gehört. Beauchamps Auto ist gegen die Seitenwand des Broadway-Tunnels geprallt und in Flammen aufgegangen. Sie konnten nicht an ihn ran, Burke. Er ist bei lebendigem Leib verbrannt.»

Endlich sechzig

Der köstliche Vitabath-Kräuterduft kitzelte in Frannies Nase, als sie sich in der riesigen Marmorbadewanne zurücklehnte und die Wirkung der Vitamin Q genoß.

«Ach, du meine Güte! Dieses Ding ist ja groß genug für zwei.»

Birdsong, der ihr gerade die Füße massierte, hielt einen Moment lang inne. «Möchten Sie, daß ich mit hineinkomme, Mrs. Halcyon?»

«Ach so, nein.» Sie kicherte. «Nein, so war das nicht gemeint, Birdsong.»

«Es wäre kein Problem.»

«Nein, das wäre es wohl nicht . . . Birdsong?»

«Ja, Ma'am?»

«Wie lange arbeiten Sie schon in Pinus?»

«Ungefähr zwei Jahre.»

«Wie alt waren Sie, als Sie hier angefangen haben?»

«Äh . . . Zwanzig.»

«Es gefällt Ihnen also hier?»

«Ja, Ma'am.»

«Mit all den alten Damen hier. Macht es Ihnen denn Spaß . . . sich um sie zu kümmern?»

«Für mich sind sie nicht alt.»

Frannie lächelte nachsichtig. «Ich weiß, daß man Ihnen aufgetragen hat, das zu sagen, aber es ist doch bestimmt . . . Na ja, ich meine, wir sind nun mal alle über sechzig, nicht? Ein junger Mann wie Sie muß sich da ein bißchen . . . komisch vorkommen . . . Wenn Sie wissen, was ich meine.»

«Nein, Ma'am. Ich mag reife Frauen.»

Sie sah ihn aus halb geschlossenen Augen an und grinste. «Sie sind der geborene Diplomat, junger Mann.»

Birdsong zwinkerte ihr zu und wackelte an ihrem großen Zeh.

«Wie ist Ihr richtiger Name?» wollte sie wissen.

«Den dürfen wir nicht sagen.»

«Ihr dürft nicht, hmh?»

«Nein, Ma'am.»

«Schrubben Sie mir auch den Rücken?»

«Wenn Sie möchten.»

«Ich möchte», sagte Frannie lächelnd und wälzte sich in ihrem Schaumbad auf den Bauch.

Die Matriarchin schlief tief, bis Helena Parrish um sechs Uhr abends an ihre Tür klopfte. «Die Stunde naht» , sagte sie fröhlich, als sie in das Häuschen lugte. Sie hatte ihre Straßenkleidung abgelegt und war in den an diesem Ort üblichen altrosa Kaftan geschlüpft. Sie hatte ihre Frisur gelöst, so daß ihre

Haare jetzt in einen prächtigen, locker geflochtenen Zopf zusammenflossen.

Frannie rieb sich die Augen und schwang die Beine aus dem Bett. «Ich bin nicht besonders nervös. Sollte ich es denn sein?»

«Ach, Schatz . . . Das wird die außergewöhnlichste Nacht deines Lebens.»

«*Jetzt* bin ich nervös.»

«Es wird schon alles gutgehen.»

«Ich komme mir langsam vor wie eine närrische alte Jungfer.»

«Unsinn. Du wirst hier die Jüngste sein.»

Frannie kicherte. «Daran hab ich noch gar nicht gedacht.»

«Du sollst auch nicht *denken,* mein Schatz . . . Du sollst es *fühlen.* Das ist das Geheimnis von Pinus. Laß deinen Gefühlen freien Lauf.»

«Ich werd's versuchen.»

«Gut. Jetzt . . . noch eine Vitamin Q, und dann machen wir uns auf die Socken.»

Beim Anblick des Amphitheaters verschlug es Frannie den Atem. Vor der Kulisse des langsam in die Dunkelheit tauchenden Hügels saßen an die hundert Frauen in altrosa Liegestühlen und blickten träge auf die Freilichtbühne vor ihnen.

In der Mitte der Bühne loderte ein Freudenfeuer, das dem riesigen goldenen P, das darüber hing, einen mystischen Glanz gab. Als Helena erschien, begann das Publikum zu janen.

«Aaaahhhhaaaahhhheeeeaaaahhhh!»

Der ohrenbetäubend laute Schrei rollte heran wie Donner und jagte Frannie kurze Schauer über den Rücken. Sie zupfte ihren Kaftan zurecht, tastete an ihrer Frisur herum und wartete auf Helenas Zeichen.

«Meine Damen», sagte Helena, die spielend ohne ein Mikrofon auskam, «wir wissen alle, warum wir heute abend hier sind, und deshalb wollen wir gleich anfangen. Ohne lange Umschweife möchte ich Ihnen jetzt . . . die jüngste Kandidatin vorstellen, die in die Mysterien von Pinus eingeweiht wird ... Frannie Halcyon!»

Diesmal ließ das Gejane beinahe die Bäume erzittern. Frannie trat hocherhobenen Hauptes auf die Bühne und stellte sich neben Helena an das Freudenfeuer. Dann standen alle Frauen gleichzeitig auf, und eine gigantische Torte wurde auf die Bühne gerollt. Die Frauen janeten erneut und stimmten dann ein jubilierendes «Happy Birthday» an.

Die Torte platzte auf, und im flackernden Feuerschein wurde etwas Fleischfarbenes sichtbar.

Die nackte Gestalt, die aus der Torte tauchte, war dem Publikum bekannt und entlockte so mancher ein verzücktes Seufzen. «Bluegrass», kreischte eine Frau neben der Bühne. *«Sie hat Bluegrass gekriegt!»*

Als Frannie hochschaute, sah sie einen riesenhaften Mann mit goldblonden Haaren, den wohl auch jede andere sofort für Joe Palooka gehalten hätte. Er lächelte das Geburtstagskind an und sprang mit einem beherzten Satz aus der Torte.

In einer einzigen Bewegung hob er Frannie hoch und lief mit ihr in den Wald.

Und das Gejane hob von neuem an.

Was von Beauchamp bleibt

Als Bruno endlich anrief, war Douchebag fuchsteufelswild.

«So 'ne Kacke, Mann! Du hast gesagt um acht!»

«So? Tja, ich hab dich angelogen. Geh nach Haus, Punkie.»

«Was heißt das denn, geh nach Hause? Ich frier mir hier draußen den Arsch ab seit ...»

«Geh nach Haus, hab ich gesagt!»

«Und was is mit meim Geld?»

«Mit deim Geld wird's nix, weil's mit deim Job nix wird. Der Kunde liegt nämlich grad im Broadway-Tunnel aufm Grill.»

«Hä?»

«Ich erklär's dir, wenn de groß bist.»

«Heh, Alter, so geht das aber . . .»

«Hör mal, Kleine, wenn de nich 'n passendes Veilchen zu deinen grünen Zotteln willst, dann geh mir nicht aufn Sack, verstanden?»

Douchebag hatte eine hartgesottene Antwort parat, überlegte es sich aber anders und legte auf. Sie machte die Sicherheitsnadel an ihrem Müllsack noch einmal fest, knallte die Tür der Telefonzelle zu und machte sich auf den Nachhauseweg. Vielleicht lief ihr unterwegs ja eine Katze über den Weg, die sie ordentlich treten konnte.

Als sie aus dem Palace of the Legion of Honor kam, blieb DeDe einen Augenblick stehen, um zur Golden Gate Bridge hinüberzuschauen, die in der Dunkelheit glitzerte.

«Es läßt nie nach, finden Sie nicht auch?»

«Was?» fragte D'orothea.

«Das. Ich meine . . . man wird es nie über. Ich bin hier geboren, und trotzdem finde ich den Anblick jedesmal wieder atemberaubend. Manchmal denke ich, daß in der Brücke ein riesiger Magnet steckt, der mich hier festhält.»

«Würden Sie denn gerne weggehen?»

«Ich denke daran. Aber denken nicht *alle* daran, von zu Hause fortzugehen? Das Problem ist nur, daß man kaum noch irgendwo hin kann, wenn man bereits am Ende des Regenbogens geboren wurde.» Sie drehte sich um und lächelte ihre neue Freundin an. «Ist das nicht ziemlich unfair?»

«Vielleicht gibt es ja eine Stadt, die Sie noch nicht kennen.»

«Es gibt sehr viele Städte, die ich noch nicht kenne. Athen . . . Wien . . .»

«Nein. Ich meine hier.» D'orothea lächelte und zog eine Augenbraue hoch. «Diese Damen von der Junior League sind mir so fern wie . . . der Mars. DeDe, es gibt in dieser Stadt erstaunlich viele Leute, deren Schuhe nicht zu ihren Handtaschen passen.»

DeDe dachte darüber nach, während sie schweigend zu D'orotheas Haus in Pacific Heights fuhren. Als sie vor dem zimtbraun und dattelgolden gestrichenen viktorianischen Haus ankamen, bedankte sich D'orothea für einen «erbaulichen Abend».

DeDe lächelte entschuldigend. «Es war ganz schön langweilig, hm?»

«Nicht mit Ihnen, meine Liebe.» D'orothea beugte sich plötzlich zu DeDe hinüber und küßte sie auf die Wange. «Übrigens, wo kriegen wir die Kinder?»

«Im St. Sebastian's», antwortete DeDe. «Und, danke für das *wir*.»

D'orothea zuckte mit den Schultern. «Sie können dabei ja schlecht alleine bleiben, oder?»

«Ich hatte mich schon darauf eingestellt.»

«Quatsch.» Sie hüpfte aus dem Auto, schlug die Tür mit heftigem Schwung zu und warf DeDe von den Eingangsstufen aus einen Kuß zu. «Ich rufe Sie bald an.»

Vierzig Minuten später traf DeDe auf Halcyon Hill ein. Im Auffahrtsrund stand ein Polizeiwagen. Als sie den Mercedes abschloß, entdeckte sie neben der schmiedeeisernen Negerfigur, die ihre Mutter nach den Unruhen in Watts hatte weiß lackieren lassen, einen bulligen Streifenpolizisten.

«Mrs. Day?» Der Polizist kam auf sie zu.

«O Gott! Doch nicht schon wieder ein Einbruch?»

«Nein, Ma'am. Entschuldigen Sie. Wir konnten keine anderen Mitglieder Ihrer Familie ausfindig machen, deshalb hat man mir gesagt ... Es ist ein Unfall passiert, Mrs. Day.»

«Mutter! Ist es meine Mutter?»

Der Polizist faßte sie am Arm. «Nein, Ma'am. Seien Sie unbesorgt. Warum gehen wir nicht rein und setzen uns?»

DeDe nahm die Nachricht gefaßter auf, als der Polizist erwartet haben mochte.

«Wann ist es passiert?» fragte sie.

«Vor ein paar Stunden. Anscheinend ist sein Wagen im

Broadway-Tunnel ins Schleudern geraten. Er ist danach ... in Flammen aufgegangen.»

«O Gott.»

«Mrs. Day ... Es tut mir wirklich leid für Sie. Wenn Sie irgendwo hin möchten, bin ich gerne bereit, Sie mitzunehmen.»

«Nein. Danke. Ist schon gut.»

«Möchten Sie, daß ich noch ein bißchen bleibe?»

«Danke, ich glaube nicht, daß das nötig sein wird.»

Mit deutlichem Unbehagen überreichte ihr der Polizist einen Umschlag. «Ich soll Ihnen das hier geben. Es ist seine persönliche Habe – ich meine, die Ihres Gatten.»

Zwei Scotchs und mehrere hundert M & M's später zog sich DeDe in ihr Schlafzimmer zurück und nahm all ihren Mut zusammen, um den Umschlag zu öffnen.

Das einzige, was von ihrem Mann noch übrig war, landete mit einem häßlichen Klappern auf der Spiegelplatte ihrer Frisierkommode.

Eine goldene Gürtelschnalle, die aus zwei ineinander verschlungenen G bestand.

Burkes böser Traum

Mary Ann und Burke schliefen in der Nacht von Beauchamps Tod aus unterschiedlichen Gründen unruhig. Als Mary Ann am nächsten Morgen aufwachte, rief sie im St. Sebastian's an und erkundigte sich nach Michaels Zustand. Jon erklärte ihr, daß sich keine Veränderung eingestellt hatte. Sie erwarteten Mona und Mrs. Madrigal für den späteren Vormittag im Krankenhaus.

Dann rief die Sekretärin bei Halcyon Communications an und verlangte nach Mildred von der Produktion. Es war noch nicht halb neun, und doch hörte sich die Stimme der alten Jungfer müde und weit entfernt an.

«Wann haben Sie es gehört?» fragte sie.

«Gestern abend», sagte Mary Ann und gab ihrer Stimme bewußt einen getragenen Klang. «Ein Freund hat mich angerufen.»

«Es ist fürchterlich. Die Medien stürzen sich darauf wie die Aasgeier. Mir graut *jetzt* schon vor Van Amburg und seinen Happy-Talk-Nachrichten heute abend.»

«Soll ich reinkommen, Mildred?» Die *eigentliche* Frage war natürlich, ob Beauchamp Mildred – oder sonst jemand Wichtigem – erzählt hatte, daß er Mary Ann gefeuert hatte.

«Nein», entgegnete Mildred. «Wir haben sowieso geschlossen. Ich kümmere mich bloß um die Anrufe . . . und die Presse. Ach so, eins noch.»

«Hmmmm?»

«Ich habe heute morgen mit DeDe Day gesprochen. Sie hält sich wirklich wacker, wenn man an das ganze Drumherum denkt. Es muß schrecklich sein für sie, wo die Babies jetzt jeden Tag kommen können und wo doch – und das ist eigentlich das Schlimmste von allem – ihre Mutter vermißt wird.»

«Mrs. Halcyon wird vermißt?»

«Na ja, nicht direkt vermißt. Man weiß nur nicht, wo sie ist. Sie hat DeDe gesagt, daß sie in ihr Haus in Napa fährt, aber dort ist sie bis jetzt nicht aufgetaucht. Ich vermute ja . . . das ist aber nur *meine* Theorie . . . na ja, sie ist eine tief religiöse Frau, und vielleicht macht sie es Angelina Alioto nach und fährt alle Missionen ab.»

«Weiß die Presse, daß sie . . .»

«Um Gottes willen, nein! DeDe hat es mir unter dem Siegel der Verschwiegenheit erzählt! Sie hört sich ganz diskret bei den Freundinnen ihrer Mutter um. Ich glaube, sie rechnet damit, daß ihre Mutter jeden Augenblick auftaucht. Aber behalten Sie das für sich, ja?»

«Aber natürlich. Mildred . . . Sind schon irgendwelche Vorkehrungen für die Beerdigung getroffen worden?»

«Oh . . .» Mildreds Stimme stockte. «Ich fürchte, das ist eine ganz traurige Geschichte. Beauchamp hat in seinem Testament festgelegt, daß er verbrannt werden möchte. Aber in Anbetracht der . . . Art des Unfalls war die Familie der Ansicht, daß eine Verbrennung vielleicht doch etwas geschmacklos wäre.»

«Ach so.»

«Ich schätze, es wird einen Gedenkgottesdienst geben. DeDe hat heute morgen mit Beauchamps Eltern in Boston gesprochen.»

«Danke, Mildred. Ich will Sie nicht länger aufhalten.»

«Ich weiß, Sie machen sich im Augenblick wahrscheinlich Gedanken um Ihren Job . . . Aber seien Sie ganz unbesorgt, meine Liebe. Ich bin sicher, daß wir hier was für Sie finden werden, wenn sich der Staub erst mal gelegt hat. Warum bleiben Sie in der Zwischenzeit nicht einfach ein bißchen zu Hause?»

«Danke, Mildred.»

«Nichts zu danken, Mary Ann. Ich bin sicher, daß Beauchamp es so gewollt hätte.»

Falls Mary Ann auch nur einen Augenblick überlegen mußte, was sie mit ihrer Freizeit anfangen sollte, so wurde diese Frage bereits während des Frühstücks beantwortet.

«Ich hab letzte Nacht von unserem gemeinsamen Freund geträumt», sagte Burke.

Mary Ann stellte ihren Orange Cappuccino ab. «Von Michael?»

«Nein. Von dem Mann mit den Implantaten . . . Den wir auf dem Blumenmarkt gesehen haben.»

«Igitt.»

«Du hast recht. Ich hätte nicht davon anfangen sollen.»

«Nein. Du solltest darüber reden, Burke.»

«Es war bloß ein Traum.»

«Es könnte auch ein Stück *Erinnerung* gewesen sein. Erzähl mir davon.»

Er sah sie skeptisch an. «Ich möchte nicht dein liebstes . . . Hobby sein, Mary Ann.»

«Glaubst du denn, daß du das bist?»

Er zögerte. «Nein. Eigentlich nicht.»

«Dann erzähl schon.»

«Na ja, es kam ein Steg darin vor. Genau so einer wie der, von dem ich dir erzählt habe. Er hatte ein Geländer aus Metall, und ich glaube, daß ich auf Beton ging – nur war der Steg hoch über der Erde.»

«Und was war darunter?»

«Keine Ahnung. Leute vielleicht. Aber unten war niemand zu sehen. Ich war mit anderen auf dem Steg. Mit Leuten, die ich kannte.»

«Mit wem?»

«Kann ich nicht sagen. Ich weiß bloß, daß ich sie kannte.»

«Großartig.»

«Dann kam der Mann mit den Implantaten – ich meine, er tauchte neben mir auf –, und auf einmal war diese Rose da, diese *schreckliche* Rose.»

«Warum war sie so schrecklich?»

«Ich . . . weiß es nicht.»

«Hat er dir die Rose gegeben? Der Mann mit den Implantaten.»

«Nein, nicht so richtig. Sie war einfach da. Dann hat er sich zu mir herübergebeugt und gesagt: ‹Nur zu, Burke, es ist rein organisch.› . . . Und da bin ich losgerannt.»

«Und?»

«Das ist alles. Ich bin aufgewacht.»

Mary Ann trank einen Schluck aus ihrem Becher. «Weißt du, ich glaube, wir sollten den Kerl mit den Implantaten nicht so wichtig nehmen. Ich meine, wir haben beide über ihn gesprochen, und da könnte es sein, daß du ihn in deine tatsächlichen Erinnerungen eingebaut hast.»

«Mmmm. Nur eins spricht dagegen.»

«Was?»

«In meinem Traum hatte er keine Implantate. Sein Kopf war kahl wie ein Ei.»

Der Heiratsantrag

Michaels Nachtschwester stammte ebenfalls aus Florida und hieß Thelma. Manchmal setzte sie sich an sein Bett und unterhielt sich mit ihm, wenn sie ihm um acht seine Fortral-Injektion gegeben hatte.

«Thelma?»

«Was ist, mein Schatz?»

«Bin ich heute den vierten Tag hier?»

«Äh . . . den fünften, glaube ich.»

«Wenn ich vollkommen gelähmt bin, wie kann es dann sein, daß es weh tut? Ich meine . . . ich kann *spüren,* daß es weh tut.»

«Wo?»

«In den Beinen . . . In den Oberschenkeln . . . Und ein kleines bißchen in den Armen. Es ist verrückt. Ich kann sehen, daß mein Bein da unten ganz still daliegt, aber ich habe ein Gefühl, als würde es jemand zur Decke hochbiegen. Ich wollte dich schon bitten, es wieder runterzudrücken.»

Sie strich ihm über die Stirn. «Das legt sich wieder, mein Schatz.»

«Gestern nacht bin ich wach geworden, weil ich das Gefühl hatte, daß ich zwischen zwei Bankreihen eingezwängt bin.»

«Wie in einer Kirche?»

«Mhmm. Ich konnte die Kante von diesen . . . na, du weißt schon . . . von diesen Brettern spüren . . . hinten an den Fußgelenken und hinter dem Kopf. Mein Gott, ich konnte die Bretter fast *sehen.*»

«Ob du es glaubst oder nicht, das ist normal. Dr. Beery sagt, daß es bei Guillain-Barré fast immer sensorische Störungen gibt.»

«Wär's nicht auch möglich, daß ich plemplem bin? Ich fände es toll, plemplem zu sein.»

«Ach, komm!»

«Nein, wirklich. Nur so 'ne kleine Macke. Eine leichte Schizophrenie vielleicht, mit Anflügen von Melancholie und ab und zu ein bißchen Sabbern.»

Thelma lächelte. «Du bist nicht verrückt, mein Schatz. Mach dir nichts vor. Du bist normal.»

«In Florida wäre ich das nicht.»

Thelma wurde rot. «Dazu kann ich nichts sagen.»

«Weißt du was?» sagte Michael.

«Was, mein Schatz?»

«Du siehst richtig toll aus.»

Mit nervöser Sorgfalt steckte sie sein Bettlaken unter die Matratze. «Ich hab nicht mal toll ausgesehen, als ich noch in Florida war.»

«Das glaub ich dir nicht, Thel. Ich wette, du hast die Jungs dort unten immer scharf gemacht wie 'ne Rasierklinge.»

«Jetzt ist es aber genug!»

«Ich wette, sie haben immer vor eurem Haus gewartet in ihren Chevy-Pickups und den Mond angebellt wie die Jagdhunde und . . . dich in die Stadt ausgeführt auf eine Royal-Crown-Cola und eine Moon Pie . . . Und ich wette, du hast es genossen wie nur was.»

«Weißt du, was ich wette? Daß du innerhalb von zwei Sekunden noch eine Spritze kriegst.»

«Selbst wenn du mir eine Gehirnoperation androhst: Ich erkenne eine Schönheit auf den ersten Blick.»

«Schlaf jetzt.»

«Du gehst nicht weg, Thel, ja?»

«Nein, mein Schatz. Nicht, bevor dein Freund kommt.»

Sein Freund kam kurz danach. Thelma verabschiedete sich, sobald Jon in der Tür auftauchte.

«Hallo», sagte Michael schläfrig.

«Hallo. Ich bleibe nicht lange. Du hörst dich müde an.»

«Nein, bitte. Ich möchte, daß du bei mir bleibst.»

«Gut.» Jon holte sich einen Stuhl ans Bett. «Ich hatte heute eine großartige Idee.»

«Was für eine?»

«Wir werden deine Wohnung streichen!»

«Prima! Ich mach als Stehleiter mit.»

Jon lächelte. «Sieh mal: Ich hab dir ein paar Farbmuster von Hoot Judkins mitgebracht.» Er hielt Michael eines der Papptäfelchen vor die Augen. «Der kittige Ton hier gefällt mir irgendwie.»

«Mhmm. Tuntengrau.»

«Laß den Quatsch.»

«Es *ist* nun mal die Farbe des Jahres. Vor zwei Jahren war es Schokoladenbraun, dann Tannengrün. Ich fand das immer sehr praktisch. Wenn man in einem fremden Bett wach wurde, wußte man wenigstens, in welchem Jahr man war ... Hören Sie, Dr. Kildare, die Farbe meiner Wände ist so ziemlich das ...»

«Quatsch. Wenn ich dort wohnen soll, dann muß dieses kosmische Orange von Mona verschwinden!»

Die Bedeutung von Jons Worten ließ sich sofort auf Michaels Gesicht ablesen. «Äh ... Ist das nicht ein bißchen voreilig, Jon?»

«Wolltest du nicht schon immer mit einem Doktor zusammenleben?»

«Ach, Jon, ich fühle mich derart geschmeichelt, daß ich ...»

«Ich schmeichle dir nicht, du Arsch. Ich frage dich, ob du mich heiraten willst.»

Schweigen.

«Was ist?»

«Jon, du kannst mich nicht ... auf den Pott setzen.»

«Wer sagt das?»

«Wir sind nicht in *Die wunderbare Macht*. Die Realität sieht anders aus. Du wirst unserer widernatürlichen Beziehung alles Geheimnisvolle nehmen.»

«Das Risiko gehe ich ein. Was hältst du also davon?»

Michael zögerte. «Wann werde ich ... hier rauskommen?»

«Ich ... ich weiß es nicht. Das hängt von vielen Faktoren ab, Michael.»

«Aha.»

«Michael, sieh mal ...»

«Du verstehst es immerhin, einen aufzumuntern. Das muß ich dir lassen, Babycakes.»

Asche zu Asche

Der Gedenkgottesdienst für Beauchamp Talbot Day wurde an einem Dienstag um elf Uhr in der St. Matthew's Episcopal Church in San Mateo abgehalten.

In der ersten Bank saßen Mitglieder der engsten Familie, darunter Mr. und Mrs. Richard Hamilton Day aus Boston, Massachusetts; Miss Allison Dinsmore Day aus New York City; Mrs. Edgar Warfield Halcyon (geborene Frances Alicia Ligon) und die Witwe, Mrs. Beauchamp Talbot Day (geborene Deirdre Ligon Halcyon).

In Begleitung der Witwe und ihrer Mutter befanden sich das Hausmädchen der Familie, Miss Emma Ravenel; Miss D'orothea Wilson aus San Francisco; und ein junger Mann unbestimmbarer Herkunft, der auf den Namen Bluegrass hörte.

Vier Reihen hinter der Familie saßen Miss Mary Ann Singleton, die Sekretärin des Verstorbenen; ihr Begleiter, Mr. Burke Christopher Andrew; und Dr. Jon Philip Fielding, der Gynäkologe der Witwe.

Zu den Freunden des Verstorbenen, die am Gottesdienst teilnahmen, gehörten Mr. Archibald Anson Gidde, Mr. Richard Evan Hampton und Mr. Peter Prescott Cipriani.

Reverend Lindsey R. McAllister aus Boston leitete den Gottesdienst.

Auf Bitten der Familie des Verstorbenen gab es bei der Zeremonie mit Ausnahme einer einzelnen Rose, die das Prozessionskreuz schmückte, keine Blumengaben.

Kurz nach dem Beginn der Zeremonie griff sich Mr. Burke Christopher Andrew plötzlich an den Bauch, ließ sein Gesangbuch fallen und erbrach sich in die Reihe vor ihm.

Es gab keinen Nachruf.

Eine Stimme aus der Vergangenheit

Nach dem Gedenkgottesdienst fuhr Jon Mary Ann und Burke nach Hause in die Barbary Lane 28. Es fiel ihm auf, daß die beiden ungewohnt still waren. Wahrscheinlich wegen der Mißlichkeiten, die die Rose auf dem Prozessionskreuz ausgelöst hatte.

«Ich würde mir deshalb keine Sorgen machen», sagte der Doktor schließlich.

«Ich hätte mehr Papiertücher mitnehmen sollen», sagte Mary Ann.

Jon schüttelte den Kopf. «Er war ein Arschloch. Da fand ich es mehr als passend.»

«Wer?» fragte Burke.

«Beauchamp. Er war ein grauenhaftes Arschloch.»

Mary Ann schaute verblüfft drein. «Ich dachte, du kennst nur DeDe.»

«Ja. Eigentlich schon. Aber ich hatte ein- oder zweimal mit ihm zu tun.»

Es hatte keinen Zweck, ihnen von seiner kurzen Affäre mit Beauchamp zu erzählen. Er hatte nicht einmal Michael davon erzählt. Auf dieses Zwischenspiel war er nie stolz gewesen.

Als Jon in Michaels Wohnung war, sah er nach, wieviel Platz es im Wandschrank des Schlafzimmers gab. Sobald Monas Sachen nach unten gebracht werden konnten – sie hatte bereits ihre Absicht zum Ausdruck gebracht, bei Mrs. Madrigal einzuziehen –, würde für seine Kleider und Möbel mehr als genug Platz sein. Michael besaß fast nichts.

Jon blieb einen Augenblick vor Michaels Kommode stehen und sah sich die Sachen an, die den Spiegelrahmen zierten.

Polaroids von Mona am Devil's Slide, wie sie nackt Grimassen schnitt. Andere von Mary Ann, wie sie sich im Garten geziert in Pose stellte. Ein goldener Anhänger, der die Form von Jockey-Shorts hatte – offensichtlich Michaels Preis vom

Tanzwettbewerb im Endup. Ein aus einer Illustrierten ausgerissenes Foto von Jan-Michael Vincent mit nacktem Oberkörper.

Es gab nichts von Jon, nichts von ihnen beiden. Sie waren noch nicht lang genug zusammen. Der einzige Beleg für ihre Beziehung war eine Cocktailserviette aus dem Sans Souci, die keck hinter eine Ecke von Jan-Michael Vincent gesteckt war.

Jon fing plötzlich zu weinen an und ließ sich auf die Kante von Michaels Bett sinken.

Michael hatte wie gewöhnlich recht gehabt. Der Wirbel um die Farbmuster *war* voreilig gewesen. Es gab nicht das geringste Anzeichen dafür, daß Michaels Zustand sich besserte. Und diesem flippigen kleinen Romantiker, der sich an der Schwelle zum Tod befand, konnte man schließlich nichts vormachen.

Das Telefon klingelte, als Jon gerade aufgestanden war und sich die Tränen aus den Augen wischte.

«Hallo», sagte er, als er in der Küche ans Telefon ging.

«Wer spricht da?» Eine Frauenstimme. Blechern.

«Jon Fielding. Ein Freund von Michael.»

«Ist dort nicht die Wohnung von Mona Ramsey?»

«Ach so . . . Na ja, irgendwie schon. Sie ist . . .»

«Irgendwie schon?» Eigentlich nicht blechern. Ehern.

Jon gab jedes Bemühen um Freundlichkeit auf. «Sie steckt gerade mitten im Umzug. Aber Sie können sie einen Stock tiefer in der Wohnung ihrer . . . ihrer Vermieterin erreichen.»

«Diese blöde Kuh», kam es halblaut vom anderen Ende.

«Soll ich Ihnen die Nummer geben?»

«Ja, bitte.»

Jon gab sie ihr.

Der Anruf kam, als Mrs. Madrigal und Mother Mucca in North Beach beim Einkaufen waren. Mona war allein in der Wohnung.

«Ja?»

«Mona?»

«Hallo, Betty.»

«Ich hab dich schon für tot gehalten.»
«Ach ja? Na dann . . . Überraschung!»
«So redet man nicht mit seiner Mutter!»
«Ich hab dir aus Nevada eine Postkarte geschickt.»
«Ich war ganz krank vor Sorge. Warum warst du überhaupt in Nevada?»
«Ach . . . nur so . . .» Mona hielt es für besser, das Thema zu wechseln. «Wie ist das Wetter in Minneapolis?»
«Der Winter war grauenhaft.»
«Ach, wie schlimm. Ich hoffe, deine Grundstückswerte haben nicht darunter gelitten. Aber . . . wie bist du eigentlich an diese Nummer gekommen?»
«Ich hab in deiner Wohnung angerufen. Ein junger Mann hat abgenommen, und der hat sie mir gegeben.»
«Das muß Jon gewesen sein.»
«Mona, hör zu . . . Ich muß mit dir reden.»
«In Ordnung. Fang an.»
«Nein. Persönlich. Du machst einen schweren Fehler, Mona.»
«Womit denn?»
«Ich kann am Telefon nicht darüber sprechen. Ich komm dich besuchen.»
Schweigen.
«Hast du mich verstanden, Mona?»
«Das ist schlecht möglich, Betty. Hier gibt es nicht genug Platz.»
«Ich kann in der Wohnung einer Freundin bleiben. Das . . . ist bereits geklärt. Zwei Stunden wirst du wohl Zeit für mich haben, Mona. Ich *bitte* dich nicht . . . Ich komme einfach. Das bist du mir schuldig.»
«Ja», sagte Mona resigniert. «Wahrscheinlich.»

Kleinere Wunder

Als Jon ins St. Sebastian's zurückkam, hatte er Michaels Post dabei: die Ansichtskarte eines Freundes, der auf Maui war; ein Rundschreiben seines Kongreßabgeordneten; und die freudetriefende Benachrichtigung durch die Sweepstakes-Lotterie von Reader's Digest, daß Michael vielleicht schon zu den Gewinnern gehörte.

Michael schlief, also setzte sich der Doktor still in einen Sessel am Fenster.

Fünf Minuten später kam die Nachtschwester herein.

«Sind Sie gerade gekommen?»

«Ja.»

Die Schwester deutete mit dem Kopf auf ihren Patienten. «Er ist ein netter Junge.»

Jon nickte.

«Sie und er sind . . . gute Freunde, nicht?»

«Mhm.»

«Er redet viel von Ihnen.»

«Ich weiß.»

«Wir haben uns heute lange unterhalten. Wir kommen beide aus Florida, wissen Sie. Ich bin aus Clearwater. Das heißt, meine Familie hat dort gewohnt, wie ich noch ein Teenager war, und ich hab dort meinen Mann kennengelernt und so, aber wir sind dann umgezogen nach Fort Bragg, North Carolina, als er zur Army gegangen ist.»

«Aha.»

«Wissen Sie, ich geb es ganz offen zu: Wir zwei sind so richtig konservativ, Dr. Fielding. Wir haben '64 für Goldwater gestimmt, und Earl sagt immer, daß der Sozialismus dieses Land kaputtmachen wird, und ich würde sagen, da bin ich mit ihm einer Meinung. Für meine Begriffe ist das nicht reaktionär. Ganz egal, was die Leute so sagen. Ich bin im Glauben an die Verfassung, an die Bibel und an die freie Marktwirtschaft erzogen worden, und ich denke, daß ich dem immer treu bleiben werde.»

Die Krankenschwester ging auf Michaels Bett zu. Jon war nicht ganz wohl in seiner Haut. Worauf wollte sie hinaus?

«Ich denke manchmal», fuhr sie fort, «daß alles einfach zu schnell geht. Die Welt wird immer verrückter, und die Menschen haben nicht mehr die . . . sie wissen einfach nicht mehr, was *Anstand* ist. Auf *nichts* kann man sich mehr so verlassen wie früher. Familien und Ehen gehen kaputt, und die Sozis zerstören einfach alles, was den Leuten mal wichtig war.»

Sie stand inzwischen am Kopfende des Betts. Ihr Blick ruhte einen Moment lang auf Michael. Als sie den Kopf wieder hob, hatte sie Tränen in den Augen.

«Ich weiß, daß das stimmt. Ich *weiß* es, Dr. Fielding. Es gibt viele Dinge auf dieser Welt, die ich ändern würde, aber . . . ich . . .» Sie wischte sich die Tränen aus den Augen und schaute wieder Michael an. «Ich wäre stolz . . . Ich wäre richtig stolz, wenn dieser Junge hier der Lehrer von meinen Kindern wäre. Ich schwör's bei Gott!»

Jon verbarg seine Gefühle hinter einem Lächeln. «Danke», sagte er leise.

Die Krankenschwester wandte sich ab und schneuzte sich. Als sie sich danach an Michaels Bettdecke zu schaffen machte, wich sie Jons Blick aus. Sie sah ihn erst wieder an, als sie fast schon an der Tür war.

«Ich hoffe, Sie nehmen mir das nicht . . . übel?»

«Nein. Natürlich nicht. Sie haben etwas sehr Schönes gesagt.»

«Sind Sie nicht schrecklich müde?»

«Ein bißchen.»

«Warum gehen Sie nicht nach Hause. Ich paß schon auf ihn auf.»

«Ich weiß. Ich werde auch bald gehen.»

«Herr Doktor?»

«Ja?»

«Wenn das alles vorbei ist . . . wenn es ihm wieder bessergeht . . . würde ich mich freuen, wenn Sie . . . ich meine, wenn Sie beide . . . mal zu uns zum Essen kommen würden. Rote

Bohnen mit Reis mache ich richtig gut.» Sie lächelte und deutete mit dem Kopf auf Michael. «Er hat gesagt, daß er das gerne ißt.»

«Danke. Wir kommen sehr gern.»

«Earl ist wirklich ein netter Kerl. Er wird Ihnen gefallen.»

«Klar. Danke.»

«Gute Nacht, Doktor.»

«Gute Nacht. Und alles Gute.»

Jon blieb noch eine Stunde sitzen, bevor er schließlich im Sessel einschlief. Eine drängende Stimme weckte ihn.

«Pssst, Blödian.»

«Wa . . .? Michael?»

«Nein. Marie Antoinette.»

«Was ist los?»

«Komm mal her.»

Jon trat ans Bett. «Ja?»

«Schau mal.»

«Was denn?»

«Da unten, du Doofsack. Meine Hand.»

Jon sah, wie sich Michaels Zeigefinger ein ganz klein wenig bewegte.

«Steh nicht einfach so rum», sagte Michael grinsend. «Klatsch gefälligst, wenn du an Märchen glaubst!»

Der Laden im St. Sebastian's

Ein plötzlicher Hauch von Frühling traf Mrs. Madrigal, die den Vorgarten der Barbary Lane 28 fegte, völlig unvorbereitet.

Es war wieder Frühling in der Barbary Lane! Wuchernde Gelbe Narzissen, die ihre Zeit zwischen den Mülltonnen verbummelten, der Geruch nach Katzenfell, nach Flieder und der sonnenwarmen Rinde der Eukalyptusbäume ... Und der liebe, gute Brian, der sich auf den Ziegelsteinen sonnte.

Zum erstenmal seit Wochen schien ihre Familie wieder intakt zu sein. Michael ging es laut Jon sehr viel besser, und er sollte in wenigen Tagen nach Hause zurückkehren. Mary Ann und Burke hatten sich in ihren Wohnungen gemütlich eingerichtet, obwohl es den Anschein hatte, daß eine auch genügt hätte.

Brian wohnte natürlich immer noch in dem Häuschen auf dem Dach.

Und Mona – ihre innig geliebte Tochter – war bei ihr unten eingezogen, sobald Mother Mucca nach Winnemucca zurückgekehrt war.

Es war Frühling, und alles war bestens.

Bis auf ... etwas an Monas Verhalten, das Mrs. Madrigal beunruhigte.

«Brian, mein Lieber?»

Er verdrehte den Hals und lächelte zu ihr hoch. Er war am ganzen Körper eingecremt und sah in seiner grünen Speedo-Badehose sehr anmutig aus. Dieser Junge, dachte Anna, ist eine kuriose Mischung aus Gefährlichkeit und Verletzlichkeit. Ein Kojote, der um Abfälle bettelt. «Ja?» sagte er. «Bin ich Ihnen im Weg?»

«Nein, nein. Ich kann um dich herumfegen. Ich wollte dich etwas fragen.»

«Klar. Schießen Sie los.»

«Du und Mona ... sprecht ihr oft miteinander?»

Brian lachte zynisch. «Sie hat es mehr mit etwas, das sie ‹aufeinander eingehen› nennt.»

«Ach je. Gibt es Spannungen zwischen euch?»

Er nickte. «Nichts Schlimmes. Ich hab sie zum Essen eingeladen, und da hat sie mir gesagt, daß das mit der *Energie* nicht hinkommt. Sie könnt nicht auf jemand eingehen, der – ich zitiere wörtlich – seine Wonder-Bread-Jahre damit zugebracht hat, zu lernen, wie man BHs aufhakt.»

«Ach, du meine Güte! Ich hoffe, du hast ihr das nicht durchgehen lassen.»

Brian lächelte boshaft. «Ich hab ihr gesagt, daß man mit ihrer Energie nicht mal einen Billigvibrator in Gang setzen könnte. Nur so alltägliches Geplauder halt. Sie hat Ihnen davon erzählt, hm?»

«Nein. Ich dachte nur, daß du mir vielleicht einen Hinweis geben kannst, warum sie . . . Sie ist nicht sie selbst, Brian. Irgendwas macht ihr sehr zu schaffen, aber ich kann sie nicht dazu kriegen, es mir zu erzählen, und da dachte ich, daß du vielleicht . . . Wahrscheinlich geht es auch wieder vorbei.»

Brian spürte, wie besorgt sie war. «Sie ist glücklich mit Ihnen. Mit ihrem neuen Zuhause, meine ich. Das weiß ich bestimmt.»

«Oh . . . Hat sie dir das gesagt?»

«Das hat sie *allen* gesagt.»

Die Vermieterin lächelte. «Meistens ist sie ja ein herzensguter Mensch. Gib wegen des Essens nur nicht auf.»

Also versuchte Brian es noch mal. Er rief Mona an, sobald er wieder in seinem Häuschen auf dem Dach war.

«Warum kannst du mich nicht ausstehen?»

«Wer spricht da?»

«Etwa, weil ich bei Perry's arbeite? Oder weil ich hetero bin?»

«Brian, ich bin nicht in der Stimmung für . . .»

«Ich bin kein Schwein, Mona. Ich bin promisk wie nur was, aber ich bin *kein* Chauvischwein. Verflucht noch mal! Ich war in Wounded Knee, Mona!»

«Erwarte bloß keine Bestätigung von mir für deine . . . Warst du wirklich dort?»

«Mhm.»

«Das glaub ich dir nicht.»

«Ich hab falschen Hasen gemacht.»

«In Wounded Knee?»

«*Gestern,* du herzloses Frauenzimmer! Zum erstenmal in

meinem Leben hab ich falschen Hasen gemacht, und du willst ihn nicht mal mit mir essen!»

Sie mußte unwillkürlich lachen. «Du hast mir nichts davon gesagt.»

«Ich sag es dir jetzt. Komm doch zum Essen, Mona. Heute abend.»

Sie sagte bereitwilliger zu, als er erwartet hatte.

Den Rest des Nachmittags verbrachte er damit, zum erstenmal in seinem Leben falschen Hasen zu machen.

Mona und Mary Ann begegneten sich um halb fünf auf der Treppe. Mona wollte noch in letzter Minute in die Wäscherei. Mary Ann war unterwegs zu einem Treffen mit Jon, um mit ihm ins St. Sebastian's zu fahren.

Mary Ann fiel auf, daß Mona entschieden weniger entspannt wirkte als sonst. Und sie *lächelte.*

«Gib Mouse einen schmatzigen Kuß von mir, okay?»

«Mach ich», sagte Mary Ann.

Als sie mit Jon ins St. Sebastian's kam, spürte sie einen Anflug von schlechtem Gewissen, weil sie Michael während seiner gesamten Krisenzeit außer Küssen noch nichts geschenkt hatte. Burkes Phobie hatte jeden noch so kurzen Besuch im Blumenladen des Krankenhauses unmöglich gemacht.

Da Burke aber gerade am Jackson Square war und sich bei Alexandre's die Haare schneiden ließ, konnte sie doch eine hübsche Azalee oder sonst was Nettes holen.

Sie sagte Jon, daß sie sich oben bei Michael treffen würden, und marschierte zum Blumenladen in der Eingangshalle des Krankenhauses. Als sie hineinging, war niemand zu sehen. Also drückte sie auf die Klingel neben der Kasse.

Sofort kam ein Mann aus der Kühlkammer im hinteren Teil des Ladens. «Brrr», sagte er fröhlich, «hier draußen ist es mir lieber.» Falls er seine Kundin erkannte, ließ er es sich jedenfalls nicht anmerken.

Aber sie wußte genau, wer er war. Auf den ersten Blick. Der Mann mit den Implantaten.

Falscher Hase in Wounded Knee

Brians Essen war ein bedingter Erfolg. Mona hob den guten Geschmack seines falschen Hasen hervor, schalt ihn aber wegen seiner Mißachtung vegetarischer Prinzipien.

«Moment mal», konterte er. «Wenn du eine so eingefleischte Vegetarierin bist, warum hast du mir das nicht vorher . . .?»

«Du hast gesagt, daß er schon fertig war, Brian. Außerdem bin ich mit mir nicht mehr so . . . strikt, wie ich es mal war.»

«Verstehe.»

«Hackfleisch hat was viel Unpersönlicheres als ein kräftiges Steak. Ich meine, der Verstoß gegen die Unantastbarkeit des Tiers kommt einem da viel geringer vor. Man weiß nicht mehr, von welchem Stück der Kuh das Fleisch stammt.» Sie grinste plötzlich, weil ihr klar wurde, daß sie albernes Zeug redete.

Brian erwiderte ihr Grinsen und legte ihr noch eine Scheibe falschen Hasen auf den Teller. «Das ist keine Kuh, daß du's nur weißt!»

«Na, dann eben ein Ochse oder so was.»

Er schüttelte den Kopf. «Ein Hund. Ein Cockerspaniel, um genau zu sein. Denkst du, ein Kellner bei Perry's kann sich *Rindfleisch* leisten?»

Nach dem Essen setzten sie sich mit einem Fotoalbum auf die Kante von Brians Bett. Auf dem Umschlag klebte ein Stikker: MAKE LOVE NOT WAR.

«Weißt du», sagte Brian etwas verlegen, «wenn dir das ganze zu doof wird . . .»

«Es war doch meine Idee, oder?»

«Okay. Aber . . .» Er blätterte über die ersten paar Seiten hinweg. «Das ist nur langweiliger Kram.»

«Nein. Halt. Was ist das?»

«Die Redaktion der *Law Review* an der George Washington University.»

«Welcher bist du?»

«Der Idiot mit der David-Harris-Brille.»
«Du trägst eine Brille?»
«Nicht mehr. Ich hab jetzt Kontaktlinsen.»
«Grün gefärbte, hm?» Sie lächelte mokant. Er tat leicht beleidigt, aber innerlich freute er sich. Ihr waren seine Augen aufgefallen. Das war schon mal ein Anfang.
Er deutete auf einen Zeitungsausschnitt. «Das ist sogar über den AP-Ticker gegangen. Das bin ich in Chicago, 1968, dort links.»
«Woher willst du das wissen? Dein Kopf hängt nach unten.»
«Ich hab mich wegen der Polizei schlaff gemacht.»
«Echt? Wo hast du dich denn sonst noch schlaff gemacht?»
«Ach . . . in Selma, in Washington . . . Machst du dich lustig über mich?»
Sie lächelte. «Ich hab mich in Minneapolis schlaff gemacht.»
«Kein Scheiß?»
Sie nickte strahlend.
«Bei einer Anti-Kriegs-Demo?»
«Ja. Hast du Jerry Rubin gekannt?»
«Ich hab ihn mal in Chicago getroffen. Ich schätze, wir haben uns 'ne halbe Stunde unterhalten.»
«Ich habe gerade sein Buch gelesen. *Growing Up at 37*. Es hat mich richtig umgehauen.»
«Ist es so gut, oder was?»
Sie verzog das Gesicht und schüttelte den Kopf. «Er schreibt, daß er auf diesen Machttrip gekommen ist – mit der Militanz und so –, weil er völlig verklemmt war wegen der Größe seines Glieds. Ich meine, das ist ja schon ein starkes Stück, wenn einer so was sagt.»
Brian nickte brav. Sie machte keine Witze.
«Mein Gott», fuhr sie ärgerlich fort. «Haben wir alles nur *deshalb* getan? Ist es in den Sechzigern bloß darum gegangen? Um die Größe von Jerry Rubins bescheuertem *Pimmel*?»
Es gab einfach keine tiefschürfende Antwort darauf. Brian verlegte sich deshalb aufs Lachen. «Da kann man nur noch abschlaffen», sagte er.

Später standen sie nebeneinander am Fenster, das auf die Bay hinausging. Brian zündete einen Maui-Zowie-Joint an und hielt ihn Mona hin. Nach einem kurzen Zug gab sie ihn zurück. «Das reicht mir», sagte sie. «Sonst knall ich am Ende noch durch.»

«Was ist los?»

Sie seufzte und schaute zum Leuchtfeuer auf Alcatraz hinüber. «Meine Mutter kommt nach San Francisco», sagte sie schließlich.

Es dauerte eine Weile, bis Brian ein Licht aufging. Er pfiff durch die Zähne. «Weiß Mrs. Madrigal davon?»

Mona schüttelte betrübt den Kopf. «Ich will versuchen, es alleine hinzukriegen. Meine Mutter hat am Telefon eine arg seltsame Bemerkung gemacht. Sie hat gesagt, daß ich einen schrecklichen Fehler mache.»

«Meinst du, sie weiß über Mrs. Madrigal Bescheid?»

«Kann ich nicht so recht sagen. Aber wenn sie was weiß, dann muß sie annehmen, daß ich es weiß. Und daß ich auch weiß, daß sie es weiß. Was soll sie mir also schon groß erzählen können? Was soll der Blödsinn mit dem schrecklichen Fehler?»

Ihre Stimme zitterte. Brian legte ihr den Arm um die Hüfte.

«Ich kann keine neuen Überraschungen brauchen, Brian. Ich habe Angst.» Sie weinte inzwischen. Sie löste sich von ihm, ging durch das Zimmer an das andere Fenster, blieb davor stehen und wischte sich die Tränen ab.

«Mona . . .»

«Ist schon wieder gut.» Sie sah sich nach einer Uhr um. «Es ist sehr spät. Ich sollte besser gehen.»

Er stellte sich neben sie und riskierte alles: «Du kannst hierbleiben . . . wenn du möchtest.»

«Nein. Aber vielleicht beim nächstenmal.» Sie umarmte ihn etwas verlegen und legte den Kopf an seine Brust. «Ich mag dich, Brian. Du bist ein heimlicher Tom Hayden.»

Er küßte sie auf die Stirn. «Und wer ist meine Jane Fonda?» fragte er.

Sie standen engumschlungen am Fenster und erstarrten vor

diesem Hintergrund endgültig zu einem Klischeebild, wie es Rod McKuen nicht besser hinbekommen hätte.

Lady Eleven beobachtete die beiden nicht einmal eine Minute lang. Dann setzte sie ihr Fernglas ab und zog die Vorhänge zu.

Ein Gedicht zum Grübeln

Vielleicht lag es an den Palmen, an dem merkwürdig tropischen Abend oder an dem dunkelhäutigen Mann vom Nebentisch mit seinem Campari, aber die Terrasse des Savoy-Tivoli hatte etwas, das in Mary Ann eine prickelnde Erinnerung an Mexiko wachrief.

Burke erging es nicht anders. «Erinnert dich das an Las Hadas?»

«Glaub mir, ich hab es nicht darauf angelegt.» Sie hatte ihn ganz aufgeregt vom Krankenhaus angerufen und ihm das Lokal als Treffpunkt genannt. Ihre Entdeckung hatte sie am Telefon nicht preisgeben wollen.

«Und, was ist?» fragte Burke, sobald ihr Kaffee und ihre Desserts gekommen waren.

Mary Ann lächelte geheimnisvoll und versenkte ihren Löffel in der Crème Caramel. «Ich habe unseren Freund gefunden», erwiderte sie schließlich.

«Wen?»

«Den Mann vom Blumenmarkt. Den mit den Haarimplantaten.»

«Mensch. *Wo?*»

«Im Krankenhaus. Er führt dort den Blumenladen. Ich bin heute nachmittag reingegangen, weil ich für Michael eine Azalee oder so was holen wollte, und da stand er hinter . . .»

«Hast du mit ihm gesprochen? Hast du ihn wegen mir gefragt? Hat er dich erkannt?»

Sein drängender Ton überraschte sie. «Ich habe ihn nicht gefragt, Burke. Ich hatte Angst davor.»

«Warum?»

«Weil ich glaube, *daß* er mich erkannt hat. Er hat sich zwar nicht so verhalten, aber ich bin einfach das Gefühl nicht losgeworden, daß ihm klar war, wer ich bin.»

«Na und? Schau, Mary Ann, mir macht es nichts aus, ihn anzusprechen, wenn du dich davor genierst. Alles ist mir lieber als diese ewige Beklommenheit und Spekuliererei. Der Mann könnte der Schlüssel zu allem sein.»

«Das weiß ich, Burke. Ich bin sogar davon überzeugt. Nur glaube ich nicht, daß wir das Risiko . . .» Sie griff über den Tisch und nahm seine Hand. «Es kann sein, daß ein schreckliches Erlebnis deine Amnesie ausgelöst hat, Burke. Und dieser Mann hatte vielleicht damit zu tun.»

«Du siehst zu viele Filme. Vielleicht habe ich für ihn gearbeitet oder so.»

Sie schüttelte den Kopf. «Ich habe Jon gebeten, die Unterlagen des Krankenhauses durchzugehen. Du hast im St. Sebastian's nie auf der Gehaltsliste gestanden, und du warst dort auch nie Patient. Es gibt keinerlei Hinweise darauf, daß du es vor unseren Besuchen bei Michael schon mal betreten hast.»

Er lächelte sie liebevoll an. «Du spielst mal wieder die kleine Schnüfflerin, was?»

«Ich möchte dir helfen», sagte sie leise.

«Schön.» Er faßte in die Brusttasche seines Cordjacketts, zog eine Karteikarte heraus und legte sie vor Mary Ann hin. «Dann sag mir, was *das* zu bedeuten hat.»

Sie griff nach der Karte. Burke hatte einen Vierzeiler darauf geschrieben:

Hoch auf dem geheiligten Stein
Leuchtet die inkarnierte Rose
Über dem Berg der Flut
Am Kreuzungspunkt der Linien.

«Was ist das?» wollte sie wissen.

«Das hab ich geträumt. Ist doch hübsch, hm?» Sein Ton war viel zu schnoddrig – ein Abwehrmechanismus, den Mary Ann inzwischen als solchen erkannte. Er hatte mehr Angst als je zuvor.

«Hast du es in deinem Traum *gehört,* Burke?»

«Ja. Oben auf diesem verfluchten Steg mit dem Geländer. Der Rest des Traums war wie sonst auch. Es war dunkel, der Mann mit den Implantaten war da, rings um mich standen in der Finsternis noch andere Leute, und der Implantatemann sagte: ‹Nur zu . . . es ist rein organisch.›»

«Und wie hast du es gehört? Das Gedicht, meine ich.»

«Sie haben es gesungen. Immer und immer wieder.»

«Wie viele Leute?»

«Kann ich nicht sagen. Sie haben beim Singen fast geflüstert . . . Als wäre jemand in der Nähe gewesen, der es sonst gehört hätte.»

Mary Ann schaute auf die Karteikarte, bevor sie den kleinen Schlüssel an ihrer Halskette betastete. Paßte das irgendwie zusammen? Exorzierte sie Burkes Dämonen, oder half sie bloß mit, neue in die Welt zu setzen?

«Hast du das letzte Nacht geträumt?»

Er nickte. «Und was jetzt, mein Schatz?»

«Ich . . . weiß nicht recht.»

«Ich denke, wir sollten den Mann mit den Transplantaten darauf ansprechen.»

«Nein. Bitte. Nicht jetzt. Geben wir der Sache noch ein bißchen Zeit, Burke.»

Widerwillig erklärte er sich dazu bereit. Mary Ann wollte ihre Vorbehalte gerade untermauern, als in ihrem Blickfeld eine vertraute Gestalt erschien.

«Burke, wir müssen gehen.»

«Ich hab meinen Kaffee noch nicht ausgetrunken.»

«Ich bitte dich, Burke, leg das Geld einfach auf den Tisch!»

Er fügte sich, aber mit gekränkter Miene. Geräuschvoll stieß er seinen Stuhl zurück und stand auf.

Mary Ann hakte sich bei ihm ein und zog ihn die Grant Avenue hinunter – nur Sekunden, bevor Millie, die Blumenfee, mit einem Korb voll Rosen über ihre gewohnte Kundschaft herfiel.

Die Buße

Am Tag nach seinem Essen mit Mona wandelte Brian während seiner Schicht bei Perry's nahezu auf Wolken. Bei Mona hatte er jetzt ein angenehm *sicheres* Gefühl, und er war überzeugt, daß er auf etwas Realeres und Erfüllenderes – und unvergleichlich Sinnlicheres – gestoßen war, als er je erlebt hatte.

Er hatte aber auch ein rasend schlechtes Gewissen gegenüber Lady Eleven.

Wie hatte er sie so ohne weiteres vergessen können? Vor fast einem Monat hatte er ein Auge auf sie geworfen – und zwar in doppelter Hinsicht –, und das hatte er seither jede Nacht wieder getan. Wenn sie auch sonst nichts für ihre Beziehung tat – sie bewies immerhin Verläßlichkeit. Das war doch auch etwas wert, oder?

Natürlich hatte er vorgehabt, sich nach und nach von ihr zurückzuziehen. Die phantasiebetonte Seite ihrer Liaison hatte sich beinahe verflüchtigt, und es war ihm in letzter Zeit unmöglich geworden, mit ihr zum Orgasmus zu kommen, ohne an eine andere zu denken. Trotzdem: Er hatte sie schäbig behandelt. Er hatte ihren ungeschriebenen Vertrag wegen eines bißchen Maui Zowie und eines niedlichen Spatzen in der Hand gebrochen.

Also saß er nun um Mitternacht reuig in seinem Sessel neben dem Fenster und beobachtete den elften Stock des Superman Building.

Ihr Fenster blieb jedoch dunkel.

Sie bestraft mich, dachte er. Sie läßt mich leiden, weil ich mich versündigt habe. Vielleicht aber – nur vielleicht – leidet sie selbst Qualen, weil sie sich unnötig damit plagt, daß es ihr nicht gelungen ist, mein Interesse wachzuhalten.

Doch dann, um null Uhr sieben, ging bei ihr das Licht an, und Brian bemerkte eine leichte Bewegung der Vorhänge. Erregt stand er auf und hob das Fernglas vor die Augen. Der Vorhang ging auf.

Es war Lady Eleven, klar, aber ihre Erscheinung war radikal verändert. Sie hatte nicht mehr ihren schlabbrigen Frotteebademantel an. Statt dessen trug sie wohl ein graues Wollkostüm. Die Haare hatte sie zu einem lockeren kleinen Knoten hochgebunden, und ihre Miene wirkte – selbst auf diese Distanz – streng und vorwurfsvoll.

Sie hob ihr Fernglas und betrachtete Brian einen Moment lang.

Mit einemmal kam er sich in seinem Bademantel dämlich vor. Er fragte sich, ob sie das hatte erreichen wollen.

Sie verließ ihren Fensterplatz für mehrere Minuten und kam dann mit einem plakatgroßen Stück Papier wieder. Sie legte es auf einen Tisch neben dem Fenster und kritzelte etwas darauf. Danach hielt sie es vor das Fenster.

Die Nachricht lautete: LASS SIE FALLEN.

Brian spürte, wie ihm das Blut ins Gesicht schoß. Verärgerung, Verwirrtheit und Schuldgefühle bekriegten sich in ihm. Er starrte über die mondbeschienene Stadt hinweg auf das anklagende Plakat, bevor er sich in die Küche verdrückte, um eine große Papiertüte zu suchen.

Er fand eine, riß sie auseinander und fetzte mit einem Magic Marker etwas darauf.

Seine Antwort lautete: SIE IST BLOSS EINE FREUNDIN.

Er hielt das Papier eine halbe Minute lang ans Fenster, und sie studierte es in dieser Zeit durch ihr Fernglas. Als er es schließlich weglegte, stand Lady Eleven mit verschränkten Armen da und schüttelte den Kopf.

«Verdammt noch mal!» knurrte er und konterte damit, daß

er ICH SCHWÖRE ES auf die Papiertüte schrieb. Er hielt sie zum zweitenmal hoch und wackelte damit bekräftigend hin und her. Lady Eleven blieb in derselben Haltung stehen, beugte sich dann aber noch einmal über ihr Plakat.

Diesmal schrieb sie: ZIEH DICH AUS.

Brian schüttelte verärgert den Kopf.

Lady Eleven schüttelte das Plakat.

Brian schüttelte den Kopf.

Lady Eleven kritzelte wieder etwas auf das Plakat und hielt es hoch. Dem ZIEH DICH AUS hatte sie ein WENN DU MICH LIEBST hinzugefügt.

Brian schüttelte den Kopf.

Verärgert dachte er einen Augenblick daran, die Vorhänge zuzuziehen und es sich mit dem Odorama-Poster aus dem *Hustler* im Bett gemütlich zu machen. Solchen Blödsinn hatte er doch nicht nötig. Frauen, die sich um seinen Arsch rissen, ohne solche entwürdigenden Forderungen zu stellen, gab es doch tonnenweise.

Warum ausgerechnet *die*? Warum sollte er sich vor dieser namenlosen, neurotischen und zwanghaften Verrückten erniedrigen?

Natürlich kannte er die Antwort:

Weil sie ihn brauchte. Weil die Selbsterniedrigung, einem Fremden «Wenn du mich liebst» hinzuschreiben, noch jammervoller war als die, sich vor einem Fremden nackt auszuziehen. Weil sie verzweifelt war und niemand sonst sie retten konnte.

Also knüpfte er den Gürtel seines Bademantels auf.

Lady Eleven griff wieder nach ihrem Fernglas, als Brian den Bademantel fallen ließ. Sie beobachtete ihn – lächelnd? –, bis sein Ständer zu sehen war. Dann fing sie an, ihr Kostüm aufzuknöpfen.

Als sie beide nackt waren, fing das Ritual von neuem an, und zwar fiebriger und hingebungsvoller als je zuvor.

Durch den Nebel seiner Leidenschaft hörte Brian, wie jemand an die Tür klopfte.

Dann war eine Stimme zu hören: «Brian, ich bin's. Mona.

Ich habe gerade ein bißchen Naduweißtschon besorgt. Was hältst du davon, wenn wir uns ein paar Linien reinziehen?»

Stumm und starr wie ein Satyr auf einem pompejanischen Fries wartete Brian, bis der Eindringling wieder gegangen war.

Dann wandte er sich von neuem seiner Geliebten zu.

Rätsel im Morgengrauen

Zum drittenmal in einer Woche schlief Mary Ann in Burkes Wohnung. Kurz vor Morgengrauen wurde sie von etwas wach – von einem Geräusch, einem bösen Traum oder dem letzten Schrei der Forelle, die sie zum Abendessen gekocht hatte. Sie stützte den Kopf auf und weckte Brian durch schiere Willensanstrengung.

Er blinzelte sie an. «Was ist los, Schätzchen?»

«Er muß irgendwo auf dem Land sein.»

«Wer?»

«Der geheiligte Stein.»

«Ach, du meine Güte! Schlaf doch noch ein bißchen, ja?»

«In fünf Minuten. Aber sag's mir zuerst noch mal vor.»

Burke stöhnte. Dann kotzte er das Gedicht raus wie ein Zwölfjähriger, der Lincolns Gettysburg Address aufsagen mußte:

Hoch auf dem geheiligten Stein
Leuchtet die inkarnierte Rose
Über dem Berg der Flut
Am Kreuzungspunkt der Linien.

«Siehst du?» sagte Mary Ann. «Es ist ein hügeliges Gelände.»

«Kluges Mädchen.»

Sie bohrte ihm die Finger in die Seite. «Wie heißt der Berg aus der Bibel?»

«Ölberg.»

«Nein, du Dussel. Der, auf dem Noahs Arche gelandet ist. Der Berg der Flut, wenn du verstehst, was ich meine.»

«Ararat.»

Sie kaute nachdenklich auf dem Zeigefinger herum. «Ich frage mich, ob irgendwas so heißt. Hier in der Gegend, meine ich.»

«Keine Ahnung.»

Mary Ann schlug die Decken zurück und kletterte aus dem Bett.

«Verdammt, was machst du denn?» fragte Burke.

«Ich schau im Telefonbuch nach.»

«Komm sofort wieder ins Bett!»

«Ich hab's doch gleich.» Sie fand das Telefonbuch auf dem Fußboden und blätterte rasch darin herum. «Arante ... Araquistain ... Ararat! Ararat, Armenisches Restaurant, Clement Street 1000! Sieh doch, Burke!»

«Na und?»

«Es könnte da eine Verbindung geben.» Weil sie nicht einen Hauch von Begeisterung bei ihm spürte, rümpfte sie verärgert die Nase. «Interessiert dich die Aufklärung denn gar nicht, Burke?»

Sein Lächeln war aufreizend gemeint. «Na schön, Angie Dickinson. Was ist dann die inkarnierte Rose? Ein besonders extravagantes Gericht aus deinem Restaurant?»

«Könnte doch sein, du Klugscheißer.»

«Und der Kreuzungspunkt der Linien?»

«Ich finde deine Einstellung überhaupt nicht gut.»

«Dann hast du wahrscheinlich auch keine Lust, dir *meine* Theorie anzuhören, was?»

«Hast du denn eine?»

«Ja.»

«Dann raus damit.»

«Das kostet aber was.»

«*Keine* Chance.»

Mit theatralischer Geste preßte er die Fingerspitzen gegen

die Stirn. «Ohhhh . . . es läßt nach. Ich fürchte, ich verliere es. Es ist nur noch ein schwaches, schwaches . . .»

«Na, von miiiir aus!» Grinsend kletterte sie wieder ins Bett. Die Heftigkeit und Faszination in ihrem Liebesspiel machten es zum besten seit Wochen.

Hinterher machte Burke in der Küche etwas Milch warm, und sie tranken sie, aufrecht im Bett sitzend, aus demselben dampfenden Becher.

«Also, was ist jetzt mit deiner Theorie?» fragte Mary Ann.

Burke trank noch einen Schluck, bevor er antwortete. «Ich glaube, es könnte was mit Kokain zu tun haben.»

«Mit Kokain?» Was *diese* Droge anging, war Mary Ann immer noch sehr Cleveland-like.

«Ja. Eine Linie Koks, verstehst du? Der Kreuzungspunkt der Linien.»

«Aha.»

«Gefällt dir nicht, hm?»

«Aber warum sollte jemand ein Lied darüber singen?»

Er zuckte mit den Schultern. «Hier singen die Leute doch über *alles*. Vielleicht hat ja eine Sekte . . .»

«Du glaubst, es war eine Sekte?» Der Gedanke war auch ihr schon gekommen, aber sie hatte es nicht gewagt, das Thema anzuschneiden. Burke wurde zunehmend empfindlicher, was seine im dunkeln liegende Vergangenheit anging.

«Ich weiß es nicht», erwiderte er.

«Und ob du es weißt. Du glaubst, daß es eine Sekte war.»

«*Glauben* tu ich gar nichts», sagte er gereizt. «Ich rate. Ich rate, wie mein Leben ausgesehen haben könnte, und das ist beileibe kein Kinderspiel.»

«Ich weiß. Entschuldige.»

Er zog sie näher. «Ich wollte dich nicht anschnauzen.»

«Ich weiß.»

«Laß uns noch ein bißchen schlafen, okay?»

«Okay. Burke?»

«Ja?»

«In dem Traum ... Erinnerst du dich noch, ob du ... Ach, vergiß es. Es ist unwichtig.»

«Komm schon. Raus damit.»

«Ich habe mich gefragt ... Kannst du dich erinnern, ob du gesungen hast?»

«Nein.»

«Du hast nicht gesungen.»

«Nein. Ich meine, ich kann mich nicht erinnern.»

Zum erstenmal war sie sich nicht sicher, ob sie ihm glaubte.

Michaels Theorie

Mary Ann verließ Burkes Wohnung nach dem Frühstück. Sie sagte ihm, sie sei etwas unruhig wegen ihrer Stelle bei Halcyon Communications. Sie müsse ein paar Anrufe machen, um die Geschäftsleitung daran zu erinnern, daß sie eine neue Aufgabe brauchte. Dieser unverhoffte Urlaub konnte nicht ewig dauern.

Damit sagte sie nur die halbe Wahrheit.

Nach einem kurzen Anruf bei Mildred (die ihr versicherte, daß der Verwaltungsrat in der darauffolgenden Woche einen neuen Chef bestimmen würde) wählte sie die Nummer des armenischen Restaurants Ararat und erkundigte sich, ob dort jemals ein gewisser Burke Andrew gearbeitet hatte.

Man habe diesen Namen noch nie gehört, erklärte ihr der Geschäftsführer.

Die Idee war natürlich dumm gewesen, aber das bescheuerte Gedicht, der Mann mit den Implantaten und die vertrackte Nervenprobe mit Burke und seinen Rosen machten ihr inzwischen schwer zu schaffen.

Burke wirkte seit mehreren Tagen gereizt. Dazu kam, daß seine Reizbarkeit anscheinend um so größer wurde, je tiefer Mary Ann in das Rätsel seiner Vergangenheit eintauchte. Sie fragte sich, ob seine Erinnerung schon so viel preisgab, daß er sich vor der endgültigen Aufdeckung ängstigte.

Erzählte er ihr alles, was er wußte?

Mary Ann erkannte, daß sie einen Verbündeten brauchte, einen unbeteiligten Dritten, der ihr beim Sortieren der Puzzleteile helfen konnte.

«Jemand zu Hause?»

Michael grinste ihr von seinem Krankenhausbett entgegen. «Nur ich und Merv.»

«Ach so . . . Ja.» Sie ging zum Bett, küßte ihn auf die Wange und heuchelte Interesse an der Fernsehshow. «Eva Gabor sieht immer so jung aus», sagte sie lahm.

«Das machen die Wäscheklammern.»

«Was?»

«Man hat ihr Wäscheklammern verpaßt.» Mit beiden Händen kniff Michael die Kopfhaut hinter den Schläfen zusammen. «Hier . . . und hier. Sie passen unter ihre Eva-Gabor-Perücken.»

Mary Ann kicherte. «Ach, Mouse . . . Du hast mir so gefehlt!» Sie setzte sich auf die Bettkante und zupfte an seinen Haaren. «Du wirst schon ganz struppig», sagte sie. Er griff nach der Fernbedienung und schaltete den Fernseher aus. «Wie geht's unserem alten Mister Geheimnisumwoben?» wollte er wissen.

Mary Ann stöhnte leise. «Es wird jeden Tag bizarrer.» Sie erzählte ihm von dem Traumgedicht, von der leichten Veränderung in Burkes Verhalten und von ihrer zunehmenden Furcht, daß sie Burke mit ihrer Amateurschnüffelei allmählich auf die Nerven ging.

Michaels Augen glänzten. «Sag das Gedicht noch mal auf.»

Sie wiederholte es. «Was hältst du davon?»

«Das riecht mir ganz nach Sekte.»

«Ich hab schon befürchtet, daß du so was sagst.»

«Na ja, es würde eine Menge erklären. Die Amnesie zum Beispiel. Vielleicht haben sie ihn deprogrammieren lassen oder so. Aber vielleicht haben ihn auch seine *Eltern* deprogrammieren lassen. Wie einen Munie.»

«Ach, Mouse!» *Die* Möglichkeit war nicht einmal ihr in den Sinn gekommen.

«Es könnte doch sein.»

«Glaubst du, sie würden so was tun? Ohne ihm was davon zu sagen, meine ich.»

Er zuckte lächelnd mit den Schultern. «Meine Eltern würden mich *liebend gern* deprogrammieren lassen. Hmmm . . . Wer weiß, was für Folgen so was hat. Vielleicht sperren sie dich in eine gepolsterte Zelle, die mit funktioneller Musik beschallt wird, und verpassen deinem Schwanz und deinen Eiern jedesmal einen Elektroschock, wenn du auf einen Bette-Davis-Film positiv reagierst.»

«Mouse, hast du denn von deinen Eltern schon was gehört?»

«Sozusagen. Meine Mutter hat geschrieben, daß meine ‹Sünde wider den Herrn› meinen Vater ins Grab bringen wird, und mein Vater hat geschrieben, daß sie meine Mutter ins Grab bringen wird.» Er lächelte matt. «Sie machen sich schreckliche Sorgen umeinander.»

Am späten Nachmittag kam Jon ins St. Sebastian's.

«Ratet mal, wer bald auf die Entbindungsstation kommt.»

«Wer?» fragten Mary Ann und Michael im Chor.

«DeDe Day. Sie ist schon fast eine Woche über der Zeit. Und das mit Zwillingen.»

Mary Ann runzelte die Stirn. «Irgendwie ist das traurig.»

«Warum?»

«Na ja, so ohne Vater, meine ich.»

Jon tat die Bemerkung mit einem Schulterzucken ab. Beauchamp Day war für die Institution der Vaterschaft kein Verlust gewesen. «Ich habe diesen Kerl auf dem Parkplatz gesehen», sagte er, um das Thema zu wechseln.

«Welchen?»

«Den Kerl vom Blumenladen. Ich kann es dir nicht verdenken, daß du dich vor ihm erschrocken hast.»

«Warum?» Mary Ann spürte, wie die Haare auf ihren Unterarmen prickelten.

«Na ja, er hat mich angesehen, als hätte ich ihn dabei erwischt, wie er gerade eine Nonne vergewaltigt oder so.»

«Was hat er gemacht?»

Jon zuckte mit den Schultern. «Nichts, das ich hätte sehen können. Er hat eine Kühlbox in den Kofferraum seines Autos geladen.»

«Eine Kühlbox?»

«Du weißt schon . . . so ein Ding aus Styropor. Wie man's für Bier nimmt.»

«Wo wir gerade beim Thema sind», schaltete Michael sich ein, «hat mir mein Gynäkologe nicht versprochen, daß er mir heute was Nettes zum Vollknallen mitbringt?»

Jon lachte und versicherte sich dann, daß die Tür zu war. Er überreichte Michael einen Joint aus Mrs. Madrigals bestem Eigenanbau. «Den könnt ihr zwei rauchen», sagte er, «aber paßt auf, daß die Tür zu ist, und wartet, bis ich aus dem Haus bin.»

Mary Ann hörte ihn überhaupt nicht.

Eine Kühlbox aus Styropor?

Vater ist der Beste

Mona spülte wütend das Geschirr, als Mrs. Madrigal in die Küche kam.

«Bist du verärgert über mich, Liebes?»

Mona runzelte die Stirn. «Nein. Natürlich nicht.»

«Auf irgendwen bist du doch wütend. Etwa auf Brian?»

Schweigen.

«Hast du nicht gesagt, euer Essen war ganz reizend?»

«Er ist total verkorkst», stellte Mona kategorisch fest. Mrs. Madrigal griff nach einem Geschirrtuch, stellte sich neben ihre Tochter und fing an abzutrocknen. «Ich weiß», sagte sie ungerührt. «Aber ich hatte gedacht, daß er einen ganz vorzüglichen Schwiegersohn abgeben würde – mit oder ohne Ehesakrament. Du brauchst einen Freund, Mona.»

«Auf den kann ich aber verzichten.»

«Mein Gott, was hat er denn *angestellt*?»

Mona drehte den Wasserhahn zu, trocknete sich die Hände ab und ließ sich auf einen Stuhl sacken. «Wir haben wirklich schön zusammen gegessen. Es war ganz toll, ja? Also bin ich am nächsten Abend noch mal zu ihm hochgegangen. Es war wohl schon spät, aber auch nicht *so* spät, und er hätte wenigstens durch die Tür rufen können oder so, wenn . . .» Sie unterbrach sich.

«Wenn was?» fragte Mrs. Madrigal.

«Wenn er jemand dahatte.»

«Aha.»

Mona schaute weg. Sie kochte vor Wut.

«Woher weißt du, daß er überhaupt da war?» fragte Mrs. Madrigal.

«Er war da. Ich hab gesehen, wie er nicht mal zehn Minuten davor hochgegangen ist.»

«Hatte er da jemanden mit?»

«Nein, aber er hätte . . . Ach, ich weiß nicht. Reden wir nicht mehr davon, okay?»

Mrs. Madrigal lächelte ihre Tochter gütig an, holte einen Stuhl und setzte sich neben sie. Sanft legte sie ihre Hand auf Monas Knie. «Erinnerst du dich an das Schild, das du nicht leiden kannst? Das vor Abbey Rents?»

«Ja», antwortete Mona verdrießlich. «Krankenstations- und Partyzubehör.»

«Na, darum geht's doch, oder?»

«Bei was?»

«Im *Leben,* meine Liebe.» Sie drückte Monas Knie. «Wir müssen die Krankenstationen hinnehmen, wenn wir die Parties feiern wollen.»

Mona verdrehte die Augen. «Das ist etwas sehr vereinfacht.»

«Nein, Liebes», sagte Mrs. Madrigal lächelnd. «Es *ist* so einfach.»

Monas Empörung legte sich. Am späten Nachmittag spazierte sie mit Mrs. Madrigal Arm in Arm zu Molinari's Delicatessen, wo sie Salami, Käse und eine Packung eingelegte Pilze kauften. Sie picknickten auf dem Washington Square und sahen chinesischen Großmüttern zu, die auf der Wiese Kampfsportübungen machten.

Schließlich wagte Mona den entscheidenden Schritt. «Ich muß dir etwas sagen», begann sie.

«Ja, meine Liebe?»

«Es gehört eher in die Abteilung . . . Krankenstation.»

Mrs. Madrigal lächelte. «Sag schon.»

«Meine Mutter kommt zu Besuch.»

Mrs. Madrigals Lächeln verblaßte.

«Die reizende Betty Ramsey», ergänzte Mona. «Ich glaube, ihr beide hattet schon mal das Vergnügen.»

«Mona . . . Warum?»

«Das kann ich nicht genau sagen.» Sie griff nach Mrs. Madrigals Hand. «Es tut mir leid. Ehrlich. Ich habe sie angefleht, nicht zu kommen. Sie hat gesagt, ich wär es ihr schuldig, und ich würde einen schrecklichen Fehler machen. Ich hab getan, was ich konnte, um sie davon abzubringen.»

«Hast du ihr von mir erzählt, Mona?»

«Nein! Ich schwör's!»

«Und was soll das Gerede von einem ‹schrecklichen Fehler›?»

«Ich hatte gehofft, daß du es mir sagen kannst. Ich meine, gibt es sonst noch etwas, was ich wissen sollte? Außer deiner Operation und so?»

«Ich kann mir nicht vorstellen, was . . .» Mrs. Madrigals Stimme stockte. Sie zupfte geistesabwesend an den losen Haarsträhnen, die ihr kantiges Gesicht umrahmten. «Mona, wenn sie nicht weiß, daß du und ich zusammengefunden haben, dann verstehe ich nicht, wie ich etwas wissen sollte, das mit ihrer Bemerkung zu tun hat.»

«Aber sie weiß doch Bescheid. Ich meine, ich bilde mir *ein*, daß sie Bescheid weiß. Ach Gott, der Mond steht total beschissen!»

Mrs. Madrigal rang sich ein kurzes Glucksen ab. «Und was schlägst du jetzt vor, Töchterchen?»

Mona lächelte schwach. «Laden wir sie zum Essen ein?»

«Oh . . . Krankenstation, Krankenstation!»

Mona lachte. «Vielleicht sollte *ich* erst mal mit ihr reden. Wenn sie keine Ahnung hat, brauchen wir unsere Deckung auch nicht auffliegen zu lassen.»

«Eine fabelhafte Idee.»

Die aber immer weniger fabelhaft wurde, je weiter der Tag voranschritt. Als Mona am Abend Michael im Krankenhaus besuchte, brach Mrs. Madrigal eine ihrer eigenen Lebensregeln, indem sie sich in ihrem Schlafzimmer mit Zukunftssorgen abquälte.

Sie wußte, daß das dumm war. Wenn sie eine Begegnung mit Betty schon nicht vermeiden konnte, warum sollte sie sich dann auch noch Sorgen machen? Das Wichtigste in dieser Situation war, ihre ganze Kraft für Monas Glück einzusetzen.

Deshalb marschierte sie nach oben und unterhielt sich ein bißchen mit Brian.

Von ihm erfuhr sie mehr, als sie erwartet hatte.

Burke explodiert

Schleichender Frühlingsnebel glitt unter der Brücke hindurch in Richtung Stadt, als Mary Ann tief Luft holte und die Anleitung zu einer isometrischen Hockübung las.

«Igitt. Die hier ist wirklich das Letzte.»

Burke grinste. Er preßte den Rücken gegen einen Eichenpfahl und ließ sich langsam nach unten gleiten. «Vergiß nicht, daß das deine Idee war.»

Sie streckte ihm die Zunge raus. Natürlich hatte er recht. Wochenlang hatte sie sich für diesen Ausflug zum Marina-Green-Trimmkurs stark gemacht, nachdem ein halbwabbeliger Bauch und ein sexy *Apartment-Life*-Artikel über Paare, die zusammen Sport trieben, sie dazu angeregt hatten.

Burke weidete sich an ihrer Qual. «Es ist noch nicht zu spät, um aufzuhören, eh bei dir was reißt.»

«Pah! Wer hat wen geschlagen beim Hüpfschnellen *und* beim Baumstammspringen?» Sie entschied sich für den Pfahl gegenüber von Burke und ließ sich mit herausforderndem Blick in die vorgeschriebene Position hinab.

Burkes Gesicht lief knallrot an, als er weiter in der Hocke blieb. «Das kommt, weil du die Übungen für fortgeschrittene Anfänger machst. Ich bin aber auf der Meisterstufe.»

«Und am Schluß geht dir dann die Luft aus. Hast du noch nie was von Ausdauer gehört?»

Burke hatte bis dreißig gezählt und sprang wieder hoch. «Ein gesunder Geist in einem gesunden Körper!» rief er.

Mary Ann bekam auf die Schnelle keine schmissige Antwort hin. Sie dachten beide dasselbe.

«Na ja», sagte Burke schulterzuckend, «manche können eben nicht beides haben.»

Als sie ihren Rundlauf beendet hatten, schlenderten sie zu einer Bank am Ufer der Bay zurück. Mary Ann stellte sich lächelnd in den Wind. Sie spürte, wie das Blut in ihren Gliedern kribbelte. Dann hakte sie sich bei Burke unter und lehnte den Kopf an seine Schulter.

«Rieche ich auch so stark wie du?»

Er küßte sie auf ihre feuchte Schläfe. «Mindestens.»

«Na fabelhaft.»

«Wir gehen nicht unter die Dusche, wenn wir nach Hause kommen, sondern wir vögeln im Wohnzimmer auf dem Fußboden.»

«Burke!»

«Ich *mag* Frauen, die riechen.» Er küßte sie noch einmal und fing an, eine Strophe von «I Remember You» zu singen.

Mary Ann kümmerte sich nicht um die Ironie, die darin lag.

«Ich glaube, ich habe dich noch nie singen gehört. Du hast eine wunderschöne Stimme.»

«Ja, nicht?» Er sang weiter.

«Hast du denn mal . . . professionell gesungen?»

Er drehte sich zu ihr um und schaute sie zögernd an. «Nicht richtig. Nur in der Kirche, damals in Nantucket. Im Good Shepherd Choir. Aber, worauf willst du denn hinaus?»

Ihre Stimme klang defensiv. «Auf nichts. Darf ich mich denn nicht für dich interessieren?»

«Das hat meine Mutter gestern abend am Telefon auch gesagt.»

«Sie hat dich angerufen?»

Er nickte mürrisch.

«Sie flippen aus, was?»

«Hast du was anderes erwartet? Sie hassen diese Stadt. Ihr einziges Kind ist hier im Golden Gate Park in einem Busch gelandet und hat kein Erinnerungsvermögen mehr. Und jetzt ist er wieder da und jagt Geister.»

«Kannst du dich daran erinnern, Burke?»

«An was?»

«Daß du im Park unter einem Busch aufgewacht bist.»

«Nicht direkt. Ich erinnere mich, daß ich einige Zeit im Krankenhaus war und dann . . .»

«In *welchem* Krankenhaus, Burke?»

«Im Presbyterian.» Er lächelte wohlwollend.

«Aber woher weißt du dann, daß es so war? Ich meine die Geschichte mit dem Park und so.»

Er blickte sie verständnislos an. «Wie?»

«Woher willst du wissen, daß dir deine Eltern die Wahrheit sagen?»

«Was soll das denn wieder . . .?»

«Vielleicht haben sie dich ja deprogrammieren lassen, Burke.» Mary Ann rückte ein Stück ab und wappnete sich gegen das, was kommen würde. Burke blinzelte sie einen Moment an. Dann brach er in höhnisches Gelächter aus.

«Ich hab vielleicht eine Macke, aber *bekloppt* bin ich nicht!

Mein Gott, glaubst du nicht, daß ich es merke, wenn mich jemand an der Nase herumführt? Glaubst du nicht, daß ich genug Verstand habe, um ... Mensch!»

Sie konnte nichts anderes tun, als ihn zu beruhigen. «Nimm's nicht so persönlich, Burke. Es tut mir leid, okay?»

Er schaute auf die im Nebel zerfließende Bay hinaus und brütete schweigend vor sich hin. «Ich bin kein Baby», sagte er schließlich. *«Ich war immerhin bei der AP, Mary Ann.»*

In dieser Nacht schliefen sie – auf Mary Anns Vorschlag hin – zum erstenmal seit Burkes Ankunft in San Francisco getrennt.

Mary Ann träumte von Rosen.

Sie ging mit einem Dutzend Rosen im Arm über einen Steg. Hinter ihr kam der Mann mit den Implantaten, der eine ganze Entourage von Rosenträgern anführte.

Sie waren alle da: der Zwerg aus Las Hadas; die Rosenverkäuferin vom Blumenmarkt; Millie, die Blumenfee; und Arnold und Melba Littlefield, die drohend das Prozessionskreuz von Beauchamps Trauerfeier schwangen.

Plötzlich tauchte Burke am Ende des Stegs auf. Er packte Mary Ann an den Schultern, schaute sie mit flehendem Blick an und schüttelte sie: *«Ich war immerhin bei der AP, Mary Ann. Ich war immerhin bei der AP.»*

Als sie aufwachte, wußte sie, was sie als nächstes zu tun hatte.

Das Spinnerressort

Wie Mary Ann in Erfahrung brachte, hatte Associated Press seine Büros im zweiten Stock des Fox-Plaza-Hochhauses, eines kalten Betongrabsteins von einem Gebäude, der die Ruhestätte des alten Fox Theater markierte.

Das Theater war ungefähr fünf Jahre vor Mary Anns Ankunft in San Francisco abgerissen worden, aber Michael hatte ihr den anmutigen Bau beschrieben, das majestätisch Überladene, das den Bedürfnissen der Menschen so elegant entsprochen hatte.

Mary Ann mußte daran denken, als sie in dem neonhellen Büro stand und darauf wartete, daß ein Mann namens Jack lange genug vom Computerbildschirm seiner Schreibmaschine aufschaute, um ihre Anwesenheit zu bemerken.

«Äh . . . entschuldigen Sie. Der Büroleiter meinte, daß Sie mir vielleicht . . .»

Sein Blick klebte weiter an den Zeichen auf dem Bildschirm. «Scheiße, Kacke, Mist!»

«Es tut mir leid, wenn ich einen schlechten Moment erwischt habe.»

«*Sie* waren nicht gemeint.» Er schaltete die Maschine aus, drehte sich auf seinem Bürostuhl zu ihr um und schenkte ihr ein müdes Lächeln. «Wie viele Wörter kann man über Patty Hearst schon schreiben, hm?»

Mary Ann lächelte auch. «Ich hab's nie probiert.»

«Dann lassen Sie's auch dabei. Von der puren Spaltenlänge her nervt dieses Weibsbild mehr als Angela Davis, Charlie Manson und der Sternzeichen-Mörder zusammen!»

«Es muß aber doch irgendwie aufregend sein.»

Der Reporter schnaubte verächtlich. «Ich habe mich für Buffalo beworben. Ich habe sie *angebettelt,* daß sie mich nach Buffalo schicken sollen. Aber nein! Diese Arschlöcher in New York waren der Meinung, daß der gute alte Jack Lederer *ganz wunderbar* nach San Francisco paßt.» Er kramte eine More heraus, zündete sie an und warf das Streichholz auf den Boden. «Also, was kann ich für Sie tun?»

«Der Büroleiter sagt, Sie hätten früher mit . . .»

«Krallen Sie sich einen Stuhl.»

Sie gehorchte und zwängte sich auf den etwas ungemütlichen Platz zwischen seinem Schreibtisch und einem Aktenschrank, der die Beschriftung «Massenmorde etc.» trug.

«Der Büroleiter sagt, Sie hätten früher mit einem Kerl namens Burke Andrew gearbeitet.»

Er dachte einen Augenblick nach. «Stimmt. Das ist schon zwei, nein, *mindestens* drei Jahre her. Aber nur kurz. Höchstens vier oder fünf Monate. Er hat's nicht gepackt.»

«Hat man ihn rausgeworfen?»

«Nee, er ist gegangen. Er war einfach zu langsam. Da konnte rund um ihn die Welt in Scherben gehn, und er hat *stundenlang* an einem fesselnden Vorspann rumgefeilt. War aber ganz nett, würd ich sagen. Ein Freund von Ihnen?»

«Ja.»

«Ist er verschollen oder so?»

«Nein, warum?»

Er zuckte mit den Schultern. «Sind wir hier nicht in der richtigen Stadt? Um mal so eben von der Bildfläche zu verschwinden?»

Mary Ann lächelte, obwohl es sie innerlich schauderte. Sie hatte schon seit ewigen Zeiten nicht mehr an Norman Neal Williams gedacht. «Burke hat sein Gedächtnis verloren, Mr. Lederer. Er kann sich an nichts erinnern, was nach seiner Zeit hier in der Agentur passiert ist. Ich hoffte, Sie könnten mir vielleicht . . .»

Der Reporter pfiff durch die Zähne. «Ist ja 'ne richtige Seifenoper!»

«Wem sagen Sie das.»

«Und ich soll Ihnen die fehlenden Teile liefern, was?»

Sie nickte. «Hat er Ihnen gesagt, wo er nach der AP hin wollte? Hat er von seinen Plänen gesprochen?»

«Saugen Sie sich das auch nicht aus den Fingern?»

«Nein! Warum sollte ich? Schauen Sie, der Büroleiter hat mir gesagt, daß Sie und Burke oft zusammengearbeitet haben.»

«Ja. Wir haben zusammen Nachtdienst gemacht. Aber er hat nie über privaten Kram geredet.»

«Als er noch hier war, hat er da jemals Geschichten über Sekten geschrieben?»

Jack Lederer schüttelte den Kopf. «Die Spinner sind mein Ressort, Schätzchen.» Er grinste schmierig. «Sie denken, die Munies haben ihn sich geschnappt, hm?»

Sie ging nicht darauf ein. «Halten Sie es für möglich, daß er . . .»

«Wann hat's ihn überhaupt erwischt mit dieser Amnesie?»

«Vor zirka drei Monaten hat ihn die Polizei im Golden Gate Park gefunden. Er war umgekippt oder so.»

Der Reporter riß eine Schreibtischschublade auf und zerrte ein Spiralheft heraus. «Ich glaube, es war . . . Nein, es war noch früher . . . ziemlich genau vor . . .» Er blätterte in dem Notizheft herum. «Es war vor fünf Monaten, da hab ich Ihren Freund abends mal kurz im Lefty O'Doul's getroffen. Er hat mir erzählt, daß er als Freier arbeitet und daß ich mich vor Neid in den Arsch beißen kann, weil er hinter einer wirklich irren Sache her ist.»

Mary Anns Hirn arbeitete hektisch. «Soll das heißen, er war immer noch *Reporter*?»

Der AP-Mann grinste überheblich. «Er hat *frei* gearbeitet. Das ist ein Unterschied. Die Freien reden immer nur Stuß.» Er schaute wieder in sein Notizheft. «Ja. Da haben wir's doch. ‹Transsubstantiation.›»

«Wie? Ich fürchte, ich . . .»

«Ja. Ich auch nicht. Ich hab Ihren Freund gefragt, ob seine angeblich irre Story auch Substanz hat, aber er hat nur gelacht und gesagt: ‹*Trans*substantiation trifft's schon eher.› Als ich ihn gefragt hab, was das denn heißen soll, hat er seinen Drink weggeputzt und mir gesagt, ich soll's nachschlagen.»

«Und dann?»

«Dann ist er zur Tür rausmarschiert.»

«Aber, was *heißt* es denn nun?»

Jack Lederer drückte seine Zigarette aus und zeigte auf ein Wörterbuch, das auf dem «Massenmorde etc.»-Schrank stand. «Schlagen Sie's nach, Schätzchen.»

Heimkehr

Jon lud sich Michael auf die Arme, holte tief Luft und stellte sich vor die steile Holztreppe, die zur Barbary Lane hinaufführte. «Bist du bereit?» wollte er wissen.

«Ob *ich* bereit bin? Wenn ich mir um jemand Sorgen mache, dann um *dich*. Wobei mir einfällt: Was ist eigentlich aus unserem Sherpa geworden?»

«Er ist auf zweieinhalbtausend Meter an Unterkühlung gestorben.»

«Ach, Mist! Man kriegt einfach keine guten Sherpas mehr.»

Jon schwankte unter Michaels Gewicht. «Bring mich nicht zum Lachen, sonst laß ich dich noch fallen.»

«Von wegen. Mitgehangen, mitgefangen.»

Jon stieg mit sicher gesetzten Schritten die Stufen hoch. «Ich glaube, wir bunkern besser Proviant. Irgendwas sagt mir, daß wir nicht allzu häufig weggehen werden.» Keuchend machte er auf dem Absatz halt, von dem aus man die Barbary Lane betrat.

«Um Himmels willen», sagte Michael melodramatisch. «*Schau auf keinen Fall nach unten!* Tu so, als wärst du Karen Black in *Airport*.» Er sah Jon tapfer lächelnd an und verdrehte die Augen.

«Dann hilf mir wenigstens, Michael, wenn du nicht gleich . . .»

«Entschuldige.»

Der Doktor stapfte schwerfällig den von dichten Büschen gesäumten Plankenweg entlang und fluchte laut, als Boris, die Nachbarschaftskatze, aus dem Unterholz auftauchte und sich voller Wonne an Jons Bein den Rücken schubberte. «Ach», sagte Michael. «Eine nette kleine Muschi hat doch noch keinem geschadet.»

Mona erwartete sie vor dem Haus. «Soll ich mal schnell den Rollstuhl holen oder so?»

Jon schüttelte den Kopf. «Es ist einfacher, ihn zu tragen.»

«Über die Schwelle, wohlgemerkt.» Michael zwinkerte Mona zu.

«Du hättest mir wenigstens dein Strumpfband zuwerfen können», sagte sie.

«Seit wann willst *du* denn heiraten?»

«Das war ein *Witz,* Mouse.»

Mrs. Madrigal hastete in den Vorgarten und hielt den beiden die Tür auf. «Willkommen zu Hause, mein Lieber. Das Leben hier war so anders ohne dich.»

Michael warf ihr einen Kuß zu. «Aber hier ist das Leben doch dauernd anders, oder?»

Jon machte zum Abendessen einen Schmorbraten. Hinterher schob er Michaels Rollstuhl ans Fenster, holte sich einen Sessel und setzte sich zu ihm.

«Der Fisch hat mir gefehlt», meinte Michael.

«Welcher Fisch?»

«Der dort unten. Der Neonfisch auf dem Kai. Er ist mir immer so vergnügt vorgekommen.»

Jon zündete einen Joint an und gab ihn Michael. «Der Fisch war ein frühchristliches Symbol für Hoffnung. Die Christen haben ihn in die Wände der Katakomben geritzt, in denen sie sich versteckt hielten.»

«Was du nicht sagst!» Michael grinste und machte einen Zug. «Ich könnte noch eine Menge von dir lernen.»

Jon schaute auf die Bay hinaus. «Heißt das, daß ich bleiben kann?»

Schweigen.

«Na . . . sag wenigstens *irgendwas.*»

«Ich liebe dich, Jon . . .»

«Für den Anfang ist das schon mal ganz gut.»

«Ich will bloß keine Arzt-Patient-Kiste laufen haben, das ist alles.»

Jon drehte sich um und schaute ihn an. «Schätzt du uns denn so ein?»

«Du bist Arzt, Jon. Es wäre nur normal, wenn du darauf abfahren würdest, auch noch zu Hause jemanden zu umhätscheln.»

«Mir *graut* davor, dir den Arsch abzuwischen!»

«Weißt du, ich wollte dich nicht . . . Stimmt das denn?»

«Und ob!»

Michael schmunzelte. «Du weißt gar nicht, wieviel mir das bedeutet.»

Sie lachten, bis ihnen die Tränen herunterliefen. Michael konnte den glimmenden Joint nicht mehr halten und ließ ihn auf den Fußboden fallen. Jon trat ihn aus. Dann beugte er sich vor und sah Michael direkt in die Augen.

«Ich möchte, daß du wieder gesund wirst, Sportsfreund. Und es ist mir egal, durch wen.»

«Ich weiß.»

«Auf Sex mit Gelähmten fahre ich allerdings *trotzdem* ab.»

Sie saßen gemeinsam im Bett und schmökerten angeregt in alten Ausgaben des *Architectural Digest*.

«Heh», sagte Jon, «sollen wir Mona für morgen zum Brunch einladen?»

«Sie hat vielleicht gar keine Lust dazu. Sie trifft sich nämlich heute abend mit ihrer Mutter.»

«Ist ihre Mutter ein solches Miststück?»

«Mona sagt, daß ihre Frisur von L'Oreal ist, ihr Schmuck von Cartier und ihr Herz von Frigidaire. Aber wer weiß?»

«Mhm.» Jon vertiefte sich wieder in seine Zeitschrift.

Michael hörte auf zu lesen und kostete diese ungekannte und noch junge Form des Nichtstuns aus. Sein ganzes Erwachsenenleben lang hatte er jemanden gesucht, mit dem er im Bett *nichts* tun konnte. Und nun hatte er diesen Jemand gefunden, diesen klugen, großzügigen Menschen, dessen Liebe so stark war, daß der Sex wieder in den Bereich des Möglichen rückte.

Jon hielt sein Heft hoch. «Ist das nicht prachtvoll?» Es war ein frühes Foto des Pacific Union Club, des palastartigen, in Stein errichteten Gebäudes, das noch immer die Spitze des Nob Hill zierte.

Michael wackelte anerkennend mit dem Kopf. «Wenn man sich vorstellt, daß ein Club dermaßen viel Geld hat!»

«Der Club war doch gar nicht der Bauherr. Das waren die Floods.»

«Die Floods?»

«Die Familie Flood. Sie gehörte früher zum *ganz* großen Geld.»

Michael zog die Augenbrauen hoch. «Meinst du nicht auch . . .?»

«Was?»

«Mein Gott!» kreischte Michael. «Das könnte es sein, Jon. *Das könnte es sein.*»

Der Berg der Flut

Es war schon spät, aber Michael war viel zu aufgeregt, um mit seinem Anruf bei Mary Ann bis zum nächsten Tag zu warten.

«Ajax Detective Service hier.»

«Mouse?»

«Du hast dir wohl eingebildet, daß du mich mit diesem dämlichen Gedicht schaffst, was?»

«Hast du was rausgekriegt?»

«*Mais naturellement!* Kannst du runterkommen?»

«Und *ob* ich kann!» Sie legte ohne weiteren Kommentar auf.

Jon deponierte den *Architectural Digest* auf dem Nachttisch. «Soll ich aufstehen?»

«Warum?» fragte Michael.

«Kommt sie nicht runter?»

Michael sah leicht beleidigt drein. «Ich glaube, sie weiß, daß wir in einem Bett schlafen, Jon.»

«Ich weiß, aber . . .» Der Doktor mußte über sich selbst lächeln. «Ich komme mir vor wie Nora Charles in *Mordsache ‹Dünner Mann›* oder so.»

Michael zupfte am Revers von Jons Pyjama. «Kein Problem. Du hast ja dein Négligé an.»

Gleich darauf hörten sie, wie Mary Ann draußen auf dem Flur sittsam an die Tür klopfte. «Es ist offen», rief Michael.

Als Mary Ann vorsichtig ins Schlafzimmer lugte, sorgte Michael dafür, daß sich kein verlegenes Schweigen einstellte. «Denk dir nichts dabei», sagte er grinsend. «Tu einfach so, als wären wir Starsky und Hutch.»

Mary Ann kicherte. «Ihr seht *wirklich* ein bißchen aus wie die beiden.» Sie holte sich einen Stuhl ans Bett. «Ich hoffe, es macht dir nichts aus, daß ich hier so eindringe, Jon.»

Jon lächelte. «Ich bin doch selber schon ganz gespannt auf die Lösung.»

«Eigentlich», fügte Michael hinzu, «hat Jon auch den entscheidenden Hinweis geliefert.»

Mary Ann hielt es kaum mehr in ihrem Sessel. «Erzähl, erzähl!»

Michael lächelte geheimnisvoll und steigerte die Spannung noch mehr. «Ich glaube, daß es in Burkes kleinem Traumgedicht um den PU Club geht.»

«Um was?»

«Um den PU Club, du Landpomeranze! Um den Pacific Union Club oben auf dem Nob Hill.»

«Um dieses rote Ziegelding?»

Michael nickte. «Ein Mann namens Flood hat es bauen lassen, und das macht den Nob Hill zum Berg der Flut! Außerdem ist der PU Club nicht bloß eine Sekte, er ist unsere *älteste* Sekte. Denk doch mal an diese viel zu gut gepolsterten alten Arschlöcher von Bankern, die in viel zu gut gepolsterten Sesseln rumsitzen!»

Mary Ann war die Kinnlade runtergefallen. «Aber, Mouse, glaubst du denn, daß sie das Gedicht bei einem ihrer Rituale aufsagen, oder was?»

«Paßt das nicht ganz wunderbar?»

Mary Ann dachte einen Augenblick nach. «Na ja, dieses Stück paßt. Aber was ist mit dem Rest? Mit dem Kreuzungspunkt der Linien zum Beispiel?»

Jon, der bis dahin gespannt zugehört hatte, konnte sich die

Frage nicht verkneifen: «Was hat es mit diesem Kreuzungspunkt der Linien denn auf sich?»

«Das ist ein Teil des Gedichts», klärte Michael ihn auf. «‹Hoch auf dem geheiligten Stein/ Leuchtet die inkarnierte Rose/ Über dem Berg der Flut/ Am Kreuzungspunkt der Linien.›»

Jon grinste. «Vielleicht ziehen sie sich im PU Club Koks rein.»

«Das ist die Erklärung, an die Burke auch glaubt», sagte Mary Ann.

Michael legte Widerspruch ein. «Im PU Club schnupft man nicht, und damit basta.»

«Halt!» rief Jon. «Was ist mit den Cable Cars?»

«Was soll mit denen sein?» fragte Mary Ann.

«Die Linien der Cable Car. Sie kreuzen sich an der Ecke California und Powell, und das ist nur einen Block vom PU Club entfernt!»

Mary Ann und Michael kreischten im Chor. «Das ist brillant», platzte Michael heraus. «Das ist absolut brillant!»

Mary Ann strahlte. «Das muß es sein.»

Jon verbeugte sich hoheitsvoll. «Jetzt müssen wir bloß noch herausfinden, was das alles mit dem Blumenhändler aus dem St. Sebastian's Hospital zu tun hat, nicht?»

Mary Ann nickte gedankenverloren. «*Und* was das alles mit der Transsubstantiation zu tun hat.»

Nach einer Schrecksekunde sagte Michael: «Können Sie das noch mal sagen, Ma'am?»

«Hast du ein Lexikon?»

«Im Regal an der Tür», erwiderte Michael. «Gleich neben *Der Läufer und sein Held.*»

Mary Ann fand das Lexikon und fing an, darin zu blättern. «Ich war heute bei der AP. Burke hat dort mal gearbeitet. Einer von den Redakteuren hat mir erzählt, daß Burke ihm vor etwa fünf Monaten über den Weg gelaufen ist, und er hat auch erzählt, daß Burke damals gesagt hat, er sei an einer Geschichte über . . . Da ist es. Transsubstantiation.» Sie reichte Jon das Lexikon.

Der Doktor las laut vor. «‹Die Umwandlung eines Stoffs in einen anderen.›»

«Lies die zweite Definition vor», forderte Mary Ann ihn auf.

«‹In der römisch-katholischen Glaubenslehre die Verwandlung der Substanz von Brot und Wein in die Substanz von Leib und Blut des verklärten Christus beim Abendmahl, bei der nur die äußere Erscheinungsform von Brot und Wein erhalten bleibt.› Und was hat das mit Burke zu tun?»

«Der Kerl bei der AP hat gesagt, daß Burke an einer völlig irren Geschichte gearbeitet hat, die irgendwas mit Transsubstantiation zu tun hatte.»

Michael runzelte mit einem spöttischen Blick die Stirn. «Hast du das Burke schon serviert?»

Mary Ann machte ein ernstes Gesicht und schüttelte den Kopf. «Ich glaube, er nimmt mir meine Neugier langsam übel, Mouse. Ich weiß zwar nicht, worauf das hinausläuft, aber ich versuche, alles ganz diskret anzugehen, bis ich einen stichhaltigen Hinweis habe.»

«Weißt du, was ich glaube?» sagte Jon.

«Was?» fragte Mary Ann.

«Ich glaube, daß du *zu viele* Hinweise hast.»

Mary Ann seufzte. «Ich glaube, du hast recht.»

Betty

Das erste, was Mona an Betty Ramsey auffiel, waren ihre Kleider. Ihre Garderobe war ganz in Erbsengrün und Weiß gehalten – die klassischen Farben, an denen man Maklerinnen im ganzen Land erkannte.

Und Monas Kleider waren das erste, was Betty an Mona auffiel.

«Wo hast du diesen *Kittel* bloß her? Aus der Altkleidersammlung?»

Mona lächelte selbstgefällig. «Wenn du es genau wissen willst, ja.»

«Er ist unschmeichelhaft wie nur was.»

«Danke.»

«Die Hippieära ist vorbei, Mona. Das Pendel schwingt wieder zurück.»

Mona ignorierte die Bemerkung und ging ans Fenster.

«Was machst du da?» fragte Betty.

«Ich schau mir deine Aussicht an.» Sie drehte sich um und lächelte ihrer Mutter zu. «Das ist das erste, was *alle* Leute aus San Francisco machen, wenn sie zu jemand in die Wohnung kommen.» Sie teilte die Vorhänge und warf einen Blick auf den nächtlichen Glanz der Stadt. «Mhmm. Sehr hübsch. Wem gehört die Wohnung eigentlich?»

Betty ließ ein paar Eiswürfel in ein Glas fallen. «Susan Patterson. Ich hab sie mal vor *Jahren* in Carmel kennengelernt. Sie ist das Frühjahr über in der Schweiz.»

Mona sah sich um. «Hier sieht's aus, als wärst du schon seit *letztem* Frühjahr da.» Auf dem Fußboden lagen Gump's-Schachteln und Saks-Tüten; durch die Badezimmertür waren Bettys Yogamatte und eine ganze Batterie von französischen Körpercremes zu sehen.

Betty hielt eine Ginflasche hoch. «Den oder Bourbon?»

«Danke, weder noch.»

«Ich habe aber kein Perrier da.»

«Macht nichts. Ich hab grade eine Quaalude genommen.»

«Um Himmels willen!»

Mona setzte sich auf das Sofa. «Hätte ich lieber eine von deinen Valium nehmen sollen?»

«Die hat mir ein *Arzt* verschrieben.»

«Typisch.»

«Du solltest auch ohne solche . . . Laß uns nicht streiten, Mona. Es ist so lange her, daß wir uns gesehen haben, Schatz. Da können wir uns wenigstens . . .»

«Warum bist du hier, Betty?»

Betty antwortete nicht sofort. Sie mixte ihren Gin Tonic zu

Ende und setzte sich dann zu ihrer Tochter auf das Sofa. «Was glaubst du?»

Mona schaute ihrer Mutter in die Augen. «Ich glaube, daß es kein bißchen mit mir zu tun hat.»

«Das ist unfair, Mona.»

«Das ist die Wahrheit.»

Betty schaute auf ihr Glas. «Du weißt über Andy Bescheid, nicht?»

Mona verwandelte ihr Gesicht in eine Maske. «Ich weiß, daß er dich verlassen hat. Aber das ist schon ein alter Hut.»

«Spiel kein Theater, Mona. Ich weiß, daß er dein Vermieter ist. Ich weiß von seiner Geschlechtsumwandlung, und ich weiß, daß du auch davon weißt.»

Mona gab nicht nach. «Ich wiederhole. Warum bist du hier?»

«Weil ich das *Recht* habe hierzusein, verdammt noch mal! Er hat mich verlassen, Mona! Er hat mich und mein Kind allein gelassen! Er ist aus meinem Leben verschwunden, ohne auch nur einen Zettel hinzulegen, und jetzt glaubt er, er kann wieder ankommen und Anspruch auf das Kind erheben, das er noch nicht mal . . .»

«Ich bin kein Kind, und auf mich hat auch niemand *Anspruch erhoben,* Betty. Bis vor zwei Wochen hab ich noch nicht mal gewußt, daß er . . . daß sie mein Vater ist.»

Betty funkelte sie empört an. «Und jetzt wohnst du mit ihm zusammen!»

«Mit ihr.»

«Hat er dir auch verraten . . . Oh, entschuldige, *sie* . . . Hat *sie* dir vielleicht auch verraten, was sie mit dem Privatdetektiv angestellt hat, den ich auf sie angesetzt habe?»

«Mit dem *was*?»

«Mona, mein Schatz, das ist alles so viel komplizierter, als du dir je . . .»

«Sag mir einfach, wovon du da redest.»

Betty griff nach der Hand ihrer Tochter. «Als du mir letzten Sommer das Foto von deiner Vermieterin geschickt hast, ist mir sofort die Ähnlichkeit aufgefallen, und deswegen habe ich einen Privatdetektiv beauftragt, mit dessen Hilfe ich herausfinden wollte, ob ich recht hatte.»

Mona war entgeistert.

«Aber», fuhr Betty fort, «er hat sich nie wieder gemeldet.»

«Was heißt das?»

«Ich habe nie wieder ein Wort von ihm gehört. Er hat bei euch im Haus gewohnt, Mona. In der Barbary Lane 28.»

«Mr. Williams? Der Kerl vom Dach?»

Betty nickte und hielt Monas Hand fest. «Wir sind per Telefon in Kontakt geblieben. Mindestens einmal pro Woche hat er mich angerufen. Er sagte, Andy sei anscheinend zu ... Anna Madrigal geworden, und Anna Madrigal sei ein Anagramm für irgendwas. Dann war er auf einmal verschwunden.» Sie ließ Monas Hand los und trank einen Schluck. «Hast du ihn gekannt, *Mona*?»

Mona war wie betäubt. Sie schüttelte den Kopf. «Überhaupt nicht. Er hatte ... eine Macke.»

«Ich weiß. Einen Besseren konnte ich auf die Schnelle nicht auftreiben. Aber der Punkt ist doch der: Was ist mit ihm *passiert*?»

Mona nahm einen Schluck von Bettys Gin. «Das haben wir uns auch gefragt.»

«Wir?»

«Wir *alle*. Einschließlich Mrs. Madrigal. Sie hat sich sogar bei der Polizei erkundigt.»

«Ich will mich mit ihr treffen, Mona. Arrangierst du das?»

Mona machte ein unglückliches Gesicht. «Bleibt mir denn was anderes übrig?» seufzte sie resigniert.

«Nein», sagte Betty.

Die inkarnierte Rose

Mary Ann hielt sich an ihre neue Strategie und verlor Burke gegenüber kein Wort über den Pacific Union Club. Oder über ihre Erkenntnisse zur Transsubstantiation. Während des Frühstücks und auch während des gemächlichen Vormittagsspaziergangs über den Russian Hill bewahrte sie Stillschweigen.

Um die Mittagszeit entschuldigte sie sich.

«Jon ist in seiner Praxis», erklärte sie. «Ich habe ihm versprochen, daß ich Mouse ein bißchen Gesellschaft leiste.»

Als sie in Michaels Wohnung kam, fuhr der Invalide im Rollstuhl auf und ab, und seine Augen blitzten vor Erregung. «Weißt du was?» fragte er ohne weitere Einleitung. «Das mit der roten Rose haben wir bei unserer Diskussion gestern abend überhaupt nicht berücksichtigt.»

«Ich hatte das Gefühl, daß ihr zwei sonst an einer Überdosis eingeht.»

Michael lächelte. «Ich doch nicht, Babycakes. Ich bin *süchtig*. Sieh mal, alles hängt doch von dem Mann mit den Implantaten ab, nicht?»

«Nicht unbedingt. Burke *glaubt* bloß, daß der Implantatemann ihn wiedererkannt hat.»

«Nehmen wir mal an, daß es stimmt. Was haben wir dann?»

«Vielleicht ist er ja Mitglied im PU Club.»

Michael schüttelte den Kopf. «Die Theorie hab ich Jon schon vorgetragen. Er meint, der PU Club würde *niemals* einen Krankenhausfloristen aufnehmen. Vielleicht hat Burke im PU Club gearbeitet. Als Kellner oder so.»

«Das kann ich mir nicht vorstellen», sagte Mary Ann.

«Okay, vielleicht sind wir sowieso auf einer falschen Fährte. Der Berg der Flut könnte doch auch der Nob Hill als Ganzes sein.»

«Was gibt es dort *sonst noch*?»

«Etliches. Das Mark, das Huntington, das Fairmont.»

«Großartig. Eine Hotelsekte.»

Michael grinste. «Die Sektenfährte läßt dich wohl nicht mehr los, was?»

«Ich weiß nicht», stöhnte Mary Ann. «Manchmal kommt es mir so vor, als hätte ich mir die ganze Geschichte bloß ausgedacht.»

Michael lachte. «Könnte ja sein. Ich hab mir zum Beispiel heute vormittag alte Schulbücher aus dem Literaturunterricht angesehen – du weißt schon, *Silas Marner* und *Der große Gatsby* und solches Zeug –, und dabei hab ich mich fast gekugelt vor Lachen, weil ich auf jeder zweiten Seite ‹Symbolik!› an den Rand geschrieben hatte. Stell dir das mal vor! Im *Großen Gatsby* hatte ich das Wort ‹gelb› überall angestrichen, wo es auftauchte.»

«O Gott!» sagte Mary Ann lächelnd. «Ich erinnere mich an diese schrecklichen Klassenarbeiten. Aber ich versteh nicht, Mouse – was soll das mit unserem Fall zu tun haben?»

«Na, vielleicht suchen wir *auch* zuviel nach Symbolik. Nicht *alles* muß auch was bedeuten.»

«Ja, aber es wäre schön, wenn *irgendwas* mal eine Bedeutung hätte.»

«Was ist mit dieser Transsub . . . wie immer das auch heißt?»

«Was soll damit sein?»

«Na, zunächst mal: Ist Burke katholisch?»

Mary Ann schüttelte den Kopf. «Episkopalisch.»

«Das ist ja nahe dran.»

«Ja?»

Michael nickte. «Die Hochkirchen sind noch katholischer als die Katholiken. Glaub mir, ich kenn mich da aus. Ich hatte mal einen Freund, der war Seminarist der episkopalischen Hochkirche. Es hat nicht viel gefehlt, und er hätte sich auch noch *rasiert* mit Weihwasser. *Er* hat garantiert daran geglaubt, daß sich Brot und Wein in den Leib und das Blut Christi verwandeln.»

Mary Ann schüttelte es ein bißchen. «Daran glauben die? Im wörtlichen Sinn?»

«Im wörtlichen Sinn. Du hast die Definition ja gelesen, Babycakes.»

«Ich weiß, aber das ist doch etwas abartig, findest du nicht?»

Michael zuckte mit den Schultern. «Die Christen sind auf der ganzen Welt die einzigen, die vor einem Folterinstrument niederknien. Wenn Christus erst in diesem Jahrhundert den Märtyrertod gestorben wäre, würden wir wahrscheinlich alle kleine elektrische Stühle um den Hals tragen.»

Mary Ann war schockiert. «Mouse, das ist ja Gotteslästerung!»

«Ist es nicht. Sondern eine Feststellung zum Wesen der . . .» Plötzlich krampften sich Michaels Hände um die Armlehnen seines Rollstuhls, und auf seinem Gesicht erschien ein Ausdruck höchster Konzentration. «Mensch!» rief er. *«Menschenskind!»*

«Um Himmels willen, Mouse, was ist denn?»

«Der geheiligte Stein! Der doofe geheiligte Stein! Das ist Grace Cathedral, es *muß* Grace Cathedral sein!»

«Grace Cathedral?»

«Was sonst? Sie ist gleich neben dem PU Club, Mary Ann! Auf dem Berg der Flut am Kreuzungspunkt der Linien! Und rate mal, was die inkarnierte Rose ist.»

«Was?»

«Die größte Rose in der ganzen Stadt! Die Fensterrose der Grace Cathedral!»

Liebesdienste

D'orothea Wilson machte in der Halle des St. Sebastian's Hospital kurz halt, um ein altes Gemälde zu betrachten, das den Namensgeber der Einrichtung zeigte.

Der Heilige war an einen Baum gefesselt. Er trug nur einen Lendenschurz und hatte ein seliges Lächeln im Gesicht. Sein blutüberströmter Körper war mit Pfeilen gespickt. Mit mindestens einem halben Dutzend.

D'orothea verzog das Gesicht und erregte damit die Aufmerksamkeit einer vorbeikommenden Krankenschwester. «Ich weiß», sagte die Krankenschwester mit angeekelter Miene. «Ist es nicht furchtbar?»

«Warum hängt man so etwas überhaupt auf? Noch dazu in einem Krankenhaus!»

Die Krankenschwester lächelte matt. «Der Verwaltungsrat streitet jedes Jahr darüber. Ich glaube, es war Bestandteil einer großen Stiftung oder so. Und niemand möchte die Alte vergraulen, die es gespendet hat. Man hat es schon zwei- oder dreimal umgehängt. Hier fällt es noch am wenigsten auf.»

«Es sollte sich mal nachts jemand mit einer Dose Lackspray drüber hermachen», schlug D'orothea vor.

«Nur zu!» meinte die Krankenschwester.

Nachdem sie sich am Empfangstresen nach DeDes Zimmer erkundigt hatte, schaute D'orothea noch rasch im Blumenladen des Krankenhauses vorbei und kaufte ein Dutzend Rosen. Dann hastete sie in den ersten Stock, um ihre Freundin zu besuchen.

«Du kannst nicht lange bleiben», sagte DeDe grinsend. «Meine Mutter hat man gerade rausgescheucht.»

«Ich geh auch bald wieder.» D'orothea legte die Rosen auf den Nachttisch, beugte sich über DeDe und küßte sie auf die Wange. «Du siehst *toll* aus, mein Schatz.»

«Danke. Und schönen Dank für die Rosen.»

«Wie geht's der Trommel?»

DeDe verdrehte die Augen. «Sie macht bum-bum, bum-bum.»

«Du meinst . . .?»

«Die Wehen kommen alle fünfzehn Minuten.»

«Ach, du grüne Neune! Dabei hast du am Telefon so beiläufig darüber geredet. Da dachte ich . . . Ach, Schatz, bist du nicht ganz aufgeregt?»

DeDe rang sich ein dünnes Lächeln ab. «Klar.»

«*Natürlich!* Da fällt mir ein, du hast mir die Namen noch gar nicht gesagt.»

«Welche Namen?»

«Die für die Babies. Hast du schon welche ausgesucht?»

DeDe strich das Laken über ihrem gewaltigen Bauch glatt. «Ach, wahrscheinlich Edgar, wenn eines ein Junge wird. Nach meinem Vater. Und wenn eines ein Mädchen wird, dann nenne ich es Anna.»

«Das ist ein hübscher Name. Hat er einen bestimmten Grund?»

«Daddy hat mich darum gebeten. Noch kurz vor seinem Tod.»

«Der Name hat in eurer Familie wohl Tradition, hm?»

DeDe schüttelte den Kopf. «Nicht, daß ich wüßte. Daddy hat bloß gesagt, daß ihm der Name gefällt.» Sie fummelte wieder am Laken herum und drehte den Kopf zur Seite. D'orothea brauchte einen Moment, bis sie begriff, daß DeDe weinte.

«Schatz? Nicht doch, Schatz. Was ist denn?»

«Ich hab solche Angst, D'or.»

D'orothea setzte sich auf die Bettkante und streichelte sanft über DeDes Haare. «Wieso denn?» fragte sie.

«Ich habe das Gefühl, als würde man mich bestrafen.»

«Bestrafen? Wofür?»

DeDes Gesicht glänzte vor Tränen. Sie griff nach einem Kleenex, putzte sich die Nase und ließ das Tüchlein dann auf den Nachttisch fallen. Schließlich sah sie D'orothea an und sagte seufzend: «Der Vater der Zwillinge ist Chinese, D'or.»

D'orothea verzog keine Miene. Dann sagte sie: «Na und?»

Ein Lächeln kämpfte gegen DeDes traurige Miene an. «Du hast leicht reden.»

«Schön», sagte D'or. «Dann kann ich's ja noch mal sagen. Na unnnnd?»

DeDe lachte endlich. «Ach, D'or, danke!»

«Nicht der Rede wert. Außerdem sehen Eurasier *immer* hinreißend aus.»

«Ja, nicht?»

«Weiß Big Mama denn Bescheid?»

DeDe zuckte erst zusammen und schüttelte dann den Kopf.

«Das hab ich mir gedacht», sagte D'or. «Deswegen heulst du auch, was?»

«Zum Teil wohl schon.»

«Und was macht den anderen Teil aus?»

«Keine Ahnung. D'or . . . Nicht eine von meinen Freundinnen hat auch nur angerufen.»

«Tja, das Blatt ändert sich jetzt, mein Schatz.»

«Warum?»

«Weil ich die erste von deinen *neuen* Freundinnen bin, DeDe. Und uns wirst du nicht so leicht wieder los.» Sie beugte sich vor und gab DeDe noch einen Kuß. «Außer, wenn du deine Kinder kriegst. Bei so was wird mir nämlich ganz flau im Magen. Aber ich werde in deiner Nähe sein. Gleich draußen vor der Tür.»

«Das brauchst du nicht.»

«Ich will aber.»

«Danke, D'or.»

«Ach so, möchtest du denn, daß ich deine Mutter über die Babies aufkläre?»

«Nein. Das mache ich schon selbst. Ich liebe dich, D'or.»

«Ich dich auch, Schatz.»

Zurück nach Nantucket?

Natürlich war Burke am schwersten zu überzeugen.

«Das ist doch alles Larifari, Mary Ann. Warum sollte jemand wegen einer *Kathedrale* sein Gedächtnis verlieren? Du scheinst zu vergessen, daß es mir jedesmal ganz dreckig geht, wenn ich . . .»

«Du hast bei Beauchamps Trauerfeier gekotzt, oder etwa nicht? Das war in einer Kirche.»

Burke wedelte ungeduldig mit den Händen. «Ich hab doch wegen der Rose gekotzt.»

«Aber, begreifst du denn nicht? Vielleicht wird dir gar nicht vom *Anblick* der Rose schlecht. Vielleicht ist es bloß das Wort, die Assoziation mit der Fensterrose.»

Burke wirkte niedergeschlagener denn je, als er sich auf die Bettkante setzte. «In meinem Traum sehe ich kein Fenster. Ich sehe eine rote Rose. Keine rosa oder gelbe Rose – eine *rote,* Mary Ann.» Als er zu ihr hochsah, hatte sich seine Augenfarbe von einem lebhaften Grau in einen stumpfen Zinnton verwandelt. «Ich glaube, ich gehe besser wieder nach Hause.»

Mary Anns erster Gedanke war der, daß sie doch schon in seiner Wohnung waren. Dann traf sie die Bedeutung seines Satzes, als hätte man ihr ein Bündel Dornenzweige ins Gesicht geschlagen. «Burke, das ist nicht dein Ernst!»

Sein freundlicher Ton war vernichtend. «Doch», sagte er sanft. «Ich muß mich von der Geschichte freimachen, Mary Ann.»

«Aber, Burke . . .» Sie setzte sich neben ihn und legte ihm den Arm um die gebeugten Schultern. «Du wirst dich *nie* davon freimachen, wenn du nicht den Grund für deine Amnesie ausfindig machst. Du kannst nicht bis in alle Ewigkeit Angst haben.»

«Ich habe keine Angst.»

Zärtlich drückte sie seine Schulter. «Ich weiß, aber was ist mit den Rosen?»

«Damit komm ich zurecht. Ich muß einfach . . . Ich muß endlich wieder mein Leben leben.»

«Und was willst du im Osten machen?»

«Mein Vater hat mir eine Stelle in seinem Verlag angeboten.»

Mary Ann schmachtete ihn an. «Kannst du so einen Job nicht auch hier machen?»

Lächelnd strich er ihr über die Haare. «Du wirst mir *fehlen.* Das hätte ich wohl gleich zu Anfang sagen sollen.»

Sie spürte, wie ihr die Tränen in die Augen stiegen. «Verdammt», sagte sie leise. «Ich könnte mich ohrfeigen.»

«Warum?»

«Ich hätte nicht drängeln sollen. Ich hätte dich nicht auf diesen Trip schicken sollen.»

Sein Gesicht bekam die Farbe einer American-Beauty-Rose. *«Du hast mich auf keinen Trip geschickt.»*

Sie betrachtete ihn schweigend, las ihm die Angst von den Augen ab. Dann stand sie auf und ging durchs Zimmer. Wenn es jetzt vorbei war, wenn es für sie beide kein Zurück mehr gab, dann hatte sie auch nichts mehr zu verlieren, wenn sie die ganze Wahrheit sagte.

Sie drehte sich zu ihm um. «Burke, der Mann mit den Implantaten singt im Chor der Grace Cathedral.»

«Was?»

«Ich hab mich heute vormittag danach erkundigt. Und ich glaube, daß du mit ihm gesungen hast.»

«Moment mal! Wie hast du das denn rausgefunden?»

Sie wich seinem Blick aus, weil sie nicht so dastehen wollte, als wäre sie besonders stolz auf sich. «Ich ... Na ja, als erstes habe ich Jon gebeten, im Krankenhaus anzurufen und nach seinem Namen zu fragen. Dann habe ich in der Grace Cathedral angerufen und mit einem Kerl gesprochen, der als Küster bezeichnet wurde, und der hat mir gesagt, daß der Implantatemann ... er heißt übrigens Tyrone ... also, der Küster hat mir gesagt, daß Tyrone im Chor der Grace Cathedral singt.»

In Burkes Augen schimmerte so etwas wie Hoffnung. «Und du glaubst ... du glaubst, daß ich mit ihm gesungen habe?»

«Es *könnte* sein», sagte sie verhalten. «Du hast mir erzählt, daß du in Nantucket im Chor gesungen hast. Und als wir in Mexiko waren, hast du mir erzählt, daß du in den Briefen an deine Eltern über Gottesdienste in der Grace Cathedral geschrieben hast.»

Mary Ann sah wohl wie ein verängstigtes Kaninchen aus, denn plötzlich lächelte Burke und klopfte neben sich auf das Bett. Sie ging zu ihm, setzte sich und blickte ihn deprimiert an. «Bin ich eine Nervensäge?» fragte sie.

Er küßte sie auf die Nasenspitze. «Du glaubst also, daß der

Nachwuchsreporter Burke Andrew in der Grace Cathedral auf finstere Vorgänge gestoßen ist?»

Sie lächelte schüchtern. «Das ist bloß die *aktuellste* Theorie.»

«Eine Episkopalensekte, hmh?»

«Reit nicht noch darauf herum», ermahnte sie ihn.

«Eigentlich», sagte er lächelnd, «finde ich diese Theorie gar nicht so schlecht.»

Als sie in ihre Wohnung hinüberhuschte, stieß Mary Ann auf Mrs. Madrigal, die gerade den Flur saugte. Die Vermieterin hatte ihre Haare auf Lockenwickler gedreht.

«Probieren Sie's mit einer neuen Frisur?» fragte Mary Ann.

«Das muß sich erst zeigen. Vielleicht sehe ich am Ende aus wie Medusa. Und wo willst *du* so eilig hin?»

«Burke geht mit mir in die Kirche.»

«Wie romantisch», sagte Mrs. Madrigal in vollem Ernst.

«Wahrscheinlich werden Blitze auf mich herabfahren. Es ist das erste Mal, daß ich in San Francisco in die Kirche gehe. Und ich bin schon zehn Monate hier.»

Die Vermieterin lächelte. «Sprich ein Gebet für mich.»

«Das haben Sie doch nicht nötig.»

«Heute schon!»

«Warum?»

Mrs. Madrigal rückte ein Stück näher und wisperte. «Heute abend, mein liebes Kind, habe ich ein ernstes Gespräch mit meiner Exfrau.»

Fragen und Antworten

Hallo, Betty.»

Mrs. Madrigal sagte diese Worte mit einer Wärme und Selbstsicherheit, die Mona erstaunten. Überdies hatte die Vermieterin noch nie schöner ausgesehen. Weiche, schimmernde

Haut. Leuchtende Augen. Ein zartgrüner Kimono, der sie umflatterte wie Schmetterlingsflügel.

Außerdem hatte sie an diesem Abend auf ihren gewohnten Kopfputz verzichtet. Ihr Gesicht wurde von weichen, romantischen Löckchen umrahmt. Betty war sichtlich verblüfft.

«Hallo. Ich hoffe, ich . . . Wie geht es dir?»

Mrs. Madrigal lächelte wie eine gütige Hindu-Gottheit. «Du kannst mich Andy nennen, wenn du willst. Anna geht dir wohl ein bißchen schwer über die Lippen.»

«Nein, es macht . . . Die Gegend hier ist *entzückend*. Ich kann jetzt verstehen, warum Mona so verrückt danach ist.»

Mrs. Madrigal nahm ihrem Gast den Mantel ab. «Wie ich gehört habe, wohnst du nur ein paar Blocks von hier.»

«Ja. Aber in einem Hochhaus. Es ist einfach . . . wunderschön hier. Die Treppe, die von der Straße heraufführt, kommt einem vor wie aus . . . Ach, ich weiß nicht, aus was.» Sie ging ins Wohnzimmer und musterte alles mit nervösen Blicken. Natürlich mit Ausnahme der Person, die einmal ihr Ehemann gewesen war.

Mrs. Madrigal holte Sherry aus der Küche. «Für dich habe ich keinen mitgebracht, Mona, meine Liebe. Ich denke, deine Mutter und ich sollten uns ein bißchen unterhalten.»

Mona sprang auf. «Okay. Ist gut. Ich geh ein bißchen spazieren.»

«Es wird nicht lange dauern», sagte Mrs. Madrigal. «Warum gehst du nicht ins Tivoli? Vielleicht kommen wir später nach.»

«Schön», sagte Mona lahm und verließ die Wohnung.

Mrs. Madrigal saß schweigend da, nippte an ihrem Sherry und studierte Betty Ramseys rasch dahinwelkendes Lächeln. «Alle Achtung», sagte sie schließlich, «du hast dich wirklich gut gehalten. Deine Figur ist noch so gut wie vor dreißig Jahren.»

Betty zupfte an ihrem Rock, um sicherzugehen, daß ihre Knie bedeckt waren. «Yoga hilft da sehr», sagte sie knapp.

«Mhmm. Und ein paar Schnibbeleien hier und da.»

Durch Betty ging ein Ruck. «Ich wüßte nicht, was das hier . . .»

«Das war keine Gehässigkeit, Betty.» Mrs. Madrigal lachte aus vollem Herzen. «Ich wäre die *Letzte,* die den Wert der Chirurgie in Zweifel ziehen würde!» Ihre Fröhlichkeit verschwand genauso rasch, wie sie sich eingestellt hatte. «Sag mir jetzt, was ich für dich tun kann.»

Die Maklerin schaute auf ihr Glas hinunter. «Ich habe ein Recht, meine Tochter zu sehen», sagte sie in einem erzwungen ruhigen Ton, als wäre sie kurz davor, aus der Haut zu fahren. «Ich habe ein Recht zu erfahren, was du mit ihr anstellst.»

Ein mattes Lächeln huschte über das Gesicht der Vermieterin. «Etwas fürchterlich Perverses. Ich schenke ihr ein Zuhause. Und Liebe.»

«Soll das heißen, daß ich das nicht getan habe?»

«Das ist doch Unfug, Betty. Mona ist über dreißig.»

Eine dicke Ader an Bettys sehnigem Hals begann zu pulsieren. «Ich weiß, was du treibst. Du hetzt sie bewußt gegen mich auf. Du benutzt sie, um einen krankhaften Mütterlichkeitsdrang zu befriedigen, der dir das Gefühl geben soll, eine *richtige* Frau zu sein! Mein Gott! Das ist alles dermaßen daneben, daß ich nicht mal . . .»

«Tut mir leid, daß du so gegen mich eingestellt bist. Vielleicht hilft es, wenn ich dir sage, daß du mit deiner Reaktion nicht ganz unrecht hast.»

«Nicht ganz unrecht! Paß mal auf, Andy! Ich verlange mehr von dir als ein mickriges Glas Sherry und ein paar schlappe Entschuldigungen. Ich will Antworten, verdammt noch mal!»

Mrs. Madrigal stellte ihr Glas beiseite und faltete die Hände im Schoß.

«Schön», sagte sie ruhig. «Ich werde mich anstrengen.»

Ihre Gelassenheit brachte Betty etwas aus dem Konzept. «Ich will zum Beispiel wissen, was mit Norman Neal Williams passiert ist.»

Mrs. Madrigals Wedgwood-Augen wurden groß wie Untertassen. «Du hast ihn *gekannt?*»

«Komm mir nicht auf die Tour!» fauchte Betty sie an.

«Ehrlich, Betty, ich weiß nicht, was du meinst.»

«Ich hatte ihn auf dich angesetzt, und das weißt du auch! Was hast du getan? Hast du ihn bestochen?»

«Er ist vor ein paar Monaten verschwunden. Er ist einfach nicht wiedergekommen, Betty. Mein Gott, war er ein *Detektiv*?»

«Wie *geziert* du doch lügen kannst.» Betty sprang auf. «Es hätte mir klar sein müssen, daß ich die Wahrheit von dir nicht erwarten kann. Ich finde, es wird Zeit, daß Mona die Wahrheit über ihren *richtigen* Vater erfährt!»

«Betty, bitte . . .»

«Es sei denn, du hast sie ihr in deiner grenzenlosen Freimütigkeit schon erzählt.»

Schweigen.

Betty lächelte grimmig. «Ich hatte es nicht anders erwartet.»

«Wie kannst du so rachsüchtig sein? Du wirst ihr damit nur weh tun.»

«Du hast es doch gerade selbst gesagt. Mona ist über dreißig. Da hält sie das aus. Wo sie doch schon so ein großes Mädchen ist.»

Der geheiligte Stein

Es wurde schon Abend, als sie auf dem Nob Hill ankamen. Vor dem Mark und dem Fairmont wuselten pastellfarbene Touristen hin und her. Mary Ann kamen sie vor wie Küken, die man zum Osterfest bunt gefärbt hatte und die ihre Mütter suchten.

Aber diese Leute suchten wohl eher ihre Kinder.

Wie Monas Mutter. Wie Michaels Eltern und Burkes Eltern und ihre eigenen. Und selbst Mother Mucca. Verblüfft, schokkiert, insgeheim jedoch angenehm erregt, waren sie scharenweise in dieses neuzeitliche Sodom gekommen, um mit eigenen Augen zu sehen, was aus ihren Nestflüchtlingen geworden war.

In ihren Augen lag Angst. Und Verwirrtheit. Und eine Art stummer Verzweiflung, die in Mary Ann das Bedürfnis weckte, die Hand auszustrecken und sie zu umarmen. Einige von ihnen näherten sich schon dem Ende ihres Lebens. Dennoch – in mehr als einer Hinsicht waren *sie* die Küken. Sie waren die Kinder ihrer Kinder.

Die Ampel sprang um. Burke und Mary Ann zwängten sich durch die Menge auf dem Fußgängerüberweg und marschierten westlich die California Street hoch. Mitten in diesem mittelamerikanischen Chaos behauptete sich zu ihrer Rechten mit leichtem Dünkel die schlammbraune Festung, die Pacific Union Club hieß: Still, düster und unergründlich stand sie da.

Mary Ann ließ ihre Finger an dem um das Gebäude laufenden Zaun aus massiver Bronze entlanggleiten und prüfte, ob sich in seinen Verzierungen ein Rosenmotiv fand. Nichts. Nur eine Nancy Drew fand Hinweise so en passant.

Als sie in den Huntington Park kamen, setzten sie sich mit dem Rücken zum PU Club auf eine Bank in der Nähe des Brunnens und betrachteten die riesige Fensterrose der Grace Cathedral.

«Hast du angerufen?» fragte Burke.

Mary Ann nickte. «Eine Frau aus dem Pfarrbüro hat mir gesagt, daß heute abend eine Messe mit Kommunion stattfindet.»

«Wann?»

Sie schaute auf die Uhr. «In einer dreiviertel Stunde.»

«Dann sollten wir jetzt reingehen. Es ist mir lieber, wenn nicht so viele Leute drin sind.»

«Warum?»

Er deutete lächelnd auf seinen Mund. «Diese Woche hab ich schon genug Vorstellungen gegeben.»

«Meinst du nicht, daß du . . .?»

«Woher soll *ich* das wissen?» sagte er schulterzuckend. «Ich denke, wir sollten lang genug drinbleiben, um zu sehen, ob es etwas auslöst, und dann aber raus wie der Teufel, wenn er Weihwasser riecht.» Er amüsierte sich über das Bild, zu dem er gegriffen hatte, und schaute entschuldigend zu dem riesigen Fenster hoch. «Tut mir leid.»

«Burke, bevor wir hineingehen . . .»

«Ja?»

«Mir ist gerade was eingefallen. Als du zu Hause in Nantucket in die Kirche gegangen bist, hast du da geglaubt, daß sich der Wein in Blut und das Brot in Fleisch verwandeln?»

Er lächelte. «Hat das nicht jeder mal geglaubt?»

Sie schüttelte den Kopf. «Wir waren Presbyterianer. Für mich war das bloß Traubensaft.»

«Ich schätze, wir waren reichlich hochkirchlich», sagte er grinsend.

«Findest du so eine Vorstellung nicht ein bißchen grotesk?»

«Vielleicht. Wenn man es sich mal richtig überlegt. Aber nicht grotesk genug für eine heiße Nachrichtenstory, falls du an so was gedacht hast. Sieh mal, Mary Ann, für die meisten Episkopalen sind das bloß Worte. Wenn man einen Hochkirchler in die Mangel nehmen könnte, würde er vielleicht *sagen,* daß er überzeugt ist, das Blut Christi zu trinken oder sein Fleisch zu essen, aber ich glaube, daß die meisten Leute das etwas prosaischer und symbolhafter sehen.»

«Hast du dir denn überlegt, warum du dann an dem Thema dran warst?»

Er lachte in sich hinein. «Du nimmst alles noch viel wörtlicher als die Hochkirchler. Überleg doch mal, was du erzählt hast: Von Jack Lederer weißt du, daß ich in Verbindung mit der Geschichte, an der ich damals dran war, das Wort ‹Transsubstantiation› *erwähnt* habe. Im weiteren Sinn kann es auch bloß so was wie Transformation oder Veränderung bedeuten. Mensch, vielleicht hab ich über berufliche Pläne geredet . . . oder *sonst was.* Jack Lederer hat das Wort doch nur aufgeschrieben, weil er selber nicht wußte, was es bedeutet.»

Ein kalter Abendwind stob durch den kleinen Park. Mary

Ann stellte den Mantelkragen hoch und schaute wieder zur Kathedrale hinüber. Sie hakte sich bei Burke unter.

«Sie ist schön», sagte sie ehrfurchtsvoll. «In dem Licht sieht sie fast blau aus.»

Er nickte und zog sie näher an sich heran.

«Warum gruselt es mich so, Burke?»

Er drehte sich lächelnd zu ihr um. «Weil *dein* kirchliches Erbe immer noch viel mit ‹The Little Brown Church in the Dell› zu tun hat.» Er stand plötzlich auf und zog sie mit hoch. «Los jetzt, du Heidin. Auf daß die Religion über uns komme.»

Die Ironie, die in Burkes Verhalten lag, entging Mary Ann nicht.

Jetzt war sie diejenige, die sich am liebsten gedrückt hätte.

Der Showdown

Wie vom Donner gerührt sackte Mrs. Madrigal auf ihrem roten Samtsofa zusammen. Das Grauenhafte, von dem sie weiche Knie und einen trockenen Hals bekam, war, daß Betty die Situation sichtlich genoß.

«Sie wäre gar nicht hier», fauchte die Maklerin, «wenn sie nicht überzeugt wäre, daß dein Blut in ihren Adern fließt.»

«Das stimmt nicht», hielt Mrs. Madrigal wenig wirkungsvoll dagegen. «Alle hier können dir sagen, daß das nicht stimmt.»

Bettys Augen wurden zu Schlitzen. «Warum fragen wir nicht Mona? Hmmm?»

«Welchen Sinn sollte das haben? Was würdest du damit gewinnen, Betty?»

Betty schob die Unterlippe vor. «Wahrscheinlich nicht so viel, wie du verlieren würdest.»

«Nein. Da täuschst du dich, Betty. Die Verliererin wäre Mona. Sie braucht jetzt ein Zuhause. Sie braucht familiäre

Geborgenheit. Aber was sie *gar nicht* braucht, ist die Geschichte von deiner uralten Eskapade mit einem sexbesessenen Klempner.»

«Immerhin hat ihm der Laden *gehört*. Und ich finde es *sehr* merkwürdig, Andy, daß du meinst, die Identität ihres *richtigen* Vaters sei für sie nicht weiter von Interesse.»

«*Ihn* hat sie ja auch nicht interessiert. Weder damals noch heute. Herrgott, es war nur ein Seitensprung!»

«Und *du* hast wohl eher Anspruch auf sie, oder was? Du, der du sie *ganz* um den Vater gebracht hast!»

Mrs. Madrigal bekam feuchte Augen. «Ich habe versucht, es wiedergutzumachen, Betty. *Siehst* du das denn nicht?» Sie deutete fahrig im Zimmer umher, als könnte die Barbary Lane 28 irgendwie die Reinheit ihrer Absichten beweisen. «Siehst du nicht, was ich ihr geben wollte?»

«Dafür ist es zu spät, Andy. Dreißig Jahre sind zuviel.»

«Soll ich etwa vor dir auf die Knie fallen? Geht's dir darum?»

«Laß dir eins gesagt sein, Andy: Aufhalten wirst du mich nicht.»

«Sie geht nicht nach Minneapolis zurück. Das kann ich dir garantieren.»

«Das ist mir egal.»

«Was bleibt denn dann noch, außer daß du Mona weh tust? Auf längere Sicht wird diese Neuigkeit für sie keinen Unterschied machen. Und dich wird sie weniger lieben, Betty, nicht mehr.»

Das Gesicht der Maklerin blieb starr. «Das werden wir ja sehen.»

«Nein», sagte Mrs. Madrigal entschieden. «Das werden wir nicht sehen.»

«Was?» Der Ton der Vermieterin hatte Betty einen Schock versetzt.

«Du wirst nämlich die Stadt verlassen, Betty. Wenn du morgen noch hier bist, erzähle ich allen, die es etwas angeht, was du in dem Haus Ecke Leavenworth und Green gemacht hast.»

Betty spürte die Verschiebung der Machtverhältnisse. Sie

lag in der Luft wie nach einem Unwetter das Ozon. «Was soll das denn heißen?» fragte sie gereizt.

«Das soll heißen», antwortete Mrs. Madrigal nach einem Schluck Sherry, «daß du schon viel länger in der Stadt bist, als du Mona erzählt hast.»

«Und wenn schon?»

«Fast einen Monat, und nicht nur ein paar Tage», sagte die Vermieterin lächelnd.

«Sieh mal, Andy. Ich *wußte* doch, daß etwas nicht stimmte. Schließlich war Norman Williams verschwunden!» Sie lief hektisch im Zimmer hin und her und warf ihrem Exehemann ab und an einen wütenden Seitenblick zu. «Ich *mußte* doch was unternehmen.»

«Mhmm. Und da kam dir die Idee, auf eigene Faust ein bißchen herumzuschnüffeln.»

«Was hätte ich denn sonst tun sollen?»

«Ja, was wohl», sagte Mrs. Madrigal ruhig. «Wie ist denn die Aussicht im elften Stock?»

Schweigen.

«Das Stockwerk stimmt doch, oder? Ich glaube, Mona hat vom elften gesprochen.»

«Andy, ich kann mir beim besten Willen nicht vorstellen, was . . .»

«Im elften Stock muß man eine wunderbare Aussicht auf dieses Haus hier haben.» Mrs. Madrigal fixierte ihre Beute. «*Besonders* um Mitternacht.»

Betty blieb wie angewurzelt stehen. Ihr so entschlossen geschürzter Mund verlor jeden Halt. «Hat Mona dir das erzählt?»

Lächelnd sagte die Vermieterin: «Außer Mona habe ich noch viele andere Kinder.»

Betty stand mitten im Zimmer und starrte vor sich hin. Schließlich sagte sie: «Mist.» Es klang wie das Zischen einer Schlange.

«Deshalb bin ich überzeugt», sagte Mrs. Madrigal vergnügt, «daß ich deine Zustimmung finde, wenn ich sage, daß es eine *Menge* Dinge gibt, von denen Mona besser nichts erfährt.

Außerdem braucht *sie* diesen Jungen fast genauso, wie er sie braucht, Betty.»

«Sie . . . weiß nicht . . . Bescheid über mich?»

Mrs. Madrigal schüttelte den Kopf. «Und er auch nicht. Für ihn bist du eine richtige Salome, eine Sirene auf ihrem Felsen!» Sie zwinkerte der Maklerin zu. «Ich erzähle ihm nichts, wenn du auch nichts erzählst.»

Betty funkelte sie in sprachloser Wut an.

«Und ich erzähl es auch sonst niemand, Betty. Aber nur, wenn du abreist. Und zwar morgen.»

«Ich kann dir nicht trauen.»

«Und ob du das kannst. Ich war vielleicht ein unzuverlässiges Mannsbild, aber ich bin ein schrecklich nettes Frauenzimmer.»

«Ein *Teufel* bist du, daß du's genau weißt!»

«Ich bitte dich», sagte Mrs. Madrigal lächelnd. «Nenn mich wenigstens eine Hexe.»

Der Mann, der gar nicht da war

Als Burke und Mary Ann die Kirche betraten, verriet das laute Klappern ihrer Schuhe auf dem Steinfußboden den wenigen Andächtigen, die in dem großen Raum verstreut saßen, ihre Anwesenheit.

«Ich komm mir vor wie ein Touristentrampel», flüsterte Mary Ann.

Burke lächelte und drückte ihre Hand. «Keine Bange. Die Presbyterianerin wird dir schon niemand ansehen.»

«Sollten wir uns nicht setzen?»

Er zuckte mit den Schultern. «Wenn du willst.»

Sie stiegen in eine Bank neben einer eindrucksvollen Steinsäule. Links über ihnen verdunkelte sich die Technicolor-

Pracht eines bunten Glasfensters. Mary Ann setzte sich und kramte ein Dynamint aus ihrer Handtasche.

«Willst du auch eins?» fragte sie.

Burke schüttelte den Kopf. «Bleiben wir einfach ein bißchen sitzen.»

Mary Ann sah sich um und fragte sich beklommen, ob sie und Burke die gleichen Eindrücke aufnahmen. Die alte Frau, die zwei Reihen vor ihnen ihre Gebete aufsagte, hatte mit Hilfe einer Nadel ein rosa Taschentuch mit Blumenmuster an ihrem grauen Dutt befestigt. Auf der anderen Seite des Gangs saß ein Mann, der ein T-Shirt mit der Aufschrift «the pines 75» trug und sich mit ausholender Geste bekreuzigte.

Diese Leute waren keine Katholiken, rief Mary Ann sich in Erinnerung. Sie waren Episkopale, wahrscheinlich Hochkirchler, aber gewöhnliche Protestanten, die in diesen hallenden Raum gekommen waren, damit sich in ihren Mündern Wein in Blut verwandeln konnte.

Es schauderte sie. Sie fummelte sich noch ein Dynamint raus. Dann bemühte sie sich um Burkes Aufmerksamkeit.

«Tut sich was?» wollte sie wissen.

Er schüttelte den Kopf.

«Erinnerst du dich überhaupt an diesen Raum?»

«Nein, eigentlich nicht. Es erinnert sehr an St. John the Divine's in New York.»

«So riesig», stellte Mary Ann geistesabwesend fest.

Burke lugte um den Pfeiler herum. «Der Chor hat seinen Platz vermutlich vorne neben dem Altar. Vielleicht sollten wir da mal hingehen.»

«Ähm . . . Warum das denn?»

Er lächelte sie an. «Hast du Angst, Mary Ann?»

«Nein. Ich finde bloß . . . Na ja, damit würden wir doch . . . auffallen, nicht?»

Er nahm sie an der Hand. «Komm. Nur ganz kurz. Vielleicht erkenne ich die Einfriedung für den Chor wieder oder sonst was da vorne.»

Also schritten sie gemeinsam den Gang entlang. Mary Ann

vergaß ihre Ängstlichkeit für einen Augenblick und amüsierte sich im stillen über die Symbolik, die in diesem Vorgang lag. Ob man sich bei den Proben für eine Trauung so fühlte?

Als sie an die Kommunionsbank kamen, blieb Burke kurz stehen und las den Spruch, der in Petit-point-Stickerei die Kniekissen zierte: WER VON DIESEM BROT ISST, WIRD EWIG LEBEN. Mary Ann zupfte Burke am Ärmel. «Siehst du», flüsterte sie. «Transsubstantiation.»

Er konnte seine Belustigung nicht verbergen. «Du tust, als würdest du eine Inka-Ruine besichtigen.»

Der Organist saß in unmittelbarer Nähe der Einfriedung für den Chor. Außer ihm hielt sich sonst niemand in diesem Teil der Kathedrale auf. Mit feierlicher Geste und ohne den Blick zu heben legte er seine Notenblätter zurecht. Dann begann er zu spielen.

Mary Ann zuckte zusammen, als die Musik durch die Kathedrale donnerte. «Vielleicht fangen sie jetzt an, Burke.»

«Er übt nur», klärte Burke sie auf. «Gehen wir jetzt. Es ist nicht nötig, daß ich mir die Chorempore auch noch ansehe.»

«Wenn du sie aber noch . . .»

Er schüttelte den Kopf. «Hier kommt mir nichts bekannt vor. Wenn es anders wäre, könnte ich es jetzt schon sagen.»

Sie machten kehrt und strebten in würdiger Haltung dem Ausgang zu. Die alte Dame mit dem rosa Taschentuch blickte auf, als sie an ihrer Bank vorbeikamen. Mary Ann lächelte ihr entschuldigend zu, bevor sie himmelwärts zu der großen Fensterrose blickte. Deren Leuchtkraft war inzwischen erloschen. Sie war so schwarz wie die Nacht draußen.

«Burke?»

«Hmh?»

«Laß uns heute abend irgendwas hübsches Seichtes und Unterhaltsames machen. Sehen wir uns einen Burt-Reynolds-Film an. Oder gehen wir doch in diese Country & Western-Kneipe, wo immer alle mitsingen sollen. Oder . . . O Gott, halt! Sieh nicht hin, Burke!» Sie packte ihn an der Hand, zerrte ihn unsanft in eine Bank und zog ihn auf die Knie hinunter. «Nicht bewegen», flüsterte sie. «Nicht umdrehen.»

«Um Himmels willen, was soll . . .»

Mary Ann hielt in geheuchelter Andacht den Kopf gesenkt. «Sssssch! Mr. Tyrone ist da.»

«Wer?»

«Der Mann mit den Implantaten.»

«Wo?»

«An der Tür. *Er stand gerade an der Tür, Burke.*»

Burke fand ihre Reaktion übertrieben. «Wenn er im Chor singt, Mary Ann, dann hat er doch allen Grund . . .»

«Er hatte etwas bei sich, Burke.»

Burke spähte über die Schulter.

«*Nicht!* Er wird dich sehen.»

«Dann sieht er mehr als ich.»

«Was?»

«Es ist niemand da, Mary Ann.»

Sie drehte sich langsam um und schaute noch einmal zur Tür.

Burke hatte recht. *Es war niemand da.*

Tränen im Tivoli

Mona machte sich gerade über ihren zweiten halben Liter Rotwein her, als Mrs. Madrigal ins Savoy-Tivoli kam.

Allein.

«Alles in Ordnung, Mrs. Madrigal?»

Die Vermieterin nickte. «Es hätte häßlicher sein können.» Sie glitt auf einen Stuhl und griff über den Tisch hinweg nach Monas Hand. «Ich habe mein Bestes getan, meine Liebe.»

«Hat sie eine Szene gemacht?»

«Sie hat es versucht.»

Mona zögerte, bevor sie dann doch mit der Frage herausplatzte, die ihr schon den ganzen Abend auf der Seele lag. «Hat sie über Mr. Williams gesprochen?»

«Ja.»

«Und?»

«Mir ist die Spucke weggeblieben. Ich hatte keine Ahnung, daß er Detektiv war, und schon gar nicht, daß er für *sie* gearbeitet hat. Außerdem kann ich mir gar nicht vorstellen, was mit ihm passiert ist.»

Mona schaute in ihr Weinglas.

«Sieh mich an, Liebes. Das ist die Wahrheit.»

«Ich glaube dir.»

«Du mußt mir glauben, Mona. Du *mußt*.»

«Tu ich ja», sagte Mrs. Madrigals Tochter lächelnd. «Wo ist sie eigentlich? Ist sie vor Wut geplatzt?»

«Beinahe. Kann ich mal bei dir trinken, Liebes?»

Mona schob ihr Glas über den Tisch. «Es tut mir leid, daß du das durchmachen mußtest.»

«Sie reist morgen ab. Du solltest sie noch mal anrufen.»

«Na gut.»

«Vergiß nicht, daß sie dich liebt, Mona. Sie hat damals eine Menge Opfer für dich gebracht.»

«Ich weiß.» Mona holte sich das Weinglas zurück und trank einen Schluck. «Darf ich dich noch etwas fragen?»

«Nur zu.»

«Mr. Williams hat Betty berichtet, daß dein Name ein Anagramm ist.»

«Wie interessant.»

«Und?»

«Was und?»

«Ist es so?»

Mrs. Madrigal lächelte geheimnisvoll. «Hast du noch nicht versucht, es aufzulösen?»

«Dann stimmt es also?»

Die Vermieterin nahm sich ein Stück Brot und knabberte daran. «Paß auf, junge Frau: Wir machen jetzt einen kleinen

Kuhhandel. Ich verrate dir die Auflösung des Anagramms, wenn du einen Freund von mir zum Essen einlädst.»

«Wen?»

«Brian Hawkins.»

«Vergiß es.»

Mrs. Madrigal legte das Stück Brot betont geziert beiseite. «Na schön.»

«Ich bin deine Tochter», konterte Mona. «Ich habe das Recht, die Auflösung des Anagramms zu erfahren.»

«Das stimmt. Und als dein Vater habe ich das Recht, über Enkel zu reden.»

«So ein Quatsch.»

Mrs. Madrigal drohte mit dem Finger. «Mother Mucca wird dir den Mund mit Seife auswaschen.»

«Brian Hawkins interessiert sich nicht mal *im entferntesten* für mich.»

«Das wird er aber bald tun.»

«Hmh?»

«Vertrau mir nur, Mona.»

Mona schaute weg. «Ich bin mir seinetwegen furchtbar dämlich vorgekommen.»

«Ach, Mona, dämlich sind wir doch alle! Nur haben manche von uns mehr Spaß damit als andere. Entspann dich, meine Liebe! Genier dich nicht zu weinen . . . oder zu lachen. Lach, soviel du willst, wein, soviel du willst, pfeif auf der Straße hübschen Männern hinterher und *zum Teufel* mit allen, die dich für dämlich halten!» Sie hob das Weinglas und prostete der jüngeren Frau zu: «Ich liebe dich, mein Engel. Und das gibt dir die Freiheit zu allem.»

Mona gab keine Antwort. Tränen liefen ihr über das Gesicht.

Mrs. Madrigal langte über den Tisch und tupfte ihr mit einer Serviette die Augen ab.

«Ist es dir feucht genug?» wollte Mona wissen.

Plötzlich stand der Kellner neben ihnen.

«Ah, Luciano», rief Mrs. Madrigal. «Haben Sie meine Tochter schon kennengelernt?»

Der Kellner machte eine höfliche Verbeugung. Mona wurde rot und hielt ihm die Hand hin. Der Kellner drückte ihr einen Kuß darauf und sagte: *«Bella.»*

Mrs. Madrigal lächelte stolz. «Natürlich ist sie *bella* ! Bei der Mu . . . äh . . . na ja.»

Mona lächelte sie mit verschwommenen Augen an. «Du bist so was von verrückt.»

«Grazie», sagte ihre Vermieterin.

Abstieg ins Nirgendwo

Mary Anns Augen wurden groß wie Hostien, als sie zu der Stelle hinübersah, wo der Mann mit den Implantaten gestanden hatte. «Ich schwör's dir, Burke. Er hat gleich dort neben der Tür gestanden.»

«Kann ja sein», meinte Burke schulterzuckend. «Aber jetzt steht er nicht dort.»

«Wahrscheinlich ist er wieder rausgegangen.»

«Willst du nachsehen?»

Sie zögerte. «Ich denke, das sollten wir. Aber es darf nicht so wirken wie jetzt.»

«Richtig. Hast du nicht auch gesagt, daß er was bei sich hatte?»

Sie machte es Burke nach und wechselte von der knieenden in die sitzende Position. «Ich bin mir nicht sicher», sagte sie leicht beklommen. «Aber es hat ausgesehen wie eine Kühlbox aus Styropor.»

Er blinzelte sie an. «Müßte ich wissen, was das zu bedeuten hat?»

Sie schüttelte den Kopf. «Ich hab es nie erwähnt. Jon hat letzte Woche gesehen, wie er mit einer Kühlbox aus Styropor aus dem Krankenhaus gekommen ist.»

«Und?»

«Nichts und. Er hat es nur gesehen. Draußen auf dem Parkplatz.»

Burke zog die Augenbrauen hoch. «Glaubst du etwa», fragte er mit gespielter Dramatik, «daß er zur Kommunion statt Wein lieber Bier trinkt?»

«Ich blase die Sache doch gar nicht auf, Burke.» Sie wußte, daß seine Schnoddrigkeit nur ein Abwehrmechanismus war, doch es irritierte sie trotzdem.

Er stand auf und half ihr aus der Bank. Während sie auf das Portal zugingen, betraten drei oder vier neue Andächtige den Bau. «Wieviel Zeit haben wir noch?» wollte Burke wissen.

«Eine viertel Stunde», kam die Antwort.

Sie erreichten den Eingang. «Ich geh voran», sagte Mary Ann. «Wir schlendern einfach raus und tun so, als würden wir ein bißchen frische Luft schnappen.»

Burke zwinkerte ihr zu und hielt den Daumen nach oben.

Mary Ann zog an der schweren Tür und trat in die Dunkelheit hinaus. So beiläufig wie möglich musterte sie die Leute, die plaudernd auf dem Vorplatz standen. Der Mann mit den Implantaten war nicht darunter.

Sie nahm Burkes Arm und ging zurück in die Kathedrale. «Das ergibt keinen Sinn», flüsterte sie. «Er kann doch sonst nirgends hingegangen sein.»

«Mit einer Ausnahme . . .» Burke drehte sich um und deutete auf den Fahrstuhl gleich rechts neben dem Eingang. Er lag etwas abseits im Dunkeln und war ihrer Aufmerksamkeit bis dahin völlig entgangen. «Damit geht's wohl in den Glockenturm oder so.»

«Wohin?»

«Keine Ahnung. Vielleicht zu Quasimodo?» Er streckte die Hand aus und drückte auf den Knopf.

«Burke! *Was machst du da*?»

«Wir können doch jetzt nicht aufhören, oder?»

Plötzlich glitt die Fahrstuhltür zur Seite, und profanes Neonlicht ergoß sich in diesen tintenschwarzen Winkel der

Kathedrale. Burke packte Mary Ann am Arm und zog sie in den Fahrstuhl. Die Tür schloß sich augenblicklich.

«Burke, wir könnten in Schwierigkeiten kommen.»

Er antwortete nicht, denn er war völlig auf die Kontrollknöpfe fixiert. «Es gibt 2, 3 und TG», sagte er. «TG muß Tiefgeschoß heißen. Probieren wir es für den Anfang mal mit der 2. Meinst du nicht auch, daß wir dem Ort eher gerecht werden, wenn wir gen Himmel fahren?» Er drückte auf den 2er-Knopf.

Nichts passierte.

«Laß das bleiben, Burke. Mach die Tür auf.»

«Warte doch mal.» Er probierte es mit dem 3er-Knopf. Der Fahrstuhl rührte sich nicht von der Stelle.

«Burke!»

«Einmal noch.» Der TG-Knopf setzte sie diesmal in Bewegung. Nach unten. Nach weniger als zehn Sekunden war die Fahrt zu Ende. Die Tür gab den Blick auf einen beleuchteten Gang frei. Burke trat hinaus und zog Mary Ann mit. Die Fahrstuhltür schloß sich.

«Das ist bloß der Geschenkeladen», flüsterte Mary Ann. Mehrere Schaufenster in dem Gang boten einen Einblick in das religiöse Warenhaus: zum größten Teil Statuen des heiligen Franziskus und Wandbehänge aus Filz mit Hippie-Peace-and-Love-Sinnsprüchen.

Obwohl der Laden im Halbdunkel lag, probierte Burke die Tür aus. Abgeschlossen. Die beiden anderen Türen auf dem Flur ebenfalls. Der Fahrstuhl bot den einzigen Ausgang. Burke grinste Mary Ann leicht verlegen an, dann drückte er auf den Aufwärts-Knopf. Nichts geschah.

«Aha!» sagte Burke. «Mr. Tyrone-Implantat muß auf dem Weg nach unten sein.»

Mary Ann gefror das Blut. «Nach *hier* unten?»

Burke lächelte. «Von 2 oder 3 nach unten. Offensichtlich ist er nicht nach unten, sondern nach oben gefahren. Wahrscheinlich steigt er gerade im Erdgeschoß aus. Das heißt, falls nicht noch jemand anderes den Fahrstuhl benutzt.»

«Aber wie hat er nach oben fahren können, wenn wir nur nach unten konnten?»

Sobald die Tür des Fahrstuhls sich öffnete, zuckte ihr die Antwort wie ein schwindelerregender Blitz durch den Kopf.

Sie stiegen schweigend ein und fuhren ins Erdgeschoß. Als die Tür aufging, stellte Mary Ann sich vor die Kontrolleiste und drückte auf den Tür-zu-Knopf. Burke sah sie irritiert an.

«Drück noch mal auf den 2er-Knopf», sagte sie.

Er drückte. Nichts geschah.

Mary Ann griff in ihren Nacken und löste den Verschluß des Goldkettchens, das Burke ihr in Mexiko gegeben hatte. Sie reichte ihm den Schlüssel und deutete dann auf ein Schloß in der Kontrolleiste.

«Versuch mal, ob er paßt», sagte sie.

Der Ausweg

Edgar und Anna, hm?»

D'orotheas Lächeln wirkte fast mütterlich, als sie an DeDes Bett saß und die Hand der frischgebackenen Mutter hielt.

DeDe strahlte. «Du hast sie gesehen, hm?»

«Na, und ob. Sie sind toll, mein Schatz. Eins von jeder Sorte. Perfekter geht's nicht.»

«Würdest du das mal meiner Mutter sagen?»

D'orothea runzelte die Stirn. «Ist sie ausgeklinkt?»

«Man könnte es so nennen. Sie hat mir gesagt, ich hätte abtreiben sollen.»

«Hast du nicht gesagt, sie ist katholisch?»

«Das ist sie auch», maulte DeDe. «Aber sie ist auch aus Hillsborough und Mitglied im Francesca Club. Und dort herrschen wieder ganz andere Dogmen. Einer der unumstößlichsten Grundsätze ist der, daß man kein Kind mit Schlitzaugen bekommt.»

D'orothea drückte ihre Hand. «Denk einfach nicht daran, mein Schatz.»

«Ich muß. Ich muß damit leben.»

«Wirklich?» sagte D'orothea mit herausforderndem Blick.

«Ich kann davor nicht weglaufen, D'or.»

«Vielleicht nicht. Aber du könntest auf etwas *zulaufen.*»

«Zum Beispiel?»

D'orothea zuckte mit den Schultern. «Auf ein neues Leben. Auf ein Leben, in dem du dich nicht mehr mit solchen Leuten abgeben mußt.»

«Dafür ist es bei mir wohl ein bißchen zu spät.»

D'orothea schüttelte den Kopf. «Falsch, mein Schatz. Bei mir war es auch noch nicht zu spät.»

«Was soll das heißen?»

D'orothea lächelte verständnisvoll. «Weißt du, wir liegen gar nicht so weit auseinander. Ich mag zwar aus dem falschen Viertel von Oakland kommen, aber ich bin schon *sehr* früh sehr vornehm geworden. Ich habe Götzenbilder angebetet, bevor ich noch meinen ersten BH brauchte. Mein Gott, ich war sogar viel schlimmer als du. Bei mir war es eine bewußte Entscheidung. Aber bei dir ist es bloß eine Frage der Familientradition.»

«Man sollte die Macht der Familientradition nie unterschätzen», sagte DeDe wehmütig.

«*Oder* die Macht Dollars, des Allmächtigen. Stell dir das mal vor: Ich war dermaßen scharf aufs Geld, daß ich mir sogar die Haut schwarz gefärbt habe, um an welches zu kommen.»

«Was?»

«Es ist eine lange und schmutzige Geschichte. Ich erzähl sie dir mal, wenn du wieder ... Paß auf, DeDe: Erinnerst du dich noch an den Abend, wo wir bei der Modenschau im Legion of Honor waren und du mir gesagt hast, daß es schwer ist, wenn man am Ende des Regenbogens lebt?»

«Sicher.»

«Tja, vielleicht war deine Annahme falsch.»

«Und zwar?»

«Vielleicht stimmt es gar nicht. Vielleicht ist San Francisco gar nicht das Ende des Regenbogens.»

Die Radikalität des Vorschlags drang nur langsam zu DeDe durch. «D'or, redest du vom *Weggehen*?»

«Warum nicht?»

«Ich *kann* nicht, D'or. Ich habe meine Familie hier. Zumindest meine Mutter. Und meine Freundinnen.»

«Was hast du von denen bis jetzt gehabt?»

DeDe musterte das Gesicht ihrer Freundin. «Warum werde ich das Gefühl nicht los, daß du eine Sünderin bekehren willst?»

D'orothea lachte. «Ich bin in der letzten Zeit *tatsächlich* oft in der Kirche gewesen. Das spielt sicher mit eine Rolle. Uns ist nicht so furchtbar viel Zeit auf diesem Planeten gegeben, DeDe, und wenn nicht ein paar von uns die Initiative ergreifen, sich selbst ändern und sich dem allgemeinen Niedergang widersetzen . . . Weißt du, es ist ganz einfach: Von selbst läuft gar nichts.»

«Das ist mir schon klar, D'or. Da gebe ich dir auch recht. Aber ich verstehe nicht, wie ein Weglaufen . . .»

«Kein *Weglaufen,* mein Schatz. Ein Zulaufen. Ein *Zulaufen* auf etwas.»

«Worauf willst du hinaus?»

D'orothea lächelte. «Es ist wohl besser, wenn ich gleich damit rausrücke, hm?»

Sie brauchte fünfzehn Minuten, um ihren Vorschlag darzulegen. Als sie fertig war, blickte DeDe sie mit einer Mischung aus Zweifel und Faszination an.

«Und du meinst, ich könnte die Babies mitnehmen?» fragte sie.

«Natürlich! Das ist doch das Tolle daran. Ein total neues Leben für die beiden, in dem sie von der Selbstgerechtigkeit und Kleinkariertheit der Freundinnen deiner Mutter verschont bleiben! Ein total neues Leben für sie und für uns alle, DeDe!»

DeDe lief vor Aufregung rot an. «Es ist verrückt, aber es klingt sehr vernünftig.»

«Das kannst du laut sagen!»

«Mutter kriegt sicher Zustände.»

«Aber nein. Na ja, am Anfang vielleicht. Aber auf lange Sicht erspart es ihr alle Peinlichkeiten. Du kannst so blitzartig aus der Stadt verschwinden, daß die Hillsborough-Mischpoke gar keine Chance mehr hat, sich über deine Kinder herzumachen. Deine Mutter wird dir dafür *dankbar* sein, DeDe.»

«Ich muß darüber nachdenken», sagte DeDe.

«Ich weiß. Klar. Es hat auch noch Zeit.»

«*Aufregend* ist es aber doch!»

«Wem sagst du das!» sagte D'orothea.

Die Kühlbox

Burkes Hände zitterten, als er den Schlüssel in das Schloß an der Kontrolleiste steckte. Mary Ann schaute ihm über die Schulter. «Ruckel mal hin und her.»

«Tu ich doch. Weiter geht's nicht.» Der Schlüssel steckte nur halb drin.

«Probier's mal andersrum.»

Burke zog den Schlüssel heraus und steckte ihn von neuem hinein. Diesmal glitt er reibungslos in das Schloß. Mary Ann stieß einen kurzen Schrei aus. Burke drehte sich um und strahlte sie voller Bewunderung an. «Wir können ihn jetzt auf die 2 oder auf die 3 stellen. Was soll's sein?»

Ohne zu wissen, warum, nahm Mary Ann die 3.

Als Burke auf den 3er-Knopf drückte, begann der Fahrstuhl seine langsame Aufwärtsfahrt.

Mary Anns Hochgefühl wich nagender Angst. «Was ist, wenn er dort oben ist, Burke? Der Implantatemann.»

«Dann stellen wir uns dumm», meinte Burke schulterzuckend.

«Gut. Außerdem wissen wir gar nicht genau, ob er den Fahrstuhl genommen hat.»

«Er ist damit gefahren.» Burkes grimmige Entschiedenheit machte ihr angst.

«Aber warum sollte jemand, der bloß im Chor singt, einen Schlüssel für diesen Fahrstuhl haben?»

«Aus demselben Grund», sagte Burke ungerührt, «aus dem ich auch einen hatte.»

Der Fahrstuhl ruckelte die beiden ein wenig, als er hielt. Die Tür ging auf. Sie betraten einen Raum, der ungefähr so groß war wie Mary Anns Wohnzimmer. Es gab keine Fenster. Eine flackernde Neonröhre, die neben dem Fahrstuhl an die Wand montiert war, warf einen grünlichen Schein auf die Stapel von Gesangs- und Gebetsbüchern, die sich an den Wänden des Raums entlangzogen.

Weiter konnte man nur über eine schmiedeeiserne Wendeltreppe. Und zwar nach oben.

Mary Ann schüttelte sich und trat in den Fahrstuhl zurück. «Burke . . . versuchen wir es lieber mit der 2.»

Burke schüttelte den Kopf. «Hier ist es.»

«*Was* ist hier?»

«Keine Ahnung. Ich hab nur so ein Gefühl, daß wir hier richtig sind.»

«In diesem Raum?»

«Nein.» Er wies mit einer Kopfbewegung auf die Wendeltreppe. «Dort oben.»

«O Gott, Burke! Bist du sicher, daß wir da hoch sollen?»

Um seinen Mund lag ein entschlossener Zug, aber seine Stimme klang dünn und unsicher. «Ich muß da hoch.»

«Vielleicht könnten wir ja später noch mal herkommen.»

«Nein. Später hab ich vielleicht zuviel Angst.»

«Und wenn der Implantatemann dort oben ist?»

Burke drehte sich von ihr weg. «Er hatte genügend Zeit, um wieder runterzufahren.»

«Aber, wenn er . . .?»

«Ich gehe hinauf, Mary Ann. Du kannst machen, was du willst. Du hast mir schon genug geholfen.»

Sie griff beschwichtigend nach seiner Hand. «Ich komme mit», sagte sie leise.

Burke ging voran. Mary Ann blieb so dicht hinter ihm, daß sein Cordjackett ständig ihr Gesicht streifte. Auf der Wendeltreppe gelangten sie durch die Decke in einen noch dunkleren Raum. In einen entschieden dunkleren Raum. Mary Ann zupfte an der Unterkante von Burkes Jackett.

«Wir können nicht mal was *sehen,* Burke.»

«Das macht nichts», flüsterte er. «Unsere Augen gewöhnen sich schon daran.»

Die Wendeltreppe führte noch weiter. Etwa fünf Meter über dem Raum mit den Gebetsbüchern kamen sie auf eine Art Absatz.

«Höher können wir nicht», sagte Burke.

«Um Himmels willen, Burke, laß uns . . .»

«Warte.» Sie hörte, wie er an etwas herumhantierte. «Ich glaube, hier ist eine Tür.»

Es gab tatsächlich eine Tür. Als sie nach außen aufschwang, waren sie im ersten Moment vom Licht geblendet. Sie wichen beide vor dem Anblick zurück, dem sie sich gegenübersahen: ein Metallsteg, der in Richtung Altar führte. *Mindestens dreißig Meter über dem Fußboden der Kathedrale.*

«Ich *kann* nicht», sagte Mary Ann, ohne daß Burke sie zu etwas aufgefordert hätte.

«Wenn ich kann, kannst du auch. Sieh mal, es gibt ein Geländer. Du kannst unmöglich runterfallen.»

«Es geht doch nicht um ein . . .» Das Wort «Geländer» ließ sie verstummen. «Burke! *Ein Steg mit einem Geländer!* Das ist die Stelle, von der du geträumt hast!»

«Ich sag's noch mal», entgegnete er düster. «Wenn *ich* kann, kannst du auch.»

Er faßte sie an der Hand und führte sie auf den Steg. Mary

Ann schaute auf die Uhr. Die Messe sollte in zwölf Minuten anfangen. Acht Stockwerke unter ihnen setzte sich die Kirchengemeinde aus roten, blauen und gelben Farbflecken zusammen. Die Höhe reduzierte sie auf die Primärfarben. Eine Fensterrose aus Menschen.

Burke und Mary Ann gingen mindestens fünfzig Meter, bis sie direkt über dem Querschiff der Kathedrale standen. In Entsprechung zum Grundriß des Gebäudes kreuzte dort ein zweiter Steg denjenigen, auf dem sie sich befanden.

Und genau dort stand eine Kühlbox aus Styropor.

Mary Ann schaute nach hinten, dann auf dem anderen Steg nach links und rechts. Der Mann mit den Implantaten war nirgends zu sehen. Burke stand wie versteinert da und starrte auf die Kühlbox. Sein angekränkelt-graues Gesicht zwang Mary Ann, Stärke zu zeigen.

«Burke, ist das der Kreuzungspunkt der Linien?»

Er nickte.

Sie griff nach der Kühlbox. «Soll ich sie aufmachen?»

«Bitte», sagte er matt.

Sie hob den Deckel. Eine dicke weiße Rauchwolke wallte über die Ränder der Kühlbox. Nein. Kein Rauch. Trockeneis. Mary Ann kniete neben der Kühlbox nieder und blies auf die Oberfläche der Wolke. Sie teilte sich.

Das, was Mary Ann zu Gesicht bekam, war von einem stumpfen Rot, fast schon mauvefarben. Ein schmaler Strich Haare zog sich über seine Oberfläche. An dem Ende, wo man es abgetrennt hatte, war es schwarz, und die Zehennägel hatten einen schauderhaften Gelbstich.

Aber es war zweifellos ein menschlicher Fuß.

Mary Ann ließ den Deckel fallen, stand schwankend auf und sank in Burkes Arme. Sie versuchte zu schreien. Statt dessen kam es ihr hoch, und sie machte sich gerade noch rechtzeitig von Burke los, um sich über das Geländer zu beugen.

Die Menschen unten ahnten kaum, was sie da traf.

Als Mary Ann sich wieder aufrichtete, jagte Burkes verzerrtes Gesicht ihr neuen Schrecken ein.

«Burke . . . O Gott, hast du ihn gesehen?»

Er nickte mechanisch und starrte den Deckel der Kühlbox an.

«Es war ein Fuß, Burke. *Es war ein menschlicher Fuß.*»

Burke blinzelte, ohne etwas zu sagen oder die Augen von der Kühlbox zu lassen.

«Wir müssen hier weg, Burke!»

Er packte sie am Handgelenk. «Nein . . . Warte . . .»

«Um Himmels willen, Burke! Wir müssen es jemand sagen. Wir können nicht einfach . . .»

«Es war kein Fuß.»

«Was?»

«Es war kein Fuß.» Er riß die Augen auf, als würde ihm eine seltene göttliche Offenbarung zuteil. «Es war, es war . . . etwas anderes.»

Mary Anns Stimme schlug ins Schrille um. «Ich hab es *gesehen,* Burke. Es *kann* gar nichts anderes sein.» Sie versuchte, sich aus seinem Griff zu lösen, aber seine Hand war wie ein Schraubstock. «Burke, was machst du da? *Laß mich los, Burke!*»

Seine Hand gab nach. Am Haaransatz quollen ihm große Schweißtropfen wie Brandblasen aus der Haut. Er drehte sich um und sah sie an. «Es war kein Fuß», sagte er mit kläglicher Stimme, «es war ein Arm.»

«Burke, um Himmels . . .!»

«*Bestimmt,* Mary Ann. Als ich zum erstenmal hier war . . . war es ein Arm.»

«Du warst . . .? Burke, du *erinnerst* dich?»

«Sie wollten, daß ich . . . Sie sagten, ich müßte . . .»

«*Wer,* Burke?»

«Sie. *Er.*»

«Der Mann mit den Implantaten?»

Burke nickte.
«Was hat er von dir verlangt?»
Schweigen.
«Burke?»
«Wir müssen hier weg.»
«Warte, Burke. *Was haben sie von dir verlangt?*»
Burke ging wieder den Steg entlang, drängte von der Kühlbox weg, zurück zur Wendeltreppe. Noch während er die Hand nach Mary Ann ausstreckte, wurde er schneller, bis sie beinahe rannten.
«Burke, was ist, wenn der Mann mit den . . .?»
«Wie spät ist es?» Er zog ihr Handgelenk zu sich heran und schaute auf die Uhr. «O Gott! Wir haben nur noch drei Minuten!»
«Wofür?»
«Sie kommen in drei Minuten! Die Messe fängt in drei Minuten an!»
Die beiden waren wieder an der Tür und tauchten erneut in die Dunkelheit ein. Burke ging auf der Treppe voran. Er klammerte sich die ganze Zeit an Mary Anns Hand. Als sie in den Raum mit den Gesangsbüchern kamen, stürzte er an den Knopf neben dem Fahrstuhl, sprang dann aber zurück, als hätte er einen elektrischen Schlag bekommen.
«Scheiße!»
«Was ist los?» flüsterte Mary Ann.
«Hör doch . . . Der Lift! Sie kommen hoch!»
«O Gott.»
Burke sah sich hektisch um, bevor er Mary Ann in die dunkelste Ecke des Raums zog, hinter einen hohen Stapel aus Gebetsbüchern. Sie duckten sich in dessen Schatten, als die Fahrstuhltür klappernd aufging.
Fünf oder sechs Leute kamen heraus, und wenigstens zwei von ihnen waren Frauen. Sie klangen vergnügt und ganz alltäglich, bis der Mann mit den Implantaten die Zauberformel anstimmte, die Mary Ann inzwischen auswendig kannte.

Hoch auf dem geheiligten Stein
Leuchtet die inkarnierte Rose
Über dem Berg der Flut
Am Kreuzungspunkt der Linien.

Vom metallischen Geschmack ihres Erbrochenen wurde Mary Ann erneut übel. Sie versuchte, an gänseblümchenübersäte Wiesen zu denken, an Regentropfen auf Rosen und an Schnurrbärte von kleinen Kätzchen, aber der Anblick des gräßlich dunkelroten Fußes schoß ihr immer wieder wie ein Blitzlicht durch den Kopf.

Instinktiv griff Burke nach ihrer Hand und drückte sie beruhigend. Dabei streifte er den Stapel Gebetsbücher, was diesen bedrohlich ins Schwanken brachte. Mary Ann hielt den Atem an und tat ihr bestes, um den schwankenden Stapel am Einstürzen zu hindern.

Sie warteten eine Ewigkeit.

Schließlich machten sich die gesichtslosen Zelebranten daran, die Treppe zum Steg zu besteigen. Als ihre Tritte verklungen waren, hetzte Burke zum Fahrstuhl und drückte wie wild auf den Knopf.

Die Tür öffnete sich augenblicklich.

«Wo ist der Schlüssel?» fragte Burke.

Mary Ann griff sich an den Hals. «Ich muß ihn . . .»

«O Gott!»

«Sieh auf dem Boden nach, Burke! Vielleicht ist er . . .»

«Laß nur! Kann sein, daß wir ihn gar nicht brauchen!» Er drückte auf den Knopf für das Erdgeschoß. Der Fahrstuhl gab ein grausiges Seufzen von sich, und die Tür schloß sich rumpelnd. Ihre Fahrt nach unten begann.

Als sie sich wieder im Hauptgeschoß der Kathedrale befanden, kündigte ein Donnergrollen der großen Orgel den Beginn der Messe an. Ohne sich ein einziges Mal umzudrehen, flüchteten sie durch das riesige Portal ins Freie und rannten bis zum Huntington Park.

Dort saßen sie dann eng aneinandergedrängt und nach Atem ringend auf einer Bank.

«Du erinnerst dich wieder, nicht?»

«Ja.»

«An alles?»

«An das meiste.»

«Warum weinst du?»

«Ich bin . . . erleichtert, das ist alles.»

«Hast du diese Leute gekannt?»

«Ja.»

«Sollen wir gleich darüber reden?»

«Ich denke schon. Das heißt, wenn es dir nichts ausmacht.»

«Es macht mir nichts aus.»

«Dieser Fuß, Mary Ann . . . Diese Leute.»

«Hmh?»

«Sie essen ihn. Sie sind jetzt dort oben und essen ihn.»

Im Alleingang

Eine Woche später.

Auf Jon gestützt machte Michael ein paar wackelige Schritte zum Badezimmer.

«Ja wunderbar!» sagte Jon strahlend. «Du bist einfach toll!»

«Ja, nicht?»

«Ich glaube, du kriegst das auch alleine hin.»

«O nein.»

«Komm schon, Dumpfbacke. Versuch's.»

«Laß doch diese Kitschfilmtour! Ich bin noch nicht soweit!»

«Ich laß jetzt los.»

«Wenn du das machst, erzähl ich deinem Vater, daß du mit Jungs ins Bett gehst!»

«Achtung, fertig . . .!»

«Jon!»

«Mit dem versteckten Betatschen hat es jetzt ein Ende. Du bist wieder auf dich selbst angewiesen.»

Der Doktor schlüpfte unter Michaels Arm weg und ging ein paar Schritte zur Seite. Michael fuchtelte wild mit den Armen und versuchte, das Gleichgewicht zu halten. Seine Knie waren wie Pudding, aber er schaffte es, ruhig und aufrecht stehen zu bleiben.

«Und jetzt geh», sagte Jon ruhig.

«Hoffentlich ist dir klar, wie kitschig das alles ist.»

«Mach schon.»

«Du hättest für dieses bewegende menschliche Drama auch einen passenderen Ort aussuchen können. Sicher fall ich gleich hin und knall gegen das Klo. Und dann sterbe ich am Ende mit einem Johnny Mop in der Hand.»

«Halt die Klappe und geh endlich.»

Michael seufzte, hob den linken Fuß und setzte ihn ungefähr fünfzehn Zentimeter weiter vorne wieder auf den Boden. Dann zog er den rechten Fuß nach vorne. «Godzilla im Anmarsch auf Tokio», sagte er ächzend.

Er wiederholte die Übung, bis er vor der Kloschüssel stand. Mit Hilfe eines Handtuchhalters, den er als Stütze benutzte, drehte er sich um. Dann verzog er das Gesicht und ließ los.

Er legte eine Punktlandung hin.

Jon stand lässig an den Türrahmen gelehnt da und lächelte ihn an. «Na siehst du.»

«Sollte man einer Dame nicht eine gewisse Intimsphäre lassen?» sagte Michael.

«Augenblick.» Jon eilte ins Wohnzimmer und kam mit dem *Chronicle* zurück. Er legte ihn Michael auf den Schoß. «Noch etwas leichte Lektüre.»

Die erste Seite beherrschte ein Foto von Burke und Mary Ann, die sich reichlich nervös auf einer Pressekonferenz präsentierten.

Die Balkenüberschrift lautete:

EPISKOPALE KANNIBALENSEKTE ENTLARVT!

Später unterhielten sich Jon und Michael in der Küche bei Kaffee und Rosinentoast über die Ereignisse der Woche. Michael hielt die Zeitung hoch.

«Was soll das eigentlich? Wollte Burke nicht exklusiv in der *New West* darüber berichten?»

«Wollte er auch, aber die Polizei ist ihm zuvorgekommen. Der Polizeichef hat gestern eine Pressekonferenz einberufen und dafür gesorgt, daß für ihn auch noch ein bißchen Publicity abfällt. Burke war stinksauer, denn der Polizeichef hatte ihm versprochen, daß er Stillschweigen bewahrt, bis die Geschichte in der *New West* rauskommt. Das Ergebnis war ungefähr das gleiche: ein Riesentumult. Burke hat dann halt gestern gegen Abend bei der *New West* seine eigene Pressekonferenz abgehalten.»

Michael lächelte. «Mary Ann geht sicher schon auf dem Zahnfleisch.»

«Ach, sie hält sich eigentlich ganz gut. Sie hat gesagt, daß sie dich heute nachmittag besuchen kommt.»

«Schön.»

«Mach ja keine blöden Sprüche, Michael. Die Geschichte hat sie doch ein bißchen mitgenommen.»

«Okay. Ich verspreche, daß ich keine Kannibalenwitze erzähle.» Michael grinste. «Obwohl es nett wäre.»

«*Genau das* hab ich gemeint.»

«Okay. Okay. Obwohl ich in gewisser Hinsicht genauso in der Sache drinstecke wie Mary Ann.»

«Wie das denn?»

«Na, was wäre denn passiert, wenn ich im St. Sebastian's gestorben wäre? Diese Sektenheinis hätten sich dann über mich hergemacht da oben auf dem Steg.»

Jon schüttelte lächelnd den Kopf. «Sie haben keine *ganzen* Menschen verspeist, mein Schatz. Bloß Teile. Amputierte Teile.»

«Ach, hätte doch sein können!»

«Nein. Die Teile waren leichter zu verstecken. Und zu transportieren. Es war kein Problem, sie aus der Chirurgie in den

Kühlraum von Tyrones Blumenladen zu bringen. Und für die Fahrt zur Kathedrale paßten sie wunderbar in die Kühlbox.»

Michael verzog das Gesicht. «Wie *oft* haben sie das eigentlich gemacht?»

«Wer weiß?» sagte der Doktor schulterzuckend. «Vielleicht zweimal die Woche, vier oder fünf Monate lang. Burke ist wohl gleich in der Anfangszeit der Sekte darauf gestoßen. Als er noch im Chor gesungen hat.»

Michael verdrehte die Augen. «An seiner Stelle wäre ich damals nach Nantucket zurückgegangen.»

«Völlig undenkbar. Burke ist doch Journalist. Er war total scharf auf die Geschichte. So scharf, daß er sich bei der Sekte eingeschmeichelt und dann gleich einen Blick auf die Vorgänge riskiert hat, die sich in der Kathedrale oben auf dem Steg abgespielt haben. Etwas Abgedrehtes hatte er ja erwartet, aber nichts *dermaßen* Abgedrehtes. Denn das hat er nicht gepackt.»

«Dann war er also nie im Blumenladen vom St. Sebastian's?»

«Anscheinend nicht. Er sagt, daß er von den Verbindungen zum Krankenhaus keine Ahnung hatte, bis Mary Ann ihn darauf aufmerksam gemacht hat.»

Michael runzelte die Stirn. «Das ergibt aber keinen Sinn.»

«Warum nicht?»

«Wegen der Rosenphobie. Was ist mit der roten Rose?»

«Gute Frage», sagte der Doktor.

Eine Rose ist eine Rose

Michael stand in seinem Gehgestell, als er Mary Ann an der Tür begrüßte. «Hallo», sagte er unbeschwert. «Willkommen im Behindertenheim Barbary Lane.»

Sie küßte ihn auf die Wange. «Sehr behindert kommst du mir aber nicht vor.»

«Rate mal, was ich heute vormittag gemacht habe.»

«Was?»
«Ich bin *gegangen,* Babycakes. *Ohne* dieses verfluchte Ding hier.»
«Mouse!»
«Ist das nicht affenscharf?»
«Mach's mir vor, Mouse. Mach's mir auf der Stelle vor.»
Er grinste sie an. «Tut mir leid. Ohne meinen Leierkastenmann trete ich nie auf. Aber, was ist mit *dir*? Wie fühlt man sich als Stern am Medienhimmel?»
Sie ächzte und setzte sich auf das Sofa. «Ich bin fix und fertig. Ich hab mit allen drei Fernsehsendern geredet, mit der *People,* der *Time,* der *Newsweek,* der *New York Times,* dem *National Enquirer* und mit meinen Eltern. Meine Eltern waren am anstrengendsten.»
«Klar.»
«Sie sind völlig *hysterisch,* Mouse. Man könnte meinen, daß es hier nur so wimmelt vor kannibalistischen Episkopalen. Ich hab versucht, ihnen zu erklären, daß die Presse das ganze ziemlich aufbauscht, aber sie haben mir nicht mal zugehört. Sie wollen, daß ich mit dem nächsten Flugzeug nach Cleveland zurückkomme.»
«Und, machst du's?»
Lächelnd schüttelte sie den Kopf. «Setz dich zu mir, Mouse. Ich brauche ein paar Streicheleinheiten.»
Er ließ das Gehgestell stehen und plumpste auf das Sofa. Sie hielten sich lange umarmt.
«Wie geht's meiner Kleinen denn?» fragte Michael.
«So la-la.»
«Es wird sicher wieder besser. Glaub mir.»
«Ich sollte nicht jammern. Im Vergleich zu Burke hab ich's richtig angenehm. Er war schon den ganzen Vormittag bei der Polizei und hat versucht, sich zu erinnern.»
«Wollen sie Namen hören von ihm?»
Mary Ann nickte. «Bisher sind ihm vierzehn Leute eingefallen. Darunter drei Mitglieder des Kirchenchors, zwei Chirurgen am St. Sebastian's und sogar noch ein paar Geschäftsleute.»

«Also ist sein Gedächtnis wieder ganz da?»

«Ja, fast. Das meiste kam an dem Abend wieder, an dem wir . . . am bewußten Abend. Allerdings kann er sich immer noch nicht erinnern, wie er im Golden Gate Park gelandet ist. Ich vermute, daß sie ihn unter Drogen gesetzt haben, sobald ihnen klar war, daß er das Gedächtnis verloren hatte.»

«Komisch, daß sie nicht versucht haben, ihn richtig loszuwerden.»

«Warum? Strenggenommen haben sie kein Verbrechen begangen. Das treibt die Polizisten am allermeisten auf die Palme. Die Ärzte kann man natürlich wegen Verletzung irgendwelcher ethischer Grundsätze ihres Berufsstands festnageln, aber sonst ist die Gesetzeslage eher verschwommen. Die verschiedenen Körperteile waren ja nur medizinischer Abfall. Und kein Gesetz verbietet das Essen von Abfällen.»

Michael runzelte die Stirn. «Haben sie das Zeug wirklich *gegessen*?»

Sie nickte. «Anscheinend haben sie irgendwie davon . . . probiert. Es sollte was Symbolisches sein oder so. Eine Stufe weiter als die Transsubstantiation. Burke hat erzählt, daß sie es im gleichen Moment gemacht haben, in dem die Leute unten das Brot gegessen und den Wein getrunken haben. Der Mann mit den Implantaten hatte dafür zu sorgen, daß das Zeug bei jeder Messe auf dem Steg bereitstand.»

«Was passiert mit dem Kerl eigentlich?»

«Wer weiß? Burke meint, daß der sich dumm und dämlich verdienen wird. Er hat auch schon einen Literaturagenten engagiert.»

«Du nimmst mich auf den Arm!»

«Aber nein. Ist das nicht ekelhaft?» Es schüttelte sie ein bißchen, und sie wandte sich ab. «Ich möchte bloß, daß alles schnellstens vorbeigeht.»

Michael sah sie etwas unschlüssig an. «Darf ich dir noch eine Frage stellen?»

«Klar. Mach nur.»

«Was hat es mit der roten Rose auf sich gehabt? War das bloß die Fensterrose – die inkarnierte Rose, von der sie gesungen haben?»

Mary Ann lächelte schwach. «Anfangs hab ich mir das so vorgestellt. Oder daß es was mit dem Blumenladen im St. Sebastian's zu tun hatte. Aber dann kam raus, daß es weder mit dem einen noch mit dem anderen zu tun hatte, sondern mit einer Tätowierung.»

«Mit einer *Tätowierung*?»

Sie nickte. «An dem Abend, als Burke sein Gedächtnis verlor, nahmen ihn die Sektenmitglieder zum erstenmal mit hinauf auf den Steg, weil sie inzwischen genug Vertrauen zu ihm hatten. Allerdings hatte er nicht damit gerechnet, daß sie von ihm die Teilnahme an der Zeremonie erwarteten. Er wußte natürlich, daß sie Hochkirchler waren . . .»

Michael lachte glucksend und unterbrach sie. «Höher als die kann man in einer Kirche wohl auch kaum noch hinaus», sagte er.

Mary Ann rang sich ein Lachen ab. «Jedenfalls wußte er nicht *genau,* was passieren würde, bis sie dann zu singen anfingen, Tyrone die Kühlbox aufmachte und einen Arm herauszog.»

«Äbäh!»

«Ich weiß», sagte Mary Ann, die bei ihrer Beschreibung selbst zusammengezuckt war. «Wer würde *nicht* versuchen, so was zu verdrängen?»

«Mein Gott! Dann war die rote Rose . . .»

Mary Ann nickte. «Auf den Arm tätowiert.»

«Hat Burke denn . . . Ich meine, hat er . . .?»

Mary Ann zuckte mit den Schultern. «Er muß es wohl *versucht* haben, der arme Junge.»

Das Anagramm

«Und?» sagte Mrs. Madrigal lächelnd.

«Und was?» fragte Mona.

«Wie war deine Verabredung?»

«Das geht dich nichts an. Das gehört nicht zu unserem Kuhhandel.»

Die Vermieterin zog mit schelmischem Blick eine Augenbraue hoch und konzentrierte sich dann wieder auf das Tablett voller Marihuana, das sie gerade sortierte. «War es so toll?»

Mona wurde rot. «Du weichst dem Thema aus.»

«Und das wäre?»

«Das Anagramm. *Das Anagramm*.»

«Aha.»

Mrs. Madrigal schaute hoch. «Du meine Güte! Macht dich die Liebe reizbar?»

«Du *willst* es mir nicht sagen, was?»

«Das hab ich nicht behauptet.»

«Muß ich dann vielleicht *raten*?»

Mrs. Madrigal reckte den Hals, um sich das Stück Papier, das ihre Tochter in der Hand hielt, genauer anzusehen. «Haben wir da etwa eine kleine Liste? Oh, wie toll! Ich fühle mich wie Rumpelstilzchen.»

Mona ließ sich stöhnend neben Mrs. Madrigal auf das Sofa sinken. «Du bist wirklich pervers!»

Mrs. Madrigal konzentrierte sich wieder auf das Marihuanatablett. «Was hast du als erstes geraten?»

Mit einem vernehmlichen Seufzen las Mona vor. «DARLING AMANA.»

«DARLING AMANA? Was soll *das* denn heißen?»

Mona runzelte verdrießlich die Stirn. «Es soll heißen, daß du ein überaus netter Kühlschrank bist.»

«Aha. Weiter.»

«A GRANDMA IN LA.»

«A GRANDMA IN LA», wiederholte die Vermieterin.

«Ach, du liebes bißchen! Welches dunkle Geheimnis sich wohl dahinter verbirgt?» Sie blickte kurz zu Mona hinüber, die genauso finster dreinschaute wie eine gewisse Puffmutter aus Winnemucca. «Nur weiter, meine Liebe. Ich finde es wunderbar!»

«A GRAND ANIMAL.»

Mrs. Madrigal brüllte vor Lachen und verschüttete fast das Dope. «Ist das nicht *zu köstlich*! A GRAND ANIMAL! Das bin ich wahrhaftig!»

«Hab ich's jetzt erraten?»

«Nein.»

Mona verdrehte die Augen. «Ich hasse dieses Spiel.»

«Mach weiter. Was kommt als nächstes?»

«Ach, Scheiße, das war schon alles.»

«Wie wär's mit LAD IN ANAGRAM?»

Mona ließ den Zettel sinken und starrte ihren Vater an. «LAD IN ANAGRAM? Du nimmst mich auf den Arm!»

Mrs. Madrigal lächelte matt. «Stimmt. Aber die Variante finde ich genauso toll.»

«Du bist krank», sagte Mona.

«Gib mir den Stift da», verlangte die Vermieterin.

Mona gehorchte. Die Vermieterin kritzelte fünf Wörter ans Ende der Liste, die ihre Tochter angefangen hatte: A MAN AND A GIRL.

Mona starrte fassungslos auf die Liste. «Das ... *das* ist es jetzt?»

Mrs. Madrigal nickte.

«Mein Gott ... wie sexistisch.»

«Wie bitte, junge Dame?»

«Ein *Mädchen*?» keuchte Mona. «Du bist eine Frau!»

Mrs. Madrigal schüttelte den Kopf. «*Du* bist eine Frau, meine Liebe. Ich bin ein *Mädchen*. Und ich bin stolz darauf.»

Mona lächelte. «Mein eigener Vater ... ein Sexist!»

«Meine über alles geliebte Tochter», sagte Mrs. Madrigal, «Transsexuelle können *niemals* sexistisch sein!»

«Dann ... bist du ein *Trans*sexist!»

Die Vermieterin beugte sich zu Mona hinüber und küßte sie auf die Wange. «Verzeih mir, bitte. Ich bin schrecklich altmodisch.»

Happy-End

Muttertag 1977.

Die Herrin von Halcyon Hill saß im Arbeitszimmer ihres verstorbenen Mannes, hörte sich ein Bobby-Short-Album an und trank einen Mai Tai. Emma, ihr Hausmädchen, kam mit einem Stapel Post ins Zimmer.

«Es ist eine Karte von Miss DeDe dabei, Miss Frances.»

Die Matriarchin stellte ihr Glas ab. «Gott sei Dank!»

«Ich hab gewußt, daß sie ihrer Mama schreibt», sagte Emma. «Sie ist ein braves Kind.» Sie übergab Frannie die Post und blieb neben dem gepolsterten Bürostuhl stehen. Emma ist auch einsam, dachte Frannie. Sie möchte über DeDe reden.

Mit angewidertem Gesicht legte Frannie die letzte Ausgabe der *New West* beiseite. Der Aufmacher hatte den Titel «Im Zentrum der Kannibalensekte» und stammte von Burke Andrew. «Ich werde nicht einmal einen *Blick* darauf werfen», sagte die Matriarchin. «Es ist einfach nicht zu glauben, was mit dieser Stadt passiert.»

Emma gab ein zustimmendes Grunzen von sich. «Es gibt Leute, die nehmen's mit der Religion gleich viel zu ernst.» Frannie wußte, daß die Bemerkung eine Spitze gegen die Episkopalen war. Trotzdem weigerte sie sich, die Kirche in Schutz zu nehmen. Sie hatte schon zu viele Kreuze zu tragen.

«Wo ist die Karte, Emma?»

«Gleich hinter der Telefonrechnung, Miss Frances.»

Zu Frannies Enttäuschung war es keine Ansichtskarte. Es war eine von DeDes eigenen gold-grünen Karten im florentinischen Stil, und die Nachricht war unaufmerksam knapp:

Mutter!
Haben uns gut eingelebt. Den Kleinen geht es gut, und ich bin braungebrannt und gesund. Ich habe hier *so* viele nette Menschen kennengelernt. Das ist der erste Job, den ich je hatte, und ich bin glücklich damit.
Du fehlst mir oft, bin aber sicher, es ist das beste so. D'or läßt dich grüßen.

Ganz herzlich
DeDe

Frannie seufzte laut, als sie die Karte weglegte. Emma legte ihr mitfühlend die Hand auf die Schulter. «Machen Sie sich mal keine Sorgen, Miss Frances. Das wird garantiert wieder anders. Sie ist ein kluges Kind. Sie wird sicher wieder vernünftig.»

Die Matriarchin schüttelte den Kopf und tupfte sich mit einer Cocktailserviette die Augen ab. «Das ist zuviel, Emma.»

«Was meinen Sie?»

«Heute ist *Muttertag,* Emma. Edgar hat mir immer Godiva-Pralinen oder sonst was gebracht. Manchmal vergesse ich ganz, daß er gestorben ist, und da ist es jedesmal so, als würde ich ihn von neuem verlieren. Beauchamp ist nicht mehr da ... DeDe nicht ... Und meine einzigen Enkelkinder auch nicht.»

Emma drückte die Schulter ihrer Herrin. «Sie müssen stark sein, Miss Frances.»

Frannie schwieg einen Augenblick, dann sah sie ihr Hausmädchen mit einem matten Lächeln an. «Sie sind so *weise,* Emma.»

«Machen Sie sich mal keine Sorgen.»

Frannie nickte entschlossen und griff noch einmal nach der Karte. Mit leicht zusammengekniffenen Augen studierte sie die Briefmarke und den Poststempel. «Ich weiß nicht einmal, wo Guyana überhaupt *liegt*», sagte sie.

Wie ein neugeborenes Fohlen probierte Michael Tolliver im Vorgarten der Barbary Lane 28 seine Beine aus. Mary Ann kam aus dem Haus. «Ich hab eben mit Mildred gesprochen», rief sie.

«Und?»

«Es hat geklappt, Mouse. Du kannst in zwei Wochen als Botenjunge anfangen, wenn du dir's zutraust.»

Er ließ einen Freudenschrei los. «Endlich werd ich auch eine Bürotrulla!»

«Ich glaube, der neue Chef wird dir gefallen. Er war bisher Art-Director.»

«Ohoho», machte Michael und schnitt eine Grimasse.

Mary Ann nickte. «Schwul wie nur was.»

«Ach, ein Happy-End! Ein Happy-End!»

«Zum Teil wenigstens.»

«*Zum Teil?* Die Welt war doch noch nie schöner! Mona und Brian sind schon fast eine Woche zusammen. Mrs. Madrigal grinst wie die Cheshire Cat. Du kannst reich werden, wenn du deine Memoiren verkaufst ... und Burke sogar *noch* reicher. Ich bin wieder ein gesunder und strammer Junge, und Jon und ich können wieder ... na ja, darüber spricht man nicht. *Außerdem* – O Wunder aller Wunder! – hat mir meine Mutter gestern einen Schokoladenkuchen geschickt.»

Mary Ann lächelte. «Ich weiß. Jon hat mir ein Stück gegeben. Es ist schön, daß sie Verständnis zeigt.»

«Das ist noch nicht raus. Es war nämlich kein Brief im Paket. Nur der Schokoladenkuchen.»

«Sie *bemüht* sich, Mouse.»

Lächelnd sagte er: «Du weißt ja, welches Wort mein Vater für die Schwulen immer nimmt. Da hätte mich ein Früchtekuchen leicht nervös gemacht.»

Mary Ann lachte halbherzig.

«Was hast du?» fragte Michael. «Ist was?»

Schweigen.

«O Gott! Doch nicht etwa Mr. Williams! Ist seine Leiche aufgetaucht?»

«Nein! Um Himmels willen, Mouse, fang bloß nicht wieder damit an! Es geht um Burke, Mouse. Er zieht nach New

York. Man hat ihm einen Job beim *New York Magazine* angeboten.»

«Ach nein!»

«Ich sollte mich für ihn *freuen,* Mouse. Für ihn ist das eine fabelhafte Gelegenheit. Die meisten Journalisten würden einen Mord begehen, um dort arbeiten zu können.»

«Hat er dich gebeten mitzukommen?»

Sie nickte. «Ja, gleich als erstes.»

«Und . . .?»

«Ich *kann* nicht, Mouse.» Verzagt schaute sie sich im Garten um. «Es ist viel zu schön hier.»

«Braves Mädchen.»

«Nein. Dummes Mädchen. *Dummes* Mädchen.»

Er schüttelte den Kopf.

«Was ist bloß mit mir, Mouse?»

«*Nichts* ist mit dir, Babycakes. Du hast es bloß satt, von zu Hause wegzulaufen.» Er nahm sie am Arm und führte sie langsam in Richtung Haus.

«Wohin gehen wir?» fragte Mary Ann.

«Zurück nach Tara», sagte er grinsend. «Wir überlegen uns, wie wir ihn wieder zurückholen. Schließlich ist morgen *wirklich* noch ein Tag, meine Liebe!»

Ende des zweiten Buches

A Barbary Lane 28
B The Buena Vista
C Come Clean Center
D D'orotheas Haus
E Bay Area Crisis Switchboard
F Malvina's
G Dr. Fieldings Praxis
H Halcyon Communications
I Washington Square Bar and Grill
J The Endup
K Beauchamps und DeDes Penthouse
L Perry's
M Mrs. Madrigals Buchladen
N The Twin Peaks
O Sutro Baths
P Bohemian Club
Q University Club
R Club Baths
S Residenz der Hampton-Giddes
T Twinkie-Keksfabrik
U Caffè Sport
V The Stud
W Glibb Memorial Church
X Ruby Millers Bungalow
Y Sam Woh's
Z Zim's

PACIFIC OCEAN
PALACE OF THE LEGION OF HONOR
THE PRESIDIO
GOLDEN GATE
PALACE OF FINE ARTS
VAN NESS
AQUATIC PARK
RUSSIAN HILL
COLUMBUS
CHINATOWN
NORTH BEACH
FILBERT STEPS
COIT TOWER
TELEGRAPH HILL
BROADWAY
THE EMBARCADERO
SAN FRANCISCO BAY
N

Foto: Michael Montfort

Armistead Maupin

Armistead Maupin, 1944 geboren und Journalist von Beruf, kam Anfang der siebziger Jahre nach San Francisco. 1976 begann er mit einer Serie für den *San Francisco Chronicle*, die den Grundstock lieferte für sechs Romane, die in den USA zu einem Riesenerfolg wurden – die heute schon legendären «Stadtgeschichten». In deren Mittelpunkt steht die ebenso exzentrische wie liebenswerte Anna Madrigal, 56, die ihre neuen Mieter gern mit einem selbstge-drehten Joint begrüßt. Unter anderem treten auf: Das Ex- Landei Mary Ann, der von Selbstzweifeln geplagte Macho Brian, das New Yorker Model D'orothea und San Franciscos Schwu-lenszene. All den unterschiedlichen Menschen, deren Geschichte erzählt wird, ist aber eines gemeinsam: Sie suchen das ganz große Glück.

Stadtgeschichten *Band 1*
(rororo 13441)
«Es ist merkwürdig, aber von jedem, der verschwindet, heißt es, er sei hinterher in San Francisco gesehen worden.» *Oscar Wilde*

Mehr Stadtgeschichten *Band 2*
(rororo 13442)
«Maupins Geschichten lassen den Leser nicht mehr los, weil sie in appetitlichen Häppchen von jeweils circa vier Seiten gereicht werden und man so lange ‹Na, einen noch› denkt, bis man das Buch ausgelesen hat und glücklich zuklappt.»
Der Rabe

rororo Literatur

Noch mehr Stadtgeschichten
Band 3
(rororo 13443)

Tollivers Reisen *Band 4*
(rororo 13444)
«Nichts ist schlimmer als die steigende Zahl der Seiten, die das unweigerliche Ende des Romans ankündigen.»
Hannoversche Allgemeine Zeitung

Am Busen der Natur *Band 5*
(rororo 13445)

Schluß mit lustig *Band 6*
(rororo 13446)
«Ein Kultroman!» *Die Zeit*

Die Kleine *Roman*
(rororo 13657)
Cadence Roth, die knapp achtzig Zentimeter kleine Heldin dieses Romans, hat es wirklich gegeben – sie hieß Tamara De Treaux und hockte unerkannt in Steven Spielbergs E.T.-Figur.
«Eine umwerfend komische Geschichte.» *Vogue*

3312/3

Paul Auster, geboren 1947 in Newark / New Jersey, gilt in Amerika als eine der großen literarischen Entdeckungen der letzten Jahre. Er studierte Anglistik und vergleichende Literaturwissenschaft an der Columbia University und verbrachte danach einige Jahre in Paris. Heute lebt er in New York.

Die New York-Trilogie *Roman*
(rororo 12548)
«Eine literarische Sensation!»
Sunday Times

Mond über Manhattan *Roman*
Deutsch von Werner Schmitz
(rororo 13154)
«Paul Auster ist der vielleicht bedeutendste amerikanische Autor der letzten Jahre; seine literarischen Qualitäten suchen auch hierzulande ihresgleichen.»
Deutschlandfunk

Smoke. Blue in the Face
Zwei Filme
(rororo 13666)

Die Erfindung der Einsamkeit
Deutsch von Werner Schmitz
256 Seiten. Gebunden und als rororo 13585

Mr. Vertigo *Roman*
Deutsch von Werner Schmitz
320 Seiten. Gebunden
«Paul Auster, einer der bekanntesten Vertreter der jüngeren amerikanischen Schriftstellergeneration, scheint seinen europäischen Kollegen weit voraus zu sein: So einfach kann hier noch niemand von der Verwirrtheit der Welt erzählen.»
Süddeutsche Zeitung

Das rote Notizbuch
Deutsch von Werner Schmitz
64 Seiten. Pappband
Paul Auster hat in seinem roten Notizbuch über viele Jahre Ereignisse aus seinem Leben und dem Leben von Freunden festgehalten – daraus sind dreizehn unglaubliche Geschichten entstanden.

Die Musik des Zufalls *Roman*
Deutsch von Werner Schmitz
256 Seiten. Gebunden und als rororo 13373

Im Land der letzten Dinge
Roman
Deutsch von Werner Schmitz
200 Seiten. Gebunden und als rororo 13043
«Ein ausgezeichnetes, höchst lesbares Buch. Paul Auster hat sowohl der modernen Literatur als auch unserer Sicht der Welt eine Dimension hinzugefügt.»
The Boston Globe

Leviathan *Roman*
Deutsch von Werner Schmitz
320 Seiten. Gebunden

Starke Frauen

Starke Frauen, freche Bücher – scharfsinnige Geschichten mit viel Witz aus einer exotischen Welt: dem Frauenalltag.

Amanda Aizpuriete
Laß mir das Meer
Liebesgedichte
64 Seiten. Pappband
«Nichts ist gestelzt, gekünstelt in diesen Gedichten. Man spürt in jeder Zeile eine so sprachsichere Fähigkeit im unverstellten Bekenntnis, daß gerade das Subjektivste als etwas tief Gesellschaftliches verstanden werden kann.» *Süddeutsche Zeitung*

Lisa Alther
Fünf Minuten im Himmel
Roman
416 Seiten. Gebunden
Die Geschichte einer eigenwilligen Frau, die die Hoffnung auf eine erfüllende Beziehung nicht aufgibt.
Eine besondere Frau *Roman*
(rororo neue frau 13410)
Schlechter als morgen, besser als gestern *Roman*
(rororo neue frau 5942)

Pia Frankenberg
Die Kellner & ich *Roman*
(rororo 13778)
Erzählt wird die Geschichte von Thea Goldmann, einem frechen, altklugen, rebellischen Kind, das während des Wirtschaftswunders auf der Wunderseite aufwächst.

Felicitas Hoppe
Picknick der Friseure
Geschichten
96 Seiten. Pappband
Zwanzig Geschichten: komisch, absurd, manchmal bitterböse, von atemberaubender Phantasie.

rororo Unterhaltung

Kathy Lette
Mein Bett gehört mir *Roman*
320 Seiten. Gebunden
Eine australische Lebenskünstlerin, hoffnungslos verliebt, folgt ihrem Auserwählten nach London. Aus Lust und Liebe wird eine gar nicht nette Katastrophe.
Die Sushi-Schwestern *Stories*
(rororo 13598)

Francine Prose
Jäger und Sammler *Roman*
(rororo 13793)
Martha ist unzufrieden mit ihrem Job und trauert einer mißglückten Liebesbeziehung nach. Während eines Wochenendurlaubs trifft sie mit einer Gruppe von New-Age-Frauen zusammen, die eine geheimnisvolle, archaische Zeremonie abhalten... Eine geistreiche, witzige Gesellschaftssatire.

3623/1

«Es ist merkwürdig, aber
von jedem, der verschwindet,
heißt es, er sei hinterher in
San Francisco gesehen worden.»

Oscar Wilde

Armistead Maupins «Stadtgeschichten» in sechs Bänden

Stadtgeschichten
(rororo 13441)

Mehr Stadtgeschichten
(rororo 13442)

Noch mehr Stadtgeschichten
(rororo 13443)

Tollivers Reisen
(rororo 13444)

Am Busen der Natur
(rororo 13445)

Schluß mit lustig
(rororo 13446)

Armistead Maupin, geboren 1944 in Washington, studierte Englisch an der University of North Carolina und arbeitete als Reporter und für eine Nachrichtenagentur. Er schrieb für Andy Warhols Zeitschrift *Interview*, die *New York Times* und die *Los Angeles Times*. Seine Geschichten aus San Francisco, die «Tales of the City», schrieb er mehrere Jahre lang für den *San Francisco Chronicle*. Armistead Maupin lebt in San Francisco.
Außerdem als rororo-Taschenbuch lieferbar: «Die Kleine» (13657).

Armistead Maupin

Noch mehr Stadtgeschichten

Band 3

Deutsch von Heinz Vrchota

rororo

Rowohlt

Die amerikanische Originalausgabe erschien 1982
unter dem Titel «Further Tales of the City» bei
The Chronicle Publishing Company, San Francisco

Veröffentlicht im Rowohlt Taschenbuch Verlag GmbH,
Reinbek bei Hamburg, November 1996

Umschlaggestaltung Walter Hellmann
(Illustration Cathrin Günther)
Satz Garamond und Gill Sans (Monotype Lasercomp),
LibroSatz, Kriftel
Druck und Bindung Clausen & Bosse, Leck
Printed in Germany
ISBN 3 499 13990 1

Surely there are in everyone's life certain connections, twists and turns which pass awhile under the category of Chance, but at the last, well examined, prove to be the very Hand of God.

Gewiß weist ein jedes Leben eine Reihe von Reibungen, Umschwüngen und plötzlichen Impulsen auf, die eine Zeitlang als Wirkungen des Zufalls gelten mögen, bis sie sich endlich nach reiflicher Überlegung als deutlicher Eingriff der Hand Gottes enthüllen.

Sir Thomas Browne
Religio Medici

Für Steve Beery

Heim und Herd

Es gab natürlich immer wieder Fremde, die steif und fest behaupteten, daß San Francisco eine Stadt ohne Jahreszeiten war, doch Mrs. Madrigal schenkte dem keine Beachtung.

Warum auch, die Frühlingsboten waren doch überall zu sehen!

Die chinesischen Schuljungen zum Beispiel, die mit nagelneuen grün-gelben Baseballmützen auf ihren Skateboards den Russian Hill hinuntersausten.

Und was war mit dem alten Mr. Citarelli? Nur wer schon lange in San Francisco lebte, konnte wissen, daß Mr. Citarelli *exakt* zu dieser Zeit im Jahr seinen Lehnstuhl in die Garage schleppte, das Tor aufmachte und sich in die Sonne setzte. Auf Mr. Citarelli war unendlich mehr Verlaß als auf jedes Murmeltier.

In der Barbary Lane selbst wurde die Frühjahrstagundnachtgleiche von einer uralten scharlachroten Azalee neben den Mülltonnen angekündigt, die wie ein Freudenfeuer leuchtete. «Du meine Güte», sagte Mrs. Madrigal, als sie stehenblieb, um die Tüte mit ihren Einkäufen besser zu fassen. «Du schon wieder?» Die Azalee hatte auch im August und Dezember geblüht, aber der Natur verzieh man immer, wenn sie von etwas Schönem zuviel bescherte.

Als Mrs. Madrigal das Gartentor von Nummer 28 erreichte, blieb sie unter dessen Spitzdach stehen und betrachtete ihr Reich – die bemooste Ziegelfläche des Vorgartens, die illegale Üppigkeit ihres «Kräutergartens», den Efeu und die braune Schindelfassade ihres geliebten alten Hauses. Der Anblick begeisterte sie immer wieder.

Sie stellte die Lebensmittel – drei neue Käse von Molinari's, Glühlampen, Focaccia-Brot, Tender Vittles für Boris – in der Küche ab und eilte ins Wohnzimmer, um Feuer zu machen.

Warum auch nicht? In San Francisco war ein Feuer zu jeder Jahreszeit angenehm.

Das Kaminholz – ein ganzer Klafter – war ein Weihnachtsgeschenk ihrer Mieter, und Mrs. Madrigal ging damit um, als würde sie in Fort Knox mit Goldbarren hantieren. Sie hatte allzulange unter der Zumutung der grauenhaften Dinger aus gepreßtem Sägemehl gelitten, die es im Searchlight Market zu kaufen gab. Dank ihrer Kinder hatte sie jetzt ein Feuer, das auch *knisterte*.

Es waren natürlich nicht ihre richtigen Kinder, aber sie behandelte sie so. Und sie schienen sie in ihrer Mutterrolle zu akzeptieren. Ihre richtige Tochter Mona hatte in den späten siebziger Jahren eine Zeitlang bei ihr gelebt, war aber vor einem Jahr nach Seattle gezogen. Ihre Begründung war gewohnt kryptisch gewesen: «Weil . . . na ja, weil's die Achtziger sind, deshalb.»

Arme Mona. Wie viele ihrer Altersgenossen hatte sie die Achtziger zum Schlagwort und das neue Jahrzehnt zum Götzen erhoben und erhoffte sich so etwas wie Seelenheil und die Befreiung von ihrer düsteren Daseinsvorstellung. Doch ob Mona die Achtziger in Seattle verbrachte oder in San Francisco . . . oder auch in Sheboygan . . . das änderte nichts. Nur konnte ihr das keiner sagen. Mona hatte sich nie von den Sechzigern erholt.

Der Vermieterin ging durch den Kopf, daß ihre Ersatzkinder – Mary Ann, Michael und Brian – sich ihre Unschuld irgendwie bewahrt hatten.

Und sie liebte sie von ganzem Herzen dafür.

Ein paar Minuten später stand Michael vor ihrer Tür, in der einen Hand den Scheck für die Miete, in der anderen Boris.

«Ich hab ihn auf dem Fenstersims entdeckt», sagte er. «Er hat leicht selbstmordgefährdet ausgesehen.»

Die Vermieterin schaute die Tigerkatze finster an. «Wohl eher mordsgefährlich. Er war wieder hinter den Vögeln her. Läßt du ihn bitte runter, mein Lieber? Ich kann es nicht ausstehen, wenn sein Atem nach Eichelhäher riecht.»

Michael ließ die Katze los und reichte Mrs. Madrigal den Scheck. «Tut mir leid wegen der Verspätung. Wieder mal.»

Sie tat seine Bemerkung mit einer Handbewegung ab und steckte den Scheck hastig in ein halb gelesenes Buch mit Geschichten von Eudora Welty. Sie fand es gräßlich, mit ihren Kindern über Geld zu reden. «Ach so», sagte sie, «was machen wir mit Mary Anns Geburtstag?»

Michael zuckte zusammen. «O Gott. Ist es schon soweit?»

Mrs. Madrigal lächelte. «Nach meiner Rechnung nächsten Dienstag.»

«Sie wird doch dreißig, oder?» Michaels Augen glitzerten diabolisch.

«Wir sollten das wohl besser *nicht* betonen, mein Lieber.»

«Erwarten Sie von mir nicht, daß ich mich gnädig zurückhalte», sagte Michael. «Mit *meinem* Dreißigsten hat sie mich voriges Jahr erbarmungslos getriezt. Außerdem ist sie hier im Haus die letzte, die über die große Schwelle tritt. Da ist es nur normal, wenn wir das Ereignis gebührend feiern.»

Mrs. Madrigal warf ihm ihren «Du ungezogener Junge!»-Blick zu und ließ sich in den Lehnstuhl am Kamin sinken. Boris witterte eine neue Chance, sich malerisch in Szene zu setzen, sprang auf ihren Schoß und blinzelte träge ins Feuer. «Kann ich dich für einen Joint interessieren?» fragte die Vermieterin.

Michael schüttelte lächelnd den Kopf. «Danke. Ich komm so schon zu spät zur Arbeit.»

Sie lächelte ebenfalls. «Dann grüß Ned schön von mir. Dein neuer Haarschnitt sieht übrigens toll aus.»

«Danke», sagte Michael strahlend und wurde leicht rot.

«Es gefällt mir, wenn man deine Ohren sieht. Du wirkst dann richtig jungenhaft. Gar nicht so, als wärst du schon jenseits der großen Schwelle.»

Michael bedankte sich mit einer kleinen eleganten Verbeugung.

«Los jetzt», sagte die Vermieterin. «Laß tausend Blumen blühen.»

Als er fort war, gestattete sie sich ein heimliches Grinsen über sein Gerede von der großen Schwelle. Mein Gott, sie war jetzt sechzig. Hieß das, daß sie schon zweimal darübergetreten war?

Sechzig. Von nahem war die Zahl lange nicht so dräuend wie einst von fern. Eigentlich besaß sie sogar eine stimmige Rundheit, wie ein reifer Gouda oder ein behagliches Sitzkissen.

Was für Vergleiche? Sie lachte in sich hinein. Was war aus ihr geworden? Ein alter Käse? Ein Einrichtungsgegenstand?

Eigentlich war es ihr egal. Sie war Anna Madrigal, Frau aus freien Stücken, und auf der ganzen Welt war niemand sonst genau wie sie.

Mit dieser beruhigenden Litanei im Hinterkopf drehte sie sich aus ihrem feinsten Sensemilla einen Joint und lehnte sich mit Boris zurück, um das Feuer zu genießen.

Michael

Seit fast drei Jahren war Michael Tolliver nun Leiter einer Gärtnerei namens God's Green Earth im Richmond District. Der Besitzer des Geschäfts war Michaels bester Freund Ned Lockwood, ein muskulöser Zweiundvierzigjähriger und quasi der Prototyp eines Schwulen mit Naturberuf.

Schwule mit Naturberuf waren nach Michaels Diktion alle, die sich auf Männerart und im Freien mit schönen lebendigen Dingen beschäftigten: Gärtner, Landschaftsgärtner, Forstaufseher und manche Landschaftsarchitekten. Floristen gehörten selbstverständlich nicht dazu.

Michael beschäftigte sich gern mit Erde. Die Früchte seiner Anstrengung hatten ästhetische, spirituelle, direkt greifbare und sogar sexuelle Qualitäten – manche Männer aus der Stadt fanden nichts erotischeres als den Anblick eines Vornamens, der mit groben Stichen auf die Vorderseite eines verwaschenen grünen Overalls gestickt war.

Wie Michael war Ned nicht seit jeher ein Schwuler mit Naturberuf gewesen. Sein Studium an der University of California in Los Angeles hatte er in den frühen sechziger Jahren als Tankwart an einer Chevron-Tankstelle in Beverly Hills finanziert. Dann war eines Tages ein berühmter, fünfzehn Jahre älterer Filmstar zum Ölwechsel vorgefahren und hatte sich hoffnungslos in den muskulösen schlanken Jungen verknallt.

Von da an änderte sich Neds Leben radikal. In Null Komma nichts ließ sich der Filmstar mit seinem neuentdeckten Schützling häuslich nieder. Er kam für Neds Studiengebühren auf und integrierte ihn – soweit es der Anstand und sein PR-Berater erlaubten – in sein Leben in Hollywood.

Ned blieb sich selbst ziemlich treu. Er war mit einer sexuellen Ausstrahlung gesegnet, die schon ans Mystische grenzte, und er gewann weiterhin das Herz jedes Mannes, jeder Frau und jedes Tiers, das ihm über den Weg lief. Sie alle waren weniger von seiner Schönheit in Bann geschlagen als von seiner angeborenen, fast kindlichen Gabe, Aufmerksamkeit zu schenken. In einer Stadt, in der niemand je zuhörte, tat er genau das.

Die Liebesaffäre dauerte fast fünf Jahre. Als sie zu Ende war, gingen die beiden Männer als Freunde auseinander. Der Filmstar half Ned sogar bei der Finanzierung seines Umzugs nach San Francisco.

Ned Lockwood war jetzt, in mittleren Jahren, attraktiver denn je, aber er bekam eine Glatze – nein, er *hatte* eine Glatze. Die verbliebenen Haare hielt er immer kurz, und seinen nackten Skalp trug er genauso stolz wie die Fernfahrer in den Pornofilmen von Wakefield Poole. «Wenn ich mal anfange, mir die Haare von hinten oder von der Seite hochzuharken», hatte er Michael einmal ernsthaft ermahnt, «dann mußt du mich wegbringen und erschießen lassen.»

Ned und Michael waren zweimal miteinander ins Bett gegangen – 1977. Seither waren sie Freunde, verschworene Vertraute, Brüder. Michael liebte Ned; er erzählte dem älteren Mann seine amourösen Heldentaten wie ein kleiner Hund, der etwas nach Hause schleppte und es seinem Herrchen ehrfürchtig vor die Füße legt.

Und Ned hörte immer zu.

«Hast du Lust, morgen abend ins Devil's Herd zu gehen?» fragte Ned. «Da spielt eine Liveband.»

Michael blickte von seiner Arbeit auf. Er verpackte gerade die Primeln für einen Immobilienmakler aus Pacific Heights, der ewig lange zwischen den rosafarbenen und den gelben geschwankt hatte. Der Immobilienmakler beäugte Ned mit einem giftigen Blick und quengelte weiter: «Natürlich stehen auf der Terrasse ein paar Töpfe mit *Fuchsien*, und die sind in so einem blaustichigen Rot. Ich meine, vielleicht *paßt* das Rot gar nicht zu dem Gelb. Was sagen *Sie* denn dazu?»

Michael warf Ned einen entschuldigenden Blick zu und bemühte sich um Geduld seinem Kunden gegenüber. «Alle Blumen passen zueinander», sagte er gelassen. «Gott ist kein Dekorateur.»

Der Immobilienmakler zuckte kurz mit den Augenbrauen. Vielleicht überlegte er, ob die Bemerkung unverschämt gewesen war. Dann lachte er trocken. «Aber manche Dekorateure sind Gott, stimmt's?»

«Nicht bei mir», sagte Michael lächelnd.

Der Immobilienmakler rückte näher heran. «Sie kannten Jon Fielding, oder?»

Michael tippte die Preise ein. «Könnte man sagen», antwortete er.

«Oh . . . falls ich einen wunden Punkt getroffen habe, tut es mir leid.»

«Keine Bange.» Er lächelte lässig und hoffte, daß er nicht so gereizt klang, wie er sich fühlte. «Es ist lange her, das ist alles.» Er schob seinem Inquisitor den Karton mit den Primeln hin. «Sie kennen ihn, hm?»

Der Immobilienmakler nickte. «Wir sind mal gemeinsam zu einem Treffen von Gamma Mu geflogen.» Er warf den Namen wie einen Köder – als wüßte *alle Welt* über die nationale Vereinigung schwuler Millionäre Bescheid.

Michael biß nicht an. «Grüßen Sie ihn schön von mir, wenn Sie ihn sehen», sagte er.

«Gut.» Der Immobilienmakler stierte einen Moment lang vor sich hin, dann streckte er die Hand aus und steckte seine

Visitenkarte in die Tasche von Michaels Overall. «Damit Sie wissen, wer ich bin», sagte er *sotto voce*. «Sie sollten abends mal bei mir vorbeikommen. Ich habe Video.»

Er ging, ohne auf Antwort zu warten. An der Tür mußte er an Ned vorbei.

«Und, wie isses?» fragte Ned.

Michael schaute die Karte des Immobilienmaklers kurz an, las den Namen Archibald Anson Gidde und warf sie in den Abfalleimer. «Entschuldige, Ned, was hast du gesagt?»

«Das Devil's Herd», sagte Ned. «Morgen abend?»

«Ach so . . . ja. Klar. Gern.»

Ned musterte ihn kurz, dann fuhr er ihm durch die Haare. «Fühlst du dich auch wohl, Bubba?»

«Klar», sagte Michael.

«Hat der Kerl . . .?»

«Er kennt Jon», sagte Michael. «Das ist alles.»

Die A-Schwulen treffen sich

Arch Gidde war völlig aufgelöst. Zwanzig Minuten vor der erwarteten Ankunft seiner Gäste zum Abendessen steckten die gelben Primeln immer noch in ihren schäbigen Plastiktöpfchen. Und Cleavon – der Teufel sollte den faulen, unzuverlässigen Kerl holen – war immer noch in der Küche und trödelte mit dem Sushi herum.

Arch brüllte aus dem Schlafzimmer. «Cleavon . . . *Cleavon!*»

«Jau», antwortete Cleavon.

Der Immobilienmakler zuckte vor dem Spiegel zusammen. Um Himmels willen, *jau*. Harold hatte nie jau gesagt. Harold war tuntig gewesen, klar, aber niemals respektlos. Doch Arch hatte Harold bei der Scheidung verloren, und Rick war zu egoistisch (und viel zu gewieft), um sich von einem fähigen Diener zu trennen, der schwarz *und* schwul war.

«Cleavon», schrie Arch, «ich kann nicht deutlich genug betonen, daß die Primeln eingetopft werden *müssen*, bevor die Gäste eintreffen. Vier sollen in den Elefantenkübel und vier in den Kasten am Ende der Terrasse.»

Pause. Dann ein weiteres Jau.

Arch Gidde stöhnte laut auf. Dann schob er die Ärmel seines neuen Kansai-Yamamoto-Pullovers von Wilkes hoch. Der war mit einer großen, mehrfarbigen Hyäne bestickt, die sich schräg über seine linke Schulter legte. Ist das zuviel? fragte er sich.

Nein, entschied er. Nicht zum Sushi.

Die Gäste trafen fast gleichzeitig ein. Sie hatten alle an einer Cocktailparty bei Vita Keating teilgenommen, der Frau des Presto-Pudding-Erben.

Es waren: Edward Paxton Stoker Jr. und Charles Hillary Lord (die Stoker-Lords), William Devereux Hill III und Anthony Ball Hughes (die Hill-Hugheses), John Morrison Stonecypher (manchmal auch «der Pflaumenprinz» genannt) und Peter Prescott Cipriani.

Auffällig war das Fehlen von Richard Evan Hampton, Arch Giddes Ex; die Hampton-Giddes waren nicht mehr.

«Also», gurrte Chuck Lord, als er ins Wohnzimmer rauschte, «ich muß schon sagen, der Diener gefällt mir.»

Arch lächelte reserviert. «Irgendwie hab ich so was erwartet.»

«Er ist aber nicht aus Oakland, oder?» fragte Ed Stoker, Chucks bessere Hälfte.

«Aus San Bruno», sagte Arch.

«Schade. Chuckie mag nur die aus Oakland.»

Chuck Lord warf seinem Liebhaber einen vernichtenden Blick zu, dann wandte er sich wieder an seinen Gastgeber. «Kümmer dich gar nicht um *die*», sagte er. «Sie hat schon die ganze Woche Wallungen.»

Arch bemühte sich redlich, nicht zu grinsen. Chuck Lords Gier nach «Negern von der East Bay» war unter den A-Schwulen in San Francisco allgemein bekannt. Während Ed Stoker zu Hause blieb, eine Valium nach der anderen schluckte und *Allure* von Diana Vreeland las, schlich sein Multimillionärsgatte auf der Suche nach schwarzen Automechanikern durch die Straßen von Oakland.

Und jedesmal, wenn Ed die Scheidung wollte (jedenfalls erzählte man es so), packte Chuck das schiere Entsetzen. «Aber Liebling», keuchte er in solchen Momenten, «was wird dann aus dem Baby?»

Das Baby war ein Mietshaus mit acht Wohnungen im Haight, das den beiden Männern gemeinsam gehörte.

«Ratet mal, wen ich heute in der Gärtnerei gesehen habe», sagte Arch beim Dessert.

«Wen?» fragte der Pflaumenprinz.

«Michael Tolliver.»

«Wen?»

«Du weißt schon. Das Schnittchen, das mal mit Fielding liiert war.»

«Der Krüppel?»

«Nicht mehr. Gott, wo warst *du* denn?»

«Entschuldigung, Gnädigste.»

«Er hat mir im Gewächshaus praktisch zwischen die Beine gefaßt.»

«Wo *ist* Fielding übrigens?»

«Auf einem Schiff oder so. Kotztabletten austeilen. Ganz unsäglich.»

Peter Cipriani ging vorbei und ließ eine Zeitschrift in Archs Schoß fallen. «Wo wir gerade bei Unsäglichkeiten sind, hast du dir diesen Monat schon Madame Giroux zu Gemüte geführt?» Die Zeitschrift hieß *Western Gentry*, und das Objekt von Peters Verachtung war eine gewisse Prue Giroux, die Klatschkolumnistin. Arch blätterte die letzte Seite auf und fing an, seinen Gästen laut vorzulesen:

«‹Als ich heute morgen mit dem charmanten und reizenden Schwarzen sprach, der in der Garage neben dem L'Etoile die Autos einparkt, mußte ich daran denken, wie glücklich wir uns doch schätzen können, in einer Stadt zu leben, in der sich so viele Menschen so vieler interessanter Rassen, Konfessionen und Hautfarben drängen.›»

Tony Hughes stöhnte und verdrehte die Augen. «Die blöde Fotze hält sich wohl für die neue Eleanor Roosevelt.»

Arch las weiter: «‹Mich, ein einfaches Mädchen vom Lande aus Grass Valley . . .›»

Diesmal stöhnten alle.

«‹Mich, ein einfaches Mädchen vom Lande aus Grass Valley, erfüllt es mit großer Freude und Befriedigung, daß ich mich zu den Freunden von so bekannten Schwarzen wie Kathleen Cleaver zählen darf, der Frau des berühmten Bürgerrechtlers, von so bemerkenswerten Juden wie Dr. Heinrich Viertel (dem Autor von *Erforschung des Es*) und von Ethel Merman, die ich kennengelernt habe, als sie bei uns in der Stadt war, um für ihr fabelhaftes neues Disco-Album zu werben.›»

Diesmal ertönten spitze Schreie. Tony riß Arch die Zeitschrift aus der Hand. «Das hat sie nicht geschrieben! Das hast du erfunden!» Arch überließ Tony das Feld, denn er wollte offensichtlich selbst weiter vorlesen.

Fast unbemerkt entfernte Arch sich vom Tisch, um sich eines Falls anzunehmen, der sich möglicherweise schon zur Krise ausgewachsen hatte: Cleavon hatte den Kaffee nicht gebracht. *Und Chuck Lord war noch nicht von der Toilette zurück.*

Mit vor Wut hochrotem Kopf horchte Arch an der Toilettentür, bevor er sie gegen alle Höflichkeit aufriß.

Cleavon saß auf dem schwarzen Onyxbecken und hielt sich das eine Nasenloch zu, während Chuck Lord ihm in das andere Kokain spatelte. Chuck grinste affektiert und ließ das Zubehör wieder in der Tasche seines Alexander-Julian-Jacketts verschwinden, ohne auch nur einen Anflug von Reue zu zeigen.

Arch bedachte seinen Gast mit einem mörderischen Blick. «Komm zurück aufs Floß, Huckilein. Man vermißt dich schon.»

Als Chuck gegangen war, kletterte Cleavon vom Waschbekken und schnupfte die Kristalle geräuschvoll in die Nebenhöhlen. Sein Arbeitgeber war fuchsteufelswild, beherrschte sich aber. «Wir hätten jetzt gerne den Kaffee, Cleavon.»

«Jau», sagte der Diener.

Im Wohnzimmer röhrte ein angeheiterter Peter Cipriani

dem zurückkommenden Chuck Lord ein Rätsel entgegen: «He, Chuckie! Was ist dreißig Zentimeter lang und weiß?»

«Was?» lautete die verhaltene Antwort.

«Nichts», schrie Peter. «Absolut nichts!»

Arch Gidde hätte *sterben* können.

Prues Coup

Die Leute sagten die gemeinsten Sachen über Prue Giroux. Ihre gertenschlanke Figur und ihr gutes Aussehen, sagten sie, hatten ihr zu allem verholfen, was sie sich immer gewünscht hatte – außer zu Respekt. Wenn die Leute über ihre Scheidung von Reg Giroux sprachen, war Reg derjenige, der «immer so nett» gewesen war. Durch einen merkwürdigen Zufall war er auch der mit den vierzig Millionen Dollar gewesen.

Von denen hatte Prue jetzt ein paar, Gott sei Dank. Und ein Stadthaus von Tony Hail auf dem Nob Hill. Und genügend Galanos-Kleider, um die gesamte Amtszeit von Nancy Reagan zu überstehen, selbst wenn sie – toi, toi, toi – acht Jahre dauern sollte.

Das wahre Geheimnis von Prues Macht lag jedoch in ihrer Kolumne in der *Western Gentry*. Prue hatte entdeckt, daß es egal war, wenn man keiner alten Familie entstammte und der eigene Reichtum nur auf einer Abfindung beruhte. Was machte es schon, wenn man sich vertat und *Thaïs* wie «Thais» aussprach oder nach dem ersten Satz einer Symphonie klatschte oder am hellichten Nachmittag einen Empfang mit Smokingzwang gab? Wenn man eine Klatschkolumne schrieb, kam man bei dem Mistvolk immer rein.

Natürlich nicht bei allen. Manche von den distinguierten Herrschaften aus San Mateo (sie hatte sich dazu erzogen, nicht Hillsborough zu sagen) beobachteten Prue immer noch mit kühler Distanziertheit. Den jungen Salonlöwinnen schien jedoch klar zu sein, daß ihre Stellung ohne eine zumindest nominelle Anerkennung durch die Klatschpresse völlig ungesichert war.

Deshalb luden sie Prue zum Mittagessen ein.

Nicht zum Abendessen, nur zum Mittagessen. Als zum Beispiel Ann Getty im Februar ihre Soiree für Baryschnikow im Bali's gegeben hatte, war es nicht wirklich nötig gewesen, Prue am Geschehen teilnehmen zu lassen; die Gäste hatten ihr die pikantesten Details einfach am nächsten Morgen telefonisch mitgeteilt.

Prue störte das eigentlich nicht. Sie hatte viel durchgemacht, und das war ihr bewußt. Ihr Hang, sich als «einfaches Mädchen vom Lande aus Grass Valley» vorzustellen, war keine Affektiertheit. Sie *war* ein einfaches Mädchen vom Lande aus Grass Valley – eines von sieben Kindern, die ein Traktorenvertreter mit seiner Frau, einer Adventistin vom Siebenten Tag, großgezogen hatte.

Als sie Reg Giroux kennenlernte, der damals Chef eines mittelständischen Flugzeugherstellers war, hatte Prue gerade erst als Dentalhygienikerin zu arbeiten angefangen; das heißt, sie reinigte ihm die Zähne mit Zahnseide. Regs Freunde waren entsetzt, als er im Sommer im Bohemian Grove ihre Verlobung bekanntgab.

Trotzdem schien die Ehe einige Zeit zu funktionieren. Prue und Reg bauten sich im Mother Lode Country ein weitläufiges Ferienhaus, das zum Schauplatz vieler aufwendiger, jeweils mit einem Motto versehener Kostümfeste wurde. Bei ihrem Grün-und-Rosa-Ball spielte Prue für Erica Jong, Tony Orlando und Joan Baez die Gastgeberin, und zwar für alle drei am selben Nachmittag. Sie konnte kaum an sich halten.

Das wurde schließlich zum Problem. Reg fühlte sich in seiner Gesellschaftsschicht wohl, und weder teilte noch verstand er das anscheinend unstillbare Verlangen seiner Frau nach Prominenten. Prues wöchentliches Mittagessen inklusive Stargast, das auf dem Nob Hill stattfand und das sie hochtrabend «Forum» getauft hatte, wurde von den distinguierten Herrschaften so einmütig gemieden, daß sogar ihr Mann darunter zu leiden begann.

Deshalb machte er sich aus dem Staub.

Zu Prues Glück fiel ihre Scheidung praktischerweise mit der Verhaftung und Verurteilung (wegen exhibitionistischer Handlungen) des *Western-Gentry*-Klatschkolumnisten Carson Callas zusammen. Also lud sie den Herausgeber der Zeitschrift zum Mittagessen ein und setzte zu ihrem Coup an. Der Herausgeber, der selber ein einfacher Junge vom Lande war, verwechselte Prues einstudierte Eleganz mit aristokratischer Würde und engagierte sie vom Fleck weg.

Von da an war sie ihre eigene Herrin.

Prues dreijähriger russischer Wolfshund Vuitton war seit fast einer Woche verschwunden. Prue wußte nicht mehr ein noch aus. Daß der Mann von der Parkverwaltung sich in dieser Krise so ekelhaft vage äußerte, machte alles nur noch schlimmer.

«Ja, Ma'am, ich glaub, ich erinner mich an den Bericht. Wo, ham Sie gesagt, ham Sie ihn noch mal verloren?»

Prue seufzte genervt. «In den Baumfarnen. Gegenüber vom Gewächshaus. Den einen Moment war er noch da, und den nächsten . . .»

«Letzte Woche?»

«Ja. Am Samstag.»

«Kleinen Moment.» Sie hörte ihn Akten durchblättern. Der Trottel pfiff dabei «Oh Where Oh Where Has My Little Dog Gone». Es vergingen ein paar Minuten, bevor er wieder am Telefon war. «Nein, Ma'am. Fehlanzeige. Ich hab's zweimal durchgeschaut. 'nen russischen Wolfshund hat keiner gesehen in den letzten . . .»

«Und Sie haben auch keine verdächtigen Kambodschaner gesehen?»

«Ma'am?»

«Kambodschaner. Flüchtlinge. Sie wissen doch.»

«Ja, Ma'am, aber ich versteh nich, was . . .»

«Muß ich es denn buchstabieren? Die essen nämlich Hunde, müssen Sie wissen. *Und sie haben schon welche gegessen!*»

Schweigen.

«Das hab ich im *Chronicle* gelesen», fügte Prue hinzu.

Nach nochmaligem Schweigen: «Hören Sie, Ma'am. Was halten Sie davon, wenn ich die berittne Streife bitte, daß sie ihre Augen offenhalten, okay? Aber bei so 'nem Hund isses ziemlich wahrscheinlich, daß er entführt worden is. Ich würd Ihnen ja gern mit was Beßrem kommen, aber leider.»

Prue bedankte sich und legte auf. Armer Vuitton. Sein Schicksal lag in den Händen von Unfähigen. Irgendwo im Tenderloin aßen die Boat People möglicherweise Wolfshund süßsauer, und Prue war hilflos. Hilflos.

Bevor sie sich an ihre Kolumne setzte, ging sie zur Beruhigung zehn Minuten im Huntington Park spazieren. Als sie zurückkehrte, berichtete ihre Sekretärin, daß Frannie Halcyon angerufen und Prue für den nächsten Tag zum Mittagessen eingeladen hatte, um mit ihr «eine Angelegenheit von allerhöchster Dringlichkeit» zu besprechen.

Frannie Halcyon war die Grande Dame von Hillsborough. Mit Leuten wie Prue Giroux hatte sie sich noch nie befaßt, geschweige denn sie zum Mittagessen auf den Familiensitz bestellt.

«Eine Angelegenheit von allerhöchster Dringlichkeit.»

Was konnte das nur sein?

Die Matriarchin

Manchmal konnte Frannie sich des Gedankens nicht erwehren, daß ein Fluch auf Halcyon Hill lastete.

Wenn sie sich die Zeit nahm und über das Schreckliche nachdachte, das den Mitgliedern ihrer Familie zugestoßen war, erschien das genauso plausibel wie alles andere. Mit vierundsechzig war sie die einzige überlebende Halcyon, der abgetakelte klägliche Rest einer Dynastie, die so gut wie kapituliert hatte vor Tod, Krankheit und Zerstörung.

Edgar, ihr Mann, war am Heiligen Abend des Jahres 1976 seinen «Schrottnieren» (sein Wort) erlegen.

Beauchamp, ihr Schwiegersohn, war ein Jahr später bei einem Autounfall im Broadway Tunnel verbrannt.

Faust, ihre geliebte Dogge, war kurz danach gestorben.

DeDe, ihre Tochter und Beauchamps von ihm getrennt lebende Frau, hatte Ende 1977 zwei Chinesenmischlinge geboren und war mit einer Freundin von fragwürdiger Herkunft nach Guyana geflohen.

Das Massaker von Jonestown. Noch jetzt, drei Jahre nach dem Ereignis, konnte es passieren, daß Frannie diese Worte von einer Zeitungsseite entgegensprangen wie die tückischen Giftzähne einer Viper.

Edgar, Beauchamp, Faust und DeDe. Ein Schrecken nach dem anderen. Eine Demütigung nach der anderen.

Und nun die äußerste Erniedrigung.

Es war ihr nichts anderes übriggeblieben, als Prue Giroux zum Mittagessen einzuladen.

Emma brachte ein Tablett mit Mai Tais in den Wintergarten.

«Eine kleine Erfrischung?» fragte Frannie.

Die Kolumnistin setzte ihr süßliches Kleinmädchenlächeln auf. «Es ist einen Tick zu früh für mich, danke.»

Frannie hätte sie schlagen können. Statt dessen ließ sie sich von Emma mit einem huldvollen Nicken einen Drink reichen, nippte geziert daran und erwiderte das Lächeln dieser hoffnungslos gewöhnlichen Frau. «Ihre Kolumne», sagte sie, «finde ich . . . sehr amüsant.»

Prue strahlte. «Wie mich das freut, Frannie. Ich tu mein Bestes, um einen guten Fluß hinzukriegen.»

«Ja. Es plätschert nur so.» Innerlich schäumte Frannie vor Wut. Wie konnte diese Person es wagen, sie mit Vornamen anzusprechen?

«Also, ich finde», fuhr Prue fort – und führte ein offenbar liebgewonnenes Thema weiter aus –, «daß es auf der Welt viel zuviel Häßliches gibt, und wenn jeder von uns auch nur eine kleine Kerze anzünden würde . . . na, Sie wissen ja.»

Frannie sah ihren Anknüpfungspunkt. «Ich vermute, Sie wissen um meine Tochter.»

«Ja.» Die Kolumnistin setzte ein tragisches Gesicht auf. «Es muß schrecklich gewesen sein für Sie.»

«Ja, das war es. Und ist es noch.»

«Ich kann mir nicht mal vorstellen, wie so etwas ist.»

«Das kann kaum jemand.» Frannie trank einen Schluck Mai Tai. «Außer Catherine Hearst vielleicht. Sie kommt manchmal zu Besuch. Sie war wahnsinnig lieb. Äh . . . dürfte ich Ihnen etwas zeigen?»

«Natürlich.»

Die Matriarchin entschuldigte sich und kam kurz darauf mit den Beweisstücken zurück, die inzwischen fast bis zur Unkenntlichkeit ramponiert waren. «Die haben mal DeDe gehört», sagte sie.

Die Kolumnistin lächelte. «Pompons. Ich war auch mal Cheerleader.»

«DeDe hat sie sich schicken lassen», fuhr Frannie fort, «als sie in Jonestown war. Sie hatte sie schon im Sacred Heart, und sie fand den Gedanken hübsch, in Guyana bei den Basketballspielen damit aufzutreten.» Sie nestelte an ihrer Cocktailserviette herum. «Man hat sie unter ihren Sachen gefunden . . . hinterher.»

«Sie . . . äh . . . war in Guyana Cheerleader?»

Die Matriarchin nickte. «Nur so zum Spaß. Wußten Sie nicht, daß es dort ein Basketballteam gab?»

«Nein», sagte Prue vorsichtig. «Das wußte ich nicht.»

«DeDe war ein *Tatmensch*, Prue. Sie hat das Leben über alles geliebt. Jedenfalls steht fest, daß sie und die Kinder nicht unter den Toten von Jonestown waren . . . und tief in meinem Herzen weiß ich, daß sie dort lebend rausgekommen sind.»

«Wann?»

«Ich weiß nicht. Vorher. Wann auch immer.»

«Aber, vermuten die Behörden denn nicht . . .?»

«Die vermuten viel, diese Idioten! Sie haben mir schon gesagt, daß DeDe tot ist, bevor sie noch festgestellt hatten, ob ihre Leiche überhaupt dort war.» Frannie beugte sich vor und blickte Prue flehend an. «Sie kennen das wahrscheinlich alles schon, ich weiß. Aber ich habe Sie gerufen, weil ich Ihre Hilfe brauche, um eine neue Entwicklung an die Öffentlichkeit zu bringen.»

«Bitte», sagte die Kolumnistin, «sprechen Sie weiter.»

«Ich habe diese Woche mit einem Medium gesprochen. Mit einem sehr seriösen. Sie sagt, daß DeDe, ihre Freundin und die Zwillinge leben und in einem kleinen südamerikanischen Dorf wohnen.»

Schweigen.

«Ich bin keine Hysterikerin, Prue. Ich halte normalerweise nicht viel von solchen Dingen. Aber diese Frau war sich ihrer Sache dermaßen *sicher*. Sie hat alles gesehen: die Hütte, ihre Schlafmatten, die Dorfbewohner auf dem Markt, die süßen kleinen Zwillinge, wie sie nackt . . .» Frannies Stimme versagte; sie spürte, daß sie kurz vor dem Zusammenbruch stand. «Bitte helfen Sie mir», bettelte sie. «Ich weiß nicht, an wen ich mich sonst wenden sollte.»

Prue nahm ihre Hand und drückte sie. «Sie wissen, daß ich Ihnen helfen würde, Frannie, wenn es eine Möglichkeit gäbe . . . na ja, die Tagespresse oder das Fernsehen sind sicher eher in der Lage, so was in Angriff zu nehmen.»

Ein Ruck ging durch die Matriarchin. «Mit denen habe ich schon gesprochen. Denken Sie etwa, ich würde Sie *als erste* anrufen?»

Es hatte keinen Sinn! Dieses lächerliche Frauenzimmer war nicht besser als alle anderen, die sie bloß geduldig ertrugen wie ein seniles, aufdringliches altes Weib. Frannie ließ das Thema fallen und brachte ihren Gast ohne weitere Umstände und in aller Eile durch das Mittagessen und an die Tür.

Um drei lag sie wieder im Bett, trank Mai Tais und schaute auf dem «Bauchflimmi» fern, den DeDe und Beauchamp ihr nach Edgars Tod geschenkt hatten. Als Nachmittagsfilm lief *Traum meines Lebens* mit Katherine Hepburn, einer von Frannies Lieblingsfilmen.

Während der «Unterbrechung» gab eine hübsche junge Frau den Zuschauern Einkaufstips: wo man im Gebiet Walnut Creek und Lafayette gute zweite Wahl kaufen konnte. Frannie drehte den Ton weg und schenkte sich noch einen Mai Tai ein.

Als sie wieder auf den Fernseher schaute, fiel ihr fast der Drink aus der Hand.

Dieses Gesicht! Natürlich! Das war Edgars ehemalige Sekretärin. Frannie hatte sie schon mindestens vier Jahre nicht mehr gesehen. Seit Beauchamps Beerdigung wahrscheinlich.

Wie *hieß* sie überhaupt? Mary Jane Dingsbums. Nein ... Mary Lou?

Die Matriarchin drehte den Ton wieder an. «Mary Ann Singleton», zwitscherte die junge Frau, «wünscht Ihnen Schnäppchen in rauhen Mengen!»

Mary Ann Singleton.

Vielleicht, dachte Frannie. Nur vielleicht ...

Ein Tagesgesicht

Nach fast zwei Jahren beim Fernsehen war Mary Ann Singleton nun endlich eine Frau *im* Fernsehen.

Ihre Show *Bargain Matinee* versuchte sich an einer Auffrischung des alten *Dialing-for-Dollars*-Schemas für den Nachmittagsfilm: Die Zuschauer aus der Bay Area bekamen Tips, wie sie beim Einkaufen der Inflation ein Schnippchen schlagen konnten. Schließlich befand man sich in den Achtzigern. Im Gegensatz dazu waren die Filme fest in den Fünfzigern verankert: anheimelnde alte Schinken wie *Das Geheimnis von Santa Vittoria*, *Fieber im Blut* oder – gerade aktuell – *Traum meines Lebens.* Solche Filme hatte man in den Tagen vor dem Equal Rights Amendment Frauenfilme genannt.

Mary Anns Sternstunde war ein Fünfminutenspot nach der ersten Hälfte des Films.

Der Inhalt änderte sich kaum: verbeulte Konserven, Zweite-Wahl-Käufe, chinesische Regenschirme als schicke Lampen, selbstgemachtes Parfum, empfehlenswerte Pastaläden, neue Verwendungsmöglichkeiten für alte Kaffeebüchsen. Michael redete hartnäckig von Mary Anns «Hints from Heloise».

Mary Ann fand das Hausfrauenimage, das sie in ihrer Sendung vermitteln mußte, eigentlich peinlich, aber sie konnte nicht abstreiten, daß der Fernsehruhm auch eine angenehm erregende Seite hatte: Fremde starrten sie im Bus an; Nachbarn baten sie im Searchlight Market um ein Autogramm auf ihre Einkaufstüten.

Trotzdem fehlte ihr etwas. Daran hatte sich auch durch den Sprung auf den Bildschirm nichts geändert.

Mary Ann fand, daß man als Frau im Fernsehen eine glamouröse Enthüllungsjournalistin sein mußte, eine feminine Feministin à la Jane Fonda in *Das China-Syndrom* oder Sigourney Weaver in *Der Augenzeuge*. Nur eine Reporterin, die sich ins Geschehen einmischte, konnte eine richtige Fernsehfrau sein.

Und Mary Ann würde sich nicht mit weniger begnügen.

Sofort nach der Abmoderation verließ sie Studio B und eilte in ihr Kabuff zurück, ohne sich vorher in der Garderobe abzuschminken.

Es war fünf. Noch konnte sie den Nachrichtenchef erwischen, bevor er für die Abendnachrichten mobil machte.

Auf ihrem Schreibtisch lag eine Notiz: MRS. HARRISON HAT ANGERUFEN.

«Hast du das angenommen?» fragte sie die Redakteurin von nebenan.

«Nein, Denny. Er ist in der Cafeteria.»

Kollege Denny aß gerade einen Happy Snack aus der Mikrowelle. «Wer ist Mrs. Harrison?» fragte Mary Ann.

«Sie hat gesagt, du wüßtest Bescheid.»

«Harrison?»

«Es hat sich jedenfalls so angehört. Sie hatte einen sitzen.»

«Toll.»

«Sie hat direkt nach deinem Auftritt angerufen. Sie hat gesagt, es sei ‹höchst dringend›.»

«Das liegt an *Traum meines Lebens*. Die Besoffenen rufen immer bei den Schnulzen an. Keine Nummer, hm?»

Denny zuckte mit den Schultern. «Sie hat gesagt, du kennst sie.»

Larry Kenan, der Nachrichtenchef, rekelte sich in seinem Drehstuhl, verschränkte seine Finger hinter dem fönfrisierten Kopf und schaute affektiert grinsend zu dem Bo-Derek-Poster hoch, das er über seinem Schreibtisch an die Decke geklebt hatte. Die Inschrift war ebenfalls sein Werk und unauslöslich in Mary Anns Bewußtsein eingebrannt: KEINER MACHT'S BESSER ALS LARRY – IN WOLLUST, BO.

«Soll ich Ihnen mal die ungeschminkte Wahrheit sagen?» fragte er.

Mary Ann wartete. Der Blödmann deklarierte seine Meinung immer als die ungeschminkte Wahrheit.

«Die ungeschminkte Wahrheit ist, daß Sie ein Tagesgesicht haben, und die Zuschauer wollen bei den Sechs-Uhr-Nachrichten kein Tagesgesicht sehen. Basta und Schluß. Ich meine ... *Mensch*, was soll ich sagen, Mädchen? Es ist nicht schön, aber es ist die Wahrheit.» Er riß sich lang genug von Bo Derek los, um Mary Ann sein «Pech gehabt, Kleines»-Grinsen rüberzuschikken.

«Was ist mit Bambi Kanetaka?»

«Was soll mit ihr sein?»

Mary Ann wußte, daß sie vorsichtig sein mußte. «Na ja ... sie hatte eine Tagesshow, aber *jetzt* darf sie ...»

«Bei Bambi ist das was anderes.» Larry funkelte sie an.

Ich weiß, dachte Mary Ann. Sie bläst auf Befehl.

«Ihre Werte waren Spitze», sagte Larry. Er forderte Mary Ann fast dazu heraus, nicht klein beizugeben.

«Dann testen Sie *mich* doch auch», sagte Mary Ann. «Ich laß mich gern ...»

«Wir *haben* Sie schon getestet, okay? Das war vor zwei Monaten, und Ihre Werte waren der totale Reinfall. Reicht das?»

Es tat mehr weh, als ihr lieb war. Auf Hautwiderstandsmessungen hatte sie noch *nie* etwas gegeben. Was war schon zu beweisen, wenn man ein paar Zuschauer als Versuchskaninchen an Elektroden anschloß? Nur, daß manche Darsteller die Zuschauer stärker ins Schwitzen brachten als andere. Toll.

Sie versuchte es andersrum. «Ich bräuchte doch nicht die

ganze Zeit vor der Kamera zu stehen. Ich könnte recherchieren. Es gibt 'ne Menge Themen, die die Stammreporter nicht bearbeiten können, weil ihnen die Zeit oder auch die Lust dazu fehlt.»

Larry verzog den Mund. «Zum Beispiel?»

«Na ja . . .» Denk nach, befahl sie sich, denk nach! «Na ja, die Schwulenszene zum Beispiel.»

«Ach ja?» sagte er mit hochgezogenen Augenbrauen. «Und über die wissen Sie Bescheid, hm?»

Sie wußte nicht recht, wie sie die Bemerkung auffassen sollte. Hielt er sie für eine Lesbe? Oder spielte er nur wieder mit ihr? «Ich hab 'ne Menge . . . Kontakte», sagte sie. Eine Lüge. Na und? Michael hatte eine Menge Kontakte; und das war praktisch dasselbe.

Er lächelte sie an, wie wohl ein Polizist ein weggelaufenes Kind anlächelte.

«Ich will Ihnen mal die ungeschminkte Wahrheit sagen», sagte er. «Den Zuschauern hängen die Schwulen schon zum Hals raus.»

Der Mann in ihrem Leben

Auch wenn Larry Kenan ein Arschloch war – und daran war inzwischen nicht mehr zu rütteln –, so verschaffte Mary Anns Gehalt ihr doch gewisse Annehmlichkeiten, die das Leben in der Stadt entschieden reizvoller machten:

Sie aß jetzt im Ciao.

Sie fuhr einen Le Car.

Sie trug zu ihren Calvins Samtblazer und Herrenhemden mit Button-down-Kragen – ein Aufzug, den Michael hartnäckig als ‹Lesbenklassik› bezeichnete.

Sie hatte alles Gelbe und alle Korbmöbel aus ihrer Wohnung verbannt und sie statt dessen mit stahlgrauem Teppichboden und technizistischen Metallregalen ausgestattet.

Sie hatte ihr *San-Francisco*-Abo gekündigt und las jetzt *Interview*.

Sie hatte sich für immer von Cost Plus verabschiedet.

Trotzdem kam sie gegen einen gewissen Frust wegen ihrer langsamen beruflichen Fortschritte nicht an.

Dieser Frust steigerte sich nur noch, als sie später am Abend eine besonders spannende Episode von *Lou Grant* sah, in der eine streitbare Journalistin und ihre Anstrengungen zur Wahrheitsfindung im Mittelpunkt standen.

Der Schmerz war kaum auszuhalten, weshalb Mary Ann den Fernseher ausschaltete und ins Badezimmer ging, um sich die Haare zu sassoonieren. Manchmal war Duschen das beste Beruhigungsmittel.

Ihre Haare waren jetzt kürzer als in den letzten Jahren. Leicht strähnig mit einem Schuß Leslie Caron und einem klitzekleinen Anflug New Wave. Etwas Extravaganteres hätte die Geschäftsleitung des Senders nicht hingenommen.

Als sie ihre neue Frisur mit einem Handtuch trockenrieb, fand sie es erstaunlich, daß sie sich einmal mit langen Haaren so viel Mühe und Umstände gemacht hatte. («Du wolltest dir die Haare immer hinten hochstecken», erinnerte Michael sich gern, «aber du hast damit immer ausgesehen wie Connie Stevens.»)

Nachdem sie ohne Erfolg ihre Kaninchenpantoffeln gesucht hatte, wickelte sie sich in einen übergroßen weißen Frotteebademantel und stieg die Treppe zum Häuschen auf dem Dach der Barbary Lane 28 hinauf.

Sie blieb einen Moment vor der vertrauten orangen Tür stehen und schaute durch das efeuüberwucherte Fenster in den klaren Sternenhimmel hinaus. Ein lichterfunkelnder Ozeandampfer glitt vorbei, als würde ein riesiger Kronleuchter aufs Meer hinausgeschleppt.

Mary Ann hörte sich seufzen. Teils wegen der Aussicht. Teils wegen des Mannes, der sie hinter der Tür erwartete.

Da sie wußte, daß er schon schlief, ging sie ohne Klopfen hinein. Er hatte eine Doppelschicht hinter sich, und die Gäste bei Perry's waren noch lärmiger und strapaziöser gewesen als sonst. Wie erwartet lag er in seinen Boxershorts bäuchlings auf dem Bett.

Sie setzte sich auf die Bettkante und legte sacht ihre Hand auf die Mulde am Ende seines Rückens.

Der schönste Körperteil eines Mannes, dachte sie. Dieses warme kleine Tal kurz vor dem Po. Na ja, vielleicht der *zweit*-schönste.

Brian bewegte sich, drehte sich dann um und rieb sich wie ein kleiner Junge mit den Fäusten die Augen. «Na», sagte er mit rauher Stimme.

«Na», antwortete sie.

Sie beugte sich vor, legte sich an seine Brust und genoß die Wärme seines Körpers. Als ihr Mund den seinen suchte, drehte Brian den Kopf weg und murmelte eine Warnung: «Mundgeruch, Schatz.»

Sie nahm sein Kinn in die Hand und küßte ihn trotzdem. «Na und?» sagte sie. «Was ist, wenn ich den kleinen Stinker mag?»

Glucksend schloß er sie in die Arme. «Na, wie war's heute?»

«Beschissen», sagte sie ihm direkt ins Ohr.

«Hast du mit Larry Kenan geredet?»

«Mhmm.»

«Und?»

«Er will immer noch einen Fick, bevor er verhandelt.»

Brian riß sich von ihr los. «*Das* hat er gesagt?»

«Nein.» Mary Ann lächelte über seine aufgeregte Reaktion. «Jedenfalls nicht direkt. Ich weiß halt, wie er funktioniert. Bambi Kanetaka ist der lebende Beweis dafür.»

Brian tat, als hätte er nicht verstanden. «Ich find sie auch total scharf.»

Mary Ann zwickte ihn in den Po.

«Scharf und forsch. Eine erfolgversprechende Kombination.»

«Ich mach's noch mal», warnte ihn Mary Ann.

«Ich hab gehofft, daß du das sagst», meinte Brian grinsend. «Nur langsamer diesmal, okay?»

Erinnerungen an Lennon

Das Schöne am Kellnerdasein war, daß man den ganzen verdammten Kram von einem Tag auf den anderen hinschmeißen konnte.

Es gab keine Betriebsrenten, die einen umtrieben, keine Digitaluhren zum fünfzigsten Dienstjubiläum, keine nervtötenden Forderungen nach Loyalität oder Betriebstreue. Kurz, es war etwas für den Lebensunterhalt, aber nie und nimmer ein Beruf.

Hatte er immer gedacht.

Inzwischen, nach sechs Jahren bei Perry's, kamen ihm einige Zweifel. Wenn es jetzt noch kein Beruf war, wann dann? Nach zehn Jahren? Nach fünfzehn? Wollte er es so? Wollte *sie* es so?

Er löste sich von ihr und starrte schweigend zur Decke hoch.

«Okay», sagte Mary Ann. «Raus damit.»

«Schon wieder?»

Sie lachte über seinen Witz und kuschelte sich an seine Schulter. «Ich weiß, wie jemand aussieht, der nachdenkt. Also, worüber denkst du nach?»

«Ach . . . wahrscheinlich über die Zulassung. Ich glaub, es wird langsam Zeit.»

«Ich hab gedacht, du willst auf keinen Fall selber ein Lokal.»

Er zuckte zusammen. «Bei *Gericht*, Mary Ann. Als Rechtsanwalt in Kalifornien.»

«Oh.» Sie schaute ihn an. «Ich hab gedacht, das wolltest du auch auf keinen Fall.»

Darauf hatte er keine Antwort parat. Es *stimmte*, daß er diesen Beruf gehaßt hatte, daß ihn jede Minute seines Daseins als Rechtsanwalt Brian Hawkins gelangweilt und ihm den letzten Nerv geraubt hatte. Seinen Haß hatte er durch engagierte Arbeit sublimiert – Schwarze, Indianer, Ölteppiche –, aber die «gute alte Langeweile», wie er sie nannte, hatte sich als genauso beharrlich und zählebig erwiesen wie das Gesetz.

Beim Gedanken an die sirrende Neonbeleuchtung, die ihn

in dem mit Chinaleinen und Walnußmöbeln ausgestatteten Besprechungszimmer seiner letzten Anwaltskanzlei endlose Stunden lang gequält hatte, krümmte er sich noch jetzt. Eine solche Einrichtung stand für alles, was am Leben – wenn man es denn so nennen konnte – in der Geschäftswelt kleinkariert und ekelhaft war.

Deshalb war er seinem Beruf entflohen und Kellner geworden.

Darüber hinaus war er zum Schwerenöter geworden, der auf seiner hektischen und unersättlichen Jagd nach «Käfern» in Singlebars und Waschsalons eingefallen war. Er hatte sein Leben einfacher gemacht, seinen Körper der Mode angepaßt und die «gute alte Langeweile» bezwungen.

Doch jetzt geschah etwas ganz anderes. Die Frau, die er einmal als «verklemmte Tussi aus Cleveland» bezeichnet hatte, war zweifellos die Liebe seines Lebens.

Und sie war diejenige, die Karriere machte.

«Ich muß was *tun*», sagte er zu Mary Ann.

«In welcher Beziehung?»

«Arbeitsmäßig», sagte Brian. «Jobmäßig.»

«Findest du, daß du zu wenig Trinkgeld . . .?»

«Es geht nicht ums Geld.» In seiner Stimme lag eine gewisse Schärfe. Sein schwindender Stolz machte ihn reizbar. *Laß es nicht an ihr aus*, ermahnte er sich. «Ich kann *so* einfach nicht mehr weitermachen», fügte er in sanfterem Ton hinzu.

«Was heißt ‹so›?» fragte sie vorsichtig.

«Wie jemand, der von dir abhängig ist. Das ertrag ich nicht, Mary Ann.»

Sie sah ihn nüchtern an. «Es geht also doch ums Geld.»

«Getrennte Kasse machen ist das eine. Was anderes ist es . . . ich weiß nicht . . . ausgehalten zu werden oder so.» Selbstverachtung und Verlegenheit trieben ihm die Röte ins Gesicht.

Mary Ann lachte unbekümmert. «*Ausgehalten?* Jetzt mach aber mal 'nen Punkt, Brian! Ich hab uns ein Wochenende in Sierra City bezahlt. Weil ich es *wollte*, du Dummkopf. Es war für mich das gleiche wie . . . ach, Brian.» Sie griff nach seiner Hand. «Ich hab geglaubt, wir hätten diesen Machokram schon hinter uns.»

Er äffte sie affektiert nach. «Ich hab geglaubt, wir hätten diesen Machokram schon hinter uns.» Es war so kleinkariert und grausam, daß es ihm sofort leid tat. Als er in ihrem Gesicht nach Anzeichen von Verletztheit suchte, mußte er entnervt feststellen, daß sie ihm bereits vergeben hatte.

«Was ist mit John?» fragte sie.

«Welchem John?»

«Lennon. Ich hab gedacht, du bewunderst ihn dafür, daß er Hausmann geworden ist, als Yoko . . .»

Brian schnaubte verächtlich. «Es war doch *sein* Geld, verdammt noch mal! Wenn man der reichste Mann von New York ist, kann man alles machen!»

Mary Ann starrte ihn ungläubig an. Nun war sie wirklich gekränkt. «Wie kannst du nur?» fragte sie leise.

«Wie kannst du etwas in den Dreck ziehen, was wir gemeinsam durchlebt haben?»

Sie sprach von der Mahnwache auf dem Marina Green. Sie und Brian hatten dort sechs Stunden mit dem Betrauern von Lennons Tod zugebracht. Sie hatten sich leergeweint, hatten Kerzen mit Erdbeerduft in der Hand gehalten, «Hey Jude» gesungen und eine neue hawaiianische Marihuanasorte geraucht, die Mrs. Madrigal nach dem Verstorbenen benannt hatte.

Brian hatte sich nie davor – und nie danach – in Mary Anns Gegenwart so verwundbar gezeigt.

Hinterher hatte er eine Notiz an ihre Tür geheftet: HELP ME, IF YOU CAN, I'M FEELING DOWN, AND I DO APPRECIATE YOUR BEING 'ROUND. ICH LIEBE DICH – BRIAN.

Er fühlte sich mies, na schön, aber das hatte mehr mit einer Midlife-crisis zu tun als mit dem Tod eines Beatle.

Denn am Tag von John Lennons Tod waren alle aus Brian Hawkins' Generation auf einen Schlag und unwiderruflich vierzig geworden.

«Tut mir leid», sagte er schließlich.

«Macht nichts», sagte sie, beugte sich vor und küßte ihn auf die Schulter.

«Ich bin nur . . . grade gereizt.»

«Ich kann heute nacht bei mir schlafen, wenn du . . .»
«Nein. Bleib. Bitte.»
Als Antwort gab sie ihm einen neuerlichen Kuß auf die Schulter. «Tu mir einen Gefallen», sagte sie.
«Welchen?»
«Werd nicht meinetwegen Rechtsanwalt. Ich bin schon ein großes Mädchen. Drachen braucht man mir zuliebe keine mehr zu töten.»
Er blickte in ihr stahlendes Gesicht. Manchmal verstand sie ihn besser als sonst jemand. «Gut», murmelte er. «‹With a little help from my friends› schaff ich das schon.»
Und manchmal brachte sie ihn dazu, die sentimentalsten Dinge zu sagen.

Cowboys

An der Valencia Street am anderen Ende der Stadt teilten sich Michael und Ned im Devil's Herd, der beliebtesten schwulen Country & Western-Kneipe der Stadt, eine Flasche Mineralwasser. Calistoga.
Was Michael an dem Saloon am meisten mochte, war seine Glaubwürdigkeit: die gemütliche Band mit dem gedehnten Klang (Western Electric), die von der Decke baumelnden Pferdegeschirre, die hemdsärmeligen Annie-get-your-gun-Lesben, die vom Tresen aus «Yahoo» schrien.
Wenn er die Augen ein bißchen zusammenkniff, konnten die Squaredance tanzenden Kerle auch als angegraute Cowboys durchgehen, als aufgegeilte Goldgräber, die bis zum Eintreffen der nächsten Ladung Saloongirls aus dem Osten einfach einen draufmachten.
Zugegeben, die muskelstrotzenden Cowboys auf den Wandbildern schlugen in der Gesamtkomposition einen leicht verstädterten Ton an, doch das war Michael egal. Er war überzeugt, daß man den homoerotischen Höhlenmalereien in

den Schwulenkneipen von San Francisco eines Tages die gleiche Verehrung erweisen würde, wie sie im Moment verstärkt die Wandbilder aus den New-Deal-Zeiten und die Eingangshallen von Mietshäusern aus dem Art déco erfuhren.

«Mensch, sieh mal!» würde ein eingebildeter, aber gut gebauter Arbeiter rufen und ein Stück verrottete Wandverkleidung abziehen. «Ich glaub, da ist ein Bild dahinter! O Gott, es ist aus der Tom-of-Finland-Schule!»

Die Band spielte «Stand By Your Man». Als sie die Melodie erkannten, mußten Michael und Ned gleichzeitig lächeln. «Jon hat total drauf gestanden . . .», sagte Michael. «Aber nur als Lied. Nicht als Lebensstil.»

Ned trank einen Schluck aus der Flasche. «Ich hab gedacht, *du* hast ihn verlassen.»

«Na ja, *formal* gesehen vielleicht. In Wirklichkeit haben wir uns gegenseitig verlassen. Es war für beide eine große Erleichterung. Wir hatten wirklich immenses Glück. Es ist manchmal gar nicht einfach, aus einer S/M-Beziehung wieder rauszukommen.»

«Moment mal. Seit wann wart ihr beide . . .?»

«S/M», wiederholte Michael. «Streisand und Midler. Er ist auf die Streisand abgefahren. Ich auf die Midler. Es war die reine Hölle.»

Ned lachte. «Da bin ich dir ja ganz schön auf den Leim gegangen.»

«Aber mal im Ernst», sagte Michael. «Wir haben dauernd gestritten deswegen. Als Jon sich mal an einem Sonntagnachmittag zum wahrscheinlich dreimillionsten Mal «Evergreen» angehört hat, hab ich mich plötzlich dabei ertappt, daß ich ihn gefragt habe, was er eigentlich findet an dieser . . . ich glaub, ich hab sie damals eine ‹unmusikalische Schlampe mit viel zu großer Nase› genannt.»

«O Gott. Was hat er darauf gesagt?»

«Er hat eigentlich sehr erwachsen reagiert. Er hat mich seelenruhig darauf hingewiesen, daß die Nase von Bette größer ist als die von Barbra. Am liebsten hätt ich ihm mit seinem dämlichen Bakkarat-Briefbeschwerer den Schädel eingeschlagen.»

Diesmal lachte Ned schallend, und Michael wußte, daß er einen Treffer gelandet hatte. Ned war der einzige Mensch aus seinem Bekanntenkreis, der tatsächlich schallend lachte. «Es ist die Wahrheit», sagte Michael grinsend. «Und nichts als die Wahrheit.»

«Ja», sagte Ned, «aber wegen so was trennt man sich doch nicht.»

«Na ja . . .» Michael dachte einen Moment nach. «Ich glaub, wir haben uns gegenseitig dazu gebracht, Sachen zu machen, die wir gar nicht wollten. Seinetwegen hab ich die Klassikplatten alphabetisch geordnet. Meinetwegen hat er statt der feinen Erdnußbutter die grobe gegessen. Seinetwegen hab ich in einem Zimmer mit auberginefarbenen Wänden geschlafen. Meinetwegen hat er buntes Geschirr aufgedeckt. Wenn ich's mir recht überlege, hatten wir bei kaum was den gleichen Geschmack. Außer bei Al Parker und Rocky-Road-Eis.»

«Hast du denn rumgehurt?»

«Und ob. Die widerlichen heterosexuellen Rollenspielchen waren für *uns* tabu. Ich hab unzählige Abende in der Sauna verbracht. Und ich weiß gar nicht mehr, wie oft ich mich im Bett rumgedreht und einem geilen Fremden gesagt habe: ‹Mein Liebhaber würde dir gefallen.›»

«Gab's denn Wiederauflagen?»

«Einmal», sagte Michael grimmig, «und nie wieder. Jon war die ganze Woche eingeschnappt. Ich hab seinen Standpunkt auch verstehen können: Einmal ist Spaß; zweimal ist Fremdgehen. Wenn man verheiratet ist, lernt man solche kleinen Feinheiten. Deswegen bin ich nicht mehr verheiratet.»

«Aber du könntest es gut sein, hm?»

Michael schüttelte den Kopf. «Jetzt nicht. Und in nächster Zeit auch nicht. Ich weiß nicht . . . vielleicht sogar nie mehr. Es gehört Talent dazu, oder? Und manche *haben* das Talent einfach nicht.»

«Du mußt es bloß wollen», sagte Ned.

«Dann will ich es vielleicht nicht entschieden genug. Möglich. Sehr gut möglich.» Michael trank einen Schluck Mineralwasser. Dann trommelte er im Takt der Musik mit den Fingern auf den Tresen. Die Band hatte inzwischen aufgehört. Jemand hatte der Musikbox Geld spendiert, damit Hank Williams Jr. «Women I Never Had» sang.

Michael reichte das Calistoga an Ned zurück. «Erinnerst du dich an Mona?» fragte er.

Ned nickte. «Deine ehemalige Mitbewohnerin.»

«Genau. Tja, Mona hat immer gesagt, daß sie gut ohne Liebhaber auskommen kann, solang sie fünf gute Freunde hat. Das trifft meine Situation auch so ungefähr.»

«Ich hoffe, ich bin einer davon», sagte Ned.

Michael runzelte die Stirn und zählte rasch seine Finger ab. «Heiliger Strohsack», sagte er schließlich. «Ich glaub, du bist drei davon.»

Das Wachsfigurenkabinett

Prue Giroux und Victoria Lynch waren verwandte Seelen. Zum einen waren sie beide attraktive Frauen. Zum anderen war Victoria die Verlobte des Exmanns der Frau, die jetzt mit Prues Exmann verlobt war. Solche Bande hielten einiges aus.

An diesem Tag hatte Victoria angerufen, um ihrer Schwester im Geiste ein Geheimnis anzuvertrauen.

«Hör zu, Prudy Sue, die Sache ist höchst vertraulich und auf keinen Fall zur Veröffentlichung bestimmt, klar?» (Prues engste Freunde sprachen sie immer mit ihrem Kindernamen an.)

«Klar», sagte Prue.

«Ich meine, wenn die Zeit dafür reif ist, fände ich es natürlich himmlisch, wenn du der Sache in deiner Kolumne ein bißchen Publicity verschaffen würdest, und zum Teil ruf ich auch deswegen an, aber sie steckt noch im Embryonalstadium, und wir wollen das Kleine doch nicht umbringen, oder?»

«Natürlich nicht», sagte Prue.

«Also», hob Victoria an und atmete dabei so tief ein, als wollte sie eine Trompetenfanfare blasen, «meine Wenigkeit ist dabei, der Welt erstes Wachsfigurenkabinett für die gehobenen Kreise ins Leben zu rufen.»

«Der Welt . . . wie war das noch mal?»

«Sei jetzt mal eine Sekunde still, Prudy Sue, und laß mich ausholen. Ich habe bei den Keatings in Santa Barbara einen absolut göttlichen kleinen Kerl kennengelernt, der wohl ziemlich harte Zeiten durchgemacht hat, und das ist besonders tragisch, weil sich herausgestellt hat, daß er von den Habsburgern abstammt oder so. Ich meine, er hat die hängende Unterlippe und alles. Jedenfalls hat Vita mir erzählt, daß er Chefdesigner bei Madame Tussaud war und . . .»

«Ach so, ja. Ich hab eins von seinen Kleidern.»

Eine Pause. Dann: «Du hast *keins* von seinen Kleidern, Prudy Sue.»

«Aber das mauvefarbene Cocktailkleid, das ich zur . . .»

«Das ist von Madame *Gres*, Prudy Sue. Du hast kein Madame-Tussaud-Kleid. Madame Tussaud ist ein Wachsfigurenkabinett in London.»

«Das weiß ich auch», sagte Prue schmollend. «Ich dachte, du hättest gesagt . . .»

«Natürlich, Schätzchen. Diese französischen Namen klingen doch alle gleich, nicht? Also . . . wo war ich stehengeblieben?»

«Er hat bei Madame Tufo gearbeitet.»

«Äh . . . richtig. Er hat . . . dort gearbeitet, und er ist schrecklich aristokratisch und so, und er hält es für eine Schande sondergleichen, daß es noch kein Wachsfigurenkabinett für die gehobenen Kreise gibt. Stell dir das mal vor, Prudy Sue! Wir haben Wachsfigurenkabinette für historische Persönlichkeiten, für Leute aus dem Showbusiness und für Sportler, aber nicht ein einziges für die treibenden Kräfte der Gesellschaft. Es ist wirklich unerhört, wenn man mal darüber nachdenkt.»

«Wie recht du hast», sagte Prue. «Ich hab mir eigentlich nie . . .»

«Und wenn *wir* nicht die Initiative ergreifen, wer dann? Ich meine, das hat der kleine Kerl jedenfalls zu mir gesagt, und sein Scharfblick hat mich regelrecht *umgehauen*. Unsere Kinder können zum Beispiel mit eigenen Augen sehen, wie klein Napoleon wirklich war, aber wo können sie sich eine Nachbildung von . . . sagen wir mal . . . Nan Kempner ansehen? Oder von Sao Schlumberger? Oder von Marie Hélène de Rothschild? Diese Leute sind *Legenden*, Prudy Sue, aber sie werden für die Nachwelt auf ewig verloren sein, wenn wir jetzt nicht resolut in Aktion treten. Zumindest sagt Wolfgang das, und wie ich finde, hat er verdammt recht.»

«Wolfgang?»

«Der kleine Kerl. Er ist ein richtiger Schatz. Die Wachsfiguren kosten normalerweise um die fünfzehntausend das Stück, aber er hat angeboten, sie als eine Art Dienst an der Öffentlichkeit für zehn zu machen. Er will, daß ich Standorte für das Museum prüfe, und das ist ganz toll, weil er nämlich zu Santa Barbara tendiert hat, als ich mit ihm gesprochen habe, aber ich glaube, ich habe ihn überzeugt, daß er es hierher verlegen sollte. Auf die Art kriegen wir einen San-Francisco-Flügel und einen internationalen Flügel, verstehst du?»

«Ich verstehe.»

«Ich habe nichts anderes erwartet, mein Schatz.» Victoria kicherte verschwörerisch. «Himmel, ist das nicht toll? Wir können unsere alten Kleider und das ganze andere Zeug stiften. Außerdem kann Wolfgang wunderhübsche Kopien von deinen Smaragden machen, und . . . ach, ich bin mir ganz sicher, daß wir das Geld in Null Komma nichts aufgetrieben haben.»

«Hast du schon mit Denise gesprochen?»

Victoria gluckste. «Ich bin schon viel weiter als du, Prudy Sue. Ich glaube, sie ist für fünfzigtausend gut. *Falls* sie in den internationalen Flügel kommt. Ann Getty dito. Wenn wir nicht den Verwaltungsrat stellen, läßt sich das in ihrem Fall wohl schon schlechter schaukeln, aber egal, wir stellen den Verwaltungsrat einfach.»

Prue brachte ein Lachen zustande. «Shugie Sussman hast du aber nichts erzählt, oder?»

«O Gott, nein! Es soll doch kein Horrorkabinett werden, mein Schatz! Obwohl, das ist vielleicht nicht die schlechteste Idee . . . hast du Kitty Cipriano seit ihrem letzten Lifting schon gesehen?»

Diesmal lachte Prue sogar noch lauter. Dann sagte sie: «Ach Vicky, danke! Das Lachen hatte ich bitter nötig. Ich bin so deprimiert wegen Vuitton.»

«Wegen . . .? Ach so, dein Hund.»

«Es ist schon fast zwei Wochen her. Die Leute von der Parkverwaltung haben ihn nirgendwo gesehen. Ich weiß nicht, was ich noch machen soll außer . . .» Prues Stimme erstarb, als die Melancholie sie wieder überkam.

«Außer was, Prudy Sue?»

«Na ja . . . ich hab gedacht, ich geh in den Park rüber und . . . wart auf ihn.»

«Das hat aber arg wenig Chancen, nicht? Ich meine, *zwei Wochen*, Prudy Sue. Es ist nicht sehr wahrscheinlich, daß er noch . . .»

«Ich *weiß*, daß er noch da ist, Vicky. Das hab ich im Urin. Ich weiß, daß er zu mir zurückkommt, wenn ich ihm die Chance dazu gebe.»

Noch während sie redete, wurde Prue klar, wie sie sich anhörte. Wie die arme alte Frannie Halcyon, die immer noch an die absurde Möglichkeit glaubte, daß ihre seit langem vermißte Tochter aus dem Dschungel von Guyana wiederkehren würde.

Aber es waren schon merkwürdigere Dinge geschehen.

Nichts Besonderes

Auf dem Weg von Perry's nach Hause blieb Brian noch bei einem kleinen Privatflohmarkt auf der Union Street stehen und kaufte für einen Vierteldollar ein altes Peter, Paul & Mary-Album.

Ebenfalls im Angebot: zwei Shelley-Berman-Alben, ein frühes Limelighters-Album mit Glenn Yarborough und die Filmmusiken zu *Frühstück bei Tiffany*, *Mondo Cane* und *Wer die Nachtigall stört*.

Anders ausgedrückt: jemandes Jugend.

Ein Stapel eselsohriger Schallplattenalben führte einem stärker als alles andere vor Augen, daß die Vergangenheit bloß ein Haufen Ballast war, Übergepäck, das man über Bord werfen mußte, wenn die See rauher wurde. Jedenfalls redete Brian sich das ein.

Trotzdem zündete er sich in der Barbary Lane einen Joint an und summte begeistert mit, als PP & M «If I Had a Hammer», «Five Hundred Miles» und «Puff the Magic Dragon» sangen.

War es wirklich achtzehn Jahre her – O Gott, sein halbes Leben! –, daß Nelson Schwab ihn sich während der Hell Week im Deke House geschnappt hatte, um ihn exklusiv darüber aufzuklären, daß «Puff» in Wirklichkeit eine Underground-Metapher für – kein Scheiß! – Marihuanarauchen war?

Ja, es war so lange her.

Er fühlte sich entsetzlich deprimiert, riß die Platte vom Plattenteller und zertrümmerte sie mit dem Hammer aus der Werkzeugkiste unter der Spüle. Unentschuldbare Symbolik, aber ungemein befriedigend.

So viel zum eisernen Griff der Vergangenheit.

Und was war mit der Gegenwart?

Die Stellenangebote im *Chronicle* waren so trostlos, daß Brian sämtliche aktuellen Berufsentscheidungen vertagte und nach unten marschierte, um sich an Mrs. Madrigals Planungen für Mary Anns Geburtstag zu beteiligen. Die Vermieterin stellte in einer dunklen Ecke ihres Vorratsschrankes gerade eine Kakerlakenfalle auf.

Betrübt lächelnd blickte sie zu ihm hoch. «Ich hatte mir geschworen, so ein schreckliches Roach Motel nie zu kaufen. Die Fernsehspots wirken so sadistisch. Aber wir können schließlich nicht alle Geschöpfe Gottes lieben, oder? Sie haben doch hoffentlich noch nicht zu dir hoch gefunden, hm?»

Brian schüttelte den Kopf. «Sie mögen die Höhe nicht.»

Mrs. Madrigal stand auf und wischte sich über die Hände, als klebte Blut an ihnen. Nach einem letzten Blick auf das gräßliche «Motel» schüttelte sie sich und griff nach Brians Arm. «Komm, setzen wir uns in die Sonne, mein Lieber. Ich komme mir vor wie Anthony Perkins, als er darauf wartet, daß Janet Leigh sich im Motel einquartiert.»

Draußen im Vorgarten hakte sie auf einer Liste die Köstlichkeiten ab, die beim Fest für Mary Ann zu erwarten waren: «Ein schöner Braten mit jungen Möhren, die mag sie doch so . . . und natürlich Eis von Gelato, das zur Geburtstagstorte paßt. Und . . . na, ich glaube, für Barbara Stanwyck ist die Zeit auch langsam reif, was?»

«Ein Film?» fragte Brian.

Mrs. Madrigal schnalzte mit der Zunge. «Miss Stanwyck ist zur Zeit meine kräftigste Zucht, mein lieber Junge.» Sie zeigte in die Ecke des Vorgartens, wo eine christbaumgroße Sensemilla-Pflanze im warmen Frühlingswind sachte hin und her wogte.

Brian stieß einen anerkennenden Pfiff aus. «Das Zeug zieht einem die Schuhe aus.»

Die Vermieterin lächelte bescheiden. «Ich hab sie nicht umsonst Barbara Stanwyck genannt.»

Sie holten sich einen Vorgeschmack auf Barbara Stanwyck. Dann wanderten sie den Hügel hinunter zum Washington Square und setzten sich wie zwei erschöpfte angejahrte Hauskatzen ergeben auf eine Bank in der Sonne.

Nach langem Schweigen sagte Brian: «Redet sie manchmal mit Ihnen über mich?»

«Wer? Mrs. Onassis?»

Brian lächelte matt. «Sie wissen schon.»

«Na ja . . .» Mrs. Madrigal biß sich auf die Unterlippe. «Nur über deine außerordentlichen Leistungen auf sexuellem Gebiet und so was . . . nichts wirklich Persönliches.»

Brian lachte. «Was für eine Erleichterung.»

Die Vermieterin sah ihn aus ihren untertassengroßen Augen liebevoll an. «Sie macht sich sehr viel aus dir, junger Mann.»

Brian riß ein Büschel Gras ab und fing an, es kleinzureißen. «Hat sie Ihnen das gesagt?»

«Na ja . . . nicht mit so vielen Worten . . .»

«Man braucht nur drei.» In seiner Stimme klangen Zweifel mit. Intensiver, als ihm lieb war. «Ich weiß nicht», fügte er eilig hinzu, «vielleicht ist es nur ihre Arbeit oder so. Sie ist dermaßen besessen von dem Wunsch, Reporterin zu werden, daß sonst nichts mehr zählt. Ich weiß auch nicht. Vergessen Sie's. Es ist nicht wichtig.»

Mrs. Madrigal lächelte versonnen und strich ihm die Haare aus der Stirn. «Ist es aber doch, was? Es ist sogar schrecklich wichtig.»

«Früher war's das nicht», sagte Brian.

Die Vermieterin bekam große Augen. «Oh, ich weiß, wie das ist.»

«Ich möchte, daß es diesmal klappt, Mrs. Madrigal. Ich hab mir noch nie etwas so sehr gewünscht.»

«Dann wirst du es auch kriegen», sagte die Vermieterin. «Meine Kinder bekommen immer, was sie wollen.» Sie drückte freundschaftlich Brians Knie.

«Aber sie ist auch eins von Ihren Kindern», sagte Brian. «Was ist, wenn *sie* was anderes will?»

«Das kann ich mir nicht vorstellen», sagte Mrs. Madrigal, «aber du mußt mit ihr Geduld haben. Sie übt sich grade in der Kunst des Fliegens.»

Oh, Wildnis!

Der San Francisco Gay Men's Chorus zog sich mindestens zweimal pro Jahr zu einem Wochenende der intensiven Proben und der Lagerfeuerromantik in die Wildnis von Nordkalifornien zurück.

Die «Wildnis» war immer die gleiche: Camp Eisenblatt, ein Sommerlager für jüdische Teenager, dessen im Wald gelegene

Einrichtungen außerhalb der Saison an die hundertfünfzig Mitglieder des schwulen Männerchors vermietet wurden. Und von Saison war im Moment wirklich nicht zu sprechen.

«So ein Mist!» stöhnte Michael und starrte in den strömenden Regen hinaus. «Ich wollte mir dieses Wochenende den ersten Hauch von einem Badehosenstreifen ersonnen.»

Ned lachte und hängte einen olivgrünen Jockstrap auf die Wäscheleine, die quer über den hinteren Teil der Baritonschlafbaracke gespannt war. «Cowboys haben sowieso keinen Badehosenstreifen», sagte er.

Da das Motto des aktuellen Wochenendes «Viehtrieb im Frühling» lautete, trat das Westernmotiv überall in Erscheinung. Sogar an ihren Namensschildern hingen Stoffteilchen von Cowboyhalstüchern: rote bei den ersten Tenören, gelbe bei den zweiten Tenören, hellblaue bei den Baritonen, braune bei den Bässen und dunkelblaue bei den nichtsingenden «Chorwitwen», die mitgekommen waren, um sicherzustellen, daß ihre Liebhaber in den Redwoodwäldern nicht *zu* viel Spaß hatten.

«Egal», sagte Michael. «Das Hawaii-Fest und das Dreißig-Grad-Wetter letzten Herbst haben mir jedenfalls besser gefallen.»

«Und die Sarongs», ergänzte Ned. «Ich dachte schon, wir kriegen dich nie wieder raus aus dem Ding.»

Michael inspizierte mit einem vergnügten Blick seine Fingernägel. «Soweit ich mich erinnern kann, ist es einem ersten Tenor gelungen.»

«Diesmal sind andere Phantasien dran», sagte Ned. «Tu so, als ob du in einer richtigen Schlafbaracke wärst. Du bist grade von einem langen, heißen Viehtrieb reingekommen, und jetzt kühlt der Regen die Herde ein bißchen ab.»

«Genau. Und mein alter Kumpel Lonesome Ned fönt gleich seinen Jockstrap trocken. Hör mal, Sportsfreund, ich weiß nicht, wie ich dir das schonend beibringen soll, aber in einer *richtigen* Schlafbaracke steht nicht mit rosa Nagellack REBECCA IST EINE FETTE QUALLE an der Klowand.»

Ned lächelte träge. «Die Wege des Herrn sind unergründlich.»

Nachdem sie sich den ganzen Vormittag mit Liszts Requiem und Brahms' Altrhapsodie herumgeschlagen hatten, strömten die Chormitglieder zum Mittagessen in den Speisesaal von Camp Eisenblatt. Es gab Mortadella-Sandwiches und Kool-Aid.

Später saßen Michael, Ned und ein Dutzend ihrer Sangesbrüder angeregt tratschend vor dem Kamin. In dem großen Raum waren so viele unterschiedliche Plaids versammelt, daß es aussah wie bei einem schottischen Clantreffen.

«Ach so», sagte Ned, der sich an den gasbefeuerten Holzscheitimitationen den Hintern wärmte. «Das hätt ich fast vergessen. ________ hat mich angerufen.»

«Tatsächlich», sagte Michael mit unverhüllter Bewunderung. Es war fast unvorstellbar, daß jemand aus seinem Freundeskreis von einem Filmstar persönlich angerufen wurde. Selbst *wenn* Ned der Liebhaber dieses Filmstars gewesen war.

«Er ist völlig deprimiert», sagte Ned. «Man hat das Musical abgesetzt, mit dem er im Sommer auf Tournee gehen sollte.»

«Er singt?»

Ned zuckte mit den Schultern. «Wenn man so aussieht wie er, fällt keinem was auf.»

«Sag ihm, er soll mit *uns* kommen», schlug Michael in Anspielung auf die geplante Neun-Städte-Tournee des Chors im Sommer vor. «Mensch, das würde die Leute in Nebraska aber umhauen.»

«Ich denke, er kommt drüber weg», sagte Ned. «Er kriegt immer noch zwei Millionen pro Film.»

Michael pfiff durch die Zähne. «Wo läßt er das viele Geld denn?»

«Das meiste gibt er für seine Freunde aus. Und für das Haus. Willst du es sehen?»

«Äh . . . wie bitte?»

«Er hat mich eingeladen, mal ein Wochenende runterzukommen. Und ich soll einen Freund mitbringen. Hast du Lust?»

Michael kreischte fast. «*Ich?* Im Ernst? Heiliger Strohsack! Ich im Haus von ________ ________? Echt?»

Ned nickte. Er strahlte wie ein Vater, der seinem Achtjährigen gerade einen Ausflug nach Disneyland angeboten hat.

Sie fuhren mit Neds Pickup in die Stadt zurück. Auf der Ladefläche nahmen sie sechs ihrer Kumpel und deren zusammengerolltes Bettzeug mit.

Man hätte sie für richtige Kerle halten können – wären da nicht die verräterischen hellgrünen Petticoats aus dem Andrew-Sisters-Sketch vom Abend davor gewesen. Und natürlich die drei identischen kastanienbraunen Perücken auf Styroporköpfen.

An einem Stoppschild vor dem K-Mart von Saratoga hielt Ned neben einem bronzefarbenen, mit rosa Toilettenpapier geschmückten Barracuda, der eine gesprayte Aufschrift hatte: FRISCH VERHEIRATET – SIE HAT IHN HEUT FRÜH GEKRIEGT – ER KRIEGT SIE HEUT NACHT.

Hinten auf der Pritsche erscholl vielstimmiges Juchzen.

Der Bräutigam, schmuck anzusehen in seinem taubenblauen Smoking mit passendem Kräuselhemd, machte nach einem nervösen Seitenblick ein finsteres Gesicht und wandte sich wieder seiner Braut zu. Michael sah, wie sich auf seinen Lippen das Wort «Schwuchteln» formte.

Er kurbelte das Fenster herunter und rief dem Ehepaar ein «Hallo!» zu. Sie fuhren inzwischen wieder, doch Ned hielt den Pickup auf gleicher Höhe mit dem anderen Wagen.

«Ja?» sagte der Bräutigam.

«Herzlichen Glückwunsch!» brüllte Michael.

«Danke!» rief die Braut, klammerte sich aber weiter an den freien Arm ihres Mannes.

«Was ist euer Lied?»

«Hm?»

«Euer *Lied*. Wie heißt es?»

Die Braut strahlte. «‹We've Only Just Begun›.»

Michael brüllte nach hinten zu den Jungs auf der Pritsche: «LOS GEHT'S, MÄDELS!»

Die Andrews Sisters hatten noch nie schöner gesungen.

Tratsch über Idole

Erst als alle zu Mary Anns Geburtstagsessen versammelt waren, verkündete Michael die Neuigkeit.

Die Verblüffung war bei Mary Ann am größten.

«Jetzt halt aber mal die Luft an!»

Michael hob die Hand. «Pfadfinderehrenwort, mein Schatz. Ned hat mich gestern eingeladen.»

«Das bezweifle ich gar nicht», sagte Mary Ann, «aber, soll das heißen, daß _______ _______ *schwul* ist?»

«Genau. Schwul wie nur was», sagte Michael.

«Mein Gott», sagte Brian, der sich gerade ein dickes Stück Braten absäbelte. «Das hab ja sogar ich gewußt. Erinnerst du dich an die Geschichte von seiner schwulen Hochzeit mit diesem _______ _______ vor . . .?»

«Na ja, *die* hab ich natürlich gehört, aber . . .» Mary Ann stotterte fast. Sie fand es unerträglich, wenn ihre Clevelander Naivität durchkam wie ein über Nacht aufgeblühter Pickel. «Na ja, ich hab immer gedacht, daß es bloß ein . . . ein schlechter Witz war.»

«Es *war* auch ein schlechter Witz», sagte Michael. «Ein paar gelangweilte Tunten aus Hermosa Beach oder so haben getürkte Hochzeitseinladungen verschickt . . . und damit haben die Gerüchte dann angefangen. Dabei waren _______ und _______ nicht mal zusammen. Bloß befreundet. Aber von da an haben sie sich nicht mehr gemeinsam in der Öffentlichkeit zeigen können. Das hätte die Gerüchte nur bestätigt.»

«Nennst du ihn immer beim Vornamen, wenn du von ihm sprichst?» neckte ihn Mary Ann.

Er grinste. «Ich übe noch.»

Mrs. Madrigal häufte noch mehr Möhren auf Michaels Teller. «Ist das nicht eine ziemlich traurige Geschichte?»

Michael nickte. «Es muß grauenhaft gewesen sein, sein Schwulsein über so viele Jahre zu verheimlichen.»

«Klar», sagte Brian mit vollem Mund, «aber bei zwei Mios pro Film muß ihm doch jedesmal ganz warm werden.»

Mary Ann kicherte. «Dabei hätte er *das* doch gar nicht mehr nötig.»

Michael riß in gespieltem Entsetzen die Augen auf. «Sieh mal einer an, wer hier auf seine alten Tage unanständig wird.» Mary Ann streckte ihm geziert die Zunge raus.

Mrs. Madrigal rührte gedankenverloren in ihrem Kaffee und murmelte: « ________ ________.» Sie sprach den Namen des Lieblings aller Frauen aus, als wäre er eines von Monas Mantras. «Na, es wundert mich jedenfalls nicht. Er war schon immer ein Prachtkerl. Erinnert ihr euch noch, wie er in ________ das Hemd ausgezogen hat?» Die Vermieterin stieß einen langen Seufzer aus. «Ich hab ihn sehr bewundert damals ... als junges ... Etwas.»

Mrs. Madrigals Mieter lachten über die neckische Anspielung auf ihre ungewöhnliche Vergangenheit. Dann erhob Michael sein Glas: «Stoßen wir auf unser Geburtstagskind an ... das es uns allen nachmacht und jetzt ein *altes* Etwas wird.»

Mary Ann beugte sich zu ihm hinüber und küßte ihn auf die Wange. «Arschloch», flüsterte sie.

Dann drehte sie sich zur anderen Seite und gab Brian einen flüchtigen Kuß auf den Mund.

Michael schloß den Kreis, indem er Brian einen Kuß zuwarf.

Mrs. Madrigal hatte die Hände unter dem Kinn verschränkt, lächelte zufrieden und beobachtete das Ritual wie eine begeisterte Kupplerin. «Wißt ihr», sagte sie, «ihr drei seid mein liebstes Paar.»

Nach dem Essen stellte die Vermieterin einen Wedgwood-Teller mit Barbara-Stanwyck-Joints auf den Tisch. Danach gab es Torte und Eis und Mary Anns Geschenke: eine Flasche «Opium» von Brian, eine Katze als Anstecknadel von Michael, eine antike Teekanne von Mrs. Madrigal.

«Wenn die Herren uns freundlichst entschuldigen», verkündete Mrs. Madrigal, «würde ich Mary Ann jetzt gerne das Tarot legen.»

Mary Ann machte große Augen. «Ich hab gar nicht gewußt, daß Sie das können!»

«Ich kann's auch nicht», erwiderte Mrs. Madrigal, «aber ich erfinde *wundervolle* Dinge.»

Also zogen Brian und Michael sich auf das Dach zurück und betrachteten die Bay mit den Augen von Miss Stanwyck.

«Weißt du was?» sagte Brian.

«Was?» sagte Michael.

«Sie hat recht. Mrs. Madrigal, meine ich. Wir drei machen so viel gemeinsam, daß wir fast wie ein Paar sind.»

«Ja. Wahrscheinlich. Stört dich das?»

Brian dachte kurz nach. «Nö. Du bist mein Freund, Michael. Und sie ist deine Freundin, und ... Herrgott, was weiß ich.»

Michael reichte den Joint an Brian zurück. «Es gibt viele Leute, die zu dritt was unternehmen. Schau dir mal das Publikum an, wenn wir nächstesmal ins Theater gehen.»

Brian lachte. «Trisexuelle. Hast du sie nicht so genannt?»

«Nur, weil ich keinen besseren Ausdruck kenne.»

Brian legte Michael den Arm um die Schulter. «Weißt du, was mich nervt, Michael?»

Michael wartete.

«Es nervt mich total, daß ich ihr nie alles sein kann, was sie braucht.»

Michael lächelte matt. «Das kenn ich.»

«Ja?»

«Und ob. Ich hab mir mal den Arsch aufgerissen, weil ich einem Kerl alles sein wollte. Am Ende hab ich mich damit abfinden müssen, daß ich jedem nur was Bestimmtes bin.»

«Und was ist das?»

Michael zögerte. «Mensch, ich hab gedacht, *du* kannst mir das sagen.»

Brian lachte und drückte Michaels Schulter. «Du bist vielleicht verrückt.»

«Vielleicht ist *das* das Bestimmte.»

«Weißt du was?» Brian sah seinen Freund direkt an. «Ich hab dich gern, Michael. Ich liebe dich wie meinen Bruder.»

«Kein Scheiß?»
«Kein Scheiß.»
Einen kurzen, sehr kurzen Moment lang sahen sie sich mit ungenierter Zuneigung an. Dann griff Michael wieder nach dem Joint und machte einen Zug. «Ist dein Bruder niedlich?» fragte er.

Pater Paddy

Da Prue Giroux sich entschieden hatte, im Park nach ihrem entlaufenen Wolfshund zu suchen, verbrachte sie den Vormittag bei Eddie Bauer, um die für dieses Unterfangen geeignete Safarijacke auszusuchen. Zu ihrer Überraschung begegnete sie in der Abteilung für Campingzubehör einem der regelmäßigen Teilnehmer an ihrem Forum.

«Pater Paddy!»

Als Pater Paddy Starr sich mit scharfem Schwung – so scharf, daß sein Kruzifix Prues Brust streifte – seinem Publikum zuwandte, zeigte er das strahlende Grinsen, mit dem er die Zuneigung von Tausenden Spätprogrammguckern in der Bay Area gewonnen hatte.

«Prue, welche Überrraaaaschung!» Er drückte ihr einen flüchtigen Kuß auf beide Wangen und hielt sie dann auf Armeslänge von sich ab, als wollte er die Ware auf Qualitätsmängel untersuchen. «Was machen *Sie* denn in diesem Laden für Rauhbeine und harte Kerle?»

«Ich suche eine Safarijacke. Und Sie, Pater? Soutanen gibt's doch wohl keine in Khaki, oder?»

Pater Paddy kreischte vor Lachen und ließ ein theatralisches Seufzen folgen. «Das ist ja das Schlimme, mein Kind, das ist ja das Schlimme! Wäre das nicht göttlich? Jahraus, jahrein dasselbe . . . fades Durchschnittsschwarz. Einfach scheußlich. Ich *sehne* mich nach einem anderen Kleid.»

Prue kicherte anerkennend. Sie mochte die neckische Art,

wie Pater Paddy Witze über sein «Kleid» machte und das Wort «göttlich» auf ganz weltliche Weise benutzte. Er wirkte dadurch weniger erhaben. Überhaupt nicht wie ein Priester, sondern eher wie ein ... geistlicher Dekorateur.

«Eigentlich», fügte der Geistliche gepreßt hinzu, «suche ich verzweifelt nach einem guten, einfachen Picknickkorb. Ich habe Frannie Halcyon versprochen, mit ihr nach Santa Barbara zu fahren. Wir wollen uns das Turiner Grabtuch ansehen.»

«Oh», sagte Prue fröhlich. «Wer singt da mit?»

Pater Paddy schien kurz zu überlegen, bevor er sie aufklärte: «Es ist eigentlich keine Oper, mein Kind. Es ist ein ... na ja, ein Grabtuch eben. Das Stück Stoff, in dem Christus ins Grab gelegt wurde. Zumindest *hält* man es dafür. Die Sache ist recht aufregend, und in kirchlichen Kreisen ist man davon fasziniert.»

«Wie reizend», sagte Prue.

Pater Paddy beugte sich leicht nach vorne, als wollte er ihr etwas Vertrauliches mitteilen. «Das Ding ist sensationeller als die Tutenchamun- und die Tiffany-Ausstellung zusammen. Sie sollten in Ihrer Kolumne was dazu schreiben.»

Prue holte ihren Elsa-Peretti-Federhalter aus ihrer Bottega-Tasche und schrieb ein paar Stichworte in ihr kleines florentinisches Notizbuch. «Na», zwitscherte sie, als sie alles wieder verstaut hatte, «ich würde sagen, Sie haben sich eine kleine Erholung verdient ... nach der schrecklichen Geschichte mit diesen ... Radikalen, die in St. Ignatius singen wollten.»

Pater Paddy nickte grimmig. «Der Homochor. Ja. Das war höchst unglücklich. Entsetzlich. Der Erzbischof, Gott segne ihn, stand sozusagen mit dem Rücken zur Wand.»

Prue schüttelte mitfühlend den Kopf. «Ich fürchte, manche Leute wissen einfach nicht, wo Schluß ist.»

Ein erneutes Nicken, diesmal noch bedeutungsschwerer.

«Die können sich doch eine Halle mieten», sagte Prue.

«Aber natürlich. Wir sind doch *liberal*, wir beide. Es ist ja nicht so, daß wir gegen ... na ja, gegen die Menschenrechte und so was wären. Ganz und gar nicht. Wir haben *Mitgefühl*. Wir nehmen Anteil. Wir reichen allen die Hand, die unserer

Fürsorge bedürfen. Aber daß ein Chor von erklärten Homosexuellen in einer Kirche singt? Also *bitte* . . . Ich bin alt genug, um zu wissen, wann etwas geschmacklos ist!»

Prues Fahrer setzte sie kurz vor Mittag am Gewächshaus im Golden Gate Park ab.

Er bekam die Anweisung, zwei Stunden später wiederzukommen.

Sollten sich Prues Anstrengungen als fruchtlos erweisen, konnten sie die Suche in einer anderen Ecke des Parks von neuem angehen und jeden Hektar Park durchkämmen, bis der Hund gefunden war. Oder auch nicht. Prue war auf letzteres gefaßt, doch sie wußte, daß sie es sich nie verzeihen würde, wenn sie es nicht zumindest versuchte.

Da sie Vuitton in den Baumfarnen verloren hatte, begann sie ihre Suche auch dort, inmitten der üppigen Fächerkronen dieser unirdischen Pflanzen.

Die Schönheit der Umgebung trieb sie dazu, stehenzubleiben und eine kleine Erinnerungshilfe in ihr Notizbuch zu kritzeln. «Wenn *W* anruft, verlangen, daß Fotos in Baumfarnen gemacht werden.» Sie erwartete, in die Sommersondernummer der Zeitschrift aufgenommen zu werden. Und warum sollte sie sich zu Hause fotografieren lassen, wo sie genauso steif und matronenhaft aussehen würde wie die anderen, wenn man sie auch hier fotografieren konnte – in exotischer Umgebung und so wild und frei wie ein weißer Nymphensittich?

Sie ging einen Asphaltweg entlang, der sich durch die Baumfarne schlängelte und dann dramatisch anstieg zu einem dicht bewachsenen Kamm, der von Eukalyptusbäumen gesäumt wurde.

«Vuitton», rief sie. «Vuitton.»

Eine ältere Hippiefrau mit Birkenstock-Sandalen und Fransenponcho kam Prue entgegen und betrachtete sie stirnrunzelnd.

Doch Prue war ganz auf ihre Suche konzentriert.

«Vuitton . . . Vuiiiiitton . . .»

Kettenreaktion

Es war Mittag, als Emma zusammen mit der Vormittagspost die Mai Tais brachte. Frannie Halcyon saß immer noch im Bett. Ihre pfirsichfarbene Schlafmaske aus Satin saß schief über der Stirn – wie die Schutzbrille eines abgeschossenen Kampffliegers.

«Morgen, Miss Frannie.»

«Stellen Sie's bitte auf die Frisierkommode, liebe Emma.»

«Ja, Ma'am.»

«Miss Singleton hat nicht zurückgerufen, oder?»

«Nein, Ma'am.»

«Und Miss Moonmeadow?»

Emma machte ein finsteres Gesicht. «Nein, Ma'am.»

«Sie brauchen mich nicht so anzusehen. Ich weiß genau, wie Sie zu Miss Moonmeadow stehen.»

Emma schüttelte die Steppdecke ihrer Herrin beinahe aggressiv auf. «Mr. Edgar würd sich im Grab umdrehen, wenn er wissen täte, daß Sie sich mit dieser Hexe treffen.»

Mit einem verdrossenen Seufzer nahm Frannie die Schlafmaske ab. «Emma, sie ist ein *Medium*. Nennen Sie sie bitte nicht Hexe. Das tut mir weh.»

«Ich weiß, daß sie bloß Ihr Geld will.»

«Sie stellt die Verbindung zu . . .»

«Ach je, Miss Frannie . . .»

«Sie stellt die Verbindung zu meinem einzigen Kind her, Emma, und damit Schluß. Haben Sie verstanden, Emma?»

Emma blieb widerborstig. Sie ging schmollend ans Fenster und stieß die Läden auf. Ihrer Herrin zeigte sie dabei nur den Rücken.

«Begreifen Sie denn nicht?» fragte Frannie in einem sanfteren Ton. «Miss DeDe war alles, was ich noch hatte. Und Miss Moonmeadow schenkte mir die Hoffnung, daß . . . daß Miss DeDe noch lebt.»

Emma ging stocksteif zur Tür. «Genau solche Leute ham sie umgebracht.»

Die Post bot wenig Erfrischendes: eine Rechnung von Magnin's, eine Einladung zu Vita Keatings Benefizkonzert zugunsten der Erdbebenopfer in Italien, ein kurzes Dankeschön von dieser Giroux und einen Kettenbrief von Dodie Rosekrans.

Dies ist der Kettenbrief für die gehobene Gesellschaft. Unterbrechen Sie die Kette, so setzen Sie Ihr Leben, Ihr leibliches Wohl und Ihren persönlichen oder ererbten Reichtum aufs Spiel. Chrissie Goulandris hat die Kette unterbrochen, und eine Woche später sind ihr in Genf vor dem *Bal Rouge* von Hélène Rochas nicht nur ein, sondern gleich zwei Nägel abgebrochen. Ariel de Ravenel hat die Kette unterbrochen und sich am gleichen Tag in Gstaad das Schlüsselbein gebrochen. Betty Catroux hat die Kette unterbrochen, und drei Wochen später kam ihr zwei Jahre alter Asti in Managua für acht Monate in einem winzigen Zwinger in Quarantäne, und sein Frauchen durfte kein einziges Mal zu ihm.

LASSEN SIE NICHT ZU, DASS IHNEN ÄHNLICHES ZUSTÖSST!!!!

Schicken Sie sechs Kopien dieses Briefes an Bekannte, von denen Sie WISSEN, daß sie den Spaß sehr ernst nehmen. Setzen Sie Ihren Namen an das Ende der Liste und schreiben Sie Ihren Absender auf den Umschlag. Innerhalb von sechs Wochen werden Sie dann eintausendzweihundertachtzig neue Adressen bekommen – die ideale Voraussetzung für das Arrangieren internationaler Zusammenkünfte.

P.S.: Ehemänner, die die Fortsetzung der Kette unterbinden wollen, werden ebenfalls vom Pech verfolgt sein. Paquita Paquins Mann hat ihren Brief in den Papierkorb geworfen, und eine Woche später wurde seiner Stiftung in Argentinien die Steuerbefreiung aberkannt. DAS VERMÖGEN, DAS SIE RETTEN, KANN IHR EIGENES SEIN!!!!

D. D. Ryan
Marina Cicogna
Delfina Ratazzi
Dominique Schlumberger de Menil
Nan Kempner
Paloma Picasso
Loulou Klossowski
Marina Schiano
Apollonia von Ravenstein
Countess Carimati de Carimate
C. Z. Guest
Douchka Cizmek
Betsy Bloomingdale
Nancy Reagan
Jerry Zipkin
Adolfo
Dodie Rosekrans

Frannie fand es sehr nett von Dodie, ihr den Kettenbrief zu schicken, doch sie wußte, daß sie durch nichts aufzuheitern war. Die Namensliste deprimierte die Matriarchin außerdem mehr als ihre ganzen Leiden und Beschwernisse zusammen.

Ihre Trostlosigkeit machte sich vollends bemerkbar, als sie sich im Fernsehen den Nachmittagsfilm ansah: Susan Hayward in *Endstation Paris*. Selbst Mary Ann Singletons munterer Beitrag über selbstgemachte Kühlschrankmagnete konnte Frannies absackende Stimmung nicht beleben.

Sie machte so einen netten Eindruck, diese Mary Ann.

Hätte sie nicht wenigstens zurückrufen können?

Oder hatte sie schlicht und einfach den Grund für Frannies Anruf erraten und beschlossen, nicht zu reagieren?

Emma hatte todsicher recht. *Todsicher*. Was für eine erschreckend treffende Wortwahl. *DeDe war tot*. Und diejenige, die als erste davon erfahren hatte, war die letzte, die den Tatsachen ins Auge blicken wollte.

Doch jetzt tat sie es.

DeDe war tot, Edgar war tot, Beauchamp war tot, Faust war tot, und Frances Alicia Ligon Halcyon war restlos und hoffnungslos allein auf der Welt.

Es war Zeit, ihrer Familie zu folgen.

Ou est Vuitton?

Prue kam sich vor wie in einem Dinosaurierfilm.

Sie stand auf einer U-förmigen Erhebung und schaute in die dunkelgrüne Mitte des U – auf einen versumpften Urzeitsee, der von derart großen Baumfarnen umgeben war, daß sie fast mit dem Erscheinen einer schwerfälligen, zwanzig Meter großen Monsterechse rechnete.

Ihre Maud Frizons brachten sie um.

Trotzdem eilte sie auf dem Weg weiter, der sie immer tiefer in die einsamen Gegenden des Parks führte. «Vuitton», rief sie. «Vuiiiitton». Falls der Wolfshund da war, würde sie es merken; auf seinen Namen hatte er noch immer reagiert.

Der Sumpf war wohl die falsche Gegend für eine Suche. Das Gelände darum herum war größtenteils so offen, daß ihr geliebter Hund sich dort kaum ungesehen bewegen konnte. Also orientierte sie sich nach Westen – oder was sie dafür *hielt* – und ging am Rand des paläolithischen Beckens entlang, bis sich die Landschaft um sie herum fächerförmig verbreiterte und eine Senke voll Rhododendren bildete.

Die Blüten waren fast verwelkt. Sie lagen auf dem staubigen grünschwarzen Blattwerk wie tausend abgelegte Mieder am Morgen nach dem High-School-Ball. Prue ließ sich das noch mal durch den Kopf gehen: *wie tausend abgelegte Mieder am Morgen nach dem High-School-Ball.*

Das war richtig gut. Sie kramte ihr kleines Notizbuch aus der Handtasche und machte sich eine weitere Notiz. Tja, ihre Schreibe wurde wirklich immer besser.

Der Asphaltweg verlor sich langsam. Der neue Weg war der, den sie sich selbst durch die riesigen Rhododendren bahnte. Manche waren so groß wie kleine Karussells. Hmm. *Die Rhododendren wurden groß wie kleine Karussells, als ich auf der rastlosen Suche nach meinem geliebten ...*

Das Notizbuch kam erneut zu Ehren.

Dann kämpfte Prue sich weiter. «Vuitton ... Vuitton.» Ihre Riemchenschuhe waren fast nicht mehr auszuhalten, aber sie versuchte, nicht an sie zu denken. Was für ein dummer Fehler. Wenn sie die Geschichte schrieb, würde sie die Maud Frizons schlicht weglassen müssen.

Ein Rhododendron kehrte wieder. Oder es gab zwei Rhododendren, deren welke Blüten das gleiche Arrangement bildeten. Ging sie denn nicht mehr Richtung Westen? War sie nach ihrer letzten Notiz vom Kurs abgekommen?

Sie suchte die Sonne. Die Sonne mußte im Westen stehen. So viel wußte sie noch aus ihrer Zeit bei den Camp Fire Girls. *Ich versuchte, mich an das zu erinnern, was ich als Camp Fire Girl in Grass Valley gelernt hatte.* Gab es die Camp Fire Girls überhaupt noch? Prue erkannte, daß sie durch deren Erwähnung schrecklich alt erscheinen würde.

Egal. Die Sonne war sowieso nicht zu sehen. Dichter Sommernebel hatte sich bereits über den Park gelegt.

Die Hoffnungslosigkeit der Situation war mit Worten nicht zu fassen.

Vuitton war seit mehr als zwei Wochen verschwunden. Selbst wenn er es geschafft hatte, im Park zu bleiben, wo hatte er dann die ganze Zeit gelebt? Was hatte er gefressen? Wie hatte er sich vor den Hundefängern gerettet ... oder vor normalen Leuten, die zu einem heimatlosen Hund nett waren ... *oder vor Kambodschanern?*

Wenn sie bloß einen Hinweis finden würde, ein noch so kleines Beweisstück dafür, daß Vuitton sich in dieser Wildnis befand. Entschlossenheit allein reichte jetzt nicht mehr: Sie brauchte ein *Zeichen*.

Gleich darauf trat sie in eines.

Sie wußte aus Erfahrung, wie schwer es war, Wolfshund-Aa von einem Paar Pumps zu bekommen. Und das hier *war* schlicht und einfach Wolfshund-Aa; Vuittons Aa. Ihr Herz machte vor Freude einen Sprung.

Sie schaute sich in der Senke um und versuchte zu pfeifen, doch es gelang ihr nicht. «Vuitton!» rief sie. «Mommy ist da, mein Schatz!»

Wie einen Lufthauch hörte sie das Rascheln von trockenen Blättern durch das Unterholz ziehen. Ein paar Meter weiter erzitterte eines der Karussells aus toten Miedern – und teilte sich. Etwas Helles tauchte auf. *Nicht anders als ein frisch geschlüpftes Küken, das sich aus seiner scheckigen Schale pickt.*

Es war Vuitton!

«Vuitton, Kindchen! Schatz! Liebling!»

Doch der Wolfshund stand nur da und sah sie an.

«Komm schon, mein Liebling. Komm zu Mommy.»

Der Hund zog sich in die welkenden Blüten zurück; das Karussell schloß die Lücke sofort.

Um Himmels willen, was . . .?

Prue bahnte sich einen Weg durch das Unterholz; sie duckte sich unter dicken schwarzen Ästen hindurch, bis sie eine Art Lichtung erreichte, die auf der gegenüberliegenden Seite von einem Gewirr aus Efeu und Eukalyptusbäumen begrenzt war. Dort leuchtete kurz cremefarbenes Fell auf.

«Um Gottes willen, Vuitton!»

Das Gelände fiel plötzlich ab. Vuitton rutschte unbeholfen eine steile, sandige Böschung hinunter, die an einer efeuüberwucherten Felsbank endete. Auf der Felsbank stand eine merkwürdige Hütte.

Und neben der Hütte stand ein Mann.

Er schaute lächelnd zur Klatschkolumnistin der *Western Gentry* hoch. «Haben Sie Zeit für einen Kaffee?» fragte er.

Downer

Frannie Halcyon kapitulierte mit einem verzweifelten Seufzer und nahm die Tabletten vom Nachttisch.

Sie waren seltsamerweise ein Geschenk zu ihrem sechzigsten Geburtstag gewesen, und zwar von Helena Parrish, der eleganten Eigentümerin von Pinus. Das war eine Erholungsanlage in den Hügeln des Sonoma County, in der Frannie damals ein paar wohlige Wochen verbracht hatte und würdevoll ins Alter hinübergeglitten war.

«Es ist Vitamin Q», hatte Helena ihr damals erklärt, «und das hilft gegen alles, was dir zusetzt.»

Selbst jetzt brachte Frannie beim Gedanken an ihre frühere Unwissenheit ein dünnes Lächeln zustande. Vitamin Q, klar. Es waren Quaaludes, und die jungen Leute nannten so etwas «Downer». Frannie hatte während der Tage in Pinus ungefähr ein halbes Dutzend genommen, sie jedoch nach der Entdekkung, daß sie sich mit Mai Tais nicht besonders gut vertrugen, wieder abgesetzt.

Jetzt war auch das egal.

Sie steckte zwei in den Mund und spülte sie mit ihrem Mai Tai hinunter. Es waren mindestens ein Dutzend Tabletten in der Flasche, bestimmt genug, um sie von ihrem Elend zu erlösen. Als sie weitere zwei schlucken wollte, fiel ihr eine wichtige Kleinigkeit ein.

«Emma!» rief sie.

Sie wartete auf die Schritte ihres Dienstmädchens.

Nichts.

«EMMA!»

Schließlich war auf dem Korridor ein Schlurfen zu hören. Emma erschien mit einem Mop an der Tür. «Ja, Ma'am?»

«Haben Sie meinen Rosenkranz gesehen, meine Liebe?»

«Nein, Ma'am. In letzter Zeit nicht.»

«Ich glaube, er ist im Schreibtisch in der Bibliothek. Würden Sie bitte für mich nachsehen?»

«Ja, Ma'am.»

Sie blieb ein paar Minuten weg. Lang genug, damit die Matriarchin zwei weitere Quaaludes schlucken und das Bettzeug glattstreichen konnte. Als die alte Schwarze ihr den Rosenkranz reichte, überkam Frannie große Traurigkeit. Sie kämpfte mit den Tränen. «Was würde ich ohne Sie machen, Emma?»

Und was würde Emma ohne sie machen?

Dafür war es jetzt zu spät. Es gab kein Zurück mehr. Emma wurde in Frannies Testament großzügig bedacht. Das mußte einfach reichen. Trotzdem . . .

«Geht's Ihnen nich gut, Miss Frannie?»

Frannie wich dem Blick der treuen alten Seele aus. Der Rosenkranz hatte sie verraten. Niemand wußte besser als Emma, daß Frannies Bindung an die Kirche mehr als locker war. «Doch, doch, meine Liebe. Keine Sorge. Ich will nur ein kleines Gebet für Miss DeDe sprechen.»

Emma rührte sich nicht von der Stelle. «Wirklich?»

«Ja, meine Liebe. Lassen Sie mich jetzt bitte allein, ja?»

Emma sah sich im Zimmer um, als suchte sie nach einem Beweis, der die Behauptung der Matriarchin widerlegte. (Die Quaaludes waren unter Frannies Kopfkissen versteckt.) Mit einem Seufzer schüttelte das Hausmädchen den Kopf und stapfte aus dem Zimmer.

Als Frannie nach den Tabletten griff, klingelte das Telefon.

Sie überlegte kurz. Wenn sie nicht abhob, würde Emma den Anruf entgegennehmen und mit der Nachricht ins Schlafzimmer zurückkehren. Also griff sie in der Hoffnung, damit das letzte Hindernis auf dem Weg ins Jenseits aus dem Weg zu räumen, nach dem Hörer.

«Hallo.» Frannie hatte das Gefühl, daß ihre Stimme träge klang. Sie kam sich vor, als redete sie im Traum.

«Wer spricht, bitte?» fragte die Stimme am anderen Ende.

«Hier ist . . . aber, wer ist denn *dort*?»

«Mutter? O Gott, Mutter!»

«Wa . . .?»

«Ich bin's, Mutter, DeDe! Gott sei Dank hab ich . . .»

«DeDe?» Es *war* ein Traum . . . oder eine Halluzination . . .

oder ein übler Streich, den ihr eines dieser kranken Gemüter spielte, die . . . Aber diese Stimme, *diese Stimme.* «DeDe, mein Engel . . . bist du das?»

Aus dem Telefonhörer drang lautes Schluchzen. «Ach, Mutter, es tut mir so leid! Bitte verzeih! Mir ist nichts passiert! Den Kindern ist nichts passiert! Es geht uns gut, hörst du? Wir kommen so schnell es geht nach Hause!»

Frannie hatte inzwischen zu heulen begonnen, und zwar so laut, daß Emma ins Zimmer gelaufen kam.

«Um Himmels willen, Miss Frannie, was . . .?»

«Miss DeDe ist am Telefon, Emma! Unsere Kleine kommt nach Hause. Unser kleiner Engel kommt nach Hause! DeDe . . . *DeDe, bist du noch dran?*»

«Ja, Mutter, ich bin noch dran.»

«Gott sei Dank! Aber *wo* bist du, mein Schatz?»

«Äh . . . in Arkansas.»

«*In Arkansas?* Mein Gott, was machst du denn dort?»

«Man hält mich hier fest. In Fort Chaffee. Kannst du mir eine Kreditkarte schicken oder so was?»

«*Wer* hält dich fest? Doch nicht . . . o Gott, doch nicht diese Jonestown-Leute?»

«Nein, Mutter. Die Regierung. Die amerikanische Regierung. Ich bin im Übergangslager für schwule und lesbische Kubaflüchtlinge.»

«Was?»

«Das ist eine lange Geschichte, Mutter.»

«Sag ihnen doch, daß sie dich freilassen sollen, Herrgott noch mal! Sag ihnen, wer du bist! Sag ihnen, daß es sich um einen Irrtum handelt, DeDe!»

Eine lange Pause. Dann:

«Du hast nicht verstanden, Mutter. Ich *bin* ein lesbischer Kubaflüchtling.»

Die Brustwehren

Michael hatte es schon x-mal gesehen, doch das Schild neben dem Fußweg nach Lands End jagte ihm jedesmal wieder einen köstlichen Schauer über den Rücken: ACHTUNG – AUF DEN KLIPPEN UND IM BRANDUNGSBEREICH EXTREME GEFAHR – *Oft schon wurden Menschen von den Felsen gespült und ertranken.*

«Ich liebe dieses Ding», erzählte er Mary Ann und Brian, als das Trio an dem Schild vorbeikam. «Es hat so was ... von Daphne Du Maurier. *‹Oft schon wurden Menschen von den Felsen gespült und ertranken.›* Das ist beinahe lyrisch. Einen staatlichen Schildermaler mit poetischer Ader findet man wohl nur hier bei uns.»

Mary Ann musterte das Schild kurz und ging weiter die Treppe aus Eisenbahnschwellen hinunter. «Ich weiß nicht, warum», sagte sie, «aber mir geht es auch so.»

«Mir auch», ergänzte Brian, «und dabei bin ich gar nicht so vollgeknallt wie ihr zwei.»

«Das liegt daran, daß wir alle drei Jeanettes sind», klärte Michael die beiden auf. «Jeanettes fallen solche Sachen immer auf.»

Mary Ann warf ihm einen argwöhnischen Blick zu. «Ich wage kaum zu fragen.»

Michael grinste. «Nur so eine neue Theorie von mir. Ich bin nämlich zu dem Schluß gekommen, daß es in San Francisco eigentlich nur zwei Arten von Menschen gibt, und zwar unabhängig von Rasse, Religion, Hautfarbe oder ... was gab's da noch?»

«Sexueller Orientierung», ergänzte Brian.

«Danke», sagte Michael.

Mary Ann verdrehte die Augen. «Also, welche zwei Arten gibt's?»

«Jeanettes», sagte Michael, «und Tonys. Jeanettes sind die Leute, für die ‹San Francisco› in der Fassung von Jeanette MacDonald die Kennmelodie der Stadt ist. Tonys finden, daß es ‹I left my heart in San Francisco› von Tony Bennett ist. Hier hängt jeder dem einen oder dem anderen Camp an . . . mal rein bildlich gesprochen.»

Brian runzelte nachdenklich die Stirn. «Das klingt zwar plausibel, aber es ändert sich immer wieder. Mary Ann war zum Beispiel mal eine Tony. Manche Leute wissen eben nicht . . .»

«Ich war *nie* eine Tony», empörte sich Mary Ann.

«Aber klar», sagte Brian amüsiert. «Das weiß ich noch genau. Mein Gott, du hattest sogar einen Pet Rock.»

«Du weißt genau, daß der Connie Bradshaw gehört hat, Brian.»

«Das ist doch dasselbe. Du hast bei ihr gewohnt. Der Pet Rock hat bei dir zu Hause rumgelegen.»

Mary Ann suchte bei Michael Unterstützung. «*Er* hat sie im Waschsalon abgeschleppt, und mich belehrt er in punkto Geschmack.» Sie wandte sich wieder an Brian. «Wenn ich mich nicht irre, hast du Frauen noch ‹Puppen› genannt, als wir uns kennengelernt haben.»

«Du irrst dich nicht», sagte Brian.

«Und?»

Brian zuckte mit den Schultern. «Frauen *waren* noch Puppen, als wir uns kennengelernt haben.»

«Apropos», sagte Mary Ann, ohne sich mit seiner bewußten Geschmacklosigkeit abzugeben. «Kannst du bei den nackten Frauen diesmal ein bißchen vorsichtiger sein?»

«Aber, aber», protestierte Brian. «Ich hab doch bloß mit ihnen *geredet*. Wie sollte ich denn wissen, daß es Lesben waren.»

«Solltest du auch nicht», sagte Mary Ann.

«Ach was», sagte Brian. «Das gleicht sich sowieso alles aus. Die meisten Typen da unten denken doch bestimmt auch, daß ich schwul bin.»

Michael lächelte. «Oder sie wünschen sich, daß du es wärst.»

Nach San-Francisco-Maßstäben war es ein Hundstag, einer von den Tagen, an denen sich die eine Hälfte der Bevölkerung bei der anderen krank meldet. Einige der Krankgemeldeten zogen sich zur Erholung in diese versteckte, von der Sonne verwöhnte Bucht zurück, wo sie sich ihrer Kleidung entledigten und der Großen Göttin ihre mit Kakaobutter bestrichenen Körper darboten.

Aus der Luft hätte der Strand merkwürdig ausgesehen. Er war schachbrettartig mit Dutzenden kleiner Steinforts überzogen, die einen gewissen Schutz vor dem Wind boten und jeweils zwei bis zehn mehr oder weniger hüllenlose Sonnenanbeter beherbergten.

Michael hatte sie «die Brustwehren» getauft.

An diesem Tag hatten die drei ein Fort ganz für sich allein. Mary Ann und Brian legten sich nur oben ohne in die Sonne; Michael zog sich ganz aus, denn er war zu dem Schluß gekommen, daß Badehosenstreifen etwas aus den Siebzigern waren.

Die drei Sonnenanbeter lagen einige Zeit still da. Mary Ann war die erste, die etwas sagte.

«Das hier wär vielleicht was.»

«Das kannst du laut sagen», meinte Brian.

«Ich red von einer Story. Wenn ich je von *Bargain Matinee* loskommen will, brauch ich *die* superscharfe Idee für ein Feature.»

«Dafür reicht das hier aber nicht», sagte Brian.

«Außerdem», fügte Michael hinzu, «sind FKK-Strände längst überholt. So oft, wie da schon drüber berichtet worden ist.»

«Du hast recht», sagte Mary Ann seufzend. «Wie wär's mit S/M?»

«Nicht jetzt gleich», sagte Brian. «Ich hab mich grade erst mit Coppertone eingerieben.»

«Das Thema ist sogar noch ausgelutschter», sagte Michael. «Sobald die kleinen Sender sehen, daß ihre Zuschauerzahlen zurückgehen, bringen sie die nächste S/M-Enthüllungsstory. Das läuft genauso wie mit den Erdbebengeschichten oder den Briefen vom Sternzeichen-Mörder. Das Publikum muß auf einem bestimmten Schocklevel gehalten werden.»

«Das Problem ist doch», sagte Mary Ann, «daß man so was nicht planen kann. Die richtig tollen Stadtgeschichten passieren einfach so.»

«So was wie Guyana», fügte Brian hinzu.

«Oder wie Burke und die Kannibalen aus der Grace Cathedral.» Der Einwurf kam von Michael, doch er bereute ihn sofort. Mary Anns ehemaliger Liebhaber Burke Andrew war inzwischen Herausgeber des *New York Magazine*. Brian war auf diese längst abgeschlossene Beziehung anscheinend eifersüchtig, weshalb Mary Ann und Michael es normalerweise vermieden, in seiner Gegenwart darüber zu sprechen.

Mary Ann wechselte mit einer Frage an Michael das Thema: «Du fährst also am Memorial-Day-Wochenende zu _______ _______?»

Michael nickte. «Bis dahin bin ich sicher noch nicht braun genug.»

«Vielleicht entschließt er sich ja zu seinem Coming-out», sagte Mary Ann verträumt, «und bietet mir einen Exklusivbericht darüber an.»

«Ja, ja», sagte Michael. «Vielleicht stürzt auch der Himmel ein.»

Luke

Der Mann auf der Felsbank lächelte immer noch zu Prue hinauf und wartete auf Antwort.

«Äh . . . was?» murmelte sie. Gleichzeitig bohrte sich ihre rechte Hand immer tiefer in ihre Tasche, bis sie sich um die kleine Anti-Vergewaltigungs-Pfeife von Tiffany schloß. Wenn er auch nur die geringste Bewegung machte, würde sie . . .

«Ich hab gefragt . . . ob Sie Zeit für einen Kaffee haben.»

Er deutete auf die Hütte hinter ihm, einen windschiefen Holzbau wie aus einem Wildwestroman von Zane Grey. Aus einem rostigen Ofenrohr, das wie ein Ausrufezeichen über den Bau hinausragte, stieg ein dünner Rauchkringel.

Da drin sollte es Kaffee geben?

Prue räusperte sich. «Das ist mein Hund», sagte sie mit fester

Stimme. «Der, der in Ihr ... der da drüben reingelaufen ist.»

Ihr Gesicht war inzwischen puterrot und ihre Kehle staubtrocken.

Der Mann hatte die Hände tief in die Taschen seiner ausgebeulten Wollhose vergraben und hörte nicht auf zu lächeln. «Wirklich?» antwortete er in einem eher spöttischen als fragenden Ton. «Is 'n netter Hund, der alte Whitey.»

Whitey? Hatte dieser Penner versucht, mit Hilfe eines neuen Namens Ansprüche auf Vuitton anzumelden? Sein richtiger Name und der seiner rechtmäßigen Besitzerin waren deutlich lesbar auf seiner Hundemarke eingraviert. Selbst sein Halsband – ein Weihnachtsgeschenk von Pater Paddy Starr – war aus Louis-Vuitton-Kunstleder gearbeitet.

«Ich war vor ein paar Wochen hier», rief Prue etwas unsicher. «Drüben in den Baumfarnen ist er mir weggelaufen. Ich bin so erleichtert, daß ihm nichts passiert ist.»

Der Mann nickte. Er lächelte noch immer.

«Wenn Sie ... sich um ihn gekümmert haben», fuhr Prue fort, «erstatte ich Ihnen gerne die Auslagen, die Ihnen dadurch entstanden sind.»

Der Mann lachte. «Aber Sie wollen keinen Kaffee, hm?»

Prues Hand schloß sich noch fester um die Pfeife. «Wissen Sie, ich bin ... es ist schrecklich nett von Ihnen ... aber, äh ... mein Fahrer ... das heißt, ein Freund von mir wartet drüben am Gewächshaus auf mich. Trotzdem, schönen Dank. Sehr freundlich von Ihnen.»

Der Mann zuckte mit den Schultern, drehte sich um, ging in die Hütte und schloß die Tür hinter sich.

Prue wartete.

Und wartete.

Es war wirklich zu ärgerlich. Was bildete er sich eigentlich ein? Es war ein leichtes, ihren Besitzanspruch auf den Hund zu belegen und diesen Penner festnehmen zu lassen, weil er Vuitton nicht mehr hergeben wollte.

Prue überlegte. Sie konnte zum Gewächshaus zurückgehen und auf das Eintreffen ihres Fahrers warten; der sah ziemlich imposant aus und würde den Mann so weit einschüchtern, daß er Vuitton freiließ. Natürlich konnte sie auch einfach die Polizei holen.

Andererseits, warum sollte sie dieses Ärgernis durch eine Einmischung von offizieller Seite noch verschlimmern? Sie wurde sicher auch alleine damit fertig.

Prue hangelte sich auf der sandigen Böschung von einem Strauch zum nächsten, bis sie die Felsbank erreichte, auf der die Hütte stand. Diese versteckte Sackgasse war wirklich erstaunlich: für normale Spaziergänger praktisch nicht einsehbar und doch in Hörweite zum Verkehr auf dem Kennedy Drive.

Prue ging entschlossen auf die Tür der Hütte zu – so entschlossen, daß sie mit dem Absatz an einer Wurzel hängenblieb und stürzte, wobei sich der Inhalt ihrer Tasche über den Boden ergoß. Wutentbrannt raffte sie ihre Siebensachen zusammen und rappelte sich auf.

Sie pochte an die Tür.

Als erstes hörte sie Vuittons heiseres Bellen. Dann verriet ihr das Kratzen von Holz auf Holz, daß ein selbstgemachter Riegel zur Seite geschoben wurde.

Die Tür ging auf und gab den Blick auf dasselbe lächelnde Gesicht wie vorhin frei, ein Gesicht, das durch hohe Wangenknochen, einen ausgeprägten Unterkiefer und einen ungewöhnlichen Bernsteinton der Haut beinahe schön wirkte. Die dunklen, etwas längeren Haare des Fremden waren ordentlich gekämmt. (Waren sie das zuvor auch gewesen?) Er war wohl Ende Vierzig.

«So ist es schon besser», sagte er.

Prue versuchte, ihn versöhnlich zu stimmen. «Es tut mir leid, wenn ich Sie gekränkt habe. Aber ich war so besorgt um meinen Hund. Das verstehen Sie doch sicher.»

Vuitton schob seine lange helle Schnauze durch den Türspalt. Prue streckte die Hand aus und streichelte ihn. «Schnukkel», säuselte sie. «Ist ja gut, Mommy ist da.»

«Ham Sie 'nen Beweis?» fragte der Mann.

«Schauen Sie doch mal hin», sagte Prue. «Er kennt mich.

Nicht wahr, Schnuckilein? Er heißt Vuitton. Sein Name steht auf dem Halsband. Und *mein* Name steht auch drauf.»

«Wie heißen Sie?»

«Giroux. Prue Giroux.»

Der Mann streckte ihr die Hand entgegen. «Ich heiß Luke. Kommen Sie rein.»

Drin

Als Prue die Hütte betrat, schossen ihr Erinnerungen an Grass Valley durch den Kopf . . . und an das Baumhaus, das sich ihr Bruder Ben auf dem Hügel hinter der Scheune gebaut hatte.

Bens Baumhaus war ein Heiligtum gewesen, die Mönchszelle eines Dreizehnjährigen und für seine kleine Schwester und deren Freundinnen strikt tabu.

Allerdings war Prudy Sue eines Tages, als Ben in einer Filmvorführung saß, in den verbotenen Horst hochgeklettert und hatte klopfenden Herzens die geheimen Schätze ihres pubertierenden Bruders durchstöbert: billige Schmuddelhefte, Handkribbler, eine Zeitungsanzeige für Lucky Strikes mit Maureen O'Hara.

Und nun, vierzig Jahre später, mußte Prue unwillkürlich an die überraschende *Ordnung* in Bens Versteck denken. Die penibel aufgereihten Bände von Tom Swift, die handgenähten Vorhänge aus Sackleinen an den kleinen Fenstern und die Quarzbrocken auf Apfelsinenkisten, in Reih und Glied ausgerichtet wie Diamanten in einem Tresorraum, hatten etwas beinahe Rührendes gehabt . . .

«Ich hab keinen Besuch erwartet», sagte Luke. «Sie müssen das hier schon entschuldigen.»

«Das hier» war ein einziger, etwa zwei mal drei Meter großer Raum. Die Einrichtung bestand aus ein paar Holzkisten, einem Feldbett aus Armeebeständen und einem großen Schaumgummiklotz, der wohl als Sofa diente. In einer von Steinen eingefaßten Grube im gestampften Boden lag bereits erkaltende Glut. Auf dem Rost über der Feuerstelle stand eine blau emaillierte Kaffeekanne.

Der Mann griff nach der Kanne und goß Kaffee in einen Styroporbecher. «Nehmen Sie Sahne? Ich hab leider nur das künstliche Zeug.»

«Äh . . . was? . . . oh, nein danke.» Prue schaute sich immer noch um. Wie lange war er überhaupt schon da? Wußten die Parkwächter Bescheid?

Der Mann erriet ihre Gedanken und zwinkerte ihr zu. «Sie werden sich dran gewöhnen», sagte er. «Sweet'n Low?»

«Ja bitte.»

Er riß das rosafarbene Tütchen auf, schüttete seinen Inhalt in den Kaffee und reichte ihr den Becher. «Ich hab gedacht, Sie wollen vielleicht mal sehen, wo Ihr Hund in letzter Zeit gehaust hat.»

Ach ja: Nachdem Vuitton sein Frauchen an der Tür begrüßt hatte, war er in die Ecke neben dem Feuer zurückgekehrt. Dort lag er auf einem Haufen Lumpen. Er schaute hoch und wedelte beschwichtigend mit dem Schwanz. Vielleicht entschuldigte er sich dafür, daß er seinen Nob-Hill-Lebensstil so bereitwillig aufgegeben hatte. Prue blies in ihren Kaffee und schaute wieder in die Runde. «Es ist . . . schlichtweg faszinierend hier», sagte sie. Und das meinte sie auch.

Der Mann lachte glucksend. «Jedes Kind hat gern ein Spielhaus», sagte er.

Dann *ist* er so wie Ben, dachte Prue.

Bei der weiteren Begutachtung des Raums fielen ihr noch mehr Anzeichen jungenhafter Verschrobenheit auf: die Bommelborte über dem Bett, die so etwas wie einen stilisierten Baldachin abgab; eine Dose mit gespitzten Bleistiften auf einem Regal über dem «Sofa»; ein Stadtplan mit Rußspuren, der an die Wand über dem Feuer geheftet war.

Über der Tür hing eine Sperrholzplatte, deren Aufschrift in mühevoller Arbeit aus gebogenen Zweigen geformt worden war:

Wer sich nicht an die
Vergangenheit erinnert,
ist dazu verdammt,
sie zu wiederholen

Prue lächelte, als sie das las. «Das ist schön», sagte sie.

«Santayana», antwortete der Mann. *«Life of Reason.»*

«Wie bitte?»

Der Mann schaute sie prüfend an, dann sagte er ruhig: «Warum nehmen Sie jetzt nicht Ihren Hund?»

«Oh . . . natürlich. Ich wollte Sie nicht aufhalten.»

Der Mann ging zu dem Haufen Lumpen hinüber und rüttelte den Wolfshund wach. «Los, Whitey. Du mußt jetzt gehen, mein Junge.» Vuitton stand wackelnd auf und leckte dem Mann aufgeregt die Hand. «Er denkt, wir machen 'ne Tour», sagte sein Betreuer. «Ich hab ihm eine Leine gemacht. Wenn Sie sie haben wollen . . .»

Er öffnete eine Kiste neben Vuittons Lager. Sie enthielt ein paar Dosen Hundefutter, eine abgenutzte Striegelbürste und ein Stück Seil mit einem selbstgemachten Lederanhänger, auf dem Whitey stand. Auch auf dem Kistendeckel stand in Buchstaben aus gebogenen Zweigen Whitey.

Vorhin war Prue richtig böse gewesen wegen dieses fremden Namens; jetzt hatte sie irgendwie das Gefühl, gleich heulen zu müssen.

Sie kramte in ihrer Tasche. «Bitte . . . ich bestehe darauf, Ihnen Ihre Auslagen . . .»

«Nein», sagte der Mann barsch. Dann, in sanfterem Ton: «Es war mir ein Vergnügen.»

«Tja . . .» Sie wußte plötzlich nicht mehr, was sie sagen sollte, und schaute sich verlegen um. Der Mann klemmte das Seil an Vuittons Halsband und überreichte es Prue.

«Danke schön», sagte sie so aufrichtig wie möglich. «Vielen Dank . . . Luke, nicht?»

Der Mann nickte. «Sollten Sie mal wieder in der Gegend sein, hätt ich nichts dagegen, wenn er mich besucht.»

«Natürlich, natürlich . . .» Es gab nichts mehr zu sagen, als sie Vuitton von der Hütte wegführte und mit ihm die steile, sandige Böschung hochstieg. Der Wolfshund kam bereitwillig mit und verabschiedete sich mit einem Bellen, sobald sie die Böschung hinter sich gebracht hatten.

Doch die Tür der Hütte war bereits geschlossen.

Auf nach Hollywood

Ned Lockwoods Pickup stand auf der Leavenworth, als Mary Ann die wacklige Holztreppe von der Barbary Lane herunterkam. Ned hob seine große Hand an die Stirn und begrüßte sie mit einem flotten Salut. Seine Glatze hatte die Farbe von Sattelleder.

«Er kommt gleich runter», sagte sie. «Er weiß noch nicht, welches seiner fünfzehn Lacoste-Hemden er anziehen soll.»

Ned warf grinsend die Hände in die Luft und legte sie dann auf das Lenkrad. «Und wo gehst du hin?»

Mary Ann verzog das Gesicht. «Arbeiten. Wir haben nicht alle das Glück, das Wochenende bei einem Filmstar zu verbringen.» Sie hielt eine große Hefty-Tüte hoch. «Möchtest du einen süßen Wauwau?»

Ned schaute in die Tüte. «Stofftiere? Wofür sind die denn?»

«Für meine Show. Wofür sonst?»

«Gibt's die grade zum Sonderpreis?»

«Sie sind zweite Wahl. O Gott, es ist so deprimierend, Ned. Hol mich da raus, ja? Entführ mich oder so. Hat ________ ________ nicht 'ne Cabana, in der er mich verstecken könnte?»

Ned lächelte. «Ich fürchte, dieses Wochenende will er nur Jungs sehen.»

«Wie doof», sagte Mary Ann.

«Das find ich auch. Aber er ist halt ein altmodischer Schwuler.»

«Na toll. Könnt ich dann nicht ein altmodisches Schwulenmuttchen sein?»

Ned warf den Kopf zurück und lachte. «Ich fänd's toll, wenn er's selber auch so locker sehen könnte.»

Mary Ann rang sich ein Lächeln ab. «Dann läßt du mich also mit meinem Unglück allein, hm?»

«Du bist ein Star», sagte Ned. «Und Stars haben nicht unglücklich zu sein.»

«Wer ist ein Star?» Ein billiger Trick, um sich Bestätigung zu holen, aber sie nahm im Moment alles, was sie kriegen konnte.

Der Gärtner zuckte mit den Schultern. «Meine Tante von der East Bay sagt, daß du ein Star bist. Sie schaut sich alle deine Sendungen an.»

«Schmetterlingsbrille, was?»

Ned grinste.

«Von den Kitschromanen reden wir erst gar nicht. Und ihr Schlafzimmer quillt über vor selbstgehäkelten Pudeln. Hab ich recht?»

«Nicht ganz», sagte Ned. «Sie macht aus alten Krawatten Flickenteppiche.»

«Na wunderbar», sagte Mary Ann und nickte.

Michael erschien auf dem Treppenabsatz. Er hatte sich mit einem apricotfarbenen Polohemd, einer weißen Leinenhose und smaragdgrünen Topsiders herausgeputzt. «Schau dir *den* an», sagte Ned. «Läuft man in L. A. so rum, oder was?»

Michael ließ sich von Mary Ann begutachten.

«Sehr hübsch», bemerkte sie, «aber es wird alles zerknautscht sein, wenn du in Smog City ankommst.»

«Dann werd ich mich in Smog City eben *umziehen*.» Er küßte sie flüchtig auf den Mund und sprang in den Pickup. «Wenn ich in drei Tagen nicht zurück bin, sagst du den Mounties Bescheid, ja?»

«Paß auf, daß er eine Badehose anzieht», trug sie Ned auf.

«Das ist ein bißchen viel verlangt», sagte der Gärtner.

«Ich weiß», antwortete Mary Ann. «Letzte Woche hat er sich bei Lands End fast den Hintern verbrannt.»

Wie üblich gab es im Umkreis von fünf Blocks um den Sender keinen erlaubten Parkplatz. Sie stellte sich schließlich in die

Ladezone einer kleinen Seitengasse der Van Ness und legte einen abgelaufenen Presseausweis auf das Armaturenbrett.

Sie eilte am Sicherheitsbeamten vorbei, der am Empfang Cheetos mampfte, stieg in den Aufzug und drückte den Knopf für den dritten Stock.

Sie schaute auf ihre Casio-Uhr. Zwei Uhr achtunddreißig. Mein Gott, sie ließ es ganz schön drauf ankommen in letzter Zeit. Es hatte mal eine Zeit gegeben, da war sie zwei Stunden vor der Drei-Uhr-Sendung dagewesen. Es hatte mal eine Zeit gegeben, da hatte sie diesen Mist tatsächlich *aufregend* gefunden.

Bambi Kanetaka kam gerade aus der Garderobe, als Mary Ann aus dem Lift stieg.

«Hallo», sagte Mary Ann. «Warum so früh?»

«Wir machen Außenaufnahmen», erwiderte die Moderatorin atemlos. «Larry hat eine Frau aufgetrieben, die mit dem Trailside-Mörder befreundet war. Was ist in der Tüte?»

Es war fast unheimlich, fand Mary Ann, mit welcher Sicherheit Bambi immer den wunden Punkt traf. «Nur ein paar Zweite-Wahl-Sachen», murmelte sie.

«Oooooh», sagte Bambi, als sie in die Tüte lugte. «Sind die *niedlich*. Ehrlich, Mary Ann, Sie dürfen immer die tollsten Sachen machen. Ich hab sie so was von über, diese . . .» Sie seufzte verdrossen. «Sie wissen schon, die harten Themen.»

Der Visagist, der gerade von der Beerdigung seiner Großmutter in Portland zurückgekehrt war, hatte sich mit Goldketten und schwarzen Stretchsachen rausgeputzt – seine Vorstellung von Trauerkleidung.

« . . . bin ich also in die Leichenhalle gegangen und hab darauf *bestanden* . . . schau bitte nach oben, Schatz . . . gut . . . ich hab also darauf bestanden, daß sie den Sarg aufmachen . . . jetzt ein bißchen nach links . . . sie machen ihn also auf, und was *glaubst* du, was sie Großmutter auf die Lippen geschmiert hatten? TITTENROSA! Ich meine, also *wirklich* . . . Kopf nach oben, Schatz . . . da hab ich gesagt, sie sollen mich das mal machen lassen, denn *meine* Großmutter kriegt nicht mehr und nicht weniger als Schwanzlutscherrot, wenn sie unter die Erde gebracht wird . . .»

Denny steckt den Kopf durch die Tür. Er war auf der Suche nach Mary Ann. «Da bist du ja!»

Sie haßte dieses «Da bist du ja!», wenn damit «Wo warst du denn?» gemeint war.

«Diese Frau ist wieder am Telefon», sagte der Redakteur.

«Welche Frau?»

«Die Betrunkene. Diesmal hat sie ihren Namen buchstabiert. Sie heißt *Halcyon* und nicht Harrison.»

«O Gott», sagte Mary Ann.

«Sagt dir das was?»

«Ich glaub, ich hab mal für ihren Mann gearbeitet.» Sie schaute auf die Uhr an der Wand: noch sechs Minuten bis zur Sendung. «Sag ihr, ich ruf sie nach der Anmoderation zurück.»

Sie müssen zum Essen kommen!

Mary Ann rasselte ihre Stofftiersprüche in weniger als drei Minuten herunter, was hieß, daß sie sich noch mal genauso lang über *Engel auf heißem Pflaster* auslassen mußte.

Das war gar nicht so einfach. Den Priester hatte sie Bing Crosby noch nie abgenommen. Oder Rosalind Russell die Mutter Oberin. Oder Helen Reddy die Nonne. Man hatte in Hollywood eine reichlich merkwürdige Vorstellung davon, wie Katholiken auszusehen hatten.

«Mary Ann, Sie waren einfach hinreißend. Ich hab Ihnen gerade auf dem Monitor zugesehen.»

Es war Pater Paddy Starr, die San-Francisco-Version eines Priesters. Er drängte in Studio B, das Mary Ann gerade hastig räumte.

«Danke, Pater. Hals- und Beinbruch.» Es klang reichlich abgedreht, wenn man so etwas zu einem Priester sagte, aber der hier war schließlich im Showgeschäft. *Honest to God*, Pater

Paddys Show im Spätprogramm, wurde jeden Nachmittag gleich nach Mary Anns Sendung aufgezeichnet.

In ihrem Kabuff schaute sie nach, ob Denny ihr Mrs. Halcyons Nummer aufgeschrieben hatte. Natürlich nicht. Nachdem zwei sich überschneidende Tonbandstimmen – eine männliche und eine weibliche – ihr Vorhaltungen gemacht hatten, rückte die Auskunft schließlich mit der Nummer heraus.

Sie wählte.

«Halcyon Hill.»

Mary Ann hatte die Stimme noch aus ihrer Zeit bei Halcyon Communications im Ohr. Damals hatte sie zwischen Edgar Halcyon und seiner Frau oft genug Nachrichten hin und her reichen müssen. «Emma?»

«Ja, Ma'am.»

«Hier ist Mary Ann Singleton. Erinnern Sie sich an mich?»

«Natürlich erinner ich mich an Sie! Das ist ja eine Freude, nein, *so* eine Freude! O mein Gott, ich könnt platzen, Mary Ann. Der Herr sorgt schon für seine Schäfchen, wenn . . .» Im Hintergrund war ein Schlurfen zu hören. «Geben Sie her!» sagte eine barsche Stimme, die Mary Ann als die von Frannie Halcyon erkannte.

«Mary Ann?» Die Stimme war zu einem matronenhaften Säuseln geworden.

«Ja, Mrs. Halcyon. Was für eine nette Überraschung.»

«Tja . . . ich bin einfach ein *großer* Fan von Ihnen.»

«Oh, wie nett.»

«Ehrlich. Glauben Sie mir. Sie sind eine sehr talentierte junge Frau.»

«Wie freundlich. Vielen Dank.»

Nach einer langen Pause: «Ich . . . äh . . . ich habe angerufen, weil ich hoffte, sie würden zum Essen zu uns kommen . . . zu mir eigentlich. Sonntag mittag? Im Moment ist das Wetter hier draußen einfach wunderbar, und der Pool ist . . . na ja, sie könnten Ihren Badeanzug mitbringen und . . .»

«Sehr gern, Mrs. Halcyon.» Mary Ann mußte sich ein Kichern verbeißen. Michael hatte sie mit seinem Ausflug nach

L. A. auf den Geschmack gebracht, und sie und Brian hatten schon lange keinen schönen und billigen Kurzurlaub mehr gehabt. Die Einladung war ein Geschenk des Himmels. «Wär es Ihnen recht, wenn ich mit einem Freund käme?»

«Oh . . . ich . . . eigentlich nicht so sehr, Mary Ann.»

«Selbstverständlich.»

«Auf mehr als einen Gast bin ich nicht eingestellt.»

«Gut. Ich verstehe.» Das stimmte zwar nicht, aber jetzt war ihre Neugier geweckt.

«Es soll nur ein kleines . . . Gespräch von Frau zu Frau sein. Wir beide haben so viel nachzuholen.»

Mary Ann war sprachlos. Sie und Frannie Halcyon hatten absolut *nichts* nachzuholen. Warum redete diese nette, aber versoffene Witwe aus der feinen Gesellschaft mit ihr wie mit ihresgleichen?

Na ja, dachte sie, die arme Frau hat ihre Tochter in Guyana verloren. Das war Grund genug, um ein bißchen Nachsicht zu üben. Außerdem hatte sie einen Swimmingpool. Und einer solchen Verlockung konnte in San Francisco niemand widerstehen.

«Wann soll ich dasein?» fragte Mary Ann.

Larry und Bambi kamen gerade zurück, als Mary Ann den Sender verließ. Sie merkte, daß die beiden sich sehr zusammenreißen mußten, um sich nicht gegenseitig an die Wäsche zu gehen.

«'ne tolle Krawatte», sagte Mary Ann, als sie in der Lobby an ihnen vorbeieilte. Er trug die, auf der sich das Porsche-Emblem ständig wiederholte.

«Holla», sagte Larry, «danke.»

Das einzig Tolle an Arschlöchern war, daß sie es fast nie merkten, wenn man es ihnen durch die Blume sagte. «Wie ging's der Freundin des Trailside-Mörders?» fragte sie die Moderatorin.

«Sie war reichlich mitgenommen», sagte Bambi.

«Hm. Kann ich mir vorstellen.»

Larry schob Bambi mit sanftem Druck in Richtung Aufzug.

«Lassen Sie bloß die Finger von solchen Themen», sagte er zu Mary Ann. «Das ist alles kein bißchen angenehm.»

«Hm.»

«Doch, wirklich», setzte er noch drauf. «Man ist besser dran, wenn man damit nichts zu tun hat.»

Sie verwünschte ihn den ganzen Nachhauseweg lang.

Tinseltown

Ned Lockwood blickte auf die Uhr im Armaturenbrett, als der Pickup durch die Palmenallee ratterte, die sich an der Hollywood High School entlangzog.

«Zwanzig nach zehn. Da sind wir gut in der Zeit. Sei gegrüßt, Alma Mater.»

«Warst du auf der Hollywood High?» fragte Michael.

Neds Mund verzog sich zu einem breiten Grinsen. «Waren wir das nicht alle?»

«Dann hat man dich für das Leben mit einem Filmstar ja regelrecht *ausgebildet*. Es stimmt gar nicht, daß es dir nur so zugefallen ist.»

«Da könnte was dran sein», antwortete Ned lachend.

Michael schüttelte ungläubig den Kopf. «Hollywood High», murmelte er, während das helle Gebäude in der Dunkelheit vorbeiglitt. «Als kleiner Junge wollte ich immer mit Alan Ladds Sohn zur Schule gehen.»

«Warum?»

Michael zuckte mit den Schulern. «Weil's der schnellste Weg zu Alan Ladd war, schätz ich. Ich war furchtbar verknallt in ihn.»

Ned lachte. «Wie alt warst du da?»

«Acht», sagte Michael zögernd. «Auch Kinder haben schon ihre Träume.»

«Du kleiner geiler Bengel.»

«Na», stichelte Michael zurück, «wenn ich mich recht erinnere, hast du doch auf Roy Rogers gestanden, nicht?»

«Ich war aber mindestens zehn», sagte Ned.

Michael lachte und schaute wieder aus dem Fenster. Es gab wohl kaum jemand, dessen Begierden durch die Wunderwelt, die sich in aller Üppigkeit vor ihnen ausbreitete, nicht auf die eine oder andere Art angeheizt worden waren.

Wie viele seiner Freunde zog auch Michael hinter vorgehaltener Hand gerne über Los Angeles her – über den ausufernden Siedlungsbrei, die verstopften Freeways, die elend Gestrandeten mit ihrem Traum von Freiheit . . .

Doch in Augenblicken wie diesen, an Abenden wie diesen, wenn es so schien, als würden in dieser Stadt alle Leute ein Cabrio besitzen, und wenn die warme, schwere, jasmingeschwängerte Luft sich anfühlte wie eine Hand, die seine Schenkel hochglitt, konnte Michael der Wirklichkeit entsagen und wieder glauben.

«Es ist erstaunlich», sagte er. «Jedesmal, wenn ich nach L. A. fahre, muß ich an Lucy und Ricky aus *I love Lucy* denken. Ich spür die gleiche Haßliebe. L. A. hat wahrscheinlich schon von mehr Leuten eine zweite Chance gekriegt als jede andere Stadt auf der Welt.»

Plötzlich riß Ned das Lenkrad des Pickups herum. Er verfehlte nur knapp einen blond gefärbten Teenager auf einem Skateboard. Dessen 69er-Footballtrikot war knapp unterhalb der Brustwarzen abgeschnitten und ließ etwa dreißig Zentimeter gebräunten Bauch sehen. Als Ned an ihm vorbeifuhr, atmete er erleichtert aus und sagte: «Keiner *geht* mehr auf den Strich!»

Michael drehte sich um. Er sah, wie das Jüngelchen sich in einen silberfarbenen Mercedes beugte, der am Bordstein vor der Zentrale der Famous-Amos-Schokosplitter-Kekse geparkt war. «Bingo», sagte er. «Er hat einen.»

«A Star is born», sagte Ned nur.

Der Wagen bog vom Sunset Boulevard ab und fuhr hoch nach Beverly Hills, in ein Land der weit zurückgesetzten Häuser und der Totenstille.

Die Straßen wurden steiler und enger. Es stellte sich heraus, daß die meisten «Crest» mit noch was vorne dran hießen, auch wenn man kaum sagen konnte, wo die eine aufhörte und die nächste anfing. Michael konnte sich nicht vorstellen, daß jemand, der in diesem Viertel wohnte, nachts nach Hause fand. «Wird er denn da sein, wenn wir kommen?» fragte er Ned. «Ich seh sicher beschissen aus.»

Ned drückte Michaels Knie. «Im Aschenbecher ist eine Jointkippe. Warum rauchst du sie nicht?»

«Du glaubst doch nicht, daß mich so was beruhigen könnte. Ich würde schreiend in die Nacht hinauslaufen, sobald ich vor ihm stehe.»

«Vielleicht ist er ja noch in Palm Springs. Sei nicht so bammelig.»

Michael schaute aus dem Fenster. Die Lichter der Stadt lagen unter ihnen wie Computerschaltkreise. «Wer läßt uns rein», fragte er, «wenn er nicht da ist?»

«Der Butler wahrscheinlich.»

«Ist er der einzige Angestellte?»

Ned schüttelte den Kopf. «Meistens ist noch ein Koch da. Und dann gibt's noch einen Sekretär und einen Gärtner. Aber heute abend ist wahrscheinlich nur der Butler da.»

Michael schwieg eine Weile und versuchte, sich ein solches Leben vorzustellen. «Weißt du was?» fragte er schließlich.

«Was?»

«Meine Mutter hat ________ ________ immer total angehimmelt. Sie würde ausflippen, wenn sie wüßte, daß ich hier bin.»

Ned sah ihn lächelnd an. «Dann führ mal genau Buch über alles.»

«Okay ... wie groß ist sein Schwanz noch mal?»

Der Gärtner lachte glucksend. «Jedenfalls so groß, daß manche Leute mißtrauisch geworden sind, *was* ihm seine Oskar-Nominierungen eingebracht hat.»

«Größer als ein Hot dog?» Michael kicherte nervös über seinen schlechten Witz, dann beugte er sich zu Ned hinüber und küßte ihn auf den Hals. «Ich kann das alles gar nicht fassen. Danke, mein Freund.»

Ned tat es mit einem Schulterzucken ab. «Ich glaube, ihr zwei werdet viel Spaß haben miteinander. Er ist ein richtig netter Kerl.» Ned bog von der Straße ab und hielt vor einem großen Metalltor. Dann drückte er den Knopf einer Sprechanlage, die teilweise hinter Sträuchern verborgen war.

«Ja?» ertönte eine Stimme.

«Ich bin's, Ned.»

«Löwen und Tiger und Bären. O weh!» sagte Michael.

«Das war der Butler. Beruhig dich wieder.»

Von dort, wo sie standen, war kaum etwas zu sehen. Nur eine mit Bougainvilleen bewachsene Wand und ein Torbogen, der wohl in einen Hof führte. «Ned?»

«Ja, Bubba?»

«Das ist doch hier kein Rendezvous, oder?»

«Warum?»

«Ich weiß nicht. Ich komm mir plötzlich vor wie eine bestellte Braut oder so.»

«Keine Bange, Michael. Erwartungen existieren sicher *keine*, wenn du das meinst.» Ned drehte sich um und grinste seinen Freund verschmitzt an. «Zumindest nicht von *seiner* Seite.»

Gebete für die Gemeinde

In San Francisco sprach Pater Paddy bei einem späten Abendessen im L'Etoile über seine Schäfchen. «Die arme Bitsy», seufzte er, während er an einer Spargelspitze knabberte. «Ich fürchte, wir müssen wieder für sie beten.»

Prue wußte, daß nur eine Bitsy gemeint sein konnte: Bitsy Liggett, die Kleptomanin der besseren Kreise. Mit ihrem Laster brachte sie die gehobene Gesellschaft schon seit fast einem Jahrzehnt in Verlegenheit.

«Ach je», sagte Prue. Sie bemühte sich um einen frommen Unterton, obwohl das pathologische Verhalten der Frau, für die gebetet werden sollte, sie bereits eine Lalique-Vase, mehrere Hunde aus Kristallglas und eine antike Bürstengarnitur aus Schildpatt gekostet hatte.

«Das Problem ist», klagte der Priester, «daß man sie nicht *übergehen* kann, oder? Ganz unmöglich. Die Liggetts sind eine gute Familie. Bitsy ist eine reizende Frau. Man muß nur auf sie gefaßt sein.»

«Wer war diesmal nicht auf sie gefaßt?»

Der Priester kräuselte die Lippen. «Vita.»

«Nein!»

«Bitsy ist in ihrem Komitee zugunsten der Erdbebenopfer in Italien. Als sie sich gestern nach dem Treffen von Vita verabschiedet hat, ist ihr eine Fabergé-Dose aus der Strumpfhose gefallen.»

«Nein!»

«Mitten in der Halle. Gibt's was Peinlicheres?»

Prue preßte beide Hände vor den Mund und kicherte.

«Gibt's was Peinlicheres?» wiederholte Pater Paddy und zog eine Augenbraue hoch, um die größtmögliche Komik zu erzielen. Dann sackte sein Gesicht plötzlich nach unten, als wäre er eine dahinschmelzende Wachsfigur. «Nein, die Sache ist wirklich schrecklich. Es ist eine Krankheit. Wie Alkoholismus. Wir müssen für Betsy beten, Prudy Sue.»

Dann nannte er ihr noch drei Leute, die ihre Gebete nötig hatten. Ihre *eigene* Neuigkeit wurde Prue beim Nachtisch los.

«Was ich Ihnen erzählen wollte», sagte sie. «Ich habe Vuitton gefunden.»

«Oh.» Pater Paddy tätschelte ihre Hand. «Das freut mich aber, mein Kind! Wo war er? Der Arme muß ja ganz ausgehungert gewesen sein.»

Prue schüttelte den Kopf. «Das ist ja das Erstaunliche. Er ist bei so einem Kerl aus dem Park untergekommen.»

«Bei einem Parkangestellten, meinen Sie?»

«Nein. Bei einem Mann, der in einer merkwürdigen kleinen Hütte lebt. Auf dem Hügel oberhalb der Baumfarne. Er hat ein Bett und eine Feuerstelle und was man so braucht. Vuitton hat ihn anscheinend richtig ins Herz geschlossen, und ich konnte ihm gar nicht recht böse sein. Weil er Vuitton behalten hat, meine ich.»

«Er hat Sie nicht angerufen?»

«Nein. Ich hab ihn gefunden. Das heißt, ich hab Vuitton gerufen, und Vuitton hat mich zu ihm geführt. Ich glaube, er war ein bißchen traurig, als ich Vuitton mitgenommen habe. Er hatte eine Leine für ihn gemacht und eine Striegelbürste besorgt und so.»

Pater Paddy goß Sahne über seine Himbeeren. «Wie rührend.»

«Ja. Ich war tief bewegt, Pater. Er hat mich gebeten, mit Vuitton mal vorbeizukommen. Ich glaube, das tu ich auch.»

Der Priester lächelte noch und zog gleichzeitig die Stirn kraus. «Also, ich weiß nicht, ob *das* gut ist, Prudy Sue.»

«Warum?»

«Na, Sie haben doch keine Ahnung, wer er . . .»

«Ich verlasse mich auf meinen Instinkt. Der Mann hat ein sanftes Wesen. Das Leben hat ihm übel mitgespielt, und trotzdem begegnet er ihm voller Freude. Er hat sogar das Zitat eines Heiligen an der Wand.»

«Wirklich», lächelte Pater Paddy. «Von welchem?» Jetzt waren sie wieder auf *seinem* Terrain.

Prue dachte kurz nach. «Santa Soundso. Ich hab's vergessen. Es geht um die Erinnerung an die Vergangenheit. Die Buchstaben hat er aus Zweigen gemacht.» Sie kostete ihren Obstsalat mit Eiercreme und Schlagsahne. «Außerdem gehören Typen wie er zu San Francisco einfach dazu. So wie Kaiser Norton oder . . . sagt Ihnen Olin Cobb etwas, der Mann, der den kleinen Schuppen auf dem Telegraph Hill gebaut hat?»

Pater Paddy grinste sie von der Seite an. «Sie wollen darüber schreiben, was?»

«Vielleicht», sagte Prue spröde.

«Hm, hm.»

«Egal, *einmal* muß ich eh noch zurück.»

«Also, Prue . . .»

«Ich hab meine Anti-Vergewaltigungs-Pfeife dort verloren.»

«Ach, *bitte.*»

«Sie ist von Tiffany's», klärte die Kolumnistin ihn auf.

Der Priester korrigierte sie. «Tiffany, Liebste. *Ohne* Apostroph s.»

«Tiffany», wiederholte Prue. «Reg hat sie mir geschenkt, und ich bin da ein bißchen sentimental. Jedenfalls ist mir die Tasche aus der Hand gefallen, und da muß ich die Pfeife verloren haben. Sehen Sie mich nicht so an, Pater.»

Der Priester schüttelte nur den Kopf und bedachte sie mit einem gutmütig tadelnden Lächeln.

«Sie sind so was von lieb», sagte Prue und griff nach der Rechnung. «Es ist schön, wenn man jemand hat, der sich um einen sorgt.»

Das Schloß

Hundegekläff zerriß die Stille. Dem Bellen nach zu urteilen handelte es sich um einen bunt gemischten Haufen – junge und alte, große und kleine. Michael lächelte. Er dachte an einen heißen Sommerabend in Palm Springs zurück, an dem Ned und er auf einen Trip gegangen waren und dann versucht hatten, über den Zaun von Liberaces Anwesen zu klettern.

«O nein», flüsterte er, «hat *er* auch Kampfpudel?»

Ned gluckste. Seine Zähne leuchteten in der Dunkelheit wie Glühwürmchen. «Das sind keine Wachhunde. Sie gehören zur Familie.»

Die große neospanische Tür ging auf. Der Butler, ein jokkeyähnliches Kerlchen von Mitte Sechzig, hielt mit dem einen Arm die Tür auf und mit dem anderen die Hunde zurück. «Schnell», sagte er, «bevor einer dieser Idioten ausbüxt.»

Ned ging voraus, und Michael folgte ihm auf dem Fuß. Die Hunde – ein uralter Hirtenhund mit Augenkatarrh; zwei hysterische Irische Setter; eine dickliche dreibeinige Promenadenmischung – tanzten wie die Irren um die Beine des Mannes, der einmal bei ihnen im Haus gewohnt hatte.

Ned kniete in ihrer Mitte nieder und begrüßte jeden Hund

einzeln. «Honey, altes Mädchen, wie geht's denn so? Jaaa, Lance . . . *braver* Lance! Haaallo, Guinevere!»

Michael war beeindruckt. Es war ja schon etwas, ________ ________ zu kennen. Aber es war noch mal was anderes, auch mit seinen Hunden auf freundschaftlichem Fuß zu stehen.

Ned nahm den dreibeinigen Zwerg auf den Schoß und kraulte ihn. «Wie geht's ihm denn so?»

Der Butler verdrehte die Augen. «Er ist uns letzte Woche ausgerissen. Der kleine Nichtsnutz hat's bis zur Schuyler Road runter geschafft. Ausgerechnet Lucy hat ihn gefunden. Sie hat dann ________ angerufen. Da war er aber schon in Trauer, hat nichts mehr gegessen und ist nicht ans Telefon gegangen . . . na ja, das übliche halt.»

Ned, der immer noch kniete, hielt Michael den Hund zur Begutachtung hin. «Ein edles Tier. Er heißt nach meiner Wenigkeit.»

Michael verstand nicht auf Anhieb. Er überlegte immer noch, ob *die* Lucy den Hund gefunden hatte. «Äh . . . soll das heißen, er heißt Ned?»

Wie zur Bestätigung jaulte der Köter keuchend. Ned ließ ihn runter und stand auf. «Wir haben viel erlebt, wir zwei. Guido, das ist mein Freund Michael Tolliver.»

Michael gab dem Butler die Hand. Der bedachte ihn mit einem schiefen Lächeln und wandte sich wieder an Ned. «Er kommt erst morgen zurück. Sie haben das Haus heute abend für sich allein. Die Heizung für den Whirlpool hab ich angelassen.»

Michael seufzte im stillen vor Erleichterung. Wenigstens blieb ihm Zeit, sich zu sammeln.

Guido führte die beiden durch einen gefliesten Laubengang, der sich rund um den Hof zog. Unterwegs stießen Sie mit dem Kopf immer wieder an blutergußfarbene Fuchsienblüten. Gegenüber, auf der anderen Seite des Hofs, gab ein riesengroßer beleuchteter Swimmingpool, der über den schnurgeraden Lichterreihen von Los Angeles schwebte, die einzige Lichtquelle ab. Er wäre auch als UFO-Landeplatz durchgegangen.

Guido öffnete eine andere Tür – die *richtige* Haustür, wie Michael annahm. Auf dem Weg in den ersten Stock erhaschte er von der Treppe aus einen Blick auf wuchtige spanische Möbel, Ritterrüstungen und leuchtendrote Teppiche («Frühes Macho» hatte Ned diesen Stil einmal getauft).

«Ich hab Sie für heute nacht beide im Andenkenzimmer untergebracht», sagte Guido trocken. «Wenn's denn recht ist.»

«Schön», sagte Ned.

«Das rote Zimmer ist ein einziges Tohuwabohu. Zwei Jungs aus Laguna haben gestern hier übernachtet. Gleitcreme auf den Bettlaken, Poppers auf dem Teppich. Also wirklich.»

Ned und Michael grinsten sich an. «Wir werden nicht halb so viel Arbeit machen», sagte Ned.

Michael wußte kaum, was er im Andenkenzimmer als erstes ansehen sollte: eine ganze Latte von Auszeichnungen der Zeitschrift *Photoplay* für den am häufigsten abgedruckten Filmstar (meistens aus den Fünfzigern); die Schlüssel von einem Dutzend Städten; die Telegramme von Hitchcock, Billy Wilder, De Mille; die Photos von ________ ________ mit JFK, von ________ ________ mit Marilyn Monroe, von ________ ________ mit Ronald Reagan in silbernen Rahmen; das Petit-point-Kissen von Mary Tyler Moore.

Als Guido gegangen war, stand Michael da und schüttelte nur noch den Kopf. «Ist das *sein* Zimmer?»

«Das ist auf der anderen Seite des Flurs», sagte Ned. «Willst du's sehen?»

«Dürfen wir das denn?»

Ned lächelte schläfrig. «Es war schließlich auch mal mein Zimmer . . .»

Durch eine schwere zweiflügelige Eichentür betraten sie einen Raum, der wie die Kulisse für das Schlafzimmer eines Filmstars aussah. Die Fenster öffneten sich zum Pool und zum Rest der Welt. Das Bett war riesengroß und genau so, wie Michael es sich für ________ ________ immer vorgestellt hatte.

Demütig wie ein Wallfahrer ging er darauf zu und setzte sich zögerlich auf die Kante. Mit einem schüchternen Lächeln gestand er Ned: «Ich komm mir vor wie der letzte Tourist.»

«Du wirst dich bald dran gewöhnt haben.»

«An das *Bett?*» sagte Michael lachend.

«Morgen früh gibt es Kaffee, wenn Sie wollen.»

Michael zuckte zusammen und sprang schuldbewußt auf. Guido stand in der Tür und musterte die beiden.

«Danke», sagte Ned völlig gelassen. «Ich zeig Michael grade das Haus.»

Guido grummelte. «Lösen Sie bloß nirgends Alarm aus», sagte er, als er das Zimmer verließ.

Michael lauschte nervös, bis Guidos Schritte verklungen waren, dann pfiff er leise durch die Zähne.

«Er macht nur seine Arbeit», meinte Ned.

«Ja», sagte Michael, «wie Mrs. Danvers in *Rebecca.*»

Halcyon Hill

Der Memorial Day versprach ein strahlend schöner und klarer Tag zu werden. Kurz vor Mittag machte Mary Ann sich auf den Weg nach Hillsborough, doch schon an der Kreuzung Duboce und Market blieb sie in einem Verkehrschaos stecken. Die Wendung, die ihr Ausflug damit nahm, verblüffte sie nur so lange, bis sie die Menschenansammlung vor der 76-Tankstelle sah.

An die fünfhundert Menschen jubelten frenetisch, während ein stattlicher Mann im Krankenschwesternfummel – Titten, toupierte Haare und alles – auf dem Rücken eines mechanischen Bullen wie wild herumzappelte. Mit anderen Worten, dachte Mary Ann – ein ganz normaler Memorial Day.

Ein verbeulter Volvo hielt neben Mary Anns Le Car. «Mensch, was ist *das* denn?» fragte eine Frau mit Kräuselhaaren, Kleinkind und Bergen von Anti-AKW-Postern auf dem Rücksitz.

«Das Great Tricycle Race», sagte Mary Ann. Soviel wußte sie von Michael.

«Und was heißt das?» fragte die Frau.

«Äh, na ja . . . Schwule fahren auf Dreiradmaschinen rum und sammeln Spenden für den Tierschutzverein.»

Die Frau strahlte. «Toll!» rief sie, als die Autos weiterfahren konnten. «Nein, wie toll!»

Merkwürdigerweise wußte Mary Ann genau, was sie meinte. Wie konnte jemand solche Schrullen nur als Bedrohung empfinden? Wenn sie je ein Kind bekam, dann sollte es in San Francisco aufwachsen, wo mindestens fünfmal im Jahr Mardi Gras gefeiert wurde.

Natürlich hatte sie nicht immer so gedacht. Der Anblick von Dutzenden halbnackter Männer, die auf der Straße tanzten und ihre knackigen, aber unerreichbaren kleinen Ärsche in die Sonne reckten, hatte sie früher heftig geärgert.

Doch Gott sei Dank achteten manche Heteromänner genauso auf ihren Körper wie die Schwulen.

Außerdem war ein knackiger Arsch nun mal ein knackiger Arsch.

Sie fuhr fast auf den Bürgersteig, als sie einem nachsah.

Es tat ihr leid, daß Brian nicht mit dabei war. Er hatte so toll reagiert, als sie ihm von Mrs. Halcyons Einladung erzählt hatte. «Fahr nur», hatte er gesagt. «Vielleicht protegiert sie dich ein bißchen. Ich kann mich auch im Vorgarten in die Sonne legen. Wenn du zurück bist, gehen wir ins Kino oder so.»

Mein Gott, wie sehr sie ihn doch liebte. Egal, was passierte, er blieb locker, unkompliziert und verständnisvoll. Sie waren jetzt Freunde, Brian und sie. Freunde, zwischen denen beim Sex die Post abging. Wenn das keine Liebe war, was dann?

Als sie auf den Freeway kam, summte sie dank eines von Mrs. Madrigals Barbara-Stanwyck-Joints bereits fröhlich vor sich hin. Sie machte das Radio an und sang gemeinsam mit Terri Gibbs «Somebody's Knockin'».

Es wollte ihr nicht so recht in den Kopf, daß sie nach Hillsborough geladen war. Klar, manche Mitglieder der Oberschicht scharwenzelten gerne um Berühmtheiten herum, doch ihr bescheidener Ruhm galt in Frannie Halcyons Kreisen mit Sicherheit überhaupt nichts.

War Mrs. Halcyon einfach nur nett?

Vielleicht.

Aber *warum*? Nach so vielen Jahren.

Mary Ann hatte als Sekretärin fast zwei Jahre für die Halcyons gearbeitet – zuerst für Edgar Halcyon, den Gründer von Halcyon Communications, später für Beauchamp Day, den schmierigen Schwiegersohn von Mr. Halcyon.

Den Familiensitz bekam sie an diesem Tag jedoch zum ersten Mal zu Gesicht.

Halcyon Hill war ein riesiges, wohl aus den zwanziger Jahren stammendes Anwesen in nachgemachtem Tudorstil und stand weit von der Straße zurückgesetzt in einem hohen Eichenwäldchen. Ein schwarzer Mercedes mit FRANNI auf dem Nummernschild war in der kreisförmigen Auffahrt geparkt.

Eine alte, sehr klapprige Schwarze öffnete die Tür.

«Sie müssen Emma sein», sagte der Gast. «Ich bin Mary Ann.»

«Ja, Ma'am, und ich bin so froh, daß . . .» Bevor das Hausmädchen den Satz beenden konnte, kam Frannie Halcyon in die Halle getrippelt. «Mary Ann, ich freu mich, ich freu mich wirklich *sehr*, daß Sie kommen konnten. Sie haben doch hoffentlich ihren Badeanzug mitgebracht?»

«Äh . . . er ist im Auto. Ich wußte nicht, ob . . .»

«Emma, holen Sie ihn bitte?»

«Wirklich, ich kann . . .» Mary gab jeden Widerstand auf; das Hausmädchen wackelte schon in Richtung Auto.

«Jetzt», sagte Mrs. Halcyon, «essen wir auf der Terrasse erst mal schön zu Mittag . . . ich hoffe, Sie mögen Lachs?»

«Mmmm», sagte Mary Ann.

«Und nachher plaudern wir dann.»

«Schön.»

Die Matriarchin nahm sie fürsorglich am Arm. «Wissen Sie, junge Frau, Edgar wäre *stolz* auf Sie.»

Schnittchen

Hoch oben in Beverly Hills räkelten sich Michael und Ned an ________ ________s Swimmingpool und aßen zum Frühstück die Eier Benedict, die Guido ihnen gebracht hatte.

«Er geht doch», bemerkte Michael, als der Butler wieder weg war. «Gestern abend hab ich ihn nämlich ein bißchen gruselig gefunden.»

Ned schob sich ein Toastdreieck in den Mund. «Gestern abend hat er noch gar nichts von dir gewußt. Und es ist sein Job, vorsichtig zu sein. Der *National Enquirer* versucht mindestens einmal die Woche, hier über die Mauer zu kommen. ________ kann von Glück sagen, daß er Guido hat.»

Ned, der dreibeinige Mischling, hoppelte auf Michaels Chaiselongue zu und streckte ihm die Schnauze hin. Er wollte gekrault werden. Michael gab nach. «Diese alten Hunde», sagte er. «Man erwartet eigentlich was Windschnittiges, Greyhounds vielleicht. Oder auch was Einschüchterndes. Er ist mir gleich ein großes Stück nähergerückt, seit ich weiß, was für schäbige Köter er sich hält.»

«Der da ist vierzehn», sagte Ned. «Als wir ihn gefunden haben, war er noch ein Welpe und hat in einer Mülltonne hinter dem Tiny Naylor's rumgestöbert. ________ liebt ihn heiß und innig. So vor fünf Jahren rum ist er angefahren worden, und deswegen mußte das Bein dann ab.» Ned schaute seinen Namensvetter mit einem liebevollen Lächeln an. «*Er* sollte mal ein Buch schreiben.»

Guido kam auf die Terrasse. Er servierte Bullshots. «Ich dachte, die Herren könnten eine kleine Erfrischung vertragen, bevor die Schnittchen einfallen.»

«Danke», sagte Ned und griff nach einem Drink. «Was für Schnittchen?»

Guidos Pupillen verdrehten sich nach oben. «________ hat vor kurzem angerufen. Er ist noch in P. S. und kommt nicht vor zwei. Bis dahin . . . der Herr sei uns gnädig! . . . will einer seiner Kumpel aus West Hollywood eine kleine spontane

Willkommensparty auf die Beine stellen. *Hier.* Prost Mahlzeit.»

Michael sah Ned an. Er war mit einem Schlag wieder nervös. «Sollen wir uns umziehen oder so?»

«Ach wo», besänftigte Guido ihn. «Beim letztenmal hat die Party zwei Tage gedauert. Damals hingen so viele Speedos zum Trocknen auf der Leine, daß man von Danny Thomas drüben angerufen hat, warum wir Signalflaggen gehißt hätten.»

Guidos Vorhersage erwies sich als geradezu unheimlich exakt. Einer nach dem anderen stellten sich die jungen Männer ein. Sie hatten lange Beine, trugen Lacoste-Hemden und sahen nahezu perfekt aus.

«Was ist das denn?» fragte Michael, der in der Küche rumlungerte. «Wird hier das Sommerheft der *Gentleman's Quarterly* fotografiert?»

«Das *hätten* die Jungs gern», sagte Guido und streute hastig Petersilie über eine Platte mit gefüllten Eiern. «In Wirklichkeit sind sie bloß zum Vernaschen da . . . und wenn man so lange im Geschäft ist wie ich, mein Lieber, dann sieht man sie kommen und gehen. Vor allem *kommen* . . . wenn Sie wissen, was ich meine.»

«Sie sehen so umwerfend aus», sagte Michael. «Sind sie Schauspieler oder so was?»

«Die meisten sind *so was.* Starlets. Harry Cohn war Fachmann auf dem Gebiet, nur daß er's mit Mädchen getrieben hat. Aber das ist auch nicht anders. Es stehen immer die gleichen dämlichen Schnittchen um den Pool.» Der Butler verdrückte ein gefülltes Ei und huschte mit der Platte zur Tür hinaus.

Michael fand Ned am Swimmingpool.

«Ich brauch einen Joint», flüsterte Michael, während er die Jungs musterte. «Wenn ich schon die Paranoia kriege, will ich wenigstens einen guten Grund haben.»

«Ich würd ihn aber nicht hier rauchen», warnte Ned ihn.

«Hm?»

«________ ist da ein bißchen altmodisch.»

«Klar», sagte Michael mit einem Blick in die Runde. «Ich weiß, was du meinst.»

Die Ankunft des Filmstars wurde durch freudiges Gebell am Eingangstor angekündigt. Tatsächlich waren die Hunde aber die einzigen, die ihn deutlich erkennbar begrüßten, wie Michael feststellte. Obwohl die meisten Männer am Pool eine Aura der selbstverständlichen Vertrautheit mit ihrer Umgebung verbreiteten, trat keiner vor, um den Gastgeber zu begrüßen.

Sie kennen ihn auch gar nicht, wurde Michael klar.

Das Idol war grauer als erwartet – ein kleines Bäuchlein hatte er auch –, aber er war eine imposante Erscheinung und wirkte unter all den jüngeren und hübscheren Männern im Garten wie ein Gigant. Als er in die Knie ging und den dreibeinigen Hund hochhob, gewann er Michaels Herz endgültig.

«Los, komm», sagte Ned. «Ich stell dich vor.»

«Können wir nicht noch warten?»

«Warum?»

«Na, jetzt fallen doch sicher gleich alle über ihn her, oder?»

Ned erhob sich mit einem nachsichtigen Lächeln von seiner Liege. «Komm rüber, wenn du soweit bist, okay?»

Michael blieb am Pool und schaute schweigend zu, während das Geschnatter ringsum weiterging.

«Er muß auf 'nem tollen Trip sein», sagte jemand hinter ihm.

«Wer?» sagte jemand anderes.

«Der Papst.»

«Häh?»

«Na ja, seit dem Attentat hat er doch dauernd Schmerzmittel gekriegt, oder? Und er ist doch der Papst, oder? Da geben sie ihm doch sicher den geilsten Stoff.»

«Stimmt, das hab ich mir noch gar nicht überlegt. Aber, hab ich dir schon erzählt, daß Allan Carr mich für *Grease II* haben will?»

Michael stand auf und ging zum Buffet, wo Guido grummelnd die Aschenbecher leerte. Er war nicht mehr länger Mrs. Danvers auf Manderley; er war jetzt Mammy auf Tara, die widerwillig die Yankees aus der Umgebung bewirtete.

«Wo ist Ned?» fragte Michael.

«Im Vorführraum», sagte Guido. «Mit ________.»

Michael atmete tief durch und ging zu ihnen.

Erkauftes Schweigen

Auf der mit Steinplatten belegten Terrasse von Halcyon Hill, die zum Swimmingpool hinausging, genoß Mary Ann den kalten Lachs mit Grey Riesling.

Mrs. Halcyon bemühte sich außerordentlich und begleitete Mary Anns knappe, aber happige Horrorgeschichten aus der Wirklichkeit des Fernsehens mit melodramatischen Ohs und Ahs.

«Sie haben ganz recht», pflichtete sie Mary Ann am Schluß bei. «Es ist wie bei der *Mary Tyler Moore Show*. Dort wird wirklich keinen Deut übertrieben.»

«Trotzdem mag ich meine Arbeit», fügte Mary Ann eilig hinzu. «Aber ich werd sie noch mehr mögen, wenn meine Chefs mich erst mal Abendsendungen machen lassen.» Sie lächelte ein bißchen wehmütig. «Das werden sie auch früher oder später. Sie wissen es nur noch nicht.»

«Das ist die richtige Einstellung!» Mrs. Halcyon preßte ihre fleischigen, juwelengeschmückten Hände aneinander und musterte ihren Gast mit einem beifälligen Schmunzeln. «Edgar hat immer gesagt, daß Sie ehrgeizig sind. Ich hab das oft von ihm gehört.»

«Er war ein toller Chef», antwortete Mary Ann und erwiderte das Kompliment des Toten. Sie fühlte sich unter dem beharrlichen Blick der Matriarchin zunehmend unwohl.

«Außerdem», fuhr Mrs. Halcyon fort, «hat er erzählt, daß Sie taktvoll und außerordentlich diskret sind.»

«Na ja, ich hab mich wenigstens darum *bemüht*.» *Mensch, was sollte das alles?*

«Er hat Ihnen vertraut, Mary Ann. Und *ich* vertraue Ihnen ebenfalls. Sie sind eine charakterstarke junge Frau.» Ein freundliches Glitzern traf in ihre Augen. «Man hat mich in diesem Leben auf kaum etwas vorbereitet ... außer auf Operngilden und die Verwaltungsräte von Museen ... aber Charakterstärke kann ich ziemlich gut einschätzen, Mary Ann, und ich glaube, daß Sie mich nicht enttäuschen werden.»

Mary Ann zögerte. «Gibt es etwas . . . äh, Spezielles, das Sie . . .»

«Ich brauche eine PR-Dame. Das heißt, die Familie Halcyon braucht eine PR-Dame. Nur vorübergehend natürlich.»

«Ach so . . . klar, ich verstehe.» Was natürlich nicht stimmte.

«Ich glaube kaum, daß Ihre Arbeit für den Sender darunter leiden würde. Ich brauche Sie mehr oder minder als Beraterin. Ich stelle mir vor, daß ich Ihnen tausend Dollar die Woche zahle, und zwar schätzungsweise vier Wochen lang.»

Mary Ann versuchte gar nicht erst, Gelassenheit vorzugaukeln. «Das ist ganz wunderbar und sehr großzügig, nur . . . na ja, ich habe keine *Erfahrung* als PR-Beraterin, Mrs. Halcyon. Bei Halcyon Communications habe ich reine . . .»

«Es ist eine Story drin, Mary Ann. Eine große Story. Und sie gehört Ihnen, wenn die Zeit reif ist. Damit kommen Sie ins Abendprogramm, junge Frau . . . das versprech ich Ihnen.»

Mary Ann zog schicksalsergeben die Schultern hoch. «Also . . . was soll ich für Sie tun?»

Die Matriarchin stand auf und ging auf der Terrasse hin und her. Als sie die Hände hinter dem Rücken verschränkte, erinnerte sie so sehr an General Patton bei der Truppeninspektion, daß Mary Ann sich ein Kichern verkneifen mußte.

«Ich möchte mich einen Monat lang auf Ihre absolute Loyalität verlassen können», sagte Frannie Halcyon. «Danach können Sie tun, was Sie für richtig halten. Die Familie Halcyon hat eine Geschichte zu erzählen, aber ich möchte, daß wir das Heft dabei selber in der Hand behalten.»

Sie blieb abrupt stehen und ballte entschlossen die kleine Faust. «Die Presse . . . nein, die Presse wird *mich* nicht so durch die Mangel drehen wie die Hearsts!»

Sie hatte sich offenbar warmgeredet, weshalb Mary Ann abwartete und ihre Gastgeberin nur durch teilnahmsvolles Nicken bestärkte. Mrs. Halcyon fuhr fort und schüttelte melancholisch den Kopf, als sie die auf der Oberfläche des Swimmingpools tanzenden Sonnenstrahlen betrachtete.

«Die arme Catherine», psalmodierte sie. «Ihre Familie wußte alles über den Journalismus, aber nichts über PR.»

Mary Ann lächelte zustimmend. Diese Witwe aus gutem Hause war nicht dumm.

Mrs. Halcyon fuhr fort: «Mein Mann hat Ihnen sicher beigebracht, daß die wirklich *guten* PR-Leute die sind, die den Namen anderer Leute aus den Zeitungen *heraus*halten. Und genau das sollen Sie für mich tun, Mary Ann . . . wenigstens einen Monat lang.»

«Warum einen Monat?»

«Die Erklärung kommt noch. Das Entscheidende ist: Wenn Sie mein Angebot annehmen, möchte ich nicht, daß nächste Woche Barbara Walters bei mir durchs Gebüsch streicht. Ich bin zu alt, um es allein mit dem Fernsehen aufzunehmen, Mary Ann.»

«Das versteh ich gut», sagte Mary Ann. «Es ist nur so, ich kann nicht *garantieren* . . .»

«Sie brauchen auch nichts zu garantieren . . . nur Ihr Schweigen für einen Monat.»

«Ach so.»

«Es gibt viertausend Dollar, wenn Sie ein Geheimnis einen Monat lang für sich behalten können. Hinterher bekommen Sie von uns . . . einen Exklusivbericht. Ist das ein Wort?»

Mary Ann lächelte. «Das ist ein Wort.»

«Einverstanden?»

Mary Ann zögerte nicht. «Einverstanden.»

Mrs. Halcyon strahlte.

«Also, was ist das für eine Story?» fragte Mary Ann.

Die Matriarchin gab Emma, die gleich hinter den Flügeltüren zur Terrasse stand, ein Zeichen. Das Hausmädchen eilte fort und kam bald darauf mit einer jungen, blonden, sehr mageren und braungebrannten Frau zurück.

«*Das* ist die Story», sagte Frannie Halcyon. «Mary Ann, darf ich Ihnen meine Tochter DeDe vorstellen. Ich glaube, Sie haben sich schon früher mal kennengelernt.»

Das Bermuda-Dreieck

In den Kneipen, in denen Michael sich rumtrieb, wenn er das mal tat, gab es oft eine schwere schwarze Harley-Davidson, die ehrfurchtsvoll angestrahlt an verchromten Ketten von der Decke hing.

Mary Ann wiederum ging häufig in eine Kneipe namens Ciao, ein weiß gefliestes Toilet-Tech-Bistro in der Jackson Street, in dem als Ikone des Hauses ein makelloses an die Wand geschraubtes Moped verehrt wurde – eine Vespa Ciao natürlich.

Heute, am Memorial Day, wo sich Mary Ann an einem Swimmingpool in Hillsborough und Michael an einem Swimmingpool in Hollywood herumtrieben, huldigte Brian dem Motorrad *seiner* Wahl, einer glänzenden weinroten Indian Warrior aus den fünfziger Jahren, die von der Decke des Dartmouth Social Club hing, einer Saufkneipe für ewige Studenten in der Fillmore Street.

Wie aus dem Nichts stand plötzlich Jennifer Rabinowitz neben ihm.

«Ach du lieber Himmel, was machst *du* denn im Bermuda-Dreieck?»

Brian lächelte. Angehörige der Cow-Hollow-Singleszene bezeichneten die Kreuzung Fillmore und Greenwich oft als Bermuda-Dreieck. Man erzählte sich, daß Programmierer und andere Unschuldige im heiratsfähigen Alter durch diesen mysteriösen Nexus gegangen und nie wieder aufgetaucht waren.

Man mußte allerdings ein Auge zudrücken, um Jennifer das «heiratsfähige Alter» durchgehen zu lassen. Brian schenkte ihr bei Perry's schon seit mehr als einem halben Jahrzehnt den Kaffee nach. Sie waren Veteranen der Kneipenfeldzüge, Jennifer und er, und Jennifer hängte sich mit ihrem unglaublichen Busen immer noch voll rein.

«Irgendwo muß man ja essen», sagte Brian grinsend und hielt sein Warmes-Roastbeef-Sandwich hoch. «Schnapp dir 'nen Stuhl und setz dich.»

Sie tat genau das und grinste übers ganze Gesicht. «Du siehst gut aus, Brian. Wirklich.»

«Danke.»

«Du warst doch auf dem Dartmouth College, oder? Da mußt du dir hier ja vorkommen wie auf Besuch in der alten Heimat.» Sie deutete auf ein verspiegeltes Fenster, das mit einem Dartmouth Indian aus Blattgold verziert war. Die nostalgische Erinnerung daran, daß er früher einmal darauf bestanden hatte, den Indianer aus dem Emblem seines Colleges als Dartmouth Native American zu bezeichnen, schmerzte Brian doch ein wenig.

«Schon», gab er zu, «aber deswegen bin ich nicht da. Ich mag die Sandwiches hier.» Als ehemaligen Zögling, der zu seinen Ursprüngen zurückkehrte, wollte er sich nun wirklich nicht hinstellen lassen.

«Klar», sagte sie, «sie sind ja auch *erste Sahne*.» Sie hörte nicht auf zu lächeln. *Das ist eine Anmache*, sagte er sich. Warum fielen die Pfirsiche immer herunter, wenn man gar nicht am Baum rüttelte?

«Hör mal», sagte sie, «hast du heute schon was vor?»

Er zuckte mit den Schultern. «Nur das hier.»

«Ich hab tolles Gras», sagte sie. «Meine neue Wohnung ist gleich um die Ecke. Was hältst du davon? Auf die alten Zeiten?»

Er litt bereits mit ihr. Er mochte diese fröhliche, gutherzige Frau. Er fühlte sich ihr seit fünf oder sechs Jahren merkwürdig verbunden. Seit sie ihn beim Tarr & Feathers Sing-along vollgekotzt hatte. Er glaubte zu wissen, was sie bewegte – das gleiche, das ihn bewegt hatte, bevor Mary Ann in sein Leben getreten war.

«Ich hab eine bessere Idee», sagte er. «Was hältst du davon, wenn ich dich auf einen Drink einlade?»

Ihr Lächeln drohte einen Moment lang abzurutschen, doch sie rettete es noch. «Klar. Was soll's. Macht ja nichts.»

Er griff nach ihrer Hand. «Du siehst auch gut aus. Besser als je zuvor.»

«Danke.» Ihr Lächeln wirkte ehrlich erfreut. Dann kramte

sie eine Zigarette aus der Handtasche und gab sich selbst Feuer. «Ich hab mir deine Freundin die ganze Woche angesehen», sagte sie.

«Wen?»

«Das Mädchen mit den Nachmittagsfilmen. Sie ist doch jetzt deine Freundin, oder?»

Brian wurde rot. «Irgendwie schon», sagte er. «Aber nicht so richtig.»

«Ich find sie sehr gut. So natürlich. Das sieht man selten im Fernsehen.»

«Ich werd es ihr ausrichten.»

«Nur zu.» Jennifer machte einen tiefen Zug an ihrer Zigarette und taxierte ihn mit leichtem Amüsement. «Du bist jetzt gezähmt, was?»

«Jennifer, ich . . .»

«Das macht doch nichts, Brian. Das ist schon ganz anderen passiert. Ich selber bin ja aus Prinzip Single.»

«Ja?»

Jennifer nickte sehr langsam. «Aus Prinzip.»

«Was soll's», sagte Brian.

«Genau.» Sie zwinkerte ihm kurz zu und faßte ihm dann zärtlich unters Kinn. «Manche Typen sehen ihre Chancen auf einen netten Fick selbst dann nicht, wenn sie ihn auf dem Tablett serviert kriegen.»

Pfeif doch mal

Vuitton sprang die vertraute Sandböschung hinunter und fing vor der Hüttentür fröhlich zu bellen an. Luke kam fast sofort heraus und begrüßte seinen früheren Kumpan.

«Whitey, alter Junge . . . du bist wieder da!»

Er blickte zu Prue hinauf, der es etwas peinlich war, daß sie die Intimität dieses Wiedersehens störte. «Der Kerl hat mir richtig gefehlt», sagte er.

Sie lächelte leicht verlegen. «Sie haben ihm anscheinend auch gefehlt.»

«Einen schönen Memorial Day», sagte Luke grinsend.

«Ihnen auch.»

«Ich hab Kaffee, wenn Sie . . .»

«Mit Vergnügen», sagte Prue. Es fiel ihr auf, daß sie sich durch die Einladung diesmal beinahe *ausgezeichnet* fühlte. Ganz wie das kleine Mädchen aus dem Märchen, nachdem es das Vertrauen des Trolls gewonnen hat, der unter der Dorfbrücke lebt.

Allerdings war Luke kein Troll. Wenn man seine schäbigen Kleider und seine Umgebung abzog, blieb ein recht beeindruckender Mann übrig. Die bernsteinfarbene Haut und die hohen Wangenknochen ließen . . . ja, auf was ließen sie schließen? . . . auf indianische Abstammung?

Sie folgte ihm in die Hütte und setzte sich auf den großen Schaumgummiklotz. Vuitton blieb draußen und hetzte kleines Getier durch das Unterholz. Als Prue ihn rief, gab Luke ihr einen Rat: «Er kennt sich hier aus. Machen Sie sich keine Gedanken. Er kommt schon, wenn er wirklich soll.» Er reichte der Kolumnistin einen Becher mit dampfendem Kaffee und schaute ihr tief in die Augen. «Er ist jetzt zu Hause.»

Prue zögerte etwas, dann senkte sie den Blick. «Der Kaffee riecht köstlich.»

«Schön. Freut mich, daß er Ihnen zusagt.»

«Ach so, Luke . . . äh, Ihnen ist nicht zufällig eine kleine silberne Pfeife untergekommen, wie?»

Lächelnd öffnete er eine Zigarrenkiste, die auf dem Regal über der Feuerstelle stand. Er gab ihr das Tiffany-Kinkerlitzchen.

Prue stahlte. «Gott sei Dank. Ich hänge so sehr an dem dummen Ding. Mein Mann hat es mir zur Scheidung geschenkt.»

«Sie haben sie auf der Felsbank verloren. Ich hab sie für Sie aufgehoben.»

«Ach, bin ich froh. Vielen, vielen Dank.»

Es lag etwas Sanftes und Jungenhaftes in seinem Blick, als er sie ansah. «So was ist ein guter Schutz für eine Frau. Ich hab mir Sorgen gemacht um Sie ohne das Ding. Es rennen 'ne Menge Irre rum heutzutage.» Als er lächelte, entblößte er überraschend ebenmäßige und weiße Zähne. «Mich würden wahrscheinlich auch viele für verrückt halten, hm?»

«Ich nicht», sagte Prue.

«Sie haben's doch schon getan», erwiderte Luke ohne Groll. «Das ist normal. Die Menschen gehen nach den Häusern, in denen andere leben, und nach den Kleidern, die sie tragen. Es dauert eben ein bißchen, bis man ins Herz hineinsieht, nicht?»

«Ja», sagte Prue, «vermutlich.» Sie senkte den Blick und blies in ihren Kaffee. Seine richtige Einschätzung ihrer ersten Begegnung beeindruckte sie und machte sie verlegen.

«Wissen Sie, wer mir vertraut?»

Prue wurde rot. «Luke, es tut mir leid. Ich vertraue Ihnen. Ich war nur . . .» Sie wußte nicht weiter und hob resigniert die Hände.

Luke vergab ihr mit einem Lächeln. «Außer Ihnen, meine ich.»

Sie schüttelte den Kopf.

«Passen Sie mal auf», sagte Luke und setzte sich auf die Kante seines Betts. Er trommelte mit den Fingern auf den gestampften Boden. «Chipper, Jack, Dusty . . .»

Wie aufs Stichwort wuselten drei Backenhörnchen unter dem Bett hervor und kletterten auf Lukes Hand. Er hob sie an sein Gesicht und schmuste mit ihnen. «Die Kerlchen hier vertrauen mir. Die Büffel weiter unten auch. Und die Waschbären bei den Rainbow Falls genauso.» Er ließ die kleinen Wesen wieder runter. «Zu Menschen bin ich auch freundlich, aber ich kann nicht so gut mit ihnen umgehen. Vermutlich muß man bloß wissen, wo die eigenen Talente liegen.»

Prue war hingerissen. Sie wollte die Backenhörnchen anfassen, doch sie liefen unter das Bett zurück. «Ich verstehe, was Sie meinen», sagte sie.

«Ich hatte mal eine ganze Herde Menschen um mich», sagte Luke.

«Was heißt das?»

«Eine Gemeinde», sagte Luke lächelnd.

«Waren Sie Prediger?»

Luke nickte. «Durch die Menschen zu Gott zu finden ist allerdings das schwerste. Hier draußen bei den Tieren ist es leichter . . . und in all der Schönheit. Manchmal seh ich so viel Schönes, daß ich am liebsten heulen möchte.» Seine weißen Zähne blitzten wieder auf. «Verstehen Sie jetzt, was ich meine? Verrückt wie nur was.»

«Ich finde das nicht verrückt», erwiderte Prue. «Was ist mit Ihrer Gemeinde passiert?»

Luke zuckte mit den Schultern. «Sie haben mich alle verlassen . . . sind vom Glauben abgefallen. Niemand will mehr zu Gott finden.»

Prue sah ihn mit Tränen in den Augen an. «Luke . . . wenn ich . . . hätten Sie was dagegen, wenn ich Ihnen helfen würde . . . Ihre Geschichte zu erzählen?»

«Wem erzählen?»

«Den Menschen . . . der Öffentlichkeit.»

«Sind Sie Reporterin?»

«Nein. Nicht ganz. Nur Autorin. Sie können mir vertrauen, Luke, wirklich.»

Er blickte sie lange an, hob dann seine große, schwielige Hand und wischte ihr mit dem Finger eine Träne aus dem Augenwinkel. «Gott ist in dir», sagte er.

Die Begegnung mit ______

Michael stand in der Tür des Vorführraums und betrachtete die beiden Riesen, die in der Ecke vor einem Stapel Filmdosen knieten. Sie wirkten wie Wikinger bei der Plünderung eines Weinkellers, doch ihr heftiges Gelächter verriet solche Vertrautheit, daß ein Außenstehender wohl den falschen Schluß gezogen und sie immer noch für Liebhaber gehalten hätte.

______ hielt eine Filmdose hoch, damit Ned die Aufschrift lesen konnte. «Wie wär's mit dem?»

«Ich weiß nicht», antwortete der Gärtner. «Da hab ich so meine Zweifel.»

Der Filmstar lächelte wehmütig. «Ich auch. Neulich hab ich ihn mal ein paar Teenagern vorgeführt, und die haben bei der Heugabelszene einen Lachkrampf gekriegt.»

«Dabei warst du in der Heugabelszene ganz großartig.»

«Meine *Muskeln* waren in der Heugabelszene ganz großartig.»

«Absolut! Und das wird ihnen gefallen. Zeig's deinem Publikum, Mann!» Ned schlug mit dem Handrücken gegen ________ s Brust.

«Na», sagte ________ , «vielleicht schlagen sie sich dann wenigstens nicht ins Gebüsch. Mr. Shigeda bringt mich um, wenn seine Begonien zerdrückt werden. Woher kommt das ganze Volk überhaupt?»

Ned zuckte mit den Schultern. «Soviel ich weiß vom Santa Monica Boulevard. Guido hat gesagt, daß Charles ihm erzählt hat, daß Les das für eine tolle Idee gehalten hat.»

«Und Les», sagte ________ lachend, «bringt sie weiß Gott schneller auf Trab als die Armee ihre Rekruten.»

Ned lachte mit ihm mit. «Mein Freund Michael ist auch irgendwo da draußen.»

Michael sah einen Einstieg für sich und hob die Hand. «Äh . . . steht bereit und zur Verfügung.»

Sofort drehten sich zwei Köpfe zu ihm um. Beide Männer lächelten ihn an. Michael machte hastig ein paar Schritte nach vorn und streckte die Hand aus. «Ich bin Michael Tolliver», sagte er. «Die Party ist toll.»

«Ja?»

«Na ja, ich kenn natürlich niemand, aber . . .»

«Ich geb Ihnen einen praktischen Tip», sagte ________ grinsend. «Die Blonden heißen alle Scott. Die Brünetten heißen alle Grant. Jetzt kennen Sie alle. Nur mich noch nicht. Ich bin ________.»

Michael nickte: «Als hätt ich es gewußt.»

________ sah Ned an. «Ihr zwei seid aber nicht verheiratet, oder?»

«Absolut nicht», sagte der Gärtner augenzwinkernd.

«Er braucht einen Liebhaber», sagte _______ zu Michael. «Suchen Sie ihm doch einen Liebhaber, ja?»

«Er schickt jede Woche welche in die Wüste», sagte Michael.

«Stimmt das?» fragte _______.

Ned zuckte mit den Schultern. «Ich bin gern Single. Viele Leute sind gern Singles. *Michael* ist gern Single.» Er sah seinen Freund an, als wartete er auf Bestätigung.

«*Er* ist gern eine Hure», sagte Michael.

_______ brüllte vor Lachen. Er zog Neds Kopf zu sich her und küßte ihn auf die Glatze. «Ich liebe diese Hure», sagte er. «He . . . soll ich euch das Haus zeigen, Jungs?»

«Ich glaube, ich passe», sagte Ned.

«Hast du eine heiße Verabredung?» fragte _______.

Ned nickte lächelnd. «Er heißt Scott.»

Der Liebling aller Frauen wandte sich an Michael. «Was ist mit Ihnen?»

«Gern», sagte Michael. «Ich bin dabei.»

Die Hausführung schloß eine große Filmothek, den Pool und die Cabanas, einen Terrassengarten unterhalb des Pools und die Schlafräume im ersten Stock ein.

In *seinem* Schlafzimmer stieß _______ die Balkontüren auf, und sie schauten auf die Gäste hinunter. «Der Film müßte gleich anfangen. Dann wird's auch ruhiger.»

«Was für ein Film ist es?» fragte Michael.

Der Schauspieler verzog das Gesicht. « _______. Der absolute Mist, wenn Sie meine Meinung hören wollen.»

«Ich hab ihn noch nie gesehen», gab Michael zu.

«Das hat wohl seinen Grund», sagte _______ grinsend.

Michael sah ihn zum erstenmal direkt an. «Ich finde, Sie machen sich viel zu klein. Es muß doch seinen Grund haben, daß die Typen alle da sind.»

«Welche?»

«Die ganzen . . . Scotts und Grants. Das muß Ihnen doch was sagen. Wenn Sie behaupten, daß Sie gar kein Talent haben, dann sind zumindest viele vom Gegenteil überzeugt.» Michael lächelte plötzlich, weil ihm seine Forschheit peinlich war. «Das heißt, wenn Sie meine Meinung hören wollen.»

Der Filmstar musterte ihn belustigt. «Sie arbeiten mit Ned in der Gärtnerei, hm?»

«Ja.»

«Und ihr singt beide in irgend so einer Gruppe?»

«Mmhm.» Michael konnte seinen Stolz nicht verhehlen. «Im Gay Men's Chorus. Nächste Woche gehen wir auf eine Tournee durch neun Städte.»

Der Filmstar runzelte die Stirn. «Ich fürchte, das versteh ich nicht.»

«Was?»

«Warum manche Leute so ein Theater um ihr Schwulsein veranstalten.»

Michael zögerte. Er hatte diesen Spruch schon x-mal gehört, und zwar meistens von älteren Schwulen wie ________, die jahrelang still vor sich hin gelitten hatten, während andere um ihre Homosexualität ein großes Theater veranstaltet hatten. «Wir wollen es den Leuten nur leichter machen», sagte er schließlich. «Die Heteros sollen es leichter haben, uns zu mögen. Und die Schwulen sollen es leichter haben, auf ihr Erbe stolz zu sein.»

________ kicherte mitleidig. «Auf ihr Erbe, hm?»

Michael merkte, daß er ungehalten wurde. «Das Wort trifft es sehr genau, find ich.» Als er den Filmstar ansah, lächelte er. «Rein zufällig sind Sie ein Teil davon.»

DeDe

Die Frau, die vor Mary Ann stand, war fast eine Fremde und keineswegs der unreife Marshmallow-Pummel, an den sie sich von früher erinnerte.

Diese Frau war drahtig und braungebrannt und hatte lange, sonnengebleichte Haare, die ihr in einem Pferdeschwanz über den Rücken fielen. Sie trug eine ihrer alten Hemdblusen – Jahrgang 1975 oder so – und erinnerte in ihrer Unbeholfenheit an eine Schiffbrüchige, die nach Jahren auf einer einsamen Insel wieder in Schuhen zu gehen versucht.

Mary Ann war sprachlos. Sie starrte DeDe an, bevor sie sich mit offenem Mund wieder an Mrs. Halcyon wandte. «Ich kann nicht . . . ich hätte nicht im *Traum* . . .»

Mrs. Halcyon strahlte. Sie war offensichtlich erfreut über die Wirkung, die sie erzielt hatte. «Ihr beide müßt erst wieder warm werden miteinander. Ich lasse euch eine Weile allein. Wenn ihr etwas braucht, sagt ihr Emma Bescheid.» Die Matriarchin drückte den Arm ihrer Tochter, hauchte ihr einen Kuß auf die Wange und marschierte durch die Flügeltüren der Terrasse ins Haus.

Mary Ann fand noch immer keine Worte. Voller Unbeholfenheit ging sie auf die Erscheinung, die vor ihr stand, zu und umarmte sie. «Ich freu mich so», murmelte sie und fing fast an zu heulen. «Ich freu mich so, DeDe.»

Sie freute sich in erster Linie darüber, daß die Jonestown-Tragödie für *überhaupt jemand* zu einem guten Ende gekommen war. Sie hatte DeDe nie besonders gut gekannt. DeDe war schlicht und einfach die Tochter des Chefs gewesen. Und Beauchamps Frau. Die letzte Begegnung der beiden Frauen hatte bei Beauchamps Begräbnis stattgefunden, bei dem sie *beide* keine besondere Trauer gezeigt hatten.

Mary Ann ließ von DeDe ab, als ihr plötzlich etwas einfiel: «Ach so . . . und die Zwillinge?»

DeDe lächelte. «Sie sind oben. Sie schlafen.»

«Gott sei Dank.»

«Ja.»

«Und . . . D'orothea?»

«Sie ist in Havanna», sagte DeDe.

Sie saßen am Pool und tranken Wein, während DeDe ihre Geschichte erzählte.

«D'orothea und ich sind dem Tempel in Guyana 1977 beigetreten. Die Zwillinge waren noch ganz klein, aber ich wollte sie an einem Ort aufwachsen lassen, wo es keine Vorurteile gab. Ihr Vater war nämlich Chinese. Aber das wissen Sie wahrscheinlich.»

Mary Ann nickte. Die ganze Stadt wußte es.

«Ich erwarte nicht, daß Sie mir das abnehmen, aber ich habe in Jonestown tatsächlich ein Engagement empfunden, wie ich es vorher nie gekannt hatte. Für eine gewisse Zeit jedenfalls. Als ich den dritten Tag dort war, hielt Jones eine Katharsis-Session ab. Ich sollte aufstehen und erklären, was . . .»

«Eine Katharsis-Session?»

«So hat er das genannt. Das waren Abende, an denen er uns zusammenrief und zur Beichte unserer Sünden anhielt. Als ich aufstand, sagte er: ‹Okay, Miss Rich Bitch, was glaubst du, was *du* für die Revolution tun kannst?› Ich wußte, daß ich ihn nicht belügen konnte, und sagte deshalb, daß ich keine besonderen Fähigkeiten hätte. Darauf sagte er: ‹Du kaufst doch viel ein, oder?› Tja, und das hab ich dann auch getan. Ich war so eine Art Beschaffungsoffizier für Jonestown.»

«Was mußten Sie tun?»

«Na ja, zweimal die Woche fuhr ich mit der *Cudjoe*. Das war der kleine Garnelenkutter, der dem Tempel gehörte. Ich ging immer in Port Kaituma an Bord . . .»

«Ich fürchte, ich weiß nicht . . .»

«Das ist das nächste Dorf. Am Barima-Fluß. Dort ist auch die Landebahn. Auf der man den Kongreßabgeordneten umgebracht hat.»

Mary Ann nickte ernst.

«Von Port Kaituma waren es sechs Stunden nach Kumaka, wo ich den Großteil meiner Einkäufe erledigte. Ich beaufsichtigte das Beladen der *Cudjoe* . . . größtenteils mit Lebensmitteln. Das dauerte ungefähr drei Stunden, und wir fuhren immer am gleichen Tag zurück. Der Kapitän hieß William Duke und arbeitete nicht für den Tempel, äh . . . sympathisierte aber damit. Er war Kommunist und vertrat die PPP in Port Kaituma. Er mochte mich und war ganz vernarrt in die Zwillinge. Ein paar Tage vor . . . bevor es passierte, nahm Captain Duke mich in seine Kabine mit und erzählte mir von dem

Fünfzig-Liter-Faß, das er an Bord hatte. Es war voller Zyankali.»

Mary Ann zuckte zusammen. «O Gott.»

«Ja, Gott sei Dank gab es diesen kleinen Kerl», sagte DeDe. «Und Gott sei Dank hatte ich diesen lausigen Job. Sonst hätte ich nie etwas davon erfahren.» Sie bekam einen gehetzten Blick.

«Na», sprang Mary Ann ihr bei, «jetzt ist es jedenfalls vorbei. Sie sind zu Hause, und Sie sind in Sicherheit.»

DeDe goß sich den letzten Schluck Wein ein und stellte die Flasche wieder hin. Ihr Stirnrunzeln verriet, daß sie sich alles andere als geborgen fühlte. «Tut mir leid», sagte sie. «Ich brauch noch etwas Wein, bevor wir weitermachen.»

Unterdessen . . .

Jennifer Rabinowitz setzte sich im Bett auf und zog ihren BH wieder an. «War das nun tolles Gras oder nicht?»

«Mmhm.»

«Das kriegt mein Freund Scooter direkt aus Jamaica. Er sagt, daß Bob Marley das Zeug immer geraucht hat. Es ist so was wie . . . offizielles Reggaegras oder so.»

«Rastafarigras.»

«Genau. So heißt das. Ich glaub, da könnt ich mich dran gewöhnen. Du nich auch?» Sie war jetzt auf allen vieren und tastete zwischen den Laken nach ihrer Strumpfhose.

«An was? An die Religion?»

«Klar. Ich mein, das is 'ne ziemlich tolle Religion. Die rauchen Riesenjoints, tanzen wie die Wilden und sind für Chancengleichheit und so.»

«Und sie glauben, daß Haile Selassie Gott war. Gott *ist*.»

«Ja. Ich weiß. Damit hätt ich wahrscheinlich meine Probleme.» Während sie sich in die Strumpfhose ruckelte, ließ sie sich die Frage noch einmal durch den Kopf gehen. «Trotzdem . . .

wegen dem Gras wär's die Sache vielleicht wert. Liegt mein Rock irgendwo bei dir da drüben?»

Er schüttelte langsam den Kopf. «Im anderen Zimmer.»

«Stiiimmt. Daß ich auch immer so rumsauen muß.» Sie hüpfte aus dem Bett, blieb aber an der Tür unvermittelt stehen. «Weißt du», sagte sie ernst und legte den Kopf schräg, «wenn's jetzt so aussieht, als würd ich dich rausschmeißen, dann tu ich das wohl auch. Ich hab um vier meine Dancercise, und wir zwei hatten eigentlich keine offizielle Verabredung.»

«Kein Problem», sagte er.

«Du bist ein prima Kerl. Ich hab's richtig toll gefunden mit dir.» Sie hüpfte gerade auf einem Fuß und zog sich einen ihrer Pumps über. «Und ich weiß, wie nuttig das alles wirkt, glaub mir.»

Er lachte. «Ich hab's auch toll gefunden mit dir.»

«Kann ich dich irgendwo absetzen?»

«Nein, danke. Ich wohn gleich um die Ecke.»

«Wie heißt du eigentlich mit Nachnamen?»

«Smith.»

«John Smith. Echt?»

Er machte ein ziemlich trübseliges Gesicht und nickte. «Ich fürchte, ja.»

«Das ist ja zum Schießen. Wir sollten mal in ein Hotel gehen.»

Er reagierte nicht auf ihren Ulk. «Vielleicht laufen wir uns ja im Balboa mal wieder über den Weg.»

«Sicher», sagte sie vergnügt. «Kann sein. Es war toll. Wirklich. Ich war nämlich irgendwie mies drauf, als wir uns übern Weg gelaufen sind.»

Die Geschichte geht weiter

Hoch oben in einem der Bäume um Halcyon Hill trillerte eine Wanderdrossel – eine wahrhaft merkwürdige Begleitmusik zu einer derart gräßlichen Geschichte.

«Moment mal», sagte Mary Ann. «Wie konnten Sie wissen, daß das Zyankali für den Zweck bestimmt war . . . für den es später eingesetzt wurde?»

«Ich wußte es einfach», antwortete DeDe grimmig. «Wenn man dort lebte, wußte man es. Captain Duke war sogar noch mehr davon überzeugt als ich. Ihm war klar, wie fixiert Dad auf die Zwillinge war, und er wußte auch, daß . . .»

«Ihr *Vater* war . . .?»

«Mein Vater?»

«Sie haben eben Dad gesagt.»

DeDe verzog das Gesicht. «Ich hab *ihn* gemeint. Jones. Ein paar von uns haben ihn Dad genannt.» Obwohl sie in der Sonne saß, durchlief sie ein Frösteln. Dann lächelte sie Mary Ann matt an. «Wenn Sie davon keine Gänsehaut kriegen, dann weiß ich nicht.»

Die Härchen auf Mary Anns Unterarmen standen bereits kerzengerade in die Höhe. Sie hielt einen Arm hoch, um es DeDe zu zeigen.

DeDe fuhr fort: «Das Entscheidende ist . . . Jones war ganz verrückt nach meinen Kindern. Er nannte sie seine kleinen Dritte-Welt-Wunder. Für ihn waren sie die Hoffnung für die Zukunft, die lebende Verkörperung der Revolution. Manchmal nahm er sie in der Krabbelstube beiseite und sang ihnen kleine Liedchen vor. Ich wußte, daß er nicht in den Tod gehen würde, ohne sie mitzunehmen.» Sie schaute Mary Ann in die Augen. «Ich wußte, daß er sich nicht umbringen würde, ohne auch sie umzubringen.»

Mary Ann nickte gebannt.

«Ich sprach also mit D'orothea, und wir planten dann die Flucht . . . mit Captain Dukes Hilfe. Eines Morgens brachen wir zu einer ganz normalen Fahrt nach Kumaka auf. D'orothea begleitete mich sowieso manchmal, deshalb wurde niemand mißtrauisch. Aber die Zwillinge mußten wir natürlich klammheimlich an Bord bringen. Als wir nach Kumaka kamen, nahmen wir Vorräte an Bord und fuhren anschließend einfach weiter den Fluß hinunter bis zu einem Dorf namens Morawhanna, wo Captain Duke den Kapitän der *Pomeroon* bestach.

Das war ein Frachter, der regelmäßig zwischen Morawhanna und Georgetown pendelte . . . meistens hatte er Fische geladen.»

«Äh . . . tote Fische, meinen Sie?»

DeDe schüttelte den Kopf. «Tropenfische. Die sind in Guyana ein wichtiger Exportartikel. Wegen der Fische gibt es an Bord große Metallfässer, und ein paar von denen waren leer, so daß wir uns in zweien davon versteckten, bis wir in Georgetown einliefen. Das war vierundzwanzig Stunden später.»

«O Gott», sagte Mary Ann.

«Ich hatte den Kindern ein Beruhigungsmittel gegeben. Das machte es etwas leichter. Aber der Großteil der Reise ging übers offene Meer. Scheußlich. Das schlimmste Erlebnis meines Lebens. Es wurde ein bißchen leichter, als wir nach Georgetown kamen. Captain Duke hatte organisiert, daß wir von einem anderen PPP-Funktionär abgeholt wurden . . .»

«Sie haben das schon mal erwähnt. Was heißt PPP?»

«People's Progressive Party. Dschungelkommunisten. Binnen vierundzwanzig Stunden saßen wir in einem Flugzeug nach Havanna. D'orothea und ich arbeiteten bereits in einer Konservenfabrik, als die Nachricht von dem Massaker kam.»

«Wie lang haben Sie dann in Havanna gelebt?»

«Zweieinhalb Jahre. Bis letzten Monat.»

«Hat man Sie nicht nach Hause gelassen?»

«Wenn Sie damit *hier* meinen, dann *wollte* ich auch nicht nach Hause. D'orothea und ich waren glücklich. Die Kinder waren glücklich. Das hatte mit Prinzipien zu tun, mit Dingen, die uns wichtig waren.» DeDe lächelte verzagt. «Waren. Vergangenheitsform. Einer unserer geliebten Genossen fand es heraus.»

«Fand was heraus?»

«Daß D'orothea und ich ein Liebespaar waren.»

Mary Ann wurde unwillkürlich rot. «Also hat man Sie . . . äh . . . deportiert?»

DeDe nickte. «Man stellte uns quasi vor die Wahl. D'orothea entschied sich fürs Bleiben. Sie fand das Sozialistinnendasein wichtiger als das Lesbendasein.» Sie lächelte beinahe geziert. «Ich war anderer Meinung, und deshalb bin ich dann in Fort Chaffee, Arkansas, gelandet, wo ich das getan habe, was ich immer tue, wenn ich tief in der Scheiße stecke.»

«Nämlich?»

«Ich habe Mutter angerufen», sagte DeDe grinsend.

Später schlichen sie auf Zehenspitzen in ein Schlafzimmer im ersten Stock, in dem DeDes vier Jahre alte Kinder schliefen. Als Mary Ann sah, wie die beiden glücklich und entspannt in ihren Bettchen lagen, fühlte sie sich an die Seidenpüppchen erinnert, die in Chinatown auf der Straße verkauft wurden.

«Schön», flüsterte sie.

DeDe strahlte. «Edgar und Anna.»

«Nach Ihrem Vater und . . . nach wem noch?»

«Keine Ahnung», sagte DeDe. «Daddy mochte den Namen wohl. An dem Abend, an dem er gestorben ist, hat er mich gebeten, sie so zu nennen.»

«Was sie schon alles erlebt haben», sagte Mary Ann mit einem Blick auf die Kinder. «Sie erinnern sich doch an nichts, oder?»

«An nichts aus Guyana, wenn Sie das meinen.»

«Gott sei Dank.»

Nach kurzem Schweigen sagte Mary Ann: «Ich *muß* es Ihnen sagen . . . Ihre Geschichte ist . . . einfach unglaublich, DeDe. Es schmeichelt mir, daß Sie mich ausgesucht haben.»

DeDe lächelte. «Ich hoffe, es nützt Ihnen etwas.»

«Nur eins versteh ich nicht.»

«Ja?»

«Warum wollen Sie mit der Veröffentlichung Ihrer Geschichte warten? Ich hab den Eindruck, daß man sie gleich erzählen sollte. Auch wenn Sie sich verstecken, wird Sie früher oder später jemand . . .»

«Ich muß noch ein paar Dinge klären», sagte DeDe energisch.

«Zum Beispiel?»

«Das kann ich Ihnen noch nicht sagen», antwortete DeDe.

Als sie sich zu ihren Kindern hinunterbeugte, um sie zu küssen, lag etwas Undefinierbares in ihrem Blick.

_______ _______ setzte sich im Bett auf und zündete sich eine Zigarette an. «Vielleicht machen wir besser mal Pause, hm?»

«Ja», sagte Michael. «Tut mir leid.» *Und wie es ihm leid tat.*

«Halb so schlimm, Sportsfreund.»

«Für dich vielleicht.»

«Ach was. Es macht nichts. Das passiert dauernd.»

«Wirklich?» Michael setzte sich auf. Sie saßen nun beide gegen das prächtige Kopfbrett gelehnt.

Der Filmstar gab Michaels Schenkel einen freundschaftlichen Stups. «Klar. Dauernd.»

«Das muß ja unangenehm sein», sagte Michael.

Das schläfrige Lächeln mit halbgeschlossenen Lidern, das bei _______ _______ s Filmpartnerinnen so gut zu wirken schien, huschte über das Gesicht des Schauspielers. «Ich bin auch nur ein Mann. Genau wie du.»

Michael lächelte zurück. «Noch nicht ganz.»

«Ist doch egal», sagte _______ und zog wieder an seiner Zigarette. «Wir haben's überhaupt nicht eilig. Ich jedenfalls nicht.»

«Ist der Film nicht bald vorbei?»

Der Filmstar zuckte mit den Schultern. «Du hast nichts verpaßt. Das kann ich dir garantieren.»

«Vielleicht nicht da *unten.*»

«Mensch, entspann dich, Sportsfreund . . . es ist nicht schlimm, wenn ich dich nicht anmache.»

«Soll das ein Witz sein? Du machst mich an, seit ich elf bin.»

«Holla», sagte _______ grinsend. «Heißen Dank.»

Michael lachte entschuldigend. «Ich benehm mich ziemlich doof, was?»

_______ sah ihn zärtlich an und zauste ihm die Haare. «Überhaupt nicht. Ganz im Gegenteil.»

«Es ist so ein Jammer», lamentierte Michael. «Dein Schwanz ist *so* schön.»

Der Schauspieler nickte zum Dank.

«Ich kann einfach nicht glauben, was für ein Versager ich bin. Ich meine, Gott im Himmel . . . wie viele Versuche hat man bei ________ ________ schon frei?»

«Zwei oder drei», sagte der Filmstar und zwirbelte Michaels Brustwarze. «Und vielleicht etwas Lasagne. Guido füttert damit den Haufen da unten ab. Warum hol ich uns nicht einen Teller voll rauf?»

Als ________ eine Viertelstunde später mit dem Essen zurückkam, hatte Michael eine gute Nachricht für ihn: «Ich hab das Poppers gefunden. Es war zwischen der Matratze und dem Kopfbrett eingeklemmt.»

«Toll», sagte ________ und stieg mit zwei Gabeln und einem Teller Lasagne in den Händen vorsichtig ins Bett.

Michael untersuchte das schwarze Lederetui. «Mensch, sogar mit deinen Initialen und so. Und *echtes* Poppers drin. Es ist so was von toll hier in Harmonia Gardens.»

________ spießte einen großen Batzen Lasagne auf und reichte seinem Gast die Gabel. «Das war ein Geschenk von Ned. Zu Weihnachten vor zwei Jahren. Er weiß, wie er mir eine Freude machen kann.»

Michael biß kräftig zu. «Das war dran schuld. Die verdammten Initialen. Ich hatte nur noch einen Gedanken: ‹Hoppla, dann muß ich jetzt ________ ________ sein.›»

«Sie ist ein bißchen härter im Nehmen als du», sagte der Schauspieler, «aber deinen Körper mag ich lieber.»

Michael lächelte, obwohl er den Mund voll Lasagne hatte. «Irgendwie hab ich das Gefühl, daß du das schon mal gesagt hast.»

________ schaute beim Reden seine Gabel an. «Na ja, du bist nicht grade der erste Kerl, der meint, daß er sich wie ________ ________ vorkommt.»

«Das kann ich mir vorstellen.»

«Es geht schon vorbei. Manchmal braucht es einfach seine Zeit.»

«Ich glaub, die ist schon um.»

«Hm?»

«Was hältst du davon, wenn wir die Lasagne sausen lassen und es noch mal probieren?»

«Auf geht's», sagte ________ grinsend.

Irgendwo in Arizona hält Michael an einem Highway in der Wüste den Daumen raus. Der Fernfahrer, der ihn mitnimmt, ist älter als er und hat graue Haare, aber einen kräftigen und muskulösen Körper. Ohne ein Wort legt er seine Hand mit den dicken Adern auf Michaels Schenkel und bringt ihn in ein schäbiges Motel am Rand der Wüste. Dort passiert es dann, daß Michael auf einem sonnenverbrannten Hals Diesel schmeckt und sich hemmungslos den Begierden eines Fremden hingibt.

«Äh . . . Michael?»

«Hm?»

«Fühlst du dich wohl?»

«Hat Nancy ein rotes Kleid?»

«Was?»

«Entschuldige. Nur eine kleine postkoitale Trutschigkeit.»

«Ach so.»

«Ich fühl mich großartig. Und wie geht's dir?»

«Sehr gut. Es geschehen noch Zeichen und Wunder, hm?»

«Mhmm», sagte Michael verträumt und fragte sich, ob irgendwo in Arizona ein einsamer Tramper mit einem Fernfahrer schlief, aber in der Phantasie mit ________ ________ zugange war.

Es wäre nur gerecht gewesen.

Gebärmutter für zwei

Das Samadhi Center an der Van Ness lag gegenüber einem Midas-Auspuffladen und gleich neben Hippo Hamburgers. Brian machte Mary Ann darauf aufmerksam und fügte spitz hinzu: «Da wird mir ja jetzt schon ganz mystisch zumute.»

Mary Ann verdrehte die Augen und drückte auf den Knopf für den zweiten Stock. «Daß du's nur weißt, es geht hier nicht ab wie in *Der Höllentrip*. Psychedelik wird hier keine abgezogen. Man erlebt das, was man selber draus macht. Brian, versprich mir, daß du vor der Assistentin nicht den Klugscheißer raushängen läßt. Sie nehmen ihre Sache hier sehr ernst.»

«Gut.» Brian setzte ein entsprechend ernsthaftes Gesicht auf. «Bist du richtig Mitglied geworden hier?»

«Ich hab für zehn Sitzungen bezahlt», sagte Mary Ann. «Und die kann ich jederzeit nehmen.»

«Wie teuer war das?»

«Hundertzweiundfünfzig Dollar.»

Brian pfiff durch die Zähne.

«Das ist nicht so teuer», sagte Mary Ann. «Bei dem, was es mir bringt. Außerdem ist es nicht weit von der Arbeit weg, und ich . . .»

«Wo hast du das viele Geld her?»

«Welches viele Geld?»

«Wir leben schon die *ganze Woche* in Saus und Braus, Mary Ann. Seit du in Hillsborough warst.»

«Wir haben vielleicht ein bißchen über die Stränge geschlagen ab und zu.»

«Genau.» Brian zählte es an seinen Fingern ab. «Das Abendessen im L'Orangerie. Äh . . . die Schwarzmarktkarten für Liza Minnelli. Das riesengroße Blumenhufeisen, das du Michael zum Beginn der Tournee geschickt hast. Hab ich noch was vergessen?»

Mary Ann schaute stur nach vorne.

«Es hat mit der Alten zu tun.» Brian ließ nicht locker. «Du kriegst Geld von ihr, was?»

«Brian . . .»

«Sag mir nur so viel, okay?»

«Also gut!» sagte Mary Ann. «Ich krieg Geld von ihr. Bist du jetzt zufrieden?»

«Ich hab's gewußt! Sie kauft dir die neuesten Einkaufstips ab!»

Die Lifttür ging auf. «Sehr witzig», sagte Mary Ann, die

bereits mit energischen Schritten über den grauen Nadelfilz des Flurs ging. «Benimm dich jetzt!»

In der Kabine, die Brian zugewiesen bekam, gab es einen Samadhi-Tank und eine separate Dusche. Der Tank war brusthoch und ungefähr so lang und breit wie ein Doppelbett. Nach Aussage der Assistentin stand das Wasser, in dem vierhundert Kilo Bittersalz gelöst waren, zirka dreißig Zentimeter hoch.

«Ist es dunkel da drin?» fragte Brian.

Die Assistentin nickte. «Völlig. Wir haben auch Ohrstöpsel, wenn Sie welche möchten.»

«Woher weiß ich, daß meine Stunde vorbei ist?»

«Dann wird Musik gespielt», sagte Mary Ann.

«Im Tank?»

Die Assistentin strahlte übers ganze Gesicht. «Pachelbel.»

«Meine Lieblingsmusik», sagte Brian.

Mary Ann warf ihm einen strafenden Blick zu. «Ich bin in dem Tank gleich gegenüber.»

Brian zwinkerte ihr zu. «Eins, zwei, drei, der letzte im Nirwana ist ein faules Ei.»

Er brauchte ein paar Minuten, bis er sich daran gewöhnte und den Umstand akzeptierte, daß er sich entspannen, ja sogar schlafen konnte, während er in absoluter Dunkelheit flach auf dem Rücken lag und von dem warmen, klebrigen Wasser in dem Bottich getragen wurde wie ein Embryo.

Außerdem tilgten die Ohrstöpsel sämtliche Geräusche außer denen seiner Atmung.

Das war nicht, was er wollte.

Er krabbelte aus dem Tank, duschte sich den salzigen Schleim ab und stahl sich über den Flur in Mary Anns Kabine. Immer noch nackt klopfte er an die Tür ihres Tanks.

Die mit Kunstleder bezogene Luke ging langsam auf, und Brian konnte das Weiße ihrer Augen sehen.

«Brian! Du hast mich zu Tode erschreckt!»

«Tut mir leid», sagte er.

«Hat man dich rüberkommen sehen?»

Brian schüttelte den Kopf. «Sind Doppelbelegungen gegen die Vorschrift?»

«Es soll eine *Gebärmutter* sein, Brian.»

«Und ich soll in meine zurück, hm?»

Sie lächelte ihn endlich an. «Du *bist* mir einer.»

«Wir können ja behaupten», sagte Brian, «daß wir Zwillinge sind.»

Sie lagen schwerelos im Raum und berührten sich an den Fingerspitzen.

«Machen wir einen Handel», flüsterte Brian.

«Was?»

«Wenn du mir von deinem konspirativen Treffen in Hillsborough erzählst, erzähl ich dir von Jennifer Rabinowitz.»

«Kein Handel.»

«Ich erzähl's dir trotzdem.»

«Hab ich mir schon gedacht», sagte Mary Ann. «Wer ist sie?»

«Nur eine Gutwetterfreundin von früher.»

«Und?»

«Und ... ich hab nicht mit ihr gevögelt, als du in Hillsborough warst.»

Mary Ann lachte. «Toll.»

«Ich *hätt's* tun können. Spielend. Sie hat von dir gewußt und hätte nichts dabei gefunden ...»

«Brian, *ich* find auch nichts dabei.»

«*Das* hab ich doch auch gewußt. Sie findet nichts dabei, und du findest nichts dabei, und *ihr* war klar, daß mir klar war, daß du nichts dabei findest. Auf der ganzen Welt hätte niemand was dabei gefunden, wenn ich mit Jennifer Rabinowitz gevögelt hätte, und ich hab's trotzdem nicht getan.»

Sie drückte zärtlich seine Hand. «Ich glaub, Medaillen gibt's für so was keine, mein Freund.»

«Ich will keine Medaille», murmelte er. «Ich will, daß du weißt, was das bedeutet.»

«Ich weiß, was das bedeutet», sagte sie leise.

Ein Mann
wie der heilige Franziskus

Am Lenkrad seines roten 1957er Cadillac El Dorado Biarritz war Pater Paddy befremdlich weltlich anzusehen. Prue verstand, warum sich die Erzdiözese durch das Auto ständig in Verlegenheit gebracht sah, doch sie war gleichwohl der Ansicht, daß einer echten Fernsehpersönlichkeit ein paar Eigenheiten gestattet sein sollten.

«Na», sagte Pater Paddy grinsend zu der Klatschkolumnistin, «was gibt's Neues vom Naturburschen?»

Prue wies ihn mit einem leichten Stirnrunzeln zurecht. «Er ist ein sehr guter Mensch, Pater.»

«Hab ich was anderes auch nur angedeutet?»

«Er hat sogar einmal zur Geistlichkeit gehört.»

Der Priester zog die Augenbrauen hoch. «Ist er Katholik?»

«Nein ... eine Art Protestant, glaube ich. Davor war er Vermögensverwalter.»

«Wie?»

«Ich habe keinen Grund, an ihm zu zweifeln», sagte sie abwehrend. «Er spricht nicht viel, aber wenn er es tut, zeigt sich, daß er ziemlich gebildet ist. Er ist ein erstaunlicher Mensch, Pater. Und was er nicht schon alles erlebt hat! Er war sogar einmal Englischlehrer an einer Privatschule in Rio. Er hat schon so viel gemacht, und jetzt ... macht er eben das.»

«Macht er eben *was*?»

«Leben. Sein. Mit Gott sein.»

«Hat er Sie schon um Geld angegangen?»

Prue war schockiert. «Ganz im Gegenteil! Ich habe ihm Unterstützung *angeboten*, aber er hat abgelehnt.»

«Aha.»

«Er sagt, daß er seit knapp eineinhalb Jahren dort lebt. Die Parkpolizisten wissen Bescheid, aber sie lassen ihn in Ruhe, weil er die Natur achtet. Überhaupt kann er wunderbar mit Tieren umgehen. Unter seinem Bett wohnen zum Beispiel drei kleine Backenhörnchen.»

Pater Paddy runzelte die Stirn. «Das ist ja alles ganz reizend, mein Kind, aber wovon *lebt* er?»

«Ich weiß nicht. Vermutlich schnorrt er.» Prue wandte sich ab und schaute aus dem Seitenfenster, während der Biarritz nach Pacific Heights hinaufkletterte. «Ihre Skepsis betrübt mich, Pater. Er lebt nicht anders als der heilige Franziskus.»

Der Priester lächelte nachsichtig. «Ich bin nur um Ihre Sicherheit besorgt, Liebste.»

Sie tätschelte versöhnlich seine Hand. «Das weiß ich. Aber es ist doch eine *phantastische* Geschichte, nicht?»

«Wie oft waren Sie eigentlich schon dort?»

«Äh ... ich weiß nicht genau.»

«Schätzen Sie mal.»

Sie kramte in ihrer Tasche nach dem Lippenstift. «Vielleicht fünf- oder sechsmal.»

Pater Paddys Augen blitzten schelmisch auf. «Ach ... und eine *lange* Geschichte ist es auch noch.»

Dieses Wort

Seit fast einer Woche war Frannie Halcyon nun schon aufgedreht wie ein Schulmädchen. Sie glaubte wieder an das Leben, an Kinder, an den Sonnenschein, an die Mutterschaft und an Wunder. Und es drängte sie mehr denn je, ihre Freude hinauszuposaunen.

«Viola hat heute angerufen», verkündete sie beim Mittagessen. «Ich mußte mich schon sehr beherrschen, um nicht alles auszuplaudern.»

DeDe runzelte die Stirn. «Sag so was nicht mal im Spaß, Mutter.»

«Schon gut, schon gut.»

«Ich brauche Zeit, Mutter. Viola würde auf der Stelle den *Chronicle* anrufen. Bitte hilf mir, ja?»

«Ich hab dir Mary Ann geholt, oder?»

«Ja, Mutter, und ich schätze . . .»

«Ich verstehe nur nicht, warum du einen ganzen Monat brauchst, DeDe. Eine Woche oder so würde doch sicher . . .»

«Mutter!»

«Na schön, ich hab nichts gesagt.» Frannie Halcyon schaute auf ihren Spinatsalat. «Hast du heute mit ihr gesprochen?»

«Mit wem?»

«Mit Mary Ann.»

DeDe nickte. «Sie schaut morgen vorbei.»

«Sie ist ja so eine nette Person», sagte Frannie.

«Sie will alles auf Band aufnehmen», sagte DeDe.

«Ach so . . . ich verstehe.» Die Matriarchin hypnotisierte erneut ihren Salat. «Du sollst wohl über deine . . . Erfahrungen sprechen, wie?»

DeDe schaute leicht verärgert drein. «Das ist so *abgemacht*, Mutter.»

«Natürlich.»

«Sie hat versprochen, nichts zu veröffentlichen, bevor der eine Monat um ist. Und ich vertraue ihr.»

«Ich auch. Äh . . . DeDe?»

«Ja?»

«Du wirst doch nicht über die . . . Geschichte mit D'orothea sprechen, oder?»

DeDe hielt mitten in der Bewegung inne und schaute wütend hoch. «Mutter, die *ganze* Geschichte hat mit D'orothea zu tun. Hast du schon vergessen, daß ich vier Jahre mit ihr zusammengelebt habe?»

«Du weißt, was ich meine», sagte Frannie.

«Ja», sagte DeDe knapp. «Ich weiß, was du meinst.» Sie stieß ihre Gabel so heftig in den Salat, als wollte sie etwas darin killen. «Du hast deutlich genug gezeigt, wie du dazu stehst.»

Zögernd tupfte sich Frannie mit der Serviette die Mundwinkel ab. «DeDe . . . ich finde, daß ich sehr viel mehr . . . Verständnis gezeigt habe, als die meisten anderen Mütter es wohl getan hätten. Deine wunderbaren Kinder habe ich schon lange ins Herz geschlossen, oder? Deine Freundschaft mit D'orothea . . . *verstehe* ich zwar nicht so recht, aber ich würde mir nie anmaßen, deswegen ein Urteil über dich zu fällen. Ich bin nur der Meinung, daß eine öffentliche Diskussion darüber nicht angebracht wäre.»

«Warum nicht?» fragte DeDe, ohne den Blick zu heben.

«Es ist geschmacklos, Liebling.»

DeDe legte die Gabel nieder und blickte ihre Mutter lange an, bevor sie sprach. «Du meinst», sagte sie schließlich mit leicht gespitztem Mund, «ich sollte meine Erinnerungen auf *geschmackvolle* Dinge wie Zyankali und staatliche Folter beschränken. Hervorragend, Mutter. Danke für deinen Rat.»

«Du brauchst deswegen nicht höhnisch zu werden, DeDe.»

«D'orothea Wilson hat geholfen, deinen Enkelkindern das Leben zu retten. Du schuldest ihr eine *Menge*, Mutter.»

«Das ist mir klar. Ich bin ihr auch dankbar.»

«Außerdem bin ich bei den schwulen und lesbischen Kubaflüchtlingen gelandet. Ich hab's *schriftlich*, daß ich eine Lesbe bin, Mutter. Das steht jetzt in meinen Akten, Herrgott noch mal!»

«Benutz dieses Wort nicht in meiner Gegenwart, DeDe!» Frannie tastete nach ihrer Serviette. «Die Flüchtlingsbehörde könnte doch einen Fehler gemacht haben, einen Schreibfehler oder so.»

«Ich habe sie geliebt», sagte DeDe kühl. «Und so was ist kein Schreibfehler.»

Als Frannie, DeDe, Emma und die Zwillinge nach dem Mittagessen gemeinsam auf dem Rasen herumtollten, herrschte wieder Eintracht. Frannie fand erneut Freude an ihren Enkelkindern, diesen süßen mandeläugigen Kobolden, die «Gangie» zu ihr sagten und auf amerikanischem Boden herumtobten, als wären sie schon immer in den Staaten zu Hause gewesen.

Nachdem DeDe und die Kinder sich zurückgezogen hatten, begab Frannie sich mit einem Roman von Barbara Cartland zu Bett.

Kurz nach Mitternacht drang Stöhnen aus DeDes Zimmer.

Die Matriarchin kletterte umständlich aus dem Bett, ging den Flur entlang und horchte an der Tür ihrer Tochter.

«Nein, Dad. BITTE, DAD . . . NEIN, BITTE NICHT . . . O GOTT, HILF MIR! DAD! DAD!»

Frannie riß die Tür auf und stürzte an DeDes Bett. «Beruhig dich, mein Schatz. Mutter ist ja bei dir, Mutter ist ja bei dir.» Sie wiegte ihre Tochter in den Armen.

DeDe wachte auf und wimmerte mitleiderregend.

Nebenan heulten unisono die Zwillinge.

Ein Brief von unterwegs

Liebe Mary Ann, lieber Brian,

Motown läßt grüßen! Die Tournee läuft soweit ganz hervorragend, obwohl ich bisher noch niemandem begegnet bin, der ________ ________ auch nur im entferntesten ähnlich wäre. Gestern vormittag hatten wir auf dem Flug von Lincoln hierher eine 737 ganz für uns allein. Da ging es natürlich rund. Mark Hermes (auch ein Bariton) setzte sich eine Perücke auf, band sich ein Halstuch und eine Schürze um – zwei Teetassen mußten als Ohrringe herhalten – und machte die Stewardess nach, als sie die Handhabung der Sauerstoffmasken erläuterte. Sie war hellauf begeistert. Überhaupt war unser Flugpersonal immer richtig toll – besonders die zwei geilen Northwest-Stewards, die wir auf dem Flug von Chicago nach Minneapolis hatten (nicht im Wortsinn, leider). Der eine war schwul, bei dem anderen war es fraglich. Natürlich fand ich den toll, bei dem es fraglich war.

Ihr werdet es kaum glauben, aber Lincoln war bisher der absolute Höhepunkt. Die dortigen Homos organisierten uns zu Ehren einen reizenden kleinen Jeder-bringt-was-mit-Brunch im Antelope Park. (Überhaupt war ich schon bei so vielen Jeder-bringt-was-mit-Festivitäten, daß ich mir langsam wie eine Lesbe vorkomme.) Die wichtigste Schwulenbar in Lincoln heißt – ist das diskret genug? – The Alternative. Dort laufen jede Menge schlechte Fummelshows. Weiße Jungs, die einen auf Aretha Franklin machen und so. Wir entschieden uns größtenteils für die Alternative zum Alternative – ein Laden, der Office Lounge heißt. Da drin war es so stickig, daß wir nach dem ersten Rumgehopse die Hemden auszogen. Ein ziemlicher Tabuverstoß! Anscheinend ist es in Nebraska gesetzlich verboten, sein Hemd auszuziehen.

Unsere Herren Kammersänger sollten in Lincoln bei Channel 10 auftreten, doch in letzter Minute sagte der Leiter des Senders ab, weil er «die Leute nicht mit der Nase darauf stoßen wollte» – was «darauf» auch immer sein soll. Im großen und ganzen waren die Leute aber wunderbar. Das Publikum in der First Plymouth Church bestand etwa zur Hälfte aus alten Damen. Alte Damen erkennen immer sofort, wer «ein netter junger Mann» ist.

In Dallas war wenig Publikum – vielleicht, weil die *News*, die Morgenzeitung von Dallas, sich geweigert hatte, unsere Anzeigen abzudrucken. Unser Trost war eine private Poolparty, die in Highland Park im eleganten Haus eines schwulen Arztes stattfand, der – ungelogen! – Ben Casey hieß. Ein paar von den Jungs führten zur Musik von «Tea for Two» ein eindrucksvolles Unterwassernacktballett auf.

Wir wohnten im Ramada Inn von Mesquite, Texas – das ist ein Vorort von Dallas, aber vor allem die Stadt, die der Welt den Haarspray geschenkt hat –, und hatten im dortigen Denny's einen Bombenerfolg. Eine von den Kellnerinnen – sie hieß Loyette (low-ette ausgesprochen) – meinte, wir wären der größte Hit, seit Elvis tot ist. Ach ja: Im Ramada Inn ging uns das heiße Wasser aus. Hundertfünfunddreißig Tunten ohne heißes Wasser. Das war gar nicht schön. Wie das Schicksal so spielt, war der angenehmste Platz in der ganzen Stadt das Dampfbad an der First Baptist Church – ein riesiger Komplex im Zentrum von Dallas, der ungefähr vier Häuserblocks im Quadrat umfaßt. Eine Menge Organisten hingen da rum, wenn Ihr versteht, was ich meine.

Nach dem Konzert in Minneapolis gingen ein paar von uns in eine Kneipe, die The Gay Nineties heißt. So hieß sie wohl schon vor Jahren, als sie noch der älteste Stripladen in der

Stadt war. Es gibt dort drei separate Räume – einen für Lederkerle, einen für Discotrinen und einen für die geschniegelten Bubis. Ich lief unentschlossen herum, weil ich meine übliche Identitätskrise hatte. Ned spazierte sofort in die Lederabteilung und sackte dort so viele Telefonnummern ein, daß er nachher aussah wie die Klowand in der Greyhound-Station.

David Norton, einer unserer Tenöre, bekam beim Konzert in Minneapolis Besuch von zwanzig Verwandten. Das gab es überhaupt sehr oft und eigentlich überall – mit vielen Umarmungen und heftigem Geschluchze hinter der Bühne. In Minneapolis lernte ich auch ein altes Paar kennen. Sie sind beide über achtzig und kamen nach dem Konzert in der Halle auf mich zu, um sich zu bedanken. Sie sind Geschwister, er schwul, sie lesbisch, und sie waren den ganzen weiten Weg von ihrer Farm in Wisconsin gefahren, um uns singen zu hören. Sie hatten dichte weiße Haare und unvorstellbare blaue Augen, und ich mußte sofort an den «exzentrischen alten Junggesellen und seine Schwester, die alte Jungfer» denken, die in Orlando in unserer Straße gewohnt hatten. Wir unterhielten uns ungefähr eine Viertelstunde und umarmten uns zum Abschied, als würden wir uns schon ewig kennen. Die alte Frau sagte: «Wissen Sie, als wir so alt waren wie Sie, da haben wir noch nicht mal gewußt, daß es ein Wort gibt für das, was wir sind.»

Tja, wie es im Song heißt: «Other places only make me love you best.» Als nächstes sind New York, Boston, Washington und Seattle dran. Umarmt Mrs. M. ganz lieb von mir. Sagt ihr, daß die Brownies umwerfend waren.

In Eile,
Michael

P.S.: Wie ich aus sicherer Quelle weiß, wird der Chor am Vatertag gegen siebzehn Uhr wieder in San Francisco eintreffen, und zwar an der Ecke 18th und Castro. Wenn Ihr es einrichten könnt, würde ich liebend gern Eure strahlenden Gesichter in der Menge sehen. Brian soll was Enges anziehen.
P.P.S.: Die Männer von Dallas tragen ihre Muskeln wie Federboas.

Seine Wüste
macht er wie Eden

Lukes liebste Bibelstelle stammte aus dem Buch Jesaja:

Denn der Herr hat Erbarmen mit dir; er hat Erbarmen mit dir; er hat Erbarmen mit all seinen Trümmern, seine Wüste macht er wie Eden, seine Öde wie den Garten des Herrn.

Prue schrieb die Textstelle in ihr Notizbuch und las sie noch einmal vor. «Wenn ich es mir recht überlege, paßt das doch ganz wunderbar.»

«Was?» fragte Luke und schaute hoch. Er saß auf dem Feldbett und streichelte eines der Backenhörnchen mit dem Zeigefinger.

«Dieses Zitat. Dieser Ort hier. Du hast diesen Flecken zu deinem Garten des Herrn gemacht. Du hast diese Wüste wie Eden gemacht.» Zugegeben, die Rhododendrensenke war nach den Maßstäben der meisten Menschen keine Wüste, aber für Prue kam die Metapher hin.

Luke lächelte gütig. «Du könntest das auch.»

«Was?»

«Deine Wüste in einen Garten verwandeln.»

Prue legte die Stirn in Falten. «Glaubst du, daß ich in einer Wüste lebe?»

Er ließ das Backenhörnchen runter und legte die Hände auf die Knie. «Die Frage mußt du selber beantworten, Prue.»

Es verblüffte sie, ihren Namen ausgesprochen zu hören. Sie war sicher, daß er ihn nie zuvor benutzt hatte. «Du weißt nicht allzuviel über mich», sagte sie ruhig und versuchte, einen defensiven Ton zu vermeiden. Warum kam sie sich plötzlich vor wie ein aufgespießter Schmetterling?

«Ich weiß so einiges», sagte er. «Mehr, als du über mich weißt. Ich hab deine Kolumne gelesen, Prue. Ich weiß, was du ein Leben nennst.»

Sie wußte nicht, ob sie sich geschmeichelt fühlen oder empört sein sollte. *«Wo?»* rief sie. «Wie bist du bloß an . . .?»

«Wie ist ein Einsiedler bloß an die *Western Gentry* gekommen?»

«So hab ich's nicht gemeint, Luke.»

Ihr Dementi schien ihn zu amüsieren. «Und ob du's so gemeint hast. Du kannst nicht anders. Du bist eine Frau, die materielle Dinge verehrt. Das macht mir nichts, Prue. Jesus hat in seinem Herzen auch für solche Leute Platz gehabt. Warum sollte es dann bei mir anders sein.»

Sie wurde schrecklich rot. «Luke, es tut mir leid, wenn . . .»

«Setz dich», sagte er und klopfte neben sich auf das Feldbett. Prue gehorchte, reagierte sofort auf einen Ton, der Erinnerungen an die alten Grass-Valley-Zeiten und ihren Vater heraufbeschwor.

«Es schmerzt mich, wenn ich bedürftige Menschen sehe», sagte Luke.

Prue fand das schlicht unfair. Bei ihren Forum-Gesprächen ging es oft um Bedürftige. «Nur weil ich Geld habe, heißt das noch nicht, daß ich mit den Armen kein Mitleid hätte.»

«Ich rede nicht von den Armen. Ich rede von dir.»

Schweigen.

«Ich hab noch nie so viel Bedürftigkeit erlebt, Prue.»

«Luke . . .»

«Du brauchst jemand, der nicht die extravaganten Kleider und das Haus auf dem Nob Hill sieht. Jemand, der sich von dem Mythos, den du mit so viel Aufwand geschaffen hast, nicht ablenken läßt . . .»

«Moment mal!»

«Jemand, der *wirklich* Prudy Sue Blalock sieht, nicht das Partygirl, nicht die bemitleidenswerte Person, die ihre Zeit damit vergeudet, vor allen Leuten herauszustreichen, wie weit sie es doch gebracht hat. Jemand, der sie auch geliebt hätte, wenn sie nie aus Grass Valley weggegangen wäre.»

«Luke, ich weiß es zu schätzen, daß du . . .»

«Nein, tust du nicht, aber das wird sich ändern. Ich werde dir beibringen, Gott wieder zu lieben. Dich selbst so zu lieben, wie Gott dich geschaffen hat. Das kleine Mädchen zu lieben, das du tief in deinem Inneren bist und das sich danach sehnt, die dämlichen Alice-im-Wunderland-Fummel abzuwerfen und der Welt zu sagen, was sie wirklich im Herzen trägt. Schau mich an, Prue. Siehst du's nicht? *Siehst du's nicht in meinen Augen?*»

Als sie ihn endlich anschaute, spürte sie eine überwältigende Vertrautheit, als würde sie diesen Mann bereits ihr Leben lang kennen – oder aus einem früheren Leben. Sie *kannte* diese Züge: die außergewöhnlichen Wangenknochen, die bernsteinfarbene Haut, die vollen Lippen, die starken Hände, die ihre Hand umschlossen hielten, als wäre sie ein verletzter Vogel.

Tränen liefen ihr über das Gesicht. «Bitte hör auf», sagte sie.

«Du kannst dich ändern», drängte er sanft. «Es muß nicht alles beim alten bleiben.»

«Aber ... *wie*?» Ihr Herz klopfte wie wild. Durch den Tränenschleier hindurch konnte sie sehen, wie die Backenhörnchen auf dem Boden herumhüpften. Sie kam sich vor wie in einem Zeichentrickfilm von Walt Disney.

«Du kannst anfangen, indem du mir vertraust», sagte er. «Vertrau darauf, daß ich dich bedingungslos liebe. Nach deinen Vorstellungen. Zu deinem Vergnügen. So innig oder auch nicht, wie du möchtest. Und das für immer.»

Tief in ihrem Herzen wußte sie, daß er es ernst meinte.

Deshalb nahm sie seine Hand und legte sie dorthin, wo sie ihn brauchte.

Adam und Eva

Prue?»

«Hmm?»

«Willst du Kaffee?»

«Mm-mm. Steh noch nicht auf. Ich find's schön so.»

«Das merkt man. Du siehst auch schön aus.»

«Danke.»

«Was ist mit deinem Fahrer?»

«Was soll mit ihm sein?»

«Du bist seit drei Stunden weg. Macht er sich keine Sorgen um dich?»

«Er ist das Warten gewöhnt. Schließlich wird er dafür bezahlt.»

«Aber . . . wenn er die Polizei holt . . .»

«Das wird er nicht. Warum sollte er sie holen?»

«Nur so. Es wird dunkel, das ist alles. Ich hab gedacht, er macht sich vielleicht Sorgen um dich.»

«Es ist schon dunkel?»

«Mhmm.»

«Wenn ich gehen soll, mußt . . .»

«Ich möchte nicht, daß du gehst.»

«Schön.»

«Wenn's nach mir ginge, würdest du nie wieder gehen. Wir würden uns vor dem Wahnsinn der Welt verschließen und . . . o Gott, ist das toll.»

«Mmm.»

«Deine Haare sind so weich. Wie bei einem Baby.»

«Mmm.»

«Es war mir ernst mit dem, was ich gesagt habe.»

«Mmm.»

«Kommst du wieder?»

«Mmm.»

«Lügst du mich auch nicht an?»

«Nein.»

«Schön. Mach noch ein bißchen weiter.»

«Mmm.»

«Ich weiß, daß du dich nicht mit mir sehen lassen kannst. Das ist mir schon klar.»

«Luke . . .»

«Nein. Hör zu. Ich kenne dich. Ich weiß, daß das schwer ist für dich. Versprich mir, daß du dich hinterher nicht geißeln wirst.»

«Mich geißeln?»

«Dir Vorwürfe machen. Dich bestrafen für die Liebe zu einem Mann, der nie in deine Welt passen würde.»

Schweigen.

«Es stimmt doch, oder? Wir wissen es beide. Das, was wir miteinander haben, kann es nur hier geben. Und nie oft genug.

Ich weiß das alles, Prue, und ich akzeptiere es. Ich möchte, daß du es auch tust.»

«Luke, ich würde nie . . .»

«Vergiß das Nie. Denk nicht ans Immer. Ein klein bißchen Jetzt ist alles, was ich von Zeit zu Zeit möchte, Prue. Versprich's mir, und ich bin glücklich.»

«Ich versprech's dir.»

«Ich kann dir wunderschöne Dinge zeigen.»

«Das hast du schon.»

«Ich glaube, du solltest jetzt gehen.»

«Ist gut.»

«Hab keine Angst, Prue. Bitte.»

«Vor was?»

«Vor uns.»

«Davor werd ich nie Angst haben.»

«Sei dir da nicht so sicher.»

«Ich versteh nicht.»

«Komm einfach wieder, okay?»

«Schon bald.»

«Ich warte auf dich.»

D'or

An einem Abend im Juni raste Mary Anns Le Car bei Sonnenuntergang den Skyline Drive entlang.

«Mein Gott», sagte DeDe mit einem Seitenblick auf das Meer. «Es ist infernalisch schön, was?»

«Das kann man wohl sagen», meinte Mary Ann.

«Wissen Sie, es läßt einen nie los.» – «Was?»

«Das. Oder die Erinnerung daran. Sogar im Dschungel . . . sogar in *dem* Dschungel hab ich manches Kalifornische nicht vergessen können. Selbst, als ich es wollte.»

Mary Ann fragte nach kurzem Zögern: «Warum wollten Sie vergessen?»

«Sie sind hier nicht aufgewachsen», sagte DeDe. «Unter den richtigen Umständen kann fast alles bedrückend sein.» Sie lächelte beinahe versonnen. «Und die Erlösung kommt, wenn man sie am wenigsten erwartet.»

Mary Ann schaute sie direkt an. «Sie halten Guyana doch sicher nicht für Ihre Erlösung, oder?»

DeDe schüttelte den Kopf. «Ich meinte D'orothea.»

«Ach so.»

«Ich würd gern über sie reden, wenn es Ihnen nichts ausmacht. Ist Ihnen das Thema unangenehm?»

«Überhaupt nicht», sagte Mary Ann und log dabei nur ein ganz klein wenig.

«Mutter geht jedesmal die Wände hoch.»

«Das ist eine andere Generation», sagte Mary Ann.

«Kennen Sie sie noch aus Daddys Agentur?»

«Wen?» fragte Mary Ann.

«D'orothea.»

«Ach so . . . ja, aber nicht besonders gut. Sie ist nur ein paarmal kurz reingeschneit. Sie war das Topmodel unseres wichtigsten Kunden. Ehrlich gesagt hat sie mich furchtbar eingeschüchtert.»

DeDe lächelte. «Ja, sie hatte so eine Art. Das heißt, sie hat sie *noch*.»

«Sie war mit einer Freundin von mir befreundet. Mit Mona Ramsey, einer Werbetexterin.»

«Die beiden hatten eine Beziehung», sagte DeDe.

«Ja.» Mary Ann lächelte verlegen. «Das hab ich eigentlich auch gemeint. Manchmal kommt mir Cleveland noch in die Quere.»

DeDe gluckste und schaute weiter gebannt auf die untergehende Sonne. «Aber Sie kommen besser zurecht als ich. Ich hab mich immer nur mit dem beschäftigt, was ich grade selber erlebt habe.»

Mary Ann dachte kurz nach. «Tja», sagte sie dann trocken, «aber was haben Sie nicht alles erlebt?»

DeDe warf ihr einen gequälten Blick zu. «Da haben Sie auch wieder recht», sagte sie.

«So was ist doch der Traum jeder Journalistin», stellte Mary Ann fest und fügte dann hastig hinzu: «Hoffentlich hört sich das nicht gefühllos an.»

«Nein. Ich weiß, was in der Geschichte steckt.»

«Da ist sicher ein Buch drin. Vielleicht sogar ein Fernsehfilm.»

DeDe entlockten solche Aussichten ein ironisches Lachen. «Mutter wird *entzückt* sein! ‹Sally Struthers in der Rolle der Societylesbe.› O Gott.»

Mary Ann kicherte. «Ich denke, wir kriegen da schon was Besseres hin.»

«Vielleicht ... aber ich bin auf das Schlimmste gefaßt.»

Mary Ann sah ihre Beifahrerin ernst an. «Ich werde tun, was ich kann, um Ihnen zu helfen.»

«Ich weiß», sagte DeDe. «Und ich glaub Ihnen das auch. Aber es geht erst, wenn der Monat um ist, okay?»

Mary Ann nickte. «Obwohl ich gern den Grund dafür kennen würde.»

«Versprechen Sie mir, daß Mutter nichts davon erfährt, wenn ich Sie einweihe?»

«Natürlich.»

«Sie glaubt, daß ich die Zeit brauche, um mich zu erholen und mich wieder einzugewöhnen, bevor der Medienrummel losgeht. Das stimmt zwar, ist aber noch nicht alles. Die ganze Wahrheit war für Mutter immer schon ein bißchen zuviel.»

Mary Ann lächelte. «Das hab ich bemerkt.»

«Ich muß mit ein paar Leuten reden. Mit Leuten, die unter Umständen wissen ... was ich noch herausfinden muß.»

«Mit wem? Können Sie das sagen?»

«Mit Tempelmitgliedern», antwortete DeDe. «Und mit Leuten, die ihn gekannt haben.»

«Jones?»

DeDe nickte.

«Da könnten Sie gleich beim Gouverneur anfangen», sagte Mary Ann. «Und bei der Hälfte der Stadtpolitiker. Der Kerl war ziemlich populär hier.»

DeDe lächelte matt. «Ich weiß. Jedenfalls schinde ich im

Moment Zeit, weil ich noch nicht alle Fakten zusammen habe. Und die Vorstellung, als Verrückte abgestempelt zu werden, behagt mir kein bißchen.»

«Dazu würd es doch nie kommen.»

«In zwei Wochen», sagte DeDe, «sind Sie da vielleicht anderer Ansicht.»

Sie hielten an, um zuzusehen, wie der feuerrote Sonnenball im Meer versank.

«Ich glaub, ich hab vom Thema abgelenkt», sagte Mary Ann.

«Wann?»

«Sie wollten über D'orothea reden.»

«Tja, nun . . . dazu gibt's eigentlich nicht viel zu sagen. Nur, daß sie sich was aus mir gemacht hat. Und daß sie mich oft zum Lachen gebracht hat. Und daß die Zwillinge sie verehrt haben. Und daß sie im Bett einfach himmlisch war. Und daß ich mir wünsche, daß sie ihren blöden sozialistischen Arsch aus Kuba rauskriegt und zu mir und den Kindern kommt. Das Übliche. Nicht viel.»

«Bis man's nicht mehr hat», sagte Mary Ann.

«Bis man's nicht mehr hat», sagte DeDe. Sie schaute einen Augenblick schweigend aufs Meer hinaus, ehe sie sich wieder an ihre Begleiterin wandte. «Ich bin froh, daß ich Sie habe. Sie sind eine unvoreingenommene Zuhörerin. Und Sie finden sich schnell mit allem zurecht.»

Mary Ann lächelte. «Da hat Billy Jean King eine Menge geholfen.»

«Hm?»

«Wahrscheinlich haben Sie das noch gar nicht gehört.»

«Ist sie auch lesbisch?»

«Na ja», sagte Mary Ann. «Sie hatte eine Affäre mit einer Frau. Macht sie das schon zur Lesbe?»

«Wenn sie es richtig angestellt hat, schon», erwiderte DeDe.

Überschwult

Schon seit fast einer Woche schien dauernd die Sonne, so daß Michael und Ned bei God's Green Earth alle Hände voll zu tun hatten. Weil das Geschäft in der Gärtnerei so lebhaft war, wurde es drei, bis sie sich zwischen all den anderen lebendigen Dingen, die etwas Schatten nötig hatten, hinsetzten und sich mit ihrem Yoplait befaßten.

«Was meinst du, was ich machen soll?» fragte Michael.

«Ich weiß nicht, wovon du redest.»

«Von der Parade.»

Ned zuckte mit den Schultern. «Du gehst doch hin, oder?»

«Klar. Aber was soll ich *anziehen*? Der All-American-Boy-Look steht ganz hoch im Kurs, und den hab ich ziemlich gut drauf. Andererseits haben mich die Sisters of Perpetual Indulgence gefragt, ob ich dieses Jahr nicht als Nonne gehen will.»

Ned löffelte sich Joghurt in den Mund. «Ich würd mich für die Nonne entscheiden», sagte er.

Michael überlegte. «Hast du schon mal versucht, als Nonne jemand aufzureißen?»

«Was spricht dagegen? Es muß Nonnen geben, die's getan haben.»

«Keine Hürde ist für uns zu hoch, hm?»

Ned lachte. «Du könntest ja als All-American-Nonne gehen.»

«Was brauch ich da? Ein Ordenskleid aus Jeansstoff?»

«Jeans *unter* dem Kleid», sagte Ned lächelnd.

«Genau. Dann kann ich blitzartig in Aktion treten. Wie Superman. Die Idee gefällt mir, Ned – Stil *und* Inhalt. Du findest auch auf alles eine Antwort.»

Der Gärtner musterte ihn von oben bis unten und sagte dann lächelnd: «Schwester Mary Mouse, hm?»

Sie blieben im Halbschatten sitzen und aßen schweigend zu Ende.

Dann sagte Michael: «Wird es dir manchmal über?»

«Meinst du die Gärtnerei?»

«Nein. Das Schwulsein.»

Ned lächelte. «Was glaubst du?»

«Es geht mir nicht ums Schwulsein an sich», sagte Michael. «Das würd ich um nichts auf der Welt hergeben. Ich *liebe* Männer.»

«Das hab ich bemerkt.»

«Ich meine eher die schwule Kultur», fuhr Michael fort. «Die Parties im Galleria. Die T-Shirts mit den Laß-uns-vögeln-Slogans. Die Jockstraps in vierzehn verschiedenen Schattierungen und diese blöden verspiegelten Sonnenbrillen, die dir dein eigenes Gesicht zurückwerfen, wenn du in eine Kneipe gehst. Falsche Soldaten, falsche Polizisten, falsche Sportler. Geil hier, geil da. Ich hab die Nase dermaßen voll davon, Ned. Man muß doch noch auf andere Art nicht normal sein können.»

Ned warf grinsend seinen Joghurtbecher in den Abfalleimer. «Du kannst ja lesbisch werden.»

«Keine schlechte Idee», erwiderte Michael. «Die Lesben machen 'ne Menge Dinge, die ich gern tun würde. Sie haben richtige *Rendezvous*! Sie schreiben sich gegenseitig schlechte Gedichte. Weißt du ... wir ziehen so oft über sie her, weil sie gern kerlig sein wollen, aber was tun *wir* denn? Als Teenager hab ich mir in Orlando auf der Straße immer Sorgen gemacht, ob ich ... na ja, ob ich auch wie ein richtiger Mann daherkomme. Jetzt geh ich hier die Castro Street lang und mach mir die gleichen Sorgen. Wo ist da der Unterschied?»

Ned zuckte mit den Schultern. «Hier verprügelt dich deswegen keiner.»

«Das stimmt natürlich.»

«Und es *zwingt* dich niemand, ins Fitnesscenter zu gehen, Mouse. Es zwingt dich niemand, einen auf Kerl zu machen. Wenn du gern ein schwächlicher Dichter sein und irgendwo in einer Dachkammer vor Weltschmerz vergehen möchtest, hält dich sicher niemand davon ab.»

«*Die* Möglichkeiten stehn mir offen, hm?»

«Sie stehn allen offen», sagte Ned.

«Warum nutzen sie sie dann nicht?»

«Sie?» fragte Ned.

«Na ja, ich hab . . .»

«Du hast schon ‹sie› gemeint. Du hast alle außer dir gemeint. Denn du bist der einzige empfindsame, der einzige wirkliche Mensch, stimmt's?»

Michael verzog das Gesicht. «Das ist nicht fair.»

«Sieh mal», sagte Ned und legte Michael den Arm um die Schulter, «schließ dich nicht so ab. Es gibt in dieser Stadt zweihunderttausend Tunten. Wenn du sie alle über einen Kamm scherst, bist du nicht besser als die Moral Majority.»

Michael sah ihn an. «Ja, aber ich weiß, daß du genau weißt, was ich meine.»

«Ja, klar.»

«Es ist alles so schrecklich normiert», sagte Michael. «Da kommt so ein Knabe aus Sioux Falls oder sonstwoher nach San Francisco, kauft sich im All-American Boy seine Uniform, übt, wie er sich in einer dunklen Ecke vom Badlands dementsprechend hinstellen muß, und sein ganzes Leben besteht nur aus Pose und Positur und schnellem Sex. Es ist viel zu einfach. Das Geheimnisvolle fehlt.»

«Fehlt es bei dir denn?»

Michael lächelte. «Aber nein.»

«Dann fehlt's bei dem Knaben vielleicht auch nicht. Es kann doch sein, daß er das ganze Getue braucht, um sich von Sioux Falls zu befreien.»

Nach längerem Schweigen: «Ich hör mich furchtbar alt an, was?»

Ned schüttelte den Kopf. «Du bist nach der Tournee einfach ein bißchen überschwult. Das geht mir auch manchmal so. Allen geht es manchmal so. Es hat keiner je behauptet, daß es einfach ist, Michael.» Er drückte Michael fester an sich. «Soll ich dir helfen, dein Ordenskleid zu nähen?»

Michael bekam große Augen. «Du nähst?»

«Klar», sagte Ned, «wenn ich nicht grade in einer dunklen Ecke vom Badlands steh.»

Prue suchte krampfhaft nach den richtigen Worten. «Er ist einfach . . . anders, Pater. Er ist anders als alle Männer, die ich je gekannt habe.»

«Irgendwie», antwortete der Priester, «fällt es mir gar nicht schwer, das zu glauben.»

«Er ist unaufdringlich und liebenswürdig und intuitiv . . . er hat großen Respekt vor der Natur, und er hat Gott besser verstanden als sonst jemand, den ich je gekannt habe.»

«Und er ist verdammt gut im Bett.»

«Pater!»

«Legen wir die Karten doch mal auf den Tisch, Mädchen. Wir sind hier schließlich nicht bei Saks in der Umkleidekabine.»

Prue antwortete nicht gleich. Sie saß starr in der Dunkelheit und horchte auf die schlurfenden Schritte draußen vor dem Beichtstuhl. «Pater», sagte sie schließlich, «ich glaube, es wartet jemand.»

Durch das Loch in der Trennwand drang ein Seufzer. «Es wartet *immer* jemand», klagte der Priester. «Das ist jeden Monat um diese Zeit so. Kann das Ganze nicht bis zu unserem Dienstagstermin warten?»

«Nein.»

«Na dann.»

«Es ist lieb von Ihnen, daß Sie . . .»

«Erzählen Sie schon, meine Liebe.»

«In Ordnung . . .» Nach kurzem Zögern fuhr Prue fort. «Wir haben tatsächlich miteinander geschlafen.»

«Weiter.»

«Und . . . es war gut.»

Der Priester räusperte sich. «Ist er . . . sauber?»

Eisiges Schweigen.

«Sie verstehen mich doch recht, mein Kind, oder? Ich rede von der Hygiene, nicht von der Moral. Ich meine, Sie wissen ja nicht, wo er herkommt, oder?»

Prue senkte die Stimme zu einem zornigen Flüstern. «Er ist makellos sauber!»

«Schön. Man kann nicht vorsichtig genug sein.»

«Sie brauchen mir gar nicht erst zu sagen, wie . . . anders er ist, Pater. Ich weiß das selbst am allerbesten. Und ich weiß auch, daß ich ihn nötig habe. Ich kann nicht essen . . . ich kann nicht schreiben . . . ich kann nicht einfach dort weitermachen, wo ich vor ihm aufgehört habe. Ich kann nicht, Pater. Verstehen Sie, was ich sagen will?»

«Natürlich, mein Kind.» Seine Stimme klang diesmal viel sanfter. «Was hat er übrigens für Zähne?»

«Herrgott noch mal!»

«Prue, reden Sie leiser. Oder haben Sie vergessen, daß Mrs. Greeley draußen wartet.»

Nach längerem Schweigen: «Wie soll ich Sie in alles einweihen, wenn Sie mich nicht ernst nehmen?»

«Ich nehme Sie *absolut* ernst, Liebste. Die Frage nach seinen Zähnen hat einen bestimmten Grund. Ich wüßte dann eher, wie . . . äh, vorzeigbar er ist. Sieht er denn akzeptabel aus? Mal abgesehen von seinen Kleidern? Ich meine, würden wir ihn aufpeppen müssen?»

«Das ist ja unglaublich!»

«Beantworten Sie einfach meine Frage, mein Kind.»

«Er sieht . . . großartig aus», stotterte Prue. «Er ist ein gutaussehender Mann in mittleren Jahren mit schöner Haut und schönen Zähnen. Und sein Wortschatz ist besser als meiner.»

«Also muß er nur noch zu Wilkes?»

«Wozu?»

«Damit er bestehen kann. Wozu sonst? Der Mann braucht einen neuen Anzug, Liebste. Früher oder später haben wir alle mal bestehen müssen. Henry Higgings hat sich um Eliza gekümmert; Sie können sich um Luke kümmern. Ganz einfach, *n'est-ce pas*?»

Prue war entsetzt. «Luke läßt das garantiert nicht zu.»

«Haben Sie ihn gefragt?»

«Das würde mir nicht im Traum einfallen. Er ist so ein stolzer Mann.»

«Fragen Sie ihn.»
«Das kann ich nicht.»
Der Priester seufzte. «Na gut.»
«Wo sollte das überhaupt passieren?»
«Was?»
«Seine . . . Verwandlung. Er kommt garantiert nicht mit zu mir nach Hause. Was sollte ich dort auch tun? Ihn im Wandschrank verstecken, wenn meine Sekretärin da ist? Eine absolut lächerliche Vorstellung.»

Pater Paddy überlegte kurz. «Geben Sie mir noch ein bißchen Zeit, Liebste. Ich habe da so eine Idee.»

«Nämlich?»

«Das braucht ein bißchen Vorbereitung. Ich gebe Ihnen rechtzeitig Bescheid. Gehen Sie jetzt. Pater Paddy wird's schon richten.»

Prue sammelte also ihre Siebensachen ein und verließ den Beichtstuhl.

Mit finsterer Miene blickte Mrs. Greeley ihr nach, als sie die Kathedrale verließ.

Weiße Nacht

Ihre letzten Bandaufnahmen lagen bereits fünf Tage zurück.

«Schön, daß Sie gekommen sind», sagte DeDe. «Ich hatte zu Hause schon einen leichten Gefängniskoller.»

Sie aßen in einem Fischrestaurant in Half Moon Bay zu Abend. DeDe trug ein Hermès-Tuch um den Kopf und eine extra große Sonnenbrille. Mary Ann fühlte sich an Jackie O und ihr Einkaufsoutfit für Griechenland erinnert.

«Ich dachte, Sie wären das schon gewöhnt», sagte Mary Ann.

«Was?»

«Das Eingesperrtsein. Zuerst Jonestown, dann das Übergangslager für schwule und lesbische Kubaflüchtlinge.»

«Was Eingesperrtsein wirklich heißt», sagte DeDe und schnitt eine Grimasse, «weiß man erst, wenn man es mal mit hundert Fummeltrinen aus Lateinamerika erlebt hat.»

Mary Ann grinste. «Grausig, hm?»

«*Laut*. Tag und Nacht Kastagnetten. Ay-ay-ay-ayyy, bis es einem hinten rauskommt.»

Mary Ann lachte und beschäftigte sich dann wieder mit ihren Muscheln. Sollte sie jetzt fragen? Konnte sie einen taktvollen Einstieg in das Thema finden? «Äh . . . DeDe?»

«Ja?»

«Geht es Ihnen denn gut? Ich meine . . . ist irgendwas?»

DeDe legte ihre Gabel nieder. «Warum fragen Sie?»

«Na ja . . . Ihre Mutter meinte, Sie hätten Alpträume.»

Schweigen.

«Sagen Sie's ruhig, wenn ich zu neugierig bin. Ich hab gedacht, es hilft Ihnen vielleicht, wenn Sie drüber reden.»

DeDe schaute auf das Sony-Aufnahmegerät, das Mary Ann mit dem ersten Geld von Mrs. Halcyon gekauft hatte. «Und gutes Material würde dabei auch gleich abfallen.»

Mary Ann war wie erschlagen. Sie stellte das Gerät sofort ab. «DeDe, ich würde nie . . .»

«Bitte. Ich hab's nicht so gemeint. Tut mir leid.» DeDe faßte sich mit zittriger Hand an die Stirn. «Schalten Sie's wieder ein. Bitte.»

Mary Ann schaltete es wieder ein.

«Ich bin nervös», sagte DeDe. Sie massierte sich die Schläfen. «Tut mir leid . . . ich sollte das nicht an Ihnen auslassen . . . ausgerechnet. Ja, ich habe Alpträume.»

«Wegen . . . ihm?»

DeDe nickte.

«Wie gut haben Sie ihn eigentlich gekannt?»

DeDe zögerte. «Ich hab nicht zum engeren Kreis gehört, wenn Sie das meinen.»

«Wer dann?»

«Na ja . . . meistens die, die mit ihm schliefen. Er hatte so eine Art Clique aus jungen weißen Frauen, die im Namen der Revolution dauernd gefickt wurden. Manchmal fickte er zehn-

oder zwölfmal am Tag. Er prahlte ständig damit. So bekam er die Leute unter Kontrolle.»

«Aber er hat nie . . .?»

«Er wußte über D'orothea und mich Bescheid und fand es ganz furchtbar. Nicht, daß wir lesbisch waren, sondern daß er uns nicht haben konnte.»

«War das so wichtig für ihn?»

DeDe zuckte mit den Schultern. «Seine Leistungen auf dem Gebiet sind ja bekannt. Larry Layton hat er zwei Frauen abspenstig gemacht, und mit einer von den beiden hatte er ein Kind. Er fickte alles, was er kriegen konnte. Sogar ein paar von den Männern.»

«Aha.»

«Mit mir . . . war er nur einmal zusammen. Im Jane Pittman Gardens.»

Mary Ann schaute verwirrt drein.

«Das war unser Schlafraum», erklärte DeDe. «Mehrere Schlafräume waren nach berühmten schwarzen Frauen benannt. Ich war an dem Abend krank, hatte Fieber. D'orothea und die meisten anderen nahmen an einer Weißen Nacht teil . . .»

«Hm . . .?»

«Da wurde Selbstmord geübt. Jemand anderes muß die Veranstaltung geleitet haben, denn Jones kam in den Schlafraum und stieg zu mir ins Bett.»

«O Gott.»

«Er sagte ganz ruhig, daß er es an der Zeit finde, den Zwillingen zu zeigen, wer ihr Vater sei.»

Mary Ann schüttelte ungläubig den Kopf.

«Und dann . . . hat er mich vergewaltigt. Die Zwillinge lagen gleich daneben in ihrem Bettchen und schrien die ganze Zeit. Als er endlich ging, beugte er sich über sie, küßte sie ganz zärtlich und sagte: ‹Jetzt gehört ihr für immer mir.›»

«Scheußlich.»

«Er meint es ernst.»

Mary Ann nahm ihre Hand. «Meinte», sagte sie ruhig.

DeDe wandte sich ab. «Gehen wir was trinken.»

Der Walkman-Mann

Es war später Nachmittag, die Tageszeit, zu der sich der Sonnenschein durch die grünen Stäbchenrollos aus Plastik ins Twin Peaks ergoß und die Gäste wie Fische in einem überfüllten Aquarium aussehen ließ.

Michael saß gegen die Fensterscheibe gelehnt – wie eine Schnecke im Aquarium, fand er, passiv, voyeuristisch, mit seinem ganz eigenen Tempo. Er hatte noch seinen God's-Green-Earth-Overall an.

Der Mann neben ihm hatte einen Walkman. Als er sah, daß Michael ihn beobachtete, nahm er den Kopfhörer mit den winzigen Lautsprechern ab und hielt ihn Michael hin. «Willst du mal reinhören?»

Michael lächelte erfreut. «Was läuft?»

«Abba.»

Abba? Der Kerl war gebaut wie ein Kleiderschrank, hatte einen monströsen Schnäuzer und schimmernde braune Augen. Wie konnte er da *dermaßen* kitschigen Euro-Pop hören? Andererseits hatte er auch ein Qiana-Hemd an. Vielleicht wußte er es nur nicht besser.

Michael wich der Konfrontation aus. «Eigentlich», sagte er, «steh ich nicht besonders auf Walkmen. Ich krieg nämlich immer Platzangst. Ich hab's gern, wenn ich von meiner Musik auch weggehen kann.»

«Bei der Arbeit find ich sie ganz gut», sagte der Mann. «Wenn viel Schreibkram zu erledigen ist. Ich rauch dann beim Mittagessen einen Joint, komm zurück, setz die Dinger auf und laß mich davontragen.»

«Klar. Ich kann mir schon vorstellen, daß das hilft.»

«Du bist doch im Chor, nicht?» fragte der Mann.

«Mhm.»

«Ich war bei eurer Begrüßung», sagte der Mann. «Da war ja was los!»

«War das nicht toll?» sagte Michael grinsend. Noch fünf Tage danach spürte er das belebende Prickeln dieses Augenblicks. Mehrere tausend Leute hatten ihre Busse an der Ecke 18th und Castro in Empfang genommen.

«Ich hab gesehen, wie du den Boden geküßt hast», sagte der Mann.

Michael zuckte verlegen mit den Schultern. «Ich schätze, ich bin einfach gern hier.»

«Ja . . . ich auch.» Er fummelte am Walkman herum. Offenbar wußte er nicht weiter. «Abba gefällt dir aber nicht, hm?»

Michael schüttelte den Kopf. «Tut mir leid», antwortete er so freundlich wie möglich.

«Was für Zeug gefällt dir denn?»

«Na ja . . . in letzter Zeit macht mich Country-Musik ziemlich an.» Michael lachte. «Ich weiß nicht, was da über mich gekommen ist.»

«Heteromusik», sagte der Mann.

«Ich weiß. In Orlando . . . als Kind . . . hab ich das Zeug gehaßt wie die Pest. Vielleicht ist es bloß die alte Kiste mit den Schwulen, die ihre Unterdrücker nachmachen. Wie die Typen, die am Tag gegen Polizeibrutalität angehen und sich am Abend wie Bullen anziehen.»

Der Mann lächelte matt. «Du hast so was noch nie gemacht, hm?»

«Nie», sagte Michael. «War das Fettnäpfchen Nummer zwei?»

Der Mann schüttelte den Kopf. «Ich hab so was auch noch nie gemacht.»

«Na dann . . . ist dir eigentlich klar, wieviel wir gemeinsam haben?» Michael streckte die Hand aus. «Ich bin Michael Tolliver.»

«Bill Rivera.» Ein *Latino*, dachte Michael. Das wurde ja immer besser.

«Ich hab einen Freund», fuhr Michael fort, «der ist immer ins Trench gegangen, wenn dort Uniformabend war, weil er so gern mit Leuten gevögelt hat, die wie Bullen oder Nazis oder Soldaten ausgesehen haben. Einmal ist er mit einem Kerl im Bullenfummel nach Haus gegangen, und da hatte der doch ein unglaubliches Loft in South of Market, mit Neonröhren überm Bett und High-Tech-Zeugs überall . . . zum Dahinschmelzen! Nur hat mein Freund kein Wort gesagt, denn er sollte ja ein Gefangener sein und der andere ein Bulle, und ein Gefangener sagt nun mal nicht: ‹Was für eine tolle Wohnung!› zu einem Bullen. Er hat mir erzählt, daß er es kaum ausgehalten hat, bis sie endlich mit dem Sex durch waren, damit er den Typen fragen konnte, wo er seine Punktstrahler her hat. Ich glaub nicht, daß ich so viel Selbstdisziplin habe. Ich will gleich vom Fleck weg sagen können: ‹Was für eine tolle Wohnung!› Ist das zuviel verlangt?»

Der mächtige Schnurrbart stellte sich auf, als der andere lächelte. «Bei *meiner* Wohnung schon.»

Michael lachte. «Sie muß auch nicht toll sein.»

«Schön.»

«Es muß auch gar nicht mal *deine* Wohnung sein. Meine steht auch zur Verfügung.»

«Wo wohnst du?»

«Auf dem Russian Hill.»

«Komm», sagte der Mann, «zu mir ist es näher.»

Er wohnte in der 17th Street im Mission. Seine winzige Einzimmerwohnung war langweilig eingerichtet, doch es gab ein paar liebenswerte Entgleisungen in den Kitsch (ein Mike-Mentzer-Poster, eine Lavalampe, eine Plastik-Cable-Car als Übertopf für einen halbtoten Philodendron).

Michael war ernorm erleichtert. Bill Rivera hatte keinen schlechten Geschmack – er hatte gar keinen. Schwule ohne jeden Geschmack waren oft die allergeilsten. Außerdem, dachte Michael, würde er in dem Fall, daß wir je zusammenwohnen sollten, wahrscheinlich mir die Einrichtung überlassen.

Dann entdeckte er die Handschellen auf dem Nachttisch.

«Äh . . . entschuldige?»

Bill schaute auf. Er saß auf der Bettkante und zog seine Hush Puppies aus. «Ja?»

Michael hielt die Handschellen hoch, als würde er Beweisstück Nummer eins zeigen. «Du stehst doch nicht auf so was, oder?»

Bill schüttelte den Kopf. «Damit verdien ich bloß mein Geld.»

«Hm . . .?»

«Ich bin Bulle. Heißt das, daß du wieder gehen willst?»

«Moment . . .» Michael war sprachlos.

Bill stand auf, zog eine Kommodenschublade auf, holte etwas heraus und streckte es seinem Ankläger entgegen.

«Meine Dienstmarke, okay?»

Michael sah die Marke an, dann Bill, dann wieder die Marke.

«Okay?» fragte Bill.

«Okay», sagte Michael.

Wie betäubt setzte er sich neben den Polizisten aufs Bett und machte sich über seine Schuhbänder her. «Was für eine tolle Wohnung», sagte er.

Das Pygmalion-Projekt

Prue hatte schon drei Blätter wieder aus der Schreibmaschine gerissen, als ihre Sekretärin ins Zimmer kam.

«Pater Paddy ist am Telefon», sagte sie. «Er sagt, es dauert nicht lange.»

Prue stöhnte leise und griff nach dem Hörer. «Ja, Pater?»

«Ich weiß, daß Sie Redaktionsschluß haben, Liebste, aber Sie müssen mir ein paar Fragen beantworten.»

«Schießen Sie los.»

«Wie sieht's mit Ihren Terminen aus? In den nächsten drei Wochen oder so.»

Prue zögerte. «Was soll das werden?»

«Na, na! Was sind wir doch wieder unfreundlich heute. Geben Sie einfach Antwort, mein Kind.»

Prue schaute in ihren Terminkalender. «Okay», sagte sie. «Sieht eigentlich ganz gut aus.»

«Schön. Sehen Sie zu, daß es so bleibt.»

«Pater . . .»

«Und sagen Sie Ihrem Waldschrat, daß er seine Tanzkarte ebenfalls freihalten soll. Ich hab was vor mit Ihnen beiden.»

«Was?»

«Nur mit der Ruhe. Alles zur rechten Zeit, mein Kind, alles zur rechten Zeit.»

«Pater, ich weiß ja nicht, was Sie aushecken, aber ich kann Ihnen gleich sagen, daß Luke nicht . . . na ja, er ist keiner von den Menschen, die sich von anderen etwas befehlen lassen.»

«Auch nicht von Ihnen?»

«Natürlich nicht!»

«Aber es ist doch so, Prue: Wenn er sich *wirklich* etwas aus Ihnen macht . . . wenn er ein Teil Ihres Lebens sein möchte, dann sollte er auch bereit sein, sich mit Ihnen irgendwo . . . in der Mitte zu treffen.»

«Darüber haben wir uns schon unterhalten. Es gibt keine Mitte.»

«Da bin ich aber ganz anderer Meinung! Es gibt etwas, das seiner Liebe zur Natur und Ihrem Sinn für Angemessenheit entgegenkommt. Mein Gott, Mädchen . . . sind Sie denn glücklich?»

Nach längerem Schweigen: «Nein.»

«Nein», wiederholte Pater Paddy. «Sind Sie nicht. Und *warum* sind Sie nicht glücklich? Weil Sie in dieses Wesen verliebt sind und Tag und Nacht mit ihm zusammensein möchten.» Der Geistliche legte eine spannungssteigernde Pause ein und senkte dann die Stimme, um mehr Nachdruck zu erreichen. «Und genau das sollen Sie haben, Liebste. Ich werde Ihnen zu dem verhelfen, was Sie haben möchten.»

Prue seufzte hörbar. «Wenn Sie mir nicht sagen wollen, was es ist, wie soll ich dann . . .»

«Schon gut, schon gut . . .»

Also sagte er es ihr.

Der Countdown

Die Schlange für *Jäger des verlorenen Schatzes* war so hoffnungslos lang, daß Mary Ann und Brian beschlossen, auf ihre Kinopläne zu verzichten und zu Hause fernzusehen.

«Das ist mir sowieso lieber», sagte Mary Ann, als sie ihr McChicken-Sandwich aus seinem Styroporsarg hob. «Meine letzte Junk-food-und-Fernseh-Orgie ist schon ewig her.»

Brian schluckte einen Riesenbissen Big Mac hinunter und wischte sich mit dem Handrücken über den Mund. «Jedenfalls schlägt es nicht aufs Portemonnaie.» Er warf Mary Ann einen schelmischen Blick zu. «Aber das braucht dich im Moment ja nicht zu kümmern, was?»

Mary Ann machte ein finsteres Gesicht. «Warum reibst du mir das dauernd hin?»

Brian zuckte mit den Schultern. «Warum mußt du damit auch so geheimnisvoll tun? Wem soll ich's denn erzählen, hm? Eine alte, mit Gin abgefüllte Dame aus der feinen Gesellschaft setzt dich auf ihre Gehaltsliste, und du tust so, als würd ich eine Unbedenklichkeitsbescheinigung von der Staatsschutzabteilung brauchen, damit ich auch nur mit dir reden darf.»

«Ach, Brian. *Du* fängst doch dauernd damit an.»

«Gib mir einen Hinweis, und ich bin sofort ruhig.»

Mary Ann zögerte. «Wenn ich's dir erzähle . . .»

Brian strahlte vor Freude über seinen Triumph.

«Wenn ich's dir erzähle, Brian, dann mußt du mir versprechen, daß du's niemand weitersagst. Aber wirklich, Brian. Es ist mir verdammt ernst damit.»

Brian setzte ein Pokerface auf und hielt die Hand hoch. «Ich schwöre feierlich. Ein Pakt unter Liebenden!»

«Ich hab's noch nicht mal Michael erzählt.»

Brian verneigte sich. «Ich fühle mich geehrt.»

«DeDe ist wieder da», sagte Mary Ann.

«Moment mal . . .»

Mary Ann nickte. «Mrs. Halcyons Tochter. Die aus Guyana verschwunden ist.»

Brian pfiff durch die Zähne. «Heiliger Strohsack.»
«Sie hat die letzten zweieinhalb Jahre in Kuba gelebt.»
«Was ist mit . . . wie hieß sie noch . . . Monas alte Freundin?»
«D'orothea. Die beiden haben zusammengelebt . . . mit den Zwillingen, die DeDe von dem Botenjungen von Jiffy's hat. D'orothea ist noch in Kuba. Und DeDe versteckt sich in Hillsborough. Ihre Mutter hat mich angestellt, damit ich mich um die Presse kümmere, sobald DeDe mit der Geschichte an die Öffentlichkeit geht.»
Brian zog die Augenbrauen hoch. «*Sobald* sie es tut? Es ist Wochen her, daß du in Hillsborough warst. Warum hat sie's immer noch nicht publik gemacht? Wozu versteckt sie sich?»
«Das krieg ich auch nicht auf die Reihe. Sie behauptet, daß sie erst noch mit ein paar Tempelmitgliedern über was reden muß. Sie will mir noch nicht sagen, worum's dabei geht.»
Brian grinste boshaft. «Wahrscheinlich ist sie auf der Suche nach einem guten Verlag. Die Hälfte von der Jonestown-Sippe schreibt grade ein Buch.»
Mary Ann schüttelte den Kopf. «Es geht um was sehr viel Ernsteres. Außerdem schreib *ich* das Buch, sobald die Zeit dafür reif ist.»
«Gut.»
«Ich weiß nur nicht, *was* ich schreiben werde.»
«Nicht so gut.»
«Wem sagst du das! Aber es fehlt noch was ganz Entscheidendes, Brian . . . etwas, das sie Tag und Nacht verfolgt. Ich kann's fast greifen, wenn wir miteinander reden.»
«Was?»
«Keine Ahnung.» Mary Ann fröstelte plötzlich. «Mensch, ich krieg richtig Gänsehaut davon. Ich hab zugesagt, daß ich bis nächste Woche nichts verrate. Aber dann kann ich mit dem Sender verhandeln. Sie hat mir versprochen, daß sie mich informiert, sobald sie rausgefunden hat . . . na ja, was sie eben rausfinden will.»
«Es hört sich an, als hätte sie Angst vor Gegenbeschuldigungen.»
«Daran hab ich auch gedacht», sagte Mary Ann, «aber das

ergibt keinen rechten Sinn. Wenn schon die anderen Überlebenden auf dem Talkshowkarussell mitfahren, wie du gesagt hast, was hat *DeDe* dann zu befürchten?»

«Vielleicht spinnt sie ganz einfach.»

«Das glaub ich nicht», sagte Mary Ann. «Sie ist eine ziemlich gestandene Person.»

«Diese beschränkte Göre . . .?»

«Sie hat sich sehr verändert, Brian. Das machen wahrscheinlich die Kinder. Sie *lebt* jetzt für sie. Kann sein, daß sie eine kleine Paranoia hat, was die Sicherheit der beiden angeht, aber nach dem, was sie durchgemacht hat, ist das wohl normal.»

«Vielleicht solltest du ja die Paranoia haben», sagte Brian.

«Warum?»

«Wie willst du ausschließen, daß andere Reporter was spitzkriegen, bevor du an die Öffentlichkeit gehst?»

Mary Ann zuckte zusammen. «Ja, klar, aber sie ist so vorsichtig, wie's nur geht. Wenn Besuch kommt, versteckt sie sich jedesmal in einem der Gästezimmer. Und außer Haus geht sie auch kaum.»

«Nur, um andere Tempelmitglieder zu besuchen, hm?»

Sie wußte nur zu gut, was er meinte.

Sie lagen im Bett und sahen sich Tom Snyder an, als das Telefon klingelte.

Mary Ann ging ran. «Ja?»

«Mary Ann . . . hier ist DeDe.» Ihre Stimme klang dünn und verängstigt. Mary Ann schaute zur Digitaluhr auf der Kommode. Sie zeigte 1:23.

«Hallo», sagte Mary Ann. «Wie geht's Ihnen?» Sie nahm an, daß DeDe wieder ihre Alpträume hatte.

«Wir müssen uns treffen», sagte DeDe.

«Klar. Selbstverständlich. Wann?»

«Morgen vormittag?»

«Könnten wir uns auf Nachmittag einigen? Brian und ich wollten . . .»

«Bitte.» Das Wort hallte nach wie ein Schrei in einer Gruft. Mehr brauchte Mary Ann nicht zu hören.

«Wo?» fragte sie.

«Hier auf Halcyon Hill. Ich will das Haus nicht verlassen.»

«Um Himmels willen, DeDe, was . . .?»

«Kommen Sie einfach, okay? Und bringen Sie Ihr Tonband mit. Wir können hier frühstücken. Entschuldigen Sie mein Verhalten. Morgen erkläre ich Ihnen alles.»

Als Mary Ann auflegte, lächelte Brian sie freundlich an. «Das Rollschuhlaufen ist gestrichen, hm?»

«Leider, ja», sagte sie.

«Was ist los?»

«Wenn ich das bloß wüßte», sagte Mary Ann.

Nichts zu verlieren

Es dauerte gerade mal einen halben Tag, bis Prue Giroux Feuer und Flamme war für die wilde Romantik von Pater Paddys Plan. Am nächsten Morgen eilte sie in den Park hinaus, und als sie in Lukes Arme gekuschelt dalag, versuchte sie es mit *ihrer* Überredungskunst.

Er schaute in eisigem Schweigen zur Decke hoch.

«Und?» fragte Prue.

«Du würdest es tun?» sagte er endlich.

«Ich würde es tun, wenn ich hoffen könnte, daß es uns einander näherbringt.»

«Und das erwartest du?»

«Möglich.»

Erneutes längeres Schweigen.

«Und schaden tut's doch auch keinem, wenn es nicht klappt, oder? Wir haben nichts zu verlieren, Luke.»

«Ich hasse die Bourgeoisie», antwortete er mit finsterem Gesicht. «Ich hab fast mein ganzes Leben damit zugebracht, sie zu zersetzen . . . oder vor ihr wegzulaufen.»

Die Kolumnistin wurde zornig. «Soll das heißen, daß *ich* die Bourgeoisie bin?»

Er beugte den Kopf und küßte sie auf die Stirn. «Im Gegensatz zu vielen anderen schönen Dingen bist du am schönsten, wenn man dich aus deinen Zusammenhängen herauslöst.»

«Aber . . . herausgelöst *wäre* ich dort ja. Es würde nur uns beide geben, wenn wir es so wollten. Zwei Wochen ganz für *uns*, Luke.»

«Und was dann?»

«Ich weiß nicht. Spielt das eine Rolle? Hast *du* nicht gesagt, ich soll nicht ans Immer denken?»

Damit hatte sie ihn. Er lächelte anerkennend und schüttelte langsam den Kopf. «Prue, ich hab nicht die richtigen Sachen für so was, nicht die . . .»

«Darum kann ich mich kümmern.»

«Ich will keine Almosen von dir.»

«Dann ist es eben eine Leihgabe. Nach zwei Wochen fällt alles wieder an mich zurück. Mein Gott, du verkaufst doch nicht deine *Seele*, Luke.»

«Das werden wir erst sehen.»

«Hör mal», sagte sie ungehalten, «du sagst mir ständig, daß ich mich schämen würde, mit dir zusammen gesehen zu werden. *Beweis* mir das mal, wenn du kannst!»

«Prue . . .»

«In Wirklichkeit . . . schämst du dich, mit *mir* gesehen zu werden. Du bist so ein Snob, Luke. Du bist der größte Snob, der mir je begegnet ist!»

«Wenn du das brauchst . . . bitte, mach nur weiter so.»

«Was hast du denn zu verlieren, Luke?»

Er wälzte sich auf die andere Seite.

«Kannst du dich erinnern, was du in unserer ersten Nacht gesagt hast? Du hast gesagt, du wirst mich bedingungslos lieben, zu meinem Vergnügen . . . und so innig oder auch nicht, wie ich es möchte. Also . . . jetzt möchte ich was. Tu's mir zuliebe, Luke.»

«Ich hab doch von *hier* geredet.» Er sagte es leise und zur Wand hin.

Doch sie wußte, daß sie gewonnen hatte.

Mary Ann schaltete das Sony-Aufnahmegerät ein. «Ich fürchte, ich bin ein bißchen durcheinander. Ich weiß nicht recht, wo ich anfangen soll.»

«Das ist nicht Ihre Schuld», sagte DeDe. «Ich hab ja noch nicht alle Karten aufgedeckt.» Das Gewebe um ihre Augen war so dunkel, fiel Mary Ann auf, daß man meinen konnte, sie hätte sich gerade erst die Nase operieren lassen. *Was war nur passiert?*

«Wo sind die Kinder?» fragte Mary Ann.

«Mit Mutter und Emma oben. Ich will sie nicht dabeihaben, wenn wir uns unterhalten. Alle vier nicht.»

«Ach so.»

«Ehrlich gesagt, weiß ich nicht recht, was Sie im Moment von mir halten. Sie haben wohl allen Grund, mich als klinischen Fall zu betrachten.»

«Nie und nimmer.»

DeDe lächelte matt. «Besser wird's jedenfalls nicht, das kann ich Ihnen versprechen. Sie wissen ja sicher, daß Jim Jones nicht ganz gesund war.»

«Das ist noch milde ausgedrückt.»

«Ich meine auch körperlich. Er hatte Diabetes und überhöhten Blutdruck. Eine von den Frauen, die mit ihm schliefen, hat mir erzählt, daß er pro Tag nicht mehr als tausendsiebenhundert Kalorien zu sich nehmen sollte, aber er war süchtig nach Limo und süßem Gebäck. Außerdem hatte er chronischen Husten.»

«Das hab ich gelesen», sagte Mary Ann.

«Er hustete die ganze Zeit. Viele Tempelmitglieder dachten, es käme davon, daß er ihre Leiden übernahm.»

«Das versteh ich nicht.»

«Na ja, wissen Sie, er hat Leute gesund gemacht. Oder jedenfalls so getan. Viele sahen in ihm einen Heiler. Er hielt Heilsitzungen ab, bei denen er für jemand betete, der, sagen wir mal, Krebs hatte . . . dann verließ er den Raum, kam kurz darauf mit einer Handvoll Hühnermagen wieder und behauptete, das wäre der Krebs.»

«Soll das heißen . . .»

«Er hatte ihnen den Krebs aus dem Körper gerissen.»

«Und das haben die Leute geglaubt?»

«Manche schon. Andere haben so getan, weil sie seine Ziele guthießen.»

«So haben sich hier auch viele verhalten.»

«Ja. Und viele von den armen Seelen glaubten, daß er ihre Krankheit übernahm, sobald er sie davon heilte. Das war seine Variante des Gangs nach Golgatha. Seine Krankheit war um so beklagenswerter – bekamen wir zu hören –, weil es in Wahrheit *unsere* Krankheit war und er sie für uns auf sich nahm.»

«Wie entsetzlich.»

DeDe zuckte mit den Schultern. «Sie machen sich keine Vorstellung, wie nobel und gut es ihn damals aussehen ließ.»

«Aber *Sie* haben es ihm nicht abgekauft, oder?»

«Die Sache ist doch die», sagte DeDe beinahe gereizt, «daß der Mann krank war. Alle konnten das sehen. Heute läßt sich rückblickend leicht sagen, daß wohl vieles davon psychosomatisch war oder so . . . aber damals wirkte das alles verdammt echt. Auch seine Arthritis. Die Schwellungen an seinen Handgelenken und Händen waren ziemlich auffällig. Ich war schokkiert, als ich sie zum erstenmal sah. Eines Tages kam ich in die Krabbelstube und fand ihn dort mit den Zwillingen . . .»

«Es gab dort eine Krabbelstube?»

DeDe dachte kurz nach. «Sie hieß Cuffy Memorial Baby Nursery, um genau zu sein.»

«Cuffy», wiederholte Mary Ann. «Wie niedlich.»

«Cuffy war ein schwarzer Befreiungskämpfer aus Guyana.»

«Ach so.»

«Auf jeden Fall stand Dad . . . stand Jones in der Krabbelstube, hielt den kleinen Edgar im Arm und sang ihm etwas vor . . . und dazu diese großen geschwollenen Hände. Es wirkte mitleiderregend und grausig zugleich. Es wäre wohl normal gewesen, wenn ich mich geekelt hätte, aber ich spürte nur ein merkwürdiges Mitleid . . . und einen panischen Schrecken natürlich. Ich schlich mich näher, um zu hören, was er sang, aber es war gar nicht die übliche Revolutionshymne. Es war ‹Bye Baby Bunting›.»

Mary Ann war drauf und dran, «Also nee!» zu sagen, fing sich aber im letzten Moment noch. «*Irgendwas* Anständiges muß er doch gehabt haben, sonst wären Sie nicht so lang geblieben. Sie hatten noch nicht mal Fluchtpläne, bis Sie von dem Zyankali erfuhren, oder?»

DeDe nickte. «Es lag wahrscheinlich an seiner Krankheit. Er wirkte durch sie weniger bedrohlich, eher verletzlich. Und zum Teil lag es daran, daß ich . . . dort alles gewöhnt war. Es war eine beschissene kleine Welt, aber wenigstens wußte ich, wie sie funktionierte. Verstehen Sie, was ich meine?»

Mary Ann nickte. Sie mußte unwillkürlich an Halcyon Communications denken.

«Die Wahrheit ist», fuhr DeDe fort, «daß ich eine Idiotin war. Ich hab damals doch tatsächlich geheult, als er uns zusammenrief und verkündete, daß er Krebs hätte.»

«Wann war das?»

«Im August, glaub ich. Anfang August. Kurz danach kam ein Arzt namens Goodlett aus San Francisco. Er untersuchte Jones und sagte, er könne keinen Krebs entdecken. Es handle sich wahrscheinlich um eine Pilzinfektion der Lunge. Jedenfalls versuchte er, Jones davon zu überzeugen, daß er den Dschungel verlassen mußte, damit man Tests machen und eine genaue Diagnose stellen konnte. Doch Jones hatte furchtbare Angst davor, auch nur einen Tag aus Jonestown wegzugehen. Charles Garry traf besondere Vorkehrungen, damit er in Georgetown untersucht werden konnte – das heißt, ohne festgenommen zu werden –, aber Jones hatte Angst, daß es während seiner Abwesenheit zu einem Aufstand kommen könnte.

«Das heißt, er hat noch klar *gedacht*.»

«Wenn es um die Macht ging, immer», sagte DeDe. «Aber klar, ein bißchen später setzte dann die Sucht ein. Quaaludes zusammen mit Kognak, Elavil, Placidyl . . . Valium, Nembutal und so weiter und so fort. Marceline sah, wie er vor ihren Augen verfiel, und erkannte, daß etwas getan werden mußte.»

«Wer war Marceline?»

«Seine Frau.»

«Ach ja», sagte Mary Ann hastig. Sie kam sich von Minute zu Minute dümmer vor. «Ich hatte schon fast vergessen, daß er verheiratet war.»

Dicke Freunde

Brian und Michael verbrachten den Samstagvormittag beim Rollschuhlaufen im Golden Gate Park – trotz der schnittigen, professionell wirkenden Rollschuhe, die Mrs. Madrigal ihnen letzte Weihnachten geschenkt hatte, eine höchst riskante Unternehmung.

«Du hast geübt», rief Brian vorwurfsvoll, als sie am de Young Museum vorbeischlingerten. «Das ist gegen die Regeln, klar?»

«Wer sagt denn so was?»

«Mary Ann sagt, daß du am Dienstag zum Rollschuhlaufen warst. Mit deinem Bullenfreund.»

«Das war in der *Halle*. Das zählt nicht.»

«Wo wart ihr?»

«Auf der Rollschuhbahn in El Sobrante. Dort tummelt sich der Farrah-Fawcett-Nachwuchs gleich tonnenweise. Die Kleinen brauchen für ihre Fönfrisuren garantiert *Tage* . . .»

«Mädchen?»

«Das hättest du wohl gerne. Schnittchen. Ein unglaublicher Anblick. Ich sollte dich und Mary Ann mal mitnehmen. Wir können mit dem Bus fahren.»

«Fährt da ein Sonderbus hin?»

Michael nickte. «Er klappert ein halbes Dutzend Schwulenkneipen ab, und an der Rollschuhbahn setzt er dann alle raus. Das macht total Spaß. Beim Nachhausefahren ist im Bus dann Schmusen angesagt.»

Brian lächelte verklärt. «Daran kann ich mich noch erinnern.»

«Ich auch. Nur hab ich's nie zu High-School-Zeiten gemacht. Letzten Dienstag war's das erste Mal überhaupt. Obwohl ich mich noch erinnern kann . . . an die Jungs und Mädels, die hinten im Bus im Finstern saßen, Bread hörten und schmusten, wenn wir von Auswärtsspielen unserer Baseballmannschaft zurückfuhren.»

Brian streckte die Hand aus, um Michael an der Kreuzung zum Stehen zu bringen. «Paß auf», sagte er. «Verlier dich nicht in deinen Erinnerungen. Am Wochenende ist es hier lebensgefährlich.»

«Trotzdem, stell dir das mal vor. Ich mußte einunddreißig werden, bis ich jemand im Bus küssen konnte. Ich seh das als einen Meilenstein.»

«Es ist sogar noch mehr», neckte Brian ihn. «Manche Leute schaffen es nie, einen Bullen zu küssen, und erst recht nicht im Bus. Es war doch der Bulle, oder?»

Michael heuchelte Empörung. «Natürlich!»

«He . . . was versteht ein Stecher wie ich schon davon?»

Michael grinste. «Wo hast du das Wort denn her?»

Die Ampel schaltete um. Vorsichtig und ohne jede Grazie liefen sie auf dem grobkörnigen Asphalt weiter. «Von einem der Typen bei Perry's», antwortete Brian. «Er hat erzählt, daß die Schwuchteln uns so nennen.»

«Aber nicht die Schwuchtel, die grade mit dir unterwegs ist», sagte Michael.

«Ich weiß.» Brian verlor fast das Gleichgewicht, als er sich zu ihm umdrehte.

Michael packte ihn am Arm. «Sachte . . . sachte . . .»

«Jedenfalls», sagte Brian, als er nicht mehr ganz so wackelte, «trifft's auf mich noch nicht mal zu. Ich bin sechsunddreißig und hab noch nie was gezeugt.»

Als sie zur anderen Seite kamen, steuerte Michael auf eine Bank zu und setzte sich. Brian plumpste mit einem lauten Seufzer neben ihn.

«Fändest du's denn schön?» fragte Michael.

«Was?»

«Kinder zu haben.»

Brian zuckte mit den Schultern. «Klar. Aber Mary Ann nicht. Jedenfalls nicht im Moment. Sie macht gerade Karriere.» Er lächelte milde. «Falls du das noch nicht bemerkt haben solltest.»

Michael lockerte die Schnürsenkel seiner Rollschuhe. «Wo ist sie heute überhaupt?»

«Zum Mittagessen. Auf der Halbinsel.»

«Was macht sie *da* denn?»

«Es geht um . . . was Berufliches.»

Sie saßen einige Zeit mit nackten Füßen nebeneinander und beobachteten schweigend das Geschehen rundherum. Schließlich sagte Michael: «Ich finde, daß ihr beide heiraten solltet.»

«Ja, wirklich?»

«Mhmm.»

«Hast du ihr das schon gesagt?»

«Nicht direkt», erwiderte Michael.

Brian grinste. «Ich auch nicht.»

«Warum nicht?»

Brian riß eine Handvoll Gras aus. «Ach . . . weil ich glaube, daß ich die Antwort schon kenne . . . und die will ich mir momentan nicht antun. Außerdem hat das Alleinleben 'ne Menge Vorteile.»

«Nenn mir mal einen.»

«Man kann ins Waschbecken pinkeln.»

Michael lachte. «Du machst das auch, hm?» Plötzlich drückte er Brians Bein ganz fest und rief: «O Gott, guck mal *da*!»

«Wo?»

«Da drüben . . . am Gewächshaus. Die aufgetakelte Blondine, die in die Limousine steigt.»

«Und?»

«Das ist Prue Giroux.»

«Wer?»

«Du weißt doch . . . diese abgedrehte reiche Trulla, die für die *Western Gentry* schreibt.»

«Kenn ich nicht.»

«Sie grinst wie 'ne Cheshire Cat», sagte Michael. «Wo sie wohl hinfährt?»

Jedenfalls», fuhr DeDe fort, «*wußte* Marceline, wie krank er war. Es hat ihr ständig Sorgen gemacht.»

«Sie haben sie gekannt?»

DeDe nickte. «Wir waren fast so was wie Freundinnen. Und sie hatte wirklich den Durchblick.»

«Trotzdem hat sie nichts . . .?»

«Lassen Sie mich erzählen, okay? Ich will das hinter mich bringen. Ein russischer Arzt namens . . . ich glaube Fedorowskij . . . da muß ich in meinem Tagebuch nachsehen . . . dieser Arzt kam im Herbst nach Jonestown und meinte, Jones hätte ein Emphysem. Marceline flog damals extra nach San Francisco, um Dr. Goodlett mitzuteilen, daß Jones' Fieber schlimmer wurde. Er erklärte ihr, er könnte die Verantwortung für die Behandlung nicht übernehmen, solange Jones nicht aus dem Dschungel kommt und sich anständig behandeln läßt. Mit anderen Worten, er wollte nichts damit zu tun haben. Da hat Marceline anscheinend beschlossen, sich an ein ehemaliges Tempelmitglied zu wenden, das in San Francisco lebte. Der Mann war einer von Jones' ergebensten Jüngern, aber er war geistig schwer gestört . . . so schwer, daß Jones ihm nicht erlaubt hatte, in Jonestown mitzumachen.»

«Wie hieß der Mann?» fragte Mary Ann.

«Keine Ahnung. Marceline hat mir das nie gesagt. Der springende Punkt ist . . . daß der Kerl eine geradezu gespenstische Ähnlichkeit mit Jones hatte . . . der gleiche Körperbau, der gleiche Hautton, das gleiche kantige Gesicht. Das verstärkte er sogar noch, indem er Koteletten und eine verspiegelte Sonnenbrille trug.»

«Aber . . . warum?»

DeDe zuckte mit den Schultern. «Alle anderen wollten Jones *folgen*. Er wollte Jones *sein*.»

«Hat Marceline Ihnen das gesagt?»

«Mhm. Und ich hab es mit eigenen Augen gesehen.»

«In Jonestown?»

DeDe nickte. «Ich sah, wie die beiden sich einmal abends trafen. Jones und der Kerl. Sie waren kaum auseinanderzuhalten. Nach Marcelines Darstellung sah der Plan so aus, daß der Hochstapler das ganze Unternehmen leiten sollte, bis Jones zur ärztlichen Behandlung nach Moskau konnte. Alles in allem höchstens eine Woche, sagte sie. Den Großteil seiner Aufgabe sollte er mit Hilfe des Lautsprechersystems erledigen und nur ab und zu ein bißchen herumgehen, um die Leute bei der Stange zu halten. Der Mann wurde wirklich in *alles* eingewiesen, sogar in die Selbstmordübungen. Weil Jones krank war, erwartete natürlich niemand, daß er so klang wie sonst ... oder daß er am Alltagsleben im Lager teilnahm. Er hatte bloß *dazusein* und zu verhindern, daß eine Revolte ausbrach.»

«Dann ist es also ... so gekommen? *Jones ist abgereist?*»

«Ich weiß nicht. Zwei Tage nach der Ankunft des Hochstaplers im Lager erzählte mir Captain Duke von dem Zyankali. Ich bin nicht so lange geblieben, um es rauszufinden. Zum erstenmal in meinem Leben war ich verdammt froh, daß ich den Höhepunkt verpaßte.»

«Wann ... sind Sie dann also weg?»

«Zwei Tage, bevor der Kongreßabgeordnete und die anderen auf der Landebahn ermordet wurden.»

«Heißt das, daß vielleicht dieser Mann ... dieser Hochstapler ... den Massenselbstmord befohlen hat?»

«Ja.»

«Und daß vielleicht er es war ...»

Als Mary Ann stockte, beendete DeDe den Satz. «... der gestorben ist.»

«O mein Gott!»

DeDe blinzelte sie ungerührt an.

«Das ist ... DeDe, das ist *grotesk*.»

«Allerdings, nicht?»

«Aber ... die Regierung ... hat die Leichen damals doch sicher untersuchen lassen. Jemand muß ... ich weiß nicht ... was wird da gemacht? Eine Blutuntersuchung oder so?»

DeDe lächelte nachsichtig. «Es gab neunhundert Leichen, vergessen Sie das nicht.»

«Ich weiß, aber . . .»

«Eine der Leichen lag direkt vor dem Thron, mit dem Kopf auf einem Kissen. So aufgedunsen, wie sie war, sah sie zumindest *aus* wie Jones . . . und vermutlich fand man bei ihr auch seinen Ausweis. Glauben Sie, daß man sich die Mühe machte, seine Fingerabdrücke zu überprüfen?»

«Hat es keine Autopsie gegeben?»

«Doch», sagte DeDe, «und ich hab schon alles versucht, um den Bericht zu finden. Deshalb brauchte ich auch *Zeit*, verstehen Sie? Wenn mir jemand den schlüssigen Beweis liefern würde, daß er tot ist . . .»

«Was ist mit den Tempelmitgliedern?»

DeDe verzog das Gesicht. «Die waren keine Hilfe. Sie wollten nichts davon hören. Sie haben mich behandelt, als wär ich verrückt oder so.»

Mary Ann schwieg dazu.

«Mary Ann . . . bitte . . . schreiben Sie mich noch nicht als hoffnungslosen Fall ab.» DeDe sah sie flehentlich an, und ihre Augen füllten sich mit Tränen. «Das Verrückte kommt erst noch.»

Mary Ann nahm ihre Hand. «Erzählen Sie weiter», sagte sie. «Ich bin ganz Ohr.»

«Ich weiß nicht, was ich machen soll», sagte DeDe schluchzend. «Ich hab das Davonlaufen so was von satt . . .»

«Weinen Sie doch nicht, DeDe. Es kann nicht so schlimm sein, wie . . .»

«Ich hab ihn *gesehen*, Mary Ann!»

«Was?»

«Gestern. Im Steinhart Aquarium. Meine Mutter hat mich völlig verrückt gemacht, und deshalb bin ich in die Stadt gefahren . . . nur, um ein bißchen rumzulaufen. Ich war zuerst bei einem Konzert im Park . . . bin danach ins Aquarium gegangen . . . und unter den Leuten dort hab ich ihn gesehen.»

«Sie haben . . . Jones gesehen?» Mary Ann war fassungslos.

DeDe nickte. Ihr Gesicht war angstverzerrt.

«Was hat er gemacht?»

«Geguckt . . .» Sie war kaum noch zu verstehen. Als Mary

Ann spürte, wie auch ihre Unterlippe zu zittern anfing, drückte sie DeDes Hand noch fester.

«Geguckt?» fragte sie vorsichtig.

DeDe wischte sich mit der freien Hand über die Augen und nickte. «Die Fische angeguckt. Genau wie ich.»

«Es ist furchtbar duster da drin. Sind Sie sicher, daß Sie . . .?»

«*Ja!* Er hat schlanker ausgesehen, und entschieden gesünder, aber er war's. Ich wußte es in dem Moment, als ich ihm in die Augen sah.»

«Er hat Sie *gesehen*?»

«Er hat mir zugelächelt. Es war grauenhaft.»

«Wie haben Sie reagiert?»

«Ich bin zurück zum Auto gerannt und nach Hause gefahren. Seither hab ich das Haus nicht mehr verlassen. Ich weiß, wie sich das anhört, glauben Sie mir. Sie hätten allen Grund . . .»

«Ich glaube Ihnen.»

«Wirklich?»

«Ich glaube, daß es für Sie real ist. Das genügt mir.»

DeDe hörte auf zu schluchzen. Sie funkelte Mary Ann wütend an und riß dann verärgert ihre Hand weg. «Sie halten mich für hysterisch, was?»

«DeDe, ich finde, Sie waren unglaublich tapfer . . .»

«*Tapfer?* Sehen Sie mich doch an! Ich hab eine Scheißangst! Glauben Sie, ich weiß nicht, was die Polizei sagen würde . . . was die ganze verdammte Welt sagen würde über das arme kleine Mädchen aus reichem Hause, das in Jonestown durchgeknallt ist? Schauen Sie doch nur, wie *Sie* reagieren. Und Sie wollen meine Freundin sein!»

«Ich bin Ihre Freundin», sagte Mary Ann lahm.

«Dann sagen Sie mir doch, was ich machen soll. *Was soll ich mit meinen Kindern machen?*»

Gangie

Klein Edgar und seine Schwester Anna rannten freudestrahlend über den braunen Rasen von Halcyon Hill, kamen auf die Terrasse zu ihrer Großmutter und zwickten sie von links und rechts ins Bein.

«Gangie, Gangie . . . guck mal!»

Frannie stellte ihre Teetasse auf die Glasscheibe des Tischs und lächelte die beiden Vierjährigen an. «Was habt ihr denn da, ihr zwei Süßen? Was wollt ihr Gangie zeigen?»

Klein Anna stieß ihr Fäustchen nach vorne, machte es auf und gab eine kleine graue Kröte zur Besichtigung frei, die wie ein Herz pulsierte. Frannie rümpfte die Nase, bemühte sich aber redlich um einen anerkennenden Ton. «Na . . . seht euch das mal an! Weißt du, was das ist, Edgar?»

Edgar schüttelte den Kopf.

«Das ist ein Frosssch», sagte Anna mit einer gewissen Selbstgefälligkeit.

Edgar warf seiner Zwillingsschwester einen verächtlichen Blick zu. «Ich hab ihn gefunden», erklärte er trotzig, als wollte er für sein Versagen bei der Benennung des Tiers einen Ausgleich schaffen.

«Wißt ihr, er ist wirklich wunderschön», sagte Frannie in süßlichem Ton, «aber ich denke, ihr solltet ihn dorthin zurückbringen, wo ihr ihn gefunden habt.»

«Wieso?» fragten beide gleichzeitig.

«Na ja . . . weil er eines von Gottes kleinen Geschöpfen ist, und außerdem kommt er mir noch sehr klein vor. Wahrscheinlich fehlt ihm seine Mommy. Ihr würdet doch auch nicht wollen, daß jemand euch von *eurer* Mommy wegholt, oder?»

Vier Mandelaugen wurden ganz groß. Die Zwillinge schüttelten gleichzeitig den Kopf.

«Na also . . . dann lauft jetzt los und setzt ihn genau dort wieder ab, wo ihr ihn gefunden habt. Und wenn ihr zurückkommt, hat Gangie eine große Überraschung für euch.»

Frannie sah zu, wie die beiden an den Rand des Rosengartens zurückhasteten, und erfreute sich an der klassischen Schlichtheit des Geschehens. Sie war überzeugt, daß sie die gleichen Sätze gesagt hatte – und am gleichen Ort –, als DeDe in dem Alter gewesen war.

«Kann ich mal mit dir reden, Mutter?»

Als die Matriarchin sich umdrehte, sah sie sich der erwachsenen DeDe gegenüber, die schlank und schön und ungewöhnlich ... entschlossen wirkte. «Hallo, mein Schatz. Wird Mary Ann uns beim Tee Gesellschaft leisten?»

«Sie ist gerade zur Tür raus», sagte DeDe.

Frannie gab ihrer Tochter einen flüchtigen Kuß auf die Wange und schaute dann liebevoll zu den Zwillingen hinüber. «Sie sind eine solche Freude. Ich kann es dir gar nicht sagen.»

DeDes Lächeln wirkte matt. «Sie haben dich anscheinend rasch ins Herz geschlossen. Mutter ... können wir uns kurz unterhalten?»

«Selbstverständlich, mein Schatz. Ist etwas Unangenehmes passiert?»

DeDe schüttelte den Kopf. «Ich glaube, daß es dir gefallen wird. Ich *hoffe*, daß es dir gefallen wird.»

Emma hielt die Kinder in der Küche mit Eiscreme bei Laune, während DeDe mit ihrer Mutter im Wintergarten saß und ihr erklärte, was sie vorhatte.

«Mary Ann wird die Geschichte publik machen», sagte sie. «Aber noch nicht gleich ... vielleicht in einer Woche oder so. Das haben wir noch nicht genau festgelegt. Das Entscheidende ist ... ich finde, du und die Zwillinge sollten nicht in der Stadt sein, wenn es soweit ist.»

«Was?»

«Überleg doch mal, Mutter. Es wird ein riesiges Aufsehen geben. Ganz egal, was wir machen. Und ich möchte nicht, daß du oder die Kinder einem derartigen Druck ausgesetzt werdet.»

«Das ist lieb von dir, mein Schatz, aber früher oder später muß es ja doch sein, nicht?»

DeDe nickte. «Bis zu einem gewissen Grad ... aber bis

dahin hat es sich ein bißchen gelegt, und du wirst dann besser damit fertig.» DeDe reichte ihrer Mutter eine Seite aus dem Reiseteil des *Chronicle*. «Ich finde das hier ganz toll. Da steht, daß es das geräumigste Schiff im Einsatz ist und daß es nach . . .»

«DeDe, was soll das . . .?»

«Laß mich ausreden, Mutter. Es sticht nächste Woche zu einer zweiwöchigen Kreuzfahrt nach Alaska in See. Du wirst die Gletscher sehen und in Sitka die entzückenden alten Russenhäuser . . .»

«DeDe, ich finde deine Rücksichtnahme rührend, aber . . . na ja, ich fühle mich hier wohl, mein Schatz. Und ich glaube wirklich nicht, daß mir das Aufsehen zuviel . . .»

«Ich will die Kinder aus der Stadt haben, Mutter!»

Frannie war betroffen von der Heftigkeit, mit der DeDe es sagte. «Schatz, ich tue alles, was du willst. Ich verstehe nur nicht, warum es dir so . . . na ja, so *wichtig* ist.»

DeDe fing sich wieder. «Frag nicht, Mutter, sondern hilf mir. Bitte. Es ist eine wunderbare Reise. Die Zwillinge werden begeistert sein, und du wirst sie viel besser kennenlernen können. Es ist genau das Richtige.» Sie sah Frannie beinahe wehleidig an. «Meinst du nicht auch?»

Die Matriarchin zögerte, bevor sie ihre Tochter schließlich umarmte. «Doch, ich finde es ganz reizend», sagte sie.

A Starr is born

Die Kleider von Wilkes Bashford waren ungefähr eine halbe Stunde vor Pater Paddy in Prues Haus eingetroffen.

«Was sagen Sie dazu?» fragte der Geistliche atemlos. «Daniel Detorie hat mir beim Aussuchen geholfen. Ich *weiß*, daß ich bei den Polohemden über die Stränge geschlagen habe, aber die Farben sahen so appetitlich aus, daß ich nicht widerstehen konnte.»

«Sie sind hübsch», erwiderte Prue beinahe gleichgültig. Sie begriff langsam, daß sie unter Schock stand, weil jetzt klar war, daß es dazu kommen würde. *Es würde tatsächlich dazu kommen.* Sie zauberte sich ein Lächeln für den Priester ins Gesicht. «Ich kann gar nicht fassen, wie wunderbar Sie zu mir sind.»

«Quatsch», sagte Pater Paddy. «Das Vergnügen war ganz auf meiner Seite, Liebste. Ich hab mich bei Wilkes noch nie so austoben können.» Er hob einen blauen Blazer aus einem Karton. «Der ist von Brioni», sagte er. «Ich habe hin und her überlegt, ob ich den Polo-Blazer nehmen soll, der vierhundert gekostet hätte, aber lang nicht so gut *geschnitten* war wie der von Brioni. Und weil es uns bei der ganzen Sache auf den Effekt ankommt, erschienen mir achthundert durchaus angemessen. Hat er sich schon die Haare schneiden lassen?»

«Ich glaube nicht», sagte Prue.

Pater Paddy verdrehte die Augen. «Er kann doch nicht aufs Schiff, wenn er aussieht wie der Wilde von Borneo, Liebste!»

«Ich weiß», sagte Prue, «aber wenn wir ihm die Haare mit Gel nach hinten . . .»

«Das können Sie vergessen. Ich werd am Sonntag mit der Maniküre auch noch einen Friseur rüberschicken.» Er seufzte hingebungsvoll. «Mein Gott, macht das Spaß, was?»

«Ich bin immer noch so nervös», sagte Prue.

«Aber nicht doch. Die Sache läuft.» Der Priester zog ein Päckchen aus der Brusttasche. «Sehen Sie, mein Kind, hier sind die Tickets. Sie gehen am Sonntag zwischen drei und halb fünf an Bord. Lukes Kabine liegt auf demselben Deck wie Ihre, nur zwei Türen weiter. Sie können um eine halbe Stunde versetzt an Bord gehen, wenn Sie möchten. Dann schöpft niemand Verdacht. Ich hoffe doch . . . daß er die Nacht zum Sonntag hier verbringt, oder?»

Prue nickte. «Ich hab meiner Sekretärin das Wochenende freigegeben.»

«Sehr schön. Kluges Mädchen.»

Prue runzelte die Stirn, als sie sich die Tickets ansah. «Moment mal . . . auf dem Ticket hier steht Sean P. Starr.»

«Richtig», sagte Pater Paddy grinsend. «Stets zu Diensten.»

«Aber ... Luke kann sich doch nicht für Sie ausgeben, Pater.»

«Warum nicht?»

«Es ist einfach zu riskant. Was ist, wenn er seinen Ausweis vorzeigen muß?»

Der Priester zuckte mit den Schultern. «Dann zeigt er eben meinen vor. Der ist im Reisearrangement enthalten, mein Kind.»

«Das ist sehr nett von Ihnen, aber ... na ja, Luke würde das nie tun. Das weiß ich.»

«Was tun?»

«Als Priester auftreten.»

Pater Paddy hielt ihr seinen Ausweis hin. «Zeigen Sie mir, wo da was von Priester steht. Er wird ganz einfach Sean Starr sein, seines Zeichens Bonvivant und Weltenbummler, ein charmanter Junggeselle im besten Alter, der auf einer Kreuzfahrt nach Alaska rein zufällig eine gewisse charmante Klatschkolumnistin kennenlernt, die ebenfalls im besten Alter ist. Was könnte natürlicher sein als das? Oder *romantischer*, wenn wir schon dabei sind? Ihre Leser werden davon begeistert sein.»

Prue lachte zum erstenmal an diesem Tag. «Sie sind absolut heimtückisch, Pater.»

Der Geistliche nahm das Kompliment mit einer bescheidenen Verbeugung an. «Alles weitere hängt von Ihnen ab, mein Kind. In weltlichen Dingen kann die Kirche nicht mehr tun. Wenn ich Sie wäre, würde ich allerdings stark auf seinen Hintergrund als Vermögensverwalter abheben. Haben Sie nicht gesagt, daß er so was mal gemacht hat?»

Prue nickte. «Vor ziemlich langer Zeit. Bevor er Prediger war.»

«Wunderbar. Dann stimmt es sogar. Das ist immer praktisch.» Er beugte sich vor und gab Prue einen ungestümen Schmatz auf die Wange. «Ach, Prue ... Sie haben ein tolles Abenteuer vor sich, ein *ganz* tolles Abenteuer.»

Die Kolumnistin hörte sich kichern. «Ja, nicht?»

«Außerdem verhelfen Sie dem armen Kerl zu einem neuen Anfang. Darauf können Sie stolz sein ... *und* Sie können in

Ihren Briefen darüber berichten. Ich will es *anschaulich* und im Detail, Liebste. Das ist meine Entlohnung für meine Dienste. Übrigens . . . lieben Sie ihn denn?»

«O ja!»

«Dann wird er geschlagene zwei Wochen an nichts anderes denken, Liebste. Er wird an nichts anderes denken und sein altes Leben einfach sausen lassen. Manche Menschen sind füreinander geschaffen, mein Kind, und wenn sie zueinander finden, ist fast alles möglich. So . . . und welcher Friseur wäre Ihnen recht?»

In Hillsborough war es DeDe, die letzte Ratschläge erteilte.

«Entspann dich, Mutter, das ist die Hauptsache. Entspann dich, und erfreu dich an deinen Enkelkindern . . . aber sag um Himmels willen niemand, daß es deine sind, sonst machst du das ganze Vorhaben zunichte.»

«Was soll ich denn dann sagen?»

«Ganz einfach. Daß die Kleinen bei dir in Pflege sind. Es sind vietnamesische Waisenkinder, die du den Sommer über zu dir genommen hast.»

Die Matriarchin reagierte ungehalten: «Das glaubt mir doch kein Mensch!»

«Warum nicht? Es ist einleuchtender als die Wahrheit, oder?»

Schweigen.

«Ich weiß, wie groß die Versuchung sein wird, deinen Stolz zu zeigen, Mutter. Aber das darfst du nicht. Auf gar keinen Fall. Wenn wir erst an die Öffentlichkeit gegangen sind, hast du noch Zeit genug, um mit deinen Bekannten zu feiern.»

«Und wenn ich jemand treffe, den ich kenne?»

«Das ist eher unwahrscheinlich. Kreuzfahrten sind schon seit Jahren nur noch was für die Mittelschicht. Wenn aber doch, bleibt die Geschichte die gleiche. Sag jedesmal ‹Pflegekinder›, wenn du ‹Enkelkinder› meinst, und die Sache ist geritzt. Okay?»

Frannie nickte widerwillig. «Irgendwie ist das furchtbar albern.»

«Mutter.» DeDe klang jetzt ganz geschäftsmäßig. «Es mag dir albern vorkommen, aber es ist unheimlich wichtig. Hast du verstanden? Jemand kann es noch so gut mit uns meinen, und eh wir wissen, wie uns geschieht, läßt er gegenüber der Presse was durchsickern. Denk dran, was Daddy immer gesagt hat: ‹Durch ein loses Mundwerk ist schon manches Schiff gesunken.›»

Frannie sah ihre Tochter naserümpfend an. «Auf das Durchsickern und Sinken kann ich gut verzichten. Danke.»

DeDe lachte nervös. «Die Wortwahl war daneben. Tut mir leid. Ach, Mutter, ich wünsch dir, daß du eine wunderbare Zeit erlebst!»

«Das werde ich», sagte Frannie lächelnd. «Das heißt, *wir*.»

Reise aus der Vergangenheit

Auf der Landungsbrücke vor der *Sagafjord* wimmelte es von Passagieren, doch Prue hatte nur für einen Augen. «Sehen Sie ihn sich an», gurrte sie. «Haben Sie schon mal was Schöneres gesehen?»

Pater Paddy bekreuzigte sich – eine ganz und gar passende Reaktion angesichts ihres Beobachtungsobjekts. Denn das Wesen im Brioni-Blazer *war* schön, war ein geschmeidiges, feingliedriges Rennpferd von Mann, das man ohne weiteres für einen Diplomaten oder internationalen Finanzfachmann halten konnte.

«Am liebsten würde ich zu ihm hinlaufen und ihn umarmen», sagte Prue.

«Immer sachte», murmelte der Geistliche. «Es mag ja sein, daß Kleider Leute machen, aber Sie dürfen ihm erst an die Wäsche, wenn das Schiff auf See ist.»

Prue kicherte nervös. «Sie sind schrecklich, Pater.»

«Hat Luke sein Ticket?»

Prue nickte. «Ich hab ihm das für die Olaf-Trygvasson-Suite

gegeben, weil ich die Henrik-Ibsen-Suite selbst haben wollte. Sie hat für mich was Literarisches.»

«Völlig richtig», sagte Pater Paddy. «Möchten Sie, daß ich mit an Bord komme?»

«Sehr freundlich. Aber ich glaube, ich komme alleine zurecht.»

Der Priester zog eine Augenbraue hoch. «Das möchte ich doch hoffen.»

«*Es reicht jetzt*, Pater!»

Pater Paddy gluckste und umarmte seine Freundin. «Ich wünsche Ihnen eine herrliche Zeit, Liebste. Hoffentlich lernen Sie an Bord einen *tollen* Mann kennen.»

«Irgendwie hab ich das Gefühl, daß das passieren wird», sagte Prue lächelnd.

«Aber lernen Sie ihn *erst* kennen, wenn sich die passende Gelegenheit dazu ergibt.»

Prue nickte. «Verstanden.»

«Und denken Sie daran, ihn Sean zu nennen, wenn andere in der Nähe sind.»

«Werd ich.»

«Und machen Sie sich um Himmels willen keine Sorgen, weil Frannie Halcyon an Bord ist.»

«Was?»

«Ich hab sie vorhin auf dem Pier entdeckt. Es kann natürlich sein, daß sie nur jemand verabschiedet. Auf alle Fälle steht Ihnen jede Romanze zu, die sich vielleicht . . . zufällig ergibt, sobald Sie an Bord sind. Luke ist mehr als vorzeigbar, und ich zweifle, ob Frannie . . .»

«Wo ist sie?» fragte Prue. «Gott, wie mich das nervös macht!»

«Ach, Prue . . . Kopf hoch. Sie machen Urlaub, vergessen Sie das nicht!»

Prue lächelte tapfer. «Ich werde mich bemühen.»

«Gott segne Sie», sagte Pater Paddy.

«Tschau-tschau», antwortete Prue.

Auf dem Pier drängten sich drei nervös miteinander plaudernde Frauen um zwei kleine Kinder.

«Ihr müßt mir versprechen», sagte DeDe und ging in die Hocke, «daß ihr immer alles tut, was Gangie sagt.»

Klein Anna hängte sich wie ein Koalabär an DeDes Hals.

«Warum kommst du nicht mit, Mommy?»

«Ich kann nicht, Schatz. Mommy muß ein paar Sachen erledigen. Aber ich hol euch hier wieder ab, wenn ihr zurückkommt. Das versprech ich dir.»

«Ist D'orothea dann auch da?»

«Vielleicht, Schatz. Mommy weiß das jetzt noch nicht.»

Mary Ann ging neben DeDe in die Hocke und wandte sich an die Kinder: «Ihr werdet so viel Spaß haben. Wißt ihr, auf dem Schiff kann man Filme angucken. Und oben in Alaska werdet ihr wunderbare Tiere sehen.»

«Was für Tiere?» fragte Klein Edgar.

Mary Ann machte ein ratloses Gesicht. «Was für Tiere?» wandte sie sich halblaut an DeDe.

«Äh . . . Elche, glaub ich. Oder Elchen?»

«*Große* Tiere», erklärte Mary Ann. «Mit einem großen Geweih.» Als sie das Gesicht des kleinen Mädchens sah, fügte sie hastig hinzu: «Aber sie sind sehr lieb . . . wie ein großer alter Hund oder so.»

DeDe stand auf und umarmte ihre Mutter. «Danke, daß du das tust. Ich hab dich sehr gern. Hoffentlich ist wenigstens das klar.»

«Ist es», sagte Frannie und fing zu weinen an. «Das war immer klar, mein Schatz.»

DeDe kramte ein Kleenex aus ihrer Handtasche und tupfte ihrer Mutter damit die Augen ab. «Es ist besser so», sagte sie. «Bei ihrer Gangie sind sie sicher.»

«Wo könnten sie sicherer sein als zu Hause?»

«Ach komm . . . du weißt doch, daß das Aufsehen . . .»

«Es geht nicht nur um das Aufsehen, nicht?» Frannie fixierte ihre Tochter mit einem Blick, der die Wahrheit einklagte.

DeDe drehte sich um und warf das Kleenex weg.

«Nicht?» hakte Frannie nach.

Ein markerschütterndes Tuten von der *Sagafjord* kündigte die bevorstehende Abfahrt an.

«Los geht's», sagte DeDe einen Tick zu gutgelaunt.

«DeDe, ich möchte, daß du . . .»

DeDe brachte sie mit einer weiteren Umarmung zum Schweigen. «Es wird schon alles gutgehen, Mutter . . . glaub mir.»

Nur nicht den Überblick verlieren

Larry Kenan lachte nicht – er *wieherte* –, als Mary Ann ihre Bitte äußerte. «Das ist ja stark, Gnädigste! Das ist ja wirklich stark!»

«Tut mir leid, wenn . . .»

«Sendezeit *reservieren*?»

«Sie brauchen es nicht zu wiederholen, Larry. Ich hab schon verstanden.»

«Sendezeit reserviert man nicht einfach . . . wie ein Zimmer im Hilton oder so . . .»

«Klar. Schon kapiert.»

«Sendezeit *gestaltet* man . . . und wir müssen doch wissen, wie die Gestaltung aussieht, stimmt's?»

«Stimmt.» Mary Ann stand auf und ging zur Tür.

Der Nachrichtenchef schaute weiter himmelwärts auf Bo Derek. «Halt!» sagte er.

Mary Ann blieb an der Tür stehen. «Ja?»

«Wenn Sie 'ne Story haben, sollten Sie uns was davon erzählen. Sie haben sogar die *Verpflichtung*, uns was davon zu erzählen. Als Journalistin.»

«Ich bin keine Journalistin», sagte Mary Ann knapp. «Das haben Sie grade selbst gesagt.»

«Ich hab gesagt, daß Sie *noch* keine Journalistin sind. Und selbst wenn Sie eine wären, könnt ich keine freie Sendezeit an Sie vergeben, ohne zu wissen, um was es geht, verdammt noch mal!»

«Ich hab es Ihnen schon erklärt», sagte Mary Ann ruhig. «Ich kann erst heute in einer Woche darüber reden.»

«Warum tun Sie's nicht einfach dann, hm?»

«Eben.»

«Aber glauben Sie ja nicht, daß Sie damit auf Sendung gehen können.»

«Larry . . .»

«Haben Sie mich verstanden, Gnädigste? Wir haben Profis, die wir für so was bezahlen. Und Sie bezahlen wir für was anderes. Aber 'ne Quellenangabe im Nachspann wär denkbar. *Vielleicht.* Ich hab ja keine Ahnung, welchen Fang Sie da gemacht haben, aber erwarten Sie nicht, daß Sie damit über Nacht zu einer zweiten Bambi Kanetaka werden.»

Mary Ann unterdrückte ein: «Da sei Gott vor!» und ging zur Tür hinaus. Soviel zu Plan A.

Plan B würde sowieso sehr viel mehr Spaß machen.

DeDe zeigte sich für die Idee aufgeschlossen. «Es ist mir egal, wie wir es anstellen», sagte sie. «Ich interessiere mich mehr für das Wann.»

«Wäre Dienstag okay?» fragte Mary Ann.

«Heute in einer Woche?»

Mary Ann nickte. «Dann bleibt uns noch eine Woche, um den Aufwasch zu erledigen, bevor Ihre Mutter und die Kinder zurückkommen. Die Reise war wirklich eine gute Idee . . . schon allein aus logistischen Gründen.»

DeDes Miene verdüsterte sich. «Aber Sie halten mich immer noch für ein bißchen paranoid.»

«Ich halte Sie für gewissenhaft.»

«Betreiben Sie keine Wortklauberei.»

«DeDe, ich . . .»

«Jim Jones ist tot, nicht? Er muß tot sein. Sie haben es doch in den Nachrichten gesehen!»

Der Ausbruch ärgerte Mary Ann. «Mir liegt nur eins am

Herzen», sagte sie entschieden. «Daß Sie die Chance kriegen, Ihre Geschichte unter fairen Bedingungen zu erzählen ... und so abgesichert wie möglich. Es geht um einen irren Knüller, DeDe. Basta. Meine Meinung spielt dabei keine Rolle. Wichtig ist ... daß die Fragen gestellt werden. Die Antworten rücken sich später von allein zurecht.»

«Sie haben recht», sagte DeDe resigniert.

«Es wird nicht leicht. Das weiß ich. Wenn es Ihnen lieber ist, können Sie sich auf eine schriftliche Erklärung beschränken, und ich stelle mich den Fragen der Presse allein. Dann können Sie und die Zwillinge verschwinden, noch einmal Urlaub machen und ein neues Leben anfangen.»

DeDe lächelte wehmütig. «Ja, schwer wird's.»

«Ich weiß, daß die erste Zeit hart sein wird, aber ...»

«Es wird so lang schlimm sein, bis ich Gewißheit habe. Ich hab den Kerl gesehen, Mary Ann. Ich war mir noch in keiner Sache so sicher.»

Mary Ann taxierte sie kurz. «Okay ... sagen wir mal, Sie haben ihn tatsächlich gesehen.»

DeDe wartete.

«Sagen wir, er hat es bis Moskau geschafft, und sein Doppelgänger ist statt ihm gestorben. Die ganze Welt hält ihn für tot, doch er lebt, es geht ihm gut, und er wohnt in Moskau. Warum, um alles in der Welt, sollte er nach San Francisco zurückkommen, im Steinhart Aquarium herumspazieren und sich dort sehen lassen?»

Schweigen.

Mary Ann reagierte behutsam. «Solche Fragen wird man Ihnen stellen, DeDe. Ich möchte, daß Sie sich darauf gefaßt machen.»

«Auf so was werd ich nie gefaßt sein», sagte sie grimmig.

Mary Ann stand auf, setzte sich neben DeDe und umarmte sie unbeholfen. «Tut mir leid. Mein Gott, ich ... wissen Sie, wir können die Sache mit dem Doppelgänger auch weglassen, wenn sie möchten. Wir brauchen nur zu sagen, daß Sie wieder da sind, und den Rest lassen wir ...»

«Nein!» DeDe schüttelte energisch den Kopf. «Ich will dieses Arschloch drankriegen. Ich will, daß die Sache aus der Welt geschafft wird. Ich hab keine Lust, den Rest meines Lebens herumzukrebsen und mich zu fragen, ob er auf mich wartet ... und ob ... ob die Kinder ...»

«Und wenn Sie den Doppelgänger gesehen haben?»

DeDe schüttelte erneut entschieden den Kopf. «Bestimmt nicht.»

«Wie können Sie da so sicher sein?»

«Ich bin es einfach, das ist alles.»

«Er hat sich überhaupt nicht verändert? Dann müßten ihn die Leute doch erkennen.»

«Würden Sie ihn erkennen?» fragte DeDe. «Mensch, wer erwartet denn, ausgerechnet *ihm* über den Weg zu laufen.»

«Mhm. Ich versteh, was Sie meinen.»

«Außerdem ... er *hat* sich irgendwie verändert. Vielleicht ist es seine Nase ... ich weiß nicht. Vielleicht hat man ihm in Moskau das Gesicht operiert. Herrgott, wenn Sie mir nur glauben würden! *Ich* erinnere mich an die Vergangenheit, Mary Ann. Ich werde *nicht* dazu verdammt sein, sie zu wiederholen!» DeDe zuckte wie unter einem Schlag zusammen. *«O Gott!»*

«Was ist?» fragte Mary Ann.

«Nichts», sagte DeDe. «Ich bete immer noch seinen Jargon nach, das ist alles.»

«Welchen Jargon?»

DeDe tat es mit einem Achselzucken ab. «Bloß so ein dummes Zitat, das er über seinem Thron hängen hatte.»

Geschmackstest

Tut mir leid, daß ich so spät dran bin», sagte Bill Rivera, als er sich im Welcome Home zu Michael an den Tisch setzte. «Aber der Freund vom Bruder von meinem Exfreund ist grade erst abgereist.»

«Moment mal. Der ...?»

Der Polizist lächelte. «. . . Freund vom Bruder von meinem Exfreund. Das war vielleicht 'ne schwere Geburt bei dem Kerl.»

«Was? Daß er nach San Francisco gekommen ist, oder daß er schwul geworden ist?»

«Mehr oder weniger *beides* . . . und dieser Dreckskerl hat sich dazu ausgerechnet meine Wohnung ausgesucht. Aus heiterem Himmel hat er bei mir vor der Tür gestanden. Mit vierzehn verschiedenen Fummeln!»

«Etwa . . . Leder?»

«Leder, Cowboyzeugs, Signaltücher für die Arschtasche, Tittenklemmen, dreiteilige Anzüge . . . alles.»

Michael lächelte. «Und rate mal, wer ihn überall rumführen sollte.»

Bill schüttelte den Kopf. «Ich hab den Kerl kaum gesehen. Er hat grade lang genug reingeschaut, um zu schlafen, seine Verkleidung zu wechseln oder mein Poppers zu klauen, und dann ist er auch schon wieder abgezischt. Er ist vom Alta Plaza ins Badlands gezogen, von dort ins Caldron und dann wieder zurück, während ich zu Hause geblieben bin und Fernsehen geguckt habe. Als er heute vormittag gegangen ist, hat er auf einmal ein ganz ernstes Gesicht gemacht und gesagt: ‹Weißt du, Bill, diese Stadt ist so was von dekadent. Ich könnte hier nie leben.› Am liebsten hätt ich das Arschloch mit seinem Harness erwürgt.»

Michael lachte und reichte Bill die Speisekarte. «Die aus L. A. sind die allerschlimmsten.»

«Der Kerl ist aus Milwaukee. Dort denken sogar die Schwuchteln, daß wir's hier schon zu weit getrieben haben.»

Michael grinste, weil ihm plötzlich etwas einfiel. «Hast du schon von dem Feuer gehört, das es letzte Woche in der Muni-Metro-Station an der Castro gegeben hat?»

Der Polizist schüttelte den Kopf.

«Es war nur was Kleines», erzählte Michael weiter. «Aber es kam gleich ein ganzer Gerätewagen angerauscht . . . mit einem halben Dutzend geilen Feuerwehrmännern drauf. Sie blieben gegenüber dem Castro Theatre stehen, konnten aber nicht in die Metro-Station rein, ohne sich vorher durch einen Hoedown zu schlängeln, den die Foggy City Squares dort veranstaltet haben.»

«Übersetz das mal», sagte Bill.

«Eine schwule Volkstanzgruppe. Sie führten vor der Bank of America einen großen Square-dance auf. Sie klatschten und schrien ‹Jippie› und sangen ‹The Trail of the Lonesome Pine›. Nur Männer. Einfach toll. Am meisten hab ich aber drüber gestaunt, wie die Feuerwehrmänner dreingeschaut haben: gleichgültig wie nur was. Sie haben allen ganz freundlich zugenickt und sich einfach an die Arbeit gemacht . . . als würden sie bei *jedem* Löscheinsatz an einer Square-dance-Gruppe aus lauter Männern vorbeikommen. So was kann's auf der ganzen Welt nur hier geben. Deswegen leb ich wahrscheinlich auch hier. Und weil ein paar von den Bullen ein bißchen merkwürdig sind.»

Bill grinste. «Mehr als ein bißchen.»

«Grade richtig», sagte Michael. «Auf Country & Western fährst du nicht so besonders ab, was?» Soviel hatte er Bills Reaktion auf sein Square-dance-Garn schon entnommen.

Der Bulle gab einen nichtssagenden Grunzer von sich.

«Ich frage, weil . . . na ja, ich hab überlegt, ob du Lust hättest, mit mir zum Rodeo zu fahren.»

Bill schaute von der Speisekarte hoch. «Zum schwulen?»

Michael nickte.

Bill runzelte die Stirn. «Noch mehr Schwuchteln, die so tun, als wären sie Cowboys, hm?»

«Nicht alle», erwiderte Michael. «Manche tun so, als wären sie Tammy Wynette.»

Mary Ann ließ sich ihre Überraschung anmerken, als Michael kurz vor Mitternacht vor ihrer Tür stand. «Ich dachte, du wolltest dich heute abend mit deinem Mann in Blau treffen.»

«Hab ich ja auch.»

«Aha.»

«Er schläft nicht gern mit Leuten», sagte Michael. «Die ganze Nacht über, mein ich.»

Mary Ann verzog das Gesicht. «Muß ja toll sein mit ihm.»

Michael zuckte mit den Schultern. «Ich glaub, wir sind nur wegen dem Sex zusammen. Was soll's. Er hat sowieso Schlaf!-Schlaf!-Schlaf!-Bettwäsche.»

«Er hat *was*?»

«Das kennst du doch . . . die Bettwäsche, wo ‹Schlaf! Schlaf! Schlaf!› draufsteht. Passend zu den Handtüchern mit ‹Trockne dich ab! Trockne dich ab! Trockne dich ab!›. Es ist furchtbar, Engelchen. Er hat einen unglaublichen Geschmack.»

«Moment mal! *Ich* hatte früher auch solche Bettwäsche.»

«Echt?»

«Ja, echt! Was ist daran so schlecht?»

«Darum geht's doch gar nicht», sagte Michael. «Es geht darum . . . daß wir kaum gemeinsame Interessen haben.»

«Außer dem Sex.»

Michael nickte. «Außer dem *großartigen* Sex. Und der gleicht komischerweise sogar die geschmacklose Bettwäsche aus. Ganz zu schweigen von einer Gürtelschnalle, auf der dick und fett BILL steht, und von einem Duschvorhang mit einem nackten Mann drauf.»

«Ich finde, du bist ein furchtbarer Snob», sagte Mary Ann mißbilligend.

«Kann sein», sagte Michael, «aber so kommt's wenigstens zu keiner Überreaktion auf den großartigen Sex. Wenn Bill nur einen Funken Stil hätte, wär ich wahrscheinlich längst in ihn verknallt.»

«Und das möchtest du nicht?»

«Nein.»

«Warum nicht?»

Michael dachte kurz nach. «Es ist wie mit dem Pullover hier. Hast du den überhaupt schon gesehen?»

«Er ist hübsch», sagte Mary Ann. «Die Farbe steht dir. Ist das Kaschmir?»

Michael nickte. «Fünfzehn Dollar im Secondhand-Laden von der Town School.»

«Das ist ja fast geschenkt!» Sie nahm prüfend ein Stück Ärmel zwischen die Finger. «Und er ist noch wie neu, Mouse.»

«Nicht so voreilig.» Michael hob den Arm und ließ ein Dime-großes Loch am Ellbogen sehen.

«Du könntest einen Flicken draufsetzen», schlug Mary Ann vor.

«Nie im Leben. Davon red ich ja grade. Ich *mag* dieses Loch, Mary Ann. Weil es da ist, brauch ich mir um meinen neuen Kaschmirpullover keine Sorgen zu machen. Ich hab den Stil, das Gefühl und den Luxus von Kaschmir, aber kein großes Getue und Gefürchte. Er *hat* schon eine Macke, verstehst du, und deswegen kann ich mich entspannen und ihn genießen. Mit Bill geht's mir ganz genauso.»

«Und wie steht er zu dir?»

«Für ihn bin ich sein Fickverhältnis. Basta.»

«Wie romantisch.»

«Du sagst es. Deswegen flücht ich mich auch in seinen scheußlichen Geschmack und red mir ein, daß es mit ihm sowieso nie klappen würde. Selbst wenn er *nicht* so niederschmetternd unsentimental wäre. Selbst wenn er nicht auch noch *Meat* auf der Klospülung liegen hätte.»

«Ich glaub, da frag ich lieber nicht nach», sagte Mary Ann.

«Es ist ein Buch», sagte Michael.

«Gott sei Dank. Erzähl mir was Nettes. Was hast du denn in der letzten Zeit von Jon gehört?»

Michael schaute leicht irritiert drein. «Du kannst ihn wohl in jedes Gespräch reinquetschen, was?»

«Na und?» sagte Mary Ann. «Er war auch mein Freund. Er war großzügig und attraktiv ... und er hat dich für den tollsten Kerl überhaupt gehalten. Er war Kaschmir ohne Loch, Mouse. Und das war doch nicht grade schrecklich, oder?»

Michael seufzte gequält. «Ich hör nichts von Jon, okay?»

«Okay. Tut mir leid.»

Er versuchte erst gar nicht, die Wehmut in seinem Blick zu kaschieren. «Du hast auch nichts gehört, oder?»

Land der tausend Abenteuer

Prue Giroux trug Stöckelschuhe, stellte Frannie fest. *Stilettos*, auf denen sie bedenklich eierte, als sie über das regennasse Promenadendeck der *Sagafjord* ging. Ihr Kleid war wie üblich völlig unpassend – es schlenkerte an ihr herum, war cremefarben und sah entsetzlich aus.

Dagegen wirkte ihr Begleiter mit seinem eleganten blauen Blazer, dem gestärkten weißen Kragen und der grauen Seidenkrawatte so lässig-elegant wie der Duke of Windsor. Du lieber Himmel, dachte Frannie, wie schafft sie das bloß?

Prue wirkte einen Augenblick lang unschlüssig, als sie Frannie im Liegestuhl entdeckte. Gleich darauf lächelte sie ein wenig übertrieben und faßte nach dem Arm ihres Gefährten, als wäre dieser eine Trophäe, die sie vorführen wollte.

«Sind Sie nicht auch ganz begeistert?» flötete sie und meinte damit die Küstenlandschaft.

«Hmhm», erwiderte Frannie. «Zauberhaft.»

«War Alert Bay nicht ganz entzückend? Man fühlte sich gleich an die kleinen Keramikdörfer erinnert, die man zur Weihnachtszeit bei Shreve's kauft!»

Und manchmal, dachte Frannie, ist man viel zu gewöhnlich, um es sich leisten zu können, dauernd von «man» zu sprechen.

«Haben Sie Mr. Starr schon kennengelernt?» fragte die Kolumnistin.

Die Matriarchin blieb in ihre Decke gehüllt liegen, lächelte so erhaben wie möglich und hielt ihm die Hand hin. «Guten Tag», sagte sie.

«Mr. Starr ist Vermögensverwalter und kommt aus London», sagte Prue strahlend.

Die Frau ist unmöglich, dachte Frannie. Wer sonst würde die Referenzen seines Kavaliers unaufgefordert und mit solchem Eifer von sich geben? «Ich mag London sehr», sagte sie unbestimmt.

Der arme Mann schien sich schrecklich unwohl zu fühlen. «Ich bin kein . . .»

«Er kommt nicht aus England», unterbrach Prue ihn und umfaßte seinen Arm noch fester. «Ich meine . . . er ist Amerikaner und arbeitet in London.»

«Aha», sagte Frannie.

Der Mann bestätigte Prues Erklärung mit einem Nicken. Man sah ihm an, daß er ihre unverbesserliche Aufdringlichkeit erniedrigend fand. Tja, dachte Frannie, das ist wohl eine Kreuzfahrtromanze, die das Ende der Reise nicht erleben wird.

«Wo sind denn die beiden entzückenden Waisenkinder?» fragte Prue.

Frannie tat ihr möglichstes, um sich ihre Verärgerung nicht anmerken zu lassen. Das «Waiserkinder»-Getue war genauso Bestandteil ihres Urlaubsarrangements wie die Melancholie und eine leichte Seekrankheit. «Sie sind im Kino», sagte sie beiläufig, «und sehen sich Bugs Bunny an.»

Das wärmste Lächeln, das man sich vorstellen kann, stahl sich auf Mr. Starrs aristokratisches Gesicht. «Es sind so hübsche Kinder», sagte er. «Sie müssen sehr stolz auf sie sein.»

«Und *wie*», platzte Frannie heraus, fügte aber rasch hinzu: «Obwohl sie natürlich nicht *mir* gehören . . . aber ich bin ganz allein auf der Welt, und das Zusammensein mit ihnen macht mir so viel Freude, daß . . . na ja, was sollte ich mit meiner Zeit sonst auch anfangen?»

Mr. Starrs Antwort klang beinahe vertraulich, als würde er Frannie schon seit Jahren kennen. «Ich finde Ihr Verhalten außergewöhnlich großzügig», sagte er.

Die Matriarchin wurde rot. «Na ja, ich . . . herzlichen Dank, aber . . . na ja, es bringt auch einiges an Befriedigung mit sich . . .» Ihre Stimme verlor sich ins Unbestimmte. Mr. Starr liebkoste sie fast mit seinem Blick. Frannie spürte bereits eine Harmonie zwischen ihm und ihr, die er ihrer Überzeugung nach mit Prue Giroux garantiert nicht erlebte.

«Darüber sollten wir bei Gelegenheit ein bißchen plaudern», sagte Prue.

«Äh . . . wie bitte?» Mr. Starrs außergewöhnlicher Blick hielt Frannie immer noch in Bann.

«Über das Pflegekinderprogramm», sagte Prue. «Meine Leser würden sicher liebend gern Ihren Kommentar dazu hören.»

«Ach so, ja», murmelte Frannie abwesend. «Das könnte . . . sehr nett werden.»

«Ich weiß, daß Sie sie lieben», sagte Mr. Starr zu Frannie. Prues Anwesenheit nahm er fast nicht mehr zur Kenntnis. «Man kann es Ihnen vom Gesicht ablesen. Und wo Liebe herrscht . . . entsteht ein Band, das unabhängig ist vom Blut.»

Prue verzog das Gesicht. «Vom Blut?»

Frannie lächelte nachsichtig. *Was für eine dumme Gans.* «Ich glaube, Mr. Starr meint die Blutsverwandtschaft, Prue.» Sie wandte sich wieder ihrem neuen Bewunderer zu. «Ich liebe die beiden, als wären sie meine eigenen, Mr. Starr.»

Er zwinkerte beinahe unmerklich. «Ich weiß», sagte er. Was für eine wunderbare Antwort, dachte Frannie und versuchte herauszufinden, was ihr am Gesicht dieses Fremden so *vertraut* vorkam.

«Kennen Sie in San Francisco zufällig einen Pater Paddy Starr?» fragte Frannie.

«Das hab ich ihn schon gefragt», kam es prompt von Prue. «Ich wollte das nämlich auch wissen.»

Frannie lächelte. «Sie haben den gleichen Namen. Ich dachte nur . . . daß da . . .»

«Nein», sagte Mr. Starr. «Vermutlich gibt es etliche Starrs.»

«Mhm», sagte Frannie.

«Übrigens», fügte Mr. Starr hinzu, «wenn Sie einen Babysitter brauchen sollten, stelle ich mich gerne zur Verfügung.»

«Sehr freundlich», sagte Frannie strahlend. «Aber ich glaube, das ist nicht nötig.»

«Ich kann mit Kindern gut umgehen», sagte er.

Frannie nickte. Davon war sie überzeugt.

Aurora borealis

Der Großteil der Passagiere versammelte sich an diesem Abend zum Rumba-Wettbewerb im Ballsaal, doch Prue und Luke standen auf dem Lidodeck, kuschelten sich unter umgehängten norwegischen Wolldecken aneinander und betrachteten das Wunder des Nordlichts. «Mein Daddy hatte recht», sagte Prue. Ihr Blick haftete an dem hellblauen Band, das den schwarzen Samthimmel über den gesamten Horizont hinweg säumte. «Jetzt verstehe ich, was er meinte.»

«Womit?» fragte Luke.

«Ach . . . es ging um die Schönheit, glaube ich. Er hat mir aufgetragen, das Leben nie langweilig zu finden, denn es gibt so viel Schönes, das man sich nicht einmal vorstellen kann, bevor man es mit eigenen Augen sieht. Ich habe mein Leben lang vom Nordlicht gehört, aber nie wirklich . . . daran geglaubt . . . bis jetzt.»

Luke antwortete, indem er sie noch enger an sich heranzog.

«Wahrscheinlich», fügte Prue hinzu, «habe ich bis jetzt auch an *uns* nie wirklich geglaubt. Gott weiß, wie sehr ich es mir gewünscht habe, aber ich habe mir nie zugestanden, mich ganz darauf einzulassen. Es kam mir alles zu unwirklich vor, fast schon wie ein Hirngespinst.»

Luke nahm ihr Gesicht in seine Hände. «Es ist alles wirklich, Prue. Jede Kleinigkeit.» Sein Lächeln wirkte so strahlend wie Schaumkronen vor dem Hintergrund eines dunklen Meers. «Nur diese verfluchten Klamotten vielleicht nicht.»

«Du siehst *großartig* aus», schwärmte Prue. «Ich bin so stolz auf dich, Luke. Hast du *gesehen*, wie die alten Klatschtanten dich alle anstarren, wenn wir in den Speisesaal kommen? Sie *verschlingen* dich mit ihren Augen! Wenn ich es nicht besser wüßte, würde ich sogar ein wenig nervös werden.»

Luke wurde beinahe barsch: «Kannst du diese Äußerlichkeiten nicht mal vergessen?»

Prue war gekränkt. «Luke . . . ich sag dir doch nur, was ich empfinde.»

«Ich weiß, ich weiß.» Sein Ton klang besänftigend.

«Ich bin *glücklich*, Luke. Das ist schon für sich allein ein kleines Wunder. Ich hab nicht einmal gewußt, was das Wort bedeutet, bis ich dich kennengelernt habe. Weißt du . . . am liebsten würde ich aus voller Brust singen.» Sie lächelte über ihre ungestüme Äußerung. «Ich hab mir immer große Mühe gegeben, damit die Leute mich für flippig halten. Aber jetzt, Luke, komme ich mir zum erstenmal im Leben auch flippig vor. Und das soll ewig so bleiben.»

Er drehte sich weg und betrachtete wieder das Nordlicht. «Zwei Wochen sind keine Ewigkeit.»

Prue legte die Stirn in Falten. «Luke . . .»

«Mach keine Pläne, Prue. Sonst entgleitet dir der Augenblick.»

«Was ist, wenn ich mehr möchte als den Augenblick?»

«Mehr kannst du nicht haben. Können wir nicht haben.»

«Warum? Es gibt doch überhaupt keinen Grund, warum es nicht weitergehen sollte, wenn wir wieder in San . . .»

«Es gibt viele Gründe.»

«Was? Warum können wir nicht einfach . . .»

«Psst, mein Schatz . . . psst.» Er drückte sie an sich und streichelte ihre Haare, als wäre sie ein Kind. «Du willst so viel, mein Engel . . . so viel.»

Sie löste sich von ihm. Sie war plötzlich verunsichert und suchte verzweifelt nach einem Halt. «Ist es zuviel verlangt, wenn ich auf dem aufbauen will, was wir haben? Mein Gott, Luke . . . habe ich mich etwa getäuscht? Habe ich in deinen Augen etwa nicht die Liebe gesehen?»

«Doch», sagte er und nickte. «Doch, das hast du.»

«Was ist dann los?»

Er betrachtete sie kurz und schüttelte dann bedächtig den Kopf. «Wem machen wir denn was vor, Prue? Deine Bekannten würden uns dieses Theater nie abnehmen.»

«Luke . . . meine Bekannten würden *hingerissen* sein von dir.»

«So wie die alte Vettel mit den vietnamesischen Waisenkindern? Nein danke! Es interessiert mich nicht, die Bourgeoisie zu umschmeicheln . . . und das würden diese Leute innerhalb von zehn Minuten *merken.*»

Prue war pikiert und machte kein Hehl daraus. «Wenn du's genau wissen willst: Die alte Vettel, wie du sie nennst, hat ihre Tochter und ihre beiden Enkelkinder in Guyana verloren. Die Waisenkinder sind offensichtlich ihr Versuch, sich für den Verlust ihrer . . .»

«Wie heißt sie?»

Die Heftigkeit seiner Frage erschreckte sie. «Frannie Halcyon. Ich hab euch doch vorgestellt, oder?»

«Nein. Wie die Tochter heißt.»

«Ach so. DeDe Day. DeDe Halcyon Day. Die Zeitungen haben sich damals schier überschlagen. Du mußt es auch gelesen . . . Luke, stimmt was nicht?»

Er stand stocksteif da. Seine Hände umkrampften die Reling. Eine Ader in seinem Hals pulsierte, und seine Atmung hörte sich merkwürdig unregelmäßig an.

Prue versuchte, den Schaden wiedergutzumachen. «Luke, ich weiß, daß du sensibel bist. Das sollte kein Vorwurf sein, daß du . . .»

Er drehte sich um und schaute sie an. «Ist schon gut . . . schon gut. Entschuldige, daß ich dich angeraunzt habe. Kannst du mir verzeihen? Würdest du mir verzeihen?»

«Ach, Luke!» Sie nahm ihn in die Arme und weinte an seiner Schulter. «Ich liebe dich, mein Schatz. Ich würde dir alles verzeihen.»

«Ich bete darum, daß das nie nötig wird», sagte er.

Gedankenübertragung

Seit neuestem erledigte Mary Ann ihre Bankgeschäfte in der Zweigstelle der Bank of America an der Columbus Avenue. Sie verkehrte in diesem eleganten alten Wahrzeichen von North Beach erstens, weil dort ein Woody-Allen-Film gedreht worden war (*Woody, der Unglücksrabe*), und zweitens, weil die Angestellten dort freundliche und schwatzhafte Italienischstämmige waren.

Auch an diesem Tag wurde sie nicht enttäuscht.

«Mein Mann und ich haben uns nie angepaßt», verkündete eine besonders energische Angestellte von Ende Dreißig. Sie gab diese Information mit solchem Ernst preis, daß man beinahe glauben konnte, Mary Ann hätte sie von ihr verlangt.

«Ach, wirklich?» sagte Mary Ann.

«Nie. *Nie.* Vor ewigen Zeiten, als anständige Mädchen mit anständigen Jungs noch nicht ohne ehelichen Segen zusammengelebt haben, waren Joe und ich natürlich doch auf dem Trip. Dann haben plötzlich *alle* einfach so zusammengelebt. Was machen wir also? Wir heiraten. Okay, als nächstes stellt sich raus, das Bevölkerungswachstum ist auf Null, und *niemand* kriegt mehr Kinder. Richtig? Falsch. Joe und ich kriegen ein Kind nach dem anderen. Jetzt sind Kinder plötzlich wieder furchtbar schick, und viele Frauen in meinem Alter machen Mutterschaft und Midlife-crisis auf einen Schlag durch. Unsere Kinder sind aber schon Teenager und ziemlich selbständig. Joe und ich können also unsere Midlife-crisis in aller Ruhe und vor allem *geplant* angehen. Er hat beschlossen, sich einen Porsche zu kaufen und eine Affäre mit einer Neunzehnjährigen anzufangen. Meine Pläne gehen so ziemlich in dieselbe Richtung. Ich sag Ihnen . . . da kommt schon so 'n bißchen Schadenfreude auf.»

Der reizende Lebensabriß – und der Scheck von Frannie Halcyon, den sie eben eingereicht hatte – ließen Mary Ann auf dem ganzen Heimweg schmunzeln.

Dann aber nahm sie sich die Zeit, um über ihre eigenen Optionen nachzudenken:

Kinder würde sie natürlich haben. Das war schon immer klar gewesen. Aber wann? Sie war jetzt dreißig. *Wann?* Nachdem sie beruflich Tritt gefaßt hatte? Wann würde das sein? Waren Kinder gleichbedeutend mit Heirat? *So* modern war sie ja auch wieder nicht, oder? Was war mit Brian? Würde eine Heirat seine Verunsicherung wegen ihrer aufwärtsstrebenden

Karriere verstärken? *Wollte* er in dieser Situation überhaupt heiraten? War es fair, ihn um Geduld zu bitten? Würde er warten?

Wer sollte als erstes fragen?

Sie schliefen in dieser Nacht bei ihr. Kurz vor dem Morgengrauen merkte sie, daß er aufstand. Sie wälzte sich auf die andere Seite und schlief noch ein bißchen. Als sie eine halbe Stunde später wach wurde, saß er nackt im Ohrensessel gegenüber dem Bett.

«Tun wir's doch einfach», sagte er leise.

Sie rieb sich die Augen. «Was?»

«Heiraten.»

Sie blinzelte ein paarmal, bevor sie verschlafen lächelte. «Das war Gedankenübertragung», sagte sie.

«Ja?»

«Es hat mich den ganzen Tag beschäftigt. Ich hab's dann auf den Stier geschoben, der grad in der Venus steht. Was hast du für eine Entschuldigung?»

Er zuckte mit den Schultern. «Ich hab gedacht, daß ich dir den Antrag besser mache, *bevor* du auf dem *People*-Titel bist.»

Sie grinste. «Da kannst du dir noch Zeit lassen.»

«Nein. Ich bin stolz auf dich. Und das sollst du auch wissen. Du wirst ganz groß rauskommen, Mary Ann, und du hast es auch wirklich verdient. Du bist nämlich ein toller Mensch.»

Sie schaute ihn lange liebevoll an. Dann klopfte sie auf den Platz neben sich. «Warum bist du nicht im Bett?»

«Wechsel nicht das Thema. Bewundern kann ich dich auch von hier.»

«Wie's dem Herrn beliebt.» Außerdem stimmte es; sie spürte es beinahe körperlich.

«Wann ist die Pressekonferenz?» fragte er.

«Am Dienstag.»

Brian pfiff durch die Zähne. «Das ist ja schon bald.»

«Eigentlich ist es gar keine Pressekonferenz. Sie geben mir keine Sendezeit, ohne daß sie wissen, was ich damit anstelle, und ich hab nicht vor, jetzt schon was zu verraten.»

«Was tust du dann?»

«Ich hab doch meine eigene Sendung, oder?»

Als es ihm dämmerte, schüttelte Brian fassungslos den Kopf. «Mensch, das ist brillant!»

Mary Ann nahm sein Kompliment mit einem huldvollen Nicken entgegen. «Wie viele Jonestown-Flüchtlinge gibt's schon, die in der Nachmittagsfilmshow Wiederauferstehung feiern? Ich denke, wir können die Bombe hochgehen lassen und dann warten, daß jemand *anderes* die Pressekonferenz organisiert.»

«Was für eine Bombe ist es denn?»

«Wieso?»

«Ich meine . . . gib mir doch mal 'ne kleine Vorschau.»

«Na ja . . .» Mary Ann überlegte kurz. Über DeDes Doppelgängertheorie wollte sie noch nicht reden. Die war ihr immer noch zu unsicher. «Erstens ist sie in einer Blechtonne, die für tropische Fische gedacht war, den Fluß runtergefahren. Und zweitens hat Jones sie vergewaltigt, als sie einmal bettlägerig war.»

«Mensch», murmelte Brian. «Das finden die Leute sicher spannend.»

«Ja, es reicht für einen Auftritt.»

«Glaubst du, ihr könnt das in fünf Minuten alles abhandeln?»

Mary Ann schüttelte den Kopf. «Das versuchen wir gar nicht erst. Wir skizzieren nur das Wichtigste, und den Rest kriegt dann der Meistbietende. Ich hab es gern, wenn so was nach meinen Vorstellungen läuft. Apropos, komm doch ins Bett.»

«Du hast meine Frage noch nicht beantwortet.»

«Ich weiß.»

«Eigentlich mußt du's auch nicht. Ich wollte dich nur fragen, bevor der ganze Wirbel losgeht. Du solltest es schon mal wissen.»

«Und das freut mich.» Sie lächelte ihn zärtlich an. «Du weißt gar nicht, wie.»

Claire

Wo, Gangie, *wo*?»

Klein Edgar hüpfte vor Begeisterung, als er von der *Sagafjord* aus die Wale zu erspähen versuchte, die steuerbords gesichtet worden waren. Seine Schwester Anna war etwas weniger beeindruckt und stand ruhig neben ihm.

Frannie hockte neben den beiden Vierjährigen und zeigte aufs Meer hinaus. «Siehst du? Dort drüben . . . der große Wasserstrahl. Das ist der Wal. Er hat auf dem Rücken ein Loch, und da bläst er das ganze Wasser durch.»

Edgar runzelte die Stirn. «Hat ihn wer angeschossen?»

«Nein, mein Schatz . . . warum sollte . . .? Ach so, das Loch. Na ja, weißt du . . . alle Wale haben so ein Loch, damit sie . . . damit sie das Wasser da rausblasen können.» Frannie seufzte leise und warf Claire McAllister einen flehenden Blick zu. «Helfen Sie mir doch.»

Claire lachte kehlig. «Wozu ein Wal ein Loch hat? Wenn man *mir* so eine Frage stellt, ist das immer gefährlich, Liebes!»

Frannie kicherte. Claire war eine ehemalige Revuesängerin undefinierbaren Alters und hatte eine chronische Schwäche für anzügliche Bemerkungen und schlüpfrige Witze. Ihre sehr roten Lippen und ihre sehr schwarzen Haare erinnerten einen dunkel an Ann Miller, doch Claire hatte dem Showbusiness schon vor langer Zeit Lebewohl gesagt. Im Moment war sie mit dem drittreichsten Mann von Oklahoma verheiratet.

«Schon gut», sagte Frannie lächelnd. «Vergessen Sie's.»

Claire lächelte die Zwillinge freundlich an. «Die beiden sind einfach süß, Frannie. Wie sagen sie immer zu Ihnen?»

Frannie wurde rot. «Äh . . . Gangie. Das ist nur ein Kosename. Frannie ist ein bißchen zu persönlich . . . und Mrs. Halcyon wäre dann doch etwas zu . . . formell.»

«Gangie», wiederholte Claire. In ihren Augen blitzte etwas Schelmisches auf. «Hört sich ja sehr nach Grannie an.»

Frannie zupfte nervös an einer Haarsträhne über dem Ohr.

«Na ja . . . ich . . . äh . . . fände das gar nicht mal schlecht. Sie kommen mir schon wie meine eigenen vor.»

«Mhmm», sagte Claire. Das Schelmische war noch da.

«Tja», rief Frannie und wandte sich wieder den Zwillingen zu, «jetzt haben wir die Wale gesehen, und jetzt ist es Zeit für ein kleines Nickerchen, meint ihr nicht auch?»

Die Kinder protestierten stöhnend.

Als Frannie sie an die Hand nahm und mit ihnen wegging, zwinkerte Claire ihr verschwörerisch zu. «Bis nachher im Garden, Liebes.»

Das «Garden» war die Garden Lounge, eine elegante Bar auf dem Verandadeck, wo eine Gruppe namens San José Trio dezente Musik machte. Frannie und Claire zogen sich täglich dorthin zurück und schwelgten in hübschen, altmodischen Interpretationen von Melodien wie «Over the Rainbow» oder «Londonderry Air».

«Wo ist Jimbo?» fragte Frannie, als ihre Mai Tais serviert wurden. Claires Mann war sonst fast immer dabei. Wegen seiner liebevollen Aufmerksamkeit gegenüber Claire fühlte sich Frannie manchmal reichlich einsam.

Claire zwinkerte theatralisch. «In dem verfluchten Kasino, wo sonst? Ich hab mir schon gedacht, daß er früher oder später Hummeln im Hintern kriegt. Ich hab ihm gesagt, er soll ruhig nach Herzenslust spielen . . . und ich würd mir einen netten Gigolo angeln.»

Frannie lächelte. «Es gibt hier doch keine . . .?»

«Und ob es welche gibt, Liebes! Sie heißen natürlich anders, aber die Jungs von der Besatzung wissen auch so, daß man von ihnen . . . na ja, sagen wir mal *erwartet*, daß sie mit den alten Weibern tanzen. Ich hab bei meinem letzten Versuch auch einen Treffer gelandet!»

Frannie lachte. «Aber weiter geht das doch wohl nicht, oder?»

«Haben Sie denn Lust auf mehr?» Claire brüllte vor Lachen. «Vergessen Sie's, Liebes. Die meisten von denen sind schwul. Der Knabe, der die Jazzgymnastik macht, ist mit dem Steptänzer liiert, und der Zauberer hat nur Augen für den hübschen Sommelier. Und das ist nur die Besatzung! Von den Passagieren will ich gar nicht erst reden, Liebes. Diese Mrs. Clinton zum Beispiel . . . die Diabetikerin, die in Begleitung reisen muß, damit sie nicht zuviel Zucker zu sich nimmt? Pah! Von wegen Begleiterin. Üppig, sag ich nur, *üppig*. Der Klatsch ist auf diesem Kasten fast noch besser als das Essen. Wunderbar! Ich bin süchtig nach Kreuzfahrten. Obwohl sie auch nicht mehr das sind, was sie mal waren. Es geht weniger glanzvoll zu heutzutage. Die wirklich Reichen fahren nicht mehr auf solchen Pötten. Aber es gibt nichts Schöneres, als auf See zu sein, Liebes . . . nichts! Mein Gott, sehen Sie sich nur den Nebel um den Berg da oben an!»

Frannie schaute bereits. Edgar hätte das gefallen, dachte sie. Auf Urlaubsreisen in die Tropen war er immer ein schrecklicher Brummbär – und das liebenswürdigste Wesen, wenn es klare, kalte Luft und grauen Himmel gab.

Frannie stellte ihren Mai Tai ab und lächelte entschuldigend. «Tut mir leid, Claire. Mein Timing ist mal wieder schauderhaft.»

«Liebes, haben Sie irgendwas . . .?»

Die Matriarchin legte sachte die Hand auf ihren Bauch. «Nur eine leichte . . . Übelkeit.»

«O Gott, Sie sind *wirklich* ein wenig grün. Und ich schwätze Ihnen hier die Ohren voll.» Claire sah auf die Uhr. «Sie haben Glück. Der Doktor hat noch Sprechstunde. Sie sollten sich mal etwas Dramamine geben lassen, Liebes. Er ist unten im B-Deck gleich neben dem Aufzug.»

Frannie stand auf und bedankte sich. «Wissen Sie seinen Namen?»

«Fielding», erwiderte Claire. «Sie können ihn gar nicht verwechseln. Er ist ein tolles Mannsbild»

Kleider machen Cowboys

Nach Reno zu urteilen war die Ziffer 6 endgültig zum Synonym für billige Motels geworden. Neben dem originalen Motel 6 (wo man vor langer Zeit tatsächlich sechs Dollar die Nacht verlangt hatte) standen für Michael und Bill noch das Western 6 Motel (gleich hinter einem Danny's) und das 6 Gun Motel (neben den Nevada State Fairgrounds) zur Wahl.

Sie einigten sich auf das 6 Gun, weil Michael meinte, daß sie das Cowboy-Motto, unter dem ihr Wochenende stand, voll ausreizen sollten. Er wurde nicht enttäuscht. Auf den Nachtschränkchen des Motels fand er aufrecht stehende Pistolen vor, über denen sich Lampenschirme wölbten. Außerdem hing in der Lobby ein monströser Schaumgummicowboyhut an der Wand.

«Ach, der Westen!» stieß Michael hervor, als er die Vorhänge auseinanderriß, um die Sonne hereinzulassen.

Bill packte weiter aus. «Du lebst doch im Westen.»

«Klar», sagte Michael, «aber manchmal muß man nach Osten fahren, um im Westen anzukommen.»

«Wie ist die Aussicht?»

«Überwältigend. 'ne Tankstelle und dahinter Hügel.»

Bill gluckste. «Toll.»

«Außerdem sind da noch sieben – gezählte sieben – Homosexuelle, die sich auf den zwei Quadratmetern Gras zwischen uns und der Tankstelle sonnen. Mensch, weiß diese Stadt überhaupt, was auf sie zukommt?»

Bill zuckte mit den Schultern. «Die Einarmigen Banditen können das schwule und das normale Geld nicht auseinanderhalten.»

«Ich weiß nicht», sagte Michael. «In den Zeitungen steht, daß der Vizegouverneur anscheinend nicht besonders begeistert war. Außerdem sind sie seit der Schlagzeile im *Examiner* sicher ein bißchen nervös, wenn Schwuchteln nach Nevada kommen.»

«Seit welcher Schlagzeile?»

«Du weißt doch . . . die MGM-Grand-Geschichte: SCHWULER SEX LÖST HOTELFEUER AUS.»

«Ach so, ja.»

«Stell dir das mal vor», sagte Michael. «Die ganze Stadt könnte heute nacht in Flammen aufgehen.»

Ein beleuchtetes Plastikschild am Highway kündigte den Autofahrern das große Ereignis an: RENO NATIONAL GAY RODEO. Als Bill mit seinem Trans Am auf den staubigen Parkplatz einbog, begann Michael laut zu spekulieren: «Was glaubst du, wie viele von den Kerlen richtige Cowboys sind?» Er hatte ein persönliches Interesse an dieser Frage. Seine vor einer Woche gekauften Danner-Stiefel hingen bleischwer an seinen Füßen; sein blaugrün-beiges Cowboyhemd wirkte an ihm so deplaziert wie ein Polohemd an einem Matrosen auf Landgang.

«Der da», sagte Bill, «ist schon mal keiner.» Er deutete auf einen drahtigen Brünetten, der ein T-Shirt mit der Aufschrift «HENGSTRITT – 5 $» trug.

Michael fiel auf, daß es noch andere Anzeichen der Verclonung gab: die vielen softeisfarbenen Bodyshirts; die vielen Strohhüte, die denen bei All-American Boy verdächtig ähnlich sahen; die vielen fitnesscentergestählten Oberkörper, auf denen T-Shirts mit dem Aufdruck «FANG MICH MIT DEINEM LASSO, UND DU DARFST MICH REITEN» klebten.

Ein feiner Großstadtpinkel, der auch deutlich als solcher erkennbar war, hatte seinen Brustwarzenring aus gegebenem Anlaß gegen eine kleine Silberspore eingetauscht, doch Michael fand die Geste nicht sehr überzeugend.

«Allmächtiger!» keuchte er, als er die bombastischen Brustmuskeln erblickte, die am Eingang der Rodeoarena zur Schau gestellt wurden. «Wo kommen die Typen bloß alle her?»

«Jedenfalls nicht von der Ranch», sagte Bill. «Echte Cowboys haben einen Bierbauch.»

«Sei nicht so miesepetrig. Irgendeiner muß doch echt sein.»

«Klar», erwiderte Bill, «da drüben steht ein echter Kellner aus dem Neon Chicken.»

Bills unterentwickelte Phantasie ging Michael allmählich

auf die Nerven. In der Arena konzentrierte er sich ganz auf das Geschehn – eine deftige Show mit Kälberfangen, Bullenreiten und Wildekuhmelken. Beim letztgenannten Wettbewerb traten eine Lesbe, eine Fummeltrine und ein «richtiger Mann» gemeinsam an – was an sich schon eine beeindruckende Leistung war.

Bis zum Nachmittag hatten die meisten Zuschauer ihre Hemden und T-Shirts ausgezogen, so daß auf den Tribünen ein satter Mahagoniton vorherrschte. Das Bier floß so reichlich, daß kaum einer der Versuchung widerstehen konnte, bei den Texas Mustangs mitzuklatschen, die als «einzige schwule Country & Western-Band im Lone Star State» angekündigt wurde.

«Mir gefällt so was», sagte Michael zu Bill. «Die Leute sind entspannt, und das Affektiertsein fällt schwerer.»

«Schon», sagte Bill, «aber wart mal bis heute abend.»

«Bis zur Tanzerei, meinst du?»

Bill nickte ein bißchen zu selbstgefällig. «Wenn sie sich erst mal den Staub abwaschen, kommen überall wieder die Discohäschen zum Vorschein.»

Michael weigerte sich, ihm recht zu geben.

Arzt, heile dich selbst!

Frannies Fassungslosigkeit fand ihre Entsprechung im Gesicht des hübschen blonden Arztes, der sie in seiner Praxis auf dem B-Deck der *Sagafjord* empfing.

«Mrs. Halcyon! Mein Gott!»

Frannie lächelte und reichte ihm die Hand. «Dr. Fielding.»

«Das freut mich aber», sagte der Doktor. «Ich hatte keine Ahnung, daß Sie an Bord sind. Diesmal bin ich nämlich die Passagierliste nicht durchgegangen, und . . . na, es ist schon eine Weile her, was?»

Frannie nickte. Die extreme Peinlichkeit der Situation

machte ihr bereits zu schaffen. Sie stand schließlich dem Mann gegenüber, der die Zwillinge auf die Welt geholt hatte. Würde sie gezwungen sein, auch ihm wegen der «Waisen» in ihrer Obhut etwas vorzumachen? Und würde er ihr glauben?

«Ich komme mir so dumm vor damit», sagte Frannie matt.

Das Lächeln des Doktors strahlte die gleiche blendende Frische aus wie seine Uniform. «Womit?» fragte er.

Frannie berührte ihre Körpermitte. «Ich habe Magenprobleme. Reife Frauen sollten doch eigentlich nicht mehr seekrank werden, oder?»

Der Doktor zuckte mit den Schultern. «Ich fürchte, da macht die Seekrankheit keine Unterschiede. Ich bin auch nicht wirklich gefeit davor und fahre schon ein Jahr zur See. Wie weit oben sind Sie denn?»

«Wie bitte?»

«Wo Ihre Kabine ist. Haben Sie eine von den Suiten?»

Frannie nickte. «Auf dem Terrace-Sun-Deck.»

«Das hab ich mir gedacht», sagte der Doktor grinsend.

«Wieso?»

«Na ja . . . der Seegang überträgt sich da oben stärker. Sobald die See ein bißchen unruhig wird, bekommen es die Luxussuiten als erstes zu spüren.» Er zwinkerte ihr gewinnend zu. «Das Fußvolk hier unten im Schiffsbauch hat es da etwas leichter.»

Frannie wurde von Minute zu Minute übler. «Dann kann ich wohl kaum etwas tun, oder?»

Der Doktor öffnete einen weißen Metallschrank. «Sie nehmen eine kleine Dramamine und legen sich hin.» Er reichte Frannie eine Tablette und einen Pappbecher voll Wasser. «Haben Sie Zeit, mir ein bißchen Gesellschaft zu leisten? Es ist ein ruhiger Tag. Wir bleiben wahrscheinlich ganz ungestört.»

Frannie ging bereitwillig darauf ein. Kein Wunder, daß DeDe diesen Mann angebetet hatte.

Sie streckte sich auf der Liege aus, und er setzte sich auf einen Stuhl daneben. Nach Tagen, die sie mit den Zwillingen bereits auf See war, tat es gut, daß jemand *sie* bemutterte.

Sie schwiegen beide längere Zeit, bis er sagte: «Es tut mir leid, was mit DeDe und den Kindern passiert ist, Mrs. Halcyon. Ich habe erst ... einige Zeit danach davon erfahren.»

Sie meinte, ihr Herz würde zerspringen. Sie lechzte danach, diesem liebenswürdigen, mitfühlenden Menschen von ihren großartigen Neuigkeiten zu berichten. Statt dessen sagte sie: «Danke, Dr. Fielding. DeDe hatte sie schrecklich gern.»

Nach einer neuerlichen Pause sagte er: «Ich hab damals gerade in Santa Fe gearbeitet, als ich davon gelesen habe.»

«Ach ja?» Sie stürzte sich auf die Gelegenheit, über etwas anderes zu sprechen.

«Ich hatte dort einige Zeit eine gynäkologische Praxis, bevor ich mich wieder auf die Allgemeinmedizin verlegt und mir diesen Job besorgt habe. Mein Leben ist damals etwas ... aus dem Ruder gelaufen ... und mit der Arbeit hier bin ich dem Anheuern auf einem Bananendampfer ja schon sehr nahe.»

«Sie müssen inzwischen die ganze Welt gesehen haben», sagte Frannie. «Beneidenswert.»

«Es ist ... nicht schlecht», antwortete der Doktor. Seine Stimme hatte einen wehmütigen Unterton, der Frannie neugierig machte.

«Alaska ist wirklich ungewöhnlich», sagte sie. «Es ist so *riesig* ... und erst die Fjorde! Sie sind geradezu wagnerianisch ... so überwältigend, so erschütternd. Ich bedaure nur ...» Sie unterbrach sich.

«Was bedauern Sie?»

Frannie lächelte schwach und blickte zur Decke. «Mir war entfallen, daß Sie ihn nie kennengelernt haben.»

«Wen?»

«Edgar, meinen Mann. Er fehlt mir sehr auf dieser Reise. Wenn man verwitwet ist, Doktor, schmerzt eines am allermeisten: daß man seinen Spielkameraden verloren hat. Man hat den Menschen verloren, mit dem man einen Berg betrachten konnte und dabei wußte, was beide dachten ... den Menschen, mit dem man gemeinsam schweigen konnte. Es dauert lange, bis man das erreicht hat ... und es fällt schwer, darauf zu verzichten.»

«Ich weiß», sagte er.

«Sie sind nicht verheiratet, oder?»

«Nein.»

«Hatten Sie schon einmal einen Menschen, mit dem Sie . . .?»

«Einmal», antwortete er. «Einmal habe ich so etwas erlebt.»

«Dann wissen Sie, wie das ist.»

«Ja.»

Frannie zögerte, weil sie mit einemmal fürchtete, zu persönlich zu werden. Dann fragte sie: «Wie haben Sie . . . sie verloren?»

Schweigen.

«Tut mir leid», sagte die Matriarchin. «Ich wollte nicht . . .»

«Schon gut», sagte der Doktor. «Ich weiß genau, was Sie mit den Bergen meinen: Daß sie nicht mehr so aussehen wie damals.»

Auf Schmusekurs

Über der Tanzfläche der Nevada State Fairgrounds drehte sich ein eineinhalb Meter großer verspiegelter Stiefel samt Sporen und streute seinen glitzernden Segen unter die versammelten Massen. Die Veranstaltung trug das Motto «Stand By Your Man», und genau das taten die meisten Tänzer auch.

Michael blickte zu dem glitzernden Fetisch hinauf und seufzte. «Hat das nicht Pep?» fragte er Bill.

Der besah sich den Stiefel für den Bruchteil einer Sekunde und verzog gleich darauf das Gesicht. «Scheiße!»

«Was ist?» fragte Michael.

«Ich hab kein Poppers besorgt.»

Michael lächelte. «Hier wird doch sowieso Country und nicht Disco gespielt.»

«Nein», sagte Bill. «Ich meine . . . für nachher.»

«Ach so.»

«Vielleicht verkaufen sie im Chute welches.»

«Mir ist das ziemlich . . .»

«Die wissen dort sicher, wo man welches kriegt.»

«Ich brauch keins», sagte Michael. «Wenn du welches willst, dann . . .»

«*Brauchen* tu ich auch keins», blaffte Bill ihn an. «Ich will bloß welches.»

Michael wollte keinen Streit. «Gut», sagte er gelassen. «Was sollen wir tun?»

«Ich mach mich vom Acker und fahr in die Stadt», antwortete Bill. Er hörte sich jetzt weniger aggressiv an. «Du kannst ja hier die Stellung halten. Es wird nicht lang dauern. Okay?»

Michael nickte. Die ungewollt ländliche Ausdrucksweise seines Freunds hatte ihn schon beinahe versöhnt. *Sich vom Akker machen. Die Stellung halten.* Genausogut hätten sie den Wagen zu einer Ausfahrt nach Dodge City anspannen können. «Okay», sagte er lächelnd. «Ich bleib hier.»

Bill kuschelte sich kurz an ihn, flüsterte ihm: «Du scharfer Kerl du!» ins Ohr und verschwand in der Menge.

Es war so was wie eine Flucht, wurde Michael klar. Bill konnte die Musik nicht ausstehen. Mit Hilfe seines Walkman und einer Air-Supply-Kassette war er beim Rodeo über die Runden gekommen. Doch die Aussicht darauf, sich einen ganzen Abend lang den Country-Songs von Ed Bruce, Stella Parton und Sharon McNight auszusetzen, verkraftete er offenbar nicht.

Michael war erleichtert. Er fühlte sich an diesem Abend zerbrechlich und gefühlsduselig – ihm war himmelschreiend romantisch zumute –, und er wußte, daß diese Empfindungen neben Bills nervtötendem Realismus nicht lange Bestand gehabt hätten. Was ihn störte, war nicht das Poppers – er fuhr selbst auf das Zeug ab –, sondern die gefühlstötende Art, mit der sie den Sex manchmal auf ein sportliches Ereignis reduzierten, das nach zeitlicher Abstimmung, Wendigkeit und entschieden zuviel Vorausplanung verlangte.

Wieviel Arbeitszeit, fragte er sich, hatten sie im zerwühlten Bett schon mit der Suche nach dem dämlichen braunen Fläschchen verschwendet?

Dabei war es eigentlich nicht Bills Schuld. Er *genoß* den Sex mit Michael. Er genoß ihn genauso, wie er das Kinogehen mit Michael genoß oder angeregte Männergespräche mit Michael oder ausschweifende nächtliche Pizzamampfereien mit Michael. Er hatte nur offenbar nie den Drang verspürt, das alles mit ein bißchen Romantik auszupolstern. Aber das war nicht Bills Problem; es war das von Michael.

Michael stellte sich an den Rand der Tanzfläche und schaute zu, wie die Paare Schulter an Schulter dahinschlurften, als sie den Cotton-Eyed Joe tanzten. Michael spürte, daß im Saal eine urwüchsige Freude herrschte – das Ereignis war begeisternd, weil es so unerwartet war. Tunten tanzten Cowboytänze. Wer hätte das gedacht? Jungs, die in Galveston und Tucson und Modesto groß geworden waren, tanzten die Volkstänze ihrer Heimatgegend, und das *endlich* mit dem Partner ihrer Wahl.

Da spielte es fast keine Rolle mehr, daß am Highway Teenager den Neuankömmlingen «Schwuchtel» hinterherschrien. Hier drin gab es ohne weiteres genug Brüderlichkeit, um selbst dem Teufel Paroli zu bieten.

Ed Bruce watschelte auf die Bühne. Er war ein massiger Kerl vom Typ Marlboro Man, etwas über vierzig, und er sang von Golfspielen und Frauchen zu Hause, als würde er in Oklahoma City vor einer Versammlung der Veterans of Foreign Wars auftreten. Sein großer Hit – «Mamas, Don't Let Your Babies Grow Up to Be Cowboys» – gewann in dieser ziemlich unmöglichen Umgebung einen köstlichen ironischen Akzent.

Vor zwanzig Jahren, dachte Michael, waren schwule Männer damit zufrieden gewesen, in der Carnegie Hall Judy Garland zuzukreischen. Jetzt konnten sie engumschlungen miteinander tanzen, während ein Nashville-Cowboy ihnen ein Ständchen brachte. Michael mußte unwillkürlich schmunzeln.

Wie durch ein Wunder bekam er mitten aus dem Gewühl eine Reaktion. Es war ein kräftig gebauter Bär, dessen Lächeln für einen Mann von seiner Statur entwaffnend scheu wirkte. Er prostete Michael mit seiner Bierdose freundlich zu.

Michael erwiderte die Geste. Das Herz klopfte ihm bis zum Hals.

Der Mann kam auf ihn zu.

«Ganz gut, hm?» Er meinte die Musik.

«Wunderbar», sagte Michael.

«Kannst du auch Engtanz?» fragte der Mann.

«Klar», log Michael.

Wie lasse ich mich führen?

Mit seinen einsfünfundsiebzig geriet Michael neben dem Mann, der ihn zum Tanzen aufforderte, zum Zwerg.

Und es gab noch eine weitere Komplikation: Dieser baumstarke Sexbolzen erwartete eindeutig, daß Michael sich *führen* ließ – etwas, woran Michael seit seinem Abschlußball an der Orlando High im Jahr 1968 keinen Gedanken mehr verschwendet hatte. Und damals hatte sich natürlich Betsy Ann Phifer führen lassen.

Michael erinnerte sich, daß es einen Trick gab. Ned hatte ihn im Trinity Place gelernt, wo jeden Dienstagabend Squaredance getanzt wurde: *Streck den rechten Arm leicht vor und berühr sein rechtes Bein so – im Rahmen des Schicklichen natürlich –, daß du die Bewegung seines Körpers spürst.*

Aha. So weit, so gut.

Es war etwas merkwürdig, alles andersrum zu machen, aber auch irgendwie toll. Michael lehnte den Kopf an die große braune Türmatte auf der Brust seines Partners und nahm den Rhythmus der Musik auf.

Ed Bruce war noch immer auf der Bühne. Er sang jetzt «Everything's a Waltz».

Der Mann trat Michael auf den Fuß. «Entschuldige», sagte er.

«Macht nichts», sagte Michael.

«Es ist alles noch was neu für mich.»

«Nicht nur für dich», sagte Michael grinsend.

Ihm fiel ein, daß in San Francisco vor gar nicht allzu langer Zeit Männer *tatsächlich* eng getanzt hatten. Er rief sich die Schlußphase dieser Ära – so zirka 1973 – in Erinnerung. Schon der bloße Anblick hatte ihn abgestoßen: Erwachsene Männer tanzten im Rendezvous Wange an Wange, schwitzige Hand an schwitziger Hand, und im Hintergrund quälte sich die Streisand mit «People» ab.

Dann war Disco gekommen, ein Jahrzehnt des simulierten Vögelns, der gesichtslosen Körper, die sich einem mystischen Stammesritus hingaben – was für Michael etwas Beglückendes und zugleich Einschüchterndes hatte. Woran es dieser Epoche gemangelt hatte, das fanden einige Leute jetzt in der Country-Musik. Nämlich: Romantik.

«Wo kommst du her?» fragte Michael.

«Arizona», antwortete der Mann.

«Könnt ich den Ort kennen?»

«Kaum. Das Kaff heißt Salome. Fünfhundert Leute.»

Dann war er ein *echter* Cowboy. Das erklärte die Hände. Sie fühlten sich an wie Elefantenhaut. Bill konnte ihm den Buckel runterrutschen. «Salome», wiederholte Michael mit dem Zungenschlag des Kerls (Saloam). «Wie bei Oscar Wilde?»

«Bei wem?»

Michaels Herz schlug schneller. *Er hat noch nie was von Oscar Wilde gehört.* Du lieber Gott, ein Volltreffer? «Ach, vergiß es», sagte er. «Ist unwichtig.»

War es auch. Michael fühlte sich in den Armen dieses Mannes rundum *wohl*. Selbst sein linkisches Verhalten war liebenswert. Entscheidend war aber nicht der Mann, hielt Michael sich vor Augen, sondern waren die Umstände. Zwei dominante Kulturen – die eine sehr hetero, die andere sehr schwul – hatten ihm dieses simple Vergnügen immer verwehrt. Er hätte heulen können vor Freude.

«Bist du . . . äh . . . beim Rodeo mitgeritten?» fragte er.

«Fürchte nein. Ich bin bloß Bauarbeiter.»

Bloß Bauarbeiter! Mein Gott, war er gestorben und in den Himmel gekommen? Warum hatte ihm niemand gesagt, daß es einen Ort gab, an dem er mit einem Bauarbeiter engtanzen konnte?

«Wie kommst du in Salome zu . . . zu so was wie hier?» fragte Michael.

Der Mann rückte gerade so weit von Michael ab, daß sein Lächeln zu sehen war. «Ich fahre nach Phoenix.» Er beugte sich vor und küßte Michael unbeholfen seitlich auf den Mund. «Du bist ein netter Kerl», sagte er.

«Du auch», sagte Michael.

Sie tanzten schweigend weiter. Dann raunte ihm der Mann mit einem heiseren Flüsterton ins Ohr: «Hör mal . . . hättest du Lust, heut abend mit mir zu schlafen?»

Mit ihm schlafen. Nicht vögeln. Nicht ficken. Michael verschlug es fast die Sprache. «Eigentlich . . . bin ich . . . mit einem Freund da. Er ist . . . nur grade weg.»

«Ach so.» Seine hörbare Enttäuschung wärmte Michael bis ins Mark.

«Ich könnte dir meine Telefonnummer geben. Wenn du mal nach San Francisco kommst, könnten wir vielleicht . . .»

«Schon okay.»

«Du warst noch nie dort, hm?»

«Bis jetzt nicht», sagte der Mann.

«Ich glaub, es würde dir gefallen. Ich könnte dir die Stadt zeigen.»

«Ich komm nich viel rum», sagte der Mann.

Michael entschied sich dagegen, einen Besuch in Salome vorzuschlagen. «Hör mal», sagte er, «glaubst du mir, wenn ich dir sage, daß ich's mit dir grade toller finde als beim ganzen Sex, den ich dieses Jahr schon hatte?»

Der Mann grinste. «Echt?»

«Kein Vergleich», sagte Michael.

«Ich tret dir doch dauernd . . .»

«Das ist mir egal. Ich find's toll.»

In der Brust des Mannes dröhnte es, als er lachte.

«Du machst das ganz wunderbar», sagte Michael. «Halt mich nur weiter fest, okay?»

«Klar.»

Michael schmiegte sich also wieder an, um in den Armen des liebreizenden Fremdlings zu träumen, bis Bill mit dem Poppers zurückkam.

Gletscherkunde

Als die *Sagafjord* nach Juneau kam, gingen Prue und Luke mit den übrigen Passagieren an Land und erkundeten das kleine Grenzstädtchen – eine Siedlung, die von der örtlichen Handelskammer als «Amerikas größte Hauptstadt» apostrophiert wurde.

«Das muß ein Witz sein», sagte Prue, die sich über die Broschüre in ihren Händen wunderte.

Luke schüttelte den Kopf. «Sie meinen die Ausdehnung.»

«Aber, wie . . .?»

«Juneau erstreckt sich über mehr Quadratkilometer als jede andere Hauptstadt. Hier oben ist alles aus der Proportion geraten. Von hier bis zu den Aleuten am anderen Ende des Staats ist es weiter als von San Francisco nach New York.»

Prue dachte kurz nach. «Irgendwie ist das ein bißchen beängstigend.»

«Warum?»

«Ich weiß nicht. Wahrscheinlich, weil man sich da so klein vorkommt. Als könnte die Landschaft . . . einen verschlucken. Man könnte hier verschwinden, ohne Spuren zu hinterlassen.»

Luke lächelte sie an. «Das passiert auch. Darum geht's ja.»

Prue schüttelte sich. «Aber nicht für mich.»

«Warte, bis du erst den Gletscher siehst.»

«Welchen Gletscher?»

Luke legte ihr den Arm um die Taille. «Ich hab mir gedacht, wir mieten ein Wasserflugzeug und fliegen über die Eisfelder. Es heißt, man fühlt sich Gott dort so nahe wie nirgendwo sonst.»

Prue schaute beunruhigt drein. «Kann *er* nicht einfach zu uns kommen?»

Lukte tippte ihre Nasenspitze an. «Was ist mit dir, mein Schatz?»

«Nichts . . . nur . . . na ja, diese kleinen Flugzeuge und mein Magen kommen meistens nicht so gut miteinander aus.»

«Es dauert nur eine Dreiviertelstunde.»

Er zog sie enger an sich und hielt sie fest, bis sie nachgab. Ihr wurde bewußt, daß er in mancher Beziehung schon zu ihrem Talisman geworden war, der sie vor Gefahren schützte.

Das Flugzeug glitt über die Wasseroberfläche wie eine Libelle im Tiefflug, bevor es sie in den schiefergrauen Himmel über Juneau hinauftrug. Außer Prue und Luke gab es noch vier andere Passagiere: ein ziemlich junges Ehepaar aus Buenos Aires und zwei Bibliothekarinnen, die gemeinsam auf Reisen waren.

Luke saß direkt hinter dem Piloten und unterhielt sich unhörbar mit ihm, während Prue zusah, wie die fremde Welt unter ihr sich aus dem Dunkelblauen ins Dunkelgrüne und dann ins Weiße verwandelte. Nein, ins *Graue*. Ein blaßgraues Plateau, so weit das Auge reichte – ein lebendiges Gebilde, an den Rändern gewellt wie Lava, archaisch und schön und auf unerklärliche Weise beklemmend.

Sie war etwas erleichtert, daß der Gletscher Grenzen hatte. Splitternd und zischend stürzte er in die dunkle See, deren Wasser knisterte, als wäre es elektrisch geladen. Als das Wasserflugzeug tiefer ging, spähte Prue in Spalten, die so strahlend blau waren, daß sie unnatürlich wirkten – blau wie der tödliche Kern eines Atomkraftwerks.

«Sieh doch, Luke . . . diese Farbe!»

Doch ihr Liebhaber war ganz in seine Unterhaltung mit dem Piloten vertieft, und der Motorenlärm übertönte ihre Stimme.

Prue rückte näher an ihn heran. «Luke . . .»

Er hörte sie nicht. Mit gespannter Miene fragte er den Piloten weiter aus. Prue konnte nur zwei Wörter verstehen. Der Pilot wiederholte sie seltsamerweise.

Verärgert ließ sie sich in den Sitz zurückfallen. Dieser Augenblick hätte allein ihnen gehören sollen: ihr und Luke. Das kumpelhafte Getue mit dem Piloten war unentschuldbar egoistisch und gedankenlos. Als Luke sich schließlich wieder zurücklehnte und ihre Hand drückte, ließ sie ihn spüren, daß sie schmollte.

«Ist was mit dir?» fragte er.

Sie wartete einen Pulsschlag lang. «Sag mal, was sollte *das* denn?»

«Was?»

«Mein Gott! Du hast in einem fort gequatscht.»

Er drückte ihre Hand noch einmal. «Entschuldige. Das war nur . . . Fachsimpelei. Ich hab mich wohl zu sehr hinreißen lassen.»

«Was sollte das mit dem ‹per pedes›?»

Luke sah sie verständnislos an. «Wie?»

«Du hast irgendwas von ‹per pedes› gesagt.»

«Nein, hab ich nicht.» Seine Miene unterstrich die Entschiedenheit, mit der er es sagte.

«Luke, ich hab dich gehört. Du hast was, was von . . . ‹per pedes› gesagt. Und der Pilot hat es wiederholt. Grade eben.»

Er musterte sie kurz, lächelte dann und schüttelte den Kopf. «Das hast du falsch verstanden, Schatz. Wir haben über was Geographisches geredet.» Er hob die Hand wie ein Pfadfinder. «Ehrenwort. Du hast nichts verpaßt.»

Prue ließ das Thema fallen. Zum einen interessierten die anderen Passagiere sich inzwischen für ihren Verdruß. Zum anderen sollte dieser Moment etwas Außergewöhnliches bekommen, unbelastet bleiben von irdischen Ängsten. Luke empfand es anscheinend genauso. Er schenkte ihr für den Rest des Flugs seine ungeteilte Aufmerksamkeit. Nur einmal drehte er sich kurz zur Seite, um auf der Innenseite eines Streichholzbriefchens eine kurze Notiz zu machen.

«Was war das?» fragte sie lächelnd. «Eine Gedächtnisstütze?»

Luke blickte zerstreut auf.

«Ich mach das auch immer», fügte sie hinzu, um nicht neugierig zu erscheinen. «Mein Hirn ist wie ein Sieb.»

Er lächelte matt und steckte das Streichholzbriefchen in die Brusttasche zurück.

«Laß uns heute abend tanzen gehen», sagte er.

Wem sagen wir's zuerst?

Als Michael wieder im God's Green Earth war, überschüttete er den ewig nachsichtigen Ned mit seinen Rodeoerlebnissen. Doch das Heldenepos litt durch die Wiedergabe. Michaels kurzes Zwischenspiel mit dem engtanzenden Bauarbeiter kam wie eine abgedroschene Wichsphantasie heraus und war nicht mehr das einzigartige, wundervolle Ereignis, als das er es ursprünglich empfunden hatte.

Weil er die Stimmung vom Wochenende wiederbeleben wollte, schaltete er am Abend auf KSAN eine Country-Sendung ein, doch Willie Nelson bekam inmitten von Rattanmöbeln und Dekokitsch einen sonderbar schalen Beigeschmack. Cowboys sammelten nun mal kein buntes Geschirr.

Also spazierte er nach unten und rauchte auf der Bank im Vorgarten einen Joint. Das Dope, die Stille und die schmale Mondsichel, die in den Bäumen hing, wirkten zusammen und machten ihn nachdenklicher als sonst.

Nachdenklich? Ach was! Er war schlicht deprimiert.

Nichts Umwerfendes natürlich. Es war eine Allerweltsdepression, geboren aus Langeweile, Einsamkeit und einem unausweichlichen Gespür für die immense Belanglosigkeit des Lebens. Er wußte, daß sie vergehen würde. Er würde sie schon vertreiben.

Doch was sollte er an ihre Stelle setzen?

Die Uhr zeigte 3:47, als das Telefon ihn aufweckte.

Er taumelte aus dem Bett und riß den Hörer hoch.

«Wenn das jetzt nichts Tolles ist!» ließ er den Anrufer wissen.

«Ist es aber», kam als Antwort. Mary Anns Kichern war

nicht zu verkennen. Michael machte es sich in einem Sessel bequem. «Was ist los, mein Schatz?»

«Brian und ich heiraten!»

«Jetzt?»

Erneutes Kichern. «Nächsten Monat. Du bist doch nicht sauer, oder?»

«Sauer?»

«Weil wir dich geweckt haben. Wir wollten es offiziell machen. Und unser erster Gedanke war, dich anzurufen.»

Michael war so gerührt, daß er am liebsten geheult hätte. Doch was folgte, war nichts als Schweigen.

«Mouse? Bist du noch dran? Du *bist* sauer, was? Hör zu, wir können morgen früh drüber . . .»

«Hast du 'ne Klatsche? Es ist *toll*, mein Schatz!»

«Ja, nicht?»

«Es wurde auch Zeit», sagte Michael. «Bist du schwanger?»

Mary Ann brüllte vor Lachen. «Nein! Ist das nicht unglaublich?»

«Brian etwa?»

Er hörte, wie sie mit Brian redete. Sie lagen offenbar im Bett. «Er will wissen, ob du schwanger bist.»

Brian übernahm den Hörer. «Das Miststück hat mir 'nen Braten in die Röhre geschoben.»

Michael lachte. «Jemand mußte es ja tun.»

«Bist du allein?» fragte Brian.

«Wie kommst du denn *darauf*?» sagte Michael. «Sag Raoul hallo.»

«He, schon gut . . .»

«Keine Bange», sagte Michael lachend. «Ich hab ihn nur erfunden.»

«Du bist ein Arsch.»

«Ich weiß. Tut mir leid.»

«Ich hatte mir schon einen Frankokanadier mit Bartstoppeln vorgestellt.»

«Komisch», sagte Michael, «ich mir auch. Mensch, Brian . . . es ist so was von toll.»

«Ja . . . na ja, wir wollten, daß du's als erster erfährst.»

«Das gehört sich auch so», sagte Michael.

«Wir lieben dich, Mann. Aber jetzt geb ich dir wieder Mary Ann. Sie hat noch mehr Neuigkeiten für dich.»

«Mouse?»

«Ja?»

«Habt ihr im Laden einen Fernseher?»

Michael überlegte kurz. «Ned hat einen tragbaren, den er manchmal von zu Hause mitbringt.»

«Sehr schön. Sag ihm, daß er ihn am Dienstag mitbringen soll. Ich will, daß du dir die Show anschaust.»

«Bargain Matinee?»

«Gibt's noch 'ne andere? Den Film brauchst du dir nicht anzuschauen . . . nur meinen kleinen Halbzeitauftritt. Ich denke, du wirst deinen Spaß dran haben.»

«Laß mich raten. Du hast rausgefunden, was man mit leeren Clorox-Flaschen Hübsches anstellen kann.»

«Schau dir einfach die Show an, du Klugscheißer.»

«Roger.»

«Und jetzt schlaf weiter. Wir lieben dich.»

«Ich weiß», sagte Michael.

Aber er schlief besonders gut, weil sie es gesagt hatte.

So ein netter Mann!

Claire McAllisters Ehemann war wieder mal im Kasino, und die ehemalige Revuesängerin mit den rabenschwarzen Haaren suchte auf dem Promenadendeck der *Sagafjord* Frannies Gesellschaft. Frannie war begeistert, als sie sie sah.

«Holen Sie sich einen Stuhl», sagte sie lächelnd und legte ihren Roman von Danielle Steel beiseite. «Ich habe schon seit einer Ewigkeit mit niemand Erwachsenem mehr geredet.»

Claire schnitt eine freundliche Grimasse. «Sehen Sie hier irgendwo Erwachsene?»

«*Sie* tun es auch», sagte Frannie. «Glauben Sie mir.»

Claire senkte ihren eindrucksvollen Körper auf einen Liegestuhl aus Aluminium und seufzte theatralisch. «Wo *sind* die kleinen Goldstücke denn nun?»

Frannie brachte sie zum Schweigen, indem sie den Zeigefinger auf die Lippen legte. «Reden wir nicht davon, Claire. Es ist fast zu schön, um wahr zu sein.»

«Was?»

Frannie machte eine ausholende Armbewegung. «Das hier. Das Alleinsein. Die gesegnete Entspannung. Wie Sie wissen, *vergöttere* ich die Kinder, aber . . .»

«Sie haben 'nen Babysitter gefunden!»

Die Matriarchin nickte triumphierend. «Er ist selber auf die Idee gekommen, der arme Kerl. Hoffentlich verschluckt er sich an dem Bissen nicht.»

«Kenn ich ihn?» fragte Claire und breitete eine Decke über ihren Schoß.

«Ich glaube schon», sagte Frannie. «Es ist Mr. Starr.»

Claire wußte nichts damit anzufangen.

«Sie wissen doch», setzte Frannie nach. «Der amerikanische Börsenmakler aus London.»

«Dieses gutaussehende Teil, das mit der aufgeblasenen Blondine unterwegs ist?»

Frannie lächelte geziert. «Eigentlich reisen sie ja nicht miteinander.»

«Scheiße, von wegen.»

«Sie haben sich auf dem Schiff kennengelernt», erklärte die Matriarchin. Claires Kraftausdruck hatte ihr die Schamröte ins Gesicht getrieben. «Sie ist eine . . . entfernte Bekannte von mir. Klatschkolumnistin in San Francisco. Ich fürchte, sie ist ein bißchen gewöhnlich.»

Claire schnaubte verächtlich. «Man könnte meinen, sie ist die Königin von Saba. So dick, wie sie mit ihrem vornehmen Getue aufträgt. Was der elegante Kerl bloß in ihr sieht.»

Frannie zuckte mit den Schultern. «Sie ist ziemlich hübsch, finden Sie nicht auch? Außerdem hat man mir erzählt, daß sie gut zuhören kann. Beklagen kann ich mich jedenfalls nicht, denn sie hat mich mit *ihm* bekannt gemacht. Ich glaube, ich bin zum erstenmal seit unserer Abreise aus San Francisco ganz entspannt.»

«Mögen ihn die Kinder denn?»

«Sie sind Feuer und Flamme! Er kennt so viele tolle Geschichten und Späße.» Frannie überlegte kurz. «Wissen Sie, unter Erwachsenen ist er ziemlich launenhaft . . . nicht mürrisch oder rüde eigentlich . . . bloß in sich gekehrt. Bei den Kindern ist er aber ein richtiges Energiebündel! Er bemüht sich dauernd, sie zu beeindrucken. Er ist wie ein Kind, das um die Aufmerksamkeit eines Erwachsenen buhlt, statt daß es umgekehrt wäre.»

«Dann paßt er doch ganz wunderbar», sagte Claire.

Frannie nickte. «Ich finde es wichtig, daß die Kinder einen Mann um sich haben.» Sie führte diese Theorie nicht weiter aus, aber es bereitete ihr Vergnügen, sie einer so vernünftigen und praktisch veranlagten Frau wie Claire vorzutragen. Die Kinder hatten schließlich nie einen Vater gehabt . . . nur diese Frau, die in Guyana und auf Kuba DeDes Begleiterin gewesen war. So was war einfach nicht normal, sagte sich Frannie. Gott sei Dank für Mr. Starr!

«Sagen Sie», meinte Claire nach einiger Zeit des Schweigens, «Jimbo hat was Geschäftliches zu erledigen, wenn wir heute nachmittag anlegen. Wie wär's, wenn wir zwei Sitka unsicher machen? Es gibt eine entzückende russische Kirche dort und ein paar phantastische Geschäfte mit Muschelschnitzereien. Zwei Mädels auf Landgang . . . was halten Sie davon?»

Frannie zögerte. «Na ja . . . ich . . .»

«Ich *weiß*, wie umwerfend das Angebot ist, aber überschlagen Sie sich mal nicht vor Begeisterung!»

Frannie lächelte entschuldigend. «Ich habe nur überlegt . . . na ja, die Kinder.»

«Kann Ihr Mr. Starr sie Ihnen nicht eine Weile abnehmen?»

Frannie zog die Augenbrauen hoch. «Das hat er mir eigentlich angeboten.»

«Wunderbar! Dann ist es abgemacht!»

«Ich habe aber das Gefühl, daß ich ihn ausnütze.»

«Hören Sie mal, Liebes, wenn der Kerl auf Kinder steht, dann ist das *sein* Problem und nicht Ihrs. Sie sollten lernen, ein Geschenk des Himmels anzunehmen, wenn es Ihnen in den Schoß fällt!»

Frannie gab lächelnd nach. «Sie haben recht. Schließlich soll das ja ein Urlaub sein.»

«Genau», sagte Claire.

Als Frannie die Zwillinge eine halbe Stunde später abholen ging, fand sie sie kichernd unter einem «Fort», das Mr. Starr aus zwei Liegestühlen und einer Decke gebaut hatte. Vor langer, langer Zeit hatte Edgar für DeDe so was auch häufig gebaut.

Ohne sich bemerkbar zu machen, blieb Frannie vor dem Wolldeckenunterschlupf stehen und genoß die fröhliche Musik, die die Stimmen ihrer Enkelkinder für sie waren.

Dann sang Mr. Starr ihnen etwas vor:

«Bye baby bunting, Daddy's gone a-hunting, gone to get a rabbit skin to wrap the baby bunting in . . .»

Das Vertrautheitsgefühl, das dieses alte Kinderlied auslöste, war genau die Bestätigung, die die Matriarchin brauchte.

Das Wissen, daß sich bestimmte Dinge nie änderten, war beruhigend.

Aber bitte mit Vorhaut!

Mrs. Madrigals kantiges Gesicht wirkte noch strahlender als sonst, als sie nach der schweren gußeisernen Bratpfanne griff, die in der Barbary Lane 28 immer Frühstück bedeutete.

«Ich kann's noch gar nicht glauben», sagte sie. «Zwei Eier oder drei, mein Lieber?»

«Drei», sagte Michael. «Ich auch nicht. Ich hab den beiden monatelang zugeredet, aber nicht gedacht, daß sie schon reif sind für eine so feste Bindung. Mary Ann vielleicht noch eher als Brian.»

Mrs. Madrigal schlug drei Eier in die Pfanne, warf die Schalen weg und wischte sich an ihrer paisleygemusterten Schürze die Finger ab. «Ich hab die beiden miteinander bekannt gemacht. Hast du das gewußt?»

«Nein.»

«Ja, es stimmt», sagte die Vermieterin strahlend. «Gleich, nachdem Mary Ann eingezogen war. Ich hab ein kleines Abendessen veranstaltet, und dabei hat Mary Ann mir von ihrer Befürchtung erzählt, daß es in San Francisco vielleicht nicht genug normale Männer gibt.» Mrs. Madrigal lächelte wehmütig. «Das war natürlich, bevor sie über mich Bescheid wußte. Hätte sie's *damals* schon gewußt, hätten wir sie wohl für immer an Cleveland verloren.»

Michael lächelte. «Sie haben sie und Brian also miteinander bekannt gemacht?»

«Nicht direkt. Ich hab Brian gesagt, daß Mary Ann Hilfe beim Möbelrücken braucht. Für den Rest waren sie dann selber zuständig. Weizentoast oder Roggen, mein Lieber?»

«Weizen, bitte.»

«Selbstverständlich ist ein völliges Desaster draus geworden. Brian war ein schamloser Weiberheld, und Mary Ann war grade furchtbar in Beauchamp Day verliebt – Gott steh ihr bei.» Die Vermieterin schüttelte wehmütig und halb belustigt den Kopf. «*Danach* ist sie immer mit dem Detektiv ausgegangen, den Monas Mutter auf mich angesetzt hatte.»

Michael nickte ernst.

«Ich war immer recht froh drüber, daß er verschwunden ist. Du nicht auch?» In ihrem Grinsen lag alle Schadenfreude, zu der sie fähig war. «Obwohl ich mich frage, was mit ihm passiert ist.»

Michael wand sich wie ein Aal. Er ging diesem Thema aus dem Weg, so gut es nur ging. Nur Mary Ann war Zeugin gewesen, als der Detektiv bei Land's End eine Klippe hinuntergestürzt war, und sie hatte dieses Geheimnis niemand außer Michael offenbart. Es gab ein paar Dinge, die man selbst vor Mrs. Madrigal lieber geheimhielt.

«Danach war Burke Andrew dran», setzte Michael die Aufzählung einfach fort. «Und mit ihm die Kannibalen aus der Grace Cathedral.»

Mrs. Madrigal verdrehte theatralisch ihre untertassengroßen Augen. «Sie hat vielleicht ein Händchen, was?»

«Ja. Aber ich glaub, sie ist endlich an den Richtigen geraten.»

«Das glaub ich auch», sagte die Vermieterin. «Dabei bin ich ehrlich gesagt etwas überrascht.»

«Warum?»

«Ich weiß nicht genau. Ich hab bloß so ein Gefühl im Bauch, daß sie irgendwas vorhat. Sie kommt mir in letzter Zeit so abwesend vor. Daß sie sich ums Heiraten Gedanken macht, hätt ich am allerwenigsten erwartet.»

«Und was», fragte die Vermieterin, als sie sich zum Essen setzten, «hat unser Rumtreiber in der letzten Zeit so erlebt?»

Michael tat so, als würde der Marmeladentopf seine gesamte Aufmerksamkeit fordern. «Ach . . . eigentlich kaum was.» Er wußte, daß ihre Frage seinem Liebesleben galt, doch er war nicht in der Stimmung, darüber zu reden. «Ich glaub, ich hab wieder mal einen zölibatären Anfall. Ich bin viel zu Hause und seh fern.»

«Und wie ist *das*?»

«Was?»

Die Vermieterin schnippte sich einen Krümel aus dem Mundwinkel. «Das Fernsehen.»

Michael lachte. «Meine Lieblingssendung war diese Woche eine Reportage über Beschneidung.»

«Tatsächlich?» Mrs. Madrigal butterte sich noch ein Stück Toast.

«Die war zum Schreien», sagte Michael. «Es wurde ein Beschneidungsspezialist interviewt, der Don Wong heißt.»

«Nein!»

Michael hob die Hand zum Schwur. «Ich schwöre bei Gott.»

«Und was hatte er zu sagen?»

Michael zuckte mit den Schultern. «Bloß, daß es heutzutage keinen akzeptablen Grund mehr gibt, kleine Jungs gleich nach der Geburt zu verstümmeln. Mein Gott. Wie lang brauchen die Leute, bis sie mal was schnallen? Meine Mutter ist nun wirklich nicht die Fortschrittlichste, aber *das* war ihr schon vor dreißig Jahren klar.»

Mrs. Madrigal lächelte. «Du solltest ihr zum Dank eine kleine Karte schicken.»

«Das Komische ist . . . daß ich es als Kind nie leiden konnte. Im Duschraum war ich immer der einzige Junge, der nicht beschnitten war, und das ging mir damals total gegen den Strich. Mama hat immer gesagt: ‹Gib bloß acht, daß du da unten immer sauber bist, Mikey, dann wirst du mir eines Tages noch sehr dankbar sein. Gott hat dir nichts Falsches mitgegeben.›»

«Eine kluge Person», sagte Mrs. Madrigal.

Michael nickte begeistert. «Man hat mich diese Woche zu einer Orgie eingeladen.»

Die Vermieterin setzte ihre Tasse ab.

«Nur für Unbeschnittene.»

Sie sah ihn in gespielter Entgeisterung an.

«Keine Bange», sagte Michael. «Es war eine Wohltätigkeitsveranstaltung.»

«Ach, wirklich?»

«Für den Chor.»

«Aha.» Mrs. Madrigals ausdrucksloses Gesicht blieb unergründlich. «Ein Vorhautfestival. Wird da am Eingang nachgesehen, oder was?»

Michael lachte. «Ich weiß. Es hört sich ziemlich blöd an. Trotzdem . . . ich bin froh, daß sich die Einstellung dazu geändert hat. Es gibt absolut keinen Grund, warum man sich an seinen Geschlechtsteilen herumschnippeln lassen sollte.»

Die Vermieterin schaute auf ihre Teetasse hinunter und unterdrückte ein Grinsen, bis Michael eilig nachbesserte: «Es sei denn, man will sich verändern.»

Mrs. Madrigal blickte wieder hoch und zwinkerte ihm zu. «Noch etwas Kaffee, mein Lieber?»

Der Daddy ist weg

Ein eifrig genutztes Pelzhandelsmonopol hatte Sitka im letzten Jahrhundert zu einem ausgesprochen russischen Erscheinungsbild verholfen: ein russisches Blockhaus, russische Grabzeichen überall, Kosakentänzer, die vor den Touristen auftraten, und sogar eine hübsche russische orthodoxe Kirche in der Stadtmitte.

Prue war vollkommen fasziniert.

«Ist das nicht unglaublich, Luke? Wenn man sich vorstellt, daß das noch Amerika ist!»

Luke jedoch war mit den Waisenkindern beschäftigt. Er kniete vor ihnen auf der Straße und zupfte die kleinen pelzbesetzten Parkas zurecht, die er ihnen eine halbe Stunde zuvor gekauft hatte. Wenn sie die Kapuzen aufsetzten, sahen die Kinder wie kleine Eskimos aus – und schon fast zu putzig, um noch als lebendige Wesen durchzugehen.

«Ist es dafür nicht ein bißchen zu warm?» fragte Prue. «Das Wetter ist hier doch praktisch wie in San Francisco.»

Er blickte zerstreut zu ihr hoch. «Ich kümmer mich gleich um dich.»

Er hatte ihr nicht einmal zugehört. Normalerweise wäre sie vielleicht verärgert gewesen, oder leicht eifersüchtig. Prue konnte Leute nicht ausstehen, die – wie Frannie Halcyon und ihre Freundin Claire zum Beispiel – von Luke so viel Aufmerksamkeit forderten, daß Prues Anteil an seiner Zuwendung kleiner wurde.

Doch mit den Kindern war das etwas anderes. Wenn Prue die beiden mit Luke sah, mußte sie daran denken, warum sie von dem schmuddeligen, schlecht angezogenen Phantom, das sich im Golden Gate Park um ihren Wolfshund gekümmert hatte, so beeindruckt gewesen war. Luke verhielt sich zu Kindern genauso wie zu Tieren – als einer, der sich ihnen verbunden fühlte und ihre Empfindungen respektierte.

Dem kleinen Mädchen war das schon längst klar. «Mr. Starr», zwitscherte es und zog ihn am Arm. «Fahren Sie Flugboot mit uns. *Bitte.* Fahren Sie Flugboot mit uns.»

Prue lächelte. «Du hast ihnen von unserem Ausflug mit dem Wasserflugzeug erzählt.»

Luke schaute nicht zu ihr hoch. «Die beiden begreifen schnell.»

«Sie sprechen so gut Englisch», bemerkte Prue. «Für Vietnamesen, meine ich.»

Luke zog den Reißverschluß am Parka des kleinen Jungen zu. «Sie sind Flüchtlinge. Vielleicht sind sie von Amerikanern aufgezogen worden ... keine Ahnung.» Seine Stimme hatte eine leicht sarkastische Note, die ihr zu verstehen gab, daß sie sich um ihren eigenen Kram kümmern sollte. Sie kam sich plötzlich vor, als wäre sie in ein privates Gespräch geplatzt.

Der kleine Junge fiel in das Geschrei ein: «Flugboot! Ja! Fahren Sie Flugboot mit uns!»

«Edgar ... nicht jetzt!»

Eine kleine Unterlippe schob sich vor. «Sie haben es versprochen.»

«Er heißt Edgar?»

Luke beachtete sie nicht.

«Frannies Mann hieß Edgar. Glaubst du, daß sie ihm den Namen gegeben hat?»

«Prue, würdest du bitte mal die Klappe halten! Ich hab mit *den zwei* Kindern schon genug zu tun!» Sein heftiger Ausbruch traf sie völlig unvorbereitet, doch dann sah sie, daß die Kinder *wirklich* verstört waren. Sie quengelten leise – nicht in aufsässiger Weise, sondern so, als fühlten sie sich hintergangen.

«Luke», sagte sie behutsam, «wenn du ihnen einen Ausflug mit dem Wasserflugzeug versprochen hast ... mir würd es nichts ausmachen, noch mal zu fliegen. Ehrlich.»

Luke stand auf. Er war gründlich verärgert. Seine Halsschlagader hatte zu pochen begonnen. «Ich hab ihnen überhaupt nichts versprochen», murmelte er. «Komm, wir haben seit dem Frühstück nichts gegessen.»

Prue bemühte sich um einen beschwichtigenden Ton. «Ja, ein bißchen was zu essen täte uns allen ganz gut.» Sie lächelte die Waisenkinder an. «Ich wette, hier in Alaska gibt es leckere Eiscreme. Sollen wir mal nachsehen?»

Sie blickten mit nassen Augen zu ihr hoch – traurige runde Gesichter, umrahmt von Pelz – und faßten dann nach ihren Händen.

Luke ging eingeschnappt vor ihnen her.

Seine Stimmung hatte sich beträchtlich gebessert, als sie ins Restaurant kamen, einen billigen Kiefernholz- und Resopal-Laden neben der Kirche.

«Der falsche Hase schmeckt nicht schlecht», sagte er. «Wie ist dein Salat?» Es war ein reichlich lahmer Entschuldigungsversuch, aber immerhin ein Versuch.

Prue beschloß, ihn anzulächeln. «Grauenhaft. Aber das geschieht mir ganz recht. Warum mußte ich auch in Alaska Salat bestellen?» Sie wandte sich den Kindern zu. «Ihr habt eure Hotdogs ja rasend schnell verputzt.»

Die Waisenkinder strahlten sie mit senfverschmierten Gesichtern an. Sie staunte, wie rasch Kinder eine schmerzliche Situation vergessen konnten. Dann griff sie über den Tisch und streichelte Lukes Hand. «Meinst du, ich kann es wagen, mal für kleine Mädchen zu verschwinden?»

«Mach nur», sagte er augenzwinkernd. «Die Erfahrung wird dir guttun.»

Die Toilette roch penetrant nach Desinfektionsmitteln, war aber überraschend sauber. Prue blieb fünf Minuten, verrichtete ihr Geschäft und dankte den übersinnlichen Mächten, daß ihr erster bedeutender Konflikt mit Luke noch vor der Explosion verpufft war.

Als sie ins Lokal zurückkam, war ihr Tisch leer. Luke und die Waisenkinder waren verschwunden.

«Entschuldigen Sie», sprach sie den Mann hinter dem Tresen an. «Sind denn mein Freund und die Kinder vielleicht . . .»

«Sie haben bezahlt und sind gegangen», sagte der Mann.

«*Was?* Sie sind gegangen? Wo wollten sie hin? Haben sie was gesagt?»

Der Mann zuckte mit den Schultern. «Ich hab gedacht, Sie wissen Bescheid.»

Als der Mann hinter dem Tresen die Bestürzung in Prues Gesicht sah, rang er sich ein freundliches Lächeln ab. «Vielleicht denkt er, daß Sie ... einfach nachkommen.»

«Er hat *gar nichts* gesagt?»

«Nein, Ma'am. Er hat gezahlt und ist gegangen.»

Prue schaute ihn entsetzt an und drehte sich noch einmal zu dem leeren Tisch um. Sie sah, daß Luke Trinkgeld dagelassen hatte. Was, in drei Teufels Namen, ging hier vor? War das seine Art, sie zu bestrafen? Die kleine Kabbelei um den Ausflug mit dem Wasserflugzeug rechtfertigte eine derart kindische Nummer bestimmt nicht.

Und wie kam er dazu, die Waisenkinder hineinzuziehen in dieses ... dieses ... was auch immer es war? Prue war wütend und wegen der Demütigung ganz rot im Gesicht. Er würde ihr schon eine sehr triftige Erklärung bieten müssen.

Sie verließ das Restaurant und schaute die Straße in beide Richtungen hinunter. Die drei waren nirgends zu sehen. Zu ihrer Rechten bot die kleine grau-weiße russische Holzkirche einem nicht abreißenden Strom von Touristen Zuflucht. Vielleicht war es *das*. Vielleicht waren die Kinder unruhig geworden, während sie auf der Toilette war, und Luke hatte sie zur nächsten logischen Station ihres Rundgangs durch Sitka geführt.

Vielleicht hatte er erwartet, daß sie von selbst darauf kam.

Sie betrat die Kirche, spendete zwei Dollar, blieb hinten stehen und blickte sich forschend um. Sie erkannte mehrere Leute von der *Sagafjord*, darunter die laute Dunkelhaarige, die immer mit Frannie Halcyon zusammensteckte, doch Luke und die Waisenkinder waren nicht da.

Als sie wieder draußen in der Sonne stand, ließ sie sich ihre Möglichkeiten durch den Kopf gehen. Falls Luke es tatsächlich darauf anlegte, ihr so etwas wie eine Lektion zu erteilen, dann konnte er ihr gestohlen bleiben. Wenn es sein mußte, konnte sie sich die Stadt auch allein ansehen. Andererseits, was war, wenn ihn etwas Unvorhergesehenes zum Verlassen des Restaurants *gezwungen* hatte?

Aber was konnte in den fünf Minuten schon passiert sein?

Sie ging rasch zum Restaurant zurück und sah sich durch das verschmierte Fenster noch einmal darin um.

Nichts.

Bleib ruhig, ermahnte sie sich. *Es gibt eine Erklärung dafür.* Falls er vorgehabt hatte, sie aus der Fassung zu bringen, dann war es ihm vortrefflich gelungen. Doch das würde sie ihn nie merken lassen. Sie würde nicht zulassen, daß er sie weinen sah.

Sie änderte den Kurs und ging in Richtung Schiff. Unterwegs schaute sie besorgt die Querstraßen hinunter. Als sie drei Straßen von der Kirche weg war, kam sie an einer kleinen Gasse vorbei, in der ihr ein kleines pelziges Wesen auffiel.

Es war eines der Waisenkinder. Das kleine Mädchen.

Es stand am Ende der schmalen Gasse vor einem verwitterten Holzhaus – ein ausnehmend hübsches Bild.

«He!» rief Prue.

Das kleine Mädchen blieb einen Augenblick lang regungslos und schaute nur verwirrt; dann hob es zaghaft die Hand und winkte.

Ihr Name, dachte Prue. *Wie hieß sie noch!*

Als es ihr einfiel, schrie sie noch einmal: «Anna! Ich bin's! Ist Mr. Starr auch da?»

Die Antwort stellte sich in Form eines großen Schattens ein . . . und dann in Gestalt von Luke selbst, der von links heranstürzte und das verblüffte Kind schnappte.

«Luke! Um Himmels willen, was machst du denn?»

Sein Kopf bewegte sich so ruckartig wie der eines Roboters, als er sich umdrehte und in ihr entsetztes Gesicht blickte. Die unmenschliche Wut in seinem Blick ließ ihr das Blut in den Adern gefrieren. Wer war dieser Mann? *O Gott, wer war er?*

Sie rannte schreiend auf ihn zu: «Was hab ich getan, Luke? Sag mir, was ich getan habe!»

Aber er war schon wieder verschwunden und rannte mit Anna unter dem Arm durch eine andere Gasse davon.

Prue hetzte mit wild klopfendem Herzen hinterher. Sie sah,

wie Luke ein unbebautes Grundstück überquerte und dann in einem Dickicht aus Unkraut und wildwachsenden Blumen verschwand. Wo war das andere Waisenkind eigentlich? *Was hatte er mit Edgar gemacht?*

Als sie ihm folgen wollte, blieb sie mit dem Absatz an einer rostigen Bettfeder hängen und wurde mit einem heftigen Ruck zu Boden gerissen. Sie lag ungläubig da und würgte an ihren Schluchzern, während das Blut aus dem Knöchel strömte.

«LUKE», schrie sie. «BITTE, LUKE, ICH BLUTE ... BITTE ... BITTE ...»

Doch es war kein Laut zu hören.

Noch platt auf dem Bauch liegend, riß Prue unter einem ausrangierten Kühlschrank einen ölverschmierten Lappen hervor. Nachdem sie die Fliegen verscheucht hatte, die sich dort bereits versammelt hatten, preßte sie den Lappen hektisch gegen ihren Knöchel.

Sie drückte sich in eine sitzende Stellung hoch und lehnte sich an den Kühlschrank. Als ihr der Horror ihrer Situation bewußt wurde, bekam sie glasige Augen:

Ein Mann ohne Nachnamen, ein Mann, den sie geliebt hatte, ein Mann, der den Ausweis von Pater Paddy Starr bei sich trug, hatte in einer Kleinstadt im Südosten Alaskas die Pflegekinder von Frannie Halcyon entführt. Und die *Sagafjord* legte in knapp zwei Stunden ab.

Jetzt ging's ans Eingemachte.

Die Greueltat

Prue fiel ein, was sie vor langer Zeit bei den Camp Fire Girls gelernt hatte. Mit Hilfe eines zweiten ölverschmierten Lappens machte sie eine Aderpresse und wickelte sie rasch um ihren Knöchel.

Nach drei Minuten lockerte sie die Bandage weit genug, um festzustellen, daß die Blutung gestillt war, und stand vorsichtig auf. Sobald sie den Knöchel belastete, trat ein perlgroßer rubinroter Blutstropfen aus. Sie tupfte ihn behutsam ab und stand wimmernd da, bis sie sich sicher genug fühlte, um zu gehen.

Dann machte sie sich auf den Weg zum Schiff.

Als sie das unratübersäte Grundstück verließ, hörte sie hinter sich eine wütende Stimme: «He, Sie da!»

Sie zuckte zusammen. Als sie sich umdrehte, erblickte sie einen bulligen rothaarigen Mann von Ende Vierzig. Er steckte in einem Overall und hatte eine Hacke dabei, die er wie einen Speer hielt.

«Gehört der Dreckskerl zu Ihnen?»

Prue hatte Mühe, ihre Stimme wiederzufinden. «Ich ... wenn Sie ... äh ...»

«Hören Sie mal, Gnädigste ... ich bring die Drecksau um, wenn's sein muß! Ich find raus, wer er ist, und dann ...» Er unterbrach sich, als er das Blut auf Prues Knöchel sah. «Was is los?» sagte er in einem Ton, der nun eine Spur weniger hysterisch war.

«Ich bin gestürzt», sagte sie matt. «Ich hab mich an der Bettfeder dort geschnitten. Schreien Sie mich bitte nicht an.» Sie begann zu schniefen. «Ich verkrafte das nicht mehr. *Nein!*»

Der Mann ließ seine Hacke fallen und ging auf sie zu. «Hat er das getan?»

«Ein Mann in einem blauen Blazer?»

«Ja. Kennen Sie ihn?»

Prue nickte niedergeschlagen. «Ich bin ... ihm nachgelaufen. Haben Sie gesehen, wo er hin ist?»

«Da durch», sagte der Mann und deutete auf einen windschiefen Holzzaun, in dem zwei Bretter fehlten. «Quer durch meinen Garten, der Scheißkerl!»

Vielleicht fünf Sekunden lang spielte Prue mit dem Gedanken, ihn zu verfolgen, doch sie brachte keine Kraft mehr auf, und es war ihr klar, daß Luke mit den Waisenkindern längst weg war. Sie bedankte sich bei dem Mann und fügte im Weggehen noch hinzu: «Ich hoffe, er hat Ihren Garten nicht kaputtgemacht.»

Der Mann explodierte. «Von wegen Garten!» Er packte sie am Handgelenk und zog sie zu dem Loch im Zaun. «Ich werd Ihnen mal was zeigen, Gnädigste!»

Um Himmels willen, was würde er ihr zeigen? Was hatte Luke nur angestellt?

Durch das Loch kamen sie in einen kleinen Hinterhof, der von dem zugemüllten Grundstück nebenan praktisch nicht zu unterscheiden war. Eine Reihe weiß lackierter, mit Petunien bepflanzter Traktorreifen war das einzige Zugeständnis an den Schönheitssinn. Vor dem Zaun an der Rückseite stand eine Art Schuppen mit Unterteilungen für . . . ja, wofür? . . . Käfige?

Der Mann führte sie zu dem Schuppen.

«So, und jetzt erklären Sie mir mal, was das soll!»

Als Prue hinschaute, schrie sie laut auf, dann wurde ihr übel, und schließlich kotzte sie hinter dem Schuppen ins Unkraut.

Der Mann stand zuerst betreten daneben und bot ihr dann sein Taschentuch an.

«Ihr Freund ist verrückt, Gnädigste. Was soll man da sonst sagen?»

Eine halbe Stunde später lief Frannie auf dem Promenadendeck der *Sagafjord* nervös hin und her. Da vor ihnen bereits zwei andere Kreuzfahrtschiffe angelegt hatten, lag ihr Schiff im Hafen vor Anker. Mehrere Barkassen pendelten zwischen dem Schiff und dem Anleger hin und her. Die Matriarchin fixierte jede einzelne Barkasse.

«Wenn etwas passiert ist, werde ich mir nie verzeihen, daß . . .»

«Gar nichts ist passiert», sagte Claire. «Immer mit der Ruhe, Liebes. Sie sind schlimmer als 'ne junge Mutter.»

«Aber wir legen in einer Stunde ab.»

«Das wissen die zwei.»

«Aber ich kenne diese Giroux. Sie ist eine flatterhafte Person. Wahrscheinlich hat sie den Kerl in einen Laden verschleppt und kümmert sich . . .»

«Sehen Sie mal!» rief Claire und deutete auf den Kai, «gerade kommt wieder eine Barkasse!»

Frannies Anspannung ließ augenblicklich nach. «Gott sei Dank!»

Claire schalt sie grinsend: «Sie sind vielleicht 'n ängstliches Ding!»

«Auf welches Deck führt die Gangway?»

«Aufs A-Deck, glaub ich.»

«Ich werde sie abholen», sagte Frannie.

«Soll ich mitgehen?»

Frannie lächelte. «Ich weiß, daß Sie mich albern finden. Manchmal kann ich aber nicht anders. Und es gibt auch keine vernünftige Erklärung dafür.»

Ihre Ängste lösten sich auf, sobald sie auf der Barkasse die blonden Locken der Klatschkolumnistin entdeckte.

«Na, sehen Sie?» sagte Claire.

Doch dann fiel ihnen auf, daß Prue allein war.

DeDe Day's D-Day

Mrs. Madrigal stutzte den Efeu im Vorgarten, als Mary Ann zur Arbeit ging.

«Fährst du in den Sender, meine Liebe?»

Mary Ann nickte. «Heute ist ein großer Tag. Ein *richtig* großer Tag.»

Die Vermieterin legte die Schere auf den Boden und richtete sich auf. «Meinst du deine kleine Überraschung?»

«Sie wissen davon?»

Mrs. Madrigal lächelte. «Michael hat mir davon erzählt. Er hat nicht gesagt, was kommt . . . nur, wann es kommt. Ich hab keine Vorstellung, was es ist.»

«Es ist eine tolle Überraschung. Und erst recht eine tolle Story, wenn ich das mal sagen darf.»

«Ein Heiratsantrag *und* eine tolle Story? Wie viele Meilensteine kann man noch in eine Woche packen?» Die Vermieterin faßte Mary Ann an den Schultern und drückte ihr einen

Kuß auf die Wange. «Schon im vorhinein herzlichen Glückwunsch, meine Liebe. Ich hab immer gewußt, daß du es schaffst.»

Mary Ann strahlte. «Danke.»

«Außerdem möcht ich ein kleines Fest organisieren. Für dich und Brian.»

«Eigentlich», sagte Mary Ann, «hatte ich gehofft, daß Sie die Hochzeit organisieren.»

Die Begeisterung der Vermieterin spiegelte sich in ihrem Gesicht. «Oooh, *liebend* gern. Du meinst hier?»

Mary Ann nickte.

Mrs. Madrigal sah sich im Vorgarten um. «Dann wollen wir mal sehen. Das Jawort könnt ihr euch unter dem Gartentor geben. Mit 'nem neuen Anstrich sieht's wieder aus wie neu. Außerdem könnten wir einen Cellisten kommen lassen . . . oder eine Harfenistin . . . eine Harfenspielerin wär himmlisch.» Sie wirkte fast mädchenhaft, als sie in die Hände klatschte. «Es ist so wunderbar . . . meine kleine Familie . . . Gott hat es ganz besonders gut gemeint mit uns, Mary Ann.»

«Ich weiß», sagte sie.

Und zum erstenmal seit Jahren meinte sie es auch so.

Allmählich wurde ihr klar, daß ihre Rache süßer sein würde, als sie je zu träumen gewagt hatte. Larry Kenan sorgte selbst dafür, indem er sich noch aasiger benahm als sonst. «Na, wie geht's unsrer streitbaren kleinen Journalistin heute?»

Mary Ann schaute nicht vom Schreibtisch auf. Sie ordnete ihre Karteikarten zu DeDe, straffte und stellte um, damit alles in ihre fünf Minuten paßte. Keine leichte Aufgabe.

Der Nachrichtenchef blieb an der Tür stehen und hakte die Daumen in seine Gentlemen's-Jeans. Sie spürte sein höhnisches Grinsen wie einen Sonnenbrand auf ihrer Kopfhaut. «Hören Sie mal», sagte er, «Denny muß noch die Requisiten für Ihren heutigen Auftritt zu Gesicht kriegen.»

«Stimmt», murmelte Mary Ann und ordnete weiter ihre Karten.

«*Sofort*, Gnädigste.»

Mary Ann blickte ungerührt zu ihm hoch. «Es ist bloß ein Naturschwamm, Larry.»

Er reagierte mit lautem verächtlichem Schnauben. «Und wozu soll der gut sein?»

Mary Ann senkte den Blick wieder. «Als Alternative zu Tampons.»

Einen Augenblick lang herrschte Stille, dann begann Larry wie blöd zu keckern.

Mary Ann griff nach einem Stift und schrieb eine völlig nichtssagende Notiz in ihren Kalender. «Finden Sie das Toxic-Shock-Syndrom besonders witzig, Larry?»

«Ganz und gar nicht», sagte der Nachrichtenchef und wandte sich zum Gehen. «Es freut mich bloß, daß Sie so *tiefgehende* journalistische Arbeit leisten. Hals- und Beinbruch, okay?»

Der Film, in den Mary Anns Show eingebettet war, hieß *Eine zuviel im Bett*, und Mary Ann fand den ironischen Bezug zu ihrer Story sehr sinnig: Doris Day kehrt nach sieben Jahren, die sie auf einer einsamen Insel festgesessen hat, nach Hause zurück. Bei ihrer überraschenden Ankunft erfährt sie, daß ihr Mann, James Garner, kurz vor der Heirat mit Polly Bergen steht. Und in der Pause tritt DeDe Day auf. Einfach fabelhaft.

Um Viertel nach zwei klingelte Mary Anns Telefon.

«Mary Ann Singleton.»

«Ich bin's, Mary Ann. DeDe. Hören Sie mir genau zu: Haben Sie schon was gesagt?»

«Wo sind Sie? Sie sollten doch hier sein, bevor . . .»

«Haben Sie denen schon was gesagt?»

Mary Ann war bestürzt. DeDe schien unter Druck zu stehen. «Natürlich nicht», erwiderte sie. «Wir warten doch, bis wir auf Sendung sind.»

«Ich kann aber nicht, Mary Ann. Das heißt, wir können nicht.»

«Moment mal!»

«Mutter hat gerade angerufen! Die Kinder sind entführt worden!»

«Was? *In Alaska?*»

«Er hat sie, Mary Ann. Ich bin mir fast sicher.»

«O Gott . . . wirklich? Wie ist das möglich?»

«Zum Reden ist jetzt keine Zeit. Ich fliege in einer Stunde nach Sitka. Kommen Sie mit?»

«DeDe, ich . . .»

«Ich bezahle alles.»

«Darum geht's nicht. Meine Sendung fängt doch . . .»

«Ich brauch Sie, Mary Ann. *Bitte.*»

«Okay. Klar. Wo treffen wir uns?»

«Am Flughafen. Nehmen Sie sich ein Taxi. Und sagen Sie keinem ein Wort davon, Mary Ann . . . *kein Wort!*»

Wo ist nur die Romantik geblieben?

Es ging das Gerücht um, daß die Typen mit den geilsten Bodies nach und nach aus dem City Athletic Club ins Muscle System ein Stück die Market Street hinunter gewechselt waren, doch Michael fand das schwer zu glauben.

An diesem Tag gab es im Club zum Beispiel wieder die reinste Hengstparade – geschmeidige, in freier Natur gebräunte Körper, die heldenhaft gegen die High-Tech-Tyrannei der Nautilus-Maschinen angingen. Alles in allem ein zutiefst entmutigender Anblick.

Denn Michaels Körper bedurfte ebenfalls der Gestaltung. Und zwar dringend.

Nach einer qualvollen Dreiviertelstunde, die er am Beinstrecker und am Rückenstrecker, mit Schulterpressen und Trizepsdrücken verbracht hatte, zog er sich in den hollywoodgroßen Whirlpool zurück, in dem schon Ned sich wie ein alternder Gladiator aalte.

Michael ließ sich sachte in das blubbernde Wasser gleiten. «Es ist wie ein ungeschriebenes Gesetz», sagte er.

«Was?» fragte Ned.

«Bin ich in Form, bin ich nicht verliebt. Bin ich verliebt, bin ich nicht in Form.»

Ned lachte und drückte ihm spielerisch den Nacken. «Wer ist der Glückliche?»

«Oh, vielen Dank», sagte Michael.

«Aber, hast du nicht gesagt . . .»

«Ich weiß, ich weiß. Aber es gibt keinen Glücklichen. Ich könnte was Nettes gebrauchen.»

Ned streckte die Beine aus und ließ sich auf dem Rücken treiben. «Was ist mit deinem Bullen? Ich dachte, er hat die Erde erbeben lassen.»

Michael schüttelte den Kopf. «Nur das Bett.»

Der Gärtner lachte.

«Außerdem», fügte Michael hinzu, «hab ich es satt, mich immer an die Liebe ranzuschmeißen. Ich bin viel vorsichtiger als früher.»

«Aha.» Ned lag noch immer auf dem Rücken. Er drehte den Kopf zur Seite und grinste Michael an.

«Das *stimmt*», beharrte Michael. «Man muß vorsichtig sein. Manche Typen haben die Liebe sowieso abgeschrieben und geben sich zufrieden mit einer Liste von zehn Leuten, mit denen sie tollen Sex haben können. Du hast vielleicht das Gefühl, daß du dich verliebst, doch in Wirklichkeit bewirbst du dich bloß um die Aufnahme in die Liste. Und das soll alles sein?»

«Hast du's in seine Top Ten geschafft?» fragte Ned grinsend.

«Ich hab nicht speziell Bill gemeint», sagte Michael.

«Ach so.»

«Außerdem glaub ich, daß ich jetzt eher zu den Golden Oldies gehör. Aber das macht auch nichts. Beim Gefälligkeitssex bin ich sowieso 'ne Niete. Aber warum erzähl ich *dir* das überhaupt? Du hast doch selber eine Liste.»

Ned ließ die Beine sinken und setzte sich wieder auf. «Das ist mir lieber als das Gerenne in die Bars und der Ex-und-hopp-Sex. Es gibt einen Haufen Argumente für den Sex mit Freunden, Michael.»

«Vielleicht. Aber ein bißchen Romantik wär schon nett. Ein Hauch von Gefühl.»

«Schön. Dann hol es dir, Bubba.»

Michael lächelte. «Weiß Gott, ich geb mir Mühe.»

«Das hast du wohl letzte Woche im Glory Holes auch getan, was?»

«Auf meine Art schon. Ach, Scheiße, ich weiß auch nicht. Wahrscheinlich hab ich so meine Phasen. Manchmal komm ich mir vor wie der geilste Bock auf der Welt . . . und dann brauch ich nichts als 'n scharfen Kerl, der mir im Dunkeln die Titten zwirbelt und ‹Kumpel› zu mir sagt. Ich meine . . . anonymer Sex ist manchmal so toll, daß man fast glauben könnte, es gibt einen Gott.»

Ned bespritzte ihn mit Wasser. «Das liegt nur daran, daß du dann vor einem *kniest*, Bubi!»

Michael lachte. «Aber so geht's mir nur zeitweise. Sobald 'ne andere Mondphase ist, möcht ich gleich wieder verheiratet sein. Ich möcht im Bademantel vor dem Fernseher sitzen und mir mit meinem Freund *Masterpiece Theatre* anschauen. Ich möcht Sachen *planen* – Ausflüge in die Berge, Essengehen in Chinatown, Abokarten für irgendwas. Ich wünsch mir Ordnung und Verläßlichkeit und jemand, der mir NyQuil bringt, wenn ich mich beschissen fühle. Und trotzdem weiß ich . . . daß sich auch das wieder legt. Wenigstens für 'ne Weile. Ich *weiß*, daß wieder Zeiten kommen, wo ich auf Männerfang gehen will. Ich bin doch viel zu abenteuerlustig. Mich gruselt's bei dem Gedanken, den Rest meines Lebens mit einem einzigen Menschen zu verbringen. Wie soll ich aus dem Schlamassel denn rausfinden?»

Ned zuckte mit den Schultern. «Du suchst dir einen, der das alles versteht. Und dich grade deswegen liebt.»

Michael sah seinen Freund kurz an, bevor er unter Wasser tauchte. Als er wieder hochkam, sagte er: «Warum werd ich im Whirlpool schwermütig? Das kommt sicher von der doofen Hochzeit.»

«Du meinst die von Mary Ann und Brian?»

Michael schüttelte den Kopf. «Die von Chuck und Di.»

«Ist die denn heute?»

«Morgen früh. Um drei nach unserer Zeit.»

«Na, dann werd ich wohl darauf verzichten», sagte Ned.

«Ich nicht. Di ist doch toll. Er ist ein bißchen trottelig, glaub ich, aber sie ist ein prima Kerl. Und wo ich doch so auf Romantik stehe.»

Ned betrachtete Michael liebevoll und stupste ihn dann spielerisch ans Knie. «God save the Queen», sagte er.

«Los jetzt», sagte Michael grinsend und stieg aus dem Wasser, «Mary Anns Show kommt gleich.»

Die Suche beginnt

Der Air-Alaska-Flug nach Seattle dauerte fast zwei Stunden. Der nach Sitka — mit einer kurzen Zwischenlandung in Ketchikan gleich hinter der Grenze zu Alaska – ungefähr drei. Mary Ann war völlig erschlagen.

DeDe hielt dagegen erstaunlich gut durch.

«Wie machen Sie das bloß?» fragte Mary Ann, als sie am Flughafen von Sitka in ein Taxi stiegen.

DeDe lächelte matt. «Was?»

«Na ja . . . ich wär schon längst zusammengebrochen. Ich darf gar nicht daran denken.»

DeDe suchte in ihrer enormen Handtasche nach einem Pfefferminz. «Meinen Zusammenbruch hab ich schon hinter mir. Nach Mutters Anruf hab ich geschlagene fünf Minuten nur geschrien. Und damit basta.» Sie steckte sich ein Pfefferminz in den Mund. «Bei dem, was ich zu tun habe, wär es mir nur im Weg.»

Der leicht John-Wayne-hafte Unterton dieser Bemerkung beunruhigte Mary Ann. «Meinen Sie nicht doch, daß wir jemand benachrichtigen sollten? Ich meine . . . wenn schon nicht die Polizei, dann wenigstens jemand, der weiß, wie . . .»

«Auf keinen Fall. Falls wir's wirklich mit ihm zu tun haben, ist ein Medienrummel das Letzte, was wir brauchen. Der Kerl verträgt's nicht, wenn man ihn in die Enge treibt. Er würde nur ausklinken.»

«Aber ein gewisser Schutz wär doch sicher . . .»

«Sobald wir ihn finden», sagte DeDe. «Sobald wir wissen, daß wir ihn zu fassen kriegen, ohne daß den Kindern was passiert . . . aber wirklich erst dann.»

DeDe sagte *sobald*, fiel Mary Ann auf; nicht *falls*. Es gab keinen Beweis dafür, daß die Zwillinge noch in Sitka waren, doch DeDe setzte weiter darauf. Ein beherzterer Mensch, der ein Vorbild für positives Denken abgeben konnte, war wohl kaum vorstellbar.

Der Taxifahrer fragte: «Wo soll's hingehen?»

«Ins Potlach House.» DeDe drehte sich zu Mary Ann um. «Das Schiff ist anscheinend heute nachmittag ausgelaufen. Deswegen haben sich Mutter und Prue Giroux dort einquartiert.» Sie grinste höhnisch. «Ein merkwürdigeres Paar als die beiden gibt's wohl kaum . . .»

«Was haben sie den Leuten auf dem Schiff erzählt?»

«Nichts», sagte DeDe. «Darauf hab ich sie eingeschworen. Sie haben nur gesagt, daß sie noch ein bißchen in Sitka bleiben wollen, und sind von Bord gegangen. Das hat sich vermutlich arg fadenscheinig angehört, aber wir hatten keine andere Wahl. Im Moment wär schon die *kleinste* Nachricht über die Entführung tödlich.»

Mary Ann spürte, wie sie eine Gänsehaut bekam. Sie hatte noch nie erlebt, daß jemand «tödlich» in einem so wörtlichen Sinn verwendete. «Ich bin überrascht, daß Ihre Mutter nicht die Polizei gerufen hat.»

«Ich auch», sagte DeDe. «Gott sei Dank hat sie mich zuerst angerufen. Aber ich bin sicher, daß Prue den Anstoß gegeben hat. Schließlich war es *ihr* Liebhaber. Und mit der Polizei wollte sie auf keinen Fall zu tun kriegen. Es ist weiß Gott keine Geschichte, die sich für ihre Kolumne eignet.»

«Sie hat ihn erst auf dem Schiff kennengelernt. Da können wir sie doch wirklich nicht verantwortlich machen für . . .»

«Sie *sagt*, daß sie ihn erst dort kennengelernt hat.»

Mary Ann runzelte die Stirn. «Tut mir leid, aber ich versteh mal wieder nicht, was Sie meinen.»

«Ich glaub, sie weiß mehr, als sie Mutter erzählt hat», erklärte DeDe. «Und ich glaube, Mutter weiß mehr, als sie uns sagt.»

«Worüber?»

DeDe seufzte. «Ich weiß nicht ... es ist nur ... na ja, irgendwas an ihrem geliebten Mr. Starr hat sie schließlich doch davon überzeugt, daß er durchgeknallt ist.»

«Klar, das glaube ich auch», sagte Mary Ann.

«Nicht die Entführung, sondern was anderes.»

«Oh.»

«Sie hatte schon dazu angesetzt, aber dann hat sie nicht weitergeredet. Vermutlich wollte sie mir was ersparen. Aber das finden wir schon noch raus, was?» DeDes ironisches Lächeln wirkte herzerweichend tapfer.

Mary Ann griff nach ihrer Hand und zwang sich, ihre Tränen zu unterdrücken. «Machen Sie's nicht schlimmer, als es schon ist», sagte sie.

«Geht das überhaupt?» fragte DeDe.

Das Taxi fuhr gerade über eine elegant geschwungene weiße Brücke, als der Fahrer ihre Aufmerksamkeit auf einen erloschenen Vulkan lenkte, der hinter einem Archipel aus kleinen Inseln majestätisch aufragte. Die Stadt lag direkt vor ihnen – sauber und kompakt wie Disneyland. Als Schauplatz eines unvorstellbar bedrohlichen Geschehens wirkte sie nicht sehr überzeugend.

Mary Ann schaute auf die Uhr. Es war neun Uhr dreizehn. Dämmerung.

DeDe besah sich den Hafen von Sitka. «Sieht ganz hübsch aus, was?»

«Ja ... ganz nett.»

«Ich hab eine Scheißangst», sagte DeDe.

«Ich auch», sagte Mary Ann.

Das Verhör

DeDes erstes Treffen mit ihrer Mutter fand auf Mary Anns Vorschlag ohne sie statt. Mary Ann verbrachte die Zeit in ihrem Zimmer im Potlach House, machte ein Nickerchen und war im stillen erleichtert, daß sie dieser schmerzlichen Begegnung entgangen war.

DeDe kam eine Stunde später wieder. Sie ließ sich in einen Sessel neben Mary Anns Bett fallen.

Mary Ann setzte sich auf und rieb sich die Augen. «War's hart?»

DeDe nickte.

«Wie geht's ihr?»

«Schon besser», sagte DeDe seufzend. «Ich hab ihr eine Quaalude gegeben.»

«Die Ärmste», sagte Mary Ann.

DeDe massierte sich mit den Fingerspitzen die Stirn. «Sie weiß noch weniger als wir. Manchmal kann ich's gar nicht fassen, wie sehr sie auf der Leitung steht.»

«Was ist mit Prue?»

DeDe zupfte zerstreut an der Sessellehne herum. «Sie kommt als nächste dran. Ich wollte sie nicht ausquetschen, solange Mutter dabei war. Ich dachte, das würde sie zu sehr einschüchtern. Es wird so schon schwer genug, die Wahrheit rauszufinden.»

«Wie gut kennen Sie sie?» fragte Mary Ann.

«Nicht besonders.» DeDe lachte bitter. «Ich hab ihr mal was gebeichtet, aber das ist auch alles.»

«Was soll das heißen?»

«Sie hat ihre Mittagsrunden, die sie ‹Forum› nennt», erklärte DeDe. «Sehr imposant. Man sitzt mit einem Ehrengast zusammen und entblößt sein Innenleben. Es ist so eine Art Bewußtseinsentwicklung für soziale Aufsteigerinnen. Prätentiös und peinlich. Ich war dabei, als es um Vergewaltigung ging. Ein ‹persönliches Plauderstündchen zum Thema Vergewaltigung› hat sie das genannt.» DeDe schüttelte angewidert den Kopf. «Mein Gott.»

«Aber . . . Sie haben gesagt, Sie hätten ihr was gebeichtet.»

«Ich hab erzählt, daß man mich vergewaltigt hat.»

«Wann war das?»

«Ach . . . vor fünf Jahren.»

«Ich hab gar nicht gewußt, daß Sie schon *vor* Jonestown vergewaltigt worden sind.»

«Bin ich auch nicht», sagte DeDe. «Ich hab das bloß so erzählt.»

«Warum?»

DeDe zuckte mit den Schultern. «Wegen des Gruppendrucks vermutlich. Außerdem war ich kurz davor mit Lionel im Bett, und da brauchte ich einen Sündenbock. Ganz schön widerlich, hm?»

«War Lionel . . .?»

«Ganz recht. Der Vater der Zwillinge.»

«Der Botenjunge?» fragte Mary Ann.

«Das war er damals. Mutter hat erzählt, daß ihm der Laden jetzt gehört. Und mittlerweile bin ich in Guyana von Prue Giroux' verfluchtem Liebhaber tatsächlich vergewaltigt worden.»

«Wir können aber nicht mit Gewißheit sagen, daß er es war», hielt Mary Ann dagegen. Sie hatte bereits davor beschlossen, daß in dieser Krisensituation jemand den Advocatus Diaboli spielen mußte.

«Kommen Sie», sagte DeDe, «ich brauche jetzt Ihre Hilfe.»

Sie fanden weniger heraus, als sie erhofft hatten.

«Wie ich schon sagte», beharrte Prue, «hat er bloß erzählt, daß er ein amerikanischer Börsenmakler ist, der in London lebt. Mein Gott, wir waren auf einer Kreuzfahrt. Da fragt man wirklich nicht viel mehr.»

«Sean Starr», wiederholte DeDe.

Die Kolumnistin nickte, wich aber DeDes Blick aus. «Er war ganz verrückt nach den Kindern, und *alle* haben ihn gemocht. Da war es meiner Meinung nach völlig normal, daß Ihre Mutter ihm die Kinder anvertraut hat. Er hatte gute Manieren . . . sah gut aus . . . ein *eleganter* Mann.» Sie schüttelte betrübt den Kopf. Ihre Augen waren immer noch rot vom Weinen. «Ich kann's einfach nicht verstehen.»

Mary Ann setzte sich neben Prue. «Wissen Sie», sagte sie sanft, «es ist ja nicht so, daß wir Ihnen nicht glauben.» (Das war natürlich nicht ganz wahr; DeDe wirkte extrem mißtrauisch.) «Es ist nur so, daß es uns sehr helfen würde, wenn Sie sich an Einzelheiten erinnern könnten ... egal, *welche* Details es auch sind.»

«Na ja ... er war Ende Vierzig, würde ich sagen. Er war gut angezogen.»

«Wie gut?» fragte DeDe.

«Ach, Sie wissen schon. Blazer, Seidenkrawatten ... so in der Richtung. Sehr dezent.»

«Haben Sie vielleicht Fotos von ihm?» fragte Mary Ann.

«Der Schiffsfotograf hat ein oder zwei gemacht.»

Mary Ann schaute aufgeregt zu DeDe und wandte sich dann wieder an Prue: «Könnten wir die sehen?»

«Ich hab keine gekauft», sagte Prue. «Sie sind noch auf dem Schiff.»

DeDe sah aus, als wollte sie die Kolumnistin im nächsten Moment ohrfeigen. «Und an seinem Verhalten ist Ihnen nichts Ungewöhnliches aufgefallen? Gar nichts?»

Prue schüttelte den Kopf. «Erst, als wir nach Juneau gekommen sind. Da hat er angefangen, sich komisch zu verhalten.»

«Was heißt ‹komisch›?»

«Ich weiß nicht ... launisch, zerstreut. Als wir mit einem Wasserflugzeug über die Gletscher geflogen sind, hat er kein Wort mit mir geredet. Er hat die ganze Zeit mit dem Piloten gequatscht.»

«Über *was* hat er gequatscht?» fragte DeDe beinahe scharf.

«Er hat immer wieder ‹per pedes› gesagt», sagte Prue.

Mary Ann bekam große Augen. «Vielleicht sind sie doch nicht mit dem Flugzeug weg!»

«‹Per pedes›», wiederholte DeDe. Sie ignorierte das Brainstorming ihrer Begleiterin und fragte: «Lateinisch?»

Prue runzelte die Stirn. «Was?»

«Er hat sicher ‹per pedes› gesagt und nicht: ‹Wie geht es?› oder so? Das klingt doch ganz ähnlich?»

Prue schaute verwirrt drein. «Ich glaub schon. Ich hab gehört, wie der Pilot es wiederholt hat. Aber es war sehr laut im Flugzeug.»

«Und das war alles?» fragte DeDe.

«Was?»

«Sonst nichts Auffälliges passiert?»

«Nicht bis Sitka», sagte Prue. In ihrem Gesicht zeichnete sich plötzlich blankes Entsetzen ab. «Nicht, bis er . . . sie mitgenommen hat . . . und . . .» Sie preßte die Hand vor den Mund und würgte an ihren Schluchzern.

«Und *was*?» drängte DeDe.

«Die . . . die Kaninchen.»

DeDe explodierte. *«Die Kaninchen?»*

«Hat Ihre Mutter Ihnen das nicht erzählt?» Prue starrte sie entgeistert an.

«Nein.»

«O Gott», sagte die Kolumnistin.

Eine delikate Angelegenheit

Was *für* Kaninchen?» fragte DeDe.

Prue schaute zur Seite. Ihre Unterlippe zitterte heftig. «Bevor er die Kinder mitgenommen hat, waren wir nicht weit von hier in einem Restaurant. Ich mußte mal für kleine Mädchen . . . und als ich zurückkam, war er verschwunden.»

DeDe nickte ungeduldig. «Das hat Mutter uns schon erzählt.»

«Jedenfalls», fuhr die Kolumnistin fort, «hab ich in beiden Richtungen die Straße hinuntergeschaut . . .»

«Und dann haben Sie Anna in einer kleinen Gasse entdeckt.» Mary Ann versuchte, die Geschichte zu beschleunigen, denn DeDe verlor zusehends die Geduld mit Prue.

Prue nickte mit Leichenbittermiene. «Als ich gesehen hab, wie er sie davongeschleppt hat, hab ich mich auf das leere Grundstück gesetzt . . .»

«Was?» donnerte DeDe.

«Ich war *verletzt*. Ich bin hinter ihm hergelaufen, aber ich hab mich am Knöchel geschnitten.» Zum Beweis hob sie ihren Fuß. «Dann ist dieser Mann gekommen und hat mich angeschrien, weil er geglaubt hat, daß ich zu Lu . . . daß ich zu Mr. Starr gehöre. Ich hab ihm aber erklärt, daß ich . . .»

«Moment mal! Was haben Sie grade gesagt?»

Prue schaute sie haßerfüllt an. «Nichts.»

«Und ob Sie was gesagt haben, verflucht noch mal! Ihnen hat ein ganz anderer Name auf der Zunge gelegen!»

Mary Ann warf DeDe einen Blick zu und sagte ruhig: «Warum lassen wir sie nicht zu Ende erzählen?»

Prue nahm das als ihr Stichwort, um fortzufahren. «Er hat mich also in seinen Garten gezerrt . . .»

«Wer?»

«Dieser Mann . . . der mit . . .»

«Okay, okay.»

«Er hatte Kaninchenställe dort . . . so Verschläge . . . und rundherum war alles voll Blut . . . und er hat mich gezwungen . . .» Sie sah aus, als würde es ihr gleich hochkommen. Sie preßte die Hand vor den Mund und schloß die Augen. Als sie sie wieder aufmachte, heulte sie fast. «Er hat mich gezwungen, mir die zwei Kaninchen anzuschauen, denen . . . jemand das Fell abgezogen hatte.»

«O Gott», murmelte Mary Ann.

DeDe blieb ungerührt. «Hat Ihr Freund das getan?»

Prue nickte. Sie kämpfte mit den Tränen. «Es ist so furchtbar. Ich kenn sonst niemand, der so was . . .»

«Waren die Felle noch da?» fragte DeDe. Mary Ann überlief es kalt. Worauf wollte DeDe bloß hinaus?

Prue dachte kurz nach. «Ich glaub nicht. Aber vor lauter Blut hab ich . . .»

«Und von diesem *eleganten* Mann, wie Sie ihn beschreiben, wissen Sie nicht *mehr*, als daß er ein amerikanischer Börsenmakler ist, der in London lebt. Was hat er eigentlich ausgerechnet auf *dieser* Kreuzfahrt gesucht?»

«Was soll das heißen?» sagte Prue.

«Finden Sie nicht auch, daß das hier für ihn ein bißchen weit ab vom Schuß ist?»

Die Kolumnistin schüttelte langsam den Kopf. «Nein. Ich meine . . . er hat anscheinend genug Geld, um . . .»

«War er Ihr Liebhaber?»

Prue war sprachlos.

«War er's?»

«Ich wüßte nicht, was . . .»

«Ich frage aus einem bestimmten Grund. Haben Sie ihn je ausgezogen gesehen?»

Prues Empörung war kolossal. «Jetzt reicht's aber! Das mit Ihren Kindern tut mir leid, aber Sie haben kein Recht . . .»

«Es wird Ihnen sogar noch mehr leid tun, wenn erst mal die Polizei davon erfährt. Von der Presse ganz zu schweigen.»

Prue begann zu schluchzen. «Woher hätte ich denn wissen sollen, daß er so was . . .»

«Ich weiß.» DeDes Ton war jetzt freundlicher. Sie griff nach der Hand der Kolumnistin. «Es ging ja nicht nur Ihnen so.»

Prue heulte weiter, bis ihr aufging, was DeDe damit meinte. «Sie *kennen* ihn?» fragte sie entgeistert.

«Ich glaube, ja», sagte DeDe leise. Sie wandte sich an Mary Ann. «Die Angelegenheit ist etwas delikat. Würden Sie uns für einen Moment entschuldigen?»

Mary Ann schoß hoch. «Natürlich . . . ich . . . wann sollen wir uns . . .?»

«Ich komm dann rüber in unser Zimmer», sagte DeDe. «In einer halben Stunde?»

«Gut», sagte Mary Ann.

Es wurde eher eine Stunde.

Als DeDe erschien, sah sie völlig erschöpft aus. «Können wir irgendwo was trinken gehen?»

«Sicher. Sind Sie okay?»

«Klar.»

«Konnten Sie denn rausfinden, ob ...»

«Er ist es», sagte DeDe.

«Woher wissen Sie das?»

DeDe ging ans Fenster und starrte in die Dunkelheit hinaus. «Spielt das eine Rolle?»

Mary Ann zögerte. «Früher oder später schon.»

«Könnten wir dann ... später drüber reden?»

Es folgte verlegenes Schweigen. Dann sagte Mary Ann: «Ich mußte die ganze Zeit an die Kaninchen denken.»

«Ja?»

«An das Kinderlied, das er immer gesungen hat: ‹Bye baby bunting, Daddy's gone a-hunting ...›»

DeDe sagte den Schluß auf: «‹Gone to get a rabbit skin to wrap the baby bunting in.›»

«Sie haben schon daran gedacht», sagte Mary Ann.

«Ja», antwortete DeDe matt, «ich hab schon daran gedacht.»

An der Heimatfront

Mary Anns Telefon klingelte wie verrückt.

Brian stand auf dem Treppenabsatz vor ihrer Wohnungstür und überlegte, ob er sich verantwortlich fühlen sollte. Sie hatte ihn nicht *gebeten*, sich während ihrer Abwesenheit um ihre Angelegenheiten zu kümmern. Mehr noch – sie hatte ihm nicht einmal gesagt, wohin sie fuhr. Und diese Kränkung war ihm so peinlich, daß er sie keinem eingestehen wollte.

Der Anrufer ließ allerdings nicht locker.

Mehr aus Neugier als sonstwas rannte er die Stufen zu seiner winzigen Wohnung hoch und begann eine hektische Suche nach seinen Schlüsseln zu Mary Anns Wohnung.

Als er sie gefunden hatte, lief er wieder nach unten, schloß die Tür auf und hechtete zum Wandtelefon in Mary Anns Küche.

«Ja doch, ja.»

«Wer spricht?» fragte eine Männerstimme.

«Sid Vicious. Und wer spricht dort?» Er konnte es nicht leiden, wenn sich Leute am Telefon nicht zu erkennen gaben.

Nach langem Schweigen: «Ist das die Wohnung von Mary Ann Singleton?» Der Kerl war verärgert, wie Brian mit einigem Vergnügen feststellte.

«Sie ist grade nicht in der Stadt. Versuchen Sie's doch in ein paar Tagen wieder.»

«Wissen Sie, wo sie hin ist?»

Das war zuviel. «Hören Sie mal . . . wer sind Sie denn überhaupt?»

«Larry Kenan», erwiderte der Anrufer. «Ms. Singletons Boss.» Seine Stimme triefte vor Sarkasmus.

«Ach so . . . ich verstehe. Mary Ann hat Sie mal erwähnt. Der Nachrichtenchef, stimmt's?»

«Genau.»

«Ich bin Brian Hawkins. Ihr Verlobter.» Es war das erste Mal, daß er diesen Ausdruck auf sich anwandte. Es hörte sich seltsam altmodisch an, doch er freute sich immens darüber. Jetzt war alles offiziell, dachte er.

«Schön», sagte der Nachrichtenchef. «Dann können Sie ihr sagen, daß sie ganz schön in der Scheiße sitzt.»

«Worum geht's denn?» fragte Brian. Er versuchte, seinem Ton einen Anflug von verantwortungsbewußter Besorgtheit zu geben.

«Es geht darum», blaffte Larry, «daß sie uns gestern versetzt hat. Und zwar zwanzig Minuten vor der Sendung! Darum geht's, Mr. Hawkins.»

Brian schaltete schnell. «Hat sie es Ihnen nicht gesagt?»

«Was?»

«Ihre Großmutter ist gestorben. Ganz unerwartet. In Cleveland.» Brian zuckte bei dieser abgedroschenen Ausrede zusammen. Es gab wohl nichts, wofür eine tote Großmutter nicht schon hatte herhalten müssen.

«Tja . . . das tut mir leid . . . aber hier hat sie kein Wort davon gesagt . . . nicht ein Wort. Es gibt schließlich so was wie

Professionalität. Wir waren aufgeschmissen. Pater Paddy hat den Film ansagen müssen.»

«Das hab ich gesehen», sagte Brian. «Und ich fand ihn ziemlich gut.»

«Tja, sagen Sie Ihrer Freundin, daß sie besser am Freitag bei mir auf der Matte steht – oder sie fliegt. Verstanden?»

Brian hätte ihm am liebsten gesagt, er solle ihm den Buckel runterrutschen. Statt dessen sagte er: «Bis dahin ist sie sicher wieder da. Sie meldet sich garantiert bei mir. Dann werd ich es ihr gern ausrichten. Tut mir leid. Es war bestimmt keine Absicht . . .»

«Am Freitag», sagte Larry Kenan. «Wenn nicht, dann *finito*.»

Brians Gesicht glühte vor Zorn, als er auflegte. Obwohl sein Ärger größtenteils dem Nachrichtenchef galt, war er auch Mary Ann böse, weil sie ihm zu wenig Informationen gegeben hatte, um sie ausreichend decken zu können.

Was steckte überhaupt hinter ihrer überstürzten Abreise? Wahrscheinlich hatte es mit ihrer Story über DeDes Rückkehr aus Guyana zu tun. Und das konnte sogar heißen, daß sie noch in der Stadt war – vielleicht saß sie in Hillsborough und legte letzte Hand an ihr Werk.

«Ich verreise.» Das war alles gewesen, was sie ihm gesagt hatte. «Ich bin wahrscheinlich ein paar Tage weg. Mach dir also keine Sorgen um mich. Ich ruf dich an, sobald ich kann. Ach, ich bin so glücklich, daß wir heiraten.»

Prima. Aber wo war sie?

Er fand ihren Adreßkalender und schlug die Nummer der Halcyon-Residenz in Hillsborough nach. Als er sie wählte, bekam er ein Hausmädchen an den Apparat, das *Vom Winde verweht* entsprungen sein mußte. Es sagte, daß niemand da sei.

Sobald er aufgelegt hatte, klingelte das Telefon erneut. Er bemühte sich diesmal um einen freundlicheren Ton, als er wieder abhob.

«Ist Mary Ann zu sprechen?» Die Frauenstimme kam ihm merkwürdig bekannt vor.

«Sie ist in Cleveland», antwortete er, damit keine Widersprüchlichkeiten entstanden. «Sie müßte am Freitag wieder zurück sein.»

«Könnten Sie ihr was ausrichten?»

«Klar.»

«Sagen Sie ihr, daß ich die Unterlagen gefunden habe, die sie im Sender liegengelassen hat. Ich muß sie unbedingt sprechen. Es ist sehr dringend.»

«Okay. Und wer spricht, bitte?»

«Bambi Kanetaka. Soll ich's buchstabieren?»

«Nein», sagte Brian. «Ich weiß schon. Sie sind die Moderatorin, nicht? Eine Berühmtheit.»

«Sagen Sie ihr, daß mich die Story total heiß gemacht hat.»

Brian unterdrückte ein Lachen. Nach Mary Anns Schilderungen war Bambi Kanetaka ohnehin dauernd heiß – in anderer Hinsicht.

«Sagen Sie ihr, daß ich Larry nichts verrate, bis sie mich anruft . . . aber sie *muß* mich so bald wie möglich anrufen. Wenn nötig sogar aus Cleveland. Haben Sie verstanden?»

«Ich denke schon», sagte Brian.

Und jetzt? dachte er. *Was nun?*

Per pedes

Mary Ann hatte im Potlach House eine unruhige Nacht. Zweimal wurde sie durch DeDes Schreie wach, und sobald sie wieder in den Schlaf sank, fiel sie ihren eigenen Alpträumen zum Opfer. Um halb acht rettete sie der Morgen.

DeDe war bereits auf. Sie trank eine Tasse schwarzen Kaffee und studierte eine Landkarte. Als sie merkte, daß Mary Anns Augen offen waren, lächelte sie entschuldigend und sagte: «*Die Nacht der lebenden Toten*, hm?»

Mary Ann lächelte zurück. «Wir schaffen das schon.»

«Wollen Sie Kaffee?»

«Ich glaub, ich warte noch», sagte Mary Ann. «Ich steh so schon genug unter Strom.»

DeDe schaute wieder auf die Landkarte. «Wir frühstücken mit Prue, wenn es Ihnen recht ist. Sie soll uns zu dem Kerl mit den Kaninchen führen. Und hinterher, dachte ich, könnten wir bei den Autoverleihern und den Flugdiensten nachfragen.»

Es folgte längeres Schweigen. Mary Ann rang mit der aberwitzigen Aussichtslosigkeit ihrer Suche. Dann sagte sie: «DeDe . . . glauben Sie nicht . . .?» Doch sie unterbrach sich, weil sie nicht riskieren wollte, illoyal zu erscheinen.

«Was?» hakte DeDe nach. «Sagen Sie's.»

«Na ja . . . ich hab einfach das Gefühl, daß wir Zeit verlieren, wenn wir alles selber machen. Aber wenn wir zur Polizei gehen, geben sie eine Fahndung raus. Oder tun sonst irgendwas.»

«Das wäre dasselbe wie eine Pressemitteilung.»

«Wir müssen ihnen ja nicht sagen, welchen Verdacht wir haben . . . nur, daß er sich die Kinder geschnappt hat.» Für Mary Ann zählte sowieso nur eines: *daß* die Zwillinge entführt worden waren. Der Entführer war ihr nicht so wichtig.

DeDe schenkte sich Kaffee nach. «Entscheidend ist aber nicht, was die Polizei weiß, sondern, was *er* weiß.»

«Aber er wird doch nicht annehmen, daß wir . . .?»

«Ich *kenne* diesen Kerl, Mary Ann. Sie vergessen das immer wieder.»

«Aber, wie können Sie so sicher sein, daß er nicht . . . die Kaninchen sind doch Beweis genug für seine . . .»

«Die Kaninchen sind nichts als Symbolik . . . und schlechte noch dazu. Er hat eine Schwäche für große Gesten. Das war bloß seine Art . . . den Daddy zu spielen.»

«Aber, warum glauben Sie, daß er den Kindern nichts antut?»

DeDe zuckte mit den Schultern. «Weil er sie liebt.»

«Das kann doch nicht Ihr Ernst sein!»

«Jedenfalls sieht *er* das so. Was ist in Jonestown denn passiert? Wann hat das Morden denn angefangen? Als sich die Außenwelt in seinen persönlichen Traum von Frieden und

Liebe eingemischt hat. Dem Massaker bin ich entgangen, Mary Ann, und ein zweites werd ich nicht zulassen. Wenn ich meine Kinder lebend zurückhaben will, muß ich sie finden, bevor die Medien auf Jones aufmerksam werden. So einfach ist das.»

Das Frühstück war eine Qual. Prue war ein Nervenbündel, und Mrs. Halcyon war sogar ein noch größeres Nervenbündel. DeDe blieb, was man ihr hoch anrechnen mußte, die ganze Zeit ruhig und sprach ihre Mutter und die Kolumnistin im Austausch für deren absolutes Stillschweigen über die Ereignisse von aller Schuld frei. Prue hatte keine Schwierigkeiten, sich dieser Bedingung zu unterwerfen; Mrs. Halcyon tat es nur sehr widerstrebend.

DeDe ließ natürlich nicht durchblicken, daß sie wußte, wer der Entführer war.

Auf dem Weg zum Flughafen zeigte Prue ihnen das Haus, in dem der Mann mit den Kaninchen wohnte. Mary Ann notierte sich rasch die Adresse. Ihr wurde von Minute zu Minute unheimlicher zumute. Eine halbe Stunde später waren Prue und Mrs. Halcyon mit Ziel San Francisco in der Luft, und Mary Ann und DeDe unterhielten sich mit dem letzten bekannten Zeugen der Entführung.

«Ich war grad in der Küche, wie's passiert ist», sagte der Kaninchenzüchter. «Er ist mit den Kindern bei den Ställen gewesen. Erst wie ich hier draußen war, hab ich mitgekriegt, was passiert ist, aber da war's schon zu spät.»

Mary Ann machte ein reumütiges Gesicht. «Es tut uns schrecklich leid um . . .»

«Und er hat nichts gesagt?» unterbrach DeDe sie. «Gar nichts?»

«Zum Teufel noch mal, nein! Er ist einfach ausgebüxt. Später hab ich dann ein Streichholzbriefchen gefunden hier draußen. Das muß ihm wohl runtergefallen sein. Aus dem Red Dog Saloon in Juneau. Hilft Ihnen das was?»

«Haben Sie das Briefchen noch?» fragte DeDe.

«Moment», sagte der Mann. Er ging ins Haus und kam gleich darauf mit dem Streichholzbriefchen wieder. DeDe drehte es einmal um und machte es dann auf. Mit Filzstift stand dort ein Wort geschrieben: DIOMEDES.

«Diomedes», sagte DeDe an den Mann gerichtet. «Wissen Sie, was das bedeutet?»

Der Mann schüttelte den Kopf. «Tut mir leid.»

In Gedanken legte DeDe das Streichholzbriefchen schon ad acta. Stirnrunzelnd sagte sie: «Wahrscheinlich hat es gar nichts zu bedeuten.»

«Moment!» stieß Mary Ann hervor.

«Ja?»

«Diomedes. *Das* hat Prue gehört. Nicht ‹per pedes› – Diomedes!»

Definitionen

Diomedes.

Das hörte sich irgendwie nach Wissenschaft an. Nach was Chemischem vielleicht. Man konnte auch auf eine Figur aus der Antike wie Diogenes oder Archimedes schließen. Mary Ann folgerte jedoch, daß die Wurzeln des Begriffs in der Geographie zu finden sein mußten, da Mr. Starr das Wort im Gespräch mit einem Piloten benutzt hatte.

«Sie haben wahrscheinlich recht», sagte DeDe und steckte das Streichholzbriefchen ein. «Obwohl es völlig untypisch ist für ihn, daß er so unvorsichtig ist und einen Hinweis zurückläßt. Am besten überprüfen wir vorher die Stellen, die sich von der Logik her anbieten.»

Ihre erste, per Taxi angesteuerte Station war eine Autovermietung am Hafen. DeDe wandte sich in bemerkenswert unbekümmertem Ton an eine überaus gepflegte junge Frau, deren Uniform in zwei Grüntönen gehalten war:

«Es könnte sein, daß ein Freund von uns gestern bei Ihnen einen Wagen gemietet hat. Und da dachten wir, ob Sie vielleicht mal nachsehen könnten . . . wenn es Ihnen nichts ausmacht.»

Das Lächeln der jungen Frau löste sich auf. «Solche Informationen geben wir prinzipiell nicht weiter.»

«Mein Gott, warum denn nicht?»

Mary Ann trat näher heran und legte DeDe beschwichtigend die Hand auf den Rücken. «Äh . . . es ist eigentlich ein bißchen dumm. Er hat uns gesagt, wir sollen unbedingt dieselbe Autovermietung nehmen wie er, aber wir haben vergessen, ihn nach dem Namen zu fragen. Dumm, nicht?»

Die Frau ließ sich nicht erweichen. «Unsere Kundendaten sind vertraulich. Ich fürchte, es wäre eine Verletzung der Privatsphäre, wenn wir solche Informationen weitergeben würden. Wenn Sie allerdings einen Wagen mieten möchten, stehe ich Ihnen gerne . . .»

«Herrgott noch mal, wir sind doch hier auf keiner Raketenbasis!» DeDe war gereizt wie nie.

Diesmal packte Mary Ann sie am Ellbogen. «Sie bräuchten gar nicht im Computer nachzusehen. Unsere Freunde sind leicht zu erkennen.»

«Ich dachte, es wäre nur *eine* Person.»

«Ein Erwachsener», stellte Mary Ann klar, bevor DeDe etwas sagen konnte. «Ein attraktiver Mann um die Fünfzig und vier Jahre alte Zwillinge. Ein Junge und ein Mädchen.»

«Sie sind eurasisch», ergänzte DeDe.

«*Was* bin ich?» brauste die Frau auf.

DeDe stöhnte. Ehe sie wieder loslegen konnte, sagte Mary Ann: «Die Kinder sind Chinesenmischlinge. Sie hatten pelzbesetzte Parkas an. Ich denke, Sie würden sich an sie erinnern, wenn . . .» Die Frau war zur Salzsäule erstarrt; weitere Fragen waren zwecklos. Mary Ann wandte sich an DeDe, die vor Wut kochte: «Ich denke, wir gehen besser.»

DeDe erdolchte ihre Widersacherin mit Blicken, bis diese außer Sichtweite war.

In der nächsten Autovermietung verhandelte DeDe allein, während Mary Ann sich in einem Motel direkt daneben nach einem Lexikon erkundigte. Der Mann am Empfang zog ein arg mitgenommenes Buch hervor, in dem Mary Ann gleich in der Eingangshalle nachschlug.

Sie fand folgendes:

Diomedes, grch. Mythos: 1) König von Argos, ein Held des Trojan. Krieges (5. Gesang der «Ilias»). 2) König in Thrakien, Sohn des Ares. Seine Menschenfleisch fressenden Rosse bezwang Herakles und warf ihnen D. selbst zum Fraß vor.

Als DeDe aus der Autovermietung kam, wartete Mary Ann schon auf der Straße.

«Was gefunden?» fragte DeDe.

«Nein, leider nicht.»

«Gab es kein Lexikon?»

«Doch. Aber Diomedes war nicht drin.»

«Da drüben ist ein Buchladen. Vielleicht kann man uns da weiterhelfen.»

Mary Ann schüttelte den Kopf. «Ich glaub, das ist ein totgeborenes Kind.» Kluges Mädchen, sagte sie zu sich. Dir fällt auch zu allem der passende Spruch ein.

DeDe blieb hartnäckig. «Auf dem Schild steht: ‹Spezialabteilung zu Alaska›. Wenn jemand was weiß, dann hier. Den Versuch ist es auf jeden Fall wert. Los jetzt.»

Überall in dem kleinen Buchladen lagen stapelweise verstaubte Bücher: auf Regalen, auf Tischen, auf dem Fußboden. Aber es war kein Mensch zu sehen.

«Hallo!» brüllte DeDe.

Keine Antwort.

«Ich finde, wir sollten an den Anlegern für die Wasserflugzeuge nachfragen», sagte Mary Ann und schob sich zentimeterweise in Richtung Ausgang.

«Halt . . . ich hör jemand.»

Der Besitzer, ein Doppelgänger von Ichabod Crane, tauchte aus dem hinteren Raum auf. «Ja, meine Damen. Kann ich Ihnen helfen?»

«Ich hoffe», sagte DeDe. «Wir brauchen eine Auskunft. Wissen Sie, was das Wort ‹Diomedes› bedeutet?»

Der Mann lächelte sofort und ließ eine beträchtliche Zahnlücke sehen. «Sie meinen *die* Diomedes.» Er hätte genausogut über alte Freunde sprechen können, über die Martins oder die Browns. «Was wollen Sie darüber wissen?»

«Zuerst», sagte DeDe, «was sie eigentlich sind».

«Inseln», antwortete der Buchhändler.

«Gott sei Dank!» sagte Mary Ann.

DeDe drehte sich zu ihr um und sah sie fragend an. «Warum Gott sei Dank?»

Mary Ann wurde rot. «Ich . . . na ja, ich freu mich bloß, daß es jemand weiß.»

«Und wo liegen sie?» DeDes Frage war wieder an den Besitzer des Ladens gerichtet.

«Weit nördlich von hier. In der Bering-Straße. Niedliche kleine Dinger. Little Diomede und Big Diomede. Die kleine ist etwa zehn Quadratkilometer groß. Die große etwa . . . äh, fünfzig oder so. Keine Bäume. Nur Felsen und Eskimos. Die beiden liegen nur ein paar Kilometer auseinander.»

«Gibt's dort . . . irgendwas Besonderes?» fragte Mary Ann.

Der Mann grinste wie ein Halloween-Kürbis. «Ja, aber das hat nichts damit zu tun, was sie *sind*, sondern wo sie *liegen*.»

«Was heißt daß?» fragte DeDe.

«Na ja», sagte der Mann. «Little Diomede liegt in den Vereinigten Staaten und Big Diomede in Rußland.»

Auf dem neuesten Stand

Dieses Dreckschwein», murmelte DeDe, als sie wieder in ihrem Zimmer im Potlach House waren. «Dieses miese bolschewistische Dreckschwein. Herrgott noch mal . . . Rußland!»

Mary Ann kam sich hilfloser vor als je zuvor. «Ich hatte ganz vergessen, wie nah wir dran sind», sagte sie.

«Wahrscheinlich *lebt* er dort», ergänzte DeDe. «Er hat, was er wollte, und jetzt ist er auf dem Weg nach Hause.»

«Aber die Kreuzfahrt war *unsere* Idee, DeDe. Woher hätte er wissen sollen, was wir vorhatten? Woher hätte er ...?»

«Vielleicht hat er einfach Glück gehabt. Woher soll ich das wissen? Aber was bringt die Spekuliererei denn? Vielleicht ist er jetzt schon in Moskau!»

«Nicht unbedingt», sagte Mary Ann, die DeDes Alaskakarte studierte. «Dazu hätte er phantastische Flugverbindungen gebraucht. Die nächste größere Stadt in der Nähe der Diomedes-Inseln ist Nome, und bis dort sind's von hier aus fast zweitausend Kilometer. Von da aus müßte er mit einem kleineren Flugzeug auf die Inseln. Außerdem gibt's zwischen Little Diomede und Big Diomede garantiert irgendwelche Reisebeschränkungen. Das ist ein ganz schön komplizierter Ablauf.»

«Wenn jemand das schafft, dann er.»

«Aber dazu braucht man Geld», konterte Mary Ann.

«Prue hat behauptet, daß er jede Menge davon hat. In Jonestown hatte er auch Unmengen ... ganze Koffer voll ... genug, um damit bis ans Lebensende durchzukommen. Wenn er wollte, könnte er sich mit Bestechung von hier bis Timbuktu durchschlagen.»

Mary Ann suchte krampfhaft nach etwas Tröstlichem. «Wissen Sie, in gewisser Weise hilft uns das alles sogar. Ich meine ... es engt unser Suchgebiet ein. Der Mann im Buchladen hat gesagt, daß Little Diomede nur zehn Quadratkilometer groß ist. Da bleibt kein Flugzeug, das dort zu landen versucht, unbemerkt ... falls er's wirklich drauf anlegt, nach Rußland zu kommen.»

«Ja», sagte DeDe mürrisch. «Wahrscheinlich.»

«Wenn wir die Behörden in Nome anrufen, können die ...»

«Nein. Keine Polizei!»

«Wir brauchen ja nicht zu erzählen ...»

«Nein. Ich hab Ihnen schon gesagt, wie ich dazu stehe.» DeDe schnappte sich ihre Tasche und ging zur Tür. «Zwei Straßen weiter ist ein Reisebüro. Ich klär das mal mit den Flügen nach Nome. In zwanzig Minuten bin ich wieder da.»

«DeDe ...»

«Wir müssen nur früher dort sein als er. Wenn's nicht anders geht, mieten wir halt ein Flugzeug. Sobald er auf der Insel landet, sitzt er in der Falle. Mein Gott, wir müssen uns beeilen!» DeDe hielt an der Tür inne. «Ach so . . . ich nehme doch an, daß sie mitkommen, oder?»

Mary Ann zögerte, bevor sie so zuversichtlich wie möglich lächelte. «Das nehmen Sie zu Recht an», sagte sie.

Sobald DeDe gegangen war, rief Mary Ann Brian bei Perry's an.

«Ich bin's», sagte sie vielleicht ein bißchen zu fröhlich. «Ich lebe, und es geht mir gut.»

«Und *wo* lebst du?» Er war begreiflicherweise eingeschnappt.

«Entschuldige, Brian. Ich hab so was nicht erwartet.»

Nach einer langen Pause: «Ich hab ja schon mal von Bräuten gehört, die kalte Füße gekriegt haben, aber *das* ist einfach lächerlich.»

Sie lachte nervös. «Du weißt, daß es damit nichts zu tun hat.»

«Geht's um . . . die Jonestown-Story?»

«Ja.»

«Mensch! Du *bist* doch nicht in Jonestown, oder?»

Ein weiteres Lachen. «O Gott, nein. Es geht mir gut. Ich bin mit DeDe unterwegs, und wir müßten in ein paar Tagen wieder zurück sein. Entschuldige, daß ich so ein Geheimnis mache um die ganze Sache, aber ich hab DeDe mein Wort gegeben, daß ich noch nichts verrate.»

«Du fehlst mir unheimlich.»

«Du mir auch.» Einen Moment lang dachte sie, sie würde gleich heulen. Statt dessen sagte sie vergnügt: «Es wird toll, wenn ich erst mal Mrs. Hawkins bin!»

«Ja?»

«Und ob!»

«Du brauchst meinen Namen nicht anzunehmen, weißt du.»

«Vergiß es», sagte sie. «Ich bin doch aus Cleveland.»

Endlich lachte er. «Komm nach Hause, hörst du?»

«Ja, klar. Bald. Wie geht's den anderen?»

«Gut, glaub ich. Michael sagt, daß er momentan keinen Sex hat. Aber wer hat den schon? O Gott ... das hätt ich fast vergessen. Dieses Arschloch vom Sender hat angerufen. Er hat gesagt, daß du ... ich zitiere wörtlich ... ‹fliegst›, wenn du am Freitag nicht da bist.»

«Larry Kenan?»

«Mhm. Ich glaub, er meint es ernst.»

«Mhm. Das bricht mir das Herz.»

«Ich hab erwartet, daß du das sagst. Außerdem hat Bambi Kanetaka angerufen und gesagt, daß du im Sender ein paar Notizen vergessen hast. Sie läßt dir bestellen, daß sie damit zu Larry geht, wenn du sie nicht sofort anrufst. Worum geht's denn überhaupt?»

Es dauerte einen Augenblick, bis Mary Ann die Katastrophe begriff. «O *nein*», stöhnte sie. «Es geht um meine Notizen zu DeDe und der ganzen ... o Gott, das ist furchtbar, Brian. Hör zu, ich muß sie auf der Stelle anrufen. Ich melde mich bald wieder bei dir, okay?»

«Klar, aber ...»

«Ich liebe dich. Tschau-tschau.»

Im Clinch

Es war so ein dämlicher Fehler – so ein dämlicher, klischeehafter, vernichtender Fehler. Selbst wenn sie besorgt und aufgeregt gewesen war – wie hatte sie sich nur nach Alaska davonmachen können, ohne die verräterischen Notizen aus dem Sender mitzunehmen?

Wenigstens hatte nicht Larry sie gefunden. Das war ein gewisser Trost. Bambi war natürlich schon schlimm genug, aber bei ihr bestand die Hoffnung, daß man ihre Beschränktheit und/oder Eitelkeit nutzen konnte, um zu verhindern, daß sie die Geschichte an die große Glocke hängte.

Mary Ann wälzte das Problem ein paarmal hin und her,

schlug dann in ihrem Adreßbuch Bambis Nummer nach und rief unter ihrer Durchwahl an.

«Hallo.» Bambis Stimme, flott und geistlos wie immer, wurde im Hintergrund von Andy Gibbs Falsett untermalt.

«Bambi, hier ist Mary Ann.»

«Aha! Sind Sie noch in Cleveland?»

Cleveland? Hatte Brian ihr das erzählt? «Äh . . . ja . . . was gibt's denn?»

«Hat Ihnen Ihr Freund das nicht gesagt?»

«Na ja . . . er hat von irgendwelchen Notizen geredet, aber daraus bin ich nicht recht klug geworden.»

«Klingelt's denn, wenn ich Jonestown sage?»

Mary Ann zählte. Eins . . . zwei . . . drei . . . vier. «Ach so», rief sie, «mein Treatment. Wie peinlich! Ich hoffe, Sie haben es nicht *gelesen*. Es ist noch schrecklich abgedroschen im Moment.»

«Ihr *Treatment*?»

«Für einen Film. Mir ist da so eine dumme Idee für einen Thriller gekommen, und eine Freundin von mir, die einen Agenten aus Hollywood kennt, hat gemeint, ich soll mir ein paar Sachen aufschreiben, bevor ich damit anrücke.»

«Oh.»

«Ich fürchte, daß so was als Schwarzarbeit gilt. Deshalb wär ich Ihnen sehr dankbar, wenn Sie Larry nichts . . .»

«Die Geschichte über Jim Jones haben Sie sich *ausgedacht*?»

«Warum nicht?» sagte Mary Ann. «Viele Autoren denken sich Geschichten über . . . sagen wir mal Jack the Ripper aus. Er war das Schreckgespenst seiner Zeit; und unseres ist Jones.»

«Und das Ding mit seinem Doppelgänger . . .?»

«Ziemlich doof, was?»

Schweigen.

«Ach, na ja», sagte Mary Ann seufzend, «es ist mein erster Versuch. Ich werd sicher besser mit der . . .»

«Aber Ihre Besetzung gefällt mir», sagte Bambi.

«Hm?»

«DeDe Day als die Frau, die mit ihren Zwillingen im

Schlepptau aus Guyana entkommt. Wie raffiniert, eine Person aus dem realen Leben so einzusetzen. Das ist so ausgefallen, daß es fast schon wieder wahr sein könnte, nicht?»

Schweigen.

«Nicht, Mary Ann?»

Das Spiel war wohl aus. «Bambi, hören Sie mal zu . . .»

«Nein, Sie hören *mir* zu. Es ist meine Pflicht, Larry die Notizen zu geben, Mary Ann. Ich wollte, daß Sie das wissen. Offen gesagt, bin ich überrascht, daß Sie so eine dicke Story an der Angel hatten und sich nicht von einem Profijournalisten Rat geholt haben.»

Sie meinte natürlich *sich*. «Ich hatte vor, mit der Nachrichtenredaktion zu reden», sagte Mary Ann. «Ich fand nämlich, daß Sie ideal wären als . . .» Die Lüge blieb ihr im Hals stecken wie eine verdorbene Auster. «Die Story gehört Ihnen, Bambi. Das versprech ich Ihnen. Nur müssen sie noch . . . ein bißchen warten.»

«Das können Sie vergessen. Nachrichten lassen sich nicht zurückhalten. Der Prozeß gegen Larry Layton läuft grade auf Hochtouren. Meinen Sie nicht, daß die Story *einigen* Einfluß haben könnte auf den Fall?»

«Kaum», erwiderte Mary Ann. «Er steht vor Gericht, weil er den Kongreßabgeordneten auf der Landebahn umgebracht hat. Aber zu dem Zeitpunkt war DeDe gar nicht mehr da.»

«Ach . . . Ihr Treatment wird ja immer besser.»

In ihrer Verzweiflung schlug Mary Ann alle Vorsicht in den Wind. «Bambi . . . DeDes Kinder sind in großer Gefahr. Schon die *kleinste* Nachricht über die . . . Gegebenheiten könnte ihren Tod bedeuten. Ich würde Ihnen die Einzelheiten ja gern erklären, aber das geht nicht. Ich flehe Sie an . . . geben Sie mir bitte eine Woche . . .»

Die Nachrichtenmoderatorin lachte höhnisch.

«Dann drei Tage.»

«Wenn Sie im Nachrichtengeschäft je was werden wollen, Mary Ann . . . *müssen* Sie sich einen gewissen inneren Abstand zulegen. Falls die Kinder in Schwierigkeiten sind, ist das eine schreiende Ungerechtigkeit, aber die Öffentlichkeit hat ein Recht, davon zu erfahren. Nachrichten kann man suchen, aber man kann sie sich nicht aussuchen.»

Das war dämliches Gesabbel, und Mary Ann wußte es nur zu gut. Alle Journalisten, mit denen sie zu tun hatte, suchten die ganze Zeit bloß aus. «Können wir wenigstens drüber reden, bevor Sie Larry davon erzählen?»

«Wir reden doch schon drüber.»

«Ich meine persönlich.»

«Liebend gern. Aber Sie sind in Cleveland.»

«Mein Flieger geht morgen vormittag», sagte Mary Ann. «Wir könnten uns in meiner Wohnung treffen . . . sagen wir, um drei. Das wär für *Sie* doch nur gut. Ich könnte die Sachen zurechtrücken, die Ihnen noch nicht so ganz klar sind, bevor Sie zu Larry gehen.»

«Na gut. Aber am Freitag erzähl ich's ihm definitiv.»

«Okay. Ich weiß das zu schätzen, Bambi. Haben Sie was zu schreiben?»

«Legen Sie los.»

«Ich wohne in der Barbary Lane 28, Wohnung 3. Wenn mein Flieger Verspätung hat oder so, dann läßt mein Freund Brian Sie rein. Aber bitte verlieren Sie bis dahin kein Wort darüber. Okay?»

«Okay», sagte Bambi.

Nachdem sie aufgelegt hatte, rief Mary Ann noch einmal Brian an.

«Hallo», sagte sie grimmig, «ich muß dich um einen großen Gefallen bitten.»

Kirchliche Fehlbarkeit

Als er Prues Stimme erkannte, kicherte Pater Paddy und sagte durch das Sprechgitter des Beichtstuhls: «Wirklich, meine Liebe, wir können uns nicht immer hier treffen!»

Prue blieb sachlich. «Das ist ein . . . offizieller Besuch, Pater.»
«Das heißt, ich soll die Klappe halten, hm?»
«Was ich sage, *muß* vertraulich bleiben», flüsterte Prue. «Ich hab Frannie Halcyon versprochen, niemand was zu erzählen. Es geht offenbar um Leben und Tod.»
«Mein Gott, Mädchen! Was ist auf dem Schiff denn passiert? Ich hab noch *gedacht*, daß es ein bißchen früh ist für Ihre Rückkehr. Erzählen Sie mir nicht, daß Luke und Sie sich . . .»
«Luke ist verschwunden, Pater!»
«Was!»
Sie hörte, wie der Geistliche im Beichtstuhl herumruckte.
«Was ist mit Ihnen?» fragte Prue.
«Ich such meine Zigaretten», antwortete er. «Haben Sie Geduld mit mir, meine Liebe.» Nach weiterem Rucken hörte Prue das katzenhafte Fauchen von Pater Paddys Feuerzeug. «In Ordnung», sagte er, als er schließlich den Rauch ausblies. «Erzählen Sie alles von Anfang an, meine Liebe.»

Sie brauchte zehn Minuten, um die Katastrophe in groben Zügen zu schildern. Als sie fertig war, ließ Pater Paddy ein leises ungläubiges Stöhnen hören.
«Und?» sagte Prue.
«Hat er meinen Ausweis noch?» erkundigte sich der Priester.
«Ja. Leider. Es tut mir leid, Pater . . . ich . . .»
«Sie brauchen sich nicht zu entschuldigen, meine Liebe. Die blöde Idee war ja von mir. Aber, was ist mit Frannie Halcyon? Hat sie zwischen *dem* Sean Starr und mir eine Verbindung hergestellt?»
«Soweit ich weiß nicht», sagte Prue. «Ich bezweifle, daß sie Ihren Vornamen kennt. Sie war wegen der Kinder völlig aus dem Häuschen und zu keinem geordneten Gedanken mehr . . .»
«Aber Mary Ann könnte es rauskriegen.»
«Sie *kennen* sie?» fragte Prue.
«Wir sind beim gleichen Sender. Ich nehme meine *Honest-to-God*-Show immer direkt nach ihrer Sendung auf. Als sie am

Dienstag nicht auftauchte, mußte ich für sie einspringen. Niemand wußte, wo sie war, und ich wußte natürlich auch nicht, daß sie . . . mein Gott, das wird langsam heikel!»

«Mich beunruhigt», sagte Prue, «daß DeDe Luke offenbar . . . kennt.» Schon allein bei dem Gedanken schossen ihr von neuem die Tränen in die Augen.

Pater Paddy hatte sie wohl schniefen gehört. «Meine Liebe . . . Sie meinen doch nicht . . . im biblischen Sinn?»

«Doch!» schluchzte die Kolumnistin.

«Du meine Güte», sagte der Priester. «Hat Sie Ihnen *gesagt*, daß sie und er mal zusammen waren?»

«Nicht direkt. Aber sie weiß was über ihn, das sie schlecht wissen könnte, wenn sie mit ihm nicht . . . intim gewesen wäre.»

Der Priester schnaufte vernehmlich. *«Und zwar?»*

Prue zögerte. «Ich wüßte nicht, wofür das wichtig wäre. Sie *weiß* es einfach, das ist alles.»

Langes Schweigen. «Tja, dann . . . ich glaube, draußen wartet Kundschaft.»

«Aber, Pater . . . was soll ich *tun*?»

«Sie haben schon alles getan, mein Kind. Sie haben denen erzählt, was Sie wissen.»

«Aber von der Hütte im Park hab ich nichts erzählt . . . oder von dem falschen Ausweis. Und ich hab nicht erzählt, daß ich Luke schon vor der Reise gekannt habe.»

«Das spielt keine Rolle. Es ist völlig klar, daß Sie in irgendwelche amourösen Kabbeleien zwischen DeDe und Luke geraten sind. Sicher tut es weh, so etwas zu akzeptieren, aber Sie dürfen sich von Ihren Gefühlen nicht zu etwas Unüberlegtem hinreißen lassen. Ich an Ihrer Stelle würde mal einige Zeit von der Bildfläche . . .»

«Aber er hat doch ihre Kinder mitgenommen, Pater!»

«Na ja, das ist natürlich schrecklich . . . aber Ihr kleines Intermezzo mit Luke ist wohl kaum der Grund für DeDes Notlage. Woher kennt sie ihn überhaupt? Haben Sie nicht gesagt, daß sie sich seit ihrer Rückkehr aus Kuba in Frannies Haus versteckt gehalten hat?»

«Ich weiß nicht genau. Vielleicht . . . Sie glauben doch nicht, daß sie ihn aus Guyana kennt, oder?»

«Ich hab mich schon gefragt, wann Sie auf den Gedanken kommen.»

«Sie meinen . . . ein Tempel-Mitglied?»

«Das wäre sicher möglich», sagte der Geistliche. «Sagen Sie, wollen Sie in so was denn wirklich hineingezogen werden, meine Liebe?»

«Ich stecke doch schon *mittendrin*, Pater. Wenn sie ihn finden und er Ihren Ausweis bei sich hat . . .»

«Dann werde ich ihnen die Wahrheit sagen.»

«Aber . . .»

«Ich werde ihnen erzählen, daß ich zirka vor einem Monat meine Brieftasche im Park verloren habe. Und Sie werden das bestätigen, denn Sie waren damals mit mir unterwegs. Und damit wird die Sache gegessen sein. Haben Sie mich verstanden, meine Liebe?»

«Ich glaube schon», sagte Prue.

«Schön. Dann gehen Sie jetzt. Und seien Sie ein braves Mädchen. Es kommt alles wieder in Ordnung . . . das verspreche ich Ihnen.»

«Aber . . . was ist, wenn er ihnen von mir erzählt?»

«Dann werden sie sich zwischen dem Wort einer reputierlichen Kolumnistin und dem eines Kindesentführers entscheiden müssen. Das sollte nicht allzu schwer sein. Jetzt aber raus mit Ihnen! Die Kundschaft wartet. Und, Prue . . . lassen Sie das alles hinter sich, meine Liebe.»

«In Ordnung.»

«Das heißt: *Halten Sie sich von der Hütte fern.*»

«Okay», sagte Prue niedergeschlagen.

«Gottes Segen», sagte Pater Paddy.

Tee

Sie kam pünktlich auf die Minute. Brian hatte es nicht anders erwartet.

«Sie sind Bambi», sagte er so herzlich wie möglich und hielt ihr die Hand hin. «Ich bin Brian, Mary Anns Freund. Ich schau Sie mir immer im Fernsehen an.»

Sie erwiderte seinen Händedruck kaum. «Sie ist nicht da, hm?» Während sie es sagte, sah sie sich forschend im Zimmer um, als könnte sie Mary Ann dabei erwischen, wie sie unter einem Tischtuch hervorlugte oder sich hinter einem Vorhang versteckte. «Ich hab nämlich nicht viel Zeit, wissen Sie.»

«Sie hat grade vom Flughafen angerufen», sagte Brian. «Sie hatte wohl Schwierigkeiten, in Denver einen Anschlußflug zu kriegen ... der Fluglotsenstreik. Geben Sie mir doch Ihre Jacke. Ich bin sicher, daß sie bald da ist.»

Bambi schlüpfte aus ihrer bronzemetallicfarbenen Windjacke, behielt die dazupassende Schultertasche aber bei sich. Während Brian die Jacke über einen Stuhl hängte, grinste er mit kalkulierter Jungenhaftigkeit und sagte: «In natura sehen Sie sogar noch besser aus.»

«Danke», sagte Bambi.

Wieder ein Grinsen. Diesmal zog er leicht den Kopf ein. «Sie kriegen das wohl oft zu hören, hm?»

Die Nachrichtenfrau zuckte mit den Schultern. «Man hört's aber immer wieder gern.»

Brian lümmelte sich auf das Sofa und spreizte lässig seine in Jeans steckenden Beine. «Ihren Bericht über die gebrochene Gasleitung fand ich übrigens toll. Gut recherchiert und mit kühlem Verstand präsentiert.»

«Das haben Sie sich angeschaut?»

Brian nickte. «Auf drei Sendern sogar. Ihr Bericht war der einzige, der es auf den Punkt brachte. Setzen Sie sich. Machen Sie sich's doch bequem.»

Bambi zog sich einen Marcel-Breuer-Sessel heran und setzte

sich. Ihre Handtasche behielt sie auf dem Schoß. «Dabei hätte man mir die Story fast nicht gegeben», sagte sie.

«Echt?»

Die Nachrichtenfrau nickte. «Man glaubt kaum, wie groß die Vorurteile gegen Frauen sind, wenn sie an die richtig harten Katastrophen ran wollen. Aber ich laß einfach nicht locker.» Sie lächelte tapfer.

«Recht so!» sagte Brian. «Wissen Sie was . . . ich mach mir eine Tasse Tee. Wollen Sie auch welchen?»

Bambi schüttelte den Kopf. «Ich vertrag das Koffein nicht.»

«Es ist Kräutertee», sagte Brian. «Den mischt unsere Vermieterin selbst. Er beruhigt unheimlich. Sie sollten ihn mal probieren.»

«Na ja . . . von mir aus.»

Fünf Minuten später kam er wieder. Seine Hand zitterte leicht, als er ihr die Tasse reichte. Sie nippte zaghaft daran und ließ dann ihrem gekonntesten Sechs-Uhr-Lächeln freien Lauf. «Er schmeckt *fa-bel-haft*! Was ist da drin?»

«Äh . . . Hibiskusblüten, Orangenschalen . . . all so Zeug.»

«Hat sie auch einen Namen dafür?»

«Oh, äh . . . Alaskan Twilight, glaub ich.»

Bambi nahm einen zweiten Schluck. «Mmmm . . .»

Brian machte mit seinem seichten Geschwätz noch ein paar Minuten weiter, bis die Nachrichtensprecherin zu nuscheln anfing. Einen schrecklichen Augenblick lang sah es so aus, als würde sie begreifen, was mit ihr geschah, denn sie starrte ihn verwirrt und zornig an. Dann fielen ihr die Augen zu, und sie sackte im Sessel nach vorn.

«Heiliger Strohsack», murmelte Brian. Er stand auf und untersuchte Bambi; sie war bewußtlos, atmete aber noch. Als er ihren Kopf nach hinten kippte, lief ein Speicheltropfen aus dem Mundwinkel der Nachrichtensprecherin.

«Okay», sagte er laut.

Die Tür zum Flur ging auf. Zuerst tauchte Michaels Kopf auf, dann der von Mrs. Madrigal. Die Stirn der Vermieterin war von tiefen Sorgenfalten zerfurcht. «Bist du sicher, daß sie . . .?»

«Es ist ihr nichts passiert», versicherte Brian ihr. «Was ist in dem Zeug eigentlich drin?»

«Das spielt keine Rolle», sagte Mrs. Madrigal. «Es ist was rein Pflanzliches.»

«Und es hält eine Viertelstunde vor?»

«Mehr oder weniger», antwortete die Vermieterin. «Aber ich würd's nicht drauf anlegen. Michael, mein Lieber, wenn du sie an den Beinen faßt, kann Brian sie an den Armen nehmen. Und ich sorg dafür, daß die Luft rein ist.»

Michael kniete sich neben den schlaffen Körper und packte die Nachrichtensprecherin an den Fußgelenken. «Wir könnten sie *spielend* kaltmachen.»

«Michael!» Mrs. Madrigal war nicht zu Scherzen aufgelegt.

Brian und Michael hoben ihre Beute hoch, bis sie sie auf Hüfthöhe hatten, und wankten mit ihr auf den Flur hinaus.

«Alaskan Twilight», sagte Michael grinsend. «Das hält man ja im Kopf nicht aus!»

Freie Kost und Logis

Die Nacht war bereits angebrochen, als Mrs. Madrigal auf dem Dach der Barbary Lane wieder zu ihren «Jungs» stieß.

«Tja», sagte sie, als sie sich zwischen die beiden zwängte und sie um die Hüften faßte, «sie ist so mies gelaunt wie immer, aber ihr Appetit hat sich entschieden gebessert.»

Brian schaute erleichtert drein. «Am Anfang hab ich ja gedacht, sie legt's auf einen Hungerstreik an.»

«Hat sie zu schreien aufgehört?» fragte Michael.

Die Vermieterin nickte. «Ich glaub, ich hab sie überzeugt, daß der Keller schalldicht ist. Um die Nachbarn brauchen wir uns nicht zu sorgen. Selbst wenn sie laut wird, hört man sie nur bis in die Diele. Bei Besuchern sieht's allerdings anders aus.»

Michael schaute zu den Lichtern auf der Bay hinaus. «Es ist wie in *Der Sammler*», sagte er.

«Sie hat allen Komfort», betonte die Vermieterin. «Ein bequemes Bett, einen Heizstrahler, meine sämtlichen Agatha-Christie-Krimis. Ich hab ihr sogar Monas alten Fernseher hingestellt.» Sie wandte sich an Michael. «Was hast du mit ihrem Auto gemacht?»

«Ich hab's auf der Leavenworth abgestellt. Fünf oder sechs Blocks von hier.»

Brian runzelte die Stirn. «Das verwischt unsere Spuren aber nicht unbedingt.»

«Tja», sagte Michael schulterzuckend, «wenn du hier in der Nähe ein Sumpfloch weißt . . .»

«Das reicht schon mit der Leavenworth», sagte Mrs. Madrigal. «Ich rechne nicht damit, daß wir sie länger als zwei oder drei Tage hierbehalten. Ich hoffe es jedenfalls nicht. Sie hat gesagt, daß sie am Freitag nachmittag im Sender sein muß. Und spätestens dann wird jemand argwöhnisch.»

«Das hat Mary Ann schon geregelt», sagte Brian.

«Wie?» fragte Michael.

«Sie hat im Sender angerufen und gesagt, daß sie und Bambi hinter einer großen Story her sind und nicht vorm Wochenende zurückkommen. Der Nachrichtenchef war ganz schön stinkig, aber er hat's ihr abgekauft. Was hätt er sonst auch tun sollen?»

«Dann weiß also sonst niemand, daß DeDe und die Kinder am Leben sind?»

«Niemand außer dem Entführer», sagte Brian.

«Und sie haben noch keine Vorstellung, wer er ist?»

Brian schüttelte den Kopf. «Irgendein Kerl, den Mrs. Halcyon auf dem Schiff kennengelernt hat. Mary Ann ist überzeugt, daß sie nur dann eine Chance haben, die Kinder lebend zurückzuholen, wenn die Medien keinen Wind davon kriegen.»

«Mehr braucht's für mich gar nicht», sagte Mrs. Madrigal.

«Sie hätt uns nicht gebeten, das zu tun», schob Brian nach, «wenn die Lage nicht hochgradig brenzlig wäre.» Er wandte sich der Vermieterin zu. «Haben Sie ihr eigentlich Mary Anns Notizen abgenommen?»

Mrs. Madrigal nickte. «Ich hab sie in meinen Tresor gesperrt.»

«Sehr schön. Wir werden schon ohne Schaden rauskommen aus der Sache. Ich meine ... es ist ja nicht so, als würden wir sie foltern oder Lösegeld für sie verlangen.»

«Wie recht du doch hast», sagte Michael ungerührt. «Vielleicht denken wir nicht groß genug.»

«Also Michael!» Mrs. Madrigal wies ihn mit einem strafenden Blick zurecht.

Brian wandte sich an die Vermieterin: «Ich find's toll, daß Sie hier mitmachen. Mary Ann hat gesagt, daß sie die gesamte Verantwortung übernimmt, wenn sie zurück ist.»

Mrs. Madrigals Lächeln wirkte verständlicherweise etwas müde. «Ich mach es nicht nur ihr zuliebe, weißt du.»

«Was heißt das?»

«Es geht mir um die Kinder», erklärte die Vermieterin. «Ich hab eine ganze Woche geheult, als ich gelesen habe, daß sie in Guyana verschwunden sind.»

«Sie haben sie *gekannt*?» fragte Michael.

Mrs. Madrigal lächelte matt und schüttelte den Kopf. «Ich hab ihren Großvater gekannt.»

«Mary Anns alten Chef?»

Erneutes Nicken.

«Sie meinen, Sie ...?»

«Wir hatten kurz vor seinem Tod eine sehr angenehme kleine Affäre. Nichts Weltbewegendes, aber ... nett.»

Die beiden Männer sahen sie verblüfft an.

Auf ihre damenhafte Art genoß die Vermieterin die Verwirrung der beiden. «Wenn ich mich nicht täusche, heißt eins von den Zwillingskindern nach mir. Ich nehme an, das kleine Mädchen.»

«Stimmt», sagte Brian lachend. «Sie heißt Anna. Mary Ann hat mir das erzählt. Mensch, Sie sind ja vielleicht 'ne Nummer!»

«Der kleine Junge heißt Edgar», fügte Mrs. Madrigal hinzu. «Edgar und Anna. Ist die Symbolik nicht ganz wunderbar? Unserer Affäre ist durch diese Kinder ein Denkmal gesetzt worden. Und sie werden wohlbehalten und gesund nach Hause zurückkommen. Selbst wenn ich dafür dieses lächerliche Weibsbild im Keller erwürgen muß.»

Michael sah sie bewundernd an. «Das gibt doch das perfekte ‹höhere› Motiv ab!»

Die Vermieterin gab ihren beiden Jungs einen unbeschwerte Puff. «Wie wär's mit ein paar Brownies für meine Komplizen?»

«Wann hatten Sie denn *dafür* noch Zeit?» fragte Michael.

«Tja . . . ich hab für unsern Logiergast einen ganzen Schwung davon gemacht, und es sind noch 'ne Menge übrig.»

«Sie haben sie *vollgeknallt*?»

Mrs. Madrigal schaute entschlossen drein. «Ich möchte, daß sie sich wohl fühlt.»

«Die Frau weiß, wie man mit Gefangenen umzugehen hat», sagte Brian.

Die Diomedes-Inseln

Nach mehrstündiger Suche fanden Mary Ann und DeDe in Nome einen Eskimo-Buschpiloten, der ihren Anforderungen exakt entsprach. Er hieß Willie Omiak, und sein Cousin Andy hatte die letzten vier Jahre als National Guardsman auf Little Diomede Dienst getan.

«Er kann's behalten», verkündete Willi, der dazu den Motorenlärm überschreien mußte. «Mir ist Nome schon klein genug. Ich hab's mal einige Zeit in Wales versucht, und sogar dort bin ich verrückt geworden.»

«Sie meinen . . . auf den Britischen Inseln?» Mary Ann konnte sich diesen rundgesichtigen, braunhäutigen jungen Kerl nicht unter lauter Walisern vorstellen.

Der Eskimo grinste. «In Wales, Alaska. Das ist von den Diomedes-Inseln aus die erste Stadt auf dem Festland. Wir werden dort tanken und uns die Wettermeldungen ansehen. Sind Sie sicher, daß Sie auf Little Diomede übernachten wollen?»

«Nicht ganz», sagte DeDe. «Kommt drauf an.»

«Holiday Inn gibt's dort keins», sagte Willie lächelnd.

«Wir kommen auch so zurecht.»

«Sicher», sagte der Pilot. «Vielleicht kann Andys Familie Sie aufnehmen.» Er zwinkerte Mary Ann zu. Offenbar hatte er gespürt, welche Frage sich ihr sofort gestellt hatte. «Keine Bange. Sie haben noch nie in Iglus gewohnt. Meistens in Hütten aus Erdsoden, die auf Stelzen stehn. Vor sechs oder sieben Jahren hat ihnen das Bureau of Indian Affairs ein paar neue Häuser hingestellt. Mit Wänden aus Polyurethan . . . entschieden wärmer.»

«Das kann ich mir vorstellen», sagte Mary Ann. Im stillen war sie allerdings betrübt, daß man selbst die Eskimos schon so weit angepaßt hatte, daß Kunststoffe für sie selbstverständlich waren.

«Was ist mit der Verteidigung?» fragte DeDe, während die kleine einmotorige Cessna die Küste nordwestlich von Nome entlangflog.

«Was soll damit sein?»

«Na ja, ich meine . . . wo Rußland nur vier Kilometer weg ist.»

«Andy hat erzählt», sagte Willie Omiak, «daß sie drei M-14-Gewehre, einen Granatwerfer und eine Granate haben. Als Scout hat man nicht grade einen Ganztagsjob.»

«Als Scout?»

«Als Eskimo Scout», erklärte der Pilot. «Das ist die offizielle Bezeichnung für die Alaska National Guardsmen. Die meiste Arbeit gibt's wahrscheinlich im Winter, wenn man einfach so übers Eis gehen kann. Aber heutzutage macht das kaum noch jemand. 47 haben die Russen den Vater von Andy fast zwei Monate festgehalten, weil er Verwandte besuchen wollte und dazu über die Meerenge marschiert ist. Mein Gott, es waren nur Verwandte. Vom Kalten Krieg hat hier keiner was gewußt.»

«Haben die Russen auf Big Diomede Streitkräfte stationiert?» fragte Mary Ann.

Willie Omiak grinste. «Die sind ungefähr so einschüchternd wie die unsrigen. Ein Kerl sitzt auf dem höchsten Punkt der Insel in einer kleinen Hütte.»

«Was macht er?»

«Er schaut», antwortete der Pilot. «Und unser Mann schaut zurück. Niemand hat noch einen Grund, nach Big Diomede zu fahren. Unsere Verwandten sind in den Fünfzigern zum Großteil aufs sibirische Festland verfrachtet worden. Und nach Little Diomede zieht's auch niemand mehr. Was hat *Sie* eigentlich auf die Idee gebracht?»

«Wir suchen jemand», sagte DeDe.

«Einen Eskimo?»

«Nein», antwortete DeDe. «Einen Amerikaner.»

Willie Omiak sah seinen Passagier an, drehte sich dann um und sagte augenzwinkernd zu Mary Ann: «Wir vergessen mal, daß sie das gesagt hat, was?»

Sie schienen aus dem Nichts aufzutauchen – zwei schroffe Granitfelsen, geeint in der Abgeschiedenheit, getrennt durch die Politik. Auf dem kleineren war ein Dorf zu sehen, ein Häufchen schindelverkleideter und mit Teerpappe gedeckter Häuser, die sich an den Fuß einer fünfhundert Meter hohen Klippe schmiegten.

«Das ist Ingaluk», sagte Willie Omiak, als sie zwischen den beiden Inseln dahinflogen. «Dort unten ist es Donnerstag. Auf Big Diomede ist es schon Freitag.»

Mary Ann spähte hinunter. «Sie meinen . . .?»

«Wir fliegen direkt über der Internationalen Datumsgrenze.» Er grinste sie über die Schulter hinweg an. «Finden Sie's hier verwirrend genug?»

Er hatte recht. Es war unheimlich. Zwei Kontinente, zwei Ideologien, zwei Nationen – fein säuberlich getrennt durch heute und morgen. Gab es einen sinnigeren Ort für die Suche nach zwei verängstigten Kleinkindern, deren Schicksal sich gefährlich zwischen zwei Polen bewegte?

Als die Cessna nach unten sauste, konnte Mary Ann eine Schule und eine Kirche erkennen. Dann tauchte die Landebahn auf: ein mit Ölfässern markiertes Rechteck aus Asphalt in der Nähe des Strands und ein halbes Dutzend Leute, die auf ihre Landung warteten. «Da drüben ist Andy», schrie Willie Omiak, als das Flugzeug über das Rollfeld rumpelte.

«Er freut sich anscheinend mächtig über Ihren Besuch», sagte Mary Ann.

Der Pilot klopfte auf die Ledertasche neben sich. «Ich hab den neuen *Playboy* dabei», sagte er grinsend.

Mary Ann ließ ihr Kichern sein, als sie die nackte Angst in DeDes Augen sah. Sie hatten ihre Jagdbeute bis ans Ende der Welt verfolgt. Was, wenn es zu spät war?

Redaktionsschluß

Prue saß an ihrer Coronamatic und weinte still in sich hinein. Da ihr Dienstmädchen, ihre Sekretärin und ihr Chauffeur sich im Haus aufhielten, war ein sichtbares (oder hörbares) Zeichen für ihren Schmerz völlig undenkbar.

Sie spannte ein Blatt Papier in die Maschine. Es hing schlaff wie eine Kapitulationsfahne da und war eine schreckliche Metapher für die Leere, die sie seit Lukes Verschwinden spürte. Was gab es eigentlich noch zu schreiben? Wofür lohnte es sich noch zu leben?

Als sie das Blatt wieder herausriß, klingelte das Telefon.

«Ja?»

«Also, Prudy Sue, jetzt mal raus damit.»

«Mit was denn?» Victoria Lynchs Direktheit war eine lästige Masche, die sie einsetzte, um ihre Intuition herauszustreichen. Prue weigerte sich mitzuspielen.

«Das weißt du doch. Mit einem ehrlichen Bekenntnis. Teufel noch mal, was ist los mit dir? Seit du aus Alaska zurück bist, hängst du nur noch durch.»

Schweigen.

«Bei der Placentaparty gestern abend hast du total elend ausgesehen.»

Prue hätte ihr am liebsten den Kopf abgerissen. «Ich kann Placentaparties nicht *ausstehen*, kapiert?»

(Die Party hatte im weitläufigen Garten von John und Eugenia Stonecypher in Pacific Heights stattgefunden. In Fortführung einer geheiligten Familientradition hatte das Paar Eugenias jüngste Nachgeburt im Pflanzloch eines blühenden Pflaumensetzlings vergraben – ein Ritual, das der kleinen Tochter der Stonecyphers Glück und ein langes Leben bescheren sollte. Prue hatte fast gekotzt.)

«Da kenn ich wirklich Amüsanteres», fügte sie hinzu.

«Du hast nicht angerufen», konterte ihre Freundin.

«Ich bin ein bißchen deprimiert», sagte Prue. «Was soll ich sagen?»

«Du kannst sagen, daß du mich anrufst. Du kannst dich auf deine Freundin verlassen, Prudy Sue. Aber, paß auf, ich hab eine ganz wunderbare Neuigkeit. Ich hab einen Laden gefunden, wo's Rioco gibt!»

«Was ist das?»

«Du weißt schon. Die brasilianische Cola, von der Binky uns im Frühjahr erzählt hat.»

«*Mir* hat sie nichts erzählt.»

«Jedenfalls ist da ein Haufen Dschungelspeed oder so was drin. Halb Rio dröhnt sich damit voll. Guarana. Hört sich an wie Fledermausscheiße, ist aber ein tolles Zeug. Und die Twin Peaks Grocery hat's jetzt. Was hältst du davon, wenn wir rausfahren?»

«Ich hab Redaktionsschluß, Vickie.»

«Wir könnten am Nachmittag fahren.»

«Vickie . . .»

«Okay, dann *sei* halt deprimiert.»

«Es ist lieb von dir, daß du an mich gedacht hast.»

«Ich will nicht lieb sein, Prudy Sue. Ich will meine Freundin wiederhaben.»

Nach einer langen Pause kam ein Seufzer der Kolumnistin. «Ich geb mir Mühe, Vickie. Laß mir ein bißchen Zeit, okay?»

«Einverstanden. Aber laß den Kopf nicht hängen, Prudy Sue. Geh wenigstens ein bißchen an die frische Luft. Führ Vuitton aus.»

Das hatte es gebraucht: einen kleinen schwesterlichen Rat von einer alten Freundin.

Trotz der wiederholten Warnungen von Pater Paddy hatte sie gewußt, daß dieser Augenblick kommen würde. Wie hätte sie ihn umgehen sollen? Was hätte sie davon abhalten sollen, für wie kurz auch immer an den Ort zurückzukehren, an dem sie die glücklichsten Stunden ihres Lebens verbracht hatte?

Außerdem, vielleicht fand sie dort einen Hinweis; etwas, das DeDe bei der Suche nach Luke und den Zwillingen helfen würde.

Sie braucht DeDe ja nicht alles zu erzählen – nur soviel, um sie in die richtige Richtung zu lenken. Das konnte doch nicht schaden, oder?

Außerdem suchte sie selbst noch ein paar Antworten. Vielleicht konnte die Wahrheit, wie schmerzlich sie auch sein würde, sie aus ihrer lähmenden Melancholie befreien. Einen Versuch war es jedenfalls wert.

Und Vuitton mußte ohnehin mal raus.

Ingaluk

Das erste, was Mary Ann an Little Diomede auffiel, war eine Reihe grob gezimmerter Holzkisten, die oberhalb des Dorfs auf den Felsen thronten. Sie fragte Andy Omiak danach.

«Särge», antwortete er bereitwillig. «Der Boden ist die meiste Zeit steinhart gefroren. Wir müssen die Leute oberirdisch begraben.» Als er sah, was Mary Ann für ein Gesicht machte, ergänzte er: «Es ist nicht so schlimm, wie es sich anhört. Es ist so trocken hier, daß die Kisten länger halten als . . . ihr Inhalt. Und was noch übrigbleibt, verstreuen die Hunde.»

Die Hunde waren das nächste, was ihr auffiel. Dutzende, mit dickem Pelz und gelben Augen, streiften in bedrohlichen Rudeln über die Insel.

«Wir sind froh, daß wir sie haben», stellte Andy Omiak klar. «Sie sind unser Radar. Wenn von der anderen Insel mal jemand rüberkommt, kriegen wir das durch die Hunde mit.»

DeDe, die auf dem Marsch vom Rollfeld ins Dorf bisher geschwiegen hatte, wandte sich an den Eskimo Scout: «Und in die andere Richtung?»

Andy Omiak schaute skeptisch. «Sie meinen . . .?»

«Wenn jemand auf die russische Insel übersetzen wollte, würden Sie das auch mitbekommen?»

«Ach so . . . na ja . . . dort drüben ist sie doch. Es wär nicht schwer, jemand zu *sehen*, der's vielleicht probiert. Zu der Jahreszeit wird's nie dunkel . . . warum fragen Sie eigentlich?»

DeDe ging im gleichen Tempo weiter und schaute stur geradeaus. «Wir rechnen damit, daß es jemand probiert. Das heißt, vielleicht hat er's schon probiert.»

«Einer vom Festland?»

DeDe nickte. «Ein Mann um die Fünfzig und zwei vierjährige Kinder. Ein Junge und ein Mädchen. Die beiden sind Eurasier und hatten Parkas an, so daß man sie vielleicht für Eskimos gehalten hat.»

Andy Omiak lächelte. «Garantiert nicht. Hier kennt jeder jeden. So was würden wir sofort sehen.»

Mary Ann fragte: «Wenn sie vom Festland kommen würden, müßten sie dann mit dem Flugzeug hierher?»

Der Eskimo Scout zuckte mit den Schultern. «Wahrscheinlich. Das ist der normale Weg. Aber er könnte auch mit dem Boot kommen . . . aus Wales oder so. Nur hätt's für ihn wenig Sinn, hier haltzumachen. Warum sollte er nicht direkt nach Big Diomede fahren?»

Das war eine gute Frage – eine, die einen Schatten warf auf den Sinn ihrer Suche. Angesichts der umherstreifenden Hunde und der Eskimo Scouts war eine Reiseunterbrechung auf Little Diomede fast schon tollkühn. Warum nicht gleich nach Big Diomede fahren, wenn man überhaupt fuhr?

Willie Omiak, Andys Pilotencousin, trennte sich von ihnen, sobald sie zu Andys Haus kamen, einem stabilen Gebäude aus Holz und Teerpappe nahe dem Strand. «Ich bin auf dem Rollfeld», sagte er. «Schreien Sie, wenn Sie mich brauchen.»

«Danke», sagte DeDe und sah ihn ehrlich dankbar an. «Sie sind sehr freundlich.»

«Kein Problem. Ach so, reisen Sie denn morgen wieder ab?»

«Ich denke schon», sagte DeDe. «Kann ich Ihnen das später noch sagen?»

«Klar. Nana wird gut für Sie sorgen.»

Nana war seine Großmutter, ein rundliches und runzliges altes Weib, das Mary Ann an die Puppen aus getrockneten Äpfeln erinnerte, die es auf dem Renaissance Pleasure Faire zu kaufen gab. Da sie sehr wenig Englisch konnte, schenkte sie ihnen nur ein zahnloses Lächeln, als sie mit zwei dampfenden Bechern Kakao ankam.

Mary Ann verbeugte sich übertrieben, um ihre Dankbarkeit zu zeigen. «Wie reizend», sagte sie zu Andy Omiak.

«Wir kriegen nicht viel Besuch», sagte er grinsend. Er wandte sich in ihrer Sprache an seine Großmutter. Die alte Frau sah Mary Ann an, kicherte und huschte aus dem Zimmer.

«So», sagte Andy Omiak, «und jetzt sollten Sie mir vielleicht mal erzählen, was das alles soll.»

Peinliches Schweigen folgte. Dann sagte DeDe: «Jemand hat meine Kinder entführt.»

Der Eskimo Scout runzelte die Stirn. «Jemand, den Sie kennen?»

«Ja.»

«Aber . . . warum?»

«Er will sie für sich haben», sagte sie. «Er ist verrückt. Wir glauben, daß er sie nach Rußland bringen will.»

«Haben Sie die Festlandpolizei informiert?»

«Nein», sagte DeDe. «Niemand.»

«Warum nicht?»

«Es ist etwas kompliziert», sagte DeDe. «Wenn er erfährt, daß wir die Polizei eingeschaltet haben, tut er den Kindern vielleicht was an.»

«Sie müssen ganz schön in Sorge sein», sagte Andy Omiak.

«Ich dreh schon fast durch.»

«Und Sie wollen rausfinden, ob er die beiden nach Big Diomede gebracht hat?»

«Ja.»

Der Eskimo wollte etwas sagen, überlegte es sich anders

und schaute zur Seite. «Ich könnte ganz schön in Schwierigkeiten kommen», sagte er schließlich.

«Ich fürchte, ich . . .»

«Falls ich Ihnen helfe . . . dürfen Sie es *niemand* sagen.»

«Versprochen», sagte DeDe.

Andy Omiak rückte näher heran und sagte in einem verschwörerischen Ton: «Ich kann Sie hinbringen.»

«Nach . . .?»

Er nickte. «Es wär nicht das erste Mal.»

Mary Ann schaute von ihrem Kakao auf. «Moment mal. Sie meinen doch nicht etwa . . .?»

«Aber ja», sagte der Eskimo. «Man kann rüber.»

«Ohne daß man beschossen wird?»

Andy Omiak grinste. «Es geht.»

Anna und Bambi

Mrs. Madrigal bereitete gerade das Tablett für Bambi Kanetaka vor, als Michael in die Küche kam.

«Was gibt's zu essen?» fragte er und hob den Deckel von einer Servierplatte. «Mmmm . . . Papagei . . . meine Lieblingsspeise!»

Die Vermieterin fuhr ihn an. «Das ist Fünf-Gewürze-Hähnchen, Michael! Außerdem wär ich dir dankbar, wenn du nicht so schnoddrig wärst!»

Michael zog reumütig den Kopf ein. «Schon gut . . . tut mir leid.»

Mrs. Madrigal steckte eine rosa Rose in die kleine Vase auf dem Tablett. «Ich mach mir Sorgen um sie», sagte sie. «Ich glaube, sie . . . verzweifelt langsam. Ich hab ihr schon so oft gesagt, daß wir ihr nichts Böses wollen, aber sie wird und wird nicht lockerer.»

«Es überrascht mich, daß Ihre Brownies nicht gewirkt haben.»

«Sie will raus», sagte die Vermieterin. «Basta. Sie hat sogar versprochen, kein Wort über DeDe zu verlieren, wenn ich sie freilasse.»

«Das glauben Sie ihr doch nicht, oder?»

«Ich kann es mir nicht leisten», sagte Mrs. Madrigal. «Nicht, solange auch nur das kleinste Risiko besteht, die Kinder zu gefährden. Außerdem werden unsere Schwierigkeiten nur noch größer, wenn ich sie freilasse, bevor der Fall *so oder so* gelöst ist. Wir müssen beweisen können, daß wir guten Grund hatten, sie . . . festzuhalten.»

«Das Argument sticht», sagte Michael.

Mrs. Madrigal nahm das Tablett hoch. «Wahrscheinlich klärt sich alles von selbst. Tut es doch immer. Trotzdem mach ich mir Sorgen.»

Michael sah sie ernst an. «Wissen Sie, wir stecken da gemeinsam drin. Brian und ich haben drüber geredet. Wenn man Sie einsperrt, muß man uns auch mitnehmen. Und dann bestehen wir auf einer gemeinsamen Zelle.»

Die Vermieterin schenkte ihm ein Lächeln und gab ihm ein Küßchen auf die Wange. «Tut mir leid, daß ich dich angeschnauzt habe, mein Lieber. Es ist alles etwas ungewohnt für mich. Ich komm mir vor wie eine *Schwerverbrecherin*.»

Michael zwinkerte ihr zu. «Aber, das *bist* du doch auch, Blanche . . . das *bist* du.»

Mrs. Madrigal war etwas mehr mit sich im reinen, als sie die Treppe in den Keller hinunterstieg.

Vor der Tür horchte sie kurz, stellte dann das Tablett auf den Boden und sperrte das Vorhängeschloß auf. Bambi saß in dem zerschlissenen Lehnstuhl, den die Vermieterin aus dem Verkehr gezogen hatte, als Mona nach Seattle gegangen war.

«Essen», flötete Mrs. Madrigal und versuchte, sich fröhlich anzuhören, ohne Bambi herablassend zu behandeln. Sie stellte das Tablett auf einen alten Wäschekorb, den ihr Burke Andrew hinterlassen hatte.

Bambi rührte sich nicht.

«Ich hab im Fernsehprogramm nachgesehen», sagte die Vermieterin. «Heute abend kommt *The Barretts of Wimpole Street*. Ich dachte, Sie hätten vielleicht Lust darauf.»

Von der Nachrichtensprecherin kam ein tiefes Knurren.

«Ich weiß, daß es nicht leicht ist», fuhr Mrs. Madrigal fort, «aber es dauert jetzt nicht mehr lang. Es tut uns allen schrecklich leid, daß es so weit kommen mußte, aber . . .»

In einer einzigen blitzschnellen Bewegung sprang Bambi hoch und stürzte sich auf ihre Wärterin. Sie drängte die Vermieterin rückwärts, bis sie gegen das Brett stieß, auf dem die Schlüssel für das Haus hingen. Mrs. Madrigal schrie vor Schmerz, als die Nägel des Schlüsselbretts sich in ihren Rücken bohrten.

Sie sackte auf die Knie. Als sie hochschaute, sah sie das triumphierende Grinsen der Nachrichtensprecherin, die ihr einen . . . zwei . . . drei Fußtritte in den Magen verpaßte. Beim dritten Tritt packte Mrs. Madrigal Bambis Knöchel und verdreht ihn heftig, womit sie einen Schrei von Samuraiqualität auslöste. Bambi stürzte auf den Betonboden, drückte sich dann auf Hände und Knie hoch und kroch in Richtung Tür.

Keuchend vor Schmerz griff Mrs. Madrigal nach den Schlingen eines Gartenschlauchs und zog sich in eine beinah aufrechte Position hoch. Etwas Warmes und Feuchtes – vermutlich Blut – sickerte ihr Rückgrat entlang und pappte ihr den Kimono auf den Rücken. Ihre Finger bekamen den Griff einer Schippe zu fassen. Sie schwang sie wie eine Keule und haute damit voll auf Bambis Hinterteil.

Einen Moment lang, aber wirklich nur einen Moment lang lag die Nachrichtensprecherin auf den Boden hingeklatscht da wie ein Hakenkreuz. Dann rappelte sie sich hoch, hastete durch die Tür und weiter die Treppe hinauf.

Mrs. Madrigal wankte, immer noch die Schaufel schwingend, hinter ihr her. Als Bambi die Treppe schon fast geschafft hatte, holte die Vermieterin weit aus und verpaßte ihrer Widersacherin einen Schlag in die Kniekehlen. Bambi fiel recht unschön nach vorne und rutschte dann die Treppe hinunter, bis ihre Knöchel wieder in Reichweite der Vermieterin kamen.

Mrs. Madrigal zerrte die Nachrichtensprecherin in den Keller zurück, wickelte ihr rasch ein Stück Elektrokabel um die Knöchel, rannte zur Tür hinaus und schloß hinter sich ab.

Sie lehnte fast eine Minute an der Tür und schnappte nach Luft. Drinnen schrie Bambi ihre Verwünschungen. Oben klingelte jemand an der Haustür.

Mrs. Madrigal stieg langsam die Treppe hoch und hoffte im stillen, daß der Besucher den Krach nicht gehört hatte.

Als sie den Mann vor der Tür sah, hätte sie am liebsten in seinen Armen geweint.

Es war Jon Fielding.

Auf Hausbesuch

Der Doktor kniete neben seiner Patientin, die mit dem Gesicht nach unter auf dem roten Samtsofa in ihrem Salon lag. «Okay . . . beißen Sie die Zähne zusammen, Mrs. M. Es brennt gleich ein bißchen.»

Ihr Körper verspannte sich, als er das kleine Loch in ihrem Rücken sanft betupfte. «Braves Mädchen», sagte er. «Es ist nicht annähernd so schlimm, wie's ausgesehen hat. Wie haben Sie das überhaupt angestellt?»

«Ach, ganz dumm», sagte Mrs. Madrigal. «Ich bin ausgerutscht und gegen einen Nagel geschlagen.»

«Wo?»

«Äh . . . im Keller. Muß es genäht werden?»

«Nicht nötig. Ein Pflaster tut's auch. Haben Sie welches da?»

«Im Badezimmerschränkchen», sagte die Vermieterin. «Warten Sie, ich . . .?»

«Sie bleiben, wo Sie sind. Sie sind unpäßlich.»

Er kam gleich wieder zurück und drückte das Pflaster vorsichtig fest. «Das wär's», sagte er und stand auf. «Ich denke, Sie sind bald wieder auf dem Damm.»

Als sie sich aufsetzte, zupfte Mrs. Madrigal den blutgetränkten Kimono zurecht und band sich die seidene Kordel wieder um die Taille. «Tja», sagte sie liebevoll lächelnd zu Jon, «wie haben wir's ohne Doktor im Haus nur ausgehalten?»

Jon zuckte mit den Schultern. «Ich hab eigentlich gehofft, daß Sie mir das erzählen.»

Mrs. Madrigal musterte ihn kurz und verglich ihn mit dem schnieken Arrow-Collar-Blonden, der fast drei Jahre mit Michael zusammengelebt hatte. Er kam ihr dünner vor, ein bißchen hager sogar, doch sein klassisch nordisches Gesicht war schöner denn je. «Wie alt bist du jetzt?» fragte sie.

Lächelnd antwortete er: «Dreiunddreißig.»

«Es steht dir», sagte sie.

«Danke. Sie sehen auch ziemlich gut aus. Abgesehen von der Wunde, meine ich.»

Sie verbeugte sich graziös. «Ich freu mich, daß du da bist, Jon. Wirklich. Michael ist oben, wenn du ihn sehen willst.» Um wieder etwas Ordnung in ihr Leben zu bringen, drückte sie mit beiden Händen an ihrer Frisur herum. «Du hast diesen Umweg doch sicher nicht eingeplant.»

«Eigentlich schon», sagte Jon. «Ich hab ja bei *Ihnen* geklingelt, nicht?»

«Dann fühle ich mich geehrt.»

«Ich hab gehofft, Sie könnten mich über den Stand der Dinge aufklären.»

«Ach so . . . ich verstehe.» Sie zupfte an einer Strähne über dem Ohr.

«Ich habe mit Michael lange nicht mehr gesprochen, und ich bin nicht sicher, ob . . .» Er hörte auf und warf den Kopf herum wie ein Tier, das Witterung aufnimmt. «Was war das?» fragte er.

«Was?»

«Ich weiß nicht recht . . . ich glaube, es hat jemand geschrien. Haben Sie nichts gehört?»

«Vielleicht sind's die Kinder», sagte Mrs. Madrigal.

«Die Kinder?»

«Unten auf der Leavenworth . . . mit ihren Skateboards. Das hört sich manchmal ziemlich schaurig an.»

«Es hat sich aber näher angehört.»

«Weißt du was, mein Lieber . . . wenn du schon mit mir plaudern willst, warum spazieren wir dann nicht nach North Beach hinunter? Der Abend ist so mild, und wir könnten irgendwo nett essen.»

«Gern», sagte Jon, «aber ich zahle, okay?»

«Dein Rendezvous steht», sagte Mrs. Madrigal. Nachdem sie sich umgezogen hatte, drängte sie ihn durch die Diele und plapperte dabei so laut wie möglich. Bambis Ausbruch schien vorbei zu sein, doch Mrs. Madrigal stieß einen unhörbaren Seufzer der Erleichterung aus, als sie und Jon außer Hörweite waren.

Sie setzten sich zum Essen an einen Fensterplatz des Washington Square Bar und Grill.

«Und, wie geht's ihm?» fragte Jon, nachdem sie bestellt hatten.

Mrs. Madrigal schob nachdenklich die Unterlippe vor. «Er ist ein bißchen rastlos, glaube ich.»

«Wie kommt das?»

«Na ja, er betont andauernd seine Unabhängigkeit, aber ich glaube nicht, daß er sie besonders genießt.»

«Er hat aber Freunde», sagte der Doktor.

«Unmengen», sagte die Vermieterin.

«Das ist gut.»

«Freunde», sagte die Vermieterin lächelnd, «aber keinen *Freund*. Das wolltest du doch wissen, oder?»

Der Doktor wurde rot. «Vermutlich ja.»

«Schön.»

«Aber es ist schon so lang her . . . fast zwei Jahre.»

«Und du glaubst, ihr könnt da weitermachen, wo ihr aufgehört habt.»

«Nein», sagte Jon, «ich dachte bloß . . .»

«Ist schon in Ordnung, mein Lieber. Ich glaube auch, daß es geht.»

Er lächelte sie fast ängstlich an. «Ich bin mir nicht sicher, ob wir momentan damit umgehen könnten.»

«Warum nicht?»

Der Doktor zuckte mit den Schultern. «Die Dinge ändern sich.»

«Tun sie das? Weißt du, was ich glaube?»

«Was?»

«Du solltest nicht länger drum herumreden, denn du bist doch gekommen, um ihn dir zurückzuholen.»

«Ja, meinen Sie?»

«Mhm. Und ich glaube, ich werde dir helfen.» Ihre großen blauen Augen wurden noch größer.

Beschämt senkte der Doktor den Blick.

«Ich bin eine wunderliche alte Glucke», sagte Mrs. Madrigal. «Ich hab's gern, wenn alle meine Eier in einem Körbchen beisammen sind.»

Rußland ruft

Andy Omiaks Vorschlag kam Mary Ann übertrieben tollkühn vor, und das sagte sie DeDe auch, sobald sie allein waren.

«Was bleibt uns anderes übrig?» hielt DeDe dagegen.

«Na ja . . . wir könnten die Festlandpolizei benachrichtigen. Dann können *die* die Suche betreiben.»

«Und mit Gewehren und Megaphonen ausrücken, wie zur Bärenjagd. Wenn wir denen sagen, um wen's dabei geht, sind meine Kinder das letzte, worum sie sich Sorgen machen.»

«Dann sagen wir's ihnen eben nicht. Wir sagen nur . . . na ja, wir könnten ihnen die Wahrheit sagen.»

«Und die wäre?»

«Ein Schiffspassagier hat Ihre Kinder in Sitka entführt . . . und wir glauben, daß er sie hierhergebracht hat.»

«Meinen Sie im Ernst, daß *er* denkt, wir hätten der Polizei das erzählt? Wissen Sie . . . es ist eigentlich nicht nötig, daß Sie mich begleiten. Andy kommt ja mit, und er hat ein Gewehr und so. Es ist nicht fair, wenn ich Sie bitte . . .»

«Vergessen Sie's», sagte Mary Ann. «Ich komme mit.»

«Ich würde mich schrecklich fühlen, wenn . . .»

«Brauchen Sie nicht. Es ist meine Entscheidung.»

DeDe drückte ihre Hand. «Danke.»

«Außerdem», fügte Mary Ann hinzu, «war ich noch nie in Rußland.»

Sie machten ein mehrstündiges Nickerchen, nach dem sich auch Andy wieder einstellte.

«Hatten Sie die Ruhe, sich's zu überlegen?» fragte er.

«Die Sache läuft», sagte DeDe. Mary Ann nickte zustimmend.

«Okay», sagte Andy. «In einer Stunde sollten wir los.»

Mary Ann verzog das Gesicht. «Bei Tageslicht?»

Der Eskimo grinste. «Wir haben kaum was anderes.»

«Ach so . . . klar.»

«Außerdem», fuhr Andy fort, «ist das fast genauso sicher wie in der Dunkelheit. Zwischen acht und zehn ist der ganze Ort in der Schule.»

«Alle?» fragte DeDe.

«Alle zweiundachtzig», sagte Andy lächelnd.

«Zum Unterricht, oder was?»

Der Eskimo schüttelte den Kopf. «Einmal in der Woche kriegen wir vom Festland einen Film.»

«Ach so.»

«Heute abend wird *Superman II* gezeigt. Ich glaub, da sind wir ungestört.»

«Wenigstens, was Ingaluk angeht.»

«Was meinen Sie damit?» fragte Andy.

«Die *Russen*», sagte DeDe. «Oder wollen Sie mir erzählen, daß die sich auch einen Film ansehen?»

«Ach so», sagte Andy ungerührt. «Wegen *denen* machen Sie sich mal keine Sorgen.»

Wie vorausgesagt, lag Ingaluk wie eine Geisterstadt da, als das Trio den Anlegeplatz in Andys fünf Meter langer Motorbarkasse verließ. Mary Ann sah mit großem Respekt zu den Klippen über dem Dorf hinauf. Die Felsen waren mit den von der Sonne gebleichten Särgen gesprenkelt wie mit Seemöwenscheiße. Dann wandte sie ihre Aufmerksamkeit der russischen Insel zu, die nur vier Kilometer entfernt war.

«Was ist mit dem Wachposten in der Hütte da drüben?»

fragte sie den Eskimo. «Sieht er uns denn nicht, wenn wir über die Meerenge fahren?»

«Er sieht mich immer», sagte Andy. «Jede Woche zur gleichen Zeit.»

«Das versteh ich nicht.»

Andy lächelte. «Mein Vorgesetzter würde es auch nicht verstehen. Deswegen wär's mir auch sehr lieb, wenn Sie's für sich behalten könnten.»

«Aber klar.»

«Ich kenn jemand auf Big Diomede.»

«Aha.»

«Meine Freundin wohnt nämlich dort.»

DeDe und Mary Ann warfen sich einen raschen Blick zu. Es war Mary Ann, die dann nach Einzelheiten fragte. «Sie meinen, sie . . .?»

«Sie ist Radartechnikerin. Der Kerl im Beobachtungsposten ist ihr Schwager. Wir sind so eine Art Familienbetrieb hier oben. Wenn Ihr Entführer es nach Big Diomede geschafft hat, dann weiß Jane das.»

Eine halbe Stunde später legte Andy mit dem Boot auf der Rückseite der großen Insel an, außer Sicht von Little Diomede.

«Warten Sie hier», sagte er zu den Frauen. «Es passiert Ihnen nichts. Wenn es Neuigkeiten gibt, können Sie später mit an Land kommen.» Er sprang aus dem Boot und rannte auf dem Landesteg ans Ufer.

Im selben Moment tauchte auf der Felskante über dem Hafenbecken eine weibliche Gestalt auf, die von Fels zu Fels sprang und schließlich auf den Sand hüpfte. Dann lagen Andy und Jane sich in den Armen und wirbelten herum wie ein Liebespaar in einem kitschigen Werbespot.

Mary Ann fühlte sich den beiden merkwürdig verbunden und sah sich plötzlich als Deborah Kerr in *Der König und ich*. *Kuschelt euch eng aneinander heut nacht – ich hatte auch mal eine Liebe wie die eure . . .*

Wie gewohnt war Brian da, wenn sie ihn brauchte, und ruhte sicher in ihrem Herzen.

Das Eskimoliebespaar sprach einige Zeit miteinander, weit außer Hörweite von DeDe und Mary Ann. Als Andy zurückkam, war ihm schon anzusehen, was er zu berichten hatte. «Tut mir leid», sagte er zu DeDe.

«Nichts?»

«Ich fürchte, nein», sagte er. «Sie waren einfach nicht hier.»

«Könnte sie uns wissen lassen, falls . . .»

«Natürlich. Sie wird die Augen offenhalten.»

Es folgte langes, quälendes Schweigen. Dann wandte sich Mary Ann an DeDe. «Was wollen Sie jetzt machen?» fragte sie.

Eine einzelne Träne kullerte DeDes Gesicht herunter. «Ich will nach Hause», sagte sie.

«Dann fahren wir», sagte Mary Ann. Sie suchte in ihrer Windjacke nach einem Kleenex und reichte es ihrer Freundin. «Wir geben aber nicht auf, DeDe. ich versprech Ihnen, daß wir sie finden.»

Als Andy das Boot vom Anleger abstieß, warf Mary Ann einen letzten Blick auf die Sowjetunion. Jane stand immer noch da. Als sie sah, daß Mary Ann zu ihr hinüberschaute, lächelte sie scheu, hob dann die Hand und winkte.

Natürlich winkte Mary Ann zurück.

Wiedersehen mit Eden

Dichter Sommernebel hatte sich über den Golden Gate Park gelegt, als Prue zu den Baumfarnen gelangte. Es schauderte sie ein bißchen angesichts der beklemmenden Vertrautheit der Umgebung, doch sie stellte den Kragen ihres Montodoro-Trenchcoats hoch und stürzte sich in die Wildnis.

Vuitton lief vor ihr den Weg hinauf und jagte ein Eichhörnchen bis an den Rand des U-förmigen Kamms. Als sie ihn rief, entschloß er sich spontan, sie völlig zu ignorieren.

«Vuitton!» rief sie. «Komm sofort zurück!» Sie hatte schreckliche Angst, allein gelassen zu werden.

Der Wolfshund drehte sich um, wedelte ihr einen flüchtigen Gruß zu und machte einen Satz in die grünschwarzen Tiefen der Rhododendrensenke.

Sie lief schreiend hinter ihm her: «Vuitton! KOMM ZURÜCK, VERFLUCHT NOCH MAL!»

Es war natürlich zwecklos. Er wußte, wo er hinwollte. Er wußte sogar, wo *sie* hinwollte. Nur würde er früher dort ankommen als sie. Warum sollte sie sich davon solche Angst einjagen lassen?

Sie fand den vertrauten Weg durch die Rhododendrensenke und stapfte in ziemlichem Tempo drauflos. Ab und zu sah sie Vuittons champagnerfarbenes Fell durch das Blattwerk schimmern. Gerade, als sie den Strauch suchte, der den Zugang zu Lukes versteckter Enklave markierte, heulte in der Ferne ein Nebelhorn auf.

Vuitton zeigte ihr wie gewohnt den Weg. Wild bellend machte der Wolfshund kehrt, brach durch den Strauch am Zugang und sprang um sein Frauchen herum.

«Hier!» befahl sie ihm. «Bei Fuß, Vuitton, bei Fuß!»

Doch er war schon wieder weg und tollte die abbröckelnde Böschung hinunter, die zur Hütte führte. Als Prue den Unterschlupf erblickte, kamen ihr Bedenken wegen ihres Vorhabens, die Hütte zu durchsuchen.

Doch Vuitton stand vor der Tür der Hütte und kläffte sich die Lungen aus dem Leib.

Da niemand auf sein Gekläff reagierte, stolperte Prue die Böschung hinunter und horchte vor der Tür. Als sie den Riegel probierte, stellte sie fest, daß die Tür nicht verschlossen war.

Drinnen schien alles beim alten zu sein. Der große Schaumgummiblock war noch da. Genauso das Feldbett, der Stadtplan und Lukes geliebter Sinnspruch.

Es gab nicht allzu viele Möglichkeiten. Ihre Wahl fiel zuerst auf die selbstgemachte Holzkiste, in der Luke seine Sachen für Vuitton aufbewahrt hatte. Nur stand sie jetzt nicht mehr auf dem Boden. Sie stand auf dem Regal über dem Schaumgummiblock.

Als Prue danach griff, traf ihre Hand auf etwas Kaltes und Glitschiges. Sie schrie hysterisch auf und ließ die Kiste fallen. Dabei wurde ein großer Batzen Banane, der an der Rückwand der Kiste klebte, zerquetscht.

Sie stand zitternd da und wischte sich hektisch die Finger an ihrem Mantel ab. Vuitton hockte zu ihren Füßen und winselte aus Solidarität. «Es ist nichts passiert, Schnuckel», murmelte Prue. «Wir gehen gleich wieder.»

«Ich glaube, das ist auch besser so.»

Prues Blick schoß zur Tür der Hütte, an der sie sich einem uniformierten Polizisten gegenübersah, der vom Rücken eines mächtigen kastanienbraunen Hengsts auf sie herunterblickte.

«Oh . . . Herr Wachtmeister», sagte sie. «Ich . . . äh . . . mein Hund ist hier reingelaufen, und ich . . .»

Der Polizist lächelte sie an. «Ein hübscher Hund.»

«Oh . . . ja, danke. Manchmal ist er ein schrecklicher Quälgeist.»

Der Wachtmeister beugte sich im Sattel vor und spähte in die Hütte. «Das ist vielleicht was, hm?»

Prue nickte schweigend. Wie lang hatte er sie schon beobachtet?

«Es war mal ein Geräteschuppen für die Gärtner, aber dann ist vor einem Jahr zirka ein Penner eingezogen. Ich paß für ihn ein bißchen drauf auf.»

Prue schlich sich mit Vuitton an ihrer Seite aus der Hütte. Wenn sie selbst durch den Polizisten eingeschüchtert war, dann war es der Wolfshund durch das Pferd noch mehr.

«Entschuldigen Sie bitte, Herr Wachtmeister», sagte die Kolumnistin. «Aber es ist so . . . faszinierend.»

Der Polizist lächelte. «Ja, nicht?» Er wirkte entschieden weniger unheilvoll auf Prue, als sie sah, daß er jung und hübsch war und einen Schlag ins Dunkelhäutige hatte – ein Latino wahrscheinlich.

Außerdem trug er einen Walkman.

Ein Mann namens Mark

Das ist vielleicht eine Type», sagte der berittene Polizist.

Prue verstand erst gar nicht. Nachdem sie bei der Durchsuchung von Lukes Hütte erwischt worden war, plagten sie immer noch Schuldgefühle. «Äh . . . tut mir leid. Was haben Sie gesagt?»

Der Wachtmeister lächelte nachsichtig. «Der Kerl, der hier wohnt. Das ist vielleicht einer. Eine von den Typen, die man nur in San Francisco findet.»

«Wahrscheinlich», sagte sie.

«Sie kennen ihn?»

«Nein», sagte sie hastig. «Ich meine . . . ich nehme *an*, daß er so eine Type ist . . . wenn man nach seiner Behausung geht. Sie ist so . . . kurios. Und er hält wohl auf Ordnung.»

«Ich bin überrascht, daß nichts verwüstet ist», sagte der Polizist.

«Hm?»

«Er ist schon ein paar Wochen weg . . . so lang wie noch nie. Ich glaub aber, daß er zurückkommt. Er hat sein Zeug dagelassen. Er war ein bißchen spinnig, aber zahm, wenn Sie wissen, was ich meine.»

«Ich denke schon», sagte Prue.

«Vielleicht schau ich besser mal nach.» Der Wachtmeister stieg ab und band sein Pferd an einem Baum fest. Als der Hengst sich bewegte, winselte Vuitton sein Frauchen nervös an. Der Polizist tätschelte den Wolfshund.

«Wie heißt er?»

«Vuitton», antwortete Prue.

«Äh . . . was Französisches?»

«Mhm.»

«Und was heißt das?»

Prue sah keinen Sinn darin, es zu erklären. «Es ist einfach ein Eigenname.»

«Er sieht dem Hund ziemlich ähnlich, der sich immer mit Mark rumgetrieben hat.»

«Wer ist Mark?» fragte Prue.

«Der Kerl, der hier wohnt. Seinen Nachnamen kenn ich nicht.» Er lächelte die Kolumnistin an. «Soviel ich weiß, kennt *er* seinen Nachnamen auch nicht.»

Prue versuchte, sich ihre Verwirrung nicht anmerken zu lassen. «Ich nehme an, Sie wissen nicht sehr viel über ihn, wie?»

Der Wachtmeister zuckte mit den Schultern. «Was gibt's da viel zu wissen? Er zieht in der Gegend rum, ist 'n ziemlich anständiger Kerl, behauptet, daß er in Hawaii gelebt hat, hat dort wohl am Strand Mangos gegessen und 'ne Menge geschnorrt – nicht viel anders wie hier.»

«Wirklich?»

«Klar. Von der Sorte gibt's in San Francisco 'ne Menge. Sie schlafen in Pappkartons und schnorren ihr Essen, wenn die Restaurants zumachen. Das geht schon seit Kaiser Norton so.»

Prue runzelte die Stirn. «Aber der Mann hier . . . na ja, er scheint doch irgendwie intelligent zu sein.»

«Wie wollen Sie das wissen?»

«Na ja . . . der Sinnspruch an der Wand zum Beispiel . . . dann die Stifte und der Stadtplan.»

Der Polizist grinste. «Wahrscheinlich bereitet er sich auf die Übernahme der Weltregierung vor oder so.»

«Sie halten ihn für verrückt?»

Der Wachtmeister zuckte mit den Schultern. «Vielleicht sind wir die Verrückten.»

«Ja», sagte Prue unbestimmt. «Möglich.»

«Ich weiß jedenfalls, daß er gebildet ist. Er hat in Harvard studiert, bevor er nach Australien gegangen ist.»

«Nach Australien?»

Der Polizist genoß ihre Verblüffung. «Das war vor Hawaii. Er war zuerst Vorarbeiter auf einer Schafranch. Dann ist er nach Sydney gezogen und hat ein Reisebüro aufgemacht. Kein schlechtes Leben, schätz ich mal . . . alles in allem.»

«Nein», sagte Prue, «wahrscheinlich nicht.»

Der Wachtmeister schaute sich kurz in der Hütte um. «Sein Zeug ist wohl größtenteils noch da. Ich glaub, ich mach jetzt besser weiter mit meiner Runde. Es war nett, mit Ihnen zu plaudern, Miss Giroux.»

Prue war platt. «Woher wissen Sie meinen Namen?»

«Na hören Sie», sagte der Polizist lächelnd. «Sie sind ein Star. Ich hab Sie mal im Fernsehen gesehen.»

«Ach so», sagte Prue matt.

Der Wachtmeister stieg auf sein Pferd, beugte sich dann nach unten und streckte ihr die Hand hin. «Ich heiß übrigens Bill Rivera. Schönen Tag noch.»

Dann verschwanden der Hengst und sein Reiter wieder.

Prue blieb mit einem leichten Schock zurück.

Als die Stille sie wieder umschloß, ging sie noch einmal in die Hütte, um sie abschließend zu begutachten. Wenn sie schon so weit gekommen war, entschied sie, konnte sie das Drama auch zu Ende führen.

Die glitschverschmierte Kiste lag mit der Seitenwand auf dem Boden. Um sie nicht anfassen zu müssen, gab Prue ihr mit der Fußspitze einen Stoß, doch der Riegel bewegte sich kein Stück. Deshalb kniete sie daneben nieder und stocherte mit einem von Lukes Bleistifen an dem Riegel herum, bis der Deckel knarrend aufsprang.

In der Kiste lagen zwei graue Pelzstücke.

Zwei kleine Kaninchenfelle.

Hinter ihr sah Vuitton, der von dem Fund nichts ahnte, einen alten Freund durch die Sträucher kommen und rannte in den Nebel hinaus, um ihn zu begrüßen.

Unverhofft kommt oft

Als Jon und Mrs. Madrigal in die Barbary Lane zurückkamen, setzten sie sich auf die Bank im Vorgarten und rauchten einen Joint.

«Wie in alten Zeiten», sagte der Doktor.

Die Vermieterin schenkte ihm ein verträumtes Lächeln. «Fast.»

Er wußte, was sie meinte, und lächelte zurück.

«Er hat noch Licht an», sagte sie.

«Ja. Ich seh's.»

Der Joint war so harzig, daß er ausging, Mrs. Madrigal zündete ihn wieder an und reichte ihn an Jon weiter.

«Drängel ich zu sehr?» fragte sie.

«Ein bißchen», sagte er.

«Tut mir leid.»

«Ja, von wegen», sagte er grinsend.

Sie zog ihn liebevoll am Ohrläppchen. «Ich will für meine Kinder nur das Beste.»

Eine lange Pause. Dann: «Mir war nicht klar, daß ich noch zur Familie gehöre.»

Die Vermieterin gluckste. «Hör mal, mein Lieber . . . wenn du mich altes Weib mal erobert hast, dann fürs ganze Leben.»

«Gut, daß ich das weiß», sagte der Doktor.

«Komisch», sagte Mrs. Madrigal und deutete auf das erleuchtete Fenster. «Bei dem ist es genauso.»

Jon drehte sich zu ihr um und sah sie schweigend an.

«Glaub mir», sagte sie sanft. «Ich bin mir sicher. Er muß nur manchmal dran erinnert werden . . . von den Leuten, die ihn lieben. Wenn du weißt, was ich meine.»

«Wenn ich's nicht wüßte», sagte Jon lächelnd, «würden Sie einen Lautsprecherwagen mieten und es hinausposaunen.» Er stand auf und gab ihr ein Küßchen auf die Wange. «Sind Sie sicher, daß niemand bei ihm ist?»

«Ich bin sicher», sagte die Vermieterin.

«Sie lassen sich wohl keinen Kerl entgehen, was?»

Sie schüttelte lächelnd den Kopf. «Keinen einzigen. Aber *so* hast du's ja sicher nicht gemeint.»

Michael stand wie vom Blitz getroffen in der Tür. «Jon . . . mein Gott . . . ich hab dich nicht mal läuten hören.»

«Hab ich auch gar nicht. Mrs. Madrigal hat mich reingelassen. Wir waren grade miteinander essen.»

«Oh . . . toll.»
«Darf ich reinkommen?»
«Klar . . . natürlich. Schön, daß du da bist.»
«Danke. Find ich auch.»
«Schön . . . echt.»
«Ich glaub, das reicht jetzt», sagte Jon lächelnd. Er trat über die Schwelle und umarmte Michael unbeholfen. «Tut mir leid, daß ich dich einfach so überfalle.»
«Kein Problem. Ich find's schön, daß du vorbeischaust.» Michael verzog das Gesicht und gab sich eine Ohrfeige. «Mein Small talk wird schon noch besser. Ich versprech's.»
Jon lachte und sah sich im Wohnzimmer um. «Die Farbe gefällt mir.»
«Kann ich dir einen Drink anbieten? Oder 'ne Pepsi light? Gras hab ich keins mehr da, aber ich könnt sicher welches schnorren bei . . .»
«Ich hab grade was geraucht», sagte Jon grinsend. «Ich bin zugekifft wie nur was.»
«Kein Wunder, daß dir die Farbe gefällt.»
Wieder ein Lachen, nervöser als das erste. «Nein . . . im Ernst.»
«Das Schlafzimmer findest du garantiert gräßlich», sagte Michael. «Ich hab das Aubergine abgeschafft.»
Jon machte ein gespielt grimmiges Gesicht. «Und welche Farbe hat es jetzt?»
«Languste.»
«Was ist das denn für eine Farbe?»
«So 'ne Art . . . Creme.»
«Langusten sind cremefarben?»
Michael lachte und deutete auf einen Sessel. «Setz dich. Mein Gott, wo fangen wir nur an?»
«Na ja . . . über Mary Ann und Brian weiß ich Bescheid. Mrs. M. hat es mir erzählt. Sie hat mich sogar zur Hochzeit eingeladen.»
«Toll.»
«Findest du wirklich? Ich bin hier eigentlich nicht mehr . . . zu Hause. Ich möchte nicht, daß du dich unbehaglich fühlst.»
Michael verdrehte die Augen. «Seh ich so *aus*?»

«Aber es ist doch eine Familienfeier . . .»

«Du *gehörst* zur Familie, Jon. Mary Ann wäre restlos enttäuscht, wenn du in der Stadt wärst und nicht zur Hochzeit kommen würdest. Wie lang bleibst du?»

«Eine Woche, zehn Tage.»

«Toll. In welchem Hotel?»

Der Doktor zeigte durch das Fenster auf die Bay hinaus. «Man kann's von hier sogar sehen.»

«Du wohnst am Wasser?» fragte Michael.

«*Auf* dem Wasser», sagte Jon. «Ich bin Schiffsarzt.»

«Du meinst . . . bei der Marine?»

«Gott, nein. Auf einem Kreuzfahrtschiff . . . auf einem norwegischen.»

Michael fiel die Kinnlade herunter. «Auf welchem?»

«Auf der *Sagafjord*.»

«Das ist ja nicht zu glauben!» Michael wirbelte herum und schaute zu dem großen weißen Schiff hinunter. «Das ist sie? Sie ist zurück? Das ist einfach unglaublich!»

«Es ist nur ein Job», sagte Jon, den Michaels Reaktion deutlich verunsicherte.

«Weiß es Mrs. Madrigal schon?»

«Sollte sie?» fragte Jon.

«Ja», sagte Michael. «Ich glaube, sie sollte.»

Im selben Boot

Michael ließ Jon in der Wohnung allein und eilte unter dem Vorwand, einen Joint schnorren zu wollen, nach unten zu Mrs. Madrigal.

«Hören Sie mal», sagte er. «Wieviel haben Sie ihm eigentlich erzählt?»

«Über was?»

«Na, zum Beispiel über die Mediengeisha, die wir im Keller eingesperrt haben.»

«Über solche Sachen haben wir gar nicht geredet», sagte die Vermieterin.

«Weiß er, wo Mary Ann ist? Weiß er über DeDe und die Zwillinge Bescheid? Er war auf der *Sagafjord*, Mrs. Madrigal! Er ist dort Schiffsarzt!»

«Was?»

«Ich kann's auch kaum fassen. Heiliger Strohsack . . . was machen wir nur?»

Mrs. Madrigal musterte ihn kurz. «Die Entscheidung liegt bei dir, mein Lieber.»

«Bei mir?»

«Tja . . . wenn er nicht mehr zur Familie gehört, ist es wohl unfair, wenn wir ihn in unser Komplott hineinziehen. Dann solltest du ihn bitten, daß er so schnell wie möglich geht.»

Schweigen.

«Es sei denn, du willst, daß er bleibt.»

Michael schaute sie finster an. «Er sagt, Sie haben ihn zur Hochzeit eingeladen.»

«Das stimmt. Ich denke, Mary Ann und Brian fänden das schön. Apropos, wo ist Brian? Haben Jon und er schon miteinander gesprochen?»

«Er arbeitet», sagte Michael.

«Ich könnte Jon in Burkes alter Wohnung einquartieren», bot Mrs. Madrigal an. «Falls du nichts dagegen hast.»

«Wie kommen Sie darauf, daß er in einem Haus, in dem eine entführte Moderatorin im Keller sitzt, überhaupt wohnen *will*?»

«Wir könnten ihn fragen und es herausfinden.»

Michael seufzte resigniert. «Tun Sie, was Sie nicht lassen können, okay?»

«Na ja», sagte die Vermieterin, «ich finde, wir schulden ihm eine Erklärung. Immerhin hat er die Kinder doch auf die Welt geholt, oder?»

Die Erklärung war eine gewaltige Herausforderung. Als Michael fertig war, konnte man Jon die Verwirrtheit ansehen.

«Moment mal! Das gibt gar keinen Sinn.»

«Wem sagst du das», sagte Michael.

«Soll das heißen . . . die beiden Vierjährigen waren *DeDes* Kinder?»

Michael und die Vermieterin nickten unisono.

«Aber . . . ich dachte, sie wären Mrs. Halcyons Pflegekinder . . . vietnamesische Waisen.»

«Das hat sie nur gesagt, weil DeDe es so wollte», sagte Michael. «Sie wollten jedes öffentliche Aufsehen vermeiden, bis Mary Ann die Geschichte korrekt unter die Leute bringen kann.»

«Aber sie *sind* nicht entführt worden», sagte Jon.

Mrs. Madrigal schaute ihn erstaunt an. «Gott, was erzählst du denn da, Jon?»

«Sie sind nicht entführt worden», wiederholte der Doktor. «Ich war gestern mit ihnen im Kino.»

«Wo?» fragte Michael.

«Auf dem Schiff. Sean Starr war auch dabei. Und sie haben sich prima verstanden.»

Mrs. Madrigal rückte näher an den Doktor heran. «Jon, mein Lieber . . . bist du sicher, daß wir von denselben Kindern reden?»

«Muß wohl so sein. Auf der Hinreise hab ich sie nicht mal zu sehen bekommen . . . Wahrscheinlich, weil Mrs. Halcyon nicht wollte, daß ich . . . aber auf der Rückreise hab ich sie öfters gesehen. Auf einem Kreuzfahrtschiff kann es nicht so viele vierjährige Asiatenkinder geben. Außerdem hat mir Sean *gesagt*, sie wären Mrs. Halcyons Pflegekinder.»

«Mensch», murmelte Michael.

«Was meinst du?»

«Na ja . . . hast du's nicht merkwürdig gefunden, daß Mrs. Halcyon nicht mit an Bord war?»

«Ein bißchen schon», sagte Jon, «aber Sean hat erzählt, sie und Prue Giroux hätten sich entschlossen, noch etwas in Sitka zu bleiben. Außerdem hat er gesagt, daß er ein alter Freund der Familie ist, und deshalb hab ich angenommen . . . na ja, ich hab angenommen, daß das *stimmt*. Er war ein ziemlich netter Kerl.»

«Hat er gesagt, wo er die Kinder hinbringt?» fragte Michael.

Jon schüttelte den Kopf. «Ich hab angenommen, daß er sie auf Halcyon Hill abgibt.»

Michael schüttelte den Kopf und stöhnte leise. Mrs. Madrigal sah hundeelend aus. «Haben wir grade denselben Gedanken?» fragte Michael.

Die Vermieterin nickte. «Bambi.»

«Wer ist Bambi?» fragte Jon.

Michael sah ihn einen Augenblick an und wandte sich dann an Mrs. Madrigal. «Sie sind dran», sagte er.

Wie für die Familie geschaffen

Prue war über die Kaninchenfelle dermaßen entsetzt, daß sie erst hochschaute, als Vuittons Jaulen sie aufschreckte.

«Ruhig, Vuitton. Wir gehen gleich . . . ich versprech's dir.»

«Das will ich aber nicht hoffen», sagte eine Stimme draußen vor der Tür.

Der Kolumnistin blieb fast das Herz stehen. Als sie sich hastig umdrehte, hockte Luke an der Tür und streichelte dem Wolfshund die Schnauze. Er schaute hoch und schenkte ihr ein strahlendes Lächeln. «Willkommen zu Hause, mein Schatz.»

«Luke, ich . . .»

«Sag nichts, okay? Es ist mir egal, wo du warst, ich bin nur froh, daß du wieder da bist.»

Ungläubiges Schweigen.

«Ich hab gewußt, daß du zurückkommst», sagte Luke und stand auf. «Ich hab gewußt, daß du mich hier suchen wirst, wenn ich nur lang genug warte.» Er breitete die Arme aus, als würde er für eine Kreuzigung posieren. «Willst du dich nicht von Dad umarmen lassen?»

Ein unbestimmter Instinkt riet ihr, ihm zu gehorchen.

«Du zitterst ja», sagte er, als er sie in den Armen hielt. «Der Nebel ist ganz schön schlimm, hm?»

Sie nickte.

«Wie hast du's angestellt?» fragte er.

«Was?»

«Daß du das Schiff versäumt hast.»

Sie löste sich von ihm. «Mein Gott, Luke . . . was redest du da? Das ist doch . . . verrückt. Ich war die ganze Woche am Rand eines Nervenzusammenbruchs. Ich halt das nicht mehr aus, Luke . . . ich kann nicht mehr. Wo sind die Kinder?»

«Sie sind hier», sagte er lächelnd. «Es geht ihnen gut.»

«Wo sind sie?»

«Nein, erst beantwortest du meine Frage.»

«Luke . . . welche Frage?»

Sein kräftiger Zeigefinger strich über ihre Augenbraue. «Ich hab auf dich gewartet», sagte er ruhig. «Mindestens zwei Stunden. Ich war sehr in Sorge, Prue.»

«Wann? Wo?»

«In Sitka. Nach unserer kleinen . . . Kabbelei in dem Lokal hab ich die Kinder aufs Schiff zurückgebracht und in meiner Kabine auf dich gewartet.» Sein Finger strich ihr über die Wange und machte an ihrem Kinn halt. «Es kam aber keine Prue. Das Schiff ist ohne dich abgefahren.»

«Du meinst . . . *du warst an Bord?*»

«Du hast mich verlassen, Prue. Das hat vor dir noch nie jemand gemacht. Ich hoffe, das ist dir klar.»

«*Ich* hab *dich* verlassen? Hör mal, Luke . . . du hast die beiden weggeschleppt! Das hab ich mit eigenen Augen gesehen!»

Luke zuckte mit den Schultern. «Ich war wütend. Ich wollte nicht, daß sie weiter mit dir zu tun haben . . . nein, nicht mit dir, mit deinen Prinzipien . . . mit dem ganzen bourgeoisen Gesabbel. Deine Welt *funktioniert* nicht, Prue. Das ist mir in Sitka klargeworden. Es hat schon seinen Grund, warum ich so lebe, wie ich lebe. Das siehst du doch jetzt sicher auch.»

Sie riß sich von ihm los und packte eines der Kaninchenfelle. «Ich seh nur *das hier*, Luke! Ich hab gesehen, was du den armen kleinen Dingern angetan hast!»

Er nahm das Fell und streichelte es zärtlich. «Hat dein Bruder in Grass Valley nie Kaninchen das Fell abgezogen?»

«Mach dich nicht lächerlich!»

«Und, hat er?»

Prue schaute weg. «Wie kommst du dazu, so was . . .?» Die Kaninchen haben doch nicht dir gehört, Luke. Du durftest sie nicht . . . Es ist verrückt! Wozu rede ich überhaupt?»

Seine Hand bewegte sich den langen Schwung ihres Halses entlang und kam auf ihrem Schulterblatt zur Ruhe. «Du hast mir noch immer nicht gesagt, warum du nicht aufs Schiff zurückgekommen bist.»

«Aber ich war doch *dort*. Eine halbe Stunde hab ich dich in Sitka gesucht, und dann bin ich zurück, um Frannie Halcyon zu erzählen, daß . . . du und die Kinder nicht mehr da waren.»

«Hast du's nicht in meiner Kabine versucht?»

«Zweimal. Sie war beide Male abgeschlossen.»

«Da muß ich mit den Kindern unterwegs gewesen sein. Ich war noch verärgert und hatte keine Lust, nach dir zu suchen. Ich bin einfach nicht auf die Idee gekommen, daß du nicht an Bord sein könntest, wenn das Schiff losfährt. Als mir klargeworden ist, daß du nicht da warst, Prue, konnte ich nicht mal um Hilfe bitten . . . oder dich als vermißt melden. Ich war mit einem falschen Ausweis unterwegs. Aber, warum habt *ihr* eigentlich keine Vermißtenmeldung aufgegeben?»

«Das wollten wir ja», platzte Prue heraus. «Aber als uns klar wurde, daß das Schiff bald ablegen würde, hat Frannie DeDe angerufen . . . und DeDe meinte, wir sollten sofort von Bord gehen und niemand auch nur ein . . .»

«Moment mal. *Wen* hat sie angerufen?»

«DeDe. Ihre Tochter.»

«Hast du nicht gesagt, daß sie in Guyana gestorben ist?»

«Nein . . . verschollen. Ich hab gesagt, daß sie verschollen ist. Und jetzt ist sie wieder zu Hause. Ach, Luke . . . wir dachten wirklich, du wärst an Land. Ich hätte nie gedacht, daß du aufs Schiff zurückkommst nach . . .» Sie unterbrach sich.

«Nach was?»

«Ach, ist nicht wichtig. Wirklich.»

Er beugte sich zu ihr hinunter und küßte sie sachte auf den Mund. «Das einzig Wichtige ist . . . daß wir wieder zusammen sind, mein Herzblatt.»

«Luke, ich . . .»
«Mit Leib *und* Seele. Eine Einheit.»
Schweigen.
«Diesmal funktioniert's, Prue. Das weiß ich. Es ist alles so viel einfacher, wenn man eine Familie hat.»

Telefonquartett

Mutter?»
«DeDe! Gott sei Dank! Wo bist du?»
«In Nome. Hör zu, Mutter . . .»
«Hast du sie gefunden?»
«Nein. Noch nicht. Ich komm nach Hause, Mutter. Ich wollte dir nur sagen . . .»
«Es ist schrecklich! O Gott, es ist so *schrecklich*, DeDe. Hast du nicht gesagt, du kannst . . .?»
«Ich hab's *versucht*, Mutter. Ich war sicher, daß . . .»
«Du bist verrückt! Ich rufe jetzt sofort die Polizei an. Wir können das nicht länger allein machen. Das öffentliche Aufsehen ist mir jetzt *völlig* egal. Ich werde nicht . . .»
«Es geht nicht um das öffentliche Aufsehen, Mutter. Es geht um Mr. Starr. Wir können es uns nicht leisten, daß er aus den Medien davon erfährt.»
«Und deshalb läßt du ihn mit deinen Kindern einfach entkommen? So etwas Verrücktes habe ich ja noch nie gehört! Du hast jedes Urteilsvermögen verloren, DeDe. Wenn jemand der Polizei so sehr mißtraut, daß . . .»
«Ich mißtraue der Polizei nicht. Ich kenne nur deinen Mr. Starr.»
«Du hast ihn doch nie kennengelernt!»
Schweigen.
«DeDe?»
«Ich glaub, ich hab ihn *doch* kennengelernt, Mutter.»
«Was soll das? Wovon redest du da? DeDe . . . Schatz, bitte . . . du ängstigst mich zu Tode!»

«Tut mir leid, Mutter. Ich hab versucht, dir das zu ersparen, aber ich brauch jetzt deine Hilfe. Sei tapfer. Mir zuliebe. Geht das?»

«Natürlich. Wovon redest du?»

«Ist Emma da?»

«Selbstverständlich. Sie ist immer da.»

«Dann bist du nicht allein. Hast du noch Quaaludes?»

«DeDe . . .»

«Ich will, daß du eine nimmst, sobald wir aufgelegt haben.»

«DeDe, ich werde die Polizei anrufen, sobald wir aufgelegt haben. Du weißt nicht mehr, was du tust. Das ist inzwischen vollkommen klar, und ich werde *nicht* diejenige sein, die . . .»

«Setz dich hin, Mutter!»

«Ich *sitze* schon.»

«Gut. Jetzt hör mir zu . . . Mutter, heul bitte nicht.»

«Ich kann nicht anders.»

«Ich bin morgen vormittag zurück, Mutter. Dann reden wir noch mal über die Polizei.»

Schweigen.

«Aber du sollst jetzt schon Bescheid wissen über Mr. Starr, damit wir über alles sachlich reden können, wenn ich morgen nach Hause komme. Du hast gewonnen, Mutter. Ich mach alles, was du willst. Nur hör mir erst mal zu. Wir haben keine Zeit zu verlieren.»

«Mouse, hier ist Mary Ann.»

«Gott sei Dank! Wo bist du?»

«In Nome. Wir haben die Kinder nicht gefunden. Die ganze Mühe war für die Katz.»

«Sie sind *hier*, Schnuckelchen! Das heißt, irgendwo hier.»

«Was!»

«Jon hat sie während der Rückreise auf dem Schiff gesehen. Jon Fielding. Er ist Schiffsarzt auf der *Sagafjord*!»

«Das hast du dir ausgedacht!»

«Wenn's mal so wäre! Hat denn niemand *nachgesehen*, ob sie an Bord waren? Ich meine . . . für mich hört sich das überhaupt nicht nach Entführung an. Und mittlerweile haben wir hier im Keller ein ziemlich verbiestertes Frauenzimmer sitzen.»

«Ich weiß. Darum kümmer ich mich schon. Ist sich Jon denn *sicher*?»

«Er ist sich sicher.»

Schweigen.

«Was jetzt, mein Schatz?»

«Gott!»

«Ich fürchte, das ist keine Antwort.»

«Hör zu, Mouse . . . weiß Jon denn, wo sie hinwollten?»

«Er hat angenommen, daß sie in Halcyon Hill abgeliefert werden.»

«Das kannst du vergessen.»

«Jon hat gesagt, der Kerl ist ein Freund der Familie.»

«Tja, grade *das* ist er nicht, Mouse. Er lügt. Der Kerl ist Amok gelaufen. Er hat die Kinder entführt!»

«Und ist dann ganz gemütlich mit ihnen auf dem Schiff nach San Francisco zurückgefahren.»

«Mouse . . . ich weiß, daß sich das verrückt anhört . . . aber das kommt daher, daß *er* verrückt ist. An der ganzen Sache ist was faul.»

«Da widersprech ich dir sicher nicht.»

«Wenigstens ist den Kindern nichts passiert.»

«Mhm. Bambi wird auch erleichtert sein, wenn sie das hört.»

«Ach Gott, Mouse . . . es tut mir wirklich leid.»

«Gibst du sie denn jetzt frei?»

«Hm . . . nein. Ich meine, die Kinder sind immer noch nicht aufgetaucht, und . . . Herrgott, ich kann schon nicht mehr klar denken. Laßt sie mal besser eingesperrt, bis ich morgen zurück bin. Ich erklär euch dann alles lieber zu Hause. Sag bitte Mrs. Madrigal, daß sie sich keine Sorgen machen soll . . . und sag Brian, daß ich ihn liebe. Ich hab versucht, ihn anzurufen, aber bei Perry's war besetzt.»

«Ich sag ihm, daß du angerufen hast. Paß auf dich auf, Schnuckelchen.»

«Du auch. Du fehlst mir.»

«Du mir auch», sagte Michael.

«Ach, und frag Jon doch . . .»
«Er bleibt bis zur Hochzeit», sagte Michael.
«Wunderbar.»
«In Burkes Wohnung.»
«Nicht ganz so wunderbar.»
«Fang *du* nicht auch noch an», sagte Michael.

Wenn die Kinder schlafen

Du hast nach den Kindern gefragt», sagte Luke, der Prue immer noch fest an seine Brust gedrückt hielt.

«Ja.»

Er schob sie auf Armeslänge von sich weg, betrachtete sie kurz und strahlte dann wie ein stolzer Vater. «Komm mit. Es wird dunkel. Wir sollten sie holen.»

Er führte sie über die Böschung in die Rhododendrensenke und faßte sie am Arm, als er sie durch das labyrinthartige Dickicht lotste.

Sobald sie die Senke hinter sich hatten, folgten sie dem U-förmigen Kamm, bis durch eine lichte Stelle im Unterholz der weiter unten liegende Sumpfsee zu sehen war. Und auch zwei kleine Gestalten, die am Ufer herumtollten.»

«Edgar!» rief Luke. «Anna! Kommt her, Kinder. Zeit zum Schlafengehen.»

Die Zwillinge schauten zu ihnen hoch und protestierten lautstark.

«Keine Widerrede!» rief Luke. «Es ist schon fast dunkel.»

Also hasteten die Kinder über den steilen Pfad zum Kamm hoch. Als sie Prue erblickten, riefen sie freudig erregt ihren Namen. Sie ging vor den beiden in die Knie, ließ sich von ihnen umarmen und hatte ein merkwürdig mütterliches Gefühl dabei.

«Sie sehen gut aus», sagte sie zu Luke. Und das stimmte tatsächlich.

«Sie spielen am liebsten im Dreck», sagte er und verwuschelte Edgars Haare. «Hab ich recht, du Rauhbein?»

Prue zupfte ein Stückchen Zweig aus Annas Pullover.

«Sie werden so was von erleichtert sein», sagte sie.

«Wer?» fragte Luke.

«Frannie und DeDe.»

Schweigen.

«Wir können aus der Telefonzelle am de Young ein Taxi rufen», sagte Prue. «In einer Stunde haben wir sie nach Hause gebracht. Ach, Luke, mir fällt ein Stein . . .»

«Ich will nicht, daß du vor den Kindern so redest!»

Seine Augen sprühten wieder vor Zorn.

«Ich wollte nicht . . .»

«Sie *sind* zu Hause, Prue! Ich hab gedacht, daß wenigstens *du* das verstehst!»

«Luke . . .»

«Sei still, Prue! Wir reden später drüber. Wenn die KINDER SCHLAFEN. Verstanden?»

In der Hütte sah sie zu, wie die Zwillinge sich auf zwei über den Boden gebreitete Schlafdecken zusammenrollten. Luke deckte sie zu und drückte jedem von ihnen ein Kaninchenfell in die Hand. Dann schlich er auf Zehenspitzen in den Nebel hinaus. Prue nahm er mit.

«Wir gehen fort», flüsterte er.

«Wir können sie nicht einfach hierlassen . . .»

«Nein. Wir vier, meine ich. Die ganze Familie. Wir sind jetzt komplett. Wir haben alles, was wir brauchen. Wir ziehen nach Südamerika und fangen ein neues Leben an, Prue. Allmächtiger! Ich bin so glücklich!»

«Luke . . . die Kinder gehören nicht uns.»

«Wem denn sonst? Dieser alten Societyfregatte vielleicht? Sie sind nicht ihr eigen Fleisch und Blut. Sie hat sie über eine Agentur gekriegt, Prue. Das hat sie dir selbst erzählt.»

«Ich weiß, aber . . .»

«Du wolltest doch immer Kinder, oder?»

Schweigen.

«Oder?»

«Luke, das hat doch damit nichts ...»

«Für eigene ist es zu spät. Na ... und jetzt hast du eben die! Und einen Liebhaber, der dich mehr liebt als das Leben selbst. Siehst du nicht, wie gerecht das alles ist? Wir kriegen genau das, was wir verdienen, Prue! Schau mir in die Augen und sieh deine Bestimmung!»

Sie schaute ihm in die Augen und sah Wahnsinn.

Nach kurzem Zögern sagte sie: «Einverstanden.»

«Einverstanden womit?»

«Ich komme mit euch mit. Es hört sich wunderbar an, Luke.»

Er zerdrückte sie fast durch seine Umarmung. «Gott sei Dank ... Gott sei Dank!»

«Wir können am Morgen aufbrechen», sagte sie. «Ich werd noch ein paar Sachen holen müssen ... und ein paar Kreditkarten. Wir können ein Flugzeug chartern. Wir kriegen das schon hin.»

Schniefend kämpfte er gegen seine Tränen an. «Es wird wie im Paradies. Du wirst sehen.»

Prue arbeitete sich behutsam voran. «Wunderbar. Dann komm ich also morgen früh wieder ...»

«Nein. Ich will, daß du bei den Kindern bleibst. Ich muß für ein paar Stunden weg.»

«Oh.»

«Es dauert sicher nicht lang. Komm, leg dich zu den Kindern. Ich muß noch ein paar Dinge ... regeln.»

«Ich verstehe.» Prue bekam vor Aufregung eine Gänsehaut. War das ihre Chance zur Flucht? Oder würde er einfach die Tür abschließen, wenn er ging?

«Kinder können so was von hartnäckig sein», sagte Luke, während er im Dunkeln Prues Nacken streichelte.

«Wie kommst du darauf?»

Ein tiefes Glucksen. «Er will sein Feuerwehrauto.»

«Der Junge?»

«Mhm. Es liegt bei der Alten zu Hause im Garten. Er sehnt sich schon seit Sitka danach. Ich hab ihm versprochen, daß ich es ihm bringe. Das ist ja wohl das mindeste, was sein Dad für ihn tun kann.»

Schweigen.

«Findest du das albern?»

«Nein. Ganz und gar nicht. Ich find's süß.»

«Die Adresse hab ich auf seinem Gepäck gefunden. Hoffentlich stimmt sie auch.»

«In Hillsborough?»

«Mhm. Glaubst du, daß die Alte zu Hause ist?»

«Keine Ahnung.»

«Was ist mit . . . wie heißt sie denn . . . DeDe?»

«Das ist schwer zu sagen.»

«Dann werd ich vorsichtig sein.»

«Weißt du denn, wie du hinkommst?» fragte Prue. «Brauchst du Taxigeld? Es ist ziemlich weit dahin.»

Er strich ihr zärtlich über die Wange. «Ich schaff das schon.»

Dann führte er sie in die Hütte zurück, brachte sie zu Bett und küßte sie sanft auf die Augenlider.

«Bis bald», flüsterte er.

Als er ging und die Tür hinter sich schloß, horchte sie angestrengt auf das Klicken des Vorhängeschlosses.

Es kam nicht.

Schon da hatte sie das Gefühl, ihn verraten zu haben.

Die Flucht

Prue kauerte in der Dunkelheit, und ihr Atemgeräusch war wie das Brausen eines Orkans in ihren Ohren.

Die Zwillinge schliefen schon fest und kuschelten sich mit ihren Kaninchenfellen in die Ecke.

Lukes Schritte entschwanden in die Nacht.

Prue zählte langsam bis sechzig, bevor sie ihr Ohr an die Tür der Hütte preßte.

Nichts.

Sie drückte die Tür ein Stück weit auf und spähte in die Dunkelheit hinaus. Sie konnte kaum etwas sehen, nur die frischen Fußabdrücke auf der sandigen Böschung, die Lukes Weggehen dokumentierten. Oben in den Eukalyptusbäumen machte der Wind ein Geräusch, als würde Seidenpapier zerknüllt.

Sie zog die Tür wieder zu, zuckte zusammen, als sie knarrte, kniete sich dann neben die Kinder und rüttelte sie sanft. «Anna . . . Edgar . . . aufwachen, ihr Schätzchen!»

Das kleine Mädchen rührte sich als erste. «Was ist los?» fragte es laut.

«Psst», sagte Prue. «Wir müssen flüstern.»

Edgar setzte sich auf und rieb sich die Augen. «Wo ist Dad?» fragte er.

«Äh . . . er ist nur kurz weg.» Sie fand die Jacke des kleinen Jungen und half ihm hinein. «Wir machen eine kleine Autofahrt. So was macht euch doch sicher Spaß, oder?»

«Wohin?» fragte Anna.

«Zu mir nach Hause», sagte Prue. «Ihr wart noch nie bei mir zu Hause.»

Edgar fing an zu quengeln. «Ich will nicht! Ich bin müde!»

Prue tastete im Finsteren nach Annas Mantel. Ihre Angst wurde mit jeder Minute größer. Bis auf das Knebeln der Kinder gab es kaum etwas, das sie gegen den Lärm unternehmen konnte. «Wir müssen leise sein, mein Schatz. Kannst du Prue den Gefallen tun?»

Edgar ließ nicht locker. «Warum müssen wir weg?»

«Na ja . . . es ist eine Überraschung . . . für Dad.»

«Was für eine Überraschung?»

«Das wirst du schon noch sehen», flüsterte Prue.

Die Quengelei ging weiter.

«Willst du nicht deine Mommy sehen?» fragte Prue.

Edgar war plötzlich still.

«Deine Mommy?»

«Ist sie bei dir zu Hause?» fragte Anna.

«Noch nicht, aber bald», flüsterte Prue. «Sehr bald. Kommt jetzt . . . probieren wir mal, wie leise wir sein können.» Prue führte die beiden die Böschung hinauf zur Senke und schreckte jedesmal hoch, wenn unter ihren Füßen ein Zweig brach. Sobald sie in das Rhododendrendickicht kamen, war es dermaßen dunkel, daß Prue den Weg aus dem Gedächtnis finden mußte.

«Ich hab Angst», sagte Anna und klammerte sich an Prues Hand.

«Schon gut, mein Schatz. Es wird gleich wieder heller.»

Das Kind begann laut zu weinen.

«Anna . . . bitte, mein Schatz . . . es passiert dir doch nichts. Edgar, sag deiner Schwester, daß sie keine Angst zu haben braucht.»

Schweigen.

«Edgar?»

Keine Antwort.

«*Edgar!* Mein Gott . . . Edgar, wo bist du?»

Anna brach in lautes Schluchzen aus. Prue kniete nieder, nahm sie in die Arme und streichelte ihr über den Kopf. «Psst . . . es ist ja nichts passiert, mein Schatz . . . es ist ja nichts passiert. Wir müssen Edgar nur suchen, das ist alles.»

«Edgar!» rief sie mit gedämpfter Stimme.

«Wo seid ihr?» war ein kleines Stimmchen zu hören.

«Hier drüben», sagte sie und bemerkte gleich, daß die Ortsangabe nicht viel nützte.

«Wo?» schrie das Kind.

«Geh auf meine Stimme zu, mein Schatz.»

Sie war erleichtert, als sie hörte, daß sich etwas durch das Unterholz bewegte. Doch dann fiel ihr das Tempo auf, mit dem dieses Etwas näher kam. Ein Zweig knackte und klatschte ihr ins Gesicht. Sie und die kleine Anna schrien gleichzeitig auf, als ein unsichtbares Wesen durch die Sträucher brach, sie zu Boden warf und ihr seine große feuchte Zunge ins Ohr stieß.

«Vuitton!»

Aus lauter Dankbarkeit, daß er wieder bei seinem Frauchen war, bellte der Wolfshund aufgeregt. In ihrer Bestürzung über Luke hatte Prue ihn völlig vergessen.

«Es ist bloß mein Hundchen», sagte sie zu Anna. «Ist dir auch nichts passiert, mein Schatz?»

«Ich will zurück», schluchzte das Kind.

«Es wird alles gut . . . das versprech ich dir. Edgar . . . bist du das?»

Eine kleine Hand klammerte sich an ihr Bein.

«Ist das dein Hund?» fragte Edgar.

«Ja, mein Schatz. Er ist ein netter Hund.» Sie nahm die Kinder an die Hand und stand schwankend auf.

«Jetzt kann uns nichts mehr passieren.»

Wo war überhaupt das nächste Telefon?

Am de Young Museum?

Wenn Luke nach Halcyon Hill unterwegs war, sollte jemand Frannie Halcyon warnen.

So ein Quatsch

Es war fast neun Uhr abends, als Emma bei ihrer Herrin nach dem rechten sah und feststellte, daß etwas nicht stimmte.

«Miss Frannie?»

Die Matriarchin sah mit halb geschlossenen Lidern zu ihr hoch – ein Zeichen, das Emma schon vor langer Zeit zu interpretieren gelernt hatte. «Ja . . . Emma, meine Liebe?»

«Ich hab Ihnen heiße Milch gebracht», sagte das Hausmädchen grollend. «Ich hab gedacht, Sie brauchen vielleicht was zum Einschlafen.»

«Ach so . . . nein danke, Emma.»

Das Hausmädchen stellte das Tablett auf die Frisierkommode und ging näher ans Bett. «Ham Sie wieder die Tabletten genommen?»

Schweigen.

Emma schob ärgerlich die Unterlippe vor. «Geben Sie mir eine Antwort, Miss Frannie!»

Die Matriarchin schaute weg. «Miss DeDe hat gesagt, ich soll!»

«Wo ist sie?»

«Wer?»

«Die Flasche. Wieviel ham Sie genommen?»

«Nur drei . . . wie beim Aspirin.»

«Das is kein Aspirin, Miss Frannie! Sie geben mir jetzt die Flasche, einverstanden?»

Die Matriarchin deutete mit einer fahrigen Handbewegung zum Nachttisch. «Es waren die letzten. Mir geht's gut . . . wirklich. Machen Sie sich keine Sorgen, meine Liebe.» Ihr klägliches kleines Lächeln wurde von der Träne, die ihr übers Gesicht lief, Lügen gestraft.

Emma schaute ihre Herrin böse an, setzte sich dann aber auf die Bettkante und griff nach ihrer Hand. «Was ist los?» fragte sie freundlich.

«Emma . . . ich kann nicht . . .»

«Und ob Sie können. Sie können mit Emma drüber reden. Das is so sicher wie Fort Knox.»

Die Lippen der Matriarchin öffneten sich zu einem leisen Schluchzen. Dann schlug sie die Hände vors Gesicht und schaukelte stumm mit dem Oberkörper vor und zurück. Erst als das Hausmädchen sich über sie beugte und sie in die Arme nahm, drang irgendwo aus dem tiefsten Inneren von Frannie Halcyon ein tiefes animalisches Stöhnen.

«Nur weiter so», sagte Emma. «Nur weiter so. Heulen Sie.»

Also lag Frannie einige Minuten lang in den Armen der alten Frau und schluchzte.

Dann sagte sie: «DeDe glaubt, daß Jim Jones die beiden hat.»

Emma machte sich los und schaute ihre Herrin an.

«Was reden Sie denn da?»

«Jim Jones», wiederholte Frannie. «Aus Guyana.»

«So ein Quatsch, Miss Frannie! Jim Jones ist tot!»

Frannie schüttelte lethargisch den Kopf. «Miss DeDe . . . sie glaubt . . . sie hat gesagt, daß er nicht gestorben ist . . . sie sagt . . .»

«Beruhigen Sie sich jetzt erst mal. Schlafen Sie.»

«Nein . . . Sie sollten das wissen, Emma. In Guyana ist ein anderer gestorben. Mr. Starr . . . *er* ist Jim Jones. Er . . .»

«Sssch.»

«Die armen Kinderchen! Ich hab sie Jim Jones ausgeliefert, Emma. Ich hab sie ihm einfach so . . .»

«Jetzt hören Sie mir mal zu, Miss Frannie! Sie ham Mr. Starr *gesehen,* oder? Jeder Idiot würd Jim Jones auf den ersten Blick erkennen! Jim Jones ist *tot*, Miss Frannie!»

«Nein . . . er hatte eine Gesichts . . .»

«Ruhig jetzt.»

« . . . operation . . . er hat sich . . . Emma . . .»

Dann wurde die Matriarchin ohnmächtig.

Zwanzig Minuten später klingelte das Telefon.

Emma hob in der Küche ab. «Halcyon Hill.»

«Oh . . . sprech ich mit Edna?»

«Emma.»

«Hier ist Ms. Giroux, Emma. Ich muß dringend mit Mrs. Halcyon sprechen.»

«Tut mir leid, Miz Giroux. Sie schläft.»

«Emma, ich muß mit . . .»

«Ich werd es ihr bestellen, Miz Giroux. Sie is nich mehr ansprechbar.»

«Emma . . . bitte . . . Sie müssen sie aufwecken . . . *sofort!* Sagen Sie ihr, daß die Kinder bei mir zu Hause sind und daß ihnen keine Gefahr mehr droht . . .»

«Gelobt sei Jesus Christus!» rief Emma.

«Aber sie muß sofort das Haus verlassen. Mr. Starr ist nämlich unterwegs.»

«Zu uns?»

«Er kann jede Minute kommen, Edna! Er ist wahnsinnig . . . er hat völlig den Verstand verloren. Ich hab solche Angst, daß er . . . sehen Sie bloß zu, daß Sie wegkommen. Bitte. Hat Mrs. Halcyon ihren Wagen da?»

«Ja, Ma'm, aber ich glaub nich . . .»

«Sagen Sie ihr, sie soll sich gar nicht erst anziehen. *Laufen Sie einfach . . . verschwinden Sie aus dem Haus!* Verstehen Sie, Edna?»

«Ja, Ma'm.»

Sie verstand nur zu gut.

So, wie sie waren

Als sie kurz nach zehn in Michaels Wohnung zurückkamen, war Michael sehr viel entspannter.

«Ehrlich gesagt», meinte er, als er sich auf das Sofa fallen ließ, «ich war überrascht, daß du's so gut aufgenommen hast.»

«Was?» fragte Jon, der sich für den Lehnstuhl entschied.

«Ach . . . das mit unserer Keller-Bambi.»

Der Doktor zuckte mit den Schultern. «Ich hab doch mal hier gewohnt.»

Michael lächelte. «Es hat sich nichts geändert, hm?»

«Nicht viel. Ich war auf beinah alles vorbereitet.»

«Vernünftige Einstellung.»

Langes Schweigen.

«Und», sagte Jon, «läuft die Gärtnerei gut?»

«Sehr gut . . . eigentlich sogar hervorragend.»

«Wie lang machst du das schon?»

Michael überlegte kurz. «Mehr als drei Jahre . . . drei Jahre denselben Job. Mein Gott . . . ist es Zeit, beim Guinness Buch der Rekorde anzurufen?»

Der Doktor lächelte «Freut mich, daß es dir gefällt. Das macht viel aus.»

Michael nickte. «Es kann auch nur so klappen. Wenn man sich länger mit was beschäftigt, wird einem *alles* über.»

Der Doktor musterte ihn einen Augenblick. «Und auch *jeder,* mit dem man länger vögelt, hm?»

«He . . .»

«Entschuldige. Das war unter der Gürtellinie.»

«Allerdings.» Michael fühlte sich stärker getroffen, als er erwartet hatte.

«Gehört die Gärtnerei immer noch Ned?» fragte Jon, der sich offensichtlich auf weniger Persönliches zurückziehen wollte.

Michael nickte. «In letzter Zeit redet er davon, daß er mich zum Teilhaber machen will.»

«Schön. Das ist ja eine gute Nachricht. Du solltest zu sparen anfangen.»

«Ich weiß», sagte Michael. «Nerv mich nicht damit.»

Jon bat mit seinem Lächeln um Verzeihung. «Hab ich mich so angehört?»

Michael schüttelte den Kopf und erwiderte sein Lächeln. «Es ist nur . . . na ja . . . ein wunder Punkt.»

«Das war's doch schon immer», sagte Jon.

Michael trommelte mit den Fingern auf der Sofalehne. «Tja . . . das muß dir ja jetzt keine Sorgen mehr machen, nicht?»

Jon schwieg erst mal und schüttelte dann verwundert den Kopf. «Weißt du, sie überzeugt immer noch.»

«Wer?»

«Deine Masche vom tapferen Waisenkind in den Stürmen des Lebens. Der kleine Michael gegen den Rest der Welt. Sogar Mrs. Madrigal hast du damit eingewickelt. Sie glaubt, daß *ich dich* verlassen habe.»

Michael zuckte zusammen. «Das hab ich nie zu ihr gesagt.»

«War auch gar nicht nötig», sagte der Doktor. «Du hast einfach den Kopf hängen lassen und elend dreingeschaut. Das kennen wir ja. ‹Someday he'll come along› und so. Na, ich kann dir eines sagen, Michael: Er *ist* gekommen, und du hast ihn rausgeschmissen, weil du nicht die Traute gehabt hast, dich von deiner Phantasievorstellung zu verabschieden.»

«Von *welcher* Phantasievorstellung?» Michael war beinahe sprachlos.

«Das frag ich dich. Ein junger Dr. Kildare vielleicht? Was weiß ich . . . egal, was es war, ich konnte die Rolle nicht spielen . . . und du konntest den Gedanken nicht ertragen, daß der Kerl, der dich liebt, nicht anders ist als du. Zäh bist du ja, Michael . . . trotz dem ganzen Quatsch vom traurigen jungen Mann . . . aber nicht zäh genug, um mit so was fertig zu werden!»

Michael starrte ihn wie betäubt an. «Ich kann dir gar nicht sagen, *wie* falsch du das . . .»

«Ja? Wie läuft's eigentlich mit deinem Bullen?»

Michael sah ihn entgeistert an. «Was hat dir Mrs. Madrigal denn *nicht* erzählt?»

«Sie hat mir von dem Bullen erzählt», sagte Jon. «Und von dem Filmstar. Und von dem Bauarbeiter. Du lebst gar nicht wirklich, Michael . . . du vögelst mit den Village People, und zwar mit einem nach dem anderen.»

«Jetzt halt aber mal die Luft an!»

«Ach, ist doch wahr», sagte Jon.

«Was geht dich das eigentlich . . .?»

«Es geht mich *gar* nichts an. Da hast du recht. Es geht mich schon lange nichts mehr an . . . und ich hätte auch nichts sagen sollen. Nur hat Mrs. Madrigal mich darum gebeten . . . und ich wollte auch . . . und dein Gesülze, daß dich niemand haben will, hängt mir zum Hals raus. Einer will dich haben, Michael . . . als ob dir das nicht klar wäre. Und dabei weiß er selbst die schlimmsten Dinge über dich.»

«Jon . . . entschuldige, wenn ich . . .»

Der Doktor stand auf. «Es gibt nichts, wofür du dich entschuldigen müßtest.»

Michael blieb schweigend sitzen, als Jon zur Tür ging.

«Ich bleib bis nach der Hochzeit», sagte Jon. «Und ich versprech dir, daß ich dir keine Szene mehr mache.»

«Hast du . . .? Kommst du mit Burkes Wohnung zurecht? Brauchst du frische Bettwäsche oder so was?»

«Danke. Mrs. M. hat für alles gesorgt.»

«Ich liebe dich», sagte Michael.

«Ich weiß», sagte der Doktor. «Ist das nicht das Schlimmste daran?»

Emma im Dilemma

Emma traute kaum ihren Ohren. Sie legte den Hörer auf und eilte wieder nach oben ins Schlafzimmer ihrer Herrin. Frannie Halcyon war völlig hinüber und schnarchte. Ein Arm baumelte wenig elegant über die Kante des Himmelbetts.

«Miss Frannie», flüsterte das Hausmädchen, als es sich über die Matriarchin beugte. «Aufwachen, Miss Frannie!»

Keine Reaktion.

«Mein Gott, Miss Frannie, *wachen Sie sofort auf!»* Emma faßte ihre Herrin an den Schultern und schüttelte sie sanft. «Er kommt, Miss Frannie . . . Jim Jones kommt!»

Immer noch keine Reaktion.

«Gott steh mir bei!» murmelte Emma. Sie mußte einsehen, daß die Tabletten, dieses Teufelszeug, gründlich gewirkt hatten.

Sie holte aus dem Badezimmer ein Glas Wasser und schüttete der Matriarchin die Hälfte davon ins Gesicht. Frannie Halcyons Züge verzerrten sich kurz. Dann stieß sie ein halbherziges Stöhnen aus und wälzte sich auf den Bauch.

«Bitte . . . o Gott, *bitte*, Miss Frannie . . . Sie müssen wach werden! Jim Jones kommt!»

Emma riß die Decken vom Bett, wälzte die Matriarchin wieder auf den Rücken und zog ihre Beine aus dem Bett. Dann hievte sie sie in eine sitzende Position hoch.

Der Kopf der Matriarchin hing schlaff nach vorn. Sie murmelte etwas Unverständliches in ihr Dekolleté.

«Hören Sie mich?» fragte Emma.

«Grdlamarelp.»

«Bleiben Sie einfach sitzen», keuchte Emma. «Ich bring Sie hier raus.»

Sie hetzte zum Wandschrank und suchte verzweifelt nach dem bodenlangen schwarzen Nerz ihrer Herrin. Als sie ihn gefunden hatte, eilte sie ans Bett zurück und machte sich daran, ihn ihrer Herrin über die Arme zu ziehen.

«Kommen Sie jetzt . . . kommen Sie, Miss Frannie . . . wir müssen gehen. Tun Sie's mir zuliebe, ja? Kommen Sie . . .» Sie stellte sich vor ihre Herrin, schob die Hände unter die nerzumhüllten Arme und drückte mit aller Kraft nach oben.

«Hrpldanüber.»

«Helfen Sie mir, Miss Frannie . . . Sie schaffen das schon. Stellen Sie sich auf die Beine . . .»

Einen Moment lang schien es, als würde die Matriarchin das auch tun.

«Gut», sagte Emma. «Das ist wirklich gut. Und jetzt gehn Sie einfach los. Keine Bange. Emma hält Sie fest.»

Sekunden später fiel Frannie um wie ein erschossener Bär und quetschte Emma schmerzhaft auf den chinesischen Teppich. Dem Dienstmädchen gelang es irgendwie, sich keuchend zu befreien.

«Miss Frannie», schluchzte Emma. «Gott steh uns beiden bei.» Sie starrte ihre Herrin verzweifelt an, nahm dann ein Kissen vom Bett und schob es Frannie Halcyon unter den Kopf. Die Matriarchin schnaubte laut, wälzte sich herum und schlief ein.

Emma ging schnurstracks ins Badezimmer und griff nach der Flasche Rum, die ihre Herrin im Spülkasten der Toilette versteckt hielt. Sie trank zwei brennende Schlucke und stellte die Flasche wieder in ihr Versteck zurück.

Emma hatte so etwas noch nie getan, doch sie wußte ja, was ihr bevorstand.

Die Matriarchin bewahrte ihre Pistole in der untersten Schublade ihres Nachttischs auf. Es handelte sich um eine Neuanschaffung, wie Emma wußte – getätigt nur ein paar Tage nach Mrs. Reagans Ankündigung, daß sie sich selbst auf ein «klitzekleines Pistölchen» verließ.

Das Dienstmädchen nahm sie behutsam am Griff heraus, schlich sich aus dem Zimmer und schloß die Tür hinter sich.

Dann ging sie durch die Zimmer und machte überall das Licht aus.

Sie vergewisserte sich, daß die Haustür abgeschlossen war. Und die Küchentür.

Und die Tür des Wintergartens.

Als sie zurück ins Wohnzimmer wollte, hörte sie im Garten ein Geräusch.

Sie duckte sich hinter einen großen Korbstuhl, lugte über den Rand und sah einen Mann, der sich durchs Gebüsch zwängte und dann den Rasen überquerte.

Mitten auf dem Rasen blieb er stehen, schaute von links nach rechts und taxierte das Haus.

Emma stürzte in die Küche und von dort in die Garage. Da die Garagentür noch offen war, schlüpfte sie hinaus in die

Dunkelheit, rannte über den Rasen vor dem Haus und schlich sich durch den Laubengang seitlich am Haus, bis sie den Eindringling wieder im Blickfeld hatte.

Diesmal war sie hinter ihm.

Der Mann bewegte sich auf das Haus zu.

Dann versuchte er, die Tür zum Wintergarten zu öffnen.

«He, Sie!» rief Emma. *«Jim Jones!»*

Der Eindringling wirbelte herum und starrte die spindeldürre alte Frau an, die mit einer Pistole in der Hand auf dem Rasen stand. Er hob in einer demütig bittenden Geste die Arme und sprach sein letztes Wort in einem überraschend gelassenen Ton.

«Schwester», sagte er.

Dann schoß ihn Emma in die Stirn.

Nicht schwul

Nur ein paar Minuten, nachdem Jon gegangen war, stand Brian vor Michaels Tür.

«Na, wie geht's unserer Medienwitwe?» fragte Michael.

«Beschissen», antwortete Brian. «Hast du Lust auf einen Spaziergang?»

«Klar», sagte Michael, «aber nur, wenn *mein* Seelenschmerz mit darf.»

«O nein . . . was ist es diesmal?»

Michael verdrehte die Augen. «Was ist es jedesmal?»

«Äh . . . Jon?»

«Ins Schwarze getroffen.»

«Ich hab ihn oben gesehen», sagte Brian. «Bleibt er für immer?»

Michael schüttelte den Kopf. «Nur bis zur Hochzeit . . . soviel ich weiß.»

«Möchtest du, daß er bleibt?»

Michael seufzte genervt. «Du arbeitest nicht zufällig als Kundschafter für Mrs. Madrigal?»

«Ich hab nur gedacht, daß das kompliziert werden könnte.»
«Noch komplizierter?»
«Ich meine . . . mit Bambi und so.»
«Ach Gott», sagte Michael, dem es plötzlich wieder einfiel. «Es ist alles schon komplizierter. Du hast das Neueste noch gar nicht gehört!»

Auf dem Weg zum Marina Green erzählte er Brian, daß Jon die «entführten» Zwillinge gesichtet hatte.

«Weiß es Mary Ann schon?» fragte Brian.

Michael nickte. «Sie hat angerufen, während du arbeiten warst. Sie kommt übrigens morgen früh nach Hause.»

«Gott sei Dank. Mensch, was machen wir bloß mit Bambi.»

«Das frag ich mich auch. Jon hat erzählt, daß sie sich mit Mrs. Madrigal schon einen heftigen Kampf geliefert hat.»

«Wann?»

«Heute abend.»

«O Gott.» Brian schüttelte den Kopf. «Das ist ja das reinste Irrenhaus.»

Michael lächelte. «Das hat Jon auch gesagt.»

Es folgte längeres Schweigen. Dann sagte Brian: «Ist er da, weil er dich zurückhaben will?»

«Ja», sagte Michael. «Ich glaub schon.»

«Und? Willst du das?»

Michael drehte sich um und sah seinen Freund an. «Kann ich erst mal passen?»

Brian legte ihm den Arm um die Schulter. »Klar doch. Ich würd aber nicht gleich ablehnen . . . nur, weil er dich ein kleines bißchen mehr braucht als du ihn.»

Schweigen.

«Darum geht's doch, oder ? Bei mir und Mary Ann geht's jedenfalls darum . . . und *sie* hat mir Gott sei Dank keinen Korb gegeben.»

«Brian . . . sie liebt dich sehr.»

Brian gab ihm einen brüderlichen Stups gegen die Schulter. «Wenn man sich liebt, ist es egal, ob einer den anderen mehr braucht.»

Während sie um den Spielplatz herumgingen, den man gerade nach dem ermordeten Bürgermeister Moscone benannt hatte, trat wieder längeres Schweigen ein. Ein großer Wagen fuhr an ihnen vorbei, hielt mit kreischenden Bremsen und fuhr rückwärts, bis er auf ihrer Höhe war.

Der Mann auf dem Beifahrersitz schlug mit der Hand laut auf die Seitenverkleidung des Wagens. «He, ihr Schwuchteln! Seid ihr zwei Schwanzlutscher?»

Brian behielt seinen Arm auf Michaels Schulter. «Was geht dich das an, Alter?»

«Hör auf», flüsterte Michael. «Du mußt ‹Ja, klar› sagen und lächeln.»

Der Mann beugte sich aus dem Fenster, während der Wagen mit ihnen Schritt hielt. *«Was hast du gerade gesagt, Schwanzlutscher?»*

«Geh einfach weiter», murmelte Michael.

«Häh, Schwuchtel . . . *häh*? Willst du mir den Schwanz lutschen, du Schwanzlutscher? Hättste das gerne, hm?»

Michael fiel auf, daß dieser Gag auf dem Rücksitz heftiges Gelächter auslöste. Es waren mindestens vier Leute im Wagen; darunter eine Frau.

«Los jetzt», sagte Michael. «Wir rennen lieber weg.»

«Vergiß es», sagte Brian.

«Was hast du gesagt, du Schwuchtel?»

Brian drehte sich um und streckte dem Schreier den Mittelfinger entgegen. «Du bist ein Arschloch, hab ich gesagt. Verpiß dich!»

Der Wagen blieb ruckartig stehen. Die Leute wuselten heraus wie Zirkusclowns aus einem Feuerwehrauto. Der erste ging ohne Umschweife auf Michael los und trat ihn genau zwischen die Beine. Er fiel nach hinten, und sein Kopf schlug deutlich hörbar auf den Boden.

Als er die Augen aufmachte, sah er eine Hand nach seiner Kehle fassen. Der Mann zog ihn beinahe sanft vom Bürgersteig hoch . . . und knallte seinen Kopf wieder aufs Pflaster. Das Geräusch klang diesmal dumpf. Matschig.

«He», rief jemand, «hier rüber!»

Der Mann ließ Michaels Kehle los und rannte zu den anderen beiden. Einer saß auf Brians Brust; der andere hielt seine Beine fest. «Okay», sagte der Mann, der über Michael hergefallen war, «jetzt bist du fällig, Schwuchtel!»

Als Michael plötzlich Metall aufblitzen sah, schrie er in völliger Fassungslosigkeit: «Bitte . . . bitte nicht . . . er ist nicht schwul! *Er ist nicht schwul!*»

Doch das Messer sauste immer wieder nieder.

Endlich zu Hause

Als Mary Ann ihren Le Car auf dem Dauerparkplatz des Flughafens von San Francisco stehen sah, fühlte sie sich plötzlich seltsam zuversichtlich.

«Wissen Sie», sagte sie und hakte sich bei DeDe unter, «irgendwie glaub ich, daß wir das Schlimmste hinter uns haben.»

DeDes abgekämpftes Gesicht zeigte keine Spur von Hoffnung. «Versuchen Sie bitte nicht, gute Stimmung zu machen», sagte sie. «Sie haben schon genug getan. Wirklich.»

«Ich versuche nicht, gute Stimmung zu machen. Ich hab wirklich so ein Gefühl. Wenn er mit den beiden auf dem Schiff zurückgefahren ist . . . für alle deutlich sichtbar . . . dann kann er nicht vorgehabt haben, sie zu entführen. Jedenfalls nicht im üblichen Sinn. Ich meine . . . verrückt ist er ja vielleicht, aber es hat nicht den Anschein, als wäre er gefährlich.»

«Klar», sagte DeDe. «Das hat man 78 auch gesagt.»

Mary Ann tastete sich vorsichtig weiter. «Aber . . . wir wissen doch nicht mit Sicherheit, ob dieser Mr. Starr tatsächlich . . .»

«Hören Sie auf. *Ich* weiß es. Ich weiß, daß er's ist. Er hat das Kinderlied in die Realität umgesetzt, oder? Und Prues Beschreibung paßt genau auf . . .» Sie unterbrach sich mitten im Satz.

«Was?» fragte Mary Ann.

«Auf . . . ihn.»

«Was hat sie Ihnen eigentlich erzählt?»

«Wer?»

«Prue. Als Sie allein mit ihr geredet haben.»

DeDe schaute weg. «Dafür ist jetzt nicht der richtige Moment.»

Mary Ann schloß den Wagen auf, stieg ein und machte DeDe die Tür auf.

DeDe stieg wortlos ein.

«Wann *dann*?» fragte Mary Ann.

DeDe sah sie an und sagte nach kurzem Zögern: «Später . . . ja?»

«Ist gut», sagte Mary Ann.

Der Grund für das lange Schweigen während der Fahrt nach Hillsborough war schlicht die Müdigkeit. Sie brauchten Zeit, um sich von allem zu erholen, erkannte Mary Ann; um die Krise – und einander – mal für eine Weile los zu sein. Als sie in die kreisrunde Auffahrt von Halcyon Hill einbogen, sprach Mary Ann das Thema direkt an.

«Ich glaub, wir brauchen eine Pause», sagte sie. «Und ein bißchen Schlaf. Warum lassen Sie sich von Ihrer Mutter nicht ein bißchen verwöhnen? Ich ruf morgen vormittag an, und dann reden wir.»

DeDe beugte sich zu ihr hinüber und umarmte sie. «Sie waren großartig. Ich kann mir nicht vorstellen, daß jemand anderes das alles getan hätte.»

«Ist schon gut», sagte Mary Ann.

«Ich hoffe, man ist Ihnen nicht böse.»

«Wer?»

«Der Sender. Weil Sie Ihre Show nicht gemacht haben.»

«Ach so.» Sie hatte DeDe nichts von Bambi Kanetaka erzählt, und jetzt war nicht der richtige Zeitpunkt dafür. «Ich denke, das läßt sich wieder kitten.»

«Hoffentlich.» DeDe kletterte aus dem Wagen und warf die Tür zu. «Schlafen Sie gut. Wir reden dann morgen.»

«DeDe?»

«Ja?»

«Ich glaub, es ist Zeit, daß wir die Polizei verständigen.»

DeDe blieb überraschend ruhig. «Ja. Glaub ich auch.»

«Gott sei Dank.»

«Tja . . . es ist wohl soweit. Die Einzelheiten besprechen wir morgen.»

Mary Ann spähte zum Haus hinauf. «Sind Sie sicher, daß Ihre Mutter da ist?»

«Ihr Wagen steht da», sagte DeDe.

«Soll ich warten, bis Sie drin sind?»

«Nein. Schon gut. Fahren Sie nach Hause, Mary Ann. Und kriechen Sie zu Brian ins Bett.»

Mary Ann schaute auf die Uhr. Drei Minuten vor acht. «Ja, vielleicht ist es noch nicht zu spät», sagte sie lächelnd.

DeDe zwinkerte ihr zu. «Dafür ist es nie zu spät.»

Als Mary Ann wegfuhr, beobachtete sie DeDe im Rückspiegel, bis sie Emma an der Haustür sah. Nachdem diese Frage geklärt war, machte sie es sich hinter dem Lenkrad bequem und fing an, sich eine Erklärung für Bambi zurechtzulegen.

Sie mußte daran denken, daß sich die Moderatorin bereits den dritten Tag in Gefangenschaft befand.

Es sei denn, Mrs. Madrigal hatte sie nicht so lange festhalten können – oder wollen.

Sie hatte am Flughafen nicht nach den Zeitungen gesehen. Es war gut möglich, daß Bambi die Geschichte schon gebracht hatte. Und was war, wenn Bambi Mrs. Madrigal und die anderen angezeigt hatte . . .?

Sie war fast schon am Tor von Halcyon Hill, als sie den Aufruhr hinter sich bemerkte. Im Rückspiegel sah sie DeDe, die ihr laut schreiend nachrannte.

«HALT! KOMMEN SIE ZURÜCK, MARY ANN! KOMMEN SIE ZURÜCK! . . .»

Wohin damit?

Emma saß mit majestätisch im Schoß gefalteten Händen auf einem Stuhl, während DeDe und Mary Ann hektisch um sie herumliefen.

«Wo ist er?» fragte DeDe.

«Draußen», antwortete Emma. «Ich hab ihn hinter die Garage gezerrt.» Als sie sah, daß Mary Ann die Stirn runzelte, fügte sie hinzu: «Er hat sich in der Dunkelheit rangeschlichen, Miss DeDe. Miz Giroux ... sie hat angerufen und gesagt, daß er unterwegs ist, und von Ihrer Mama hab ich da schon gewußt, daß es Jim Jones is ... und ich hab sie um nichts auf der Welt wach gekriegt.»

«Die Kinder waren nicht ...?»

«Miz Giroux hat sie.»

«Sind sie ...?»

«Er hat ihnen kein Haar gekrümmt, Miss DeDe!»

DeDe schloß die Augen und schluckte. Sie griff nach Mary Anns Hand und teilte die Gefühle dieses Augenblicks mit ihr. Emma sah die beiden mit Tränen in den Augen an. «Der Herr gibt auf uns acht», sagte sie.

DeDe eilte auf die alte Frau zu, kniete neben ihr nieder und umarmte sie heftig. «Das war nicht der Herr, Emma. Das warst *du*. Gott segne dich, Emma. Gott segne meine wunderbare Emma!»

Emma drückte die Hand an DeDes Wange. «Er hat's auf meine Familie abgesehen gehabt», sagte sie.

DeDe lachte und umarmte sie von neuem. «Wie geht's Mutter denn?»

Emma zuckte mit den Schultern. «Sie ist noch nicht wieder wach.»

«Du meinst ... sie weiß gar nichts?»

«Nicht das geringste», sagte Emma. «Sie hat gestern am Abend wieder drei so Tabletten genommen.»

«O Gott», murmelte DeDe. «Ich hab ihr gesagt, sie soll *eine* nehmen.»

«Ich hab versucht, sie aufzuwecken», sagte Emma. «Wie Miz Giroux angerufen hat, hab ich . . .»

«Weiß *sie* denn Bescheid?»

Emma schüttelte den Kopf. «Sie hat sich nich wieder gemeldet.»

«Und du hast nicht die Polizei gerufen?»

«Nein, Ma'am. Ich hab doch gewußt, daß Sie zurückkommen. Da hab ich mir gedacht, daß Sie dort selber anrufen wollen . . . wenn Sie erst mal wissen, daß den Kindern nix passiert is.»

«Damit hast du völlig recht.» DeDe wandte sich an Mary Ann. «Ich geh mal zur Garage raus. Warum bleiben Sie nicht hier und leisten Emma Gesellschaft?»

Mary Ann war erleichtert, hielt aber einen Pro-forma-Protest für angebracht. «Möchten Sie nicht doch, daß ich mitkomme?»

«Ehrlich gesagt», erwiderte DeDe, «ist es mir lieber, wenn Sie hierbleiben.»

Sie blieb zehn Minuten weg. Als sie wiederkam, war ihr Gesicht praktisch ausdruckslos. «Kann ich mit Ihnen sprechen?» fragte sie leise.

Sie ließen Emma im Wohnzimmer zurück und konferierten in der Bibliothek.

«Eins muß ich von Ihnen wissen», sagte DeDe.

Mary Ann fühlte sich schauerlich unwohl. «Ja?»

«Was wollen Sie damit anfangen?»

«Sie meinen . . . mit der Story?»

DeDe nickte.

«Na ja . . . ich hab mir eigentlich noch keine . . . DeDe, *ist* er's denn?»

«Lassen wir das noch kurz beiseite. Wir müssen rasch ein paar Entscheidungen treffen. Sie hat ihn kaltblütig erschossen, Mary Ann . . . er war nicht mal im Haus, und er war unbewaffnet. Es wird zwangsläufig zu einem Mordprozeß kommen, und dann muß diese alte Frau noch einmal durch die Hölle . . .»

«Aber . . . wenn er der ist, für den Sie ihn halten . . . wird es doch sicher . . .»

«Dann werden Emma und Mutter und die Kinder . . . wir alle miteinander . . . die ganze Öffentlichkeit am Hals haben. Mir reicht's, Mary Ann. Ich hab keine Lust, meine Familie noch länger zu quälen. Ein glücklicher Ausgang der ganzen Geschichte war noch nie so greifbar nah. Und ich werd alles tun, damit es dabei bleibt.»

«DeDe . . . was wollen Sie damit sagen? Was erwarten Sie denn?»

«Ich möchte, daß Sie nur einen Teil der Geschichte erzählen. Über meine Flucht können Sie von mir aus alles sagen . . . und über Kuba. Ich will nur nicht, daß Sie darüber hinausgehen. Sie haben das mal angeboten. Und ich muß jetzt wissen, ob das Angebot noch gilt.»

«DeDe . . . Sie wissen, daß ich mich dran halten würde, aber . . .»

«Aber was?»

«Na ja . . . es gibt noch andere, die Bescheid wissen.»

«Eigentlich nur Mutter. Und sie hat das Allerschlimmste verschlafen.»

«Und Prue», ergänzte Mary Ann.

«Das meinen Sie doch nicht im Ernst. Sie hat mit ihm geschlafen, Mary Ann! Sie würde am liebsten vergessen, daß überhaupt was war. Sie hat nicht mal wieder angerufen, nachdem sie Emma gewarnt hat. Vergessen Sie die blöde Kuh.»

«DeDe . . . eine Leiche im Garten ist aber nicht so leicht zu vergessen. Wir können nicht einfach so tun, als wär nichts passiert.»

DeDe schaute sie an. Entschlossen und lange. «Warum nicht?» fragte sie.

«Sie meinen . . .»

DeDe nickte. «Wenn wir uns beeilen, schaffen wir es noch, bevor Mutter wach wird.»

Ein Spinnennetz

Als sie mit DeDe vor dem Stadthaus von Prue Giroux auf dem Nob Hill stand, entdeckte Mary Ann mit einigem Entsetzen, daß sie immer noch etwas Erde an den Schuhen hatte.

«O Gott», sagte sie mit einem finsteren Blick auf ihre Schuhe, «ich hab gedacht, ich hätte alles abgewischt.»

DeDe drückte auf Prues Klingel. «Sie wird's nicht merken. Außerdem, was macht schon ein bißchen Erde? Das kann doch jedem passieren. Wie geht's übrigens Ihrem Rücken?»

«Besser», sagte Mary Ann.

«Schön.»

«Ich bin solche Anstrengungen nicht gewöhnt.»

DeDe grinste sarkastisch. «Freut mich zu hören.»

Darauf konnte Mary Ann nur mit einem Lächeln antworten. «Was haben Sie ihr gesagt?» fragte sie.

«Wem?»

«Prue.»

DeDe zuckte mit den Schultern. «Nur, daß wir vorbeikommen, um die Kinder abzuholen.» Als sie hörte, daß im Haus eine Tür geöffnet wurde, drückte sie Mary Anns Arm und flüsterte: «Seien Sie unbesorgt. Und überlassen Sie das Reden mir.»

Es wurde jedoch kaum etwas geredet, als DeDe ihre Kinder zu Gesicht bekam. Sie fiel auf die Knie, drückte sie an sich und heulte drauflos.

Mary Ann und Prue sahen schweigend zu und weinten ebenfalls.

Nur die Kinder kamen ohne Tränen aus. Sie fanden das Wiedersehen ebenso erfreulich wie selbstverständlich. Als ihre Mutter sie aus der Umarmung entließ, hüpften sie aufgeregt um sie herum und wollten ihr alle Abenteuer erzählen, die sie ohne sie erlebt hatten.

«Na, na», sagte Prue. «Eure Mommy ist sehr müde. Warum laßt ihr sie nicht . . .?»

«Ist schon gut», sagte DeDe strahlend. «Lassen Sie sie soviel quasseln, wie sie wollen.» Sie griff noch einmal nach Edgar und umarmte ihn. «Es ist Musik in meinen Ohren.» Sie sah zu Prue hoch und fragte: «Wie . . . wie ist denn alles abgelaufen?»

Prue wurde merklich rot. «Er . . . na ja, es ist verrückt, aber er ist mit dem Schiff zurückgefahren.»

«Das wissen wir», sagte DeDe und stand wieder auf.

Prue war sichtlich verblüfft. *«Woher?»* fragte sie.

«Ein Freund von Mary Ann hat ihn gesehen.»

«Oh . . . dann . . .?»

«Wie ist er *hierher* gekommen?» fragte DeDe. «Das hab ich gemeint.»

«Ach so . . . na ja, er hat sie hier vorbeigebracht.»

DeDe runzelte die Stirn. *«Wann?»*

«Äh . . . gestern abend. Ich hab sofort bei Ihrer Mutter angerufen. Emma hat meine Nachricht entgegengenommen.»

DeDe verzog das Gesicht. «Das Schiff ist aber gestern früh eingelaufen.»

«Tatsächlich?»

«Ja», sagte DeDe düster. «Tatsächlich.»

Schweigen.

DeDe musterte das Gesicht der Kolumnistin. «Und er hat nicht zufällig angedeutet, wo er einen ganzen Tag lang war?»

«Nein», erwiderte Prue. «Mit keinem Wort.»

«Warum haben Sie Emma gesagt, daß er den Verstand verloren hat?»

Prue blickte zur Seite. «Ich glaube nicht, daß ich mich so ausgedrückt habe. Klar, er war *aufgebracht* . . . vor allem, weil er auf der Rückreise die Kinder am Hals gehabt hat. Er hat damals auf dem Schiff auf uns gewartet. Als wir nicht aufgetaucht sind, hat er sich geärgert. Und sich Sorgen gemacht.»

«Aber er ist nicht auf die Idee gekommen, mit irgendwem zu reden? Mit den Verantwortlichen auf dem Schiff zum Beispiel?»

Schweigen.

«Prue . . . warum haben Sie zu Emma gesagt, daß Mr. Starr den Verstand verloren hat?»

«Ich hab Ihnen schon gesagt . . . ich . . .»

«Sie haben gesagt, daß sie sofort das Haus verlassen sollen!»

«Na ja . . . er war schrecklich aufgebracht. Es tut mir leid, wenn das bei ihr so angekommen ist, als . . .»

«Warum hat er die Kinder nicht direkt nach Halcyon Hill gebracht?»

«Äh . . . na ja, er wußte die Adresse nicht. Er kannte aber *meine*, und deswegen hat er sie hierher . . .»

«Und dann haben *Sie* auf Halcyon Hill angerufen und Emma gesagt, sie soll meine Mutter sofort aus dem Haus bringen. Wie paßt das denn zusammen, Prue?»

«Na ja . . . er war wütend auf Ihre Mutter, und ich wollte vermeiden, daß sie . . .»

DeDe verdrehte ungeduldig die Augen. «Wenn er sowieso nach Halcyon Hill unterwegs war, warum hat er die Kinder dann nicht mitgenommen?»

Prues Augen füllten sich erneut mit Tränen. «DeDe . . . bitte . . . ich hab keine Ahnung . . . er hat nicht einen vernünftigen Satz gesagt. Ich dachte, Sie würden dankbar sein, daß Sie Ihre Kinder zurückhaben.»

DeDe schlug einen nachsichtigeren Ton an. «Ich will nur die Wahrheit herausfinden. Das können Sie doch sicher verstehen.»

Prue wischte sich die Tränen ab und nickte. «Er hat sich merkwürdig aufgeführt. Mehr kann ich dazu nicht sagen. Ich hab das eher instinktiv getan. Wenn Ihre Mutter auf Halcyon Hill geblieben wäre, hätte sie's garantiert auch gemerkt!»

DeDe stieß einen langen Seufzer aus. «Sie *ist* geblieben, Prue.»

«Was?»

«Sie hat tief und fest geschlafen», sagte DeDe.

«Dann hat vielleicht Emma . . .»

«Emma ist die ganze Nacht aufgeblieben und hat das Haus bewacht.»

«Und sie hat ihn nicht gesehen?»

«Genau», sagte DeDe. «Er ist überhaupt nicht aufgetaucht.»

Die Büffel von London

Nachdem sie Prues Wohnung verlassen hatten, gingen DeDe und Mary Ann mit den Zwillingen zum Brunch bei Mama's in den Gramercy Towers. Ein warmes Essen und das Lachen der Kinder ließen Mary Ann vergessen, wie erschöpft sie war.

Sie begriff, daß das Martyrium endlich hinter ihnen lag.

«Es ist eine tolle Story», sagte sie. «Selbst ohne . . . ihn.»

DeDe wischte Edgar einen Marmeladeklecks vom Kinn. «Ich werd Ihnen helfen, wie ich nur kann. Aber lassen Sie uns noch ein paar Tage, okay?»

«Klar.»

«Wollen Sie es immer noch in Ihrer Sendung bringen?» fragte DeDe.

«Da bin ich mir nicht so sicher», sagte Mary Ann. «Hätten Sie übrigens was dagegen, die Kinder mitmachen zu lassen?»

DeDe zögerte. Dann lächelte sie. «Natürlich nicht. Nach allem, was Sie für uns getan haben.» Sie wandte sich an die Kinder. «Na, ihr Raubkatzen . . . wollt ihr mit Mary Ann ins Fernsehen?»

Die Kinder jubelten.

«Da haben Sie die Antwort», sagte DeDe lächelnd.

«Prima», sagte Mary Ann.

Edgar zupfte seine Mutter am Ärmel. «Darf Dad auch mit ins Fernsehen?»

Nach einer lastenden Pause sagte DeDe: «Dad?»

«*Darf* er?» fragte Anna, um ihrem Bruder Schützenhilfe zu geben.

DeDe schaute von einem Kind zum anderen und sagte dann ruhig: «Meint ihr Mr. Starr?»

Beide nickten und sahen sie mit großen Augen erwartungsvoll an. Mary Ann schloß sich ihnen an und wartete auf DeDes Antwort.

«Mein Schatz», sagte DeDe, «Mr. Starr ist nach London zurückgeflogen. Wir werden ihn längere Zeit nicht sehen.»

«Warum?» fragte Anna.

«Na ja . . . weil er dort wohnt. Er hat nur Urlaub gemacht, als ihr ihn auf dem Schiff kennengelernt habt. Und sein Haus ist in London.»

«Sein Haus ist *hübsch*», sagte Anna.

DeDe starrte das kleine Mädchen an. «*Was*, mein Schatz?»

«Er hat Backhörnchen», sagte Anna.

Edgar korrigierte sie. *«Backenhörnchen.»*

Anna streckte ihrem Bruder die Zunge raus. «Und Büffel», fügte sie trotzig hinzu.

«Und eine riesig große Windmühle», trumpfte Edgar auf.

«Die ist in Japan», ergänzte Anna. «Und er hat eine Brücke in seinem Garten, die steigt ganz hoch in die Luft.»

«Genau», sagte DeDe. Sie warf Mary Ann einen sarkastischen Blick zu. «Wer weiß, *was* der Dreckskerl ihnen alles erzählt hat.» Dann wandte sie sich wieder an die Kinder. «Na, ihr Käfer, gehen wir jetzt nach Hause?»

«Wohin?» fragte Edgar. Eine verdammt gute Frage, dachte Mary Ann.

«Nach Hause zu Gangie», erwiderte DeDe.

Die Kinder sagten ja.

Sie verabschiedeten sich in der Parkgarage gleich neben dem L'Etoile. DeDe wartete auf ihren Mercedes. Mary Ann auf ihren Le Car.

«Sie waren ein Engel», sagte DeDe und hörte sich dabei sehr nach reicher Dame von der Halbinsel an.

Mary Ann lächelte wehmütig. «Ich helf immer gern.»

«Genau», sagte DeDe grinsend.

Der Mercedes wurde gebracht. DeDe hielt die Tür auf, bis die Kinder auf den Vordersitz geklettert waren. Als sie sich hinter das Lenkrad setzte, beugte Mary Ann sich zu ihr hinunter.

«Sie werden es mir nicht sagen, oder?»

«Was?» fragte DeDe.

«Sie wissen schon. Ob wir den richtigen Kerl erwischt haben.»

DeDe schüttelte den Kopf.

«Warum nicht? Weil es nicht der richtige war?»

DeDe lächelte. «Wenn er es nicht war, dann will ich nicht, daß Sie darunter leiden. Sie haben schon genug getan.»

«Und wenn es doch der richtige war?»

DeDe zuckte mit den Schultern. «Dann möchte ich nicht, daß Sie in Versuchung geraten.»

«In Versuchung?»

«Sie wissen schon», sagte DeDe. «Wegen der Story.»

«DeDe . . . ich bin Ihre Freundin. Ich würde Ihr Vertrauen nie . . .»

«Ich weiß. Und Sie würden es sich auch nie verzeihen. Wie sollten Sie auch? Sie sind Journalistin.»

«Bin ich das?»

DeDe griff nach ihrer Hand und drückte einen Kuß drauf. «Ja.»

«Danke», sagte Mary Ann.

«Nicht der Rede wert», sagte DeDe.

Es war beinahe Mittag, als Mary Ann sich über die Treppe zur Barbary Lane hochschleppte. Als sie ihren Schlüssel ins Schloß steckte, hörte sie Mrs. Madrigals unverwechselbare Schritte hinter sich.

«Meine Liebe . . . bist du das?»

«Ich bin's», sagte Mary Ann.

Die Augen der Vermieterin waren gerötet.

«Großer Gott», sagte Mary Ann. «Ist was . . .?»

«Es tut mir leid», sagte Mrs. Madrigal. «Ich muß dir was Unerfreuliches mitteilen.»

Glück gehabt!

Ein von Übelkeit fast nicht zu unterscheidendes Déjà-vu-Gefühl überkam Mary Ann, als sie mit Mrs. Madrigal durch die Eingangshalle des St. Sebastian's Hospital eilte.

Vor fünf Jahren war Michael hier wegen seines Guillain-Barré-Syndroms behandelt worden. Und hier war auch der unheimliche Blumenladen, in dem der Mann mit den Haarimplantaten für den kannibalistischen Kult in der Grace Cathedral Körperteile beiseite geschafft hatte.

Die makaberste Assoziation löste jedoch ein Inventarstück des Krankenhauses aus: ein altes Gemälde des von Pfeilen durchbohrten heiligen Sebastian, das an prominenter Stelle über dem Empfangstresen hing.

Mrs. Madrigal nahm Mary Ann am Arm und zog sie von dem Heiligen weg. «Komm, meine Liebe. Ich kenn den Weg. Es spottet wirklich jeder Beschreibung, wie katholisch es hier zugeht.»

Sie fuhren mit dem Lift in den zweiten Stock. Als sie ausstiegen, erwartete Jon sie bereits. Schon allein sein Anblick brachte den Anschein von Gefaßtheit, den Mary Ann sich auf der Fahrt zum Krankenhaus zugelegt hatte, zum Verschwinden.

Sie sank heulend in seine Arme.

«Eine tolle Art heimzukommen, hm?» Sanft legte er ihr seine Hand auf den Kopf.

«Sind sie wach?» fragte sie.

«Brian schon», sagte der Doktor. «Michael ist vor einer Stunde eingenickt.» Er wandte sich an Mrs. Madrigal. «Haben Sie ihr die Einzelheiten schon gesagt.»

«So gut ich konnte», sagte die Vermieterin.

«Ein Stich ging ihm in die Lunge», erklärte Jon. «Das ist das Schlimmste an der ganzen Sache. Aber es ist ein überraschend kleines Loch . . . wenn man die Umstände bedenkt.»

Für Mary Ann hörte es sich furchtbar an. «Hat man es genäht?»

Jon schüttelte den Kopf. «So schlimm war's nicht. Es müßte eigentlich von selber heilen. Damit das auch geschieht, hat er einen Schlauch drin. Es sieht schlimmer aus, als es ist, Mary Ann. Daran solltest du denken.»

«Aber, haben sie denn . . . nicht dreimal . . .?» Sie brachte das Wort nicht über die Lippen.

«Zwei Stiche sind von den Rippen abgefangen worden», sagte Jon. «Es mußte viel genäht werden, aber die Stiche waren nicht tief. Er atmet jetzt normal . . .» Er lächelte sie an. «Ich denke, das ändert sich, wenn er dich sieht.»

«Was ist mit Michael?»

«Vor allem hat er eine riesige Beule und dazu eine Handvoll Stiche vom Nähen. Es geht ihm schon wieder gut . . . oder jedenfalls bald.» Er sah Mary Ann ernst an. «Wir haben noch mal Glück gehabt, was?»

«Wenn man es so nennen kann», sagte Mary Ann.

«Kann man», sagte Jon. «Müssen wir sogar.»

Brian lag mit dem Gesicht zum Fenster, als Mary Ann ins Zimmer kam. Sein Oberkörper bestand nur noch aus Verbänden. Die Drainageschläuche, die aus dem Loch in seiner Seite wuchsen, führten zu einer Art Kanister, der neben dem Bett auf dem Boden stand.

Mit jedem Atemzug hüpfte in dem Kanister ein Ding, das merkwürdigerweise fast wie ein Tischtennisball aussah, nervös auf und ab.

Michael lag schlafend in dem anderen Bett. Er hatte einen enormen Verband um den Kopf.

«Ich bin's», sagte Mary Ann.

Brian drehte den Kopf herum und lächelte sie an. «Hallo, Schatz.»

Mary Ann bewegte sich vorsichtig auf das Bett zu. Sie spürte seine Wunden bei jedem Schritt. «Kann ich dich irgendwohin küssen?» fragte sie.

Eine große Träne lief über Brians Wange. «Bleib einfach stehen und laß dich anschauen.»

Sie blieb unbeholfen stehen und ließ die Arme hängen. «Wie seh ich aus?»

«Hervorragend», sagte er lächelnd.

«Soll ich noch ein bißchen Bein zeigen?»

Sie hatte einen erwachsenen Mann noch nie gleichzeitig lachen und weinen sehen. «Mensch», sagte er schluchzend, «ich lieb dich so sehr!»

«Hör sofort auf, Brian . . . wenn ich erst mal zu heulen anfange . . .»

«Ich kann nicht anders. Ich war in meinem ganzen Leben noch nie so froh, jemand wiederzusehen!»

Sie nahm sich ein Kleenex vom Nachttisch, stellte sich neben ihn und tupfte ihm die Wangen trocken. «Sch, Brian, sch . . . ich bin ja zurück. Es tut mir so leid, daß ich nicht da war, Brian.»

«Was redest du denn? Du konntest es doch nicht wissen.»

«Ja, klar, aber du hast mich gebraucht, und . . .»

«Ach, vergiß es. Habt ihr die Kinder gefunden?»

Mary Ann nickte. «Wir haben sie gefunden.»

«Und es ist ihnen nichts passiert?»

«Es ist ihnen nichts passiert», sagte Mary Ann.

«Dann habt ihr gute Arbeit geleistet.»

Mary Ann hielt sich das Kleenex selber vors Gesicht und schneuzte sich geräuschvoll. «Wie lange werden sie dich hierbehalten?» fragte sie.

«Zwei Wochen», sagte Brian. «Vielleicht auch drei.»

«Dann tun wir's doch einfach hier.»

«Was?»

«Heiraten», sagte Mary Ann. «Oder hast du unsere Hochzeit vergessen?»

«Nein . . . aber . . .»

«Ja?»

«Na ja, du wolltest doch im Garten heiraten.»

«Ach, scheiß auf den Garten. Ich will dich endlich heiraten. Willst du mich auch heiraten?»

«Ja», sagte Brian.

Mary Ann strahlte. «Dann sag ich Mrs. Madrigal Bescheid.»

Michaels Doktor

Als Michael sich aus dem Zimmer stahl, fand er Jon gleich neben dem Schwesternzimmer. Er las in einem *Highlights*-Heft.

«He», sagte der Doktor, «du sollst Bettruhe halten, Sportsfreund.»

Michael, der nur sein Krankenhaushemd anhatte, setzte sich neben ihn. «Puh!» jaulte er und zuckte zusammen, als sein nackter Arsch auf den kalten Plastiksitz traf.

Jon grinste. «Für Patienten sind die nicht gedacht.»

«Was? Die Sitze oder die Hemden?»

Der Doktor bedachte Michael mit einem mahnenden Blick und deutete auf sein Zimmer.

«Gleich», sagte Michael. «Ich hab gedacht, die Turteltäubchen sind mal ganz gern ein bißchen allein. Außerdem . . . spiel hier bloß nicht den Doktor.»

Jon zuckte mit den Schultern. «Ich bin nicht in Weiß, oder?»

«Aber drauf und dran . . . ich merk es dir an. Warum legst du dich nicht ein bißchen schlafen, Jon? Wie lang bist du überhaupt schon hier?»

«Mach dir um mich keine Sorgen», sagte Jon. «Wenn Mary Ann fertig ist, fahr ich mit ihr nach Hause.»

«Ist Mrs. Madrigal schon gegangen?»

Jon nickte. «Bambi sollte schon längst ihr Mittagessen haben.»

«Ach Gott», stöhnte Michael. «*Das* kleine Drama hab ich ja völlig vergessen!»

«Geht's uns nicht allen so?»

«Mary Ann hat gesagt, daß sie das als nächstes auf ihrer Liste hat . . . jetzt, wo die Zwillinge wieder da sind. Ach so, hast du von der Polizei was gehört? Was Neues, mein ich?»

Jon schüttelte den Kopf. «Ich glaub auch nicht, daß da was kommt. Keine Autonummer, keine genaue Beschreibung. Als die Leute, die euch gefunden haben, bei der Polizei angerufen haben, war seit dem Überfall schon eine halbe Stunde vergangen. Ich denke, das müssen wir uns abschminken, Michael.»

Michael bekam glasige Augen.

«Hallo», sagte Jon. «Bist du noch da, Sportsfreund?»

«Ja.»

«Es war 'ne schreckliche Sache, Michael, aber du darfst dich davon nicht fertigmachen lassen. Laß dir von diesen Dreckschweinen nicht deine Einstellung zum Leben umkrempeln. He, Sportsfreund . . . sieh mich an.»

Michaels Unterlippe zitterte unkontrollierbar. Tränen liefen ihm übers Gesicht. «Ich weiß, Jon . . . darum geht's nicht. Es ist nur . . .»

«Was?»

«Meinst du, sie geben mir die Schuld daran?»

Jon sah ihn verständnislos an. «Wer?»

«Mary Ann und Brian.»

«Michael . . . um Himmels willen, was redest du da?»

«Na ja», antwortete Michael mit zitternder Stimme. «Die Typen, die uns angegriffen haben . . . sie haben uns *beide* für schwul gehalten . . . und . . . wenn ich nicht dabeigewesen wäre . . .»

«O Gott», murmelte Jon.

«Nein, hör zu . . . bei Brian haben sie völlig danebengelegen. Bei ihm hatten sie noch viel weniger Grund, ihn anzugreifen, als bei mir. Aber ihn hat's viel schlimmer erwischt. Er . . .»

«Noch *viel weniger* Grund, hm? Das soll wohl heißen, daß es überhaupt einen Grund gab, dich anzugreifen, was? Siehst du das denn so, Michael? Glaubst du wirklich, daß du es mehr verdient hast als Brian?»

«Jon . . . ich hab nicht . . .»

«Verdammt noch mal, Michael! Wie kannst du so was überhaupt sagen? Brian sieht es nicht so! Und Mary Ann auch nicht. Du bist der größte Schwulenhasser von uns allen. Mein Gott, was hat das Schwulsein mit der ganzen Sache zu tun?»

Michael sah ihn flehend an. Ihm standen die Tränen in den Augen. «Jon . . . bitte . . . ich bin rausgekommen, weil ich in den Arm genommen werden wollte.»

Sein Wunsch wurde sofort erfüllt. «Hör mal», sagte Jon

direkt in Michaels Ohr, «von dir hab ich gelernt, so, wie ich bin, glücklich zu sein. Laß mich jetzt nicht im Stich, Kleiner.»

«Jon, ich kann einfach nicht mehr . . .»

«Und ob du kannst», sagte der Doktor. «Du bist der zäheste kleine Kämpfer, den ich kenne. Du stehst immer an vorderster Front . . . und dort will ich dich auch in Zukunft sehen. Mensch, Michael . . . ich bin der Kerl, der nicht wollte, daß du ihn auf dem Flughafen küßt.»

Schweigen.

«Ich hab mich geändert», ergänzte Jon. «Und das geht auf dein Konto.»

Michael richtete sich auf und schaute ihm in die Augen. «Von wem hast du dich inzwischen auf dem Flughafen küssen lassen?»

Jon antwortete in gespielter Lässigkeit. «Ach . . . von 'ner Menge Leute.»

«Darauf wette ich.»

«Willst du's mal im Krankenhaus versuchen?»

Sie küßten sich fast eine halbe Minute lang – bis die Oberschwester auf ihre Station zurückkam.

Sie räusperte sich laut. «Wenn ich bitten dürfte, meine Herren.»

Jon schaute lächelnd zu ihr hoch. «Schon gut», sagte er. «Ich bin Arzt.»

Möglichkeiten

Als Mary Ann die Kellertreppe hinunterstieg, fand sie Bambi zusammengerollt auf einem alten Sofa, mit dem Mrs. Madrigal zu ihrer Bequemlichkeit hatte beitragen wollen.

Ein langgezogener Schatten fiel über ihr Gesicht, als sie mürrisch aufschaute.

«Dafür werden Sie noch büßen», sagte sie drohend.

«Das ist anzunehmen», sagte Mary Ann.

«Ich red aber nicht vom Sender . . . ich red von einem Strafverfahren. Sie stecken bis zum Hals in der Scheiße, Mary Ann.»

Es war unheimlich, mitzuerleben, wie sehr Larry Kenans ordinäres Gerede schon auf Bambi abgefärbt hatte.

Mary Ann griff nach einem Stuhl und setzte sich. In sicherem Abstand. «Ich dachte, wir sollten zuerst mal . . . über alles reden.»

«Heben Sie sich das für die Polizei auf», fauchte Bambi sie an.

«Gehen Sie doch zur Polizei», konterte Mary Ann. «Die Tür steht offen.»

Die Nachrichtenmoderatorin warf einen Blick zur Treppe hinüber.

«Sie können jederzeit gehen», sagte Mary Ann.

Bambi war mißtrauisch. Ihre Augen verengten sich zu Schlitzen. «Es bleibt aber eine Entführung, daß Sie's nur wissen. Wenn Sie mich jetzt freilassen, heißt das noch lang nicht, daß . . .»

«Das ist mir klar.»

«Und nur, weil Sie's nicht selber getan haben . . .»

«Das ist mir auch klar.» Mary Ann lächelte süßlich. «Los, hauen Sie schon ab, Gnädigste.» Sie deutete mit dem Kopf schwungvoll in Richtung Treppe. «Und sagen Sie Larry schöne Grüße von mir . . . wenn Sie's ihm grade mal wieder besorgen. Die Dumpfbacke glaubt, daß Sie hinter einer heißen Story her sind. Ich möchte nicht in Ihrer Haut stecken, wenn Sie ihm diese Illusion nehmen.»

«Und ich nicht in Ihrer, wenn . . . Was haben Sie ihm erzählt?»

«Genau das», sagte Mary Ann schulterzuckend. «Daß wir beide hinter dem Knüller des Jahres her sind.»

«DeDe Day?»

Mary Ann nickte lächelnd.

«Ich hab Ihre Notizen kopiert, daß Sie's nur wissen.» Bambis höhnisches Grinsen sah beinahe obszön aus. «Meine Handtasche zu klauen war völlig umsonst. Die Story gehört immer noch uns, Mary Ann. Ein Anruf beim Sender genügt.»

«Was für ein Zufall», sagte Mary Ann. «Den gleichen Satz hab ich zu DeDe auch gesagt.»

Schweigen.

«Nur hab ich da einen anderen Sender gemeint.»

Bambi warf ihr einen mörderischen Blick zu. «Das würden Sie nicht tun.»

«Warum nicht?» sagte Mary Ann unbekümmert. «Wo ich doch ohnehin bis zum Hals in der Scheiße stecke, oder? Bei Channel 5 würde man mich mit offenen Armen empfangen. Und machen wir uns doch nichts vor . . . ohne DeDe und die Kinder *gibt* es keine Story. *Oder?*»

Schweigen.

«Deswegen dachte ich, daß wir zuerst mal über alles reden sollten. Ich wollte, daß Sie sich Ihre Möglichkeiten überlegen . . . bevor Sie alles völlig vermurksen.» Ein erneutes Lächeln, noch süßlicher als das erste.

«Reden Sie», murmelte Bambi.

«Tja», sagte Mary Ann, «wie Sie schon sagten – Sie könnten mich anzeigen. Aber das würde mich nur zwingen, öffentlich zu erklären, warum wir uns moralisch verpflichtet fühlten, Sie hier festzuhalten, bis DeDe sicher sein konnte, daß ihre Kinder außer Gefahr waren. Und das würde gar nicht gut aussehen, Bambi. Denn es war gar nicht mal *Ihre* Story. Was sich mühelos beweisen läßt.»

«Eine Story ist eine Story», grummelte die Nachrichtensprecherin.

«Stimmt», sagte Mary Ann. «Und ich bin bereit, mir die hier mit Ihnen zu teilen.»

Bambi musterte sie mißtrauisch. «Wirklich?»

«Mit Ihnen oder mit Wendy Tokuda. Suchen Sie sich's aus.»

Bambi wand sich. «Ich will wissen, was ‹außer Gefahr› heißt.»

Mary Ann schaute verständnislos drein. «Hm?»

«Sie haben gesagt: ‹. . . daß ihre Kinder außer Gefahr waren›. Welche Bedrohung würde es rechtfertigen, mich drei Tage in einem Keller festzuhalten?»

«*Sie* waren die Bedrohung! Die Presse! DeDe ist meine

Freundin. Sie hat ein paar dumme Fehler gemacht, aber sie ist eine tüchtige Frau, und ich mag sie. Sie wollte nur eine Verschnaufpause, das ist alles. Ein paar ungestörte Wochen mit ihrer Mutter und ihren Kindern. Verlangt eine Frau, die in einer Fischtonne aus Guyana entkommen ist, damit denn zuviel?»

«Was ist dann mit diesem Doppelgänger?»

«Was soll mit ihm sein? DeDe sagt, daß man in der Zeit, als sie noch in Jonestown war, ein Double eingeschleust hat ... aber sie ist schon Tage vor dem Massaker abgehauen. Erwähnen sollte man die Sache allemal. Nur wird sie wahrscheinlich zerpflückt.»

«Warum?»

Mary Ann fixierte sie. «Glauben *Sie*, daß Jim Jones noch lebt?»

Bambi machte ein finsteres Gesicht und schaute weg. «Also, was wollen Sie jetzt anstellen?»

«Okay: Ich will von Ihnen die schriftliche Bestätigung, daß Sie sich während der vergangenen Tage freiwillig in der Barbary Lane 28 aufgehalten ...»

«Moment mal!»

«Ich bin noch nicht fertig. Da wir beide in den vergangenen Tagen – man beachte – nachweislich mehrere Interviews mit DeDe geführt haben, können Sie wohl schlecht im Keller der Barbary Lane 28 eingesperrt gewesen sein. Sie hatten hier nur Ihren Gefechtsstand. Ich finde, das hört sich geradezu berükkend an.»

«Was ist mit der Sendezeit?»

«Die teilen wir uns», sagte Mary Ann. «Sie können gern die Anmoderation machen. Und dann können Sie mich interviewen.»

«Da bin ich aber dankbar.»

«Das sollten Sie auch sein. Ich hab nämlich eigentlich mehr zu Wendy tendiert. Ach so, die Buchrechte liegen übrigens bei mir.» Mary Ann lächelte. «Aber auf dem Gebiet sind Sie sowieso keine Konkurrenz.»

«Dann ... waren Sie also gar nicht in Cleveland?»

«Natürlich war ich in Cleveland!» Mary Anns Empörung hätte nicht größer sein können. «Glauben Sie, ich würde meine eigene Großmutter zu einer Lüge mißbrauchen?»

Hochzeit im Garten

Nachdem sie fast fünfzehn Stunden geschlafen hatte, wachte Mary Ann gegen neun Uhr vormittags auf und lief gleich nach unten in Mrs. Madrigals Wohnung. Die Vermieterin war in der Küche und backte einen Kuchen.

Backte *den* Kuchen.

Mary Ann gab ihr ein Küßchen auf die Wange. «Ich finde es so süß von Ihnen, daß Sie das machen. Was sind diese kleinen braunen Bröckchen im Teig?»

«Karotten», sagte Mrs. Madrigal.

«Sie lügen.»

«Dann stell keine ungehörigen Fragen. Kann ich davon ausgehen, daß du dich mit Bambi geeinigt hast?»

«Können Sie.»

«Braves Mädchen. Hast du deine Mutter schon angerufen?»

«Mach ich nach der Trauung», sagte Mary Ann. «Ich möchte ganz *en famille* bleiben. Ich meine natürlich . . . meine Familie hier.»

Die Vermieterin lächelte liebevoll. «Mir war schon klar, was du meinst.» Sie hielt Mary Ann einen Löffel zum Schlecken hin.

«Schlabber-schlabber», sagte Mary Ann. «Karotten!»

DeDe rief um elf an.

«Ich hab grade die Zeitung gelesen», sagte sie gepreßt. «Das mit Brian tut mir so leid!»

«Danke.»

«Sie Arme! Sie müssen das Gefühl haben, daß diese Woche *nie* zu Ende geht!»

«Das wird sie auch nicht», sagte Mary Ann. «Wenigstens nicht bis heute abend.»

«O Gott. Ich trau mich gar nicht zu fragen.»

Mary Ann lachte. «Nein. Diesmal ist es was Gutes. Wir heiraten heute abend. Im Krankenhaus. Ich fänd's toll, wenn Sie kommen würden.»

«Natürlich! Wie aufregend! Kann ich die Kinder mitbringen?»

«Das wäre wunderbar!»

«Was ist mit der Sendung?»

«Meinen Sie unser Debüt in den Nachrichten?»

DeDe lachte. «Ja.»

«Ist Ihnen Montag recht?»

«Klar», sagte DeDe. «Schön.»

Mary Ann kicherte. «Das hört sich an, als hätten wir uns grade zum Mittagessen verabredet oder so.»

«Na ja . . . das können wir ja zusätzlich machen.»

Am Nachmittag fuhr Mary Ann wieder ins Krankenhaus. Als sie die Tür zu Brians und Michaels Zimmer aufmachte, raubte ihr der Anblick, dem sie sich gegenübersah, den Atem.

«Du meine Güte!»

Michael strahlte sie von seinem Bett aus an. «Ganz gut, hm?» Das Zimmer war ein regelrechter Dschungel aus Pflanzen und Blumen – die offenbar zum Großteil nicht aus dem Krankenhausblumenladen stammten. Beide Betten wurden von Buchsbaumstöcken eingerahmt, auf dem Fensterbrett zogen sich Passionsblumen entlang, und an Brians Infusionsständer hing eine prächtige rosa Fuchsie.

«Die sind alle gediehen», sagte Brian. «Ned und ein Freund von ihm haben sie eben gebracht.»

Mary Ann war geplättet. «Oh, wie süß!»

Brian nickte. «Jetzt kommst du doch noch zu deiner Hochzeit im Garten.»

«Wo ist er jetzt?»

«Wer?»

«Ned. Ich möchte ihn anrufen und mich bei ihm bedanken.»

«Die beiden kommen gleich wieder», sagte Brian. «Sie sind nur Kaffee holen gegangen.»

«Wir haben sowieso ein paar Fragen an dich», sagte Michael.

«Wenn du Bambi meinst, um die hab ich mich gekümmert.»

«Was hast du ihr erzählt? Daß alles für die Katz war?»

«Sie hat keine Ahnung von der Entführung», sagte Mary Ann. «Sie weiß noch nicht mal was von meinem Ausflug nach Alaska. Sie glaubt, daß wir sie eingesperrt haben, damit die Story nicht zu früh an die Öffentlichkeit kommt.» Sie sah die beiden Männer entschlossen an. «Ich will nicht, daß sie . . . oder sonst jemand . . . was von Mr. Starr erfährt.»

«Warum?» fragte Michael.

«Weil die ganze Sache ein einziges Fiasko war. Peinlich hoch drei. DeDe und ich stehen doch völlig blöd da.»

Über Brians Gesicht zuckte ein Lächeln. «Was habt ihr überhaupt gemacht dort oben? Hundeschlitten gemietet? Eskimos über das Eis verfolgt?»

«Brian . . .»

«Und was ist mit diesem Starr?« fragte Michael. «Ihr habt keine Ahnung, wo er hin ist, nachdem er die Kinder bei Prue Giroux abgegeben hat?»

«Absolut keine», sagte Mary Ann.

«Mit anderen Worten, Mrs. Halcyon hat sich dummerweise geirrt. Es hat nie eine Entführung gegeben. Und es hat auch nie eine wirkliche Bedrohung gegeben. Egal, welcher Art. Also: Vorhang und . . . Ende.»

Mary Ann nickte vage. «Das kommt so ungefähr hin, fürchte ich.»

Michael richtete seine nächste Frage an Brian. «Warum fällt es mir nur so schwer, das zu glauben?»

Brian sah liebevoll zu Mary Ann hinüber. «Es ist schon in Ordnung», sagte er. «Wenn's um was Wichtiges geht, lügt sie uns nie an.»

Ein Kopf mit Glatze schob sich durch die Tür.

«Ned!» rief Mary Ann, der die Unterbrechung sehr lieb war. «Das war die süßeste Idee überhaupt! Jetzt müssen wir *unbedingt* einen Fotografen besorgen! Die Fuchsie ist das Schönste, was . . .» Ihr Redeschwall versiegte, als sie den Mann sah, der hinter Ned ins Zimmer geschlurft kam.

Brian sprang ein. «Mary Ann, das ist ________ ________.»

«Ja», sagte sie. «Ich seh's.»

«Er und Ned bleiben zur Hochzeit.» Brian zwinkerte seiner Braut zu. «Ich hab gedacht, es macht dir nichts aus.»

Eigener Garten ist Goldes Wert

Frannie Halcyon nahm sich gerade eine neue Scheibe Zimttoast, als ihre Tochter zum Frühstück auf die Terrasse von Halcyon Hill kam.

«Wie war die Hochzeit, mein Schatz? Ist alles gut verlaufen?»

DeDe setzte sich und goß sich Kaffee ein. «Es war ganz süß», sagte sie. «In manchem ganz ähnlich wie bei meiner. Der Priester hat sogar was von Gibran vorgelesen.»

Die Matriarchin runzelte die Stirn. «Du meine Güte. Macht man das *immer noch*?»

DeDe lächelte. «________ ________ war übrigens auch da.»

«Wirklich? Wieso *das* denn?»

«Er ist ein Freund des Hauses», sagte DeDe lächelnd.

«Oh.»

«Und Mary Ann hat mir für dich ein Stück Hochzeitstorte mitgegeben . . . mit lieben Grüßen.»

«Sie ist so eine nette Person!» sagte Frannie. «Und dabei hat sie eine schreckliche Zeit hinter sich, nicht? Zuerst die ganze Hektik mit dir . . . und dann hält man ihren Verlobten auch noch fälschlicherweise für einen Homosexuellen.»

DeDe schaute sie finster an. «Das ist ja wohl kaum das Entscheidende dabei, Mutter.»

«Tja», sagte Frannie nun fröhlich, «Ende gut, alles gut, sag ich immer. Und da genügt ein Blick auf meine Enkelkinder.»

«Sind sie schon auf?» fragte DeDe.

Frannie deutete ans Ende des Gartens. «Sie sind dort drüben und leisten Emma Gesellschaft.» Wohlwollend betrachtete sie die Gestalten in der Ferne und wandte sich dann seufzend an ihre Tochter. «Weißt du . . . ich komme mir ungeheuer dumm vor.»

«Weswegen?» fragte DeDe, die sich gerade eine Scheibe Toast mit Butter bestrich.

«Na ja . . . ich habe doch nicht nachgesehen, ob Mr. Starr auf das Schiff zurückgekehrt war. Wenn ich mir's recht überlege, haben wir ihm schrecklich unrecht getan. Wir haben ihm das Allerschlimmste unterstellt.»

DeDe biß ein Stück Toast ab. «Das war eine völlig natürliche Reaktion.»

«Ich weiß. Trotzdem wäre es mir lieb, wenn ich ihm einen Dankesbrief schreiben könnte. Glaubst du, er hat bei Prue seine Postadresse hinterlassen?»

DeDe schüttelte den Kopf und aß weiter.

«Er muß uns für grauenhaft blöd halten», sagte Frannie. «Ich meine . . . die Kinder einfach so zu verlassen. Überleg mal, wie das für *ihn* ausgesehen haben muß.»

«Darüber würd ich mir keine Gedanken machen», sagte DeDe.

«Er war immer so ein Gentleman», sagte Frannie und beendete das Thema damit ein für allemal. Sie schaute wieder in den Garten hinaus und schüttelte bewundernd den Kopf. «Emma ist schon ein Phänomen, was? Sieh sie dir bloß an! Sie ist völlig besessen von dem neuen Azaleenbeet, das sie angelegt hat.»

«Mhm», sagte DeDe.

«Man muß sie wirklich bewundern», sagte Frannie. «Da legt sie sich in *ihrem* Alter noch ein neues Hobby zu.»

DeDe nickte. «Sie liebt unsere Familie sehr.»

«Egal, was die Leute immer sagen», verkündete die Matriarchin, «aber *solche* Dienstmädchen kriegt man heute nicht mehr.»

Als das Telefon klingelte, nahm DeDe in der Küche ab.
«Halcyon Hill.»
«Äh . . .Emma?»
«Nein. DeDe am Apparat.» *Endlich* konnte sie das sagen.
«Das hab ich mir schon gedacht! Gott sei Dank!»
«Wer spricht, bitte!»
«Na, wer schon? Die Rote Gefahr.»
«D'or! Wo bist du? Du hörst dich so anders an.»
«Das muß an der Umgebung liegen. Ich bin in Miami.»
«Was?»
«Im Fontainebleau sogar. Wenn ich schon überlaufe, dann aber richtig.»
DeDe lachte. «Du hast mir so gefehlt.»
«Ja? Wollen wir uns treffen?»
«Was soll die Frage? Wie schnell kannst du kommen?»
«Gib mir noch 'nen Tag Zeit. Aber, hör mal, Schatz . . . was ist mit deiner Mutter?»
«Darum kümmer ich mich schon», sagte DeDe.
Fünf Minuten später legte sie auf und ging nach draußen, um sich gleich darum zu kümmern.

Sechs Wochen später . . .

Mary Ann und Brian suchten sich den Golden Gate Park als Ort für ihre inoffiziellen «Flitterwochen» aus – ein verschwenderisches Picknick als Krönung ihres ersten Ausflugs seit dem Überfall auf Brian. Im letzten Augenblick hatten sie auch Michael noch dazu eingeladen.
«Weißt du», sagte Mary Ann, als sie Brie auf ein dickes Stück Sauerteigbrot schmierte, «heute fehlt nur noch eins.»
«Und zwar?» fragte Michael.
Mary Ann lächelte und reichte ihm das Brot. «Jon», sagte sie.
Michael ließ das Stück Brot im Mund verschwinden und

wandte sich an Brian. «Würdest du deinem kleinen Frauchen sagen, daß sie damit mal Pause machen soll? Sie ist wild entschlossen, aus uns Lucy & Ricky & Fred & Ethel zu machen.»

Brian grinste. «Bin ich dann Fred oder Ricky?»

«Forder dein Glück nicht heraus», sagte Michael. Am Ende bist du noch Ethel.»

«Wann kommt Jons Schiff zurück?» fragte Mary Ann.

«Morgen», sagte Michael. «Gibst du mir bitten den Räuchercheddar?»

Brian schob ihm das Brett mit dem Käse zu. «Erinnerst du dich noch, als wir letztes Mal hier waren?»

«Ja?»

«Du hast mir gesagt, ich soll mich beeilen und Mary Ann heiraten.»

«Echt?» Mary Ann hörte mit dem Brieschmieren auf und schaute hoch. «Das ist ja vielleicht süß, Mouse.»

«Tja», sagte Brian zu Michael, «und ich glaube, jetzt ist es an der Zeit, daß du Jon heiratest.»

Michael ploppte sich eine Erdbeere in den Mund. «Das hab ich doch schon getan.»

«Dann heiratest du ihn eben *noch mal*», meinte Mary Ann, die ebenfalls ihren Senf dazugeben mußte.

Michael schaute die beiden nacheinander an. «Ihr wollt immer *alle* verheiratet sehen.»

«Aber es wär doch so wunderbar, Mouse. Wir könnten gemeinsam Ausflüge machen . . . in den Yosemite Park . . . richtige *Familien*sachen halt. Du bist jetzt seit zwei Jahren auf der Suche, Mouse. Und hast du in der Zeit *auch nur einen* gefunden, der besser wäre als Jon?»

Michael tat so, als würde er sich eine zweite Erdbeere suchen.

«Außer dir ist allen klar, daß Jon dein Weihnachtsbaummann ist.»

«Mein *was?*»

«Das hast du mir mal erzählt. Bevor du Jon kennengelernt hast. Du hast gesagt, daß du von einer Beziehung nicht allzuviel erwartest . . . nur einen netten Kerl, mit dem du einen

Weihnachtsbaum kaufen kannst. Und das ist Jon, Mouse! Es stört ihn sogar nicht mal, wenn du mit anderen rummachst.»

«Was?»

Mary Ann nickte. «Das hat er mir selber gesagt. Er *liebt* dich.»

«Er macht doch selber mit anderen rum», sagte Michael. «Was glaubst du, warum er auf dem Schiff ist?»

«Das paßt doch *perfekt*! Wie bei Brian und mir.»

Brian schaute seine Frau irritiert an. Sie drückte ihm beruhigend den Schenkel.

«Holst du ihn vom Schiff ab?» fragte sie Michael.

Eine lange Pause, und dann: «Ja.»

Mary Ann lächelte triumphierend und stupste Brian herzhaft ans Knie. «Da hast du's . . . da hast du's!»

«Was hat er?» fragte Michael.

«Nichts», sagte Mary Ann grinsend.

«Du bist unmöglich», grummelte Michael. «Wo hast du den Dijon-Senf hingetan?»

Doch sein Lächeln verriet ihn erneut.

Ein Stück von ihnen entfernt bahnte sich Prue Giroux vorsichtig einen Weg durch die Rhododendrensenke und mißachtete damit erneut die Ermahnungen ihres Seelsorgers.

Seit sie mit den Kindern geflohen war, hatte sie den Fuß nicht mehr in Lukes Hütte gesetzt.

So etwas Ähnliches wie Reue überkam sie, als sie die Tür des kleinen Häuschens aufstieß und sein in der Gegend herumliegendes Inventar musterte.

Die Wände waren mit Sprühlack schrecklich zugerichtet worden. Das Schaumgummi-«Sofa», auf dem sie einst ihre glücklichsten Momente erlebt hatte, war mit fremden Kondomen übersät.

«Tiere», murmelte sie.

Es war kaum noch etwas da. Eigentlich nur die selbstgemachte Platte, die jetzt voll roter Farbe war:

Wer sich nicht an die
Vergangenheit erinnert,
ist dazu verdammt,
sie zu wiederholen

Sie konnte den Gedanken, diese Erinnerung zurückzulassen, nicht ertragen, weshalb sie die Platte von der Wand nahm und sie liebevoll in ihre Umhängetasche gleiten ließ. Bevor die Tränen sie übermannten, eilte sie wieder in die Sonne hinaus und stieg die Böschung zur Rhododendrensenke hinauf.

Sie hatte die Senke schon halb hinter sich gebracht, als sie aus einem der riesigen Sträucher eine vertraute Gestalt treten sah.

«Oh . . . äh . . . Prue, Liebste.» Es war Pater Paddy, der ungewohnt erhitzt aussah.

Prue versuchte, ihrer Stimme einen unbeschwerten Klang zu geben, und hoffte, daß er sich den Grund für ihren Aufenthalt an diesem Ort nicht schon zusammengereimt hatte. «Ist das nicht ein herrlicher Tag, Pater?»

«Und ob! Ich fühle mich himmlisch!»

«Mhmm.»

«Was . . . äh . . . machen Sie denn in dieser Gegend?»

«Vuitton mußte mal raus», sagte Prue.

«Ach so . . . na ja, es ist auch wirklich ein wunderschöner Tag zum . . .» Bevor er ausreden konnte, trat ein anderer Mann aus dem mächtigen Strauch. Er grüßte Prue mit Namen, zwinkerte Pater Paddy zu und schlenderte zufrieden pfeifend den Pfad entlang.

«Ich wußte nicht, daß Sie Wachtmeister Rivera kennen», sagte Prue.

Pater Paddy zögerte. «Eigentlich . . . haben wir uns grade erst kennengelernt.»

«Er ist so gewissenhaft», bemerkte die Kolumnistin. «Es ist schön, zu wissen, daß es solche Polizisten gibt.»

«Ja», sagte der Geistliche. «Ja, das stimmt.» Plötzlich griff er nach Prues Arm. «Ich weiß nicht, wie's Ihnen geht, Liebste, aber ich bin am *Verhungern.* Wie wär's mit einem kleinen Mittagessen irgendwo?»

«Liebend gern», sagte Prue. «Helfen Sie mir, Vuitton zu finden.»

Der Priester schaute sie tadelnd an. «Haben Sie ihn schon wieder verloren?»

«Natürlich nicht», sagte Prue. «Er ist hier irgendwo. Vuitton! Hier, mein Kleiner! *Vuiiiiitton!* . . .»

Ende des dritten Buches

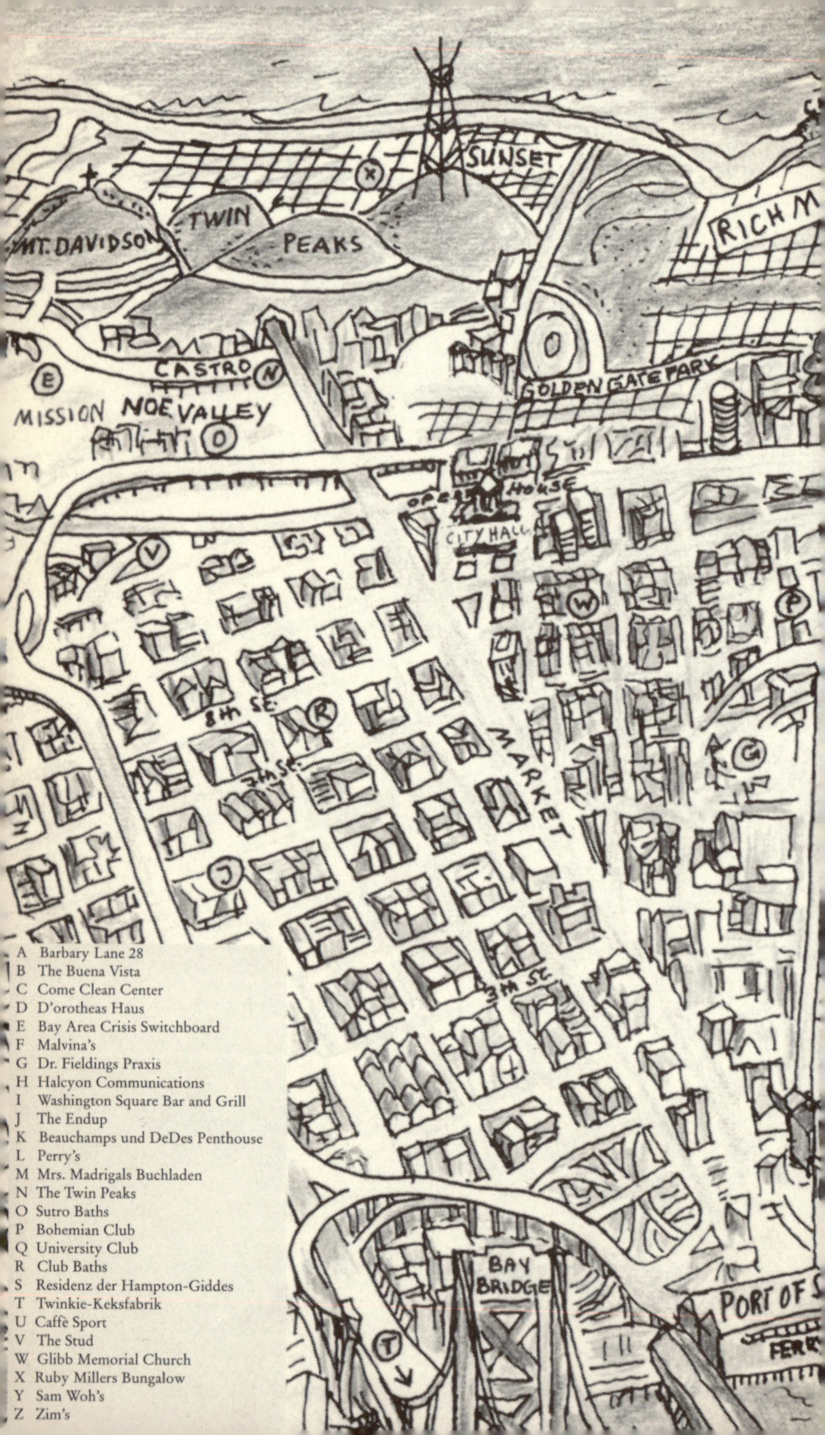

A Barbary Lane 28
B The Buena Vista
C Come Clean Center
D D'orotheas Haus
E Bay Area Crisis Switchboard
F Malvina's
G Dr. Fieldings Praxis
H Halcyon Communications
I Washington Square Bar and Grill
J The Endup
K Beauchamps und DeDes Penthouse
L Perry's
M Mrs. Madrigals Buchladen
N The Twin Peaks
O Sutro Baths
P Bohemian Club
Q University Club
R Club Baths
S Residenz der Hampton-Giddes
T Twinkie-Keksfabrik
U Caffè Sport
V The Stud
W Glibb Memorial Church
X Ruby Millers Bungalow
Y Sam Woh's
Z Zim's

PACIFIC OCEAN
PALACE OF THE LEGION OF HONOR
THE PRESIDIO
GOLDEN GATE
PALACE OF FINE ARTS
VAN NESS
AQUATIC PARK
RUSSIAN HILL
COLUMBUS
CHINATOWN
NORTH BEACH
FILBERT STEPS
COIT TOWER
TELEGRAPH HILL
BROADWAY
THE EMBARCADERO
SAN FRANCISCO BAY
N

Armistead Maupin

Armistead Maupin, 1944 geboren und Journalist von Beruf, kam Anfang der siebziger Jahre nach San Francisco. 1976 begann er mit einer Serie für den *San Francisco Chronicle*, die den Grundstock lieferte für sechs Romane, die in den USA zu einem Riesenerfolg wurden – die heute schon legendären «Stadtgeschichten». In deren Mittelpunkt steht die ebenso exzentrische wie liebenswerte Anna Madrigal, 56, die ihre neuen Mieter gern mit einem selbstge-drehten Joint begrüßt. Unter anderem treten auf: Das Ex- Landei Mary Ann, der von Selbstzweifeln geplagte Macho Brian, das New Yorker Model D'orothea und San Franciscos Schwu-lenszene. All den unterschiedlichen Menschen, deren Geschichte erzählt wird, ist aber eines gemeinsam: Sie suchen das ganz große Glück.

Stadtgeschichten *Band 1*
(rororo 13441)
«Es ist merkwürdig, aber von jedem, der verschwindet, heißt es, er sei hinterher in San Francisco gesehen worden.» *Oscar Wilde*

Mehr Stadtgeschichten *Band 2*
(rororo 13442)
«Maupins Geschichten lassen den Leser nicht mehr los, weil sie in appetitlichen Häppchen von jeweils circa vier Seiten gereicht werden und man so lange ‹Na, einen noch› denkt, bis man das Buch ausgelesen hat und glücklich zuklappt.»
Der Rabe

rororo Literatur

Noch mehr Stadtgeschichten
Band 3
(rororo 13443)

Tollivers Reisen *Band 4*
(rororo 13444)
«Nichts ist schlimmer als die steigende Zahl der Seiten, die das unweigerliche Ende des Romans ankündigen.»
Hannoversche Allgemeine Zeitung

Am Busen der Natur *Band 5*
(rororo 13445)

Schluß mit lustig *Band 6*
(rororo 13446)
«Ein Kultroman!» *Die Zeit*

Die Kleine *Roman*
(rororo 13657)
Cadence Roth, die knapp achtzig Zentimeter kleine Heldin dieses Romans, hat es wirklich gegeben – sie hieß Tamara De Treaux und hockte unerkannt in Steven Spielbergs E.T.-Figur.
«Eine umwerfend komische Geschichte.» *Vogue*

Richard Brautigan

«**Richard Brautigan** hat Humor, Witz von einer zum Sarkasmus neigenden Art, teils eingefärbt mit einem Hauch Melancholie, aber letztlich im Ton einer auffallenden Gutmütigkeit, Sanftheit. Mitgefühl nicht als tolle Geste, sondern als Verbundenheit mit den Verlierern des Alltags.» *Kulturjournal*
Richard Brautigan, 1935 geboren, wurde mit seinen Geschichten über Nacht zum Kultautor der amerikanischen Campus-Jugend. Er starb im September 1984 in Bolinas, Kalifornien.

Ein konföderierter General aus Big Sur
(rororo 12626)
Das grandiose Debüt des Kultautors Richard Brautigan.

Forellenfischen in Amerika *Roman*
(rororo 12619)
«Keiner hat die Maschine im Garten, den Ausverkauf der Natur, den Sündenfall der modernen Industriegesellschaft so realistisch und gleichermaßen phantastisch, so vordergründig und gleichermaßen hintersinnig, so sentimental und gleichermaßen humorvoll beklagt wie Brautigan.» *Frankfurter Allgemeine Zeitung*

Der Tokio-Montana-Express *Roman*
(rororo 12638)

Die Abtreibung *Eine historische Romanze 1966*
(rororo 12615)

Das Hawkline Monster
(rororo 12631)

rororo Literatur

Träume von Babylon *Ein Detektivroman 1942*
(rororo 12637)

Ende einer Kindheit *Roman*
(rororo 13124)

Japan bis zum 30. Juni *Gedichte*
(rororo 13112)

Die Rache des Rasens *Geschichten*
(rororo 13125)

Sombrero vom Himmel *Ein japanischer Roman*
(rororo 13126)

In Wassermelonen Zucker *Roman*
(rororo 13110)

Die Pille gegen das Grubenunglück von Springhill & 104 andere Gedichte
(rororo 13111)

Willard und seine Bowlingtrophäen *Ein perverser Kriminalroman*
(rororo 13127)

Romane und Erzählungen

Peter Høeg
Fräulein Smillas Gespür für Schnee *Roman*
(rororo 13599)
Fräulein Smilla verfolgt die Spuren eines Mörders bis ins Eismeer Grönlands. «Eine aberwitzige Verbindung von Thriller und hoher Literatur.» *Der Spiegel*

Denis Belloc
Suzanne *Roman*
(rororo 13797)
«Suzanne» ist die Geschichte von Bellocs Mutter: Das Schicksal eines Armeleutekinds in schlechten Zeiten. «Denis Belloc ist der Shootingstar der französischen Literatur.» *Tempo*

Ray Loriga
Vom Himmel gefallen *Roman*
(rororo 13903)
Ray Loriga, Jahrgang 1967, lebt in Madrid. In seinem mit Bitterkeit und schwarzem Humor getränkten Roman verfolgen Polizei und Medienmeute einen jugendlichen Killer quer durch Spanien.

Andre Dubus
Ehebruch und anderes *Vier Novellen*
(rororo 13744)
Stimmen vom Mond *Roman*
(rororo 12446)
Sie leben jetzt in Texas *Short Stories*
(rororo 13925)
Zehn klassische Short Stories von Andre Dubus über Menschen, die versuchen, mit aufrechtem Gang das Leben zu bewältigen. «Seine Geschichten sind bewegend und tief empfunden.» *John Irving*

rororo Literatur

Daniel Douglas Wissmann
Dillingers Luftschiff *Roman*
(rororo 13923)
«Dillingers Luftschiff» ist eine romantische Liebesgeschichte und zugleich eine verrückte Komödie voll schrägem Witz, unbekümmert um die Grenzen zwischen Literatur und Unterhaltung.

Michael Frayn
Sonnenlandung *Roman*
(rororo 13920)
«Spritziges, fesselndes, zum Nachdenken anregendes Lesefutter. Kaum ein Roman macht so viel Spaß wie dieser.» *The Times*

Radek Knapp
Franio *Erzählungen*
(rororo 13760)
Die Erzählungen von Radek Knapp wurden als bestes Debüt des Jahres mit dem «aspekte»-Literaturpreis des ZDF ausgezeichnet. «Dieser Autor hat Witz, Pfiff, Humor!»
Marcel Reich-Ranicki

3287/3

«Es ist merkwürdig, aber
von jedem, der verschwindet,
heißt es, er sei hinterher in
San Francisco gesehen worden.»

Oscar Wilde

Armistead Maupins «Stadtgeschichten» in sechs Bänden

Stadtgeschichten
(rororo 13441)

Mehr Stadtgeschichten
(rororo 13442)

Noch mehr Stadtgeschichten
(rororo 13443)

Tollivers Reisen
(rororo 13444)

Am Busen der Natur
(rororo 13445)

Schluß mit lustig
(rororo 13446)

Armistead Maupin, geboren 1944 in Washington, studierte Englisch an der University of North Carolina und arbeitete als Reporter und für eine Nachrichtenagentur. Er schrieb für Andy Warhols Zeitschrift *Interview*, die *New York Times* und die *Los Angeles Times*. Seine Geschichten aus San Francisco, die «Tales of the City», schrieb er mehrere Jahre lang für den *San Francisco Chronicle*. Armistead Maupin lebt in San Francisco.
Außerdem als rororo-Taschenbuch lieferbar: «Die Kleine» (13657).

Armistead Maupin

Tollivers Reisen

Band 4

Deutsch von Carl Weissner

Rowohlt

Die amerikanische Originalausgabe erschien
1984 unter dem Titel «Babycakes» bei
The Chronicle Publishing Company, San Francisco

Veröffentlicht im Rowohlt Taschenbuch Verlag GmbH,
Reinbek bei Hamburg, November 1996

Umschlaggestaltung Walter Hellmann
(Illustration Cathrin Günther)
Satz Garamond und Gill Sans (Monotype Lasercomp),
LibroSatz, Kriftel
Druck und Bindung Clausen & Bosse, Leck
Printed in Germany
ISBN 3 499 13990 1

When you feel your song is orchestrated wrong,
Why should you prolong
Your stay?
When the wind and the weather blow your dreams sky-high,
Sail away – sail away – sail away!

Wenn dein Lied nicht mehr gut klingt,
Warum dann noch
Länger bleiben?
Wenn Wind und Wetter deine Träume
In den Himmel wirbeln,
Laß dich treiben – laß dich treiben – laß dich treiben!

Noël Coward

Für
Christopher Isherwood
und Don Bachardy,
in herzlicher Erinnerung
an Daniel Katz
1956–1982
und erneut
für Steve Beery

Notiz für Lord Jamie Neidpath

Easley House mag sehr an Stanway House
erinnern, doch Lord Teddy Roughton hat
keinerlei Ähnlichkeit mit dir.
Wir beide wissen das.
Jetzt wissen es auch die anderen.
Cheers.

A. M.

Ein königlicher Empfang

Sie war siebenundfünfzig, als sie San Francisco zum erstenmal sah. Als ihre Limousine das Betonlabyrinth des Flughafens verließ, spähte sie durchs Fenster in den strömenden Regen und kommentierte das abscheuliche Wetter mit einem leisen Seufzer.

«Ich weiß», sagte Philip, der ihre Gedanken erriet. «Aber sie rechnen damit, daß es heute aufklart.»

Sie erwiderte sein leichtes Lächeln und kramte in ihrer Handtasche nach einem Papiertaschentuch. Seit der Abreise von der Ranch der Reagans fühlte sie sich ein wenig erkältet, doch ein Schnupfen sollte bei ihr auf entschlossenen Widerstand stoßen.

Die Autokolonne fuhr jetzt auf einen breiten Highway – einen «Freeway», wie sie vermutete –, und bald glitten sie in rascher Fahrt durch die Regenfluten, vorbei an schauerlichen Motels und Reklametafeln von alptraumhaften Dimensionen. Links ragte ein baumloser Hügel auf, der so unnatürlich grün war, daß man sich wie in Irland vorkam. Am Hang war mit weißen Steinen ein Schriftzug ausgelegt: SOUTH SAN FRANCISCO – THE INDUSTRIAL CITY.

Philip sah, wie sie das Gesicht verzog, und beugte sich vor, um die merkwürdigen Hieroglyphen zu studieren.

«Seltsam», murmelte er.

«Mmm», erwiderte sie.

Sie konnte nur hoffen, daß dies noch nicht die eigentliche Stadt war. Das schäbige Gewerbegebiet sah aus wie ein Abklatsch von Ruislip oder Wapping oder einem der gräßlichen kleinen Vororte in der Nähe von Gatwick Airport. Nun, sie durfte sich nicht jetzt schon das Schlimmste ausmalen.

Nach dem ursprünglichen Plan hätte sie an Bord der *Bri-*

tannia in San Francisco eintreffen sollen – was die erfreuliche Aussicht geboten hätte, unter der Golden Gate Bridge hindurchzugleiten. Doch als sie Los Angeles erreicht hatte, war die See recht tückisch geworden, und die Unwetter, die sechs kalifornische Flüsse über die Ufer treten ließen, hätten mit ziemlicher Sicherheit auch ihrem unzuverlässigen Magen bös zugesetzt.

Deshalb hatte sie sich für dieses nicht besonders majestätische Entree per Flugzeug und Auto entschieden. Sie würde die Nacht in einem Hotel verbringen und sich dann wieder auf der *Britannia* einquartieren, wenn diese am folgenden Tag im Hafen eintraf. Da sie ihrem Zeitplan um fast sechzehn Stunden voraus war, hatte sie den Abend ganz für sich, und der Gedanke an so viel Muße und Freizeit ließ ihr unverhofft kleine Schauer der Vorfreude über den Rücken laufen.

Wo würde sie am Abend speisen? Vielleicht im Hotel? Oder bei jemandem zu Hause? Aber bei *wem*? Das war eine heikle Frage, denn sie hatte bereits inständige Einladungen von mehreren Damen der hiesigen Gesellschaft erhalten; darunter auch – und hier überkam sie ein leichtes Schaudern – von dieser grauenhaften Person mit den Erdölraffinerien und dem vielen Haar.

Sie klammerte das Abendessen vorerst aus und wandte sich wieder der vorbeihuschenden Szenerie zu. Der Regen schien ein wenig nachgelassen zu haben, und am schiefergrauen Himmel zeigten sich da und dort ein paar zaghafte blaue Stellen. Dann tauchte wie aus dem Nichts die City vor ihr auf – ein Durcheinander von hochkant stehenden Keksschachteln, das sie vage an Sydney erinnerte.

«Schau!» rief Philip begeistert.

Er zeigte auf einen schillernden Regenbogen, der wie ein Diadem über der Stadt schwebte.

«Was für ein prächtiger Anblick», murmelte sie.

«Wahrhaftig. Die Protokollabteilung hat hier wirklich an alles gedacht.»

Sie kicherte über seinen kleinen Scherz und fühlte sich zunehmend unbeschwert. Es schien angebracht, den Augenblick zu würdigen, indem sie den Bürgern huldreich zuwinkte, aber für Menschenansammlungen war entlang dieser Hauptverkehrsader kein Platz. Also ignorierte sie den Impuls und zog sich statt dessen die Lippen nach.

Der Regen war zu einem Nieseln verkümmert, als die Autokolonne vom Highway abbog und in eine Gegend mit flachen Lagerhallen und vergammelten Cafés kam. An der ersten Kreuzung wurde das Tempo dramatisch gedrosselt, und Philip machte sie mit einer Kopfbewegung auf etwas aufmerksam.

«Da drüben, Liebes. Deine ersten Jubler.»

Sie wandte ein wenig den Kopf zur Seite und winkte einigen Dutzend Leuten zu, die sich an der Straßenecke versammelt hatten. Sie winkten kräftig zurück und hielten ein schwarzledernes Transparent hoch, auf dem in Buchstaben aus silberglänzenden Nieten zu lesen war: GOD SAVE THE QUEEN. Erst als sie die Rufe hörte, merkte sie, daß die Jubler alle Männer waren.

Philip rang sich ein mattes Grinsen ab.

«Was ist?» fragte sie.

«Homos», sagte er.

«Wo?»

«*Da*, Liebes. Die mit dem Transparent.»

Sie warf einen Blick nach hinten und sah, daß sie vor einem Gebäude standen, das sich Arena nannte. «Sei nicht albern», sagte sie. «Das sind irgendwelche Sportler.»

Ein heißer Tip von Mrs. Halcyon

Im Marina Safeway waren in der Woche vor dem Besuch von Elizabeth II englische Muffins, Imperial Margarine und Royal Crown Cola im Sonderangebot gewesen. Der Flag Store in der Polk Street hatte einen Ansturm auf britische Fahnen gemeldet, und nicht weniger als drei Bars im Castro-Distrikt hatten es unternommen, Wettbewerbe für «Betty Windsor»-Tucken auszurichten.

All dies und mehr war von Mary Ann Singleton – und tausend anderen Reportern – in den aufreibenden Tagen, die dem königlichen Besuch vorausgingen, gewissenhaft dokumentiert worden. Mary Ann hatte auf ihrer Suche nach queenmäßigen Bezugspunkten Tea Rooms in der Maiden Lane abgeklappert, irische Bars in North Beach und Bäckereien in den Avenues, wo rosenwangige Chicanas Steak-und-Nieren-Pasteten für «Olde English»-Restaurants produzierten.

Kein Wunder also, daß das Eintreffen Ihrer Majestät alle aufatmen ließ, aber auch ein enttäuschendes Gefühl der Leere auslöste. Gepeinigt vom unaufhörlichen Regen warteten Mary Ann und ihr Kameramann fast eine ganze Stunde vor dem Hotel St. Francis, nur um feststellen zu müssen (als es schon zu spät war), daß die königliche Limousine diskret in der Tiefgarage des Hotels verschwunden war.

Mary Ann rettete, was noch zu retten war, und lieferte einen Livebericht von der Einfahrt der Garage. Dann schleppte sie sich nach Hause in die Barbary Lane 28, kickte die Schuhe von den Füßen, nahm den ersten Zug von einem Joint und rief ihren Mann bei der Arbeit an.

Sie verabredeten sich am Abend fürs Kino. *Gandhi.*

Sie wärmte sich gerade einen Rest Schmorbraten auf, als das Telefon läutete.

«-lo», murmelte sie mit vollem Mund.

«Mary Ann?» Die forsche Patrizierstimme von DeDe Halcyon Day.

«Hallo», sagte Mary Ann. «Du mußt entschuldigen, ich futtere mich gerade um den Verstand.»

DeDe lachte. «Ich hab deinen Bericht in *Bay Window* gesehen.»

«Na großartig», sagte Mary Ann geknickt. «Sehr tiefschürfend, was? Ich schätze, jetzt reicht's mir höchstens noch für einen Emmy.»

«Na, na. Du hast das einwandfrei gebracht.»

«Von wegen.»

«Und wir fanden deinen Hut ganz toll. Er war *viel* schöner als der von der Bürgermeisterin. Sogar Mutter hat es gesagt.»

Mary Ann verzog das Gesicht, obwohl niemand was davon hatte. Es war zum erstenmal seit Jahren, daß sie einen getragen hatte, und sie hatte ihn nur aus Anlaß des königlichen Besuchs gekauft. «Freut mich, daß er euch gefallen hat», sagte sie trokken. «Ich fand, daß er für eine Tiefgarage vielleicht ein bißchen aufwendig war.»

«Hör mal», sagte DeDe, «warum bist du eigentlich nicht hier? Ich hatte erwartet, dich hier zu sehen.»

«Wo? In Hillsborough?»

DeDe gab einen mißmutigen Seufzer von sich. «Im Trader Vic's natürlich.»

Die meisten Reichen sind nervig, entschied Mary Ann. Nicht weil sie anders sind, sondern weil sie so tun, als würden sie den Unterschied nicht merken. «DeDe», sagte sie so ruhig, wie sie konnte, «das Trader Vic's gehört nicht grade zu meinen Stammlokalen.»

«Na schön, aber . . . willst du sie denn nicht sehen?»

«Wen denn?»

«Die Queen, du Dummchen.»

«Die Queen ist im Trader Vic's?» Totaler Unsinn.

«Moment mal», sagte DeDe. «Du hast das nicht *gewußt*?»

«DeDe, um Gottes willen . . . ist sie da?»

«Noch nicht. Aber sie ist auf dem Weg hierher. Ich hatte fest damit gerechnet, daß dir der Sender Bescheid sagt . . .»

«Bist du sicher?»

«Irgend jemand ist sicher. Auf den Straßen wimmelt es von Bullen, und in der Captain's Cabin sieht's aus wie nach einer Opernpremiere. Schau, Vita Keating hat es Mutter gesagt, und Vita hat es von Denise Hale, also muß es wohl stimmen.»

Mary Anns Zweifel verharrten wie eine Narkose. «Ich hab eigentlich nicht gedacht, daß die Queen in Restaurants geht.»

DeDe lachte. «Tut sie auch nicht. Vita sagt, es ist das erste Mal seit siebzehn Jahren!»

«Meine Güte», sagte Mary Ann.

«Wir haben jedenfalls Plätze ganz vorne», fuhr DeDe fort. «Ich bin mit Mutter und D'or und den Kindern da, und wir würden uns freuen, wenn du dazukommen kannst. Mit Brian natürlich.»

«Er muß arbeiten», sagte Mary Ann, «aber ich würde liebend gern kommen.»

«Gut.»

«DeDe, sind noch andere Reporter da? Siehst du jemand vom Fernsehen?»

«Nö. Halt dich ran, und du hast sie ganz für dich.»

Mary Ann stieß einen Freudenschrei aus. «Du bist ein Engel, DeDe! Ich komme, sobald ich ein Taxi erwische!»

Sie drückte die Gabel nieder, rief im Sender an und alarmierte den Leiter der Nachrichtenredaktion. Er war begreiflicherweise skeptisch, versicherte ihr aber, er werde sofort ein Team losschicken. Dann rief sie ein Taxi, schminkte sich, zog ihre Schuhe wieder an und kritzelte hastig einen Zettel für Brian.

Sie eilte bereits durch den dichtbelaubten Canyon der Barbary Lane, als ihr einfiel, was sie vergessen hatte. «Scheiße», murmelte sie, machte nach kurzem Zögern kehrt und rannte zurück, um ihren Hut zu holen.

Als sie am Cosmo Place aus dem Taxi stieg, staunte sie wieder einmal über die mystische Aura, die das Trader Vic's umgab. Strenggenommen war das ach-so-fashionable polynesische Restaurant nur eine Baracke in einer Seitengasse am Rand des Rotlichtviertels. Doch Leute, die sich im verkitschten Tonga Room auf dem Nob Hill nie hätten erwischen lassen, würden ihre Großmutter umbringen, um sich im Trader Vic's im gleichen Dekor sonnen zu können.

Der Empfangschef gab sich an diesem Abend besonders streng, doch sie besänftigte ihn mit den magischen Worten – «Mrs. Halcyon erwartet mich» – und bahnte sich einen Weg zu den Nischen neben der Bar, dem Allerheiligsten, genannt Captain's Cabin. DeDe gab ihr ein verstohlenes elisabethanisches Winkzeichen.

Forsch ging Mary Ann zum Tisch und glitt auf den Polsterstuhl, den sie ihr freigehalten hatten. «Ich hoffe, ihr habt nicht gewartet und schon bestellt», sagte sie.

«Nur Drinks», antwortete DeDe. «Der reinste Zoo hier, nicht?»

Mary Ann schaute zu den Nachbartischen hinüber. «Äh ... wer ist denn da?»

«Alle», meinte DeDe schulterzuckend. «Stimmt doch, Mutter?»

Mrs. Halcyon hörte den anzüglichen Unterton heraus und entschied sich dafür, die Bemerkung ihrer Tochter zu übergehen. «Ich freue mich sehr, daß Sie kommen konnten, Mary Ann. D'orothea kennen Sie ja schon ... und die Kinder. Edgar, bohr nicht in der Nase, Schatz. Gangie hat es dir schon tausendmal gesagt.»

Der Sechsjährige zog einen Flunsch. Seine zarten eurasischen Züge standen, wie die seiner Zwillingsschwester, ganz in Einklang mit der exotischen Ausstattung des Raums. «Warum können wir nicht ins Chuck E. Cheese?» fragte er.

«Weil die Königin im Chuck E. Cheese nicht speist», erklärte ihm seine Großmutter mit liebenswürdiger Geduld.

D'orothea verdrehte dezent die Augen. «Eigentlich war's ihre erste Wahl, aber die haben von einer Reservierung für sechzig Leute nichts wissen wollen.»

Mary Ann entfuhr ein Kichern, das sie rasch wieder abwürgte, als sie Mrs. Halcyons Gesichtsausdruck sah. «Ich würde meinen», sagte die Matriarchin mit einem strafenden Seitenblick auf die Liebhaberin ihrer Tochter, «daß ein wenig Takt uns allen gut anstehen würde.»

D'orothea senkte bußfertig den Blick, doch ihre Mundwinkel kräuselten sich verächtlich. Sie rückte eine Gabel gerade und wartete darauf, daß der Augenblick vorüberging.

«Also», sagte Mary Ann etwas zu munter, «wann wird sie denn erwartet?»

«Jeden Moment», erwiderte DeDe. «Sie setzen sie in den Trafalgar Room. Der ist im Obergeschoß und hat einen separaten Eingang, also wird man sie wahrscheinlich durch die Hintertür reinlotsen und ...»

«Ich muß pissen», sagte Klein Anna und zupfte DeDe am Ärmel.

«Anna, hab ich dir nicht zu Hause gesagt, du sollst das machen, eh wir gehen?»

«*Und*», fügte Mrs. Halcyon mit ehrlich entsetzter Miene hinzu, «kleine Mädchen sagen solche Wörter nicht.»

Anna sah verwundert drein. «Was für Wörter?»

«Pissen», sagte ihr Bruder.

«Edgar!» Die Matriarchin sah ihren Enkel entgeistert an. Dann fuhr sie herum und wandte sich gebieterisch an ihre Tochter. «Herrgott, DeDe . . . sag es ihnen. Das ist nicht meine Aufgabe.»

«Ach, Mutter, das ist wohl kaum . . .»

«Sag es ihnen.»

«Die Franzosen sagen auch pissen», warf D'orothea ein. «Was ist mit *Pissoir*?»

«D'or.» DeDe wies den Beitrag ihrer Geliebten mit einem eisigen Blick zurück, ehe sie sich ihre Kinder vornahm. «Hört mal, ihr zwei . . . ich dachte, wir hätten uns auf pinkeln geeinigt.»

«O Gott», stöhnte die Matriarchin.

Mary Ann und D'orothea tauschten ein verstohlenes Grinsen aus.

«Mutter, wenn du nichts dagegen hast . . .»

«Was ist denn aus Pipi machen geworden, DeDe? Ich habe dir beigebracht, Pipi zu sagen.»

«Tut sie auch noch», sagte D'or.

Wieder ein funkelnder Blick von DeDe. Mary Ann schaute aufs Tischtuch hinunter, weil sie auf einmal Angst hatte, daß D'or versuchen könnte, sie als Verbündete einzuspannen.

«Komm», sagte Mrs. Halcyon und stand auf. «Gangie geht mit dir zu ‹kleine Mädchen›.»

«Ich auch», meldete sich Edgar.

«Also gut . . . du auch.» Sie nahm die beiden Patschhändchen in ihre dicken, juwelengeschmückten Pranken und zottelte ins Dunkel hinter den Rattanstellwänden.

D'orothea gab ein theatralisches Stöhnen von sich.

«Fang gar nicht erst an», sagte DeDe.

«Es wird immer schlimmer mit ihr. Ich hätte es nicht für möglich gehalten, aber es wird tatsächlich schlimmer.» Sie wandte sich an Mary Ann und gestikulierte mit steifem Zeigefinger in Richtung Toiletten. «Die Frau lebt unter einem Dach mit ihrer lesbischen Tochter und ihrer lesbischen Schwiegertochter und ihren zwei halbchinesischen Enkelkindern von dem beknackten Laufburschen von Jiffy's . . .»

«D'or . . .»

«. . . und sie führt sich *immer* noch auf, als wären wir im neunzehnten Jahrhundert und sie wär . . . die bescheuerte Queen Victoria. Schnapp dir den Kellner, Mary Ann. Ich will noch einen Mai Tai.»

Mary Ann wedelte nach dem Kellner, aber der flitzte gerade in die Küche. Als sie sich wieder zu dem Pärchen umdrehte, schauten sich die beiden in die Augen, als wären sie allein.

«Hab ich recht?» fragte D'orothea.

DeDe zögerte. «Halbwegs, vielleicht.»

«Von wegen halbwegs. Die Frau ist regressiv.»

«Na schön . . . okay. Aber es ist doch nur ihre Art, mit dem Leben zu Rande zu kommen.»

«Ach nee. Ist das deine Erklärung für ihr Verhalten draußen auf der Straße?»

«Welches Verhalten?»

«Ach komm. Die Frau ist besessen von dem Gedanken, die Queen zu treffen.»

«Sag nicht immer ‹die Frau›. Und sie ist nicht besessen, sie ist nur . . . interessiert.»

«Klar. Mmh. So interessiert, daß sie über die Absperrung springt.»

DeDe verdrehte die Augen. «Sie ist über keine Absperrung gesprungen.»

D'orothea schnaubte verächtlich. «Aber beinah. Ich hab schon gedacht, sie plättet den Kerl vom Secret Service!»

Als Mrs. Halcyon mit den Kindern zurückkam, hatten sich die Gemüter wieder einigermaßen beruhigt. Mary Ann ließ sich ein oder zwei Minuten auf den Austausch höflicher Belanglosigkeiten ein, schob dann ihren Stuhl zurück und lächelte die Matriarchin entschuldigend an. «Es hat mich sehr gefreut, aber ich glaube, es ist besser, wenn ich draußen auf mein Team warte. Die Jungs kommen ja nie am Empfangschef vorbei, und ich bin nicht sicher, ob . . .»

«Ach, bleiben Sie doch noch, meine Liebe. Nur auf einen Drink.»

DeDe warf Mary Ann einen bedeutsamen Blick zu. «Ich glaube, Mutter will dir erzählen, wie sie die Queen kennengelernt hat.»

«Oh», sagte Mary Ann und wandte sich wieder der Matriarchin zu. «Sie sind ihr schon mal begegnet?» Sie fummelte nervös an ihrem Hut. Aus Höflichkeit gegenüber Älteren hatte sie im Leben schon mehr Zeit verloren, als ihr lieb war.

«Sie ist eine ganz reizende Person», legte Mrs. Halcyon los. «Wir hatten im Garten von Buckingham Palace einen netten langen Plausch. Ich kam mir vor, als wären wir alte Bekannte.»

«Wann war das?» fragte Mary Ann.

«In den Sechzigern», sagte DeDe. «Daddy hat damals die BOAC-Werbung gemacht.»

«Ah.» Mary Ann stand auf, hielt aber höflichen Blickkontakt zu Mrs. Halcyon. «Ich nehme an, Sie werden sie dann später sehen. Beim Staatsdiner oder so.»

Falsch. Das Gesicht der Matriarchin verwandelte sich in die Totenmaske eines Apachen. Hochrot vor Verlegenheit wandte sich Mary Ann hilfesuchend an DeDe. «Das Problem», erläuterte DeDe, «ist Nancy Reagan.»

Mary Ann nickte, ohne etwas zu begreifen.

D'orothea verzog sarkastisch den Mund. «Wenigstens ein Problem, das wir alle haben.»

DeDe ignorierte die Bemerkung. «Mutter und Mrs. Reagan waren noch nie ein Herz und eine Seele. Mutter denkt, es gibt eine Intrige . . . um sie vom Staatsdiner auszuschließen.»

«Denkt?» brauste Mrs. Halcyon auf.

«Wie auch immer.» DeDe zwinkerte Mary Ann teilnahmsvoll zu, um ihr über die peinliche Situation hinwegzuhelfen.

«Du solltest besser los, nicht? Komm, ich bring dich zur Tür.» Sie stand auf, so daß Mary Ann der Abgang leichter wurde.

«Viel Glück», sagte die Matriarchin. «Machen Sie eine gute Figur.»

«Danke», antwortete Mary Ann. «Tschüs, D'orothea.»

«Tschau, Liebes. Wir sehn uns bald mal, ja?» *Wenn die alte Schachtel nicht dabei ist*, war damit gemeint.

«Wo geht sie hin?» fragte Edgar seine Großmutter.

«Zu einem Fernsehauftritt, mein Engel. Anna, mein Schatz, kratz dich nicht da.»

«Warum?»

«Frag nicht. Es ist nicht damenhaft.»

«Die Kinder sehen fabelhaft aus», sagte Mary Ann. «Ich kann es nicht fassen, wie groß sie schon sind.»

«Tja ... Du, das von vorhin tut mir leid.»

«Ach, was soll's.»

«D'or haßt solche Anlässe. Mit Mutter allein geht's noch, aber wenn Mutters Bekannte dazukommen ...» Sie schüttelte matt und schicksalergeben den Kopf. «Sie nennt sie ‹Die verkrusteten Zehntausend›. Die radikale Linke steckt ihr noch arg in den Knochen.»

Mag sein, dachte Mary Ann, doch allmählich fiel es schwer, sich daran zu erinnern, daß die Frau in dem Zandra-Rhodes-Kleid und mit dem Hauch Lila im Haar einst mit DeDe im Dschungel von Guyana geschuftet hatte. Auch DeDes Entwicklung – von der Debütantin zur Stadtguerilla und zur Junior-League-Matrone – war reich an Widersprüchen, und manchmal hatte Mary Ann das Gefühl, daß die peinliche Verlegenheit, die sie angesichts eines derart wirren Lebens empfanden, das Bindemittel war, das die ‹Ehe› der beiden zusammenhielt.

DeDe bedachte ihr Dilemma mit einem milden Lächeln. «Weißt du, ich hab es nicht drauf angelegt, mal so eine Familie zu haben.»

Mary Ann erwiderte das Lächeln. «Und ob.»

«Anna hat Edgar neulich eine Schwuchtel genannt. Kannst du dir das vorstellen?»

«Mein Gott. Wo hat er das denn aufgeschnappt?»

DeDe zuckte mit den Schultern. «Wahrscheinlich in der Montessorischule. Herrgott, ich weiß nicht . . . manchmal denke ich, ich komme überhaupt nicht mehr mit. Ich weiß nicht, wie ich mir *selbst* die Welt erklären soll, geschweige denn meinen Kindern.» Sie machte eine Pause und sah Mary Ann an. «Ich hatte gehofft, darüber könnten wir uns inzwischen längst austauschen.»

«Über was?»

«Kinder. Ich dachte, du und Brian wollten . . . Gott, was sagt man dazu. Ich rede schon wie Mutter.»

«Macht doch nichts.»

«Du hast so was gesagt . . . als wir uns das letzte Mal gesehen haben.»

«Stimmt.»

«Aber ich nehme an . . . die Karriere macht es einigermaßen schwer . . .» Sie verstummte. Offenbar fand sie es peinlich, daß sie sich anhörten wie zwei Hausfrauen auf Einkaufsbummel in Sacramento. «Sag mir, wenn ich den Mund halten soll, okay?»

Zu Mary Anns Erleichterung hatten sie mittlerweile den Ausgang erreicht. Sie gab DeDe einen flüchtigen Kuß auf die Wange. «Ich freu mich, daß du nachgefragt hast», sagte sie. «Nur, im Moment . . . ist das Thema auf Sparflamme.»

«Schon verstanden», sagte DeDe.

Wirklich? dachte Mary Ann. Hatte sie den wahren Grund erraten?

Heftiger Regen prasselte auf die Markise über dem Eingang des Restaurants. «Sind das deine Leute?» fragte DeDe und zeigte auf Mary Anns Kamerateam.

«Das sind sie.» Sie wirkten mißmutig und waren klitschnaß. Der Gedanke, ihnen noch mehr Nässe und Verdruß zumuten zu müssen, stimmte sie nicht gerade froh. «Danke für den Tip», sagte sie zu DeDe.

«Schon gut», erwiderte ihre Freundin. «Du hattest noch einen gut bei mir.»

Die Sache mit dem Baby

Brian Hawkins kam von der Arbeit nach Hause, fand die Nachricht seiner Frau und ging nach oben in das Häuschen auf dem Dach, um sich ihre Sendung anzusehen. Das winzige Penthouse war einmal seine Junggesellenbude gewesen und diente jetzt allen Bewohnern der Barbary Lane 28 als Fernseh- und Aufenthaltsraum. Er schien es allerdings immer noch häufiger zu benutzen als die anderen.

Das machte ihm manchmal Sorgen. Er fragte sich, ob er ein ausgewachsener TV-Junkie geworden war, ein chronischer Eskapist, der die Glotze brauchte, um eine Leere zu füllen, die er selbst nicht mehr ausfüllen konnte. Wenn Mary Ann nicht zu Hause war, konnte man ihn fast immer in seinem Fernsehnest antreffen, wo er sich von dem Quasar einlullen ließ.

«Brian, Lieber?»

Mrs. Madrigals Stimme ließ ihn zusammenfahren. Ihre Schritte auf der Treppe waren von Supertramps «It's Raining Again» auf MTV übertönt worden. «Oh, hallo», sagte er und drehte sich mit einem Grinsen zu ihr um. Sie trug einen blaßgrünen Kimono, und ihr Haar umschwebte das eckige Gesicht wie faserige Rauchstreifen.

Sie kräuselte die Lippen und musterte den Bildschirm. Ein Mann in Unterwäsche lief durch einen Wald von aufgespannten Regenschirmen. «Wie passend», sagte sie.

«Ja, wirklich», gab er zurück.

«Ich suche Mary Ann», sagte die Vermieterin.

Es war eine simple Feststellung, doch er fühlte sich nun noch mehr als Außenseiter. «Da werden Sie sich hinter mir anstellen müssen», sagte er und wandte sich wieder dem Fernseher zu.

Mrs. Madrigal schwieg.

Seine kleinliche Reaktion tat ihm augenblicklich leid. «Sie hat eine ganz heiße Verabredung mit der Queen», fügte er hinzu.

«Oh . . . schon wieder, hm?»

«Ja.»

Sie schwebte durch den Raum und setzt sich zu ihm auf das Sofa. «Sollten wir nicht auf ihren Kanal umschalten?» Ihre große Wedgwood-Augen verziehen ihm seine Gereiztheit.

Er schüttelte den Kopf. «Es sind noch fünf Minuten bis zur Sendung.»

«Ah.» Ihr Blick schweifte aus dem Fenster und verharrte schließlich auf dem blinkenden Leuchtfeuer von Alcatraz. Das hatte er schon oft an ihr beobachtet. Als wäre dort ein Bezugspunkt für sie; so etwas wie die Quelle ihrer Energie. Sie sah ihn wieder an und rüttelte spielerisch an seinem Knie. «Schon schlimm, nicht?»

«Was?»

«Ein Medienwitwer zu sein.»

Er rang sich ein Lächeln ab. «Das ist es nicht. Ich bin stolz auf sie.»

«Natürlich.»

«Ich hatte mich nur . . . darauf verlassen, daß ich sie heute abend für mich habe. Das ist alles.»

«Ich kenne das Gefühl», sagte sie.

Dieses Mal war er es, der aus dem Fenster sah. Auf dem Flachdach eines Nachbarhauses hatte sich eine Regenpfütze gebildet, deren Oberfläche jetzt von den Einschlägen eines weiteren Prasselregens aufgewühlt wurde. Es war noch nicht Nacht, aber es war dunkel geworden. «Haben Sie einen Joint?» fragte er.

Sie legte den Kopf zur Seite und sah ihn spöttisch an, als wollte sie sagen: «Dumme Frage.» Sie tastete im Ärmel ihres Kimonos herum, bis sie das vertraute Kästchen aus Schildplatt zutage förderte. Er nahm sich einen Joint heraus, zündete ihn an und hielt ihn ihr hin. Sie schüttelte den Kopf und sagte: «Mach schon.»

Das tat er und schwieg fast eine Minute, während Michael Jackson in Trippelschritten durch eine Kulissenstraße tänzelte und lauthals protestierte: «Das Kind ist nicht mein Sohn.» Brian fand, daß man ihm das ohne weiteres glauben konnte.

«Es ist bloß», sagte er schließlich, «daß ich was mit ihr besprechen wollte.»

«Ah.»

«Ich wollte mit ihr in *Gandhi* und sie vorher im Ciao zum Essen einladen und noch mal über Thema eins reden.»

Da sie nichts sagte, warf er ihr einen Seitenblick zu, um zu sehen, ob sie wußte, was er meinte. So war es. Sie wußte es, und sie war davon sichtlich angetan. Gleich fühlte er sich wesentlich besser. Immerhin würde er Mrs. Madrigal stets auf seiner Seite haben.

«Das kannst du ja immer noch», meinte sie schließlich.

«Ich weiß nicht . . .»

«Was ist?»

«Ich meine . . . es macht mir eine Heidenangst. Ich weiß nicht, ob es eine gute Idee ist, wenn ich ihr noch mal Gelegenheit gebe, nein zu sagen. Diesmal . . . könnte es so rauskommen, als ob sie's auch meint.»

«Aber wenn du nicht wenigstens mit ihr redest . . .»

«Schauen Sie, was soll das nützen? Wann hätte sie denn mal *Zeit* dazu, um Himmels willen? Heute abend ist ja wieder *so* typisch. Unser Privatleben muß zurückstehen hinter jeder blödsinnigen kleinen Nachrichtenstory, die sich ergibt.»

Die Vermieterin lächelte milde. «Ich weiß nicht, ob Ihrer Majestät diese Beschreibung ihres Aufenthalts gefallen würde.»

«Na schön. Für heute abend gilt es vielleicht nicht. Das mit der Queen ist einzusehen . . .»

«Würde ich doch meinen.»

«Aber von der Sorte hat sie sich diesen Monat schon ein halbes Dutzend geleistet. So wie heute ist es *ständig*.»

«Na ja, ihre Karriere ist eben sehr . . .»

«Nehme ich etwa keine Rücksicht auf ihre Karriere? Tu ich das vielleicht nicht? Sie kann ja ihre Karriere haben, und das Baby könnte meine sein. Ich finde, das kann man doch verstehen!»

Er war offenbar heftiger geworden, als er beabsichtigt hatte. Ihr besänftigender Blick schien zu sagen, daß er sich beruhigen solle. «Mein Lieber», sagte sie leise, «ich bin die letzte, die du überzeugen mußt.»

«Entschuldigung», sagte er. «Ich sollte nicht an Ihnen üben.»

«Schon gut.»

«Es ist nicht so, als könnten wir uns noch viel Zeit lassen. Sie ist zweiunddreißig, und ich bin achtunddreißig.»

«Uralt», sagte die Vermieterin.

«Wenn's um Kinderkriegen geht, ja. Jetzt heißt es scheißen oder runter vom Pott.»

Mrs. Madrigal verzog das Gesicht und zupfte ihren Kimono zurecht. «An deinen Metaphern mußt du noch arbeiten, mein Lieber. Sag mal, wann hast du das letzte Mal mit ihr darüber gesprochen?»

Er überlegte einen Augenblick. «Vor drei Monaten vielleicht. Und sechs Monate davor.»

«Und?»

«Sie sagt jedesmal, wir sollten noch warten.»

«Auf was?»

«Das möchte ich auch wissen. Vielleicht, daß sie Chefmoderatorin wird? Das ergäbe 'ne Menge Sinn. Wie viele schwangere Moderatorinnen haben Sie schon gesehen?»

«Ein paar muß es schon gegeben haben.»

«Sie will nicht», sagte er. «Das ist alles. Das ist die Wahrheit hinter den ganzen Ausflüchten.»

«Das weißt du doch nicht», meinte die Vermieterin.

«Ich kenne sie.»

Mrs. Madrigal schaute wieder hinaus zum Leuchtfeuer von Alcatraz. «Sei dir da nicht so sicher», sagte sie.

Das irritierte ihn. Als er sie fragend ansah, hatte sie die Stirn in nachdenkliche Falten gelegt. «Hat sie mit Ihnen gesprochen?» fragte er. «Hat sie was gesagt vom . . . Kinderkriegen?»

«Nein», sagte die Vermieterin hastig. «Das würde sie nie.»

Ihm fiel ein, daß es höchste Zeit war, und er griff zur Fernbedienung. Auf Knopfdruck erschien Mary Anns Gesicht auf dem Bildschirm, nur wenig überlebensgroß. Sie stand in einer Gasse hinter dem Trader Vic's, und ihr Lächeln war schwer nachvollziehbar angesichts der vielen blau uniformierten Polizisten, die sie umringten.

Mrs. Madrigal strahlte. «Meine Güte, sieht sie nicht einfach fabelhaft aus?»

Sie sah noch besser aus. Eine Woge zärtlicher Gefühle durchströmte ihn, und einige Augenblicke sah er mit einem stolzen Lächeln auf den Bildschirm. Dann wandte er sich wieder seiner Vermieterin zu. «Sagen Sie mir Ihre ehrliche Meinung.»

«Na gut.»

«Sieht sie wie eine Frau aus, die ein Kind will?»

Mrs. Madrigal furchte erneut die Stirn. Sie betrachtete lange und eingehend Mary Anns Gesicht. «Tja», begann sie und tippte sich mit dem Zeigefinger an die Lippen, «dieser Hut ist verräterisch.»

Ein Ehrenamtlicher

Michael Tolliver hatte den Nachmittag im Castro verbracht. Jetzt war Rush-Hour, und die jungen Männer, die in den Banken arbeiteten, eilten nach Hause zu den jungen Männern, die in den Kneipen arbeiteten. Von einem Fensterplatz im Twin Peaks sah er zu, wie sie aus der U-Bahn-Station strömten und nur kurz innehielten, um ihre Schirme aufzuspannen – es sah aus, als würde jeder mit einer Armbrust auf den Regen anlegen. Ihre Gesichter wirkten abgekämpft und verwirrt wie Gesichter von Häftlingen, die sich irgendwie einen Tunnel in die Freiheit gebuddelt haben.

Er trank sein Mineralwasser aus und verließ die Bar. Bei dem Mann, der an der Ecke Herrenknirpse verkaufte, löhnte er drei Dollar. Er hatte seinen letzten verloren, und den davor hatte er wegen einer gebrochenen Speiche wegwerfen müssen, aber drei Dollar waren nichts, und Wegwerfschirme fand er eine gute Idee. Es hatte keinen Sinn, sich an einen Schirm zu gewöhnen und sentimental zu werden.

Nachdem er beschlossen hatte, in der Sausage Factory eine

Pizza zu essen, ging er die Castro Street hinunter, vorbei an den Kinos und Croissant/Konfekt/Postkarten-Shops. Als er die Eighteenth Street überquerte, schlappte ein Stadtstreicher auf die Kreuzung und schrie hinter einer modisch gekleideten Schwarzen in einem Mitsubishi her: «Geh zurück nach Japan!» Michael sah ihr in die Augen und lächelte. Sie lohnte es ihm mit einem freundschaftlichen Schulterzucken, einem gängigen Ausdruck sozialer Telepathie, der in diesem Fall zu besagen schien: «Den können wir wohl auch abschreiben.» An manchen Tagen war das alles, was man an Menschlichkeit erwarten konnte – dieser kummervolle, verzeihende Blick, wie ihn Überlebende austauschen.

In der Sausage Factory war es so warm und gemütlich, daß er sich wider besseres Wissen dazu hinreißen ließ, einen halben Liter vom roten Hauswein zu bestellen. Was als milder Flirt mit der Erinnerung anfing, degenerierte zu tränenreichem Selbstmitleid, als der Alkohol zu wirken begann. Er versuchte, sich abzulenken, und musterte die angestrengt witzige Wanddekoration, doch sein Blick verhakte sich ausgerechnet an einer Bierreklame für Pabst Blue Ribbon mit dem Spruch: SITZEN SIE NICHT NUR DA – NERVEN SIE IHREN MANN. Sein Gesicht war naß von Tränen, als der Kellner mit der Pizza kam.

«Ahm . . . is was, Kleiner?»

Michael wischte sich hastig mit der Serviette übers Gesicht und nahm sein Essen in Empfang. «Nein, alles in Ordnung. Die Pizza sieht lecker aus.»

Der Kellner nahm es ihm nicht ab. Er blieb einen Augenblick mit verschränkten Armen stehen, zog sich dann einen Stuhl heran und setzte sich Michael gegenüber. «Wenn bei dir alles in Ordnung ist, bin ich Joan Collins.»

Michael lächelte. Er mußte unwillkürlich an eine Kellnerin denken, die er vor Jahren in Orlando getroffen hatte. Auch sie hatte ihn «Kleiner» genannt, ohne seinen Namen zu kennen. Dieser Bursche hier trug eine schwarze Lederweste, und an seiner Levi's hing ein Schlüsselbund, doch er hatte genau die gleiche Art, auf Fremde zuzugehen. «Wieder mal so ein Tag?» fragte er.

«Wieder mal so ein Tag», sagte Michael.

Der Kellner schüttelte langsam den Kopf. «Und wir sind hier, am falschen Ende der Stadt, während Betty im Trader Vic's beim Dinner sitzt.»

Michaels Herz machte einen Sprung. «Bette *Davis*?»

Der Kellner lachte. «Schön wär's. Betty die Zweite, Kleiner. Die Queen.»

«Oh.»

«Sie ham ihr ein Glücksplätzchen serviert . . . *und sie hat nicht gewußt, was es ist.* Ist das zum Aushalten?»

Michael lachte in sich hinein. «Du weißt nicht zufällig, was auf dem Zettelchen stand?»

«Ähm . . .» Der Kellner schrieb die Worte mit dem Zeigefinger in die Luft. «Du . . . wirst . . . sehr . . . reich . . . werden.»

«Klar.»

Der Kellner hob beide Hände. «Ich schwör's. Nancy Reagan hat in ihrem Plätzchen denselben Spruch gekriegt.»

Michael nippte an seinem Wein. «Wo hast du das her?» Der Bursche war furchtbar nett, aber der Text, den er drauf hatte, war verdächtig.

«Vom Fernseher in der Küche. Mary Ann Singleton berichtet schon den ganzen Abend darüber.»

«Ehrlich?» *Gut für sie*, dachte er, *gut für sie*. «Ist eine alte Bekannte von mir.» Es würde ihr gefallen, wenn sie wüßte, daß er mit ihr angegeben hatte.

«Na, dann sag ihr mal, ich find sie gut.» Der Kellner streckte ihm die Hand hin. «Ich heiße übrigens Michael.»

Michael schüttelte ihm die Hand. «Ebenfalls.»

«Michael?»

«Genau.»

Der Kellner verdrehte die Augen. «Manchmal glaub ich, die Hälfte aller Schwulen auf der Welt heißt Michael. Wer hat bloß diesen Scheiß von wegen Bruce erfunden?» Er stand unvermittelt auf und gab sich wieder professionell. «Also, paß auf dich auf, Kleiner. Vielleicht sehn wir uns mal wieder. Arbeitest du hier in der Nähe?»

Michael schüttelte den Kopf. «Eigentlich nicht. Nur heute nachmittag.»

«Wo?»

«Gegenüber. Im Switchboard.»

«Ach ja? Da hat mein Freund Max mal 'ne Weile gearbeitet. Er fand es sehr anstrengend.»

«Ist es auch», sagte Michael.

«Da gab's einen, der hat jeden zweiten Nachmittag angerufen, wenn seine Frau im Aerobic-Kurs war. Meistens wollte er, daß Max . . . na ja . . . den kerligen Fernfahrertyp mimt. Max sagte, der Bursche hätte *ewig* gebraucht, bis es ihm kam. Und er hat immer dasselbe gesagt. ‹Ja, so is gut, schlenker mir deine großen Eier ins Gesicht.› Als ehrlich, wie soll man einem Typ am *Telefon* die Eier ins Gesicht schlenkern . . .»

«Falsche Hausnummer», sagte Michael und spürte, wie ihm ein mattes Lächeln in die Mundwinkel kroch.

Der Kellner blinzelte ihn ratlos an. «Dial-a-Load?»

Michael schüttelte den Kopf. «Das Aids-Telefon.»

«Oh.» Die Finger des Kellners glitten an seiner Brust hoch und verharrten vor seinem Mund. «Gott, ich bin vielleicht ein Idiot.»

«Nein, bist du nicht.»

«Da ist so eine Telefonsexagentur, direkt über der neuen Sparkassenfiliale, und ich dachte . . . Gott, ist mir das peinlich.»

«Laß man», sagte Michael. «Ich find es lustig.»

Die Miene seines Namensvetters drückte erst Dankbarkeit aus, dann Verwirrung und schließlich so was wie Sorge. Michael wußte, woran der andere dachte. «Ich hab es nicht», ergänzte er. «Ich mach bloß als Ehrenamtlicher Telefonberatung.»

Ein langes Schweigen folgte. Als der Kellner wieder etwas sagte, war seine Stimme belegt. «Der Lover von meinem Ex ist letzten Monat dran gestorben.»

Eine Bekundung von Mitgefühl schien irgendwie unangebracht, also nickte Michael nur.

«Es macht mir wirklich angst», sagte der Kellner. «Ich hab

die Folsom Street komplett aufgegeben. Ich geh nur noch in Pulloverbars.»

Michael hätte ihm sagen können, daß die Krankheit auch auf Kaschmirpullover keine Rücksicht nimmt, aber für ein weiteres Beratungsgespräch waren seine Nerven schon viel zu strapaziert. Er hatte fünf Stunden am Telefon mit Leuten gesprochen, die von ihren Liebhabern abserviert, von ihren Vermietern rausgesetzt und von Krankenhäusern abgewiesen worden waren. Für den Rest des Abends wollte er nur noch eines: Alles vergessen.

Schmerzliche Erfahrungen

Es war fast Mitternacht, als Mary Ann nach Hause kam. In der verregneten Winterzeit hatte sich auf den Holzstufen der Treppe, die zur Barbary Lane führte, ein moosgrüner Glibber gebildet, deshalb stieg sie vorsichtig hinauf und hielt sich am Geländer fest, bis sie unter ihren Füßen den beruhigend rutschfesten Belag aus Eukalyptuslaub spürte. Als sie das überdachte Gartentor von Nummer 28 erreichte, sah sie, daß bei Michael noch Licht war. Das führte bei ihr zu einer gewissen Besorgnis und weckte einen Instinkt, den man durchaus mütterlich nennen konnte.

Im Obergeschoß klopfte sie nach kurzem Zögern an seine Tür. Als er öffnete, wirkte er etwas zerzaust und verlegen. «Oh, hallo», sagte er und fuhr sich mit den Fingern durchs Haar.

«Ich hoffe, du hast nicht geschlafen.»

«Nein, ich hatte mich nur hingelegt. Komm doch rein.»

Sie trat ins Zimmer. «Hast du zufällig meinen kleinen Coup mitgekriegt?»

Er schüttelte den Kopf. «Aber hinterher davon erfahren. Im Castro wurde von nichts anderem gesprochen.»

«Wirklich?» Die zweite Silbe rutschte ihr so hoch, daß es ein bißchen zu kindlich und begierig klang, doch sie lechzte nach

Bestätigung. Ihre heimliche Angst war, daß ihr Auftritt unbeholfen und anfängerhaft gewirkt hatte. «Was haben die Leute denn so gesagt?»

Er lächelte sie schläfrig an. «Was hättest du denn gern gehört?»

«Mouse!» Sieben Jahre waren sie nun miteinander befreundet, und sie konnte noch immer nicht mit Sicherheit sagen, wann er sie auf den Arm nahm.

«Beruhig dich, Schatz. Mein Kellner hat von dir geschwärmt.» Er trat einen Schritt zurück und musterte sie. «Es überrascht mich allerdings, daß er den Hut nicht erwähnt hat.»

Das war eine kalte Dusche. «Was ist mit dem Hut?»

«Nichts», hänselte er sie mit unbewegtem Pokergesicht.

«Mouse . . .»

«Der Hut ist absolut hübsch.»

«Mouse, wenn jede Tucke in der Stadt über diesen Hut gelacht hat, dann sterbe ich. Hast du gehört? Ich verkriech mich unter dem nächsten Stein und sterbe.»

Er ließ das Spielchen sein. «Er sieht fabelhaft aus. *Du* siehst fabelhaft aus. Komm . . . setz dich und erzähl mir alles.»

«Das geht jetzt nicht. Ich wollte nur reinschauen . . . und hallo sagen.»

Er sah sie kurz an, dann beugte er sich vor und gab ihr einen dezenten Kuß auf die Lippen. «Hallo.»

«Bist du okay?» fragte sie.

Er lächelte matt und zeichnete mit dem Zeigefinger eine Null in die Luft.

«Geht mir auch so», sagte sie.

«Wahrscheinlich liegt's am Regen.»

«Wahrscheinlich, ja.» Es lag nie am Regen, und sie wußten es beide. Vom Regen ließ sich nur leichter reden. «Tja», sagte sie mit einer Kopfbewegung zur Tür, «Brian denkt bestimmt schon, mich gibt's gar nicht mehr.»

«Moment noch», sagte Michael. «Ich hab was für ihn.» Er verschwand in der Küche, und als er wiederkam, hielt er ein Paar Rollschuhe in den Händen. «Vierundvierzig», sagte er. «Ist das nicht Brians Schuhgröße?»

Sie starrte die Rollschuhe an und spürte, wie der Schmerz sich wieder meldete.

«Ich hab sie unter der Spüle gefunden», erklärte ihr Michael und wich ihrem Blick aus. «Ich hab sie Jon vorletzte Weihnachten geschenkt, und ich hatte vollkommen vergessen, wo er sie verstaut hat. He . . . na komm.»

Sie kämpfte gegen die Tränen an, doch es nützte nichts. «Entschuldige, Mouse. Es ist nicht fair von mir, aber . . . weißt du, manchmal überkommt es mich einfach so . . . Herrgott noch mal!» Ärgerlich wischte sie sich mit dem Handrücken über die Augen. «Verdammt, wann hört das mal auf?»

Michael stand da, die Rollschuhe an die Brust gedrückt, das Gesicht ganz verzerrt vor Kummer und Leid.

«Ach, Mouse, es tut mir so leid. Ich bin eine solche Plunze.»

Er brachte kein Wort heraus und nickte ihr verständnisvoll zu, während ihm die Tränen über die Wangen liefen. Sie nahm ihm die Rollschuhe ab und stellte sie auf den Boden. Dann drückte sie ihn an sich und strich ihm übers Haar. «Ich weiß, Mouse . . . ich weiß, Schatz. Es wird schon werden. Du wirst sehen.»

Dabei fiel es ihr selbst schwer, daran zu glauben. Seit Jons Tod waren jetzt mehr als drei Monate vergangen, doch sie litt mehr denn je unter dem Verlust. Um Abstand zu gewinnen von dieser Tragödie, mußte man sich erst einmal bewußt machen, wie erschreckend und unbegreiflich sie war.

Michael löste sich von ihr. «Also . . . wie wär's mit einem Kakao, du Medienstar?»

«Prima», sagte sie.

Sie setzte sich an den Küchentisch, während er den Kakao machte. Am Kühlschrank, gehalten von einer Muschel mit einem Magneten, hing noch immer das Foto, das sie von Jon und Michael auf einem Kürbisfeld an der Half Moon Bay gemacht hatte. Sie schaute weg und ermahnte sich, nicht erneut in Tränen auszubrechen. Für einen Abend hatte sie schon genug Schaden angerichtet.

Als der Kakao fertig war, nahm Michael eine blaue Tasse vom Wandbord und stellte sie auf eine graue Untertasse. Einen

Augenblick betrachtete er die Zusammenstellung mit leichtem Stirnrunzeln, dann ersetzte er die graue Untertasse durch eine in Altrosa. Mary Ann beobachtete das Ritual und schmunzelte über seine exzentrische Art.

Michael entging ihre Reaktion nicht. «So etwas ist wichtig», sagte er.

«Ich weiß», erwiderte sie mit einem Lächeln.

Er nahm sich eine gelbe Tasse und stellte sie auf die graue Untertasse, bevor er sich zu ihr an den Tisch setzte. «Ich bin froh, daß du reingeschaut hast.»

«Danke», sagte sie. «Ich auch.»

Während sie ihren Kakao schlürften, erzählte sie ihm von DeDe und Mrs. Halcyon, von ihrem rebellischen Team und den rücksichtslosen Polizisten und von den paar kurzen Augenblikken, in denen sie die Queen zu sehen bekommen hatte. Die Monarchin, sagte sie, sei ihr so unwirklich vorgekommen; unwirklich und doch völlig vertraut – wie ein Schneewittchen aus dem Trickfilm, das sich unter gewöhnliche Sterbliche mischt.

Sie blieb lange genug, um ihn mehrmals laut zum Lachen zu bringen, und sagte ihm dann gute Nacht. Als sie in ihre Wohnung kam, war Brian nicht da. Sie stellte die Rollschuhe ins Wohnzimmer und stieg die Treppe hinauf zu dem Häuschen auf dem Dach. Dort fand sie ihren Mann wie üblich schlafend im flackernden Lichtschein von MTV. Sie kniete sich vor das Sofa und legte ihm sanft die Hand auf die Brust. «He», flüsterte sie, «wer soll's denn sein . . . ich oder Pat Benatar?»

Er wurde wach und rieb sich mit den Fingerknöcheln die Augen.

«Also?» hakte sie nach.

«Ich überlege noch.»

Sie strich ihm über die Brust, und ihre Fingerspitzen folgten den Windungen seiner gelockten Haare. «Tut mir leid, daß ich unsere Verabredung nicht einhalten konnte.»

Er lächelte sie schläfrig an. «Schon gut.»

«Hast du mich gesehn?» fragte sie.

Er nickte. «Ich hab's mir mit Mrs. Madrigal angesehen.»

Sie wartete auf seine Reaktion.

«Du warst toll», sagte er schließlich.

«Sagst du das auch nicht bloß so?»

Er stützte sich auf die Ellbogen und rieb sich noch einmal die Augen. «So was sag ich nie bloß so.»

«Na ja . . . das mit den Glücksplätzchen fand ich schon ganz fabelhaft. Natürlich . . .» Sie verstummte, als er die Hand ausstreckte und sie zu sich auf das Sofa zog.

«Mund halten», sagte er.

«Mit Vergnügen», gab sie zurück.

Sie küßte ihn lange und heftig, beinahe wild – mit jener Intensität, die ihren ganzen Arbeitstag geprägt hatte. Je mehr sie zu einer öffentlichen Figur wurde, desto stärker genoß sie solche Augenblicke, die sie ganz für sich hatte. Sekunden später hatten Brians Hände den Saum ihres Tweedrocks ertastet und schoben ihn über ihre Hüften hoch. Er faßte sie unter die Arme und drückte sie sanft gegen das Rückenpolster aus grobem Baumwollstoff. Dann fing er an, ihre Knie zu küssen. Sie kam sich ein wenig lächerlich vor.

«Laß uns nach unten gehn», flüsterte sie.

Er schaute von seiner hingebungsvollen Tätigkeit auf. «Warum?»

«Na . . . damit ich wenigstens mal diesen Hut loswerden kann.»

Ein jungenhaft lüsternes Grinsen erschien auf seinem Gesicht. «Behalt ihn auf, ja?» Sein Kopf ging wieder nach unten, und sie spürte das Schaben seiner unrasierten Wange an ihrer Strumpfhose, als er seine Zunge an der Innenseite ihrer Schenkel aufwärts gleiten ließ. «Was ist das?» fragte sie. «Deine Evita-Phantasie?»

Er lachte, hauchte sie mit seinem warmen Atem an und zerrte ihr mit einem geübten Ruck die Strumpfhose herunter. Sie schlang ihre Finger in seine kastanienbraunen Locken und zog sein Gesicht fest an sich heran, Wärme zu Wärme, Nässe zu Nässe. Leise stöhnend bog sie den Rücken durch und ließ sich nach hinten in das weiche Polster sinken. In so einer Situation, sagte sie sich, war ein Gefühl von Lächerlichkeit das letzte, womit man sich aufhielt.

Sie waren wieder in der Wohnung, als sie endlich den Hut abnahm. «Die Rollschuhe sind von Mouse», sagte sie. Sie bemühte sich um einen beiläufigen Tonfall.

«Was für Rollschuhe?» Er saß in seinen Boxershorts auf der Bettkante.

«Im Wohnzimmer.» Sie vermied es, ihn anzusehen, indem sie vorgab, den Hut in seiner Schachtel zu verstauen.

Er stand auf und ging aus dem Zimmer. Er blieb so lange weg, daß sie aufhörte, ihre Haare zu bürsten, und nach ihm schaute. Er saß im Lehnstuhl und starrte ins Leere. Die Rollschuhe lagen vor seinen Füßen. Er sah kurz zu ihr auf. «Das sind die von Jon, nicht?»

Sie nickte, ging aber nicht zu ihm.

Er lächelte wehmütig und schüttelte langsam den Kopf. «Meine Güte», sagte er leise. Er wischte einen imaginären Fussel von der Armlehne. «Geht's Michael einigermaßen?» fragte er.

«Einigermaßen», antwortete sie.

Brian schaute auf die Rollschuhe. «Er denkt an alles, wie?»

«Mhm.» Sie ging zu ihm und setzte sich zwischen seinen Beinen auf den Boden. Er strich ihr mechanisch übers Haar und schwieg fast eine Minute lang.

Schließlich sagte er: «Ich hätte heute fast meinen Job verloren.»

«Was?»

«Schon gut. Nichts passiert. Ich hab es wieder eingerenkt.»

«Was war denn?»

«Ach . . . ich hab so einem Kerl eine verpaßt.»

«Brian.» Sie wollte nicht zu vorwurfsvoll klingen, aber solche Vorfälle schienen sich zu häufen.

«Keine Sorge», sagte er, «es war kein Kunde. Nur dieser neue Kellner. Jerry.»

«Den kenne ich nicht.»

«Doch. Der mit dem Jordache-Look.»

«Oh. Ja.»

«Er hat mich den ganzen Tag genervt. Mit einem kleinlichen Scheißdreck nach dem anderen. Dann hat er gesehn, wie ich eine Fritte gegessen hab . . . von einem Teller, der grad abgeräumt worden war . . . und da hat er gesagt: ‹Scheiße, Mann, jetzt hast du dich reingeritten.› Ich frag ihn, was das heißen soll, und er sagt: ‹Das war ein Teller von ’ner Schwuchtel, Blödmann . . . deine Tage sind gezählt.›»

«Na toll.»

«Also hab ich ihn geplättet.»

Sie verdrehte den Kopf nach hinten und starrte ihn an. «Meinst du wirklich, das war nötig?»

«Mir hat es großen Spaß gemacht», meinte er schulterzukkend.

«Brian . . . die haben dir doch gesagt, wenn so was noch mal vorkommt . . .»

«Ich weiß, ich weiß.»

Sie schwieg. Diese mickrigen John-Wayne-Szenen entstanden ganz einfach aus seinem Frust wegen des unbefriedigenden Jobs. Wenn sie sich nicht in acht nahm, würde er ihre Mißbilligung zum Vorwand nehmen, um sie daran zu erinnern, daß es für ihn nur einen Job gab, der ihm etwas bedeutete: Vater eines Kindes zu sein.

«Hast du mal *1984* gelesen?» fragte er.

Die Frage machte sie mißtrauisch. «Vor Jahren. Warum?»

«Erinnerst du dich an den Typ darin?»

«Vage.»

«Weißt du, was mir von ihm am meisten in Erinnerung geblieben ist?»

Sie fühlte sich unbehaglich. «Keine Ahnung. Daß sie ihm Ratten übers Gesicht laufen ließen?»

«Daß er vierzig war», sagte er.

«Und?»

«Ich war sechzehn, als ich es gelesen habe, und ich weiß noch, wie *alt* mir der Mann vorkam. Und mir wurde klar: 1984 würde *ich* vierzig sein, und ich konnte mir nicht vorstellen, wie es sein würde, schon so hinüber zu sein. Tja . . . und jetzt ist 1984 fast da.»

Sie studierte einen Augenblick seinen Gesichtsausdruck. Dann nahm sie seine Hand, die auf seinem Knie lag, und drückte einen Kuß darauf. «Ich dachte, wir hätten uns geeinigt, daß *ein* Klimakterium in der Familie genug ist.»

Er zögerte und sagte dann lachend: «Okay, ist gut. Faires Angebot.»

Sie spürte, daß die Krise vorbei war. Er schien zu wissen, daß es im Augenblick nicht angebracht war, das Thema zu vertiefen, und sie war für den Aufschub mehr als dankbar.

Annas Familie

Als Michael zum Frühstück hinunterkam, roch es in Mrs. Madrigals Küche nach frischem Kaffee und brutzelnden Speckstreifen. Die Regenschlieren an dem hohen Fenster über der Spüle verstärkten noch die verschwörerische Gemütlichkeit, die selbst flüchtige Besucher in ihren Bann zog. Er setzte sich an den kleinen, weiß emaillierten Tisch der Vermieterin und schnupperte.

«Dieser Kaffee duftet himmlisch», sagte er.

«Es ist arabischer Mokka», antwortete sie. «Das Sinsemilla der Kaffees.» Sie riß einen Streifen Küchenkrepp ab und legte den Speck zum Entfetten darauf.

Er kicherte in sich hinein, weil er genau verstand, was sie damit sagen wollte. Wenn er ein wahrer Kiffer war – und manchmal fand er, daß er einer war –, dann war diese abgedrehte Sechzigjährige mit den zerzausten Haaren und den alten Kimonos die Versucherin, die ihn dazu verführt hatte. Nun, er hätte es im Leben viel schlechter treffen können.

Sie brachte zwei Porzellanhumpen mit Kaffee und setzte sich zu ihm an den Tisch. «Mary Ann war heute schon in aller Herrgottsfrühe auf den Beinen.»

«Sie ist im Silicon Valley», sagte er. «Mr. Packard macht eine Führung für die Queen.»

«Mr. Packard?»

«Der Computermensch. Unser ehemaliger Staatssekretär im Verteidigungsministerium.»

«Ah. Kein Wunder, daß ich mich nicht an ihn erinnere.»

Er sah sie lächelnd an, nahm seinen Kaffee und pustete den Dampfkringel herunter. «Er schenkt der Queen einen Computer.»

Sie machte ein verblüfftes Gesicht. «Was will die Queen mit einem Computer?»

Er zuckte mit den Schultern. «Es hat was mit Pferdezucht zu tun.»

«Na so was.»

«Ich weiß. Ich kann's mir auch nicht vorstellen.»

Sie lächelte und nippte eine Weile an ihrem Kaffee, ehe sie fragte: «Hast du mal was von Mona gehört?»

Es war eine alte Wunde, doch sie schmerzte wie eine frische. «Ich hab aufgehört, mir darüber Gedanken zu machen.»

«Na, na.»

«Es hat keinen Sinn. Wir sind für sie abgemeldet. Nicht mal zu einer Postkarte hat sie sich aufraffen können, Mrs. Madrigal. Ich hab nicht mehr mit ihr gesprochen seit mindestens . . . anderthalb Jahren.»

«Vielleicht denkt sie, wir sind böse mit ihr.»

«Ach, kommen Sie. Sie weiß, wo wir sind. Es hat sich einfach so ergeben, das ist alles. Man verliert sich aus den Augen. Wenn sie von uns hören wollte, würde sie dafür sorgen, daß ihre Nummer im Telefonbuch steht.»

«Ich weiß, was du denkst», sagte sie.

«Was?»

«Nur eine dumme alte Thekla würde sich grämen wegen einer Tochter, die schon auf die Vierzig zugeht.»

«Nein, denke ich nicht. Sondern, was für eine dumme alte Thekla Ihre vierzigjährige Tochter ist.»

«Aber, mein Lieber . . . was, wenn wirklich was mit ihr ist?»

«Na ja», sagte Michael, «Sie sind es, die von uns beiden zuletzt von ihr gehört hat.»

«Vor acht Monaten.» Die Vermieterin runzelte die Stirn. «Ohne Absender. Sie schrieb mir, daß sie gut zurechtkommt –

‹in einem kleinen privaten Druckereibetrieb›, was immer das sein soll. Es sieht ihr nicht ähnlich, nur so Andeutungen zu machen.»

«Ach ja?»

«Na, jedenfalls nicht in dieser Form, mein Lieber.»

Als Mona zu Beginn des Jahrzehnts nach Seattle ziehen wollte, hatte Michael sie fast angefleht, nicht zu gehen. Doch Mona war stur geblieben – Seattle sei die Stadt der achtziger Jahre. «Na, dann geh doch», hatte er höhnisch gesagt. «Du stehst auf Quaaludes . . . da wirst du von Seattle *begeistert* sein.» Offenbar hatte er das richtig gesehen. Mona war nicht mehr zurückgekehrt.

Mrs. Madrigal sah ihm an, wie sehr es ihm immer noch zu schaffen machte. «Sei nicht so streng mit ihr, Michael. Vielleicht hat sie Probleme.»

Das wäre nicht neu gewesen. Er konnte sich kaum erinnern, wann seine einstige Mitbewohnerin einmal nicht am Rand irgendeiner düsteren Kalamität gestanden hatte. «Ich hab es Ihnen doch gesagt», meinte er ruhig. «Ich denke inzwischen nicht mehr groß daran.»

«Wenn es einen Weg gäbe, ihr das mit Jon zu sagen . . .»

«Gibt's aber nicht. Und wird es vermutlich auch nie geben. Sie läßt ja keinen Zweifel daran, daß sie . . .»

«Sie hat Jon sehr gemocht, Michael. Ich meine, sie haben sich vielleicht ab und zu gezankt, aber sie hatte ihn genauso gern wie wir. Daran darfst du nie zweifeln.» Sie stand auf und fing an, Eier in eine Schüssel zu schlagen. Sie wußten beide, daß es nichts nützte, das Thema zu vertiefen. Auch noch so viel Wünschen und Hoffen konnte nichts ändern. Als Mona nach Norden geflohen war, hatte sie mehr als nur die Stadt hinter sich gelassen. Wieder bei Null anzufangen, war die einzige emotionale Fähigkeit, die sie sich je zugelegt hatte.

Mrs. Madrigal schien seine Ansicht zu teilen. «Ich hoffe, sie hat jemand», murmelte sie. «Irgend jemand.»

Dem hatte er nichts hinzuzufügen. Bei Mona konnte es durchaus ‹irgend jemand› sein.

Auf der Fahrt zur Arbeit versuchte er, nicht an sie zu denken, und konzentrierte sich statt dessen auf den tropfenden Riß im Verdeck seines VW-Cabrios. Ein Autoradiodieb hatte das Verdeck vor drei Wochen mit dem Messer aufgeschlitzt, und das Stück Duschvorhang, mit dem er die Stelle notdürftig abgedichtet hatte, mußte bei Regen ständig zurechtgezupft werden. Kein Wunder, daß der Wagen wie ein vergammeltes Terrarium roch. Auf der schimmeligen Hutablage hinter dem Rücksitz hatte er tatsächlich schon ersten Graswuchs entdeckt.

Als er God's Green Earth erreichte, schüttete es wie aus Kübeln. Ein letztes Mal boxte er von unten gegen den Streifen Plastik und rannte dann wie ein Gehetzter zum Büro der Gärtnerei. Ned war bereits da, saß bequem zurückgelehnt auf seinem Stuhl und hatte die großen behaarten Hände hinter dem kahlen Kopf verschränkt. «Dieser Riß ist echt Scheiße, was?»

«Zum Kotzen.» Michael schüttelte sich wie ein durchnäßter Hund. «Die Karre bildet allmählich ein eigenes Ökosystem.» Er schaute besorgt aus dem Fenster, hinter dem sich die Primeln zu einem impressionistisch verwaschenen Fleck aufgelöst hatten. «Herrje. Wir sollten lieber eine Zeltplane aufspannen.»

«Wozu?» fragte Ned ungerührt.

«Für die Setzlinge. Der Regen tatscht sie ganz zusammen.»

Sein Partner lächelte stoisch. «Hast du in letzter Zeit mal ins Auftragsbuch gesehn? Die Nachfrage nach Primeln ist nicht grade riesig.»

Damit hatte er natürlich recht. Der Regen hatte das Geschäft drastisch reduziert. «Trotzdem. Meinst du nicht . . .?»

«Scheiß drauf», sagte Ned. «Machen wir doch dicht.»

«Was?»

«Machen wir einen Monat zu. Wird uns nicht weh tun. Schlimmer als jetzt kann's nicht werden.»

Michael setzte sich und starrte ihn an. «Und was machen wir in der Zeit?»

«Tja . . . wie wär's mit einem Trip nach Death Valley?»

«Ach ja.»

«Im Ernst.»

«Ned . . . *Death Valley*?»

«Warst du schon mal da? Es ist das reinste Paradies. Wir könnten mit sechs oder acht Mann zelten und Trips einwerfen. Nach diesem Regen werden die Blumen da nur so sprießen.»

Michael war alles andere als begeistert. «Und solange es regnet?»

«Wir werden Zelte haben, Pussy. Komm schon . . . nur für ein Wochenende.»

Michael hätte niemals die Panik erklären können, die ihn bei der Aussicht auf unbegrenzte Freizeit überfiel. Was er im Augenblick brauchte, war ein geregelter Tagesablauf, eine feste Routine. Das letzte, was er wollte, war Zeit zum Nachdenken.

Ned probierte es mit etwas anderem. «Ich werd auch nicht versuchen, dich zu verbandeln. Wir sind einfach 'ne Gruppe von Jungs.»

Unwillkürlich mußte Michael schmunzeln. Ned versuchte ständig, ihn zu verbandeln. «Nee danke. Aber geh du nur. Ich werde hier die Stellung halten. Ich tu's gern. Wirklich.»

Ned musterte ihn einen Augenblick. Dann sprang er auf und begann, die Samentüten im Drehständer zu ordnen. Auf Michael wirkte es wie eine defensive Geste. «Bist du sauer?» fragte er.

«Nö.»

«Mir ist zur Zeit einfach nicht nach so was, Ned.»

Sein Partner hörte mit der Sortiererei auf. «Wenn du mich fragst . . . ein guter Wichsbruder täte dir richtig gut.»

«Ned . . .»

«Ja, schon gut. Vergiß es. Für heute hab ich genug den Lebensberater gemimt.»

«Gut.»

«Aber ich geh auf jeden Fall. Wenn du hierbleiben und zusehen willst, wie die Wurzeln faulen, von mir aus.»

«Schön.»

Während der nächsten Stunde hatten sie sich wenig zu sagen. Sie beschäftigten sich mit kleinen Aufräumarbeiten, die bei normalem Geschäftsbetrieb immer liegenblieben. Ned stapelte Paletten im Schuppen, und als er fertig war, kam er wieder ins Büro und stellte sich vor Michael an den Schreibtisch. «Ich wollte dich bei mir haben, weißt du. Ich hab den Vorschlag nicht gemacht, um nett zu sein.»

Michael schaute hoch und lächelte ihn an. «Ich weiß.»

Ned zauste ihm die Haare und griff dann nach seiner Bomberjacke. «Ich bin zu Hause, falls du dir's noch überlegst. Mach doch auch Schluß. Es hat keinen Sinn, hier rumzuhängen.»

Michael fuhr schließlich auch nach Hause und verbrachte den Rest des Nachmittags damit, seine Wäsche zu sortieren und den Kühlschrank zu putzen. Er suchte gerade nach einer neuen Betätigung, als Mrs. Madrigal kurz vor fünf bei ihm anrief.

«Ich hoffe, du hast dir fürs Abendessen noch nichts vorgenommen.»

«Bis jetzt nicht», sagte er.

«Wunderbar. Ich habe ein edles neues Lokal entdeckt. Mexikanisch. Ich finde, wir sollten alle zusammen hingehen. Wir haben schon ewig kein Familienessen mehr veranstaltet.»

Er sagte zu, fragte sich aber, ob dieses Abenteuer nur seinetwegen organisiert wurde. Seine Freunde waren in letzter Zeit auffällig um ihn besorgt, und wenn er mit ihnen zusammen war, empfand er oft einen enormen Erwartungsdruck – sie wollten ihn glücklich sehen, doch die Freude eines Wiedergeborenen, die sie in seinen Augen suchten, würde er nie heucheln können.

Mrs. Madrigals mexikanische Entdeckung erwies sich als schlauchartiger Raum am Ende einer Gasse in der Nähe vom Moscone Center. Aus unerfindlichen Gründen nannte sich der Laden Cadillac Bar. Das kitschige Lupe-Velez-Ambiente stieß auf allgemeinen Beifall, und sie schlürften Margaritas wie Tagungsgäste auf einer dreitägigen Sauftour durch Acapulco.

Vielleicht lag es am Alkohol, doch etwas an Mary Anns Benehmen kam Michael seltsam gekünstelt vor. Während des Essens hing sie meistens an Brians Arm, lachte ein bißchen zu laut über seine Witze und himmelte ihn an – ganz das kleine Frauchen, und zwar penetranter, als Michael es je an ihr beobachtet hatte. Als ihre Blicke sich für einen Moment trafen, schien sie seine Verwunderung zu bemerken und sagte mit viel zuviel Munterkeit: «Das ist ein tolles Lokal. Wir sollten alle schwören, daß wir's nicht weitersagen.»

«Zu spät», entgegnete er und parierte ihr Ablenkungsmanöver mit einem eigenen. «Schau mal, wer grade reingekommen ist.»

Mary Ann und Brian sahen gleichzeitig zur Tür.

«Doch nicht jetzt!» zischelte Michael.

Mary Ann sah ihn schelmisch an. «Du hast gesagt ‹Schau mal› . . .»

«Es ist Theresa Cross», murmelte er. «Mit so 'ner Schwuchtel von Atari.»

«Mensch», sagte Brian, «die Witwe von Bix Cross?»

«Genau.»

«Sie ist auf allen seinen Plattenhüllen», sagte Brian.

«*Teile* von ihr», verbesserte ihn Mary Ann.

Brian setzte ein geiles Grinsen auf. «Richtig.»

Mrs. Madrigal machte ein ratloses Gesicht. «Ihr Mann war Sänger?»

«Sie wissen doch», sagte Michael. «Der Rockstar.»

«Ah.»

«Sie hat ein Buch geschrieben», ergänzte Mary Ann. «*Mein Leben mit Bix*. Sie wohnt in Hillsborough, in der Nähe der Halcyons.»

Die Vermieterin bekam große Augen. «Tja, meine Lieben, es sieht so aus, als wollte sie zu uns.»

Michael taxierte die langbeinige Gestalt, die in forschem Gang auf den Tisch zukam. Die kunstvolle Unordnung ihrer Heuhaufenfrisur sollte eindeutig suggerieren, daß in die dunklen Tiefen ihres Haars kleine Zweige als Stützelemente eingebaut waren, auch wenn das wahrscheinlich nicht stimmte. Ansonsten konnte er nur noch ihre roten Plastizin-Fingernägel registrieren, dann war die Rockwitwe mit ihrer eklig süßen Aura von Ivoire auch schon heran. «Sie!» stieß sie fast schreiend hervor. «Mit Ihnen will ich reden!»

Die karmesinrote Klaue zeigte auf Mary Ann.

Mary Ann räusperte sich. «Ja?»

«Sie sind Spitze», rief Theresa Cross begeistert. «Spitze, Spitze, Spitze!»

«Vielen Dank», sagte Mary Ann errötend.

«Ich seh Sie mir dauernd an. Sie sind Mary Jane Singleton.»

«Mary Ann.»

Mrs. Cross hielt sich mit Nebensächlichkeiten nicht auf. «Dieser Hut war Spitze. Spitze, Spitze, Spitze. Wer sind diese reizenden Leute? Warum machen Sie uns nicht bekannt?»

«Äh ... gern. Das ist mein Mann, Brian ... und meine Freunde Michael Tolliver und Anna Madrigal.»

Die Rockwitwe nickte den dreien wortlos zu. Offenbar ging sie davon aus, daß ihr Name allen ein Begriff war. Dann wandte sie ihren Zigeunerblick wieder Mary Ann zu. «Sie kommen doch hoffentlich zu meiner Versteigerung?»

Das ist es also, dachte Michael. Leute von den Medien konnte Mrs. Cross auch in einem überfüllten Raum auf Anhieb orten.

Mary Ann geriet, wie beabsichtigt, in Verlegenheit. «Zu Ihrer ...? Ich fürchte, ich habe ...»

«O nein!» Die Rockwitwe verdrehte in gespieltem Ingrimm die Augen. «Sagen Sie bloß, meine schusselige Sekretärin hat Ihnen keine Einladung geschickt!»

Mary Ann zuckte mit den Schultern. «Anscheinend nicht.»

«Na ... dann betrachten Sie sich hiermit als eingeladen. Ich mache diesen Samstag bei mir zu Hause eine Versteigerung. Ein paar Andenken an Bix. Goldene Schallplatten. Die Hemden, die er auf seiner letzten Tournee getragen hat. Lauter so Sachen. Witzige Sachen.»

«Toll», sagte Mary Ann.

«Oh ... und seine Lieblings-Harley ... und seine Hanteln.» Ihr Zeigefinger wanderte in Brians Richtung. «Der da sieht aus, als ob er ein bißchen Kraftsport macht. Warum bringen Sie ihn nicht mit?»

Mary Ann warf einen Seitenblick auf «den da» und wandte sich wieder der angriffslustigen Witwe zu. «Ich weiß nicht, ob wir am Samstag können, aber wenn ...»

«Von *W* kommt mit Sicherheit jemand, und die vom *Hol-*

lywood Reporter haben mir *versprochen*, daß sie kommen. Sogar Dr. Noguchi kommt . . . und ich finde, das ist auch das mindeste, was er tun kann, denn schließlich ist es durch ihn publik geworden, als Bix . . . Sie wissen schon . . . seinen Abgang gemacht hat.»

Michael hörte sich das alles mit einer Mischung aus Faszination und Abscheu an. Mit diesem offenherzigen Schwadronieren hatte sich Theresa Cross auf San Franciscos gesellschaftlicher Stufenleiter ihre ganz persönliche Sprosse erobert. Sie mochte zuweilen etwas gewöhnlich sein, doch sie war alles andere als langweilig. Außerdem war sie durch den Tod ihres Mannes (als Folge einer Überdosis Heroin im Tropicana Motel in Hollywood) eine sehr reiche Frau geworden.

Wenn die hiesigen Gastgeberinnen, wie so oft in San Francisco, eine «extra Frau» brauchten, war auf Theresa Cross immer Verlaß. Hauptsächlich ihrem öffentlichen Image verdankte sie es auch, daß Michael sie einmal in Jons Gegenwart «das Schwulenmuttchen der Bourgeoisie» genannt hatte. Jons Reaktion war typisch (und entnervend) zurückhaltend gewesen: «Mag sein . . . aber sie ist unser Ersatz für Bianca Jagger.»

Mary Ann, von Theresas «Offenheit» aus der Fassung gebracht, suchte noch immer nach Worten. «Dieses Lokal ist wirklich reizend, nicht?»

Die Rockwitwe verzog das Gesicht. «Letzte Woche war es *viel* witziger.» Ihr Radarblick glitt suchend durch den Raum und blieb an einer kleinen Gestalt hängen, die am Eingang stand. Alle schienen sie gleichzeitig zu erkennen.

«Meine Güte», murmelte Brian, «Bambi Kanetaka.»

«Ich muß los», sagte Theresa und setzte sich in Richtung auf ihr neues Opfer ab. «Ich seh Sie dann bei der Versteigerung.»

«Ist gut», kam es schwach von Mary Ann.

Die Rockwitwe, schon zwei Tische weiter, schrie ihr zu: «Zehn Prozent für Wohltätigkeitszwecke!»

«Genau», sagte Michael, der es sich nicht verkneifen konnte. «Und neunzig Prozent zieht sie sich in die Nase.»

«Mouse . . . sie kann dich hören.»

Er schnaubte verächtlich. «Die hört keinen Pieps mehr.» Er

zeigte zum Alkoven am Eingang, wo Mrs. Cross bereits begonnen hatte, Bambi Kanetaka zu keilen.

Mary Anns unbefriedigter Ehrgeiz brannte hinter ihren Augen wie ein kleines Buschfeuer. «Na ja», sagte sie tonlos, «ich schätze, eine Moderatorin hat Vorrang vor einer Reporterin.»

Ein lastendes Schweigen wurde schließlich von Mrs. Madrigal unterbrochen, indem sie nach der Rechnung griff. «Nicht bei uns zu Hause, meine Liebe. Sollen wir auf dem Heimweg noch ein bißchen *gelato* mitnehmen?»

Endlich im Bett, hatte Michael einen unruhigen Schlaf. Der Alkohol setzte ihm zu, und es gab ungeklärte Fragen, die ihm keine Ruhe ließen. Wäre Jon dagewesen, hätte er ihn vielleicht geweckt und ihm gesagt, daß er Theresa Cross ein Arschloch fand; daß er auch auf eine Bianca Jagger immer ganz gut hatte verzichten können; und daß er das nervöse Hecheln nach Chic für eine Schwäche hielt, die eines Doktors der Medizin nicht würdig war.

Er wälzte sich aus dem Bett und tastete nach dem Telefon. Im Schein der Straßenlaterne von der Barbary Lane wählte er Neds Nummer. Sein Partner meldete sich beim zweiten Läuten.

«Ich bin's», sagte Michael.

«He, Kleiner.»

«Ist es zu spät, um mich noch zu entscheiden?»

«Wegen was?»

«Du weißt schon . . . Death Valley.»

«Aber nein. Prima. Wie wär's mit diesem Wochenende?»

«Abgemacht», sagte Michael.

Hallo, Seemann!

Regen prasselte auf die Pressetribüne am Pier 50. Mary Ann duckte sich unter den Schirm ihres Kameramanns und löffelte ein Frühstück, bestehend aus Cheerios und Milch. «Wer hat das denn spendiert?» fragte sie.

«Die Leute vom Protokoll», antwortete ihr Mitarbeiter. «Es ist ein Witz.»

Sie warf ihm einen mißmutigen Blick zu. «Kann man wohl sagen.» Sie war es längst leid geworden, die nette, aber farblose Engländerin durch den Regen zu verfolgen. Sie konnte sich weiß Gott was Besseres vorstellen, als hier rumzustehen und kaltes Müsli zu löffeln.

«Es ist ein *richtiger* Witz, Mary Ann», sagte ihr Kameramann mit einem nachsichtigen Lächeln. «Die Queen verläßt uns, klar? Und wir sagen der Queen ‹Cheerio› . . . kapiert?» Ihrer Miene war offenbar sofort anzusehen, was sie davon hielt, denn ihr Kollege lachte in sich hinein und fügte sarkastisch hinzu: «Das macht's kein bißchen leichter, nicht?»

Mary Ann stellte die Schüssel ab und sah zur *Britannia* hinüber. An Deck spielte eine Kapelle den «Anniversary Waltz» – wohl zu Ehren der Reagans, die am Vorabend auf der Jacht ihren einunddreißigsten Hochzeitstag gefeiert hatten. Bald würden sie mit der Queen und dem Herzog von Edinburgh von Bord gehen und in Limousinen steigen, die sie zum Flughafen bringen sollten.

Während die *Britannia* nach Seattle in See stach, würde die Queen mit ihrem Anhang nach Yosemite fliegen, um dort ihren Urlaub fortzusetzen. Der Präsident würde nach Klamath Falls in Oregon jetten und eine Rede über den Niedergang der Holzwirtschaft halten, und ein weiteres Flugzeug würde seine Angetraute nach Los Angeles bringen, damit sie sich in einer Sondersendung von *Diff'rent Strokes* über Kinder und Drogenmißbrauch auslassen konnte.

Normalerweise hätte sich Mary Ann von derart kunterbunten Absurditäten mindestens zu einem kurzen zynischen Monolog provozieren lassen, doch sie war zu sehr mit ihrem eigenen Dilemma beschäftigt, um etwas Ätzendes über die Reagans abzusondern. Statt dessen biß sie die Zähne zusammen und wartete schweigend auf den letzten Teil dieses geistlosen, aufwendigen Stammesrituals.

Der Regen ließ ein wenig nach. Eine Kapelle in Schottenröcken marschierte wacker auf dem Pier entlang, Feuerwerk explodierte am blaßgrauen Himmel, und eine Blondine mit schlaff herabhängenden Marabufedern stritt sich mit dem Wachmann am Aufgang zur Pressetribüne.

«Aber ich *bin* von der Presse», redete sie auf ihn ein. «Ich habe heute bloß meinen . . . äh . . . Ausweis nicht dabei.»

Der Wachmann war unerbittlich. «Schauen Sie, Lady. Sie haben Ihren Job, und ich hab meinen.»

Mary Ann ging zum Tribünenrand und rief zu dem Mann hinunter. «Sie gehört zu mir», log sie. «Ich übernehme die Verantwortung.»

Hocherfreut schenkte die naßgefiederte Blondine ihrer Retterin ein strahlendes Lächeln und schrie zu ihr hinauf: «Mary Ann! Gott sei Dank!»

Mary Ann war es bereits peinlich. «Hallo, Prue», sagte sie einsilbig.

Die Möchtegerngesellschaftsdame, die wie Big Bird in einem Monsun aussah, bot wirklich einen traurigen Anblick. Prue Giroux war anscheinend aus dem Leim gegangen, seit sie ihren Job als Gesellschaftskolumnistin bei der Zeitschrift *Western Gentry* verloren hatte. Ihr ganzer Lebensinhalt waren Parties gewesen – «gesellschaftliche Anlässe», wie sie es nannte –, doch der Strom von Einladungen und Presseausweisen war schon vor Monaten versiegt.

Von denen, die sich zur Gesellschaft von San Francisco zählten, war niemand so entbehrlich wie eine gewesene Kolumnistin – außer vielleicht die Exfrau eines Kolumnisten. Und Prue litt an Entzugserscheinungen.

Sie schüttelte ihre Federn auf und eierte auf Pfennigabsätzen die Stufen hoch. «Das war ja soo lieb von Ihnen», sagte sie, wesentlich ruhiger als zuvor. «*Ist* das nicht total aufregend?»

«Mmm.» Mary Ann wollte ihr die Freude nicht verderben. Prues Naivität war das einzige, was man an ihr achten konnte.

«Sehen Sie!» rief Prue. «Da komm ich ja grade richtig!»

Die Queen näherte sich am Arm des Präsidenten dem Fallreep. Sie trug einen weißen Hut und einen beigen Mantel. Als Mary Ann ihrem Kameramann das Zeichen gab, rauschte donnernder Applaus über den Pier, und Prue Giroux seufzte geräuschvoll. «Ach, Mary Ann. Schauen Sie, wie *schön* sie ist! Sie ist wunderschön!»

Mary Ann gab keine Antwort und konzentrierte sich auf ihren Job. Das ganze Spektakel dauerte keine Viertelstunde. Als es vorbei war, stahl sie sich von Prue und dem Team fort und kippte einen steifen Drink im Olive Oil's, einer Hafenbar nicht weit vom Pier. Vom Tresen, wo sie unter einer Girlande von Signalflaggen saß, sah sie der *Britannia* nach, die zum Golden Gate dampfte.

Der Mann auf dem Barhocker neben ihr hob sein Glas in Richtung Schiff. «Ab dafür, altes Mädchen.»

Mary Ann lachte. «Sie nehmen mir das Wort aus dem Mund. Nur, daß das alte Mädchen nicht an Bord ist. Sie fliegt nach Yosemite.»

Der Mann trank sein Glas aus und sah sie an. In seinen warmen braunen Augen lag ein spöttischer Ausdruck. «Ich meinte das Schiff.» Er hatte einen britischen Akzent, wie ihr jetzt auffiel.

«Sie müssen von der Presse sein», sagte sie.

«Muß ich?» Wieder diese neckische Tour. Wollte er sie anbaggern?

«Na, ich dachte nur. Der Akzent . . . ach, egal.»

Der Mann lachte und streckte ihr die Hand hin. «Ich bin Simon Bardill.»

«Mary Ann Singleton», sagte sie nach einem flüchtigen Händedruck. Sie sah sich den Engländer genauer an und stellte fest, daß er Brian sehr ähnlich sah. Er hatte die gleichen kastanienbraunen Locken, die gleichen ausdrucksvollen Augen (wenn auch nicht haselnußbraun) und unterhalb der kleinen Mulde am Halsansatz das gleiche Büschel Haare.

Schon, sein Gesicht war etwas schmaler – erinnerte mehr an einen Fuchs als an einen Bären –, aber selbst einem neutralen Beobachter wäre die Ähnlichkeit aufgefallen. Es gab allerdings einen Altersunterschied – der Mann schien erst Ende zwanzig zu sein.

Er merkte, daß sie in Gedanken woanders war. «Ähm . . . Sie haben doch nicht abgeschaltet, oder?»

Sie lächelte entschuldigend. «Einen Augenblick vielleicht. Sie haben große Ähnlichkeit mit . . . jemand, den ich kenne.» – «Mit meinem Mann» hätte sich viel zu intim angehört. Trotzdem klang die Bemerkung immer noch viel zu einladend, und sie fügte rasch hinzu: «Sie müssen von hier sein.»

«Nein», entgegnete er. «Von dort.» Er zeigte mit einem langen, eleganten Finger auf das Schiff.

Sie spürte, daß es ihm Spaß machte, sie im dunkeln tappen zu lassen. «Sie . . . äh . . . Sie machen Urlaub?»

Er schüttelte die Eiswürfel in seinem Glas. «Mein Verstand vielleicht.» Er schaute durch die regennassen Fensterscheiben der Bar, und sein Blick heftete sich an die königliche Jacht, die inzwischen nur noch ein winziger verschwommener dunkelblauer Fleck auf der grauen Fläche der Bucht war. «Das wäre durchaus möglich.»

Sie blinzelte ihn ratlos an. «Also, jetzt komme ich nicht mehr mit.»

Er klimperte wieder mit seinen Eiswürfeln. «Es ist eigentlich ganz einfach. Ich hab freihändig abgemustert.»

Sie schaltete sofort. Konnte sie noch den nächsten Sendetermin schaffen? War sie hier über die einzige *echte* Story in diesem Medienzirkus gestolpert?

«Kennen Sie den Ausdruck?» fragte er.

«Ja . . . natürlich. Sie gehören also zur Mannschaft?»

«Oh, nein, nein, nein. Ich bin *Offizier*.» Er machte den Barkeeper auf sich aufmerksam, indem er sein Glas hob. «Darf ich?» fragte er Mary Ann mit einer Kopfbewegung zu ihrem Glas.

«Oh . . . nein danke.» War es zu spät, um ihr Team noch abzufangen? «Also, es tut mir leid, daß ich so begriffsstutzig bin, aber . . . Sie hatten Dienst auf der *Britannia* und . . . sind einfach weggeblieben?»

«Genau.»

«Sie sind . . . desertiert?»

Er lachte herzhaft. «Von Mrs. Thatcher zu Mr. Reagan?» Einen Augenblick strich er sich mit den Fingern nachdenklich über das wohlgeformte Kinn. «Aber Sie sind schon auf der richtigen Spur. Ich nehme an, man *könnte* sagen, ich bin desertiert. Ja . . . ja . . .»

Er schien sich das durch den Kopf gehen zu lassen, als fände er es höchst interessant. Der Barkeeper brachte den Drink. Er prostete Mary Ann zu und sagte: «Auf den neuen Simon Bardill und die reizende Dame, die sein dunkles Geheimnis mit ihm teilt.»

Sie hob ihr leeres Glas. «Ich fühle mich geehrt . . . äh . . . *Lieutenant* Bardill?»

«Nicht schlecht. Sie haben Lieutenant sogar richtig ausgesprochen.»

Sie deutete eine bescheidene Verbeugung an. In seiner Gegenwart kam sie sich tatsächlich seltsam geehrt vor. «Aber ein Engländer tut sich doch keine Eiswürfel in den Drink, oder?»

Er furchte die Stirn. «Wann waren Sie zuletzt in England?»

«Leider noch gar nicht.»

Er lächelte. «Muß Ihnen nicht leid tun. Wir haben inzwischen auch Eiswürfel in den Bars. Oder *die* jedenfalls.»

«Aha.»

«Es hat sich viel geändert. *Sehr* viel.» Er schaute wieder auf die Bucht hinaus, als wollte er sich vergewissern, daß das letzte Bindeglied zu England verschwunden war. Das war der Fall.

Er drehte sich wieder zu ihr um. «Aber die Vorstellung», sagte er, «der letzte hochnäsige Yachtie gewesen zu sein . . .»

Sie gab ihm mit einem raschen Lächeln zu verstehen, daß sie den Spitznamen für die Crew der *Britannia* erkannt hatte. «Wird man Sie nicht vermissen?»

«Oh . . . ganz schrecklich, würde ich sagen. Ich bin ein liebenswerter Mensch, finden Sie nicht?»

«Ich meinte Ihre Funktion. Was wird passieren, wenn Sie nicht auf Ihrem Posten erscheinen . . . was immer Sie da zu tun haben?»

«Ich bin Funkoffizier», sagte er. «Und es ist bereits passiert . . . was immer es sein mag. Ich denke, sie werden einen anderen Witzbold aus guter Familie gefunden haben, der meinen Platz einnimmt. Haben Sie San Francisco schon mal von Point Bonita aus gesehen?»

Die Frage kam so unvermittelt, daß sie einen Augenblick brauchte, bis sie antworten konnte. «Schon oft.»

«Ist es nicht ein herrlicher Anblick?» An der Ernsthaftigkeit seines Tonfalls merkte sie, daß er nicht eine Einladung ausgesprochen, sondern nur eine simple Frage gestellt hatte.

«Wunderschön», sagte sie.

«San Francisco darf man Leuten nie von Point Bonita aus zeigen, wenn sie es zum erstenmal sehen.» Er trank hastig einen Schluck von seinem Scotch und setzte das Glas mit bewußter Grandezza ab. «Sonst kann es passieren, daß sie Amok laufen.»

Sie quittierte diese etwas zu neckische Erklärung mit einem skeptischen Lächeln. «Sie haben es also wegen des Panoramas getan?»

«Gewissermaßen, ja.»

«Würden Sie das vor einer Kamera wiederholen?»

Er sah sie einen Augenblick an, dann schüttelte er den Kopf und gab ein kurzes resigniertes Lachen von sich. «Ich hätte es wissen müssen.»

«Ich meine, es ist wirklich eine phantastische . . .»

«Für welchen Sender arbeiten Sie?»

Es hörte sich an, als fühle er sich betrogen. Das verdroß sie. Schließlich waren sie nur zwei Leute, die sich in einer Bar unterhielten. «Sie müssen nicht, wenn Sie nicht wollen», sagte sie.

Der Lieutenant strich mit dem Zeigefinger um den Rand seines Glases. «Wollen Sie eine Story, oder wollen Sie einen Freund?»

«Einen Freund», antwortete sie ohne Zögern.

Er zwinkerte ihr zu. «Ausgezeichnete Wahl.»

Das wußte sie selbst. Ein Freund würde vielleicht doch noch nachgeben und ihr zu einer Story verhelfen. Ein Freund, der ihr vertraute und sich darauf verlassen konnte, daß sie ihn im bestmöglichen Licht erscheinen ließ.

Diese Überlegung setzte sie Brian auseinander, als sie am Abend vor ihren Lean-Cuisine-Fertiggerichten saßen.

«Er wird vielleicht anrufen», fügte sie hinzu.

«Anrufen? Du hast ihm unsere Nummer gegeben?»

Sie nickte. «Obwohl ich bezweifle, daß er sich melden wird.»

«Vielleicht aber doch?»

«Vielleicht. Brian, er kennt hier keine Menschenseele. Ich hab ihm gesagt, er soll sich melden, wenn wir ihm bei irgendwas helfen sollen.»

Brian nickte bedächtig. «So eine Art . . . Willkommensgeste.»

Sie warf ihm über den Tisch einen Blick zu und pustete auf ihr dampfendes Essen. «Du bist nicht eifersüchtig. Tu erst gar nicht so, Brian.»

«Wer tut denn so?»

«Wir werden beide einen netten neuen Freund gewinnen. Herrgott, er war auf der königlichen Jacht beschäftigt. Das macht ihn mindestens interessant.»

Er stach die Gabel in sein Essen. «Und wie heißt unser interessanter neuer Freund?»

«Simon», sagte sie mürrisch. «Simon Bardill.»

«Wie sieht er aus?»

«Verdammt gut. Na ja, ziemlich. Er sieht dir übrigens sehr ähnlich.»

Brian strich sich nachdenklich übers Kinn. «Warum finde ich das beunruhigend?»

Sie verdrehte die Augen. «Was, in Gottes Namen, soll ich mit einer jüngeren, englischen Ausgabe von dir?»

«Geht einem glatt über den Verstand», gab er zurück.

Zeltlager

Als die Morgendämmerung über Death Valley kroch, erwachte Michael in seinem Schlafsack und lauschte den Geräuschen der Wüste – das Zwitschern winziger Vögel, das hektische Wuseln von Känguruhratten, das sanfte Säuseln des Windes in den Mesquite-Bäumen . . .

«Ach Mist! Die Vinaigrette ist ausgelaufen!»

Es war Scotty, ihr Koch auf dieser Expedition, der die Bestände sichtete, ehe er mit dem Frühstück begann. Sein Kummer provozierte Gelächter in Neds Zelt und auf dem kleinen Sandhügel, wo Roger und Gary unter freiem Himmel genächtigt hatten.

«Was gibt's da zu lachen, Mensch!» schrie Scotty.

«Das ist der tuckenhafteste Spruch, den man im Death Valley je gehört hat», war Neds Antwort.

«Wenn du was Kerliges willst», gab der Koch beleidigt zurück, «versuch's da drüben bei dem dritten Wohnwagen von rechts. Die essen Cornedbeefpampe und Eipulver. Wir Tucken leisten uns Eier Benedikt, bitte schön.»

Diese Ankündigung wurde mit allgemeinem Juchzen aufgenommen.

Bei einem Zelt – wahrscheinlich dem von Douglas und Paul – wurde der Reißverschluß aufgezogen. Steinchen knirschten unter schweren Stiefeln. Dann war Pauls unausgeschlafene Stimme zu hören: «Weiß jemand, wo's zum Waschraum geht?»

Wieder ein Lachen von Ned. «Sag bloß, du hast den Quatsch geglaubt!»

«Hör mal, Dumpfbacke, du hast gesagt, es gibt fließend Wasser.»

Roger kam ihm zu Hilfe. «Die Straße runter und dann rechts.»

«Wo ist mein Rasierzeug?» fragte Paul.

«Hinter der Kühlbox», sagte Douglas.

Langsam wie eine Schildkröte lugte Michael aus seinem Schlafsack, fand die Luft entschieden zu frisch und verkroch sich wieder. Übereiltes Handeln war in diesem Fall nicht sinnvoll. Daß er sich am allgemeinen Frotzeln nicht beteiligt hatte, war noch nicht aufgefallen. Er konnte ohne weiteres noch ein Weilchen schlafen.

Irrtum. Scottys lächelndes Gesicht erschien in der Fensteröffnung des Zelts. «Guten Morgen, mein Schöner.»

Michael kroch ein Stückchen aus dem Schlafsack und salutierte verschlafen.

«Hast du vor, dich waschen zu gehn?» fragte der Koch.

«Demnächst, ja.»

«Gut. Bring mir ein bißchen *garni* mit, ja?»

«Äh . . . *garni*?»

«Für die Grapefruit», erklärte ihm Scotty. «Neben der Straße wächst allerhand nettes Zeug.»

«Aha.»

«Einfach was Hübsches. Es muß natürlich nicht eßbar sein.»

«Natürlich.»

Garni in Death Valley. Darin mußte irgendwo eine verborgene Erkenntnis liegen – über das Leben, über Ironie und schwule Sensibilität –, doch sie wollte sich ihm nicht erschließen, während er mitten in dieser Einöde neben einem Dicken in Bermudashorts und Schlappen an einem Waschbecken stand und sich die Zähne putzte.

Auf dem Rückweg zum Lagerplatz verließ er den Pfad, fand die gewünschte Dekoration – ein blaßgrünes faseriges Kraut, von dem nichts abzufallen schien – und beschloß, querfeldein zurückzugehen. Der frische blaue Morgen versetzte ihn in eine eigenartige Hochstimmung, und er wollte das Gefühl ungestört genießen.

Sie hatten ihre Zelte an einem ausgetrockneten Bachbett am Nordrand des Campingplatzes Mesquite Springs aufgestellt, wo eine gnädige Laune der Geographie dafür sorgte, daß einige Felsen die benachbarten Wohnmobile verdeckten. Was nun dazu führte, daß er den Lagerplatz erst wiederfand, als er die sandfarbene Spitze des Großen Zelts erspähte – Ned hatte das Gemeinschaftszelt aus Bambusstangen und Gärtnereiplanen improvisiert.

Das Frühstück war ein voller Erfolg. Scotty waren die Eier Benedikt grandios gelungen, und Michaels *garni* wurde mit höflichem Applaus bedacht. Als abgeräumt war, machten Douglas und Paul Wasser fürs Abwaschen heiß, während Roger und Gary sich in ihre Ecke verzogen, um die Halluzinogenpilze in sieben gleiche Portionen zu teilen. Als jeder seine Ration geschluckt hatte, schlug Ned einen Ausflug in die Last

Chance Mountains vor. Er nahm Michael beiseite und sagte: «Ich muß dir was zeigen. Etwas Besonderes.»

Scotty blieb zurück und kümmerte sich um das Mittagessen; die anderen folgten Ned hinauf in die Hügel. Da und dort hielten sie an, um eine Kaktusblüte oder eine exotische Felsformation zu bewundern. (Douglas war ganz sicher, an einer Stelle Schriftzeichen entdeckt zu haben, doch sein prosaischer Liebhaber versicherte ihm, das seien «nur die Pilze».)

Sie erreichten ein Plateau, auf dem der Wind zwischen glatten schwarzen Felsblöcken hindurchfegte, die zu geometrischen Formen zerborsten waren. Am Rand des Plateaus ragte ein aus Steinbrocken errichteter, mannshoher Obelisk auf. Michael fand ihn erheblich weniger stimmig als die Landschaft ringsum.

Douglas blieb stehen und betrachtete den Stapel. «Erinnert mich sehr an Carlos Castaneda», murmelte er.

«Sehr phallisch», meinte Gary.

Ned lachte. «Na, dann steh nicht einfach da. Bete ihn an.»

«Nee», sagte Gary und schüttelte den Kopf, «der ist mir nicht groß genug.»

Ihr Gelächter mußte meilenweit zu hören gewesen sein. Ned setzte sich in Bewegung und übernahm wieder die Führung.

Michael holte ihn ein. «War es das?»

«Was?»

«Was du mir zeigen wolltest.»

Ned schüttelte den Kopf und lächelte geheimnisvoll.

Sie mußten eine weitere Anhöhe erklimmen. Von oben bot sich ein überwältigender Blick auf das Tal. Eine Anordnung von rötlichen Steinen schien ursprünglich einmal einen riesigen Kreis gebildet zu haben. «Das war mal ein Peace-Symbol», erklärte Ned. «Erinnert ihr euch an die Dinger?»

Als sie den Abhang hinunterliefen, sagte Michael: «Ich nehme an, das war's auch noch nicht, hm?»

«Nö», antwortete Ned.

Das Terrain wurde wieder eben, und sie tasteten sich ungemütlich dicht an der brüchigen Kante eines Steilhangs entlang.

Michael hatte Ohrensausen von den Pilzen, was den Eindruck noch bedrohlicher machte. Entfernungen waren schwer abzuschätzen in einer Landschaft, wo der kleinste Stein dem größten Berg glich.

Plötzlich lief Ned voraus und blieb am Rand einer Klippe stehen. Michael war der erste, der ihn einholte. «Mensch, was machst du denn?»

Sein Partner lachte. «Sieh doch!» Er war in die Hocke gegangen und zeigte zum Talgrund hinunter, wo fünf bunte Zelte wie Hotels auf einem Monopoly-Brett hockten. Hinter ihnen stand glitzernd wie ein Dinky-Spielzeugauto Neds roter Kastenwagen. Sie waren in einem weiten Bogen zum Steilhang oberhalb ihres Lagerplatzes zurückgekommen.

«Na?» fragte Ned.

Michael spähte zu der winzigen Zeltsiedlung hinunter und lächelte. Er mußte Ned nicht fragen, ob dies die versprochene Überraschung war. Er wußte, was Ned ihm damit sagen wollte: Sieh uns an da unten! Sind wir nicht toll? Haben wir nicht was Fabelhaftes fertiggebracht? Siehst du, was wir füreinander bedeuten? Ned hatte sich diesen mitreißenden Augenblick für ihn ausgedacht, und Michael war davon sehr gerührt.

Ned formte die Hände zu einem Trichter und rief der Liliputanergestalt am Lagerfeuer ein Hallo zu. Es war zweifellos Scotty, der bereits das Mittagessen vorbereitete. Suchend sah er sich um, woher die Stimme kam, und winkte überschwenglich zu ihnen hinauf. Ned und Michael winkten zurück.

Nach dem Mittagessen teilte sich die Gruppe wieder auf. Manche zogen sich zu Siesta und Sex zurück, andere wanderten einzeln in die Wüste hinaus und genossen die abklingende Wirkung der Pilze. Michael blieb im großen Zelt zurück und fühlte sich in der herrlichen Stille wie ein Sultan. Als es Abend wurde, kam es ihm vor, als wäre er hier schon ewig zu Hause.

Er stand auf und ging am ausgetrockneten Bachbett, das sich wie ein blasses Band durch die Mesquite-Bäume schlängelte, auf die Hügel zu. Es war inzwischen kühl geworden, und am dunkellila Himmel erschienen die ersten Sterne wie frische Knospen. Nach einer Weile setzte er sich neben einen

Kaktus, der tatsächlich im Mondschein einen Schatten warf. Eine leichte Brise umfächelte ihn.

Die Zeit verrann.

Als er sich dem Camp wieder näherte, fühlte er sich wie magisch angezogen vom bernsteingelben Schimmer des großen Zelts, von der sachte wabernden Plane, die an ein pulsierendes Herz erinnerte, und von dem leisen Lachen, das nach draußen drang. Als er eintreten wollte, faßte der Wind in eine der Zeltbahnen wie in das Segel einer Galeone und riß sie los. Drinnen wurde unisono gestöhnt.

«Kann ich helfen?» rief er.

«Michael?» Es war Rogers Stimme.

«Ja. Soll ich's reparieren?»

«Fabelhaft. Es ist hier drüben. Die hintere Plane hat sich wieder losgerissen.»

«Wo?» Er tastete im Dunkeln herum, bis er die klaffende Stelle fand. «Hier?»

«Genau», sagte Gary.

Er fing die Plane ein, fädelte die Schnur durch die Ösen und zurrte sie wieder fest. Dann ging er nach vorn und lüpfte die Plane am Eingang.

Sie benutzten die Colemanlaterne nicht mehr, nachdem sie am Abend zuvor festgestellt hatten, daß sie sich nicht herunterdrehen ließ. Pauls einfallsreiche Alternative bestand aus einer großen Taschenlampe in einer braunen Papiertüte, in deren goldbraunem Rembrandtschimmer die sechs Männer nun auf dem Orientteppich lagerten, den Gary bei der Scheidung von seiner Frau bekommen hatte.

Rogers Kopf lag in Garys Schoß, und Gary benutzte die Kühlbox als Rückenlehne. Douglas und Paul stöberten im hinteren Teil des Zelts in einem Stapel Kassetten. Ned gab dem fleißigen Scotty eine Fußmassage mit Vaseline Intensive Care Lotion.

Es war ein charmantes, sympathisches Tableau, so seltsam altmodisch wie das Foto einer College-Footballmannschaft um die Jahrhundertwende: Schulter an Schulter, die Arme um die Hüften gelegt, jenes erste trauliche Stadium männlicher Kameraderie.

«Danke», sagte Gary, als Michael hereinkam.

«Gern geschehen», antwortete er.

Ned schaute von Scottys Füßen hoch. «Du bist schon ein bißchen braun, Bubba.»

«Was?» Michael drückte mit dem Finger auf seinen Bizeps. «Ich glaube, es liegt nur am Licht.»

«Nein», versicherte ihm Gary, «sieht richtig gut aus.»

«Vielen Dank.» Er ließ sich auf dem freien Platz neben Ned und Scotty nieder.

Scotty betrachtete ihn mit einem seligen Schmunzeln. «Es ist noch Kraftfutter und Käse übrig, falls du Hunger hast.»

«Bloß nicht», wehrte Michael ab.

Roger und Gary tauschten einen kurzen Blick, standen auf und staubten sich den Hosenboden ab. «Tja, Jungs», sagte Roger, «es war ein langer Tag . . .»

«Ach je», flötete Scotty, «unsere Neuvermählten verlassen uns.»

Rogers Verlegenheit ging einem ans Herz. Mit Schmerz und Wehmut dachte Michael an seine erste Zeit mit Jon, als sie sich in solchen Situationen ähnlich linkisch benommen hatten.

«Ach, laß mal», sagte Ned lachend. «Sie haben kein Zelt. Irgendwann müssen sie auch mal für sich sein.»

«Und sie stehn ja so auf dem *Schlauch*», ergänzte Douglas.

Gary warf ihm im Hinausgehen einen freundschaftlichen drohenden Blick zu. «Das wirst du mir büßen.»

«Was meint er denn?» fragte Scotty, als das Pärchen draußen war.

Douglas schmunzelte. «Gary hat Gummis mitgebracht.»

«Was?» sagten die anderen drei wie aus einem Mund.

Douglas zuckte mit den Schultern. «Man spricht nicht umsonst von einer Krise . . .»

«Na gut, aber . . .» Scotty verhaspelte sich beinahe. «Vergiß es. Ich will ja gern meinen Teil beitragen . . . aber *so was*?»

Ned setzte sein geheimnisvolles Grinsen auf. «Ich persönlich finde sie irgendwie lustig.»

«Wieso?» wollte Douglas wissen. «Weil sie dich an Heteros erinnern?»

«Marines», schmückte Paul die Idee seines Liebhabers aus.

«In meinen Phantasien kommen keine Heteros vor», sagte Ned rundheraus. «Ich hab noch nie einen Schwanz gelutscht, der nicht schwul war.»

«Was ist dann so toll an ihnen?» fragte Scotty. Sein linker Fuß lag noch immer in Neds Händen.

«An Schwänzen?» frage Ned.

«Gummis», sagte Scotty grinsend.

«Na ja . . .» Neds nußbraune Augenbrauen zogen sich zusammen. «Die Dinger haben was von Unterhosen.»

«Calvin-Klein-Präser», sagte Paul.

Alle lachten.

«Warum haben sie was von Unterhosen?» hakte Scotty nach.

«Na . . . hast du noch nie einem Typ gesagt, er soll seine Jockey-Shorts wieder anziehen, weil es so heiß aussah?»

«Doch, klar, aber . . .»

«Und zwischen dir und diesem unglaublichen Schwanz war nur noch ein dünnes kleines Stück weißer Baumwollstoff. Ja . . . so ähnlich ist es auch mit Gummis. Sie sind dir im Weg und lassen dich nicht alles auf einmal haben. Das kann die absolute heiße Tour sein.»

Scotty verdrehte die Augen. «Es sind Luftballons, Ned. Mach dir nichts vor. Und es werden immer Luftballons sein. Die Dinger sind lachhaft, und sie sind für *Stecher*.»

Weiteres Gelächter.

«Ich weiß noch», steuerte Douglas bei, «wie auf den Präserautomaten stand: ‹Nur zur Verhütung von Krankheiten›.»

Paul sah seinen Liebhaber an. «Steht doch immer noch drauf, Dummerchen.»

«Aber sie haben ‹Krankheiten› immer weggekratzt und ‹Babies› hingeschrieben. Jetzt nehmen sogar Heteros die Dinger nicht mehr.»

«Klar tun sie das.»

«Tun sie nicht. Sie nehmen die Pille oder lassen sich sterilisieren oder so.»

Während Douglas und Paul ihren halbherzigen Streit fortsetzten, signalisierte Michael seinem Partner, daß er schlafen gehen wollte. Er schlüpfte hinaus und steuerte sein Zelt an. Er vermied es, auch nur mit einem flüchtigen Blick die Anhöhe zu streifen, wo Roger und Gary kampierten. Als er fast schon am Ziel war, hörte er eine Stimme.

«Bist du das, Michael?» Es war Gary.

«Mhm.»

«Komm doch rüber», sagte Roger.

Er tastete sich durch die Dunkelheit, bis er den Pfad fand, der auf die Anhöhe führte. Im Mondschein erkannte er die Gesichter der beiden. Sie hatten den umlaufenden Reißverschluß eines Schlafsacks aufgezogen und sich damit zugedeckt. «Siehst du», sagte Roger grinsend, «wir haben uns nicht zum Ficken abgesetzt.»

«Muß an den Pilzen liegen», sagte Gary. «Wir erzählen uns Schauergeschichten. Es ist richtig schön hier oben. Warum holst du nicht deinen Schlafsack und legst dich zu uns?»

Er schaute hinuter zur dunklen Kuppel seines Zweimannzelts, das leer unterm Sternenhimmel stand. «Ich glaube, das Angebot nehme ich an», sagte er.

Als Gary die Geschichte von dem Mann mit der Eisenklaue erzählt hatte, schliefen sie alle drei ein.

Michael hatte einen Traum, in dem er wieder oben am Steilhang über dem Lagerplatz war, nur daß diesmal Jon neben ihm kniete. «Schau», flüsterte Jon. «Schau mal, wer da unten ist.» Mona war aus einem der Zelte gekommen – so winzig, daß man sie kaum erkennen konnte. Michael winkte und winkte, doch sie sah ihn nicht und blieb kein einziges Mal stehen, als sie in die Wüste hinausging und verschwand.

Wiedersehen mit Mona

Seattle war Mona einst als Rentnerparadies für alte Hippies erschienen. Das Klima war gemäßigt, wenn auch feucht, politisch gab man sich liberal, und ein erstaunlich großer Teil der

Einwohner fand an Makramee noch immer Gefallen. In all der Zeit, die Jane Fonda gebraucht hatte, um ihren Körper wieder präsentabel zu machen, hatte sich in Seattle fast nichts geändert.

Fast nichts. Die Lesben, die in den sechziger und siebziger Jahren Neunkornbrot gebacken hatten, verdienten sich jetzt ihren Lebensunterhalt in Copyshops. Mona war eine von ihnen, doch die bizarre Umkrempelung der beruflichen Ziele gab ihr dieselben Rätsel auf wie den meisten ihrer Geschlechtsgenossinnen. «Vielleicht», hatte sie einmal in einer seltenen Anwandlung von Humor zu einer Bekannten gesagt, «soll damit bewiesen werden, daß wir auch ohne Mitwirkung eines Mannes reproduzieren können.»

Sie wohnte auf dem Queen Anne Hill in einem sechsstökkigen Gebäude, dessen Backsteinfassade die Farbe von geronnenem Blut hatte. Sie arbeitete ein paar Ecken weiter in einem Copyshop names Kwik-Kopy, einem High-Tech-Rausch in verschiedenen Schattierungen von Grau. Weder das eine noch das andere trug nennenswert zu ihrem seelischen Gleichgewicht bei, aber wann hatte ihr *das* zum letztenmal Sorgen gemacht?

«Kopf hoch, Mo. So schlimm kann's nicht sein», meinte Serra, ihre Kollegin am Kopierer nebenan. Serra, die flotte junge Edelpunkerin.

«Ja? Meinst du?»

Serra betrachtete das gewaltige Manuskript, das sie gerade sortierte. «So grauenhaft kann's gar nicht sein wie das hier.»

«Was ist es denn?» fragte sie.

«Zeit zum Fraun», antwortete Serra.

Sie verzog das Gesicht. «Wie ist denn das buchstabiert?»

«Na, rat mal», sagte Serra. «Vielleicht sollten wir's dem Guinness Book melden. Wenn ich mich nicht irre, ist es der dickste Lesbenwälzer seit Menschengedenken.»

«Was mit Sex drin?»

«Bis jetzt noch nicht», sagte Serra. «Aber jede Menge glukkenhafter Pflegetrieb.»

«Gähn.»

«Eben. Und was hast du in Arbeit?»

«Was viel Schlimmeres», sagte Mona. «Die Schwuchtel vom Ritz Café wird dreißig und schmeißt 'ne Party.»

«Einladungen?»

«In Form einer Xeroxcollage. Mit einem reizenden Foto von seinem Schwanz und ein paar alten Standfotos aus *I Love Lucy*. Er hat einen zweiten Durchlauf verlangt.»

«Typisch.»

«Der Schwanz ist zu orange, und Lucys Haare sind zu grün. Oder umgekehrt. Scheiße, wen juckt's? Als wär das Kunst.»

Serra lachte, doch ihr Blick war besorgt. «Du mußt mal 'n Tag ausspannen, Mo.»

Mona schaute wieder auf ihre Arbeit. «Ich müßte mich trepanieren lassen.»

«Nein, Mo, im Ernst.» Serra verließ ihren Kopierer und kam zu ihr. «Du rackerst zuviel. Schon dich ein bißchen. Holly kann dir mal ein oder zwei Tage Luft lassen.»

«Schon möglich», gab Mona zurück. «Aber Dr. Sheldon nicht.»

«Wer?»

«Dr. Barry R. Sheldon, Zahnarzt, Capitol Hill. Behandelt mich wegen Periodontitis und will mir den Gaumen pfänden lassen.» Sie lächelte resigniert. «In diesem Augenblick, Frollein.»

In Serras Mitgefühl schien sich Verlegenheit zu mischen. «Oh . . . na, wenn ich dir was leihen kann . . .»

«Das ist nett von dir.» Sie drückte Serras Hand. «Aber das Problem ist ein bißchen ernster.»

«Oh.»

«Eigentlich brauch ich mehr Überstunden.»

«Ich hab halt gedacht . . . ein bißchen Abwechslung tut dir gut.»

«Das siehst du richtig», sagte Mona. «Du hast 'n Papierstau.»

«Scheiße», murmelte Serra und rannte an ihren Platz zurück. Mittags bestand sie darauf, Mona zum Lunch einzuladen – im Ritz Café, einer perfekten Kulisse für Serras adretten Kristy-McNichol-Kurzhaarschnitt. Sie bestellten Pernod Stingers.

Serra hob ihr Glas und stieß mit ihrer Kollegin auf gute Besserung an.

«Es wird wieder», sagte sie mit Nachdruck. «Echt.»

«Das sagst du, weil du erst dreiundzwanzig bist», war Monas Antwort.

«Ist mit siebenunddreißig alles so anders?»

«Achtunddreißig. Und es ist kein bißchen anders. Bloß schwerer zu nehmen.»

«Kann ich mir nicht vorstellen», meinte Serra.

Mona machte ein Gesicht. «In fünfzehn Jahren sprechen wir uns wieder. Schwänze kopieren ist mit dreiundzwanzig noch erträglich. Mit achtunddreißig nicht mehr. Verlaß dich drauf. Ich mach dir nichts vor.»

Serra schien etwas zu überlegen.

«Was ist?» fragte Mona.

«Nichts. Noch nicht.»

«Also, entschuldige mal . . .»

«Bloß so eine Idee.»

«Komm schon», sagte Mona. «Raus damit.»

«Ich kann's dir nicht sagen. Ich muß erst sehn, ob es geht.» Sie nippte an ihrem Glas und setzte es plötzlich ab. «O Gott!»

«Was?»

«Rat mal, wer unser Kellner ist?»

Der Kellner erkannte Mona auf Anhieb. «Oh, hallo! Die Einladungen sehen fabelhaft aus!»

Sie schenkte ihm ein dünnes Lächeln. «Freut mich, daß sie dir gefallen.»

Nach der Mittagspause bekamen sie einen Eilauftrag für fünfhundert Handzettel mit der Ankündigung eines «British Lunch» zu Ehren der *Britannia*, die im Hafen von Seattle eingetroffen war. Mit finsterer Miene betrachtete Mona die Vorlage – Königin Elizabeth mit der Sprechblase «Mmmh! Knackwurst!». Sie schaute hoch und funkelte den Kunden an.

«Kann mir vielleicht mal jemand erklären, warum sich bei den Schwulen in Seattle alles bloß noch um diese Frau dreht?»

Der Kunde prallte zurück, als hätte sie ihn geohrfeigt. «Was ist denn? Macht ihr hier Zensur?»

Sie warf einen ungeduldigen Blick auf die Wanduhr. «Das soll wohl heute noch fertig werden, hm?»

Der Mann ließ sich seine Verärgerung anmerken, und sie konnte ihn durchaus verstehen. Sie war jederzeit selbstkritisch genug, um genau zu wissen, wann ihr Benehmen biestig wurde. «Hören Sie», sagte er, «es reicht bis morgen. Und ich hatte auch einen anstrengenden Tag . . . also machen Sie halblang, ja?»

«Kann ich helfen?» intervenierte Serra so liebenswürdig wie möglich.

Mona spürte, wie sie rot anlief. «Kein Problem. Ich fülle nur die . . .»

«Geh nach Hause, Mo.» Serra faßte sie zart am Arm. «Ich mach das schon.»

«Bist du sicher?» Sie kam sich wie ein richtiger Unmensch vor.

«Du hast es verdient», sagte Serra. «Na los. Zisch ab.» Also machte Mona, daß sie wegkam. Auf dem Heimweg ging sie kurz in den S & M Market, erstand Thunfisch und Waschmittel und bezahlte mit einem ungedeckten Scheck. Es hatte eine Zeit gegeben – vor drei Jahren, um genau zu sein –, da hatte sie über einen S & M-Supermarkt noch herzhaft lachen können. Damals hatte sie sich vorgenommen, mal mit Mouse in so ein Ding zu gehen, falls er je nach Seattle kam.

Doch Mouse war nie gekommen, um die Ironie im Namen ihres Supermarkts an der Ecke war genauso verblaßt wie ihre kalifornische Bräune. Sie hatten sich nach und nach entfremdet, und sie war nicht einmal sicher, an wem es lag. Inzwischen war der Gedanke an ein Wiedersehen bestenfalls peinlich und im schlimmsten Fall ein Horror.

Trotzdem fragte sie sich unwillkürlich, ob es Mouse gutging. Hatte er jemanden gefunden, der ihn ab und zu in den Arm nahm? Würde er sie immer noch Babycakes nennen, wenn sie sich wieder einmal begegneten? Drei- oder viermal hätte sie ihn fast angerufen – unter der Wirkung des Percodan von ihrem Zahnarzt –, aber sie wollte nicht, daß er sie bemitleidete, weil ihr Leben eine einzige Pleite war.

Zu Hause wurde sie in der Eingangshalle von ihrer Wohnungsnachbarin abgefangen. «Ach, Gott sei Dank, Mona! Gott sei Dank!» Die alte Mrs. Guttenberg war völlig aufgelöst.

«Was ist denn?» fragte Mona.

«Der alte Pete, das arme Ding. Er liegt in der Gasse hinterm Haus.»

«Sie meinen, er ist . . .?»

«So ein blöder Kerl hat ihn überfahren. Ich konnte keine Menschenseele finden, die mir hilft, Mona. Ich hab eine Decke über ihn gelegt, aber ich glaube nicht . . . Ach, der Ärmste . . . das hat er nicht verdient.»

Mona rannte nach hinten in die Gasse, wo der Hund regungslos im Nieselregen lag. Nur sein Kopf schaute unter der Decke hervor. Mit einem verschleimten Auge sah er zu Mona hoch und blinzelte. Sie kniete nieder und legte ihm behutsam die Hand auf die grau beharrte Schnauze. Er brachte nur einen schwachen Laut heraus.

Sie sah zu Mrs. Guttenberg hoch. «Er gehört hier keinem, nicht?»

Die alte Dame preßte die Fingerspitzen an die Kehle und schüttelte den Kopf. «Wir füttern ihn alle. Er ist schon mindestens zehn Jahre hier . . . oder zwölf. Mona, man muß ihn von seinem Leiden erlösen.»

Mona nickte.

«Könnten Sie ihn zum Tierheim fahren? Es sind nur ein paar Blocks.»

«Ich habe kein Auto, Mrs. Guttenberg.»

«Sie könnten ihn schieben.»

Mona richtete sich auf. «Schieben?»

«In dem Einkaufswagen, mit dem ich zu S & M gehe.»

Und so machten sie es. Mona hob Pete mit Hilfe der Decke in Mrs. Guttenbergs Einkaufswagen und schob ihn die sechs Blocks zum Tierheim. Ein Angestellter sagte ihr, dem Hund sei nicht mehr zu helfen. «Es wird bald zu Ende sein», sagte er. «Wollen Sie ihn wieder mitnehmen?»

Mona schüttelte den Kopf. «Er gehört nicht mir. Ich weiß nicht, wo ich ihn . . . nein . . . nein danke.»

«Wir berechnen eine Abgabegebühr von zehn Dollar.»

Eine Abgabegebühr. Als hätte man das nicht auch anders nennen können.

«Ist gut.» Sie spürte, daß ihr die Tränen kamen.

Fünf Minuten später war es vollbracht. Sie stellte wieder mal einen ungedeckten Scheck aus und schob den leeren Einkaufswagen durch den Regen nach Hause. Mrs. Guttenberg erwartete sie an der Tür, stammelte ihren Dank und kramte in ihrem Geldbeutel nach «etwas für Ihre Mühe».

«Lassen Sie nur», sagte Mona und schleppte sich zum Fahrstuhl.

Während der langsamen, ächzenden Fahrt nach oben fiel ihr auf einmal die Maxime ein, die Mouse einmal den «Monaschen Lehrsatz» genannt hatte: *Du kannst einen tollen Liebhaber, einen tollen Job und eine tolle Wohnung haben, aber nicht alles gleichzeitig.*

Sie und Mouse hatten darüber viel gelacht, ohne zu ahnen, daß es ihnen einmal wie ein Wunder vorkommen würde, wenn auch nur zwei von diesen drei Wünschen in Erfüllung gingen.

Das mit der Liebe machte ihr inzwischen nicht mehr so viel Kummer. Da sie allein lebte, konnte sie sich gewisse Illusionen machen über Leute, die ihr halfen, sie mehr zu mögen – manchmal sogar, sie mehr zu lieben. Oder war das nur ihre Ausrede dafür, daß sie als Mitbewohnerin ein hoffnungsloser Fall war?

Das mit der Wohnung gab ihr einen Stich, als sie die dritte Etage erreichte und die Tür zu der öden kleinen Bude aufschloß, die sie ihr Zuhause nannte. Es war doch äußerst tragisch – nein, nicht tragisch, nur kläglich –, wenn eine Frau von achtunddreißig sich ihre Bücherregale immer noch aus Backsteinen und Brettern baute.

Sie war im Begriff, auch in der Frage des Jobs auf Fehlanzeige zu erkennen, als das Telefon schrillte.

«Ja?»

«Kann ich bitte Mona Ramsey sprechen?» Eine weibliche Stimme, die ihr unbekannt war.

«Äh . . . ich glaube, sie ist nicht da. Wer sind Sie?»

«Dr. Sheldons Buchhalterin.»

Mona bemühte sich um einen forschen Ton. «Aha. Kann ich Ihre Nummer notieren?»

«Sie ist also nicht da?»

«Leider nein.» Diesmal nicht nur forsch, sondern ungehalten. Diese Geldeintreiberin würde nicht so ohne weiteres klein beigeben.

«Ich habe versucht, sie an ihrer Arbeitsstelle zu erreichen, aber dort hieß es, sie hätte sich heute krank gemeldet. Das *ist* doch ihre Wohnung, oder?»

«Ja, schon, aber . . . Miss Ramsey mußte kurz weg.»

«Ich dachte, sie ist krank.»

«Nein», antwortete Mona. «In Trauer.»

«Oh . . .»

«Ihr bester Freund ist heute vormittag gestorben.» Das klang ein bißchen zu konventionell, deshalb fügte sie hinzu: «Er wurde hingerichtet.»

«Mein Gott.»

«Es hat sie ziemlich mitgenommen», sagte Mona, die allmählich auf den Geschmack kam. «Sie war als Zeugin dabei.»

Das war beinahe schon Overkill, aber es wirkte wie ein Zauberspruch. Die Anruferin schnappte nach Luft. «Also . . . dann . . . werde ich noch mal anrufen, wenn . . . Bitte sagen Sie ihr einfach, daß ich angerufen habe.»

«Aber sicher», sagte Mona. «Schönen Tag noch.»

Sie legte vorsichtig den Hörer auf, packte das Kabel und riß den Telefonstecker aus der Dose. Falls Spezialisten für Periodontitis mit dem organisierten Verbrechen in Verbindung standen, steckte sie in bösen Schwierigkeiten.

Sie machte sich eine Tasse Red-Zinger-Tee und zog sich ins Schlafzimmer zurück. Sie betrachtete sich im Spiegel und konnte nicht den geringsten Hinweis auf so etwas wie eine eigene Persönlichkeit finden. Serra hatte sich einmal zu der wohlwollenden Bemerkung durchgerungen, sie sehe «Tuesday Weld sehr ähnlich». «Ja, freitags», hatte sie ihr geantwortet. Heute war nur allzu offenkundig, weshalb sie sich in Kalauer retten mußte.

Ihre «Charakterfalten» warfen allmählich die Frage auf, ob

es auch so etwas wie zuviel Charakter geben kann. Zudem konnten ihre roten Struwwelhaare schon seit Jahren nicht mehr den Anspruch erheben, Ausdruck anarchischer Rebellion zu sein. (Selbst die Streisand war am Ende von dem Rostiger-Brillo-Topfputzer-Look abgekommen.) War es Zeit nachzugeben, das Handtuch zu werfen und eine Lippenstiftlesbe zu werden?

Einige der militantesten Lesben in der Stadt waren bereits konvertiert und hatten ihre Levi's und Birkenstock-Sandalen zugunsten enger Röcke und hoher Absätze ausgemustert. Es ging nicht mehr um den Unterschied zwischen ruppig und feminin, Befreiung und Unterdrückung. Kleider stempelten eine Frau nicht mehr ab. Kleider waren jetzt einfach Kleider.

Der Gedanke an ein völlig anderes Erscheinungsbild war seltsam berauschend, doch sie brauchte noch ein zweites Votum. Kurz entschlossen stöpselte sie das Telefon wieder ein und wählte die Privatnummer von Mouse – aus reiner Freude darüber, daß sie einen so abseitigen Vorwand hatte, um das Schweigen zwischen ihnen zu brechen. Doch Mouse war nicht zu Hause.

Wo konnte er sein? In der Gärtnerei? Ein weiterer Anruf erbrachte dasselbe Resultat. Herrgott, es war doch Samstag – warum sollte die Gärtnerei an einem Samstag geschlossen sein? Was, zum Kuckuck, war denn los?

Im anderen Zimmer quäkte der Türsummer. Sie stand auf und ging zu der uralten, von verkrusteten Farbschichten gnädig verhüllten Gegensprechanlage. «Ja?»

«Mona Ramsey?»

Sie zögerte einen Augenblick. «Wer will das wissen?»

«Eine Freundin von Serra Fox. Sie hat mir Ihre Adresse gegeben. Ich habe versucht, Sie anzurufen . . .»

«Moment mal.» Mona rannte ans Fenster. Unten vor dem Eingang stand eine elegant gekleidete Brünette, die ganz danach aussah, als könnte sie eine Freundin von Serra sein. Die Lippenstiftlesben waren auf dem Vormarsch.

Mona ging wieder an die Gegensprechanlage. «Geht es um Geld?»

Die Frau kicherte dezent. «Nicht so, wie Sie vielleicht denken. Ich werde Ihre Zeit nicht lange in Anspruch nehmen, Miss Ramsey.» Sie hatte einen britischen Akzent.

Mona zählte bis zehn und drückte auf den Türöffner.

Privatsammlung

Brian stellte zu seiner Überraschung fest, daß er an Mona Ramsey dachte, als er mit Mary Ann in Hillsborough eintraf, wo Theresa Cross ihre Versteigerung abhielt. 1977 hatten er und Mona während einer kleinen, nicht sehr ernst gemeinten Affäre eine Vorliebe für drei Dinge geteilt: Die Filme *Harold und Maude* und *King of Hearts* – und die LP *Denim Gradations* von Bix Cross.

Monas Lieblingssong auf der Platte war «Quick on My Feet» gewesen. Brian hatte «Turn Away» mehr nach seinem Geschmack gefunden. Und hier, zum Greifen nahe, schimmerte nun die Platinscheibe, die den Erfolg des Albums dokumentierte.

«Sieh dir *das* an», flüsterte Mary Ann, als sie im Privatkino des verstorbenen Rockstars an den trophäenbeladenen Tischen entlanggingen. «Sogar die Hausbar hat sie geplündert.» Sie nahm eine leere Flasche Southern Comfort in die Hand.

Brian las das Kärtchen, das daran befestigt war. «Ja, aber er hat sie mit Janis Joplin geteilt.»

«Was soll's», murmelte seine Frau. «Ist das so wichtig?»

Suchte sie etwa Streit? Ihm *war* es wichtig. Das wußte sie doch genau. «Es ist ein Stück Geschichte», sagte er schließlich. «Für *einige* jedenfalls . . .»

Sie gab einen mürrischen Laut von sich und ging weiter. «Und das da?» Sie zeigte auf einen kaputten Toaster. «Ist das auch ein Stück Geschichte?»

Der neckische Ausdruck in ihren Augen hinderte ihn daran, zornig zu werden. «Wenn hier der Nachlaß von Karen Carpenter unter den Hammer käme, wärst du garantiert der Meinung.»

Ihr Blick verdüsterte sich. «Das war gemein, Brian.»

Er lachte zufrieden in sich hinein.

«So ein großer Fan von ihr war ich gar nicht.»

Er zuckte mit den Schultern. «Du hast ihre Platten gekauft.»

Mit einem genervten Stöhnen wandte sie sich einer Schachtel voll Plastikgabeln zu. «*Eine* Platte hab ich gekauft. Komm mir nicht so von oben herab.»

Die Debatte wurde beendet durch das Eintreffen der Gastgeberin. Sie rauschte herein in schwarzem Angorapullover und schwarzer Stretchhose. Mary Ann stieß Brian mit dem Ellbogen an. «Trauerkleidung», flüsterte sie.

«Hallo, Leute!» rief die Rockwitwe und kam mit energischen Schritten auf die beiden zu.

«Hallo», echote Mary Ann. Sie flötete es beinahe. Trotz ihrer spitzen Bemerkungen war sie von Theresa Cross eingeschüchtert. Brian merkte es immer an ihrem Tonfall – und fühlte sich ihr jedesmal noch näher.

«Ist Ihre Crew schon da?» fragte Theresa.

«Kommt jeden Moment», versicherte ihr Mary Ann. «Die haben anscheinend den Weg nicht gleich . . .»

«Schon die Harley gesehen?» Für die Rockwitwe war das Thema Medien abgehakt, und sie sprach jetzt mit Brian.

«Allerdings.»

«Ist sie nicht *Spitze*?»

An der Tür erschien Mary Anns Kameramann. «Da ist er», sagte sie.

«Fabelhaft!» rief Theresa. «Ich hoffe, es dauert nicht lang. Die von *Twenty/Twenty* kommen um zwölf.»

«Eine halbe Stunde, höchstens», erwiderte Mary Ann. «Ich muß ihm nur noch sagen, was ich will.» Sie wandte sich an Brian. «Kann ich dich eine Weile allein lassen?»

«Ich kümmere mich um ihn», sagte Theresa.

«Prima», sagte Mary Ann und verdrückte sich.

Theresa nahm Brian am Arm. «Kommen Sie, wir machen die große Besichtigungstour.»

Sie führte ihn aus dem Privatkino und durch einen Korridor mit grauem Flanell und verchromten Zierleisten an den Wänden. «Waren Sie ein großer Fan von meinem Mann?»

«Der größte», sagte er.

Sie warf ihm einen kokett tadelnden Seitenblick zu. «Ich hoffe, das ist keine falsche Reklame.»

Bis er sich auf diese Bemerkung einen Vers gemacht hatte, waren sie vor einer Doppeltür angelangt – ebenfalls mit Flanell bespannt. «Ich werde Ihnen etwas zeigen, was die Zuschauer von *Twenty/Twenty* nicht zu sehen kriegen.» Sie schubste die beiden Türflügel auf, und er blickte in ein Schlafzimmer, dessen Abmessungen ohne weiteres die Olympianorm erfüllten. An den Wänden standen indirekt beleuchtete Plexiglasvitrinen. Sie enthielten eine Sammlung von «Niggernippes» aus den dreißiger und vierziger Jahren – Dutzende von Pickaninny-Puppen, als schwarze Mammis geformte und bemalte Keksdosen aus Ton, Onkel-Tom-Aschenbecher, Aunt-Jemima-Poster.

«Ist ja nicht zu fassen», sagte Brian.

Die Rockwitwe tat es mit einem Schulterzucken ab. «Bix hat es immer ein bißchen bedauert, daß er nicht als Schwarzer auf die Welt gekommen ist. Aber das war's noch nicht, was ich Ihnen zeigen wollte.» Sie ging zu einer gewaltigen Kommode neben dem Bett. «Sondern *das* . . .» Mit großer Geste zog sie eine Schublade auf.

Brian war verdattert. «Äh . . .Unterwäsche?»

«*Höschen*, Sie Dussel.»

Er fühlte sich unbehaglich. Was, zum Kuckuck, sollte er dazu sagen?

«Von seinen weiblichen *Fans*», erklärte Theresa und zog aus einer der Plastiktüten mit beschriftetem Etikett ein Exemplar heraus. «Das zum Beispiel ist aus dem Avalon Ballroom, neunzehnhundertsiebenundsechzig.»

Er lachte nervös. «Sie wollen sagen, die haben sie ihm auf die Bühne geworfen?»

Sie zwinkerte ihm zu. «Fix kombiniert.»

«Und er hat sie aufgehoben?»

«Jedes einzelne.» Mit einem karmesinroten Fingernagel fuhr sie über die Höschen wie eine Sekretärin, die das System ihrer Ablage erläutert. «Wir haben Höschen vom Be-In im Golden Gate Park – erinnern Sie sich? George Harrison war dabei. Uuuuund ... die Standardschlüpferchen aus dem Fillmore, neunzehnsechsundsechzig. Das war ein guter Jahrgang, finden Sie nicht?»

Er lachte und fand sie zum erstenmal sympathisch. Wenigstens hatte sie einen Sinn für Humor. «Die sollten sie unbedingt auch versteigern», meinte er grinsend.

«Kommt nicht in Frage. Die sind für *mich*.»

«Wollen Sie etwa sagen ...?»

«Und ob! Ich zieh sie alle an!»

Dieses Mal lachte er schallend.

«Und ich seh auch saugut aus in den Dingern!»

Das konnte er sich lebhaft vorstellen.

«Kommen Sie», sagte sie. «Sie fangen an zu schwitzen. Bringen wir Sie zurück zum Frauchen.»

Die Rückkehr der Connie Bradshaw

Zwei Tage später drehte Mary Ann am Union Square einen Spot für die Bürgerinitiative «Rettet die Cable Cars». Da die Cable Cars wegen Renovierungsarbeiten außer Betrieb waren, benutzte sie den Waggon, der neben dem Hyatt auf Holzblökken stand. Sie konnte förmlich spüren, wie peinlich es dem melancholischen Relikt war. Wie einem Elchskopf an der Wand in einer Bar.

Sie sagte ihren Spruch in einer effektvollen Einstellung, in der sie sich waghalsig aus dem aufgebockten Waggon herauslehnte. Was ihre Erniedrigung komplett machte, war eine Ansammlung von Gaffern, die ihr strapaziöses Tun verfolgten, ihren gelungenen Takes applaudierten und über Patzer lachten.

Als sie fertig war, kam eine Schwangere auf sie zu. Ihr Zustand, obwohl selbst für Idioten nicht zu verkennen, wurde bekräftigt durch ein gelbes Umstandskleid mit dem Wort BABY auf dem Bauch – und einem Pfeil, der in die Richtung wies, die das Baby nehmen mußte, um rauszukommen.

«Mary Ann?»

«Connie?»

Connie Bradshaw kreischte, wie sie immer schon gekreischt hatte; wie vor fünfzehn Jahren in Cleveland, wo sie Vortänzerin an der Central High-School gewesen war und Mary Ann als Mitglied in der National Forensic League einen bescheidenen Ruhm genossen hatte. Manche Dinge schienen sich nie zu ändern, und dazu gehörte auch Connies Unfähigkeit, das Leben ohne beschriftete Klamotten zu meistern.

Eine umständliche Umarmung schloß sich an. Dann trat Connie zurück und musterte ihre einstige Mitbewohnerin von Kopf bis Fuß. «Du bist ja so ein *Star*!» rief sie strahlend.

«Nicht unbedingt», sagte Mary Ann und meinte es ehrlicher, als ihr lieb war.

«Ich hab dich mit der Queen gesehen. Also, wenn dich das nicht zum Star macht, was dann?»

Mary Anns Antwort war ein dünnes Lächeln. Sie zeigte auf Connies Bauch mit dem Richtungspfeil. «Wann ist das passiert?»

Connie drückte einen winzigen Knopf an ihrer digitalen Armbanduhr. «Ähm . . . vor sieben Monaten und . . . vierundzwanzig Tagen. Mehr oder weniger.» Die Erinnerung daran entlockte ihr ein Kichern. «Ihr Name ist übrigens Shawna.»

«Du weiß schon, daß es ein Mädchen ist?»

Connie kicherte wieder. «Du kennst mich doch. Ich laß mich nicht gern auf die Folter spannen. Wenn ich 'ne Gelegenheit zum Spicken hab, dann tu ich's.» Sie legte leicht die Hände auf die zukünftige Shawna. «Voll stark, was?»

«Voll stark», bestätigte Mary Ann und nickte. Sie fragte sich, wann sie den Ausdruck das letzte Mal benutzt hatte. «Gott, wie leicht man doch den Anschluß verliert. Ich hab nicht mal gewußt, daß du verheiratet bist.»

«Bin ich doch gar nicht», kam die forsche Antwort.

«Oh.»

«Siehst du?» Sie hielt zehn unberingte Finger hoch.

Zum erstenmal seit fünfzehn Jahren hatte Mary Ann das ungute Gefühl, bürgerlicher als Connie zu sein.

«Ich hatte das Warten satt», erklärte ihr Connie. «Ich meine ... Mensch, ich bin fast dreiunddreißig. Was nützt 'ne Dampfnudel im Ofen, wenn der Ofen futsch ist? Verstehst du, was ich meine?»

«Mhm», antwortete Mary Ann.

«Ich meine ... Herrgott, ich hab mir ein Baby mehr gewünscht als einen Mann, und da hab ich mir gesagt, Scheiß drauf, und hab aufgehört, die Pille zu nehmen. Einen Mann kann man jederzeit kriegen. Für Kinder ist es irgendwann zu spät.» Sie machte eine Pause und sah Mary Ann besorgt an. «Schockiert, Schatz?»

Mary Ann versuchte ein möglichst unbekümmertes Lachen. «Machst du Witze?»

«Gut. Der Vater ist entweder Phil, ein leitender Angestellter in Software, der mich letztes Jahr zum Us Festival eingeladen hat, oder Darryl ... der ist Buchhalter in Fresno und echt super.» Sie erledigte diesen Punkt mit einem Schulterzucken. «Ich meine ... sind beide ganz fabelhafte Jungs.»

Das hatte durchaus eine innere Logik. Es war einfach typisch für Connie, daß sie den Namen des Kindes bekanntgab, noch ehe sie auf den Vater zu sprechen kam. «Du siehst phantastisch aus», sagte Mary Ann. «Es steht dir wirklich gut.»

«Danke», sagte Connie und strahlte. «Und du und Brian, ihr seid inzwischen verheiratet?»

Die Frage kam zwar unvermittelt, doch für Mary Ann eigentlich nicht überraschend. Brian behauptete, er und Connie hätten 1976 mal miteinander geschlafen, und Ende des Jahres hatte er sie damals zu Mrs. Madrigals Weihnachtsparty mitgebracht, aber es hatte sich weiter nichts daraus ergeben. Wenn man Brian glaubte, war die Episode für Connie viel wichtiger gewesen als für ihn.

Mary Ann nickte. «Im Sommer werden es zwei Jahre.»

«Das ist toll», sagte Connie. «Er ist ein prima Kerl.»

«Danke. Finde ich auch.»

«Aber keine Kinder, hm?»

Mary Ann schüttelte den Kopf. «Noch nicht.»

«Deine Karriere, hm?»

Mary Ann ging in Sekundenschnelle ihre Optionen durch. Es war Zeit, mit jemandem darüber zu reden, und Connie erschien ihr plötzlich als logische Wahl. Sie war ein anständiger, praktisch denkender Mensch, und der kleinen Familienclique in der Barbary Lane 28 stand sie völlig fern.

«Wir müssen uns so viel erzählen», sagte Mary Ann. «Wie wär's, wenn ich dich zu einem Kaffee einlade?»

«Super!»

Sie überquerten den Platz und gingen zu Neiman-Marcus, wo Connie die Freuden ihrer bevorstehenden Mutterschaft näher erläuterte. «Es ist wie ... als hätte man einen Freund, dem man noch nie begegnet ist. Ich weiß, das hört sich doof an, aber manchmal, wenn ich allein zu Hause bin, sitz ich einfach da und rede mit Shawna. Und weiß du was ... manchmal klopft sie mit der Faust 'ne Antwort.»

Mary Ann setzte ihre Tasse ab. «Das hört sich überhaupt nicht doof an.»

«Ich weiß gar nicht, warum ich so lang dazu gebraucht habe», sagte Connie. «Es ist das beste, was mir je passiert ist. Ganz im Ernst.»

«Hast du Mutterschaftsurlaub?»

Connie sah sie verständnislos an.

«Bist du denn nicht mehr bei United?»

«Ach so», meinte Connie mit einem kleinen Lachen. «Du bist wirklich nicht auf dem laufenden, Schätzchen. Da hab ich schon vor fünf oder sechs Jahren gekündigt. Der Glamour war verflogen. Wenn du verstehst, was ich meine.»

Mary Ann nickte.

«Zu meiner Zeit waren wir *Stewardessen*», fuhr Connie fort. «Jetzt haben sie Flugbegleiter. Das ist einfach nicht dasselbe.»

«Ja, wird wohl so sein.»

«Aber ich hatte ein bißchen was gespart, und jetzt hab ich

mein eigenes Häuschen in West Portal. Ich mach da eine Kartenboutique. Du mußt mal kommen. Ich geb dir Presserabatt oder so.» Sie lächelte Mary Ann zaghaft an und ahnte wohl, daß es zu dem Besuch nie kommen würde. «Aber du bist sicher fürchterlich beschäftigt.»

«Ich würde sehr gern mal kommen», sagte Mary Ann.

«Vielleicht ist sogar eine Story für dich drin. Es ist ein ganz niedlicher Laden.»

«Mmm.»

Connie griff über den Tisch und nahm ihre Hand. Es war eine schwesterliche Geste, die Mary Ann an die Zeit erinnerte, als sie bei Connie in Marina auf dem Sofa kampiert und sich nach frustrierenden Erlebnissen im Dance Your Ass Off die Augen rot geweint hatte. Connie war ihre einzige Zuflucht gewesen, ein wohltuendes Bindeglied zwischen Cleveland und der Hausgemeinschaft in der Barbary Lane.

«Was ist, Schatz?»

Mary Ann zögerte. «Wenn ich das nur wüßte», sagte sie.

«Worum geht's denn?»

«Na ja . . . Brian wünscht sich so sehr ein Kind.»

Connie nickte. «Und du nicht, hm?»

«Doch, schon. Vielleicht nicht so wie Brian . . . aber ich will auch eins.»

«Und?»

«Tja . . . ich hab vor acht Monaten aufgehört, die Pille zu nehmen.»

Connie war einen Moment sprachlos.

«Es hat sich nichts getan, Connie. Null.»

Connie legte den Kopf schräg und sah sie mitfühlend an. «Und Brian geht an der glatten Wand hoch, wie?»

«Nein. Er weiß nichts davon. Ich hab es ihm nicht gesagt.»

Connie machte ein ratloses Gesicht. «Das versteh ich nicht. Du hast ihm nichts gesagt, als du die Pille abgesetzt hast?»

«Es sollte eine Überraschung werden, Connie. Wie im Kino. Ich wollte sein Gesicht sehen, wenn ich ihm sage, daß ich schwanger bin.»

«Wie in der guten alten Zeit», sagte Connie. «Süß.»

«Jetzt muß ich sein Gesicht sehn, wenn ich ihm sage, daß ich's nicht bin.»

«Schöne Bescherung», sagte Connie.

«Das Problem ist . . . es bedeutet ihm so *viel.*» Sie wählte ihre Worte sorgfältig. «Ich glaub schon, daß er stolz ist auf mich und meine Karriere – ich *weiß*, daß er es ist –, aber seine Selbstachtung hat schwer gelitten. Er sieht sich als der Kellner, der mit dem Fernsehstar verheiratet ist. Ich meine, er ist herzlich und nett und lieb . . . und unglaublich sexy . . . und das hat mir immer genügt . . .»

«Ihm aber nicht», ergänzte Connie.

«Anscheinend nicht. Das mit dem Baby beschäftigt ihn Tag und Nacht. Ich nehme an, es ist für ihn . . . etwas, was *er* der Welt geben könnte, weißt du? Als Vermächtnis. Sein eigen Fleisch und Blut.»

Ihre Vertraute nickte.

«Bloß, daß es nicht geht, Connie. Es wird nie gehen.»

«Du meinst . . .?»

Mary Ann nickte. «Ich war beim Arzt. Es liegt nicht an mir.»

«Und du bist sicher, daß er es ist, der . . .»

«Ganz sicher.»

Connie runzelte die Stirn. «Aber ohne daß sie sein Sperma untersuchen . . .»

«Connie . . . sie haben einen Test gemacht.»

«Was?»

«Im St. Sebastian's, vor einem Monat. Sie haben seine Spermien gezählt, und die paar, die sie gefunden haben, reichen nicht.»

«Aber ich dachte, du hast ihm nichts gesagt . . .»

Sie hätte wissen müssen, daß sie sich nicht davor drücken konnte. «Hab ich auch nicht, Connie. Aber man kann einen Spermatest machen lassen, auch ohne daß . . . ach komm, Connie . . . überleg doch mal.»

Connie überlegte. «Mensch», sagte sie, «das muß ja heikel gewesen sein.»

Mary Ann betrachtete ihre Fingernägel und schwieg.

«Wie hast du das bloß ange. . .»

«Connie, bitte ... frag mich nicht, ja?» Die grauenhafte Begebenheit jenes aufreibenden Tages noch mal aufzuwärmen – nein, das war das letzte, worauf sie jetzt konnte. Der gehetzte Sprint ins Badezimmer, wo sie das Glas versteckt hatte; ihre jämmerliche Ausrede, um vor dem Frühstück aus dem Haus zu kommen; der chinesische Trauerzug, der fast verhindert hätte, daß sie noch rechtzeitig ...

«Trägt er zufällig Jockey-Shorts?»

«Was?»

«Ich hab in ‹Dear Abby› gelesen, daß die Dinger manchmal zur Sterilität führen.»

«Nein ... das ist es nicht.» Sie fragte sich, ob Brian etwa Jockey-Shorts getragen hatte, als Connie mit ihm geschlafen hatte.

Beide schwiegen eine Weile. Mary Ann wußte, was Connie jetzt dachte, und so kam sie ihr lieber zuvor.

«Wird Zeit, daß ich in den sauren Apfel beiße, wie?»

Connie schaute mit einem kleinen aufmunternden Lächeln von ihrer Tasse hoch. «Sieht so aus, Schatz.»

Mary Ann fand plötzlich, daß sie sich dumm angestellt hatte. «Ich hätte es ihm schon vor Wochen sagen sollen. Ich hab bloß gedacht, ich finde vielleicht einen Weg, um ihm die Peinlichkeit ... ach, was weiß ich. Wenn ich ihm sage, was ich getan hab ... weißt du ... das mit dem Sperma und so ...»

«Dann sag ihm das eben nicht.»

«Aber ich kann es ihn doch nicht noch mal durchmachen lassen. Ich bin sicher, daß er drauf besteht.»

«Sag ihm doch, daß *du* unfruchtbar bist.»

Mary Ann wies den Gedanken mit einem Stirnrunzeln von sich. Das würde ihre Ehe noch mehr gefährden als alles, was ihnen jetzt schon zu schaffen machte. Es war besser, bei der Wahrheit zu bleiben ... oder auf ein Wunder zu warten.

Als sie am Abend nach Hause kam, fand sie Brian in dem Häuschen auf dem Dach. Er trug die Baseballmütze mit der Aufschrift KAFKA und sah *Three's Company* im Fernsehen. Sie hatte diese blöde Mütze, von der Brian in einer Anzeige auf einem Streichholzbriefchen gelesen und die er sich prompt bestellt hatte, schon immer gehaßt, doch jetzt war wohl kaum der richtige Augenblick, um es ihm zu sagen.

«Ich hab uns Eye of the Swan mitgebracht», sagte sie und hielt die Weinflasche hoch.

Er sah über die Sofalehne nach hinten. «Oh . . . hallo. Prima. Gibt's was zu feiern?»

«Nö, einfach so.»

«Auch gut.»

Sie ging ans Fenster. «Der Regen hat aufgehört. Siehst du? Da drüben ist sogar ein bißchen blauer Himmel . . . Scheiße!»

«Was ist?»

«Ich hab die Gläser vergessen.»

«Macht doch nichts.»

«Ich lauf runter und . . .»

«Mary Ann . . .» Er griff nach ihrer freien Hand. «Entspann dich, ja? Wir sind mit allem versorgt. Wir können aus der Flasche trinken.»

«Es geht ganz schnell . . .»

«Wir haben keine Zuschauer, Mary Ann. Das ist kein Dreh für *Bay Window*.»

Ja, Gott sei Dank, dachte sie.

Er zog sie zu sich her. Sie stellte die Flasche ab, ließ sich neben ihm auf das Sofa sinken und gab ihm einen langen Kuß. Dann lehnte sie sich zurück und sah ihm in seine langbewimperten haselnußbraunen Augen. «Ist dir klar, was für ein Glück wir haben?»

Er betrachtete sie einen Augenblick. Dann sagte er: «Und ob. Ja.»

Sie nahm die Flasche, trank einen Schluck und reichte sie ihm. Er trank ebenfalls einen Schluck und gab ihr die Flasche zurück. «Warum machen wir Inventur in Sachen Glück?» fragte er.

Sie stellte die Flasche ab. «Wie meinst du das?»

«Ich weiß nicht . . . du erwähnst immer unser Glück, bevor du eine deiner Bomben fallenläßt.»

«Nein, tu ich nicht.»

«Gut, dann eben nicht.» Sein Lächeln sagte ihr, daß er nicht auf einen Streit aus war.

«Ich hab bloß . . . na ja, Tatsache ist, ich *wollte* mit dir über etwas reden.»

Er verschränkte die Arme. «Na, prima. Schieß los.»

«Also, ich hab mir gedacht, es wär schöner, wenn wir einen Doppelnamen hätten.»

«Wie bitte?»

«Na, weißt du . . . dann wäre ich Mary Ann Singleton Hawkins.»

Brian musterte sie. «Willst du mich verarschen?»

«Nein. Ich hab dir ja schon gesagt, daß ich mich wie Mrs. Hawkins *fühle*. Meinen Namen zu behalten war mir nie so wichtig.»

«Dem Sender aber schon», sagte Brian.

«Na gut, aber wenn ich Mary Ann Singleton Hawkins werde, haben sie ja immer noch den Bekanntheitsfaktor von meinem Namen, an dem ihnen so liegt . . . und . . . verstehst du . . . es wird klarer, daß ich verheiratet bin.»

Er saß da und kriegte den Mund nicht zu.

«Außerdem», fügte sie hinzu, «finde ich den Namen richtig hübsch. Er ist markant.»

Brian furchte die Stirn. «Und was wird dabei aus mir?»

«Was meinst du damit?»

«Ich meine . . . was sag ich den Jungs bei Perry's? Daß ich grade Brian Singleton Hawkins geworden bin?»

Das nahm ihr den Wind aus den Segeln. «Oh . . . tja . . . ich verstehe, was du meinst.»

«Was, in aller Welt, hast du . . .»

«Vergiß es, Brian. Ich hab mir das nicht richtig überlegt. Es war eine blöde Idee.» Sie lächelte ihn verlegen an. «Gib mir die Flasche, schöner Mann.»

Er tat es. Sie trank wieder einen kräftigen Schluck. Er streckte die Hand aus und berührte ihre Wange. «Du weißt, daß mich das mit dem Namen nicht stört. Das hab ich dir schon vor Ewigkeiten gesagt.»

«Ich weiß.»

Er legte ihr den Arm um die Schulter. «Gott, was bin ich doch für ein fortschrittlicher Typ.»

Unten klingelte das Telefon.

«Ich geh ran», sagte sie und war dankbar für den Aufschub. Sie rannte die schmale Holzstiege hinunter, nahm beim vierten Läuten den Hörer ab und keuchte ein Hallo.

«Miss Singleton?»

«Ja.»

«Hier ist Simon Bardill.»

«Simon! Wie geht es Ihnen? Kommen Sie gut zurecht?»

«Mehr oder weniger. Ich bin ein bißchen in der Klemme, was Unterkunft angeht.»

«Oh . . .»

«Dürfte ich wohl gelegentlich Ihren Rat in Anspruch nehmen? Natürlich nur, wenn Sie Zeit haben.»

«Aber selbstverständlich! Bleiben Sie kurz dran, ja?»

Sie rannte wieder nach oben und konfrontierte Brian mit der Neuigkeit. «Es ist der Engländer von der *Britannia*. Ich hab gedacht, ich lade ihn für morgen abend zum Essen ein . . . das heißt, falls du ihn kennenlernen magst.»

Brians Zögern war kaum wahrnehmbar. «Schön», sagte er.

Simons Vorschlag

Brian hatte bereits ein fertiges Bild von dem Engländer: Ein Abklatsch von Laurence Harvey, ein verwöhnter Aristokrat mit prätentiösem Gehabe und esoterischem Geschmack. Er staunte daher nicht schlecht, als Simon Bardill seine Plattensammlung ansteuerte und das Cover von *Denim Gradations* betrachtete.

«Verdammt schade», sagte er.

Brian war einen Moment verunsichert. «Wie? Oh . . . Sie meinen, sein Tod?»

«Mmm. Er nahm Freebase, nicht?»

Brian schüttelte den Kopf. «Heroin. Laut Gerichtsmediziner.»

«Ah.»

«Sie . . . äh . . . Sie sind ein Fan von Bix Cross?»

Der Lieutenant lächelte schwach. «Eher ein Freak als ein Fan. In meiner Bleibe in Cambridge habe ich ausschließlich ihn gehört.» Er hielt Brian das Album hin. «Wenn ich richtig sehe, gehört dieser reizende Busen seiner Frau, ja?»

Brian schmunzelte. «Das sehen Sie richtig. Ich habe die Lady letztes Wochenende kennengelernt.»

«Tatsächlich?» Nach der hochgezogenen Augenbraue zu urteilen, war der Lieutenant eindeutig beeindruckt. «Katrina, nicht? Nein, Camilla . . . was Exotisches.»

«Theresa», sagte Brian.

Der Lieutenant ließ sich den Namen auf der Zunge zergehen. «Theresa . . . Theresa.» Er warf Brian einen wissenden Blick zu – von Mann zu Mann. «Ist ihr Gesicht so erfreulich wie der Rest?»

«Noch erfreulicher», sagte Brian. Das war zwar eine Übertreibung, aber er genoß es, sich als Experte für Theresa Cross zu profilieren.

Der Lieutenant seufzte erleichtert. «Gott sei Dank!»

«Warum?»

«Na ja, man will sich doch seine Phantasien nicht kaputtmachen lassen.»

Brian nickte. «Ja, das ist sicher wahr.»

Der Lieutenant betrachtete wieder die Plattenhülle. «Darüber habe ich mir so oft den Bischof gebimst, das ist schon nicht mehr feierlich.»

Brian kam nicht mit. «Ich glaube, da müssen Sie mir auf die Sprünge helfen.»

Der Lieutenant lachte in sich hinein. «Sie wissen schon . . .» Er machte eine Wichsbewegung mit der Faust.

Brian grinste. *«Den Bischof bimsen?»*

«Richtig.»

«Wo kommt das denn her?»

Der Lieutenant überlegte kurz. «Ich habe nicht die leiseste Ahnung.»

Sie beendeten das Thema mit einem flüchtigen Lachen. Der Lieutenant stellte die LP ins Regal zurück. Brian beschloß, die

Pause zu nutzen. «Eine Frage», sagte er, «– warum hat man Sie nicht längst in Ketten gelegt?»

Dem Lieutenant schien diese Direktheit nicht zu behagen. «Ich glaube, Sie haben zuviel Melville gelesen. Die heutige Navy ist nicht annähernd so strikt, wie Sie vielleicht denken.»

«Na gut, aber . . . Sie sind doch desertiert, nicht?»

«Mehr oder weniger.»

«Ist das denn nicht ein Fall fürs Militärgericht?»

«Manchmal», sagte der Lieutenant. «Aber es kommt ganz darauf an. Je nachdem, um wen es sich handelt.»

«Sie wollen sagen, Sie haben Freunde in hohen Positionen?» fragte Brian ihn auf den Kopf zu.

Der Lieutenant schien sich höchst ungemütlich zu fühlen. Er wollte gerade etwas sagen, als Mary Ann ins Zimmer kam und ihn aus seiner Verlegenheit befreite. «Tja», sagte sie, «sie ist leider noch nicht da.» Sie warf dem Gast einen bedauernden Blick zu. «Zu schade. Ihr Stoff ist ganz wunderbar. Sie nennt das Zeug nach der Königinmutter und so.»

Der Lieutenant machte ein ratloses Gesicht.

Brian übersetzte es ihm. «Unsere Vermieterin gibt ihren Marihuanapflanzen die Namen von Frauen, die sie verehrt.»

«Aha.»

Mary Ann wandte sich an Brian. «Ich hab es auch bei Michael versucht, aber er ist noch nicht aus Death Valley zurück. Ich könnte im Wagen nachsehen, ob noch Kippen im Aschenbecher sind.»

«Zu spät», sagte er. «Hab ich letzte Woche schon gemacht. Wir werden es mit deinem Brathähnchen einfach in unbekifftem Zustand aufnehmen müssen.»

Sie funkelte ihn an und sagte zu dem Lieutenant: «Ich könnte Ihnen einen Wein anbieten.»

«Reizend», sagte er.

Mary Ann verschwand in der Küche. Der Lieutenant setzte sich in Richtung Fenster ab und wandte Brian den Rücken zu. «Das muß das Leuchtfeuer von Alcatraz sein», sagte er. Er hatte offensichtlich nicht vor, das angeschnittene Thema wieder aufzugreifen.

«Ja, das ist es», sagte Brian.

«Es sind aber keine Gefangenen mehr da, oder?»

«Nein. Der Knast steht leer. Schon seit langem.»

«Verstehe. Reizender Blick von hier oben.»

«Ja», sagte Brian. «Nicht schlecht.»

Mary Ann brachte ein Tablett mit Weinflasche und Gläsern herein. «Haben Sie schon mal Eye of the Swan getrunken?»

Der Lieutenant drehte sich zu ihr um. «Nein . . . kann ich nicht behaupten.»

«Das ist ein weißer Pinot noir. Sehr trocken.» Sie stellte das Tablett auf den Couchtisch, kniete sich davor und begann mit dem Einschenken.

«Gläser und alles drum und dran», murmelte Brian.

Sie gab ihm ein Glas und ignorierte seine Bemerkung.

«Also», flötete sie, als sie dem Lieutenant sein Glas reichte, «Sie haben Schwierigkeiten, eine Unterkunft zu finden?»

«Nicht direkt», sagte er. «Ich habe mir ein Zimmer im Holiday Inn an der Fisherman's Wharf genommen.»

Brian und Mary Ann stöhnten unisono.

Der Lieutenant lachte. «Ja, Sie haben recht. Ich hatte gehofft, was zu finden, das ein bißchen mehr Charakter hat. Ich leg zum Beispiel keinen großen Wert drauf, jeden Tag diese Papierschablone zu entfernen.»

«Die was?» fragte Mary Ann.

«Sie wissen schon . . . auf dem Toilettensitz.»

«Ach so.» Sie lachte – ein wenig nervös, wie Brian fand. «Wie lange wollen Sie denn bleiben?»

«Oh . . . etwa einen Monat. Ich will kurz nach Ostern wieder nach London zurück.»

Mary Ann furchte die Stirn. «Da wird es ein bißchen schwierig werden, was zu mieten.»

«Eigentlich», sagte der Lieutenant, «hatte ich eher auf einen Tausch gehofft.»

«Einen Tausch?»

«Meine Wohnung in London gegen eine Wohnung hier. Ließe sich so etwas arrangieren?»

Mary Ann war schon ganz in Gedanken.

«Die Wohnung ist klein und ein bißchen runtergekommen», fügte der Lieutenant hinzu, «aber sie liegt in einer interessanten Gegend und ... na ja, könnte für jemanden ein spannendes Abenteuer sein.»

Mary Ann sah Brian mit blitzenden Augen an. «Denkst du grade dasselbe wie ich?» fragte sie.

Auf zu neuen Ufern

Neds roter Kastenwagen und seine sieben strapazierten Insassen hatten Sandstürme in Furnace Creek, Schneestürme in South Lake Tahoe und einen Platten in der Nähe von Drytown überstanden, als die zehnstündige Odyssee quer durch Kalifornien zu Ende war.

Michael kletterte von der Ladefläche herunter, lud sich seinen eingerollten Schlafsack auf die Schulter und stapfte die Stiege zur Barbary Lane hoch. Oben winkte er seinen Gefährten zum Abschied.

Ned antwortete mit einem Hupen. «Schlaf dich aus», rief er. Wie ein erfahrener Kfz-Mechaniker, der am Laufgeräusch hören kann, was mit einem Motor nicht in Ordnung ist, wußte er, daß Michaels emotionale Belastbarkeit ziemlich auf Null war.

Michael gab ihm ein Zeichen – Daumen nach oben – und folgte den Eukalyptusbäumen in den dunklen Großstadtcanyon der Barbary Lane. Auf den letzten Metern seines Heimwegs pfiff er vor sich hin, um Dämonen abzuwehren, die ihm noch immer rätselhaft waren.

Er stellte sein Gepäck im Schlafzimmer ab und ließ sich ein Bad ein. Eine halbe Stunde räkelte er sich im warmen Wasser und vermißte schon jetzt seine Brüder und die kleine geschützte Enklave, die sie in der Wüste geteilt hatten.

Nach dem Bad zog er den blauen Flanellpyjama an, den er sich in Chinatown gekauft hatte; dann setzte er sich an den Schreibtisch und begann einen Brief an seine Eltern.

Die Mondsichel lugte hinter den Wolken hervor, und durchs Fenster drang der warme Klang von Brians Lachen herein, gefolgt vom Lachen eines anderen Mannes – weniger herzhaft als das von Brian, doch ebenso aufrichtig. Michael legte den Füllfederhalter weg und hörte der Unterhaltung zu, bis er mitbekam, daß es sich bei dem Besucher um einen Engländer handelte.

Boris, der Kater aus der Nachbarschaft, schob sich draußen am Fenster vorbei und suchte nach jemandem, den er für sich interessieren konnte. Als er Michael erspähte, zwängte er sich unter dem hochgeschobenen Fenster durch und machte sich mit einem Laut bemerkbar, der wie das Knarzen eines rostigen Scharniers klang. Michael schwang auf seinem Drehstuhl seitwärts und erwartete den unvermeidlichen Satz, mit dem der Kater auf seinem Schoß landen würde. Doch Boris blieb auf Distanz, trabte durchs Zimmer und schlug mit dem Schwanz.

«Na gut», sagte Michael, «dann eben nicht.»

Boris knarzte ihm was.

«Wie alt bist du eigentlich?»

Wieder ein Knarzen.

«Hundertzweiundvierzig? Nicht schlecht.»

Der getigerte Kater durchkurvte zweimal das Zimmer und sah dann erwartungsvoll zu dem einzigen Menschen hoch, den er finden konnte.

«Er ist nicht da», sagte Michael. «Hier gibt's keinen mehr, der dich verhätschelt.»

Boris gab ein verwundertes Maunzen von sich.

«Ich weiß», sagte Michael. «Aber ich hab keine zarten Häppchen auf Lager. Das war nie mein Job, Alter.»

Im Flur waren Schritte zu hören. Boris zuckte zusammen und sprang durchs Fenster hinaus.

«Mouse?» Es war Mary Ann.

«Die Tür ist offen», sagte er.

Sie schlüpfte herein und machte die Tür hinter sich zu. «Ich hab Stimmen gehört. Ich hoffe, ich komme nicht un. . .»

«Das war bloß Boris.»

«Oh.»

«Ich meine . . . ich hab mit Boris geredet.»

Sie lächelte. «Mhm.»

«Setz dich doch», sagte er.

Sie setzte sich auf die Sofakante. «Wir haben einen reizenden Engländer zu Besuch.»

Er nickte. «Schon gehört.»

«Ach je . . . ich hoffe, wir waren nicht zu . . .»

«Nein», versicherte er. «Hört sich nett an.»

«Er ist von der *Britannia*. Er war Funkoffizier der Queen.»

«War?»

«Na ja . . . das ist eine lange Geschichte. Die Sache ist die . . . er braucht für einen Monat 'ne möblierte Wohnung und möchte mit jemand von hier tauschen. Er hat 'ne nette Wohnung in Nottingham Gate . . . oder so ähnlich. Jedenfalls, die Bude wartet bloß drauf, daß jemand kommt und drin wohnt.»

«Und?»

«Na . . . klingt das nicht ideal?»

«Du meinst . . . für mich?»

«Natürlich! Ned hätte bestimmt nichts dagegen, wenn . . .»

«Wir haben einen Monat geschlossen», sagte er.

«Na bitte! Das trifft sich doch prima. Es ist der ideale Urlaub.»

Er schwieg und ließ sich die Sache durch den Kopf gehen.

«Stell dir vor, Mouse! England! Gott, ich werd ganz kribbelig!»

«Ja aber . . . da wäre immer noch das Geldproblem.»

«Wieso? Du kannst da genauso billig leben wie hier.»

«Du vergißt das Flugticket», sagte er.

Sie ließ plötzlich die Schultern hängen. «Ich hatte gedacht, du wärst *begeistert*.»

Sie sah so niedergeschlagen aus, daß er aufstand, zum Sofa ging und ihr einen Kuß auf den Scheitel drückte. «Ich find es nett von dir. Wirklich.»

Sie schaute mit einem schwachen Lächeln zu ihm hoch. «Kannst du auf ein Glas Wein mit raufkommen?»

«Nein danke», antwortete er und zupfte an seiner Schlafanzugjacke. «Ich wollte mich grade in die Falle hauen.»

Sie stand auf und ging zur Tür. «War's schön in Death Valley?»

«Es war . . . erholsam», sagte er.

«Gut. Das freut mich.»

«Nacht», sagte er.

Er machte sich noch eine heiße Milch, dann ging er ins Bett und schlief tief und fest bis zum nächsten Mittag. Nachdem er den Brief an seine Eltern zu Ende geschrieben hatte, fuhr er in die Castro Street, wo er am Gemeinschaftstisch des Welcome Home ein spätes Frühstück zu sich nahm. Als der Regen ein wenig nachließ, schlenderte er die Straße lang und fühlte sich so eigenartig fremd wie ein Tourist auf dem Mars.

Auf der anderen Straßenseite kam ein Mann aus der Hibernia Bank.

Michael blieb fast das Herz stehen.

Der Mann schien unschlüssig. Er schaute nach links und rechts, und sein Gesicht war lange genug im Profil zu sehen, um die flüchtige Illusion zu zerstreuen. Blondes Haar, Chino-Hose und blaues Hemd mit Buttondown-Kragen. Wann würde er endlich aufhören, das mit Jon zu verbinden.

Er überquerte die Kreuzung und ging die Eighteenth Street lang. In den Tagen vor der Epidemie war in dem Haus neben dem Jaguar Store das Check 'n Cruise gewesen. Dort hatte man die weniger taffen Teile seiner Oberbekleidung in Aufbewahrung gegeben (und erst recht die Einkaufstüten von Gump's und Wilkes Bashford), ehe man in den Straßen des Ghettos auf die Pirsch ging.

Das Check 'n Cruise gab es jetzt nicht mehr, und an seiner Stelle florierte der Castro County Club, ein Lesezimmer mit Saftbar für Männer, die Gesellschaft wollten, aber ohne den Alkoholkonsum und die Einstellung, die in Kneipen erwartet wurden. Hier kam er manchmal her, wenn er seine Schicht am Aids-Telefon hinter sich hatte.

Als er hineinkam, war gerade eine angeregte Partie Scrabble im Gang. An der Bar fachsimpelten zwei Männer in Bürokluft über Joan Sutherland, während ein anderes Paar den Sieg der Forty-Niners im Super-Bowl-Endspiel rekapitulierte.

Er fand einen Platz in ausreichender Entfernung von den Unterhaltungen und vertiefte sich in die letzte Ausgabe des *Advocate*. Die Anzeige eines Schmuckherstellers erregte seine Aufmerksamkeit:

> ICH BIN SAFE – DU AUCH?
>
> Das Kennenlernen wird von Tag zu Tag komplizierter. Herpes, Aids ... Wenn Sie ein kontaktfreudiger Mensch sind, kann es unbequem und peinlich sein, nach solchen Dingen zu fragen. Jemand interessiert Sie, aber wie sollen Sie ihn wissen lassen, daß Sie «safe» sind? Jetzt können sie es anders signalisieren, indem Sie einfach Ihren SAFE-Ring oder -Anhänger tragen. Der Schmuck «spricht» für Sie. Diese eleganten, mit 14 Karat vergoldeten Ringe und Anhänger sind ein idealer Anknüpfungspunkt, um eine Unterhaltung zu beginnen und das Eis zu brechen. Also lassen Sie sich Ihre Tour nicht vermasseln. Zeigen Sie den anderen, daß Sie safe sind – mit Ihrem SAFE-Ring und -Anhänger.

Das war zuviel. Mit einem verärgerten Knurren warf er die Zeitschrift auf den Boden. Die beiden Forty-Niners-Fans sahen zu ihm her. Mit einem verschämten Grinsen verließ er wortlos den Raum und begab sich auf kürzestem Weg zu seinem geparkten Wagen.

Als er in die Barbary Lane kam, schien zum erstenmal seit Wochen wieder die Sonne. Dünne Dunstschwaden schwebten wie freundliche Gespenster über dem Vorgarten, als er durch das überdachte Tor ging. Er blieb stehen und genoß einen Augenblick den süßen, feuchten Farngeruch, der ihn in der Nase kitzelte.

Er fuhr zusammen, als sich plötzlich hinter einer niedrigen Hecke eine Gestalt aufrichtete.

«Oh ... Mrs. Madrigal.»

Die Vermieterin wischte sich die Hände an ihrer blumengemusterten Kittelschürze ab. «Ist es nicht ein herrlicher Tag?»

«Wurde auch Zeit», sagte Michael.

«Na, na», meinte sie tadelnd. «Wir wußten doch, daß es kommen mußte. Es war nur eine Frage der Zeit.» Sie sah sich suchend um. «Hast du irgendwo meine Blumenschaufel gesehen.»

Er musterte den Boden und schüttelte den Kopf. «Was pflanzen sie denn?»

«Bubiköpfchen», antwortete sie. «Wieso gehst du nicht nach London?»

«Also . . .» Sie hatte ihn mal wieder überrumpelt.

«Schon gut. Ist wahrscheinlich egoistisch von mir. Trotzdem . . . ich hätte es *so* aufregend gefunden.» Sie zwirbelte geziert eine Haarsträhne an ihrer Schläfe. «Na ja. Da kann man nichts machen.»

Mrs. Madrigal hatte es in letzter Zeit kaum noch mit der Masche von der hilflosen alten Dame versucht, und Michael mußte unwillkürlich lächeln, als er sie jetzt dabei ertappte. «Ich hoffe, Mary Ann hat Ihnen auch gesagt, daß es eine Frage des Geldes ist.»

«Hat sie, ja.»

«Und?»

«Ich lasse mir nicht so leicht was vormachen wie sie.» Die Vermieterin entdeckte ihre Blumenschaufel und verstaute sie in der Schürzentasche. Dann zog sie einen blaßgelben Pergamentumschlag hervor und drückte ihn Michael in die Hand. «Und damit eliminiere ich deine Ausrede. Du wirst dir schon eine bessere ausdenken müssen.»

Er öffnete den Umschlag und entnahm ihm einen Scheck über tausend Dollar. «Mrs. Madrigal . . . das ist ja schrecklich nett von Ihnen, aber . . .»

«Das ist überhaupt nicht nett. Das ist eine eiskalte Investition. Ich beauftrage dich, nach London zu fahren und uns ein paar Geschichten mitzubringen, die uns Freude machen.» Sie machte eine Pause, doch der Blick ihrer großen blauen Augen ließ ihm kein Entkommen. «Wir brauchen das von dir, Michael.»

Dazu wußte er nichts zu sagen.

«Aber das Geld ist gar nicht der wirkliche Grund, hab ich

recht?» Sie setzte sich auf die Bank im hinteren Teil des Gartens und bedeutete ihm, er solle sich zu ihr setzen. «Du hast den Verlust von Jon noch nicht verwunden.»

Es war typisch für sie, ihn an den geeigneten Platz zu locken. Als er sich neben sie setzte, war er keine drei Meter entfernt von der Messingtafel, die den Ort markierte, wo die Urne mit Jons Asche vergraben war. «Ich weiß nicht, ob ich das je kann», sagte er.

«Du mußt», erwiderte sie. «Was soll er denn noch von dir erfahren?»

«Wie meinen Sie das?»

«Na . . . wenn er jetzt hier bei uns sitzen könnte . . . was würdest du ihm noch sagen wollen?»

Er dachte eine Weile nach. «Ich würde ihn fragen, wo er die Schlüssel vom Werkzeugschrank hingetan hat.»

Mrs. Madrigal lächelte. «Was noch?»

«Ich würde ihm sagen, daß es blöd von ihm war, sich mit pissigen Tucken abzugeben.»

«Weiter.»

«Daß es mir leid tut, daß ich so lange gebraucht habe, um mir klarzumachen, wieviel er mir bedeutet. Und ich wollte, wir hätten den Trip nach Maui gemacht, als er ihn vorgeschlagen hat.»

«Schön.»

«Und . . . ich hab seinen guten Blazer getragen, als er im Krankenhaus war, und jemand hat mit 'ner Zigarette ein Loch in den Ärmel gebrannt, und ich hab es ihm nie gesagt . . . und ich hab ihn sehr lieb.»

«Das weiß er schon», sagte die Vermieterin.

«Dann würd ich es ihm eben noch mal sagen.»

Mrs. Madrigal patschte beide Hände auf die Knie. «Und das wär's dann?»

«Mehr oder weniger.»

«Gut. Überlaß das mir.»

Er sah sie verständnislos an.

«Ich werd es ihm ausrichten, mein Lieber. Ich rede mindestens zweimal die Woche mit ihm.» Sie tätschelte die Bank.

«Genau hier.» Sie beugte sich zu ihm herüber und küßte ihn sanft auf die Wange. «Geh nach London, Michael. Jetzt kannst du ihn nicht mehr verlieren. Er ist für immer ein Teil von dir.»

Er klammerte sich an sie, und die Tränen liefen ihm übers Gesicht.

«Hör zu, Kind . . .» Sie flüsterte ihm jetzt direkt in sein Ohr. «Ich möchte, daß du im Mondschein an der Themse entlangspazierst . . . daß du dich splitternackt ausziehst und auf dem Trafalgar Square in den Brunnen springst. Ich möchte, daß du . . . eine wilde Affäre mit einem Wachsoldaten von Buckingham Palace hast.»

Michael, der sich noch immer an ihr festhielt, mußte lachen.

«Wirst du das Geld von der alten Dame annehmen?» fragte sie.

Er brachte nur noch ein Nicken zustande.

«Gut. *Gut.* Jetzt lauf nach oben und sag Mary Ann, sie soll sich um die Formalitäten kümmern.»

Er war schon an der Haustür, als sie ihm noch etwas nachrief: «Die Schlüssel vom Werkzeugschrank hängen an einem Haken im Keller.»

Eine wahnsinnige Idee

Am Vorabend von Michaels Abreise saß Mary Ann im Zoo von San Francisco fest und wartete auf die Geburt eines Eisbären. Mit ihrem Team kampierte sie bereits seit sieben Stunden neben dem Eisberg aus Beton, den Blubber, die werdende Mutter, zwangsweise ihr Zuhause nannte. Dann nahte die achte Stunde und mit ihr eine frohgemute Connie Bradshaw, über ihren dicken Bauch gebeugt wie ein stattliches Zugpferd, das sich in die Riemen legt.

«Hallo! Die vom Sender haben mir gesagt, daß ich dich hier finde.»

Das hatte ihr gerade noch gefehlt. Der Geist von Cleveland,

die Erinnerung an damals. «Tja», sagte sie mißmutig. «Wenn das so weitergeht, wird es vielleicht zum Dauerjob.»

Connie spähte durch die Gitterstäbe in Blubbers Heimstatt. «Wo ist sie?»

«Da hinten. In ihrer Höhle. Sie hat Kameras nicht so gern.»

«Die Ärmste. Ich kann sie verstehn. Wer möchte schon dabei gefilmt werden.»

Mary Ann zuckte mit den Schultern. «Die Frauen in den PBS-Specials scheinen es toll zu finden.»

«Jäch . . .» Connie verzog das Gesicht. «Wie sie schreien und brüllen und schwitzen . . . und dann dieses blöde Gesicht machen, wenn sie dem Baby winken. Nur Menschen können so bescheuert sein.»

«Da gibt dir Blubber sicher recht. Nur hat sie keine große Wahl. Da draußen in der öden Stadt sind Herzen, die erwärmt werden wollen.»

Connie warf einen nachdenklichen Blick auf den Eisberg und wandte sich wieder an Mary Ann. «Kannst du Pause machen und 'ne Cola light mit mir trinken?»

Mary Ann zögerte.

«Dauert nicht lange», meinte Connie. «Okay?»

«Klar», antwortete Mary Ann. Ihre Neugier hatte gesiegt. «Aber nur ganz kurz. Bei Blubber scheint es gleich soweit zu sein.»

Sie sagte ihrem Kameramann, wo er sie finden konnte, und setzte sich mit Connie unter einen Cinzano-Schirm in der Nähe der Imbißbude. Ihre alte Freundin von der High-School hatte einen Ausdruck schwesterlicher Sorge im Gesicht. «Ich will gleich zur Sache kommen, Schatz. Hast du es Brian schon gesagt?»

Mary Ann fühlte sich genervt. «Nein», sagte sie knapp. «Hab ich nicht.»

«Super», strahlte Connie. «So weit, so gut.»

Mary Ann biß die Zähne zusammen. Was, zum Teufel, war daran «so weit, so gut»?

«Ich hab mir echt den Kopf zerbrochen», fügte Connie hinzu, «und bin auf eine wahnsinnige Idee gekommen.»

Seit Connie mit ihr zum Singleabend ins Marina Safeway gegangen war, hatte sie mit ihren wahnsinnigen Ideen immer nur Ärger gemacht. «Tja, ich weiß nicht», sagte Mary Ann. «Wenn es was mit Schwangerwerden zu tun hat, würde ich lieber . . .»

«Willst du's dir denn nicht mal *anhören*?» fragte Connie enttäuscht.

«Na ja . . . ich find's ja nett, daß du dir Gedanken machst . . .»

«Ich erzähl's dir, ja? Dann halt ich den Mund. Es ist nicht so abseitig, wie du vielleicht denkst.»

Mary Ann hatte da ihre Zweifel, doch sie murmelte zögernd ihr Einverständnis und wappnete sich mit einem Schluck Cola light.

Connie wirkte unendlich erleichtert. «Erinnerst du dich an meinen kleinen Bruder Wally?»

Warum erwarteten alte Bekannte ständig, daß man sich an Dinge erinnerte, die fünfzehn Jahre zurücklagen und schon damals völlig unwichtig waren? «Fürchte nein», sagte sie.

«Aber ja doch.»

«Connie . . . Cleveland ist lange her.»

«Sicher, aber Wally hat euch doch immer die Zeitung gebracht. Er hat in dem Teil von Ridgemont so ziemlich alle Zeitungen ausgetragen.»

Sie erinnerte sich dunkel. Ein doofer Bengel mit großen abstehenden Ohren und der schlechten Angewohnheit, mit seinem Schwinn-Rennrad die Petunien niederzuwalzen. «Ja», sagte sie. «Klar. Natürlich.»

«Na, und Wally studiert jetzt in Berkeley Medizin.»

Mary Ann pfiff leise durch die Zähne. «Nicht zu fassen.»

«Ich weiß», stimmte Connie ihr zu. «Da kommt man sich ganz schön *alt* vor, was? Er ist sogar ein ganz attraktiver Brokken. Muß ich selber sagen.»

Das überstieg zwar jede Vorstellungskraft, doch sie ließ die Bemerkung unwidersprochen. Ein mulmiges Gefühl sagte ihr, daß sie bereits wußte, was als nächstes kommen würde. Jetzt konnte sie nur noch beten und hoffen, daß die Eisbärin niederkam und sie aus der peinlichen Situation befreite.

«Jedenfalls, Wally und ein paar von seinen Freunden spenden ab und zu Sperma für eine Samenbank in Oakland.»

Volltreffer.

«Nicht 'ne richtige Spende eigentlich», ergänzte Connie. «Sie kriegen Geld dafür. Nicht viel. Nur so ein kleiner ... Nebenverdienst, verstehst du.»

«Bißchen Münze zum Verjubeln.»

«Genau.»

«Außerdem», sagte Mary Ann, ohne eine Miene zu verziehen, «liegen sie sowieso im Studentenwohnheim die ganze Nacht bloß rum und wissen nichts mit sich anzufangen.»

Connie machte ein langes Gesicht. «Gut. Tut mir leid. Vergiß es. Ich hätte nicht davon anfangen sollen.»

Und sie hätte Connie Bradshaw nicht mit Ironie kommen sollen. «He», sagte sie so schonend wie möglich. «Ich find es nett von dir. Ehrlich. Es ist nur nicht das Richtige für mich, das ist alles. Die vom St. Sebastian's haben mir so was auch schon vorgeschlagen, aber ... na ja ...»

«Ich hab gedacht, es wär so ideal», lamentierte Connie.

«Ich weiß.»

«Sie haben drei Tiefkühlbehälter in der Samenbank ... einen für namentlich bekannte Spender, einen für unbekannte und noch einen als Ersatz, falls an einem was futsch geht. Der Saft von Wally kommt in den Behälter für Unbekannte, aber ich hab mir gedacht, wir können uns vielleicht seine Nummer besorgen ... oder versuchen, daß er zu den bekannten kommt ... damit du weißt, was du kriegst.»

«Es war nett gedacht von dir. Wirklich.» Weniger nett war der tückische Gedanke, der ihr durch den Kopf ging: Ein Hähnchengrill, in dem der Samen ihres einstigen Zeitungsjungen verschmorte.

Connie ließ nicht locker. «Außerdem wär's doch die perfekte Lösung, wenn du schwanger werden willst und Brian nicht wissen soll, daß er nicht der Vater ist. Mit Wally hättest du da keine Probleme ... na ja, und für alle Beteiligten wär alles in Butter.»

Und das gottgesegnete Ergebnis wäre Connies Nichte oder

Neffe. Es war ein rührender Gedanke, daß Connie in so einem Arrangement – bewußt oder unbewußt – die Chance sah, eine Freundschaft zu festigen, die nie so richtig hingehauen hatte. Es war geradezu herzzerreißend.

«Connie ... ich würde mich sofort an Wally wenden, wenn ich mir sicher wäre, daß ich mit künstlicher Befruchtung zurechtkomme.»

«Weißt du, es ist gar nicht so kompliziert. Sie schicken dich in so eine Fruchtbarkeitsselbsterfahrungsgruppe und zeigen dir, wie du deine empfängnisbereiten Tage bestimmst, und dann *machst* du's einfach. Ich meine, Sperma ist schließlich Sperma.»

«Ich weiß. Es kommt auch aus einem attraktiven Organ.»

«Was?»

«Begreifst du nicht? Ich weiß, daß es einfach ist. Ich weiß, daß es *massenhaft* gemacht wird. Ich versteh dich vollkommen. Nur das Künstliche daran, das schreckt mich ab.» Sie senkte die Stimme zu einem vehementen Flüstern. «Ich kann mir nicht helfen, Connie ... ich will vorher gefickt werden.»

Connie sah sie entgeistert an. «Du meinst, Wally soll dich *ficken*?»

«Nein!» Sie platzte so laut heraus, daß die Chinesin am Nebentisch von ihrem Chili Dog hochschaute. Sie zwang sich zu einem ruhigen Tonfall und fügte hinzu: «Ich meine das ganz generell. Ich möchte, daß das Baby aus einem Akt der Liebe entsteht. Oder wenigstens ... Zuneigung. Du kannst dich darüber bei meiner Mutter beschweren, wenn du willst. Sie hat mich so erzogen, und ich krieg's nicht los.»

«Das find ich erstaunlich», sagte Connie.

«Was?»

«Na ... ich hab dich im Fernsehen gesehen. Da wirkst du so *modern*.»

«Connie ... ich bin immer noch Mary Ann. Erinnerst du dich? Stellvertretende Vorsitzende der Future Homemakers of America?»

«Schon, aber du hast dich sehr verändert.»

«Gar nicht so sehr», sagte Mary Ann. «Glaub mir.»

«Mary Ann! Es geht los!» Die frohe Kunde kam von ihrem Kameramann.

Sie sprang auf. «Das ist mein Stichwort.»

Zwei Minuten später plumpste das nasse Junge auf den Zementboden, ohne daß die Mutter den leisesten Schmerzlaut von sich gab.

«Tiere haben es so leicht», sagte Connie, die etwas abseits das Geschehen verfolgte.

Mary Ann verbrachte den Rest des Nachmittags damit, ihren Beitrag sendefertig zu schneiden. Als sie Feierabend machte, übergab ihr der Wachmann in der Eingangshalle einen großen braunen Umschlag. «Eine Dame hat gesagt, ich soll Ihnen das geben.»

«Was für eine Dame?»

«Eine schwangere.»

«Na toll.»

Sie machte den Umschlag erst auf, als sie im Wagen saß. Der Le Car war in einer Seitengasse der Van Ness geparkt. Der Umschlag enthielt zwei Broschüren mit einer angehefteten Notiz:

> *Mary Ann,*
> Schimpf nicht auf mich, bitte. Ich hab dir die Dinger dagelassen, weil ich mir denke, daß sie dir die Sache vielleicht besser verklickern als ich. Ganz unter uns: Wally war ein bißchen muffig, als er erfahren hat, daß ich dir nicht erst was zum Lesen gegeben habe. Laß uns bald wieder einen Treff ausmachen. Ich hab dich lieb.
> *Connie*

Sie wußte nicht, was sie mehr störte – Connies chronische Munterkeit (eine Nummer, die sie sich vor Jahren zugelegt hatte, als sie *Dutzende* von Jahrbüchern der Central High mit Widmungen versah) oder die Erkenntnis, daß Brians Sterilität inzwischen die ganze Familie Bradshaw beschäftigte.

Sie begann zu lesen:

Wir glauben, daß wir als Frau das Recht haben, über unsere Fortpflanzung selbst zu bestimmen, d. h. zu entscheiden, ob, wann und wie wir schwanger werden wollen. Spender-Insemination ist ein Vorgang, bei dem Sperma durch eine geeignete Vorrichtung in die Vagina oder den Gebärmutterhals eingebracht wird, um das Ei zu befruchten und eine Schwangerschaft herbeizuführen. Dazu kann frisches oder aufgetautes Tiefkühlsperma verwendet werden.

Sicherheit und Wirksamkeit der Methode sind erwiesen. Derzeit werden in den USA jährlich 15–20 000 Kinder durch künstliche Befruchtung gezeugt. Seit Ende des 2. Weltkriegs verdanken mehr als 300 000 Kinder dieser Methode ihr Leben, und seit 1776, als die Technik des Einfrierens von Sperma entwickelt wurde, sind mehr als eine Million Kinder . . .

Schaudernd legte sie die Broschüre weg. Eingefrorenes Sperma während der Revolution? Wo denn das? In Valley Forge? In einem Punkt hatte Brian jedenfalls recht: 1984 war gleich um die Ecke. Etwas war katastrophal schiefgelaufen, wenn der wissenschaftliche Fortschritt einen Punkt erreicht hatte, wo man Kinder ohne sexuelle Intimität zeugen konnte.

Nein. Sie konnte das nicht.

Wenn das die Zukunft war, wollte sie nichts damit zu tun haben.

Sie würde Brian die Wahrheit sagen. Sie würden übers Wochenende irgendwo hinfahren. Sie würde zärtlich und liebevoll sein, und er würde es akzeptieren. Vielleicht nicht sofort, aber nach und nach. Er würde es akzeptieren müssen. Es ging gar nicht anders.

Es war dunkel, als sie nach Hause kam. Während sie unter der Lampe am Eingang nach ihrem Hausschlüssel tastete, fiel ihr Blick auf einen weiteren großen braunen Umschlag, den jemand auf die Kante über den Klingelknöpfen gestellt hatte.

Sie war drauf und dran, einen Schreikrampf zu kriegen, als sie sah, daß er an Mouse adressiert war. Sie nahm ihn mit nach oben und klopfte bei Mouse.

«Herein.»

Er stand über sein Sofa gebeugt und verstaute Kleider in einem Koffer. «Na, Kleines?»

«Du, das hat jemand an der Haustür für dich hinterlassen.» Sie legte den Umschlag auf einen Stuhl.

Er sah kurz hin und machte mit dem Packen weiter. «Muß das Abschiedsgeschenk von Ned sein. Er hat gesagt, er bringt es vorbei.»

«Ah.»

«Setz dich», sagte er. «Erzähl mir was.»

Als sie sich setzte, fiel ihr ein weiterer Koffer auf, der auf dem Fußboden stand. «Für einen Monat nimmst du aber 'ne Menge Zeug mit.»

«Einen Koffer», antwortete er.

«Was ist mit dem da?» Sie zeigte auf den anderen.

«Ach so.» Er grinste. «Der gehört Simon. Er hat ihn vorhin gebracht. Im Moment ist er grade zum Essen, unten am Washington Square.»

«Verstehe.»

Er warf ihr einen neckischen Blick zu. «Warum hast du mir nicht gesagt, daß er so ein Appetithappen ist?»

Sie zuckte mit den Schultern und zwang sich, nicht rot zu werden. «Du hast nicht danach gefragt.»

«Ich hatte so ein Pferdegesicht mit abstehenden Ohren und schiefen Zähnen erwartet. Der Typ sieht aus wie eine schlankere Version von Brian.»

«Findest du?»

«Na, jetzt sag bloß, das ist dir nicht aufgefallen.»

«Nein», erwiderte sie. «Eigentlich nicht.»

«Dann sieh ihn dir mal genauer an.»

«Ist das 'ne neue Jeans?» fragte sie.

«Die?» Er hielt die Hose hoch, die er gerade einpacken wollte. «Hab ich mir heute gekauft.»

«Sieht aus wie schwarz.»

«Sie *ist* schwarz. Der letzte Schrei. Siehst du?» Er hielt sie sich an. «Witwe Fielding geht nach London.»

Sie kicherte. «Du bist unverbesserlich.»

«Tja . . . ich sag mir, daß sie da drüben vielleicht noch keine haben. Könnte ein gutes Tauschobjekt sein, wenn ich mal klamm bin.»

«Du willst deine Hosen verkaufen?»

«Klar.» Er faltete die Levi's zusammen und verstaute sie im Koffer. «Ich weiß noch, wie amerikanische Kids auf diese Weise ihre Reisen durch Europa finanziert haben.»

«Das ist *ewig* her, Mouse.»

«Na ja . . .»

«Wann warst du das letzte Mal in London?»

«Ähm . . . Ende der sechziger Jahre.»

«Ende?»

«Siebenundsechzig.»

«Mhm. Da hieß es auch Swinging London.»

«Na gut . . .»

«Und Twiggy war noch angesagt.»

Er gab sich schockiert. «Twiggy ist *immer* noch angesagt, vergiß das nicht!»

«Wie alt warst du damals?»

«Sechzehn», antwortete er. «Es war vor sechzehn Jahren, und ich war sechzehn. Vor meinem halben Leben.» Er drehte sich mit einem Lächeln zu ihr um. «Da hatte ich auch mein Coming-Out.»

«*Ehrlich*? Das hast du mir nie erzählt.»

«Na ja . . . ich hatte jedenfalls meinen ersten Sex.»

«Wie auch immer», sagte sie.

«Versteht sich Brian gut mit Simon?» fragte er.

«Moment mal. Ich dachte, wir reden von London.»

Er tätschelte die Außentasche seines Koffers. «Ich habe bereits meine Instruktionen.»

«Wie?»

«Simon hat mir einen kleinen Roman geschrieben, damit ich mich in seiner Wohnung zurechtfinde.»

«Hast du's schon durchgelesen?»

«Nö. Das will ich nicht. Es soll eine komplette Überraschung werden.»

Das fand sie einleuchtend.

«Also?» fragte er.

«Was?»

«Verstehen sie sich gut, die zwei?»

«Mouse . . . was soll das?»

«Nur so», meinte er mit einem Schulterzucken. «Ich bin halt neugierig.»

Sie zögerte. «Ich weiß nicht. Sie scheinen sich zu mögen. Sie sind beide spitz auf Theresa Cross.»

Michael verzog das Gesicht. «Das hat dir Brian einfach so gesagt?»

«Braucht er gar nicht. Ich kenn ihn doch. Er hat eine schmuddelige Phantasie, mit der er einen ganzen Sexshop betreiben könnte.»

Er grinste, als sähe er das entsprechende Bild vor sich. «Ja . . . das paßt zu ihm. Ein Mann, der von dir will, daß du beim Sex Leggings trägst . . .»

«Mouse . . .»

Sein anzügliches Grinsen blieb unverändert.

«Ich hätte es dir niemals sagen sollen. Ich wußte gleich, daß du's mir irgendwann unter die Nase reibst. Außerdem . . . ich tu es nicht, weil er es will. Ich tu's, weil ich Lust dazu hab.»

Er nickte und sagte mit gespieltem Ernst: «Ich bewundere Frauen, die sich zu ihren Schmuddelphantasien bekennen.»

«Das war der letzte saftige Klatsch, den du von mir erfahren hast.»

«Saftiger Klatsch? Du hast gesagt, es wäre ein transzendentales Erlebnis. Du hast gesagt, du fühlst dich dabei wie eins von den Girls aus *Fame*.»

Sie stürmte in seine Küche. «Ich hol mir ein Glas Wein.»

«Bedien dich», rief er ihr nach. «Und bring mir auch eins mit.»

Einen Augenblick blieb sie im Lichtschein des offenen Kühlschranks stehen und genoß den Nachgeschmack seiner

Hänselei. Sie hatte ihn geliebt, diesen sentimentalen, lustigen, sympathischen Kerl – länger noch, als sie jetzt Brian liebte –, und es war herzerwärmend, daß sie nun wieder zu ihrer alten Vertrautheit zurückfanden. Sie ging mit zwei Gläsern Wein hinaus und gab ihm eins. «Packst du denn dein Geschenk nicht aus?» fragte sie.

Er machte ein verwirrtes Gesicht.

«Das von Ned», sagte sie und zeigte auf den Umschlag. Sie konnte es nicht leiden, wenn jemand ein Geschenk nicht sofort auspackte.

«Ach so . . .» Er stellte sein Weinglas ab, griff nach dem Umschlag und riß ihn auf. «Und der Gewinner ist . . .» Er sah hinein und zog eine Karte heraus, deren Vorderseite ein nackter Feuerwehrmann zierte. «‹Tu nichts, was ich nicht tun würde. Du wirst mir fehlen. Dein Kumpel Ned.›»

«Das ist süß», sagte sie.

Er nickte. Ein Lächeln huschte über sein Gesicht.

«Das war doch nicht alles, oder?»

Wieder ein Nicken.

«Mouse . . . da ist noch was drin.»

«Meinst du?»

«Das hab ich gefühlt, als ich den Umschlag in der Hand hatte.» Sie nahm ihm den Umschlag ab und schüttelte ihn über dem Sofa aus. Fünf einzeln verpackte Präser fielen heraus. «Oje», sagte sie.

Mouse grinste sie nur an. Es schien ihm nicht weiter peinlich zu sein. «Weißt du, das ist Neds Art, mir zu sagen . . . ‹Amüsier dich gut, aber paß auf›.» Er raffte die Präser mit beiden Händen zusammen. «Da . . . ich schenk sie dir.»

«Was?» Sie war garantiert hochrot.

«Komm schon. Nimm sie. Ich lebe enthaltsam. Ihr zwei könnt mehr damit anfangen als ich.»

«Äh . . . Mouse. Danke, aber . . . kein Bedarf. Okay?»

Er sah sie einen Augenblick an und ließ die Gummis wieder in den Umschlag gleiten. «Voll auf Pille, hm?»

Sie nahm ihr Weinglas und trank es auf einen Zug aus.

Er nippte bedächtig an seinem und sah sie über den Rand

des Glases an. «Fährst du mich trotzdem noch zum Flughafen?»

«Klar. Und ob. Wieviel Uhr?»

«Na ... ich würde sagen, wir sollten nicht später als halb vier losfahren. Für alle Fälle.»

«Prima.» Sie gab ihm einen flüchtigen Kuß auf die Wange. «Bis dann.»

Als sie in ihre Wohnung kam, spülte Brian gerade das Geschirr vom Frühstück. Sie stellte sich hinter ihn und küßte ihn auf den Nacken. «Mouse ist ganz aufgeregt», sagte sie.

«Kann ich ihm nicht verdenken», meinte er.

«Vielleicht sollten wir uns an ihm ein Beispiel nehmen.»

Er trocknete seine Hände an einem Geschirrtuch ab und drehte sich um. «Und nach London fliegen?»

Sie lächelte ihn an. «Nein, aber wenigstens mal raus aus der Stadt.»

«Na schön. Mit unseren Ersparnissen müßten wir ohne weiteres bis Oakland kommen.»

Sie stupste seine Nasenspitze. «Genau daran hatte ich auch gedacht.»

«Oakland?»

«Klar. Ein Wochenende für zwei im Claremont. Gratis.»

«Wie das?»

Sie gab sich so unbefangen wie möglich. «Kein besonderer Anlaß.»

«Nein, ich meine ... wieso gratis?»

«Oh. Ich hab letzten Monat ein Feature über das Hotel gemacht, und sie wollten sich revanchieren.»

«Nicht schlecht.»

«Eben. Jacuzzi, Sauna ... Sonnenbaden am Pool. Wir brauchen bloß Badezeug mitzunehmen und etwas für den Speisesaal.»

«Und Leggings.»

«Und Leggings», echote sie. «*Verkauft!* An den Gentleman mit dem Steifen.»

Als sie am nächsten Tag vom Flughafen zurückkam, sah sie Simon auf der Bank im Garten sitzen. Er winkte ihr lässig zu, als sie durchs Gartentor ging. «Du wirkst wie einer von hier», sagte sie.

«So fühle ich mich auch», erwiderte er lächelnd.

«Tja . . .» Sie wies mit einer verklemmten Handbewegung irgendwo in Richtung Daly City. «Mouse ist in die blaue Ferne entschwebt.» Es klang so lahm, wie die Geste linkisch war.

Simon zeigte auf die Messingplatten im Garten. «Ist das sein Lover?»

Sie nickte.

«Seine Asche?»

Wieder ein Nicken.

Er schüttelte langsam den Kopf. «Kein Wunder, daß er weg wollte.»

Sie konnte es nicht ertragen, gerade jetzt an Jon zu denken. «Simon . . . laß mich wissen, wenn ich dir . . . na ja . . . bei irgendwas helfen kann.»

«Danke», sagte er. «Du warst mir schon eine große Hilfe.»

«Ach, war . . . gar kein Problem . . .» Sie stellte fest, daß sie im Begriff war, sich *rückwärts* in Richtung Haustür abzusetzen. Wie ein verklemmter Teenager.

«Hast du einen Moment Zeit?» fragte er und lehnte sich ein wenig vor.

«Klar.»

«Wunderbar. Komm, setz dich.»

Sie setzte sich zu ihm. «Du hast Glück», sagte sie. «Du kriegst was von unserer Sonne ab. Die arme Queen ist völlig leer ausgegangen.»

Er sah sie mit einem trägen Schmunzeln an. «Ich bin sicher, diese Ironie wird Ihrer Majestät nicht entgangen sein.»

Sie lachte verlegen. Was sollte damit gemeint sein? Daß die Queen von seiner Eskapade wußte? Daß sie neidisch auf ihn war, weil er sich so einen unverantwortlichen Leichtsinn leistete? «Die Queen ist reizend.»

«Hast du mal mit ihr gesprochen?»

«Ach ... vier- oder fünfmal, wenn's hoch kommt.»

«Sie scheint nicht oft zu lächeln.»

Er zuckte mit den Schultern. «Lächeln ist ihr Job. Wenn Lächeln dein Job ist, gehst du sparsam damit um, sonst bedeutet es ja nichts mehr.»

«Gut gesagt», meinte sie.

Wieder ein träges Lächeln. «Das ist unsere Standardantwort.»

«Muß man ... ein Lord oder so was sein, um Offizier auf der *Britannia* zu werden?»

«Überhaupt nicht.»

«Aber du bist einer?»

Sein Lachen war herzhaft, aber nicht mokant. «Ihr Amerikaner fackelt nicht lange, wie?»

Sie war Kalifornierin genug, um etwas dagegen zu haben, wenn man sie eine Amerikanerin nannte. «Also, ich finde es ganz normal, daß man sich fragt, ob ...» Sie suchte vergeblich nach den richtigen Worten. Es ließ sich nicht verheimlichen, daß sie ihm auf den Zahn fühlte.

Simon überbrückte das Schweigen galant. «Das einzige adlige Mitglied meiner engeren Familie ist meine Tante mütterlicherseits, eine knorrige alte Herzogin – durch Heirat –, die in Gummistiefeln herumläuft und mit Jachten übers Meer schippert.»

«Das tut die Queen auch», warf sie ein.

«Aber mit dieser Herzogin kann sie nicht mithalten, das schwör ich dir.»

Sie lachte, ohne recht zu wissen, warum. «Und deine Eltern?»

«Sind beide tot», sagte er gleichmütig.

«Oh, das tut mir ...»

«Meine Mutter war Schauspielerin im West End. Mein Vater war Anwalt in Leeds und ist nach London gezogen, als er meine Mutter kennengelernt hat. Was sind deine Eltern?»

Sie war einen Augenblick verunsichert. «Oh . . . na ja, mein Vater hat ein Elektrogeschäft, und meine Mutter ist Hausfrau. Sie leben in Cleveland.» Sie kam sich vor wie eine Kandidatin in der Spielshow *Family Feud.*

«Cleveland . . . in Indiana, nicht?»

«Ohio.»

Er nickte. «Sie müssen sehr stolz auf dich sein.»

«Ja, wahrscheinlich», sagte sie. «Sie sehen mich natürlich nicht im Fernsehen, weil ich . . . nur im Regionalprogramm komme. Aber ich schicke ihnen den *TV Guide*, wenn was über mich drinsteht, und so Sachen. Deine Eltern müssen noch jung gewesen sein, als sie gestorben sind.»

«Mhm. Sehr. Ich war noch in Cambridge an der Uni.» Seine Miene verriet, daß ihn ihre Neugier amüsierte. Er kam ihrer nächsten Frage zuvor. «Es war ein Verkehrsunfall. Auf der M-Eins. Kennst du die M-Eins?»

«Eine Autobahn, nicht?»

«Richtig.»

«War deine Mutter eine gute Schauspielerin?»

Es schien ihn zu freuen, daß sie danach fragte: «Das habe ich mich eigentlich die ganze Zeit auch gefragt. Ich fand sie damals atemberaubend. Sie war lustig. Und sehr schön.»

«Das kann man sich gut vorstellen», sagte sie.

Er überging das nicht ganz eindeutige Kompliment. «Als ich vierzehn war, machte sie mich in der Garderobe des Haymarket-Theaters mit Diana Rigg bekannt. Ich fand es das schönste Geschenk, das eine Mutter ihrem Sohn machen kann.»

«Das kann ich dir nachfühlen», meinte sie lächelnd.

Ein langes Schweigen trat ein. Sie erinnerte sich an den Joint, den sie noch in der Handtasche hatte. «Fast hätte ich's vergessen», sagte sie. «Du hast ja noch gar nicht die Königinmutter probiert.»

«Wie bitte?»

Sie kicherte und hielt den Joint hoch. «Mrs. Madrigals Beste Lage.»

«Ah.»

Sie zündete den Joint an, machte einen Zug und gab ihn Simon. «Ich hab zwei gedreht, für die Fahrt zum Flughafen. Mouse hat schon in den Wolken geschwebt, als sein Flieger gestartet ist.»

Er sagte nichts und hielt die Luft an, damit der Rauch in der Lunge blieb.

Sie beobachtete ihn und fühlte sich geschmeichelt, daß er dieses beinahe lächerliche Ritual mit soviel Würde absolvierte.

«Sehr würzig», sagte er schließlich.

«Ja, nicht?»

«Willst du immer noch diese Story?»

Einen Augenblick dachte sie, es sei ein Vorwurf – als wollte sie ihn mit einer Dröhnung gefügig machen. Dann merkte sie, daß es eine ernsthafte Frage war. «Du meinst . . .?»

«Die Story über mich. ‹Offizier der Queen desertiert in Frisco›.»

Sie schmunzelte. «Ich glaube, ich würde es etwas taktvoller anpacken.»

Er gab ihr den Joint zurück. «Also . . . willst du?»

Sie zögerte. «Simon, es war mein Ernst, als ich gesagt habe, daß ich nichts tun würde, was dir . . .»

«Das weiß ich. Du warst durch und durch anständig.» Er holte sich den Joint zurück und machte wieder einen Zug. «Ich hab darüber nachgedacht, Mary Ann. Ehrlich gesagt . . . ich sehe nicht, daß es irgendwie schaden könnte. Aber natürlich nur, wenn du es noch willst.»

Sie überlegte, was wohl seine Motive waren.

«Willst du wirklich?» fragte er ruhig.

Sie lächelte. «Ja.»

Er lächelte. «Dann will ich auch.»

«Simon . . .»

«Inhaltliche Kürzungen behalte ich mir natürlich vor. Ich möchte niemanden in Verlegenheit bringen.»

«Natürlich.»

Wieder ein Lächeln, etwas wärmer als das letzte. «Wunderbar. Also abgemacht?»

«Und ob.»

Er gab ihr den Joint zurück. «Wann fangen wir an?»

Brian, in Turnhemd und kurzer Hose, kam schwer atmend durchs Gartentor. Simon saß mit dem Rücken zum Tor, doch er bemerkte die Veränderung ihres Ausdrucks und drehte sich um. «Oh . . . hallo.»

«Hallo», sagte Brian und lief auf der Stelle.

«Wir probieren das neue Kraut», sagte Mary Ann munter.

«Aha.» Er schüttelte die Arme aus und erinnerte an eine Marionette im Sturm.

«Läufst du regelmäßig?» erkundigte sich Simon.

«Ziemlich.» Brian verschwendete kein Gramm Energie auf höfliches Benehmen.

«Du mußt mir deine Strecke zeigen», sagte Simon. «Ich bin in letzter Zeit schrecklich faul gewesen.»

«Klar», sagte Brian und lief an ihnen vorbei ins Haus.

Simon wandte sich wieder zu Mary Ann um und lächelte verlegen.

«Es hat nichts mit dir zu tun», sagte sie.

«Hoffentlich.»

«Er ist . . . ich weiß nicht . . . in letzer Zeit so in sich gekehrt.»

«Mmm.»

Der Joint war ausgegangen. Sie zündete ihn wieder an und hielt ihn Simon hin. Er schüttelte den Kopf. Sie nahm noch einen kurzen Zug und drückte die Kippe aus. «Also . . . du bist Langläufer?»

Er nickte. «In der zweiten Generation.»

«Tatsächlich?»

«Mein Vater und ich sind beide in Cambridge gelaufen.»

«Hört sich an wie *Die Stunde des Siegers*», sagte sie.

Er lachte. «Ganz so ehrgeizig waren wir nicht. Wir haben es in erster Linie getan, um fit zu bleiben. Gesundheitliche Schwäche war für die Bardill-Familie schlechter Stil.»

«War?»

«Nun ja . . .» Seine Augen blitzten wieder amüsiert. «Von der Familie ist ja nicht mehr viel übrig, nicht?»

Colville Crescent 44

Der Regen schien Michael nach London zu folgen. Er prasselte wie Rollsplitt auf das riesige gewölbte Dach der Victoria Station, als er seinen Koffer nahm und das nächste schwarze Taxi ansteuerte, das frei war. Der Fahrer – ein Mann in den Sechzigern, dessen Gesicht die Farbe von Corned beef hatte –, tippte an den Schirm seiner Mütze.

«Wo soll's hingehn, Meister?»

«Äh . . . Nottingham Gate.»

«Wie?»

«Nottingham Gate.» Er sagte es diemal mit größerer Bestimmtheit.»

«Tut mir leid, Meister. Gibt's hier nicht. Also, wir hätten ein Notting *Hill* Gate . . .»

«Die Adresse ist Colville Crescent vierundvierzig.»

Der Fahrer nickte. «Das ist Notting Hill Gate.»

«Na toll», sagte Michael und ließ sich erschöpft auf den blankgewetzten Ledersitz plumpsen. «Gott sei Dank.»

Der Flug war ein einziger Alptraum gewesen. Trotz der Wirkung des Königinmutterjoints und der Zuwendung eines kumpelhaften schwulen Stewards hatte er kein bißchen Schlaf gefunden. Nachdem er überreizt und mit einem pelzigen Geschmack im Mund auf dem Gatwick Airport gelandet war, hatte er fast zwei Stunden warten müssen, weil die Zollbeamten das Gepäck von dreihundert zur gleichen Zeit eingetroffenen Afrikanern durchwühlten.

Eine weitere Stunde hatte er in der Schlange am Wechselschalter geopfert. Dann war er in die überfüllte S-Bahn nach London gestiegen und hatte sich ein Abteil, das wie eine Müllkippe aussah, mit einem penetrant geschwätzigen Ehepaar aus Texarkana geteilt, das darauf bestand, mit ihm über die Forty-Niners zu diskutieren, obwohl er furchtlos zu erkennen gab, daß ihm das Thema völlig schnuppe war.

Der Fahrer schielte nach hinten. «Yankee, eh?»

«Äh . . . ja.»

«Gesehn, was wir mit den Argies angestellt haben?»

RGs? Eine Fußballmannschaft vielleicht? «Oh, ja ... das war allerhand.»

Ein heiseres Lachen. «Und wir haben es ohne Hilfe von eurem piefigen Präsidenten geschafft.»

Also kein Sportereignis. Es ging um Politik.

«Wissen Sie, ihr Yankees kommt bei den großen Kriegen immer reichlich spät. Ihr kommt spät, oder ihr kommt gar nicht. Ist nicht persönlich gemeint.»

Jetzt dämmerte es ihm. Der Falklandkrieg. Die Argies waren die Argentinier. In Amerika nannte man sie nicht so, weil man sich nie mit ihnen befaßt hatte. Erst wenn man Leuten ans Leben ging, machte man sich die Mühe, ihnen einen Schimpfnamen zu verpassen. Japse, Krauts, Commies, Gooks ... Argies. Er hatte nicht die Absicht, den Krieg durch eine Debatte mit diesem Taxifahrer zu verlängern. «Mir gefällt eure Schlachthymne», sagte er.

«Was?» Der Fahrer sah ihn an, als wäre er nicht mehr bei Trost.

«‹Don't Cry for Me, Argentina›. Haben das eure Truppen nicht gesungen?»

Der Fahrer grunzte etwas. Offenbar war er jetzt überzeugt, daß Michael nicht ganz dicht war. Was sollte denn so ein blödes *Lied* mit all dem zu tun haben? Er sagte überhaupt nichts mehr, und Michael atmete erleichtert auf, während draußen blaßgrün und schemenhaft der Hyde Park vorbeihuschte.

Nach sechzehn Jahren kehrte er nun in diese Stadt zurück. So lange war er noch von keinem Ort weg gewesen, an dem er einmal gewohnt hatte. Er hatte hier seine Unschuld verloren – oder besser gesagt: gefunden –, als der Mod-Stil seine Blütezeit erlebte und Legionen von «Ischen» mit weißen Lippen und schwarz getuschten Wimpern die Straßen bevölkerten. Im Hampstead Heath hatte er einen Maurer kennengelernt, der einen Cordsamtanzug trug, und er war mit ihm nach Hause gegangen und hatte im Handumdrehen die Erkenntnis gewonnen, wie einfach und tröstlich und wunderschön das wahre Leben sein konnte.

Der Maurer war eine junge, schlanke Ausgabe von Oliver Reed gewesen, und noch jetzt konnte er sich an jede Einzelheit jenes weit zurückliegenden Nachmittags erinnern: die kleine David-Statue neben dem Bett, der braune Rohrzucker, den er sich in den Kaffee rührte, die Bodybuilderzeitschriften, die er für jeden sichtbar herumliegen ließ, und wie seidenweich sich der haarlose Hodensack seines Liebhabers anfühlte. Der erste Fremde, mit dem man es machte, war offenbar der, an den man sich sein Leben lang erinnerte.

Wo mochte er jetzt sein? Wie alt war er inzwischen? Fünfundvierzig? Fünfzig?

Am Marble Arch, den er sofort wiedererkannte, bog das Taxi links ab, und dann hatte er den Eindruck, daß sie der Bayswater Road folgten. Rechts sah er eine große Parkanlage – aber wie hieß sie? Er erinnerte sich nicht mehr. Er war schlapp und übermüdet, und der Regen deprimierte ihn so sehr, daß er nach britischen Ikonen Ausschau hielt, um sich innerlich an ihnen aufzurichten.

Ein naßglänzender roter Briefkasten.

Ein Zebrastreifen wie der auf dem Cover des *Abbey Road*-Albums.

Ein Kneipenschild, das im Wind hin und her schlug.

Die Atmosphäre wurde ruppiger, als sie in eine Gegend mit genormten Pizza Huts und schmuddeligen Nationalitätenrestaurants kamen. Das Viertel wirkte eigentlich nicht unangenehm, nur überraschend unbritisch – es hatte mehr Ähnlichkeit mit Haight-Ashbury als alles, was er bei seinem früheren Aufenthalt in London gesehen hatte.

Dann kam wieder eine reine Wohngegend. Er erhaschte einen Blick auf Straßen mit Bäumen zu beiden Seiten und überdimensionale viktorianische Reihenhäuser, von deren Fassaden der Verputz abfiel. Im Regen tollten schwarze Kinder vor einer gelben Backsteinmauer herum, auf die ein Sprayer geschrieben hatte: SCHEISS AUF DIE PRINZENHOCHZEIT.

Auf einem Straßenschild sah er den Namen COLVILLE. «Ist es nicht hier?» fragte er den Fahrer.

«Das ist Colville Terrace, Meister. Sie wollen in die Crescent. Das ist noch ein Stück weiter.»

Drei Minuten später hielt das Taxi. Michael sah mit wachsender Beklommenheit aus dem Fenster. «Was?» sagte er. *«Hier?»*

Der Fahrer machte ein beleidigtes Gesicht. «Sie wollten zur Nummer vierundvierzig, oder nicht?»

«Ja.»

«Na, das ist sie, Meister.»

Michael schaute auf den Taxameter (ein moderner digitaler, der in dem klassischen Taxi seltsam deplaziert wirkte). Er gab dem Fahrer eine Fünf-Pfund-Note und sagte ihm, er solle das Wechselgeld behalten. Das war reichlich großzügig, aber er wollte beweisen, daß ein Mann, der sich mit Kriegen und Straßen nicht auskannte, dennoch spendabel sein konnte.

Der Fahrer dankte ihm und fuhr davon.

Michael blieb auf der Straße stehen und betrachtete ungläubig Simons Haus. Die verputzte Fassade, offenbar ein Opfer von Trockenfäule, wies gewaltige lepröse Placken auf, die an manchen Stellen abgefallen waren und das Mauerwerk aus dem neunzehnten Jahrhundert freigelegt hatten. Aus irgendeinem Grund bekam er beim Anblick dieser Verunstaltung ein flaues Gefühl im Magen, als würde er blanke Knochen in einer klaffenden blutlosen Wunde sehen.

Er gab die schwache Hoffnung auf, daß vielleicht doch ein Nottingham Gate existierte, und ging vorbei an umgestürzten Mülltonnen («Abfalleimer», wie die Engländer sie beharrlich nannten) zum Eingang des zweistöckigen Gebäudes. Seine schlimme Ahnung wurde bestätigt, als er neben einem der Klingelknöpfe ein Schildchen mit dem Namen BARDILL entdeckte.

Er stellte seinen Koffer ab, suchte den Hausschlüssel heraus und fummelte ihn ins Schloß. Ein dunkler Flur tat sich vor ihm auf. An der Wand, die mit einer wasserfleckigen Rosentapete beklebt war, ertastete er den Lichtschalter – es war ein runder Knopf, den man drücken mußte. Die Tür zu Simons Parterrewohnung war ganz hinten rechts. Als er den Wohnungsschlüssel gefunden und in das widerspenstige Schloß gesteckt hatte, hüllte ihn plötzlich völlige Dunkelheit ein, und einen Augenblick lang dachte er, er sei blind geworden.

Der Lichtschalter. Natürlich. Das Licht schaltete sich nach einer Weile von selbst aus. Er erinnerte sich jetzt an diese sinnvolle Erfindung der britischen Elektroindustrie, die ihm bei seinem ersten Besuch aufgefallen war. Er hatte sie damals so reizvoll schrullig gefunden wie die elektrischen Handtuchwärmer und die Teekessel, die sich beim ersten Pfeifton automatisch abschalteten.

Er drehte den Knauf, drückte die Tür mit der Schulter auf, und aus Simons Wohnung drang Tageslicht in den Flur. Ein übler Geruch, wie der stinkende Atem eines alten Hundes, umwaberte ihn. Er hielt die Luft an, stürzte zum nächsten Fenster und drückte es auf, um einen Schwall regenfeuchte Luft hereinzulassen.

In einem Punkt hatte Simon nicht zuviel versprochen: Die Decke des Wohnzimmers war vierzehn Fuß hoch. Das verlieh dem Raum eine gewisse Aura von schäbiger Eleganz. *Runtergekommen* war der Ausdruck, den er verwendet hatte – eine Beschreibung, die ziemlich genau auf das Sperrmüllmobiliar paßte, das sich um den nicht funktionierenden Kamin gruppierte. Als einziges dekoratives Zugeständnis hingen viktorianische Zinngravuren an den blaßgrünen Wänden. Simons Stereoanlage und ein Stapel Schallplatten vervollständigten das düstere Tableau.

Michael folgte einem schmalen Gang und fand das Schlafzimmer. Er stellte den Koffer ab und sank wie betäubt auf die Bettkante. Er ermahnte sich, keine voreiligen Schlüsse zu ziehen. Schließlich war er übermüdet von seinem zehnstündigen Flug. Seine wachsende Verzweiflung konnte eine Folge seiner Erschöpfung sein – ganz zu schweigen von der speckigen Schneckennudel, die er im Flugzeug genossen hatte und die nun in seinem Magen rumorte wie ein Nagetier in den letzten Zuckungen.

Er nahm an, daß es inzwischen Mittag war. Was er brauchte, war ein heißes Bad und viel Schlaf. Wenn er wieder aufwachte, würde seine Begeisterungsfähigkeit wiederkehren und mit ihr sein unschätzbares Talent, selbst qualvollen Umständen noch etwas Romantisches abzugewinnen. Was hatte er denn erwartet? Eine keimfreie Disney-Version von englischem Charme?

Ja, genau das, entschied er, als er das Badezimmer sah. Er hatte sich so etwas wie die behagliche Stadtwohnung in *101 Dalmatians* vorgestellt. Mit Rosen im Garten und dezenter Holztäfelung und – *ja*, verflucht – Handtuchwärmern im Bad. Was er statt dessen vorfand, war ein enger Raum, der nach alter Pisse roch und dessen blaue Decke mit weißen Wolken bemalt war. Wie die Decke einer organischen Bäckerei in Berkeley.

Die Badewanne hatte Beine, was ihr immerhin einige Pluspunkte für altmodischen Charme brachte, aber das warme Wasser versiegte, als es knapp seine Knie umspülte. Regungslos lag er in der Wanne, trauerte seinen Illusionen nach und tadelte sich dafür, daß er auf einen Wohnungstausch mit einem Heterosexuellen eingegangen war, den er überhaupt nicht kannte.

Kurz darauf ließ er sich aufs Bett fallen, konnte aber mindestens eine Stunde lang nicht einschlafen. Als er schließlich eindöste, hatte er den undeutlichen Eindruck, daß Regen auf die festgestampfte Erde seines «Gartens» prasselte, und dann hörte er noch ein anderes, mehr rhythmisches Geräusch. Waren das . . . Trommeln?

Es war dunkel, als er aufwachte. Er stolperte durchs Zimmer, bis er einen Lichtschalter fand, und ging in die Küche, um nachzusehen, was er alles brauchte. Es war natürlich – bis auf ein paar angeschimmelte Nudeln und eine Dose Hering – nichts zu essen da, und bei Geschirr und Küchenutensilien sah es auch sehr dürftig aus.

Als erstes würde er Cornflakes und Milch, Brot und Erdnußbutter einkaufen. Aber frühestens morgen. Heute abend wollte er sich in der Nähe einen Pub suchen, in dem es schottische Eier und Fleischpasteten gab, und sich so gründlich besaufen, wie es die Situation erforderte.

Er ging zurück ins Schlafzimmer und beschloß, seinem Einzug eine offizielle Komponente zu geben, indem er seinen

Koffer auspackte. Als er damit fertig war, fielen ihm Simons Instruktionen ein, die in der Seitentasche steckten. Er setzte sich aufs Bett und las:

Michael,
Ich habe mir gedacht, du kannst vielleicht ein paar Ratschläge gebrauchen, um mit den zahlreichen geheimnisvollen Tücken von Colville Crescent 44 fertig zu werden. Mit dem heißen Wasser (bzw. Ausbleiben desselben) hat man leider einigen Verdruß. Falls der Boiler Ärger macht – er hängt in der Nische zwischen Küche und Bad. (Bei ernsten Schwierigkeiten solltest du dich an Mr. Nigel Pearl wenden, einen Klempner in Shepherd's Bush. Seine Telefonnummer steht auf einem Zettel an der Kühlschranktür.)

Die automatische Abschaltung des Plattenspielers schaltet nicht automatisch ab. Die Zentralheizung ist in dieser Jahreszeit abgestellt. Ich glaube kaum, daß du sie brauchen wirst. Ein extra Duvet findest du in der untersten Schublade der Kommode im Schlafzimmer. Das Bett, wie dir inzwischen aufgefallen sein wird, ruht an einer Ecke auf meiner beträchtlichen Sammlung von *Tatlers*. Zu was anderem taugen die Dinger auch nicht.

Für Grundnahrungsmittel empfehle ich Europa Foods in der Notting Hill Gate. Toilettenartikel bekommst du bei Boots the Chemist (in eurer romantisch-kolonialen Ausdrucksweise heißen die Dinger «Drugstore»). Wegen richtiger Drogen wendest du dich an einen der schwarzen Gentlemen in der All Saints Road, aber geh da bitte unter keinen Umständen nachts hin. Ihr Gras kann es mit dem Edelgewächs von Humboldt County nicht aufnehmen, aber wenn du ein bißchen Haschisch hineinkrümelst, wirkt es ganz gut.

Der Gaskocher in der Küche dürfte kein Problem machen. Abfälle kommen in den Behälter unter der Spüle; dort findest du auch Möbelpolitur, Eimer, Kehrichtschaufel usw. sowie den Haupthahn für das Wasser. Im Falle einer Überschwemmung drehst du den Hahn einfach im Uhrzeigersinn zu, und die Wasserzufuhr ist unterbrochen.

Launderette (Waschsalon) und chemische Reinigung sind um die Ecke, an der Kreuzung von Westbourne Grove und Ledbury Road. Das Electric Cinema in der Portobello Road zeigt gute alte Filme, falls dir Streifen wie *Glen und Glenda* (mein Lieblingsfilm) und Jessie-Matthews-Retrospektiven liegen.

Eine Miss Treves (bei mir heißt sie Nanny Treves) wird von Zeit zu Zeit vorbeischauen und nach dem rechten sehen. Bitte stell dich ihr vor und sag ihr, daß du ein Freund von mir bist. Wenn sie dich nach meiner eigenmächtigen Abmusterung fragt (und ich versichere dir, sie *wird* dich danach fragen), tu dir keinen Zwang an und erzähle ihr, was du weißt; und sage ihr, daß ich kurz nach Ostern wieder nach Hause komme. Ich werde ihr die schauerlichen Einzelheiten in einem Brief mitteilen. Miss Treves arbeitet inzwischen als Maniküre, war aber viele Jahre lang mein Kindermädchen. Seit ich ihr einmal (mit sechs) im British Museum davongelaufen bin, ist sie ständig in Sorge um mich; es kann also sein, daß sie ein wenig durcheinander ist. Das ist alles, was du über sie wissen mußt, bis auf das Offensichtliche – was du gewiß mit deinem gewohnten Maß an Takt und Ritterlichkeit bewältigen wirst. London gehört dir.

Simon

Die Mitteilung, in krakeliger Handschrift auf dünnes blaues Papier gekritzelt, gab Michael das beruhigende Gefühl, daß noch jemand bei ihm in der Wohnung war. Er konnte, während er las, beinahe Simons Stimme hören. Genaugenommen, fand er, war die Wohnung gar nicht so schlimm. Im Grunde brauchte er nichts weiter als eine Ausgangsbasis für seine Streifzüge durch die Stadt.

Aber was war das «Offensichtliche», das er an Simons ehemaligem Kindermädchen demnächst entdecken sollte?

Und was, zum Teufel, war ein «Duvet»?

Um die Antwort auf die einfachere der beiden Fragen zu finden, zog er die unterste Schublade der Kommode auf. Dort lag, vom häufigen Waschen verblichen und zerschlissen, eine Steppdecke. Wie eine Hausfrau in einem Werbespot für Weichspüler hielt er sie sich einen Augenblick an die Wange und empfand ein unerklärliches Gefühl für das unscheinbare Stück. Was machte es, wenn die Heizung nicht funktionierte? Er hatte sein Duvet, das ihn warm halten würde.

Er packte den Koffer vollends aus, machte sich mit dem ungewohnten neuen Geld vertraut und ging hinaus in den Abend. Es war ungefähr neun Uhr. Der Regen hatte aufgehört, doch an den leeren Obstständen, die wie Skelette an der Portobello standen, glitzerten noch perlende Tropfengirlanden. Als er von der Colville Crescent in die Colville Terrace bog, lockte ihn an der Ecke ein Pub mit gelbem Lichtschein und der Stimme von Boy George.

Er bestellte sich einen Cider, die englische Alkoholvariante, die ihn schon als Teenager in Hampstead so herrlich angeschikkert hatte. Die Gäste des Lokals sahen eindeutig nach Arbeiterklasse aus. Zwei mondgesichtige Männer in Tweedmützen führten an der Bar ein freundschaftliches Streitgespräch, und an einem Tisch neben den Videospielen nippte ein stattlicher Rastafari mit Dreadlocks an einem dunklen Ale.

Im Nu war das Glas leer, und er bestellte sich noch eines, mit dem er zwei schottische Eier runterspülte. Als er das dritte Glas intus hatte, zwinkerte er bereits einer dicklichen Dame zu – sie saß ihm schräg gegenüber unter einem Spiegel mit einem goldglänzenden Reklamespruch. Sie war schon weit über vierzig und hatte ihr Make-up offenbar mit einem Spachtel aufgetragen, aber wie sie so alleine dasaß und trank und ihre dicken Waden im Takt von «Abracadabra» schlingern ließ, das hatte schon etwas Tapferes. Sie erinnerte ihn an eine der kreglen Barfliegen aus einem Andy-Capp-Cartoon.

Er bezahlte an der Bar und orderte ein Ale für den Tisch der Dame. Übermannt von mitmenschlichen Gefühlen, zwinkerte er der tapferen Schwester ein letztes Mal zu und wankte hinaus auf die Straße, um mit London seinen Frieden zu machen.

Jede Menge Zeit

Während der Lunchzeit ging es bei Perry's noch hektischer zu als sonst, aber Brian stand es durch, indem er sich sagte, daß es nur noch knapp vier Stunden waren, bis er sich übers Wochenende nach Oakland absetzen konnte. Ein Gast hatte gerade ein Steak zurückgehen lassen («Nennen Sie das etwa *durch*?»), und als er mit dem Ding in die Küche kam, sägte sich Jordache-Jerry mit einem schmierigen Grinsen an ihn ran.

«Deine Frau sitzt an einem von meinen Tischen, Hawkins.»

«Hau ihm eins drauf, das noch blutet», sagte Brian zum Koch.

«Hast du gehört, Hawkins?»

«Ich hab's gehört. Sag ihr, ich komm gleich.» Er checkte zwei Essen, um zu sehen, ob sie mit seiner Bestellung übereinstimmten, dann rief er dem bereits enteilenden Jerry über die Schulter nach: «Sag ihr, ich bin komplett mit Kundschaft eingedeckt.»

«Macht gar nichts», rief Jerry zurück. «Sie ist komplett mit Engländern eingedeckt!»

Die spitze Bemerkung wurmte ihn immer noch, als er zehn Minuten später an Mary Anns Tisch einen Stopp einlegte. Tatsächlich – neben ihr saß Simon. Sie signierte gerade eine Speisekarte für die dicke Dame am Nebentisch und bemerkte ihn erst, als Simon sich dezent räusperte.

«Oh, hallo. Geht's im Moment schlecht?»

«Alle Hände voll zu tun», sagte er. «Ich kann mich jetzt wirklich nicht unterhalten.»

«Kein Problem.» Sie sah ihn mit ihrem Immer-mit-der-Ruhe-Lächeln an. «Ich wollte Simon nur das Lokal zeigen.»

«Und?» fragte er den Lieutenant. «Beeindruckt?»

«Es ist . . . ganz famos.»

Er nickte. «Wie 'ne japanische U-Bahn.»

Mary Ann und der Lieutenant lachten, aber nicht sehr. Sie schien sich seltsam unbehaglich zu fühlen, und er fand allmählich, daß sie auch allen Grund dazu hatte. Scheiße, wie kam sie dazu, den Burschen hierher mitzubringen?

«Bleibt es bei heute abend?» fragte er sie.

«Natürlich.»

«Meine Frau hat die Angewohnheit, mich zu versetzen», erklärte er Simon.

«Na, jetzt mach aber 'n Punkt!» protestierte sie.

«Sie hat natürlich immer einen triftigen Grund. Erdbeben, Königinnen, Eisbären . . .»

«Entschuldigen Sie . . .» Es war noch einmal die dicke Dame, die diesmal Simon am Ärmel zupfte. «Vor lauter Aufregung hab ich ganz vergessen, auch Sie um ein Autogramm zu bitten.»

Simon war es grauenhaft peinlich. «Wirklich schrecklich nett von Ihnen, Gnädigste, aber ich wüßte nicht, was . . .»

«Ach *bitte* . . . Meine Tochter wird es mir nie verzeihen, wenn ich ihr nicht einen Beweis mitbringe, daß ich Sie getroffen habe!»

Der Lieutenant warf Mary Ann einen entschuldigenden Blick zu und kritzelte seinen Namen quer über die Speisekarte. Er war hochrot im Gesicht.

«Oh, vielen Dank.» Die Frau hatte Schweißperlen auf der Oberlippe. In einem eindringlichen Flüstern fügte sie hinzu: «Meine Tochter vergöttert Männer mit Haaren auf der Brust.» Sie kicherte in sich hinein und watschelte zu ihrem Stuhl zurück.

Simon schüttelte matt den Kopf.

«Der Preis der Berühmtheit», sagte Mary Ann.

Brian konnte es sich nicht verkneifen. «Was hat denn die? Den sechsten Sinn?»

Mary Ann lachte nervös. «Ich hab einen kleinen Beitrag über Simon gemacht. Er ist heute morgen gesendet worden.»

«Fürchterlich», sagte der Lieutenant mit gespielter Leidensmiene.

«Mit bloßem Oberkörper?» fragte Brian.

«Na ja . . .»

«Nur ein kurzer Take vom Joggen», erklärte ihm Mary Ann. «Wir brauchten ein bißchen Material, wo ich was drübersprechen konnte.»

Brian machte sich zu ihrem Echo. «Ein bißchen Material zum Drübersprechen. Völlig klar. Tja . . .» Er setzte sich langsam vom Tisch ab. «Ich werde verlangt.»

Ein paar Minuten später stellte sie ihn, wie er erwartet hatte, in der Küche zur Rede. «Sag mal, wieso bist du so verklemmt?»

Er trat zur Seite, um einen Kollegen durchzulassen. «Das geht jetzt nicht. Wir haben Hochbetrieb.»

«Ich hab einen kleinen Beitrag über ihn gemacht», flüsterte sie. «Warum regst du dich darüber auf?»

«Ich reg mich nicht auf. Es . . . überrascht mich, das ist alles. Du hast doch gesagt, er will nicht ins Fernsehen.»

«Na gut», meinte sie achselzuckend. «Hab ich ihn halt überredet.»

«Richtig. Und ihn bei der Gelegenheit auch noch als Muskelprotz rausgestellt.»

«Ach komm, Brian.» Sie tauchte unter einem Tablett weg, das Jerry vorbeitrug. «Und wenn schon? He . . . ich hab auch 'ne Story über den Wettbewerb für Tom-Selleck-Doubles gemacht, und da hast du kein Wort gesagt.»

Er beugte sich vor und antwortete in einem zornigen Flüstern: «Der Tom-Selleck-Doppelgänger hat aber nicht mit uns unter einem Dach gewohnt!»

Sie schüttelte den Kopf. «Ich kann's nicht fassen, daß du dich davon bedroht fühlst.»

Ihre mokante Überheblichkeit machte ihn zornig. «Ich möchte wirklich mal wissen, warum du mit ihm ausgerechnet hierher gekommen bist, um deinen großen Mediencoup zu feiern.»

«Brian . . .»

«Ach . . . geh schon. Ist ja nicht so wichtig.»

«Brian, hör mir zu. Ich hab ihn mitgebracht, weil ich möchte, daß ihr Freunde werdet. Ich möchte, daß *wir* Freunde werden, alle drei. Ich hab mir gedacht, es wäre schön, wenn . . .»

«Ja, ist ja gut.»

Sie spürte, daß sein Ärger nachließ, und lächelte ihn zaghaft an. «Ich schätze, mein Timing war beschissen. Das tut mir leid. Soll ich deine Wäsche mitnehmen?»

Er schüttelte den Kopf.

«Also, du findest mich dann zu Hause beim Packen.» Sie küßte ihn auf die Wange und verließ die Küche. Als er drei Minuten später wieder hinauskam, waren sie und Simon bereits gegangen.

Jerry paßte ihn in der Küche ab. «Der Freund von deiner Frau gibt ein großzügiges Trinkgeld.»

«Er ist auch mein Freund», gab er zurück.

«Ach wirklich?» sagte Jerry sarkastisch.

«Ja, *wirklich*, du Arschloch.»

Jerry nickte bedächtig. «Na ja . . . wenigstens ein bequemes Arrangement.»

«Was soll das denn wieder heißen?»

Ein mürrisches Achselzucken. «Hör zu, Mann . . . ich weiß bloß, was ich gesehen hab.»

«Nämlich?»

«Tja . . . daß der Typ 'ne gewisse Ähnlichkeit mit dir hat. Das ist alles.»

«Und?»

«Und? Gar nichts.» Im Weggehen murmelte er noch: «Wenn die Lady zwei Gleiche will, geht's mich 'n . . .»

Den Rest brachte er nicht mehr heraus, denn Brian packte ihn am Kragen, schwenkte ihn herum und rammte ihn an die Wand.

«Nimm dich in acht», sagte Jerry. «Du weißt, was Perry gesagt hat. Wenn du hier drin was machst, fliegst du raus.»

Brian zögerte. «Ein interessanter Gesichtspunkt.»

Er verstärkte seinen Griff, zerrte den anderen ins Restaurant und verpaßte dem Quälgeist einen rechten Haken. Jerry taumelte rückwärts gegen einen Tisch mit Stapeln leerer Hamburgerplastikbehälter und nahm ihn mit sich zu Boden. Gäste liefen auseinander. Eine Frau kreischte. Die Dicke mit der signierten Speisekarte stand an der Kasse und sah entgeistert herüber. Brian ging zu ihr, nahm ihr die Speisekarte aus der Hand, signierte sie mit dem Kugelschreiber aus seiner Hemdtasche, gab sie ihr zurück und verließ das Lokal, ohne sich noch einmal umzudrehen.

Er hielt nicht an, bis er nach sechs oder sieben Blocks auf dem Russian Hill angelangt war. Sein Herz klopfte wie verrückt, als er vor Swensen's Ice Cream einen Augenblick verschnaufte und überlegte, was er jetzt tun sollte. Er beschloß, den Rest des Wegs in normaler Gangart zurückzulegen. Falls sein Boss bereits angerufen hatte, würde es seine Erniedrigung nur verschlimmern, wenn er außer Atem nach Hause kam.

Als er zehn Minuten später in die Wohnung kam, war Mary Ann mitten in den Vorbereitungen für den gemeinsamen Ausflug ins Claremont Hotel. Sie hockte im Badezimmer auf allen vieren am Boden und suchte unter dem Waschbecken nach ihrer Tube Coppertone vom letzten Sommer.

«Das kann man da bestimmt kaufen», sagte er.

«Ich weiß, aber diese Tube hatte meinen Lichtschutzfaktor.»

«Die haben da bestimmt auch deinen Faktor.»

Sie stand auf und wischte sich die Hände ab. «Du kommst aber früh von der Arbeit.»

Er lächelte. «Sie hatten ein Einsehen», log er. «Ich hab ihnen gesagt, wir müßten unbedingt noch vor dem Feierabendverkehr aus der Stadt.»

«Hervorragend. Dann mal los.» Sie ging mit raschen Schritten ins Schlafzimmer, und er folgte ihr. «Du wirst es nicht glauben», sagte sie, «aber ich hab unsere Sachen in einen einzigen Koffer gekriegt.»

«Prima.» Er schob sich ans Telefon heran, um beim ersten Klingeln den Hörer schnappen zu können.

«Ich hab deine grün getönte Sonnenbrille eingepackt. Ich war mir nicht sicher, ob du . . .»

«Bestens», sagte er.

«Na ja, wenn du lieber die andere . . .»

Er nahm den Koffer in die Hand. «Ich will los.»

Auf der Fahrt durch die Stadt und über die Bay Bridge redeten sie kaum. Als der Le Car die Ostseite der Bucht erreichte, sagte Mary Ann, ohne ihn dabei anzusehen: «Weißt du, ich glaube, Simon war heute mittag gekränkt, weil du so kurz angebunden warst.»

Er zögerte, ehe er antwortete. «Dann . . . werd ich mich bei ihm entschuldigen.»

«Machst du das?» Sie warf ihm einen hoffnungsvollen Blick zu.

Er nickte. «Gleich, wenn wir zurück sind.»

«Na . . . wann auch immer. Er mag dich sehr, Brian.»

«Gut. Ich hab nichts gegen ihn.»

Sie strich ihm mit der linken Hand über den Schenkel. «Gut.»

Minuten später tauchte über ihnen an einem grünen Hang das Claremont auf. «Ist es nicht traumhaft?» schwärmte Mary Ann. «Es wird dieses Jahr siebzig.»

«Ich finde es ein bißchen zu weiß», meinte er.

«Tja . . . Pech für dich.»

«Du weißt, was ich meine.» Er grinste. «Es sieht aus wie ein Sanatorium in der Schweiz. Sanitarium? Wie heißt das richtig?»

«Wie?»

«Komm schon. Das eine ist für Irre, das andere für Schönheitsoperationen und so.»

Sie schüttelte den Kopf. «Ist doch beides dasselbe.»

«Nee.»

Sie sah aus dem Fenster. «Paß auf die Straße auf.»

Vor dem Hoteleingang überließen sie den Le Car dem Portier und gingen auf ihr Zimmer. Es war sonnig und geräumig und bot einen Blick auf die Tennisplätze. Während der nächsten fünf Minuten redeten sie kaum ein Wort. Sie rauchten einen Joint und zogen ihre Badesachen an, und dann gingen sie hinunter zum Jacuzzi neben dem Schwimmbecken. Die Sonne, das Marihuana und der warme Wasserstrahl, der ihm den Rükken massierte, hatten eine angenehm einlullende Wirkung auf Brian. Die Katastrophe im Restaurant schien nur noch ein böser Traum zu sein.

Mary Ann tauchte unter, kam wie eine Wassernymphe wieder hoch und besah sich die Fassade des alten Hotels. «Pink», sagte sie schließlich. «Nein, *Pfirsichrosa*.»

Er dachte, er hätte irgendwas überhört. «Was?»

«Die Farbe, in der sie es streichen sollten.»
Er sah am Hotel hoch und lächelte sie an.
Sie erwiderte das Lächeln und rieb ihren Fuß an seiner Wade.
«Weißt du was?» fragte er.
«Was?»
«Ich kenne niemand, den ich so gern habe wie dich.»
Sie ließ ein paar Sekunden verstreichen, ehe sie antwortete. «Warum sagst du mir dann nicht die Wahrheit?»
Ihre Miene sagte alles. «Du hast einen Anruf bekommen?» fragte er.
Sie nickte.
«Von Perry?»
Wieder ein Nicken.
«Hat er mich gefeuert?»
«Brian . . . du hast dem Kerl den Kiefer *gebrochen*. Sie hätten auch die Polizei holen können.»
Er dachte darüber nach, sagte aber nichts.
«Er ist ins St. Sebastian's gekommen. Sie haben ihm den Unterkiefer mit Draht zusammengeflickt.»
Er nickte.
«Was war's denn diesmal?»
Er hatte keine Lust, auch noch Eifersucht auf die Liste seiner Kardinalsünden zu setzen. «Spielt doch keine Rolle», sagte er.
«Na prima. Toll.»
«Paß auf . . . er hat wieder 'ne dumme Bemerkung über einen schwulen Gast gemacht. Er hat einen Aidswitz erzählt. Ich wollte nicht so doll zuschlagen. Aber er hat's schon den ganzen Tag drauf angelegt . . .»
«Warum hast du mir nichts davon gesagt?»
Er zuckte mit den Schultern. «Hätte ich ja noch. Ich wollte uns bloß das Wochenende nicht vermiesen.»
Sie blinzelte ihn an.
Da er immer noch nicht ganz sicher war, fragte er sie noch einmal: «Sie haben mich also gefeuert?»
«Ja.»

«Tut mir leid, daß du es abgekriegt hast.»

«Er hat es auf die nette Art gemacht», sagte sie.

Ein kleiner Junge und sein Vater, beide mit leuchtendroten Haaren, marschierten durch sein Blickfeld zu den Umkleidekabinen. Der Junge stolperte über die Schnürsenkel seiner Turnschuhe, und sein Vater blieb stehen, um sie ihm zu binden. Der Anblick gab Brian einen Stich und verstärkte seine Sehnsucht nach dem einen, was ihm in seinem Leben fehlte.

«Erde an Brian, Erde an Brian.» Mary Ann, ein versonnenes Lächeln im Gesicht, holte ihn in die Realität zurück.

«Entschuldige», sagte er. «Was soll ich sonst sagen?»

«Sag nicht Entschuldigung. Sag mir die Wahrheit. Mein Gott, Brian, wenn wir nicht mit*einander* reden können, mit wem dann?»

Er nickte und spürte, wie die Last seiner Schuld von ihm wich. «Du hast recht.»

«Es geht nicht nur dir so.»

«Wie meinst du das?»

«Na ja . . . ich tu's manchmal auch nicht.»

«Was?»

«Du weißt schon . . . die Wahrheit sagen. Ich unterschlage mal was, weil ich Angst habe, unsere Beziehung könnte einen Knacks kriegen . . . und weil ich dich nicht verlieren will.»

Er war ganz gerührt, denn soweit er wußte, hatte sie ihn nie belogen, und es gab keinen Grund für ein solches Geständnis. Was sie ihm hier verdeutlichte, waren nicht so sehr ihre eigenen Beweggründe – sie gab ihm vielmehr zu verstehen, daß sie die seinen nachempfinden konnte. Er legte die Hand an ihre nasse Wange und lächelte sie an. Sie streckte ihm die Zunge raus, tauchte unter und kitzelte ihn zwischen den Schenkeln. Die Krise war vorüber.

Beim Abendessen stellte er fest, daß Mary Ann mehr Wein trank als sonst, aber er hielt Glas für Glas mit. Als die Himbeeren mit Schlagsahne serviert wurden, strahlten ihre beiden Gesichter wohlig betütelt im Kerzenschein. Sein Instinkt sagte ihm, daß dies der richtige Augenblick war, um wieder auf das Thema Nummer eins zu kommen.

«Weißt du, ich hab den Job gehaßt.»

Sie griff über den Tisch und streichelte ihm den behaarten Handrücken. «Ich weiß.»

«Früher oder später hätte ich sowieso gekündigt. Daß es jetzt so gekommen ist . . . ist gar nicht schlecht.»

Sie wartete eine Weile, ehe sie etwas sagte. «Eigentlich tut es mir irgendwie leid, daß ich nicht dabei war. Du hast uns doch hoffentlich keine Schande gemacht?»

Er schüttelte den Kopf.

«Alle Ehre?»

Er wiegte den Kopf hin und her, um anzudeuten, daß es irgendwo dazwischen lag. «Und jetzt», sagte er leise, «hab ich jede Menge Zeit.»

Ihr Lächeln wurde starr. Sie wußte genau, was er damit sagen wollte.

«Du hast gesagt, ich soll dir die Wahrheit sagen», sagte er.

Sie nickte. Ihr Lächeln war verschwunden.

«Ich finde, John Lennon ist als Hausmann ganz gut klargekommen . . . und ich wette, er hat sich für den Kleinen viel mehr Zeit genommen als Yoko . . .»

«Brian . . .»

«Ich sag ja nicht, daß du das Kind nicht gern hättest. Ich meine bloß, du bräuchtest dich nicht soviel um den Balg zu kümmern wie ich. Mensch, Frauen hatten jahrhundertelang die Hauptlast zu tragen. Warum soll es nicht klappen, wenn wir die Rollen mal tauschen. Verstehst du das nicht? Wär doch toll, so was Kleines zu haben, das . . . eine Mischung aus dir und mir ist?»

Ihre Miene war unergründlich, als sie ihre Serviette auf den Tisch legte und aufstand. War sie sauer? Dachte sie, er hätte sich nur deshalb feuern lassen, um sie in die Enge zu treiben?

«Was ist mit unseren Himbeeren?» fragte er.

«Ich hab keinen Hunger mehr», antwortete sie.

«Bist du . . . böse?»

«Nein.» Sie ließ den Blick über die Nachbartische wandern. «Ich hab diesen Ausflug mit dir gemacht, weil ich dir was sagen wollte. Aber nicht hier.»

«Gut. Kein Problem.» Er stand auf. «Und die Rechnung?»

«Wir sind eingeladen», sagte sie.

Als sie wieder im Zimmer waren, putzte sie sich die Zähne und sagte, er solle seine Windjacke anziehen.

«Wo gehn wir hin?» wollte er wissen.

«Wart's ab», sagte sie.

Sie zog eines von seinen alten karierten Hemden über und hatte plötzlich einen großen Messingschlüssel in der Hand, mit dem sie die Tür zu einem Treppenhaus aufschloß, durch das man die über ihnen gelegene Turmsuite erreichte. Im Halbdunkel stiegen sie bis zum Eingang der Suite und dann noch eine weitere Treppe hinauf.

Ganz oben stieß sie mit großer Geste die Tür auf. Sie traten auf eine winzige Aussichtsplattform hinaus. Vor ihnen lag das ganze Panorama der Bucht, von San Mateo bis Marin – zehntausende Lichterkonfigurationen, die unter einem violetten Abendhimmel glitzerten.

Sie stellte sich an die Brüstung. «Das müßte hinhaun.»

Er stellte sich neben sie. «Was denn?»

«Sag jetzt nichts. Sonst verdirbst du mir das Ritual.» Sie knöpfte die Hemdtasche des Karohemds auf und nahm ein pinkfarbenes Plastiketui heraus, das ungefähr die Größe einer Puderdose hatte. Sie hielt es wie einen geweihten Talisman hoch. «Lebt wohl, kleine Ortho-Novums. Mama will euch nicht mehr.»

Schlagartig wurde ihm bewußt, was sie tat. «Mensch, du dusseliges . . .»

«Schsch . . .» Sie holte aus und warf. Die Pillen segelten in die Nacht wie ein winziges Raumschiff auf einem Flug zu den Sternen. Sie formte die Hände zu einem Trichter vor dem Mund und rief: «Hast du das gesehen, Gott? *Alles klar?*»

Er warf den Kopf zurück und schrie seine Freude heraus.

«Gut, nicht?» Sie lächelte in den Wind, und er fand sie schöner denn je.

«Ich hab dich nicht verdient», sagte er.

«Von wegen.» Sie nahm seine Hand und zog ihn zum Treppenhaus. «Komm, Großer. Laß uns Babies machen.»

Auftritt Miss Treves

Michael hatte Jet-lag stets für eine Marotte der Reichen gehalten, doch seine ersten Tage in London veranlaßten ihn, seine Ansicht für immer zu revidieren. Er erwachte ausnahmslos zur magischen dritten Stunde – mal mitten in der Nacht, mal am Nachmittag. Und das in einem Haus, wo das Telefon nie läutete und das Trommeln nie aufhörte.

Das Trommeln kam zwar aus dem Nachbarhaus, aber die elementaren Rhythmen waren im Morgengrauen nicht zu überhören, wenn er unweigerlich in seichtem, lauwarmem Wasser lag und zusah, wie das kalte graue Licht eines weiteren Regentags über den künstlichen blauen Himmel der Badezimmerdecke kroch.

Um sich zu beschäftigen, klapperte er seinen Waschsalon, sein Postamt und das nächste Lebensmittelgeschäft ab. Dann unternahm er Ausflüge in andere Teile der Stadt, um Orte wiederzusehen, die ihm von früher vertraut waren: einen lärmigen Pub in Wapping, der sich Prospect of Whitby nannte (inzwischen touristenverseuchter, als er ihn in Erinnerung hatte); die Carnaby Street (einst *mod* und schmuddelig, jetzt *punk* und schmuddelig); den reizenden alten Friedhof in Highgate, wo Karl Marx begraben lag (noch immer reizend, noch immer begraben).

Als es am dritten Nachmittag aufklarte, schlenderte er durch Kensington und Chelsea zum Fluß hinunter und folgte dem Embankment bis zu Cleopatra's Needle. Mit sechzehn hatte ihn der ägyptische Obelisk seltsam angezogen, weil er von zwei Löwen flankiert wurde, die ihn – aus einem bestimmten Winkel betrachtet – an erigierte Schwänze erinnerten. Na ja, mit sechzehn hatte er fast in allem etwas Phallisches gesehen.

Einigermaßen enttäuscht von seinem Wiedersehen mit den Löwen, ging er weiter durch die Straßen und orientierte sich in Richtung Trafalgar Square. Aus Gründen der Sparsamkeit – wenigstens redete er sich das ein – aß er mittags in einem McDonald's in der Nähe der U-Bahn-Station Charing Cross und kam sich dabei grauenhaft amerikanisch vor, bis der Kunde vor ihm in breitestem Cockney einen Erdbeershake zum Mitnehmen orderte.

Am Piccadilly Circus kaufte er sich die *Gay News*, die er, eingekeilt von deutschen Rucksacktouristen, zu Füßen der Eros-Statue durchblätterte. Nach den Kleinanzeigen zu schließen waren schwule Engländer permanent auf der Suche nach «uncles» (Bärentypen) mit «stashes» (Schnäuzern), die «noncamp» (macho) waren und um Kneipen einen Bogen machten («non-scene»). Überraschend viele Anzeigenkunden wiesen darauf hin, daß sie eine Eigentumswohnung und einen Wagen hatten. Von der Frauenfront wurde berichtet, daß eine Lesbengruppe im Norden der Stadt einen Samstagsjog zum Grabmal von Radclyffe Hall organisierte und daß man allgemein der Sappho Disco Night im Goat in Boots in der Drummond Street entgegenfieberte.

Wieder daheim in der Colville Crescent, versuchte er nach Kräften, den Gestank aus dem Badezimmer zu vertreiben, indem er den siffigen Bodenbelag mit einem Raum-Deodorant-Konzentrat bearbeitete, das er bei Boots the Chemist gefunden hatte. (In mancher Hinsicht waren englische Drogerien höchst verwirrende Einrichtungen. Die Packungen und Flaschen sahen zwar nicht grundlegend anders aus als die in den Staaten, aber die Produkte hatten andere Namen, damit irgendwelchen idiotischen Schutzbestimmungen genüge getan war. War Anadin dasselbe wie Anacin? Spielte es überhaupt eine Rolle?) Heftig schüttelte er die kleine bernsteingelbe Flasche, bis ein paar Tropfen herauskamen. Doch der scharfe Geruch der Flüssigkeit verband sich augenblicklich mit dem Uringestank, und das Mittel bewirkte rein gar nichts. Er warf die Flasche in den Müll, stürmte aus dem Bad und tastete in seinem Koffer nach dem letzten der Joints, die ihm Mrs. Madrigal gedreht hatte.

Er wollte ihn gerade anzünden, als ihn ein widerlich lautes Geräusch zusammenzucken ließ. Es dauerte einige Sekunden, bis ihm klar wurde, daß er soeben zum erstenmal seine Türklingel vernommen hatte. Er legte den Joint ins Versteck zurück, ging durch den Hausflur und öffnete die Tür.

Die Frau, die vor ihm stand, war etwa sechzig. Ihre grauen Haare legten sich in hübschen Imogene-Coca-Löckchen um ihr Gesicht. Sie trug ein braunes Tweedkostüm und braune Schuhe mit flachen Absätzen. Aber das war nicht das Offensichtliche, das Simon erwähnt hatte. Sondern, daß sie nur bis an die Türklinke reichte.

«Oh», sagte sie mit piepsiger, erschrockener Stimme. «Ich habe Licht gesehen. Da dachte ich mir, daß ich lieber mal klingel.»

«Sie müssen Miss Treves sein», sagte er, um ihr aus der Verlegenheit zu helfen. «Ich bin ein Freund von Simon. Michael Tolliver.»

«Oh . . . Amerikaner.»

Er lachte nervös. «Ja. Wir haben die Wohnungen getauscht. Simon ist in San Francisco.»

«Ich weiß Bescheid, ich kenne diesen ungezogenen Bengel», knurrte sie.

«Es geht ihm gut», sagte er. «Ich soll Ihnen herzliche Grüße bestellen und Ihnen ausrichten, daß er gleich nach Ostern wiederkommt.»

Diese Nachricht wurde mit einem weiteren Knurren quittiert.

«Er hat sich einfach irgendwie . . . in San Francisco verliebt.»

«Hat er Ihnen das gesagt?»

«Na ja . . . so ungefähr. Schauen Sie, ich hab mich hier noch nicht ganz eingerichtet, aber . . . kann ich Ihnen einen Kaffee anbieten? Oder einen Tee?»

Sie überlegte kurz und nickte. «Nichts dagegen.»

«Gut.»

Sie ging voran und setzte sich im Wohnzimmer in einen niedrigen, mit Chintz bezogenen Sessel. Ihre Schuhsohlen berührten fast den Boden. Die eigenartigen Proportionen des Sessels ließen vermuten, daß er extra für sie hier stand.

Miss Treves wischte ein Stäubchen von der Armlehne und legte dann prüde und geziert die Hände in den Schoß. «Simon hat mir nicht gesagt, daß Sie kommen. Sonst hätte ich hier ein bißchen Ordnung gemacht.»

«Das macht nichts», sagte er. «Ist doch gut so.»

Sie schaute sich angewidert um. «Nein, kein bißchen. Es ist absolut verlottert.» Sie schüttelte langsam den Kopf. «Und er will ein feiner Herr sein.»

Ihre Entrüstung gab ihm sofort ein gutes Gefühl. Er hatte schon befürchtet, er sei zu pingelig, zu amerikanisch in seinen Ansprüchen. Das Urteil dieser Expertin bestätigte ihm, daß er richtig vermutet hatte: Simon war ein schlampiger Mensch.

Er erinnerte sich, daß er ihr einen Tee angeboten hatte. «Oh ... entschuldigen Sie mich. Ich setze unser Teewasser auf.» Als er einen schnellen Abgang machen wollte, stieß er unrühmlich mit einer schirmlosen Stehlampe zusammen. Er hielt den schwankenden Lampenständer fest und hörte, wie Miss Treves kicherte.

«Na, na, mein Bester. Sie werden sich daran gewöhnen.»

Sie meinte offenbar ihre Körpergröße. Er drehte sich um und lächelte sie an, um zu zeigen, daß er als Kalifornier mit den unterschiedlichsten Menschen problemlos zurechtkam. «Was nehmen Sie in Ihren Tee?» fragte er.

«Milch, bitte ... und ein klein wenig Zucker.»

«Ich fürchte, ich habe keinen Zucker da.»

«Doch, haben Sie. Auf dem Wandregal rechts vom Herd. Ich hab dort immer welchen für mich stehen.»

In der Küche ließ er warmes Wasser in den Teekessel laufen, holte eine Flasche Milch aus dem Kühlschrank und ortete Miss Treves' privaten Zuckervorrat. Es war Kandiszucker wie bei seinem ersten Sexpartner, dem *Non-scene/non-camp*-Maurer vom Hampstead Heath.

Er ging zurück ins Wohnzimmer, gab Miss Treves ihren Tee und setzte sich auf dem Sofa an das Ende, das ihr am nächsten war. «Also ... Simon hat mir erzählt, daß er Ihnen mal im British Museum ausgerückt ist.» Es war eine schwache Eröffnung, aber es war alles, was er hatte.

Sie nippte vorsichtig an ihrem Tee. «Ja, das ist eine schlechte Angewohnheit von ihm, nicht?»

Er nahm an, daß es eine rhetorische Frage war. «Er sagt, Sie waren ein wunderbares Kindermädchen.»

Sie schaute in ihre Tasse, um sich nicht anmerken zu lassen, wie sehr sie sich darüber freute. «Wir waren sehenswert, wir zwei.»

Fast hätte er gesagt: «Das kann ich mir vorstellen.» Statt dessen sagte er: «Und jetzt sind Sie also Maniküre?»

Sie nickte. «So ist es.»

«Haben Sie einen Salon?»

«Nein. Nur Stammkunden. Ich gehe zu ihnen nach Hause. Exklusive Kundschaft.» Sie streifte seine Hände mit einem mißbilligenden Blick. «Ihnen täte eine Maniküre auch gut, mein Bester.»

Peinlich berührt musterte er seine ungepflegten Fingernägel. «Ich fürchte, in letzter Zeit geht's abwärts mit mir. Dreißig Jahre lang hatte ich makellose Fingernägel.» Er beschloß, das Thema zu wechseln. «Woher wußten Sie, daß Simon ... von der königlichen Yacht verschwunden ist?»

Sie seufzte. «Ach, mein Lieber ... der *Mirror* hat sich auf die Geschichte gestürzt. Haben Sie's nicht gelesen? Es ist erst ein paar Tage her.»

«Nein ... hab ich nicht gesehen.»

«Sie haben die Sache aufgeblasen, als hätte er der Queen eine reingehauen.»

Er gab sich Mühe, ein angemessen besorgtes Gesicht zu machen. «Nichts dergleichen», sagte er. «Er hatte die Navy einfach satt.»

«Quatsch mit Soße», sagte Miss Treves.

«Äh ... wie bitte?» Er glaubte, sich verhört zu haben.

«Die Navy ist eine Sache, mein Bester. Die *Britannia* ist was anderes. Es ist eine fürchterliche Schande.»

«Wie hat es die Presse denn rausgekriegt?»

«Durch irgendein dämliches Weibsbild im Fernsehen», knurrte sie entrüstet.

«In San Francisco?»

Sie nickte. «Dann hat der *Mirror* seine eigenen Schnüffler auf die Sache angesetzt und seine Adresse herausbekommen. Und sie auch noch gedruckt!»

Er dachte einen Augenblick nach. «Sind Simons Eltern ... verärgert?»

Miss Treves lachte in sich hinein. «Seine Familie sitzt vor Ihnen, mein Bester.»

«Oh . . .»

«Seine Eltern sind einen tragischen Tod gestorben, als er noch in Cambridge war.»

«Ach . . . das hab ich nicht gewußt.»

Sie knetete die Hände in ihrem Schoß. «Simon redet nicht gern darüber. Es war ein grauenhafter Verkehrsunfall.»

Er nickte.

«Sprechen Sie ihn nicht darauf an, ja? Der arme Junge hat acht Jahre gebraucht, um drüber wegzukommen.»

«Wer würde das nicht?» sagte Michael. Er war schon auf dem besten Weg, Simon den Zustand der Wohnung zu verzeihen und in diesem Miniaturkindermädchen eine Art Schutzengel in Tweed zu sehen. «Er kann sich glücklich schätzen, daß er Sie hatte», fügte er hinzu.

Ihr kleiner Rosenknospenmund wellte sich zu einem Lächeln, das ganz ihm galt. «Simon hat immer so reizende Freunde.»

Zyklop trifft Bischof

Mary Ann war unterwegs, um eine Human-Interest-Story über die Schließung eines Automobilwerks zu drehen, so daß Brian Gelegenheit hatte, seinen ersten offiziellen Tag als Hausmann in der Barbary Lane 28 mit allerlei handfesten Verrichtungen zu begehen. Er trimmte den Efeu an sämtlichen Fensterbänken, und er brachte Ordnung in die Schwämme und Putzmittel unter der Küchenspüle. Mit der wütenden Entschlossenheit eines Terriers, der eine Taschenratte aus ihrem Bau scheucht, kroch er unters Bett und machte Jagd auf Flusen.

Er arbeitete jetzt für drei. Jeder Wischer des Staubtuchs, jeder Spritzer Scheuermittel, jeder Mäuseköttel, den er aus der

Vorratskammer verbannte, machte die Wohnung wieder ein Stück sicherer für Das Kind.

Das Kind.

Er machte es zur Ikone, und in abergläubischer Andacht zollte er dem Samenkorn Tribut, das vielleicht schon jetzt – während er die Kloschüssel auswischte – in Mary Anns Schoß keimte. Das Kind war jetzt alles. Dieses unbeschreibliche, mikroskopisch winzige Kerlchen hatte sein Leben völlig verändert und ihm einen Grund gegeben, morgens aus den Federn zu kriechen. Und das kam einem Wunder gleich.

Er legte eine Pause ein und machte sich ein Schinkenbrot, das er in dem Häuschen auf dem Dach verzehrte, während ein rostroter Tanker lautlos durch die blaue Weite der Bucht glitt. Über dem braunroten Ziegelbau des Art Institute flatterte ein Kinderdrachen mit regenbogenbuntem Schwanz im Wind.

Es gab so vieles, was man einem Kind in dieser Stadt zeigen konnte, und Das Kind würde ihn so viele alltäglich gewordene Sehenswürdigkeiten neu entdecken lassen. Die Windmühle im Golden Gate Park. Chinatown im Nebel. Die Brandung, die bei Fort Point schäumend über die Ufermauer spritzte. Im Geiste sah er bereits, wie sie gemeinsam über einen Strand tollten, er und dieses kleine Stück von ihm, dieses aufgeweckte, liebenswerte Wesen, das ihn . . . ja, wie würde es ihn wohl nennen?

Daddy?

Dad?

Papa?

Papa war eigentlich nicht schlecht. Es klang freundlich, aber auch nach alten Werten – nach liebevoller Strenge. Vielleicht zu streng? Er wollte nicht autoritär erscheinen. Das Kind war schließlich auch eine Persönlichkeit. Es durfte ihn niemals fürchten. Schlagen kam überhaupt nicht in Frage.

Er ging wieder nach unten in die Wohnung, und als er seinen Teller in den Ausguß stellte, faßte er den Entschluß, die Spüle zu schrubben. Draußen hörte er Mrs. Madrigal bei der Gartenarbeit. Sie summte eine Kurzfassung von «I Concentrate on You».

Er hätte ihr zu gern von Dem Kind erzählt, aber er unterdrückte den Drang, denn er fand – ohne genau zu wissen, warum –, daß sie es von Mary Ann erfahren sollte. Außerdem würde es viel mehr Spaß machen, wenn sie warteten, bis sie wußten, daß Mary Ann schwanger war.

Um Simon zu zeigen, daß er nichts gegen ihn hatte, ging er hinunter und lud den Lieutenant zum Joggen ein.

Keuchend und schnaufend liefen sie an verlassenen Docks vorbei zur Bay Bridge, und ihn beeindruckte Simons Ausdauer. Er sagte es ihm.

«Das Kompliment kann ich nur zurückgeben», war die höfliche Antwort.

«Nicht nur beim Laufen», fuhr Brian fort. «Du scheinst dich auch auf anderen Gebieten ganz gut zu schlagen.»

«Ach ja?»

Brian warf ihm einen bedeutungsvollen Blick zu und grinste. «Ich hab sie gesehen, als sie heute früh gegangen ist.»

«Ah.»

«Ganz recht . . . *ah*. Wo hast du sie aufgegabelt?»

«Ach . . . in einer kleinen *boîte*, heißt Balboa Café. Kennst du den Laden?»

«Von früher, ja. Ich war schon ’ne Weile nicht mehr da. War sie gut?»

«Mmm. Bis zu einem gewissen Punkt.»

Brian lachte.

«Das sollte kein Kalauer sein.»

«Mhm.»

«Sie war ein bißchen . . . öh . . . wie soll ich sagen . . . zu enthusiastisch.»

«Schon kapiert», sagte Brian. «Sie hat dich in die Brustwarzen gebissen.»

Der Lieutenant war sichtlich entgeistert. «Also . . . ja, tatsächlich . . . das hat sie.»

«Auf so was steht sie», sagte Brian.

«Du *kennst* sie?»

«Von früher. Vor meiner Ehe. Jennifer Rabinowitz, stimmt’s?»

«Ja.»

«Allerhand, die Lady.»

«Sie ist schon viel herumgekommen, was?»

Brian lachte glucksend. «Sie ist der gefräßigste Hai im Bermuda-Dreieck.»

«Wie bitte?»

«So nennt man die Gegend ums Balboa Café», klärte Brian ihn auf.

«Verstehe.»

Der Lieutenant schien ein wenig geknickt, und Brian versuchte, ihn wieder aufzurichten. «Ich meine . . . nicht, daß du denkst, sie ist hier die Stadthure. Sie steigt nicht mit jedem ins Bett.»

«Wie beruhigend», sagte Simon.

Sie beendeten ihren Lauf an der Brücke, gingen vom Embarcadero stadteinwärts und setzten sich auf die Einfassung vom Villaincourt-Springbrunnen. Ein kleiner Vietnamese mit einem Einkaufsnetz machte sich an sie heran. Brian scheuchte ihn mit einer Handbewegung weg.

«Was war das?» fragte Simon.

«Er wollte uns Knoblauch verkaufen.»

«Warum Knoblauch?»

«Keine Ahnung. Sie besorgen ihn sich in Gilroy und verkaufen ihn hier auf der Straße. Es gibt Dutzende von diesen kleinen wendigen Kerlen. Sie nerven die weißen Männer, die das Land ihrer Eltern besetzt haben. Ausgleichende Gerechtigkeit, hm?»

«Kann man wohl sagen.»

«Du bist ein prima Joggingpartner», sagte Brian.

«Vielen Dank, Sir. Gleichfalls.»

Brian packte das Knie des Lieutenants und rüttelte es herzhaft. Er mochte diesen Burschen sehr. Und nicht nur, weil sie dank Jennifer Rabinowitz etwas gemeinsam hatten. «Du sitzt neben einem, der sein Glück nicht für sich behalten kann», sagte er.

«Wie das?»

«Tja . . . Mary Ann und ich haben beschlossen, Eltern zu

werden. Ich meine, sie ist noch nicht schwanger, aber wir arbeiten daran.»

«Das ist wunderbar», sagte Simon.

«Ja . . . verdammt noch mal, das ist es.»

Eine Weile saßen sie schweigend da und ließen sich vom Plätschern des Brunnens einlullen.

«Aber sag ihr nicht, daß ich's dir erzählt habe», sagte Brian.

«Natürlich nicht.»

«Ich möchte nicht, daß sie sich . . . weißt du . . . gedrängt fühlt.»

«Ich verstehe.»

«Che sera, sera . . . du weißt schon.»

«Mmm.»

«Übrigens, du kannst jederzeit gern das Fernsehzimmer benutzen, wenn du Lust hast.»

«Vielen Dank. Äh . . . wo ist das?»

«Auf dem Dach. Einfach die Treppe ganz rauf. Alle im Haus benutzen es.»

«Prima.»

«Ich zeig dir, wie der Videorecorder geht. Macht dir vielleicht Spaß. Ich hab *Debbie Does Dallas*.»

«Wie bitte?»

«Das ist ein Pornofilm.»

«Ah.»

«Ich komm nicht viel dazu, ihn anzusehen . . . nur, wenn Mary Ann zu Dreharbeiten unterwegs ist. Dann schieb ich ihn ein und . . . nehm den alten Zyklopen in die Mangel.»

Ein Lächeln glitt langsam über Simons Gesicht. «Du meinst . . . du bimst den Bischof?»

Brian grinste. «Du kapierst schnell.»

Fata Morgana

Als Schüler hatte Michael an einem Austauschprogramm teilgenommen, und die English-Speaking Union hatte ihn in London an eine Familie in Hampstead vermittelt. Die Mainwarings waren kinderlos und umsorgten ihn wie einen Sohn. Sie gingen mit ihm in die Theater im West End, fütterten ihn zur Teestunde mit Gebäck und hielten immer die englische Orangenmarmelade vorrätig, die er am liebsten aß.

Er hatte schon vor Jahren den Kontakt zu diesen Leuten verloren und fragte sich jetzt, ob sie noch immer in dem gemütlichen kleinen Haus in einer Seitenstraße des New End Square vor ihrem geliebten Fernseher saßen. Auch wenn sie nicht mehr da waren – der Gedanke an ein Wiedersehen mit Hampstead war wunderbar und aufregend. Die Rückkehr an einen Ort, wo man einmal gewohnt hatte, war immer etwas Besonderes.

Er verließ Simons Haus und ging zwischen den Verkaufsständen auf der Portobello Road hinunter zum angeschmuddelten Geschäftszentrum von Notting Hill Gate. Unter dem vertrauten Zeichen der London Underground – roter Kreis mit blauem Querbalken – hindurch ging es vom Bürgersteig die Treppe runter zur U-Bahn. An einem Fahrkartenautomaten, zu dessen Streckenabschnitten Hampstead gehörte, warf er die nötigen Münzen ein.

Eine Rolltreppe brachte ihn hinab zum Bahnsteig der Central Line, wo er einen Zug in östlicher Richtung nahm. An der Tottenham Court Road mußte er umsteigen und steuerte so kennerisch wie möglich den Bahnsteig der Northern Line an. Dort warnte ihn eine alte Erinnerung, daß er nach Hampstead den Edgware-Zug und nicht den High Barnet nehmen mußte.

Es machte Spaß, die alten Eindrücke wiederzubeleben. Die klassische Einfachheit des Streckenplans mit seinem geometrischen Muster aus verschiedenfarbigen Arterien. Der warme, schale Wind, der durch die kremfarben und grün gekachelten Fußgängertunnel fegte. Die Fahrgäste – vom Skinhead bis zum Nadelstreifen –, alle mit der gleichen Maske von gelangweiltem und würdevollem Mißbehagen.

Als er in Hampstead ausstieg, wurde sein weiterer Weg vorgezeichnet durch ein Schild mit der Aufschrift WAY OUT, was er weit edler fand als das nichtssagende amerikanische EXIT. Hampstead war der höchstgelegene Londoner Stadtteil, und die Fahrt mit dem Lift zur Straße war die längste in der Stadt. Der Aufzug war ein ächzendes Jugendstilmonster mit einer Tonbandstimme, die so dumpf und brüchig klang («Bitte von der Tür zurücktreten»), als gehörte sie einem hier in der Kabine heimischen Gespenst. Er erinnerte sich, daß er diese Stimme von früher kannte, und sie gab ihm einen ersten wohligen Schauer von Déjà-vu.

Die Straßen des Viertels waren zum Glück unverändert, trotz der rapiden Zunahme von Fast-food-Lokalen und malvenfarbenen Frisiersalons mit viel Chrom, die sich auf «Haar Design» spezialisiert hatten. Er schlenderte auf dem roten Ziegelpflaster der Hauptstraße entlang, bis er den wuchtigen Backsteinbau des Hospitals erreichte, hinter dem eine Seitenstraße zum New End Square führte.

Vier Minuten später blieb er unschlüssig vor dem Haus stehen, in dem er 1967 drei Monate gewohnt hatte. Die Chintzvorhänge, die einst das Wohnzimmer vor den Blicken der Passanten geschützt hatten, waren durch Levolors ersetzt. Wohnte hier jetzt ein Schwuler? Hatten sich die Mainwarings in eine charakterlose Eigentumswohnung in einem der «Wohnparks» in den Vororten zurückgezogen? Würde er die Veränderungen – wie immer sie aussehen mochten – ertragen können? Wollte er es überhaupt so genau wissen?

Nein, eigentlich nicht. Er ging zur Hauptstraße zurück und aß einen Happen in einem der neuen, auf amerikanisch getrimmten Hamburgerrestaurants – einem «Café», das mit Neonkakteen und alten Coca-Cola-Reklameschildern dekoriert war. Früher, so erinnerte er sich, gab es Hamburger in London nur in Wimpy-Bars, und die hatten die Bezeichnung kaum verdient.

In einem seiner alten Stammlokale am Flask Walk trank er

ein paar Gläser Cider und überlegte, was er mit dem Rest des Nachmittags anfangen sollte. Er konnte rüber ins Spaniards Inn gehen und dort noch ein oder zwei Glas trinken. Er konnte das Haus suchen, in dem einmal der Erfinder der Weihnachtskarten gewohnt hatte. Er konnte einen Spaziergang hinunter zum Vale of Health machen und sich ans Ufer des Teichs setzen, auf dem Shelley einst seine Papierschiffchen hatte segeln lassen.

Oder er konnte seinen Maurer suchen.

Noch ein Glas Cider, und sein Entschluß stand fest. Shelley und der Erfinder der Weihnachtskarten konnten es mit der Erinnerung an einen haarlosen Hodensack nicht aufnehmen. Im Nu war er aus dem Pub und schlenderte auf dem blaßgrünen Hügelkamm über der Stadt in Richtung Jack Straw's Castle und Spaniards Road.

Die Heidelandschaft war noch genauso, wie er sie in Erinnerung hatte – sanft gewellte Wiesen, eingefaßt von dunkelgrünem Stadtwald. Es schien mehr Abfall herumzuliegen (was für ganz London galt), doch die achtzig Hektar Park hatten noch immer etwas Geheimnisvolles. Bei seinem letzten Besuch hatte ihn das Rascheln des Winds im dichten Laub sofort an eine gespenstische Szene aus *Blow-Up* erinnert – ein Film, der für ihn so sehr mit London verbunden war wie *Vertigo* mit San Francisco.

Er betrat den Park von der Spaniards Road und folgte einem breiten Weg, der zwischen den Bäumen hindurchführte. Als er die Hampstead Ponds erreichte, blieb er eine Weile stehen und sah drei Kindern zu, die am Ufer herumtollten. Ihre Mutter, eine sommersprossige Rothaarige in einem grünen Pullover und Freizeithose, bedachte ihn mit einem matten Lächeln, als wollte sie ihm danken, daß er ihrem Nachwuchs Aufmerksamkeit schenkte. Er erwiderte das Lächeln und pitschte einen flachen Stein übers Wasser, um den Kindern ein paar Freudenschreie zu entlocken.

Er erinnerte sich, daß von hier ein Weg zum südlichen Rand des Parks führte – und zu der Straße, wo der Maurer gewohnt hatte. *Die Straße, wo er wohnte.* Die auf schwul umgemodelte

Liedzeile brachte ihn zum Lachen, und er summte den Song aus *My Fair Lady* vor sich hin.

Die Straße hieß South End Road. Er erinnerte sich daran, weil sie sich mit Keats Grove kreuzte, wo einst der Dichter gewohnt hatte – und über Keats hatten sie sich (neben Paul McCartney, Motorrädern und dem Weltfrieden) damals nach dem Sex unterhalten.

Er fand das Haus fast auf Anhieb, da er den mit Nachtigallen bemalten edwardianischen Glaseinsatz über der Haustür wiedererkannte.

Keine Zeit zum Überlegen, sagte er sich. Er schlug alle Vorsicht in den Wind und drückte auf die Klingel der Parterrewohnung. Ein alter Mann mit einer Strickjacke kam an die Tür.

«Das ist ein bißchen ungewöhnlich», begann Michael, «aber vor langer Zeit hat hier mal ein Freund von mir gewohnt, und ich wollte gern mal sehen, ob er noch hier ist.»

Der alte Mann musterte ihn einen Augenblick und sagte dann: «Wie hieß er denn?»

«Tja ... das ist das Ungewöhnliche ... ich weiß es nicht mehr. Er war Maurer ... ein großer, kräftiger Bursche. Er muß jetzt um die Fünfzig sein.» *Wenn ich mir's recht überlege ... ich glaube, er hatte einen haarlosen Sack.*

Der jetzige Bewohner schüttelte nachdenklich den Kopf. «Wie lange ist das her?»

«Sechzehn Jahre. Neunzehnhundertsiebenundsechzig.»

Ein heiseres Lachen. «Da muß er schon lange weg sein. Meine Frau und ich wohnen hier schon länger als die andern Mieter, und das sind jetzt grade acht Jahre. Sechzehn Jahre! Kein Wunder, daß Sie sich nicht mehr erinnern, wie er hieß!»

Michael dankte dem Mann und ging. Er fand sich damit ab, daß die Suche aussichtslos war. Eigentlich machte es auch nichts. Was hätte er denn sagen sollen, wenn er seinen Retter gefunden hätte? «Sie kennen mich nicht ... aber danke, daß Sie damals als erster zur Stelle waren»?

Die Sonne schien inzwischen recht warm herunter, und flauschige Wolken segelten über den Himmel. Er ging wieder durch den Park und auf den kleinen baumbestandenen Hügel zu, den die Einheimischen «Boadicea's Tomb» nannten. Niemand glaubte im Ernst, daß die Königin aus grauer Vorzeit tatsächlich unter diesem Hügel begraben war, doch der Name hielt sich trotzdem. Als er irgendwann in der *Times* gelesen hatte, daß der Orden der Barden, Seher und Druiden dort sein Mitsommernachtsritual abhielt, war er einmal um Mitternacht hingegangen, um es sich anzusehen. Seine gespannte Vorfreude hatte sich wie Ektoplasma in Nichts aufgelöst, als er mit eigenen Augen sah, daß die «Druiden» Bankangestellte in Leintüchern und Omas mit Schmetterlingsbrillen waren.

Als auch diese Erinnerung wieder verblaßte, setzte er sich ins Gras und ließ sich die Sonne ins Gesicht scheinen. Fünfzig Schritte unterhalb der Stelle, wo er saß, fuhr langsam eine große schwarze Limousine durch den Park und hielt an. Eine Frau stieg aus – blonde Haare, weiße Bluse, halblanger grauer Rock –, eine auffallende Erscheinung vor dem Hintergrund der weiten grünen Parklandschaft. Sie sah sich nach allen Richtungen um.

Eine Weile beobachtete er sie eher beiläufig. Plötzlich sprang er auf, und die widersprüchlichsten Bilder schossen ihm durch den Kopf.

«Mona!» schrie er.

Die Frau wandte ruckartig den Kopf, um zu sehen, woher die Stimme kam.

«Ich bin's, Mona! Mouse!»

Die Frau erstarrte. Dann machte sie auf dem Absatz kehrt und stieg wieder ein.

Die Limousine verschwand in rascher Fahrt zwischen den Bäumen.

Ganz unter uns

Nach der Sendung war über Simon eine wahre Publicityschwemme hereingebrochen, und Mary Ann machte sich langsam Sorgen, ob das alles für ihn nicht ein bißchen zuviel war. Er *schien* sich ganz wohl zu fühlen, aber er war ein komischer Vogel, und es war ihr oft schleierhaft, was er wirklich dachte. Sie wollte auf jeden Fall vermeiden, daß er zu ihr auf Distanz ging.

Als das Wochenende kam, wartete sie den richtigen Moment ab (als Brian zum Waschsalon ging), um den Engländer einzuladen, sie auf ihrer Einkaufstour durch North Beach zu begleiten. Nach einer halben Stunde hatte sie nichts als ein Pfund eingelegte Pilze von Molinari's vorzuweisen.

«Und das ist dein ganzer Einkauf für eine *Woche*?» fragte Simon, als sie die Columbus Avenue zum Washington Square hinaufgingen.

Sie lachte und gestand ihm die Wahrheit: «Ich hab nur einen Vorwand gesucht, um aus dem Haus zu kommen. In letzter Zeit fällt mir die Decke auf den Kopf.»

«Wollen wir einen Spaziergang machen?» fragte er.

«Ja, prima.»

«Wohin? Sie sind hier zu Hause, Madam.»

Sie schmunzelte. Es gefiel ihr, wenn er sie Madam nannte. «Ich weiß genau das Richtige», sagte sie.

Sie ging mit ihm die Union Street zum Telegraph Hill hinauf, dann auf der Montgomery hinunter bis zu den Filbert Steps. «Direkt über uns», erklärte sie ihm, «ist das Penthouse von Lauren Bacall in *Das unbekannte Gesicht*.»

Er verrenkte seinen muskulösen Patrizierhals. «Tatsächlich?»

«Das, wo Bogart die Gesichtsoperation hat, nach der er wie Bogart aussieht. Erinnerst du dich?»

«Aber natürlich», antwortete er.

«Meine Freundin DeDe hat mal da gewohnt.»

«Ah. Muß ich sie kennen?»

«Die Frau, die aus Guyana entkommen ist.»
«Aha.»
Sie ging mit ihm die hölzerne Stiege hinunter, blieb auf halber Höhe stehen, wedelte eine Stufe sauber und setzte sich.
«Ganz wie in der Barbary Lane», sagte er und setzte sich zu ihr.
Sie nickte. «Solche Stiegen gibt's in der ganzen Stadt. Technisch gesehen sind es Straßen.»
«Der Garten ist eine Pracht.»
«Den hat nicht die Stadt angelegt», sagte sie. «Wir verdanken ihn einer wunderbaren alten Dame. Früher lag hier alles voll Müll. Sie war Stuntfrau in Hollywood, und dann ist sie hierher gezogen und hat den Garten angepflanzt. Im Volksmund heißt er nur Grace's Garden. Sie ist kurz vor Weihnachten gestorben. Ihre Asche wurde bei der Statue da vorne beigesetzt.»
Ein amüsiertes Lächeln huschte über sein Gesicht. «Dein Fundus an Stadtgeschichten ist unerschöpflich.»
«Ich hab eine Story über sie gemacht», erklärte sie.
«Verstehe», sagte er mit leicht spöttischem Unterton. «Machst du über alle, die du kennst, eine Story?»
Sie zögerte. Was wollte er mit der Frage andeuten? «War es dir zuviel?» fragte sie schließlich.
«Nein, überhaupt nicht.» Sein Lächeln schien aufrichtig.
«Das hoffe ich.»
«Es *erstaunt* mich, daß es so eine Reaktion gegeben hat. Aber unangenehm war es mir nicht.»
«Gut.»
«Hauptsache, du verrätst deinen Journalistenkollegen nicht, wo ich mich aufhalte.»
«Keine Sorge», sagte sie. «Ich will dich ganz für mich.»
Er lächelte wieder, bog einen Zweig mit einer großen Blüte herunter und schnupperte daran.
«Die duften nicht», sagte sie.
Er ließ den Zweig wieder nach oben schnalzen.
«Im Volksmund heißen sie ‹verhutzelte Auberginen›», ergänzte sie, «weil sie aussehen wie . . .»

«Sag es nicht. Laß mich raten.»

Sie lachte.

«Eine Bowlingkugel? Nein? Ein Brotlaib vielleicht?»

Sie rüttelte sein Knie. «Mach dich nicht über mich lustig.»

Einen Moment schwiegen sie. Ihre Hand auf seinem Knie war ihr peinlich und sie nahm sie wieder weg.

«Wer wohnt in diesen Häusern?» fragte Simon.

Sie war froh, daß sie sich wieder in ihre Rolle als Fremdenführerin flüchten konnte. «Also das ... sind Squatter-Hütten ...»

«Wirklich? Ich dachte, das gibt es nur in England.»

«O nein. Was glaubst du denn? Während des Goldrauschs ...»

Er unterbrach sie mit einem spröden Lachen. «Ich glaube, wir reden von verschiedenen Jahrhunderten. Ich meinte *jetzt*.»

Sie war völlig durcheinander und fing noch einmal ganz von vorne an. «Ihr habt heute noch Squatter?»

Er nickte. «London ist voll davon.»

«Du meinst ... Leute nehmen sich einfach ein Stück Land?»

«Nein, aber Häuser. Wohnungen. Die Hippies haben damit angefangen, als die Stadt leerstehende Wohnungen in ihrem Besitz verwahrlosen ließ. Sie zogen ein, richteten sie ein bißchen her ... und nahmen sie in Beschlag.»

«Tja», meinte sie, «das scheint nur fair.»

«Mhm. Es sei denn, du kommst irgendwann aus dem Urlaub und triffst in deinen vier Wänden eine pakistanische Familie an ... oder sonst wen.»

«Hat's das gegeben?»

«Aber ja.»

«Die ziehen einfach ein? Nehmen sich die Möbel und alles?»

Er nickte. «Um sie wieder rauszukriegen, muß man beweisen, daß sie sich gewaltsam Zutritt verschafft haben. Das ist manchmal verdammt schwierig. Es kann ein monatelanges Geziehe geben, bis man sie raussetzen darf. Verstehst du, das ist eine komplizierte Angelegenheit.»

«Kann ich mir vorstellen.»

«In meinem Haus sind auch welche», fügte er hinzu. «Sie haben sich die leerstehende Wohnung über mir genommen.»

«Du hast nichts mitgekriegt?»

Er schüttelte den Kopf. «Ich war mit dem Prinzenpaar auf Hochzeitsreise.»

«Und wie sind sie so?»

«Der Prinz und die Prinzessin?»

Sie lächelte. «Die Squatter.»

«Ach . . . ein Bursche in mittlerem Alter und sein Sohn. Der Vater trinkt zuviel. Sie sind australische Ureinwohner. Mischlinge, genauer gesagt.»

Sie dachte an Eingeborene in Baströckchen, die einen Knochen durch die Nase trugen und im Kreis tanzten, doch sie verdrängte das Bild, denn ein anderes Thema interessierte sie mehr. «Gut, jetzt kannst du mir von den prinzlichen Flitterwochen erzählen.»

Das Lächeln, mit dem er reagierte, war diplomatisch reserviert. «Ich dachte, das hätten wir schon in unserem Interview abgehandelt.»

«Das war der offizielle Kram», sagte sie. «Jetzt will ich die schmutzigen Sachen.»

Er zog wieder den Zweig mit der Blüte herunter. «Und es bleibt ganz unter uns?»

«Na klar.»

«Ganz unter uns . . . es gibt nichts Schmutziges.»

«Ach komm.»

«Ich mußte mich um den Funkverkehr kümmern. Von den Flitterwöchnern hab ich kaum was gesehen.»

«Ist sie hübsch?»

«Sehr.»

«Eine Schönheit?»

Er schmunzelte. «Du bist auf der richtigen Spur.»

«Würde sie dich erkennen, wenn sie dich auf der Straße sieht?»

Er nickte. «Ich bin mal mit ihr ausgegangen.»

«Du . . . hast sie *ausgeführt*?»

«Ich war mit ihr bei einem David-Bowie-Konzert. Das

Mädchen, mit dem sie zusammenwohnte, kannte einen Freund von mir. Wir sind zu viert gegangen. Es ist schon Jahre her . . . damals war sie nur eine Lady.»

Sie kicherte. «Ein Doppelrendezvous mit Lady Di.»

«Bis jetzt», sagte er grinsend, «hat es dafür noch keine Orden gegeben.»

«War sie wirklich noch Jungfrau, als sie ihn geheiratet hat?»

Er zuckte mit den Schultern. «Soweit ich was damit zu tun hatte ja.»

Sie sah ihm in die Augen. «Hast du was mit ihr versucht?»

Er kräuselte die Lippen. «Du läßt nicht so leicht locker, wie?»

«Na, was ist schon dabei?» meinte sie. «Das tun doch alle. Die Zeiten haben sich geändert. Jeder macht, was er will, und keinen kümmert es.»

«Und Diskretion», ergänzte er mit einem nachsichtigen Lächeln, «ist der letzte Akt der Ritterlichkeit.»

Es gelang ihr nur mit Mühe, ihre Erleichterung zu verbergen. Er hatte den Test mit Bravour bestanden. Mit einem schüchternen Lächeln gestand sie ihre Niederlage ein. «Niemals knutschen und dann darüber reden, hm?»

Er schüttelte den Kopf. «Dazu küsse ich zu gern.»

Das Kreischen, das sie an ihrer nächsten Bemerkung hinderte, war so unverhofft und schrill, daß es eine Weile dauerte, bis ihr aufging, was es war.

«Großer Gott», murmelte Simon und verrenkte wieder einmal seinen wunderschönen Hals.

«Das sind Papageien», sagte sie. «Leben hier wild.»

«Wie bemerkenswert! Ich wußte gar nicht, daß es sie hier gibt.»

«Sie sind nicht von hier. Nicht direkt. Ein paar von ihnen waren ursprünglich mal in Käfigen. Die anderen stammen von denen ab, die entflogen sind. Sie haben sich einfach irgendwie . . . gefunden.»

Er sah sie an und lächelte. «Das ist eine hübsche Geschichte.»

«Ja, nicht?»

English Leather

Fünf Stunden nach der Fata Morgana in Hampstead Heath aalte sich Michael in der Colville Crescent in einem seichten Bad. Schuld war der Traum, entschied er schließlich – der Traum von Death Valley, in dem Mona seine Rufe vom Felsen herab ignoriert hatte. Irgendwas an diesem Erdhügel im Park, irgendwas an der blonden Frau und ihrer Haltung oder dem Blickwinkel, aus dem er sie beobachtet hatte, mußte den Traum wieder heraufbeschworen und dazu geführt haben, daß er den Bezug zur Realität verlor.

Die Frau hatte kein bißchen wie Mona ausgesehen. Nicht mit diesem Haar. Und diesen Kleidern. Nicht einmal Haltung und Gang konnte man verwechseln. Er hatte allenfalls auf ihre Aura reagiert – eine so peinlich kalifornische Vorstellung, daß er sich schwor, keinem davon zu erzählen. Die elegante Fremde hatte bei ihm einfach einen wunden Punkt getroffen: Er grämte sich wegen einer Freundschaft, die sich im Grunde längst in Luft aufgelöst hatte.

Nein, er wollte nicht mehr daran denken. Er zog seine schwarze Levi's und das weiße Button-down-Hemd an und ging zum Notting Hill Gate, wo er in einem überfüllten indischen Restaurant ein Curry aß. Anschließend löste er im *Bureau de Change* einen Travelerscheck ein, kaufte sich an seinem Zeitungskiosk eine *Private Eye* und ging zurück nach Hause. Vor der Haustür stand Miss Treves.

«Ah, da sind Sie ja, mein Bester.»

«Hallo!» Er fand es angenehm, daß sie ihm schon wie eine gute Bekannte erschien. «Ich war nur kurz was essen.»

«Sie amüsieren sich prächtig, wie?»

«Klar», log er.

«Gut. Ich hab mein Köfferchen mitgebracht. Ist Ihnen doch recht?» Sie hielt ein grünes Lederköfferchen von der Größe eines Schuhkartons hoch.

Er begriff nicht. «Entschuldigen Sie, äh . . . worum geht's denn?»

Mit ihrem freien Babypatschhändchen packte sie ihn an der Hand, die ihr am nächsten war. «Diese schauerlichen Fingernägel. Da muß wirklich was geschehen. Wir können doch einen Freund von Simon nicht so verlottert rumlaufen lassen.» Sie legte den Kopf schräg und zwinkerte ihm zu. «Es dauert nicht lange.»

Er war verlegen und zugleich gerührt. «Das ist wirklich nett von Ihnen, aber . . .»

«Ich werde Ihnen nichts berechnen. Oder haben Sie heute abend schon was vor?»

Er hatte mit dem Gedanken gespielt, die Schwulenkneipen von Earl's Court zu erkunden, aber unter diesen Umständen schien das keine passende Antwort zu sein. «Nein», sagte er. «Die nächsten paar Stunden nicht.»

«Na fein», flötete sie, machte flott kehrt und ging im Hausflur voran. Als sie in der Wohnung waren, klappte sie ihr Manikürekôfferchen auf und entnahm ihm einen Zeitungsausschnitt, der vom vielen Falten schon leicht zerfleddert war. «Es ist alles reiner Quatsch, aber ich dachte, Sie möchten es vielleicht lesen.» Die Überschrift lautete: FUNKER DER QUEEN MISCHT FRISCO AUF.

Er überflog den Artikel. Sie stellten Simon als hemmungslosen Hedonisten hin, als verzogenen Aristokratensproß, der das Vermögen der Familie in der «Hauptstadt der Schwuchteln und Spinner» in unaussprechlichen Exzessen verpraßte. Er gab das Beweisstück mit einem abschätzigen Lächeln zurück. «Sie haben recht. Alles reiner Quatsch.»

Miss Treves grummelte etwas und goß eine seifige Flüssigkeit in eine kleine Schale. Er mußte sofort an den Werbespot mit der Maniküre Tilly denken und fragte sich, ob seine Hände in Spülmittel eingeweicht würden. Die ganze Szene hatte etwas hochgradig Komisches.

Sie nahm seine Hand und drückte sie in die Schale. «Ist Ihnen aufgefallen, daß sie die Adresse veröffentlicht haben?»

«Mhm», sagte er.

Sie schwieg.

«Gibt das . . . Probleme?»

«Ich weiß nicht, mein Bester.» Sie suchte in ihren Utensilien herum. «Ist Ihnen jemand aufgefallen, der hier rumschnüffelt?»

Was wollte sie damit andeuten? «Äh . . . nein. Nicht, daß ich wüßte. Sie meinen . . . Einbrecher oder so was?»

«Nein, nur so.»

«Mir ist nichts aufgefallen.»

«Gut.»

«Also, ich wäre Ihnen wirklich dankbar, wenn Sie . . .»

«Schon gut, mein Lieber. Ich bin sicher, daß alles in Ordnung ist.» Sie drückte an seiner Nagelhaut herum. «Wenn ich meine Adresse in der Zeitung lese, werde ich nervös, das ist alles.»

Die Maniküre erwies sich als wohltuend intimes Erlebnis. Einfach dazusitzen, während diese resolute kleine Frau seine Fingernägel auf Vordermann brachte, gab ihm das Gefühl, zum erstenmal seit seiner Ankunft in London richtig beachtet zu werden. «Machen Sie das schon lange?» fragte er nach einer Weile.

«Ach . . . seit fünfzehn Jahren oder so.»

«Und davor waren Sie Simons Kindermädchen?»

«Mmm.»

«Haben Sie auch in anderen Familien gearbeitet?»

«Nein, nur bei den Bardills. Jetzt die andere Hand, mein Bester.»

Sie rückte ihren Hocker zurecht, und er gehorchte. «Wollten Sie immer schon Kindermädchen werden?» fragte er. Kaum war die Frage heraus, kamen ihm Zweifel, ob sie nicht vielleicht zu persönlich war. Er hatte sich nie Gedanken gemacht, welche beruflichen Möglichkeiten es für Liliputaner gab.

«O nein!» antwortete sie sofort. «Ich wollte immer ins Showgeschäft. Ich *war* im Showgeschäft . . .»

«Sie meinen, in . . .?» In einem Zirkus, wollte er sagen, doch er sprach das Wort wohlweislich nicht aus.

«In einer Revue», sagte sie. «Tourneetheater. Bißchen Tanz und Gesang. Szenen aus Shakespeare-Stücken, so was in der Art.»

«Wie faszinierend!» rief er, ganz hingerissen von dem Bild, das er vor Augen hatte: eine Liliputanerin in der Rolle der Lady Macbeth. «Warum haben Sie es aufgegeben?»

«Das Publikum hat *uns* aufgegeben», sagte sie mit einem tiefen Seufzer. «Das Fernsehen war unser Tod. Das habe ich immer gesagt. Wer sollte Bunny Benbow wollen, wenn er *Coronation Street* für umsonst bekam?»

«Bunny Benbow? Hieß so die Show?»

«Die Bunny Benbow Revue.» Sie kicherte wie eine der Mäuse in *Cinderella*. «Doof, nicht? Heute klingt es ganz altmodisch.»

«Ich hätte es zu gern gesehen», sagte er.

«Simons Eltern haben mich aufgenommen, als wir dichtmachten. Ihre Bekannten hielten sie für meschugge, aber mir hat es wirklich das Leben gerettet. Ich verdanke ihnen viel. Sehr viel.» Sie feilte die letzte Unebenheit aus einem Fingernagel und schaute zu ihm hoch. «Und Sie, mein Bester? Womit verdienen Sie Ihre Brötchen?»

«Ich bin Gärtner.»

«Wie reizend.» Sie unterbrach ihre Arbeit und starrte eine Weile versonnen ins Leere. «Auf unserem Landsitz in Sussex hatte Simons Mutter einen prächtigen Garten. Rosenspaliere. Die herzigsten kleinen Veilchen . . .»

Er sah, daß ihre Unterlippe leicht zitterte.

Schließlich seufzte sie und sagte: «Das Leben geht weiter.»

«Ja.»

Als sie eine halbe Stunde später ging, hatte sich seine Stimmung so gebessert, daß er beschloß, bei seinem ursprünglichen Plan zu bleiben und sich die Schwulenkneipen von Earl's Court anzusehen. Von der U-Bahn mußte er nur noch einen Block gehen bis zu Harpoon Louie's, einer fensterlosen Bar, über deren Eingang der Union Jack flatterte. Offenbar wollte man demonstrieren, daß auch Schwuchteln Patrioten sein können.

Drinnen war alles penetrant amerikanisch: helles Holz, Industrieleuchten, Warhol-Drucke an den Wänden. Aus den Lautsprechern tönte, vielleicht als Reverenz an die derzeitige Hausherrin von Kensington Palace, Paul Ankas «Diana». Die

Bardame sah sogar aus wie eine füllige Version der Prinzessin von Wales.

Die Gäste waren wie geklont. Mit ihren knappen Trikots und Adidas-Schuhen machten sie genauso auf Pose wie das übliche Volk an einem Samstagabend auf der Castro Street. Ihre Zähne waren nicht so weiß, weil sie offenbar mehr rauchten, und ihre Körper waren nicht so attraktiv, aber Disco Madness (zirka 1978) hatte in Earl's Court bei guter Gesundheit überlebt.

Er setzte sich auf eine gepolsterte Bank an der Wand, nippte an einem Gin-Tonic und sah dem Treiben eine Weile zu. Dann las er in einer Zeitung namens *Capital Gay* («The Free One») eine Story über den Rocksänger Sylvester und ging nach hinten in den begrünten Hof, wo es nicht so laut und verqualmt war.

Als irgendwo eine Kirchturmuhr zehn Uhr schlug, machte er sich auf den Weg und ging an einer Reihe von Backsteingebäuden mit hohen Fenstern vorbei, bis er nach ein paar Blocks die Schwulenbar Coleherne erreichte. Hier waren offensichtlich die Lederjungs zu Hause. Er bestellte sich wieder einen Gin-Tonic, stellte sich vors Schwarze Brett und las Ankündigungen für Meetings der Schwulen Tories und für Tombolas zugunsten tauber Lesben.

Als er sich an die hufeisenförmige Bar setzte, sah ihn der Mann auf der anderen Seite mit einem breiten Lächeln an. Eigentlich war er noch ein Junge, nicht älter als achtzehn oder neunzehn, und seine Haut hatte dieselbe Farbe wie das dunkle Ale, das er trank. Das Überraschende an ihm waren die Haare – weiche braune Ringellöckchen, die im Schein der Deckenlampe golden schimmerten und über seine spitzbübischen Augen hingen wie ... na ja, wie der Schaum über den Rand seines Bierglases. Über einem weißen Hemd mit Fliege trug er einen ärmellosen Karopulli und hob sich damit wohltuend ab von den weißen Männern in schwarzem Leder, die ihn umgaben.

Michael erwiderte das Lächeln. Sein Bewunderer drückte die Spitze des Zeigefingers an die Lippen und warf ihm eine angedeutete Kußhand zu. Michael hob zum Dank sein Glas. Der Junge glitt von seinem Barhocker, drängte sich durch die

Menge der mürrischen Ledermänner und kam auf Michaels Seite der Bar.

«Ich mag deine Jeans», sagte er. «Ist mir gleich aufgefallen, als du reingekommen bist.»

Michael sah kurz auf seine schwarze Levi's hinunter. «Danke», sagte er. «Ich sitze sie grade ein.»

«Hast du sie selber gefärbt?»

«Nein . . . nein, sie war schon so.»

«Wirklich?»

Er hörte sich an wie ein naives Kind aus einem Roman von Dickens, und Michael genoß es, daß ein Mann so eine Stimme haben und gleichzeitig so aussehen konnte. Aus der Nähe wirkte der Junge mit seinen vollen Lippen und der breiten Nase unverkennbar afrikanisch, doch sein helles Haar (heller als das von Michael) blieb ein Rätsel.

«Ich hab bloß 'ne normale.» Stolz hakte der Junge die Daumen in die Taschen seiner 501 – sie paßte irgendwie nicht zu dem Rest seiner Aufmachung, aber er sah trotzdem ganz gut darin aus.

«Die sieht man nicht oft», sagte Michael. «Jedenfalls hier nicht.»

«Zwanzig Pfund in der Fulham Road. Und ihr Geld wert, wenn du mich fragst. Gefällt dir der Laden hier?»

«Ach . . . ja», war alles, was er sich abringen konnte. Wenigstens bemühte man sich um die Atmosphäre einer normalen Kneipe. Trotzdem, es wirkte beinahe rührend, wie diese teiggesichtigen Briten versuchten, sich als derbe Rocker auszugeben. Sie waren einfach der falsche Menschenschlag für so was. Er fühlte sich an einen englischen Touristen erinnert, der so ziemlich seine ganze Zeit im Hinterzimmer des Boot Camp verbracht hatte, ohne jemals ein Wort zu sagen. Der Mann hatte gesunden Realitätssinn bewiesen. Sprüche wie «Lutsch mir diesen dicken, fetten Schwanz!» und «Ja, du willst es, gib's zu», klangen einfach lachhaft, wenn sie mit Oxford-Akzent genuschelt wurden.

Der Junge warf einen abschätzigen Blick in die Runde. «Die sehn alle aus, als hätt sie der Hund verloren.»

Michael lachte. «Ich weiß zwar nicht, was das bedeutet, aber es klingt nicht gut.»

«Ist es auch nicht, Mann. Ist es auch nicht. Wo in den Staaten bist du her?»

«San Francisco.»

Der Junge wippte auf den Fersen. «Tja . . . Schwuchteln, wohin man sieht, eh?»

Michael lächelte. «Kann man so sagen, ja.»

«Die Queen war da, nicht?»

«Stimmt.»

«Hat in Strömen geregnet.»

«Tut es auch noch, soviel ich weiß», sagte Michael. «Genau wie hier.»

Der Junge, noch immer auf den Fersen wippend, sah ihn von unten herauf an. «Also . . . wollen wir ran?»

«Äh . . . wie?»

«Rangehn, Mann.» Er klatschte die Handballen aufeinander, um zu zeigen, was er meinte.

Michael lachte glucksend. «Ach so.»

«Und?»

«Danke, aber . . . ich bin für ’ne Weile davon runter.»

«Hast was gegen Kanaken, eh?»

Mit seiner direkten Art wollte er Michael offenbar verunsichern.

«Nein, überhaupt nicht. Ich bin in letzter Zeit nur nicht besonders geil.»

«Na, was machst du dann hier?»

«Gute Frage. Die Sehenswürdigkeiten besichtigen, würde ich sagen.»

«Na schön . . . ich bin eine davon. Ich heiße Wilfred.» Er streckte die Hand aus, und ein enormes Grinsen verbreitete sich wie ein Sonnenaufgang über sein Gesicht.

Michael schüttelte ihm die Hand. «Ich bin Michael.»

Die nächste halbe Stunde saßen sie nebeneinander an der Bar und sagten kaum etwas. Mittlerweile pafften die Möchtegernlederjungs drauflos und wurden immer schriller, während draußen das Regenwasser gurgelnd in die Gullys strömte.

«Hast keinen Schirm dabei, was?»

«Nee. Dumm von mir.»

«Dann komm. Ich hab einen.»

Es klang wie eine weitere Aufforderung zum «Rangehn», also griff Michael zu einer bequemen Ausrede. «Danke, aber ich glaub, ich bleib noch ein bißchen.»

«Das wirst du bereuen», meinte Wilfred.

«Wieso?»

«Schau mal, wieviel Uhr es ist, Mann.»

Auf der Wanduhr, die ein Werbespruch für Dane Crisps zierte, war es Viertel vor elf.

«Sie schließen gleich», erinnerte ihn Wilfred. «Kein hübscher Anblick.»

«Wie meinst du das?»

«Sie drehen das Licht voll auf. Wenn dir die Kerle jetzt schon warzig vorkommen, dann warte erst mal, bis es elf ist!»

Michael lachte. «Ein probates Mittel, um das Lokal zu leeren.»

Der Junge grinste. «Die wissen, was sie tun. In Heteroschuppen drehn sie das Licht *runter*, wenn sie schließen wollen. Wer sagt da, wir wären alle gleich, eh? Komm jetzt . . . was ist dein nächster Stopp?»

«Die U-Bahn. Ich fahr nach Hause.»

«Super. Ich auch.» Er nahm Michael am Arm und bugsierte ihn durch die Menge zur Tür. Draußen spannte er seinen Regenschirm auf. «Hier . . . komm drunter, Mann.»

Da Michael fast einen Kopf größer war als sein Begleiter, hielt er den Schirm, und Wilfred fungierte als Führer und Navigator – mit seiner rechten Hand, die in der rechten Gesäßtasche von Michaels Levi's verschwand.

«Prinzessin Diana hat mal da hinten ein Stück die Straße runter gewohnt . . . als sie noch Kindergärtnerin war. Stell dir das vor . . . auf dem Weg zu ihrem blöden Kindergarten hat sie immer an den ganzen Ledertypen vorbei gemußt. Paß auf! Der Lastwagen!»

Michael sprang auf den Bordstein zurück. Ein gewaltiger Lkw rumpelte vorbei und verfehlte ihn nur knapp.

Wilfred verdrehte die Augen, so daß sie unter dem Schirm wie zwei Scheinwerfer blitzten. «Noch so 'ne Nummer, und wir sind für alle Zeiten vereint.» Er zeigte auf die weißen Lettern, die auf den Straßenbelag gemalt waren. «Siehst du? ‹Rechts schauen› steht da. Wir schreiben es für euch Amis extra hin.»

In flottem Tempo passierten sie einen Zeitungsstand, dann ein grellbuntes Restaurant – arabisch, wie es schien. Die Speisekarte war auf eine Spanplatte gemalt, und im Fenster, von rosa Lämpchen angestrahlt, sah man einen großen, zylindrischen, undefinierbaren Brocken Fleisch, der sich an einem senkrechten Spieß wie ein träger Brummkreisel drehte.

«Da gehn die Kiffer essen», sagte Wilfred. «Hat bis spät nachts geöffnet. Hast du einen Liebhaber zu Hause in den Staaten?»

Michael lachte. «Eleganter Übergang.»

«Was?»

«Nichts. Ein schlechter Scherz. Nein, ich hab keinen Liebhaber.»

«Warum nicht?»

Michael zögerte. «Ich hatte mal einen. Es hat nicht funktioniert.»

«Heikles Thema, hm?»

«Ja.»

«Ich glaube, ich hätt gern einen, aber ich glaub nicht, daß ich im Coleherne einen finde.»

«Ich weiß, was du meinst», sagte Michael.

Wie es die Tradition zu verlangen schien, sprachen sie während der U-Bahn-Fahrt kaum ein Wort, während Wilfred sein blaues Jeansknie an das schwarze von Michael drückte.

«Was ist deine Haltestelle?» fragte Michael.

«Dieselbe wie deine, Mann. Notting Hill Gate.»

Michael war sprachlos.

Der Junge grinste. «Bin dir also wirklich nie aufgefallen, was?»

«Tut mir leid, ich weiß nicht, wo . . .»

«Ich wohne direkt über dir, Mann. In der guten alten Colville Crescent vier'nvierzig.»

Der endgültige Beweis kam, als sie vor dem Gebäude standen und Wilfred einen Schlüssel hervorholte, der die Haustür öffnete. Er drückte auf den Lichtschalter, ehe er sich zu Michael umdrehte und ihn flüchtig auf den Mund küßte. «Gute Nacht, Mann. Danke fürs Bringen.»

Dann sprintete er die Treppe zum ersten Stock hinauf.

Fröhliche Ostern

Wie manches andere an ihr war Mary Anns Monatszyklus so zuverlässig, daß ihn Mussolini in seine Eisenbahnfahrpläne hätte einbauen können. Wenn die Welt mit Karacho aus den Fugen ging und das Chaos herrschte, konnte sie immer drauf zählen, daß sie pünktlich ihre Tage bekam – oder, wie ihre Mutter es einmal genannt hatte: «Die blutigen Tränen einer enttäuschten Gebärmutter.»

Heute war ihre Gebärmutter besonders enttäuscht gewesen, was bedeutete, daß ihre Halbzeitbeschwerden ziemlich exakt in vierzehn Tagen zu erwarten waren. Nach ihrem Arzt im St. Sebastian's (und einigen Fachautoren, die sie in der Phil-Donahue-Show erlebt hatte) waren diese Beschwerden – *Mittelschmerz* hieß der blöde Fachausdruck dafür – der sicherste Anhaltspunkt für einen Eisprung.

Manche Frauen hatten anscheinend nur ihre Tage und merkten vom Eisprung überhaupt nichts. Bei Mary Ann dagegen machte er sich unmißverständlich bemerkbar. Sie blätterte in ihrem *New Yorker*-Terminkalender vierzehn Tage vor und landete beim 3. April – Ostersonntag.

Ein Ostereisprung. Wie sinnig.

Brian erkundigte sich nie nach ihrem *Mittelschmerz*. Er verließ sich ganz romantisch auf etwas, das er «die gute alte Schrotschußtechnik des Babymachens» nannte. Der Ausdruck hatte sie immer gestört (warum waren Männer so *stolz* auf ihre Gedankenlosigkeit?), doch jetzt war sie plötzlich dankbar für seinen blinden Traditionalismus.

Sie klappte ihren Terminkalender zu, und als sie sich zurücklehnte, mußte sie auf einmal an Mouse denken. Mit ihm hatte sie einmal über ihren *Mittelschmerz* gesprochen – unter anderem, um ihm ihre unbeherrschten Ausbrüche zu erklären –, und er hatte sie nie mehr damit in Ruhe gelassen. («Ach je», pflegte er zu sagen, wenn er sie in schlechter Laune antraf, «hast du etwa schon wieder deinen *ethelmertz*?») Die Erinnerung entlockte ihr ein Kichern, und sie hauchte ihm um die halbe Welt einen Kuß zu.

Der Rest ihres Arbeitstags war grauenhaft. Sie stritt sich eine Stunde mit einem Regisseur, der ihren Bericht über das Eisbärenbaby mit läppischer Disney-Musik unterlegen wollte, und dann kippte Bambi Kanetaka ihren Beitrag über die Blumen von Alcatraz zugunsten eines geschmacklosen Features über aufblasbare Sexpuppen in Marin County.

Als sie abends um acht nach Hause kam, war Brian in seiner Jeansschürze zugange, und auf dem Herd duftete ein köstlicher Eintopf. Er gab ihr ein Küßchen auf die Wange und merkte erst dann, wie erschöpft sie war. «Anstrengender Tag, hm?»

«Ja.»

«Na, da habe ich was zum Aufmuntern. Wir haben heute eine verlockende Einladung gekriegt.»

«So? Von wem?»

«Theresa Cross. Wir sollen uns ein Wochenende bei ihr vergnügen. Im Pool planschen, faulenzen und . . . wer weiß, vielleicht machen wir sogar ein Baby oder zwei.» Als er ihre Miene sah, fügte er hinzu: «He, ich weiß, du stehst nicht auf sie, aber . . . na ja, irgendwie ist es doch eine nette Geste, findest du nicht?»

«Ja», gab sie zu, «schon.»

Er wirkte erleichtert. «Es werden ein paar von ihren Rock'n'Roll-Freunden da sein.»

«Na prima. Und wann?»

«Ostern.»

Natürlich, dachte sie.

«Was ist denn?» fragte er.

«Tja ... da kann ich nicht.»
«Warum nicht?»
«Ich ... na, weil ich arbeiten muß.»
«An was denn?» brauste er auf. «Herrgott, es geht um Ostern.»
«Ich weiß, aber ... ich hab versprochen, das Osterfeature zu machen ... die Morgenandacht am Mount Davidson und so Zeug. Ich weiß, es ist zum Kotzen, Brian. Ich wollte dir's schon sagen. Pater Paddy hält die Andacht, und ich soll es für *Bay Window* covern.»
Er zog einen Flunsch. «Jessas», murmelte er.
«Es tut mir leid», sagte sie leise und verkniff sich den üblichen Jesus-Kalauer.
«Herrgott, *Ostern*. Wie kommen die dazu, von dir zu verlangen, daß du ...»
«Brian, es ist mein Job.»
«Ich weiß, daß es dein Job ist.» Auf seiner Stirn bildeten sich häßliche kleine Furchen – ein untrügliches Alarmzeichen. «Komm mir nicht wieder mit der alten Leier. Ich kenne deine Pflichten. Und deine Prioritäten auch. Ich bin einfach enttäuscht, ja? Oder hab ich vielleicht kein Recht dazu?»
«Doch, natürlich.»
«Laß mal», sagte er in ruhigerem Ton. «Ich sag Theresa, daß wir nicht können.»
Es wurmte sie, daß er die Rockwitwe beim Vornamen nannte, als wären sie die dicksten Freunde. Doch wie hätte er sie sonst nennen sollen? Bestimmt nicht Mrs. Cross. «Nein, das machst du nicht», sagte sie. «Ich finde, du solltest hingehen.»
Er machte ein ungläubiges Gesicht.
«Ich *möchte*, daß du hingehst», ergänzte sie.
«Na, ich weiß nicht ...»
«Sieh mal, einer von uns muß doch rausfinden, wie es bei ihr ist. Wer kommt eigentlich noch?»
«Tja, zunächst mal Grace Slick.»
«Holla.»
Er sah sie mißtrauisch an. «Seit wann sagst du *holla*, wenn der Name Grace Slick fällt?»

«Das ist nicht fair», maulte sie. «Ich mag Grace Slick.»
«Na, jetzt hör aber auf. Du magst sie *nicht*. Du hast sie nie gemocht.»

«Na ja . . . das Holla war für dich gedacht. Es war ein uneigennütziges Holla. Ach Menschenskind, Brian, geh zu deiner Rock'n'Roll-Party. Ist doch genau deine Kragenweite. Wenn du nicht gehst, bist du ewig sauer auf mich.»

Er sah sie mit seinem Hundeblick an. «Ich wollte jemand dabeihaben, mit dem ich drüber lachen kann.»

Es war einer jener unkomplizierten Augenblicke des Einvernehmens, die einen für all die herben Kompromisse des Ehelebens entschädigen. Sie schmiegte das Gesicht an seinen Hals und sagte: «Wir lachen hinterher darüber. Ich versprech es.»

Er hielt sie von sich weg und lieferte ein unerwähntes Detail nach: «Sie lädt ihre Gäste über Nacht ein. Ich meine . . . fürs ganze Wochenende.»

«Schön», meinte sie achselzuckend. «Prima.» Unter den gegebenen Umständen blieb ihr kaum etwas anderes übrig.

«Meinst du das ehrlich?» fragte er ernst. «Oder gibst du dir bloß Mühe, modern zu sein?»

Sie kaute auf dem Zeigefinger, als müßte sie darüber nachdenken. «Wenn sie dich anrührt, reiß ich ihr die Titten ab.»

Er lachte. Dann schnippte er plötzlich mit den Fingern. «Ich hab eine glänzende Idee!»

«Was?» Er machte sie allmählich nervös.

«Ich werde Simon mitnehmen.»

«Na, ich weiß nicht, Brian.» Sie ließ sich mehrere Argumente durch den Kopf gehen, ehe sie sich für eines entschied. «Das wäre ein bißchen taktlos.»

«Wieso?»

«Na . . . sie hat uns beide eingeladen. Simon kennt sie nicht einmal. Und weil es unsere erste richtige Einladung bei ihr ist, wär es vielleicht ein bißchen aufdringlich, einen wildfremden Menschen anzuschleppen . . . und erst recht einen, der quasi ein Groupie von ihr ist.»

«Deshalb finde ich es doch grade perfekt», sagte er. «Er ist verrückt nach ihr . . . und ungebunden.»

«Schon. Aber Männer hat sie vermutlich im Überfluß.»

«Heteros?»

«Na . . . was auch immer. Spiel da nicht den Kuppler, Brian.»

«Warum nicht?»

«Weil sie . . . zu gefräßig ist.»

Er lachte. «Ich glaube, Simon kann schon auf sich aufpassen.»

«Sei dir nicht so sicher.» Sie kuschelte sich wieder an ihn. «Hast du mir schon verziehen?»

«Ich arbeite dran.»

«Gut. Es gibt noch was, woran wir arbeiten können.»

«Was?»

«Heb dir den Palmsonntag für mich auf, ja?»

«Warum?»

«Weil die Zeichen günstig stehen . . . in Sachen Baby.»

Er brauchte eine Weile, bis er begriff. «Du meinst . . . *ethelmertz*?»

Sie nickte. *«Ethelmertz.»*

«Mensch!» Er drückte sie an sich. «Damit bin ich für Ostern schon entschädigt.»

«Gut», sagte sie. «Das hatte ich auch gehofft.»

Der Junge von oben

Michael war bemerkenswert gut gelaunt, als er Viertel vor neun in Simons muffigem Schlafzimmer erwachte. Eine Betonmischmaschine knirschte und gurgelte draußen auf der Straße, und nebenan briet jemand Kippers, doch nichts konnte seine dunkle Ahnung erschüttern, daß das Leben endlich besser wurde.

Er knipste das Radio neben dem Bett an. Ein Nachrichtensprecher informierte ihn, daß man in einem schottischen Hochmoor einen gekreuzigten Schulrektor gefunden hatte und daß die Londoner Buchmacher jetzt Wetten annahmen, wann die Hauptstadt ihre ersten achtundvierzig regenfreien Stunden erleben würde. Das eine kümmerte ihn so wenig wie das andere.

Er machte sich gerade einen Tee, als jemand an die Tür klopfte. Daß er ziemlich sicher wußte, um wen es sich handelte, verschaffte ihm die angenehme Illusion, zu Hause zu sein.

«Morgen, Alter.»

Michael lächelte dem Jungen entgegen. «Morgen.»

Wilfred trug eine Variante des Ensembles vom Vorabend – eine Fliege (schwarz), einen ärmellosen Pulli (türkis), ein weißes Hemd und die 501. Er schien sich einen «Look» zugelegt zu haben. Michael mußte unwillkürlich an das karierte Hütchen denken, das er in London mit sechzehn immer getragen hatte.

«Tee?» fragte er.

«Super», sagte Wilfred.

«Setz dich. Ich hol ihn.»

Er ging wieder in die Küche und kam mit den Teesachen auf einem Tablett zurück. «Warum hast du mir nicht gleich gesagt, daß du hier wohnst?»

Wilfred, der inzwischen lässig auf dem Sofa lag und das eine Bein über die Armlehne hängen ließ, zuckte mit den Schultern. «Ich wollte nicht der kleine Kanake vom ersten Stock sein. Ich wollte dich kennenlernen . . .» Er suchte vergeblich nach den richtigen Worten.

«Bei unseren Leuten?» half ihm Michael auf die Sprünge.

«Genau.» Wilfred lächelte.

«Bist du mir zum Coleherne gefolgt?»

Der Junge machte ein empörtes Gesicht. «Du bist nicht die einzige Schwuchtel, die ins Cloneherne geht, weißt du.»

Der Kalauer entging Michael nicht. «Das Cloneherne, hm?»

Wilfred zwinkerte ihm zu. «Den Namen hab ich selber erfunden.»

«Nicht schlecht.»

«Also . . . was machst du in der Bude von Lord Zickendraht?»

«Wir haben die Wohnungen getauscht. Ich hab ihm für einen Monat meine Wohnung in San Francisco gegeben, und ... Ist Simon etwa ein Lord?»

«Er führt sich jedenfalls wie einer auf. Ist er 'ne Schwuchtel?»

Michael schüttelte den Kopf. «Nee.»

«Hab ich auch nicht gedacht.» Wilfred sah sich naserümpfend um. «Nicht besonders ordentlich.»

In diesem Punkt zumindest schien man sich einig zu sein. «Ich glaube, es stört ihn nicht», sagte Michael.

«Wer ist die Lili?»

«Die was?»

«Die Lili. Die Zwergendame, die immer vorbeischaut.»

«Sein Kindermädchen», sagte Michael. «Und sieh dich vor mit deinen Ausdrücken.»

«Sein *Kindermädchen*. Na so was.»

«Was nimmst du in den Tee?»

«Wilfred!» brüllte jemand durchs Treppenhaus.

«Meine Güte», murmelte Michael. «Wer ist denn das?»

Der Junge strebte bereits zur Tür. «Paß auf ... wir treffen uns in 'ner halben Stunde an der U-Bahn-Station. Ich muß dir was ganz Seltenes zeigen.»

«Wilfred ... wer *war* das?»

«Ach ... bloß mein Alter.»

«Dein *Vater*?»

«U-Bahn. In 'ner halben Stunde, ja? Wirst es nicht bereuen.»

Er warf ihm eine Kußhand zu und verschwand.

Michael hörte zu, wie er die Treppe hinaufrannte. Dann setzte er sich hin und goß sich eine Tasse Tee ein. Das war ja eine völlig neue Entwicklung. Wenn Wilfred bei seinen Eltern wohnte, wollte Michael auf keinen Fall als der ausländische Schwerenöter dastehen, der ihren Sohn «rekrutiert» hatte. Der liebe Daddy klang nicht gerade wie jemand, mit dem man vernünftig reden konnte.

Ach was. Pfeif drauf. Sein Leben hatte endlich wieder Schwung bekommen, und es war ein zu gutes Gefühl, um jetzt einen Rückzieher zu machen. Oder, wie Mrs. Madrigal es einmal ausgedrückt hatte: «Nur ein Narr verweigert die Gefolgschaft, wenn Pan durch den Wald gestelzt kommt.»

Also aß er seinen Toast mit Marmelade, machte das Bett und schlenderte dann auf der Portobello Road zur U-Bahn. Wilfred erwartete ihn bei den Fahrkartenautomaten. «Ich war nicht sicher, ob du kommen würdest», sagte Michael.

«Wieso?»

«Na ja . . . dein Vater klang ziemlich stinkig.»

Wilfred schüttelte den Kopf. «Er fängt nicht vor Mittag mit dem Saufen an.»

Hier gab es ein Verständigungsproblem. Michael mußte lächeln. «Ich meinte stinksauer, nicht stinkbesoffen.»

«Ach so. Na, stinksauer ist er dauernd.»

«Wegen was?»

Wilfred überlegte einen Augenblick. «Hauptsächlich wegen Maggie Thatcher und mir. Nicht unbedingt in dieser Reihenfolge, du verstehst.» Er äffte den dröhnenden Baß seines Vaters nach. «‹Wer brauch 'ne bescheuerte Dachdecker-Thatcher, wenn er nicht mal'n Dach überm Kopf hat? Eh? *Eh?*› Das ist sein Lieblingswitz.»

Michael gluckste vor Lachen. «Du machst ihn gut nach.»

«Muß es mir ja auch oft genug anhören», sagte Wilfred.

Auf Geheiß des Jungen erstand Michael eine Fahrkarte nach Wimbledon, die Endstation der District Line, südlich vom Fluß. Während sie auf dem Bahnsteig warteten, fragte er Wilfred: «Hat das was mit Tennis zu tun?»

«Immer mit der Ruhe, Mann. Wirst schon sehn.»

«Ja, *Sir*.»

Wilfred grinste ihn spitzbübisch an. Michael fühlte sich einen Augenblick an Ned in Death Valley erinnert, wie der seine Freunde neugierig gemacht hatte auf die verborgenen Wunderdinge, die gleich hinter dem nächsten Felsen liegen würden.

Als der Zug durch den rußigen Tunnel donnerte, fragte Michael: «Weiß dein Vater, daß du schwul bist?»

Wilfred nickte.

«Wie hat er's rausgekriegt?»

Der Junge zuckte mit den Schultern. «Die Bullen haben mich beim Klappern geschnappt. Ich glaub, da ist ihm ein Licht aufgegangen.»

«Klappern?»

«Weißt schon . . . wenn man's in 'ner Klappe macht.»

Michael war sichtlich verwirrt.

«Eine Klappe», wiederholte Wilfred. *«Ein öffentliches Scheißhaus.»*

Eine Frau, die ihnen gegenüber saß, schnitt eine wütende Grimasse.

«Oh», meinte Michael einigermaßen kleinlaut.

«Deswegen bin ich von der Schule geflogen . . . und meinen Job hab ich auch verloren. Ich hab mal da unten in Wimbledon gearbeitet.»

«Wir nennen das eine Teestube», erklärte ihm Michael.

«Was? Wo ich gearbeitet hab? Das war 'ne dämliche Frittenbude!»

«Nein, eine Klappe. Statt Klappe sagen wir Teestube.» Es hörte sich allmählich an wie eine schwule Variante von «Who's on First?», und die Frau gegenüber war alles andere als amüsiert. «Ich glaube, wir sollten das Thema fallenlassen, Wilfred.»

«Von mir aus gern», meinte der Junge mit einem Schulterzucken.

An der Endstation kaufte Wilfred eine Tafel Cadbury-Schokolade, brach einen Riegel ab und gab ihn Michael. «Wir haben noch ein Stück zu gehn. Hoffen wir mal, daß der alte Dingo noch da ist.»

«Mhm», sagte Michael und lächelte in sich hinein. Er wollte erst gar nicht fragen, was damit gemeint war. Wilfreds Masche hatte eine verblüffende Ähnlichkeit mit der von Ned.

Der Junge steuerte die nächste Metzgerei an, ging an den Ladentisch und verlangte ein halbes Pfund Rinderleber. Er gab das Fleisch, das er in einer kleinen Pappschachtel bekam, an Michael weiter. «Nimm das mal bitte. Das brauchen wir später.»

Michael sah ihn zweifelnd an. «Doch nicht fürs Frühstück?»

«Nicht für unseres», sagte Wilfred grinsend und verließ mit ihm den Laden.

Sie gingen fünf oder sechs Blocks weit nach Wimbledon hinein. Tudor-Nachbauten wechselten sich ab mit öden Backsteinmietskasernen, und dazwischen lagen sattgrüne Rasenflächen. Michael fühlte sich irgendwie an Kansas City oder die Vororte von Städten im Mittelwesten in den zwanziger Jahren erinnert.

Vor einem Trümmergrundstück blieb Wilfred stehen. Das Gebäude, das hier einmal gestanden hatte, war offenbar bis auf die Grundmauern abgebrannt. «Nächsten Monat ziehen sie hier was Neues hoch. Dingo bleibt nicht mehr viel Zeit.» Er stieg gelenkig über Backsteine und Zementbrocken und arbeitete sich nach hinten durch, wo der Schutt am höchsten lag. Dann schnalzte er mit den Fingern in Michaels Richtung.

«Was ist?» fragte Michael.

«Die *Leber*, Mann.»

«Oh.» Er gab Wilfred die Schachtel, und der ließ den Inhalt auf einen flachen Stein plumpsen, der anscheinend schon häufiger diesem Zweck gedient hatte. «Mir wird es langsam unheimlich», flüsterte er.

«Pssst.» Wilfred legte den Zeigefinger auf die Lippen. «Wart's ab.»

Regungslos wie zwei Statuen standen sie zwischen den Trümmern.

«Hierher, Dingo», stimmte Wilfred einen Singsang an. «Komm schon, Kleiner.»

Irgendwo unter dem Schutt hörte Michael eine Bewegung. Dann erschien ein glitzerndes Augenpaar in einer Öffnung neben dem flachen Stein. Nach vorsichtigem Schnuppern kam das Wesen ans Tageslicht.

«Meine Güte», murmelte Michael. «Ein Fuchs, was?»

«Gut geraten.»

«Was macht der hier?»

Wilfred zog die Schultern hoch. «Sie sind überall in London.»

«Du meinst, am Stadtrand?»

«Wo sie halt irgendwie über die Runden kommen. Stimmt's, Dingo?» In fünf Metern Entfernung schaute der Fuchs kurz von seiner Mahlzeit hoch, ehe er geräuschvoll weiterfutterte. «Nächsten Monat räumen sie hier alles ab. Dann ist Dingo echt in Schwierigkeiten.»

«Warum nennst du ihn Dingo?»

Wilfred drehte sich zu ihm um. «So heißen in Australien die Wildhunde.»

«Ach so.»

«Ich hab ihn entdeckt, als ich da unten in der Frittenbude gearbeitet hab. In der Mittagspause hab ich ihm mal was von meinen Fish and Chips hingeworfen, und er war so dankbar dafür, daß ich am nächsten Tag wiedergekommen bin. Aber dann haben sie mich gefeuert, und seitdem komm ich mit der U-Bahn her, sooft ich kann. Ist schon 'ne Weile her seit dem letzten Mal. Hab ich dir gefehlt, Dingo? Eh?»

Schweigend sahen sie dem Fuchs beim Fressen zu. Dann sagte Michael: «Wir haben Kojoten in Kalifornien. Ich meine . . . sie kommen manchmal in die Städte.»

«Ja?»

Michael nickte. «In L. A. durchstöbern sie die Mülltonnen. Sie sind schon mitten auf dem Sunset Boulevard gesichtet worden. Sie gehören nicht in die Wildnis, und in die Stadt gehören sie auch nicht.»

«Sie sitzen in der Falle. In dem Schlamassel, den wir angerichtet haben. Sie wissen es auch. Dingo weiß es. Er kann sich bloß noch in dem Loch da verkriechen und auf das Ende warten.»

«Kannst du ihn nicht von hier . . . wegbringen?»

«Wohin denn, Mann? Einen Fuchs mag doch niemand.» Wilfred drehte sich um und hatte Tränen in den Augen.

«Ich hab ihm diesmal was besonders Gutes mitgebracht. Weil ich nämlich nicht mehr herkomme. Meine Nerven halten das nicht aus.»

Michael war selbst schon den Tränen nahe. «Er scheint dir sehr dankbar zu sein.»

«Ja. Sieht so aus, nicht?» sagte Wilfred mit einem matten Lächeln und wischte sich über die Augen.

«Und du?» fragte Michael. «Kann ich dich zum Frühstück einladen?»

«Sicher. Klar, Mann.» Wilfred sah noch einmal zu Dingo hinüber. Der Fuchs trollte sich.

«Weißt du ein gutes Lokal?» fragte Michael.

«Klar.»

Das Lokal erwies sich als winzige griechische Imbißbude nur zwei Blocks von der Fuchshöhle. Wilfred bestellte für sie beide. Er bestand auf der Spezialität des Hauses: gebratene Eier und Würste mit gesottenen Tomaten. Während sie aßen, ging wieder ein Platzregen nieder und polierte die kleine gußeiserne Statue eines blinden Kindes draußen am Eingang.

Michael besah sich die Statue durch das regenverwaschene Fenster. «So eine hab ich noch nie gesehen», sagte er. «Steckt man da Geld durch einen Schlitz im Kopf?»

Wilfred nickte. «Es gibt auch welche für Hunde und Katzen.»

Michael sah ihn mit einem mitfühlenden Lächeln an. «Aber nicht für Füchse.»

«Nein.»

«Hast du mal einen richtigen Dingo gesehen?»

«Nee. Mein Großvater hat mir von ihnen erzählt.»

«War er . . . Australier?»

«Abo», erwiderte Wilfred. «Kannst es ruhig sagen, Mann.»

«Was?» fragte Michael, der mit dem Ausdruck nichts anfangen konnte.

«Aborigines. Hast du doch sicher schon gehört.»

«Ach so.»

«Die, auf denen die Nigger rumhacken dürfen», ergänzte der Junge mit einem verschmitzten Grinsen.

Michael fühlte sich sofort unbehaglich. «Davon weiß ich nichts.»

«Na, ich aber.» Der Junge säbelte ein Stück Wurst ab und schob es sich in den Mund. «Meine Oma war Holländerin. Sie und mein Großvater sind im zweiten Weltkrieg aus Darwin weg . . . als ihr Yankees überall zugange wart und alle dachten, die Japse kommen. Mein Dad ist in London geboren.»

«Und deine Mutter?»

«Ist abgehauen, als ich acht war.»

«Warum?»

«Was weiß ich», meinte der Junge schulterzuckend. «Weil sie

meinen Alten und seinen dämlichen Portwein satt hatte. Oder weil sie mich nicht mochte.»

«Das glaube ich nicht.»

«Du magst mich ja auch nicht.» Er schaute auf seinen Teller, während er es sagte.

«Das ist nicht wahr.»

«Du willst nicht mit mir ins Bett.»

«Wilfred . . .»

«Dann sag mir doch, warum. Dann frag ich auch nicht mehr.»

Michael zögerte. «Ich glaube, es ergibt keinen rechten Sinn. Nicht mal für mich selber.»

«Versuch's halt.»

«Na ja . . . mein Liebhaber und ich haben uns nicht getrennt. Er ist an Aids gestorben.»

Der Junge sah ihn verständnislos an.

«Weißt du, was das ist?»

Wilfred schüttelte den Kopf.

«Es ist etwas, was schwule Männer in den Staaten kriegen. Es ist eine schwere Immunschwäche. Und wenn sie es haben, dann infizieren sie sich mit allem, was durchs Fenster reinkommt. Mehr als tausend sind schon daran gestorben.» Es kam ihm seltsam kaltblütig vor, die Geschichte so verkürzt zu erzählen und das Grauen auf die reinen Tatsachen zu reduzieren.

«Oh, ja», sagte Wilfred nüchtern. «Ich glaub, ich hab mal davon gelesen.»

«Mein Lover hat noch vierzig Kilo gewogen, als er starb. Er war ein großer, schlaksiger Typ, und er wurde einfach . . . weggerafft. Ich war vor sechs Jahren selber mal krank . . . gelähmt . . . und er hat mich immer getragen, und . . .» Er spürte, wie die Tränen in seinen Augen brannten. «Und dann wurde er zu so einem Gespenst, zu einem bejammernswerten Wesen . . .»

«He, Mann . . .»

«Die letzten zwei Wochen seines Lebens war er blind. Und mußte die meiste Zeit durch eine Sauerstoffmaske atmen. Als ich das letzte Mal bei ihm war, konnte er mich nicht mehr sehen. Daß mir die Tränen runterliefen, konnte er nur spüren, weil er seine Hand an meiner Backe hatte. Ich saß da, drückte seine Hand an mein Gesicht und erzählte ihm einen blöden Witz, den ich in der Zeitung gelesen hatte . . . und machte Pläne für einen Trip nach Maui.» Er riß eine Papierserviette aus dem Spender und tupfte sich die Augen ab. «Entschuldige.»

«Macht doch nichts, Mann.»

«Weißt du, es ist einfach so . . .»

Wilfred sprach es für ihn aus. «Er fehlt dir.»

«Ja, sehr . . . ach, furchtbar . . .» Er konnte nicht mehr an sich halten und begann zu schluchzen. Wilfred kam auf seine Seite, setzte sich neben ihn und drückte ihm die Schulter.

«Darum halte ich mich im Moment aus allem raus. Mir ist einfach nicht danach, mit jemand so zusammen zu sein.» Er fing sich wieder und wischte sich noch einmal die Tränen ab. «Nicht, daß ich Angst vor Sex habe oder so. Ich hab mich nur die ganze Zeit nicht mehr geil gefühlt.»

«Natürlich», sagte Wilfred mitfühlend. «Aber sehnt sich nicht dein Herz manchmal danach?»

Michael sah ihn mit tränenverschleierten Augen an und lächelte. «Doch.»

«Na . . . und ein Freund wär da 'ne Hilfe, nicht?»

Das Angebot war ein solches Himmelsgeschenk, daß ihm beinahe wieder die Tränen kamen. «Kleiner, ich hab noch nie nein gesagt zu so einem . . .»

«Gibt's hier 'n Problem?»

Sie schauten hoch und sahen einen beleibten vierschrötigen Kerl, der die Arme über seinem Schmerbauch verschränkte und finster auf sie herabsah.

«Entschuldigung», sagte Michael. «Wenn wir zu laut sind . . .»

Wilfred platzte der Kragen. «Wir sind nicht zu laut. Wir sind bloß lieb zueinander.» Er fixierte den Mann wie ein Fuchs, der einen Angreifer belauert. «Warum kümmerst du dich nicht um deinen eigenen Kram, eh?»

«Paßt mal auf», sagte der Mann. «Ihr Typen habt eure eigenen Lokale.»

«Ganz recht, und das ist eins davon. Also schieb ab.»

Der Mann funkelte ihn noch einen Augenblick an, dann drehte er sich um und ging wieder hinter den Tresen zurück.

«Scheiß Griechen», maulte Wilfred.

Michael strahlte ihn an. «Wie alt bist du eigentlich?»

«Sechzehn», sagte der Junge. «Und ich laß mir nichts bieten.»

Ihre Kleine-Mädchen-Sachen

Unter der Post, die Mary Ann auf ihrem Schreibtisch vorfand, waren ein paar Werbesendungen: eine Pressemitteilung von Tylenol, in der ein «kindersicherer» Schraubverschluß erläutert wurde; eine Kostprobe Kaugummi, das mit Aspartam gesüßt war; und ein merkwürdiger Plastiktrichter, der sich Sani-Fem nannte.

Sie ließ alles auf die Tischplatte fallen, setzte sich und drehte den Sani-Fem hin und her. *Ideal für Wandertouren*, prahlte die Broschüre, *oder wenn sich öffentliche Toiletten als unhygienisch erweisen*. Der Trichter war so geformt, daß er genau über die Muschi paßte.

Sie fand das so genial, daß sie einen Juchzer ausstieß.

Sally Rinaldi, die Sekretärin des Nachrichtenchefs, blieb an der offenen Tür stehen und schaute herein. «Gehaltserhöhung gekriegt, oder was?»

«Schau dir mal das Ding da an», sagte Mary Ann grinsend.

«Was ist das?»

«Das ist . . . ein Sani-Fem. Damit kann man im Stehen pinkeln.»

«Ach komm!»

Mary Ann hielt ihr die Broschüre hin. «Lies mal.» Sie nahm wieder den Sani-Fem in die Hand. «Das muß ich sofort ausprobieren.»

Sally wich zurück. «Tja, laß dich von mir nicht stören.»

Mary Ann lachte. «Im *Klo*, Sally.»

«Nur zu.»

«Ja, und Bambi überrascht mich dabei.»

Die Sekretärin lachte. «Dann geh halt ins Männerklo. Vielleicht sieht dir William Buckley zu.»

«Was?»

«Larry macht 'ne Besichtigungstour mit ihm. In diesem Augenblick.»

«William F. Buckley Junior?»

«Ebender.»

Gott, was für eine Vorstellung! Buckley und Larry Kenan vor der gekachelten Wand, ein leeres Pißbecken als Sicherheitsabstand zwischen sich, wie sie gerade ihr Ding abschütteln, und herein schlenzt die Reporterin, erfolgsgeil und fesch ausstaffiert mit Gabardinehose, weißer Bluse und einer zur Fliege gebundenen schwarzen Samtschleife. Und *voilà* – da zückt sie auch schon ihren Sani-Fem. *Morgen, die Herrn. Wie läuft's denn so?*

«Na, mach schon», sagte Sally feixend.

«Du spinnst», meinte Mary Ann und verstaute den Trichter im untersten Fach ihres Aktenschranks.

«Keine Traute», war Sallys augenzwinkernder Kommentar, ehe sie verschwand.

Mary Ann verbummelte den Rest des Tages und nahm nach Feierabend den Sani-Fem mit nach Hause. Im Garten vor dem Haus traf sie Mrs. Madrigal, der sie die Vorrichtung zeigte und in knappen Worten erklärte.

Mrs. Madrigal verzog keine Miene, doch ihre Augen blitzten amüsiert. «Komisch, und ich mußte zweiundvierzig Jahre auf das Privileg warten, es im Sitzen tun zu dürfen.»

Mary Ann wurde rot. Man vergaß so leicht, daß Mrs. Madrigal erst zur Frau geworden war, als Mary Ann schon in die Pubertät kam.

«Trotzdem», fügte die Vermieterin hinzu, um erst gar keine Verlegenheit aufkommen zu lassen, «ich finde es eine fabelhafte Idee . . . du nicht auch?»

«Mmm», antwortete Mary Ann. Eine Eigenheit, die sie von

Simon übernommen hatte. «Übrigens ... Mouse hat mir geschrieben. Er läßt Sie herzlich grüßen.»

«Wie lieb von ihm.»

«Er sagt, Simons Wohnung ist reichlich versifft.»

Die Vermieterin lächelte. «Englische Aristokraten sind stolz auf ihren Schmuddel.»

«Ja. Sieht so aus.»

«Wenigstens erstreckt es sich nicht auf sein Äußeres. Er ist sehr gepflegt, dieser Simon.»

Mary Ann nickte. «Haben Sie sich näher mit ihm angefreundet?»

«Ähm. Doch, ja. Warum?»

«Nur so. Ich hab mich bloß gefragt, welchen Eindruck Sie von ihm haben.»

Mrs. Madrigal steckte eine lose Haarsträhne fest, während sie überlegte. «Er ist gescheit, würde ich sagen. Aufgeweckt. Gibt sich vielleicht ein bißchen ausweichend.» Sie lächelte. «Aber ich nehme an, das gehört bei Briten eben dazu.»

«Ja.»

«Ansonsten sieht er natürlich fabelhaft aus. War das mit deiner Frage gemeint?»

Im Tonfall der Vermieterin schien irgendeine Andeutung mitzuschwingen. Mary Ann fühlte sich unbehaglich. «Nein ... ich meinte nur ... generell.»

«Generell, würde ich sagen, ist er eine tolle Partie.»

Mary Ann nickte.

Die Vermieterin ging in die Hocke und zupfte ein Unkraut aus. «Hört sich an, als wolltest du ihn verkuppeln. Ich dachte, das ist hier mein Job.»

Mary Ann kicherte. «Wenn ich eine für ihn finde, werde ich es erst von Ihnen absegnen lassen.»

«Tu das», sagte Mrs. Madrigal.

Das schalkhafte Glitzern in den Augen der Vermieterin war ziemlich irritierend. *Sieh dich vor*, ermahnte sich Mary Ann. *Eine nette alte Dame, die mal ein Mann war, könnte ohne weiteres wissen, was anderen durch den Kopf geht.*

Mary Ann stieg die Treppe hoch, zögerte aber auf dem Flur,

drehte sich dann um und klopfte an Simons Tür. Er öffnete in Michaels dunkelgrünem Kordsamtbademantel, den er so lose trug, daß man ein beeindruckendes Dickicht von braunem Brusthaar sehen konnte. Er knabberte an einer Möhre.

«Nanu . . . hallo.»

«Hallo», sagte sie. «Ich dachte, ich schau mal kurz vorbei. Oder komme ich ungelegen?»

«Absolut nicht. Moment, ich zieh mir schnell eine Hose an. Dauert nur . . .»

«Nein, es ist so eine . . . spontane Idee. Du bist angezogen genug. In deinen Joggingshorts habe ich schon mehr von dir gesehen.»

Er sah flüchtig an sich herunter. «Da hast du auch wieder recht», sagte er. Dann, mit einem launigen kleinen Schlenker seiner Hand mit der Möhre: «Na . . . willst du nicht reinkommen?»

Das Wohnzimmer war natürlich noch unverkennbar das von Mouse: die Regale mit dem kunterbunten Geschirr in tropischen Farben; die nostalgische Sammlung von Gummientchen aus den vierziger Jahren; das Poster von Bette Midler «Thighs and Whispers» im verchromten Rahmen. Die einzige persönliche Note von Simon waren die neueste Ausgabe der *Rolling Stone* und eine Flasche Brandy auf dem Couchtisch.

Er setzte sich aufs Sofa. «Ich wollte mir gerade einen kleinen Schluck genehmigen. Trinkst du einen mit?»

«Klar.» Sie setzte sich ans andere Ende des Sofas, so daß ein Kissen als Niemandsland zwischen ihnen blieb. «Aber nur einen ganz kleinen. Von Brandy krieg ich Kopfweh.»

«Brandy verlangt ein gewisses Engagement», meinte er leicht amüsiert. Er goß einen Schluck in ein rosarotes Saftglas und reichte es ihr. «Runter damit.»

Sie nippte daran. «Übrigens, was ich fragen wollte . . . hast du für Ostern schon was vor?»

Er grinste.

«Was ist denn so komisch?»

«Na, wir sind doch hier in Lotosland, nicht? An christliche

Feiertage hab ich noch keinen Gedanken verschwendet.» Er gluckste vor Lachen. «Bis jetzt hab ich meistens heidnische Rituale zelebriert.»

«Das kann ich mir denken», sagte sie. «Aber, weißt du, ich dachte . . . es wäre gut, wenn wir jetzt schon was planen . . . weil du ja gleich danach weggehst.»

Er nickte nachdenklich. Was mochte er jetzt denken?

«Es ist schon das übernächste Wochenende», ergänzte sie.

Er machte ein erstauntes Gesicht. «Ach wirklich?»

«Mmm.»

Er schüttelte den Kopf. «Wie doch die Zeit vergeht, wenn man eine Stadt auf den Kopf stellt.» Er sah sie von der Seite an. «Was hast du dir denn so gedacht?»

«Aber nicht lachen», sagte sie.

«Na schön.»

«Es ist . . . eine Morgenandacht.»

Ein kurzes Zögern. «Ah.»

«War das ein gutes Ah oder ein schlechtes?»

Er lächelte. «Ein Sag-mir-mehr-Ah.»

«Mehr ist dazu nicht zu sagen», meinte sie schulterzuckend. «Ich soll für den Sender was drüber machen. Es ist am höchsten Punkt der Stadt. Da steht so ein riesiges Kreuz. Alle sehen von da oben zu, wie die Sonne über Oakland aufgeht. Es ist was typisch Kalifornisches . . . Gemeinschaftsgefühl . . . was fürs Herz und so . . . aber du findest es vielleicht zum Brüllen.»

«Zum Brüllen», wiederholte er. Sein Lächeln näherte sich bedenklich einem höhnischen Grinsen.

«Du findest es grauenhaft, hab ich recht?»

«Nein . . . nein. Ich frag mich nur . . . wie kommen wir auf diesen höchsten Punkt?»

«Zu Fuß», antwortete sie. «Aber es ist nicht anstrengend.»

«Rauf nach Golgatha, hm?»

Sie kicherte. «Genau.»

«Tja . . .» Er tippte sich mit dem Zeigefinger an die Lippen. «Ich bin ungenießbar, wenn ich so früh aufstehen muß.»

«Mir macht es nichts aus.»

«Und Brian?»

«Was?» Er machte sie allmählich nervös. Sie hoffte, daß es ihr nicht anzumerken war.

«Das frühe Aufstehen. Macht es ihm was aus?»

«Oh, äh . . . er kommt gar nicht mit. Er geht zu einer Party bei Theresa Cross in Hillsborough. Wir sind beide eingeladen, aber . . . na ja, ich hab diesen Auftrag am Hals.»

«Verstehe.»

«Meine Motive sind vielleicht ein bißchen eigennützig.» Sie sah ihn mit ihrem gewinnendsten Lächeln an. «Ich wollte einfach ein bißchen nette Gesellschaft beim Gottesurteil.»

«Wie Jesus zu Maria Magdalena sagte.» Seine Augen blitzten spöttisch.

«Vielleicht ist es doch keine so gute . . .»

«Nein», sagte er, «ich würde sehr gern mitkommen.»

«Bist du sicher?»

«Absolut. Also . . . abgemacht!» Er bekräftigte seine Zusage, indem er die Hände auf die Knie klatschte.

Sie stand auf. «Prima. Außerdem, hab ich mir gedacht, könnten wir am Abend vorher zusammen essen. Falls du nicht schon was vorhast.»

Er sah sie einen Augenblick an. «Reizend», sagte er dann.

Als sie ging, spürte sie, wie er ihr nachsah. Es war ein Gefühl, von dem ihr beinahe schwindlig wurde, deshalb ging sie hinauf in das Häuschen auf dem Dach, um ihre Gedanken zu ordnen, ehe sie Brian gegenübertrat. Die Nacht war klar und roch nach frischem Regen. Im Schein der neuen Straßenlaternen in der Barbary Lane wirkte das junge Laub der Eukalyptusbäume gespenstisch bleich wie das sanfte Graugrün von wettergegerbtem Kupfer. Sie zählte vier erleuchtete Schiffe, die lautlos über die schwarze Fläche der Bucht glitten. Der große Neonfisch von Fisherman's Wharf schimmerte pinkfarben über der Wasserfläche wie ein Talisman der Urchristen aus den Katakomben.

Sie suchte den Polarstern und wünschte sich das einzige, woran sie im Augenblick denken konnte.

«Laß mich raten.»

Sie fuhr zusammen, als sie Brians Stimme hörte. Er stand an der Tür und lächelte.

«Gott, hast du mich erschreckt», sagte sie.

«He. Tut mir leid.» Er kam zu ihr und küßte sie auf den Nacken. «Du hast dir grade was gewünscht, hm?»

«Geht dich nichts an, Klugscheißer.»

Er lachte in sich hinein und nuschelte an ihrem Hals herum. «Ich mag es, wenn du so Kleine-Mädchen-Sachen machst.»

Sie gab einen mürrischen Laut von sich.

«Ich habe nachgedacht», sagte er, ohne sie loszulassen. «Wie wär's mit Sierra City?»

«Wieso?»

«Für unseren Ausflug.»

Damit wußte sie absolut nichts anzufangen.

«Sag bloß, du hast es schon wieder vergessen.»

«Na komm, laß mich nicht lange raten.»

«Dieses Wochenende», sagte er. *«Ethelmertz?»*

«Ach so. Richtig.»

«Oder irgendwo sonst an der Küste, ganz egal.»

«Nein, Sierra City ist okay.»

«Na schön», meinte er. «Was hast du in der Tüte da?»

Sie war so in Gedanken gewesen, daß sie den Sani-Fem fast vergessen hatte. «Ach . . . das ist ein . . . ach, laß mal. Interessiert dich sowieso nicht.»

«Aber ja doch.» Er nahm ihr die Tüte ab und zog den Plastiktrichter heraus. «Großer Gott, was ist denn das?»

Sie schnappte sich den Sani-Fem und ging entschlossenen Schritts zum Rand des Flachdachs an der Bayseite.

«Verdammt, was machst du denn?»

Sie sah hinunter in das dunkle Pflanzendickicht. «Nichts.»

«Nichts?»

«Bloß eine von meinen Kleine-Mädchen-Sachen.» Sie ließ ihre Hose fallen und streifte den Slip herunter.

«Menschenskind, Mary Ann . . .!»

«Nicht so laut», sagte sie. «Sonst guckt noch jemand rauf.»

Wieder diese Frau

Wilfreds Vater brüllte so wütend herum, daß Michael aus einem Traum hochschreckte, in dem er Jon auf einer Gartenparty von Buckingham Palace begegnet war. Er setzte sich im Bett auf und klammerte sich an die Phantasie wie an eine Daunendecke, während der Patriarch im Stockwerk über ihm Möbelstücke an die Wand donnerte. Durch den Lärm hindurch konnte er gerade noch Wilfreds dünne, kindliche Stimme ausmachen, die schrille Verzweiflungsschreie ausstieß.

«Schwuchtel!» dröhnte der Vater. *«Elende Schwuchtel . . . widerliches Dreckstück . . . dir werd ich's zeigen, du kleiner . . .»*

Entsetzt sprang Michael aus dem Bett und zog sich Simons roten Satinmorgenmantel über. Er öffnete die Tür zum Flur und schaute vorsichtig ins Treppenhaus, als oben jemand aus der Tür kam und sie krachend hinter sich zuschlug. Er huschte zurück in die Wohnung, zog leise die Tür zu und wartete, bis Wilfreds Vater mit schweren Schritten die Treppe herunterkam, durch den Flur stapfte und das Haus verließ. Als er nichts mehr hörte, stieg er ein Stück die Treppe hinauf und rief: «Wilfred?»

Keine Antwort.

«Wilfred . . . alles in Ordnung?»

«Wer ist da?»

«Ich bin's. Michael. Hat er dir was getan?» Er wollte die restlichen Stufen hinaufsteigen.

«Bleib da, Mann. Ich komm gleich runter. Mir ist nichts passiert.»

Also ging er in die Wohnung zurück, setzte einen Kaffee auf und wartete. Schließlich kam Wilfred herein. Er grinste tapfer und preßte eine Handvoll Klopapier gegen seine Schläfe. «Tut mir leid wegen dem Krach, Mann.»

«Meine Güte», sagte Michael leise. «Was hat er gemacht?»

«Ach . . . er hat mich gegen den Schrank geschmissen.»

«Dich *geschmissen*?»

«Ist das so schwer? Ich bin kein Arnold Schwarzenegger.»

Michael lächelte ihn an. «Komm her, laß dich mal anschauen. Was hast du eigentlich gemacht, daß er so ausgerastet ist?»

Wilfred kam näher und nahm das Klopapier von der Schläfe. «Er hat mein altes *Zipper* im Müll gefunden.»

«Dein was?»

«Ein Magazin mit nackten Typen.»

«Oh. Meine Güte, das wird ja ’ne richtige Beule. Moment . . . ich hab Alkohol und Heftpflaster in meinem Kulturbeutel.» Er fand, was er brauchte, kam zurück und tupfte dem Jungen die Schläfe ab. «Liest du das Zeug?»

Wilfred fand soviel Ahnungslosigkeit erschütternd. «Das ist nicht zum Lesen, Mann, das ist ’ne Wichsvorlage.»

Michael lächelte. «Ich laß mich gern belehren.»

«Hast du dir so was nie gekauft?»

«Doch, klar. Bei uns zu Hause sind die Dinger im Moment ziemlich populär. Sex mit einem Magazin ist viel sicherer. Tut das weh?»

«Und wie», sagte Wilfred.

«Gut. Dann wirkt es auch. Mein Freund Ned nennt es *periodical sex*. Das fand ich immer sehr treffend.» Er drückte das «fleischfarbene» Heftpflaster fest und überlegte, wie deplaziert und gedankenlos dieser Ausdruck doch war. «So. Jetzt bist du wieder fast wie neu.»

Wilfred sog die Luft ein. «Ist das Kaffee?»

«Ja. Willst du eine Tasse?»

«Super.»

Als er ihm den Kaffee brachte, fragte er: «Schon was vor für heute?»

Der Junge zuckte mit den Schultern.

«Prima. Dann komm mit mir zu Harrods.»

«Ist das dein Ernst?»

«Klar. Ich brauch ein paar Sachen für meine Freunde zu Hause.»

Also tat ihm Wilfred den Gefallen und ging mit ihm in das fürstliche Kaufhaus, wo Michael sich mit königlichem Kitsch eindeckte: Prinz-William-Eierbecher, Prinzessin-Diana-Scheuerlappen, Queen-Mum-Terminkalender. Er suchte vergeblich nach irgend etwas mit dem Gesicht von Prinzessin Anne, doch Briten – ob *camp* oder nicht – schien dieses Konterfei wenig zu bedeuten.

Als sie in die Abteilung Herrenbekleidung kamen, zupfte ihn Wilfred am Ärmel. «Sieh mal . . . Prinzessin Diana.»

«Laß man», meinte Michael, «ich hab ja schon den Scheuerlappen.»

«Nee, Mann, die *richtige*.» Mit einer Kopfbewegung wies er auf eine schlanke Blondine, die sich einen Herrenschlafanzug ansah. Sie trug einen blaßgrauen Kaschmirpulli zu einem geblümten Laura-Ashley-Rock in Pink, dezente Perlenohrclips und eine Perlenkette. Ihre Füße steckten in schwarzen Lacklederpumps.

Michael ging hinter einer Säule in Deckung und forderte Wilfred mit einer verstohlenen Geste auf, das gleiche zu tun.

Der Junge kicherte. «He, Mann, sie ist gar nicht . . .»

«Schsch. Sie darf dich nicht sehen.»

Wilfred amüsierte sich köstlich. «Das ist bloß 'n Sloane Ranger», flüsterte er.

«Ein was?»

«'ne schwule Ische. Sie kaufen alle am Sloane Square ein und versuchen auszusehn wie . . .»

«Wilfred, komm hier hinter!»

«Hast du nicht mehr alle . . .»

«Ich kenne sie», flüsterte Michael. «Glaub ich jedenfalls. Sieht sehr nach einer alten Bekannten von mir aus.»

Wilfred verdrehte die Augen. «Warum sprichst du sie nicht einfach an?»

«Das hab ich schon mal versucht, und sie ist abgehauen.»

«Wann?»

«Vor 'ner Woche ungefähr, in Hampstead Heath. O Gott . . . ist sie weg?»

«Noch nicht. Der Verkäufer zeigt ihr noch mehr Schlafanzüge.»

Michael versuchte angestrengt, ihre Stimme herauszuhören, doch sie verlor sich im vornehmen Geräuschpegel des Kaufhauses. «Das ist verrückt», murmelte er. «Sie muß in großen Schwierigkeiten stecken.»

«Wieso?»

«Ich weiß nicht. Warum hat sie nicht mit mir reden wollen? Irgendwas läuft bei ihr fürchterlich schief.»

Wilfred zuckte mit den Schultern. «Auf mich wirkt sie ganz normal.»

«Eben», sagte Michael. «Das ist es ja.»

Der Junge lugte noch einmal hinter der Säule hervor. «Sie geht jetzt. Was willst du machen?»

«Meine Güte. Wenn sie mich sieht, geht sie uns vielleicht endgültig stiften.»

«Und wenn ich ihr nachgehe? Mich kennt sie ja nicht.»

«Hm. Ich weiß nicht . . .»

«Ein Kanake würde sie verschrecken, was?»

Michael sah ihn stirnrunzelnd an. «Nein, so ist sie nicht. Also gut . . . dann mal zu. Schau mal, was du rausfinden kannst. Moment! Wo sollen wir uns wieder treffen?»

Der Junge überlegte angestrengt. «Tja . . . im Markham Arms in der Kings Road . . . Oder nee, heut ist ja nicht Samstag.»

«Was?»

«Der Laden ist nur samstags schwul.»

«Scheiß drauf. Wir treffen uns da in einer Stunde.»

«Is gut. Markham Arms, Kings Road.»

«Alles klar», sagte Michael. «Sieh zu, daß sie nichts merkt, Wilfred. Behalt sie nur im Auge, ja?»

Der Junge salutierte flott, indem er die Fingerspitzen an sein Heftpflaster legte, und nahm die Verfolgung auf. Michael wartete eine Viertelstunde, dann verließ er das Harrods und fuhr mit einem Taxi zum Markham Arms. Die Leute, die sich lärmend im Pub drängten, machten einen ziemlich schicken Eindruck, und viele hatten offenbar einen Einkaufsbummel unterbrochen und waren vor dem ersten größeren Regenguß des Tages hierher geflohen. Er ließ sich ein Glas Cider geben und zwängte sich in eine Ecke. In der Musikbox lief gerade Stings Hitsingle «Spread a Little Happiness» an.

Als Wilfred zur verabredeten Zeit nicht erschien, ließ er sich noch ein Glas Cider und einen Beutel Vinegar Crisps geben. Er unterhielt sich kurz mit einem gutaussehenden Geschäftsmann, der den Eindruck machte, als könnte er an Samstagen hier Stammgast sein. Sie sprachen gerade über das Musical *Cats*, als Wilfred sich durch die Menge drängte und die Regentropfen von seinen goldbraunen Locken schüttelte.

«Also zunächst mal», verkündete er, «ist sie Amerikanerin.»

«Das wußte ich schon. Was noch?»

Wilfred grinste. «Ein Stout würde mir die Zunge lösen.»

«Ist gebongt.» Michael winkte den Barkeeper heran und bestellte ein Guinness und noch einen Beutel Crisps. «Sie hat dich doch nicht gesehen?»

«Ich glaub nicht», erwiderte der Junge. «Ich hab Abstand gehalten. Es war nicht leicht, Mann. Sie war ständig in Bewegung.»

«Wo ist sie hingegangen?»

«He . . . mein Bier.»

Michael drehte sich um, nahm dem Barkeeper das Glas ab und reichte es Wilfred weiter. «Da hinten sind zwei Plätze frei. Wollen wir uns rübersetzen?»

«Gute Idee», meinte der Junge. «Ich bin total geschafft.»

Mit einem «Machen Sie's gut» verabschiedete sich Michael von dem Geschäftsmann und folgte Wilfred durch die lärmige Menge. Als sie sich gesetzt hatten, sagte der Junge: «Sie ist was Besseres, hm? Hat sich die ganze Zeit am Beauchamp Place umgetan.»

«Wo ist das?»

«Nicht weit von Harrods. Von der Brompton Road ein Stück rein. Hauptsächlich für reiche Leute und Amerikaner. Affige Boutiquen . . . solches Zeug.»

«Und wo ist sie da reingegangen?»

«Ach . . . in ein Juweliergeschäft namens Ermeline. Ich glaub nicht, daß sie was gekauft hat, aber es war schwer zu sagen. Ich konnt sie nur von der Straße aus beobachten. Der Laden war zu klein, um drin zu spionieren.»

«Gut gedacht.»

«Dann ist sie in ein Ding rein, das hieß Spaghetti.»

«Ein Restaurant?»

«Kleiderladen. Sie ist nicht lang geblieben. Es fing wieder zu regnen an, und sie ist ein Stück den Gehsteig langgerannt. Ein Motorradfahrer hat ihr das Kleid eingedreckt, da ist sie stehngeblieben und hat ihm den Finger gezeigt und gesagt: ‹Wichs um die Ecke, Mac!›»

Michael schmunzelte. «Tatsächlich, sie ist es.»

«Ich hab ein bißchen gewartet, und dann bin ich ihr nachgegangen in einen Laden namens Caroline Charles. Die Zicke hinterm Ladentisch hat mich fies angeglotzt, deshalb konnt ich mich da nicht lang rumtreiben.»

«Hat sie irgendwas gesagt? Meine Bekannte, mein ich.»

«Nicht viel. Sie hat ein Kleid gekauft. Hat ein dickes Geldbündel aus der Handtasche gezogen und bar bezahlt.»

«Hat sie das Kleid mitgenommen?»

Wilfred schüttelte den Kopf. «Sie wollte, daß sie's ihr schikken. Hat gesagt, sie braucht es bis Ostern.»

«Na fabelhaft! Hat sie gesagt, wohin?»

«Leider nicht, Mann. Sie hat's der Verkäuferin aufgeschrieben.»

«Bist du ihr gefolgt?»

«Ging nicht. Sie hat ein Taxi genommen.»

«Welche Farbe hatte das Kleid?»

«Pink oder so. Irgendwie rosa. Mit großen Puffärmeln. Warum?»

«Komm mit, Kleiner. Schnappen wir uns ein Taxi. Jetzt bin ich mit Detektivspielen dran.»

Eine Viertelstunde später ließ er Wilfred in einem Coffee-Shop am Beauchamp Place zurück und ging allein zu Caroline Charles. Die Frau hinterm Ladentisch war so abweisend, wie Wilfred sie geschildert hatte.

«Ja, Sir? Kann ich Ihnen helfen?»

«Danke, ja. Meine Frau hat hier gerade ein Kleid gekauft ... etwa vor einer halben Stunde. Eine Amerikanerin ... in einem grauen Pulli und einem Rock in Pink.»

«Ja.»

«Es war ein rosa Kleid. Sie wollte, daß es ihr zugeschickt wird.»

«Ich erinnere mich sehr gut, Sir. Was kann ich für Sie tun?»

«Tja . . . ich weiß, das hört sich furchtbar albern an, aber sie glaubt, daß sie Ihnen vielleicht die falsche Adresse genannt hat. Sie hat in letzter Zeit . . . äh . . . gesundheitliche Probleme und ist manchmal ein bißchen schusselig. Sie meint, daß sie Ihnen vielleicht unsere Winteradresse gegeben hat statt der . . . wo wir im Sommer wohnen, Sie verstehn, und, na ja, ich dachte, ich sollte mich lieber vergewissern.»

Die Frau sah ihn stirnrunzelnd an.

Michael senkte die Stimme zu einem Flüstern. «Ehrlich gesagt, wenn ich sie vom Valium runterkriegen könnte, hätten wir diese Probleme nicht. Letzte Woche hat sie vergessen, wo sie den Bentley geparkt hat, und wir haben zwei Tage gebraucht, um ihn wiederzufinden.»

Die Verkäuferin kräuselte ein wenig die Lippen, holte den Lieferschein hervor und legte ihn vor Michael hin. Er las die Adresse und prägte sie sich ein:

Roughton
Easley-on-Fen
Bei Chipping Camden
Gloucestershire

«Gut», sagte er. «Alles in Ordnung. Ich schätze, es gibt vielleicht doch noch Hoffnung für das alte Mädchen.»

Bis er in den Coffee-Shop kam, bestand die Adresse nur noch aus wirren Buchstabenfolgen. Als er Wilfred sah, hinderte er ihn mit einer Handbewegung am Reden und schrieb erst mal alles auf. Dann schob er ihm den Zettel hin.

«Kannst du damit was anfangen?»

«Mit Gloucestershire schon», meinte der Junge schulterzukkend. «Ich glaub, von Chipping Camden hab ich auch mal gehört, aber der Rest . . .»

«Ist Roughton ein Familien- oder ein Ortsname?»

«Könnte beides sein, würd ich sagen. Heißt sie nicht so?»

«Nein. Sie heißt Ramsey. Mona Ramsey.»

«Vielleicht war das Kleid bloß ein Geschenk für jemand anderen. Oder nee . . . das ist nicht sehr wahrscheinlich.»

«Warum?» fragte Michael. Der Gedanke war ihm selbst schon gekommen. Wenn sie sich von einer reichen Wohltäterin aushalten ließ, konnte es durchaus sein, daß sie ihr auch mal was schenkte.

«Na, weil sie's doch anprobiert hat», sagte Wilfred. «Es sei denn, ihre Freundin hat genau die gleiche Größe.» Er machte eine Pause und schien Michaels Gedanken zu erraten. «Sie steht auf Mädels, was?»

«Meistens, ja», sagte Michael mit einem Lächeln. «Aber sie ist sehr zugeknöpft. Sie traut keinem Menschen. Sie denkt, das Leben ist ein Scheißspiel.»

«Da hat sie auch recht», meinte Wilfred.

«Sie läßt sich nichts gefallen. In der Beziehung ist sie wie du.»

«Ist ja auch nicht verkehrt, Mann.»

«Ich weiß. Ich sollte mir die Einstellung auch zulegen. Ich hab noch keinen Südstaatler getroffen, der seine Höflichkeit nicht zum eigenen Schaden übertrieben hat.»

«Du bist aus dem Süden?»

Michael nickte.

«Aus dem tiefen Süden?»

«Nicht direkt. Orlando. Und sieh mich jetzt nicht so an. Ich hab nie jemand gelyncht.»

Wilfred griente und trat ihn an die Wade. «Was machst du jetzt mit ihr?»

«Tja . . . ich könnte ihr einen Brief an diese Adresse schreiben. Aber was soll mir das nützen, wo sie schon im Park vor mir abgehauen ist?»

«Bist du sicher, daß sie dich erkannt hat?»

«Ganz sicher. Und ich weiß auch, warum sie abgehauen ist.»

«Warum?»

«Weil ich so was wie ihr schlechtes Gewissen bin.»

«Macht sie denn was Schlimmes?»

«Na ja . . . etwas, was ihr peinlich ist. Sie hat sich dafür sogar eine Tarnung zugelegt. Sie sieht normalerweise nicht so aus. Ihr Haar ist sonst rot und strubbelig. Und Perlen hat sie in ihrem Leben noch nie getragen. Ganz zu schweigen von *Pink*.»

«Kennst du sie schon lang?»

Michael dachte kurz nach. «Mindestens acht Jahre. Meine Vermieterin in San Francisco ist ihr . . .» Er konnte sich ein Lachen nicht verkneifen, obwohl das gegenüber Mrs. Madrigal etwas despektierlich war. «Meine Vermieterin ist ihr Vater.»

Wilfred sah ihn verständnislos an.

«Sie ist eine Transe. Sie war mal ein Mann.»

«Eine Geschlechtsumwandlung?»

Michael nickte. «Aber das vergißt man völlig. Sie ist einfach ein netter Mensch . . . der netteste Mensch, der mir je begegnet ist.» Er merkte, daß er sie mehr vermißte als seine richtigen Eltern.

Doch jetzt wollte er sich wegen Mona nicht länger den Kopf zerbrechen. Sie gingen zurück zu Harrods und erledigten den Rest ihrer Einkäufe. Zwei Stunden später, beladen mit Royal-Family-Souvenirs, schleppten sie sich mit müden Schritten wieder in die Colville Crescent 44. Während Michael seine Schätze sichtete, stelzte Wilfred in der Küche herum und machte Sandwiches.

«Das schmeckt fabelhaft», murmelte Michael, als er in ein Chicken and Chutney auf Roggenbrot biß.

«Gut.»

«Wie geht's übrigens deiner Birne?»

«Ach . . . ich merk schon gar nichts mehr.»

«Kannst du wieder nach Hause, ohne daß was passiert?»

Wilfred schaute von seinem Sandwich hoch. «Hast du mich satt?»

«Ach komm. Ich mach mir bloß Sorgen wegen deinem Alten. Dauert es lange, bis seine Wut verraucht?»

Der Junge schüttelte den Kopf. «Bei dem dauert gar nichts lange.»

Die Türklingel schrillte, und Michael zuckte zusammen. Er stand auf und schielte durch die Vorhänge des Fensters an der Straßenseite. Draußen stand eine Frau von etwa dreißig Jahren. Sie trug einen weinroten Blazer und einen Hermès-Schal und machte einen ziemlich herrischen Eindruck. Ihr marineblauer Faltenrock schien einen Unterleib von so beachtlichen Dimensionen zu verbergen, daß er einem Zentauren alle Ehre gemacht hätte. Ihr aschblondes Haar war in der Mitte gescheitelt und drehte sich unter ihrem Kinn einwärts, so daß es wirkte wie zwei Klammern um einen überflüssigen Einschub.

«Oh», sagte sie tonlos, als er ihr die Haustür öffnete. «Sie sind nicht Simon.»

«Heute nicht.» Er grinste. «Kann ich ihm was ausrichten?»

«Er ist noch verreist?»

Er nickte. «Er kommt kurz nach Ostern wieder. Wir haben die Wohnungen getauscht.»

«Aha. Sie sind aus Kalifornien?»

«Ja. Äh ... möchten Sie reinkommen?»

Stirnrunzelnd dachte sie über sein halbherziges Angebot nach und sagte dann: «Ja, danke.» Sie warf den beiden Kindern, die auf dem Sandhaufen neben der Betonmischmaschine spielten, einen stechenden Blick zu. «Drinnen ist es wenigstens *sicherer*.»

Er dachte nicht daran, ihr recht zu geben. «Ich bin Michael Tolliver», sagte er und streckte ihr die Hand hin.

Sie hielt ihre auf halber Höhe, als erwarte sie einen Handkuß. «Fabia Dane.» Als sie durch den Hausflur gingen, verzog sie angewidert das Gesicht. «Mein Gott, dieser Geruch! Hat hier jemand seine Grütze abgeladen?»

Er entschied, daß sie Kotze meinte. Ganz unverhofft verspürte er den uncharakteristischen Drang, das Haus in Schutz zu nehmen. Er verabscheute diese Frau schon jetzt. «Es ist ein altes Gebäude», sagte er in neutralem Ton. «Da lassen sich Gerüche kaum vermeiden.»

Sie tat diese Theorie mit einem knappen Grunzlaut ab. «Das Problem unseres lieben Simon ist, daß er noch nie zwischen Bohème und Schmuddel unterscheiden konnte. Eine leicht angegammelte Wohnung in Camden Town könnte man ja noch verstehen ... oder selbst in Wapping, Herrgott noch mal ... aber *das* hier? Es muß schrecklich für Sie sein. Und diese gräßlichen Abos mit ihrem Getrommel Tag und Nacht ...»

Ihre Schmährede brach jäh ab, als sie ins Wohnzimmer stürmte und Wilfred lässig auf dem Sofa liegen sah. Er begrüßte sie mit einem munteren «Booga booga».

Michael grinste ihn an. Fabia wandte sich mit steinerner Miene zu ihm um. «Was ich zu sagen habe, ist privat. Wenn Sie nichts dagegen haben . . .»

Wilfred sprang auf. «Wollte grade gehn, gnä' Frau.»

Michael sah keinen Grund, ihr gefällig zu sein. «Wilfred, du kannst gerne bleiben.»

«Ich weiß.» Er zwinkerte Michael zu. «Bis später.»

Sobald er draußen war, pflanzte Fabia ihr massives Hinterteil in einen Sessel und sagte: «Simon wäre das bestimmt nicht recht.»

Michael setzte sich so weit wie möglich von ihr weg. «Was denn?»

«Daß Sie diesen Aborigine hier ein und aus gehen lassen.»

Michael versuchte, sich zu beherrschen. «Davon hat er mir nichts gesagt.»

«Trotzdem. Ein bißchen gesunder Menschenverstand wäre ganz angebracht, würde ich meinen.»

«Wilfred ist ein Freund von mir. Ja?»

«Das sind Squatter, müssen Sie wissen.»

«Wer?»

«Dieser Kleine und sein gräßlicher Vater. Sie zahlen keine Miete für die Wohnung da oben. Sie sind einfach eingezogen und haben sich da breitgemacht. Na, was soll's. Sie denken bestimmt, das geht mich nichts an. Aber ich finde es besser, wenn Sie Bescheid wissen.»

«Aber . . . wenn es illegal ist, warum hat . . .»

«O nein, es ist ganz legal. Nur nicht sehr anständig. Aaalso . . . wenn Simon Ihnen böse ist, dann wissen Sie, warum.»

Sie setzte das dünne selbstgefällige Lächeln einer Petzerin auf. Michael verspürte plötzlich den Drang, es ihr mit einer Dachlatte wegzuschlagen. Statt dessen wechselte er das Thema.

«Was soll ich Simon von Ihnen ausrichten?»

«Er kommt in vierzehn Tagen wieder?»

«So ungefähr.»

«Er wird uns doch hoffentlich nicht schwul geworden sein, oder?»

Keine Dachlatte. Ein Vierkantholz. Mit einem Nagel drin. «Ich hab ihn nicht nach seinem Privatleben ausgefragt», sagte er kühl.

Sie musterte ihn einen Augenblick. Dann sagte sie: «Na, jedenfalls . . . sagen Sie ihm, daß er eine fabelhafte Hochzeit verpaßt hat.» Sie machte eine Pause, die offenbar auf Effekt abzielte. «Meine, um genau zu sein.»

«Ist gut.»

«Mein Name ist jetzt Dane. Mein Mädchenname war Pumphrey. Aber Fabia genügt. Mehr hat sich Simon ganz sicher nie gemerkt.»

Da war sich Michael auch ganz sicher.

«Auf jeden Fall, mein Mann und ich geben eine kleine Sommerparty auf unserem neuen Landsitz, und ohne Simon wäre die Gästeliste nicht komplett. Die schriftliche Einladung kommt noch, aber Sie können ihn ja schon mal vorwarnen. Damit er sich eine wirklich überzeugende Ausrede zurechtlegen kann.»

Die letzte Bemerkung war so gehässig, daß er sich fragte, ob es sich bei ihr um eine abgewiesene Geliebte handelte. War sie nur vorbeigekommen, um Simon ihre Heirat unter die Nase zu reiben?

«Wenn ich mir's recht überlege», fügte Fabia hinzu, «sollten Sie ihm lieber auch meinen Nachnamen sagen. Ich möchte nicht, daß er irgendwas durcheinanderbringt. *Dane.*» Sie buchstabierte es für ihn.

«Wie in ‹Dane Vinegar Chips›?»

«Ja», sagte sie, «ganz recht.»

«Ohne Flachs?»

«Das ist die Firma meines Mannes.»

«Na so was. Wilfred und ich haben grade vorhin welche gegessen.»

«Wilfred?»

«Der Aborigine.»

«Ah.»

Michael stand auf. «Ich werde Ihre Nachricht an Simon weitergeben.»

Fabia musterte ihn mit einem kalten Blick, dann stand sie auf und ging zur Tür. Dort blieb sie kurz stehen, als überlege sie sich eine passende Bemerkung für ihren Abgang. Michael verschränkte die Arme und reckte das Kinn vor. Sie bedachte ihn mit einem säuerlichen Lächeln und ging.

Er blieb stehen, bis sie draußen war. Dann setzte er sich und aß sein Sandwich vollends auf.

Minuten später kam Wilfred zurück. «Ist sie weg?»

«Ja, Gott sei Dank.»

«Was hat sie gewollt?»

«Nichts. Nichts Wichtiges. Nur eine Nachricht für Simon.»

«Das mit den Trommeln sind nicht wir, mußt du wissen.»

«Und wenn schon», meinte Michael lächelnd.

«Trotzdem, das sind nicht mein Dad und ich. Es sind die blöden Jamaikaner da drüben.»

«Setz dich», sagte Michael. «Vergiß diese Xanthippe. Iß dein Sandwich zu Ende.»

Der Junge setzte sich. «Weißt du, daß ein Typ deine Wohnung beobachtet hat?»

«Wann?»

«Grade eben. Ein dicker Kerl. Ich hab ihn von meinem Fenster gesehn.»

«Ach», sagte Michael, «wahrscheinlich ihr Mann, der auf sie gewartet hat.» Der allmächtige Mr. Dane, König der Vinegar Chips.

«Nee», meinte Wilfred stirnrunzelnd, «das glaub ich nicht.»

«Wieso?»

«Na, weil er sich verzogen hat, als sie rauskam.»

Michael ging zum Fenster. Die Kinder tollten noch immer draußen bei der Betonmischmaschine herum. Sonst war niemand zu sehen. «Wo hat er gestanden?»

«Da unten», sagte der Junge und zeigte in die entsprechende Richtung. «Neben der Telefonzelle.»

«Und er hat ... bloß raufgeschaut?»

Wilfred nickte. «Das Fenster angestarrt. Als wollte er sehn, wer dahinter ist.»

Die Jesustortilla

Es waren nur noch ein paar Stunden bis zu ihrem Palmsonntagwochenende, als Brian bei Mary Ann im Sender anrief. «Ich hab sozusagen eine einseitige Entscheidung getroffen», sagte er. «Ich hoffe, es macht dir nichts aus.»

Sie reagierte inzwischen auf jede Veränderung äußerst mißtrauisch. «Worum geht's denn?» fragte sie.

«Ich hab unsere Reservierung in Sierra City abgesagt.»

«Warum?»

«Ach ... ich hab gedacht, daß wir uns in dieser Situation was Besseres gönnen sollten. Wie findest du das Sonoma Mission Inn?»

«Oh, Brian ... zunächst mal teuer.»

«Wir können es uns leisten», meinte er, aber schon deutlich weniger euphorisch.

«Ja. Kann sein.»

«Du klingst nicht sehr begeistert.»

«Tut mir leid. Ich bin bloß ... Ich find's toll. Wirklich. Ich wollte da schon immer mal hin.»

«Das hab ich nicht vergessen», sagte er.

Es machte ihr ein schlechtes Gewissen, daß er etwas so Ausgefallenes plante, nur weil sie ihm mit ihrem *Mittelschmerz* falsche Hoffnungen gemacht hatte. «Müssen wir noch an irgendwas denken?» fragte sie. «Muß ich nicht bessere Klamotten mitnehmen?»

«Du hast noch Zeit zum Packen», sagte er. «Wir sind erst für heute abend um sieben angemeldet.»

«Prima. Ich müßte spätestens um vier zu Hause sein.»

Bis dahin gab es noch einiges zu tun. Sie machte einen Beitrag über kalifornische Küche sendefertig, erledigte Anrufe und beantwortete Anfragen, die seit Wochen auf ihrem Schreibtisch lagen. Sie wollte sich gerade diskret aus dem Staub machen, als sie von Hal, einem Redakteurskollegen, im Flur abgefangen wurde.

«Kenan will dich sprechen», sagte er.

«Mist. Ich wette, er hat einen Auftrag.»

«Wer hoch will, darf nicht rasten», meinte er grinsend.

Sie überlegte, was sie tun sollte. Wenn sie wegging, ohne sich bei Kenan zu melden, gab es keine Garantie, daß Hal sie nicht anschwärzen würde. Er war berüchtigt für so was. Also biß sie die Zähne zusammen, machte sich wütend auf den Weg zu Kenans Büro und legte sich unterwegs eine ganze Palette von Ausreden zurecht.

Kenans Allerheiligstes war wie üblich eine wahre Deponie für Medienkitsch und Werbeschnickschnack: Miniaturausgaben von eiförmigen Fußbällen, bedruckt mit dem Logo des Senders; vier oder fünf verschiedene Wandkalender aus Mylar; ein Rubik-Würfel mit Name und Anschrift eines Videotapeherstellers. Die einzige Veränderung war, daß Bo Derek nicht mehr an der Decke über Kenans Schreibtisch hing – sie hatte Christie Brinkley Platz machen müssen.

Die Hände hinter dem Kopf verschränkt, ließ der Nachrichtenchef seinen Drehsessel in eine aufrechte Position kippen und fixierte Mary Ann mit seinen kleinen Knopfaugen. «Gut. Da sind Sie ja.»

«Hal hat gesagt, daß Sie mich sprechen wollen.»

Sein Lächeln war nichts weiter als eine Form von Aggression. «Erinnern Sie sich, was ich Ihnen gesagt habe, als Sie hier anfingen . . . daß ein guter Reporter der einzige Mensch ist, der in einem Fall von höherer Gewalt immer zur Stelle zu sein hat? Wissen Sie noch?»

«Klar», sagte sie. Soviel sie wußte, mußten sogar die Hausmeister des Senders diesen blödsinnigen Vortrag über sich ergehen lassen. «Was ist damit?»

«Tja, Gnädigste . . .» Er machte es spannend und zögerte es so lange wie möglich hinaus. «Ich hab was für Sie, das hat genau diese Dimension.»

Als sie Brian anrief und ihm die schlechte Nachricht durchgab, war sein Zorn ebenso groß wie berechtigt. «Scheiße, Mary Ann! Wir planen den Trip schon die ganze Woche. Das hast du denen doch gesagt, oder etwa nicht?»

«Natürlich.»

«Na, warum keilen sie dann ausgerechnet dich?»

«Weil ich ... auf der untersten Sprosse stehe, und weil sie wissen, daß ich ...»

«Was ist denn so rasend wichtig, daß es nicht wenigstens bis Montag warten kann?»

«Tja ... es ist so 'ne Art Osterstory ... Karwoche, besser gesagt ... deshalb brauchen sie's gleich, wenn sie ...»

«Kommt der Papst? Oder was?»

«Du regst dich nur auf, wenn ich's dir sag, Brian.»

«Ich reg mich jetzt schon auf. Was, zum Kuckuck, ist es?»

«Eine Frau in Daly City. Sie glaubt, daß ihr Jesus erschienen ist.»

«Na toll.»

«Brian ...»

«Wo hat sie ihn denn gesehen? An ihrem Armaturenbrett?»

«Nein. Auf einer Tortilla.»

Er knallte den Hörer auf die Gabel.

Minuten später verließ sie den Sender und fuhr nach Daly City. Ort des Wunders war ein kleines mexikanisches Restaurant namens Una Paloma Blanca. Eine weiße Taube. Schon mal sehr passend zum Karwochenthema. Der Kameramann war bereits da und moserte wegen der technischen Schwierigkeiten, die er hatte.

«Ich sag dir, das kommt nicht raus», zischte er. «Kannst mir glauben. Ich weiß, von was ich rede.»

«Schau her», konterte sie, «*ich* kann es sehen ... Das da ist der Bart. Das hier ist ein Teil vom Backenknochen. Und der Schlenker nach links ist seine Schädeldecke.»

«Na prima, Mary Ann. Erzähl das mal der Kamera. Wir haben nicht genug Kontrast, sag ich dir. So einfach ist das.»

Sie seufzte und murmelte: «Scheiße.» Mrs. Hernandez, die Entdeckerin der Tortilla, reagierte mit einem Unmutslaut. In

Erwartung ihres Fernsehdebüts hatte sich die stattliche Matrone mit dem Spitzenschal und der Mantilla ihrer Großmutter ausstaffiert.

«Verzeihung», sagte Mary Ann und unterstrich ihre Aufrichtigkeit mit einer leichten Verbeugung.

«Wir könnten es rauskitzeln», schlug der Kameramann vor.

«Was?»

«Das Gesicht auf der Tortilla. Wir könnten es retuschieren.»

«Nein!» Sie kam sich von Minute zu Minute degenerierter vor. Ihr ewiger Kalauer, daß sie für die «Schundpostille der Mattscheibe» arbeite, kam der Wahrheit näher, als sie je hatte wahrhaben wollen.

«Aber wenn wir erklären . . .»

«Matthew, *laß die Finger von der Tortilla*, ja?»

Er hob beschwichtigend die Hände. «Schon gut, schon gut.» Er sah sich in der beengten Küche mit ihren rußgeschwärzten Töpfen und Pfannen um. «Drehen wir's hier?»

«Sie hat es hier entdeckt, oder nicht?»

«Ja, aber es ist nicht genug Platz für all die Leute.»

«Welche *Leute* denn?»

«Die ganzen Wallfahrer da vorne im Restaurant. Die wollen alle ins Fernsehen.»

«Na, das geht aber nicht!»

«Fein. Sag du es ihnen.»

Sie stöhnte genervt und ging nach vorn zum Münztelefon, rief Larry Kenan an und schlug vor, die Story zu kippen. Seine Reaktion war knapp und ätzend: «Wenn Sie's nicht hinkriegen, Gnädigste, setz ich eben Pater Paddy drauf an. Bleiben Sie dort, und rühren Sie diese Tortilla nicht an!»

Eine Dreiviertelstunde später entstieg der Moderator der Fernsehshow *Honest to God* in vollem Ornat seinem roten Cadillac Eldorado Biarritz, Baujahr 1957. «Liebste!» rief er strahlend, als er Mary Ann sah. «Sie Ärmste! Das ist Ihr erstes Wunder, nicht?»

«Ich bin nicht sicher, ob es die Bezeichnung verdient», maulte sie.

«Na, na. Mit Wundern ist es wie mit der Schönheit, sag ich

immer ... es liegt ganz am Betrachter. Wo ist übrigens die Betrachterin?»

«Da hinten.» Sie zeigte über die Köpfe der Menge hinweg. «In der Küche.»

«Na, wunderbar.» Wie eine Luxusjacht glitt der Priester durch die versammelten Fernsehzuschauer, die seinen Anblick mit ehrfürchtigem Gemurmel quittierten. «Die Sache ist die», sagte er zu Mary Ann, «Wunder sind für die Menschen etwas sehr Gutes. Wir können uns da nicht von ein paar technischen Problemchen aufhalten lassen. Manche Wunder sind natürlich unkomplizierter als andere, aber ich bin sicher, wir kriegen das hin. Ist Ihnen übrigens aufgefallen, daß es immer Jesus oder die Muttergottes ist? *Guten Abend, mein Kind. Gott segne dich.* Sie sollten eigentlich den Heiligen Geist sehen ... er ist schließlich der Sonderbotschafter, wenn Sie verstehen, was ich meine. Aber nie erblickt jemand den Heiligen Geist auf einer Tortilla ... *Gott segne euch, Gott segne euch* ... weil niemand die leiseste Ahnung hat, wie der arme Teufel aussieht. Gott, ist das heiß hier drin. Wo ist die Tortilla?»

Als sie in die Küche kamen, benutzte eine ältliche Bekannte von Mrs. Hernandez die Tortilla gerade als Kompresse und drückte sie gegen ihren arthritischen Ellbogen. «Ach herrje», sagte Pater Paddy. «Ich fürchte, wir haben Ihn verloren.»

Eine rasche Untersuchung der Tortilla ergab den beruhigenden Befund, daß die heiligen Gesichtszüge noch erkennbar waren.

«Auf Tape ist das nicht zu sehen», sagte der Kameramann.

Pater Paddy sah ihn mit einem wissenden Lächeln an. «Nehmen Sie indirekte Beleuchtung, dann sprechen wir uns wieder.»

«Wie?»

«Tun Sie, was ich sage, Matthew. Der fromme Vater weiß so was am besten.» Er drückte beruhigend Mary Anns Hand. «Keine Angst, Liebste. Jetzt haben wir's im Griff.»

Er hatte recht, wie sich herausstellte. Die indirekte Beleuchtung unterstrich nicht nur die Farbabstufungen des Teigs, so daß das Antlitz des Herrn hervorgehoben wurde, sondern verlieh der Flade auch einen erbaulichen Heiligenscheineffekt. Als das Bild auf dem Monitor erschien, gaben die dreiundvierzig Mitglieder des Hernandez-Gefolges ein beifälliges Gemurmel von sich.

«Ausgezeichnet», schnurrte Pater Paddy. «Gute Arbeit, Matthew. Ich wußte, daß Sie's hinkriegen.»

Der Kameramann lächelte bescheiden und hielt für Mary Ann den Daumen hoch. Doch sie hatte immer noch Bedenken. «Wird man die Wäscheklammern auch nicht sehen, Matthew?»

«Nee.»

«Bist du sicher?»

«Ich paß auf, daß sie nicht ins Bild kommen. Mach dir keine Sorgen.» Er griff nach dem Bindfaden, an dem die Tortilla hing. «Wir wollen doch nicht, daß der Herr aussieht, als hätt man ihn zum Trocknen aufgehängt.»

Sie lachte matt und hoffte im stillen, daß Mrs. Hernandez die Bemerkung überhört hatte. Allmählich konnte sie sich für diese Story sogar erwärmen. Das Gesicht auf der Tortilla erinnerte tatsächlich sehr an Jesus, wenn man einmal absah von der schiefen Nase und einem dunklen Fleck, der sich notfalls als zusätzliches Ohr interpretieren ließ. Sie konnte sich schon die musikalische Untermalung vorstellen, die sie verwenden würde. Etwas Erhebendes und Ätherisches. Aber mit einem sehr menschlichen Touch. Vielleicht etwas aus einem Steven-Spielberg-Film.

Andererseits – war es überhaupt noch ihre Story? Sie wandte sich an Pater Paddy. «Wollen Sie das in *Honest to God* bringen?»

Der Priester verzog das Gesicht. «Wie bitte?»

«Na ja, Kenan klang so verärgert, daß ich dachte, er hat Ihnen vielleicht . . .»

«Nein, nein, nein. Ich bin nur als Berater hier. Das ist Ihre Story.»

«Oh . . . tja, wenn das so ist, sollte ich Sie vielleicht dazu interviewen. Damit ich auch die offizielle Meinung der Kirche habe.»

«Liebste . . .» Pater Paddy senkte die Stimme und sah sich verstohlen um. «Die Kirche *hat* keine offizielle Meinung zu dieser Tortilla.»

«Was müssen wir tun, um eine zu bekommen?»

Der Kirchenmann kicherte. «Den Erzbischof zu Hause anrufen. Haben *Sie* dazu Lust?»

«Sie müssen es ja nicht offiziell zum Wunder erklären. Könnten Sie nicht einfach was sagen wie . . .» Sie machte eine Pause und versuchte, sich vorzustellen, was es sein könnte.

«*Was* denn?», sagte der Priester. «‹Nein, was für eine hübsche Tortilla! Und diese Ähnlichkeit!› Ich bitte Sie. Der Erzbischof hat es mit dem Turiner Grabtuch schon schwer genug. Da sollten wir ihm wenigstens die Tortilla von Daly City ersparen.»

«Moment mal», sagte sie. «Letzten Dezember, wegen dieser Statue, haben Sie angerufen. Das weiß ich noch.»

«Wegen welcher Statue?»

«Sie wissen schon. Die geblutet hat. In Ukiah oder weiß der Geier wo.»

Der Priester nickte bedächtig. «Ja . . . das stimmt.»

«Also . . . wo ist da der Unterschied?»

Pater Paddy seufzte geduldig. «Der Unterschied, mein liebes Mädchen, ist, daß die Statue tatsächlich was getan hat. Sie hat *geblutet*. Diese Tortilla hier mag als Kirchenschmuck ganz charmant sein, aber sie liegt einfach da . . . oder hängt da, um genau zu sein.»

Sie gab es auf. «Na gut. Vergessen Sie's. Dann mach ich es eben ohne.»

Er machte ein schuldbewußtes Gesicht. «Sind Sie mir jetzt böse?»

«Nein.»

«Doch.»

«Na ja . . . Sie waren es, der von einem Wunder gesprochen hat.»

«Und vermutlich ist es auch eins, Liebste.» Er stupste sie unters Kinn. «Ich glaube nur nicht, daß es *Nachrichtenwert* hat.»

Das glaubte sie auch nicht, als sie um zehn ermattet nach Hause kam und einen schmollenden Brian in dem kleinen Häuschen auf dem Dach antraf. «Ich konnte es nicht ändern», sagte sie verlegen. «Ich weiß, du bist sauer, aber solche Sachen passieren nun mal.»

«Wem sagst du das», murmelte er.

«Wir können doch morgen noch da rauf fahren.»

«Nein, können wir nicht. Ich hab unser Zimmer abbestellt. Wir hatten verdammtes Glück, daß wir überhaupt noch eins gekriegt haben. Ich konnte ja nicht wissen, ob du nicht noch mal so ein Ding abziehst.»

«Und da hast du gedacht, du läßt es mich büßen. Ist ja fabelhaft.»

Er sah sie von der Seite an. «*Ich* laß es *dich* büßen, hm?»

Sie beschloß, zu retten, was noch zu retten war, und setzte sich zu ihm aufs Sofa. «Ich wüßte einen Ersatz. Falls es dich wirklich interessiert.»

«Und zwar?»

«Wir könnten in eins der kitschigen kleinen Motels am Ende der Lombard Street gehn ... das wollten wir doch schon mal machen. Und wir wären in 'ner Viertelstunde da.» Sie fuhr ihm mit dem Zeigefinger den Rücken hinunter. «Würde es das nicht genauso tun?»

Er grummelte etwas.

«Und sag nicht, daß es eine blöde Idee ist. Sie stammt nämlich von dir. Sie ist dir gekommen, als wir in *Body Heat* waren, weißt du noch?»

Er schüttelte den Kopf. Seine Hände hingen schlaff zwischen seinen Schenkeln.

«Außerdem», fügte sie hinzu, «ein bißchen schummriges Neon, finde ich, würde bei uns beiden Wunder wirken. Ganz zu schweigen von der Vibrationsmatratze ... und einem von diesen koreanischen Ölgemälden von Paris im Regen. Wir können beide Betten nacheinander zerwühlen, wenn wir wollen, und ...»

«Menschenskind!»

Die Heftigkeit seines Ausbruchs erschreckte sie. «Was ist denn ...»

«So hast du dir das also vorgestellt?»

«Na, es war ja nur ein ...»

«Vielleicht hab ich alles völlig falsch verstanden», sagte er. «Ich dachte, wir wollten ein neues Leben in die Welt setzen. Ich dachte, wir hätten die ganze Zeit von unserem Kind geredet!»

«Haben wir ja auch», sagte sie gepreßt. «Unter anderem.»

«Warum, zum Donnerwetter, willst du dann so was Abgeschmacktes daraus machen?»

Jetzt warf sie ihre Zurückhaltung über Bord. «Ach Gott, ja! Die Mommy soll ja bloß keinen Spaß dabei haben. Hier geht's ja um was Heiliges. Weißt du was, Brian? Warum gehst du nicht runter zu den Rosen und holst 'ne Handvoll Blütenblätter ... die können wir dann auf unser gottverdammtes Bett der ehelichen Seligkeit streuen, damit das kleine Balg weiß, daß es unser ein und alles ist ... er oder sie, oder was immer wir da heute abend fabrizieren.»

Er starrte sie an, als wäre sie eine Tote im Leichenschauhaus und er der nächste Angehörige. Dann stand er auf, ging ans Fenster und sah auf die Bay hinaus. Nach langem Schweigen sagte er: «Ich bin anscheinend schwer von Begriff. Ich hab hier irgendwas die ganze Zeit falsch verstanden.»

«Wie meinst du das?» Ihre Stimme war jetzt ruhiger.

Er zuckte mit den Schultern. «Ich hab gedacht, du *willst* ein Kind. Ich hab es wirklich geglaubt.»

«Will ich doch, Brian. Will ich doch auch. Ich kann's nur nicht ertragen, wenn ... du so tust, als ginge es nur *darum*, wenn wir zusammen schlafen. Sieh mal ... ich komm von einem grauenhaften Arbeitstag nach Hause, und du sitzt da wie ein verwöhnter kleiner Junge, der *auch* noch was von mir erledigt haben will. Tut mir leid, aber mehr als ein Wunder pro Tag schaff ich nicht.»

«Wunder?» fragte er stirnrunzelnd. «Was soll das denn wieder heißen?»

«Nichts. Ich wollte nur sagen ... ich möchte, daß du mich so willst, wie ich bin. Ich will nicht schon eifersüchtig sein auf ein Kind, das wir noch gar nicht haben.» Sie machte ihm mit einem vorsichtigen Lächeln ein Versöhnungsangebot. «Das ist alles, Brian. Können wir nicht, bloß heute abend mal, einfach so zusammen ins Bett?»

«Sicher», sagte er sanft. «Klar.»

«Verstehst du, was ich dir sagen will?»

Er nickte. «Tut mir leid, Kleines. War nicht so gemeint.»

«Ich weiß», sagte sie. «Ich weiß.»

Später rauchten sie dann einen Joint und liebten sich auf dem Fußboden im Fernsehraum. Vielleicht war es die Anspannung des Tages, die Mary Anns Orgasmus hinauszögerte, bis sie sich vom Gewohnten in die Phantasie flüchtete, es sei Simons Körper, der ihren Po in den Teppichboden knetete.

«Siehst du?» sagte Brian hinterher mit einem Schmunzeln. «Einfach so. Nur wir beide.»

Ein Toter vor der Tür

Nach einigen Nachforschungen stellte Michael fest, daß Londons angesagtester Lesbennachtclub in Mayfair lag und «Heds» hieß. Diskret in einem Untergeschoß versteckt, war er nur an einem unscheinbaren Messingschild neben dem Eingang zu erkennen: GENTLEMEN WERDEN HÖFLICH GEBETEN, IHRE WAFFEN VOR BETRETEN DES ETABLISSEMENTS ABZUFEUERN. Die brünette Türsteherin hatte rotbraun geschminkte Lippen und einen Pagenschnitt.

«Wart ihr Jungs schon mal hier?»

Michael wandte sich an Wilfred. «Waren wir?»

«Ja», sagte der Junge. «Keine Sorge, wir sind andersrum.»

«Man weiß ja nie», sagte die Türsteherin lächelnd. «Dann amüsiert euch mal schön.»

Der niedrige Raum war rauchgeschwängert, und an einer Wand entlang reihte sich Couch an Couch. Vier oder fünf Lesbenpärchen tanzten unter einer blitzenden Facettenkugel zu einem langsamen Song von Anne Murray. Die meisten Frauen waren elegant gekleidet. Manche waren erstaunlich schön. Michael setzte sich auf eine Couch und fordert Wilfred auf, sich ihm anzuschließen.

«Kein sehr aussichtsreicher Versuch», meinte er.

Der Junge zuckte mit den Schultern. «Schaden kann's nicht.»

«Ist nicht grade ihre Sorte von Lokal. So gar nicht ... militant.»

«Mhm.»

«Klar ... sie sieht jetzt ganz anders aus. Da hat sich vielleicht auch alles andere verändert.»

«Hast du mal dran gedacht, sie anzurufen?»

«Du meinst, unter dieser Adresse? Das hab ich vor drei Tagen probiert. Roughton in Easley-on-Fen steht nicht im Telefonbuch.»

Eine Cocktailkellnerin blieb vor ihnen stehen. «Was zu trinken, die Herrn?»

«Nein danke», sagte Michael. Er warf Wilfred einen Seitenblick zu. «Du?»

Der Junge schüttelte den Kopf.

Michael sah wieder zu der Kellnerin hoch. «Sie kennen nicht zufällig eine Amerikanerin namens Mona Ramsey?»

Die Kellnerin überlegte kurz und schüttelte den Kopf.

«Sie ist Ende dreißig. Hat eine Frisur wie Prinzessin Diana. Flucht wie ein Matrose.»

«Tut mir leid, Süßer. Namen merk ich mir fast nie.» Sie lächelte entschuldigend und ging weiter.

«Wie lange hast du noch?» fragte Wilfred.

«Bis wann?»

«Bis du wieder zurückfliegst?»

«Oh.» Er dachte nach. «Sechs Tage noch, wenn ich richtig gezählt habe. Ich fliege Dienstag.»

Wilfred nickte.

«Warum?» fragte Michael.

«Na ... wir könnten hinfahren.»

«Wohin?»

«Weißt schon ... nach Easley-on-Fen.»

«Hm.»

«Wir könnten über Ostern hin, was meinst du? Gloucestershire ist landschaftlich wunderschön. Wir könnten mit dem

Zug fahren. Ich hab ein bißchen Geld auf der hohen Kante. Und wenn wir sie nicht finden ... Porzellan ist jedenfalls keins zerschlagen, nicht?»

Die Ernsthaftigkeit des Jungen ängstigte ihn. «Weißt du», sagte er vorsichtig, «ich glaube, das mach ich vielleicht.»

Wilfred sah ihn ratlos an. «Du meinst ... ohne mich?»

Er zögerte.

«Versteh schon», sagte Wilfred. «Vergiß es.»

«Es ist nicht wegen dir», sagte Michael.

«Ist ja auch egal.»

«Nein. Ich will nicht, daß du denkst, ich mag dich nicht.»

«Ich weiß, daß du mich magst.»

«Ich glaube bloß ... es ist leichter, wenn ich's allein mache. Ich meine, wenn ich in ihre Szene reinplatze ... was immer das ist. Verstehst du, was ich meine?» Er tastete nach der Hand des Jungen und drückte sie.

Wilfred nickte.

«Wollen wir tanzen?»

Der Junge sah sich um. «Hier?»

«Klar.»

Wilfred zuckte mit den Schultern und stand auf. Michael legte den Arm um seine Taille und führte. Sie tanzten zu «You Needed Me».

«Herrje», murmelte Wilfred an Michaels Brust. «Wenn mich meine Kumpel jetzt sehn könnten. Das wär vielleicht peinlich.»

Michael lachte leise. «Geht mir genauso.» Er dachte gerade daran, wie er und Jon in San Francisco am Billardtisch in Peg's Place herumgeturtelt hatten. Für zwei verliebte Männer war eine Lesbenbar der beste Ort auf der Welt. Er fragte sich, ob Lesben genauso von Schwulenkneipen dachten.

«Wann willst du fahren?» fragte Wilfred. «Nach Gloucestershire, mein ich.»

«Ach, Freitag wahrscheinlich.»

«Seh ich dich danach noch mal?»

«Klar. Ich werde noch einen Tag da sein, eh ich ... nach Hause fliege.»

«Mhm.»
«Werd mir jetzt nicht schwermütig, Wilfred.»
«Is gut.»
Es war fast Mitternacht, als sie in die Colville Crescent zurückkamen. Wilfreds Vater polterte oben herum und war offensichtlich betrunken. Michael schloß die Wohnungstür auf und sagte zu dem Jungen: «Willst du noch ein bißchen reinkommen? Wenigstens, bis er eingeschlafen ist.»
Wilfred nickte und folgte ihm ins Wohnzimmer, als das Telefon klingelte. Michael nahm den Hörer ab und ließ sich aufs Sofa plumpsen.
«Hier ist Miss Treves», sagte die Stimme am anderen Ende.
«Oh. Hallo.»
«Hören Sie, mein Bester ... hatten Sie irgendwelchen Ärger?»
«Ärger?»
«Na ja ... hat sich jemand draußen herumgetrieben?»
«Nein, nicht, daß ich wüßte. Was soll das?» Ihre ominösen Warnungen und Andeutungen gingen ihm allmählich auf die Nerven.
«Ach, na ja ... es könnte vielleicht ein bißchen ... wahrscheinlich nichts Ernstes, aber ich dachte, es ist besser, ich sag Ihnen Bescheid ... für alle Fälle. Es hat ein Mißverständnis gegeben, und der dumme Esel ist betrunken, und da ...»
«Miss Treves ...»
«Bleiben Sie einfach, wo Sie sind, mein Bester. Ich komme gleich vorbei. Dann erkläre ich Ihnen alles.»
«Gut, aber ...»
«Schließen Sie die Tür ab. Lassen Sie niemand rein. Sehen Sie auch die Fenster nach. Ich bin in fünf Minuten da.»
Sie legte auf.
Michael stand auf. Ihm war ein bißchen schwindelig.
«Wer war dran?» fragte Wilfred.
«Miss Treves.»
«Wer? Ach ... die Liliputanerin?»
«Sie hat gesagt, ich soll die Türen und Fenster dichtmachen.»

«Warum?» fragte der Junge.

«Gute Frage. Weil jemand betrunken ist. Es ergibt keinen Sinn. Sie kommt rüber und will's mir erklären . . .» Er unterbrach sich, weil ihm die Tür einfiel, die von der Küche in den Garten führte. Er lief los, um sie abzuschließen.

Wilfred folgte ihm wie ein ängstliches Hündchen. «Vielleicht ist es der dicke Kerl, den ich gesehn hab.»

«Welcher dicke Kerl?»

«Weißt schon. Als diese Zicke hier war.»

«Ach so.»

Als er die Tür abschloß, sah er in den dunklen Garten hinaus, aber er konnte nur das düstere Filigran der verrosteten Matratzenauflage erkennen, die am Zaun lehnte. Der Himmel reflektierte die Lichter der Stadt in einem kitschigen orangerosa Schimmer. Nirgends bewegte sich etwas. Er ging zum Schiebefenster in der Küche und zerrte an der unteren Hälfte. «Das verdammte Ding geht nicht ganz zu.»

«Wir haben oben auch so eins», sagte Wilfred mit einem sachlichen Nicken. «Sag mal . . . was ist eigentlich los? Hat jemand was vor?»

«Ich weiß nicht. Sie scheint so was zu glauben.»

«Warum gehn wir nicht einfach weg?»

«Das geht nicht. Miss Treves will doch vorbeikommen.»

Der Junge schwieg eine Weile. Dann sagte er: «Du hast das Schlafzimmerfenster vergessen.»

«Gott, ja! Du hast recht!»

Sie rannten ins Schlafzimmer, doch das Fenster war bereits verriegelt. Schließlich gingen sie ins Wohnzimmer zurück, wo Michael sich nervös ans Fenster zur Straße stellte und abwartete.

«Was ist, wenn er vor ihr aufkreuzt?»

«Mach es nicht noch schlimmer», sagte Michael. Ein Wagen fuhr draußen an der wuchtigen Silhouette der Betonmischmaschine vorüber. Michael sah ihm nach, bis er um die Ecke bog und verschwand. Ob Miss Treves ein Auto hatte?

Augenblicke später sah er die kleine Maniküre zu Fuß ankommen. Sie trippelte den Gehsteig entlang wie ein Kobold mit einer Warnung vor der bösen Hexe. Wilfred machte ihr die Haustür auf, ehe sie klingeln konnte.

«Tut mir leid, mein Bester», sagte sie in einem ernsten Flüstern. Sie huschte ins Zimmer und drückte die Tür hinter sich zu. «Eigentlich sollten Sie mit dieser Sache nicht behelligt werden.»

«Wir sind zu zweit. Das ist mein Freund Wilfred. Er wohnt im ersten Stock.»

Sie nickte dem Jungen zu und wandte sich dann wieder an Michael. «Es kann auch sein, daß gar nichts ist. Ich wollte nur hier sein, falls es . . . unangenehm wird.»

Na toll, dachte Michael.

Miss Treves ging ans Fenster und sah hinaus.

«Hören Sie», sagte er, «können Sie mir wenigstens sagen, wer uns ins Haus steht?»

Sie zögerte einen Augenblick und sagte: «Bunny Benbow.»

«Wer?»

«Pssst.» Sie kletterte auf ihren bevorzugten Sessel. «Machen Sie die Vorhänge zu. Bitte. Schnell!»

Während er die Vorhänge zuzog, hörte er draußen Schritte – die schweren, unsicheren Schritte eines Betrunkenen. Der Mann murmelte etwas vor sich hin, aber er lallte so sehr, daß man nichts verstand. Michael hielt den Atem an und sah von Wilfred zu Miss Treves, die regungslos auf der Sesselkante hockte und den Zeigefinger an die Lippen hielt.

Die Schritte hielten an.

Für einen Augenblick war nichts zu hören als das wütende Quietschen von Autoreifen ein paar Ecken weiter. Dann brüllte der Mann ein einziges Wort – *Simon!* – und stieß eine der Mülltonnen vor dem Haus um. Sekunden später schrillte die Türklingel, und die drei Lauscher verkrampften sich wie Opfer einer simultanen Hinrichtung auf dem elektrischen Stuhl.

Michael und Wilfred warfen Miss Treves einen fragenden Blick zu. Sie schüttelte langsam den Kopf und machte ihnen erneut das Zeichen mit dem Zeigefinger.

Die Klingel schrillte noch einmal. Dann schlug eine Männerfaust dumpf an die Haustür. *«Simon! Du elender kleiner Bastard! Ich weiß, daß du da bist!»*

Auch jetzt noch verlangte Miss Treves, daß sie sich ruhig verhielten.

«Simon, mein Junge ... komm schon ... ich bin's, dein alter Herr ... ich tu dir nichts.» Der Mann wartete auf eine Antwort. Dann schlug er einen vernünftigeren Ton an. «Simon ... sie erzählt dir Lügen über mich ... sie ist eine verdammte Lügnerin, mein Junge ... Komm schon, mach auf. Du mußt deinem alten Herrn helfen, Junge.»

Er bekam keine Antwort.

«Simon!» brüllte er wieder.

«He!» brüllte jemand genauso wütend zurück. *«Zisch ab!»*

Michael sah zu Wilfred, der nach oben zeigte, um anzudeuten, wer der zweite Brüller war.

«Wer war das?» schrie der Mann an der Tür.

«Hier oben, du Blödmann!»

Der Mann torkelte offenbar rückwärts, denn eine weitere Mülltonne fiel scheppernd um. *«Du nennst mich Blödmann, du dreckiger schwarzer Bastard? Komm runter und sag das noch mal, du kraushaariger Nigger!»*

Der Mann ging wieder zur Haustür und hämmerte dagegen. Im nächsten Augenblick gesellte sich zu dem Lärm das drohende Poltern von Schritten auf der Treppe – Wilfreds Vater kam herunter.

«Komm, Junge ... willste nich mal sehn, wie dein Alter aussieht! Ich weiß, wie *du* aussiehst. Ich sag dir was, Junge ... red wenigstens 'n paar Worte mit mir, dann laß ich dich in Ruh. Eh? Das is das mindeste, was du ...» Der Rest ging unter in einem markerschütternden Wutschrei des Aborigine und dem Scheppern der Haustür, die so heftig aufgerissen wurde, daß sie gegen die Wand knallte. *«Hab ich dir nicht gesagt, du sollst abzischen!?»*

Michael wandte sich an Wilfred und flüsterte, obwohl es jetzt nicht mehr nötig war: «Das ist Wahnsinn. Wir können doch nicht einfach hier sitzen bleiben.»

«Wieso nicht?» gab der Junge zurück. «Ich geh da nicht raus.»

Miss Treves rutschte von ihrem Sessel herunter und näherte sich vorsichtig der Tür. «Mein Güte», murmelte sie, «das ist ja gräßlich. Können wir denn gar nichts tun?»

Der Krach im Hausflur war fürchterlich – eine Mischung aus animalischem Grunzen und hochgradig erregtem Keuchen. Jemand flog mit solcher Wucht gegen die Wand, daß in Simons Wohnzimmer ein Kupferstich vom Nagel fiel. Das verzweifelte Ringen dauerte fast eine Minute; dann war nur noch ein Mann zu hören, der schwer atmete. Jemand ging aus der Haustür, machte sie hinter sich zu und lief davon. Es war wieder still.

Michael ging zur Tür.

«Warte!» rief Wilfred.

«Wir müssen nachsehen», sagte Michael.

Miss Treves, die zitternden Hände an der Kehle, sagte nichts.

Michael drückte sein Ohr an die Tür und lauschte. Nichts. Er machte die Tür vorsichtig auf, und man sah im Hausflur einen korpulenten Weißen, der auf dem Rücken lag. Er kniete nieder, um zu sehen, ob der Mann noch atmete. Dann legte er in der Herzgegend sein Ohr auf das durchgeschwitzte Nylonhemd.

«Es ist der Dicke», sagte Wilfred.

Miss Treves kam angewatschelt. «Er ist nur . . . bewußtlos, nicht?»

Michael schaute hoch und schüttelte den Kopf.

«Er ist *tot*?» fragte Wilfred.

Mit einem leisen Stöhnen sank Miss Treves ohnmächtig an den gewölbten Bauch des Toten.

Nach einem Blick zu Wilfred schaute Michael auf das makabre Tableau zu seinen Füßen. Sein Hirn spielte ihm einen perversen Streich und ließ ihn an die letzte Szene in *Romeo und Julia* denken.

Wilfred kam als erster auf einen vernünftigen Gedanken. «Hast du Riechsalz?»

Michael schüttelte den Kopf. Gab es denn überhaupt noch Riechsalz? Plötzlich kam ihm eine Idee. «Moment», sagte er, «ich glaube, ich hab was, was vielleicht hilft.» Er rannte ins Badezimmer und kam mit der kleinen Flasche von Boots zurück, die konzentrierten WC-Reiniger enthielt.

Wilfred runzelte die Stirn. «Ich weiß nicht, du . . . Poppers?»

«Kein Poppers.» Michael kniete nieder, faßte Miss Treves um die Schultern und zog sie ein wenig hoch. Er schraubte die Flasche auf und wedelte ihr mit dem scharfriechenden Zeug unter der Nase herum. Nichts geschah. Er stellte die Flasche auf den Boden. «Wahrscheinlich nicht genug Ammoniak drin. Das ist, als wenn ich sie mit Haarfestiger einsprüh.»

«Ich hol was Nasses», schlug Wilfred vor und lief los. Er kam mit einem nassen Schwamm aus dem Bad wieder und tupfte der Liliputanerin sachte das Gesicht ab.

Als erstes reagierte die Nase von Miss Treves. Dann zuckte ihr linkes Augenlid. Dann durchlief sie ein leichtes Zittern, und sie kam zu sich. «Gott sei Dank», murmelte Michael. Er trug sie ins Wohnzimmer zurück und bettete sie vorsichtig auf das Sofa. Es dauerte einen Augenblick, bis sie sich erinnerte, wo sie war. Der Ausdruck von Entsetzen kehrte in ihr Gesicht zurück. «Sind Sie sicher, daß er tot ist?» fragte sie Michael.

«Mhm.»

«Wer war der Kerl, der das getan hat?»

«Wilf. . . äh, der Mann von oben.»

«Mein Dad», warf der Junge ein. Mit einem raschen Blick gab er Michael zu verstehen, daß er keine Schonung nötig hatte.

«Sie waren beide betrunken», sagte Michael. «Es war einfach . . . Pech.»

Miss Treves nickte gequält. «Bunny hat ein schwaches Herz.» Sie sah hinaus zu dem Toten im Treppenhaus. «Der blöde Kerl . . . der dumme, blöde Kerl. Ich habe ihm gesagt, er soll es lassen, aber er war ja immer so . . .» Die Verzweiflung übermannte sie, und ihre Stimme versagte.

«Geht's jetzt wieder?» fragte Michael.

Sie nickte.

«Ich weiß nicht, was das alles zu bedeuten hat, Miss Treves, aber ich werde die Polizei verständigen müssen.»

«Nein! Noch nicht . . . bitte, mein Lieber. Noch nicht.»
«Warum nicht?»
Ihre Hände flatterten wie zwei flügellahme Sperlinge. «Es ist besser, wir reden zuerst. Simon zuliebe. Es wäre nichts gewonnen, wenn wir alles zerstören, was er je . . .»
Michael machte eine Kopfbewegung zu der Leiche hin. «Ist das Simons Vater?»
Miss Treves schluckte und schaute weg.
«Ist er es?» fragte Michael.
Sie nickte.
«Und er dachte, *ich* wäre Simon?»
Wieder ein Nicken. «Ich hab dem blöden Kerl gesagt, daß Sie's nicht sind. Er hat diesen gemeinen Artikel im *Mirror* gelesen und Sie eines Tages aus dem Haus kommen sehen, und er war überzeugt, Simon wäre aus Kalifornien zurück.»
Jetzt kam Michael überhaupt nicht mehr mit. «Er wußte nicht, wie sein eigener Sohn aussieht?»
«Ähm . . . du», sagte Wilfred und zupfte ihn am Ärmel. «Da draußen liegt ein Toter. Das ist jetzt nicht die Zeit für 'n netten kleinen Plausch.»
«Er hat recht», sagte Miss Treves. «Wir sollten ihn vielleicht hereinholen.»
«Also, Moment mal . . .»
«Nur für eine Weile, mein Bester. Wir können ihn dann wieder draußen hinlegen.»
«Aber die Polizei wird merken, daß etwas . . .»
«Nein, wird sie nicht, mein Bester. Seien Sie nur vorsichtig mit Fingerabdrücken. Der Junge wird Ihnen helfen. Nicht wahr, mein Engel?» Sie sah Wilfred mit einem überraschend gewinnenden Lächeln an.
«Na», sagte der Junge achselzuckend zu Michael, «sie können uns ja nicht verhaften, bloß weil wir ihn von der Stelle bewegt haben, nicht?»
Michael gab nach. Wilfred und er zogen den Toten an den Füßen in die Wohnung. Miss Treves dankte ihnen mit einem erneuten Lächeln und sagte: «Würden Sie ihn bitte zudecken, mein Lieber? Nur für den Augenblick.» Michael zögerte. Dann

holte er Simons Daunendecke aus dem Schlafzimmer und drapierte sie über die Leiche.

«So», sagte er knapp und wandte sich wieder an Miss Treves. «Und was soll ich nun tun?»

Sie schaute auf ihre Hände herunter. «Eigentlich nichts weiter. Nur . . . Sie dürfen auf keinen Fall erwähnen, was er gesagt hat. Daß er Simons Vater ist.»

Michael sah sie forschend an. «Ich nehme an, Simon weiß gar nichts davon.»

«Nein. Und er darf es auch nicht erfahren. Niemals.»

Er wies auf die Gestalt unter der Daunendecke. «Dieser Kerl . . . hat Simons Mutter geschwängert?»

«Nein», sagte das ehemalige Kindermädchen. «Na ja . . . doch. Technisch gesehen.»

Wilfred kicherte.

Michael achtete nicht darauf. «Und sein Name war . . .»

«Benbow. Bunny Benbow. Er war der Direktor der Revue, in der ich mal aufgetreten bin. Wir gastierten in einem Hotel auf Malta und trafen dort die Bardills, die gerade auf einer Weltreise waren. Mrs. Bardill interessierte sich für Bunny . . . was ganz natürlich war, denn wir waren ja alle im Showbusiness. Selbstverständlich war Mrs. Bardill viel berühmter als wir, aber . . .» Sie schaute fast bedauernd auf den Toten hinunter. «Bunny machte damals eine glänzende Figur.»

«Und heute abend ist er also hergekommen . . .»

«Um seinen Sohn zu sehen. Unter anderem. Er hatte seine Fehler, aber er war hoffnungslos sentimental. Er wußte, daß die Bardills nicht mehr leben . . . und da dachte er, er könnte vielleicht . . . wieder Simons Vater sein.»

«Wieder?» fragte Michael stirnrunzelnd. «Hört sich eher so an, als wäre er es nie gewesen.»

Miss Treves wurde verlegen. «Er wollte auch noch Geld. Nach dem Artikel im *Mirror* konnte man meinen, Simon wäre sehr reich.»

«Also kommt der Kerl wieder angewalzt nach . . . was? achtundzwanzig Jahren? Und erwartet, daß Simon ihm das abkauft? Und ihm Geld gibt? Nur weil er damals Simons Mutter geschwängert hat?»

Das Kindermädchen sah weg. Ihre Unterlippe zitterte.

«Miss Treves . . .»

«Den größten Teil dieser Zeit war er im Zuchthaus. Er hat ein Hotel in Brighton ausgeraubt. Deshalb hat sich die Revuetruppe aufgelöst. Und deshalb bin ich zurück nach London gegangen und habe die Bardills aufgesucht und sie gebeten, mich als Simons Kindermädchen einzustellen.»

Michael starrte sie wortlos an.

«Er hat damals versucht, mit Simon in Kontakt zu kommen», fuhr sie fort. «Er hat ihm aus dem Zuchthaus geschrieben, aber ich habe die Briefe abgefangen. Er hatte kein Recht, das Leben der Bardills zu verpfuschen. Oder Simons Leben. Wir waren alle so glücklich . . .»

«Moment mal. Wie konnte er so sicher sein?»

«Wegen was?»

«Daß er Simons Vater ist.»

Sie sah ihn verbittert an.

«Ich muß die Wahrheit wissen, Miss Treves.»

«Mein Bester . . . ich sage Ihnen ja die Wahrheit.»

Er griff nach ihrer kleinen Kinderhand. «Die ganze?»

Sie gab einen resignierten Seufzer von sich. «Mr. Bardill war steril.»

Er nickte ihr aufmunternd zu.

«Die Bardills wollten unbedingt ein Kind. Unbedingt.» Sie rieb sich mit einer kreisenden Bewegung der Fingerspitzen die Schläfen, als wollte sie einen Dämon vertreiben. «Entschuldigen Sie, mein Lieber. Auf dem Wandbord über dem Kühlschrank steht eine Flasche Cognac. Könnte Sie so nett sein . . .»

«Ich hol sie», piepste Wilfred. Er sprang auf und machte auf dem Weg zur Küche einen Bogen um den toten Bunny Benbow.

«Sie müssen mein Freund sein», sagte sie zu Michael.

«Ich bin Ihr Freund.» Er drückte ihre Hand. «Sie haben mir schließlich die Fingernägel gemacht, nicht?»

Sie brachte ein schwaches Lächeln zustande. Wilfred kam mit einem Cognacschwenker zurück. Nach zwei energischen Schlucken hielt sie ihm das leere Glas hin. «Danke, mein Lieber.»

«Gern geschehen», erwiderte Wilfred und setzte sich wieder auf den Boden. Er stützte das Kinn auf die Faust und betrachtete die beiden, als säße er vor einem Fernseher, den er gerade eingeschaltet hatte. «Laßt euch von mir nicht stören.»

Michael wandte sich an Miss Treves. «Also . . .?»

«Ja. Also, wie gesagt, Mr. Bardill war steril . . . und das hat beiden große Sorgen gemacht. Als wir sie im Selmun kennenlernten, wußte ich gleich, daß . . .»

«Im was?»

«Im Selmun Palace Hotel. Wo wir aufgetreten sind.»

«Ach so.»

«Es war ein reizendes altes Gebäude, weit außerhalb von Valletta . . . auf einem Hügel, mit Blick aufs Meer. Einer der Malteser Ritter hatte dort vor langer Zeit mal gewohnt. Die Hotelgäste waren alle reizende Menschen, und die Bardills waren die reizendsten von allen. Sie war eine berühmte Schauspielerin, aber kein bißchen eingebildet. In Valletta kauften sie sich Fahrräder, mit denen sie auf der ganzen Insel rumfuhren, sie trug wunderschöne Schals, die hinter ihr im Wind flatterten wie . . .»

«Miss Treves.» Das mit dem Cognac war eine ganz schlechte Idee gewesen. «Unsere Zeit ist knapp.»

Sie nickte. «Sie sollen nur wissen, daß ich die Bardills nicht als Fremde empfand. Ich hatte damals das Gefühl, als würde ich sie schon ein Leben lang kennen.»

«Na schön.»

«Ich wußte, daß ich ihnen vertrauen kann.»

Er nickte.

«Auf jeden Fall . . . eines Abends machte Mrs. Bardill mit Bunny einen langen Spaziergang und erzählte ihm . . . von Mr. Bardills Problem. Bunny bot an, alles Nötige zu tun, damit sie . . . zu einem Kind kommen.»

«Sie meinen, eins adoptieren?»

«Nein», sagte sie leise. «Eins kaufen.»

Wilfred stockte der Atem. Michael warf ihm einen kurzen Blick zu und wandte sich wieder an Miss Treves. «Aber Sie haben doch gesagt, daß er ... Wollen Sie etwa sagen, es war *sein* Kind? Er hat Simon an die Bardills verkauft, weil sie sich ein ...»

«Ja», antwortete sie, ehe er ausreden konnte.

«Er hat sein eigenes Kind *verkauft*?»

«Unser Kind.»

Er sah sie verständnislos an.

«Simon ist mein Sohn.»

In der Colville Crescent rauschte ein Wagen durch eine Pfütze. Wilfred machte große Augen. Da von Michael keine Reaktion kam, fühlte sich Miss Treves zu einer Erklärung genötigt: «Es kann eine Generation überspringen, wissen Sie.»

Er schluckte verlegen. «Entschuldigung, ich wollte nicht ...»

«Seien Sie nicht albern. Es ist nicht grade das, was man erwarten würde, nicht?»

«Nein ... wahrscheinlich nicht.»

«Bunny und ich waren nicht verheiratet. Wir waren nicht einmal ein Liebespaar im üblichen Sinn. Es war in erster Linie eine berufliche Verbindung. Wir waren Partner. Simon war einfach das Ergebnis einer ... leichtsinnigen Nacht. Es war ein dummer Fehler, aber wir haben uns ganz gut aus der Affäre gezogen. Bis heute.»

Michael zögerte, ehe er sie fragte: «Sie ... wollten gar kein Kind?»

«Nein, mein Bester.» Sie schenkte ihm ein liebreizendes Lächeln. «Ich wollte Karriere machen.»

Er nickte.

«Ehrlich gesagt, ich wollte ein Star werden, aber es sollte nicht sein. Bunny raubte das Hotel in Brighton aus, und für mich brach eine Welt zusammen. Wenn mich die Bardills nicht als Simons Kindermädchen genommen hätten ...»

«Sie nahmen Sie auf, obwohl sie wußten, daß Simons ...»

«Aber nein! Bunny hatte ihnen gesagt, Simon wäre das Kind einer jungen Frau aus Valletta. Er hatte sich einfach als ... Vermittler ausgegeben. Sie haben wahrscheinlich geahnt, daß er der Vater war, aber sie haben es nie ausgesprochen. Ihnen war nur wichtig, daß sie einen wunderbaren Sohn hatten, für den sie sorgen konnten.»

«Simon hält sie also für seine leiblichen Eltern?»

«Alle tun das. Die Bardills waren fast drei Jahre aus England weg. Sie erzählten ihren Bekannten, er sei während ihres Aufenthalts in Malta in einem Krankenhaus zur Welt gekommen ... was ja auch stimmte. Mr. Bardill ließ sogar ... ich weiß nicht, wie ... eine Geburtsurkunde ausstellen. Er war Anwalt, wissen Sie.»

«Aber, angenommen, Simon ...»

«... wäre nicht gewachsen? Tja, aber so ist es eben nicht gekommen.»

«Nein.»

«Es war nicht anständig von uns – das gebe ich zu –, aber es hat damals die Probleme aller Beteiligten gelöst.»

Michael warf einen Blick auf das Problem unter der Daunendecke. «Und dieser Bursche ... ist hergekommen, um auszupacken ... und hat erwartet, daß ihm Simon Schweigegeld zahlt?»

«Nicht direkt. Sicher, er wollte Geld ... aber er dachte, Simon wüßte schon alles über ihn.»

«Haben Sie ihm das gesagt?»

Sie nickte. «Ich dachte, es würde ihn davon abhalten, zu Simon zu gehen. Das war leider ein Irrtum. Es hat ihn nur in Rage gebracht.» Sie warf dem Vater ihres Sohnes einen strafenden Blick zu. «Er ist ja so jähzornig, dieser Mensch.»

Michael wollte nichts Passendes einfallen, was man in dieser Situation hätte sagen können. Miss Treves merkte, daß er sich unwohl fühlte, und lächelte mitfühlend. «Es ist ein bißchen viel, nicht?»

Er ließ noch einen Augenblick verstreichen, ehe er fragte: «Was soll ich also der Polizei sagen?»

«Alles», sagte sie. «Nur nicht, warum er hergekommen ist.»

Sie wandte sich an Wilfred. «Das macht die Sache für deinen Vater nicht schlimmer, mein Lieber. Sie waren beide betrunken ... das ist eindeutig ... und sie sind in einen sinnlosen Streit geraten. Bunny kam draußen vorbei ... und machte zuviel Lärm ... Das ärgerte deinen Vater, und sie kriegten sich in die Haare. Ich bin sicher, die Polizei wird feststellen, daß er an einem Herzschlag gestorben ist.»

Michael hatte Bedenken. «Aber könnten sie ihn nicht mit Simon in Verbindung bringen?»

«Wie denn? Ich selbst habe Bunny mehr als zwanzig Jahre nicht gesehen. Sie haben gar keinen Grund zu der Vermutung, es könnte eine Verbindung zu mir geben ...»

«Und wenn Wilfreds Vater zurückkommt?»

Der Junge schüttelte den Kopf. «Das wird er nicht.»

Miss Treves sah ihn mitleidig an. «Vielleicht doch, mein Lieber. Aber ich glaube nicht, daß ihm die Polizei die alleinige Schuld ...»

«Ist doch egal. Macht mir nichts aus.»

«Natürlich macht es dir etwas aus. Sei nicht albern.»

Wilfred schüttelte lächelnd den Kopf.

Miss Treves setzte sich auf und tastete mit ihren winzigen Füßen nach dem Boden. Als sie aufstand, schwankte sie ein wenig – zweifellos wegen des Cognacs –, doch sie wirkte recht entschlossen, als sie sich dem Toten näherte.

«Was wollen Sie denn?» fragte Michael.

Sie kniete neben der Leiche nieder. «Etwas suchen.»

Michael wurde zunehmend nervös, während sie Bunny Benbows Taschen durchsuchte. «Ich finde, Sie sollten das nicht tun. Die Polizei könnte merken, daß jemand ...»

«Wir haben nur nach Ausweispapieren gesucht», meinte sie knapp. «Das ist ganz begreiflich. Ah!» Sie hatte gefunden, was sie suchte: Benbows zerfledderten Ausschnitt aus dem *Mirror* – FUNKER DER QUEEN MISCHT FRISCO AUF. Sie hielt ihn Michael hin. «Verbrennen Sie das, mein Bester.»

Michael steckte den Artikel in die Tasche. «Hat er sonst noch was bei sich?»

Ihre Durchsuchung fördert nur ein paar Münzen und eine

Christophorus-Medaille zutage. Sie wischte sich die Hände ab und stand auf. «Also . . . sind wir uns einig?»

«Ich glaub schon», sagte Michael.

Sie wandte sich an Wilfred. «Und du, mein Lieber?»

Der Junge nickte.

«Gut. Dann mache ich mich jetzt wieder auf . . .»

«Moment», platzte Michael heraus. «Wo sollte die Leiche liegen, wenn die Polizei eintrifft?»

«Ach so, ja . . . also, ich denke, wir sollten ihn wieder in den Hausflur legen, meinen Sie nicht? Dann können Sie sagen, daß er ins Haus eingedrungen ist, als . . . der Vater des Jungen die Tür aufgemacht hat. Sie hätten ihn natürlich auch hier reinschaffen können . . . Nein, der Hausflur ist wohl am besten. Wenn Sie so nett wären . . .»

Michael und Wilfred schleiften also Bunny Benbow zurück an den Ort seines jähen Hinscheidens.

«Ausgezeichnet», meinte Miss Treves zufrieden, als sie die Lage des Toten betrachtete. «Ich finde, so wirkt es sehr natürlich.» Sie wandte sich zum Gehen. «Dann mache ich mich jetzt auf den Heimweg. Würden Sie mich anrufen, mein Bester, wenn die Polizei wieder weg ist? Meine Telefonnummer steht auf dem Zettel am Kühlschrank. Unter ‹Nanny›.»

«Oh . . . ja, gut.»

«Ich wohne gleich um die Ecke. Chepstow Villas.» Sie lächelte ihm aufmunternd zu. «Kopf hoch, mein Lieber. Bald ist alles ausgestanden.»

Sie griff nach dem Türknauf – vielmehr langte sie hinauf –, verharrte, drehte sich noch einmal um und sagte mit einem wehmütigen Blick auf die Leiche: «Wiedersehn, Bunny. Glückliche Reise.» Ihre Augen schimmerten feucht, als sie Michael ansah. «Er war ja so ein Kind. Ein großes, pummeliges Kind.»

Mehr wird nicht verraten

Mary Ann schnitt gerade eine Kiwi in Scheiben, als Michaels Anruf kam.

«Du klingst so nah», sagte sie. «Bist du sicher, daß du in London bist?»

«Ich bin sicher.» Sein Tonfall wirkte ein bißchen ironisch.

«Hast du was?»

«Nein ... mir geht's gut. Wieviel Uhr ist es bei euch?»

«Ach ... Zeit zum Abendessen.»

«Ist Simon da?»

«Nein. Warum sollte er hier sein?»

«Ich meinte ... im Haus.»

«Oh.» Sie hatte offenbar viel zu defensiv reagiert. «Er und Brian sind gerade joggen. Wir haben ihn zum Abendessen eingeladen. Moment ... wieviel Uhr ist es denn bei euch da drüben?»

«Spät. Oder eher früh. Ich hab gerade einen Bobby zur Tür gebracht.»

«Einen *Bobby*?» Sie kicherte. «Du scheinst es ja ganz gut zu bringen.»

«Nicht auf die Tour.»

«Oh.»

«Ein Mann hat in unserem Hausflur einen Herzschlag gekriegt. Er hat sich mit einem geprügelt und ist direkt vor meiner Tür tot umgefallen.»

«Ach Mouse ... wie schrecklich.»

«Ja.»

«Bist du in Ordnung?»

«Klar.»

«Du klingst aber nicht so.»

«Na ja ... ich bin wahrscheinlich leicht angeschlagen. Ich bin es nicht gewöhnt, verhört zu werden.»

«Was wollten sie denn wissen?»

«Ach, nur ... was ich gehört hab.»

«Und was hast du gehört?»

«Eigentlich nicht viel. Nur zwei Betrunkene, die rumgeschrien haben.»

«War es jemand, den du gekannt hast?»

«Nein. Na ja . . . der eine wohnt über mir. Er ist weggerannt, als . . . der Kerl einen Herzschlag kriegte. Jedenfalls ist es jetzt vorbei. Und wie geht's *dir*, mein Schatz?»

«Bestens. Na ja . . . gut. Passabel.»

«Amüsiert sich Simon?»

«O ja. Soviel ich weiß.»

«Ich hab eine Nachricht für ihn. Sag ihm, Fabia Dane war hier. Sie hieß mal Fabia . . . äh . . . Pumphrey, aber sie hat geheiratet und möchte, daß er . . .»

«Moment, das schreib ich mir lieber auf.» Sie suchte hektisch nach einem Bleistift. «Wie war noch mal der Name?»

Er buchstabierte ihn für sie. «Sie gibt eine Sommerparty auf ihrem neuen Landsitz. Die Einladung schickt sie ihm noch. Ihr Mann macht Kartoffelchips. Und sie ist eine Fotze.»

«Gehört das noch zur Nachricht?»

«Das ist eine Fußnote. Ich glaube, er weiß es eh schon.»

«Na gut. Sonst noch was?»

«Nein, das wär's. Sie kam mir vor wie eine abgewiesene Geliebte von ihm.»

«Ach wirklich?»

«Mhm.»

«Wie war sie denn so?»

«Ach . . . hat ‹Fotze› nicht gereicht?»

«Na ja . . .»

«Dann Oberschichtfotze. Wie ist das?»

«Perfekt.» Sie kicherte. Sein Schlenker gefiel ihr. Sie brauchte jede Bestätigung, die sie kriegen konnte. «Wann sehn wir dich wieder?»

«Dienstag abend, schätze ich. Sag Simon, ich laß die Schlüssel bei seiner Nanny.»

«Seiner *Nanny*?»

Er lachte. «Das ist wieder eine Geschichte für sich. Sie *war* mal sein Kindermädchen. Ab übermorgen kannst du mich hier nicht mehr erreichen. Ich fahr über Ostern aufs Land.»

«Wie elegant.»

«Wer weiß. Ich bin mir nicht so ganz sicher, wo ich da eigentlich hinfahre. Ich meine . . . ich weiß, wohin ich fahre, aber ich weiß nicht, was mich dort erwartet.»

«Macht doch nichts.»

«Doch. Halt dich fest: Ich glaub, Mona ist da.»

«Mona? *Unsere* Mona?»

«Ja, aber ich kann's nicht mit Sicherheit sagen. Sie will nicht mit mir reden.»

«Du hast sie gesehen?»

«Nur kurz. Aus einiger Entfernung. Sie ist jetzt blond und hat eine Frisur wie Prinzessin Diana.»

«Ist ja nicht zu glauben.»

«Makaber, was?»

«Woher weißt du, daß sie da auf dem Land ist?»

«Weiß ich eben nicht. Es ist bloß eine Vermutung. Was weiß ich . . . wenigstens werd ich was von der Landschaft sehen.»

«Fährst du allein?»

«Ich weiß noch nicht.»

«Komm schon, Mouse . . .»

«Ich fahr vielleicht mit einem Freund.»

Sie hörte im Hintergrund einen Juchzer. «Ähm, Mouse . . . wer war das denn?»

«Na wer schon? Der Freund.»

«Der grade erfahren hat, daß er mit darf, hm?»

«Richtig.»

«Es scheint ihn zu freuen.» Er schien sogar begeistert zu sein – das Juchzen hielt noch an. «Wie alt ist er?»

«Im Moment ist er elf. Wilfred, geh da runter!»

«Wilfred, hm? Britischer geht's kaum noch. Er ist doch nicht wirklich elf?»

«Nein.»

Sie wartete auf nähere Angaben. Als keine kamen, sagte sie: «Ist das alles, was ich erfahre?»

«Das ist alles. Bis ich nach Hause komme.»

«Ist der Tisch da drüben reichlich gedeckt?»

«Ziemlich. Eigentlich mehr als reichlich. Ich bin nicht sicher, ob du mir's glauben wirst.»

«Zum Beispiel?»

«Wenn ich nach Hause komme, Schatz.»

«Spielverderber», schmollte sie.

Ausgefuchst

Der Karfreitag war grau und regnerisch. Michael stand in der Paddington Station auf dem Bahnsteig und sah gebannt auf die eingerußten silbrigglänzenden Züge, die donnernd in die verglaste Höhle des Bahnhofs einfuhren. Überall drängten sich abgehetzte Londoner, die entschlossen waren, das Osterfest woanders zu verbringen.

Er schaute auf die Uhr. Vier Minuten vor zwölf. Der Zug nach Oxford fuhr in siebzehn Minuten. Er stellte den Koffer ab und musterte die Fahrgäste auf Bahnsteig vier. Wilfred war eindeutig nicht darunter.

Sie hatten sich vorsichtshalber für halb zwölf verabredet. Der Junge war also schon fast eine halbe Stunde verspätet. Wenn sie diesen Zug verpaßten, würden sie in Oxford keinen Anschluß mehr bekommen. Er tadelte sich, weil er dem Jungen vertraut hatte, als der in letzter Minute «schnell noch was erledigen» wollte.

Na schön. Nur nicht aufregen. Er schleppte seinen Koffer zum Zeitungsstand und vertiefte sich in die knalligen Schlagzeilen der Boulevardblätter. Eine lautete: RANDY ANDY ZEIGT ALLES. Dazu gab es ein enttäuschendes, mit Teleobjektiv aufgenommenes Foto von Prinz Andrew in Badehose. Und über einem Bild des Pornostars, mit dem der Prinz derzeit liiert war, stand in dicken Lettern: KUH D'ETAT.

Er kaufte sich einen Apfel und sah noch einmal nach der Zeit. Noch zehn Minuten. Was, zum Kuckuck, war bloß los?

Hatte Wilfred es sich anders überlegt? Oder ihn falsch verstanden? War etwa Wilfreds Vater zurückgekommen?

Diese Vorstellung war so schauderlich, daß er gar nicht daran denken wollte. Er ging wieder zum Bahnsteig, wo der Zug inzwischen eingetroffen war. Zunehmend gereizt ging er an den Waggons entlang. *Wehe, er hat keinen ernsthaften Grund*, dachte er. *Aber hoffentlich ist es nicht zu ernst.* In dieser Ungewißheit konnte er nicht fahren. Er mußte die Reise einfach sein lassen.

«Entschuldigen Sie», wandte er sich an einen Schaffner. «Ich versuche, nach Moreton-in-Marsh zu kommen.»

«Da sind Sie richtig. Das ist Ihr Zug. In Oxford umsteigen.»

«Ich weiß, aber wenn ich den Zug nicht nehme . . .»

«Dann kommen Sie heute nicht mehr nach Moreton-in-Marsh. Erst morgen wieder.»

«Mist.»

«Sie warten noch auf jemand?»

«Ich habe gewartet, ja. Vielen Dank.» Mißmutig und zutiefst enttäuscht wandte er sich zum Gehen. Dann blieb er wie angewurzelt stehen, denn in der Menge tauchte ein bronzefarbener Wuschelkopf auf. Wilfred drängte sich zu ihm durch.

«Da bist du ja endlich.»

Der Junge machte ein angemessen schuldbewußtes Gesicht. «Tut mir leid, Mann.» Er trug Jeans und einen knallgelben ärmellosen Pulli mit passender Fliege. Unter dem einen Arm hatte er eine Reisetasche aus Segeltuch und unter dem anderen eine große Pappschachtel.

Michael verkniff sich eine Standpauke. «Du, wir wollen nirgends einwandern», meinte er grinsend.

Wilfred nahm sich nicht die Zeit für eine Antwort. Er stieg in den Zug und ging durch die Waggons, bis er einen fand, der nur schwach besetzt war. «Wie wär's hier?» fragte er.

«Gut.»

Der Junge setzte sich auf einen Fensterplatz und verstaute seine Reisetasche unter dem Sitz. Den Karton behielt er auf dem Schoß. «Es hat länger gedauert, als ich dachte», sagte er.

«Was denn?»

Wilfred lächelte geheimnisvoll und tätschelte die Seitenwand des Kartons.

Michael besah sich die Pappschachtel. Sie war mit Klebeband umwickelt, und der Deckel hatte vier oder fünf kleine Luftlöcher. Jetzt dämmerte es ihm. «Herrgott, Wilfred ... *wenn es das ist, was ich denke* ...»

«Nicht so laut, Mann.»

«Die werfen uns aus dem Zug.»

«Nein, tun sie nicht.»

«Es gibt garantiert eine ... Bestimmung gegen so was.»

Der Junge zuckte mit den Schultern. «Du kannst doch gut mit der Polente.»

Michael starrte ihn fassungslos an und schaute wieder auf den Karton. «Bist du sicher, daß er da nicht raus kann?»

Der Junge nickte.

«Und wenn er sich durchnagt?»

«Das versucht er gar nicht, Mann. Er ist vollgedröhnt.»

«Was?»

«Ich hab ihm ein bißchen Haschisch ins Fressen getan.»

Der Zug fuhr mit einem Ruck an, und im gleichen Augenblick kam ein Schaffner in den Waggon. Wilfred beugte sich vor und verschränkte die Arme auf dem Karton. Dann fiel ihm seine Fahrkarte ein. Er zog sie aus der Gesäßtasche, gab sie Michael und beugte sich rasch wieder über den Karton.

Der Schaffner baute sich vor ihnen auf. «Wo geht's hin, die Herrn?»

«Moreton-in-Marsh», antwortete Michael und händigte ihm die Fahrkarten aus.

«Reizendes Dörfchen. Im Herzen Englands.»

«Ja, das haben wir auch gehört», sagte Michael mit einem Lächeln, dem man bestimmt anmerkte, daß es gezwungen war. «Eigentlich wollen wir in einen Ort in der Nähe. Easley-on-Fen.»

Der Schaffner streifte Wilfred mit einem Seitenblick und sagte: «Osterurlaub, was?»

«Richtig.» Wieder ein gequältes Lächeln.

«Dann wünsch ich schöne Tage.»

«Danke», sagten beide gleichzeitig.

Der Schaffner trollte sich.

Michael nahm den Jungen ins Visier. «Spinnst du?»

«Nö, kein bißchen.»

«Was sollen wir denn mit ihm machen?»

«Einfach laufenlassen», meinte Wilfred schulterzuckend.

«Und wo?»

«Was weiß ich. In Gloucestershire. Irgendwo.»

«Na toll», murmelte Michael. *«Born Free.»*

«Was?» meinte der Junge naserümpfend.

«Ein Film. Vor deiner Zeit. Und gib mir nicht dauernd das Gefühl, als wär ich uralt. Sag mal, was ist, wenn der olle Bingo da . . .»

«Dingo.»

«Dingo. Was ist, wenn seine Dröhnung verfliegt, eh wir in die freie Wildbahn kommen?»

Wilfred warf ihm einen Blick zu und sagte patzig: «Na, da können wir jetzt auch nichts dran ändern, oder?»

Darauf wußte Michael keine Antwort.

«Entspann dich, Mann. Da . . . sieh raus. Unser liebliches, grünes Land. Das soll 'n Ausflug sein . . . falls du dich erinnerst.»

Michael verdrehte die Augen, lehnte sich zurück und sah aus dem Fenster. Sie waren inzwischen in den Außenbezirken, und eine endlose Reihe von Hinterhöfen glitt im Regen vorüber. Dann kamen verrußte Art-déco-Fabrikgebäude, Schrottplätze und Tankstellen im nachgemachten Tudorstil – alles düster hingeduckt unter einem flanellgrauen Himmel.

«Es klart schon auf», sagte Wilfred.

Michael warf ihm einen genervten Blick zu und schaute wieder hinaus. «Wann wird es denn mal idyllisch?»

Der Junge schnaubte verächtlich. «Ihr Amis und eure doofen Idyllen.» Nach einer Pause fragte er: «Wo wollen wir in Gloucestershire übernachten?»

«Ach . . . in einer Pension, würde ich sagen. Wir nehmen es einfach, wie's kommt.» Irgendwie fand er Gefallen an dieser Vorstellung. «Irgendwelche Vorschläge?»

Der Junge schüttelte den Kopf. «Ich war noch nie da.»

«Wir müssen uns vielleicht ein Auto mieten. Je nachdem, wie weit es zu dieser Adresse ist.»

«Mhm.»

«Was ist mit deinem Vater?»

«Wieso?»

«Was machst du, wenn er nicht mehr wiederkommt?»

Wilfred tat die Frage mit einem trockenen Lachen ab. «Das gleiche wie vorher, Mann.»

Die Landschaft wurde hügelig und zunehmend grüner. Der Zug hielt an vier oder fünf putzigen Stationen, ehe er Oxford erreichte, wo sie ausstiegen und auf ihren Anschlußzug warteten. In der Snackbar am Bahnhof bestellten sie sich Kaffee und Gebäck, während ein prasselnder Platzregen die liebevoll gehegten Blumenrabatten neben dem Bahnsteig verwüstete.

Den letzten Teil der Reise begannen sie schweigend, während der Zug durch die verregnete Landschaft zuckelte. Dingo hatte angefangen, sich zu regen, aber noch so zurückhaltend, daß es niemandem auffallen konnte. Ab und zu redete Wilfred beruhigend auf ihn ein und stopfte ihm Stücke von einem Schinkensandwich durch die Luftlöcher, und der Fuchs schlang sie dankbar schmatzend hinunter.

«Was hat dein Lover gemacht?» fragte der Junge nach einer Weile.

Michael schaute von seinem Cotswold-Reiseführer hoch. «Du meinst beruflich?»

Wilfred nickte.

«Er war Arzt. Auf einem Passagierdampfer.» Er lächelte versonnen. «Als ich ihn kennenlernte, praktizierte er als Frauenarzt.»

«Ehrlich?»

Michael nickte. «Die Witze kenn ich alle schon.»

Der Junge griente. «Wie lange war er dein Lover?»

«Schwer zu sagen. Gekannt hab ich ihn ungefähr sieben Jahre.»

«Hat er nicht mit dir zusammengelebt?»

«Einen Teil der Zeit. Am Anfang nicht, dann haben wir

zusammengelebt, und dann haben wir uns getrennt. Als wir wieder zusammenkamen, hatte er den Job auf dem Schiff und war viel unterwegs. Ich glaube, da waren wir am glücklichsten. Immer mal zehn Tage oder drei Wochen zusammen. Ich habe immer alles mögliche gesammelt, was ich ihm erzählen konnte, wenn er nach Hause kam.»

«Was denn so?»

«Ach, weißt du ... halt so alles mögliche. Sachen aus der Zeitung. Sachen, die wir beide mochten ... oder über die wir verschiedener Meinung waren. Barbra Streisand, zum Beispiel. Ich kann sie nicht leiden, und er hat sie verehrt, also war es meine Aufgabe, allen Barbra-Klatsch zu sammeln, der ihm auf See vielleicht entgangen war. Es war ein gräßlicher Fluch, aber ich hab's getan.» Er lächelte. «Ich tu es *noch*.»

«Hast du's mit anderen Typen getrieben, wenn er weg war?»

«Oh, klar. Und er auch. Wir haben nicht mehr zusammen geschlafen.»

«Warum nicht?»

Michael zuckte die Schultern. «Das mit dem Sex hat sich einfach gelegt. Wir waren zu sehr wie Brüder. Das wär uns ... wie Inzest vorgekommen.»

Der Junge runzelte die Stirn. «Das ist echt schade.»

«Ach, ich weiß nicht. Ich denke, es hat uns die Freiheit gegeben, uns zu lieben. Weil wir nicht mehr so viel voneinander verlangt haben. Unser Verhältnis wurde immer enger. Wir hatten tollen Sex mit anderen und eine prima Freundschaft miteinander. Es war nicht das, was ich mir erwartet hatte, aber es schien besser zu funktionieren als alles andere.»

«Aber», meinte der Junge nachdenklich, «das ist dann nicht grade ein Lover.»

«Oh, ich weiß. Und wir haben auch immer dafür gesorgt, daß unsere Boyfriends es wußten. Wir haben gesagt: ‹Jon ist nur ein Freund ... Michael wohnt nur mit mir zusammen ... Wir waren mal verliebt, aber jetzt sind wir bloß Freunde.› Wenn du je mal der Dritte in so einer Situation warst, dann weißt du, daß diese Unterscheidung rein gar nichts bedeutet. Diese Typen sind wie *Ehepartner* ... und wenn der eine einen

Seitensprung macht, erfährt der andere grundsätzlich als letzter davon.»

«Aber ihr habt es gewußt», sagte Wilfred.

Michael nickte. «In dieser letzten Zeit, ja.»

«Dann ... ist das doch besser als nichts.»

Michael lächelte ihn an. «Es ist besser als alles.»

«Wissen deine Eltern, daß du schwul bist?»

«Klar», sagte Michael. «Ein paar Monate, bevor Jon krank wurde, haben wir sie in Florida besucht.» Die Erinnerung brachte ihn zum Schmunzeln. «Sie mochten ihn sehr ... ich hatte nichts anderes erwartet ... aber wer weiß, wie sie sich unser Verhältnis vorgestellt haben. Komisch, nicht? Dabei hätten sie sich gar keine Gedanken machen müssen. Ich hatte fünf Jahre gebraucht, um sie daran zu gewöhnen, daß ich mit Männern schlafe ... und da bringe ich ihnen einen mit, mit dem ich's gar nicht mehr mache.»

«Wo hast du ihn kennengelernt?» fragte Wilfred.

«Auf einer Rollschuhbahn. Wir sind zusammengestoßen.»

«Ehrlich?»

«Ich kriegte Nasenbluten. Er war so wahnsinnig ritterlich, das war gar nicht zu fassen.» Er schaute aus dem Fenster, wo ein grünes Tal mit zwei mausgrauen Dörfern vorbeizog. «Anschließend sind wir zu mir gegangen. Mona hat uns am nächsten Morgen ein Frühstück ans Bett gebracht.»

«Du meinst ... die von Harrods.»

«Ja. Ich hab damals mit ihr zusammengewohnt.» Über den fernen Bergen war jetzt da und dort ein Stück blauer Himmel zu erkennen. Er fühlte sich plötzlich so zuversichtlich, daß es ihm fast pervers vorkam. «Ich hoffe, du wirst sie kennenlernen können. Sie ist in Wirklichkeit gar keine ... wie hast du sie genannt?»

«Edelzicke.»

«Ja. Das ist sie gar nicht. Sie ist einfach 'ne ganz patente, normale Lesbe.»

Wilfred machte ein skeptisches Gesicht.

«Du wirst sehn», sagte Michael. «Ich hoffe es jedenfalls.»

In Moreton-in-Marsh empfahl ihnen der Bahnhofsvorsteher

eine ehemalige Römerstraße namens Fosse Way im Ortszentrum. Die Häuser zu beiden Seiten waren aus rötlichgrauem Cotswold-Kalkstein und vorwiegend dem Tourismus gewidmet – Porzellanläden, Postkartenboutiquen, Teestuben. Am Ende der Straße, wo die Kirche war, gab es einen Pub namens Black Bear. Sie fanden einen freien Tisch in einer Ecke des verräucherten Schankraums.

«Siehst du ’ne Bedienung?» fragte Michael.

«Ich glaub, das macht Doll.»

«Wer?»

«Hinterm Tresen, Mann. Die mit dem Lidschatten.»

«Woher weißt du ihren Namen?»

Wilfred zeigte mit einem selbstgefälligen Lächeln auf ein Schild über dem Tresen: IHRE WIRTSLEUTE – DOLL UND FRED. «Sonst noch Fragen?»

«Ja. Was wird mit unserm ... kleinen Freund?» Er zeigte auf Dingos Karton.

«Ja, ja. Gleich. Wie wär’s erst mal mit einem Cider?»

«Gute Idee.»

Wilfred ging an den Tresen, und Michael studierte derweil die Titel in der Musikbox. Er entdeckte Duran Duran und die Boystown Gang, San Franciscos schwule Rockgruppe. Das globale Dorf wurde mit jeder Sekunde kleiner. Er setzte sich wieder und flüchtete sich in Träumereien von uralten Gasthöfen und knorrigen Tippelbrüdern und «Etwas ist im Busch».

«Sieg», verkündete Wilfred strahlend und stellte zwei Gläser auf den Tisch.

«Wie das?»

«Ich hab die olle Doll nach Roughton gefragt.»

«Und?»

«Also zunächst mal ... Roughton ist *Lord* Roughton.»

Michael pfiff durch die Zähne.

«Außerdem ist das Anwesen sehr stattlich ... eins der größten in den Cotswolds.»

Michael überlegte. «Ich schätze, da können wir nicht einfach hingehen und klingeln.»

Der Junge lächelte geheimnisvoll. «Nicht direkt.»

«Wilfred . . . mach keine Faxen.»

«Tu ich ja gar nicht. Es gibt eine Führung.»

«Du meinst . . . durch das Anwesen?»

Wilfred nickte. «Ein Tourbus fährt direkt hin.»

«Dann könnten wir . . .»

«Ich hab zwei Plätze gebucht. Für morgen früh.»

Es war fast zu gut, um wahr zu sein. Michael konnte nur noch den Kopf schütteln.

«War das falsch?» fragte Wilfred.

«Machst du Witze? Es ist perfekt. Hat sie gesagt, ob man hier übernachten kann?»

«Im ersten Stock. Da haben sie Zimmer. Der Bus fährt morgen früh um zehn hier ab. Zehn Pfund für uns beide. Für die Tour, meine ich. Das Zimmer kostet noch mal acht.»

Michael stand auf und tastete nach seiner Brieftasche. «Dann sollte ich . . .»

«Schon erledigt, Mann.»

«Also, Wilfred . . .»

«Du kannst ja das Abendessen bezahlen. Setz dich wieder hin. Trink deinen Cider.»

Das tat Michael, und er prostete dem Jungen anerkennend zu.

Wilfred erwiderte die Geste, ohne eine Miene zu verziehen. «Ich werd mal 'n prima Ehemann.»

Bei Einbruch der Dämmerung hatte es völlig aufgeklart. Sie gingen zum Ortsrand und fanden eine Wiese, die von einem dichten Buchengehölz umgeben war. Wilfred stellte Dingos Karton auf die Erde. Er machte es sehr zeremoniell und würdevoll. Dann zog er am einen Ende das Klebeband ab.

Der Fuchs kam ein wenig benommen heraus. Er stand regungslos da und beobachtete den Menschen, der ihn so lange eingesperrt hatte.

«Mach schon», sagte Wilfred. «Hau ab.»

Der Fuchs lief ein paar Schritte. Er war noch unsicher auf den Beinen. Dann blieb er wieder stehen.

«Er will nicht weg», sagte der Junge.

«Doch. Die Umgebung ist ihm nur fremd.»

Dingo wartete noch einen Augenblick und ging mit sich zu Rate. Dann lief er los, auf die dunklen Bäume zu, in die Freiheit.

Die Rockwitwe läßt bitten

Brian war sicher, daß es ein kalorienreiches Wochenende werden würde, darum joggte er am Samstag morgen zwei Meilen zusätzlich. Auf dem Heimweg ging er in die Feuerwehrwache am Russian Hill und nahm einen der rot und silbern bedruckten Babysticker mit, die er in North Beach an vielen Fenstern gesehen hatte.

Mit dem Aufkleber zeigte man den Feuerwehrleuten, welches Fenster sie einschlagen mußten, um ein Kind zu retten. Er war bedruckt mit dem Bild eines unvorstellbar wackeren Feuerwehrmanns, der ein kleines Mädchen in den Armen hält.

Die Aufkleber mochten spießig sein, aber sie waren praktisch.

Im übrigen waren sie nicht halb so spießig wie der Sticker, den Chip Hardesty auf der hinteren Stoßstange seines Saab hatte: HABEN SIE HEUTE SCHON MIT IHREM KIND GESCHMUST? Das Ding machte ihn jedesmal wahnsinnig, wenn er an Hardestys Haus vorbeikam.

In der Barbary Lane schrubbte Mrs. Madrigal gerade den schleimigen Moosbelag von den Stufen vor dem Haus. «Es wird so rutschig», sagte sie und schaute hoch. «Ich hatte Angst, daß mal jemand stürzt.»

«Da würde ich mir keine Sorgen machen», meinte er.

Sie richtete sich auf und wischte ihre Hände an der Schürze ab. «Um etwas *muß* ich mir Sorgen machen. Es ist so ruhig hier. Hat denn niemand Probleme?»

«Wenn's Ihnen so dringend ist», sagte er grinsend, «können wir uns bestimmt ein oder zwei Katastrophen einfallen lassen.»

«Nein, nein, schon gut.» Sie beäugte den Babysticker. «Was haben wir denn da?»

«Oh.» Er spürte, wie ihm die Schamröte ins Gesicht stieg. «Das ist . . . bloß so ein Scherzartikel.»

Sie merkte, daß es ihm peinlich war. «Sieh einer an», zog sie ihn auf. «Was hast du denn? Hab ich dich bei irgendwas ertappt?»

Da konnte er nur noch lachen. «Müssen Sie erst noch fragen?»

«Nein», sagte sie und tastete an ihrer Frisur herum. «Du hast ganz recht. *Tja*» – sie machte ein munteres Gesicht und wechselte das Thema – «da wirst du ja morgen schon früh auf den Beinen sein.»

Er verstand nicht, was sie meinte.

«Wegen der Morgenandacht», ergänzte sie.

«Oh . . . nein, da geht Mary Ann alleine hin. Ich fahr übers Wochenende nach Hillsborough.»

«Ah», sagte sie, doch es schien ihr nichts zu sagen.

Er fragte sich allmählich, ob *er* auf der Leitung stand. «Sie meinen . . . sie hat Ihnen gesagt, ich würde mitgehen?»

«Nein . . . nein.»

«Aber woher wissen Sie dann . . .»

«Na, Simon hat von der Morgenandacht erzählt . . . und ich nahm einfach an, daß ihr zu dritt . . .» Sie tippte sich an die Stirn und ärgerte sich offenbar über sich selbst. «Hör nicht auf die alte Dame. Sie wird langsam senil. Was tut sich denn in Hillsborough?»

«Äh . . . wie?» Für einen Augenblick hatte er den Faden verloren. «Oh . . . eine Party. Theresa Cross. Erinnern Sie sich? Die aus dem Cadillac Café?»

«Ja, nur zu gut.» Ihre Miene sagte alles.

«Sie halten nichts von ihr?»

«Na ja . . . ich kenne sie eigentlich nicht.»

«Ich geh auch nur hin, weil sie einen Swimmingpool hat.»

Die Vermieterin sah ihn von unten herauf an.

«Ich bin ein großer Junge, wissen Sie.»

«Oh, mein Lieber . . . das *weiß* ich.» Sie warf ihm einen nekkischen Blick zu und signalisierte dann das Ende der Unterhaltung, indem sie sich nach ihrer Schrubberbürste umsah.

Als er vor seiner Wohnungstür stand, hörte er drinnen Mary Ann und steckte den Babysticker in die Tasche seiner Canterbury-Shorts. Er wollte nicht, daß sie hinter solchen Kleinigkeiten eine Taktik vermutete, um sie unter Druck zu setzen. Ihre Stimmung war in letzter Zeit zu sprunghaft.

«Komm mir nicht zu nah», sagte sie, als sie den Schweißfilm auf seiner Haut sah.

Er gab sich gekränkt. «Ich dachte, du *magst* es, wenn ich schwitze.»

«In gewissen Momenten, mein Schatz. Dieser gehört nicht dazu. Mußt du nicht packen?»

«Was denn packen? Ich bin doch morgen mittag schon wieder da.»

«Na . . . 'ne Badehose wenigstens.»

«Ich zieh unter meine Jeans eine an», meinte er schulterzukkend.

Sie überlegte. «Die Speedos, hm?»

Er nickte: «Die anderen sind zu bauschig. Warum?»

«Nur so.»

Theresa machte ihr mal wieder Sorgen. Das gefiel ihm.

«Geh unter die Dusche», sagte sie.

Er ging ins Schlafzimmer, streifte die Schuhe von den Füßen und zog Shorts und Jockstrap aus. Während er nachdenklich auf der Bettkante saß, kam Mary Ann an die Tür, als hätte sie gespürt, daß er sich Gedanken machte.

Er schaute zu ihr hoch. «Du hast mir nicht gesagt, daß Simon mitgeht.»

«Wohin denn? . . . Ach so, zu der Mount-Davidson-Geschichte?»

Er nickte.

Sie ging an ihre Frisierkommode und schob ein paar Schminksachen ziellos hin und her. «Na ja, das hat sich mehr so in letzter Minute ergeben. Der arme Kerl wußte offensichtlich nicht, was er Ostern machen soll, und da hab ich gedacht, es wär 'ne nette Abwechslung für ihn.»

Er ging nicht darauf ein.

Sie drehte sich zu ihm um. «Tu das nicht, Brian.»

«Was denn?»

«Dir wieder was einreden. Ich dachte, das hätten wir hinter uns.»

«Hab ich was gesagt? Ich hab mich nur gewundert, daß du's mit keinem Wort erwähnt hast . . . das ist alles.»

Sie zuckte mit den Schultern. «Bin gar nicht auf die Idee gekommen. Ist doch nichts Besonderes. Nur ein Job.»

«Um fünf Uhr morgens.»

Sie tat die Bemerkung mit einem spöttischen kleinen Lacher ab. «Und wie spitz ich um die Tageszeit bin, das wissen wir ja.»

Sie bekam das Lächeln, das sie wollte. «Na schön», sagte er, «is ja gut.»

Sie setzte sich neben ihn, beugte sich herüber und leckte ihm einen Schweißtropfen von der Brust. «Du großer, verschwitzter Dummerjan. Entspann dich mal.» Sie richtete sich auf und sah ihm ins Gesicht. «Woher weißt du, daß Simon mitgeht?»

«Mrs. Madrigal hat es erwähnt.» Er kam sich mittlerweile schon blöde vor. «Lassen wir das, ja?»

«Aber gern.» Sie schnupperte an seiner Achselhöhle. «Puh, ist das *potent*. Laß das bloß nicht die Drachenlady riechen.» Sie küßte ihn seitlich auf den Hals und stand auf. «Ich hab heute morgen das Auto innen saubergemacht.»

«Prima. Danke.»

«Es steht in der Union Street, neben dem Bel-Air. Ich glaub, Benzin ist noch genug drin.»

Er stand auf. «Du, es tut mir leid, wenn . . .»

«He», unterbrach sie ihn. «Keine Entschuldigungen. Ist doch alles bestens.»

Eine ausgiebige heiße Dusche möbelte ihn wieder auf. Er zog seinen Bademantel über, und als er ins Schlafzimmer kam, saß Mary Ann auf dem Bett. Er ging zum Kleiderschrank und stellte fest, daß der Babysticker an der Spiegeltür klebte. Er drehte sich um und sah sie an.

Sie hatte darauf gewartet und sagte mit einem zögernden Lächeln: «Ich hab gedacht, wir kleben ihn schon mal irgendwohin. Bis wir wissen, wo wir das Kinderzimmer einrichten.» Ihre Miene drückte zärtliche Entschlossenheit aus. Er ging vor ihr in die Hocke und legte ihr den Kopf in den Schoß. Sie strich ihm die Haare glatt. «Ich will es auch», sagte sie leise.

Es war kurz vor drei, als er in Hillsborough vor dem weitläufigen Haus von Theresa Cross eintraf. An den Seiten der gigantischen Auffahrt zum Haus der Rockwitwe war reichlich Platz zum Parken. Er stellte den Le Car zwischen einem Rolls und einem Mercedes ab und schämte sich, daß er dabei ein peinliches Gefühl hatte. Ausgerechnet hier sollten solche Dinge wirklich keine Rolle spielen. Schließlich war es Bix Cross gewesen, der ihn gelehrt hatte, materiellen Werten mit Mißtrauen zu begegnen.

Er ließ sich von einem lateinamerikanischen Dienstmädchen den Weg erklären, und nachdem er ein perlgraues Wohnzimmer durchquert hatte, stieß er auf eine Gruppe von Gästen, die am Swimmingpool heftig dem Alkohol zusprachen. Sie hatten die Zielstrebigkeit einer Ameisenkolonie, die sich vorgenommen hat, etwas Großes und Totes von da nach dort zu transportieren.

Ein Mann löste sich aus dem plaudernden Zirkel, als hätte ihn eine mysteriöse Zentrifugalkraft abdriften lassen. Er war Anfang vierzig und hatte ein nichtssagendes, gebräuntes Gesicht. «Hallo», sagte er und streckte die Hand aus. «Ich bin Arch Gidde, Theresas Makler und ständiger Begleiter.»

«Hallo. Brian Hawkins.»

«Ich nehme an, Sie suchen die Dame des Hauses.»

«Gewissermaßen, ja. Das hier ist wohl die Party.» Es war ein dummer Spruch, aber er fühlte sich gehemmt, weil er niemanden kannte.

«Das ist sie», meinte Arch Gidde mit einem abfälligen Grinsen. Er warf einen Blick auf das üppige Büffet, das kaum jemand angerührt hatte. «Wenn ich daran denke, wie viele Lachse dafür umsonst ihr Leben lassen mußten.»

«Äh . . . hat sie denn mehr Leute erwartet?»

Wieder das Grinsen. «Sehen Sie irgendwo Grace Slick? Oder Boz Scaggs? Oder wenigstens Ann Getty?»

Was, zum Teufel, sollte man darauf antworten? «Hat das ... äh ... einen bestimmten Grund?»

«Ach Gott, Sie wissen es noch gar nicht? Und jede Wette, daß Sie einer von Theresas Rock'n'Roll-Freunden sind. *Quelle* Pleite. Sie haben das große Ereignis verpaßt.» Er seufzte theatralisch. «Wir *alle* haben es verpaßt.» Er beugte sich vor und senkte verschwörerisch die Stimme. «Yoko Ono gibt in ihrer Suite im Clift einen kleinen Empfang.»

«Äh ... Sie meinen, heute?»

Der Makler nickte grimmig. «In diesem Augenblick.»

«Na so was.» Mehr brachte er nicht heraus.

«Und Madame ist sauer. Madame ist äußerst sauer. Den ganzen Nachmittag über haben sich ihre Gäste abgesetzt, einer nach dem anderen.»

«Verstehe.» *Großer Gott. Yoko Ono in San Francisco.*

«Also», fuhr Arch Gidde fort, «hat sie sich in ihre Gemächer zurückgezogen, um etwas für ihre Contenance zu tun.» Er tippte mit dem Zeigefinger an seinen Nasenflügel. Dann kniff er die Augen zusammen und musterte Brian. «Sie kommen mir irgendwie sehr bekannt vor.»

Brian zuckte mit den Schultern. Lackaffen wie den hier hatte er in seiner Karriere als Kellner massenhaft bedient. «Ich glaube nicht, daß wir uns kennen.»

«Möglich. Aber ich habe einfach das Gefühl ...»

«Was ist denn der Anlaß der Party?»

«Die hier? Oder die andere?»

«Die andere. Ich meine ... warum ist Yoko Ono in der Stadt?»

«O Gott.» Der Makler hielt sich die Hände vors Gesicht. «Davon weiß Mutter Theresa noch gar nichts ... Mrs. Lennon sucht hier ein Haus.»

«Sie meinen ... sie will hierherziehen?»

Sein Informant nickte. «Sie findet, das ist der richtige Platz für ihren kleinen ... wie heißt er noch?»

«Sean», sagte Brian.

«Stellen Sie sich vor, was das für Theresa heißt. Zwei Rockwitwen in der gleichen Stadt. Zwei Mrs. Norman Maines.»

Er wußte nicht, wer das war, und er wollte auch nicht danach fragen. Er wollte den Kerl loswerden und sah sich suchend um, bis er seine Gastgeberin entdeckte, die gerade ihre Klausur beendet hatte. Sie trug einen Bikini mit einem Leopardenmuster in Schwarz und Pink. Ihre Haarpracht wirkte üppiger denn je.

Am Rand der Terrasse blieb sie stehen, verlagerte ihr Gewicht aufs Standbein und klatschte in die Hände. «Also, Leute! Ins Wasser mit euch! Ihr wißt, wo ihr euch umziehen könnt. Ich will nackte Haut sehen.» Sie ging auf Brian zu und zeigte mit dem Finger auf ihn. «Besonders *Ihre*.»

Er versuchte, cool zu bleiben. «Tach», sagte er.

«Hallo.» Sie blieb stehen und belastete wieder das Standbein. «Wo ist Mary Ann?»

«Oh . . . ich dachte, sie hätte es Ihnen gesagt. Sie muß arbeiten. Es tut ihr wirklich leid, daß sie nicht kommen konnte.» Das klang irgendwie sehr geheuchelt, darum fügte er hinzu: «Ich bin hier, damit ich ihr erzählen kann, was sie verpaßt hat.»

«Gut», meinte Theresa und zog eine Augenbraue hoch, «aber erzählen Sie ihr nicht alles.» Ihre leicht anzügliche Bemerkung hatte einen Unterton, der sie harmlos machte. Was sie zu offerieren schien, war nicht so sehr fleischliches Vergnügen, sondern eher eine augenzwinkernde Karikatur davon – die Achtziger-Jahre-Version eines Betty-Boop-Comics. Sie war es offenbar gewohnt, daß Männer vor ihr zurückschreckten, und schien es von vornherein einzukalkulieren.

Ihre Figur überraschte ihn einigermaßen. Das Volumen ihres Busens lag nur wenig über dem Durchschnitt, aber ihre rustikal großen Brustwarzen dellten das Bikini-Oberteil wie zwei Macadamianüsse aus. Ihr Hintern war groß und herzförmig und eigentlich viel straffer, als er erwartet hatte. Alles in allem ein Paket, das an allerhand interessante Möglichkeiten denken ließ.

«Also», sagte sie. «Steigen Sie aus den Klamotten. Die Sonne ist bald weg.»

Einige der Gäste zogen sich bereits um, und auch er streifte Hemd, Schuhe und Jeans ab und verstaute sie hinter der Badekabine. Theresa ließ sich mittlerweile am tiefen Ende des Pools vorsichtig ins Wasser gleiten und achtete darauf, daß ihrer gewaltigen Zigeunermähne nichts passierte.

Brian zurrte seine Speedo zurecht und ging zum Pool zurück. Die ausladende Turmfrisur der Rockwitwe schwebte auf dem Wasser wie ein dichtbewachsenes Atoll. «Wenn Sie mich naßspritzen, sind Sie dran», sagte sie.

Er grinste sie an, machte einen Hechtsprung und tauchte ohne einen Spritzer ein. Es war eine seiner Spezialitäten. Als er wieder an die Oberfläche kam, paddelte ihm Theresa entgegen. «Schon was gegessen?» sagte sie leise, als wäre es eine intime Frage.

Er schüttelte den Kopf, und Wassertropfen flogen ihm aus den Haaren. «Sieht lecker aus.»

«Tun Sie's lieber jetzt. Später wird Ihnen nicht mehr danach sein.»

Er wußte nicht, was sie damit sagen wollte, bis sie Arch Giddes Geste nachahmte und ihre Nasenflügel antippte. «Richtig», sagte er. «Hört sich gut an.»

Eine halbe Stunde später machte sie ihr Versprechen wahr. Sie führte ihn in ihren Vorführraum mit den flanellbespannten Wänden und fing an, auf einem Spiegeltablett ein Häufchen Kokain zu häckseln. «Nehmen Sie die da», sagte sie und zeigte auf die dickste Linie. «Das dürfte Ihr Kaliber sein.» Sie reichte ihm einen zusammengerollten Geldschein.

Er zog sich die Linie in einem Rutsch rein und machte das obligatorische Gesicht, um zu zeigen, daß es guter Stoff war. «Danke, Theresa.»

«Terry», murmelte sie.

«Ehrlich? Hab ich noch nie gehört.»

Sie lächelte und sah ihn mit ihrem Schlafzimmerblick an. «Jetzt haben Sie's.»

Er nickte.

«Nur die richtigen Leute dürfen mich so nennen.» Sie nahm den Rest des Kokains mit der Spitze ihres Zeigefingers auf und rieb es sich in den Gaumen. «Ich verschwende es nicht an falsche Fuffziger. Wenn Sie verstehn, was ich meine.»

Er nickte wieder. «Ja dann . . . vielen Dank.»

«Terry, so hat mich Bix immer genannt.»

Daß er auf so legere Art in die Aura des Unsterblichen einbezogen wurde, schien dem Kokain zusätzlichen Biß zu verleihen. Er war sicher, daß sie das wußte.

«Ich wünschte, die würden endlich gehn», sagte sie.

«Wer?»

«Die. Die anderen.»

«Sind das nicht Ihre Freunde?»

«Ich mach das sonst nie», sagte sie, ohne auf seine Frage einzugehen. «Ich hasse es, heimlich zu sniefen. Aber wenn ich denen davon anbiete, werd ich sie nicht mehr los. Ich weiß doch, wie sie sind.»

«Mhm.»

Plötzlich griff sie nach seiner Hand. «Hab ich Ihnen schon die Höschensammlung von Bix gezeigt?»

Es kränkte ihn ein wenig, daß sie es schon wieder vergessen hatte. «Ja. Letztes Mal. Bei der Versteigerung.»

«Ach ja. Stimmt ja.» Sie lächelte schuldbewußt. «Hirnschaden.»

«Macht doch nichts.»

«Ich zeig sie nicht jedem. Nur den richtigen Leuten.»

Er nickte.

«Sie sind ein guter Typ, Brian.»

«Danke, Theresa.»

«Terry», sagte sie.

«Terry.»

Das Phantom im Herrenhaus

An der Tour nahmen insgesamt elf Leute teil, von denen sechs Amerikaner waren. Der Fahrer fungierte gleichzeitig als Touristenführer und begann mit seinem Vortrag, als der Bus das Dorf hinter sich ließ und in das satte Grün der Landschaft eintauchte.

«Meine Damen und Herren, wir besichtigen heute Easley House, die bedeutendste Sehenswürdigkeit von Easley-on-Fen. Easley House ist ein Herrensitz, der in herausragender Weise den jakobethanischen Stil verkörpert.» Er sagte das mit dem mechanischen Glucksen, das Fremdenführern in aller Welt eigen ist. «Ganz recht. Sie haben richtig gehört. *Jakobethanisch.* Das ist eine Kombination aus jakobianisch und elisabethanisch, müssen Sie wissen. Das Gebäude wurde zwischen fünfzehnhundertsiebenundachtzig und sechzehnhundertfünfunddreißig von den Ashendens aus Easley-on-Fen gebaut, einem Adelsgeschlecht aus Gloucestershire, das bereits seit der Zeit vor der normannischen Eroberung Ländereien in der Grafschaft besaß.»

Wilfred hielt sich die Hand vor den offenen Mund, als müßte er gähnen.

Michael lächelte ihn an. «Es war deine Idee», sagte er leise.

«Sie ist *deine* Freundin», sagte der Junge.

«Darauf würd ich mich nicht verlassen», gab Michael zurück. Er sah aus dem Fenster und betrachtete eine Schafherde auf einer Wiese. «Ich verlaß mich auf nichts.»

Der Bus verlangsamte die Fahrt, als sie Easley-on-Fen erreichten – ein Bilderbuchdorf, in dem sämtliche Gebäude aus bröckeligem dunkelbraunem Kalkstein bestanden. Ein oder zwei Minuten schaukelten sie durch einen Hohlweg, dann zerteilte die schmale Straße eine Wiese mit weidenden Schafen, und schließlich tauchte der Herrensitz vor ihnen auf.

«Sieh dir *das* an, Mann», sagte Wilfred in beinahe ehrfürchtigem Ton.

«Ich seh es», murmelte Michael. «Donnerwetter.»

Easley House hatte denselben brünierten Effekt wie das Dorf und war ein Konglomerat von Spitztürmchen, Kaminen und hohen geteilten Fenstern, deren Scheiben in der Sonne blitzten. Es war größer, als er es sich vorgestellt hatte. Viel größer.

«Sie muß im Drogengeschäft sein», meinte Wilfred.

Einige hundert Meter vor dem Haus hielt der Fahrer auf einem Parkplatz (hier hieß das «Car park»). Alle stiegen aus und versammelten sich in einer passiven Gruppe wie eine Kompanie frischer Rekruten, die auf Befehle wartet. Der Fahrer mit seiner lauten Stimme, seinen abgedroschenen Anekdoten und dem befremdlichen Grinsen, bei dem er seine schlechten Zähne bleckte, hätte in der Tat einen passablen Schleifer abgegeben.

«Von hier gehen wir zu Fuß weiter. Easley House ist die Privatresidenz von Lord Edward Roughton. Er ist der Sohn von Clarence Pirwin, dem vierzehnten Earl of Alma . . . ich verlasse mich darauf, daß wir uns das alle merken und uns von nun an entsprechend benehmen.»

Wilfred machte ein blubberndes Geräusch.

Der Fahrer überhörte diesen Einwurf und fuhr fort: «Das erste Gebäude zu Ihrer Linken ist der strohgedeckte Tennispavillon, der aus den zwanziger Jahren stammt. Gegenüber sehen Sie die Zehntscheuer, die gegen Ende des vierzehnten Jahrhunderts die Äbte von Easley errichten ließen. In ihr wurden die Feldfrüchte gelagert, die ihre Bauern an sie abzuliefern hatten. Die Fensterluken im Giebel dienten der Belüftung . . . und was noch?» Er schaute in die Runde, bleckte seine Roquefortzähne und wartete auf eine Antwort. Es kam keine. «Keine Idee? Nun . . . das war der Privateingang für die Eulen. Die brauchte man, müssen Sie wissen, damit sich die Ratten und Mäuse nicht zu sehr vermehrten.»

Vier oder fünf aus der Gruppe gaben zu erkennen, daß sie die Luken sahen. «Siehst du, Walter?» sagte eine Amerikanerin und zupfte ihren Mann am Ärmel. «Siehst du sie, die kleinen Luken für die Eulen?» Ihr Mann nickte mürrisch. «Ich seh sie, Phyllis. Ich hab ja Augen. Ich seh die Luken.»

Michael und Wilfred bildeten die Nachhut, als die Gruppe durch einen prunkvollen Torbogen aus dem allgegenwärtigen goldbraunen Kalkstein ging. Links von ihnen lag eine Kapelle, überwachsen von Moosflechten und an den Kanten zernagt von fünfhundert Gloucestershirewintern. Die Grabsteine daneben hatten eine verblüffende Ähnlichkeit mit den Zähnen des Fremdenführers.

«Jetzt», sagte dieser, «kommen wir am Brauhaus vorbei, das

bis in die Zeit vor dem ersten Weltkrieg in Betrieb war; in den letzten Jahren kam jeden Herbst eine Braumeisterin mit dem Fahrrad, um die jüngste Gerstenernte zu brauen. Wir werden das Herrenhaus durch den Bogengang betreten, der vor uns liegt, und kommen zunächst in die alte Küche . . .»

«Mit anderen Worten», flüsterte Wilfred, «durch den Dienstboteneingang.»

«Benimm dich», sagte Michael.

Neben dem Eingang war eine verrostete Rasenwalze abgestellt, und daneben lag ein V-förmiges Schild, das anscheinend auf die Sommersaison wartete. In abblätternden Lettern stand darauf: EASLEY HOUSE ZUM TEE GEÖFFNET. Michael stellte sich den arthritischen alten Butler vor, der es am Sommeranfang hinunter zur Straße schleppen würde.

«An den Wänden», intonierte der Führer, als sie das Haus betraten und im Gänsemarsch durch einen schmalen Flur gingen, «werden Sie diese eigenartigen Eisenstangen bemerken. Der Flur wurde einmal als Speisekammer benutzt, und an den Stangen hingen die Fleischstücke.»

«Siehst du's?» fragte Phyllis.

«Ich seh's», maulte ihr Gatte.

Dann wurden sie in einen leeren getäfelten Raum geführt, den der Führer als Eßzimmer identifizierte. Die Bezeichnung war bestenfalls ein ehrendes Andenken, denn der Raum wurde offensichtlich schon seit Jahren nicht mehr benutzt. Als nächstes kamen der Anrichteraum und das Lampenzimmer – «wo man die Paraffinlampen gereinigt hat, bevor das Haus neunzehnhundertdreizehn ans Stromnetz angeschlossen wurde.»

«Jetzt sind wir im Pachtzimmer», fuhr er fort. «Lord Roughton ist mit Recht stolz darauf, daß er die Bauernhäuser, die zu seinem Besitz gehören, nie verkauft hat. Er hat sich alle Mühe gegeben, das ganze Dorf in seinem ursprünglichen Charme zu erhalten. Seine Lordschaft nimmt den vierteljährlich zu entrichtenden Mietzins persönlich in Empfang, und zwar an einem ausschließlich dafür vorgesehenen Tisch . . . das ist er, da in der Mitte . . . und dieser Tisch wurde siebzehnhundertachtzig speziell für Easley House angefertigt. Seine Lordschaft hat uns wissen lassen, daß dieses Verfahren nicht nur Porto spart, sondern es den Leuten auch leichter macht, Beschwerden wegen schadhafter Dächer und dergleichen vorzubringen.»

Als sie in die große Halle kamen, war Michael schon ganz lethargisch von dem monotonen Geleier. Um so weniger war er auf die Dimension des Raums gefaßt, die hohen, himmelwärts ragenden Fenster mit Blick auf die Kapelle, das hallende Echo der Schritte auf den blanken Bodendielen.

Und am allerwenigsten war er auf den Anblick von Mona gefaßt.

Die cool und blond auf einer Empore stand und zu ihnen heruntersah.

Ihn erkannte.

Die Stirn runzelte.

Und verschwand.

Er stupste Wilfred an. «Ich hab sie gesehen.»

«Wo?»

«Da oben.» Der Junge folgte seinem Blick. «Auf der kleinen Empore da hinten.»

Mit geradezu unheimlichem Timing lenkte der Führer die Aufmerksamkeit der Gruppe genau auf diese Stelle: «Über uns, meine Damen und Herren, sehen Sie die Überreste der ursprünglichen Musikantengalerie. Dort spielten die Musiker für die vornehmen Herrschaften auf, die sich in der großen Halle eingefunden hatten. Um achtzehnhundertfünfzig wurde die Galerie in einen Schlafraum umgewandelt, und die Stützpfosten aus Eiche wurden mittels einer Stuckverkleidung zu den dorischen Säulen, wie wir sie heute dort sehen.»

«Bist du sicher?» flüsterte Wilfred.

«Mhm.»

«Und was jetzt?»

«Nichts. Wir können hier nicht weg. Noch nicht.»

Der Junge machte ein verschmitztes Gesicht und schaute sich um.

«Ich weiß nicht, an was du grade denkst», sagte Michael leise, «aber tu's *nicht*.»

«Da drüben neben dem Erkerfenster», quasselte der Führer weiter, «sehen Sie einen sehr seltenen Chippendale-Gymnastikstuhl. Das Wippen auf dieser recht seltsamen Vorrichtung sollte angeblich gut für die Gesundheit sein.» Mit einem dümmlichen Grinsen wandte er sich an den Mann namens Walter. «Wie ist es, Sir? Wollen Sie's mal ausprobieren?»

«Nee danke», war die mürrische Antwort.

«Ach Walter, sei doch nicht so piefig.» Seine Frau gab ihm einen kleinen Schubs.

«Phyllis . . .!»

Der Führer streckte seine große fleischige Pranke aus und ermunterte sein Opfer. «Kommen Sie, Sir. Na also, das nenn ich Sportsgeist. Wir wär's mit etwas Applaus für den Gentleman?»

Selbst Michael verfolgte nun das Mißgeschick des Mannes und schloß sich dem Beifall an, während der glücklose Walter auf dem an Seilen hängenden Stuhl Platz nahm und auf und nieder wippte. Das Gelächter, das nun folgte, war genau die Ablenkung, auf die Wilfred gewartet hatte. Als Michael sich nach ihm umsah, war er verschwunden.

Seine Abwesenheit fiel nicht auf, als die Gruppe eine kurze Treppe erklomm und in den Salon geführt wurde. Er wurde auch nicht vermißt, als man die Bibliothek und das Damenzimmer besichtigte. «Das Damenzimmer», erläuterte der Führer, «wird manchmal auch Boudoir genannt. Weiß jemand, was *boudoir* im Französischen bedeutet?»

Fehlanzeige.

«Nun, *boudoir* ist das französische Wort für ‹schmollen›. Das ist also der Ort, wohin sich die Damen von Easley House zurückzogen, um sich über das unmögliche Benehmen ihrer Gatten zu ärgern.» Ein herzhaftes männliches, glucksendes Lachen. «Ich nehme an, die anwesenden Damen können davon auch ein Lied singen.»

Allgemeines Gekicher. Michael schaute besorgt den Flur hinunter, doch Wilfred war nirgends zu sehen. Er hätte den Jungen erwürgen können.

Der Führer bugsierte die Gruppe auf einen Hof hinten dem

Haus, wo er auf die Stallungen, den Ziergarten und einen pyramidenförmigen Pavillon auf der Spitze des Hügels hinwies, der das Anwesen überragte. «Sie können gern ein bißchen herumlaufen», sagte er, «aber gehn Sie nicht zurück ins Haus. Wir treffen uns in dreißig Minuten auf dem Parkplatz. Ich bitte darum, daß alle pünktlich sind. Vielen Dank.»

Michael trieb sich im Ziergarten herum und behielt das Haus im Auge. Er überlegte, wie er sich am besten aus der Affäre ziehen sollte, falls Wilfred nicht mehr auftauchte. Mit dem erträglichsten Plan, der ihm eingefallen war, versuchte er es fünf Minuten vor der Abfahrt auf dem Parkplatz.

«Ich brauche keine Fahrt zurück nach Moreton-in-Marsh», sagte er zum Fahrer. «Ich werde über Nacht in Easley-on-Fen bleiben.»

«Und Ihr Freund?»

Mist. Er hatte es bemerkt. «Ach . . . der ist schon vor zwanzig Minuten ins Dorf gegangen. Er fühlte sich nicht gut und . . . wollte sich im Gasthof ein bißchen hinlegen.»

«Verstehe. Dann fahren Sie mit uns bloß bis zum Dorf?»

«Na ja . . . es ist ja nur über die Wiese. Ein bißchen Bewegung wird mir sicher . . .»

«Trotzdem, Sir . . .»

«Schön. Meinetwegen. Ist mir recht. Klar. Danke.»

Also fuhr er mit dem Bus zurück ins Dorf.

«Da», sagte er und zeigte auf den ersten plausibel wirkenden Gasthof. «Das ist es. Das ist unser Quartier. Lassen Sie mich einfach an der Ecke raus.»

Der Fahrer grummelte etwas und hielt an.

Michael spürte, wie ihm die Blicke der anderen folgten, als er aus dem Bus stieg und zielstrebig den Schankraum des Gasthofs ansteuerte. Drinnen fing er an, Gefallen an seiner absurden Lage zu finden, und ging an den Tresen, um einen Cider zu trinken.

Als er eine Viertelstunde später den Gasthof verließ, fühlte er sich wesentlich besser. Er schaute in beide Richtungen die Straße entlang. Der Bus war nicht mehr zu sehen. Das einzige Fahrzeug, das ihm auffiel, war ein grüner Toyota, der neben dem Gasthof parkte. Es wurde allmählich Abend, und ein ciderfarbener Dunst hatte sich auf die fernen Wiesen gelegt. Am Dorfrand warf eine Reihe von Platanen längliche violette Schatten. Zum erstenmal an diesem Tag war er allein und fühlte sich ruhig und ausgeglichen.

Er machte sich auf den Weg zum Herrenhaus und pfiff den Michael-Jackson-Song mit, der aus dem Gasthof drang. *She says I am the one, but the kid is not my son ...*

Die moosbewachsenen Wände des Hohlwegs blieben hinter ihm zurück, und der ansteigende Weg führte über die Wiesen. Eine Weile leistete er einem Schaf Gesellschaft und machte sich einen Spaß daraus, ihm ein paar idiotische Sachen an den Kopf zu schmeißen. Seine Sicht auf das Haus wurde verdeckt von einem Eichenwäldchen, und er mußte noch ein ganzes Stück laufen, bis er wieder freies Gelände erreichte.

Die Fenster von Easley blitzten in den letzten Strahlen der untergehenden Sonne, und der uralte Kalkstein bekam einen prachtvoll rötlichen Schimmer. Er hatte diesen Farbton immer gemocht, diese Mischung aus Orange und Pink, die bei jeder Veränderung des Lichts changierte. Er und Jon hatten einmal ein Schlafzimmer in dieser Farbe gestrichen.

Es gab offensichtlich keine Möglichkeit, sich dem Haus unbemerkt zu nähern. Man konnte ihn aus Dutzenden von Fenstern beobachten; ganz zu schweigen von dem Balkon, der sich über die Front des Hauses erstreckte. Na schön, dann mußte er also wie ein ganz normaler Besucher auf das Haus zugehen.

Mhm. Und was sollte er ihnen sagen? *Entschuldigen Sie, mir ist ein kleiner schwuler Aborigine abhanden gekommen.*

Ihnen? Wem denn? Es hatte einige Zeichen von Leben im Haus gegeben – neuere Zeitschriften; Ansichtskarten, hinter Spiegelrahmen gesteckt –, aber ansonsten hatte das Haus einen unbewohnten Eindruck gemacht. War Lord Roughton, abgesehen von Mona, allein? Wohnte er überhaupt hier? Und angenommen – nur mal angenommen –, daß es gar nicht Mona war?

Er beschloß, sich am Haupteingang als legitimer Besucher

zu präsentieren. Ein absurdes Vorhaben, wie ihm klar wurde, als er den Türklopfer betätigen wollte – einen rostigen Eisenring, der fast die Größe eines Kummets hatte. Die Tür war zugenagelt. Seit Jahre war hier niemand mehr eingetreten.

Er ging zurück zu dem Bogengang, der das Haupthaus mit dem Brauhaus verband. Als er vor der Küchentür stand, klopfte er an, und schon nach wenigen Sekunden hörte er drinnen jemanden kommen. Die Frau mit der Lady-Di-Frisur machte die Tür auf und funkelte ihn an.

«Du bist ein Arschloch», sagte sie. «Ich hoffe, das weißt du.»

Ethelmertz

Als Mary Ann von ihrer Aerobicstunde bei Peter & Paul zurückkam, stieß sie auf Simon, der sich im Garten ausgestreckt hatte und ein Sonnenbad nahm. «Tja», sagte sie, «ich sehe, du hast Barbary Beach entdeckt.»

«Oh . . . hallo.» Er stützte sich auf die Ellbogen und blinzelte in die Sonne. «So heißt das also?»

Sie nickte. «Der Name stammt von Michael.»

«Ah.»

«Paß auf, daß du nicht zuviel abkriegst. Du bist schon ein bißchen rot.»

Er kniff sich in den Unterarm. «Na . . . wenigstens ein Beweis.»

«Für was?»

Er sah sie mit einem zärtlichen, versonnenen Lächeln an. «Meine Fahnenflucht ins sonnige Kalifornien.»

«Ach so. Schade, daß nicht schöneres Wetter war.»

«War auch so ganz gut.»

«In London war es laut Michael genauso schlecht.»

«Ja, hab ich gehört.»

Sie setzte sich zwei Schritte von ihm entfernt auf die Gartenbank. «Ich kann's nicht fassen, daß du schon in zwei Tagen wegfährst. Es kommt mir vor wie gestern. Olive Oil's, meine ich.»

Er schien nicht zu wissen, was sie meinte.

«Die Kneipe, wo wir uns kennengelernt haben», ergänzte sie.

«Oh . . . ja. Geht mir auch so.»

«Was machst du . . . wenn du wieder zu Hause bist?»

Er zuckte mit den Schultern. «Etwas Ziviles, würde ich sagen. Vielleicht im Verlagswesen. Das reizt mich eigentlich sehr. Mein Onkel Alex arbeitet bei William Collins. Ich denke, er wird sich für mich einsetzen.»

«Ist das ein Verlag?»

«Mmm. Sie drucken die Bibel. Unter anderem.»

«Aha.» Die Vorstellung entlockte ihr ein Schmunzeln. «Das klingt ein bißchen . . . soigniert.»

Er lächelte. «Ich *bin* ein bißchen soigniert.»

«Ja», sagte sie und kicherte. «Ich schätze, das stimmt.»

Er schwieg einen Augenblick und fixierte sie mit seinen dunklen Augen. Dann sagte er: «Deine Freundin, äh, Connie war hier.»

«Wann?» Wurde man die Frau überhaupt nicht los?

«Als du beim Aerobic warst. Sie hat einen enttäuschten Eindruck gemacht, weil du nicht da warst.»

«Ach . . . na ja . . .» Es war ihr wirklich gleichgültig und es störte sie nicht, wenn man es merkte.

Er lächelte. «*Du* bist nicht enttäuscht, was?»

«Ja ja, sie ist eine ziemliche Nervensäge.»

Er nickte.

«Sie ist eine von diesen Jugendfreundinnen, die man nicht mehr los wird. Ich hab nichts gegen sie, aber wir haben nicht besonders viel gemeinsam. Wollte sie . . . äh . . . was Bestimmtes?»

«Nein.»

«Ist sie immer noch schwanger?»

«Sehr», sagte er schmunzelnd.

Sie stand auf. «Tja . . . dann verzieh ich mich jetzt mal. Bleibt es bei heute abend?»

«Zum Essen?»
«Ja.»
«Sicher. Mit Vergnügen.»
Sie wandte sich zum Gehen und blieb noch einmal stehen. «Und sei vorsichtig mit der Sonne.»
Drei Stunden später saßen sie an einem Tisch mit Blick auf den Washington Square. «Du wirst schnell braun», sagte sie.
«Ja», meinte er. «Eigentlich komisch. Meine Eltern hatten beide eine empfindliche Haut.»
«Steht dir gut», sagte sie.
Er sah verlegen aus dem Fenster. «Ich mag das Lokal. Du bist oft hier, nicht?»
Sie nickte. «Meistens zum Frühstück. Ich fühle mich hier fast zu Hause.»
«Na ja . . . ich nehme an, der Name trägt dazu bei: Mama's.»
«Ja. Nur, daß meine Mutter als Köchin 'ne ziemliche Niete war.»
Er lächelte sie an. «Meine auch. Und keiner hatte den Mut, es ihr zu sagen. Wir haben die Tage herbeigesehnt, an denen Nanny das Kochen übernahm.»
«Mist», entfuhr es ihr plötzlich, als sei ihr etwas eingefallen.
«Was ist denn?»
«Ich hab vergessen, dir was auszurichten.»
Das schien ihn nicht groß zu stören.
«Ich soll dir von Michael sagen, daß er die Schlüssel bei deiner Nanny läßt.»
«Ich weiß», sagte er, «ich habe gestern mit ihr telefoniert.»
«Oh.»
«War sonst noch was?»
«Ja. Jemand namens Fabia hat vorbeigeschaut. Sie hat geheiratet und will, daß du im Sommer zu einer Party kommst.»
Er kräuselte abschätzig die Lippen. «Hat sie gesagt, wen sie geheiratet hat?»
«Ähm . . . einen Typ namens Dane, der Kartoffelchips macht.»
Wieder das Lippenkräuseln.
«Du kennst ihn?»

Er nickte. «Der Ärmste.» Er trank einen Schluck Wein, während er sich mit dem Gedanken vertraut machte. «Na ja ... er hat wenigstens Geld, hinter dem sie her ist, wenn schon nicht den Stammbaum.»

Sie zögerte einen Moment und fragte dann: «War sie hinter *dir* her?»

«Sie war hinter jedem her. Als Prince Charles seine Verlobung bekanntgegeben hat, war sie kurz davor, Trauer zu tragen.»

«Na», stichelte sie, «Michael hatte den Eindruck, daß du ihr das Herz gebrochen hast.»

«Fabia? Von einem Herz war bei der noch nie die Rede.»

Sie lachte.

«Mit Herzen kenne ich mich aus», sagte er mit einem warmen Lächeln.

Sie spürte, wie sie rot wurde. Was meinte er denn *damit*? Rasch wechselte sie das Thema. «Du ... äh ... hast eine Nanny? Oder hattest eine.»

«Ich hab sie noch. Sie kümmert sich sehr um mich.»

«Ich nehme an, das ist ziemlich alltäglich in England. Ich meine .. nicht *alltäglich*, aber ...»

Er lachte in sich hinein. «Verbreitet.»

«Danke.»

«Nein, eigentlich nicht. Es ist schrecklich teuer geworden.»

«Es ist eine schöne Tradition.»

Er kniff die Augen zusammen, als versuche er, sich an etwas zu erinnern. Dann rezitierte er: «Als unsere Welt nur eine Wiege war, Nanny Marks, als unsere Kindergesichter dich im Dunkeln riefen, hast du uns glücklich gemacht ... die Rassel geschüttelt und uns gewickelt. Du warst unser ein und alles, Nanny Marks.»

«Wie süß! Von wem ist das?»

«Äh ... Lord Weymouth, glaube ich.»

«Empfindest du so was auch für deine Nanny?»

Er nickte. «Sie hat mich natürlich nicht gewickelt. Ich war schon ein kleiner Junge, als sie zu uns kam. Sie behandelt mich noch immer so. Sie sorgt sich endlos um mich.»

«Gut», meinte sie. «Ich bin froh, daß du jemand hast, der sich um dich sorgt.»

Er musterte sie einen Augenblick, sagte aber nichts.

Sie gab jede Zurückhaltung auf, griff über den Tisch und drückte seine Hand. «Es ist mir gar nicht recht», sagte sie.

«Was?»

«Daß du fortgehst.»

«Wirklich?» Er hatte den Druck ihrer Hand noch nicht erwidert.

Sie nickte. Und gab sich Mühe, nicht in Panik zu geraten. «Ich glaube, wir sind uns . . . viel näher, als wir es zulassen.»

Seine Augenbraue zuckte kaum merklich nach oben.

«Ich bin nicht gekränkt, wenn's nichts Gegenseitiges ist, Simon. Ich mußte es einfach sagen.»

«Tja, ich . . .»

«Ist es, Simon?»

«Was?»

«Gegenseitig?»

Endlich drückte er ihre Hand. «Es ist nicht so einfach.»

«Warum?»

«Weil du einen Mann hast. Und er mein Freund ist.»

Ihre Antwort kam von Herzen. «Denkst du, ich würde ihm weh tun?»

«Nein, das nicht.»

«Was dann?»

«Ich reise in zwei Tagen ab.»

«Und Brian ist bis morgen mittag weg.»

Er schaute auf den Platz hinaus. Chinesische Kinder ließen Frisbees in die Abenddämmerung segeln. Sein Blick wurde umflort und undurchschaubar. Er sah sie wieder an. «Würde eine Nacht so viel Unterschied machen?»

«Für mich ja», sagte sie leise.

Er zögerte und schaute auf seinen Teller.

«Wir sind beide erwachsen», sagte sie. «Wir wissen, was wir tun.»

«Ja?»

«Ja. Ich schon. Ich weiß, was ich will.»

Er sah sie lange an. Dann streifte sein Blick die Reste ihres Hamburgers. «Hast du darum gesagt, sie sollen die Zwiebeln weglassen?»

Sie lachte nervös.

Mit einem leicht ironischen Lächeln griff er nach der Rechnung. «Komm», sagte er.

Unter einem Himmel in tiefstem Lila machten sie sich auf den Heimweg. Sie war erleichtert, als es den Russian Hill hinaufging, denn der steile Anstieg machte das Reden schwer, und sie hatte für diese Gelegenheit keinen passenden Smalltalk parat. Simon ging es anscheinend genauso.

Der Zufall wollte es, daß Mrs. Madrigal im Garten war und ihren Abendjoint rauchte. Ihr Outfit war alles andere als mütterlich – Paisleykaftan, violette Freizeithose, baumelnde Peter-Macchiarini-Ohrringe, blaßgrüner Lidschatten –, doch Mary Ann fühlte sich seltsam schuldbewußt wie ein flatterhafter Teenager, den die strenge Mutter bei etwas ertappt hat.

«Herrlicher Abend», sagte die Vermieterin.

«Ja, nicht?» antwortete Simon.

«Wundervoll», sagte Mary Ann.

Mrs. Madrigal machte einen Zug an ihrem Joint und hielt ihn den beiden hin. «Möchte jemand . . .?»

Sie lehnten dankend ab.

«Früh zu Bett, was?» sagte sie mit einem Lächeln.

Mary Ann spürte, wie ihre Wangen brannten.

Simon half ihr aus der Patsche. «Können Sie sich das vorstellen . . . morgens um fünf aufstehen? So schlimm war es nicht mal in der Marine Ihrer Majestät!»

«Sie werden es nicht bereuen», meinte die Vermieterin. «Es ist eine wunderschöne Andacht. Eigentlich mehr heidnisch als christlich.» Ein schelmischer Ausdruck erschien in ihren großen blauen Augen. «Ich schätze, darum hab ich es immer so gemocht. Tja . . . ich will euch nicht aufhalten, Kinder. Geht nur. Schlaft gut.»

Als sie im Haus waren und die Treppe hinaufstiegen, sagte Simon: «Bin ich nur paranoid, oder kann diese Frau Gedanken lesen?»

«Das frage ich mich seit Jahren», sagte Mary Ann.

Im ersten Stock blieb Simon stehen. «Entschuldige die dumme Frage, aber ... zu mir oder zu dir?»

Darauf war sie vorbereitet. «Zu dir.»

Er nickte. «Gut.»

Als er den Schlüssel in die Tür steckte, mußte sie daran denken, daß es Michaels Wohnung war – und daß sie ihm niemals von dieser Nacht erzählen durfte. Der Gedanke stimmte sie ein wenig traurig. Sie hatte sonst nie Geheimnisse vor Mouse.

Kaum hatte Simon die Tür geschlossen, galt sein erster Gedanke dem Brandy. «Was ist mit dir?» fragte er und hielt die Flasche hoch. «Auch einen kleinen?»

«Oh ... ja, danke. Kann ich mal dein Bad benutzen?» Die Frage war angesichts der Umstände linkisch und viel zu formell.

Simon spürte es. «Mein Haus ist dein Haus», sagte er.

Im Badezimmer entdeckte sie, was sie zu finden hoffte: den vertrauten klebrigen Ausfluß, die unverkennbaren *Mittelschmerz*-Tränen. Hastig machte sie ihr Gesicht zurecht und vergewisserte sich, daß sie keine Essensreste zwischen den Zähnen hatte. Dann ging sie ins Wohnzimmer zurück.

Simon hatte inzwischen nur noch seine braune Cordhose an. Er gab ihr ein Glas Brandy.

«Danke.» Sie trank die Hälfte und wartete, bis das brennende Gefühl im Magen nachließ.

«Trink deine Medizin», sagte Simon. Es klang fast ein wenig vorwurfsvoll.

«Wie fühlst du dich?» fragte sie.

«Gut.»

«Schön. Ich auch.» Sie kippte den Rest Brandy und stellte das Glas ab. «Könnten wir ... äh ... ins Schlafzimmer gehen?»

«Was hast du gegen hier?» meinte er achselzuckend.

«Ich weiß nicht.» Sie schaute kurz auf das Poster mit dem verchromten Rahmen an der Wand gegenüber. «Bette Midler sieht uns zu.»

Simon lächelte. «Und im Schlafzimmer sieht uns Christopher Isherwood zu.»

«Du hattest diese Diskussion schon mal», sagte sie grinsend.

«Ein paarmal.» Sein schmachtender Blick hatte etwas Verspieltes.

«Jede Wette.»

Sein Blick verweilte noch einen Augenblick auf ihr, dann nahm er sie an der Hand und führte sie ins Schlafzimmer. Sie zogen sich aus, und als Simon auf ihr lag, packte sie seine kleinen, perfekt modellierten Hinterbacken und versuchte angestrengt, an Brian zu denken. Es schien ihr das mindeste zu sein, was sie tun konnte.

Mo

In der Küche herrschte wie üblich Grabeskälte, also setzte Mona den Butanheizofen in Betrieb und rollte ihn in die Ecke neben der Spüle. Durch die rautenförmigen Fensterscheiben über der Anrichte sah sie blauen Himmel, aber der unverhoffte Sonnenschein konnte nichts ausrichten gegen die feuchte Kälte von Easley House, die einem bis ins Mark kroch.

Zwischen Teddys bunt zusammengewürfeltem Geschirr fand sie zwei angestoßene Porzellanschüsseln, in die sie Cornflakes schüttete. Als sie den Kühlschrank öffnete, stieß sie auf eine Schale mit grünlichen Nieren, auf denen pelziger Schimmel wuchs. Sie verzog angewidert das Gesicht und warf sie in den Abfalleimer. Dann goß sie Milch über die Cornflakes und steckte vier Toastscheiben in Teddys verchromten, fleckig angelaufenen Toaster. Zusammen mit Marmelade, Tassen und einer Kanne Tee stellte sie alles auf ein chinesisches Lacktablett und stieg die Treppe zum zweiten Stock hinauf.

Als sie vor der richtigen Tür stand, setzte sie das Tablett ab und klopfte dreimal.

«Es ist offen», rief von drinnen eine mißmutige Stimme.

Sie drückte die Tür auf, nahm das Tablett und ging hinein. Mouse saß im Bett wie ein Pascha, der seine Konkubine erwartete. Als sie seine mürrische Miene sah, versuchte sie, ihren Groll zu zügeln, so gut es ging. «Fröhliche Ostern», murmelte sie und stellte das Tablett auf die Truhe am Fußende des Bettes.

«Danke», sagte er tonlos.

Sie ging ans Fenster. «Es bessert sich. Wenigstens hat der Regen aufgehört.»

Das einzige, was sie darauf zu hören bekam, war ein Grunzlaut.

Sie drehte sich um und sah ihn an. «Hör zu, Mouse. Es tut mir leid, daß ich dich gestern abend angeranzt habe.»

Er weigerte sich, ihr in die Augen zu sehen. «Wenn ich gewußt hätte, daß du so reagierst . . .»

«Hast du aber nicht», sagte sie so ruhig, wie sie konnte. «Du hast gar nichts gewußt, und . . . du hast gedacht, es wär ein gelungener Spaß, hier aufzukreuzen. Das versteh ich.»

Er zwirbelte einen losen Faden an seiner Steppdecke.

«Ich versuch, dir begreiflich zu machen, daß auch ich hier . . . nur zu Besuch bin. Eigentlich nicht mal das. Ich bin geschäftlich hier. Ich fliege übermorgen nach Seattle zurück. Es geht nicht, daß Freunde von mir . . . einfach hier reinplatzen. Nachdem sie sich von einer Besichtigungstour abgeseilt haben. Herrgott noch mal.»

Er zuckte mit den Schultern. «Wir hätten gestern abend zurückfahren können.»

«Mouse . . . in der ganzen beschissenen Grafschaft gibt's nur ein einziges Taxi.»

«Und das Auto?»

«Welches Auto?»

«Der gelbe Honda im Hof.»

Sie schaute rasch aus dem Fenster. Er hatte recht. Teddy war aus London zurück. «Das ist . . . äh . . . heute nacht gekommen.»

«Ach wirklich?» meinte er süffisant. «Hat es auch jemand gefahren?»

Sie warf ihm einen gehässigen Blick zu. «Ich werd sehn, ob

euch jemand nach Moreton-in-Marsh fahren kann. Eine Zugverbindung nach London kriegt man fast immer.»

«Ist das Lord Roughton, der heute nacht gekommen ist?»

Sie zögerte mit einer Antwort und nickte schließlich.

«Und ist er dein Klient?»

Sie wandte sich zum Gehen. «Ich hol das Tablett später. Mach dir nicht die Mühe, es runterzubringen.»

«Darf ich das Zimmer verlassen?»

«Wenn du willst. Das Frühstück ist auch für Wilfred.»

«Der treibt sich draußen irgendwo rum», sagte Michael.

Das machte sie nervös. «Äh . . . was ist er eigentlich?»

«Wie meinst du das?»

«Komm schon, Mouse . . . welche Rasse.»

«Aborigine», sagte er und schien sich diebisch zu freuen. «Mit dem einen oder anderen Holländer und Engländer im Stammbaum.»

«Er macht einen sehr netten Eindruck», sagte sie.

«Er *ist* nett.»

«Pimperst du ihn?»

Er funkelte sie wütend an.

«Schon gut, schon gut. Ich kümmer mich um das Auto.»

Sie ging wieder hinunter in die Küche. Dort war es inzwischen viel wärmer geworden, und sie setzte sich eine Weile hin, schlürfte ihren Tee und ordnete ihre Gedanken. Das Rosinenbrot, das sie vorhin auf dem Kühlschrank gesehen hatte, lag jetzt auf der Anrichte. Offenbar hatte sich Teddy rasch etwas zum Frühstück gemacht und war wieder auf sein Zimmer gegangen.

Als sie im Ziergarten jemanden pfeifen hörte, stand sie auf und sah aus dem Fenster. Es war Wilfred, der übermütig wie ein kleiner Hund durch den Sonnenschein lief und das Alleinsein genoß. Sie mußte unwillkürlich lächeln und ging zur Tür.

«In Michaels Zimmer steht Frühstück für dich», rief sie ihm zu.

Er blieb stehen. «Danke, Mo!» rief er zurück.

Mo? Wo hatte er das denn her?

Sie ging zu ihm. «Schönes Wetter heute, nicht?»

«Super!» Sein ärmelloser Pulli hatte genau die Farbe der Osterglocken am Weg. Er legte den Kopf in den Nacken und atmete tief ein. «Es riecht . . . so würzig.»

«Das sind die Buchsbaumhecken», erklärte sie ihm. «Wenn die Sonne draufscheint, fangen sie an zu duften.»

«Hm, was sagt man dazu.»

Sie zögerte ein wenig, bevor sie ihn fragte: «Warum hast du mich Mo genannt?»

Er zog die Schultern hoch. «Weiß nicht.»

«Hat Mouse mich so genannt?»

«Mouse?»

«Michael», verbesserte sie sich.

«Oh . . . nein. Mo ist meine Idee.»

Sie mußte lächeln. «Du kennst mich erst einen halben Tag.»

Er legte den Kopf schräg und sah sie an. «Na und? Ich denk mir für alles Namen aus.»

«Oh.» Sie war gerührt, daß sie in der Welt dieses Jungen schon einen festen Platz hatte. «Hast du Lust auf einen Spaziergang?»

«Klar.»

«Prima.» Sie wies auf die Stallungen. «Gehn wir in die Richtung. Ach . . . ich hab ja ganz vergessen, daß du noch nicht gefrühstückt hast.»

«Macht doch nichts», sagte er.

«Ich mach dir später was. In Ordnung?»

«Super.»

Sie gingen nebeneinander durch die duftenden Spaliere des Ziergartens. Schließlich fragte sie: «Hat dir Michael was von mir erzählt?»

«Ein bißchen», antwortete er.

«Zum Beispiel?»

«Na . . . er hat gesagt, ich würde dich mögen.»

Das schmerzte ein wenig. Sie fand, daß sie sich alles andere als liebenswert benommen hatte. «Ich bin sonst nicht so», sagte sie.

Der Junge nickte. «Das hat er mir auch gesagt.»

Sie sah ihn von der Seite an.

«Er hat gesagt, daß du sonst ’ne andere Haarfarbe hast und daß du eigentlich ’ne ganz patente normale Lesbe bist.»

Sie kam aus dem Tritt und blieb stehen. «Das hat er gesagt?»

«Mhm.»

«Tja . . .» Sie ging weiter. «In letzter Zeit war ich gar nicht so normal.»

«Du meinst . . . du hast mit Männern geschlafen?»

«Gott nee. Ich meine . . . nicht so militant.»

Der Junge sah sie fragend an.

«Das sagt dir nichts, hm?»

Er schüttelte den Kopf.

«Muß schön sein, so hinterm Mond zu leben.»

«Wie?» Er bekam es anscheinend in den falschen Hals.

«Ich wollte sagen . . . du hast wohl nicht viel mitgekriegt von der Scheiße, die bei uns in den Staaten läuft. Da drüben ist es anders als hier.»

«Hm, ich weiß nicht . . .»

«Doch. Kannst mir glauben. Wie alt bist du?»

«Sechzehn.»

«Herrje.»

Er machte ein Gesicht. «Das hat *er* auch gesagt. Sechzehn ist gar nicht mehr so wahnsinnig jung.»

«Na gut. Wenn du meinst.»

«Stimmt doch.»

Sie pflückte ein Blatt von einem Strauch. «Du und Michael . . . habt ihr . . .?»

Er sprach es für sie aus. «Ob wir’s miteinander treiben?»

Sie lachte in sich hinein. «Ja.»

«Er will nicht», sagte Wilfred. «Glaub mir, ich hab mein Bestes getan.»

Sie lächelte ihn mitfühlend an. «Manchmal wird man nicht aus ihm schlau.»

Der Junge schaute vor sich hin und nickte. «Stimmt.»

«Nimm es nicht persönlich.»

«Tu ich auch nicht», sagte er.

Sie blieb stehen und sah hinauf zu dem Pavillon auf dem Hügel. Es roch nach Hyazinthen, feuchter Erde und dem warmen Moschus der Hecken. Am wolkenlosen blauen Himmel flogen Schwalben im Zickzack hin und her. «Ich will hier nicht weg», sagte sie.

«Wann mußt du?» fragte er.

«Übermorgen.»

«Wie lange warst du hier?»

«Ach . . . fast drei Wochen. Zwischendurch war ich ab und zu in London.»

Er nickte. «Da haben wir dich gesehen.»

«Du warst mit im Park an dem Tag?»

«Nee. Bei Harrods. Als du den Schlafanzug gekauft hast.»

Sie war entgeistert. «Ihr wart *da*?»

Er nickte vergnügt. «Ich bin dir zum Beauchamp Place nachgegangen. Wo du das Kleid gekauft hast.»

Sie schüttelte fassungslos den Kopf.

«Das Kleid, das sie dir bis Ostern schicken sollen.» Er strahlte wie ein kleiner Teufel nach einem gelungenen Streich.

Einen Augenblick war sie sprachlos. Dann sagte sie mit einem tadelnden Blick: «Du bist ja gemeingefährlich.»

Er lachte.

«Und auf diese Tour seid ihr an die Adresse gekommen.»

Er nickte stolz.

«Hat Michael gesagt, wie er . . . das hier findet?»

Er zuckte mit den Schultern. «Er weiß nicht, was du hier machst.»

«Und du?»

«Ich auch nicht. Er denkt, es ist was, was dir peinlich ist.»

«Es ist nichts, was einem peinlich sein muß», sagte sie einigermaßen kleinlaut. «Und hör auf, meine Haare anzustarren.»

«Tu ich ja gar nicht.»

«Doch.»

«Ich hab mich gefragt . . . weißt du . . . wie sie wirklich aussehen.»

«Na, im Moment sehn sie wirklich *so* aus», sagte sie eingeschnappt.

«Schon gut.»

«Ich hab sie mir bloß gefärbt . . . für den Job hier. Ich wollte mal was anderes, und da war mir der Vorwand grade recht.»

Er nickte.

«Sie sehn beschissen aus, nicht?»

Erneutes Nicken.

«Deine Offenheit ist erfrischend», sagte sie finster.

Eine Theorie

Es war inzwischen der dritte oder vierte Ausflug in den Vorführraum.

«Mein Appetit ist futsch», sagte Brian.

Theresa beugte sich über den Spiegel und häckselte drauflos. «Darum hat man Sushi erfunden. Und nach Beverly Hills importiert. Hier . . . die da ist für Sie.» Ihr blutroter Fingernagel wies ihm den Weg ins Nirwana.

Brian zog es sich in die Nase.

«Da draußen lichten sich die Reihen», sagte sie. «Gott sei Dank.»

«Ist schon Ostern?»

Sie verdrehte die Augen. «Seit zwei Stunden schon. Wo sind Sie denn gewesen?»

«Na ja . . . kein Mensch hat auf 'ner Tröte geblasen oder ein buntes Hütchen aufgesetzt.»

«Mhm.» Sie nahm ihm den gerollten Geldschein aus der Hand.

«Wie viele bleiben über Nacht?» fragte er.

«Ach . . . fünf oder sechs, nehme ich an. Mehr will ich morgen zum Brunch auch nicht um mich haben. Arch und seine neue Indiskretion. Die Stonecyphers. Binky Gruen vielleicht. Und Sie. Ich weiß nicht . . . wir werden sehen.»

«Und der mit dem Bart?»

Theresa sniefte eine Linie. «Was? Wer? Ach . . . Bernie Pastorini?»

«Ja. Wenn er so heißt.»

«Ich weiß nicht, ob er bleibt oder nicht. Was ist mit ihm?»

«Nichts. Ich hab mich bloß gefragt . . .»

«Was?»

«Na ja . . . er wollte irgendwas mit mir reden. Maximal . . . äh . . . was weiß ich. Hab's nicht kapiert.»

«Oh . . . *Maxi-Male*?»

«Was ist das?»

«Sein Kurs für männliches Selbstbewußtsein.»

«Wie bitte?»

«Tja . . . die Theorie dahinter ist, daß manche Männer durch den Feminismus und die Friedensbewegung zu Schlappschwänzen geworden sind . . . darum kriegen sie beigebracht, wieder aggressiv zu sein.» Sie schob ihm den Spiegel hin. «Nehmen Sie noch.»

«Nein danke.»

«Na los!»

Widerstrebend tat er ihr den Gefallen. «Ist das . . . äh . . . ernst zu nehmen?»

«Bei dreihundert Dollar pro Kopf? Und ob! Er scheffelt Geld wie Werner Erhard in seinen besten Zeiten.»

«Meine Güte.»

«Ich kann's verstehen», meinte sie schulterzuckend. «Ich kenn allerhand von der Sorte.»

«Von welcher Sorte?»

«Softies. So nennen sie die.»

«Was stellen sie mit ihnen an?»

«Was weiß ich. Trampen durch die Wildnis . . . Überlebenstraining, lauter solche Sachen. Bißchen Aikido gibt's auch, glaub ich. Und Hypnose.»

Er fühlte sich allmählich auf den Schlips getreten. «Der Kerl denkt also, ich bin ein Schlappschwanz, ja?»

Sie warf ihm einen Seitenblick zu. «Nehmen Sie's nicht persönlich. Er keilt jeden damit. Außerdem kommt's immer noch drauf an, was *Sie* von sich halten.»

«Ist doch wirklich unglaublich.»

«Nö, gar nicht.»

«Ein Seminar für Typen mit Muschitrauma.»

Sie warf ihre Mähne nach hinten und lachte schallend. «Also, *den* Ausdruck hab ich seit gut hundert Jahren nicht mehr gehört.»

Er machte ein betretenes Gesicht. «Ich schätze, er ist wieder in Mode.»

«Immer mit der Ruhe», sagte sie. «Ich finde, bei Ihnen wär es rausgeschmissenes Geld.» Sie bekräftigte ihre Worte mit einem schmachtenden Blick. «Der verstorbene Mr. Cross dagegen, das war was anderes. Der war ein klassischer Fall.»

«Von was?»

«Softie.»

«Wirklich?»

Sie nickte. «Er war ja soooo eingestimmt auf seine Gefühle. Meine Güte. Manchmal fand ich es richtig zum Kotzen.»

Es schmerzte ihn, sein Idol so herabgewürdigt zu sehen. «Ich hab ihn dafür bewundert», sagte er.

Sie zuckte mit den Schultern. «Ich schätze, es war gut für 'n paar hübsche Songs.»

«War auch kein schlechter Kerl, der sie sang.»

«Hör'n Sie mal», sagte sie. «Sie waren nicht mit ihm verheiratet. Wie oft hab ich versucht, ihn zu einer energischen Reaktion zu provozieren, und er hat jedesmal gekniffen. Es gibt Zeiten, da will eine Frau . . . verstehn Sie . . . Autorität.»

«Also marschieren wir wacker zurück in die fünfziger Jahre und schleifen unsere Frauen an den Haaren durch die Gegend, wie?»

«Manchmal», gab sie zurück, «ist genau das angesagt.»

Er überlegte. «Wenn Männer heute Softies sind . . . dann deshalb, weil Frauen es so wollen.»

«Ich kenne Ehen», sagte sie mit einem matten Lächeln, «die an dieser falschen Annahme kaputtgegangen sind.»

Er sah ihr in die Augen und fragte sich, was sie damit sagen wollte.

«Natürlich», fügte sie hinzu, «ist *Ihre* bestimmt eine Ausnahme.»

Ein Ort zum Verlieben

Als Wilfred nicht zurückkam, verließ Michael sein Zimmer und durchstreifte den Flur auf der Suche nach einer Toilette. Die meisten Zimmer, an denen er vorbeikam, waren leer – muffige, schimmelige Räume, in denen nur Spinnen hausten. Plötzlich erschien hinter einem Türpfosten der Kopf eines Mannes. «Hallo!»

Michael zuckte zusammen.

«Schuldigung», sagte der Mann. «Sie haben mich aber auch erschreckt.»

Michael fing sich wieder. «Ich suche das Badezimmer», sagte er. «Tut mir leid.»

«Na, das muß Ihnen nicht leid tun. Letzte Tür auf der rechten Seite. Es sei denn, Sie meinen das Klo.»

«Eigentlich, ja», sagte Michael mit einem verlegenen Lächeln.

«Ah. Gleich hier gegenüber.»

«Vielen Dank.»

Der Mann hielt ihm die Hand hin. «Ich bin Teddy Roughton. Ähm . . . und was machen Sie hier?»

«Oh.» Errötend schüttelte ihm Michael die Hand. «Ich bin Michael Tolliver, ein Freund von Mona. Ich dachte, sie hätte es Ihnen gesagt.»

«Na . . . macht ja nichts. Das wird sie wohl noch. Fabelhaft . . . ein Gast zu Ostern.»

«Gäste eigentlich. Wir sind zu zweit.»

«Um so besser.»

«Hoffentlich ist es keine Zumutung für Sie.»

«Seien Sie nicht albern. Schauen Sie . . . warum bringen Sie nicht rasch Ihren Gang zur Toilette hinter sich und kommen dann zum Elf-Uhr-Tee zu mir?»

«Wenn Sie wirklich meinen . . .»

«Natürlich meine ich wirklich.»

«Vielen Dank. Dann werd ich mal . . .» Er machte eine halbherzige Handbewegung in Richtung Toilette.

«Ja, nur zu. Ich erwarte Sie.»

Als Michael hereinkam, saß Lord Roughton an einem kleinen Tisch vor dem Schlafzimmerfenster und goß gerade den Tee ein. Er war etwa fünfundvierzig, groß und schlank, beinahe schlaksig, und er hatte melancholische graue Augen, die ein wenig hervorquollen. Sein graumeliertes Haar war kurzgeschoren, und er trug den Schlafanzug, den Mona bei Harrods gekauft hatte.

«Also», sagte er und schaute hoch, «wie stehn die Dinge in Seattle?»

«Oh . . . ich bin nicht aus Seattle.»

«Aber setzen Sie sich doch, herrje.»

Michael setzte sich.

«Und wo *kommen* Sie her?»

«Aus San Francisco.»

«*Tatsächlich*? Ist ja hochinteressant.»

«Wieso?»

Die grauen Goldfischaugen quollen noch weiter heraus. «Weil ich dort hinziehe. Hat Ihnen Mona das nicht erzählt?»

«Nein, hat sie eigentlich nicht.»

«Na ja . . . es ist aber so. Ich war vor sechs Monaten dort, und seitdem bin ich verrückt nach der Stadt. Was nehmen Sie in Ihren Tee?»

«Danke, aber ich habe vorhin schon . . .»

«Bitte. Ich bestehe darauf. Sie werden vielleicht mein letzter Hausgast sein.»

Michael lächelte ihn an. «Danke. Nur Milch.»

«Gut.» Der Lord rührte die Milch in den Tee und reichte Michael die Tasse. «Ich muß sagen, das ist eine angenehme Überraschung.»

Michael verschanzte sich hinter seiner Teetasse. «Wann ziehen Sie nach San Francisco?» fragte er.

«Ach . . . in vierzehn Tagen oder so. Ich muß erst noch das Haus verkaufen.»

Damit hatte Michael nicht gerechnet. «Verstehe. Dann ist es also . . . für immer.»

«O ja.»

«Und Sie haben keine Angehörigen, die . . .»

«Hier weitermachen? Nein, das will ich nicht hoffen. Ich bin . . . wie soll ich das dezent umschreiben . . .»

«Der letzte Ihrer Art.»

Lord Roughton nickte. «Der letzte meiner Art», flüsterte er, als sei es ein intimes Geständnis.

Michael reagierte mit einem Lächeln.

Der Lord erwiderte es. «Mummy und Daddy leben noch . . . wie Sie bald sehen werden . . . aber ich fürchte, die Scillies werden ihre letzte Zuflucht bleiben.»

Die «sillies»? Waren sie etwa senil? «Sie wollen sagen . . .?»

«Sie leben jetzt auf den Scillies. Aus Steuergründen.»

Michael nickte.

«Vor Land's End, wissen Sie. Die Inseln.»

«Oh . . . ja.»

«Es ist die einzige Möglichkeit, wie man sich expatriieren und trotzdem Brite bleiben kann.» Er hob seine Teetasse und betrachtete Michael über seine Nasenspitze hinweg. «Wir haben unsere Aristokraten ins Meer getrieben.»

Michael lachte.

«Also», sagte Lord Roughton, «wie lange leben Sie schon in San Francisco?»

«Beinahe . . . neun Jahre.»

Der Lord seufzte und schaute hinaus auf das moosbewachsene Torgebäude und die Felder dahinter. «Wir sind seit neun*hundert* Jahren hier.» Er verdrehte träge die Augen. «Die Roughtons als Familie, wohlgemerkt. Ich selbst nur kanpp *halb* so lange.»

Michael weigerte sich, auf das Lamento einzugehen. «So schlimm kann es nicht sein.»

«Na ja . . . ist es auch nicht. Nicht immer. Aber ich habe gewisse Entscheidungen bezüglich meines weiteren Lebens getroffen, und Easley hat darin keinen Platz mehr. Wissen Sie, was ich hier tue? Ich führe das Leben eines Vermieters. Einmal im Monat sitze ich da unten an dem Tisch und kassiere Geld von den Dorfbewohnern. Ich wohne in zwei Zimmern . . . meistens in der Küche, weil man die heizen kann . . . und manchmal bekomme ich Geld, weil ich Leute mit Namen wie Gary und Shirley, die in Ausflugsbussen vor meine Tür gekarrt werden, zum Tee habe. Ich verbringe lange geruhsame Vormittage damit, die Fledermauskötel aus den Gästeschlafzimmern zu fegen und Moos vom Gemäuer zu rupfen, denn es kostet fünfhundert Pfund, einen einzigen der Ornamentblöcke am Wehrgang zu ersetzen, und das Moos frißt das Gebäude bei lebendigem Leib.»

Michael lächelte. «Das erzählen Sie hoffentlich nicht Ihren Kaufinteressenten.»

Der Lord lachte in sich hinein. «Ich habe schon einen Käufer.»

«Jemand aus Ihrem Bekanntenkreis?»

Er nickte. «Eine Frau, die ich schon seit Jahren kenne, und der gräßliche Mensch, den sie kürzlich geheiratet hat. Sie tönen bereits, daß sie dem Anwesen seinen früheren Glanz zurückgeben wollen.» Er schüttelte sich.

«Ich mag es, wie es ist», sagte Michael. «Verwittert und ausgefranst.»

«Danke.»

«Ich meine es ehrlich.»

«Das merke ich.» Er legte die Stirn in Sorgenfalten. «Wäre es Ihnen sehr unangenehm, wenn ich Ihnen etwas zeige?»

«Nein», sagte Michael, «natürlich nicht.»

Lord Roughton zögerte. Dann stellte er seine Tasse hin, knöpfte die Schlafanzugjacke auf und hielt sie auseinander. An seinen Brustwarzen baumelten ansehnliche goldene Tittenringe.

«Aha», sagte Michael verlegen.

«Folsom Street», sagte Lord Roughton.

«Tatsächlich.»

Der Lord schaute auf seine Ringe hinunter wie eine stolze Muttersau, die ihren Wurf beäugt. «Ich brauchte drei Glas Scotch, um mir Mut anzutrinken. Der Mann, der es gemacht hat, war Verkäufer in dem kleinen Geschäft über dem Ambush. Kennen Sie das?»

«Klar. Das ist zwar die Harrison Street. Aber egal.»

Lord Roughton ließ die Revers seines Schlafanzugs wieder los.

«Hübsche Arbeit», fügte Michael aus Höflichkeit hinzu.

«Ich nehme an, für Sie ist das ein total alter Hut.» Er knöpfte die Jacke zu.

«Nein . . . Na ja, ich hab so was schon gesehen, aber . . . Es steht Ihnen gut, finde ich.» Der Mann gab Königin und Vaterland auf, um sich Schmuck an die Brustwarzen hängen zu können. Da konnte man ihm wenigstens ein kleines Kompliment machen.

Der Lord bedankte sich mit einem Nicken. «Das mit dem Pyjama ist ein bißchen feige, fürchte ich. Ich trage sonst keinen.»

«Ich war dabei, als Mona ihn gekauft hat.»

«Ach wirklich?»

Michael nickte. «Bei Harrods.»

«Was für ein Zufall.» Sein Kinn hing einen Augenblick herunter, dann straffte es sich wieder. «Auf jeden Fall . . . ich fand es besser, das Geschmeide zu verdecken, solange ich Gäste im Haus habe.»

«Sie meinen . . . es kommen noch welche?»

«Möglich, ja. Mummy und Daddy ganz bestimmt. Und Mummy hat die fürchterliche Angewohnheit, morgens in fremde Schlafzimmer hineinzuplatzen. Ich hoffe doch, Sie bleiben ein bißchen?»

«Na ja . . . Mona und ich haben eigentlich nicht . . .»

«Ach. Sie *müssen* noch bleiben. Das wird die ganze Sache erst richtig aufregend machen.»

Welche Sache? «Tja . . . vielen Dank, aber . . . mein Flug nach San Francisco geht in zwei Tagen.»

Lord Roughton war geschockt. «In zwei Tagen schon?»

«Ja, leider.»

«Ich kann es Ihnen nicht verdenken. Wenn ich mich mit einem Fingerschnipsen da rüberzaubern könnte . . .»

Sein Blick glitt sehnsüchtig durchs Fenster nach draußen.

Michael lächelte ihn an. «Wo werden Sie in San Francisco wohnen?»

«Bei Freunden», sagte Lord Roughton. «Zwei reizende Jungs, die eine Wohnung in der Pine Street haben.» Er schenkte Michael noch etwas Tee nach und machte auch seine Tasse wieder voll. «Der eine ist Barkeeper im Arena. Der andere handelt mit homoerotischen Grußkarten.»

«Ich glaube, die kenne ich», sagte Michael grinsend.

«Wirklich?»

«Nein, ich meine . . . als Typ.»

Der Lord wirkte etwas konfus.

«War nur ein Scherz», sagte Michael lahm.

«Ah.»

Er schien ein wenig pikiert zu sein. Michael machte sich Vorwürfe. In Gegenwart eines Pilgers sollte man keine Scherze über das Heilige Land machen. «Wann haben Sie sich dazu entschlossen rüberzugehen?» fragte er schließlich.

Lord Roughtons Blick wurde wieder feurig. «Möchten Sie den genauen Zeitpunkt wissen?»

«Klar.»

«Es war . . . kurz vor Halloween, und ich war im Hot House. Kennen Sie das Hot House?»

«Selbstverständlich.»

«Ich war im Orgienraum. Es war schon spät. Ich hatte ein Pfeifchen Sinsemilla geraucht und fühlte mich fabelhaft. Neben mir waren zwei Knaben, die sich gegenseitig einen abkauten, und ein anderer kaute mir einen ab, und ich hatte bei jemand das Gesicht zwischen den Arschbacken, und es war mit Sicherheit der triumphalste Augenblick meines Lebens.»

Michael schmunzelte. «Ich glaube, das kann ich Ihnen nachfühlen.»

«Das glaube ich gern. *Also* . . . und mittendrin höre ich auf einmal . . . ‹Turn Away›!»

«Den Song von Bix Cross?»

«Ja. Genau. Und was glauben Sie, wo der aufgenommen wurde?»

«Wo?»

«Im übernächsten Dorf von hier. Chipping Camden. Da gibt es ein Aufnahmestudio in einer umgebauten Scheune.»

Michael nickte. «Das ist . . . wirklich interessant.»

«Aber begreifen Sie denn nicht . . . ich war *dabei*. Ich war dabei, als er die Platte aufgenommen hat, und dann ist mir dieser blöde Song um die halbe Welt gefolgt bis in diesen Raum, in dem sich lauter traumhafte Männer tummelten. Mir sind fast die Tränen gekommen. Ich *habe* geweint. Es war ein so ergreifender Augenblick, Michael. Ich habe einfach . . . aufgegeben. *So*, habe ich mir gesagt, *jetzt habt ihr mich soweit. Ich gebe auf*. Es war eine solche Befreiung.»

«Ja», sagte Michael.

«Sie finden wahrscheinlich, daß es sich idiotisch anhört.»

«Nein. Ich kann mich auch an so einen Augenblick erinnern.»

Lord Roughton lächelte ihn an. «Man lernt in Orgienräumen eine ganze Menge. Kameradschaft. Geduld. Humor. Mit Fremden zärtlich und generös umzugehen. Es ist nicht so verderbt, wie immer behauptet wird.» Er legte den Kopf schräg und überlegte. «Nur lauter verängstigte Kinder, die im Dunkeln lieb zueinander sind.»

Michael nippte an seinem Tee.

«Leider», sagte Lord Roughton, «ist die Ledertour hierzulande ziemlich erbärmlich.»

Michael schaute hoch. «Ich bin im Coleherne gewesen.»

«O Goott!»

«So schlecht ist es gar nicht», sagte Michael und gab sich Mühe, höflich zu sein.

«Doch! Aber natürlich! Alle diese dräuenden . . . Uriah Heeps!»

«Na ja . . .»

«Kein Vergleich mit Ihren herrlichen San-Francisco-Brutalos in ihren schwarzen Pritschenwagen.»

Michael amüsierte sich über soviel Schwärmerei. «Sie transportieren Zimmerlinden mit den Kisten, müssen Sie wissen.»

Der Lord sah ihn verwirrt an. «Wie bitte? Ach . . . Sie machen sich schon wieder lustig. Nur zu. Ich habe die Sache sehr gründlich studiert. Ich weiß, wovon ich rede.»

«Ich teile Ihre Meinung», sagte Michael mit einem Lächeln. «Glauben Sie mir.»

«Wirklich?»

«Ja. Ich freue mich über . . . Ihre Unschuld.»

Lord Roughton gab sich eingeschnappt. «Ich zeige Ihnen meine Tittenringe, und Sie nennen mich unschuldig. Was soll ich davon halten, Sir?»

Michael lachte. «Wir haben alle etwas, von dem wir nichts verstehen.»

«Ganz recht.» Seine Lordschaft zog eine Augenbraue hoch. «Und was ist es bei Ihnen?»

Michael überlegte. «Landsitze, in erster Linie.»

Sein Gastgeber lachte jovial. «Ich nehme an, Mona hat Sie herumgeführt?»

«Tja, nein, ich hab die reguläre Besichtigungstour gemacht.»

«Ach je, das müssen wir ja *auf der Stelle* nachholen. Wo ist Ihr Freund? Vielleicht möchte er sich uns anschließen?»

Ja, wo *war* Wilfred eigentlich? «Das würde er sicher gerne, aber . . . sagen Sie, kann ich ganz offen sein?»

Lord Roughton hob mahnend den Zeigefinger. «Nur, wenn Sie mich mit Vornamen anreden. Ich heiße Teddy.»

«Schön», sagte Michael lächelnd. «Teddy.»

«Gut. Schießen Sie los.»

«Na ja . . . ich habe keine Ahnung, was Mona hier macht.»

Teddy furchte die Stirn. Dann lachte er glucksend. «Sie nehmen mich auf den Arm, wie?»

«Nein. Sie hat es mir noch nicht verraten.»

Der Lord schnappte nach Luft wie ein Goldfisch auf dem Trockenen. «Nein, dieses dumme Mädchen . . . so ein dummes, dummes Mädchen.»

Heiliger Bimbam

Als sie um vier Uhr früh vom Piepen ihrer Armbanduhr aufwachte, stellte Mary Ann fest, daß sie unter Simons linkem Arm eingezwängt war. Vorsichtig rutschte sie darunter hervor, setzte sich auf die Bettkante und rieb sich, beobachtet von Christopher Isherwood, die Augen.

«Wo willst du hin?» flüsterte Simon.

Seine Frage kam unerwartet. «Nach oben. Mich fertig machen.»

«Ist schon Ostern?»

«Fürchte, ja.» Ihre Stimme klang heiser und belegt.

Er stemmte sich auf die Ellbogen hoch. «Dann ... werde ich unten im Garten auf dich warten.»

Sie drückte sein Knie. «Du mußt nicht mit.»

Es dauerte einige Sekunden, bis er sagte: «Ich dachte, du willst Gesellschaft.»

«Na ja ... das hab ich zwar gesagt, aber ...»

«Du wolltest in Wirklichkeit das hier.»

Obwohl die Bemerkung scherzhaft gemeint war, fühlte sie sich unbehaglich.

«He», sagte sie leise – Mrs. Madrigal sollte auf keinen Fall etwas hören. «Wenn du mit einer lebenden Toten nach Golgatha rauf willst, bist du jederzeit willkommen.» Sie griff hinter sich und zog ihn freundschaftlich am Schwanz. «Alles klar?»

«Wie ist die Kleiderordnung?»

«Salopp.» Sie stand auf. «Gib mir 'ne halbe Stunde und warte auf mich vor dem Haus. Kreppsohlen wären vielleicht nicht schlecht. Falls von dem Kraut noch was da ist, könntest du uns einen Joint drehen. Alles klar?»

«Ist gut. Aber wie kommen wir hin?»

«Mein Team holt uns ab.»

«Natürlich. Dein Team.»

«Sonst noch was?»

«Ja. Wo ist meine Hose?»

«Im Schrank. Du hast sie selber reingehängt. Weißt du nicht mehr?»

«Ach ja.» Er stand auf und steuerte das Badezimmer an. Ärgerte er sich über irgendwas? Sogar sein perfekter kleiner Hintern wirkte angespannt.

Auf der Fahrt zum Mount Davidson schwieg er die meiste Zeit, und sie fachsimpelte mit ihrem Kameramann. Sie parkten am Myra Way – näher kam man mit dem Wagen an das Betonkreuz nicht heran – und gingen auf einem schlüpfrigen Pfad zwischen Eukalyptusbäumen hinauf zum Gipfel.

Am Fuß des gewaltigen Monuments hatten sich schon ein paar Dutzend Leute eingefunden. Im perlgrauen Schimmer der Morgendämmerung wirkten ihre Gesichter so bleich und graugrün wie das junge Eukalyptuslaub. Mary Ann betrachtete andächtig das prachtvolle Panorama der Stadt und den rötlichen Schein, der im Osten über dem Mount Diablo den Himmel zu verfärben begann.

Sie berührte Simon am Arm. «Ist es nicht traumhaft?»

«Traumhaft», wiederholte er. Es klang nicht sehr überzeugend.

Sie musterte sein ausdrucksloses Gesicht. «Du bist ja morgens genauso schlecht gelaunt wie ich.»

«An deiner Stelle würde ich nicht . . .» Er unterbrach sich.

«Würdest du was nicht?»

«Ich würde nicht . . .»

«Liebste, Sie wollen einfach nicht hören. Ich hab doch gesagt, daß Sie nicht kommen müssen.» Es war Pater Paddy, der wie gewohnt aus dem Nichts aufzutauchen schien.

«Oh . . . hallo», rief sie überrascht.

«Sie sind so verdammt *nobel*, Mary Ann!» Der Priester packte Simon am Arm. «Seit Wochen sage ich diesem lieben, reizenden Mädchen, daß ich diesen Gig ohne weiteres auch allein erledigen kann, aber sie *muß* sich einfach aufopfern.» Er drückte ihr einen Schmatz auf die Wange. «Stimmt's, Liebste?» Dann, mit einem Blick auf Simon: «Ich kenne diesen wackeren Menschen. Vom Bildschirm. Sie sind der desertierte Lieutenant, nicht?»

«So ungefähr», war die eher reservierte Antwort.

«Tja, Sie haben unsere kleine Stadt im Sturm erobert.»

Simon reagierte mit einem dünnen, eisigen Lächeln.

Pater Paddy wandte sich wieder an Mary Ann. «Es gibt Kaffee und Doughnuts, wenn Sie 'ne Stärkung brauchen, und ... *oh* ... ist Matthew heute unser Kameramann?»

«Ja.»

«Fabelhaft. Sagen Sie ihm bitte, er soll mich mit der Froschperspektive verschonen.»

«Wie bitte?»

«Er soll mich nicht von unten aufnehmen, Liebste. Da sieht man nur Doppelkinn, und das macht den kleinen Kindern angst. Alles klar?»

«Ist gut.»

«Sie sind ein Engel», sagte der Priester und mischte sich wieder unter seine Schäfchen.

Sie warf Simon einen unsicheren Blick zu. «Ich hätte dich vielleicht vor ihm warnen sollen.»

Er gab keine Antwort.

«Hast du was?» fragte sie.

Er zupfte ein Blatt von einem Strauch und drehte es hin und her. «Du hast das arrangiert, nicht?»

«Was arrangiert?»

«Diesen Morgen. Du hast dich extra einteilen lassen für diesen ... *Gig*, wie er es nennt. Damit du mit mir zusammensein kannst.»

«Na ja ... ich würde sagen, es hat sich so ergeben. Aber geplant hab ich es nicht.»

Er sah sie stirnrunzelnd an.

«Und wenn?» meinte sie. «Wär das so schlimm?»

«Wie lange schon? Zwei Wochen? Drei? Ich stehe schon eine ganze Zeit in deinem kleinen Terminkalender.»

Sie starrte ihn an und spürte, daß sie einen trockenen Hals bekam.

«Sag mir, ob ich damit schief liege», fügte er hinzu.

«Also ... gefreut hat es mich schon, als mir klar wurde, daß wir zusammensein können ... wenn du das meinst. Was ist schon dabei? Aber ich konnte unmöglich wissen, daß Brian von Theresa übers Wochenende nach Hillsborough eingeladen wird.»

«Ihr beide.»

«Was?»

«Sie hat euch beide eingeladen.»

«Na und?»

«Und Brian wollte mich an deiner Stelle mitnehmen, aber du warst dagegen.»

«Das stimmt nicht», sagte sie.

Er zuckte mit den Schultern. «Hat er aber gesagt.»

«Na ja ...» Sie hätte Brian erwürgen können. «Also gut ... ich bin eine verzweifelte Frau, du quetschst es aus mir raus, also gestehe ich: Ich mache vor nichts halt, bis ich dich in meinen Klauen hab. Komm, Simon ... was willst du eigentlich von mir hören?»

«Du sollste zugeben, daß du es so arrangiert hast.»

Sie warf die Hände hoch. «Na schön, kein Problem. Ich hab es arrangiert.»

«Du hast es schon vor mindestens zwei Wochen ausgeheckt, weil du gewußt hast, daß es der letzte Abend vor meiner Abreise ist.»

«Verdammt, Simon, worauf willst du hinaus?»

«Ich denke, das weißt du.»

«Ich hab nicht die leiseste Ahnung, was ...»

«Du und Brian, ihr wollt ein Kind. Das weiß ich bereits.»

Einen Augenblick verschlug es ihr die Sprache. «Von Brian, wie?»

«Ja.»

«Na ... und wenn schon?» Das war nicht viel, aber zu mehr reichte es bei ihr nicht.

«Dann heißt das ... daß du die Pille abgesetzt hast.»

Sie spürte, wie ihr das Blut in den Schläfen hämmerte. Der Augenblick bekam eine ominöse Note, als hinter dem Kreuz eine Frau mit Schmetterlingsbrille auf einer elektrischen Orgel das Kirchenlied «Er ist auferstanden» anstimmte. Mary Ann sah sich suchend nach ihrem Kameramann um und wandte sich wieder Simon zu. «Ich schwör dir, das ist die bizarrste Unterhaltung, die ich je . . .»

«Du hast nie ein Wort von Verhütung gesagt, Mary Ann. Nicht ein Wort. Findest du das nicht ein bißchen merkwürdig von einer Frau, die . . .»

«Ich finde, du weißt einen Scheißdreck von romantischen Gefühlen, Simon. Das finde *ich*. Was hast du denn erwartet? Daß ich dich frage, ob du einen Gummi zur Hand hast? Ich kann's nicht glauben, daß wir hier so eine *Diskussion* führen!»

«Nein, was sind wir entrüstet», sagte er mit einem matten, distanzierten Lächeln.

«Na, was zum Teufel . . . Hör zu, ich muß meinen Kameramann suchen.»

Er hielt sie am Arm fest. «Nein.»

«Wie bitte?»

«Ich hab dir noch was anderes zu sagen.»

«Was?»

«Deine Freundin Connie . . . die vorbeigeschaut hat.»

«Ja?»

«Ich soll dir was von ihr ausrichten.»

Bitte, lieber Gott, dachte sie, *laß Connie nicht den letzten Nagel in meinen Sargdeckel schlagen.*

«Du hättest dir gestern mittag um zwei unbedingt Channel Nine anschauen sollen.»

Sie nickte. «Und?»

«Na, du warst nicht zu Hause . . . und da ich ein hilfsbereiter Mensch bin, hab ich sie mir für dich angeschaut. Hast du eine Ahnung, was dir entgangen ist?»

«Simon, die Andacht fängt genau in . . .»

«Komm schon . . . rate doch mal.»

«Ehrlich gesagt, mir ist es völlig wurscht, was dieses doofe Weib . . .»

«Es war eine Talkshow, Mary Ann. Drei Hausfrauen sprachen über ihre Männer . . . *sterile* Männer.»

Das Wort hing wie ein Wölkchen Nervengas zwischen ihnen.

«Connies Mann», sagte sie schließlich, «ist zufällig steril, und sie hat sich für künstliche Bef. . .»

«Zufällig hat Connie gar keinen Mann.»
Sie schaute zur Seite.
«Hat *sie* wenigstens gesagt», ergänzte er.
Sie zögerte. Dann sagte sie: «Klingt ja, als hättet ihr euch prima verstanden.»
«Ja», sagte er, «sie war mir ganz sympathisch. Ich fand ihre Offenheit erfrischend.»
«Na prima. Toll.» Sie wandte sich zum Gehen.
Wieder hielt er sie zurück. «Ist das deine Art, mit so was umzugehen?»
«Mit was denn? Ich hab hier einen Job zu erledigen.»
«Ach ja . . . richtig. Du hast ja so *viel* zu tun an diesem Wochenende.»
«Laß mich los, Simon.»
«Du hast dich schon richtig reingekniet, was?»
«Simon . . .»
«Bist du auch ganz sicher, daß dreimal genug war? Oder sollen wir gleich hier noch mal nachlegen?»
Sie riß sich los und haute ihm eine runter. Er wankte, blieb aber stehen. Sie sah den Abdruck ihrer Hand auf seiner bleichen Wange. Seine Nasenflügel bebten. Als er sich an die Wange faßte, war das zynische Glitzern aus seinen Augen verschwunden, und der Ausdruck, der jetzt darin lag, machte sie ganz schwach.
«Es tut mir leid», sagte sie.
«Nicht nötig», wehrte er ab.
«Was willst du von mir hören?»
Er zuckte mit den Schultern. «Daß du's abstreitest, wahrscheinlich.»
Sie zögerte.
«Dachte ich mir», sagte er mit einem kurzen Nicken und drehte sich um.
«Simon, warte mal . . . es ist nicht so schwarzweiß, wie . . . wo willst du hin?»
«Nach Hause. Oder was man so nennt.»
«Aber . . . die Andacht . . .»
«Vielen Dank, aber ich weiß schon, was das wird.»

«Nein, ich meinte . . . du hast doch kein Auto, und ich kann hier nicht weg, bis . . .»

«Dann nehm ich mir ein Taxi.» Er zwängte sich durchs Gebüsch und steuerte den Weg an.

«Simon, geh bitte nicht so . . .»

Aber er war schon verschwunden.

Bloß keine Hemmungen

Es war schon nach Mittag, als Mona in die Küche zurückkam und dort auf Teddy stieß, der gerade sein Frühstücksgeschirr abwusch. «Dein Freund ist sehr attraktiv», sagte er.

«Welcher denn?» fragte sie, um es ihm nicht so leicht zu machen.

«Na ja . . . der kleine Dunkelhäutige ist ganz niedlich, aber . . .»

«Schon gut. Verschon mich damit.»

«Ich habe mit den beiden meine kleine Cook's Tour durch das Anwesen gemacht. Hundefriedhof und so . . . alles inklusive. Ich glaube, sie waren ziemlich begeistert. Ich muß sagen, es war ganz reizend . . . alles mal durch ihre Augen zu sehen.» Er bearbeitete einen eiverkrusteten Teller mit dem nassen Spüllappen. «Ich finde, du solltest mit deinem Freund reden, Mona.»

«Warum? Was war denn?»

«Na ja.»

«Du hast ihm doch nichts von heute abend gesagt?»

«Tja . . . ich wundere mich eigentlich, daß *du* es ihm noch nicht erzählt hast.»

Sie arbeitete noch an einer Antwort, als sie draußen auf dem Hof das knirschende Geräusch von Autoreifen hörten. Teddy lugte durch das bleiverglaste Fenster über der Spüle, und die Augen quollen ihm vor Entsetzen heraus. «Ach, du Scheiße!»

«Wer ist es?»

«Die Käufer. Beziehungsweise seine Frau.»

«Ich dachte, die sollten erst . . .»

«Sollten sie auch. Ich nehme an, sie ist hier, weil sie noch ein paar Polaroidfotos machen will.»

«Wozu denn?»

«Was weiß ich. Vielleicht für ihren Innenarchitekten. Es ist so gräßlich, ich mag gar nicht dran denken. Da, sieh dir das an. Ich hatte recht. Sie hat ihre verdammte Kamera dabei.» Hastig trocknete er sich die Hände an dem feuchten Lappen ab. «Sei ein Engel, ja? Ich kümmere mich um sie, aber in zehn Minuten kommst du und rettest mich vor ihr.»

Als er gegangen war, stieg sie die Treppe neben der Bibliothek hinauf und ging in ihr Zimmer, um ihr Make-up nachzubessern. Ihre kastanienbraunen Haarwurzeln waren schon wieder deutlich zu sehen und erinnerten sie daran, daß ihr Trip sich dem Ende näherte. Wenn sie ihr Haar noch ein oder zwei Wochen wachsen ließ, ohne nachzufärben, konnte sie als Punkerin gehen, und keiner würde was merken.

Sie wartete die vereinbarten zehn Minuten und schlenderte dann mit einer schlecht vorbereiteten Lüge in die große Halle. «Entschuldige die Störung, Teddy, aber Mr. Harris möchte dich sprechen. Am Telefon.»

Teddy und die Frau des Käufers standen an dem hohen Fenster mit Blick auf die Kapelle. Die Frau war eine robuste Blondine und trug einen blauen Blazer. «Mr. Harris?» sagte Teddy und drehte sich verwundert zu Mona um.

«Du weißt schon . . . der Gärtner.»

«Oh. Natürlich. Mr. Hargis. Schön. Tja, ich nehme an, er wartet auf Instruktionen. Fühl dich bitte ganz wie zu Hause, Fabia. Oh . . . Fabia, das ist Mona. Ich bin sicher, daß ihr beiden euch gut versteht.» Er setzte sich rückwärts ab und verließ beinahe im Laufschritt die Halle.

Die Frau verfolgte seinen Abgang mit einem hämischen Grinsen.

Dann wandte sie sich an Mona. «Ist ja sehr eigenartig.»

«Äh . . . was?»

«Sagten Sie nicht, Mr. Hargis hat *angerufen*?»

«Ja.»

«Warum habe *ich* dann das Telefon nicht klingeln hören?»

«Na ja . . . ich nehme an . . . tja, ich weiß auch nicht. Komisch, nicht?»

«Ja. Sehr.»

«Jedenfalls . . . wenn ich Ihnen vielleicht etwas zeigen kann . . .?»

Die Frau machte große Augen. «*Wie* bitte?»

«Ich meinte . . . im Haus oder so.»

Das Lachen der Frau kam so unverhofft wie das Hupen eines Sattelschleppers in einer Haarnadelkurve. «Meine liebe Moira . . . ich habe hier schon Weihnachten gefeiert, als ich acht war.»

«Oh . . . verstehe.»

Die Frau hob ihre Polaroidkamera und richtete sie auf die Musikantengalerie. *Klick. Surr.* Dann sah sie wieder Mona an. «Ich beobachte den traurigen Niedergang von Easley schon seit vielen Jahren.» Sie verschanzte sich hinter einem affektierten Lächeln, zog das Foto aus dem Auswurfschlitz und legte es mit spitzen Fingern auf den Fenstersims. «Er hat Ihnen kein bißchen von mir erzählt, wie?»

«Nein», gab Mona ruhig zurück. «Kein bißchen.»

«Tja . . . das ist schade.»

«Wirklich?»

Das fade Lächeln kehrte zurück. «Wenigstens würde Ihnen dann Ihre kleine *Scharade* viel leichter fallen, Moira. Das meinte ich damit.» Sie nahm das Foto und beäugte es. «Ich fürchte, hier ist zuwenig Licht.»

«Mona», sagte Mona.

«Mmm?»

«Ich heiße Mona, nicht Moira.»

«Oh. Schuldigung.» Sie besah sich wieder das Foto.

«Ich nehme an, Sie brauchen mich hier nicht.»

«Nein, wozu auch?» sagte die Frau lächelnd.

Mona verließ mit energischen Schritten den Saal und machte erst halt, als sie das ganze Haus durchquert hatte und im Wohnzimmer vor Teddy stand. «Verdammt noch mal, warum hast du mir das angetan?»

Mit einem zerknitterten Lächeln schaute er von seinem Martin-Amis-Roman hoch. «Ist sie nicht ein Schatz?»

«Du hättest mir sagen können, daß sie Bescheid weiß.»

«Tja, ich . . . sie weiß es also?»

«Ja. Hast du das nicht gewußt?»

«Nein . . . na ja, ich hätte es mir denken können. Ihr entgeht so gut wie nichts. Entschuldige, Mona. Über mich wird nun mal geredet. Ich habe es nie verhindern können, und . . . es ist unvermeidlich, daß du auch was abkriegst. Ist sie schon weg?»

«Ich weiß nicht», sagte sie. «Ist mir auch egal.»

«Mir auch.» Er legte das Buch weg. «Ich habe noch ein bißchen von dem wunderbaren Haschisch. Wollen wir uns ein wenig auf dem Wehrgang ergehen und sie in Ruhe durch die Hallen stapfen lassen?»

«Prima Idee», sagte sie.

Sie folgte ihm nach oben in das wasserfleckige Schlafzimmer, von wo man die Treppe zum Dachgeschoß erreichte. Während sie mit eingezogenen Köpfen einem schmalen Lichtstreif entgegenstiegen, wölbten sich über ihnen die Dachbalken von Easley House wie die geschwärzten Rippen eines prähistorischen Tiers. Teddy drückte die Tür zum Wehrgang auf, und einen Augenblick wurden sie von der grellen Aprilsonne geblendet.

Mona schaute zu den Bergen im Westen hinüber und genoß die duftende Frühlingsbrise. «Genau das richtige Plätzchen für uns.»

Teddys Augen blitzten vergnügt. «Allerdings, ja.» Mit zwei Fingern stocherte er in der Brusttasche seines grau-schwarz gesprenkelten Tweedjacketts und förderte einen seiner dicken Tabak-und-Hasch-Joints zutage. Er zündete ihn mit seinem Bic an, nahm einen Zug und hielt ihn Mona hin. «Ich sollte dich vorwarnen wegen meinem Vater», sagte er.

Sie sah ihn argwöhnisch an, während sie an dem Joint zog und die Luft anhielt.

«Eigentlich soll es keine Warnung sein. Eher . . . eine Erklärung.»

Sie nickte.

«Daddy ist . . . äh . . . geistig verwirrt.»

Sie blies den Rauch aus.

«Ich garantier dir, es ist ganz harmlos. Die Ärzte sagen, er hat sich gewissermaßen . . . von der Realität zurückgezogen und in eine glücklichere Zeit geflüchtet . . . seine glücklichste, um es genau zu sagen. Er durchlebt sie immer wieder. Es gibt einen medizinischen Fachausdruck dafür . . .» Er nahm ihr den Joint wieder ab. «Aber er fällt mir im Moment nicht ein.»

«Was war denn seine glücklichste Zeit?» fragte sie.

«Tja, *anscheinend* die vierzehn Tage, die er bei den Annenbergs verbracht hat.»

«Bei wem?»

«Ach . . . ich dachte, die kennt in Kalifornien jeder. Walter und Lee Annenberg. Er war amerikanischer Botschafter in London, als Daddy ihn kennenlernte. Sie haben sich auf Anhieb verstanden, Daddy und Walter . . . und dann haben Mummy und Daddy einige Zeit in der Villa der Annenbergs in Palm Springs verbracht. Und das hat Daddy nicht bewältigt, fürchte ich.»

«Du willst sagen . . .»

Er nickte. «Er denkt, er ist noch immer da.»

Sie schmunzelte. «Du nimmst mich auf den Arm, nicht?»

Er schüttelte lächelnd den Kopf.

«Er läuft in Gloucestershire rum und denkt, er ist in Palm Springs?»

Er schüttelte erneut den Kopf. «Auf den Scillies.»

«Wie?»

«Er läuft auf den Scillies rum und denkt, er ist in Palm Springs.»

«Oh.»

Er bot ihr den Joint wieder an.

«Nein danke», sagte sie. «Von dem Tabak wird mir schwindelig.»

«Zum Glück haben sich die schlimmeren Symptome größtenteils gelegt. Die weißen Schuhe, die Golfklamotten und den ganzen Quatsch hat Mummy ihm abgewöhnt.»

«Das ist gut.»

«Ich dachte nur, du solltest es wissen. Es kann manchmal verdammt peinlich werden.»

«Danke», sagte sie. «Das ist nett von dir.»

Er seufzte tief und schaute wieder in die Landschaft hinaus.

«Ist das wirklich Wales?» fragte sie.

«Nein», antwortete er, «eigentlich nicht. Aber vom Pavillon aus kann man Wales sehen. Die entferntesten Berge sind die Black Mountains. Man kann auch die Malverns sehen.»

Eine Weile stand sie schweigend neben ihm, dann sagte sie: «Ich begreif es nicht.»

«Was?»

«Daß du das hier alles . . . sausen läßt. Daß du es dieser fettärschigen Zicke da unten in den Schoß fallen läßt.»

Er wandte sich ab. «Ich lasse ihr Easley nicht in den Schoß fallen.»

«Na, wie würdest du es denn nennen?»

«Mona . . .» Er zupfte einen Klumpen Moos von der Brüstung. «Easley ist nichts als Arbeit, und das bin ich gründlich leid. Glaub mir, ich weiß, was du meinst . . . aber ich kann mich nicht zweiteilen.»

Verloren in der Weite der Landschaft, rumpelte ein weißer Lieferwagen auf der schmalen Straße von Easley-on-Fen heran. «Wenn ich mich nicht irre», sagte Teddy, «ist das der Partyservice.»

«Sieht so aus», sagte sie. Es gab ihr irgendwie ein mulmiges Gefühl, daß der spontane Entschluß, den sie an einem verregneten Abend in Seattle gefaßt hatte, nun so viele Leute auf den Plan rief.

Teddy spürte ihre Verunsicherung. «Alles in Ordnung, Mona?»

«Klar.»

«Der Tabak, hm?»

«Ja. Ich glaube, ich leg mich mal ein bißchen hin.»

«Natürlich», sagte er mit einem mitfühlenden Lächeln. «Ruh dich aus.»

Sie tätschelte ihm die Schulter und stieg zurück ins Dunkel des Dachstuhls. Als sie in ihrem Zimmer war, schloß sie leise die Tür zur Musikantengalerie, denn in der großen Halle war noch immer das gräßliche Surren der Polaroidkamera zu hören. Trotzdem fand sie keinen Schlaf. Also wappnete sie sich für eine Auseinandersetzung mit Michael und ging zu seinem Zimmer.

Er saß auf der Fensterbank und hatte eine alte Ausgabe der *Country Life* auf den Knien. Wilfred lag bäuchlings auf dem Bett und sah ihn an. Als sie sich räusperte, schaute Michael träge zur Tür. «Was ist?» fragte er. «Noch 'ne Standpauke?»

Sie rang sich ein Lächeln ab. «Ich dachte, wir können vielleicht ein bißchen reden.»

«Na gut», meinte er gleichgültig.

Wilfred machte einen Purzelbaum vom Bett. «Und Kinder ab ins Spielzimmer.» Bevor er ging, gab er Mona einen flüchtigen Kuß auf die Wange.

«Du bist kein Kind», sagte sie.

«Zwanzig Minuten», verkündete Wilfred.

Sie ging durchs Zimmer und setzte sich in den Sessel am Fenster. «Er ist so ein Schatz», sagte sie.

Michael zuckte mit den Schultern. «Denkt er von dir anscheinend auch.»

«Na, er ist schwer in dich verknallt, das seh ich sofort.»

Er blinzelte sie an und schaute aus dem Fenster.

«Ist das ein Problem?» fragte sie.

«Ich weiß nicht. Ich frag mich halt . . . was er macht, wenn ich wieder nach Hause fahr.»

«Und seine . . . Familie?»

«Er hat keine. Er hat bei seinem Vater gewohnt, aber der ist abgehauen. Er hat einen umgebracht.»

Mona runzelte die Stirn. «Dann ist Wilfred so vielleicht besser dran.»

«Na, ich weiß nicht. Ist es besser, wenn man niemanden mehr hat?»

Sie spürte, daß ihm die Sache an die Nieren ging, und versuchte, die Situation zu retten. «Ich kann damit leben», sagte sie lächelnd.

Mit ungerührter Miene wandte er sich von ihr ab. Sie merkte, wie sehr er sich verändert hatte. Fast schien es, als hätte er seine Schnodderigkeit an Wilfred abgegeben. Seine Ironie war verpufft, und er wirkte kalt und farblos.

«Irgendwas zum Ausrichten?» fragte er schließlich.

«Äh . . . für wen?»

«Für die Barbary Lane. Seit Jahren hat keiner mehr von dir gehört.»

«So lange ist es gar nicht», meinte sie.

«Dann eben anderthalb Jahre. Wie wär's damit?»

Sie sah Wilfred am Hang des Hügels. Ein kleiner Fleck, gelb und braun, der zum Pavillon hinaufstieg. Aus der Entfernung wirkte er wie eine Hummel. «Ich mußte mit mir ins reine kommen», sagte sie.

«Ich weiß. Seit neunzehnhundertsiebenundsechzig.»

«Das ist ungerecht.»

«Dann bleib mir weg mit dieser piefigen Ausrede.»

«Mouse . . .»

«Herrgott, du hättest wenigstens eine Ansichtskarte schreiben können! Du bist weggezogen und hast uns nie deine neue Adresse gesagt. Deine Nummer war nicht rauszukriegen . . .»

«Die meiste Zeit hatte ich gar kein Telefon.»

«Aber du hättest uns anrufen können. Was ist denn, Mona? Willst du uns abhängen? Was ist los, verdammt noch mal? Weißt du, wie weh du Mrs. Madrigal tust?»

Dieser Vorwurf schmerzte ein bißchen. «Paß mal auf», sagte sie, «ich wollte mich bei euch nicht melden, bis ich meinen Kram auf der Reihe hab. Ihr wußtet genau, daß ich nicht tot bin. Ich wollte einfach aus heiterem Himmel bei euch aufkreuzen und euch was Tolles von mir erzählen können.»

«Und das hier ist es jetzt, ja?» Er kniff ungläubig die Augen zusammen.

«Was?»

«Die Heirat mit . . . Prinz Tittenring?»

Sie war empört und zugleich erleichtert. «Nein», sagte sie ruhig. «Ich hatte nicht vor, es publik zu machen.»

«Hattest du vor, es *mir* zu sagen?»

«Ja.»

«Wann?»

«Jetzt.» Sie lächelte matt. «Bißchen spät, hm?»

Er wandte sich ab und schaute wieder hinaus. Wilfred hatte den Pavillon erreicht und war jetzt nur noch ein gelber Tupfer unter dem hohen kegelförmigen Dach. «In mehr als einer Hinsicht», sagte er.

«Es hat gar nichts zu bedeuten», meinte sie.

«Was?»

«Die Heirat. Das ist bloß ein Arrangement, um die Einwanderungsbehörde ruhigzustellen, damit Teddy eine Arbeitserlaubnis kriegt . . .»

«Und in San Francisco mit seinem Schniedelwutz rumwedeln kann.»

«Das war nie das Thema», sagte Mona.

Er starrte sie fassungslos an. «Wie ist es dazu gekommen? Ich meine . . . seit wann ist das in der Mache?»

«Seit drei Wochen oder so. Nicht lange.»

«Habt ihr euch hier kennengelernt oder in Seattle?»

«Weder noch. Es lief über . . . 'ne Art Agentur in Seattle.»

«Eine Agentur?» Er spuckte das Wort förmlich aus. «Agentur für *was*? Bräute aus dem Katalog?»

«Ja», sagte sie ungerührt. «Genau das.»

Er schnaubte gehässig. «Weiß das *hier* jemand?»

Sie mußte an diese Fabia denken, die im Moment knipsend durchs Haus lief. «Na klar», sagte sie. «Es scheint das am schlechtesten gehütete Geheimnis von Easley zu sein.»

«Typisch», sagte er. «Ich bin immer der letzte, der was erfährt.»

Seine Nörgelei ging ihr auf die Nerven. «Du solltest es gar nicht erfahren, Mouse. Du solltest überhaupt nicht hier sein.»

«Wann geht's denn über die Bühne?»

«Heut abend. In der Kapelle.»

«Reizend.»

«Nur die Familie. Und ein paar Freunde.»

«Keine Sorge, ich halt mich raus.»

«Das hab ich nicht gemeint.» Sie empfand sein Angebot trotzdem als Erleichterung. Die ganze Veranstaltung war ohnehin schon peinlich genug. «Es hat wirklich nichts weiter zu bedeuten», fügte sie hinzu. «Es wird andauernd geheiratet, um irgendwelchen Leuten die Einwanderung zu erleichtern. Es ist einfach was rein Geschäftliches.»

«Wieviel?»

«Was?»

«Wieviel zahlt er dir?»

«Ach so . . . fünftausend.»

«Nicht schlecht.»

«Tja», sagte sie nicht ohne Stolz, «normalerweise sind's bloß tausend oder so, aber das war ein spezieller Fall, und mir haben sie zugetraut, daß ich damit klarkomme.» Sie mußte sich eingestehen, daß die Geschichte nicht genug hergab, um damit anzugeben. «Die Agentur kriegt natürlich zehn Prozent. Wie jede Agentur. Jedenfalls ist es . . . für alle Beteiligten ein fairer Preis.»

«Klar», gab er zurück, «Hochzeit mit zwei Ringen.»

Sie begriff nicht gleich.

Er zwickte sich in eine seiner Brustwarzen.

«Oh.» Sie lachte verlegen und versuchte, mit einem eigenen Witz zu kontern. Das war vielleicht die einzige Rettung aus dieser verfahrenen Situation. «Ja, ich hab ihm gesagt, die Immigration kann er sowieso vergessen . . . er kommt gar nicht erst durch den Metalldetektor.»

Sein mürrischer Ausdruck blieb unverändert.

Sie musterte ihn einen Augenblick, dann stand sie auf, ging zum Büffet und stellte sein Frühstücksgeschirr aufs Tablett. «In zwei Tagen fliege ich nach Seattle zurück», sagte sie. «Ich hatte einen netten kleinen Urlaub . . . und hab ganz schön Geld verdient. Und allen ist gedient. Tu bloß nicht so, als hätt ich mir was vorzuwerfen, Mouse.»

«Es ist auf deinem Mist gewachsen», sagte er, «nicht auf meinem.»

Sie knallte das Marmeladenglas aufs Tablett. «*Scheiße!* Seit wann bist du so ein überheblicher Arsch?»

Er antwortete nicht gleich. «Du hast keine Ahnung, was ich bin», sagte er ruhig. «Du hast vor lauter Weglaufen keine Zeit gehabt, es rauszufinden.»

«Mouse . . .»

«Was willst du überhaupt von mir?»

«Wieso?»

«Warum erzählst du mir das jetzt? Was willst du von mir hören? Herzlichen Glückwunsch zu einer lukrativen, aber bedeutungslosen Heirat?»

Sie nahm das Tablett und ging zur Tür. «Wahrscheinlich hab ich gehofft, daß du mir deinen Segen gibst. Weiß auch nicht, warum. Ich weiß nicht mal, warum ich überhaupt mit dir rede.»

«Wenn du je eine richtige Bindung . . .»

«Ach leck mich doch, Mouse! Laß mich bloß in Ruhe. Das hab ich nicht nötig. Seit wann verstehst du denn was von Bindungen. Du und Jon und eure popelige kleine . . . Beziehung, oder wie du das nennst . . .»

Sein stummer, finsterer Blick brachte sie zum Schweigen. «Ich bestell ihm einen schönen Gruß von dir», sagte er.

Sie straffte ihre Haltung und versuchte, ruhig zu bleiben. «Ich bin selber wer», sagte sie.

«Schön», entgegnete er. «Schaff dich drauf.»

Sie starrte ihn noch einen Augenblick an, ehe sie mit dem Tablett hinausstiefelte und auf ihr Zimmer ging. Dort warf sie sich aufs Bett, vermied jedoch einen Weinkrampf, indem sie wieder aufstand und einen Briefbeschwerer auf die Ritterrüstung neben dem Fenster schleuderte.

Teddy kam angerannt, als er den Krach hörte. «Großer Gott», sagte er leise, «was ist mit dir?»

Sie starrte wütend auf den Haufen Metall am Boden. «Ich hasse diesen beschissenen Militaristenfummel.»

Er nickte. «Ich hab ihn auch nie besonders gemocht.»

Sie sank auf einen Stuhl.

«Bist du . . . mit den Nerven runter?» fragte er.

«Wir müssen reden», sagte sie.

Schadensbegrenzung

Es war ungefähr halb acht, als Mary Ann von ihrem Team an der Treppe zur Barbary Lane abgesetzt wurde. Ohne die Osterglocken zu bewundern, die zwischen den Mülltonnen wuchsen, ging sie direkt ins Haus und klopfte bei Simon. Er kam in Michaels grünem Morgenmantel an die Tür.

«Ja?»

«Ich will's wiedergutmachen», sagte sie.

«Wie hast du dir das gedacht?»

«Ich will dich um Verzeihung bitten.»

Er lächelte matt. «Warte noch ein bißchen, bitte. Ich hab mir selbst noch nicht verziehen.»

«Wegen was?»

«Ach . . . daß ich aus dem Ruder gelaufen bin.»

«Wie?»

«Ich hab gewußt, was du machst», sagte er. «Ich hab es geahnt. Ich hätte nein sagen können . . . und hab es nicht getan.»

«Das war nicht das einzige, was ich gemacht hab, Simon.»

«Laß mal», sagte er. «Das muß nicht sein. Wozu in Motiven rumstochern.»

«Nein . . . ich will, daß du klar siehst.» Sie machte sich Sorgen wegen Mrs. Madrigal und sah nervös über die Schulter nach hinten. «Kann ich reinkommen?»

Er zögerte.

«Bitte», flüsterte sie. «Nur ganz kurz.»

Er nickte und machte ihr Platz. Sie ging hinein und setzte sich in die eine Sofaecke. Er verschränkte die Arme und ging mit ernster Miene auf und ab. Es genügte, seine Augen zu sehen, um zu wissen, was sie angerichtet hatte.

«Ich hatte fest vor, es dir zu sagen», begann sie.

Er murmelte etwas Unverständliches.

«Ich hätte das nie mit jemand gemacht, der mir nichts bedeutet.»

Er blieb stehen und sah sie an.

«Kannst du das nicht als Kompliment auffassen?»

«Ich könnte», sagte er, «aber ich bin noch nicht soweit.»

«Na . . . denk drüber nach. Das war für mich kein flüchtiges Abenteuer. Ich hab mir allerhand dabei gedacht, weißt du.»

Das schien ihn zu amüsieren. «Weiß es Brian?»

«Nein, natürlich nicht.»

«Na ja, wir sind hier im lockeren Kalifornien, da kam es mir ganz naheliegend vor, daß . . .»

«Denkst du etwa so von mir, Simon?»

Er zuckte mit den Schultern.

«Na schön . . . du brauchst nicht zu antworten. Aber Brian würde so was nie mitmachen.»

«Beruhigend», meinte Simon.

«Er weiß von nichts.» Sie beschloß, ihm alles zu beichten. «Er weiß nicht mal, daß er steril ist. Das Schlimme ist . . . *er* ist derjenige, der ein Kind will. Mir ist es nicht so wichtig. Er hat keinen Job, und er denkt, daß Baby wäre etwas, womit er . . .»

«Halt mal. Moment.»

«Ja?»

«Woher weißt du, daß er steril ist, wenn *er* es nicht mal weiß?»

«Ich weiß es eben», sagte sie.

Er nickte. «Na gut. Erzähl weiter.»

«Tja . . . das wär schon alles. Ich wollte ihm ein Kind schenken . . . und da bin ich auf diese blöde Idee gekommen.»

«Und an künstliche Befruchtung hast du nicht gedacht?»

«Connie hat es mir vorgeschlagen, aber ich finde den Gedanken gräßlich. Es ist mir . . . zu unpersönlich.» Sie fand, daß es einfältig klang, und lächelte entschuldigend. «Ich dachte, es geht, ohne jemandem weh zu tun. Hat aber nicht geklappt. Ich hab Mist gebaut.»

Er sah ihr in die Augen. «Dann warst du letzte Nacht . . .?» Er verscheuchte den Gedanken gleich wieder.

«Was letzte Nacht?»

«Warst du wirklich . . .»

«Ganz dabei?» vollendete sie seine Frage.

«Ja.»

«Simon . . . hast du das nicht gemerkt?» Sie nahm seine Hand. «Du darfst nicht nach England zurück und mich als Monstrum in Erinnerung behalten. Es war so wunderbar mit dir.»

Er stand da und hielt noch immer Distanz.

«Ich finde, du bist ein zärtlicher, intelligenter Mann . . . und unglaublich sexy.»

«Danke», sagte er leise.

«Ich mein es auch so.»

Er nickte.

«Ich werde dich nie vergessen. Dazu brauch ich kein Kind.»

«Ich danke dir.»

«Sag nicht immer danke. Komm her. Sei nicht so verklemmt.»

«Ich hab mich sterilisieren lassen», sagte er.

«Was?»

«Ich hab mich sterilisieren lassen.»

Sie versuchte, in seinem Gesicht zu lesen. «Meinst du das im Ernst?»

«Ja», sagte er. «Und du?»

Sie schaute ihn noch einen Augenblick an, dann senkte sie den Kopf und nahm seinen Schwanz in den Mund.

«Danke», sagte er.

Diesmal machte sie sich nicht die Mühe zu antworten.

Bettzeit

Das Oberlicht in Theresas Wohnzimmer hatte sich gespenstisch milchgrau aufgehellt – wie ein riesiger Augapfel mit grauem Star. Brian starrte ungläubig hinauf. Hatten sie wirklich die ganze Nacht durchgemacht?

«Du bist ja sehr unterhaltsam», sagte Theresa.

«Oh . . . tut mir leid.» Hatte sie ihn etwas gefragt? Wieviel Uhr war es eigentlich?

«Du kriegst kaum noch die Zähne auseinander», sagte sie. Sie saß ihm gegenüber auf dem Sofa und hatte die Füße unter ihrem herzförmigen Hintern. «Ich glaub, es ist Bettzeit.»

«Ja.»

«Willst 'n Glas Papayasaft?»

«Prima, ja.»

Sie stand auf. «Ich hol uns auch eine Quaalude.»

«Nein, laß man.»

«Das holt uns wieder runter.»

Er schüttelte den Kopf. «Ich nehm keine Quaaludes mehr.»

«Dann eben ... einen Joint.»

Drei Minuten später kam sie mit einem Glas Saft und einem schon glimmenden Joint zurück. Sie ließ ihn einen Zug machen und preßte ihre Finger auf seine Lippen. «Ich mag, wie sich dein Mund anfühlt», sagte sie.

«Danke», erwiderte er.

Ihr Lachen klang spröde. «Das kannst du aber auch noch besser.»

«Entschuldige. Ich bin ein bißchen überdreht.»

«Nach dem Joint bist du wieder klar.»

Er mußte wohl deutlicher werden. «He ... ich will kein Spielverderber sein, aber ich bin echt geschafft. Es war toll, wirklich. Wenn du mir zeigst, wo ich schlafen soll ...»

«Menschenskind!» Sie warf den Joint in einen Aschenbecher. «Was, zum Kuckuck, haben wir denn die ganze Nacht gemacht?»

Der Schreck fuhr ihm in die Glieder. «Äh ... gequatscht, dachte ich.»

«*Gequatscht?* Was für 'ne schrullige Vorstellung!»

«Paß mal auf, Terry ... es tut mir leid, ja?»

«Komm, hör auf.»

«Du hast gewußt, daß ich verheiratet bin», sagte er.

Sie starrte ihn ungläubig an. «Du wirst mir doch nicht sagen wollen, daß das der Grund ist?»

«Na ja ... zum Teil.»

«Und was ist der andere Teil?»

«Na ja ... das ist der Hauptgrund. Mehr oder weniger.»

«Scheiße, ist ja nicht zu fassen.»

Außerdem . . . bin ich nach soviel Coke nicht grade in bester Verfassung. Das ist noch ein Grund.»

«Das ist gar kein Grund. Ich sag doch, ich hab Quaaludes da.»

Er stand ein wenig unsicher auf. «Glaub mir, es war ein echtes Erlebnis.»

«Na reizend.»

«Wenn du mir vor einem Monat gesagt hättest, daß ich das ganze Osterwochenende koksen würde mit der Frau des Mannes, der . . .»

«Komm mir nicht mit dem.»

«Ich wollte nicht sagen, daß du nicht . . .»

«Ich weiß, was du sagen willst, Brian. Ich weiß, wegen wem du gekommen bist.» Sie griff nach dem Joint und zündete ihn mit zitternden Fingern wieder an. «Du hättest *ihn* ficken sollen, als er noch gelebt hat. Er hätt's dir vielleicht gedankt.»

Sie sah ihn mit einem überraschend zärtlichen Lächeln an und reichte ihm die Jointkippe. «Ich glaub, du solltest jetzt nach Hause.»

Nanny weiß es am besten

Sie bildeten ein großes T auf dem zerwühlten Laken – Simon quer über dem Bett, sie mit dem Kopf auf seinem trampolinstraffen Bauch.

«Kann ich dich mal was fragen?» sagte sie.

«Mmm.»

«Warum hast du dich sterilisieren lassen?»

«Ach . . . tja, eigentlich hat mich meine Nanny überredet.»

«Ach komm . . .»

«Doch, es ist wahr. Sie hat mir einen kurzen, aber strengen Vortrag gehalten. Sie hat gesagt, ich bin ein eingeschworener Junggeselle und kraß verantwortungslos, und deshalb ist es das einzig Anständige. Es war eine bemerkenswerte kleine Rede.»

«Hatte sie recht?»

«Womit? Mit dem ‹kraß verantwortungslos›?»

«Nein, mit dem eingeschworenen Junggesellen.»

Er zögerte. «So ziemlich, würde ich sagen. Ein wahrer Romantiker tut sich schwer in einer Ehe.»

«Was meinst du damit?»

«Du weißt, was ich meine.»

«Vielleicht», sagte sie.

«Eine gewisse Spontanität geht verloren, würd ich sagen.»

«Nicht unbedingt.»

«Warum machen wir dann das hier?»

Sie wälzte sich herum und küßte ihn auf den Nabel. «Weil ich dich sehr mag. Und weil ich's gern tue, ohne an Kinderkriegen zu denken.»

«Du bedauerst es nicht, hm?»

«Nein.»

«Es hat deine Ehe nicht restlos zerrüttet?»

Sie lächelte und knuffte ihn in die Rippen.

«Ich frag ja nur.»

«Brian bedeutet mir nicht alles, aber . . . er ist die einzige Konstante in meinem Leben.»

«Du mußt dich nicht rechtfertigen.»

«Es würde lange dauern, bis ich meine Gefühle für ihn verliere. Ich hab lang genug gebraucht, sie zu entwickeln. Er ist wie ein . . . Labyrinth, in das ich mich verirrt habe.»

«Du bist gescheiter als er», sagte er.

«Ich weiß. Das macht mir nichts. Er gibt mir was anderes.» Sie verlagerte ihr Gewicht und küßte ihn noch einmal. «Du hast mir auch was gegeben.»

«Was?»

«Oh . . . eine neue Sicht.»

«Auf deinen Mann.» Er sagte es ohne boshaften Unterton.

«Nicht nur das.»

«Dann . . . freut es mich.»

«Ich werd an dich denken», sagte sie.

«Ich auch an dich», sagte er. «Müssen wir auf die Zeit achten?»

«Hm?»

«Wegen Brian.»

«Ach . . . der kommt erst heute nachmittag wieder.»

Er lachte in sich hinein. «Ich hätte wissen müssen, daß du das weißt.»

Auf frischer Tat

Die Uhr des Le Car zeigte 8:23, als Brian auf der Leavenworth parkte und den Holzsteig zur Barbary Lane erklomm. Vögel zwitscherten in den Eukalyptusbäumen, und der getigerte Kater aus der Nachbarschaft hatte sich bereits ein sonniges Plätzchen auf dem ersten Treppenabsatz gesichert. Brian ging in die Hocke und kraulte dem alten Stromer den Bauch.

«Wie geht's, Boris? Schöne Ostern? Ach, du hast nicht gewußt, daß Ostern ist? Na, dann wach mal auf und schnupper den Kaffee, Alter!»

Unten an der steil ansteigenden Straße kamen zwei chinesische Dreikäsehochs aus einem Haus und stritten sich um ein Plüschtier, das größer war als sie beide. Er beobachtete sie eine Weile, dann formte er die Hände zu einem Trichter vor dem Mund und rief: «He, Jungs!»

Das Gezeter hörte auf. Sie sahen zu ihm hoch.

«Hat euch das der Osterhase gebracht?»

Sie gaben keine Antwort, sondern standen nur da und starrten den Verrückten auf der Treppe an.

«Immer schön cool bleiben», sagte er.

Die Kinder verzogen sich ins Haus und kamen Sekunden später mit ihrer Mutter wieder heraus.

Brian winkte den dreien zu. «Fröhliche Ostern!» schrie er.

Die Frau winkte halbherzig zurück und bugsierte die Kinder zurück ins Haus.

Brian richtete sich auf und ging durch den Blätterwald der Barbary Lane. Als er das Haus erreichte, fielen ihm die rosa Hyazinthen auf, die aus der lockeren dunklen Erde sprossen, wo die Urne mit Jons Asche vergraben war. Zweifellos eine gute Tat von Mrs. Madrigal.

Da die Vermieterin wahrscheinlich noch schlief, achtete er darauf, die Haustür besonders leise hinter sich zu schließen. Er durchquerte auf Zehenspitzen die Diele, und auf der mit Teppichläufern belegten Treppe wich er den vertrauten knarrenden Stellen aus.

Im ersten Stock hörte er ein Geräusch aus Simons Wohnung. Der Engländer war also schon auf. Einen Augenblick war er unschlüssig. *Soll ich anklopfen und ihm von meiner Nacht mit der Rockwitwe erzählen?*

Ja, warum eigentlich nicht?

Die Klingel war zu laut, also klopfte er an die Tür,

Drinnen hörte er Bewegung, aber niemand kam.

Er klopfte noch mal.

Schritte.

Das Rasseln der Türkette.

Die Tür ging einen Spalt auf, und Simon spähte heraus. «Oh . . . hallo.»

«Ich hoffe, ich hab dich nicht geweckt», sagte Brian leise.

«Na ja . . . äh . . . nicht direkt.»

«Ich bin zurück vom Einsatz», sagte Brian grinsend.

«Was?»

«Theresas Fete.»

«Ah . . .»

«Wir haben uns die ganze Nacht die Nase gepudert.»

Simon nickte.

«Es war irre, Mann. Sie war spitz auf mich.»

Simon zog eine Augenbraue hoch. «Ehrlich?» Er versuchte, sich beeindruckt zu geben, aber irgendwas lenkte ihn ab.

Jetzt dämmerte es Brian. «Ach, herrje.» Er schlug sich mit dem Handballen an die Stirn. «Du hast Damenbesuch.»

Simon blinzelte. Dann nickte er.

«Entschuldige», flüsterte Brian und setzte sich rückwärts ab.

«Wir reden später.» Er hielt den Daumen nach oben und sagte: «Weitermachen, Sportsfreund.»

Er stieg die Treppe zum zweiten Stock hoch und ärgerte sich über seine Blödheit. Das Coke hatte offenbar seinem Verstand zugesetzt. Es war Sonntagmorgen. Der Morgen nach dem Samstagabend. Da war kaum zu erwarten, daß Simon allein war.

Nein.

Simon war doch mit zur Morgenandacht gegangen.

Vielleicht hatte er es sich doch noch anders überlegt.

Vielleicht hatte er in letzter Minute abgesagt.

Vielleicht hatte er da eine aufgegabelt.

Vielleicht auch nicht.

Vielleicht war es gar nicht nötig gewesen.

Er stand jetzt vor seiner Wohnungstür und stellte fest, daß abgeschlossen war. Er tastete nach seinen Schlüsseln, und das Blut hämmerte in seinen Schläfen. *Bleib cool*, ermahnte er sich mit dem letzten Rest seines Verstandes. *Bleib cool.*

Er ging stracks ins Schlafzimmer.

Das Bett war leer.

Vielleicht mußte Mary Ann noch arbeiten.

Vielleicht hatte es technische Probleme gegeben.

Vielleicht war sie anschließend noch frühstücken gegangen.

Er setzte sich hin. Dann stand er wieder auf und ging zum obersten Treppenabsatz. Er stand schon fast eine Minute da, als er hörte, wie unten Simons Tür auf- und zuging. Rasch verzog er sich in die Wohnung, setzte sich und massierte seine Schläfen, während das lähmende grüne Gift in seine Hirnwindungen sickerte.

Jemand kam die Treppe herauf.

Es gibt ein Wort dafür

Sie versuchte, Haltung zu bewahren – den Kopf hoch und die Schultern gerade, wie Maria Stuart auf dem Weg zum Schafott. Wenn Brian die ganze Nacht gekokst hatte, war es um so wichtiger, daß sie klaren Kopf behielt.

Sie machte die Tür auf. Er saß im Sessel und sah ihr entgegen.

«Hallo», sagte sie und drückte die Tür hinter sich zu.

Mit seinem Gesicht gingen ein Dutzend Dinge gleichzeitig vor.

«Ich werd dir nichts vorlügen», sagte sie.

«Tu dir bloß keinen Zwang an», meinte er finster. «Eine mehr oder weniger macht den Kohl nicht fett.»

«Es ist nicht so schlimm, wie es aussieht, Brian.» Sie ging an seinem Sessel vorbei zur Küche.

«Wo gehst du hin?»

«Uns was zu trinken holen.»

«*Nein!* Komm wieder her. Wir reden.»

«Gut, aber . . .»

«Komm her, hab ich gesagt.»

Sie kam zurück und setzte sich aufs Sofa. «Jetzt ist kein guter Moment. Du warst die ganze Nacht auf. Du bist mit den Nerven runter. Du kannst unmöglich vernünftig . . .»

«Sei still, verdammt!»

Sie faltete die Hände im Schoß.

«Warst du die Nacht da unten bei ihm?» fragte er.

«Ja.»

Er sah sie entsetzt an.

«Brian . . . es war . . . in erster Linie freundschaftlich.»

«Freundschaftlich?»

«Ich meine nur . . . es war nicht der Anfang, sondern das Ende von was.»

«Ach ja? Wie lange habt ihr zwei denn schon . . .?»

«Nein, so hab ich es nicht gemeint. Letzte Nacht war das einzige Mal.»

«*Verflucht* noch mal, dieser *elende* ...»

«Bitte gib nicht Simon die Schuld.»

«Ach, du hast ihn dazu gezwungen, wie?»

«Nein, aber ... er ist dein Freund.»

«Ja ... und du mein trautes Eheweib. Es gibt ein Wort dafür, nicht?»

«Ich liebe ihn nicht», sagte sie und fand sich merkwürdig treulos gegenüber Simon.

«Du bist bloß ein *Flittchen*, hm?»

«Brian ...»

«Na, was käme denn sonst in ...»

«Hör doch auf. Flittchen gibt's nicht mehr. Ich *mag* Simon, das ist alles. Ich hab es nicht drauf angelegt, aber ... es ist halt passiert. Ein Problem wird es für uns nur, wenn du's dazu machst.»

«Schon verstanden», sagte er. «*Ich* bin hier das Problem. Ich und meine komische Vorstellung von Ehemännern und -frauen und *Flittchen.*»

Er hantierte mit dem Ausdruck, als wäre es ein Schnappmesser, mit dem er sie zu einem Kampf reizen wollte. Sie betrachtete ihn schweigend. Dann stand sie auf und ging zur Schlafzimmertür. «Ich geh mich duschen», sagte sie. «Wenn du über Flittchen diskutieren willst, schlage ich vor, du redest mit dem Weib in Hillsborough, das so spitz auf dich ist.»

Als sie seinen Gesichtsausdruck sah, wurde ihr klar, daß sie das nicht hätte sagen sollen. «Vielleicht mach ich das», sagte er. «Verdammt noch mal, vielleicht mach ich genau das!» Er sprang auf und schnappte sich sein Schlüsselbund vom Couchtisch.

«Brian ...»

«Stell dich unter deine scheiß Dusche. Ich bin sicher, du hast sie nötig.»

«Brian, du kannst nicht ...»

«*Was* kann ich nicht?»

«Du kannst nicht fahren in diesem Zustand. Sieh dich doch an. Du bist übernächtigt.»

«Denkst du, ich bleib hier?»

«Bitte . . . ruh dich erst ein bißchen aus. Dann mach, was du willst. Aber fahr nicht wieder auf den Freeway in diesem . . .»

Aber er war bereits aus der Tür.

Hochzeit

Es war inzwischen fast dunkel. Michael hatte sich zurückgezogen in den Pavillon auf dem Hügel, der Easley House überragte. Von hier oben konnte er die funkelnden Lichter von drei Dörfern und die von innen erleuchteten bunten Fenster der Familienkapelle von Easley sehen. Immer wieder glitten Scheinwerfer über ein Feld neben dem Herrensitz – sie gehörten zu den Autos, mit denen auf der Straße von Easley-on-Fen nacheinander die Gäste eintrafen. Ein unsichtbarer Organist schlug probeweise einige Akkorde an. Durch den Hof hinter dem Haus hallte das schrille Lachen einer Frau. Hier saß er nun, auf einem Hügel, von dem man bis nach Wales schauen konnte, und dort unten war Mona – die ihr Schicksal wahrscheinlich verfluchte – im Begriff, die Ehe einzugehen.

Er empfand absolut gar nichts.

Ein Rädchen in seinem emotionalen Mechanismus hatte aufgehört zu funktionieren. Alles war ihm egal. Man hatte lange genug auf seinen Gefühlen herumgetrampelt.

Er wollte hier warten, bis es vorbei war. Dann wollte er Wilfred suchen, und sie würden jemanden bitten, sie nach Moreton-in-Marsh mitzunehmen. Sie konnten im Black Bear übernachten und am Morgen den ersten Zug nach London nehmen.

Aus der Kapelle orgelte mit Gebraus ein unbekanntes anglikanisches Kirchenlied. Fast gleichzeitig wurde die Abenddämmerung von Monas unverkennbarem Organ erschüttert: *«Mouse! Wo bist du, verdammt!»*

Sie stand auf dem Hof und sah sich suchend um – wie an jenem Tag im Hampstead Heath, nur daß sie jetzt mit einem rosa Hochzeitskleid ausstaffiert war. *«Ich laß mir so 'n Scheiß nicht bieten, Mouse!»*

Er zögerte noch einen Augenblick, dann rief er: «Ich bin hier oben. Beim Pavillon.»

Sie fuhr herum und nahm den Pavillon ins Visier. Dann raffte sie den Saum ihres Kleids bis zu den Knien und lief den Hang hinauf. Ihre Flüche explodierten wie Knallfrösche, sooft sie mit ihren hohen Absätzen in ein Maulwurfsloch trat. Als sie oben ankam, war sie völlig außer Atem. «Warum hast du's mir nicht *gesagt?*»

Er antwortete nicht.

«Wilfred hat es mir grade erzählt. Ich kann's nicht fassen! Was ist denn los mir dir? *Warum hast du's mir nicht gesagt, verdammte Scheiße?*»

«Du heiratest», sagte er. «Das ist kaum der richtige Moment, um . . .»

«Ach, Scheiß doch drauf! Ich hatte ein Recht, es zu erfahren!»

«Du hast dich kein einziges Mal nach ihm erkundigt . . .»

«Na schön, dann bin ich eben ein egoistisches Arschloch! Was soll ich denn sagen? Herrgott, Mouse . . . du hast es drauf angelegt, daß ich dir weh tue! Du hast absichtlich . . .» Sie brach ab. Tränen liefen ihr übers Gesicht. «Er kann nicht tot sein!» sagte sie mit schwächerer Stimme. «Wie kann dieser wunderbare Mann tot sein?»

Er spürte, wie ihm die Knie weich wurden. «Ich weiß nicht», sagte er, und als er die Hände nach ihr ausstreckte, kamen auch ihm die Tränen.

Lange hielten sie einander fest und schluchzten.

«Wir haben versucht, dich zu erreichen», sagte er schließlich.

«Ich weiß.»

«Ich sollte dir einen lieben Gruß von ihm sagen. Er wollte, daß ich dir den Türkisring gebe, der dir immer so gefallen hat.»

«O Gott, Mouse!»

«Ich weiß. Es ist fürchterlich. Ich weiß.»

«Hat er sehr gelitten?»

«Schon. Eine Zeitlang. Nicht immer. Er hat es bewundernswert ertragen ... hat Witze gerissen und Tallulah Bankhead imitiert ... und mit den Pflegern geflirtet.»

«Dieses Nuttchen.» Sie wischte sich die Tränen ab.

«Sie waren natürlich begeistert. Als Arzt kannte er sich ja mit dem ganzen Kram aus. Es war nicht so schlimm, Mona. Nicht die ganze Zeit. Wir haben noch mehr zueinander gefunden. Nicht nur er und ich ... wir alle. Man weiß gar nicht richtig, was man an einer Familie hat, bis einer stirbt. Bis so was passiert, hat man gar keine Vorstellung davon.»

Sie drückte ihn von sich weg. «Und du hast es mir nicht sagen wollen.»

«Was meinst du, warum ich dir quer durch England gefolgt bin?»

«Ich weiß nicht. Um mich zu strafen, nehm ich an. Damit ich mich beschissen fühle. Deine üblichen Motive.»

Er lächelte. «Du irrst dich. Und du verpaßt deine Trauung.»

«Scheiße, die kann auch noch 'ne Minute warten.»

«Ja, *Ma'am*.»

«Ich muß jetzt mal was wissen.»

«Was?»

«Haben wir uns ... immer noch gern?»

«Mona ...»

«Ich *hab* dich nämlich gern, du kleines Aas ... und wenn du denkst, du kannst so tun, als wär's nicht so, dann kannst du mich mal!»

Er war gerührt und lächelte sie an.

«Gut, ich hätte mich melden sollen», sagte sie. «Damit hast du recht. Ich hätte anrufen sollen ... völlig klar. Und ich hätte im Park nicht vor dir weglaufen sollen ...»

«Warum hast du das eigentlich gemacht?»

Sie schaute weg. «Ich weiß nicht ... mir war ein bißchen mulmig wegen der ganzen Geschichte. Außerdem war einer vom Innenministerium dabei, und die ganze Vorstellerei wär mir peinlich gewesen. Ich hab mir gedacht, ich schreib dir's mal in einem Brief.»

«Es hat ausgesehn, als ob du jemand suchst.»

«Hab ich auch», sagte sie. «Teddy.»

«Hast du nicht gesagt, du warst mit ihm zusammen unterwegs?»

«Ja, aber da nicht mehr. Wir haben zu dritt in einem Gasthaus am Park gegessen. Anschließend haben wir Teddy aus den Augen verloren. Man kann diesen Mann nicht in die Nähe von Sträuchern lassen.»

Er schmunzelte.

«Wenn du das komisch findest, hättest du mal hören sollen, wie ich es dem Mann vom Innenministerium verklickert hab.»

Er drückte sie kurz an sich. «Mir geht's wieder gut. Los jetzt, laß dich trauen.»

«Du hast meine Frage noch nicht beantwortet.»

«Welche?»

«Hast du mich gern?»

Er lächelte sie an. «Ja.»

«Kommst du mit zur Trauung?»

«Ich glaub, ich bleib noch ein bißchen hier. Macht's dir was aus?»

Sie hob die Hände. «He . . . ist doch nicht so wichtig.» Sie gab ihm einen Kuß auf die Wange. «Komm dann aber zum Empfang. Ich hab 'ne kleine Überraschung für dich.»

«Was?»

«Da mußt du schon kommen, Mouse.»

«Tja, meine Klamotten sind nicht grade . . .»

«Sieh dir das an, die arme Braut hat Dreck an den Schuhen. Mach du dir mal keine Gedanken.» Sie raffte ihr Kleid und machte sich an den tückischen Abstieg.

«Ich mag keine Überraschungen», rief er ihr nach.

«Die wirst du mögen», rief sie zurück. «Wehe, wenn nicht.»

«Wo ist der Empfang?»

«In der großen Halle.» Sie trat in ein Maulwurfsloch und fluchte.

«Hals- und Beinbruch!»

«Leck mich», gab sie zurück.

Die Freude über ihr vertrautes Gebelfer hielt ihn warm, während er noch eine halbe Stunde im Pavillon saß und in der Dunkelheit den Duft der Wiesenblumen genoß, bis die letzten

Orgelklänge wie das Donnern eines Sommergewitters im Tal verhallt waren. Dann stand er auf, klopfte sich den Staub vom Hosenboden und ging langsam den Abhang hinunter.

Er betrat Easley House durch die Küche und orientierte sich am gedämpften Stimmengewirr der Gäste. In der großen Halle standen ein paar Dutzend Menschen und machten Konversation. Ein Streichquartett spielte, und an einem langen Tisch vor dem Fenster wurde Champagner ausgeschenkt.

«He, Mann!» rief Wilfred und schlängelte sich zu ihm durch.

«He, Kleiner.»

«Wo bist du gewesen?»

«Oben im Pavillon.»

«Geht's dir gut?»

«Klar. Prima.»

«Die Trauung war super.»

«Gut. Mona sagt, sie hat eine Überraschung.»

Der Junge warf ihm einen Seitenblick zu. «Du weißt es schon?»

«Was?»

Wilfred kicherte. «Von mir erfährst du nichts, Mann.»

«Also komm . . .»

«Ich hol uns Champagner.» Er huschte wieder davon. Michael kam mit einem netten älteren Herrn ins Gespräch. Wie sich herausstellte, handelte es sich um Mr. Hargis, den Gärtner. Sie fachsimpelten über Blumen. Das gefiel ihm an England – hier durften sich Männer noch ernsthaft über Blumen unterhalten.

Als Wilfred den Champagner brachte, wirkte er pikiert. «So 'n alter Knacker.»

«Wer?» fragte Michael und ließ sich ein Glas geben.

«Da vorne . . . der olle Glatzkopf an der Bar.»

«Was hat er gemacht?»

«Er hat mir 'n halbes Pfund gegeben und gesagt, ich soll seine Golftasche holen.»

«Ach nee.»

«Doch. Er hat gesagt: ‹Hol meine Golftasche und sag Bob Hope, ich erwarte ihn im Clubhaus.›»

«Sollte bestimmt ein Scherz sein.»

«Ich hab ihm gesagt, er kann mich mal.»

Mona kam auf die beiden zu. «Hallo, Jungs.»

«Hallo», sagte Michael. «Ist Bob Hope da?»

«Wie?»

«Jemand hat Wilfred gesagt, Bob Hope wär da.»

Sie furchte einen Moment die Stirn, dann begriff sie und verdrehte die Augen. «Der Mann da an der Bar, nicht?»

«Ja, der», sagte Wilfred.

«Das ist der Earl», erklärte ihm Mona. «Teddys Vater. Wir hatten vorhin schon einen reizenden Plausch über Betty Ford. Wenn du nett zu ihm bist, macht er dich mit ihr bekannt.»

Michael war sprachlos. *«Betty Ford ist hier?»*

«Niemand ist hier», sagte Mona. «Er ist ein lieber alter Opa, aber er hat ein Rad ab.» Sie wandte sich an Wilfred. «Hast du Teddy gesehen?»

Der Junge nickte. «Er sagt es grade Fabia.»

«Moment mal», sagte Michael. «Fabia?»

«Fabia *Crisps*», sagte Wilfred.

Michael konnte es nicht fassen. «Sie ist *hier*? Die Frau, die . . .»

«Jetzt halt aber die Klappe», sagte Mona zu Wilfred.

Der Junge grinste und fügte sich.

Michael sah von einem zum anderen, doch beide hielten eisern dicht. Sekunden später schlenderte Teddy in die große Halle und stellte sich zu ihnen. «Oh, Michael . . . wie schön. Ich freue mich sehr, daß Sie kommen konnten.» Er wandte sich an Mona. «Ich denke, wir haben jetzt alles geregelt.»

«Wie hat sie's aufgenommen?» fragte Mona.

Teddy machte ein Gesicht. «Es war nicht sehr komisch.»

«Kann sie . . . was unternehmen?»

«Rein gar nichts, Schatz. Es ist noch nichts unterschrieben.» Er kletterte auf einen Shuffleboardtisch aus dem siebzehnten Jahrhundert und requirierte ihn als Rednertribüne. «Meine Freunde», rief er. «Darf ich um Ihre Aufmerksamkeit bitten.»

Das Gemurmel in der großen Halle verebbte.

«Reizend», sagte Lord Roughton. «Also . . . wie die meisten

von Ihnen wissen, beabsichtige ich seit einiger Zeit, nach Kalifornien zu ziehen, um meine anthropologischen Studien fortzusetzen.»

Wilfred sah zu Michael hoch und feixte.

«Beherrscht euch, ihr beiden», flüsterte Mona. Sie strahlte eine Würde aus, wie Michael sie noch nie bei ihr erlebt hatte.

«Dieser Entschluß», fuhr Teddy fort, «zwang mich, der unerfreulichen Tatsache ins Auge zu sehen, daß ich mich von unserem geliebten Easley würde trennen müssen.» Mitfühlendes Gemurmel der Anwesenden. «Glauben Sie mir, ich habe jede Anstrengung unternommen, damit das Anwesen in die Hände von Menschen gelangt, die es in seiner unbefangenen Schönheit erhalten würden.» Da und dort war liebevolles Kichern zu hören, als Teddy mit einem Lächeln zu einer schmächtigen weißhaarigen Frau in einem blaßgrünen Cocktailkleid hinuntersah. «So wünscht es sich meine Mutter . . . und wie sie mir versichert, hätte es auch mein Vater so gewollt.»

«Ich dachte, er ist hier», sagte Michael leise.

«Ist er auch», antwortete Mona.

«Der olle Knacker», sagte Wilfred.

«Bei meinem letzten Aufenthalt in Amerika», fuhr Teddy fort, «habe ich die außergewöhnliche Frau kennengelernt, die mir die Ehre erwiesen hat, Lady Roughton zu werden.» Als er die Arme nach Mona ausstreckte, wandten sich die Gäste ihr zu und applaudierten höflich. Sie antwortete mit einem unbehaglichen Lächeln und einem halbherzigen elisabethanischen Winken.

Teddy strahlte sie mit aufrichtiger Zuneigung an. «Dieses reizenden Mädchen hat mich davor bewahrt, eine falsche Entscheidung zu treffen.»

Mädchen, dachte Michael. Wer Mona ein Mädchen nannte, spielte mit seinem Leben.

Mona sah ihn schmunzeln und reagierte, indem sie den Mittelfinger an ihre Schläfe hielt.

«Um zur Sache zu kommen», sagte Teddy. «Ich habe mir die ganze Angelegenheit noch einmal überlegt und mich gegen einen Verkauf von Easley entschieden.»

Tosender, anhaltender Applaus rauschte durch die große Halle.

Teddy schien hocherfreut. «Wohlgemerkt, ich werde nach wie vor die nächsten Jahre in Kalifornien verbringen . . . aber mein liebes Weib hat sich ritterlich erboten, hier in Easley zu bleiben und die Verwaltung . . . gewissermaßen den Vorsitz am Mietentisch . . . zu übernehmen.»

«Mein Gott», murmelte Michael.

Mona grinste ihn an, griff nach seiner Hand und sah wieder zu Teddy hinauf.

«Es ist eine undankbare Aufgabe, wie ich finde . . . und eine, für die ich mich immer weniger zu eignen scheine. Deshalb bin ich sehr dankbar, daß sie sich in dieser Weise engagiert . . . nicht nur für den Fortbestand von Easley, wie wir es kennen, sondern auch . . . für die Vervollkommnung meiner Bildung.» Er beugte sich zu Wilfred herunter. «Darf ich Ihr Champagnerglas entführen, mein Freund?»

Der Junge reichte ihm sein Glas.

Teddy richtete sich auf und prostete Mona zu. «Auf die Dame des Hauses!»

Die Gäste fielen im Chor ein: *«Auf die Dame des Hauses!»*

Allgemeiner Applaus. Teddy stieg vom Shuffleboardtisch herunter. Sein Lächeln galt immer noch Mona.

«Ich danke dir», sagte sie.

«Ganz meinerseits», gab er zurück.

«Ich glaub es nicht», sagte Michael.

«Glaub es ruhig», sagte Mona strahlend. Dann, zu Teddy: «Hast du sonst noch gesellschaftliche Verpflichtungen?»

«Nein, das wäre alles. Wir sind fertig.»

«Na fein. Wie wär's, wenn du Wilfred hilfst, sich ein Zimmer auszusuchen? Michael und ich machen einen kleinen Spaziergang.»

Mit einem Grinsen sagte Wilfred zu Michael: «Ich werd hier wohnen, Mann! Wie findste das?»

«Ziemlich gut, Kleiner.» Er legte Wilfred den Arm um die Schultern und rüttelte ihn sanft. Dann sah er Mona an. «Du bist heut abend voller Überraschungen.»

«Komm», sagte sie, «wir ergehen uns auf dem Wehrgang.» Sie nahm ihn am Arm und zog ihn fort. Nach ein paar Schritten blieb sie noch einmal stehen und rief Wilfred zu: «Aber nimm ja nicht das über der Bibliothek. Das ist meins. Es ist das einzige, wo's nicht reinregnet.»

Als sie die Treppe hinaufstiegen, fragte Michael: «Wann hast du *das* denn eingefädelt?»

«Heute mittag.»

«Du willst mich verarschen.»

«Nö. Na ja . . . vielleicht schon 'n bißchen früher, aber heute mittag hab ich endlich mit Teddy darüber gesprochen. Ich hab daran gedacht, was du gesagt hast, weißt du . . . ich *war* tatsächlich drauf und dran, mal wieder zu kneifen. Ich hab mir's zu einfach gemacht, und das war mir auch klar. Weißt du, Teddy war nie besonders scharf drauf, Easley zu verkaufen. Er wollte bloß die Verantwortung nicht haben.»

«Na gut», meinte er, «aber was ist mit dem Geld, um das es ging?»

«Na, das kriegt er jetzt eben nicht. Aber es kommt ja nach wie vor die Miete von den Leuten im Dorf, und ich schick ihm jeden Monat einen Scheck. Das wird ganz gut hinhauen. Wilfred will mir im Sommer helfen, einen Tearoom für die Touristen einzurichten.»

«Im Ernst?»

«Einen *echten* Tearoom, du Dussel.»

«Natürlich.»

«Wir könnten einen Gärtner gebrauchen», sagte sie, als sie eines der Schlafzimmer durchquert hatten und am Fuß der Treppe standen, die zum Wehrgang führte.

Das Angebot entlockte ihm ein Lächeln. «Ihr habt doch Mr. Hargis.»

«Du hast ihn schon kennengelernt, was?»

Er nickte. «Grade vorhin.»

«Ist er nicht fabelhaft?»

«Ja . . . das ist er.»

«Seine Frau ist auch nicht von Pappe. Sie wissen, wie alles funktioniert . . . oder nicht funktioniert, je nachdem. Ich krieg das hin, Mouse. Ich weiß, daß ich es kann. Leck mich am Ärmel . . . *Lady* Roughton! Ist das zu fassen? Findst du nicht, daß ich eine tolle Vermieterin abgebe?»

«Kein Wunder», meinte er. «Bei so einem Vater.»

Ihr Lächeln war herzerwärmend. «Wie geht's ihr?»

«Gut. Und wenn ich ihr von dir erzähle, wird's ihr noch besser gehn.»

«Ich geb dir einen Brief mit. Diesmal, finde ich, sollte sie's von mir erfahren.» Sie ging in der Dunkelheit auf der schmalen Stiege voran. «Das Problem mit ihr und mir ist . . . wir sind uns zu ähnlich. Sie will, daß ich eins von ihren Küken bin, und ich will meine eigene Glucke sein.» Sie öffnete die Tür zum Wehrgang und ging hinaus in den Mondschein.

Er folgte ihr. «Ja, aber die Glucken können sich ja ab und zu treffen.»

Unter ihnen strichen Scheinwerfer über die dunklen Felder – die ersten Gäste machten sich auf den Heimweg. «Ich kann sie mir hier richtig vorstellen», sagte Mona. «Du nicht auch? Wie sie mit ihrem Hut auf dem Kopf durch die Gegend stiefelt.»

«Gott, ja», stimmte ihr Michael zu.

«Ich möchte, daß du bleibst, Mouse.»

Er wandte den Kopf und sah sie an.

«Wir drei könnten soviel Spaß haben», sagte sie.

«Ich hab schon daran gedacht, Mona. Seit du den Gärtnerjob erwähnt hast.»

«Na, laß dir's noch mal durch den Kopf gehn. Ein ganz neues Leben, Mouse. Weit weg von all dem Scheiß zu Hause.»

Er lachte in sich hinein.

«Was ist?» fragte sie.

«Na ja . . . ich *mag* den ganzen Scheiß.»

«Ach nee.»

«Doch. Ich weiß nicht, wie lange ich das alles entbehren könnte. Eigentlich fehlt es mir jetzt schon.»

Sie seufzte und schaute zum Horizont. «Wenn du meinst.»

Er erinnerte sich an etwas und mußte schmunzeln.

«An was denkst du?» fragte sie.

«Diese drei Dinge ... was war das noch mal? Toller Job, toller Liebhaber und ...»

«Tolle Wohnung.»

Er lachte. «'ne tolle Wohnung, würd ich sagen, ist das hier.»

«Und ein toller Job», ergänzte sie.

«Mit der Liebe wird es hier draußen vielleicht ein bißchen schwierig.»

Sie gab sich entrüstet. «Hast du schon die Postmeisterin von Chipping Camden gesehn?»

«Nein», sagte er und grinste.

«Dann wär ich mir an deiner Stelle auch nicht so verdammt sicher.»

«Eine tolle *Postmeisterin*? Also komm.»

«Ich schwör's dir. Neben der sieht Debra Winger wie 'n Batzen Hundescheiße aus.»

Er lachte schallend.

Sie lächelte, kuschelte sich an ihn und legte ihm den Arm um die Taille. «Ach Mouse», sagte sie leise.

Er wußte, daß sie wieder an Jon dachte. «Ich werd dir den Ring schicken», sagte er.

«Danke.»

«Und ich danke dir, daß du so nett zu Wilfred bist.»

«Spinnst du? Wir sind wie füreinander geschaffen. Er sagt, du hast in London diese Fabia getroffen.»

«Fabia Dane?»

«Ja, die.»

«Es war bizarr. Sie ist in die Wohnung gekommen, die ich da habe, und hat sich aufgeführt wie die Axt im Walde. Ist sie es, die das Haus kaufen will?»

«Wollte», sagte Mona.

«Herrje ... da ist ihnen ja ihr neuer Landsitz ...» Er mußte lachen, als ihm die Situation bewußt wurde. «Ich sollte Simon ausrichten, daß er hier im Sommer zu einer Party eingeladen ist.»

«Simon?»

«Der Bursche, mit dem ich die Wohnung getauscht hab.»

«Aha. Na, dann sag ihm, die Einladung gilt trotzdem. Ist er nett?»

«Sehr. Und attraktiv.»

«Schön für dich.»

«Nein, er ist nicht schwul.»

«Dann schön für jemand andern.»

«Interessieren dich Männer gar nicht mehr?»

Sie nickte bedächtig. «Und umgekehrt. Ich bin jetzt 'ne einfache englische Lesbe vom Land, daß du mir das nicht vergißt.»

«Es steht dir», meinte er lächelnd.

«Ja?»

«Ja. Wirklich.»

«Man kann hier total urig sein. Die Leute hier sind sogar extrem urig, Mouse. Es hat sich noch nicht rumgesprochen, aber es ist so.»

Er nickte.

«Ich werde nie eine Lippenstiftlesbe. Ich hasse solchen Schmant im Gesicht.»

«*Diesen* Schmant.»

«Was?»

«Du bist geschminkt, Mona.»

«Na schön. Aber heut ist auch meine Hochzeit.»

Michael lachte. «Deine platonische Hochzeit.»

«Meine platonische Hochzeit. Genau.» Sie sah sich nervös um. «Ich muß zu Teddy runter und ihm helfen, die platonischen Gäste zu verabschieden.» Sie gab ihm einen flüchtigen Kuß auf die Wange. «Bleib hier. Laß dir Zeit. Da hast du was zu rauchen.» Sie zog einen dicken Joint aus ihrem verschnürten rosa Mieder. «Das ist einer von Teddys Joints. Mit Hasch drin.»

Er nahm den Joint. «Danke, Kleines.» Es war schon fast gespenstisch, wie sehr sie ihn an Mrs. Madrigal erinnerte.

«Wenn du richtig vollgeknallt bist», riet sie ihm, «geh runter und schau dir durch das Fenster in der großen Halle den Mond an. Und achte mal auf die Graffiti im Glas. Die haben Teenager vor dreihundert Jahren da reingeritzt.»

«Ist gut», sagte er.

«Und nachher kommst du auf einen Kaffee in die Küche. Teddy will dir seine Dias aus San Francisco zeigen.»

Er lachte glucksend.

«Und sei vorsichtig mit diesen blöden Stufen, wenn du runtergehst. Ich hab dich gern, Michael Mouse.»

«Ich dich auch, Schwester.»

Sie verschwand im Dachboden.

Er zündete den Joint an und betrachtete die Prozession der Scheinwerfer, die sich in Richtung Easley-on-Fen schlängelte. Gelächter hallte durch die Nacht, und auf den Kieswegen knirschten die Schritte. Er hörte einen Kuckuck rufen. Einen echten. Er konnte sich nicht erinnern, wann er zuletzt einen Kuckuck gehört hatte. Falls überhaupt.

Wilfred kam zu ihm heraus. «Lady Mo hat mir gesagt, daß du hier oben bist.»

«Lady Mo, hm?» Er lachte.

«Den Namen hab ich mir ausgedacht.»

«Find ich toll . . . Lady Mo!»

Wilfred grinste ihn an. «Bist du bedröhnt?»

«Ein bißchen schon. Da.» Er hielt Wilfred den Joint hin. Der machte einen kurzen Zug und gab ihn zurück. «Ich hab mir mein Zimmer ausgesucht», sagte der Junge. «Willst es sehn?»

«Klar, Kleiner. Gleich.»

«Geht's dir gut?»

«Bestens.»

«Ja . . . mir auch.»

«Sieh dir an, wo wir hier sind, Wilfred. Alles echt! Es gibt tatsächlich noch Orte, die so aussehen!» Er zupfte einen Klumpen Moos von der steinernen Brüstung und warf ihn hinunter.

«Also, was ist jetzt, Mann?»

«Wieso?»

«Na», sagte Wilfred, «du bleibst doch, oder?»

Das längste Osterwochenende aller Zeiten

Simon, den Koffer in der Hand, stand reisefertig an ihrer Tür. «Ich hab einen früheren Flug erwischt», sagte er, «aber ich könnte es sicher noch rausschieben, bis du was hörst.»

«Nein, es geht schon», sagte sie.

«Bestimmt?»

Sie nickte. «Er kommt wieder. Es sind ja erst sieben Stunden oder so.» Es war das längste Osterwochenende aller Zeiten.

«Paß auf», sagte er und stellte seinen Koffer ab. «Was hältst du davon, wenn ich Theresa anrufe? Sie kennt mich nicht, und wir könnten wenigstens rausfinden, ob er bei ihr ist.»

«Nein, laß man. Er hat sich schon öfter verkrümelt.»

«Oh . . . verstehe.»

«Natürlich nicht wegen so was.»

Er grinste verlegen. «Natürlich.»

Sie sah ihn einen Augenblick an und schlang ihm die Arme um den Hals. «Ach, Simon, du wirst mir fehlen!»

Er gab ihr einen kleinen, etwas förmlichen Kuß auf die Wange. «Paß gut auf dich auf», sagte er.

«Mach ich.»

«Ich hab Michaels Schlüssel bei Mrs. Madrigal gelassen.»

«Ist gut», sagte sie.

«Sein Toaster muß zur Reparatur, fürchte ich. Er hat vor ein paar Tagen den Geist aufgegeben.»

«Ich sag's ihm. Kein Problem.»

Sie sahen sich ratlos an.

«Schreibst du mir?» fragte sie schließlich.

Er strich ihr übers Haar. «Mit Schreiben bin ich nicht sehr gut.»

Sie lächelte. «Ich auch nicht.»

«Sag Brian einen Gruß von mir», sagte er. «Im richtigen Moment.»

«Mach ich.»

«Tja . . . ich glaube, ich geh jetzt. Mein Taxi ist wahrscheinlich schon . . .»

«Simon, bitte sei mir nicht böse.»

Er betrachtete eine Weile ihr Gesicht, dann beugte er sich vor und küßte sie auf die Stirn. «Niemals», sagte er leise.

Und ging fort.

Als es Nacht wurde, versuchte sie, sich irgendwie abzulenken, doch sie konnte die Angst, die sie quälte, nicht abschütteln. Als Viertel nach sieben das Telefon läutete, stürzte sie sich wie eine Wahnsinnige auf den Hörer.

«Hallo», sagte sie heiser.

«Hallo. Hier ist DeDe.»

«Oh . . . hallo.»

«Stör ich?»

«Nein», log sie.

«Gut. Also, D'or und ich dachten, ob ihr vielleicht Lust habt, mit uns auszugehn. Mutter paßt auf die Kinder auf, und wir wollten als unternehmungslustige Girls die Stadt ein bißchen unsicher machen.»

«Das ist lieb von euch», sagte Mary Ann.

«Aber?» hakte DeDe nach.

«Na ja . . . Brian ist im Moment nicht da.»

DeDe hörte die Unsicherheit in ihrer Stimme heraus. «Ist . . . äh . . . ist was?»

«Ja. Mehr oder weniger.»

«Klingt eher nach mehr», sagte DeDe.

Mary Ann zögerte. «Wir hatten Krach.»

«Oh.»

«Richtigen Krach, DeDe. Ich mach mir Sorgen. Er ist heute früh weggegangen, und ich hab noch nichts von ihm gehört.»

«Der kommt schon wieder.»

«Das ist es nicht», sagte Mary Ann. «Er war nicht mehr in der Verfassung, um Auto zu fahren. Er hat die ganze Nacht gekokst, und . . . ich weiß nicht, ich hab einfach ein mulmiges Gefühl.»

DeDe schien zu überlegen. «Hat er 'ne Andeutung gemacht, wo er vielleicht hin will?»

«Na ja . . . so quasi.»
«Nämlich?»
«Äh . . . zu Theresa Cross.»
«Herrje, wie hat er die denn kennengelernt?»
«Durch mich», sagte Mary Ann lahm.
«Ein großer Fehler», sagte DeDe.
«Das macht mir im Augenblick die wenigsten Probleme. Damit werd ich schon fertig. Ich will bloß sicher sein, daß er nicht . . . du weißt schon.»
«Klar.»
«Mir ist lieber, ich weiß, wo er ist . . .»
«Na ja», meinte DeDe, «sie wohnt nur eine halbe Meile von hier. Ich kann mal bei ihr vorbeifahren und nachsehen, ob sein Auto in der Einfahrt steht.»
Mary Ann fiel ein Stein vom Herzen. *Natürlich.* «Ach, DeDe . . . würdest du das tun?»
«Na komm. Klar doch. Ich ruf dich in 'ner halben Stunde zurück.»
«Es ist der Le Car», sagte Mary Ann. «Und paß auf, daß sie dich nicht sieht.»

Es wurde eher eine Dreiviertelstunde, doch sie hatte schon nach dem ersten Läuten den Hörer in der Hand.
«Ja?»
«DeDe.»
«Und?»
«Der Wagen ist nicht da, Schatz.»
«Oh.»
«Sie könnten natürlich weggegangen sein. Ich meine . . . ich würde keine voreiligen Schlüsse ziehen. Du weißt nicht mal, ob er überhaupt zu ihr gefahren ist.»
«Nein.»
«Mach dir bitte keine Sorgen, Schatz.»
«Ist gut.»
«Es ist noch früh am Tag», sagte DeDe. «Vielleicht besucht er bloß einen Freund.»
«Ja.»

«Hast du Valium da?» fragte DeDe.

«Ja.»

«Dann nimm eine, eh du ins Bett gehst.»

Mary Ann befolgte den Rat.

Mary Ann kriegt Zustände

Die Trauerfeier fand in einer kleinen Kapelle statt, die mit Schindeln verkleidet war und orangerot und grün schillernde Fenster hatte. Mouse stand neben ihr und hielt ihre Hand. Sie weinte mehr als er, aber sie wußte, daß er sich inzwischen wohl schon ausgeweint hatte. Als der Organist die ersten Takte von «Turn Away» spielte, wandte sie den Kopf zur Seite und sah, daß die Fenster gar nicht verglast waren: Dutzende von orangeroten und grünen Papageien hockten übereinander auf Sitzstangen und bildeten ein geometrisches Muster. Einer nach dem anderen flog in den sternenlosen Himmel, und Dunkelheit strömte wie flüssiger Teer in die Lücken, die sie hinterließen . . .

Das Telefon läutete.

Fast automatisch tastete ihre Hand in der Dunkelheit nach dem Hörer. Sie krächzte etwas Unverständliches in die Muschel.

«Mary Ann?»

Es war Michael. «Oh . . . Mouse.»

«Ich weiß, es ist 'ne unchristliche Zeit, Kleines.»

«Was?»

«Sei nicht sauer. Ich wollte dir nur meine neue Ankunftszeit . . . ach Mist, du *bist* sauer.»

«Nein, schon gut. Laß mich erst mal zu mir kommen.»

«Du klingst schwer geschlaucht.»

Sie sah auf den Wecker. «Es ist fünf Uhr dreiundfünfzig, Mouse.»

«Ich weiß. Entschuldige.»

«Und ich hab vorhin eine Valium genommen.»

«Oje.» Er summte die Titelmelodie von *Valley of the Dolls.*

«Hör auf», sagte sie. «Wo bist du?»

«In England. Easley-on-Fen.»

«Wo?»

«Auf dem Landsitz von Lady Roughton.»

«Ah ja.» Sein Geplänkel nervte sie.

«Ich erzähl's dir später. Ich wollte dir bloß sagen, daß ich drei Tage länger bleibe.»

Ihre Antwort war ein tonloses «Oh». Wie lange sollte sie denn noch allein bleiben?

«Es ist toll hier», sagte er. «Vielleicht hätt ich es dir noch gar nicht sagen sollen. Tut mir leid. Ich seh dich dann am . . .»

«Leg nicht auf, Mouse.»

«Hm?»

«Bleib dran. Sprich mit mir. Ich krieg langsam Zustände.»

«Wie viele Valium hast du . . .»

«Brian ist weg. Wir hatten gestern Krach, und er ist aus dem Haus gerannt, und . . . ich glaub, es ist ihm was passiert.»

«So schlimm kann's nicht sein», sagte er.

«Doch.»

«Klingt mir eher danach, als ob er dich zappeln läßt. Wie lange ist er schon weg?»

«Fast vierundzwanzig Stunden.»

Michael sagte nichts.

«Soll ich die Polizei verständigen?» fragte sie.

«Ich weiß nicht.»

«Ich meine . . . wenn er in ein Motel gegangen ist . . . meinst du nicht, er hätte sich inzwischen gemeldet?»

«Wahrscheinlich», sagte er. «Aber vielleicht solltest du ihm noch ein paar Stunden . . .»

«Ich hatte einen gräßlichen Traum, Mouse.»

«Wann?»

«Grade eben. Bevor du angerufen hast. Wir waren auf einer Trauerfeier, du und ich.»

«Du denkst nur an Jon», meinte er.

«Nein, das war was anderes. Es war in einer kleinen Kapelle. Und Brian war nicht dabei.»

«Kleines . . .»

«Es kam mir vor, als wär's Wirklichkeit, Mouse.»

«Ich weiß. Das ist normal. Du hast schweren Stress. Du brauchst Schlaf, das ist alles. Wenn ich dich nicht geweckt hätte, wär dir dieser Traum gar nicht mehr eingefallen.»

Sie fand, daß er recht hatte.

«Außerdem glaub ich, daß Brian bloß mal wieder Terror macht», fügte er hinzu.

«Meinst du wirklich?»

«Ja. Ruh dich ein bißchen aus, ja? Wenn die Sonne scheint, sieht's gleich wieder besser aus.»

«Gut.»

«Wir sehn uns dann am Freitag.»

«Ist gut. Ich bin froh, daß du 'ne schöne Zeit hast, Mouse.»

«Dank dir. Na-hacht.»

«Na-hacht.»

Kurz nach zehn stand sie auf, rief Larry Kenan an und meldete sich krank. Er nahm die Nachricht relativ freundlich auf, was ihren bohrenden Verdacht, daß etwas ernstlich faul war, noch verstärkte. Aus Trotz machte sie sich ein extragroßes Frühstück. Brian sollte es nicht gelingen, sie noch mehr leiden zu lassen. Gelitten hatte sie schon mehr als genug.

Als sie auf der Gartenbank die *Cosmopolitan* las, kam Mrs. Madrigal heraus und setzte sich zu ihr.

«Herrlicher Tag», sagte die Vermieterin.

«Mmm.»

«Schöne Ostern gehabt?»

Mary Ann zögerte. «Es ging.»

Mrs. Madrigal lächelte teilnahmsvoll. «Ich vermisse ihn bereits. Du nicht auch?»

Einen Augenblick dachte Mary Ann, es sei von Brian die Rede. «Oh . . . sicher . . . war ein netter Kerl.»

Die Vermieterin nickte nur. Mary Ann schaute wieder in ihre Zeitschrift.

«Und Brian ist auch weg, nicht?»

Mary Ann sah ihr in die Augen. «Woher wissen Sie das?»

«Ach . . . nur so ein Gefühl.»

Sie spürte, wie die Angst in ihr aufstieg. Wenn Mrs. Madrigal Vorahnungen hatte, konnte vielleicht auch der Traum von letzter Nacht etwas zu bedeuten haben.

«Willst du darüber sprechen, Liebes?»

In fünf Minuten hatte sie der Vermieterin alles erzählt: Brians Sterilität und was sie sich ausgedacht hatte, um schwanger zu werden; wie sie Simon gekränkt und sich bei ihm entschuldigt hatte; Brians vorzeitige Rückkehr und sein wütender Abgang. Mrs. Madrigal hörte sich alles ganz ruhig an, doch als Mary Ann fertig war, mußte sie tief Luft holen.

«Tja, ich muß sagen . . . diesmal hast du dich selbst übertroffen.»

Mary Ann sah schuldbewußt zu Boden. «Sie meinen, ich hätte es nicht machen sollen?»

«Komm, das weißt du doch selbst am besten.»

«Was denn?»

«Ich erteile keine Absolutionen, Liebes.» Sie griff Mary Anns Hand und drückte sie. «Aber ich bin froh, daß du's mir erzählt hast.»

«Er hat sich so sehr ein Kind gewünscht.»

«Ich weiß. Er hat's mir gesagt.»

«Tatsächlich? Wann denn?»

«Oh, neulich . . . als du hinter der Queen her warst.»

«Was hat er gesagt?»

«Ach . . . nur, daß er gern eins hätte . . . und daß du dich mit dem Gedanken nicht so recht anfreunden kannst.»

«Ihm zuliebe würd ich eins haben wollen», sagte sie.

«Das hast du ja bewiesen», meinte die Vermieterin.

«Ich hab bloß solche Angst, daß es jetzt zu spät ist. Es paßt nicht zu ihm, daß er so lange wegbleibt.»

«Laß es ihn ruhig ein bißchen spannend machen», sagte Mrs. Madrigal mit einem Anflug von Lächeln. «Es ist vielleicht das einzige, was er aufbieten kann.»

«Gegen was?»

«Gegen die vielen Rätsel, die du ihm aufgibst.»

«Moment mal», sagte Mary Ann, «so schwer bin ich nicht anzurechnen.»

Die Vermieterin tätschelte ihr Knie. «Wir beide wissen das, Kind . . . aber er nicht.»

«Dann . . .»

«Frag ihn nicht, wo er war, Liebes. Laß ihm das kleine Geheimnis.» Mrs. Madrigal stand abrupt auf. «Tja . . . ich muß noch den Keller aufräumen.»

Mary Ann verstand nicht, weshalb sie so plötzlich ging – bis sie zum Gartentor schaute und ihren Ehemann kommen sah. Sein Gang war schleppend, und sein Gesicht schien zu keiner Gefühlsregung fähig zu sein, als er auf sie zuging.

«Hallo», sagte er.

«Hallo», antwortete sie.

Er setzte sich auf die Bank, hielt aber einigen Abstand zu ihr. «Mußt du heute nicht arbeiten?»

«Ich hab mich krank gemeldet.»

Er nickte. Seine Arme hingen schlaff zwischen seinen Schenkeln herab. «Ist Simon noch . . .?»

«Er ist wieder in England. Er ist gestern abgeflogen.»

Lange saß er schweigend da. Schließlich sagte er, ohne hochzuschauen: «Ich hab dir nicht angst machen wollen. Ich hab bloß Zeit gebraucht zum Nachdenken.»

«Ich weiß.»

«Hier ging das nicht. Es gab zuviel . . .»

«Versteh ich vollkommen.»

«Laß das doch!» sagte er gereizt.

«Was?»

«Laß mich einfach reden. Ich erwarte keine Erklärungen. Ich hab mir alles überlegt.»

Sie nickte. «Gut.»

«Ich finde, ich sollte gehn», sagte er.

«Gehn?»

«Eine Zeitlang woanders leben. Mir vielleicht einen anderen Job suchen. Hier bin ich überflüssig.»

«Brian, bitte sei nicht . . .»

«Hör mir zu, Mary Ann! Ich bin fast vierzig und hab noch

nichts zustande gebracht. Nicht mal meiner Frau kann ich alles geben, was sie sich wünscht. Nicht mal das kann ich.»

«Aber das tust du doch!»

«Nein, tu ich nicht. Was sollte denn sonst diese kleine Einlage, hm?»

«Da ging's doch nicht *darum*, Brian. Das war . . .»

«Spielt doch keine Rolle. Ich weiß, wie mir zumute ist. Wenn ich hierbleibe, wird's bloß noch schlimmer.»

«Weißt du, wie *mir* zumute ist? Was soll mit mir werden, wenn du mich verläßt?»

«Du kommst schon klar», sagte er und lächelte matt. «Das gehört zu den Dingen, die ich an dir mag . . . du bist stark.»

«Ich bin *nicht* stark»

«Du bist stärker als ich. Ich bin ein Softie.»

«Ein *was*?»

«Chip Hardesty hat in seinem neuen Haus ein Arbeitszimmer, das er nicht benutzt. Er sagt, ich kann es haben, bis . . .»

«Herrgott, Brian!» Mittlerweile liefen ihr die Tränen herunter. «Wir lieben uns doch, oder etwa nicht?»

Er weigerte sich, sie anzusehen. «Es gehört noch mehr dazu, mein Schatz.»

«Was denn?»

«Was weiß ich. Ein Grund. Ein Sinn.»

«Dann suchen wir dir eben einen Job.»

Er schüttelte den Kopf. «*Ich* such mir einen Job.»

«Klar. Na sicher. Aber das kannst du auch hier.»

«Ähm . . . Verzeihung», mischte sich eine verlegene Stimme ein. Sie schauten zum Gartentor und sahen einen hochgewachsenen, sommersprossigen jungen Mann. «Mary Ann?»

Sie stand auf und wischte sich über die Augen. «Ja?»

Er kam auf sie zu. Er war Anfang zwanzig, doch sein provinzielles Benehmen, die abstehenden Ohren und die Segeltuchtasche, die über der Schulter hing, weckten augenblicklich die Erinnerung an den linkischen Knaben, der vor fünfzehn Jahren in Cleveland ihr Zeitungsjunge gewesen war.

Nur daß er diesmal nicht die Zeitung brachte.

Dieses Mal brachte er ihr ein Baby.

Das Geheimnis der Familie Hawkins

Als erstes fielen Michael die Hyazinthen im Garten auf, ein halbes Dutzend aufragende Stengel mit pink angehauchten Blütenkelchen, die fröhlich strahlten, obwohl unter ihnen die Asche eines Toten ruhte. Er betrachtete sie mit einem Lächeln, genoß das Gefühl, wieder zu Hause zu sein, und freute sich auf seine Familie.

Mrs. Madrigal sah ihn durchs Küchenfenster und begrüßte ihn mit einem Juchzer. Er stellte seinen Koffer ab und winkte sie zu sich heraus. Sekunden später kam sie herausgestürzt und trocknete sich die Hände an ihrer Schürze ab. «Mein lieber Junge», sagte sie gerührt und drückte ihn herzhaft an sich. «Wir haben dich so vermißt.»

«Danke für die Hyazinthen», sagte er.

«Was? Oh . . . gern geschehen. Du siehst *prima* aus, mein Lieber. Du hast ein bißchen zugenommen.»

«Sagen Sie doch nicht so was.»

«Na . . . ach, sei doch nicht so typisch Mann. Deine Schönheit ist ja noch intakt. Komm, laß uns den Koffer reinbringen. Bestimmt wollen Mary Ann und Brian dich gleich sehen.» Sie schnappte sich seinen Koffer und ging mit energischen Schritten voran.

«Gut», sagte Michael, «dann ist er also wieder da.»

Sie drückte mit der Schulter die Haustür auf und sah ihn erstaunt an. «Du hast davon gewußt?»

Er nickte. «Wir haben telefoniert. Sie war ganz verstört.»

«Na . . . jetzt geht's ihr prächtig.»

Er griff nach dem Koffer. «Lassen Sie mich das . . .»

«Nein, du hast einen langen Flug hinter dir. Wir stellen ihn erst mal in die Diele.» Sie ließ den Koffer plumpsen und stieß ihre Wohnungstür auf. «Und du kommst auf einen ganz kleinen Sherry mit rein.»

«Prima», sagte er. «Moment, ich hab was für Sie.» Er ging in die Knie, machte den Koffer auf und tastete in einer Seitentasche herum, bis er den Umschlag fand.

«Von Mona», sagte er und gab ihn ihr.

«Wo, in aller Welt . . .?»

«In England», sagte er und lächelte.

«Das kann nicht dein Ernst sein!»

«Doch. Es geht ihr blendend. Sie ist glücklich, und sie möchte, daß Sie sie besuchen.»

«In England?»

«Lesen Sie mal den Brief.»

Mrs. Madrigal machte ein zweifelndes Gesicht und lehnte den Umschlag an ihr Telefon. Er sagte sich, daß Mona doch recht gehabt hatte. Die Vermieterin benahm sich sehr wie ein Vater, wenn es um Mona ging.

Sie bat ihn hinein und wies auf das Sofa. «Also gut . . . ein Sherry.» Sie verschwand in der Küche, und er ließ die vertraut-mysteriöse Wohnhöhle auf sich wirken, die verblichenen Samtbezüge, die seidenen Troddeln, die wie Stalaktiten herabhingen. Es tat gut, wieder hier zu sein.

Sie kam zurück und gab ihm ein rosa Weinglas, randvoll mit Sherry. «Und sie *lebt* jetzt dort?»

«Ich sag nix.»

«Na, verrat mit wenigstens, was sie macht.»

Er nippte an seinem Sherry und lächelte sie an. «Sie eifert ihrem Vater nach.»

«Also hör mal, mein Lieber . . .»

«Mehr erfahren Sie nicht von mir.»

Sie zupfte an einer Haarsträhne herum. «Na, dann trink eben deinen Sherry.»

Er schmunzelte vor sich hin, während er an seinem Glas nippte. Schließlich hielt sie es nicht mehr aus. Sie stand auf, ging zum Telefon, nahm den Umschlag in die Hand und legte ihn wieder hin. Dann hob sie den Hörer ab und wählte eine Nummer.

«Was machen Sie?» fragte er.

«Die Truppen alarmieren.» Sie sprach in die Muschel.

«Der verlorene Sohn ist wieder da. Ja . . . ganz recht . . .

genau. Ist gut . . . ich sag's ihm.» Sie legte auf und drehte sich zu ihm um. «Man bittet um dein Erscheinen in der Hawkins-Residenz. In genau drei Minuten.» Sie strebte in Richtung Küche.

«Was warte ich dann . . .?»

«Du bleibst da sitzen und trinkst deinen Sherry aus, junger Mann.»

Er lachte über ihre kleine Revanche. Der Sherry ging ihm runter wie sonnenwarmer Honig. Während Mrs. Madrigal in ihrer Küche herumfuhrwerkte, ließ er sich vom muffigen Aroma des Sofas einlullen und sagte sich, daß er ein echter Glückspilz war.

Schließlich stand er auf. «Kommen Sie mit rauf!» rief er zu ihr hinein.

«Nein danke», war die Antwort. «Ich bin gerade mit einem Lammragout beschäftigt.» Sie lugte um die Ecke. Ihr eckiges Gesicht war gerötet von der Hitze des Herds. «Wir essen heute abend bei mir. Ich hoffe, das paßt dir.»

«Bestens», sagte er im Hinausgehen.

Er trug seinen Koffer die Treppe hinauf und ließ ihn im ersten Stock auf dem Absatz stehen. Im zweiten Stock erwartete ihn Mary Ann vor der Wohnungstür. «Mensch!» rief sie begeistert. «Dickerchen!»

«Schmier dir's mit Handkuß in die Haare.»

Nach eine langen Umarmung bugsierte sie ihn in die Wohnung.

Er sah sich um. «Ich dachte, Brian ist da.»

«Setz dich erst mal», sagte sie.

Etwas stimmte nicht. Er spürte, wie ihn seine sherrybesäuselte Sicherheit verließ. Das war es, was er am Nachhausekommen nicht leiden konnte – das mulmige Warten auf die Neuigkeiten, mit denen sie einem den Urlaub nicht hatten verderben wollen. Sein erster Gedanke war: Wer ist denn *noch* gestorben?

«Was ist?» fragte er.

«Nichts. Ich will bloß nicht . . . mit der Tür ins Haus fallen. Setz dich doch.»

Er gehorchte.

Sie setze sich auf einen Hocker. «Erinnerst du dich noch an meine alte Freundin Connie Bradshaw?»

Er schüttelte den Kopf. «Nee, tut mir leid.»

«Du weißt doch . . . bei der ich gewohnt hab. Als ich von Cleveland hierhergezogen bin.»

«Ach ja. Die mit den Gemälden auf Samt.»

Sie nickte.

«Die Trampel.»

Sie verzog das Gesicht. «Sie war gar kein Trampel, Mouse.»

«Aber du hast immer gesagt . . .»

«Laß mal. Sie war sehr gut zu mir. Ich hätte das nicht sagen sollen.»

«Na schön.»

«Sie ist gestorben, Mouse.»

«Oh.» Er war trotz allem erleichtert. Gott sei Dank niemand von den engeren Freunden.

«Sie ist bei der Entbindung gestorben. Na ja, nicht gleich. Einen Tag danach oder so. Es war was, was sich Eklampsie nennt. Ihr Blut ist nicht mehr geronnen. Sie hatte einen Schlaganfall.»

Er furchte die Stirn. «Das tut mir leid. Ist ja schrecklich.»

Sie nickte. Dann sah sie ihn mit einem seligen Blick an. «Sie hat mir ein Baby vermacht, Mouse.»

«Wie?»

«Sie war nicht verheiratet, und ihre Eltern leben nicht mehr, und ihr Bruder ist Junggeselle und studiert Medizin, und . . . sie hat mir vor ihrem Tod einen Brief geschrieben und mich gebeten . . . es großzuziehen.» Mit einem verlegenen kleinen Schulterzucken wartete sie auf seine Reaktion.

«Du meinst . . . es ist . . .?»

Sie nickte. «Im Schlafzimmer. Bei Brian.»

«Mein Gott . . . dann wird es also . . .»

«Sie», unterbrach sie ihn. «Sie wird unsere kleine Tochter sein.»

Er war fassungslos. «Das ist unglaublich, Mary Ann.»

«Ich weiß.»

«Na, und . . . äh . . . wie fühlst du dich dabei?»

Sie zögerte. «Ziemlich gut, würd ich sagen.»

«Du weißt es nicht genau?»

«Na ja . . . ich muß mich erst noch dran gewöhnen.»

«Und Brian?»

Sie sah ihn lächelnd an. «Sieh selbst.»

Sie stand auf, nahm ihn am Arm und zog ihn ins Schlafzimmer. Brian saß im Sessel neben dem Bett und hatte das Baby im Arm. Eine Lampe auf der Kommode beleuchtete seinen Kopf von hinten mit einer Art Heiligenschein. Michael fragte sich unwillkürlich, ob es eine männliche Entsprechung zur *Madonna* gab.

Brian strahlte ihn an. «Willkommen daheim.»

Michael schüttelte ungläubig den Kopf. «Was sagt man zu diesem Burschen.»

«Nein, was sagt man zu diesem Gesicht.» Er meinte das Baby.

Michael stellte sich neben ihn und sah hinunter auf das rosige Gesichtchen. Brian gab dem Baby einen kleinen aufmunternden Stups. «Sag deinem Onkel Michael guten Tag, Shawna.»

«Shawna, hm?»

«Den Namen hat ihr Connie gegeben», sagte Mary Ann.

«Shawna Hawkins.» Michael lauschte dem Klang nach. «Macht sich gut.» Er sah sich im Zimmer um. «Eine Wiege, Spielzeug, alles da. Ihr habt euch aber rangehalten.»

«Nein», sagte Mary Ann. «Connie hatte schon alles.»

«Oh.» Er konnte ihre Verwirrung gut verstehen. «Das kam alles sehr plötzlich, was?»

Sie nickte. «Sehr.»

«Ein Instant-Baby», sagte Brian.

Mary Ann zog eine Schublade auf und nahm einen Briefbogen in Pink und Grün heraus. «Hier, das hat sie mir geschrieben.» Sie gab ihm das Blatt. Es roch nach Parfüm. *Mary Ann,* las er, *bitte kümmere dich um mein kostbares Engelchen. Herzlich, Connie.* Neben ihren Namen hatte sie einen Smiley gemalt.

«Typisch Connie», sagte Mary Ann.

Michael nickte. «Das arme Ding», fügte sie hinzu.

«Na», meinte er, «wenigstens hatte sie den Trost, daß sie wußte, wer die neue Mutter sein würde.»

«Mich hat sie auch gekannt», sagte Brian. «Ich bin mal mit ihr ausgegangen.»

«Ein- oder zweimal», sagte Mary Ann.

Brian schaute wieder auf Shawna herunter und hielt ihr seinen Zeigefinger hin. Fünf winzige Finger schlossen sich darum. «Wir haben uns im Come Clean Center kennengelernt», sagte er.

«Wie?» Michael wußte nicht, was gemeint war.

«Der Waschsalon in der Marina.»

«Oh.»

Mary Ann funkelte die beiden an. «Ich finde, das müßt ihr der kleinen Shawna nicht unbedingt ins Poesiealbum schreiben.»

«Wer ist der Vater?» fragte Michael.

Mary Ann nahm den Briefbogen wieder an sich und legte ihn in die Schublade zurück. «Anscheinend ein Typ, mit dem sie mal beim Us Festival gewesen ist. Sie war nicht ganz sicher. Sie wollte einfach ein Baby haben.»

Michael tat es leid, daß er gefragt hatte. «Ist ja nicht wichtig», sagte er.

«Nein, ist es auch nicht», stimmte ihm Brian lächelnd zu. Er wandte sich an seine Frau. «Oder?»

«Kein bißchen», sagte sie.

Ein verlegenes Schweigen trat ein. «Ich komm mir irgendwie 'n bißchen doof vor», sagte Mary Ann. «Unser Baby ist uns . . . einfach so in den Schoß gefallen. Ich hab das Gefühl, ich hätte was dazu tun müssen.»

«Hast du doch», meinte Brian.

Sie warf ihm einen merkwürdigen Blick zu, den Michael sich nicht erklären konnte.

«Im Ernst», sagte Brian und schaute auf das Baby herunter. «Was zählt, ist der gute Vorsatz.»

Mary Ann wirkte ein wenig verunsichert. «Na . . . wir wollten sie dir nur mal vorstellen.»

«Sie ist ein Traum», sagte Michael und meinte es auch.

Als er wieder nach unten ging, fand er einen Joint, der mit Klebeband an seiner Tür befestigt war. Auf einem Zettel stand: *Rauch ihn und mach ein Nickerchen vor dem Abendessen. AM.* Mit einem Lächeln löste er den Joint von der Tür und schloß auf.

Nur wenig erinnerte noch an Simon: eine halbleere Flasche Brandy; ein paar *Rolling Stone*-Hefte; fremde Telefonnummern auf dem Schreibblock neben dem Apparat. Die Wohnung war eigentlich wie immer. Nichts besonderes. Nur sein Zuhause.

Ein Joint und ein Nickerchen. Das hörte sich gut an. Er erinnerte sich an seinen Koffer und holte ihn ins Zimmer. Er legte ihn aufs Sofa, ließ die Verschlüsse aufschnappen und tastete nach seiner Zahnbürste. Dabei stieß er auf ein Schächtelchen mit dem Aufdruck einer Geschenkboutique in Moreton-in-Marsh. In die Seite waren kleine Luftlöcher gebohrt.

Er hob den Deckel ab und entdeckte zwischen Seidenpapier einen kleinen Fuchs aus Porzellan.

Und einen Zettel: *Such ihm ein gutes Zuhause. Herzlich, Wilfred.*

Requiem

Ort der Trauerfeier für Connie war die kleine Kapelle eines Bestattungsinstituts in den Avenues. Mary Ann und Michael gehörten zu den ersten, die sich einfanden. Sie setzten sich ganz nach hinten, außer Hörweite der anderen Trauergäste. Nach einer Weile kam ein Priester aus einer Tür seitlich vom Altar und fing an, auf einem Rednerpult Karteikarten mit Notizen zu ordnen.

«He», flüsterte Michael. «Ist das nicht Pater Paddy?»

Sie nickte.

«Ich wußte gar nicht, daß Connie katholisch war.»

«War sie auch nicht. Ich hab ihn gebeten, die Andacht zu

halten. Bei Trauerfeiern in diesen Bestattungsinstituten geht's immer . . . ach, du weißt schon . . . so geschäftsmäßig zu. Ich fand es nett, wenn sie einen richtigen Priester kriegt.»

Er nickte.

«Ich fühl mich so elend, Mouse.»

«Warum?»

«Ich weiß nicht. Wahrscheinlich . . . weil ich es eigentlich gar nicht verdiene, daß ich ihr Baby hab.»

«Na, jetzt hör aber auf.»

«Doch. Ich war so gemein zu ihr.»

«Hör mal . . . sie hätte es nicht getan, wenn sie nicht gedacht hätte, daß du ein guter Mensch bist.»

Sie schwieg.

«Du weißt, daß ich recht hab.»

«Es ist nicht nur das Baby», sagte sie.

«Was denn noch?»

«Sie hat meine Ehe gerettet, Mouse.»

«Ach komm.»

«Doch. Er war drauf und dran, mich zu verlassen, als ihr Bruder das Baby brachte.»

«Brian hätte dich niemals verlassen.»

«Da bin ich nicht so sicher.»

«Na, ich aber. Das ist doch Quatsch.»

Pater Paddy erkannte Mary Ann und winkte ihr fröhlich zu. Sie winkte zurück und wandte sich wieder an Michael. «Ich hab Brian entsetzliche Sachen zugemutet.»

«Womit denn?»

«Ach . . . das möchte ich lieber nicht sagen.»

«Na schön, dann erwarte auch nicht von mir, daß ich dich in deinen Schuldgefühlen bestärke.»

Sie fingerte an ihrem Programmzettel mit dem Ablauf der Trauerfeier herum.

«Paß mal auf», flüsterte er. «Was immer du gemacht hast . . . Connie ist nicht für deine Sünden gestorben. Sie ist einfach gestorben.»

Sie nickte.

«Das ist doch sonst nicht deine Art, Kleines.» Er sah, daß ihr die Tränen kamen, und griff nach ihrer Hand. «Warum bist du so verstört?»

Ein Mann mit randloser Brille setzte sich an die elektrische Orgel und begann, «Turn Away» zu spielen.

Michael war entgeistert «Wer hat das denn bestellt?» fragte er.

«Sie selbst», schluchzte Mary Ann. «Vor ihrem Tod.» Sie hielt krampfhaft seine Hand fest. «Es war ihr Lieblingssong.»

Er überlegte einen Augenblick. «Dann heißt das ja . . .»

Sie nickte.

«Das hier ist der Traum, den du hattest!»

Wieder ein Nicken.

«Und . . . aber klar! . . . Brian kam darin nicht vor, weil er jetzt zu Hause ist und auf das Baby aufpaßt.»

Sie wischte sich die Tränen ab. «Du hast es erfaßt.»

«Meine Güte», murmelte er.

Pater Paddy räusperte sich und schaute mit einem gütigen Lächeln auf seine Gemeinde. «Meine Freunde», begann er, «wir haben uns heute an diesem Ort versammelt im Angedenken an . . . äh . . . Bonnie Bradshaw.»

«Scheiße», murmelte Mary Ann.

Ein Hauch von Pink

Das Wetter war gräßlich», erzählte sie ihrer Maniküre.

«Wie schade! Die ganze Zeit?»

«Mmm.»

«Ach, na ja . . . hier war es auch gräßlich. Ich nehme an, es war überall gräßlich.»

«Mmm.»

«Simon sagt, in San Francisco war es herrlich, als er abgereist ist.»

«Na, er hatte auch mehr Zeit, gutes Wetter abzuwarten, nicht wahr?»

«Die andere Hand, Majestät.»
«Wie?»
«Mit der hier bin ich fertig. Schauen Sie . . . sieht die Nagelhaut nicht traumhaft elegant aus?»
«Pfeif auf die Nagelhaut.»
«Entschuldigung.»
«Wir sprachen von Simon.»
«Ganz recht.»
«Er war *sehr* ungezogen.»
«Ganz Ihrer Meinung.»
«Jeden anderen Offizier hätte man sofort vor ein Militärgericht gestellt. Ohne lange zu fackeln.»
«Sie haben ja so recht. Sollen wir eine Idee heller gehen?»
«Wie?»
«Mit dem Nagellack.»
«Was ist damit?»
«Sollen wir ein bißchen in Richtung *Pink* gehen?»
«Nein.»
«Es ist schon fast Sommer . . .»
«Miss Treves!»
«Sehr wohl.»
«Wenn man sich nicht pink *fühlt,* sollte man es auch nicht tragen.»
«Wie wahr.»
«Haben Sie Simon ausgeschimpft?»
«Mehrmals, Majestät. Und er ist äußerst dankbar, daß Sie sich für ihn eingesetzt haben.»
«Das will ich doch hoffen.»
«Er hat sich bei einem Verlag beworben. Sie haben ihn genommen.»
«Hat sich bestimmt mit seinem Charme eingeschmeichelt.»
«Bestimmt.»
«Er ist viel zu charmant, dieser Junge. Mehr, als für ihn gut ist.»
«Ganz Ihrer Meinung, Majestät.»
«Was für ein Pink?»
«Wie bitte, Majestät?»

«Der Nagellack. Was für ein Pink ist das?»
«Oh . . . hier. Das da.»
«Aha. Na, das ist nicht so kraß, wie ich befürchtet hatte.»
«Nein, Ma'am.»
«Wie nennt es sich?»
«‹Regency Rose›, Majestät.»
«‹Regency Rose›?»
«Ja, Ma'am.»
«Gut. Das dürfte gehen. Machen Sie weiter, Miss Treves.»

Ende des vierten Buches

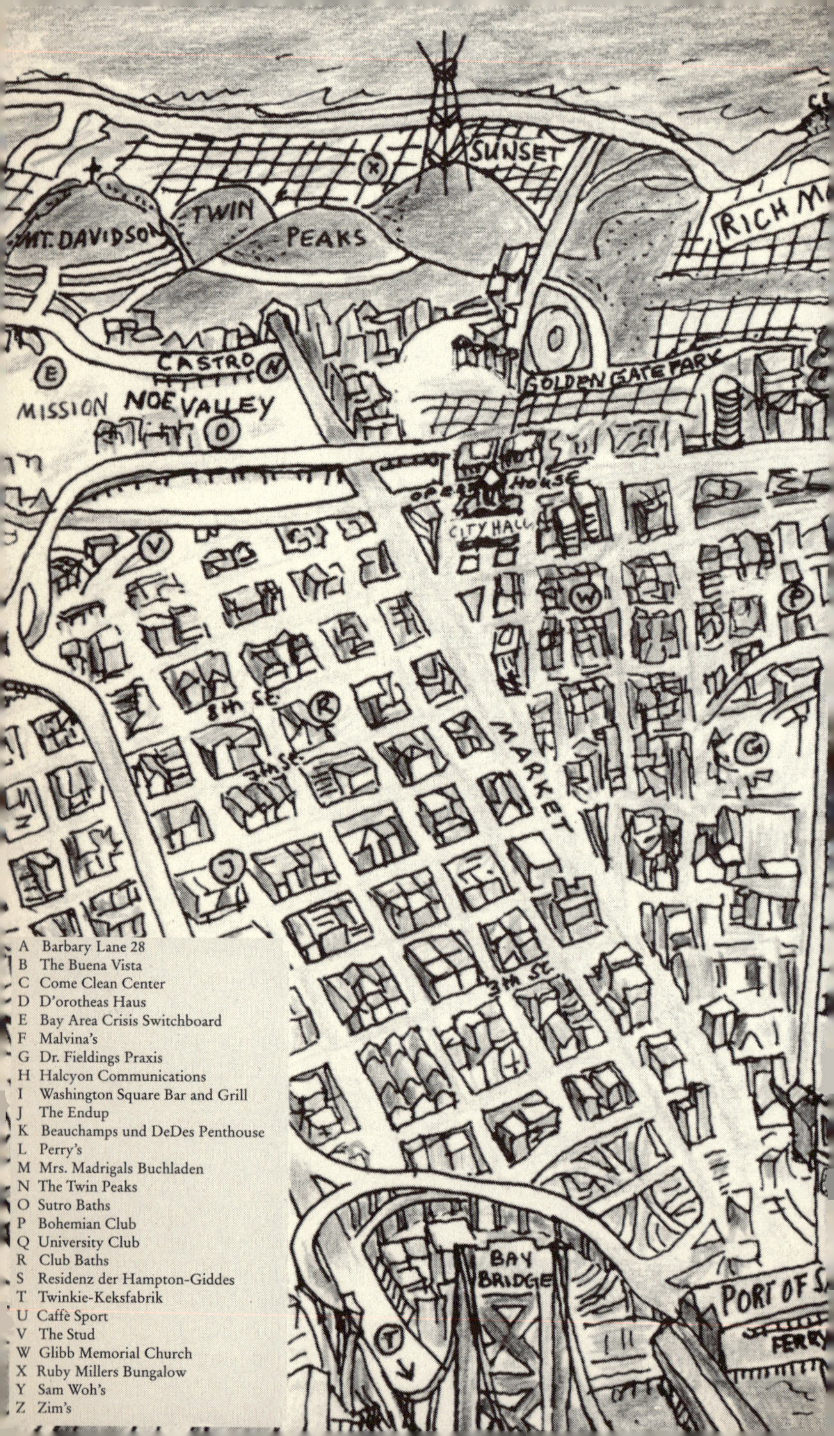
SUNSET
TWIN
PEAKS
CASTRO
MISSION
NOE VALLEY
GOLDEN GATE PARK
OPERA HOUSE
CITY HALL
8th St.
MARKET
3rd St.
BAY BRIDGE
FERRY
A Barbary Lane 28
B The Buena Vista
C Come Clean Center
D D'orotheas Haus
E Bay Area Crisis Switchboard
F Malvina's
G Dr. Fieldings Praxis
H Halcyon Communications
I Washington Square Bar and Grill
J The Endup
K Beauchamps und DeDes Penthouse
L Perry's
M Mrs. Madrigals Buchladen
N The Twin Peaks
O Sutro Baths
P Bohemian Club
Q University Club
R Club Baths
S Residenz der Hampton-Giddes
T Twinkie-Keksfabrik
U Caffè Sport
V The Stud
W Glibb Memorial Church
X Ruby Millers Bungalow
Y Sam Woh's
Z Zim's

PACIFIC OCEAN
THE PRESIDIO
GOLDEN GATE
PALACE OF THE LEGION OF HONOR
PALACE OF FINE ARTS
VAN NESS
AQUATIC PARK
RUSSIAN HILL
COLUMBUS
CHINATOWN
NORTH BEACH
FILBERT STEPS
COIT TOWER
TELEGRAPH HILL
BROADWAY
THE EMBARCADERO
SAN FRANCISCO BAY
N

Armistead Maupin

Armistead Maupin, 1944 geboren und Journalist von Beruf, kam Anfang der siebziger Jahre nach San Francisco. 1976 begann er mit einer Serie für den *San Francisco Chronicle*, die den Grundstock lieferte für sechs Romane, die in den USA zu einem Riesenerfolg wurden – die heute schon legendären «Stadtgeschichten». In deren Mittelpunkt steht die ebenso exzentrische wie liebenswerte Anna Madrigal, 56, die ihre neuen Mieter gern mit einem selbstge-drehten Joint begrüßt. Unter anderem treten auf: Das Ex- Landei Mary Ann, der von Selbstzweifeln geplagte Macho Brian, das New Yorker Model D'orothea und San Franciscos Schwu-lenszene. All den unterschiedlichen Menschen, deren Geschichte erzählt wird, ist aber eines gemeinsam: Sie suchen das ganz große Glück.

Stadtgeschichten *Band 1*
(rororo 13441)
«Es ist merkwürdig, aber von jedem, der verschwindet, heißt es, er sei hinterher in San Francisco gesehen worden.» *Oscar Wilde*

Mehr Stadtgeschichten *Band 2*
(rororo 13442)
«Maupins Geschichten lassen den Leser nicht mehr los, weil sie in appetitlichen Häppchen von jeweils circa vier Seiten gereicht werden und man so lange ‹Na, einen noch› denkt, bis man das Buch ausgelesen hat und glücklich zuklappt.»
Der Rabe

rororo Literatur

Noch mehr Stadtgeschichten
Band 3
(rororo 13443)

Tollivers Reisen *Band 4*
(rororo 13444)
«Nichts ist schlimmer als die steigende Zahl der Seiten, die das unweigerliche Ende des Romans ankündigen.»
Hannoversche Allgemeine Zeitung

Am Busen der Natur *Band 5*
(rororo 13445)

Schluß mit lustig *Band 6*
(rororo 13446)
«Ein Kultroman!» *Die Zeit*

Die Kleine *Roman*
(rororo 13657)
Cadence Roth, die knapp achtzig Zentimeter kleine Heldin dieses Romans, hat es wirklich gegeben – sie hieß Tamara De Treaux und hockte unerkannt in Steven Spielbergs E.T.-Figur.
«Eine umwerfend komische Geschichte.» *Vogue*

3312/3

Romane und Erzählungen

Peter Høeg
Fräulein Smillas Gespür für Schnee *Roman*
(rororo 13599)
Fräulein Smilla verfolgt die Spuren eines Mörders bis ins Eismeer Grönlands. «Eine aberwitzige Verbindung von Thriller und hoher Literatur.» *Der Spiegel*

Denis Belloc
Suzanne *Roman*
(rororo 13797)
«Suzanne» ist die Geschichte von Bellocs Mutter: Das Schicksal eines Armeleutekinds in schlechten Zeiten. «Denis Belloc ist der Shootingstar der französischen Literatur.» *Tempo*

Ray Loriga
Vom Himmel gefallen *Roman*
(rororo 13903)
Ray Loriga, Jahrgang 1967, lebt in Madrid. In seinem mit Bitterkeit und schwarzem Humor getränkten Roman verfolgen Polizei und Medienmeute einen jugendlichen Killer quer durch Spanien.

Andre Dubus
Ehebruch und anderes *Vier Novellen*
(rororo 13744)
Stimmen vom Mond *Roman*
(rororo 12446)
Sie leben jetzt in Texas *Short Stories*
(rororo 13925)
Zehn klassische Short Stories von Andre Dubus über Menschen, die versuchen, mit aufrechtem Gang das Leben zu bewältigen. «Seine Geschichten sind bewegend und tief empfunden.» *John Irving*

3287/3

rororo Literatur

Daniel Douglas Wissmann
Dillingers Luftschiff *Roman*
(rororo 13923)
«Dillingers Luftschiff» ist eine romantische Liebesgeschichte und zugleich eine verrückte Komödie voll schrägem Witz, unbekümmert um die Grenzen zwischen Literatur und Unterhaltung.

Michael Frayn
Sonnenlandung *Roman*
(rororo 13920)
«Spritziges, fesselndes, zum Nachdenken anregendes Lesefutter. Kaum ein Roman macht so viel Spaß wie dieser.» *The Times*

Radek Knapp
Franio *Erzählungen*
(rororo 13760)
Die Erzählungen von Radek Knapp wurden als bestes Debüt des Jahres mit dem «aspekte»-Literaturpreis des ZDF ausgezeichnet. «Dieser Autor hat Witz, Pfiff, Humor!»
Marcel Reich-Ranicki